日華大辭典

（七）

林茂 編修

蘭臺出版社

注音索引

注音索引

尸（ㄕ）

尸〔漢造〕屍體（=死体、尸、屍）、代替神的紙人或塑像（=人形）、（漢字部首）尸（=尸冠）

尸位〔名〕〔古〕尸位素餐

尸位素餐（〔連語〕尸位素餐、空占著職位不做事而白吃飯、居官位不做事白吃俸祿）

死骸、屍骸〔名〕屍體、遺骸（=尸、屍，亡骸）

犬の死骸（狗的屍體）

死骸を引き取る（領取屍體）

遭難者の死骸を収容する（收容死難者的屍體）

尸諫、屍諫〔名、自サ〕〔古〕死諫

尸、屍〔名〕屍體（=尸、屍，亡骸）、（漢字部首）尸字部（=尸冠）

生ける尸（行屍走肉）

戦場に尸を曝す（暴屍疆場、死於戰場）

尸に鞭を打つ（鞭屍）

尸、屍〔名〕屍體（=尸、屍）

尸は積りて山を築く（屍積如山）尸姓

尸を山野に曝す（曝屍於山野）

尸を葬る（埋葬屍體）

姓〔名〕〔史〕姓（表示朝臣的家世及職業的世襲稱號有臣、連、国造等）、姓（天武天皇時表示家世尊卑的稱號、分為八種：真人、朝臣、宿禰、忌寸、道師、臣、連、稲置）

かばね偏〔名〕（漢字部首）歹字旁（如殘、殉）（=歹偏）

失（ㄕ）

失〔名、漢造〕過失，失策，錯誤，缺點、失去，丟失

千慮の一失（千慮之一失）

他人の失を言う莫れ（勿談別人過失）

失を補って余り有る（補缺點而有餘）

此の計画には一得一失が有る（這計畫有利有弊）

遺失物（失物，遺失物）

消失（消失）

焼失（燒掉、燒毀）

損失（損失、損害）

得失（得失）

過失（過失）←→故意

敵失（敵隊的失誤）

忘失（忘掉、遺失）

亡失（丟失、遺失）

失する〔自サ〕失于，過于過度（=過ぎる）

〔他サ〕失去，遺失，錯過（=逃がす、無くする）

彼の処置は寛大に失する（對他的處置過於寬大）

人人が来るには遅きに失した（人們來得太晚了）

追撃の機を失した（錯過了追擊的機會）

名を失する（忘掉名字）

時機を失する（失掉時機）

礼を失する（失禮）

失火〔名、自サ〕失火←→放火

失火で無くて放火だ（不是失火是縱火）

昨晩の火事は失火が原因だ然うだ（昨天晚上的火災據說是由於不慎失火而引起的）

失格〔名、自サ〕失掉資格

人間失格（失掉作人的資格）

反則を三回すると失格に為る（犯規三次即失去資格）

期限に遅れて失格した（誤了期限失掉了資格）

失陥〔名、自サ〕失陷、陷落

失脚〔名、自サ〕失足（落水，跌倒等）、喪失立足地，下台、沒落

失脚した政治家（下台的政客 沒落的政客）

議会での失言の為に失脚した人（因在國會失言而喪失地位的人）

彼は疑獄事件に連座して失脚した（他受到貪汙案的株連而下台了）

しっきん **失禁**〔名、自サ〕〔醫〕（大小便）失禁

しっけい **失敬**〔名、自サ、形動〕失禮，對不起、無禮貌，藐視、侮蔑（男子親密關係間用語）告別，再見。〔俗〕偷，悄悄拿走。

〔感〕再見、對不起

いや、失敬しました（哎呀！對不起）

昨日は折角訪ねて呉れたのに留守を為て失敬した（昨天你特意來訪我沒在家很對不起）

失敬な奴（沒有禮貌的人）

失敬な事を言う（說藐視人的話）

失敬な振舞を為る（做無禮貌的舉動）

失敬な事を為るな（休得無禮）

此れで失敬する（就此告辭）

一足先に失敬する（我先走一步）

僕はそろそろ失敬する（我該告辭了）

葉巻を一本失敬する（偷一支雪茄）

私のマッチを失敬したのは誰だ（誰把我的火柴偷去了）

では失敬（再見）

じゃあ、此れで失敬（那麼再見）

しっけつ **失血**〔名、自サ〕失血

失血の為人事不省と為る（因失血而人事不省）

しっけん **失権**〔名、自サ〕喪失權利、失去權力

悪政を続けて失権する（連續施行弊政而失去權力）

失権約款（〔法〕失權條款−債務人不履行債務時，即使債權人不作意思表示，債務人亦失去合約上的一切權利的條款）

しっこう **失効**〔名、自サ〕失效

法律上の権利は時効に因って失効する（法律上的權利因時效而失效）

ポッダム政令は講和成立に因って失効した（有關波茨坦公告的政令由於實現媾和而失效了）

しつご **失語**〔名〕〔醫〕失語，不能說話、說錯

失語症（〔醫〕失語症）

しっこうしょう **失行症**〔名〕〔心、醫〕無運用能力

しっこうごしょう **失構語症**〔名〕〔醫〕口吃

しっしょしょう **失書症**〔名〕〔醫〕無寫字能力

しっせいしょう **失声症**〔名〕〔醫〕失音症

しつどくしょう **失読症**〔名〕〔醫〕失讀症，無讀字能力

しつにんしょう **失認症**〔名〕〔醫〕無識別能力

しっさく **失策**、しっさく **失錯**〔名、自サ〕失策，失錯，失敗（=しくじり、為損ない）

失策を遣る（演じる）（失策）

馬鹿げた失策を演じる（作出了愚蠢的失錯）

あんな男を信用したのが大失策だった（信任那樣的人是個大失策）

僕が失策を為た為に試合に負けた（由於我的失錯比賽失敗了）

しっしょう **失笑**〔名、自サ〕失笑、不由得發笑

失笑を買う（引人發笑）

失笑を禁じ得ない（忍不住發笑、不禁失笑）

其れを見た途端思わず失笑した（一看見那個就情不自禁地笑起來）

しっしょく **失職**〔名、自サ〕離職，失業，失去職位、失職，在工作中犯錯誤

今失職中だ（現正處在失業中）

社長と意見が対立して失職した（和總經理意見不合而離職）

しっしん **失神**、しっしん **失心**〔名、自サ〕神志昏迷、人事不省、意識不清

驚きの余り失神する（嚇得昏過去）

君が来る迄暫く失神状態だった（在你來以前曾一時昏迷不醒）

脳貧血を起して失神状態に為る（患腦貧血陷於昏迷狀態）

暑さで失神する（熱得昏過去）

しっせい **失政**〔名〕失政、弊政、惡政

失政百出、遂に内閣は総辞職の止む無きに至った（弊政百出卒至內閣不得不總辭職）

国王の失政に因って人民は塗炭の苦しみに陥った（由於國王失政生靈遭到荼炭）

失跡〔名、自サ〕失蹤（=失踪）

失踪〔名、自サ〕失蹤、下落不明

子供が失踪して仕舞った（孩子失蹤了）

失踪宣告（〔法〕宣告失蹤－一般七年後無音訊即認為死亡）

失速〔名、自サ〕〔空〕（飛機）失速、失去速度

機体は砲弾を受けて失速した（飛機因中砲彈而失速）

失速状態（失速狀態）

失対〔名〕失業對策（=失業対策）

失対事業（救濟失業的事業）

失態、失体〔名〕失態，丟臉、失策，失敗

失態を演じる（丟臉、出醜）

酒を飲み過ぎて失態を演じた（飲酒過多出了洋相）

斯う言う事態を引き起こしたのは彼の大失態である（引起這樣的情況是他的大失敗）

失地〔名〕失地、喪失的領土

失地を奪還する（奪回失地）

失地回復（收復失地）

失着〔名〕〔象棋、圍棋〕失著，失錯。〔轉〕失策，忽略

失調〔名〕失調、失常、不調和、不平衡

栄養失調（營養失調）

経済が失調の状態に在る（經濟處於失調狀態）

失墜〔名、他サ〕失掉，喪失（威信，權威）

信用を失墜する（喪失信用、信用掃地）

権力の失墜（權力的喪失）

威信の失墜（威信的喪失）

其の国の威信は甚だしく失墜した（那國家威信大大喪失了）

彼は権力を失墜して仕舞った（他喪失了權力）

失点〔名〕（比賽中）失分←→得点。〔棒球〕投手的總失分、缺點，過錯

前半に大きな失点が有った（前半場輸了好多分）

失当〔名、形動〕失當、不當（=不当）

其れは失当の（な）処置だ（那是不適當的處置）

失投〔名、自サ〕〔棒球〕誤投

あんな好球を投げる何てピッチャーの失投ですね（投那樣好打的球是投手的誤投）

失透〔名〕〔理〕透明消失，反玻璃化、（玻璃的）失透現象

失敗〔名、自サ〕失敗（=為損ない、しくじり）

失敗を重ねる（一再失敗）

失敗に帰する（終歸失敗）

彼の計画は悉く失敗した（他的計畫全都失敗了）

失敗が却って薬に為った（失敗卻得到了教訓、吃虧長見識）

度重なる失敗にも挫けない（屢敗不餒）

失敗は成功の母（基）（失敗是成功之母）

失費〔名〕開支、開銷

失費が嵩む（開支增多）

接待の為の失費は非常に大きい（招待用的開支非常大）

今月は家族の病気で大きな失費が有った（本月由於家屬患了病開銷很大）

失意〔名〕失意、不得志←→得意

失意の人（失意的人）

失意のどん底に在る（處在非常失意的環境裡）

晩年を失意の中に送った（在失意中度過了晚年）

彼は世に容れられず失意の内に死んだ（他不為社會所容在失意中死去）

失意の境涯（不得志的境遇）

失業〔名、自サ〕失業←→就業

去年の暮から失業している（從去年年底就失業了）

会社が潰れて彼は失業した（公司倒閉他失業了）

其処では失業問題が深刻に為って来た（那裡失業問題嚴重起來了）

失業人口（失業人口）

失業調査（失業調查）

失業保険（失業保險）

失業者（失業者）

失業手当（失業津貼）

失業対策（失業對策）

失言〔名、自サ〕失言

彼の代表は良く失言する（那個代表老是說錯話）

いや、此れは私の失言でした（對不起這是我失言了）

失言を取り消す（取消失言）

失言を詫びる（為失言道歉）

失言を詰る（責備失言、追究失言）

失念〔名、他サ〕〔舊〕遺忘。（失神）忘掉（=うっかり忘れる、度忘れ）

御住所を失念して失礼しました（對不起您的住址一時想不起來了）

うっかり失念して御挨拶しませんでした（一失神忘了和您打招呼了）

失望〔名、自サ〕失望

失望の色を顔に出さない（臉上不露失望的神色）

失望の色が見える（露出失望神色）

私は彼に失望した（我對他失望了）

些か失望する（有點失望）

失望落胆（大大失望）

働き手の父に死なれて失望落胆した（一家支柱的父親死去感到非常失望）

失名〔名〕無名、名字不詳

此の歌の作者は失名と書いてある（上面寫著這首歌的作者姓名不詳）

失名氏（無名氏）

失明〔名、自サ〕失明

爆風を受けて失明した（因受爆風而失明了）

手術の結果が良く、失明を免れた（手術的結果良好免於失明）

失明軍人（失明軍人）

失礼〔名、形動、自サ〕失禮，不禮貌、（略表歉意）對不起，請原諒、不能奉陪，不能參加、（分手時）告辭，再見

失礼な奴だ（沒禮貌的傢伙）

失礼な事を言う（說不禮貌的話）

人前で欠伸を為るのは失礼だ（當著人打哈欠不禮貌）

授業中に寝ているのは先生に失礼です（上課時睡覺是對老師不禮貌）

失礼しちゃうわ（〔女〕真沒禮貌）

失礼を詫びる（賠禮）

返事が遅れて失礼しました（回信晚了對不起）

昨日は先に帰って失礼しました（昨天我先走了對不起）

失礼ですが貴方は何方ですか（對不起請問您是哪位？）

とんだ失礼を致しました（太對不起了）

一寸前を失礼します（對不起從您前面過去）

此の間はどうも失礼しました（前幾天太對不起了）

明日の会は失礼致します（明天的會我不能參加）

今日は頭が痛いので失礼します（今天頭痛我不能奉陪了）

では此れで失礼します（那麼就此告辭了）

其れでは失礼させて頂きます（那麼我要失陪了）

じゃ失礼（再見）

失恋〔名、自サ〕失戀

失恋の悩み（失戀的苦惱）

彼は彼女に失恋した（他被她甩了）

失恋に泣く娘（因失戀而哭泣的姑娘）

失う〔他五〕失去，丟失、喪失，喪亡、迷失、錯過，失掉

物を失う（丟失東西）

失った土地を取り戻す（收復失地）

自信を失う（失掉信心）

信用を失う（失去信任）

職を失う（被免職）

失わずに居る（保持住）

面目を失う（丟臉）

プロレタリアが此の革命の中で失う物は唯鉄鎖丈である（無產者在這革命中失去的只是鎖鍊）

色を失う（失色）

気を失う（意識不清）

元気を失う（無精打采）

森で道を見失う（在森林中迷了路）

妻を失う（喪妻）

父を失う（喪父）

命を失う（喪命）

譲歩に由って団結を求めれば団結は失われる（以讓步求團結則團結喪失）

機会を失う（錯過機會）

時機を失う（錯過時機）

…たるを失わない（不失為…）

彼も亦一種の英雄たるを失わぬ（他仍不失為一種英雄）

失われた世代（Lost Generation 的譯詞）（迷惘的一代-指 1920 年代第一次世界大戰後美國的一批作家）

失せる〔自下一〕丟失，消失。〔舊〕死亡。〔俗、蔑〕來，去，走開

彼は学生気質が未だ失せていない（他還有學生氣）

何時の間にか失せていた（不知什麼時候丟失了）

煙が空に消え失せる（煙消失在空中）

此の忙しいのに何処へ失せた（這麼忙你到哪兒去了？）

何の用で失せ遣がった（幹什麼來啦？）

さっさと失せろ（趕快滾開！）

失せ物〔名〕〔舊〕失物、丟失的東西

失せ物が出て来る（失物找到了）

失せ物判断（〔牌示〕占卜失物）

虱（ㄕ）

虱〔漢造〕寄生在人畜身上的小蟲，能吸血

虱、蝨〔名〕〔動〕虱子

虱が湧く（生虱子）

虱を取る（拿虱子）

虱を潰す（捻死虱子）

虱を駆除する（清除虱子）

虱症（生虱病）

虱類（虱類）

虱潰し〔名〕一一處理、一個不漏

虱潰しに調べる（一個不漏地盤查）

虱潰しに逮捕する（一個不漏全部逮捕）

虱目魚〔名〕〔動〕虱目魚

屍（ㄕ）

屍〔漢造〕屍體（=死体、尸，屍、屍，尸）

死屍（死屍）

検屍、検死（驗屍）

尸〔漢造〕屍體（=死体、尸、屍）、代替神的紙人或塑像（=人形）、（漢字部首）尸（=尸冠）

屍衣〔名〕屍衣、壽衣

屍骸、死骸〔名〕屍體、遺骸（=尸、屍，亡骸）

犬の屍骸（狗的屍體）

屍骸を引き取る（領取屍體）

尸

遭難者の屍骸を収容する（收容死難者的屍體）

屍姦〔名〕姦屍

屍諫、尸諫〔名、自サ〕〔古〕死諫

屍室〔名〕停屍間、太平間

屍体、死体〔名〕屍體（＝尸，屍、屍，尸）←→生体

屍体を引き取る（領屍）

屍体を焼く（焚化屍體）

屍体は未だ発見されない（屍體尚未找到）

屍体検案（驗屍）

屍体仮置場（停屍間）

屍体解剖（屍體解剖）

屍体遺棄（屍體遺棄）

屍毒、死毒〔名〕〔化〕屍碱

屍蝋〔名〕〔生化〕屍蠟

地中の棺桶から屍蝋と為った死体が発見された（從地下的棺材中發現一具變成屍蠟的屍體）

屍、尸〔名〕屍體（＝尸、屍，亡骸）、（漢字部首）尸字部（＝尸冠）

生ける屍（行屍走肉）

戦場に屍を曝す（暴屍疆場、死於戰場）

屍に鞭を打つ（鞭屍）

屍、尸〔名〕屍體（＝尸、屍）

屍は積りて山を築く（屍積如山）尸姓

屍を山野に曝す（曝屍於山野）

屍を葬る（埋葬屍體）

かばね偏〔名〕（漢字部首）歹字旁（如殘、殉）（＝歹偏）

施、施（ㄕ）

施〔漢造〕（也讀作施）施行、施捨

実施（實施、實行、施行）

施工、施工〔名、他サ〕施工

ダムの建設は来月から施工される（堤壩的建設從下月施工）

実際の施工は一月位後れる（實際施工要晚一個月左右）

施工係（施工員）

施工機械（施工機具）

施工基面（施工中的鐵路路基）

施工軟度（混凝土施工當時的軟度）

施工図（施工圖）

施工主（施工主）

施行、施行〔名、他サ〕施行、實行、實施

此の法律は来月から施行される（這項法律自下月起施行）

此の法案の施行は困難である（這一法案難以實施）

入学試験は来週月曜より施行する（下星期一開始入學考試）

施行、施業〔名、他サ〕〔佛〕施捨

施業風呂（功德澡堂、免費的澡堂）

施業米（功德米）

施業林（人工林）←→原生林

施策〔名、自サ〕施策、對策、措施

施策を講ずる（採取措施）

水害に対する施策は十分で無い（防禦水災的措施不夠充分）

施策を誤る（失策、措施不當）

施術〔名、自他サ〕〔醫〕施行手術、做手術

施政〔名〕施政

首相は施政の方針を明らかに為た（首相明確了施政方針）

施政方針（施政方針）

施政権（施政權）

施設〔名、他サ〕設施，設備、育嬰院，養老院（＝児童福祉施設、老人福祉施設）

教育施設（教育設施）

公共施設（公共設施）

当市では娯楽施設が不足している（本市娛樂設施不夠）

病院にはレントゲンの施設が有る（醫院裡有 X 光透視設備）

託児所、図書館等の公共施設が完備している（托兒所圖書館等公共設施都很齊全）

施設の子（育嬰院的孩子）

施設に収容する（收入養老院）

施線〔名〕畫線

施肥、施肥〔名、自サ〕〔農〕施肥

麦に施肥を行う（給小麥施肥）

施用〔名〕針對目的套用

施〔漢造〕（也讀作施）施行、施捨

布施（布施）

施餓鬼〔名〕〔佛〕（為無人祭祀的死者）做水陸道場，超渡眾生

川施餓鬼（為溺水鬼做道場）

施餓鬼船（超渡船）

施主〔名〕〔佛〕施主、辦喪事法事之家的主人，治喪者

施錠〔名、自サ〕上鎖、加鎖

施米〔名、自サ〕（對窮人、僧人等）施捨米、施捨的米

施無畏〔名〕〔佛〕（三施之一）保護眾生使之無畏怖之心

施物、施物〔名〕施捨物、賑濟品

施薬〔名、自サ〕施捨藥、施捨的藥

貧困者に施薬する（對貧困者施捨藥）

施薬所（施捨藥處）

施与〔名、他サ〕施與、施給

施料〔名〕布施寺廟的物品、賑濟他人的財物

施療〔名、自サ〕施療、為貧困者的免費治療、義診

施療を受ける（接受義診）

施す〔他五〕施捨，周濟、施加，施行

恩恵を施す（施恩）

貧しい者に金銭を施す（把錢施捨給窮人）

肥料を施す（施肥）

手当てを施す（醫治）

策を施す（施策）

仁政を施す（施行仁政）

彩色を施す（施加彩色）

策を施しようが無い（無計可施）

己の欲せざる所は人に施す勿れ（己所不欲無施於人）

面目を施す（露臉）

施し〔名〕施捨（=恵み）

乞食に施しを為る（周濟乞丐）

施し薬（施捨藥）

施し物（施捨物）

師（ㄕ）

師〔名、漢造〕軍隊。〔軍〕師（軍事編制單位）、老師、法師、有專門技能的人、接名人姓名下表示敬稱

問罪の師を興す（興問罪之師）

十八個師の大兵団（十八個師的大兵團）

師に就いて音楽を学ぶ（跟老師學音樂）

小川氏を師と仰ぐ（尊小川先生為師）

王師、皇師（帝王的軍隊、帝王的老師）

舟師（水師、海軍）

水師（水師、海軍）

出師（出兵）

京師（京都、京城）

教師（教師，老師、傳教士）

恩師（恩師、受教很多的良師）

先師（先師，死去的老師、先賢，前賢）

旧師（先師）

法師（法師，和尚、表示特定狀態下的人或物）

影法師（人影）

つくつく法師（寒蟬）

律師（嚴守戒律的高僧、次於僧都的僧官）

導師（佛，菩薩、主持佛事葬禮的首座僧）

禅師（禪師）

牧師（牧師）

仏師（做佛像的手藝人）

絵師、画師（畫家、畫匠、畫師）

経師（裝裱經文字畫的技工、專門書寫經文的人）

医師（醫師）

薬剤師（藥劑師）

写真師（攝影師）

講談師（說書先生、講評詞的演員、講評書的人）

指物師、差物師（木工、小木匠）

鋳物師、鋳物師（鑄工）

塗師（漆匠）

箔師（貼金師）

手品師（魔術師）

浪曲師（浪花曲師）

業師（善於使用招數的力士、善弄權勢的人、策略家）

仕事師（土木建築工人、企業家）

勝負師（賭徒、亡命徒、日本象棋專門棋手）

山師（山間勞動者、採礦採礦業者、投機家，冒險家、騙子）

詐欺師（騙子）

ぺてん師（騙子）

大島伯鶴師（大島伯鶴先生）

神田伯山師（神田伯山先生）

師恩〔名〕老師（師傅）的恩情

若い頃受けた師恩は何時迄も忘れない（年輕的時候受到老師的恩情永遠不忘）

師家〔名〕老師的家、先生，老師

師管、篩管〔名〕〔植〕篩管

師管細胞（篩細胞）

師訓〔名〕師訓

師号〔名〕〔佛〕師號（朝廷賜給高僧的稱號-如大師，禪師等）

師資〔名〕先生，老師、師徒，師生關係

師資相承（師徒相傳、師承）

師事〔名、自サ〕師事、以某人為師

多年彼の方に師事して来た（多年以他為師）

藤野先生に師事して日本語を学ぶ（跟藤野先生學日語）

師匠〔名〕（對有技藝的人的尊稱）老師、師傅←→弟子、弟子

女師匠（女老師）

師匠に就いて習う（就師學習）

御師匠さん（師傅）

三味線の師匠（教三弦的老師）

生け花の師匠（插花的師傅）

師承〔名、他サ〕師承、師徒相傳（=師伝）

師僧〔名〕師僧、為師的僧人

師団〔名〕〔軍〕師、師團

師団単位の作戦（以師為單位的獨立作戰）

師団を編成する（編成師）

師団長（師長）

師長〔名〕師長，老師和長輩。〔軍〕（中國的）師長

師弟〔名〕師徒，師傅和徒弟、師生，老師和學生

僕と彼の方は師弟の関係に為っている（我和那位是師生關係）

師弟間の愛情が深い（師生之間的感情很深）

師弟は三世（師徒是三世因緣）

師伝〔名〕師傅的傳授

師道〔名〕師道、為師之道

師道を操守する（堅守師道）

師道は廃れない（師道未廢）

師道頽廃し、昔日の面影無し（師道衰微不復往昔）

師の君〔名〕〔敬〕老師

師の坊〔名〕師僧、師事的僧

師範〔名〕師表，榜樣，典範、師傅，教師、師範學校（=師範学校）

一世の師範（一代宗師）

後世師範と為て仰がれる（後世被尊為師表）

剣道の師範（擊劍教師）

彼の先生は師範を出ている（那位老師是師範畢業）

師範出の教師（師範出身的教師）

師範タイプ（師範學校學生特有的風格）

師範学校（師範學校）

女子師範学校（女子師範學校）

高等師範学校（高等師範學校）

師範代（師傅的代理人）

師表〔名〕師表

一世の師表を仰がれる（被尊為一代的師表）

文学の師表と為て仰ぐ（奉為文學的師表）

先哲を師表と仰いで人格を磨く（以先哲為表率修煉人格）

師父〔名〕師傅和父親、如父親一般可敬愛的老師

師父の恩（師父之恩）

師父と仰ぐ人（尊為師父的人）

師傅〔名〕太師和太傅、服侍貴人孩子的師傅

師部、篩部〔名〕〔植〕韌皮部

師命〔名〕師命、老師的吩咐

師友〔名〕老師和朋友、師事之友，亦師亦友

彼は多くの立派な師友を持っている（他有很多好師友）

師友の支援に由って漸く此の仕事を成し遂げた（賴師友的幫助才完成了這項工作）

彼は私に取って得難い師友だ（對我來說他是個難得的師事之友）

師走、師走〔名〕（陰曆）十二月

師走の寒空（臘月的寒天）

師走も押し詰まって来た（眼看來到臘月了、快過年了）

湿（濕）（ㄕ）

湿〔名、漢造〕濕、濕氣、疥癬

湿を掻く（搔癬）掻く書く欠く斯く画く

湿に罹る（患疥癬）罹る掛る繋る係る懸る架る

多湿（濕潤、濕度大）

湿球〔名〕〔理〕濕球

湿球温度（濕球溫度）

湿球温度計（濕球溫度計）

湿原〔名〕濕原野、潮濕的草原

湿式〔名〕濕式（冶金或複寫裝置等使用液體或溶劑的方式）←→乾式

湿式冶金（水冶、濕法冶金）

湿式選鉱機（濕選機）

湿潤〔名ナ〕濕潤

湿潤な土地（濕地、濕潤的土地）

低地は湿潤で健康に悪い（低地潮濕對健康有害）

湿潤な（の）土地は農作物も良く出来ない（潮濕的土地農作物也長不好）

湿潤剤（濕潤劑）

湿潤性（〔理〕可濕性）

湿疹〔名〕〔醫〕濕疹

湿疹に罹った皮膚（患濕疹的皮膚）

赤ん坊に湿疹が出来た（嬰兒身上長了濕疹）罹る掛る繋る係る懸る架る

湿性〔名〕濕性←→乾性

湿性肋膜炎（〔醫〕濕性胸膜炎）

湿性天然ガス（濕天然氣）

湿生植物〔名〕濕生植物

湿雪〔名〕水分多的雪

湿舌〔名〕（氣）濕舌

湿船渠〔名〕濕船塢（=湿ドック）

湿ドック〔名〕濕船塢

湿地〔名〕濕地

此の地方は土地が低いので湿地が多い（這地方地面低窪所以濕地多）蔽い覆い蓋い被い

湿地帯（濕地帶、沼澤地帶）

湿地、占地〔名〕〔植〕叢生口蘑

千本湿地（玉蕈–一種傘菌）

湿田〔名〕〔農〕水分多的田地、濕地←→乾田

湿田には麦を作り難い（濕地裡不好種麥子）

湿電池〔名〕濕電池←→乾電池

湿土〔名〕濕土

湿度〔名〕〔理〕濕度

相対湿度（相對溼度）

湿度を測定する（測量濕度）

今日は湿度が迚も高い（今天濕度大）

湿板〔名〕〔攝〕濕板

湿布〔名、自他サ〕〔醫〕濕布、敷布

温湿布（熱濕布）

冷湿布（涼濕布、冷敷法）

喉に湿布を為る（喉嚨貼上濕布）擂る刷る摩る擦る掏る磨る摺る

御湯で目を湿布する（用熱水〔熱濕布敷眼睛）

湿分〔名〕水分、濕氣

湿分を除く（除去水分）除く覗く覘く

湿分を取る（去掉水分）取る執る採る盗る獲る撮る摂る

湿る〔自五〕濕、潮濕、濕潤

湿った紙（潮濕的紙）紙神髪

湿った冷たい手（潮濕而冰冷的手）

湿〔名〕濕、潮濕、濕潤

湿の有る草原（濕潤的草原）有る在る或る

湿す〔他五〕弄濕（=濡らす）

手拭を湿す（浸濕毛巾）

唇を湿す（濕潤嘴唇）

喉を湿す（濕潤嗓子）喉咽

示す〔他五〕出示、表示、顯示、指示

実物を示す（拿出實物給對方看）

門衛に証明書を示す（向警衛出示證明）

誠意を示す（表示誠意）

模範を示す（示範）

実力を示す（顯示實力）

承諾を示す身振り（表示同意的姿勢）

方向を示す（指示方向）

衆に示す（示眾）

方法を示す（指示方法）

寒暖計は九十度を示した（寒暑表指著九十度）

証拠は被告の有罪為る事を示している（證據指示被告有罪）

湿る〔自五〕濕、濡濕

夜露で湿っている（因夜間露水濕了）

湿った海苔（潮濕的紫菜）

湿らないように為る（防潮）為る為る

毎日の雨続きで家の中が湿って気分が悪い（因為每天陰雨連綿室內潮濕不舒服）

締める、閉める、搾める、絞める〔他下一〕繫結、勒緊，繫緊

（常寫作閉める）關閉，合上、管束

（常寫作絞める、搾める）榨，擠、合計，結算

（常寫作絞める）掐，勒、掐死，勒死、嚴責，教訓、縮減，節約、（祝賀達成協議或上樑等時）拍手

帯を締める（繫帶子）

締め直す（重繫）

縄を締める（勒緊繩子）

ボルトで締める（用螺絲擰緊）

財布の紐を締めて小遣いを遣らない様に為る（勒緊錢袋口不給零錢）

靴の紐を締める（繫緊鞋帶）

三味線の糸を締める（繃緊三弦琴的弦）

ベルトをきつく締める（束緊皮帶）

褌を締める（束緊兜襠布、下定決心、認真對待）

桶板は箍で締めて有る（飯桶用箍緊箍著）

戸を閉める（關上門）

窓をきちんと閉める（關緊窗戶）

ぴしゃりと閉める（砰地關上）

本を閉める（合上書）

入ったら必ず戸を閉め為さい（進來後一定要把門關上）

店を閉める（關上商店的門、打烊、歇業）

社員を締める（管束公司職員）

此の子は怠けるからきつく締めて遣らねば為らぬ（這孩子懶必須嚴加管束）

油を搾める（榨油）

菜種を搾めて油を取る（榨菜籽取油）

酢で搾める（揉搓魚肉使醋滲透）

帳面を締める（結帳）

勘定を締める（結算）

締めて幾等だ（總共多少錢？）

締めて五万円に為る（總共五萬日元）

首を絞める（掐死、勒死）

鶏を絞める（勒死小雞）

蛇は獲物に素早く巻き付いて絞めた（蛇敏捷地盤住虜獲物把它勒死了）

彼奴は生意気だから一度締めて遣ろう（那傢伙太傲慢要教訓他一頓）

経費を締める（縮減經費）

家計を締める（節約家庭開支）

さあ、此処で御手を拝借して締めて戴きましょう（那麼現在就請大家鼓掌吧！）

占める〔他下一〕佔據，佔有，佔領，（只用特殊形）表示得意

上座を占める（佔上座）

第一位を占める（佔第一位）

勝ちを占める（取勝）

絶対多数を占める（佔絕對多數）

上位を占める（居上位、佔優勢）

机が部屋の半分を占める（桌子佔了房間的一半）

女性が三分の一を占める（婦女佔三分之一）

敵の城を占める（佔領敵人城池）

大臣の椅子を占める（佔據大臣的椅子、取得部長的職位）

此れは占めたぞ（這可棒極了）

占め占め（好極了）

味を占める（得了甜頭）

湿り〔名〕濕氣，潮濕，濕潤（=湿り気）。下雨，雨水（=御湿り）。（火災）熄滅。報告火災已熄滅的警鐘（=湿り半）

野菜に湿りを呉れる（把青菜潤濕）

海苔に湿りが入った（紫菜潮濕）

火薬に湿りが有った発火しなかった（火藥潮濕無法點火）

湿り度（潤濕度）

湿り比熱（〔機〕濕比熱）

湿り飽和蒸気（含水飽和蒸氣）

良い御湿りです（真是好雨）

今年は湿り勝です（今年雨水大）

今年の湿りは丁度好い加減です（今年雨水調和）

御湿り〔名〕少量的雨水、下雨

良い御湿りです（好雨）良い好い佳い善い良い好い佳い善い

御湿り程度の雨（剛濕潤地皮的雨）

湿り気〔名〕濕氣、水分（=湿気、湿気）

海苔に湿り気が来ている（紫菜潮濕）

此の紙には湿り気が有る（這個紙已潮濕了）

湿気〔名〕濕氣

湿気を孕んだ風（帶濕氣的風）孕む妊む

湿気の有る土地は体に悪い（潮濕的地方對身體不好）

湿気の無い場所に置く（放在不潮溼的地方）

湿気箱（〔理〕濕室）

湿気〔名〕濕氣（=湿気、湿り気）

湿気る、湿る〔自五〕潮濕、發潮、帶潮氣

一番湿気るのは七月だ（最潮濕是七月）

梅雨の間に箪笥の中が湿気って終った（在連綿梅雨期間衣櫥裡邊發潮了）梅雨梅雨

此の南京豆は湿気て終った（這花生米潮了）

湿気る〔自下一〕〔俗〕潮濕、發潮、帶潮氣（=湿気る、湿る）

湿声〔名〕嗚咽聲

湿泣き〔名〕抽泣

湿り半〔名〕報告火災已撲滅的警鐘

湿らす〔自五〕弄濕、變潮濕

湿っぽい〔形〕〔俗〕潮濕，濕潤、陰鬱，憂鬱，抑鬱

梅雨時は体が湿っぽく為って不愉快だ（梅雨季節身上濕漉漉的很不舒服）

湿っぽい天気（潮濕的天氣）

湿っぽい畳（濕漉漉的蓆子）

湿っぽい話は止めて歌でも歌おう（別再說陰鬱的話唱首歌吧！）

彼が顔を出したので愉快な空気が湿っぽく為って終った（因為他來了快活的氣氛便消沉下去了）

湿っぽい気持（陰鬱的心情）

湿やか〔形動〕肅靜，寂靜、冷清，陰鬱、（小聲而）親切

湿やかな夜（寂靜的夜）

湿やかな雨（淅瀝的細雨）

葬儀が湿やかに行われた（肅穆地舉行了葬禮）

湿やかに暮らす（冷冷清清地度日）

湿やかな顔付（陰鬱的臉色）

湿やかな通夜（靈前肅穆的守夜）

湿やかに語る（竊竊私語、輕聲細語）

獅（ㄕ）

獅〔漢造〕獅子（=獅子、ライオン-貓科）

獅噛み火鉢〔名〕鑄有獅頭花紋的金屬大火盆

獅子〔名〕〔動〕獅子（=ライオン）、獅子舞（=獅子舞）、獅子頭假面（=獅子頭）

獅子身中の虫（內奸、心腹之患、害群之馬）

獅子に鰭（如虎生翼）猪宍肉尿鹿

獅子に牡丹（相得益彰）

獅子の子落し（置自己兒子於艱苦環境中進行考驗）

獅子の歯噛（氣勢洶洶）

獅子の分け前（強者侵吞弱者的果實）

獅子王〔名〕獅子的美稱

獅子頭〔名〕獅子頭假面

獅子宮〔名〕〔天〕獅子（星）座

獅子吼〔名、自サ〕獅子吼叫。〔喻〕〔佛〕說法。〔喻〕雄辯，激烈的演說

壇上で獅子吼する（在講壇上進行雄辯的演說）

獅子座〔名〕〔天〕獅子座

獅子座流星群（獅子座流星群、十一月流星群）

獅子唐〔名〕短小的綠辣椒（=獅子唐辛子）

獅子鼻、獅子っ鼻〔名〕扁鼻子、塌鼻子、蒜頭鼻子、肉鼻子

鰐口、獅子鼻、毛虫眉毛（鱷魚嘴、塌鼻子、毛蟲眉）

獅子奮迅〔名〕勇猛奮鬥

獅子奮迅の勢い（勇往直前之勢）

獅子舞〔名〕獅子舞、戴獅子假面的舞蹈

詩（ㄕ）

詩〔名漢造〕詩、詩歌、漢詩

詩才が有る（有詩才）

詩を作る（作詩、寫詩）

詩を吟する（吟詩）

詩を書き付ける（題詩）

詩を作るより田を作れ（與其作詩不如種田）

抒情詩、叙情詩（抒情詩）

叙事詩（敘事詩）

序詩（作序用的詩）

新体詩（新體詩）

散文詩（散文詩）

英詩（英文詩）

訳詩（翻譯詩、翻譯的詩）

漢詩（漢詩、中國古詩）

唐詩（唐詩、日本的漢詩）

童詩（兒童詩）

律詩（漢詩的律詩）

史詩（史詩）

史詩劇（史詩劇）

劇詩（具有戲劇形式的詩）

七言詩（七言律詩）

詩意〔名〕詩意、詩的意義

詩筵〔名〕詩人（文人）集會的宴席、詩歌或俳句聚會的宴席

詩化〔名、他サ〕詩歌化

詩家〔名〕詩人

詩歌、詩歌〔名〕詩歌、漢詩和和歌

詩歌を愛好する（愛好詩歌）

詩歌の道（詩歌之道）

詩会〔名〕詩會、詩社

詩界〔名〕詩壇

詩界に新風を送る（給詩壇帶來新氣象）

詩客〔名〕詩人

詩格〔名〕詩的規格、詩的風格

詩学〔名〕詩學、做詩法

詩巻〔名〕詩卷、詩集

詩感〔名〕詩的感覺

温和な詩感と率直な画情の絵画（具有溫和詩感和坦率畫意的繪畫）

詩眼〔名〕關於詩的眼識（見識）、漢詩決定其巧拙主要的一文字

詩脚〔名〕（詩的）音步

詩経〔名〕（五經之一）詩經

詩境〔名〕詩境、詩歌中描寫的境界

詩興〔名〕詩興

詩興が湧く（詩興大發）

騒音の為詩興を冷ました（因騷音掃盡詩興）

詩業〔名〕詩作的成就

全詩業を収録する（收錄全部詩作）

詩吟〔名〕吟詩、朗誦漢詩

朗朗と詩吟を為る（朗朗吟誦漢詩）

近頃詩吟を為る人が多く為った（近來吟詩的人多了）

詩吟大会（吟詩大會漢詩朗誦會）

詩句〔名〕詩句

詩句を暗誦する（背誦詩句）

詩形、詩型〔名〕詩的形式、詩的體裁

俳句の詩形は五七五だ（俳句的詩型是五七五）

詩形の固定した伝統詩（詩型固定的傳統詩）

詩劇〔名〕詩劇

詩劇を上演する（演出詩劇）

詩語〔名〕作詩用的詞

詩稿〔名〕詩稿

詩魂〔名〕詩興、做詩的心情

詩魂を養う（培養詩興）

詩才〔名〕寫詩的才能

詩才が有る（有詩才）

彼は優れた詩才の持ち主だ（他是個詩才卓越的人）

詩作〔名、他サ〕作詩、寫詩

詩作を遣り出す（做起詩來）

詩作を始める（開始做詩）

詩作に耽る（專心寫詩）

詩作を先生に見て貰う（請老師給看寫的詩）

詩史〔名〕詩的歷史、用詩的形式寫的歷史

詩思〔名〕詩思、思情、思興

詩社〔名〕詩社、吟社、詩人的結社組織

詩趣〔名〕詩趣、詩意、詩情

武蔵野の詩趣（武藏野的詩意）

詩趣に富んでいる（富有詩意）

詩趣に満ちている（充滿詩意）

詩趣に溢れる（詩意洋溢）

詩趣に乏しい（缺乏詩意）

詩集〔名〕詩集

詩集を編む（編選詩集）

詩集を出す（出版詩集）

詩書〔名〕詩經和書經、詩集

詩抄、詩鈔〔名〕詩抄、詩選

詩情〔名〕詩情，詩意、詩興

彼は詩情豊かな人だ（他是個富有詩情的人）

詩情（に）溢れる手紙（充滿詩意的信）

詩情が湧く（詩興大發）

詩情をそそる（引起詩興）

詩心〔名〕詩興

詩神〔名〕詩神、詩興，詩人的靈感

彼の詩神は黙した（他的詩興消沉了）

詩人〔名〕詩人、洞察力強的人，敏感的人

へぼ詩人（蹩腳詩人）

桂冠詩人（桂冠詩人）

子供は生まれ乍の詩人だ（小孩是天生觀察力強的人）

詩性〔名〕詩性，詩情、詩意

詩性豊かな作品（詩情豐富的作品）

詩性に溢れた小説（富有詩意的小說）

詩聖〔名〕詩聖、最大的詩人（狹義特指中國詩人杜甫）

詩聖杜甫（詩聖杜甫）

タゴールは印度の詩聖である（泰戈爾是印度詩聖）

詩仙〔名〕詩仙、天才詩人（中國指李白）

詩箋〔名〕詩箋、寫詩的紙

詩選〔名〕詩選

詩宗、詞宗〔名〕大詩人，詩文大家，詞的泰斗、對詩（詞）人的敬稱

詩草〔名〕詩稿

詩想〔名〕詩的構思、詩中表現的思想（感情）

山中の生活で詩想が湧き出て来た（在山裡生活湧現出詩的構思）

豊かな詩想が作品に溢れている（作品中洋溢著豐富的詩情）

此の歌の詩想は僕には理解出来ない（這首詩的情感我不能理解）

詩僧〔名〕擅長作詩的僧人

詩藻〔名〕詞藻，詩歌和文章、詩情、華麗的詩句

詩藻が豊かだ（詞藻豐富）

詩体〔名〕詩體、詩的體裁

詩壇〔名〕詩壇（=詩人の社会）

詩壇で名声を轟かす（在詩壇上赫赫有名）

新しい詩風が詩壇を風靡する（新的詩風風靡詩壇）

彼は詩壇の中心人物だ（他是詩壇的核心人物）

詩調〔名〕詩調、詩的格調

詩的〔形動〕含有詩意的、富有詩意的←→散文的

詩的生活（富有詩意的生活）

此の光景は実に詩的だ（這光景真富有詩意）

此の景色を見る者は誰でも詩的な印象を受ける（看到這樣的景緻任何人都會留下頗有詩意的印象）

詩道〔名〕詩道、做詩之道

詩嚢〔名〕詩囊

詩嚢を肥やす（豐富詩囊）

彼は長い旅から詩嚢を肥やして帰って来た（他從漫長旅途中帶回了豐富的寫詩材料）

詩碑〔名〕詩碑、刻詩的石碑

詩賦〔名〕詩和賦

古人の詩賦を愛頌する（愛誦古人的詩賦）

詩風〔名〕詩的作風，特色

詩文〔名〕詩文、文學作品

彼は若い頃から詩文を良くした（他從青年時代就擅長詩文）

唐の時代は詩文が隆盛を極めた（唐代詩文極盛）

詩文選集（詩文選集）

詩篇、詩編〔名〕詩篇、詩集。〔宗〕（聖經的）詩篇

詩篇を誦する（朗誦詩）

一巻の詩篇を編む（編一本詩集）

詩法〔名〕詩法、做詩方法

詩味〔名〕詩味、詩趣

詩味豊かな作品（詩味盎然的作品）

詩名〔名〕詩人的名聲和榮譽

詩盟〔名〕詩人間的交際、詩人的同伴

詩友〔名〕詩友

詩友が集って詩集の刊行を祝う（詩友聚集在一起祝賀發刊詩集）

詩歴〔名〕賦詩的經歷

詩論〔名〕詩論

詩話〔名〕詩話、關於詩的隨想評論

蓍（ㄕ）

蓍〔漢造〕草名，古人取它的莖來占卜吉凶

蓍〔名〕〔植〕蓍草（=蓍萩）、（寫作〔筮〕）占卜用的蓍草、筮竹

蓍萩〔名〕〔植〕鐵掃帚（=蓍）

蝨（ㄕ）

蝨〔漢造〕寄生人畜身上的小蟲，能吸血

蝨、虱〔名〕〔動〕蝨子

虱が湧く（生虱子）

虱を取る（拿虱子）

虱を潰す（捻死虱子）

虱を駆除する（清除虱子）

虱症（生虱病）

虱類（虱類）

鰤（ㄕ）

鰤〔漢造〕硬骨魚名，皮厚韌，鱗小而薄，產於海中，一名海鰱

鰤〔名〕〔動〕鰤（近海魚，隨著成長而改變名稱）

十（ㄕˊ）

十、拾〔名、漢造〕十、多數、全部

一を聞いて十を知る（聞一知十）

一から十迄（從頭到尾、一五一十、全部）

十中八九、十中八九（十有八九、大多數）

十に八九（十有八九）

十の一二（十分之一二、極少）

五十（五十、五十歲）

五十音（五十音）

五十肩（五十肩、五十歲左右常發生的肩膀痠痛現象）

十悪〔名〕〔佛〕十惡、十種罪惡、十戒（-殺生、偸盜、邪淫、妄語、悪口、両舌、綺語、貪欲、邪見、瞋恚）、中國古代謀反等十種重罪

十善〔名〕〔佛〕十善、十種善業（-不殺、不偸、不淫、不妄語、不悪口、不両舌、不綺語、不貪、不瞋、不痴）、天子，天皇（前世十善的結果，現世接受天子之位）

十善の君（天子、皇帝）

十一〔名〕〔動〕棕腹杜鵑

十一月〔名〕十一月

十一月革命（蘇聯 1917 年的十月革命、德國 1918 年的十一月革命）

十億〔名〕十億

十億の民（十億人民）

十月〔名〕十月

十月革命（十月革命）

十月の小春（十月小陽春、陰曆十月）

十九〔名〕十九

十九の娘（十九歲的姑娘）

十九の年に（在十九歲那一年）

十五〔名〕十五

十五人（十五人）

十五周年（十五周年）

じゅうごや **十五夜**〔名〕陰曆每月十五日的月晚、陰曆八月十五日的月晚

十五夜の月（十五日月晚的月亮）

じゅうさんり **十三里**〔名〕〔俗〕烤白薯（來自〝九里四里旨い〞的詼諧說法九里+四里=十三里）

じゅうさんや **十三夜**〔名〕陰曆每月十三日的夜晚、陰曆九月十三日的夜晚、十三夜（樋口一葉描寫封建婚姻悲劇的小說名）

今日は十三夜だ（今天是九月十三日的夜晚）

じゅうさんかいだん **十三階段**〔名〕斷頭台、絞架（來自有十三個台階）

じゅうさんがつ **十三月**〔名〕一月、正月（十二月的次月之意）

じゅうじ **十字**〔名〕十字、十個字、十字形

十字を切る（祈禱時劃十字）

十字切開（〔醫〕十字切開）

全部で十字だ（一共十個字）

十字架（十字架）

じゅうじか **十字火**〔名〕十字炮火

十字火を浴びる（身浴十字炮火）

じゅうじせき **十字石**〔名〕〔地〕十字石

じゅうじか **十字架**〔名〕十字架、（基督教）基督受難的十字架。〔喻〕苦難，磨難，負擔

十字架に掛ける（釘在十字架上）

胸に十字架を下げる（胸前掛著十字架）

重過ぎる十字架（過重的負擔）

十字架を負う（背負十字架、受苦受難）

じゅうじろ **十字路**〔名〕十字路、歧路

十字路に立つ（站在十字路口、不知所向）

人生の十字路に立つ（站在人生旅程的十字路口）

じゅうじかか **十字花科**〔名〕〔植〕十字花科

じゅうじぐん **十字軍**〔名〕〔史〕十字軍（1096-1291 年間基督教徒聲言奪回耶路撒冷而興起的遠征軍）

十字軍の戦士（十字軍的戰士）

十字軍に加わる（參加十字軍）

じゅうしまつ **十姉妹**〔名〕〔動〕（燕雀科）十姊妹、白腰文鳥

じゅうしちもじ **十七文字**〔名〕俳句

十七文字を玩ぶ（玩賞俳句）

じゅうすう **十数**〔接頭〕十幾

十数個（十幾個）

十数人の友人（十幾個朋友）

じゅうぜん **十全**〔名〕完善，十全十美、萬全，十分安全

十全の用意（萬無一失的準備）

十全の首尾（完全成功）

十全の準備を整える（準備完善、準備齊全）

十全の施設を造る（建造萬全的設備）

じゅうだい **十代**〔名〕十代、第十代、（從十二，三歲至十九歲的）少年時代

僕の家は十代に亙って東京に住んでいる（我家住在東京有十代了）

十代目団十郎（第十代團十郎）

十代の少女（十幾歲的少女）

十代で死ぬ（十幾歲夭折）

じゅうちゅうはっく、じっちゅうはっく **十中八九、十中八九**〔名、副〕十有八九、十之八九、大多數、大體上、幾乎（=大方、殆ど、大抵）

十中八九物に為るまい（十有八九不會成功）

十中八九は物に為らない（十有八九不成）

十中八九成功しない（十有八九不能成功）

遭難者は十中八九助かるまい（罹難者大多數恐怕性命難保）

じゅうに **十二**〔名〕十二

十二（十二邊形）

十二進法（〔數〕十二進位制）

十二使徒（耶穌的十二門徒）

じゅうにぶん **十二分**〔名、形動〕十二分、十分豐碩、充分（=たっぷり、十分以上）

御馳走は十二分に頂戴した（我已經是酒足飯飽了）

一同は十二分に満足して散会した（大家十二分滿意而散會）

研究は十二分の成果を得た（研究得到十二分的成果）

十二月〔名〕十二月、（陰曆）臘月

十二支〔名〕十二支、地支（-子、丑、寅、卯、辰、巳、午、未、申、酉、戌、亥）

十干十二支（十干十二支、天干地支）

十二折り〔名〕（紙張的）十二開。〔印〕十二開本

十二音〔名〕〔樂〕十二音

十二音音楽（十二音體系的音樂）

十二単〔名〕〔植〕匍匐筋骨草。〔古〕宮廷婦女的一種禮服

十二面体〔名〕〔數〕十二面體

十二宮〔名〕〔天〕十二宮（=黄道十二宮）

十二指腸〔名〕〔解〕十二指腸

十二指腸潰瘍（十二指腸潰瘍）

十二指腸虫（十二指腸蟲）

十二進法〔名〕十二進位法（如六十秒為一分、六十分為一小時、二十四小時為一晝夜）

十人力〔名〕具有十個人的力氣

十人十色〔名〕十個人十個樣、各不相同

人の考え方は十人十色だ（人的想法各有不同）

服装の好みは十人十色で何れが良いか分らない（對服裝的愛好一個人一個樣不知哪個好）

十人並〔名〕（才幹、容貌等）一般、普通

十人並の才能（一般的才幹）

十人並の容姿（容貌一般）

私は数学は十人並だ（我數學普通）

彼女の器量は十人並だ（她的姿色普通）

十年〔名〕十年

十年一日（十年如一日）

十年一日の如く同じ仕事を続ける（十年如一日地繼續做同樣工作）

初めて会って十年の知己の様に感じた（初次見面覺得就像十年的老朋友似的）

十年一昔（十年夠上一個時代）

十念〔名〕〔佛〕口念十遍阿彌陀佛、淨土宗把〝南無阿彌陀佛〞名授給信徒以結佛緣

十能〔名〕炭火鏟

十能で火を他の火鉢へ移す（用火鏟把炭火移到別的火盆裡）

十倍〔名〕十倍

十倍に為る（使成十倍）

此れの十倍も大きい（比這個大有十倍）

彼は君の十倍も偉い人物だ（他比你偉大足有十倍）

十八般〔名〕（中國的）十八般武藝。〔轉〕一切武藝

武芸十八般に通ずる（精通十八般武藝）

十八番〔名〕（歌舞伎演員市川家傳的）新舊各十八齣拿手戲、〔轉〕拿手好戲，最得意的技藝（=十八番）

歌舞伎十八番の中勧進帳（歌舞伎十八齣戲中的勸進帳）

民謡は彼の十八番だ（唱民謠是他的拿手好戲）

十八番〔名〕（來自歌舞伎十八番，為市川家箱底秘傳的拿手戲）

拿手好戲，得意的本領，擅長的技藝（=十八番）、老毛病，慣技，習癖

十八番を出す（演出拿手好戲、表演專長的技藝）

十八番の料理（拿手菜）

此の俳優の十八番は何だ（這演員的拿手戲是什麼？）

浪花曲が彼の人の十八番だ（浪花曲是他的擅長技藝）

又先生の十八番が始まった（老師的老一套又來了）

十番斬り〔名〕（決鬥時）砍倒十個人

十分、充分〔副、形動〕十分、充分、足夠

金は十分有る（有足夠的錢）

五人で十分だ（有五個人足夠）

十分な理由（充分的理由）

十分（に）頂きました（吃飽了）

十分成功の見込みが有る（成功有足夠的把握）

汽車には未だ十分時間が有る（離上火車還有的是時間）

十分に休む（充分休息）

水を十分に遣る（澆足水

じゅうへんけい、じっぺんけい **十辺形、十辺形**〔名〕〔數〕十邊形

じゅうまいめ **十枚目**〔名〕〔相撲〕十枚目（力士等級之一、曾經〝幕下〞上位到〝十枚目〞之間的力士都叫十両）

じゅうりょう **十両**〔名〕十兩、〔相撲〕十兩（力士等級之一、在〝幕下〞〝幕内〞之間的力士、都受到〝関取〞的待遇、因為過去每年工資為十両故名）

じゅうまんおくど **十万億土**〔名〕〔佛〕十萬億土（由人世到淨土的佛土數）、淨土，極樂世界

十万億土の旅に出る（到極樂世界去、死）

じゅうめんてい **十面体**〔名〕十面體

じゅうもく **十目**〔名〕十目、眾目

彼が犯人である事は十目の見る所だ（大家一致認為他是犯人）

十目の視る所、十手の指す所（十目所視十手所指、大家一致公認）

じゅうもんじ **十文字**〔名〕十字形、交叉

十文字の槍（十字形矛）

腹十文字に掻き切る（腹部切個十字、切腹自殺）

道が十文字に為っている（道路交叉著）

十文字に重ねて置く（交叉地堆上）

じゅうや **十夜**〔名〕〔佛〕（淨土宗由陰曆十月六日至十五日的）十晝夜念佛（=十夜念仏）

じゅうやく **十薬**〔名〕〔植〕蕺草（=蕺草）

じゅうろくささげ **十六大角豆**〔名〕〔植〕豇豆

じゅうろくや、いざよい **十六夜、十六夜**〔名〕陰曆十六日夜晚（的月亮）

じゅうろくmillimetre法 **十六ミリ**〔名〕〔攝〕十六厘米影片（的攝影機）

十六ミリで撮影する（用十六厘米片攝影）

じゅうろくむさし、じゅうろくむさし **十六六指、十六武蔵**〔名〕（遊戲）十六子跳棋

じゅうろくしんひょうじ **十六進表示**〔名〕〔數〕十六進制表示

じゅうろくらかん **十六羅漢**〔名〕〔佛〕十六羅漢

じゅうわり **十割**〔名〕十成、百分之百

十割の利息（百分之百的利息）

十割の成功率（成功率為百分之百）

じゅうわんるい **十腕類**〔名〕〔動〕十足目

じっ **十**〔漢造〕十

じっかい **十戒**〔名〕〔佛〕十戒

じっかい **十誡**〔名〕〔宗〕（基督教的）十誡、十條啟示

Moses モーゼの十誡（摩西的十誡）

じっかい **十界**〔名〕十界-迷界（地獄界、餓鬼界、畜生界、修羅界、人間界、天上界）、悟界（聲聞界、緣覺界、菩薩界、佛界）

じっかくけい **十角形**〔名〕〔數〕十角形、十邊形

じっかん **十干**〔名〕十干、天干

十干、天干（甲、乙、丙、丁、戊、己、庚、辛、壬、癸）

十二支、地支（子、丑、寅、卯、辰、巳、午、未、申、酉、戌、亥）

じっきゃくるい **十脚類**〔名〕〔動〕十足目

じっし **十死**〔名〕（九死的加重語）十死

十死に一生を得る（十死一生）

じっし **十指**〔名〕十指，十個指頭、眾人所指，眾手所指

十指に余る（十個以上）

十指に足りぬ（不足十個）

彼は有名な学者の十指を屈する中に入る（他列在著名學者十人之中）

被害を蒙った者は十指に余る（受害者不止十個人）

十指の指す所（十指所指、眾人所指）

じっしゅきょうぎ **十種競技**〔名〕〔體〕十項比賽

十種競技参加者（十項比賽的參加者）

じしゅこう、じしゅこう **十種香、十炷香**〔名〕十種香（栴檀、沈水、蘇合、薫陸、鬱金、白膠、青木、零陵、甘松、鶏舌）

じっしん **十進**〔名〕十進、十進位

図書の十進分類法（圖書的十進分類法）

じっしんほう **十進法**〔名〕〔數〕十進法、十進制、十進位法

じっそうばい **十層倍**〔名〕十倍的數量

じっそく **十足**〔名〕十隻腿、十雙

ㄕ

十足の有る（有十隻腿的〔昆蟲等〕）

長靴十足（十雙長筒鞋子）

十体（じったい）〔名〕漢字的十種書體（古文、大篆、籀文、小篆、八分、隸書、章草、行書、飛白、草書）

詩的十種優秀體裁（形似體、質氣體、情理體、直置體、彫藻體、映帶體、飛動體、婉轉體、清切體、青花體）

十柱戯（じっちゅうぎ）〔名〕十齣戲

十手、十手（じって、じゅって）〔名〕（江戶時代捕吏所持約一尺五寸長近柄處有鈎的）捕棍、鐵棍

朱房の十手（帶紅纓的鐵棍）

手に手に十手を構えて犯人を取り巻く（每人手持捕棍圍住犯人）

十哲（じってつ）〔名〕十哲、（著名思想家或藝術家的）十名高足

孔門の十哲（孔門十哲）

芭門の十哲（芭蕉的十名高足）

十徳、十徳（じっとく、じゅっとく）〔名〕（江戶時代學者、醫生、畫家做禮服用的）袖眼縫死的一種短身和服

十把一絡げ、十把一絡げ（じっぱひとからげ、じゅっぱひとからげ）〔連語〕不分青紅皂白、鬍子眉毛一把抓、（各種東西）全都放在一起

十把一絡げに貶す（不分青紅皂白加以貶斥）

十把一絡げに批評する（不分青紅皂白予以批評）

着物も靴も食糧も十把一絡げに為て荷物を作った（連衣服帶鞋和糧食全放在一起打了行李）

十方（じっぽう）〔名〕〔佛〕十方（四方，四隅和上下）、到處

十方世界（十方世界）

十方浄土（十方淨土）

十方檀那（各地的施主）

十（そ）〔名〕十（=十、十）

八十（八十、多數）

十露盤、算盤（そろばん）〔名〕算盤。〔轉〕利害得失的計算。〔轉〕如意算盤、日常的計算技術

十露盤を置く（打算盤）

斯う値下がりしては十露盤が合わない（價錢這麼跌可就不合算了）

世の中は十露盤通りには行かない（世事不能盡如人意）

読み書き十露盤（讀寫算）

十露盤が持てない（不合算、無利可圖）

十露盤を弾く（打算盤、計較個人利益）

十（つづ）〔名〕十（=十、十）、（訛）十九

十や二十で（十九或二十歲）

十（と）〔造語〕（只用於數數）十、十個（=十）

十度（十次、十回）

十重二十重（とえはたえ）〔名〕左一層右一層、許多層

十重二十重の見物人（圍得水洩不通的看熱鬧的人）

十重二十重に取り囲む（層層包圍）

十勝石（とかちいし）〔名〕十勝石、黑曜石（北海道產黑色光澤石頭，多做墓碑等用）

十寸（とき）〔名〕（馬身高）五尺（約1、5米）

十寸一寸（馬五尺一寸高）

十筋右衛門（とすじえもん）〔名〕（謔）（挖苦頭髮少的人）三根毛（=六筋右衛門）

十（とお）〔名〕十、十歲、十個

十の物なら九つ迄失敗だ（十次失敗九次）

十許りの男の子（剛十歲的男孩）

来年は十に為ります（來年十歲）

卵を十程買って来為さい（買十來個雞蛋來）

十日（とおか）〔名〕十天、十日，十號，初十

仕事は未だ十日位掛かる（工作還需要十天左右）

三月十日（三月十日）

十日夜（東日本農村於十月十日夜舉行的謝神會）

十日の菊（明日黃花）

石、石（ㄕˊ）

石（せき）〔接尾〕（助數詞用法）表示鐘錶軸承用的鑽石數目、表示收音機上使用的晶體管，二極管等的數目

〔漢造〕（也讀作石）石，岩石、（舊地方名）石見（現今島根縣西部）

此の腕時計は二十一石です（這手錶是二十一鑽的）

八石二バンドラジオ（八個管兩個波段的收音機）

岩石（岩石）

鉱石、礦石（礦石）

金石（金屬和岩石、金屬器和石器、金石-指碑碣，鐘鼎上刻的文字）

宝石（寶石）

化石（化石、變成石頭）

瓦石（瓦磚、瓦片和石頭、無價值的東西）

隕石（隕石）

巨石（巨石、大石）

硅石、珪石（硅石）

金剛石（金剛鑽=ダイヤモンド）

人造石（人造石）

玉石（玉和石、好的和壞的）

玉石混淆（良莠混淆）

玉石（圓石、卵石）

布石（布局、布置、布署、準備）

斧石（〔礦〕斧石）

浮石（浮石、輕時=軽石）

石印〔名〕石印，用石頭雕刻的印章。〔印〕石版印刷

石印本（石印本、石印的書籍）

石英〔名〕〔礦〕石英、硅石

石英硝子（石英玻璃）

石英分光写真機（石英攝譜器）

石英水銀灯（石英水銀燈）

石英水銀アーク灯（石英水銀弧光燈）

石英安山岩（〔地〕英安岩）

石英玄武岩（〔地〕石英玄武岩）

石英閃緑岩（〔地〕石英閃長岩）

石英粗面岩（〔地〕石英粗面岩、流紋岩）

石塩〔名〕〔礦〕石鹽（=岩塩）

石黄〔名〕〔礦〕雌黃

石果〔名〕〔植〕核果

石材〔名〕（土木建築用）石材、石料

石細胞〔名〕〔植〕石細胞

石室〔名〕〔考古〕（古墳的）石室

石室〔名〕（古墳的）石室、（為登山者住宿避難用的山中）石造小屋、（安放牌位的）石櫥

石質〔名〕〔地〕石質

石質凝灰岩（石質凝灰岩）

石絨〔名〕〔礦〕石棉（=石綿、石綿）

石筍〔名〕〔礦〕石筝

石匠〔名〕石匠（=石屋、石切り、石工，石工）

石菖〔名〕〔植〕石菖蒲（=石菖蒲）

石菖蒲〔名〕〔植〕石菖蒲（=石菖）

石菖藻〔名〕〔植〕大葉藻

石松子〔名〕〔藥〕石松子

石髄〔名〕〔礦〕石髓、密高嶺土

石造〔名〕石造、石製（=石造り、石造）

石造の住宅（石建的住宅）

石造拱（石拱）

石造美術（石造美術-石塔，石燈籠等）

石造り、石造〔名〕石料加工、石築，石砌（=石造）、石雕工藝品、石雕工人

石像〔名〕石像、石雕像

石像の様に動かない（屹立不動如石像一般）

石鏃〔名〕〔考古〕（石器時代用的）石鏃

石炭〔名〕煤、煤炭

石炭を燃やす（燒煤）

石炭を焚く（燒煤）

石炭を掘る（挖煤）

石炭を焼べる（添煤）

石炭を燃料に為る（以煤作燃料）

石炭瓦斯（煤氣）

石炭殻（爐渣）

石炭紀（〔地〕石炭紀）

石炭産業（煤炭工業）

石炭タール（煤焦油）

石炭艀（運煤駁船）

石炭乾留（〔化〕煤乾餾、煤的炭化）

石炭酸（〔化〕石炭酸=フィノール）

石炭積み込み（裝煤）

石竹、瞿麦〔名〕〔植〕石竹

石竹色（淡紅色）

石柱〔名〕〔建〕石柱

石塔〔名〕石塔、墓碑（=墓石）

石磴〔名〕石坡路、石梯

石肺症〔名〕〔醫〕石肺病（如硅肺病、矽肺病）

石版〔名〕〔印〕石版印刷、石版畫

石版で印刷する（用石版印刷）

石版刷り（石版印刷）

着色石版画（彩色石版畫）

石板、石盤〔名〕（舊時小學生用石筆寫字用的）石板、（鋪屋頂用的）板石（=スレート）

石板拭き（石板擦）

石碑〔名〕石碑（=石文）、墓碑（=墓石）

石碑を立てる（立石碑、立墓碑）

石筆〔名〕（在石板上寫字用的）石筆、（黑色黏土做成，作書畫用的）硬黏土筆

石櫃〔名〕〔考古〕（盛骨灰用的）石櫃

石斧〔名〕〔考古〕石斧

石婦〔名〕石女、不孕的女人

石仏、石仏〔名〕石佛

石仏〔名〕石佛（=石仏）、不動感情的人，沉默寡言的人，木雕泥塑的人，鐵石心腸的人（=木仏）

石片〔名〕石片

石墨〔名〕〔礦〕石墨（=黒鉛）

石墨グリース（石墨潤滑脂）

石墨片岩（石墨片岩）

石本〔名〕拓印本（=石刷り）

石綿、石綿〔名〕〔礦〕石棉（=アスベスト）

石綿糸（石棉纖維）

石綿スレート（石棉瓦）

石綿セメント管（石棉水泥管）

石綿紐（石棉繩）

石綿線（〔電〕石棉被覆線）

石目〔名〕〔地〕斷裂

石目〔名〕石紋

石目が細かい（石紋細）

石目が粗い（石紋粗）

石目革（珠皮）

石門〔名〕石造的門、（自然形成的）岩石門

石油〔名〕石油

石油を掘る（開採石油）

石油を掘り当てる（鑽到石油）

石油を豊富に産する（盛產石油）

石油アスファルト（柏油）

石油井戸（石油井）

石油エーテル（石油醚）

石油インジン機関（柴油機、內燃機、重油機）

石油化学（石油化學）

石油瓦斯（石油氣）

石油株（石油股票）

石油鉱床（石油礦床）

石油化学コンビナート（石油化工聯合企業）

石油軽油（太陽油、索拉油）

石油コークス（石油焦）

石油焜炉（煤油爐）

石油採掘（開採石油）

石油資源（石油資源）

石油触媒（石油催化）

石油酸（石油酸）

石油専用バース（石油專用碼頭）

石油タンク（油庫）

せきゆ たんさ さいくつこうぎょう
石油探査採掘工業（石油探勘開採工業）

せきゆ にゅうざい
石油乳剤（石油乳劑）

せきゆ はいガス
石油の廃瓦斯（石油廢氣）

せきゆ はっこうだつろうぎじゅつ
石油発酵脱蝋技術（石油發酵脫蠟技術）

せきゆ pitch
石油ピッチ（石油瀝青）

せきゆ benzine
石油ベンジン（輕質石油、石油精）

せきゆ まいぞうく
石油埋蔵区（潛在產油區）

せきゆ まいぞうりょう
石油埋蔵量（石油儲量）

せきゆ pipe
石油輸送パイプ（輸油管）

せきゆ rush
石油ラッシュ（石油熱潮）

せきゆ lamp
石油ランプ（煤油燈）

せきゆ inflation
石油インフレ（因石油漲價而引起的通貨膨脹）

せきゆ shock
石油ショック（資本主義國家因石油輸出國的石油提價所受到的衝擊＝オイルショック〔oil shock〕）

せきゆ たんぱくしりょう
石油蛋白飼料（石油蛋白飼料）

せきゆ せんりゃく
石油戦略（石油戰略）

せきりん、せきりん
石淋、石痲〔名〕〔醫〕腎結石、膀胱結石

せきりん あじ な かいけい はじ そそ
石痲の味を嘗めて会稽の恥を雪ぐ（嘗石痲之味而雪會稽之恥、忍小辱而成大業-出自勾踐的故事）

せきるい
石塁〔名〕石砦、用岩石築的城堡

せきろう
石蝋〔名〕〔化〕石蠟（=パラフィン〔paraffin〕）

せっか
石化〔名、自サ〕石化、變成化石

せっか どあ
石化の度合い（石化程度）

せっか
石火〔名〕用燧石打出的火、極短的瞬間，極敏捷的動作

せっかひかり
石火光（石火之光）

でんこうせっか
電光石火（閃電一般、一霎那）

せっか ごと
石火の如く（如閃電一般地）

いしびや
石火矢〔名〕（古代發射小石，碎鐵的）攻城弓、（江戶初期）西洋的大砲

せっか
石果〔名〕核果

せっか
石貨〔名〕〔古〕（原始人）石頭作的貨幣

せっかさい
石花菜〔名〕〔植〕石花菜（=天草〔てんぐさ〕、心天草〔ところてんぐさ〕）

せっかい、いしばい
石灰、石灰〔名〕石灰（生石灰，消石灰的總稱）

せいせっかい
生石灰（生石灰）

しょうせっかい
消石灰（熟石灰）

せっかい や
石灰を焼く（燒石灰）

せっかい ま
石灰を撒く（撒石灰）

せっかいかまど
石灰竈（石灰窯）

せっかいか
石灰化（鈣化）

せっかいがん
石灰岩（石灰岩）

せっかいこう
石灰坑（石灰石坑）

せっかいか
石灰華（石灰華）

せっかいしつ
石灰質（石灰質）

せっかいしょくぶつ
石灰植物（喜鈣植物）

せっかいすい
石灰水（石灰水）

せっかいかいめんるい
石灰海綿類（鈣質綱）

せっかいせき
石灰石（石灰石）

せっかいちっそ
石灰窒素（石灰氮）

せっかいどう
石灰洞（石灰岩洞、鐘乳洞）

せっかいにゅう
石灰乳（石灰乳）

せっかいひりょう
石灰肥料（石灰肥料）

せっかいぶん
石灰分（石灰分）

せっかい mortar
石灰モルタル（石灰漿）

いしばいかま
石灰窯（石灰窯）

いしばいやき
石灰焼（燒石灰〔的人〕）

せっかい、いしころ、いしくれ
石塊、石塊、石塊〔名〕石塊

いしくれどうぜん やくだ
石塊同然の役立たず（像塊石頭似的廢物）

いしころみち
石塊道（石子路、碎石路）

せっかく
石槨〔名〕（古墳中的）石椁、石室

いわき、いわき
石槨、石城〔名〕〔古〕石墓

せっかん、せきかん
石棺、石棺〔名〕（古墳中的）石棺

せっき
石基〔名〕石砌的基礎。〔礦〕（火成岩的）基質

せっき
石器〔名〕〔考古〕石器

せっきじだい
石器時代（石器時代）

せっきょう、いしばし
石橋、石橋〔名〕石橋

いしばし たた わた
石橋を叩いて渡る（小心又小心、萬分謹慎）

せっくつ
石窟〔名〕石窟、岩穴（=岩屋〔いわや〕、岩穴〔いわあな〕）

せっくつじ
石窟寺（石窟寺）

せっけい
石径〔名〕石路

せっけつ
石碣〔名〕石碑

せっけつめい
石決明〔名〕〔藥〕石決明（用鮑魚貝殼磨成的粉、多用於眼藥）

せっけん　　　　　　　　sabao 葡
石鹸〔名〕肥皂、香皂（=シャボン）

こなせっけん
粉石鹸（肥皂粉）

かみせっけん
紙石鹸（肥皂紙）

せんたくせっけん
洗濯石鹸（洗衣肥皂）

やくようせっけん
薬用石鹸（藥皂）

かいすいようせっけん
海水用石鹸（海水用肥皂）

ぎゃくせいせっけん
逆性石鹸（陽離子皂-殺菌力強的肥皂）

せっけん　あわ
石鹸の泡（肥皂泡）

かお　せっけん　ぬ
顔に石鹸を塗る（往臉上抹肥皂）

せっけん　あら
石鹸で洗う（用肥皂洗）

せっけんこうじょう
石鹸工場（肥皂廠）

せっけん い
石鹸入れ（肥皂盒）

せっけんせき
石鹸石（〔礦〕皂石）

せっけんせいれん
石鹸精錬（〔化〕煮皂）

サボンそう　savon 法 そう
石鹸草、サボン草〔名〕〔植〕皂草

せっこう　いしく　　　　　いしや　いしき
石工、石工〔名〕石工、石匠（=石屋、石切り）

せっこう dam
石工ダム（石壩）

せっこう　　　　　　gips 德
石膏〔名〕〔礦〕石膏（=ギプス）

やきせっこう
焼石膏（熟石膏）

せっこうほうたい
石膏包帯（石膏繃帶）

せっこうがた
石膏型（石膏模型）

せっこうざいく
石膏細工（石膏工藝品）

せっこうぞう
石膏像（石膏像）

せっこく
石刻〔名〕石刻，石雕、石拓

せっこくほん
石刻本（石拓本）

せっこく
石斛〔名〕〔植〕石斛

しゃく　　　　　　せき　こく　いし　いわ　いわ　いわ　いわ
石〔漢造〕石、岩石（=石、石、石、石，岩，巖，磐）

じしゃく
磁石（磁鐵、磁鐵礦、磁針）

おんじゃく
温石（輕石和鹽燒熟的東西，用於保暖）

ばんじゃく　ばんじゃく
磐石、盤石（盤石、堅固不可動搖）

しゃくなげ　しゃくなげ
石南花、石楠花〔名〕〔植〕石南、石楠花

ももいろしゃくなげ
桃色石南花（桃色石南）

こく
石〔名〕（用作助數詞）

石（穀物，液體等的容積單位，等於十斗，約合 180 公升）

石（木材的體積單位，10 立方尺，約合 0.27 立方米）

石（木船的容積單位，10 立方尺）。

〔古〕大名，武士的俸祿單位

ちぎょうひゃくまんごく　だいみょう
知行百万石の大名（俸祿一百萬石的大名）

こくだか
石高〔名〕米穀的收穫量、（江戶時代武士的）俸祿（=扶持高）

こくだかさんぜんごく　だいみょう
石高三千石の大名（三千石俸祿的大名）

いしだか
石高〔形動〕（道路）多石而高低不平

いしだか　みち
石高な道（多石而高低不平的道路）

いしだかみち
石高道（多石而高低不平的道路）

こくもち　こくもち
石持、黒餅〔名〕黑餅（家徽名）、印家徽處染成大白圓點的衣料

いしもち　いしもち　いしもち
石持ち，石持、石首魚〔名〕〔動〕石首魚、黃花魚（=ぐち）

いし
石〔名〕石頭、岩石、礦石、寶石、鑽石、圍棋子、打火石、硯石、墓石、（划拳）石頭（剪刀，布）

〔喻〕堅硬，沉重，頑固，冷酷無情

みち　いし　し
道に石を敷く（路上鋪石頭）

いし　つつみ
石の堤（石頭築的堤）

いし　みが
石を磨く（磨石頭）

いし　ほ
石に彫る（刻在石上）

いし　き　だ
石を切り出す（採石）

いしや
石屋（石工、石商）

ゆびわ　いし
指環の石（戒指上的寶石）

じゅうはちいしい　とけい
十八石入りの時計（十八鑽的錶）

いし　お
石を置く（〔圍棋〕擺子、下子）

lighter　いし
ライターの石（打火石）

いし　だ
石を出す（出石頭）

いし　よう　つめ　こころ
石の様な冷たい心（鐵石般的冷酷心腸）

石の様に固い（堅如岩石）

石が流れて木の葉が沈む（事物顛倒、不合道理）

石に齧り付いても（無論怎樣艱苦也要…）

石に灸（無濟於事、毫無效果、無關痛癢）

石に針（無濟於事、毫無效果、無關痛癢）

石に漱ぎ流れに枕す（強辯、狡辯、強辭奪理）

石に錠（判）（雙保險、萬無一失）

石に謎掛ける（叫石頭猜謎、對牛彈琴）

石に花咲く（石頭開花〔決不可能〕、鐵樹開花）

石に布団は着せられず（墓石上蓋不了被子、父母死後再想盡孝就來不及了）

石に矢が立つ（精誠所至金石為開－來自李廣射石沒羽的故事）

石枕し流れに漱ぐ（枕石漱流、隱居林泉隨遇而安）

石の上にも三年（在石頭上坐上三年也會暖和的、功到自然成）

石を抱きて淵に入る（抱石入淵、危險萬分、飛蛾撲火、自取滅亡）

軽石（〔礦〕輕石、浮石）

墓石（墓石）

石頭〔名〕頑固的腦袋，不靈活的頭腦，理解力差的頭腦（或人）、（石頭一般）硬的腦袋

彼奴は石頭で融通が利かない（那傢伙是個死腦筋不會臨機應變）

彼の石頭では迚も分るまい（那個死腦筋未必會懂）

石頭をぶっつけられる（被硬腦袋撞了一下）

石頭と鉢合わせを為て瘤が出来た（和硬腦袋頭碰頭撞出個包）

石臼〔名〕石臼，石磨。〔喻〕笨重的東西

石音〔名〕下圍棋棋子的聲音

石垣〔名〕石圍牆

城の石垣（石砌的城牆）

家の周りに石垣を廻らす（房子周圍砌上石牆）

石垣栽培（石垣栽培－在西南斜坡砌上石牆，利用其反射熱力，促使植物早熟的栽培法，多用於草莓）

石垣作り（石垣栽培=石垣栽培）

石垣苺（種在石牆縫裡的早熟草莓）

石崖〔名〕石崖

石合戦〔名〕（遊戲）投石子打仗玩

石合戦を遣る（投石子打仗玩）

石蟹〔名〕〔動〕日本蟳

石壁〔名〕石壁、石牆

石框〔名〕蛇籠（=蛇籠）

石框工事（蛇籠護岸工程）

石神〔名〕石神（民間當作神靈祭祀的奇石，石棒等）

石亀〔名〕〔動〕烏龜

石亀の地団駄（烏龜的跺腳、乾著急沒辦法）

石鰈〔名〕〔動〕石鰈、石板、石鏡、石夾

石切り〔名〕採石、鑿石、石工，石匠（=石匠、石屋）

石切り機（採石機）

石切り場（採石場）

石切り鑿（石鑿子）

石屑〔名〕碎石

石組み、石組〔名〕庭園中自然石的布置（=石配り、岩組み）

石車〔名〕運石頭的車、在坡路上踩上圓石頭滑倒

石車に乗る（踩上圓石頭滑倒）

石蹴り〔名〕（遊戲）跳房子（在地上畫出若干區劃，用一腳踢小石子，邊踢邊跳）

子供が石蹴りを為て遊ぶ（小孩子跳房子玩）

石拳〔名〕猜拳、划拳（=じゃん拳）

石子〔名〕小石

石子詰（用碎石活埋－日本中古時代的一種私刑）

石粉〔名〕（作陶瓷，玻璃原料的）長石粉、（作人造石或抹大理石，磁磚縫的）石灰石粉

石珊瑚類（いしさんごるい）〔名〕〔動〕石珊瑚目

石敷（いしじき）〔名〕石板地（路）（=石畳）

石地蔵（いしじぞう）〔名〕石地藏菩薩像

石地蔵に蜂（不痛不癢）

石刷り，石刷、石摺り，石摺（いしずり）〔名〕拓本、拓字

石刷りを取る（拓）

石鯛（いしだい）〔名〕〔動〕條石鯛（=縞鯛）

石大工（いしだいく）〔名〕石工，石匠、石匠頭

石抱き，石抱（いしだき）〔名〕石壓拷問（江戶時代一種拷打非刑，令嫌犯坐在三棱木上，把石頭壓膝上逼供）（=算盤責め）

石敲き、石叩き（いしたたき）〔名〕〔動〕鶺鴒（=鶺鴒）、把礦石敲碎、碎石工、碎石鎚

石畳、甃（いしだたみ）〔名〕鋪石的地、石階（=石段）。〔木工〕馬牙榫、棋盤格花紋（=市松模様）、一種食用小蛤

石畳の道（石板路）

玄関先の石畳に水を撒く（給門口的石階撒水）

石立て、石立（いしだて）〔名〕〔圍棋〕布局（=石配り）

石段（いしだん）〔名〕石階（=石畳）

石段を上がる（上石階）

石段を下りる（下石階）

石突き、石突（いしづき）〔名〕（手杖，茅柄，傘柄等拄地頭上的）金屬箍、磨菇根

椎茸の石突き（香菇根部）

石積み（いしづみ）〔名〕（遊戲）堆石子

石燈籠（いしどうろう）〔名〕（日本廟宇或庭院中的）石燈籠

石投（いしなぎ）〔名〕〔動〕石投魚、鰵（一種深海魚形似鱸魚、肝臟可製肝魚）

石投げ（いしなげ）〔名〕（遊戲）拋石子

石庭（いしにわ）〔名〕用石頭裝點的庭院

石弾き、石弾（いしはじき）〔名〕（古代武器）石弓，石弩、（遊戲）彈棋子（石子）（=御弾き）

石肌（いしはだ）〔名〕未加工的石面

石針、石鍼、砭（いしばり）〔名〕（中醫）石針

石張り（いしばり）〔名〕（在堤壩、建築物表面上）張貼石面

石河豚（いしふぐ）〔名〕〔魚〕海的異名

石伏、石斑魚（いしぶし）〔名〕〔魚〕葦登的異名

石舟（いしぶね）〔名〕運石船、石浴池，石槽

石文、碑（いしぶみ）〔名〕石碑（=石碑）

石風呂（いしぶろ）〔名〕石浴池、（利用岩石洞穴把石頭燒熱後加水的）蒸汽浴

石部金吉（いしべきんきち）〔名〕（用石和金拼成的日本人名）頑梗不化的人、木雕泥塑的人、見色無動於衷的人、清教徒式的人、柳下惠

彼奴は石部金吉だから付き合い難い（那個傢伙太古板不好打交道）

石部金吉金兜（極端頑梗古板的人）

石塀（いしべい）〔名〕石牆

石偏（いしへん）〔名〕（漢字部首）石字旁、〔俗〕頑梗不化的人、木雕泥塑的人（=石部金吉）

石道（いしみち）〔名〕多石難行的道路

石屋（いしや）〔名〕石匠（=石工、石工、石匠、石切り）、石料鋪

石屋（いわや）〔名〕天然石洞（=岩室）、人工鑿的石洞（=岩窟）

石焼き、石焼（いしやき）〔名〕瓷器、〔烹〕石烤魚

石焼き豆腐、石焼豆腐（加薑汁的清燉油煎豆腐）

石焼き芋、石焼芋（埋在燒熱石頭烤製的烤白薯）

石山（いしやま）〔名〕多石的山、採石的山

石弓、弩（いしゆみ）〔名〕弩（=大弓）、（兒童玩的）彈弓、礌石

石枠締切（いしわくしめきり）〔名〕〔土木〕填石圍堰

石割り（いしわり）〔名〕劈開石頭、劈石工具、（工程的）石材配置

石、岩、巖、磐（いわ）〔名〕（構成地球，月球等的）礦物、（地面上的）岩石，大石頭（=巖）

岩を掘る（挖出岩石）

岩に花（枯樹開花、不可能的事）

石城、石槨（いわき）〔名〕〔古〕石墓

石清水（いわしみず）〔名〕從岩石縫流出的清冷的水

石戸、岩戸（いわと）〔名〕石洞口、石洞門、石墓的門

石見銀山（いわみぎんざん）〔名〕〔藥〕（用島根縣石見銀山所產的含砷礦物質製的）殺鼠藥

石女、産まず女（うまずめ）〔名〕石女、不能生育的女人

石斑魚、鯎〔名〕〔動〕石斑魚

石蒜、曼珠沙華〔名〕（意為〝天上之花〞）〔植〕石蒜（=石蒜、彼岸花）

石蒜、彼岸花〔名〕〔植〕石蒜（=石蒜、曼珠沙華）

石蓴〔名〕〔植〕石莼、海萵苣（=萵苣海苔）

石榴、柘榴〔名〕〔植〕石榴

石榴の木（石榴樹）

石榴科（石榴科）

石榴口（東西的裂口、江戶時代澡堂內浴池間低矮的入口）

石榴石（〔礦〕石榴石=ガーネット）

石榴草（〔植〕粟米草）

石榴鼻（酒渣鼻）

実（實）（ㄕˊ）

実〔名〕真實，實際、真誠，誠意、實體。〔數〕被除數，被乘數←→法（除數）。〔數〕實數←→虛

〔漢造〕實、仔粒、誠實，忠實、真實，實際

実を言えば（老實說）言う謂う云う

実の処（其實、實際上）処 所

実を言うと此は私の物ではない（說實在的這個不是我的）

実力（實力）

実を尽す（竭盡誠意）尽す尽くす

実の無い答え（沒有誠意的答覆）

有名無実（有名無實）

虚を棄てて実を取る（棄虛取實）棄てる捨てる取る撮る獲る採る盗る執る捕る摂る

実の無い本の見せ掛け（徒有其表、華而不實）

実に〔副〕真，實在，確實，的確、很，非常

実に面白かった（真有意思）

実に怪しからぬ（真可惡！真豈有此理！）

実に美しい（非常美麗）

助手の職に在る事実に十七年（擔任助手的工作已有十七年之久）有る在る或る

実の〔連体〕實在的、實際的、真實的

実の処（其實、老實說、實際上是）処 所

実の処僕は知らない（其實我不知道）

実の話（真話、實話）

実の親（生身父母）

実は〔副〕說真的、老實說、事實是、說實在的

実は私にも良く分からない（說真的我也不太明白）分る解る判る

実は今朝着いた許りなんです（說實在的今天早晨剛到）

実は、今日は貴方に御願いが有った来たのです（說真的我今天是有求於您才來的）

実悪〔名〕（歌舞伎）（叛賊或強盜等）極惡腳色←→色悪（歌舞伎的反派小生、色鬼）

実意〔名〕誠意，真心，真誠，實心實意、本意，本心

実意が有る（有誠意）有る在る或る

実意を尽くす（竭盡真誠）尽す尽くす

実意の籠った申し入れ（滿懷真誠的提議）

実意を質す（刺探本意）質す正す糾す糺す

実印〔名〕正式印章、登記印章（在市街村長處登記、必要時可請求印鑑證明的印章）←→認印（便章）

登記書類には実印が要る（登記文件上要蓋正式印章）要る入る射る鋳る煎る炒る居る

実員〔名〕〔軍〕實際兵員、實際人員，實有人員

実員二百万の陸軍（實際兵員二百萬的陸軍）

実有〔名〕〔佛〕（對虛妄而言）實有、實在←→仮有

実益〔名〕實益、實際利益、現實利益

実益の有る商売（有實際利益的生意）

空名より実益だ（實益勝過虛名）

其は趣味と実益とを兼ねている（那是趣味和實益兼而有之）

そんな物に少しでも実益が有るか如何か疑わしい（那種東西沒有一點點實益值得懷疑）

実演（じつえん）〔名、他サ〕（演員等）實際演出，登台表演、（電影等幕間的）餘興演出（=アトラクション attraction）、當場表演，實際演習

彼の役者は映画よりも実演の方が良い（那個演員實地演出比在電影裡表演得好）

映画と実演が有る（有電影和幕間演出節目）

菓子の製法を実演する（當場表演點心的做法）

器具等の用途を実演で説明する（用實際演習解釋器具等的用途）

実音（じつおん）〔名〕（對擬音而言）實際聲音、真實音響

実価（じっか）〔名〕實價，實值，真實價值、原價，成本、實售價格

其には一万円の実価が有る（這個實價一萬日元）

此は五千円で買ったが実価は少しとも二万円有る（這是花五千日元買的實際至少值兩萬日元）

額面で無く実価で（不按面額而按實價）

実科（じっか）〔名〕實科、以實用為目的的學科

農大実科（農業大學實科）

其の学科の理論を先に教え次に実科を遣らせる（首先講授那科的理論然後再教實際應用）

実科高等女学校（實科高等女子學校-以學習家政為主的舊制女子中學）

実家（じっか）〔名〕（婦女的）娘家、（入贅男人的）父母之家←→養家

妻は実家に行っている（妻子回娘家去了）行く往く逝く行く往く逝く

休暇には実家へ帰ります（放假時回娘家去）帰る返る還る孵る代える換える変える替える

実害（じつがい）〔名〕實際損害、實際損失

実害を与える（予以實際損害）

実害を蒙る（遭受實際損失）蒙る被る拠る因る依る由る縒る撚る寄る縁る選る

新聞の報道に拠ると可也の実害が有った様だ（據報紙報導似乎有了相當的實際損失）

実学（じつがく）〔名〕實學、應用科學（狹義指醫學、商學、工學等）

実方（じつかた）〔名〕（歌舞伎）扮演善良，誠實人物的腳色

実事（じつごと）〔名〕（歌舞伎）（以客觀生活事件為主題的）寫實表演（多半刻畫規勸放蕩幼主的忠臣或家老等）

実事師（專門扮演寫實劇情的腳色）

実事（じつじ）〔名〕有根據的事，實際的事、男女共寢

実株（じつかぶ）〔名〕〔商〕現貨股票、股票的現貨←→空株、空株（空股、買空賣空的股票）

実感（じっかん）〔名、他サ〕體會，真實感，確實感覺到、真實的感情

痛切に実感する（痛切地體會到）

実感が未だ湧かない（還沒有真實感）湧く涌く沸く

こんな描写では実感が起こらない（這種描寫不會產生真實的感覺）起る興る熾る怒る

此の静物画は実感が出ている（這幅靜物畫有真實感）

苦しい経験を、実感を込めて話す（懷著真實感情述說痛苦的經驗）話す放す離す

実感温度（〔醫〕有效溫度）

実感温度表（有效溫度表）

実紀、実記（じっき）〔名〕實錄、實際紀錄、真實記載

日露戦争実記（日俄戰爭實錄）

南極探検の実記（南極探險實錄）

実技（じつぎ）〔名〕實際技巧、實用技藝

体育実技（體育實際技巧）移る遷る写る映る

体育の講義は此で終って、此から実技に移る（體育課講到此為止下面轉至實際技巧）

実技試験（實際技巧操作測驗）

実義（じつぎ）〔形動〕真心誠意、真實的道理

実況（じっきょう）〔名〕實況、實際情況、真實情況

現地の実況を詳細に報告する（詳細報告當地的實際情況）

此の映画は戦争の実況を映した物です（這個影片是把戰爭的實況拍照下來的）

此は実況を目撃した人の話です（這話是目睹實況的人說的）

実況放送（電視或電台的實況轉播）

野球の実況放送（棒球比賽的實況轉播）

実況放送を行う（做實況轉播）

実業〔名〕實業（工農商等生產事業）

実業に従事する（從事實業）

実業に付く（做實業）付く附く着く撞く搗く突く吐く憑く漬く就く衝く尽く

実業の才が有る（有辦實業的才能）有る在る或る

実業学校（實業學校）

実業視察団（實業考察團）

実業家（實業家）

実業家肌の人（實業家風度的人）

私の父は実業家です（我的父親是實業家）

彼は実業家の才能が有る（他具有實業家的才能）

実業界（實業界）

実業界に入る（進入實業界）入る入る

実兄〔名〕胞兄、親哥哥←→義兄

彼の実兄は有名な医者だ（他的胞兄是著名的醫師）

実弟〔名〕親弟弟

実姉〔名〕親姐姐←→義姉

実妹〔名〕親妹妹、同胞妹妹

実父〔名〕親身父親←→養父、義父、継父，継父

実母〔名〕親娘、親生母親←→義母、養母、継母，継母

実子〔名〕親生子、親兒子←→義子、養子、継子，継子

彼の人には実子が無い（他沒有親生子）

此の子は私の実子です（這個孩子是我的親兒子）

実刑〔名〕實際的服刑（對緩刑而言）

実刑に行わず、執行猶予に為る（不實際服刑作緩刑處理）磨る掏る擦る摩る刷る擂る摺る

実形〔名〕實際形狀、實際大小（尺寸）

其の昆虫の実形は図の約二分の一である（那個昆蟲的實際大小大約是圖的二分之一）

実景〔名〕真景、實際景色

実景は写真よりずっと美しい（實際景色比照片美麗得多）

此の富士の画は実景です（這張富士山的畫是真景）

此の写真は堤防を補強中の村民の実景である（這張相片是村民補修堤壩的實際情況）

実見〔名、他サ〕目睹、實際看見、親眼看見

此は私が実見したのだ（這是我親眼看見的）

学校の模様を実見して来た（親自觀看了學校的情況）

一度彼の建物の実見を遣らねば為らない（必須親眼觀看一次那個建築物）

アメリカ実見記（美國實地觀察記）

実検〔名、他サ〕實地檢查、鑑定，確認

首実検（鑑定首級）

犯人を見知っている人を本人か如何かを実検する（由認識犯人的人來確認是不是本人）

実権〔名〕實權

実権を握る（掌握實權）

政治の実権が軍人に帰した（政治的實權歸軍人掌握了）帰す還す反す返す孵す

校務の実権は校長でなく委員会に在った（校務的實權不在校長而在委員會裡）有る在る或る

実権派（實權派、當權派）

実験〔名、他サ〕實驗，實地試驗、經驗，體驗，實際經驗

実験に由って証明する（根據實驗證明）由る縁る依る因る拠る縒る撚る寄る

化学の実験を為る（做化學實驗）為る為る

原爆の実験を為る（試驗原子彈）

実験器具（實驗儀器）

実験劇場（實驗劇場）

実験段階（實驗階段）

実験学校（實驗學校）

実験農場（實驗農場）

自分の実験から為れば（從我的經驗來說）

実験小説（經驗〔體驗〕小說）

実験科学（實驗科學）

実験心理学（實驗心理學）

実験計画法（實驗規化法）

実験室（實驗室）

化学実験室（化學實驗室）

実験室系（〔理〕實驗室坐標系）

実験式（〔化學〕實驗式、試驗式）

実験場（實驗場）

原子力実験場（原子能實驗場）

実験台（實驗台、試驗台）

彼等は実験台に為ろうと申し出た（他們提出要當試驗品）

実験論（〔哲〕實證論、實證主義）

実現〔名、自他サ〕實現

長年の夢を実現する（實現多年的夢想）長年長年

彼の希望は遂に実現された（他的希望終於實現了）遂に終に希望既望

其の計画の実現は到底覚束無い（那個計畫根本沒有實現的可能）

宇宙飛行の理想は実現を見るに至った（太空飛行的理想終於實現了）至る到る

実行〔名、他サ〕實行、實踐躬行

計画を実行する（實行計畫）

政策を実行に移す（落實政策）移す遷す映す写す

口先丈で実行しない(光說不練 說了不做)

理論よりも実行(理論不如實際)良い好い佳い善い良い好い佳い善い

其の方法は良いに違いないが実行は難しい（那個方法無疑是好的但實行起來很困難）

実行委員会（實行委員會）

実行家（實行家、實業家）

こんな説は実行家には受けられない（這種說法實行家聽不進去）

実行器（〔動〕效應器、反應器）

実行者（實行者）

独身主義の実行者（獨身主義的實行者）

実行難（實行困難）

実行難が伴う（實行中有困難）

実行難に陥る（陷入實行困難）

実行力（實行力）

実行力の有る人（具有實行力的人）立てる建てる発てる絶てる截てる断てる裁てる経てる

彼は色色計画を立てるが実行力に乏しい（他雖然訂很多計畫但缺乏實行力）乏しい欠しい

実効〔名〕實效、實際效力、真實效果

実効が現われる迄には多少の年月を要する（到實際發揮效果尚需一些日子）表れる現れる

旨い宣伝だったが余り実効は無かった（是一個巧妙的宣傳但實際效果不大）旨い巧い上手い

売薬には実効の無い物が多い（成藥大都沒有療效）多い蔽い覆い蓋い被い

そんな手段を取っても実効は無い（採取那種手段也沒有實際效果）取る捕る執る盗る採る撮る

実効価格（〔經〕〔購買日常生活必需品的〕實際價格）

実効電圧（〔電〕有效電壓）

実効電流（〔電〕有效電流）

実効値（〔電〕有效值）

実根〔名〕〔數〕實根

実査〔名、他サ〕實際觀察、實際考察、實際檢查

実査を経て（經過實際檢查）

実査に拠れば（根據實據調查）

実際〔名〕實際、事實

〔副〕實際、的確、真的

実際の価値（實際價值）

理論と実際（理論與實際）

貴方の話は実際と大分違っている（你的話和事實相差很遠）

実際腹が立つ（真氣人、真使人生氣）立つ裁つ経つ断つ截つ絶つ発つ建つ起つ

実際然うだよ（確實是那様）

実際は（說真的）

実際の処（說真的、實際上、說實在的）

実際の所、全く素晴らしい（說實在的真了不起）

実際家（實行家，講究實際的人、專家）

実際家の意見を聞く（聽聽專家的意見）聞く聴く訊く利く効く

実際的（實際上、講實際）

実際的な人（講求實際的人）

実際的見地から（從實際的觀點來看）

実際的で無い（不切實際）

実在〔名、自サ〕實際存在、實有其事（人，物）。〔哲〕實在

実在の人（實際存在的人）

此の小説のモデルは実在している（這本小說裡的典型人物是確有其人的）

実在咽喉厚（〔工〕焊縫實際厚度）

実在論（〔哲〕實在論）←→観念論

実作〔名、他サ〕實際創作（藝術品等）

短歌の実作を学ぶ（學習短歌的實際創作）習う

実算〔名〕〔數〕實際演算

実施〔名、他サ〕（法律、計畫、制度等）實施、實行、施行

大掃除を実施する（進行打掃除）

其の法律は未だ実施されていない（那個法律還沒有施行）未だ未だ

選挙は明日実施されます（明天實行選舉）明日明日明日

震災対策を徹底的に実施する（徹底實行地震災害的對策）一日

夏季割引料金は六月一日から実施に為る（夏季折扣票價由六月一日起實行）一日一日一日

実字〔名〕（漢語的）實字（有形物的名詞、如天，地，草，木）←→虚字

実時間操作〔名〕〔計〕實時操作、實時運算

実視連星〔名〕〔天〕目視雙星

実質〔名〕實質、本質←→名目

実質は此の方が優れている（實質是這個好）優れる勝れる選れる

実質に於いては変りは無い（實質上並無二樣）

外見より実質を選べ（別看外表要選擇其實質）選べ択べ撰べ

其の国の憲法は実質に於いては決して民主的で無い（那個國家的憲法實質上絕不是民主的）

実質的（實際上、具有實際內容）←→形式的

実質的には減税に為らない（實際上並沒有減稅）

中中実質的で良いね（頗有實際內容很好）

実質賃金（實際工資）←→名目賃金

実質犯（〔法〕〔殺人、強盜等〕實際犯、實際罪犯）←→形式犯

実写〔名、他サ〕寫實、拍照實況（實事、實景）

列車事故の実写映画（列車事故的寫實影片）

戦争場面の決死的な実写に成功した（冒死地拍照戰爭場面的實況取得了成功）

実写映画（紀錄片、拍照實況的電影）

実車〔名〕（對模型車等而言）實用的車、（對空車而言）載有乘客的車，裝著貨物的載重車←→空車

実射〔名〕實彈射擊

実射訓練（實彈射擊的訓練）

実社会〔名〕現實社會、實際社會

実社会に乗り出す（進入現實社會）

ㄕ

卒業して実社会に入る（畢業後進入現實社會）入る入る

実社会は学校で考えていた程甘い物ではない（實際社會並不像在學校裡想像的那樣簡單）

実尺〔名〕實際尺寸、實在大小

実需〔名〕〔經〕實際需求

生産が実需に追い着かない（生產趕不上實際需求）

実収〔名〕實際收入、實際收穫（產量）

支出を考えれば実収は其程大きくない（考慮到支出實際收入並不那麼多）

本年度の米の生産は実収六千万トンであった（本年度稻米實際產量是六千萬噸）

十万円の実収入を得る（得到十萬日元的實際收入）得る得る売る

実収入（實際收入）

実習〔名、他サ〕實習、見習

工場へ実習に行く（到工廠去實習）工場工場行く往く逝く行く往く逝く

料理の実習を為る（實習做菜）為る為る

実習生（實習生）

実正〔名〕〔舊〕真實、實在、確實

右借用候事実正也（右記款額借用屬實）

実証〔名、他サ〕確證，確實的證據、證實

君の言った事には実証が有りますか（你說的事確有證據嗎？）

未だ実証が上がっていない（還未得到確證）未だ未だ上がる揚がる挙がる騰がる

実証を握っている（握有確實的證據）

此の仮説は実証されるか（這個假說能證實嗎？）述べる陳べる延べる伸べる

私は自分の言った事を実証する事実を述べよう（我談談事實來證實我自己所說的話）

此の点に就いては先に実証した通りである（關於這一點正如剛才所證實的那樣）

実証主義（實證主義）

実証哲学（實證哲學）

実証的（實證的、實事求是的）

科学は実証的でなければならない（科學必須是實證的）

歴史を実証的に研究する（以實際的觀點研究歷史）

実状、実情〔名〕真情、實際情況、實際狀況

実状を打ち明ける（說出實情）

実状を訴えて同情を求める（訴說實情懇求同情）

表面丈を見て実状を知らない（只看到表面不了解實際情況）

地震の実状をニュース映画で見た（從新聞影片中看見了地震的實際情況）

実状調査（實況調查）

実数〔名〕實際數量，實際數額。〔數〕實數（有理數和無理數的總稱）←→虚数

参加人員三万と発表したが、実数は一万前後であった（發表說參加人員有三萬但實際人數是一萬左右）

実寸〔名〕實際尺寸（大小）

実世界〔名〕（由學校等觀看的）外部世界、實際世界、實際（客觀）社會

実世間〔名〕（由學校等觀看的）外部世界、實際世界、實際（客觀）社會（=実世界）

実勢〔名〕實際勢力、實在勢力

経済実勢（經濟實力）

実勢価格（〔經〕市場實價、市價）

実勢レート（〔經〕市場上的實際匯兌率）

実勢力〔名〕實力，實際力量（=実勢）、實際兵力

実生活〔名〕實際生活

学校で学ぶ事で実生活に役立つ事は少ない（學校裡所學的東西在實際生活中有用到的並不多）

実性反応〔名〕〔化〕特性反應

実跡〔名〕真實事蹟、真實行跡

実積〔名〕（土地的）實際面積、實際體積

此の畑は十町歩と言っているが、実積はずっと広い（這塊土地說有十町步但實際面積要大得多）畑畠畑畠

実績〔名〕實績、實際成績、實際功績、實際成果

実績を上げる（作出實際成績）上げる挙げる揚げる

此の頃彼の仕事の実績を上げている（最近他的工作成果很好）

材料の割当は過去の生産の実績に依って決める（材料的分配根據過去的生產實績來決定）

１　９　８　０年度輸出実績（1980 年實際出口數額）

実説〔名〕真實的說法、實話、事實、實際←→虚説

実説に依れば斯うだ（根據確實的說法是這樣）斯う乞う請う

史上の実説には様な人物は無いと言う（據說在史實上並不存在這樣的人物）言う謂う云う

僕の聞いた処と実説とでは大変な違いだ（我所聽到的和事實有很大出入）聞く聴く利く効く

実戦〔名〕實戰、實際作戰、真實的戰爭

実戦の経験（實際經驗）

実戦に臨む（遭逢實戰、面臨實戰）臨む望む

彼は数回実戦に参加した（他參加過幾次實際作戰）

其の軍艦は実戦に加わった（那艘軍艦參加了實際戰爭）

敵の新兵器は実戦に余り役に立たなかった（敵人的新兵器在實際作戰中並沒有起多大作用）

実践〔名、他サ〕實踐、自己實行

身を以て実践する（親自實踐）

自己の説く処を実践する（把自己所說的付諸實踐）説く解く溶く梳く

其等の教訓を実践せよ（要身體力行那些教導）

議論するよりも実践する事が大切だ（實踐比議論更為重要）

実践躬行（實踐躬行、身體力行）

実践理性（〔哲〕實踐理性）

実践哲学（實踐哲學）

実線〔名〕實線（連續不斷的線）←→虚線

点と点の間を実線で結ぶ（把點與點之間用實線連上）結ぶ掬ぶ

実相〔名〕真相，真實情況，實際情況。〔佛〕實相，真如（萬物生滅變化中的真相）

宇宙の実相（宇宙的真實情況）

政界の実相を探る（探索政界的真實情況）

実装〔名〕〔電〕實裝、實際按裝

実像〔名〕〔理〕實像。〔喻〕真實的樣子←→虚像

実像を結ぶ（光線聚成實像）

此が現代っ子の実像だ（這就是現代人的真實形象）

実測〔名、他サ〕實際測量、實地測量←→目測

目測と実測とでは可也違っている（用肉眼測量和實際測量相差很大）

実測で二百メートル（實地測量是兩百米）

実測して見る（實地測量看）

実測図（實測圖）

五万分の一の実測図（五萬分之一的實測圖）

実測図に拠れば（按照實測圖）拠る依る由る因る縒る撚る寄る縁る選る

実損〔名〕實際損失、實際損害

実存〔名、自サ〕〔哲〕實存、存在、實在

実存主義（存在主義-當代法國的一種思潮、主張實際存在就是世界的真實形象）

実体〔名〕實質，本質。〔哲〕實體

事件の実体を掴む（掌握事件的本質）掴む攫む

実体が良く分から（實質〔真相〕不十分清楚）ない分る解る判る

実体の無い単なる見せ掛け（沒有實質的單純外表）

疑問の人物の実体が分かった（弄清了可疑人物的真相）

宇宙の実体（宇宙的實體）

実体論（實體論）

実体鏡（立體視鏡）

実体鏡カメラ（立體攝像機）

実体写真（〔土木〕立體攝影）

実体写真測量（立體攝影測量）

実体波（〔理〕體波）

実体比較器（〔天〕體視比較儀）

実体振子（〔理〕復擺）

実体〔名、形動〕〔舊〕正直、耿直、忠誠老實、表裡如一（=実直）

実直〔名、形動〕正直、耿直、忠誠老實、表裡如一（=律儀）

彼は実直な人だ（他是個耿直的人）

極めて実直な性質（非常直爽的性格）極める究める窮める

実直に仕事を遣る人（老老實實工作的人）

実直な取引（誠實的交易）

実態〔名〕實體狀態、真實情況（=実状、実情、有様）

学生の実態を調べる（調查學生的實際情況）

宗教の実態を探る（探索宗教的實際情況）

実態調査（實況調查、實際情況調查）

実大〔名〕與實物一般大（=実物大）

実大の模型（和實物一般大的模型）

実弾〔名〕實彈。〔俗〕金錢

実弾を込めて有るから危険だ（裡面裝著子彈危險）

実弾射撃（實彈射擊）

選挙に勝ったのは実弾をばら蒔いたからだ（在選舉中獲勝是因為花了大錢）

選挙に実弾を使う（在選舉中使用金錢〔實行賄選〕）使う遣う

実地〔名〕實地、實際、現場

想像と実地とは丸で違っている（想像和實際完全不一樣）

実地に当たって見る（實際做一次試試）当る中る

実地に遣って見ないと良く分からない（不實際做一下弄不清楚）

実地は理論程容易ではない（實踐不像理論那麼容易）

実地に就いて調査する（就現場進行調查）

実地試験（實際考試）

実地経験（實際經驗、實際體驗）

商売上の実地経験が乏しい（缺乏做生意的實際體驗）乏しい欠しい

実地検証（實地驗證、〔案件的〕現場檢驗）

実竹〔名〕〔植〕實心竹（中間不空的竹子）

実着〔形動〕忠實沉著、腳踏實地（=着実）

実定法〔名〕〔法〕實定法、人為法（由國家立法機關制定或根據社會習慣形成、也可以由人的意志變更廢棄）←→自然法

実動、実働〔名、自サ〕實際操作（工作）、實際運轉（操作）

我我は九時間実動している事に為る（算來我們實際工作了九個小時）為る成る鳴る生る

実動時間は八時間だ（〔除去休息時間等〕實際工作時間是八小時）

実念論〔名〕〔哲〕唯實論、實在論

実馬力〔名〕〔理〕實際馬力

実否、実否〔名〕（古作実否）真實與否、是否屬實

実否の程は分からぬ（是否屬實不得而知）

実否を糾す（確かめる）（查明真假、弄清真假）糾す正す質す

実費〔名〕成本、實際費用

実費で提供する（按成本供應）

実費で売る（按實價〔成本〕出售）売る得る得る

売価は千円ですが、実費は六百円位でしょう（賣價一千日元成本不過六百日元上下吧）

出張費は会社が実費を負担する（出差時所需費用由公司負擔）

此の品を御希望の方には実費で御頒ち致します（這種貨按成本出讓給欲購者）

実部〔名〕〔數〕實部

実負荷〔名〕〔電〕實際負載、真實負載

実負荷試験（實際負載試驗）

実物〔名〕實物，實在的東西。〔經〕現貨

買うのは実物を見てからに為ます（看看實在的東西然後再買）

此の造花は実物の様に見える（這個假花看來和真花一樣）

此の肖像は彼の実物そっくりだ（這張畫像和她本人完全一樣）

実物教授（實物教學）

実物市場（現貨交易市場）市場 市場

実物取引（現貨交易）

実物大（與實物一樣大=実大）

実物大の写真（與實物一樣大的照片）

実物大以上の彫像（比實物還大的肖像）

実物〔名〕（園藝、花道）結果的←→花物、葉物

実聞〔名〕自己實際聽到

実兵員〔名〕兵員實數、實際兵力

実包〔名〕〔軍〕（步槍的）實彈←→空包

擬製実包（〔演習用的〕教練彈）

実包を込めた拳銃（上了子彈的手槍）

実包射擊（實彈射擊）

実米〔名〕〔商〕稻米的現貨（=正米）

実務〔名〕實際業務

実務を習熟する（熟悉實際業務）

実務に携わる人（從事實際業務的人）

実務から退く（退出實際業務、脫產）退く退く退く突く搗く撞く着く吐く附く付く尽く

兄は学校を出て直ぐ実務に就いた（哥哥出了校門馬上做起實際業務來了）就く衝く漬く憑く

実夢〔名〕與現實應驗的夢、與事實吻合的夢（=正夢）←→逆夢

実名〔名〕真名、本名

実名は小山愛子と申します（真名叫小山愛子）

実名〔名〕〔舊〕真名、本名（=実名）

実名詞〔名〕〔語法〕實名詞、名詞

実綿〔名〕籽棉

実以て〔副〕〔舊〕實在、的確、確實、真是（=実に）

実以て怪しからん事だ（真是豈有此理）

実用〔名、他サ〕實用

体裁に拘らず実用を旨と為る（不拘形式以實用為宗旨）為る為る

実用と装飾とを兼ねている（既實用又美觀）

実用主義（〔哲〕實用主義）

実用新案（器物的實用上的新發明）

実用英語（實用英文）

実用品（實用品）

実用化（實用化、實際應用）

彼の発明は最近実用化された（他的發明最近付諸實用了）

実用的（實用的、合乎實用）

彼は実用的な人間だ（他是個講實用的人）

実用的には役に立たない（不合乎實用）

真に実用的だ（真合乎實用）

実用向き（面向實用、合乎實用）

此の靴は実用向きだ（這雙鞋合乎實用）

此は実用向きに出来ている（這個做得合乎實用）

実葉〔名〕〔植〕孢子葉、能育葉

実利〔名〕實際利益，現實利益、實用

実利を重んじる（重視現實利益）

体裁よりも実利に付く（不求美觀講求實用）

実利を考えて買い物を為る（買東西考慮實用）

実利的と言う点では、矢張り品物を上げる方が良い（要講實惠還是送東西較好）

実利主義（功利主義）

実理〔名〕從實際體會中的道理、合乎實際的理論

実理に基づいて行動する（根據實際理論採取行動）

実量〔名〕實際數量

実力〔名〕實力、武力

実力を持っている（具有實力）

英語の実力を養う（培養英語的實力）

英語の実力を付ける（加強英語的實力）

大いに実力を示す（大顯身手）示す湿す

実力本位で人を雇う（按實力雇人、認人唯賢）

実力を行使する（動武、訴諸武力）

実力で奪い返す（武力奪回）

実力行使（動武、訴諸武力）

実力者（具有實力的人）

政界の実力者（在政界擁有實力的人物）

実例〔名〕實例

実例を挙げて説明する（舉實例說明）挙げる上げる揚げる

今迄然うした実例が無い（直到現在還沒有那樣的實例）

彼を実例に取る（以他為實例）取る採る盗る執る捕る獲る撮る摂る

実例は教訓に勝る（身教勝於言教、事實勝於雄辯）勝る優る

実歴〔名〕實際經歷、實際歷程、實際見聞（閱歷）

実歴譚（實際經歷談）

実労働〔名〕實際工作

実録〔名〕實錄，事實的紀錄、實錄小說，實錄文學

実録物（歷史小說）

ソロモン海戦実録（所羅門海戰實錄）

仇討ち実録（報仇實錄）

実話〔名〕實話、事實、真實、實有其事的故事

此は当人の実話です（這是本人講的真事）

登山成功の実話（登山成功的真實故事）

実話雑誌（實話雜誌、實事雜誌）

実〔名〕事實、真實（=実、実）

実、核〔名〕（果實的）核、（瓜的）籽，仁。〔解〕陰核。（拚接木板時在木板側面做出的）榫，榫頭，槽舌

杏の実（杏仁核）

瓜実（瓜子仁）

実接ぎ（矢引）（槽舌接合、半槽接合、契口接合）

実〔接尾〕核、仁

瓜実（瓜子仁）

実、正身〔名〕原形、真面目

実、真、誠〔名〕（來自〝真実〞）真實，事實，真的（=本当）、真誠，誠意，誠心，真情（=真心）

〔副〕（多用真に形式）真，實在，誠然，的確、非常（=ヽヽ）。

〔感〕（表示轉變話題，忽然想起某事時的叮囑語氣）真的，實在的，可是的（=然う然う）

真の話（實話）

嘘か真か調べて見よう（是真是假調查一下）

其は真らしい話だが信じられないね（那好像是真事但卻難以相信）

真を込めて言う（誠懇地說）

真を尽して説明したら相手も分かって呉れた（經過誠懇地一解釋對方也就諒解了）

此方が丁寧に頼んだので彼方も真の有る返事を呉れた（由於我懇切相求對方也就給了很有誠意的答覆）

真は宝の集まり所（蒼天保佑誠實人）

真に御尤もです（你說的真對）

真に困ります（實在為難）

御援助真に有り難う存じます（對您的幫助實在感謝）

真に申し訳有りません（實在對不起）

言う事は真に立派だが（說得倒真好聽）

真に疑わしい（大可懷疑）

其は真に御気の毒です（那可太可憐了）

真に寒い（真冷）

真の話、私は国へ一度帰らなければならないのです（說真的我要回一趟老家）

実に、誠に、真に〔副〕真，實在，誠然，的確、非常（=本当に、実際、非常に）

誠に怪しからん（實在不像話）

此の雑誌は誠に面白い（這本雜誌實在有趣）

誠に申し訳御座いませんが、もう一度電話を為て下さい（實在對不起請您再打一次電話）

誠に御最もです（所言極是）

実顔、誠顔〔名〕做作的表情，煞有介事的神色、一本正經的神色，莊重的表情

実心、誠心〔名〕真心、誠心、誠意（=真心）

実しやか、誠しやか、真しやか〔形動〕做作、像真的、煞有介事

誠しやかなポーズ（故做的姿態）

誠しやかな（に）嘘を吐く（謊話說得活裡活現）

誠しやかに言う（做作地說、假惺惺地說、裝模作樣地說、煞有介事地說）言う謂う云う

誠しやかに涙を流す（流鱷魚眼淚、假惺惺地流淚）

実〔名〕果實（=果物）、種子（=種）、湯裡的青菜或肉等（=具）、內容（=中身）

実が為る（結果）為る成る鳴る生る

今年の林檎の実は為らないでしょう（今年的蘋果樹不結果〔要歇枝〕）今年今年

此の葡萄は良く実が為る（這種葡萄結實多）

草の実を蒔く（播草種子）蒔く撒く播く巻く捲く

実の無い汁（清湯）

実の無い話（沒有內容的話）

花も実も有る（名實兼備）有る在る或る

彼の先生の講義は中中実が有る（那位老師的講義內容很豐富）

実を結ぶ（結果、〔轉〕成功，實現）結ぶ掬ぶ

二人の恋愛は実を結んで結婚した（兩人的戀愛成功結了婚）

身〔名〕身，身體（=体）、自己，自身（=自分）、身份，處境、心，精神、肉、力量，能力、生命，性命、（刀鞘中的）刀身，刀片、（樹皮下的）木心，木質部、（對容器的蓋而言的）容器本身

身の熟し（舉止、儀態）

襤褸を身に纏う（身穿破衣、衣衫襤褸）

身を寄せる（投靠、寄居）

身を隠す（隱藏起來）隠す画す劃す隔す

身を引く（脫離關係、退職）引く退く惹く挽く轢く牽く曳く弾く

身を交わす（閃開、躲開）交わす飼わす買わす

政界に身を投じる（投身政界）

身を切る様な北風切る（刺骨的北風）斬る伐る着る北風北風

身を切られる様な思いが為る（感到切膚之痛）摺る擦る擂る刷る摩る掏る磨る

身の置き所が無い（無處容身）

彼は金が身に付かない（他存不下錢－一有錢就花掉）付く附く突く衝く憑く漬く撞く着く搗く

怒りに身を震わせる（氣得全身發抖）震う揮う奮う振う篩う

仕事に身も心も打ち込む（全神貫注地做事情）

身を任せる（〔女子〕委身〔男人〕）

旅商人に身を窶す（裝扮成是行商）

身の振り方（安身之計、前途）

身を処する（處己、為人）処する書する

身を修める（修身）修める治める収める納める

身を持する（持身）持する次する辞する侍する治する

身に覚えが有る（有親身的體驗）

身に覚えの無い事は白状出来ません（我不能交代我沒有做的事）

身の回りの事は自分で為為さい（生活要自理）

早く帰った方が身の為だぞ（快點回去對你有好處）

身の程を知らない（沒有自知之明）

私の身にも為った見給え（你也要設身處地為我想一下）

身を滅ばす（毀滅自己）滅ばす亡ばす

ㄕ

身を持ち崩す（過放蕩生活、身敗名裂）

乞食に身を落とす（淪為乞丐）

生花に身が入る（全神貫注於插花、對插花感興趣）入る入る

仕事に身が入る（做得賣力）

君はもっと仕事に身に入れなくては行けない（你對工作要更加盡心才行）入れる容れる要れる

嫌な仕事なので、どうも身が入らない（因為是件討厭的工作做得很不賣力）

其の言葉が身に沁みた（那句話打動了我的心）染みる滲みる沁みる浸みる凍みる

御言葉はに染みて忘れません（您的話我銘記不忘）

魚の身（魚肉）魚魚魚魚

身丈食べて骨を残す（光吃肉剩下骨頭）残す遺す

鶏の骨は未だ身が付いている（雞骨頭上還有肉）未だ未だ

身に叶うなら、何でも致します（如力所能及無不盡力而為）叶う適う敵う

其は身に適わぬ事だ（那是我辦不到的）

身を捨てる（犧牲生命）捨てる棄てる

刀の身を鞘から抜くと、きらりと光った（刀身從刀鞘一拔出來閃閃發光）

身が固まる（〔結婚〕成家、〔有了職業〕生活安定，地位穩定）

身から出た錆（自作自受、活該）

身に余る（過份）

身に余る光栄（過份的光榮）

身に沁みる（深感，銘刻在心、〔寒氣〕襲人）染みる滲みる沁みる浸みる凍みる

寒さが身に沁みる（寒氣襲人、冷得刺骨）

身に付く（〔知識或技術等〕學到手、掌握）

努力しないと知識が身に付かない（不努力就學不到知識）

身に付ける（穿在身上，帶在身上、學到手，掌握）

チョッキを身に付ける（穿上背心）

ピストルを身に付ける（帶上手槍）

技術を身に付ける（掌握技術）

身につまされる（引起身世的悲傷、感到如同身受）

身に為る（為他人著想，設身處地、有營養、〔轉〕有好處）

親の身に為って見る（為父母著想）

身に為る食物（有營養的食品）

身に為らぬ（對己不利）

身の毛も弥立つ（〔嚇得〕毛骨悚然）

身二つに為る（分娩）

身も蓋も無い（毫無含蓄、殺風景、太露骨、直截了當）

初めから全部話して終っては、身も蓋も無い（一開頭全都說出來就沒有意思了）

身も世も無い（〔因絕望、悲傷〕什麼都不顧）

身を売る（賣身〔為娼〕）売る得る得る

身を固める（結婚，成家、結束放蕩生活，有了一定的職業、裝束停當）

飛行服に身を固める（穿好飛行服）

身を砕く（粉身碎骨、費盡心思、竭盡全力、拼命）

身を削る（〔因勞累、操心〕身體消瘦）削る梳る

身を粉に為る（不辭辛苦、粉身碎骨、拼命）粉粉

身を粉に為て働く（拼命工作）

身を殺して仁を為す（殺身成仁）

身を沈める（投河自殺、沉淪，淪落）沈める鎮める静める

身を捨ててこそ浮かぶ瀬も有れ（肯犧牲才能成功）

身を立てる（發跡，成功、以…為生）

医を以て身を立てる（以行醫為生）

身を尽す（竭盡心力、費盡心血）

身を以て（親身，親自、〔僅〕以身〔免〕）

身を以て示す（以身作則）示す湿す

身を以て体験する（親身體驗）

身を以て庇う（以身庇護別人）

身を以て免れる（僅以身免）

巳〔名〕（地支的第六位）巳。方位名（正南與東南之間，由南向東三十度的方位）。巳時（指上午十點鐘或自九點至十一點鐘）

三〔造語〕三、三個（=三、三）

一、二、三、四（一二三四）

一、二、三、四（一二三四）

二片、三片（兩片三片）

三月（三個月）

三年（三年）

箕〔名〕〔農〕簸箕

箕で煽る（用簸箕簸）

爪で拾って箕で零す（滿地檢芝麻、大簍洒香油）（入不敷出）

実入り、実入〔名〕（五穀）結實、收入

日照りで米の実入りが悪い（因為天旱稻粒結得不飽滿）

実入りが良い（收入好）良い好い佳い善い良い好い佳い善い

大分実入りが有った（有了不少收入）大分大分

実栗、三稜草〔名〕〔植〕黑三稜

実生〔名〕（對插枝或接枝而言的）由種子發芽而生長、土生土長

実生の変った苗（劣種苗）

此は植えたのではなく、実生です（這不是栽的是長出來的）植える飢える餓える

実蝿〔名〕〔動〕實蠅、果蠅

実る、稔る〔自五〕結實，成熟、有成果，結果實

穀物が実る（穀物成熟）

柿が実る（結柿子）

今年は稲が良く実った（今年稻子收成好）

彼の努力は実らなかった（他的努力沒有取得成效）

十年来の研究が実るのも間近と思われた（十年來的研究眼看快有成果了）

実り、稔り〔名〕結實，成熟、成果，成效

実り豊かな秋（豐收的秋天）

実りが遅い（成熟得晚）

今年の米の実りが悪い（今年稻子收成不好）

会議は実り多い物であった（會議有了很多成果）

我我の仕事が実際に実りを生むのは、二十年も先の事である（我們的工作要在二十年以後才能實際取得成果）

実に〔副〕確實，誠然、實在，真是

実に凄まじき流行（真是一種驚人的流行）流行流行

実にも〔副〕（も是表示強調的助詞）的確是那樣、確實是那樣

拾、拾（ㄕˊ）

拾、十〔名、漢造〕（大寫時寫作拾）十、多數、全部

一を聞いて十を知る（聞一知十）

一から十迄（從頭到尾、一五一十、全部）

十中八九、十中八九（十有八九、大多數）

十に八九（十有八九）

十の一二（十分之一二、極少）

五十（五十、五十歲）

五十音（五十音）

五十肩（五十肩五十歲左右常發生的肩膀疼痛現象）

拾〔漢造〕拾，撿、收集、（讀作拾）十的大寫

収拾（收拾、整頓）

拾遺〔名〕拾遺。〔古〕諫官，侍從

拾遺集（拾遺集）

拾得〔名、他サ〕拾得

拾得した品物を警察へ届け出る（把拾得的東西送交警察）

拾得物（拾得物）

拾得者（拾得者）

拾う〔他五〕拾起，撿起、挑出，，撿出、弄到手，意外地得到←→捨てる

〔自五〕〔舊〕步行、徒步

財布を拾う（拾個錢包）

石を拾う（拾起石頭）

部屋の中の紙屑を拾って捨てて下さい（請把房間裡的紙屑撿起來扔掉）

僕は往来で此の時計を拾った（我在大街上拾到了這隻錶）

活字を拾う（檢字）

タクシーを拾う（在路上抓輛計程車）

社長に拾われる（被社長選中）

道の好い所を拾って歩く（選擇道路好的地方走）

地方の珍しい伝説を拾って本に為た（蒐集地方珍奇的傳說寫成了書）

命を拾う（撿一條命）

勝ちを拾う（白白取得勝利）

拾い、拾〔名〕拾，撿，揀。〔印〕檢字、（用御拾い的形式）

〔敬〕（貴人）徒步

屑拾い（撿破爛的）

落ち穂拾い（拾落穗）

命拾いを為る（撿一條命）

御拾いで行かれる（徒步前往）

広い、弘い、寛い、闊い〔形〕（面積、空間）廣闊，寬廣、（幅度）寬闊、（範圍）廣泛，廣博、（心胸）寬廣，寬宏←→狭い

広い野原（遼闊的原野）広い拾い

庭が広い（庭院寬廣）

此の部屋は余り広くないから、もう少し広くし度い（這房子不怎麼寬敞所以想弄稍大些）

広い道（寬闊道路）

狭い道を広くした（把狹路展開了）

彼の肩幅の広い人は大川さんです（那個寬肩膀的人是大川先生）

肩身が広い（覺得自豪、臉上有光）

知識が広い（知識廣博）

顔が広い（交際廣）

彼は交際が広い（他交際廣）

広く伝える（廣泛宣傳）

広く大衆の意見を聞く（廣泛聽取群眾意見）聞く聴く訊く利く効く

広い度量（寬宏的度量）

胸が広い（心胸寬廣）胸旨棟宗

広い心で人の話を聞く（心胸寬宏地傾聽別人的話）

拾い上げる〔他下一〕拾起，撿起、挑出，撿出

紙切れを拾い上げる（拾起紙片來）

彼は鉛筆を拾い上げた（他撿起了鉛筆）

人の欠点を拾い上げる（挑他人的毛病）

拾い足〔名〕（走路時）擇路而行

泥濘を拾い足で歩く（在泥濘中挑路走）

拾い集める〔他下一〕拾攏、收集

落穂を拾い集める（拾攏落穗）

拾集〔名〕收拾（=収拾）

拾い歩き〔名、自サ〕徒步而行、擇路而行

拾い出す〔他五〕選出、挑出、揀出

間違っている所を拾い出して下さい（請把錯誤的地方挑出來）

此の中から使える部品丈を拾い出そう（從這當中只把能用的零件挑出來吧！）

拾い主〔名〕拾得者、撿到的人

拾い物、拾物〔名〕拾得物 撿來的東西←→落し物、白得的便宜，意外的收穫

拾い物は落とし主に返す可きだ（拾得的東西必須交還失主）

拾い物は貰い物（拾來的是白得的）

拾い物を為る（白撿便宜）

此れは拾い物だ（這是意外的收穫）

此の本が百円とは大変な拾い物だ（這本書一百日元真是太便宜了）

拾い屋〔名〕〔俗〕撿破爛的人（=屑拾い、ばた屋）

拾い読み〔名、他サ〕挑著讀，選擇重點讀、（結結巴巴地）一個字一個字地讀

本を彼是拾い読みする（隨便挑著讀書）

私は本を開いて彼方此方拾い読みした（我翻開書這兒那兒地挑著讀）

彼の人は仮名を頼りに拾い読みしている（他靠假名一個字一個字地讀）

食、食、食（ㄕˊ）

食〔名〕食物

一箪の食（一簞食）

食〔名、漢造〕吃，餐、飲食、食品、俸祿

〔接尾〕（助數詞用法）（吃飯的次數）頓，餐

衣食住（衣食住、吃穿住）

主食（主食）←→副食（副食）

副食（副食）

食を取る（吃飯、進餐）

食を断つ（絕食）

食が進む（食慾旺盛）

食が細る（食慾減退、飯量減小）

日に三食を取る（一日三餐）

食を願わば器物（比喻做事要有順序）

飲食、飲食（飲食）

二食（兩頓飯的量、一天吃兩頓飯=二食）

間食、間食（零食、吃零食）

寒食（寒食節-中國古代清明前一天開始三天不生火做飯）

昼食，中食、昼食，中食（中飯，午餐=昼飯）

少食、小食（飯量小）

常食（日常的飯食）

絶食（絕食=断食）

断食（斷食、絕食）

飽食（飽食）

飽食暖衣（飽食暖衣）

暴食（暴食）

暴飲暴食（暴飲暴食）

会食（聚餐）

外食（在外吃飯）

肉食、肉食（肉食、吃肉）←→菜食、草食

肉食妻帯（吃葷娶妻）

菜食（素食）

草食（草食、吃草）←→肉食、肉食

乞食、乞食、乞食，乞兒，陪堂（乞丐）

大食、大食（飯量大、吃得多）

美食（美食、講究吃喝）

夕食、夕食，夕餉（晚餐）

食、蝕〔名、漢造〕〔天〕（日、月）蝕、蟲蛀

侵食、侵蝕（侵蝕、侵食、侵犯）

浸食、浸蝕（浸蝕）

腐食、腐蝕（腐蝕、侵蝕）

防食、防蝕（防蝕、防腐）

耐食、耐蝕（耐蝕）

月食、月蝕（月蝕）

日食、日蝕（日蝕）

皆既食、皆既蝕（全蝕）

金環食、金環蝕（環蝕）

部分食、部分蝕（偏蝕）

食する〔自、他サ〕食、吃

肉類を食する（吃肉類）

害虫を食する鳥（吃害蟲的鳥）

食する、蝕する〔自、他サ〕（日、月）食、蝕

食中り〔名、自サ〕食物中毒、傷胃

食中りしたに違いない（一定是吃東西中毒了）

しょくちゅうどく **食中毒**〔名、自サ〕食物中毒（=食中り）

しょくえん **食塩**〔名〕食鹽

食塩で味を付ける（用食鹽調味）

食塩を一撮入れる（加入一撮食鹽）

食塩水（鹽水）

食塩注射（鹽水注射）

食塩入れ（鹽罐）

しょくがい、しょくがい **食害、蝕害**〔名、他サ〕〔農〕蟲害

害虫発生の原因を掴み、蝕害を食い止めた（掌握了產生害蟲的原因制止了蟲害）

しょくけ **食気**〔名〕食慾（=食い気）

くいけ **食い気**〔名〕食慾、貪吃

食い気盛りの少年（食慾旺盛的少年）

魚は食い気が立っている（魚正要上鉤）

色気よりは食い気（只懂得吃還不懂得戀愛）

しょくげん **食言**〔名、自サ〕食言

大臣が議会で食言する（大臣在議會上食言）

食言行為（食言行為）

しょくぜん **食前**〔名〕飯前←→食後

食前三十分に服用（飯前三十分鐘服用）

食前の祈り（飯前的祈禱）

食前酒（飯前喝的酒）

しょくご **食後**〔名〕飯後←→食前

食後の果物（飯後的水果）

食後三十分に服用（飯後三十分鐘服用）

しょっかん **食間**〔名〕兩頓飯的中間（對飯前、飯後而言）

此の薬は食間に服用する事（此藥要兩頓飯中間服用）

しょくさよう **食作用**〔名〕〔動〕吞噬作用

しょくさいぼう **食細胞**〔名〕〔動〕吞噬細胞

しょくし **食指**〔名〕食指（=人差し指）

食指を動かす（起貪心）

食指が動く（有食欲、〔轉〕垂涎，起貪心）

探幽の軸を見て食指が大いに動いた（看見狩野探幽的畫垂涎三尺）

しょくし **食思**〔名〕食慾（=食気、食い気）

食思不振と為る（食慾不振）

しょくじ **食事**〔名、自サ〕飯，餐、飲食，食物、吃飯，進餐

軽い食事（簡單飯食）

食事の時間（吃飯時間）

食事を為る（用飯、進餐）

控目に食事を為る（吃八分飽）

食事を共に為る（一起進餐）

食事の後片付けを為る（收拾飯後器物）

日に三度食事を為る（一日三餐）

食事を抜かす（少吃一頓飯）

御食事で御座います（開飯啦！）

五人分の食事を用意する（預備五個人的飯）

外から食事を取る（從外邊叫飯）

彼の人は食事が贅沢だ（他講究飲食）

食事を奢る（請吃飯）

此の部屋は食事付きで七万円です（這房間帶伙食七萬日元）

食事中である（正在吃飯）

しょくじ **食餌**〔名〕〔醫〕食物、飲食

食餌中毒に罹る（患食物中毒）

患者に食餌を与える（給病人食物吃）

食餌療法（食物療法）

しょくしょう **食傷**〔名、自サ〕傷食，吃得過飽，食物中毒。〔轉〕吃膩，厭膩

食べ過ぎて食傷した（由於吃得過飽而傷食了）

彼のテノールには食傷した（他的男高音我已經聽膩了）

毎日コロッケ許りで食傷した（每天淨吃炸肉餅吃膩了）

食傷気味（有點厭膩）

しょくしょくどうぶつ **食植動物**〔名〕〔動〕食植動物

しょくじん **食人**〔名〕吃人

食人種（吃人肉的人種、食人族）

食尽、蝕甚〔名〕〔天〕（日月蝕的）蝕甚、蝕盡、蝕既

蝕甚には月は大部分が隠れる（蝕甚時月亮的大部分看不見）

食い尽くす〔他五〕吃盡、吃光、吃完

食糧を殆ど食い尽くした（糧食幾乎全吃光了）

出された御馳走を食い尽くす（把端上來的菜吃光）

食酢〔名〕食用醋

食酢で味を付ける（用醋調味）

食性〔名〕（動物的）飲食習性

食青〔名〕食用青（用於食品的淺藍色料）

食生活〔名〕日常飲食、飲食生活

食生活を改善する（改善伙食）

食生活の合理化（飲食生活的合理化）

食生活をより楽しくする（把飲食生活做得更快樂）

食生活を変えたら食糧事情も変って来るだろう（如果改變飲食糧食情況也將隨之變化）

食膳〔名〕飯桌（=食卓）、飯菜

食膳に就く（就席進餐）

食膳に上る様に為る（開始上飯桌、開始上市）

食膳を賑わす（使飯菜豐盛、增加話題）

手作りの田舎料理を食膳に供する（把親自做的鄉村風味擺上餐桌）

食卓〔名〕飯桌、餐桌

食卓に就く（就餐）

食卓を共に為る（一同進餐）

食卓を賑わす（使飯菜豐盛）

食卓を片付ける（收拾飯桌）

食卓掛け（台布）

食膳塩（餐桌用精鹽）

食卓用（餐桌用）

食相、蝕相〔名〕〔天〕蝕相（=蝕分、食分）

食分、蝕分〔名〕〔天〕蝕分、蝕相（日蝕或月蝕的程度）

食い分〔名〕俸祿、飯碗、伙食費（=食い扶持）

食滞〔名、自サ〕〔醫〕停食、消化不良（=食靠れ）

食靠れ〔名、自サ〕存食、消化不良

食靠れする食物（不易消化的食品）

食台〔名〕矮飯桌（=飯台、卓袱台、御膳）

食虫〔名〕〔生〕食蟲

食虫植物（食蟲植物）

食虫類（食蟲目）

食鳥〔名〕食用禽類（如雞鴨等）

食通〔名〕講究吃喝（的人）、食物品嘗家

食通の推賞する料理屋（講究吃喝的人所推崇的飯館）

食通振る（顯示講究吃喝、假裝懂得吃喝）

食堂〔名〕食堂，飯廳、餐廳，飯館

簡易食堂（小吃店）

大衆食堂（大眾食堂）

食堂は五時に開く（飯廳五點開門）

食堂を洋風に改造する（把飯廳改成洋式的）

駅前の食堂で朝食を取る（在火車站前的飯館吃早飯）

食堂車（餐車）

食堂〔名〕〔佛〕寺院的食堂

食道〔名〕〔解〕食道

食物は食道を通って胃に達する（食物通過食道到達胃）

食道癌（食道癌）

食道鏡（食道鏡）

食道下神経節（食道下神經節）

食道横連神経（食道神經連鎖）

食道楽、食い道楽〔名〕講究吃（的人）、喜歡吃（的人）、美食主義者←→着道楽

彼は食道楽で有名な男だ（他是個有名的美食主義者）

彼は食い道楽だ（他是個講究吃喝的人）

食肉〔名〕吃肉、食用肉

食肉獣（食肉獸）

食肉類（食肉類）

食肉植物（食肉植物）

食肉用の牛（菜牛）

食肉を加工して缶詰に為る（食肉加工做成罐頭）

食肉加工業者（肉食加工業者）

食肉〔名〕〔佛〕肉食

食年〔名〕〔天〕食年

食パン、食パン〔名〕（不加甜味的長方形）麵包←→菓子パン

食パンにバターを付けて食べる（麵包上抹上奶油吃）

食費〔名〕伙食費

自分の食費を払う（付自己的伙食費）

食費は幾等払っていますか（伙食費付多少錢？）

月月の予算の中では食費が一番高く付く（在每月的預算中伙食費花錢最多）

一個月の食費を計算する（計算一個月的伙食費）

食い代〔名〕伙食費（=食費）、食物，食品

食い代を稼ぐ（掙得飯錢）

食品〔名〕食品

主要食品（主要食品）

食品加工（食品加工）

食品添加物（食品添加物）

食品店（食品店）

食品会社（食品公司）

食品衛生法（食品衛生法）

食糞症〔名〕〔醫〕食糞症（一種精神病）

食紅〔名〕食品用的紅色素

食紅で御菓子に色を付ける（用紅色素給點心上色）

食変光星〔名〕〔天〕食變星

食胞〔名〕〔動〕食泡

食味〔名〕食品的味道、食物的風味

京の食味に詳しい人（對京都食品風味很熟悉的人）

食物〔名〕食物、食品（=食べ物）

流動食物（流食）

滋養の有る食物を取る（吃有營養的食品）

食物を制限する（限制飲食）

食物に注意する（注意飲食）

消化の悪い食物（不好消化的食物）

食物連鎖（食物鏈）

食い物〔名〕（比較粗俗的說法）食物，食品。〔轉〕剝削的對象，犧牲品，被利用的工具，被欺詐的對象

此のホテルは食い物が良い（這家旅館的食物好）

国民を食い物に為る政治家（把國民當犧牲品的政治家）

食い物慎り（挑剔飯食的人）

食わせ物〔名〕假貨，冒牌貨、（常寫作食わせ者）騙子，偽善者

夜店で食わせ物を掴まされた（在夜市上被騙買了假貨）

大人しい顔を為ているが、とんだ食わせ物だ（裝作老實的樣子卻是個意想不到的壞傢伙）

食べ物〔名〕食物（=食物、食い物）

病人の食べ物（病人的食物）

食べ物が豊富だ（食物豐富）

食べ物に気を付ける（注意食物）

私は食べ物は何も欲しくない（我甚麼也不想吃）

あっさりした食べ物が一番好きだ（我最喜歡清淡的食物）

彼は食べ物が難しい（他吃東西愛挑剔）

食べ物屋（飲食店、食品店）

食休み〔名、自サ〕飯後（的）休息

食休みする間に新聞を読む（在飯後休息時看報）

親が死んでも食休み（不拘怎麼忙飯後也該休息、該休息時必須休息）

食油〔名〕食用油

食用〔名〕食用

食用に供する（供食用）

此の草は食用に為る（這種草可以吃）

食用油（食用油）

食用酢（食用醋）

食用蛙（食用蛙、牛蛙）

食用菌（食用菌）

食用品（食品、食用品）

食養、食養生、食い養生〔名、自サ〕食物療法、用調解食物加強營養的方法保養身體

食欲、食慾〔名〕食慾

食欲が旺盛である（食慾旺盛）

食欲をそそる（引起食慾）

病人は食欲が出て来た（病人有了食慾）

食欲が減退する（食慾減退）

少し運動すると食欲が出る（稍微一運動就會有食慾）

食欲不振（食慾不振）

食欲増進剤（開胃藥）

食料〔名〕食物、食品的原料、飯費，伙食費（=食い料）

食料に供する（供作食品）

食料貯蔵室（食品貯藏室）

食料品（食品）

一箇月の食料（一個月的伙食費）

食い料〔名〕〔舊〕食物、食品的原料、飯費，伙食費（=食料）

食い料を払う（交伙食費）

食糧〔名〕食糧、糧食

食糧を輸入する（進口糧食）

食糧を仕入れる（買進糧食）

食糧が欠乏した（缺乏糧食）

七日分の食糧を支給する（發給七天的糧食）

食糧を蓄える（儲備糧食）

食糧政策（糧食政策）

食糧難（糧食短缺）

食糧年度（穀物年度）

食糧事情（糧食情況）

食糧管理（糧食管理）

食連星〔名〕〔天〕食變星

食禄〔名〕〔史〕（武士的）俸祿、祿米（=知行）

食客、食客〔名〕食客、寄食者（=居候）

食客に為る（做食客）

友人の家へ食客と為て入り込む（到朋友家裡當食客）

食管〔名〕糧食管理（=食糧管理）

食管法（糧食管理法）

食器〔名〕食器、餐具

母は今台所で夕食に使った食器を洗って片付けています（媽媽現在廚房裡刷洗和收拾晚飯用過的餐具）

食器戸棚（餐具櫥）

食菌作用〔名〕〔動〕（白血球等的）嗞菌作用

食券〔名〕飯票、餐券

食券売り場（賣餐券處）

食〔漢造〕吃、食物

断食（斷食、絕食）

肉食、肉食（肉食、吃肉）←→菜食、草食

二食、二食（兩頓飯的量、一天吃兩頓飯）

乞食、乞食、乞食，乞兒，陪堂（乞丐）

悪食（粗食、〔吃蛇蠍等之類的〕怪東西=如何物食い）

食わす〔他五〕餵，給吃、扶養、給予，加以（=食わせる）

馬に秣を食わす（給馬餵草）

ㄕ

何でも好いから食わして呉れ（什麼多行快給我吃點什麼吧！）

一杯食わす（欺騙、叫人上當）

此の収入では家族を食わして行けない（這種收入養活不了一家人）

拳骨を食わす（給予一拳）

食わせる〔他下一〕給吃，讓吃，使吃、十分好吃、扶養，贍養、欺騙，詐欺、給予，加以，飽以

腹一杯食わせる（讓他吃個飽）

病人は堅い物を食わせぬ様に為為さい（請不要讓病人吃硬東西）

食わせる味（可口的味道）

此処は食わせる店だ（這家飯館的菜好吃）

大勢の家族を食わせる（扶養許多家屬）

一杯食わせる（欺騙）

鉄拳を食わせる（飽以老拳）

食わせ物〔名〕假貨，冒牌貨、（常寫作食わせ者）騙子，偽善者

夜店で食わせ物を掴まされた（在夜市上被騙買了假貨）

大人しい顔を為ているが、とんだ食わせ物だ（裝作老實的樣子卻是個意想不到的壞傢伙）

食わず嫌い、食べず嫌い〔名〕沒嚐過就先厭惡（的人）、不知內容就感到厭煩（的人），懷有偏見（的人）

此の子は食わず嫌いだ（這孩子挑剔食物、這孩子偏食）

其れは全く食わず嫌いと言う物だ（那完全是懷有偏見）

食う、喰う〔他五〕吃（較粗俗平常多用〝食べる〞）。生活。咬，刺，叮。需要，使用，耗費，消耗。侵占，併吞。遭受，蒙受。打敗，取勝。叼住，夾住，磨腳。歲數大，年齡高。遭受拒絕。受騙，上當

飯を食う（吃飯）

昨夜から何も食っていない（從昨天晚上什麼也沒吃）

何食わぬ顔（假裝不知，若無其事的樣子）

如何にも食って行けない（怎麼也生活不下去）

昨夜蚤に食われた（昨晚被跳蚤咬了）

此の自動車はガソリンを食う（這輛汽車費油）

小さい店は皆大きい会社に食われた（小商店都被大公司併吞了）

他人の縄張りを食う（侵占別人的地盤）

人を食った遣り方（目中無人的作法）

大目玉を食う（大遭申斥）

横綱を食う（打敗相撲的冠軍）

草鞋が足を食って痛い（草鞋把腳磨痛了）

可也年を食った男（年齡相當大的男人）

玄関払いを食う（吃閉門羹、被拒絕會面）

一杯食った（食わされた）（上了大當）

其の手は食わぬ（不上那個當）

食うか食われるかの戦い（殊死的戰爭你死我活的鬥爭）

食うや食わずの生活（非常貧困的生活）

食うか食われるか〔連語〕拼命、你死我活

食うか食われるかの戦い（殊死的戰爭你死我活的鬥爭）

食うか食われるかのジャングル（弱肉強食的原始森林）

食うか食われるかの競争（劇烈的競爭）

食う物も食わずに〔連語、副〕節衣縮食、省吃儉用

食う物も食わずに金を貯める（省吃儉用地攢錢）

彼は食う物も食わずに息子を教育した（他節衣縮死地使兒子受到了教育）

食うや食わずの〔連語、連體〕吃了上頓飯沒下頓的、非常貧困地

食うや食わずの有様だ（吃了上頓沒下頓的情況）

食うや食わずの生活を為ている（過著非常貧困的生活）

食い〔名〕（釣魚時）魚上鉤、魚食釣餌

食いが良い（上鉤的情況好、上鉤快）

食いが渋る（不上鉤）

食いが立つ（愛上鉤）

如何物食い（愛吃稀奇東西、有奇特癖好的人）

食い合う〔自五〕對咬、互相吃對方的東西。〔機〕（齒輪等）銜接。（木工）接榫、相遇，相碰。〔商〕（股票交易等）有買有賣，勢均力敵

〔他五〕一同吃

犬が食い合っている（狗對咬）

歯車が良く食い合う（齒輪嚙合良好）

此処が旨く食い合わない（這裡的接榫接得不嚴實）

餌を食い合う 鶏（一同吃食的雞）

食い合い〔名〕互咬，對咬、互相關聯。〔機〕（齒輪等的）銜接，嚙合。（木工）接榫，榫頭等銜接情況。〔商〕（股票交易的）買方和賣方對比情況，成交情況

猛 獣 が食い合いを為る（猛獸互咬）

食い合いが余り旨く出来ていない（榫頭接得不嚴）

食い合わせる〔他下一〕同時吃兩種以上的食物（因而引起中毒）、木製器物上利用凹凸形式相接合

食い合わせ、食合せ〔名、他サ〕同時吃兩種以上的食物（因而引起中毒）、木製器物上利用凹凸形式相接合（的部分），榫子

鰻 と梅干は食い合わせが悪いと言う（據說鰻魚和梅乾一起吃有中毒的危險）

食い合わせが悪かったので下痢を為た（因吃了兩樣不宜同時吃的東西而腹瀉）

此の食い合わせ旨く出来ている（這個榫子接得很好）

食い飽きる〔自上一〕吃飽，吃得夠、吃膩，吃厭

食い飽きる程食べてみたい（想吃個夠）

此れはもう食い飽きた（這種東西已經吃膩了）

食べ飽きる〔自上一〕吃膩、吃夠、吃厭

此れはもう食べ飽きた（這個已經吃膩了）

食い上げ〔名〕〔古〕被取消祿米、因失業而丟掉飯碗沒法生活、

魚漂打橫（釣魚時魚咬餌，浮上水面，魚漂橫浮水面的樣子）

飯の食い上げに為る（丟了飯碗）

食い下がる〔自五〕咬住不放、不肯放鬆，纏住不放

犬が猫に食い下がっている（狗咬住貓不放）

質問で食い下がる（緊緊追問不肯罷休）

要 求を入れる迄食い下がる（不滿足要求便不肯罷休）

食い余す〔他五〕（不文雅的說法）吃剩下吃不完（=食べ残す）

料理が多くて食い余した（菜太多了沒有吃完）

食い余し〔名〕吃剩下（的東西）（=食い余り、食べ残し）

食い余り〔名〕吃剩下（的東西）（=食い余し、食べ残し）

食べ余り〔名〕吃剩下（的東西）

食べ滓〔名〕吃剩下的東西、殘羹剩飯

食い残す〔他五〕吃剩、吃剩下（=食べ残す）

食い残し〔名〕吃剩下，吃剩的東西，殘羹剩飯（=食べ残し）。〔喻〕剩下的一點東西

食べ残す〔他五〕吃剩下、吃不完

余り多くて食べ残した（太多了沒吃完）

食べ残し〔名〕吃剩（的東西）

食べ残しを犬を遣る（把吃剩的東西餵狗）

食い荒らす〔他五〕吃得亂七八糟，吃了別人的東西。〔轉〕侵犯，擾亂

人の料理迄食い荒らした（連別人的菜都給吃了）

鼠 に食い荒らされた（被老鼠吃了）

選挙地盤を食い荒らす（侵犯別人的選舉地盤）

食い意地〔名〕貪吃、貪嘴

食い意地が張っている（垂涎欲滴）

食い入る〔自五〕扎入，勒入（=食い込む）、目不轉睛，注視，凝視、侵入

縛った縄が体に食い入る（綁的繩子勒入身體）

食い入る様な目でじっと見付ける（目不轉睛地凝視）

他人の地盤に食い入る（侵入別人的地盤）

食い置き〔名、自他サ〕一次吃很多食物存在腹內（=食い溜め）

食い掛ける〔他下一〕開始吃、吃到中途停止。〔轉〕做事情半途而廢，嘗試一下

御飯を食い掛ける（開始吃飯）

御飯を半分食い掛けて出て行った（飯吃到半途就吃去了）

ロシア語を食い掛けたが途中で止めた（學了點俄語就半途而廢了）

食い掛け〔名〕吃到中途停止（的東西）

食い掛けの林檎（沒吃完的蘋果）

食って掛かる〔自五〕極力爭辯、極力反駁

親に食って掛かる（對父母反唇相譏）

食べ掛ける〔他下一〕剛吃，開始吃、吃到半途

飯を半分食べ掛けて出掛けた（剛吃了一半就出去了）

料理を食べ掛けた所で、彼は話し始めた（剛吃菜他就聊起來了）

食べ掛け〔名〕吃到中途、吃一半（的東西）

食べ掛けの所へ人が来る（正吃一半的時候來人了）

食い止す〔他五〕吃到中途停止。〔轉〕半途而廢，嚐試一下（=食い掛ける）

食い止し〔名〕吃到中庭停止（的東西）、吃剩下（=食い掛け）

朝飯を食い止しに為て出掛けた（早飯沒有吃完就停止了）

食い止める〔他下一〕防止住、阻止住、抑制住

必死の消火で火の手を食い止める（拼命救火控制火勢的蔓延）

物価の値上がりを食い止める（抑制物價上漲）

食い兼ねる〔他下一〕吃不下去，沒法吃，沒有飯吃，無法生活，生活困難

肉が堅くて食い兼ねる（肉硬不能吃）

戦前彼は良く失業して食い兼ねていた（戰前他常常失業而無法生活）

一家八人食い兼ねている（一家八人難以過活）

食い切る〔他五〕咬斷、吃完，全吃光

舌を食い切って自殺する（咬斷舌頭自殺）

犬が荒縄を食い切って逃げた（狗咬斷粗草繩逃跑了）

こんな沢山の料理を迚も食い切れない（這麼多的菜怎麼也吃不了）

食い切り〔名〕〔機〕鋼絲鉗

食い競べ、食って競ら〔名〕吃（東西）的比賽

食い競べを為る（舉行吃東西比賽）

食べって競ら〔名、自サ〕〔俗〕搶食、賽吃

食い込む〔自五〕吃入，深入，陷入、侵入，侵犯、虧本，賠錢、腐蝕

虫が食い込んで木を台無しに為た（蟲吃到裡邊把樹遭塌了）

車輪が泥濘に食い込む（車輪陷入泥濘中）

恨みが心の中に食い込む（恨入骨髓）

両手を縛った縄が肉に食い込んだ（綑綁兩臂的繩子勒進肉中）

反対党の地盤に食い込む（侵入反對黨的地盤）

一箇月で三十万円食い込んだ（一個月虧損了三十萬日元）

錆は鉄に食い込む（鏽腐蝕鐵）

食い込み〔名〕（繩子）勒進很深、侵占，侵犯、虧本，賠錢

此れは人の地盤への食い込みに為る（這麼一來就侵占了別人的地盤了）

不景気で今月も食い込みに為った（由於蕭條這個月也虧了本）

食らい込む〔自、他五〕〔俗〕被捕，入獄，監禁、不得不做，被迫做

違法で一年食らい込んだ（因犯法蹲了一年監獄）

他人の借金を食らい込む（被迫替別人還債）

食い頃〔名〕吃…的季節，正適於吃的時候，正是…好吃的時候（=食べ頃）、食慾旺盛，胃口正好，正能吃（=食べ盛り）

蟹は今食い頃だ（現在正是螃蟹好吃的時候）

食べ頃〔名〕吃的季節、正適於吃的時候

柿が食べ頃に為った（柿子熟得正好吃了）

吸い物を食べ頃の温度に為て客に出す（把湯熱得溫度可口給客人端上來）

食べ盛り〔名〕正能吃、胃口正好（的時候）

食べ盛りの子供（正能吃的孩子）

今が食べ盛りだろう（現在是正能吃的時期吧！）

食い盛り〔名〕吃的季節，正適於吃的時候（=食い頃）、正能吃，胃口正好（的時候）（=食べ盛り）

食い殺す〔他五〕咬死

猫が鼠を食い殺した（貓咬死了老鼠）

食い裂く〔他五〕用嘴撕破、用嘴扯開

猫は鼠の腹を食い裂く（貓咬破老鼠肚子）

食い縛る〔他五〕咬緊牙關、拼命忍耐

歯を食い縛る（咬緊牙關、拼命忍耐、極力忍耐）

どんな辛い事が会っても歯を食い縛って我慢する（不論怎麼苦也咬著牙忍耐）

食い代〔名〕伙食費（=食費）、食物，食品

食い代を稼ぐ（掙得飯錢）

食いしん坊〔名、形動〕〔俗〕嘴饞（的人）、貪吃（的人）

食いしん坊な（の）子（貪吃的孩子）

食い過ぎる〔他上一〕（粗俗的說法）吃多、吃過量

余り旨いので終食い過ぎた（因為太好吃不由得吃多了）

食い過ぎ〔名、自サ〕吃多、吃過量

食い過ぎすると胃腸を壊す（吃多了會把腸胃弄壞）

食べ過ぎる〔他上一〕吃多、吃過量

食べ過ぎて病気に為った（吃過量生病了）

食べ過ぎて吐く（吃過量嘔吐）

食べ過ぎ〔名〕吃多、吃過量

バナナの食べ過ぎで腹を壊す（香蕉吃過量壞肚子）

食い初め〔名〕（嬰兒出生一百天或一百二十天舉辦的）第一次餵嬰兒吃飯的儀式（=箸初め）。〔轉〕吃一年中頭一次上市的鮮物（嚐鮮）

食い初めの碗（舉行第一次餵嬰兒吃飯儀式時用的碗-多為漆皮上有鶴龜松竹等花樣的木碗）

食い倒す〔他五〕白吃，吃飯後不付錢、吃窮，坐吃山空（=食い潰す）、咬住後拉倒

何とか言い掛りを付けて昼食を食い倒した（想法找碴白吃了一頓午飯）

食い倒れ〔名、自サ〕吃窮、游手好閒（的人），好吃懶做（的人）

京の着倒れ、大阪の食い倒れ（穿在京都吃在大阪、京都人講究穿大阪人講究吃）

食い潰す〔他五〕坐吃山空、（遊手好閒）把家產吃光

親代代の財産を五年で食い潰して仕舞った（把祖輩留下來的財產五年全吃光了）

食い潰し（者）〔名〕（遊手好閒）把家產吃光的人、坐吃山空的人

食い溜め〔名、自他サ〕多吃存在肚裡、吃飽飽的

人間は食い溜めが出来ない（人不能一頓吃幾天的飯）

食い足りない〔連語、形〕沒吃夠，吃不飽、不滿足，不夠勁

一膳飯では食い足りない（一碗飯可吃不飽）

あんな相手じゃ食い足りない（那樣的對手不夠味）

そんな仕事じゃ食い足りない（那樣的工作不夠勁）

食い違う〔自五〕不一致，有分歧、交錯，錯位

両者の意見が食い違う（雙方意見有分歧）

目的が結果と食い違う（目的跟結果不一致）

彼の人の言動は食い違っている（他的言行不一致）

食い違い〔名、自サ〕不一致，分歧、交錯，交叉。〔冶〕（鑄造砂箱的）錯位

二人の考え方の食い違いを是正する（糾正兩人的想法分歧）

意見が食い違いに為る（意見分歧了）

食い違い管（偏置管）

食い違い歯車（交錯軸齒輪）

食い違い角（〔機〕錯角-葉柵翼型的軸線與翼弦之間的夾角、〔雙翼機的〕翼差角）

食い違い傘歯車（〔機〕交錯軸傘齒輪）

食い違い継ぎ手（〔機〕曲縫接合、錯縫接合）

食い千切る〔他五〕咬掉一塊、用嘴撕碎

犬が肉を食い千切る（狗把肉咬掉一塊）

食い散らす〔他五〕亂吃，亂撒，亂掉，吃得到處都是、這吃一點那吃一點。〔轉〕這也做點那也做點

子供が御飯を食い散らす（小孩吃飯撒了一地）

彼是と食い散らす（這個那個都動筷子吃了一點）

何でも食い散らして見たが、結局物に為らなかった（什麼都做過一點但結果一事無成）

食い散らし〔名〕亂撒（的東西）、亂掉（的東西）

子供の食い散らしを猫を食う（貓吃小孩撒掉的東西）

食い付く、食らい付く〔自五〕咬住，咬上。〔轉〕抓住不放，不肯放棄。〔魚〕上鉤，吃釣餌、起勁，熱衷

犬に食い付かれる（被狗咬）

仕事に食い付いて離れない（抓住工作不肯放手）

今日は魚が少しも食い付かない（今天魚根本不上鉤）

商人達は金儲けの話に食い付く（商人對於發財的事很起勁）

食い繋ぐ〔自五〕勉強餬口

持ち物を売って食い繋いで来た（變賣東西勉強湊合著活了下來）

食い詰める〔自下一〕無法謀生、不能糊口、沒有活路

昔は働き手が倒れると一家が食い詰める様に為った物だ（從前家裡的勞動力一病倒全家就會沒有活路）

彼は東京で食い詰めて大阪へ流れ込んだ（他在東京沒有活路跑到大阪去了）

食い詰め者〔名〕失業者、無業遊民、流浪者

社会の食い詰め者（社會的失敗者）

食い手〔名〕吃的人、能吃的人，飯量大的人

此の料理は誰も食い手が無い（這個菜沒有人吃）

食い出〔名〕足夠吃的份量、份量多

中中食い手の有る料理（很實惠的菜）

食い得〔名〕吃了有好處、吃了佔便宜

食い所〔名〕好吃的部分、好吃的時候、吃過的地方

此の肉の此処が丁度食い所だ（這塊肉這裡正是好吃的部分）

今は秋刀魚の食い所だ（現在正是秋刀魚好吃的季節）

此処は鼠の食い所だ（這裡是老鼠咬過的地方）

食い慣れる〔自下一〕吃慣，經常吃、好吃，喜歡吃

中国料理に食い慣れた（吃慣了中國菜）

食い慣れた食物（喜歡吃的東西）

食べ慣れる〔他下一〕吃慣

洋食を食べ慣れている（吃慣了西餐）

食べ付ける〔他下一〕吃慣

食べ付けない物を食べる（吃沒有吃慣的東西）

食べ付けると旨く為る（吃慣了就好吃了）

食い逃げ〔名、自サ〕吃飯不付錢而溜走（的人）、騙吃喝（的人）、（比喻）吃完就走，中途退席

レストランで食い逃げを為る（在西餐館騙吃騙喝）

食い逃げで失礼ですがもう一軒寄らねば為りませんので（中途退席實在抱歉因為另外還有一個應酬）

食い逃げ増資（〔經〕不負責任的增加資本）

食い延ばす〔他五〕省著吃、省著用錢

二日分の食糧を三日に食い延ばす（把兩天的糧食省著吃三天）

食い延ばし〔名、他サ〕省著吃

御米の食い延ばしを為る（節約用米）

食い逸れる〔自他下一〕沒趕上吃飯、無法謀生

昼食を食い逸れた（沒趕上午飯）

食い逸れ〔名〕沒趕上吃飯。〔轉〕因失業而沒法生活（=食いっ逸れ）

今日の夕食は食い逸れだ（今天的晚飯趕不上了）

都会へ出ても食い逸れに為らない様頑張って下さい（即使到了城市也請多加努力不要弄得吃不上飯）

食い外す〔他五〕沒趕上吃，失掉吃的機會。〔轉〕無法謀生，不能糊口、失掉得到利益的機會

今年は到頭苺を食い外した（今年終於沒有吃到草莓）

食い扶持〔名〕〔史〕食祿，祿米。〔轉〕飯碗、伙食費，生活費

食い扶持に離れる（飯碗砸了）

食い扶持は家から来る（伙食費是家裡供給的）

食い扶持を入れる（交伙食費）

食い分〔名〕伙食費，飯錢（=食い扶持）

食い戻し〔名〕〔動〕反芻

食い破る〔他五〕咬破

鼠が本を食い破った（老鼠把書咬破了）

食い寄り〔名〕（舉辦葬禮等時）為吃飯聚攏來（的人）

親類は泣き寄り、他人は食い寄り（親戚為哭而來外人為吃而來）

くすね食い〔名〕偷吃

食える〔自下一〕（〝食う〞的可能形式）能吃，可以吃、好吃，值得一吃、夠吃，能生活，能糊口

此の茸は食える（這蘑菇能吃）

不味くて食えない（很難吃）

一寸食える味だよ（味道還不錯）

彼の店の料理は一寸食える（那家店的菜還不錯）

値段の割には食えるね（按價錢說值得一吃）

働きさえ為れば食える（只要工作就能生活）

今月もどうやら食え然うだ（這個月也勉強能過得去）

食えない〔連語、形〕〔俗〕狡猾，滑頭、不能生活，不能糊口、不能吃

彼奴は食えない奴だ（那傢伙是個滑頭）

煮ても焼いても食えない奴（老奸巨猾、不好對付的傢伙）

此の程度の収入では親子三人迚も食えない（這點收入父子三人怎麼也生活不了）

此れは食えない魚だ（這魚不能吃）

食らう、喰らう〔他五〕〔俗〕吃，喝、挨，蒙受、生活，度日

飯を食らう（吃飯）

大酒を食らう（喝大酒）

御目玉を食らう（受申斥）

びんたを食らう（挨耳光）

遊んで食らう（遊手好閒）

食らわす〔他五〕〔俗〕給吃，讓吃、引誘、使蒙受，使受打擊

不味い物を食らわす（給不好吃的東西吃）

食らわすに利を以てす（以利誘之）

拳骨を食らわす（飽以老拳）

一喝を食らわす（大喝一聲）

食らわせる〔他下一〕給吃，讓吃、引誘、使蒙受，使受打擊（=食らわす）

食べる〔他下一〕（〝食う、喰う〞的鄭重語，謙遜語）吃，喝（=食う，喰う、飲む，呑む）、生活

御飯を食べる（吃飯）

腹一杯食べた（吃飽了）

私一日中何も食べなかった（我整天什麼也沒有吃）

月給で食べる（靠月薪維持生活）

此の収入では食べられない（靠這點收入生活維持不了）

家族を食べさせて行く為に彼女は小さい店を遣っていた（她為了維持家庭生活開了個小店鋪）

食べ滓〔名〕吃剩下的東西、殘羹剩飯

食べ方〔名〕烹調法、吃法，吃的規矩

鯨肉の食べ方（鯨魚肉的烹調法）

洋食の食べ方（西餐的吃法）

食べ方を知らない（不懂得吃法）

食べ方が上品だ（吃的態度很文雅）

食べ放題、食い放題〔名〕盡量吃、隨意吃、想吃多少吃多少

去年は庭の葡萄の当り年だったので子供達は食い放題だった（去年院子裡的葡萄是豐年所以孩子們吃了個夠）

食べ汚し〔名〕吃得凌亂、吃得杯盤狼藉

食ぶ〔他下二〕〔古〕吃，喝（=食べる）

食む〔他五〕吃、受祿、(魚浮出水面) 呼吸、損害，損壞

牛が草を食む（牛吃草）

何も為ずに日日禄を食む（終日無功受祿）

高給を食む（食厚祿）

食み出す〔自五〕溢出，擠出、超出限度，超出範圍

蒲団から綿が食み出している（被子露出棉花來）

中味のジャムが食み出す（裡頭的果醬擠出來）

群集は溢れて街路に食み出した（人群擁擠得跑到馬路上去了）

定員から十名食み出す（超出定額十名）

食み出る〔自下一〕露出、超出（=食み出す）

蒲団から足が食み出る（腳露在被子外面）

枠から文字が食み出る（文字超出框線）

饅頭が潰れて餡子が食み出る（豆包破了內餡露出來）

虫食む、蝕む〔自、他五〕蟲蛀，蟲咬、侵蝕，腐蝕

蝕まれて板に穴が一つ空いた（蟲把木板蛀了個洞）

本が酷く蝕まれている大分蝕んでいる（蟲蛀得很厲害）

細菌に蝕まれる（受細菌侵蝕）

結核菌に蝕まれて、肺結核に罹った（受結核菌侵蝕而得了肺結核）

悪い思想に蝕まれて罪を犯した（受壞思想侵蝕而犯了罪）

童心を蝕む（腐蝕童心）

悪に蝕まれる（被邪惡腐蝕）

心を蝕む憂い（憂心如焚）

食蟻獣、蟻食〔名〕〔動〕食蟻獸

食稲、飯米〔名〕煮飯的米、(食用的) 雜穀

時（ㄕˊ）

時〔漢造〕時間，時候、當時、經常

四時、四時（四季、一月中的四時〔晦，朔，弦，望〕、一天中坐禪的四時〔旦，晝，暮，夜〕）

四つ時（午前或午後十時）

四時、四時（四小時）

一時（某時，某時期、當時，那時、暫時，臨時、一點鐘、一次）

一時（一個時辰-現在的兩小時〔=一時〕、一時，暫時、一個時期，某一時期、同時，一下子）

一時（一時，暫時，片刻、某時，有個時候、一個時辰-現在的兩小時）

一時に（一次、同時、一下子）

一時間（一小時、一節課）

寸時（一刻、片刻）

同時（同時，相同時間、同時代、立刻、又，並且）

十二時（十二時）

片時、片時（片刻、頃刻、暫時）

当時（當時，那時、現在，目前）

往時（往昔、過去）

空腹時（空腹時）

瞬時（瞬息、轉瞬間）

不時（意外、萬一）

不時着（飛機迫降）

毎時（每小時）

適時（適當的時機）

暫時（暫時、片刻、短時間）

臨時（臨時、暫時、特別）

時疫〔名〕流行病

時下〔名〕（書信用語）時下、目前

時下春暖の候（時值陽春）

時下秋冷の候益益御健勝の事と拝察します（時值秋涼伏維尊體健康是祝）

時価〔名〕時價

時価百万円の古刀（時價值百萬日元的古刀）

時価で売る（按時價出售）

此れは時価より安い（這比時價便宜）

時価発行（按時價發行股票等）

時角〔名〕〔天〕時角

時角圏（時圈）

時間〔名〕時間，時刻、小時，鐘頭。〔哲〕時間

執務時間（辦公時間）

授業時間（上課時間）

営業時間（營業時間）

時間を掛ける（花上時間）

時間を塞ぐ（占上時間）

時間を費やす（費去時間）

時間を惜しむ（珍惜時間）

時間を食う（費時間）

時間を潰す（消磨時間）

時間を稼ぐ（爭取時間）

此の仕事は時間が掛かる（這種工作費時間）

食事を為る時間も無い（連吃飯的時間都沒有）

時間に縛られる（限於時間）

時間との競走（和時間賽跑）

彼等は時間の観念が無い（他們沒有時間的觀念）

時間に遅れる（遲到）

時間を守る（遵守時間）

時間を間違える（弄錯時間）

もう時間だよ（已經到鐘點了）

時計の時間を進める（把錶撥快）

汽車は時間通りに発車する（火車準時發車）

約束の時間に必ず来て呉れ（到約定的時間請一定來）

時間に遅れない様に為て下さい（請不要遲到）

時間が迫っている（時間迫近）

もうそろそろ学校へ行く時間だ（快到該上學去的時候了）

一昼夜は二十四時間です（一晝夜是二十四小時）

東京迄は何時間掛かるか（到東京需要幾個鐘頭）

二十四時間ぶっ通しの爆撃（連續二十四小時的轟炸）

物理の時間（物理課的時間）

週に六時間の授業を受け持つ（每周擔任六節課）

時間と空間（時間與空間）

時間の問題（時間問題）

時間表（時間表、時刻表、課程表）

時間給（計時付酬）

時間給水（定時供水）

時間距離（時間距離=タイム、ディスタンス）←→空間距離

時間芸術（時間藝術-如音樂、詩歌、舞蹈等）←→空間芸術

ㄕ

時間講師（按鐘點的兼課老師）

時間帯（時區、特定某段時間）

時間差（時間差、時間滯差）

時間短縮（縮短勞動時間）

時間賃金（計時工資）←→個数賃金、出来高賃金

時間割（時間表、功課表）

時間外（下班後、業餘時間、課外時間）

時艱〔名〕時艱、艱局

時艱を克服する（克服時艱）

時季〔名〕季節、時節（=シーズン）

時季外れ（過了季節、過時）

時期〔名〕時期、期間、季節

嘗て無かった重大な時期（空前的重大時期）

適当な時期に（在適當的時候）

時期が早過ぎる（為期過早）

時期が来れば分る（到時候就明白了）

時期尚早（為時尚早）

政治的空白時期（政治空白期間）

花の咲く時期に為る（來到開花的季節）

遠足の時期に為った（郊遊的季節到了）

時期外れの果物は値段が高い（到了旺季的水果貴）

時機〔名〕時機、時宜、機會

大切な時機（重要關頭）

時機に乗ずる（乘機）

時機を待つ（等待時機）

時機を失する（失掉機會）

時機を逸せず（不失時機）

時機を窺う（看準時機）

時機を狙う（伺機）

時機を見て攻勢に出る（看準時機採取攻勢）

今が絶好の時機だ（現在正是大好時機）

時宜〔名〕時宜，適時、時機

時宜に適った（適合時宜）

時宜を得た（適合時宜）

時宜を見計らって攻勢に転ずる（看準時機轉入攻勢）

君の処置は時宜に適っていて宜しい（你處置得適時很好）

時儀〔名〕寒暄，問候。〔轉〕鞠躬，行禮

時儀を述べる（寒暄，問候）

時球〔名〕報時球、報午球（在碼頭高高掛起一到中午就落下的球）

時給〔名〕按時計酬、計時工資（=時間給）

時局〔名〕時局、政局、局勢、形勢

時局は重大を極めている（局勢極為嚴重）

時局の推移に連れて（隨著時局的演變）

時局に対処する（應付時局）

政治的には時局収拾の道は無い（在政治上無法收拾局勢）

時局に便乗して金を儲ける（利用時局來發財）

時局を乗り切る（闖過時局）

時局便乗者（政治投機份子）

時空〔名〕〔理、數〕時間和空間

時空を超越する（超越時間和空間）

時空連続体（時空連續體）

時圏〔名〕〔天〕時圈

時言〔名〕有關時局的言論

時限〔名〕時限、規定的時間、定時

〔接尾〕課時、節

時限を決めて廃止する（限期廢除）

外出者は定められた時限迄には必ず帰って来る事（外出者務必在規定時間以前回來）

時限過ぎ迄居る（呆到規定鐘點以後）

時限焼夷弾（定時燒夷彈）

時限爆弾（定時炸彈）

時限信管（定時引信）

第一時限は哲学だ（第一節課是哲學）

時好〔名〕時尚、時興、流行（=流行）

時好を追う（追逐時尚、趕時髦）

彼のデザインは時好に合っていたので大流行した（他的設計合乎時尚因而盛行起來）

時好に投ずる（迎合時尚）

時効〔名〕（法、機）時效

時効に因って消滅した債務（因時效而免除的債務）

時効に掛かる（〔權利〕因時效而喪失、失效）

時効に為る（〔權利〕因時效而喪失、失效）

時効期間（時效期限）

時効硬化（〔化〕經時硬化）

時候〔名〕時令，節令、季節，氣候

手紙の初めには普通時候の挨拶を書く（書信的開頭一般要寫時令問候）

時候が不順だ（氣候不正常、時令不正）

今は遠足に良い時候だ（現在是適合郊遊的季節）

時候見舞い（節令慰問）

時候当り（〔醫〕時令症）

時候外れ（不合時令）

時刻〔名〕時刻、時間，時候

約束の時刻（約定的時間）

時刻を移さず（立刻、立時）

今の時刻は三時五分です（現在的時間是三點五分）

もう仕事を止めても好い時刻だ（已經到了可以停止工作的時候了）

彼は何時も時刻を遅らす御客様だ（他是經常遲到的客人）

彼は時刻を計って遣って来た（他掐著鐘點來了）

彼女は時刻を違える事は無い（她向來嚴守時刻）

時刻厳守（遵守時間）

時刻表（時刻表）

時刻放送（報時廣播）

時差〔名〕（各地標準時間的）時差、錯開時間。〔天〕時差（=均時差）

台北と東京とでは一時間の時差が有る（台北和東京的時差為一小時）

時差通勤（出勤）（錯開時間上班）

時差通学（錯開時間上學）

時策〔名〕時局的對策

時事〔名〕時事

時事に明るい（通曉時事）

時事に詳しい（通曉時事）

時事に疎い（不曉時事）

時事を論ずる（議論時事）

時事問題（時事問題）

時事解説（時事解說）

時時〔名〕（不單獨使用）時時（=時時刻刻）

時時刻刻〔副〕逐漸、時時刻刻，每時每刻，經常

出発の時間は時時刻刻迫って来る（出發的時間越來越迫近）

雪解けで川の水が時時刻刻増えて行く（由於雪融河水逐漸上漲）

船は時時刻刻は波間に沈んで行く（船逐漸消失在激浪裡）

情勢は時時刻刻変化して行く（形勢時時刻刻在變化）

此処の天候は時時刻刻に変化する（這裡的天氣變化無常）

時時刻刻革命先輩の辛苦を思う（時時懷念革命前輩的艱辛）

時時〔名〕每個季節、一時一時

〔副〕時常，時時、有時

時時の風次第で（因一時一時的風而…）

あんまり会わないが、時時の挨拶を欠かさなかった（不常見面但逢年按節的問候沒有缺過）

時時と言う程では有りませんが、偶には会います（不能說是經常但偶而見面）

時時見回って呉れ（有時去轉轉看看）

彼の人は時時癇癪を起す（他有時發脾氣）

時時小雨の見込み（〔天氣預報用語〕有時會有小雨）

時日〔名〕日期，時期、時間

面会の時日（會面的日期）

時日と場所を定める（規定時間和地點）

彼の東京着の時日は明らかに為れていない（他到東京的日期還不清楚）

時日が掛かる（費時間）

時日が迫っている（時間迫近）

もうそんな事を為る時日が無い已經來不及做那種事了）

今日迄多くの時日を経過した（到今天已經過了很多日子）

仮すに時日を持って為れば必ず成功して見せる（如果給我充分的時間就一定能成功）

時宗、時衆〔名〕〔佛〕時宗（淨土宗的一派）

時所観念〔名〕〔心〕時間地址觀念

時鐘〔名〕報時鐘

時鐘番兵（敲鐘報時的執勤兵）

時針〔名〕（鐘錶的）時針（=短針）←→分針、秒針

時辰儀〔名〕〔古〕時鐘、天文鐘，天文用精密記時計

時辰雀、カナリア、金糸雀〔名〕〔動〕金絲雀

時辰雀色（鮮黃色）

時人〔名〕時人、世人、當代的人

時人の目を引く（引起世人的注意）

時の人〔連語〕當時的人、當時活躍的人物、當前議論中心的人物

時世〔名〕時世、時代（=時世）

時世が変わる（時世更替、改朝換代）

彼の頃とは時世が違っている（跟那時比時世不同了）

物価が下がり時世が良く為る（物價下降時世好轉了）

此れは何と言う時世だ（這是什麼世道！）

時世遅れ（過時、不時興、落後於時代、落伍）

時世〔名〕〔舊〕時代，年代（=時世）、時代的潮流

時世時節（時勢、時代的潮流）

時制〔名〕〔語法〕時態（過去、現在、未來等）（=テンス）、（某一時代的）時間計算法

時勢〔名〕時勢、時代趨勢

時勢を弁えない（不了解時勢）

時勢に逆らう（反潮流）

時勢に従う（隨波逐流）

時勢に遅れる（落後於時代）

時勢の然らしめる所（時勢所使然）

彼等は時勢に恵まれなかったのだ（他們是沒有趕上時代潮流）

時勢に押し流される（迫於時勢、大勢所趨）

時節〔名〕時節，季節、時世，時代、時機，機會

暖かい時節（暖和季節）

種蒔きの時節（播種季節）

時節向きの（合乎季節的、應時的）

時節外れの（不合節氣的、不合時令的）

世知辛い時節（艱苦的時代）

時節を弁えぬ発言（不識時務的發言）

此れも時世時節だ（這也是時代潮流）

愈愈時節到来だ（終於時機來到了）

時節が来れば分る事だ（到時候就明白了）

何事も時節が来なければ駄目だ（無論何事時機不到不行）

時節の来るのを待っている（正等待著時機到來）

時節柄〔副〕鑒於時勢，鑒於目前局勢、鑒於這種季節

時節柄も場所柄も御構いなく（也不管是什麼時勢什麼地方）

時節柄倹約せねばならない（鑒於時勢必須節約）

時節柄うっかりした事は言えない（鑒於目前局勢不能隨便說話）

時節柄特に興味が有る（由於局勢關係特別令人感興趣）

時節柄御自愛の程を（目前這種季節請多保重）

時相〔名〕〔語法〕時態（過去、現在、未來等）（=テンス、時制）

時速〔名〕時速

時速千キロ以上の速さで飛ぶ（以時速一千多公里的速度飛行）

時速十マイル（時速十英里）

時速制限四十キロ（時速不得超過四十公里）

時俗〔名〕時代風俗

時代〔名〕時代，朝代、當代，現代、古色古香，古老風味、古物，古董（=時代物）

オートメーション時代（自動化時代）

室町時代（室町時代）

時代の先端を行く（走在時代前面）

時代のトップを切る（走在時代前頭）

今は実力の時代だ（現在是實力時代）

時代の息吹き（時代氣息）

時代の寵児（一代天驕）

彼の人の考えは時代に先んじている（他的思想走在時代的前面）

時代に逆行する（背時代而行、開倒車）

時代が人を造る（時代創造人）

時代離れしている（脫離時代）

時代の趨勢（當代的趨勢）

時代の付いた花瓶（古色古香的花瓶）

時代後れ（落後於時代）

時代感覚（時代感覺、適應潮流的敏感）

時代狂言（歷史劇-以源平時代至江戶時代期間，人物事跡為體材的淨琉璃，歌舞伎）

時代行列（展示古代的風俗，衣物的遊行隊伍-每年京都平安神宮舉行的最為著名）

時代劇（歷史劇）

時代錯誤（時代錯誤、落後於時代）

時代思潮（時代思潮）

時代色（時代特色、時代傾向）

時代精神（時代精神）

時代相（時代面貌）

時代病（當代的思想病）

時代物（古物，古董、歷史劇，歷史小說，古裝電影）←→世話物

時代掛る（顯得古老、帶古色古香）

時代めく（帶古老風味、顯得古色古香=時代掛る）

時定数〔名〕〔電〕時間常數

時点〔名〕時間經過的某一點、時間，時候

八月十五日の時点に於いて（在八月十五日這天）

三月と言う時点では誰も此の事を予測し得なかった（在三月那個時候誰都沒能預想到這件事）

時馬力〔名〕〔理〕馬力小時

時評〔名〕時事評論、當時的評論

文芸時評（文藝述評）

新聞の時評（報紙的時事述評）

最近の外交問題に就いて時評を為る（對最近的外交問題進行評論）

時評子（評論員）

時評欄（時事評論欄）

時風〔名〕時潮、潮流

時風に従う（順應潮流）

時風に逆らう（反潮流）

時服〔名〕〔古〕時裝、（特指天皇將軍賜給臣下的）應時衣服

時服一領（應時服裝一身）

時服料（春秋兩季發給十三歲以上而未任官的皇族的生活費）

時分〔名〕（以分為單位計算的）時間

停車時分（停車時間）

通話時分（通話時間）

時分〔名〕時間，時候、時機

もう寝る時分だ（已經是睡覺的時候了）

子供の時分から（自幼）

今は桃の出盛る時分です（現在是桃子大批上市的時候）

去年の今時分私は日本に居た（去年這時候我在日本）

時分を見計らって話を切り出す（看好時機提起話頭）

時分は良し（正是好時機）

時分を伺う（伺機）

時分割システム（〔計〕時間分配系統=time sharing system 的譯詞）

時分割処理（〔計〕分時操作）

時分柄（這般時候）

時分時（〔舊〕吃飯時候）

時文〔名〕時文、(中國的）現代文

中国の時文（中國的現代文）

時文体（現代文體）

時弊〔名〕時弊

時弊を矯正する（匡正時弊）

時弊の赴く所を察して対処する（觀察時弊的趨向採取對策）

時弊を痛嘆する（深嘆時弊）

時砲〔名〕報時砲（如午砲等）

時報〔名〕時報（及時報導情報的報紙，雜誌，評論)、報時

経済時報（經濟時報）

工業時報（工業時報）

株式時報を発行する（發行股票時報）

正午の時報（正午的報時）

ラジオで十二時の時報が鳴った（收音機報了十二點）

時務〔名〕時務

時務に通ずる（通曉時務）

儒生時務を知らず（儒生不識時務）

失業者救済は時務の最たる物だ（救濟失業者是最緊急的時務）

時余〔名〕一小時有餘、一個多小時

時様〔名〕時樣、時興

時流〔名〕時尚，時代的潮流、時人，一般人

時流に投じる（投合時尚）

時流に叶った宣伝（合乎潮流的宣傳）

時流に従う（順潮流、追隨潮流）

時流に阿る（迎合潮流）

時流に逆らう（反潮流）

時流に染まらない（不受潮流影響）

識見が時流を抜いている（見識超過時人）

時論〔名〕時論、輿論

時論を書く（撰寫時論）

時論は沸騰した（輿論激昂）

此の問題に就いての時論を知り度い（想知道關於這個問題的輿論）

時雨〔名〕及時雨、(秋冬之交下的）陣雨，忽降忽止的雨（=時雨）

時の雨〔名〕秋雨（=時雨、時雨）

時雨〔名〕（秋冬之交下的）陣雨，忽降忽止的雨（時雨、時の雨)。〔俳句〕表示初冬的〝季雨〞。〔喻〕流淚哭、小豆搗碎蒸製的糕點（=時雨羹）、豆沙糕點（=時雨饅頭）

時雨模様だ（天要下陣雨的樣子）

蝉時雨（蟬鳴聒耳）

時雨羹（小豆搗碎蒸製的糕點）

時雨心地(像要下秋雨的天氣、欲哭的心情）

時雨月（陰曆十月）

時雨煮（加姜，花椒等煮的貝肉）

時雨蛤（加姜末，花椒等煮的蛤蠣）

時雨饅頭（豆沙糕點）

時雨れる〔自下一〕（秋冬之交）降陣雨。〔喻〕流淚，哭

少し時雨れて来た（有點下起秋雨來了）

時化〔名〕（海上的）暴風雨，風暴、海濤洶湧，驚濤駭浪←→凪、(因起風暴）打不著魚（=不漁）。〔轉〕戲不上座，生意蕭條，沒有買主

此の雲の塩梅だと時化が来然うだ（看這種雲彩的情況恐怕要來風暴）

時化を食らう（在海上遭到風暴襲擊）

此の頃は時化が続いている（近來總把不著魚）

商売も時化続きだ（買賣持續蕭條）

時化空（風暴即將來臨的天氣）

時化る〔自下一〕（海上）來暴風雨，起風暴、海濤洶湧，驚濤駭浪、(因起風暴）打不著魚。〔轉〕（多用時化た、時化ている）戲不上座，生意蕭條，沒有買主、手頭拮據、心情鬱悶

海が時化る（海上起風暴、海濤洶湧）

台風の為海が時化て舟が出せない（颱風掀起洶湧浪濤不能出船）

時化た顔（鬱悶的神色）

懐が時化ている（手頭拮據）

時〔名〕時間、時候、時期、時機、時勢、有時、時刻、當時。〔語法〕時態

時が経つに連れて（隨著時間的消逝）

時の経つのも気が付かなかった（連時間的消逝也沒發覺出來）

時を貸す（假以時日）

時が経ち、状況が変る（時過境遷）

時を無駄に為るな（不要浪費時間）

其れは唯時の問題だ（那只是時間問題）

時が解決して呉れるだろう（時間會給解決的吧！）

家を出た時は雨が降っていなかった（從家裡出來的時候還沒有下雨）

夕飯を食べている時に電話が掛かって来た（吃晚飯的時候來電話了）

時の花（季節花）

子供の時は、何でも良く覚える（兒童時期什麼都記得住）

丁度好い時に来て呉れた（來得正是時候）

御用の時は、ベルを押して下さい（有事情時請按電鈴）

今は喧嘩を為ている時じゃない（現在不是吵嘴的時候）

今は喜んでいる時じゃない（現在不是高興的時候）

時が時だから、体に気を付けて下さい（時令不順請多保重）

いざと言う時の為に用意して置く金だ（這筆錢是準備在緊急的時候用的）

危急存亡の時（危急存亡之秋）

時が来る迄待とう（等待時機吧！）

時を得ない天才（生不逢時的天才）

今こそ時だ（現在正是機會）

民族を解放す可き時が来た（解放民族的時機到了）

時の流れに便乗する（利用時勢）

時の動き（社會動態）

時に勝つ事も有る（有時也贏）

時と為て失敗に終る事も無いでは無い（有時也不免以失敗告終）

柱時計が時を告げる（掛鐘告時）

鶏が時を作る（雞鳴報曉）

昔の一刻は今の時で言うと二時間だ（往昔的一個鐘頭按現在的鐘點說來是兩小時）

時の政府（當時的政府）

時の主役（當時的主角）

時を表わす（表示時態）

時移り事去る（時過境遷）

時と無く（不時地、時時地）

時と場合（時間和情況、一時一個情況）

時為るかな（現在是最好的時機）

時に会う（遇到機會、生逢其時）

時に会えば鼠も虎と為る（老鼠逢時也會變成老虎）

時に当たる（正當其時）

時に従う（順應時勢）

時に依る（根據情況）

時に寄る（趨炎附勢）

時の用に鼻を削げ（飢不擇食）

時は得難くして失い易い（時難得而易失）

時は金也（時間就是金錢）

時人を待たず（歲月不留人）

時を失う（失掉機會、生不逢時）

時を移さず（立即、立刻）

時を得る（逢時、走運）

時を稼ぐ（爭取時間、贏得時間）

時を交わさず（立即、馬上）

時を嫌わず（隨時、不拘任何時候）

時を作る（雄雞報曉）

時〔接尾〕時節，季節、…的時候，…的時刻

梅雨時（梅雨季節）

花見時（賞花的季節）

昼飯時（午飯時間）

斎〔名〕〔佛〕午時的齋食←→非時、素食（＝精進料理）、寺院供應信徒的飯食、作佛事時供應的飯食

鴇、鴾、鵇〔名〕〔動〕朱鷺，紅鶴、淺粉紅色（＝鴇色）

鬨、鯨波〔名〕（古代戰鬥開始或勝利時的）吶喊、〔轉〕多數人一起發出的喊聲

勝鬨、勝ち鬨（勝利時的歡呼，吶喊，凱歌）

鬨を作る（發出喊聲、吶喊）

其の時〔連語〕那時

丁度其の時（正在那個時候）

其の時迄（到那時為止）

其の時は又其の時さ（到了那時再說那時的話）

其の時迄僕は其の事実を知らなかったのだ（直到那時為止我一直不知道那個實際情況）

時しも〔副〕正當那時

時しも彼（正當那時）

時しも春の半ば（時值仲春）

時偶〔副〕偶而、有時

時偶映画を見に行く（偶而去看電影）

時偶しか彼に会えない（只是偶而能見到他）

此れ等の物は時偶役に立つ事が有る（這些東西間或有用）

時として〔副〕偶而、有時

丈夫然うに見えるが時として病気に為る事が有る（看來像很結實但有時也生病）

時として此の規則の当て嵌らぬ事も有る（這個規則偶而也套不上）

時とすると〔副、連語〕偶而、有時

時とすると負ける事が有る（有時也有輸的時候）

時ならぬ〔連語〕意外，突然、不合季節

時ならぬ雷鳴に驚いた（對突然的雷鳴吃了一驚）

時ならぬ時に来るから驚いたよ（沒料到你來嚇了一跳）

時に〔副〕有時、那時候。〔接〕（談話中途另換話題）可是、我說

時に夜明け迄仕事を為る（有時一直工作到天亮）

時に好い作品を書く（有時也寫出好的作品）

時に飛行機で出張する事も有る（有時也坐飛機出差）

時に彼は五歳であった（那是他五歲時的事情）

時に弘安四年夏、蒙古の大軍が九州に来襲した（那時是弘安四年夏天蒙古大軍來襲擊九州）

時に彼の人は如何為さいましたか（可是他怎麼樣了呢？）

時に彼の一件は如何為っていますか（可是那件事怎麼樣了？）

時の〔連體〕那時的、當時的

時の首相（當時的首相）

時の氏神〔連語〕正在節骨眼上出面調停的人

時の運〔連語〕時運

勝負は時の運（勝敗是一時的運氣）

時運〔名〕時運、機運

時運一転して（時來運轉）

時運に恵まれる（碰上好運氣、走運）

時運に後れて零落する（因時運不佳而零落）

時運は非である（時運不佳）

時の記念日〔連語〕時間紀念日（六月十日）

時の花〔連語〕應時的花，適合季節的花、應運而發跡起來

時の花を翳す（頭戴應時的花、應運而發跡）

時の間〔連語〕〔舊〕一瞬間、瞬息、霎時

時の間の出来事（一瞬間發生的事）

時の間も休まない（一會兒也不休息）

時の物〔連語〕應時的東西

時めく〔自五〕因時得勢、時運亨通、顯赫一時

今を時めく大臣（得勢的大臣）

彼は今を時めく人間に為った（他成了一時的紅人）

日本の文壇に時めく人達（日本文壇上的顯赫人物）

彼は一時は世に時めいた事も有る（他也曾在社會上顯赫一時）

時折〔副〕有時、偶而

時折の来訪（偶而來訪）

時折小雨がぱらつく（偶而下點小雨）

時貸し、時貸〔名〕〔舊〕短期貸款（=当座貸し）←→時借り、時借

時借り、時借〔名〕短期借款←→時貸し、時貸

時知り顔〔名〕（因走運而）滿面得意、得意洋洋（=得意顔）

時津風〔名〕滿潮時刮的風、正合時節的風

時無し〔名〕沒準時候，沒有一定季節、總是，經常、（四季都能種植的）細白蘿蔔（=時無し大根）

山には時無しの雪が積っている（山上經常積雪）

時外れ〔名〕不合季節、不合時宜

時計〔名〕（古寫作〝土圭〞、〝斗雞〞）鐘、錶

腕時計（手錶）

懐中時計（懷錶）

置時計（座鐘）

柱時計（掛鐘）

大時計（大立鐘）

掛時計（掛鐘）

振子時計（擺鐘）

金時計（金錶）

目覚まし時計（鬧鐘）

電気時計（電鐘）

電子時計（電子錶）

自動巻き時計（自動錶）

ディジタル時計（數字錶）

屋上時計（樓頂大鐘）

水時計（銅壺滴漏）

時計の側（錶殼）

十七石の時計（十七鑽的錶）

君の時計は何時ですか（你的錶幾點？）

僕の時計では十時半だ（我的錶是十點半）

時計は進んでいる（錶快）

時計は後れている（錶慢）

時計の針を進める（把錶針撥快）

時計の針を戻す（把錶針撥慢）

君の時計は正確ですか（你的錶準嗎？）

此の時計は狂っている（這個錶不準）

今時計は三時を指している（現在錶針正指著三點）

螺旋を巻くのを忘れたので時計が止まって仕舞った（忘記了上弦錶停了）

毎朝ラジオの時報に時計を合わせる（每天早上和廣播的報時對錶）

此の時計は合っているか（這個錶準嗎？）

時計の発条が切れた（錶的發條斷了）

時計学（鐘錶學）

時計屋（鐘錶店）

時計台（鐘塔、鐘樓）

時計ガラス（錶面玻璃）

時計皿（〔理〕秤微量物質的錶皿）

時計仕掛け（鐘錶裝置、用鐘錶帶動）

時計信管（定時爆炸的引信）

時計草（〔植〕子午蓮、轉心蓮=）

時計廻り（順時針方向旋轉）

時計座（〔天〕時鐘星座）

時鳥、杜鵑、子規、不如帰〔名〕〔動〕杜鵑、杜宇、布穀、子規

塒（ㄕˊ）

塒〔漢造〕養雞場的圍牆或圍籬

塒〔名〕鳥窩、鳥巣

塒を離れる（出窩、離家）

鳥が塒に帰って行く（鳥回巣去）

塒、鳥屋〔名〕雞窩，家禽窩（＝塒）、（歌舞伎）演員從花道上場前的休息室、（巡迴演出的藝人等因賣座不好）悶在旅館裡、（夏末）鷹脫毛，妓女因患梅毒而頭髮稀薄

塒に入る（進窩）

鶏の塒（雞窩）

塒に就いている鶏（抱窩的雞）

塒に就く（雞抱窩、鳥脫羽毛、妓女患梅毒、藝人因病等困在家中）

塒、鳥栖、鳥座〔名〕雞窩，家禽窩（＝塒、鳥屋）

蒔、蒔（ㄕˊ）

蒔、蒔〔漢造〕栽種、移植

蒔く、播く〔他五〕播，種、漆泥金畫

種を蒔く（播種）巻く捲く撒く

小麦を蒔く（播種小麥）

蒔かぬ種は生えぬ（不種則不收、不勞則不穫）

撒く〔他五〕撒，灑、擺脫，甩掉

飛行機からビラを撒く（從飛機上撒傳單）巻く捲く蒔く播く

殺虫剤を撒く（撒殺蟲劑）

畑に肥料を撒く（往地裡撒肥料）

金を撒く（揮霍金錢）

往来に水を撒く（往大街上灑水）

旨く尾行の私服を撒いた（巧妙地甩掉了跟蹤的便衣）

誰か後を付けている様だったが、ぐるぐる回って撒いて遣った（好像是有人在盯梢兜了幾個圈子把他擺脫了）

巻く、捲く〔自五〕形成漩渦、喘不過氣。

〔他五〕捲，捲上、纏，纏繞、擰，上（弦、發條）、捲起、圍，包圍、（登山）迂迴繞過險處

〔連歌、俳諧〕連吟（一人吟前句、另一人和吟後句）

急な流れで水が巻く（因水流很急水打漩渦）

疲れて息が巻く（累得喘不過氣來）

紙を巻く（捲紙）

蛇が蜷局を巻く（蛇盤成盤狀）蜷局 塒

毛糸を巻いて球に為る（把毛線纏繞成團）刷る摺る擦る掏る磨る擂る摩る

糸を糸巻きに巻く（把線纏在捲線軸上）

ゲートルを巻く（打綁腿）

足に包帯を巻く（幫腳纏上繃帶）

時計の螺旋を巻く（上錶弦）螺旋捩子捻子螺旋

尻尾を巻く（捲起尾巴、〔喻〕失敗，認輸）

錨を巻く（起錨）錨 碇 怒り

簾を巻く（捲起簾子）

証文を巻く（銷帳、把借據作廢）

城を巻く（圍城）城白代

遠巻きに巻く（從遠處包圍）

百韻を巻く（連吟百韻）

管を巻く（醉後說話嘮叨、沒完沒了地說醉話）

舌を巻く（驚嘆不已、非常驚訝）

蒔石〔名〕（散置在庭園裡兼供觀賞的）踏腳石（＝飛び石）

蒔絵〔名〕（漆器上的）泥金畫

金蒔絵の箱（帶泥金畫呃盒子）

蒔肥え，蒔き肥、播肥え，播き肥〔名〕播種時施的肥、基肥

蒔田〔名〕〔農〕直播，不插秧直接播種、直播水田

蒔き付ける、播き付ける〔他下一〕播種

小麦を蒔き付ける（播種小麥）

蒔き付け，蒔付け、播き付け，播付け〔名〕播種、種植

蒔き付けを為る（播種）

蒔き付け時（播種期）

蒔き付け面積（播種面積）

蒔き直し、蒔直し〔名〕〔農〕從新播種。〔轉〕從新做起

蒔き直しを為る（從新播種）

新規蒔き直し（另開張、從頭做起）

蝕（ㄕˊ）

蝕、食〔名、漢造〕〔天〕（日、月）蝕、蟲蛀

侵蝕、侵食（侵蝕、侵食、侵犯）

浸蝕、浸食（浸蝕）

腐蝕、腐食（腐蝕、侵蝕）

月蝕、月食（月蝕）

日蝕、日食（日蝕）

皆既蝕、皆既食（全蝕）

金環蝕、金環食（環蝕）

部分蝕、部分食（偏蝕）

蝕する、食する〔自、他サ〕（日、月）食、蝕

蝕害、食害〔名、他サ〕〔農〕蟲害

害虫発生の原因を掴み、蝕害を食い止めた（掌握了產生害蟲的原因制止了蟲害）

蝕甚、食尽〔名〕〔天〕（日月蝕的）蝕甚、蝕盡、蝕既

蝕甚には月は大部分が隠れる（蝕甚時月亮的大部分看不見）

蝕相、食相〔名〕〔天〕蝕相（＝蝕分、食分）

蝕像〔名〕〔礦〕蝕像

蝕分、食分〔名〕〔天〕蝕分、蝕相（日蝕或月蝕的程度）

蝕む、虫食む〔自、他五〕蟲蛀，蟲咬、侵蝕，腐蝕

蝕まれて板に穴が一つ空いた（蟲把木板蛀了個洞）

本が酷く蝕まれている

大分蝕んでいる（蟲蛀得很厲害）

細菌に蝕まれる（受細菌侵蝕）

結核菌に蝕れて、肺結核に罹った（受結核菌侵蝕而得了肺結核）

悪い思想に蝕まれて罪を犯した（受壞思想侵蝕而犯了罪）

童心を蝕む（腐蝕童心）

悪に蝕まれる（被邪惡腐蝕）

心を蝕む憂い（憂心如焚）

史（ㄕˇ）

史〔名、漢造〕歷史、書記，錄士

史を按ずるに（據歷史記載）

史に名を留める（史上留名）

史を繙く（翻閱史書）

侍史（秘書、鈞右-寫在信封對方名下，表示敬意，言不敢直接奉上，特通過秘書呈上之意）

刺史（刺史-中國古代官名、日本地方官〝國守〞的中國式名稱）

詩史（詩的歷史、用詩的形式寫的歷史）

歴史（歷史）

国史（國史、日本史）

正史（正史）←→稗史

青史（青史）

外史（外史、野史）←→正史

稗史（稗官野史）

興亡史（興亡史）

研究史（研究史）

音楽史（音樂史）

世界史（世界史）

史家〔名〕史學家、歷史學者

史学〔名〕史學、歷史學

史学研究の為上京する（為研究史學而進京）

史学科（史學科）

史学学部（史學系）

史学雑誌（史學雜誌）

史官〔名〕史官、修史官

史観〔名〕使觀

唯物史観（唯物史觀）

彼の先生の史観は古い（那老師的歷史觀點太舊）

史眼〔名〕歷史眼光

史興〔名〕研究歷史的興趣

史興をそそられる（引起研究歷史的興趣）

史劇〔名〕歷史劇

シェークスピアの史劇は古今の傑作だ（莎士比亞的歷史劇是古今傑作）

史詩〔名〕史詩

史詩劇（史詩劇）

史実〔名〕歷史的事實

史実を尊重する（尊重史實）

神話は史実ではない（神話不是使實）

史実に基く物語（根據歷史事實的故事）

そんな史実が存在するとは聞いていない（沒聽說有那種歷史事實）

史書〔名〕史書

史書を繙く（翻閱史書）

史上〔名〕歷史上

史上最高の記録（歷史上最高的記錄）

史上最大の惨事（歷史上最大的慘案）

史上空前の大事業（歷史上空前的大業）

史上稀に見る大旱魃（歷史上罕見的大旱）

史上の大人物（歷史上的大人物）

史上に例を見ない（前例が無い）（史無前例）

史上に名を留める（名留青史）

史上に比類が無い（史上無與倫比）

史乗〔名〕史乘、歷史

史跡、史蹟〔名〕史蹟、歷史遺跡

史跡に富む（有很多史蹟）

史跡を保存する（保存史蹟）

同地方の史跡を訪ねる（尋訪該地的史蹟）

鎌倉には史跡が多い（鐮倉史蹟多）

夏目漱石の住宅は史跡と為て指定された（夏目漱石的住宅被指定為史蹟）

史籍〔名〕史籍、史書

史籍を繙いて古人を偲ぶ（翻閱史書緬懷古人）

史前〔名〕史前、有史以前

史前学（史前學=先史学）

史談〔名〕史談、史話、歷史故事

史潮〔名〕歷史的大潮流

史的〔形動〕歷史的、歷史性的、從歷史上看的

史的唯物論（歷史唯物主義）

史的な現地（歷史的觀點）

史的事実を調査する（調查歷史上的事實）

両国の関係を史的に考察する（從歷史上來考察兩國的關係）

史的現在（歷史的現在式、用現在式敘述歷史）

史伝〔名〕史傳（根據歷史上事實記錄的傳記）、歷史和傳記

彼の作家は史伝を書く事を好む（那個作家喜歡寫史傳）

史都〔名〕歷史古都

史都鎌倉（歷史古都鎌倉）

史筆〔名〕寫歷史的筆法（態度）

史要〔名〕歷史綱要

日本史要（日本史要）

史略〔名〕簡單記述的歷史

史料〔名〕史料、歷史材料

明治維新史料（明治維新史料）

史料を蒐集する（蒐集史料）

史料編纂所（史料編撰所）

史林〔名〕歷史的書籍

史論〔名〕史論

史話〔名〕史話

史、史〔名〕古代大和國家姓的一個、古代朝廷記錄的官職

矢（ㄕˇ）

矢〔漢造〕矢、箭

一矢（一支箭、反駁一句）

嚆矢（濫觴、開端）

矢、箭〔名〕箭的古稱（語源不詳）

矢、箭〔名〕箭、楔子（=楔）

矢を射る（射箭）

矢を番える（把箭搭到弓弦上）

矢の様に速い（像箭一般快）

光陰矢の如し（光陰似箭）

矢の音に怯える鳥（驚弓之鳥）

矢は標的の真中に当った（箭中靶心）

どしどし質問の矢を放つ（接二連三地提出質問）

矢を入れる（嵌める）（釘楔子、鑲楔子）

矢でも鉄砲でも持って来い（有什麼能耐儘管使出來）

矢の催促（緊逼、緊催）

矢の使い（催促的急使）

矢も楯も堪らない（迫不及待、不能自制）

弓矢（弓和箭、武器，武道）

八〔名、造語〕（只用於數數時）八、表示數量多

五、六、七、八（五、六、七、八）

八重咲き（重瓣花、開重瓣花）

七転び八起き（百折不撓、幾經浮沉）

屋、家〔名〕家，房屋（=家）。〔古〕屋頂（=屋根）

〔接尾〕（接名詞下表示經營某種商業的店鋪或從事某種工作的人）店、鋪、具某種專長的人、（形容人的性格或特徵）（帶有輕視的意思）人、日本商店、旅館、房舍的堂號、家號、雅號（有時寫作〝舎〞）

此の屋の主人（這房屋的主人）

屋鳴り振動（房屋轟響搖晃）

家主（房東）

空家、明家（空房子）

郵便屋さんが手紙を配っている（郵差在送信）

左官屋さんが来ました（瓦匠師傅來了）

薬屋（藥店）

魚屋（魚店）

肉屋（肉舖、賣肉商人）

八百屋（菜鋪、萬事通）

新聞屋（報館、從事新聞工作者）

銀行屋（銀行家、從事銀行業務者）

本屋（書店、書店商人）

鍛冶屋（鐵匠爐、鐵匠）

闇屋（黑市商人）

雑貨屋（雜貨店）

土建屋（土木建築業）

万屋（雜貨店）

鍛冶屋（鐵匠）

菓子屋（點心鋪）

干物屋（洗衣店）

床屋（理髮匠）

豆腐屋（豆腐店）

宿屋（旅店）

屑屋（收破爛業）

料理屋（飯館）

風呂屋（公共澡堂）

ちんどん屋（化裝奏樂廣告人）

荒物屋（山貨店）

問屋（批發商）

酒屋（酒店）

ペンキ屋（油漆店）

株屋（證券商）

飲み屋（小酒館）

電気屋（電器用品店）

左官屋（瓦匠）

米屋（米店）

金物屋（五金店）

郵便屋（郵差）

煙草屋（香菸鋪）

写真屋（照相館）

植木屋（花匠）

玩具屋（玩具店）

質屋（當鋪）

花屋（花店）

道具屋（舊家具店）

履物屋（鞋店）

古本屋（舊書店）

時計屋（鐘錶店）

靴屋（鞋店）

文房具屋（文具店）

石屋（石料鋪）

修理屋（修理鋪）

事務屋（事務工作人員）

政治屋（政客）

何でも屋（萬事通、雜貨鋪）

威張り屋（驕傲自滿的人）

恥かしがり屋（易害羞的人）

喧し屋（吹毛求疵的人、好挑剔的人、難對付的人）

分らず屋（不懂事的人、不懂情理的人）

千三つ屋（土地經紀人、撒謊大家、吹牛大王）

周旋屋（經紀人、代理店）

気取り屋（裝腔作勢的人、自命不凡的人、紈綺子弟）

菊の屋（菊舍）

木村屋（木村屋）

高山屋（高山屋）

木材屋（木材行）

大和屋（大和屋）

鈴の屋（鈴齋－本居宣長的書齋名）

野〔名、漢造〕原野、民間、範圍、粗野、栽培。〔古〕地方名←→朝

虎を野に放つ（縱虎歸山）

野に下る（下野）下る降る

野に在る（在野）在る有る或る

人材を野に求める（求賢於野）

視野（視野、眼界、眼光）

分野（範圍、領域）

粗野（粗野、粗魯）

山野（山野、山林原野）

原野（原野=野原）

荒野、荒野（荒野）

高野（高野山－日本佛教聖地）

広野（曠野）

曠野（曠野）

平野（平原）

緑野（綠野）

沃野（沃野）

在野（在野、居鄉）

朝野（朝野、全國）

下野（下毛野之略）（東山道八國之一）

下野（下台、加入在野黨）

矢合わせ〔名〕（古時開戰信號）互射鳴鏑

矢石類〔名〕〔動〕箭石類

矢板〔名〕〔建〕（土木建築和挖掘坑道時、防止塌方或水流入的）板樁

鉄筋コンクリート矢板（鋼筋混凝土板樁）

矢板防波堤（板樁式防波堤）

矢音〔名〕箭（射出後飛行的）聲

矢表、矢面〔名〕箭射來的方向，敵方攻擊的正面、攻擊的對象，眾矢之的

矢表に立つ（成為眾矢之的）

矢数、矢員〔名〕箭的支數、一個射手射中箭靶的箭的支數

大矢数（〔陰曆四五月，在京都三十三間堂舉行的〕遠程射箭舉行）

矢数俳諧（〔模仿〝遠程射箭比賽〞，在一晝夜或一日內，以寫俳句句數最多者取勝的〕俳句比賽

矢飛白、矢絣〔名〕箭翎圖案的花紋布

矢柄〔名〕箭桿、箭頭形花紋

矢疵、矢傷〔名〕箭傷、箭痕

矢倉、櫓〔名〕〔古〕武器庫、望樓（相撲，戲劇等時，為招引觀眾打鼓的）高台、（冬季取暖時，用被子蓋起來的）腳爐木架（=炬燵櫓）。〔象棋〕（用金將，銀將）圍攻王將。〔相撲〕把對手掄起來摔倒的一種招數（=櫓投げ）

火の見矢倉（消防望樓）

盆踊りの矢倉（跳盂蘭盆舞的高台）

矢倉に囲う（圍攻王將）

矢倉門、櫓門（城門洞=渡り櫓門）

矢車〔名〕插箭台、輪幅、（鯉魚旗桿頂上的）風車

鯉幟の矢車（鯉魚旗桿頂上的風車）

矢車草（〔植〕矢車菊=矢車菊）

矢車菊（〔植〕矢車菊=矢車草）

矢声〔名〕（射箭時或射中目標時）射手發出的喊聲（=矢叫び）

矢叫び、矢叫び〔名〕射手在射箭中靶時的喊聲（=矢声）、（戰鬥開始）射箭時的吶喊聲

矢叫びの声（〔戰鬥開始時的〕吶喊聲）

矢叫びを上げて戦う（喊著殺聲進行戰鬥）

矢頃〔名〕射箭的恰好距離、（做某事的）恰好時機

矢頃を計って放つ（估計好距離後射箭）

矢座〔名〕〔天〕（拉 Sagitta）天箭星座

矢先〔名〕箭頭，鏃（=鏃、矢尻）、射箭來的方向（=矢表、矢面）、目標，靶子（=的）、正要…的時候，正當…時候（=真際、途端）

敵の矢先に掛かって死ぬ（中敵箭而死）

敢えて矢先に立つ（敢當箭靶）

出かけようと為た矢先に客が来た（正要出門的時候來客人了）

始めようと為る矢先だった（正要開始來著）

矢尻、鏃〔名〕箭頭（=矢先）

矢狭間〔名〕（城上的）瞭望孔，射箭孔、（商店夜間售貨的）售貨窗（=臆病窓）

矢印〔名〕箭形符號（如：→）

矢印の道標（箭形路標）

此の矢印の方向に御進み下さい（請朝這個箭頭所指的方向走去）

矢大臣、矢大神〔名〕（神社二門右側的門神）哈將←→左大臣

矢大臣を決め込む（在小酒館裡坐在空酒桶上喝酒-因其姿勢與〝矢大臣〞相似）

矢竹、箭竹〔名〕〔植〕矢竹、製箭用竹，箭杆

矢立て、矢立〔名〕箭筒，箭壺，箭囊、（古代軍中隨身攜帶的）硯台盒、輕便式筒狀文具盒

矢種〔名〕（身上）攜帶的全部箭

矢種が尽きる（箭全射完、〔喻〕攻擊的手段用盡）

矢束、矢束〔名〕箭長，箭的長度、一束箭

矢玉、矢彈〔名〕箭和槍彈

矢玉が尽きる迄戦う（戰鬥到彈盡矢絕）

矢鱈〔副、形動〕〔俗〕胡亂，隨便，任意，不分好歹，沒有差別（=無闇）、過分，非常，大量

矢鱈書（隨便寫、亂寫的東西）

矢鱈に金を使う（隨便花錢）

矢鱈な事を口を為るな（不要隨便亂說）

全身が矢鱈に震える（渾身發抖）

矢鱈に愛想を振り撒く（不論對誰都是笑臉相待）

矢鱈に武力を振り回す（窮兵黷武）

矢鱈に履いたら其の靴は駄目に為る（亂穿的話那雙鞋就要壞了）

矢鱈に眠い（困得要命）

矢鱈に喉が渇く（喉頭很乾）

矢鱈に本を読む（胡亂地大量讀書）

矢鱈漬（什錦鹹菜）

矢鱈縞（不規則的條紋、條紋不規則的織物）

矢継ぎ早〔名、形動〕把箭一支接一支迅速地搭在弓弦上、接連不斷，一個跟著一個

矢継ぎ早の催促（不斷地催促）

矢継ぎ早に質問を浴びせ掛ける（接二連三地提出質問）

矢筒〔名〕箭筒、箭袋

矢壺〔名〕箭靶

矢庭に〔副〕突然，猛然，冷不防、馬上，立即

矢庭に飛び掛る（猛撲上去）

路地を曲がると矢庭に大きな犬が飛び出して来た（一拐過小巷冷不防跑出一條大狗來）

其れを聞いて矢庭に飛んで行った（一聽到那個消息馬上就跑了去）

矢の木〔名〕〔植〕荚蒾（產於北美印第安人，常用於製箭）

矢の根〔名〕箭頭（=矢尻、鏃）

矢場〔名〕射箭場、射箭遊戲場（=楊弓場）

矢筈〔名〕箭尾，箭的末端（=筈）、箭羽花紋、（往高處掛畫用）尖端如箭尾的木竿、箭羽花紋的家徽

矢筈を付ける（把箭搭在弦上）

矢筈絣（箭羽形圖案的白地印花布）

矢筈豌豆（野豌豆）

矢筈草（雞眼草）

矢羽根、矢羽〔名〕箭上端附上的羽毛

矢張り〔副〕仍然，依然，還是，照舊（=矢っ張り）、也，同樣、畢竟還是，果然

矢張り台北に御住いですか（你還是住在台北嗎？）

彼は今でも矢張り勉強家です（他至今仍然是個勤奮用功的人）

今年の夏は昼間許りでなく、夜も矢張り熱い（今年夏天不僅白天而且夜間也熱）

父も学者だが息子も矢張り学者だ（父親是個學者兒子也是個學者）

我我矢張り反対だ（我們也同樣反對）

僕も矢張り然う考える（我也這麼想）

色色考えたが矢張り行く事に為た（左思右想最後還是決定去）

子供は矢張り子供だ（孩子終究是孩子）

彼は病気でも矢張り勉強を続けている（他雖然生病但還是繼續學習）

彼に聞いて見たが矢張り分らない（雖然問了他還是不懂）

君だろうと思ったら矢張り然うだった（我料想是你果然不錯）

矢張り貴方だったにか（ね）（果然是你啊！）

矢張り名人の遣る事は違う（果然是出自名人之手與眾不同）

矢っ張り〔副〕〔俗〕（矢張り的轉變）仍然，依然，還是，照舊（=矢張り）

矢衾〔名〕（群射的）箭雨

矢文〔名〕箭書-古時繫在箭頭射出的信

日日矢文の催促を受ける（天天緊跟著催逼）

矢偏〔名〕（漢字部首）矢字旁

矢虫〔名〕〔動〕肥胖箭蟲

矢来〔名〕（竹）籬笆、（木）柵欄

竹矢来を結う（編竹籬笆）

矢来で囲む（用籬笆圍起來）

豕（ㄕˇ）

豕〔漢造〕家畜名，俗稱豬

豚〔漢造〕豬、（對自己兒子的謙稱）犬子（=豚児）

養豚（養豬）

豚カツ（炸豬排）

豕、猪の子〔名〕〔古〕野豬（=猪）、豬（=豕、豚）

豕偏（〔漢字部首〕豕字旁）

豕、豚〔名〕豬

子豕（小豬）

食用豕（肉用豬）

豕を飼う（養豬）

豕の様に太る（胖得像豬）

豕小屋（豬圈）

豕小屋肥（豬舍肥）

豕に真珠（投珠與豬、對牛彈琴、毫無意義）

猪〔名〕野豬（=猪）

猪〔名〕〔動〕野豬

使（ㄕˇ）

使〔名〕〔史〕檢非違使（=検非違使）

〔漢造〕使用，使喚、使者，派遣

検非違使の宣旨（檢非違使的命令）

行使（行使、使用）

駆使（驅使、運用）

酷使（任意驅使、殘酷使用）

大使（大使）

公使（公使）

天使（天使、〔古〕欽差）

勅使（欽差）

正使（正使）←→副使

副使（副使、副代表）

急使（急使）

密使（秘密使節）

特使（特使）

労使、労資（工人和資本家）

節度使（節度使）

遣唐使（遣唐使）

使役〔名、他サ〕役使，驅使、〔語法〕使役

住民を使役して道路を修理する（驅使居民補路）

労働者を使役して荷物を運ばせる（驅使工人搬運行李）

使役動詞（使役動詞）

使役助動詞（使役助動詞）

使君子〔名〕〔植〕使君子

使者〔名〕使者

使者を派遣する（派遣使者）

使者を手紙を託す（托使者帶信）

使者が立つ（使者出發）

使者を立てる（派使者）

敵国へ和解の相談に使者が向けられた（為交涉和解而向敵國派出使者）

使臣〔名〕使臣，使節、外交使團

会議には各国の使臣が列席した（會議上有各國使節列席）

首相は外国の使臣を招いてパーティを催した（首相舉行宴會招待外國使節）

使節〔名〕使節。〔古〕由朝廷派到地方去的官吏

親善使節（親善使節）

使節に行く（去作使節）

使節と為て行く（作為使節前往）

学生のスポーツ使節がヨーロッパへ行く（學生體育使節前往歐洲）

貿易使節団を派遣する（派遣貿易使節團）

使節団（外教使團）

使送〔名、他サ〕差人送去

使僧〔名〕作使者的僧人

使嗾、指嗾、示嗾〔名、他サ〕唆使、教唆（=唆す、嗾ける）

人から使嗾される（受人唆使）

君の使嗾に因って彼はとんだ失敗を仕出かした（由於你的教唆他做出一次大失敗）

使丁，仕丁、使丁，仕丁〔名〕（古時官府的）勤雜，聽差

使丁〔名〕勤雜工、聽差、工友

使徒〔名〕〔宗〕使徒（基督的十二弟子）。〔轉〕使者

平和の使徒（和平使者）

真理探究の使徒（追求真理的使徒）

使途、支途〔名〕（錢的）用途（=使い途、使い道）

使途不明の金（用途不明的錢）

金の使途が明らかで無い（錢是怎麼花的不清楚）

予算の使途を報告する（報告預算的用途）

使い途、使い道〔名〕用法、用途

金の使い途を知らない（不知道錢怎麼用）

物には夫夫使い途が有る（物各有用）

使い途が広い（用途很廣）

あんな人は使い途が無い（那樣人沒用處）

使命〔名〕使命、任務

使命を受ける（接受任務）

使命を担う（承擔任務）

使命を果たす（全うする）（完成使命）

重要（な）使命を帯びて渡米する（帶著重要使命赴美）

学者と為ての使命を果たした（完成了學者的使命）

使命感（責任感）

使用〔名、他サ〕使用、利用

使用に供する（供使用）

使用に耐えない（不堪使用、不耐用）

出来る丈時間を有効に使用する（盡量有效地利用時間）

使用済みの切手（用過的郵票）

金を貧民救済に使用する（拿錢救濟窮人）

使用を許す（許可使用）

使用を禁ずる（禁止使用）

水を流してから御使用下さい（請沖水後使用）

使用料（使用費）

使用中（使用中）

使用価値（使用價值）

使用人（傭人、雇工）

使用法（使用方法）

使用者（使用者，消費者、雇主）

使用権（使用錢）

使令〔名、他サ〕指使（人）

使う、遣う〔他五〕使用、使喚，雇用、花費，消費、擺弄，耍弄，操作

頭を使う（用腦力、動腦筋）

ミシンを使う（使用縫紉機）

何時でも使える様に為っている（隨時可以使用）

此れは何に使うのか（這做什麼用？）

教科書に使う（用作課本）

マイクを使って話す（用麥克風講話）

女中を使う（請保母）

私を日本語の教師に使って貰い度い（請用我做日語教師）

私は彼の人に使われているのだ（我被他雇用了）

紙を無駄に使う（浪費紙張）

本に金を使う（花錢買書）

小遣いは弟に使われて仕舞った（零用錢被弟弟給花了）

英語を使う（操英文）

敬語を使う（用敬語）

ブラジルでは何語を使いますか（巴西使用甚麼語言？）

手品を使う（耍戲法）

人形を使う（操縱木偶）

居留守を使う（裝沒在家）

仮病を使う（裝病）

色目を使う（送秋波、眉目傳情）

剣術を使う（耍劍）

手口を使う（耍手段）

弁当を使う（吃便當）

湯を使う（洗澡）

手水を使う（洗手、洗臉）

団扇を使う（扇扇子）

賄賂を使う（行賄）

気を使う（用心，留神、照顧，考慮）

使う者は使われる（支使人不輕鬆反倒更勞神）

使っている鍬は光る（流水不腐、戶樞不蠹）

使い，使、遣い〔名〕使用、派去的人，打發去的人、被打發出去（買東西，辦事等）。〔迷〕（神仙的）使用人，侍者

使いが激しいから良く故障する（因為使用太激烈常出毛病）

使いを出す（遣る、立てる）（派人去）

使いに手紙を持たせて遣る（讓打發去的人帶封信去）

子供を使いに出す（打發孩子去）

御使いに行って来る（我去跑一趟）

神様の御使い（神仙的侍者）

鳩は八幡様の御使いだ（鴿子是八幡神的侍者）

使い半分（代辦分一半、替人辦事當然有報酬）

使い，使、遣い〔接尾〕（接在某些名詞下）使用的方法、使用的人，擺弄的人

金使いが荒い（揮霍無度）

金使いの荒い人（揮金如土的人）

人使いが旨い（會使用人）

魔法使い（魔術師）

忍術使い（會隱身法的人）

ライオン使い（耍獅子的人）

使い歩き、遣い歩き〔名、自サ〕跑腿

使い歩きを為せられる（被人打發去跑腿）

人の為に使い歩き（を）為る（為別人跑腿）

使い掛け〔名〕使用一部分、還沒用完

使い方〔名〕用法

正しい使い方（正確的用法）

人の使い方が旨い（會使用人）

金の使い方が荒い（揮金如土）

機械の使い方が分らない（不懂得機器的操作法）

使い川〔名〕河岸處設計用來洗東西的場所

使い切る〔他五〕用完、花光

使い切れない程金を持っている（擁有花不完的錢）

使い熟す〔他五〕純熟掌握、熟練使用、運用自如

日本語を完全に使い熟す（完全掌握日語）

新しい機械を使い熟すのは難しい（操縱新機器很困難）

此のコンピューターは私には未だ使い熟せない（這個電腦我還操縱不熟）

使い込む、遣い込む〔他五〕盜用，侵佔、超出預算，超支、用慣，用熟

組合の基金を使い込む（盜用合作社的基金）

予定以上に使い込んで仕舞った（花得超過了預算）

今月千円近く使い込んだ（這個月超支了一千來日元）

使い込んだ万年筆（使慣了的鋼筆）

鉄瓶は使い込む程良い（鐵壺越用越好用）

使い込み、遣い込み〔名〕盜用，侵佔

使い込みがばれた（盜用暴露了）

公金使い込みの廉で首に為る（因為盜用公款而被革職）

使い頃〔名〕正好使用

使い頃の小僧（正好支使的小伙計）

使い先、遣い先〔名〕打發去的地方，出去辦事的地方、花錢的地方（用途）

使い先から返事を貰って帰る（從打發去的地方領得回信回來）

使い先で油を売る（在去辦事的地方偷懶）

使い過ぎる、遣い過ぎる〔他上一〕用過量、用過度、用過頭

頭を使い過ぎる（用腦筋過度）

金を使い過ぎる（花錢過多）

仮令使い過ぎても構わない（即使花過頭也沒關係）

使い捨てる〔他下一〕用完扔掉

食器を使い捨てる（把餐具用完扔掉）

使い捨て、使い捨て〔名〕用完扔掉

使い捨ての食器（用完扔掉的餐具）

使い捨ての腕時計（用完扔掉的廉價手錶）

使い立てる〔他五〕任意驅使、隨意支使（=使い回す）

使い立て〔名〕派人去、隨意支使

御使い立てを為まして申し訳有りません（麻煩您跑一趟對不起）

使い回す〔他五〕任意驅使、隨意支使

酷く使い回される（受到殘酷的驅使）

使い賃〔名〕跑腿錢

後で御使い賃を上げるよ（回頭給你跑腿錢）

使い尽す、遣い尽す〔他五〕用盡、用光（=使い果たす、使い果す）

使い果たす、使い果す〔他五〕用盡、用光

金を使い果たす（把錢花光）

資源を使い果たす（耗盡資源）

使い手、遣い手〔名〕使用者，雇主、會用的人、好花錢的人，亂花錢的人

使い手が無い（沒有人使用、沒有人雇用）

槍の使い手（會使長矛的人）

使い手が悪ければ名器も無駄だ（如果不會使用即便是珍貴器物也白費）

彼は中中の金の使い手だ（他是個亂花錢的人）

使い出〔名〕耐用、經用

使い出の有る石鹸（耐用的肥皂）

以前は十円でも随分使い出が有ったが、今では一万円ですら使い出が無い（以前十日元很經花現在即便是一萬日元也不經花）

使い所〔名〕用處、用途（=使い途、使い道）

使い所が無い（沒用處）

使い慣らす〔他五〕用慣、用熟

新しい機械を使い慣らす（把新機器用熟）

使い慣れる〔自下一〕用慣、用熟

使い慣れたペン（用慣了的鋼筆）

使い慣れると調法です（用慣了很方便）

使い残す〔他五〕用剩下、沒用完

使い残し〔名〕剩餘（的部分）

使い残しの金（花剩下的錢）

使い残り〔名〕剩餘（的部分）（=使い残し）

使い走り〔名〕跑外務、外務員

使番〔名〕〔古〕使番（江戶幕府的一種官職，平時巡迴各諸侯國，監視諸侯，考察政績，戰時在前線傳達命令）、（江戶時代）將軍內府的女侍、使者

使い古す〔他五〕用舊

使い古した家具（用舊了的家具）

使い古した言葉（陳腔濫調）

使い古された手口を焼直す（重演故計）

使い古した代物に過ぎない（不過是些舊商品）

使い減り〔名〕耗減、耗損、磨損

使い減りが為ない（耐用）

使い水〔名〕一般用水←→飲み水

使い物、遣い物〔名〕有用的東西、禮物，禮品

使い物に為らない（不能用、沒有用）

御使い物に為る（用作禮品）

其れは友人への使い物だ（那是送給友人的禮品）

使い易い〔形〕容易使用的

針灸療法は簡単で使い易く、効果も良い（針灸療法簡單易行效果也好）

使い様〔名〕用法（=使い方）

百円でも使い様で千円に為る（如果會花的話一百日元也能當一千日元花）

鋏は使い様で切れる（剪子得會使用不會使用就剪不動）

金は使い様だ（有錢得會花）

使い料〔名〕使用的東西、使用費

半分は自分の使い料に取って置く（一半留下自己用）

使い料を払う（付使用費）

使い分ける〔他下一〕分開使用、分別使用、適當使用、靈活運用

相手に応じて言葉を使い分ける（看對方是誰而分別使用語言）

英独仏三箇国語を使い分ける（靈活運用英德法三國語言）

各地の方言を使い分ける（能說各地的方言）

使い分け〔名、他サ〕分開使用、分別使用、適當使用、靈活運用

相手に応じて言葉の使い分けを為る（看對方是誰而分別使用語言）

三箇国語の使い分けが出来る（能靈活運用三國語言）

使える〔自下一〕（〝使う〞的可能形）能用，可以使用、（劍術等）有功夫

此の鋸は使える（這把鋸子好用）

此の部屋は事務室に使える（這房間可用作辦公室）

彼の男は中中使えますよ（那人很有用處）

使えない男（沒有用處的人）

使わしめ〔名〕（迷信）神佛使者的動物（如稻荷神社的狐、奈良春日神社的鹿、八幡神社的鳩）

始（ㄕˇ）

始〔漢造〕起始、創始

元始（興起、事物的最初）

原始（原始）

年始（年初、賀年）

終始（始終、從頭到尾、末了和起首）

開始（開始）

更始（更新）

創始（創始、首創）

起始（起始、開始）

始期〔名〕開始的時期。〔法〕開始生效期，開始要求還債期

始球〔名〕〔棒球〕開球

始球式（開球式）

知事の始球式で試合が開始された（由縣長投第一球而開始了比賽）

始業〔名、自サ〕開始工作、開始上課、開學←→終業

始業の鐘（上課鈴、上班鈴）

八時半に始業する（八點半上課〔上班〕）

学校は八時始業です（學校八點上課）

学校は九月一日から始業する（學校九月一日開始上課）

始業式（開學典禮）

始原〔名〕原始

始原林（原始林）

始原代（〔地〕太古代）

始原細胞（〔植〕原始細胞）

始工〔名、自サ〕開工、動工（=起工）

始終〔名〕始終、自始自終、開始和結尾

〔副〕始終，一貫、經常，總是，不斷

事の始終を明らかに為る（弄清事情的始終）

一部始終を語る（述說全部經過）

始終変らず（始終不渝）

始終デパートへ出掛ける（常去百貨店）

始終言って聞かせている（經常提醒他）

私は旅行中始終彼の人と一緒だった（在旅途中我一直和他在一起）

始終部屋に閉じ篭っていては体に悪い（經常關在屋子裡對身體不好）

彼は始終煙草を吹かしている（他老是叼著香煙）

彼の学校は始終揉めている（那所學校經常鬧糾紛）

始新世〔名〕〔地〕始新世

始新統〔名〕〔地〕始新統

始生代〔名〕〔地〕太古代

始祖〔名〕始祖。〔佛〕（禪宗）達摩

私の家の始祖は江戸時代の初め頃の人です（我家的始祖是江戶時代初期的人）

達磨は禅宗の始祖（達摩是禪宗的始祖）

始祖鳥（〔生〕始祖鳥）

始点〔名〕起點←→終点

始動〔名、自他サ〕〔機〕開動、起動

始動に要するエネルギー（起動所需的能量）

スイッチを入れてモーターを始動する（合上開關開動馬達）

始動装置（起動裝置）

始動ポンプ（引液幫蒲）

始動機（起動機）

始発〔名〕（最先）出發←→終着、頭班（車）←→終発

始発駅（起點站）

大阪始発の急行（由大阪開出的快車）

始発電車（頭班電車）

始発は午前四時（頭班車上午四點開）

始発のバスに乗る（坐頭班公車）

始筆、試筆〔名、自サ〕試筆、新春第一次寫字（=書初め）

元旦始筆（元旦試筆）

始紡〔名〕〔紡〕粗紡

始紡機（頭道粗紗機）

始末〔名、他サ〕始末，原委、情形，情況、處理，應付、儉省，節約

事の始末を語る（講述事情的始末）

事の始末は斯うだ（情況是這樣）

斯う言う始末だから（由於這種情形）

こんな始末に為って仕舞った（落到了這部田地）

泣き言を述べる始末だ（竟然發起牢騷來了）

何だ此の始末は（這是怎麼回事？怎麼搞成這種樣子？）

彼は今では人に哀れみを請う始末だ（他現在落到討人憐恤的地步）

始末を付ける（處理、收拾、善後）

後を始末する（善後）

始末に負えない（不好處理、難以對付）

始末に負えない馬（不好駕馭的馬）

彼奴はどうも始末が悪い（那傢伙真難對付）

後の始末は私が為る（由我收拾殘局）

始末に困る程金が有る（錢多得不知道怎麼花）

ちゃんと始末する（妥善處理）

自分で自分の始末も出来ない（他連自己都不能照顧了）

出発する前に此の事はすっかり始末を付けて置かねば為らぬ（在出發前必須把這件事完全處理好）

始末の良い人（簡省的人）

始末の悪い人（浪費的人）

紙や鉛筆を始末する（節約使用紙張和鉛筆）

もっと始末して暮そう（要更節約地過日子）

始末書（悔過書）

始末屋（儉省的人）

始まる〔自五〕開始，起始←→終る、發生，引起、起源，緣起、犯（老毛病）、拿出（平生本事）、（開始）執行

授業は八時に始まる（八點鐘開始上課）

討論が始まった（討論開始了）

博覧会は来月三日から始まる（博覽會從下個月三日開始）

此の劇は悲劇に始まって喜劇に終る（這齣戲以悲劇開場以喜劇告終）

両国間に戦争が始まろうと為ている（兩國間即將發生戰爭）

厄介な事が始まった（發生了麻煩事）

此の争いは一寸為た事から始まった（這場爭執是由一點小事引起的）

悪い事は酒から始まる（壞事緣起於酒）

此の習慣は奈良朝時代に始まると言う（據說這種風習起源於奈良朝時代）

又彼の癖が始まった（他的老毛病又犯了）

そら、又彼の男の十八番が始まった（瞧，他又把拿手好戲亮出來了）

計画が始まっている（計畫已經開始執行）

始まり〔名〕開始，開端、緣起，起源

授業の始まりを知らせる鐘（上課的鐘聲）

此れぞ中国近代史の始まりである（這就是中國近代史的開端）

喧嘩の始まりは斯うだ（吵架的起因是這樣的）

小説の始まりを研究する（研究小說的起源）

始まらない〔連語〕無用、白費

怒っても始まらない（生氣也沒有用）

泣いたって始まらない（哭也無用）

今と為ってそんな事言ったって始まらない（事已至此說這些話也沒有用）

そんな人と議論しても始まらない（和這種人爭論也白費）

始める〔他下一〕開始，開創，創辦←→終える、犯（老毛病）

〔接尾〕（接動詞連用形下）開始

仕事を始める（開始工作）

生産を始める（投入生產）

新事業を始める（開創新事業）

工事を始める（開工）

第一章から始める（從第一章開始）

新たに始める（重新開始）

君は其の本から始めた方が良い（你最好從這本書開始）

商売を始める資本が無い（沒有作買賣的資金）

習い始める（開始學習）

雨が降り始めた（下起雨來了）

何処から話し始めたら好いのか（從哪裡說起才好呢？）

歩き始める（走起來）

泣き始める（哭起來）

例の癖を又始めた（又犯老毛病了）

始め, 始、初め, 初〔名〕開始←→終り、起因、前者

〔副〕以前、原先、當初

〔接尾〕（多用〝…を始めとして〞的形式）以…為首…以及、第一次體驗，當年第一次

始めから終り迄（自始自終、從頭到尾）

物事は始めが大切だ（凡事開頭要緊）

始めから好い加減には出来ぬ（一開始就馬虎不得）

始めの段階（開始階段）

年の始め（年初）

演劇の始めに就いての研究（關於戲劇起源的研究）

後のより始めの方が良い（前者比後者好）

始めは新聞記者だった（原先是個新聞記者）

始め会員がたった三人だった（起初只有三個會員）

始めそんな話は無かった（當初並沒這麼說）

私は始めは教師に為る積りは無かった（我原先並沒想當教師）

校長（を）始め（と為て）教職員一同（校長以及全體教職員）

首相始め各閣僚（以總理為首的各內閣成員）

其れが僕の煙草の吸い始めだ（這是我有生以來第一次吸煙）

御用始め（官署在年初一月四日首次辦公）

始め有る物は必ず終わり有り（有始必有終）

始めの囁きは後の響み（最初是小聲傳說後來就成為滿城風雨）

始めは処女の如く後は脱兎の如し（始如處女後如脫兔）

始めて、初めて〔副〕初次、（多用〝…て始めて〞的形式）…之後才…

始めて御目に掛かります（初次見面）

私は当地は始めてです（我是初次來到此地）

私は講壇に立ったのは此れが始めてです（這是我第一次登上講壇）

私は其の時始めて火事の恐ろしさを知った（我那時第一次了解到火災的可怕）

始めてに為ては良く出来た（作為第一次來說做得夠好的了）

人は健康を失って始めて其の有難味が分る（人喪失了健康以後才知其可貴）

数日経って始めて事実を知った（幾天之後才了解到事實真相）

始めまして〔連語〕（寒暄話）初次見面

始めまして、どうぞ宜しく（初次見面請多關照）

始めまして私は田中と申します、どうぞ宜しく（初次見面我是田中請多關照）

屎（ㄕˇ）

屎〔漢造〕糞、大便

屎尿〔名〕大小便

屎尿処理（收拾糞便）

屎〔名〕〔兒〕大便、髒東西

尿〔名〕〔兒〕小便（=しっこ）

しっこ〔名〕（多用御しっこ的形式）〔兒〕小便、尿尿

御しっこを為る（撒尿）

御しっこを為せる（把尿）

御しっこを洩らす（〔嬰兒〕尿床．尿褲子）

尿〔名〕小便（=小便）←→糞、屎

尿を検査する（檢查尿）

尿に血が混じる（尿裡帶血）

検査の為患者の尿を取る（為了檢查而取病患的尿）

尿〔名〕〔古〕小便（=小便）

尿〔名〕〔俗〕尿（=尿、尿、尿、小便）

尿〔名〕〔古〕尿、小便（=尿、尿、尿、小便）

尿袋（膀胱）

尿〔名〕〔雅〕尿、小便（=尿）

尿〔名〕尿、小便（=尿、尿）

屎、糞〔名〕屎，糞，大便、（眼耳鼻）分泌物、（以〝…も屎も無い〞形式）根本沒有

〔感〕表示輕蔑罵人的發聲、（有時以屎っ出現）表示不服氣，鼓勁或失敗時的詛咒

〔接頭〕表示輕蔑罵人的意思、表示某種行為過分

〔接尾〕加強輕蔑或否定的語氣

屎を為る（垂れる）（拉屎、大便）

犬の屎（狗屎）

目屎、目糞（眼屎）

耳屎、耳糞（耳垢）

自己批判も屎も無い（根本沒有自我批判）

ええ屎（他媽的！）

屎、必ず遣る（他媽的，一定幹！）

屎、又遣り損なった（真該死，又搞糟啦！）

屎食らえ（見鬼！滾開！活該！瞎扯！）

屎、忌忌しい（見鬼！真討厭！）

屎野郎（混帳東西）

屎婆（臭老婆子）

屎坊主（禿驢、臭和尚）

屎真面目（過分認真、一本正經）

屎勉強（過分用功）

下手糞（笨蛋）

自棄糞、焼糞（自暴自棄）

味噌も糞も一緒に為る（好壞不分、不分青紅皂白）

駛（ㄕˇ）

駛〔漢造〕駕駛、馬快跑

駛る、走る、奔る、趨る〔自五〕跑、行駛、變快、奔流、逃走、逃跑、通往、流向、走向、傾向←→歩く

一生懸命に走る（拼命地跑）

馬は走るのが速い（馬跑得快）

走って行けば間に合うかも知れない（跑著去也許趕得上）

家から此処迄ずっと走って来た（從家裡一直跑到這裡）

此の船は一時間二十ノットの速力で走っている（這船以每小時二十海里的速度航行）

急行列車は十五分で其の距離を走った（快車用十五分鐘跑完這段距離）

筆が走る（信筆揮毫）

曲が走る（曲速變快）

水の走る音が聞こえる（可以聽到水的奔流聲）

血が走る（血流出來）

敵は西へ走った（敵人向西逃跑了）

犯人は東京から大阪へ走った（犯人從東京逃往大阪）

敵陣に走る（奔赴敵營）

道が南北に走っている（道路通向南北）

山脈が東西に走る（山脈東西走向）

右翼に走る（右傾）

感情に走って理性を失う（偏重感情失去理智）

空想に走る（耽於空想）

虫唾が走る（噁心，吐酸水、非常討厭）

士（ㄕˋ）

士〔名〕人（多指男人）、人士、士（江戶時代等級社會的士農工商四民之首）武士（= 侍）

〔漢造〕士官、軍人、士（日本自衛隊最低級）、有某種資格的人、男子美稱

篤学の士（好學之士）

同好の士を集めて研究会を催す（把愛好相同的人召集在一起開研究會）

逸士（逸士）

進士（古代中國科舉的進士、日本按大寶令制官吏考試及格的進士）

人士（人士）

兵士（士兵）

騎士（歐洲中世的騎士、騎馬的武士）

奇士（奇士）

棋士（下棋的人）

勇士（勇士）

遊士（風流韵士=雅男）

武士（武士）

富士（富士山）

陸士（陸軍士官學校的簡稱）

海士（〔海上自衛隊官階之一〕海士〔在〝海曹〞之下〕）

空士（日本航空自衛官最低的軍階）

一士（一等陸〔海、空〕士自衛官-相當於舊制一等兵）

下士（下級軍官、身分低的武士）←→上士

下士官（日本陸軍下級軍官）

上士（江戶時代各藩的上級武士、身分高的優秀男子、菩薩）

博士、博士（博士）

修士（碩士、修道士）

学士（學士）

楽士、楽師（音樂家、音樂演奏者）

弁士（能說善辯的人、講演者、無聲電影的解說員）

文士（文人、作家、小說家）

栄養士（營養師）

計理士（會計師–現在改稱〝公認会計士〞）

弁護士（律師）

代議士（議員）

運転士（司機、高級船員）

壮士（壯士、打手，無賴）

高士（高潔人士、隱士）

隱士（隱士）

名士（名士）

志士（志士、愛國志士）

紳士（紳士、泛指男人）←→淑女

都人士（都市人）

居士（居士、男子的戒名）←→大姉（女居士）

信士（信士–用於按佛教儀式殯葬的男子戒名之下、守信之士）←→信女

士官〔名〕〔軍〕軍官

見習士官（實習軍官）

士官に任命される（被任命為軍官）

士官学校（陸軍軍官學校）

士気〔名〕士氣。〔轉〕情緒、幹勁（=志気）

士気が振るわない（士氣不振）

士気が上がる（士氣高漲）

士気が挫ける（士氣頹喪）

我が軍の士気が奮い立った（我軍的士氣振作起來了）

士気に影響する（影響士氣）

全軍の士気は大いに振るう（全軍士氣大振）

士気を鼓舞する（鼓舞士氣）

士気を高める（提高士氣）

士気沮喪（士氣沮喪）

士気昂揚（士氣高漲）

士気旺盛（士氣旺盛）

士君子〔名〕士君子、縉紳

士魂〔名〕武士精神

士魂商才（武士精神和經營才幹）

彼は士魂商才を備えている（他兼具武士精神和經營才幹）

士爵〔名〕爵士、騎士（=ナイト）

士庶〔名〕身分高的人和一般人民、武士和庶民

士女〔名〕男女、紳士和婦女

満都の士女（全首都的男女）

士人〔名〕人士（有教養、有地位的人）、武士（=侍）

一般の士人に訴える（訴諸一般人士）

士節〔名〕作為武士的節操

士族〔名〕〔史〕武士家族、

士族（明治維新後，授給武士階級的稱號，在華族之下，平民之上，但無任何特權現已廢除）

彼の家は士族だった（他的家是武士家族）

生まれは士族である（出身是武士家族）

士族の商法（外行人做生意）

士卒〔名〕士卒，士兵。〔史〕武士和步卒

士卒を励ます（鼓勵士卒）

士大夫〔名〕（中國）士和大夫，有官職的人、（中國）軍人（特指將校）、人格高潔的官吏

士長〔名〕士長（=消防士長、陸士長、海士長、空士長）

士道〔名〕士道、武士道，武士精神（=武士道）

士農工商〔名〕（江戶時代封建社會等級）士農工商（士是指武士）、社會全體成員

士風〔名〕士風、武士的風度

士分〔名〕武士身分

士分に取り立てる（提拔為武士）

私の祖父は士分身でした（我的祖父是武士身分）

士民〔名〕武士和庶民、士族和平民

氏（ㄕˋ）

氏〔代〕他，這位（=彼、此の方）

〔接尾〕（作助數詞用）表示人數的敬稱

〔漢造〕姓氏、氏族、（主要接男子姓名下表示敬稱）先生。〔古〕表示已婚婦女娘家的姓

氏は九州の出身（他出生於九州）

氏の説に依れば（根據他的說法）

受賞の三氏（三位受獎者）

姓氏（姓氏=名字、苗字）

摂氏（攝氏溫度=セ氏）

華氏（華氏溫度=カ氏、華陀）

釈氏（釋迦牟尼、僧，佛徒）

源氏（源姓氏族、源氏物語－日本平安時代描寫宮廷生活的長篇古典小說、其主人公為源氏）

川上氏（川上先生）

某氏（某人、某先生）

同氏（該氏、該人、他）

彼氏（他，那一位、情人，男朋、友丈夫）←→彼女

妻紀氏（妻紀氏、妻子娘家姓紀）

氏姓〔名〕姓氏

氏姓制度（姓氏制度、以氏族為單位的大和朝廷的政治組織）

氏族〔名〕氏族

氏族制度（氏族制度）

氏族社会（氏族社會）

氏族の首長（氏族的首長）

氏名〔名〕姓名、姓與名

合格者の氏名を発表する（發表錄取名單）

彼は氏名を明らかに為ないで去った（他沒露姓名就走了）

氏名不詳の男（姓名不詳的人）

氏名を詐称する（謊報姓名）

氏名を秘す（不露姓名、隱藏姓名）

氏名を略さずに書く（不加省略地寫出姓名）

氏名点呼（點名）

氏名〔名〕姓氏（=姓氏、名字、苗字）

氏〔名〕氏族（=氏族）、姓氏（=名字、苗字）、門第，家世（=家柄）。〔舊〕（接尾詞用法）接在姓的後面表示尊稱（現在〝氏〞接在姓後面讀〝氏〞）

氏も育つも分からない（來歷不明、不知底細）

氏より育つ（教養比出身重要）

蛆〔名〕〔動〕蛆

蛆だらけの所（生滿蛆的地方）

蛆が湧く（生蛆）

男鰥に蛆が湧く（鰥夫家髒）

氏神〔名〕出生地守護神、地方守護神、氏族神（某一氏族的祖先）

氏子〔名〕屬於祭祀同一氏族神地區的居民（原指同一祖神的子孫）

氏子総代（同祀一個氏族神的地區居民代表）

氏子中（同祀一個氏族神的人們）

氏素性〔名〕門第、家世、家庭背景、家庭出身（=家柄）、

氏素性も知れぬ奴（來歷不明的傢伙）

氏寺〔名〕〔史〕（王朝時代貴族的）家祠

氏の上〔名〕氏族的首長

氏人、氏人〔名〕氏族的成員、參集祭祀奉仕氏神而沒有一定神官職的人

世、世（ㄕˋ）

世〔漢造〕世間，社會，俗世、世世代代。〔佛〕現在，過去，未來

一世（〔佛〕一世〔現在，過去，未來三世之一〕一生，一輩子、一代、一世，一代=一世）

一世一期（一生一世，畢生）

一世一代（一生一世，畢生、演員將退休最後演出的拿手戲、一生一次的出色表演）

一世（一生、一代，當代、國王的一世一代、移民的第一代）

在世、在世（在世、活在世上）

現世、現世、現世（現世、今世、今生=現在世）←→現世、後世

前世、前世（前世、前生）←→現世、後世

後世（後世、來生=来世）

来世（來世來生=後世）←→前世、後世

三世（三世，三生-現在，過去，未來或前生，今生，來世、三代-父子孫、

封建主僕關係-親子一世，夫婦二世，主從三世）

出世（出生，誕生、降生，下凡、出家，進入佛門、成功，出息，發跡）

出世間（超脫世俗、超然世外、出家）

出世頭（最成功的人、發跡最快的人）

世運、世運〔名〕社會的動向

世界〔名〕世界，天下。〔哲〕宇宙、世上，世間、（特定人或生物的）社會

世界各国（世界各國）

世界の各地から（來自世界各地）

世界の隅隅迄（到世界各個角落）

世界の再分割（重新瓜分世界）

世界が類が無い（舉世無雙）

世界を家と為る人（以天下為家的人）

世界を一周する（周遊世界）

祖国を胸に抱き、目を世界に向ける（胸懷祖國放眼世界）

世界を動揺（震撼）させる（震動世界）

世界を股に掛ける（走遍全世界）

世界の何処にも適用出来る理論（放之四海皆準的理論）

世界でも稀な隕石雨が降った（世界罕見的隕石雨）

世界は進歩しつつ有り、前途は明るい（世界在進步前途是光明的）

世界制覇（稱霸世界）

世界周航（環球航行）

世界企業（誇國公司）

世界に又と無い馬鹿者（世上最大的傻瓜）

広い世界は唯一人（廣闊世間孤單單的一個人）

彼は自分を世界中で一番偉いと思っている（他以為自己是世上最了不起的人）

学者の世界（學者的世界）

理想の世界（理想的世界）

昆虫の世界（昆蟲的世界）

子供の世界（兒童的世界）

僕等は御互いに住む世界が違うのだ（我們生活的環境是彼此不同的）

世界観（〔哲〕世界觀）

世界語（世界語、國際語）

世界国家（二次大戰後資本主義世界，所提倡要把全世界，組成一個國家的思想）

世界時（〔天〕世界時、格林威治時）

世界主義（世界主義-cosmopolitanism 的譯詞）

世界政策（指十九世紀末期以來帝國主義國家的對外擴張政策）

世界的（全世界的、世界範圍的、世界聞名的）

世界平和（世界和平）

世界連邦（世界聯邦=世界国家）

世界労連（世界工會聯合會的簡稱=WFTU=世界労働組合連合）

世界一（世界第一）

世界一周（繞世界一周）

世界記録（世界記錄）

世界銀行（世界銀行-国際復興開発銀行的通稱=世銀）

世界気象監視（氣世界天氣監視網=World Weather Watch 簡稱 WWW）

世外〔名〕世外

誰も世外に超然する事は出来ない（誰也不能超出世外）

世間〔名〕世上，社會，世人、社會的輿論，人們的評論、個人的交際，活動範圍

広い世間（廣闊的社會）

世間の習し（社會的風習）

世間の事（社會上的事）

世間の出来事（社會上發生的事）

世間を知っている（懂得世故）

世間の笑い物に為る（貽笑大方）

世間を欺き、人心を惑わす（欺世惑眾）

一本立ちで世間を渡る（自立地生活於社會上）

世間の手前（與人相處應有的禮貌）

世間の思惑（世人的輿論）

彼は世間が言う程悪くは無い（他並不像人們說的那麼壞）

世間では寄る障ると其の話で持ち切りだ（人們只要湊到一起就談那件事）

こんな事を仕出かして世間に済まない（做出那樣的事來實在對不起大家）

こんな身形では世間へ出られない（這種打扮不能到大庭廣眾中去）

世間の噂（人們的談論傳說、風言風語）

世間を憚る（怕人們說長道短）

世間の口が煩い（人言可畏）

世間が広い（交際廣、吃得開）

世間が狭い（交遊少、吃不開）

彼の男は不義理を為て段段世間を狭くする（他不講信用使交遊的範圍越來越小）

世間の口に戸は立てられぬ（眾口難防）

世間は張物（世人總是愛虛榮講排場的）

世間は広い様で狭い（世界雖大有時窄–意謂常在某一地方出乎意料地遇到熟人）

世間晴れて（公開地、大模大樣地）

世間を渡る（擺闊氣、講排場、好面子）

渡る世間に鬼は無い（社會上到處都有好人）

世間口（閒言閒語、說三到四）

世間気（擺闊氣、講排場、好面子、愛虛榮）

世間見ず（不懂世故、閱歷淺=世間知らず）

世間体（面子、體面）

世間知らず（不懂世故、閱歷淺）

世間並み（普通、一般、平常）

世間的（社會上的，社會一般的、世俗的，一般的）

世間通（通達人情世故〔的人〕）

世間師（精通世故的人、老江湖、老油條）

世間雀（好串門子說張家長李家短的人）

世間話（閒話、聊天、張家長李家短）

世間慣れ（熟悉世故）

世間擦れ（老於世故〔的人〕、老滑頭）

世間騒がせ（製造事端引起轟動〔的人〕）

世間離れ（與眾不同、不尋常）

世故〔名〕世故（=世事）

世故に疎い（不諳世故）

彼は世故に長けている（他通達世故、他飽經風霜）

世事〔名〕世事，世務、奉承（話），恭維（話）（=世辞）

世事に通じている（通達世務、閱歷深）

世事に疎い（不諳世事、閱歷淺）

世事に長けている（老於世故）

世辞〔名〕（〝世事〞的轉變）奉承、巴結

世辞を言う（說奉承話）

御世辞が旨い（會奉承、會巴結）

世辞者（〔古〕善於巴結奉承的人）

世才〔名〕處世才能、處世術

世才に長けた人（善於處世的人）

世知、世智〔名〕處世才能、處世術（=世才）

世知に長けた人（善於處世的人）

世知辛い、世智辛い〔形〕〔俗〕生活艱苦，日子不好過、貪圖便宜，自私自利

世知辛い世の中（生活艱苦的社會）

世知辛い人間（好打小算盤的人）

世襲、世襲〔名、他サ〕世襲

世襲財産（世襲財產）

世襲權（世襲權）

世襲制度（世襲制度）

世上〔名〕世上、世間、社會（=世の中）

世上の出来事に関心を持たない（對世事漠不關心）

世上構わず（不介意世事）

世情〔名〕世態，社會情況、世路人情

世情騒然（社會騷動不安）

世情に暗い（疎い）（不諳世情）

世情に通ずる（通達世路人情）

世情物騒我が身息災（不管天塌地陷只求自己平安無事、喻極端自私自利思想）

世相〔名〕世態、社會情況

世相の乱れ（世態的混亂）

世相を反映する（反映出社會情況）

此の事件の中に現代の世相が良く現れている（在這個事件中充分表現了現代的世態）

世態、世態〔名〕世態（=世相、世情）

世態人情に通じている（通曉世路人情）

世態も人情も随分変った（世路人情都大為改變了）

此の小説は実に良く世態人情を描き出している（這小說的確很好地描寫了世路人情）

世人〔名〕世人

彼の行動は世人の注目の的に為っている（他的行動成了世人注意的目標）

世人は皆此れを知っている（世人皆知）

世塵、世塵〔名〕俗事

世塵を避ける（躲避俗事）

世世、世世〔名〕世世、世世代代（=世世、代代）

生生世世（生生世世、世世代代、永久、永遠）

世世、代代〔名、副〕世世代代（=代代）。〔佛〕過去，現在，未來

世世其の地に住む（世世代代住在那個地方）

世俗〔名〕世俗，社會風俗，一般風習、世間，社會

世俗に媚びる（逢迎世俗）

世俗に言う（通俗說）

世俗を超越する（超越世俗）

世俗に囚われない（不為世俗所拘束）

世俗的（世俗的、庸俗的、社會一般的）

世尊〔名〕〔佛〕（釋迦的尊稱）世尊（=釈迦）

世帯、世帯，所帯〔名〕（自立門戶的）家庭

一人所帯（一個人的家庭）

所帯を持つ（成家、建立家庭）

所帯が苦しい（家裡生活艱苦）

彼の家は所帯が大きい（那一家家裡人口多）

所帯の遣り繰り（操持家務）

此のアパートには十二所帯住んでいる（這個公寓住著十二戶）

彼の家は男所帯だ（那一家是個沒女人的家庭）

新しく所帯を持った若夫婦（新安家的青年夫婦）

彼女は所帯の持ち方を知らない（她不會管理家務）

家の息子も愈愈所帯を持つ様に為る（我兒子也快成家了）

所帯を畳む（解散家庭）

世帯主、世帯主，所帯主（戶主、家長）

所帯を畳む（拆散家庭）

所帯数（戶數）

所帯崩れ（新婦因操持家務而容光憔悴）

所帯染みる（因考慮生活問題而失去青春的蓬勃朝氣、顯出為家務操勞的神氣、一味考慮柴米油鹽等事）

所帯道具（家庭用具-鍋，碗，盆，櫥櫃）

所帯持ち（成家立業、養家帶口的人、操持家務）

所帯窶れ（因操持家務而面容憔悴）

世代、世代、世代〔名〕世代、一代（=ゼネレーション）

古い世代（老的一代）

若い世代（年輕的一代）

次ぎの世代を背負って立つ（肩負著下一代的重任）

後の世代に為れば為る程良く為る（一代更比一代強）

後の世代を立派に教育する（很好地教育下一代）

世代交番（交代）（世代交替）

世伝、世伝〔名〕代代相傳

世道、世道〔名〕世道

世道人心（世道人心）

世道人心の退廃（世道人心的頽廢）

世道人心に害が有る（對世道人心有害）

世道人心は地に落ちた（世道人心敗壞）

世評、世評〔名〕社會上的評論、輿論

世評に依れば（根據社會上的評論）

世評を恐れる（害怕輿論）

彼は世評等には頓着しない（他對於輿論根本不放在心上）

詰まらぬ世評を気に為るな（不要擔心無聊的輿論）

彼の人の世評は芳しくない（他的名聲不怎麼好）

世評では彼は廉直の士だ然うだ（一般評論說他是一位廉潔耿介之士）

次期首相との世評が高い（他出任下屆首相的呼聲很高）

世路、世路〔名〕世路、世道、人生道路、處世之道

世路の艱難（世道艱難）

世論、世論、世論，輿論〔名〕（〝輿論〞為 public opinion 的譯詞）世論、輿論

世論に耳を傾ける（聽取輿論）

世論調査、世論調査（輿論調查）

世論に訴える（訴諸輿論）

世論を作る（製造輿論）

世論に従う（尊重輿論）

世論の制裁を受ける（受輿論制裁）

世論が沸騰する（輿論沸騰）

彼は世論を無視して思う所を断行した（他不顧輿論自行其是）

世話〔名、他サ〕幫助，援助、推薦，介紹、照料，照顧、通俗，世俗

彼の世話を為る（幫助他）

大変御世話に為りました（多承您幫忙）

彼の人に色色御世話に為りました（得到他許許多多的幫助）

就職の世話を為る（介紹就職）

御医者さんを御世話して下さいませんか（能不能給介紹一位醫師？）

友人の世話で今の地位を得た（由於朋友的推薦得到現在的地位）

病人の世話を為る（照料病人）

子供の世話を為る（照顧小孩）

家畜の世話を為る（照管家畜）

彼は私を兄弟の様に世話を為て呉れる（他把我看作兄弟一般給以照顧）

至れり尽くせりの世話を為る（照顧得無微不至）

自分の世話を自分で為る（自己照料自己）

要らぬ（大きな、余計な）御世話だ（少管閒事！用不著你操心！）

如何しようと大きな世話だ（我怎麼做與你無關、用不著你管）

世話に言う（俗話來說）

世話に砕いて話す（用通俗的話說）

世話が無い（簡單，省事、真沒辦法）

其れが一番世話為しだ（那麼做最省事）

自分から言い出して反対する何て世話が無い（自己說出來自己又不同意可真沒辦法）

世話が焼ける（麻煩人）

本当に世話の焼ける人だ（真是個給人添麻煩的人）

世話を焼く（幫助、照管）

余計な世話を焼く（多管閒事）

世話を焼きたがる人（多管閒事的人）

此の子は世話許り焼かしている（這孩子老給人添麻煩）

君に世話何か焼いて貰い度くないね（我可不希望你來管我的事）

世話人（負責人、發起人、主管人=世話役）

世話女房（能幹的妻子、對丈夫照顧備至的妻子）

世話好き（好管閒事〔的人〕、好幫助人〔的人〕）

世話役（負責人、發起人、主管人=世話人）

世話狂言（〔劇〕世相狂言-歌舞伎的一種描寫時代生活的劇種）

世話物（〔歌舞伎，淨琉璃等中描寫風俗人情的〕世態劇）

世話焼き（好管閒事〔的人〕、好幫助人〔的人〕）

世〔接尾〕世、代

一世（一生、一代，當代、國王的一世一代、移民的第一代）

済世（濟世、救世）

先世（祖先、亡父）

挙世（舉世）

在世、在世（在世、活著、活在世上）

処世（處世）

渡世（處世、職業）

乱世（亂世）←→治世治世

治世、治世（治世，太平盛世、〔君主〕統治，在位期間）

辞世（逝世、絕命詩）

ルイ十四世（路易十四世）

近世（近代）

中世（中世-古代和近代之間）

洪積世（洪積世、冰河時期）

世家〔名〕世家、代代世襲的地位

世紀〔名〕年代，時代、世紀（百年）、（以〝世紀の〞的形式）百年以來，百年一現，當代，絕世

宇宙科学の世紀（宇宙科學的時代）

電子計算機の世紀（電子計算機的時代）

幾世紀にも亙る（經過幾個世紀）

十九世紀の中頃（十九世紀中葉）

今世紀（本世紀）

本世紀（本世紀）

世紀の英雄（絕世的英雄）

世紀の名作（當代的名著）

世紀の大事件（本世紀的重大事件）

世局〔名〕時局、社會形勢

世局を無視する事は出来ない（不能無視時局）

世系〔名〕世系，血統、譜系

世子、世嗣〔名〕世子-古代皇帝，諸侯的嫡子

世祖〔名〕世祖、第一代的祖先

世変〔名〕社會變遷、社會的變亂

世務〔名〕世務、時務

世務に通じる（精通時務）

世、代〔名〕世、世上，社會、一生，一世、時代，年代、〔古〕年齡

世の為に為る（有益於社會）

世の辛酸を嘗める（備嚐人世辛酸）

世の終わり（世界末日）

世の荒波に揉まれる（經風雨、見世面）

世に名を揚げる（揚名於世）

世に知られている（聞名於世）

世に聞こえた名所（著名的名勝）

世に知られない人（默默無聞的人）

世に入れられない人（不容於世的人、被社會遺棄的人）

世に稀な品（世上罕見的物品）

世に阿る（諂う）（迎合潮流、趨炎附勢）

世に送り出す（送到社會上、問世）

世に処する（處世）

世を厭う（儚む）（厭世）

世を捨てる（逃れる）（遁世、隱居、出家）

世を去る（去世、死去）

世を驚かす（震驚世界）

我が世（我這一生）

世を送る（生活、度過一生）

世を終る（結束一生）

青春時代は此の世の花だ（青春時代是一生最快活的時代）

彼は成功して、我が世の春を湛えている（他成功了高興地享受人生）

唐の世に多くの詩人が居た（唐朝出了很多詩人）

明治の世に生まれた（出生於明治時代）

世と共に進む（與時俱進）

此の日進月歩の世に（在這日新月異的年代）

世に遅れぬ様に為る（使不落後於時代）

日本には、長い間武士の支配する世が有った（日本曾有過很長的武士統治時代）

前の世（前世）

此の世（今世）

来む世（來世）

彼の世（來世、死後的世界）

彼の世に行く（去世、死亡）

彼の人はもう此の世には居ない（他已不在人世）

世が世なら（如果生逢其時）

世に会う（生逢其時）

世に在り（在世，活著、得勢，得時）

世に言う（所謂）（常言道、俗話說）

世に逆らう（反時代潮流）

世に出る（出生、出名，出息、進入社會）

世の営み（生計）

世の覚え（社會上的評價）

世を挙げて（舉世）

世を知る（懂得人情世故、情竇初開）

世を憚る（忍ぶ）（避世人耳目、離群索居）

世を渡る（生活、處世、度日）

四〔名〕四（=四，四つ）（用於一，二，三，四…數數時）（也讀作四）

四年（四年）

余〔名〕其餘，其他。（接尾詞用法、接數詞後）…餘、多…

〔代〕（與〝予〞同）余，我（=自分、私）

〔漢造〕（〝餘〞的簡體）多餘，剩餘、其餘，另外，以後

余の事（其餘的事）

余の儀ではないが…（不為他事…）

余は知らず（不知其他）

十年余の間病床に居る（臥床十餘年）

三マイル余（三英里多）

五十余人（五十多人）

余の知る限りではない（非余所知）

余輩（我們）

余等（我等）

残余（殘餘、剩餘）

剰余（剩餘、殘數）

刑余（受過刑罰）

夜〔名〕夜、晚上、夜間（=夜）←→昼

夜が更ける（夜深）更ける深ける耽る吹ける拭ける噴ける葺ける

夜を更かす（熬夜）更かす葺かす拭かす吹かす負荷す付加す孵化す

夜を明かす（徹夜、通霄）明かす開かす空かす飽かす厭かす

夜を徹する（徹夜、通霄）徹する撤する

夜を日に継ぐ（日以繼月）継ぐ接ぐ告ぐ次ぐ注ぐ

夜を日に継いで工事を進める（日以繼月地進行工程）進める薦める勧める奨める

夜が明ける（天亮）明ける開ける空ける飽ける厭ける

夜が明けるのを待って出掛けた（等到天亮就出去）

夜が明けぬ内に（黎明前）

夜が明けてから（天亮以後）

夜が明けて間も無く（天亮後不久）

夜が更ける迄（直到夜深）

夜の明け抜けに（天剛亮時）

夜に入って（天黑之後、到了晚上）

夜の目も寝ずに（一夜也沒闔眼）

彼は夜の目も寝ずに、父の看病を為た（他一夜也沒闔眼看護父親的病）

夜も日も明けない（片刻也離不開）

夜を徹して仕事を為る（徹夜工作）

夜を籠める（夜幕籠罩）

夏は夜が短く、冬は夜が長い（夏天夜短冬天夜長）

世柄〔名〕〔舊〕世道、時勢、社會情況、世路人情

大分世柄が違って来た（社會人情大大改變了）

世心〔名〕色情、春心（=色気）

世心が付く（情竇初開）

世過ぎ、世過〔名〕生活、過日子（=世渡り）

世過ぎの生業（謀生之路）

身過ぎ世過ぎの苦しさを味わう（備嚐生活的艱苦）

世捨て人、世捨人〔名〕出家人、和尚、隱士

浮世を儚んで世捨て人に為る（看破紅塵出家為僧）

世継ぎ, 世継、世嗣〔名〕繼承、繼承人、嗣子（=跡取、相続人）

世付く〔自四〕〔古〕熟悉世故人情（=世間を知る）、情竇已開（=色気が付く）、平安度日，普普通通（=世間並みだ）、沾染上世俗風氣（=世間染みる）

世直し〔名〕〔舊〕社會的改造、改革社會

世直しが必要だ（社會改革是必需的）

世直し一揆（〔史〕改革社會暴動-發生於江戶幕府末期到明治初年的反封建農民起義）

世馴れる、世慣れる〔自下一〕熟悉世故、通達人情

世慣れた人（通達世故人情的人）

彼は世慣れた物の言いようを為た（他說的話通達人情世故）

彼は未だ世慣れないので角が取れない（他還不熟悉世故所以不夠圓滑）

世に〔副〕特別，非常，格外、（下接否定語）決不

世に恐ろしい物語（非常可怕的故事）

世にも〔副〕（〝世に〞的強調說法）特別，非常，格外。（下接否定語）決不

世にも珍しい事件だ（非常稀奇的事件）

世にも不味い菓子だ（非常難吃的糕點）

世の覚え〔名〕〔俗〕名聲、輿論、物議

世の覚えが良い（名聲很好、群眾的評論很好）

世の例〔連語〕世上的常事、社會上常有的事

世の常〔連語〕普通、平常（的事）

世の常の人間（普通的人）

其れは世の常だ（那是世上常有的事）

世の常為らぬ（不尋常）

世の中〔名〕世上，社會、時代、男女之情

騒がしい世の中（騷動的世上、不穩定的社會）

山田君は学校を途中で止めて世の中へ出た（山田君中途退學進入社會）

彼は世の中を知らない（他不了解社會上的情況）

此の世の中に二人と居ない大悪党（世上獨一無二的大壞蛋）

もう世の中が変ったのだ（時代已經變了）

今は原子力の世の中だ(現在是原子能時代）

世の中の移り変わりで其処を訪れる人も稀に為った（由於時代的變遷到那裡遊歷的人也不多了）

世の中改まる（変わる）（時代變遷、改朝換代）

世の中は相持（持ちつ持たれつだ）（社會是互助的）

世の中は広いようで狭い(地球很狹小–經常在意想不到的地方遇上熟人所以做事要慎重）

世の中三日見ぬ間の桜かな(花無三日紅）

世の中は盲千人目明千人（世人有賢有愚）

世の習い〔連語〕人世之常、普通、平常（=世の常）

盛者必衰は世の習い（盛者必衰人世之常）

世離れる〔自下一〕〔俗〕脫離社會、與世隔絕、脫離世俗

世離れた生活を送る（過脫離社會的生活）

世離れた事を言う（說不通人情世故的話）

世迷い言〔名〕自言自語的牢騷話、嘟囔莫名其妙的話

世迷い言を言う（自言自語地發牢騷）

世迷い言を言って涙を流す(一發起牢騷就流淚）

世迷い言を言うな(瞎嘟囔什麼！）

世渡り〔名〕生活、謀生、處世

世渡りの道（謀生之道）

世渡りの旨い男（善於處世的人）

世渡りを始める（開始自己謀生）

世渡りは草の種（謀生之道何止一途）

仕（ㄕ、）

仕〔名、漢造〕出仕，做官、服務、做（動詞〝為〞的連用形、〝為〞的借用字）

仕を致す（致仕、辭官）

致仕（辭官還鄉、七十歲–來自中國古代〝大夫七十而致仕〞）

出仕（出來做官，供職、上班，出勤）

奉仕（效勞，效力、廉價售貨）

給仕（侍候、打雜，工友）

勤仕（服勤務）

禄仕（做官食祿）

沖仲仕（碼頭裝卸工人、海上搬運工人）

仕上がる〔自五〕做完，完成、(狹義)(迎接比賽）做好準備，(酒）已喝足

工事が仕上がる（工程完竣）

服は未だ仕上がらない（衣服還沒有做完）

明日仕上がりますか（明天做好嗎？）

仕上がり〔名〕做完，完成、做成的情況

仕上がりが遅れた(未能如期做完）

此の花瓶は仕上がりが悪い（這個花瓶做得不好）

心配していたが果して仕上がりは良くなかった（本來就不放心果然做得不理想）

仕上げる〔他下一〕做完，完成、加工，潤飾、作出成就

工事を仕上げる（完成工程）

今日中に仕上げねばならぬ(今天必須做完）

一代で仕上げた財産（本人一手累積起來的財產）

私は英国へ行って英語を仕上げて来ようと思います（我想去英國把英語深造一番）

彼の主任は給仕から仕上げた人だ（那主任是從工友起家的）

此処の所を仕上げれば御仕舞いだ(把這一部份做好就完了）

仕上げ〔名〕做完，完成、做完的結果、加工，潤飾

仕上げを急ぐ（加緊完成）

仕上げの期日（完工日期）

良い仕上げだ（做得很好）

仕上げを見て下さい（請看做得怎樣？）

念入りな仕上げ（精心加工）

仕上げは別の工場で遣る（最後的加工由另一個工廠做）

家は出来たが仕上げは未だ済まぬ（房子蓋起來了可是裝修還沒完成）

仕上げが肝心（千錘敲鑼）

細工は流流、仕上げを御覧じろ（做法各有不同請看最後結果）

仕上げ圧延機（〔機〕精軋機）

仕上げ打（〔機〕精鍛）

仕上げ加工（〔機〕精加工）

仕上げ寸法（〔機〕成品尺寸）

仕上げ工（〔機〕鉗工、修飾工）

仕上げ工場（〔精〕加工工廠、裝配工廠）

仕上げ物（加工品、須加工的未完成品）

仕上げ者（貧苦起家的人）

仕上げ研磨（〔機〕精拋光）

仕上げ削り（〔機〕精加工、精切削）

仕上げ砥（細磨石）

仕上げ高払い賃銀（計件工資、包工工資）

仕上げ鉋（〔機〕精刨子、細刨子）

仕上げ機械（〔機〕精加工機）

仕合、試合〔名〕比賽、（寫作〝仕合〞）互相

模範試合（表演賽）

野球の試合に出る（参加棒球比賽）

試合を為る（進行比賽）

一方的な試合（實力懸殊的比賽）

試合を申し込む（要求比賽）

友誼第一試合第二（友誼第一比賽第二）

試合開始（比賽開始）

試合終わり（比賽結束）

喧嘩の仕合（互相吵架）

仕合わせ，仕合せ、幸せ、倖せ〔名、形動〕運氣、幸福，幸運、僥倖、（用〝…な事に〞的形式）幸虧，幸運←→不幸

幸せが良い（幸運、運氣好）

有り難き幸せ（慶幸、僥倖）

幸せを掴む（把握幸福）

幸せに暮す（生活過得幸福）

幸せな日を送る（過幸福的日子）

子供達は幸せに暮らしている（兒童們過著幸福的生活）

晩年は幸せに為るでしょう（老來會幸福）

君は行かないで幸せだった（你沒去算走運）

幸せ者（幸運者）

一時の幸せ（一時的僥倖）

幸せと風邪も引きません（幸好沒有感冒）

倖せな事に彼のを得る事が出来た（幸虧有他的幫助）

仕入れる〔他下一〕購入，買進、採購。〔轉〕取得，獲得

商品を仕入れる（買進商品）

彼は日本へ行って新知識を沢山仕入れて来た（他到日本去獲得了許多新知識）

仕入れ、仕入〔名〕買進、購買、採購、採買

商品の仕入（商品的採購）

仕入を少なく為る（減少進貨）

仕入に行く（辦貨去）

仕入の為に上京する（進京辦貨）

仕入値段（価格）（進貨價）

仕入係（採購員）

仕入金（進貨款）

仕入先（供貨廠商、批發處、批發商）

仕入帳（進貨簿）

仕入物（購進的貨物）

仕入小作（由地主供給肥料和其他物件的一種佃耕）

仕入書（進貨單、海關的裝箱單）

仕打ち、仕打〔名〕（多用於壞的方面）作風、舉動、行為、態度（=仕方、振舞）。〔劇〕動作，表情（=仕草熟し）

彼の仕打は本当に憎らしい（他的作風真惡劣）

酷い仕打を受ける（遭受蠻不講理的對待）

彼の人からこんな仕打を受けようと思わなかった（沒想到受到他這樣的對待）

仕置き、仕置〔名〕斥責，懲罰，治罪、（江戶時代）處死，梟首示眾

子供の御仕置（責打孩子）

どんな御仕置を受けても構わない（受到什麼樣的懲罰都可以）

御仕置に会う（遭到責打）

人殺しを仕置に為る（把殺人犯處死）

仕置者（法警、行刑者、劊子手）

仕置者（罪人、被處死的人）

仕置場（刑場、法場）

御仕置き、御仕置〔名〕〔史〕（江戶時代）刑罰，處罰。〔俗〕懲罰，處分

御仕置者（罪犯）

子供の御仕置（對孩子的懲罰）

どんな御仕置を受けても構わない（受到什麼處分都沒有關係）

仕送る〔自、他五〕匯寄生活補貼或學費（=仕送りする）

仕送り〔名、自他サ〕匯寄生活補貼或學費

家に仕送りする（給家裡寄生活補貼）

母親が学資の仕送りを為て呉れる（母親給我寄求學費用）

月月三万円の仕送りで生活する（每月靠寄來的三萬日元維持生活）

国許からの仕送りが絶えた（老家不再寄生活補貼了）

仕納め、仕納〔名〕工作的結尾、最後的工作

此れが今年の仕事の仕納めだ（今年的工作就此結束了）

此れが悪戯の仕納めだ（這次淘氣是最後一次了）

悪事の仕納めだ（惡貫滿盈）

仕落ち，仕落、為落ち，為落〔名〕漏做（=手落ち、手抜かり）

仕事に仕落ちが有る（工作有漏做）

仕返す〔他五〕改做，重做（=遣り直す）、報復，報仇，復仇（=仕返しする）

仕返し、仕返〔名〕改做，重做（=遣り直し）、報復，報仇，復仇，回擊

もう一度始めから仕返しを為る（再從頭重做一次）

必ず仕返しする（一定報仇）

喧嘩の仕返しを為る（報吵架的仇）

敵に仕返しを為る機会を狙う（伺機反擊敵人）

仕替える〔他下一〕改做，重做（=遣り直す）

屋根の崩れた所を仕替える（重修屋頂塌陷的地方）

仕掛かる、仕懸かる〔自、他五〕開始做、做到中途

仕事を仕掛かる所だ（正要開始工作）

夕食の支度に仕掛かる（著手準備晚飯）

仕掛かった仕事（還沒做完的工作）

仕掛かり、仕掛り〔名〕開始，開端、做到中途

仕掛かり品（未完成品）

仕掛ける〔他下一〕開始做，著手、做到中途、主動地作、挑釁，找碴、裝置，設置、準備，預備

仕事を仕掛ける（開始工作）

仕掛けて止めた（做到中途又停下來了）

話を仕掛ける（主動搭訕）

喧嘩を仕掛ける（找理由打架）

戦争を仕掛ける（挑戰、發動戰爭）

罠を仕掛ける（設下圈套）

花火を仕掛ける（裝置煙火）

時限爆弾を仕掛ける（裝上定時炸彈）

地雷を仕掛けて敵を誘う（佈雷誘敵）

御飯を仕掛ける（準備飯食）

夕食を仕掛けて置く（準備作晚飯）

仕掛け、仕掛〔名〕開始做，著手、做到中途，製作中、挑釁，找碴、裝置，結構、規模、煙火、手法，招數，訣竅。〔象棋〕開局讓棋法（國際象棋中，開局時犧牲一，二子以取得優勢的下棋法）、日本古武士家中的婦女禮服（=内掛け、掻取）

仕掛の仕事（還未做完的工作）

宿題の仕掛で遊びに行って終った（習題做到一半就跑出去玩了）

此の船は未だ仕掛期間に在る（這艘船還沒有完成、這艘船還在製造當中）

仕掛品（半成品）

先方の仕掛を待って此方も攻撃する（等對方一挑釁我們就進攻）

時計の仕掛（鐘錶的結構）

此の実験には特別の仕掛が必要である（這個實驗必須有特殊的裝置）

此の扉は独りでに閉まる様な仕掛に為っている（這個門的構造是能自動關閉）

時限爆弾は或る一定の時間が過ぎると爆発する仕掛の爆弾である（定時裝置是帶有過了一定時間就爆炸的裝置的炸彈）

仕掛が大きい（規模巨大）

大仕掛の研究（大規模的研究）

次次に仕掛が打ち上げられる（連續不斷地放著煙火）

どんな仕掛だが素人には分からないのだ（用的什麼手法外行是不會知道的）

見て御覧、別に種も仕掛も無いよ（〔魔術師用語〕請看我這裡既沒有弄虛也沒有作假）

仕掛事（〔做好的〕圈套）

仕掛花火（〔有特殊裝置能變換花樣的〕煙火）

仕掛者（用某種手法騙人的人、用色情騙取男人金錢的女人）

仕掛物（〔劇〕有特殊裝置的道具）

仕掛小道具（〔劇〕有特殊裝置的小道具）

仕掛鉄砲（〔槍機繫上繩子，野獸通過，一踩即發射的〕無人槍）

仕学〔名〕仕官和學問

仕方〔名〕做法、辦法

料理の仕方（烹調法）

勉強の仕方が間違っている（用功的方法不對）

掃除の仕方が悪い（打掃的方法不好）

何だ、其の挨拶の仕方は（哪裡有那種寒暄法呀！）

仕方が無い（沒有辦法）

仕方咄（帶表演的相聲、一面表演一面說話）

仕方無い〔形〕沒有辦法、不得已、無可奈何（=仕方が無い）

仕方無く謝る（不得不道歉、只好道歉）

仕方無いので金を遣った（因為沒有辦法給了錢）

仕方無しに〔連語、副〕不得已（=仕方無く、已むを得ず）

彼は余り強情だから、仕方無しに最後の手段を取ったのだ（因為他過分固執不得已才採取了最後的手段）

仕方が無い〔連語〕沒有辦法、沒有用處、迫不得已、無法忍受、不像話

仕方が無いから諦めた（因為沒有辦法而死了心）

斯うするより仕方が無い（除此沒有別的辦法）

年が年だから仕方が無い（因為上了年紀沒有辦法）

仕方が無ければ此の家でも間に合う（如果沒有辦法這房子也可以將就地用）

後悔したって仕方が無い（後悔也沒有用）

今更怒ったって仕方が無い（事到如今生氣也沒用）

命令だから仕方が無い（因為是命令迫不得已）

こんな万年筆じゃ仕方が無い（這樣的鋼筆實在沒法用）

暑くて仕方が無い（熱得要命）

眠くて仕方が無い（睏得要命）

腹が立って仕方が無かった（氣壞了）

ビールが飲み度くて仕方が無い（一心想喝啤酒）

行って見度くて仕方が無い（一心想去看看）

彼れは怠け者で仕方が無い（他是個懶鬼真不像話）

仕方が無いじゃないか、そんな事を為て（做那種事太不像話了）

仕兼ねる〔他下一〕難以做到

決心を仕兼ねる（難以下決心）

先方の御話通りに仕兼ねます（難以按照對方說的辦）

仕兼ねない（能做得出來、很可能做出來）

どんな悪い事も仕兼ねない（什麼壞事都做得出來）

人殺しも仕兼ねない（殺人的事也會做得出來）

仕官〔名、自サ〕〔舊〕仕官，做官、（武士）事君，任職

仕官の道（做官的方法）

芭蕉も若い頃江戸に行って仕官しようと考えていた（芭蕉年輕時也曾想到江戶去任職）

仕儀〔名〕〔古〕（事務的）程序、趨勢，情形

此の様な仕儀に立ち至りまして申し訳御座いません（發展成這種情況真對不起）

店を畳む仕儀と相成った（結果關門歇業了）

仕着せ、四季施〔名〕（普通用〝御仕着せ、御四季施〞形式）雇主按季供給傭人的衣服、長上或公司給的東西。〔轉〕照例的事（=御決まり）

仕着せを遣る（供給衣服）

盆暮の仕着せ（年節給〔傭人〕的衣服）

月給の外に御仕着せが有る（除了月薪以外還供給衣服）

仕着せ代（〔主人給傭人的〕衣服錢）

御仕着せの名刺（公司印給的名片）

御仕着せの文句（官樣文章、老一套的詞句）

仕来たり、仕来り〔名〕慣例、常規、成規（=習わし）

家庭の仕来たり（家規）

日常生活の仕来たり（日常生活的慣例）

永年の仕来たりだから急に改められない（因為是多年的老規矩馬上改不了）

既に仕来たりに為っている（已經成為慣例）

古い（従来の）仕来たりを固執する（因循守舊）

仕来たりを打ち破る（打破常規）

仕業〔名、他サ〕（在現場）開動機器

仕業点検（檢查開工情況）

仕業、為業〔名〕所作的事情、做的勾當（=所業）

此れは誰の仕業だ（這是誰做的？）

神の仕業（天意、天道）

彼の仕業に相違ない（一定是他做的）

悪魔の仕業（惡魔搗的蛋）

仕切る〔自五〕結帳、完結。〔相撲〕擺架式。

〔他五〕隔開

月末で仕切る（月底結帳）

一梱5千円で仕切る（按每件五千日元清帳）

仕切り線より下がって仕切る（退到擺架式線後面擺架式）

カーテンで部屋を仕切る（用簾子把房間隔開）

部屋を三つに仕切る（把屋子格成三間）

仕切り、仕切〔名〕隔開、隔板、結帳、完結。〔相撲〕擺架式。〔統計〕批

仕切のカーテン（隔簾）

部屋に仕切を為る（把房子隔間）

隣の庭との仕切に板塀が造って有る（和鄰居院子之間築有板牆）

仕切の有る部屋（有隔間的房間）

四つ仕切の有る鞄（隔成四層的皮包）

仕切板（隔間板）

月末に仕切を為て下さい（請月底清帳）

年末で仕切を付ける（在年底結帳）

仕切帳（結算帳）

仕切が遅い（了結得慢）

仕切が長い（架式擺得時間長）

仕切直しを為る（重擺架式）

両力士は慎重に仕切に入った（兩位力士謹慎地拉開架式）

仕切番号（批號）

仕切検査（分批檢查）

仕切水門（〔機〕水門、水閘、閘門）

仕切弁（〔機〕閘門閥）

仕切状（〔商〕發貨單、送貨單、結帳清單=仕切書）

仕切書（〔商〕發貨單、送貨單、結帳清單=仕切状）

仕切金（〔商〕〔結帳時交易雙方進行交割的〕結算款項）

仕切屋（回收廢品處理商）

仕切値段（〔商〕成交價格、交割價格）

仕切為替（〔商〕附結帳清單的匯票）

仕草、仕種〔名〕動作，作法、舉止，態度（=仕打、振舞）、身段，表情（=仕草熟し）、姿勢

猿が人間を真似て可笑しな仕草を為る（猴子學人做出可笑的動作）

彼奴の仕草が気に入らない（那傢伙的作法令人討厭）

彼処に彷徨ついている人は何だか変な仕草を為ている（在那邊轉來轉去的那個人有點鬼鬼祟祟）

仕草は旨いが台詞は為っていない（身段〔做派〕很好可是台詞太糟了）

女の子は男の子と仕草が違う（女孩子與男孩子姿勢不同）

仕口〔名〕方法，辦法（=仕方）。〔建〕接頭，榫

仕組む〔他五〕構造，構築、計畫，籌畫、構思，編寫

家は絶対に狂いが出ない様に仕組んである（房屋構造得絕對不會歪斜）

巧みに仕組まれたトリック（巧妙籌畫的詭計）

仕組んだ狂言（計畫好的騙局）

此の殺人は自殺であるかの様に仕組んでいる（這個命案是蓄意安排成自殺的）

実際に起こった事件を劇に仕組む（把真實事件編成戲劇）

此の劇は旨く仕組んである（這齣戲編寫得很好）

仕組み、仕組〔名〕結構、構造、情節、計畫

機械の仕組（機器的構造）

独りで戸が開く仕組に為っている（門做得能自動打開）

劇の仕組（戲劇情節）

凝った仕組の芝居（情節複雜的戲劇）

面白い仕組（有意思的計畫）

大体の仕組（大致的計畫）

今言った様な仕組で明日は遣って見る（明天照剛才說的計畫做做看）

仕事〔名〕事情、工作、職業。〔理〕功

針仕事（針線活、縫紉、裁縫）

力仕事（力氣工作、粗工作）

急ぎの仕事（急工作、急需的工作）

仕事を急ぐ（趕工作）

仕事を遅らせる（耽誤、工作誤事）

仕事を請け負う（包工）

苦しい仕事（苦工作、累差事）

仕事の合間に（在空閒之時）

仕事の相間（業餘時間）

楽な仕事（輕鬆的工作）

片手間の仕事（業餘工作）

仕事の余暇（業餘）

仕事を手伝う（幫工）

仕事に掛る（開始工作=仕事を始める）

仕事に掛らせる（動工）

仕事に精を出す（努力工作）

仕事をてきぱき遣る（工作俐落）

ㄕ

仕事は丁寧である（工作細心、工作謹慎）

仕事を呑み込む（熟習工作）

仕事を振り当てる（分派工作、分配工作）

仕事を分ける（分派工作）

仕事を割り当てる（分配工作）

仕事が手に付かない（工作做不下去、不能專心工作）

仕事が出来ない（不能工作、工作做不下去）

仕事に油が乗る（工作越做越有興趣）

仕事を終える（完工、收工了、下班了、結束工作）

仕事が終わった（工作結束了）

仕事を終う（收工）

仕事が支える（有事）

仕事が張る（工作太忙、任務太重）

仕事が詰まる（工作很多、工作堆了一大堆）

仕事が固まる（事情都擠到一塊了）

仕事を捗らない（工作進展緩慢）

仕事をサボる（怠工、偷懶）

仕事を休む（不上班、休息、請假）

仕事振り（工作態度）

仕事部屋（工作室）

賃仕事（副業、家庭副業）

仕事を失う（失業、失掉工作）

仕事を捜す（找工作=口を捜す）

仕事を見付ける（找工作、找職業）

仕事を離れる（離職）

仕事を差し置く（拋開工作）

仕事をほったらかす（扔下工作）

仕事を投げ出す（放棄工作）

仕事に有り付く（找到工作、找到職業）

仕事に付く（找到工作）

仕事が見付かる（找到工作）

仕事を見出す（找到工作）

仕事に手を出す（做工作）

仕事に取り掛かる（上工、動手幹活）

仕事に食い付いて離れない（埋頭工作、一工作起來就沒完）

仕事に全力を傾注する（埋頭工作）

御仕事は何を為さっていらっしゃいますか（您做什麼工作？）

仕事を追うとも仕事に追われるな（寧可讓人等工作不要讓工作等人）

仕事の手抜を為材料を誤魔化す（偷工減料）

仕事を誤魔化す（敷衍了事）

仕事率（功率）

仕事函数（功函數）

熱を仕事に変える（變熱為功）

仕事に為らない（無法工作）

そんな遣り方では仕事に為らない（那種作法無法做事）

こんなに雨が降っては仕事に為らない（如此下雨就做不出事情來）

仕事先（工作地點）

仕事を始める（開始工作）

仕事始め（〔新年後〕開始工作）

仕事柄（工作上的關係）

仕事高（工作量）

仕事着（工作服）

仕事師（土木建築工人、企業家、策劃者）

仕事場（工地、工作場所）

仕事箱（工具箱、針線盒）

仕事量（〔理〕功，作功量、工作量）

仕事率（〔理〕功率、工作率）

仕事歌（工作時唱的歌）

遣っ付け仕事（突擊工作、潦草從事的工作）

下仕事（準備工作、轉包工）

仕込む〔他五〕教育，訓練、採購，買進、裝在裡面、釀造，裝料，下料

良く仕込んだ獅子（訓練馴服了的獅子）

女の子に針仕事を仕込む（教給女孩子做針線工作）

犬に芸を仕込む（訓練小狗耍玩具）

娘に行儀作法を仕込む（教授女兒禮節）

外国品を大量に仕込んで帰国した（採購了大批外國貨回國了）

問屋で商品を仕込む（從批發商店採購商品）

杖に刀を仕込む（把刀裝在手杖裡）

味噌を仕込む（下醬）

仕込み、仕込〔名〕訓練，教育、排演費、採購，買進，進貨、（釀造）裝料、準備

仕込の好い犬（訓練得好的狗）

彼の人の英語は英国仕込だ（他的英語是在英國學得的）

何時も遊んで許りいて、試験の前に為って、俄仕込の勉強を為たって、良い成績は取れませんよ（平時光玩到考試前臨陣磨槍是不會取得好成績的）

仕込を為る（採購、進貨）

仕込を誤って、売れ行きが悪く処分に困る（由於進錯貨銷路不佳無法處理）

酒の仕込は冬に行われる（釀酒要在冬季下料）

今仕込中である（正在準備中）

仕込っ子（正在學習技藝的藝妓）

仕込杖（裡面藏著刀的手杖、棍頭槍）

仕込桶（裝酒或醬油原料的桶、醃鹹菜桶）

仕済ます〔他五〕做完，辦妥、圓滿完成

旨く仕済ましたと思って油断しては為らぬ（不要以為做得很漂亮而疏忽大意）

仕済ましたりと喜んでいる（認為圓滿成功而高興）

仕度、支度〔名、自サ〕預備，準備、（外出的）衣服，打扮

御食事の仕度が出来ました（飯準備好了）

仕度を整えて客の着席を待つ（準備齊全等待客人就席）

女の御仕度は長い（婦女出門的打扮很費時間）

今仕度の最中です（現在正在換衣服〔打扮〕呢）

海外出張の仕度金と為て十万円貰った（作為國外出差的治裝費領了十萬日元）

仕度部屋（〔舞台後面的〕化妝室）

仕度金（治裝費、預備費）

仕出す〔他五〕製成，做出來、作出來，開始做、大做、（飯館）送飯菜、積累（財富）

料理を仕出す（給人送飯菜）

身代を仕出す（積累家私）

仕出し、仕出〔名〕做出來、（飯館）向外送飯菜，外送的飯菜。〔劇〕臨時出場角色、新樣式，流行樣式

出前仕出仕ります（本飯店外送飯菜）

仕出屋（管送的飯館、送飯菜的人）

仕出の役を貰う（扮個無關緊要的配角）

仕出衣裳（新式服裝）

仕出模様（時髦的花樣）

仕出女（講究服裝的女人）

仕出し女房（盛裝的婦女、花枝招展的婦女）

仕出し弁当（飯館做好送到家的飯盒、外送的飯盒）

仕出し港（〔經〕發貨港）

仕出かす、為出かす〔他五〕〔俗〕（多用於壞事）做出來、弄出來

とんでもない事を仕出かす（做出意想不到〔不像話〕的事來）

今度は何を仕出かすか分からない（下次還不知道做出什麼名堂來）

何て事を仕出かしたんだ（你做的是什麼事！）

世間の人をあっと言わせる様な事を仕出かす（做出使人們大吃一驚的事）

仕立てる〔他下一〕縫紉，製作（衣服）、培養，訓練、準備，預備、喬裝，裝扮

晴着を仕立てる（做漂亮衣服）

母が仕立てた着物を着ている（穿著母親做好的衣服）

一人前の人間に仕立てる（培養成人）

子供を軍人に仕立てる（把孩子培養成一個軍人）

車を仕立てて駅に出迎える（準備車到車站迎接）

臨時列車を仕立てる（準備臨時列車）

患者に仕立て上げる（裝扮成一個壞人）

仕立て、仕立〔名〕縫紉，製作、做法、培養，教育、準備，預備

洋服の仕立て（做西服）

仕立ては彼の店に限る（做衣服最好在那個店裡做）

仕立てが上手だ（衣服做得好）

最新流行の仕立てである（是最新流行的衣服式樣）

弟子の仕立て（教徒弟）

車の仕立てが出来た（車預備好了）

特別仕立ての列車（專車、專用列車）

仕立て下ろし（新做的衣服、穿新做的衣服）

仕立て方（縫紉法，衣服的樣式、培養法，訓練法）

仕立て屋、仕立屋（成衣店、縫紉班）

仕立て物、仕立物（裁縫、縫紉物，針線手藝、做好的衣服，正在做的衣服）

仕立て直す（重做，改作，翻新（的衣服）

仕立て直し（重做，改作，翻新的衣服）

仕立て顔（造作的表情、裝模作樣的表情）

仕丁，使丁、仕丁，使丁〔名〕（古時官廳的）雜工、聽差

仕付ける〔名、他サ〕〔農〕插秧，種植。〔縫紉〕繃上，繚上、做慣，習慣、著手，開始

もう仕付ける時だ（已經到插秧的時候了）

仕付けた遣り方（習慣的做法）

余り仕付けない仕事は遣り難い（不太習慣的工作不好做）

病気は仕付けている（慣於生病、經常生病）

仕付け，仕付、躾〔名〕教養，管教、繃線，繚線、粗縫，假縫、出嫁，出外工作、著手，開始、做慣，習慣

子供の躾（孩子的教育）

家庭の躾（家庭教育）

躾が足りない（教養不夠、缺乏管教）

躾が良い（教養好）

躾が悪い（教養差）

躾方（管教方法）

彼女は子供の躾方を知らない（她不懂管教孩子的方法）

子供は躾が大切だ（孩子教養是大事）

親の躾次第で子供は如何にでも為る（孩子長成甚麼樣全靠父母對他的教養）

彼の学校では生徒の躾が行き届いている（那學校對學生的教導做得很周到）

仕付時（插秧期、種植期）

仕付所（出嫁的地方、婆家）

仕付け針（繃衣服等的繃針，織針）

仕付け糸（〔縫紉〕繃線，繚線）

仕手〔名〕作的人，實行的人、（常寫作片假名〝シテ〞）

（能樂、狂言的）正角，主角、能手，巧匠。〔經〕（作大宗投機買賣的）大戶

相談の仕手が無い（沒有人可商量）

此の仕事の仕手が無い（沒有人做這個工作）

仕手を勤める（扮演主角）

仕手連（能樂、狂言主角的配角）

仕手株（大批投機對象的股票）

仕遂げる、為遂げる〔他下一〕做完、完成（=成し遂げる）

大事業を仕遂げる（完成大事業）

ㄕ

研究を仕遂げる（完成研究）

困難な仕事を仕遂げる（做完困難的工作）

仕留める〔他下一〕（用箭、槍等）打死，射中。〔俗〕逮住，捉到，弄到手

鉄砲で猪を仕留める（用槍打死野豬）

敵機を二機仕留める（打落敵機兩架）

女を旨く仕留める（巧妙地把女人弄到手）

仕直す、為直す〔他五〕重做、再做（=遣り直す）

初めから仕直す（從頭再做）

ラジオの修理を仕直す（重修收音機）

仕直し、為直し〔名、自サ〕重做、再做（=遣り直し）

掃除の仕直しを為せられる（被命令從新打掃）

仕馴れる、為慣れる〔自下一〕做慣、熟練

仕馴れた仕事（熟練的工作）

野良仕事は仕馴れている（莊稼工作做慣了）

仕払う、支払う、為払う〔他五〕支付、付款

手形を支払う（支付票據）

賃金を支払う（發工資）

支払う可き債務（應付的債務）

代金は月末に全部支払います（貨款於月底全部付清）

借金を綺麗に支払った（付清了欠款）

食事代は支払った（伙食費付過了）

此の勘定は支払えない（這筆帳付不了）

仕払い、仕払、支払い、支払〔名〕（官方的支付常寫作仕払）支付、付款

支払を請求する（要求付款）

支払を拒絶する（拒絕支付）

支払を受ける（收到付款）

支払を免除する（免除付款）

支払を遅れる（滯付）

支払の滞り（拖欠）

支払を催促する（催促付款）

支払を停止する（停止付款）

支払を済ませる（付清）

支払期日（付款日期）

支払場所（付款地）

支払先（收款人）

支払条件（支付條件）

支払方式（支付方式）

支払済（付訖）

支払不能（不能支付）

支払引き受け（票據的承兌）

支払協定（支付協定）

支払手形（付款票據）

支払保証小切手（保付支票）

支払銀行（付款銀行）

支払地（付款地）

支払命令（付款指令）

支払拒絶（拒絕付款）

支払保証（保付）

支払渡し（付款交單）

支払停止（停止付款）

支払猶予（緩付、凍結付款）

支払期限（付款期限）

仕服、仕覆〔名〕〔茶道〕包茶器的袋（多用有來歷的布料做成）

仕振り、仕振〔名〕做法、工作方法（=仕方）

仕事の仕振り（工作方法）

そんな仕振りが有るか（有那種做法嗎？）

彼の大工は仕事の仕振りが良い（那個木工的做法好）

仕振りが憎らしい（做法討人嫌）

仕法〔名〕做法，辦法、交易方法

商いの仕法（經商的方法、生意經）

仕放題〔連語〕隨便做、任意做

我が儘の仕放題を為る（為所欲為、任意而為）

我我は何でも仕放題、何処へでも行き放題（我們願意做什麼就做什麼願意往哪裡就往哪裡）

仕舞う、終う、了う〔自五〕完了，結束（=終わる）

〔他五〕做完，弄完（=終える済ます）、收拾起來，放到、、裡面、關閉

〔補動、五型〕（用〝…て仕舞う〞、〝…で仕舞う〞的形式）完了、表示無可挽回或事出意外

仕事が早く仕舞った（工作很快就結束了）

仕事を仕舞う（做完工作、結束工作）

勉強を仕舞ってから遊ぶ（做完功課再玩）

箱に仕舞う（放到箱子裡）

道具を仕舞う（把工具收拾起來）

着物を仕舞う（把衣服收拾起來）

品物を蔵に仕舞って置く（把東西放到倉庫裡）

布団を押し入れに仕舞う（把被子放到壁櫥裡）

物事を胸に仕舞って置く（把事情藏在心裡）

店を仕舞う（關門、打烊、收工、歇業）

一日で読んで仕舞った（一天就讀完了）

金皆使って仕舞った（錢都花光了）

直ぐ読んで仕舞う（馬上就讀完）

仕事を遣って仕舞った（工作做完了）

早く食べて仕舞え（快點吃完）

死んで仕舞った（死了）

財布を落して仕舞った（把錢包丟了）

忘れて仕舞う（忘掉了）

盗まれて仕舞った（被偷去了）

たった二日で出来て仕舞った（只用兩天就做出來了）

仕舞った（事を為た）（糟了）

仕舞う〔連語〕〔俗〕（接續助詞〝て〞因撥音關係變成で+仕舞う後的縮音）表示完了或不能恢復原狀（=…で仕舞う）

読ん仕舞う（讀完）

転ん仕舞う（跌倒了）

仕舞った〔連語、感〕糟了、糟糕（=困った）←→占めた

仕舞った（事を為た）（糟了）

仕舞った事に為った（這下糟了）

やあ、此れは仕舞った（哎呀！這下可糟了）

仕舞った、傘を持って来るのを忘れた（糟了！忘了把傘帶來）

仕舞った、時計を失くした（糟了！錶丟了）

仕舞った、又遣られた（糟糕！又上了一當）

困る〔自五〕受窘，為難、難過，難受、苦惱，難辦，沒有辦法、窮困、不行，不可以

方法が無く困る（沒有辦法很為難）

板挟に為って困る（左右為難）

困ったなあ（怎麼辦好呢？）

困ったなあと言う顔（為難的表情. 困窘的表情）

其は困りました（那可難辦了）

私を困らせないで（請不要為難我. 你別叫我為難）

事前に良く研究すれば、其の時に為って困らずに済む（事前充分研究到時就不致於為難）

字引が無くても困らない（沒有字典也不感到困難）

歯痛で困っている（牙痛得難熬）

蚊に食われて困る（被蚊子咬得苦）

返事に困る（難以答覆、無法答覆）

何と言って良いか返事に困る（不知該怎麼回答才好）

此は困った事に為った（這下子糟了）

此奴は困った事に為った（這下子可難辦了、這一下子可糟了）

困った奴（難對付的傢伙. 盡給人找麻煩的傢伙）

一日遊び暮すとは困った奴だ（一天到晚遊手好閒令人傷腦筋的傢伙）

困った時には電話して下さい（有困難時請來電話）

困った事に其の日は塞がっている（偏巧那天找不出時間）

雨が降ると困るから傘を持って行った（下雨就難辦所以帶了雨傘去）

如何なる困難も我我を困らせる事は出来ない（任何困難也難不倒我們）

生活に困る（生活困難）

食うには困らない（吃喝不發愁）

其の日の暮らしも困っている（日子難過）

困っている友人を助けて遣る（救濟窮困的朋友）

君困るじゃないか、こんな事を為て（那怎麼行呢？你這樣做）

約束を守って呉れないちゃ困る（你說了不算可不行啊！不守約可不行啊！）

何時も然う遅く帰っては困るね（總是回來這麼晚太不應當了）

廊下で騒いでは困る（別在走廊吵鬧）

占めた〔連語、感〕〔俗〕太好了、太棒了、正合心願、正中下懷←→仕舞った

やあ、こりゃ占めたぞ（哎呀！這下可好極了）

此れが旨く行きゃ占めた物だ（這要成功的話可太好了）

此れならもう占めたもんだ（這麼一來可好極了）

占めた、旨い方法を考え付いた（好極了想出了一個好主意）

技術の問題さえ解決すれば後は占めたもんだ（只要技術問題解決了其他就好辦了）

仕舞い，仕舞、終い，終、了い，了〔名〕結束、最後、賣完、化妝，打扮

仕舞い際に（到了末尾、最後）

映画を仕舞い迄見る（一直把電影看完）

仕舞いから二番目（倒數第二）

長い説教を仕舞い迄聴く（一直聽完冗長的說教）

仕舞い迄歌う（直到唱完）

議論を為ていて仕舞いには到頭喧嘩に為った（吵著吵著最後終於打起來了）

彼は一番仕舞いに来た（他是最後來的）

僕の言う事を仕舞い迄聞いて下さい（請聽我說完）

休暇も仕舞いに為った（休假也過完了）

手紙の仕舞いには健康を祈ると書いて有った（信的末尾寫著祝您健康）

人間もああなっちゃ御仕舞いだ（人若沉淪到那樣就算完蛋了）

今日は此れで御仕舞い（今天到此為止）

店仕舞いを為る（關門、打烊）

もう御仕舞いに為よう（就此停止吧！）

大根は今日は御仕舞いに為りました（蘿蔔今天賣完了）

肉はもう御仕舞いです（肉已經賣光了）

彼の娘は綺麗に御仕舞いを為ている（那小姐打扮得很漂亮）

仕舞い込む（放進、裝入、收拾起來）

仕舞い忘れる（忘了收拾起來）

仕舞風呂（大家洗完的最後的洗澡水）

仕舞湯（大家洗完的最後的洗澡水=仕舞風呂）

仕舞店（舊貨商、拍賣貨底的商店）

仕舞物（賣剩下的貨、貨底）

仕舞〔名〕〔能樂〕（不化裝無伴奏的）主角單人舞蹈

御仕舞い、御仕舞〔名〕（〝仕舞〞的鄭重說法）完了，最後，結束、化妝，打扮

今日は此れで御仕舞（に為ます）（今天就此結束、今天到此為止）

此れで御話は御仕舞（です）（我的話到此完了）

御仕舞の一幕は中中良かった（最後的一幕好得很）

仕事を御仕舞に為よう（把工作結束了吧！）

林檎はもう御仕舞に為りました（蘋果已經賣完了）

品物は此れで御仕舞だ（東西剩這些了）

演説が御仕舞に為る頃（演講快要結束的時候）

彼の店はもう御仕舞に為った（那商店已經關門了、那商店停止營業了）

人間はああなっちゃ御仕舞だね（人一到那種地步就完了）

殖民主義はもう御仕舞だ（殖民主義已經完蛋了）

彼の男ももう御仕舞だ（他已經不可挽救了）

御仕舞が綺麗に出来た（打扮得很漂亮）

仕向ける〔他下一〕使令，勸使、對待、發送（貨物）

仲違いを為る様に向こうで仕向けたのだ（是對方唆使使彼此失和的）

子供に進んで勉強する様に仕向ける（設法讓孩子主動地用功）

彼は嫌でも応でも退職しなければならない様に仕向けられた（故意安排讓他不得不辭職）

親切に仕向ける（親切對待）

意地悪く仕向ける（惡意對待）

彼は如何言う風に仕向けて来るが見よう（且看他怎麼來對待我們）

貨物を仕向ける（發送貨物）

此の品物は注文先に仕向ける（把這批貨物發送給訂貨人）

仕向け、仕向〔名〕對待，處理、發送

仕向けが良い（待遇好）

惨い仕向けを受ける（受到殘酷對待）

此の品の仕向け先は何処ですか（這批貨的發送地是哪裡？）

仕向け先を指定する（指定發送地點）

仕向け地（發送地）

仕向け港（發送港）

仕様〔名〕方法、辦法、做法（=仕方）

何とも仕様が無い（毫無辦法）

此の病気では如何にも仕様が無い（這種病毫無辦法）

住所が分からないので連絡の仕様が無い（因為不知道住處所以無法聯繫）

面白くて仕様が無い（有趣得不得了、非常有趣）

他に何とか仕様が有り然うな物なのに（還會有其他什麼辦法來著）

仕様書き（做法程序表、規格明細書、設計說明書）

仕分ける、為分ける〔他下一〕區分，分門別類、（簿記上的）分項，分科

大人の為と子供の為と話を仕分ける（把話分成對大人的和對小孩的）

卵を大と小に仕分ける（把雞蛋分成大的小的、把蛋按大小分開）

貸借の金額を仕分けて書き込む（把借貸的金額分項登帳）

仕分け，仕分、仕訳〔名、他サ〕區分，分類、（簿記上的）分項目，分科目

仕事の仕分をきちんとする（把工作分得一清二楚）

一日の貸借高を仕分して帳簿に記入する（把一天的借貸額分項登記）

仕分け書（明細單、說明書）

仕訳帳（分類帳、分項帳）

仕える、事える〔自下一〕服侍，侍奉、服務，工作

病人に仕えるのに迚も親切だ（服侍病人很周到）

社会に仕える（為社會服務）

使える〔自下一〕（〝使う〞的可能形）能用，可以使用、（劍術等）有功夫

此の鋸は使える（這把鋸子好用）

此の部屋は事務室に使える（這房間可用作辦公室）

彼の男は中中使えますよ（那人很有用處）

使えない男（沒有用處的人）

支える、閊える〔自下一〕堵塞，停滯、阻礙，阻擋、有人使用，無法騰出

溝が支えている（髒水溝堵住了）仕える（服侍，侍奉、當官，服務）

食物が喉に支える（食物卡在喉嚨裡）使える（能使，能用、有功夫）

言葉が支える（話哽於喉、與塞）痞える（堵塞、鬱悶）

支え支え物を言う（結結巴巴地說）

市場が支えて荷が捌けない（市場貨物充斥銷不出去）

電車が先に支えいて進めない（電車堵在前面走不過去）

テーブルがドアに支えて入らない（桌子堵在門上進不去）

仕事が支えていて御茶を飲む暇も無い（工作壓得連喝茶的功夫都沒有）

天井が低くて頭が支える（頂棚低得抬不起頭來）

電話は今支えている（電話現在被佔了線）

手洗いが支えている（廁所裡有人）

痞える〔自下一〕（胸口）堵塞、（心裡）鬱悶

胸が痞える（胸口非常悶）

仕え〔名〕侍奉、做官

仕えを退く（辭官、退職）

仕る〔自五〕（仕える、事える的自謙語）服侍，侍奉、服務，工作（=御仕え申し上げる）

〔他五〕（為る、行う的自謙語）做（=致す）

〔補動五〕（接動詞連用形下）表示謙遜

否、如何仕りまして（不不敢當、不用謝）

失礼仕りました（失禮了、對不起）

市（ㄕˋ）

市〔名、漢造〕市、城市、交易

裁判所は市の中心に在る（法院在市中心）

市当局（市當局）

互市（交易、貿易、通商）

城市（城市、城邑）

都市（都市、成侍）

坊市（坊間、市街）

京都市（京都市）

特別市（特別市）

市域〔名〕市區

市隠〔名〕市井隱士、不做官而隱居於市井之中（的人）

市営〔名〕市營、市辦

ガス、水道は市営です（煤氣和自來水是市營的）

市営住宅（市營住宅）

市営電車（市營電車）

市価〔名〕〔經〕市價、市場價格

市価の二割引で（按市價八折）

市価を釣り上げる（哄抬物價）

市価が上がる（市價高漲）

市価が下がる（市價下降）

市会〔名〕市議会的舊稱或通稱

市会議員（市議會議員）

市外〔名〕市外、郊區←→市内

市外の静かな処に住む（住在市外清靜處）

市外電話（長途電話）

市内〔名〕市內←→市外

家は市内に在る（家在市內）

市内版（〔報紙〕市內版）

市内特別郵便（市內特種郵件）

市内郵便（市內郵件）

市内電車（市內電車）

市内ケーブル（市內電纜）

市内交換局（市內電話交換局）

市内居住者（市內居民）

市街〔名〕市街，繁華街道、城鎮

市街をバスが縦横に走っている（街道上公車四通八達）

川の向こう側は市街に為っている（河的對岸是繁華街道）

市街地（市區）

市街戦（〔軍〕巷戰）

市議〔名〕市議會議員（=市街議員）

市議会〔名〕市議會

市議会議員（市議會議員、市議員）

市況〔名〕〔經〕市場情況、行情

経済市況（經濟行情）

市況が活発である（市場活躍、交易旺盛）

市況は不況（不景気）である（市場蕭條）

市は強気である（行情堅挺）

市況は弱気である（行情疲軟）

市況は安定している（行情穩定）

市況を予測する（預測行情）

市況が立ち直る（市場情況好轉）

市況関連株（與市場行情有關的企業股票-如鋼鐵，紙張，纖維等行業的股票）←→受注関連株

市況産業（易受市場情況影響的企業）←→受注産業

市銀〔名〕地方銀行（=市中銀行）

市銀への融資を中止する（〔中央銀行〕停止向地方銀行通融資金）

市区〔名〕市區、市街的區劃、市和區

東京都の旧市区（東京都的舊市區）

市区が改正された（市區的區劃改變了）

市区町村（市區鎮村）

市賈〔名〕市場的商人

市国〔名〕由一個市組成的國家

バチカン市国（梵蒂岡市國）

市債〔名〕市債（地方債的一種）

市債を発行する（發行市債）

市参事会〔名〕〔舊〕市參議會

市章〔名〕市徽

市上〔名〕市中、街上、街頭

市上の噂（街頭的傳說）

市場〔名〕市場（=市場）、銷路、交易所

青果市場（青菜水果市場）

市場に出回る（上市）

市場最盛期（上市旺季）

株式市場（股票市場、股票交易所）

証券市場（證券市場、證券交易所）

現物市場（現貨交易所）

先物市場（期貨交易所）

買手市場（買主市場）

国内市場（國內市場）

国際市場（國際市場）

市場が不況（不振、低調）である（市場不景氣〔蕭條、不活躍〕）

市場は活気を呈し、物価は安定している（市場繁榮物價穩定）

市場の動向を読み取る（掌握市場的動向）

市場に活気が有る（市場繁榮）

市場から駆逐される（被驅出市場）

市場を荒らす（擾亂市場）

市場を操る（操縱市場）

市場を独占する（壟斷市場）

市場を支配する（控制市場）

新しい市場を開拓する（開闢新市場）

市場を求める（尋找市場）

生産が増加したので市場の価値は下がった（生產增加了所以市場價值下降了）

市場価格（市場價格）

市場攪乱（擾亂市場、投機倒灶）

市場占有率（市場占有率=マーケット、シェア）

市場争奪（爭奪市場）

市場調査（市場調查）

市場性（市場能力、隨時在市場上出手或買進的可能性）

市場構造（市場結構）

市場〔名〕市場、集市（=マーケット）

青物市場（菜市）

魚市場（魚市）

市場町（由市集發展起來的市鎮）

市塵〔名〕城市的塵垢、城市的喧囂

市井〔名〕市井、俗世

市井の徒（市井之徒）

市井に埋もれる（埋沒於市井之中）

市井人（庶民）

市井に交わって生活する（生活在俗世之中）

市制〔名〕市的制度

市制を敷く（實行市制、設市）

二、三年で其の町に市制が敷かれる事に為る（在過兩三年那個城鎮將要實行市制）

市政〔名〕市政

市政の改革（市政的改革）

市政は市民の総意を代表する市長に由って行われる（市政由代表全體市民意見的市長來執行）

市勢〔名〕市況、市的經濟形勢

市勢調査（市況調查）

市勢要覧（市況要覽）

市税〔名〕〔法〕市稅

市葬〔名〕以市長名義舉行的葬儀

市葬を為る（舉行市葬）

市大〔名〕市立大學

市中〔名〕市內，市區。〔經〕市場

市中をバスが走っている（公車在市內行駛）

市中隈なくバスが通っている（市內公車四通八達）

市中の景気は良い（市面繁榮）

市中相場（市場行情）

市中銀行（民間經營的普通銀行、在大城市沒有總行的大銀行=都市銀行）←→地方銀行

市庁〔名〕市政廳、市政府

市長〔名〕市長

京都市長（京都市長）

市町村〔名〕（日本地方自治團體的）市、鎮（街）、村

市町村議会（市、鎮、村議會）

市電〔名〕市營電車（=市営電車）、市內電車

市道〔名〕市建道路、（爭相奪利的）商人之道

市乳〔名〕市場上賣的牛奶

市販〔名、他サ〕在市場（商店中）出售

市販の商品（市場上賣的商品）

市販に出す（拿到市場上去賣）

此の薬は愈愈市販する事に為った（這種藥就要在市場上出售了）

同種の品は市販に為っている（同樣的東西在街上有賣的）

市販方法（出售方法）

市費〔名〕市的經費、市負擔的費用

市賓〔名〕市賓（對國賓而言）、市的來客

市部〔名〕（府縣管內）屬於市的地區、市區←→郡部

此の川は市部と郡部の境を流れている（這條河流經市區與郡管區的邊界）

市報〔名〕市報（市政機關發給市民刊載通知事項的印刷品）

市民〔名〕市民、公民、資產階級

小市民（小市民）

日本の市民生活を守る（保衛日本的公民生活）

市民権（公民權）

市民階級（資產階級）

市民社会（資產階級社會、資本主義社會）

市民革命（資產階級革命）

市役所〔名〕市政府、市政廳

市役所に住民登録を為る（在市政府進行居民登記）

市有〔名〕市有

市有に為る（改為市有）

市有の土地を払い下げる（出售市有土地）

市有財産（市有財產）

市有地（市有地）

市邑〔名〕都會、都市

市立、市立〔名〕市立

其の学校は市立です（那所學校是市立的）

市立図書館（市立圖書館）

市立病院（市立醫院）

市立大学（市立大學）

私立ではなく市立の学校です（不是私立的而是市立學校）

市〔名〕集市，市場、市街

朝市（早市）

青物市（菜市）

市へ出る（趕集）

毎月十日に市が立つ（每月十日是集日）

市を開く（設集市）

市に虎有り（市有虎、比喻謠言多了足以惑眾-戰國策）

市に虎を放つ（縱虎於市、比喻非常危險）

市を為す（門庭若市）

一、壱〔名〕一，一個（=一つ）、最初，第一，首先（=最初、始め）、最好，第一

〔漢造〕逐一、万一、唯一、同一、画一、帰一、統一、純一、専一、壱州-地名

一万円（一萬日元）

一姫二太郎（頭胎女孩二胎男孩最理想）

一列に並ぶ（排成一列）

一に看病二に薬（護理第一藥劑其次）

クラス一の成績（班裡最好的成績）

一は八か（碰運氣、聽天由命）

一に足すと三に為る（一加二等於三）

一か八か遣って見よう（碰碰運氣、冒冒險）

一から十迄（一切、全部）

自分で一から十迄遣る（全由自己做）

一を聞いて十を知る（聞一而知十）

一の裏は六（否極泰來-骰子一的背面是六）

一も二も無く（立刻、馬上）

一も二も無く承諾した（立刻就答應了）

世界一を争う（數一數二）

此では一から遣り直した（這樣只好從新做起）

市子〔名〕巫婆（=巫女、梓巫女、口寄せ、いたこ）

市日〔名〕市集日

市松〔名〕腹中裝有哨子的泥布偶（=市松人形）、衣料的黑白相間的方格花紋（=市松模様）、兒童的別稱（來自多用於兒童名）

市松人形（腹中裝有哨子的泥布偶=市松、市松）

市松模様（衣料的黑白相間的方格花紋、兩種不同顏色相間的方格花紋）

市松〔名〕（關西方言）腹中裝有哨子的泥布偶（=市松人形、市松）

市女〔名〕〔古〕在市上賣東西的婦女、女商人

市女笠（一種中央凸起周圍常垂以薄布的圓形竹笠）

示、示（ㄕ丶）

示〔漢造〕表示、指示

黙示（默示，暗示、啟示）

示教〔名、他サ〕賜教、指教

御示教を仰ぐ（請賜教）

色色と示教して戴き、有り難う存じました（多蒙指教謝謝）

示差〔名〕〔測〕示差

示差現象（示差現象）

示差圧力計（示差壓力計）

示差温度計（示差溫度計）

示差熱分析（示差熱分析）

示差熱図（差熱圖、溫譜圖）

示差熱分析曲線（溫度自記曲線）

示唆、示唆〔名、他サ〕唆使、暗示，啟發

示唆を受ける（受人唆使）

示唆を与える（給予暗示）

示唆に富んだ論文（富有啟發性的論文）

彼は中中出来然うに為ったので示唆を与えて遣った（他好像怎麼都不會就暗示了他一下）

大川氏の論文に示唆される処が大きかった（受到大川先生的論文很大啟發）

示嗾、使嗾、指嗾〔名、他サ〕唆使、教唆（＝唆す、嗾ける）

人から示唆される（受人唆使）

君の示唆に由って彼はとんだ失敗を仕出かした（由於你的教唆他做了一次大失敗）

示準化石〔名〕〔地〕標準化石

示性式〔名〕〔化〕示性式、示構式

示性分析〔名〕〔化〕示性分析、示構分析

示相化石〔名〕〔地〕指相化石

示度〔名〕〔天〕（氣壓等的）讀數

台風の中心示度は八九五ミリバールであった（颱風中心的讀數是 895 毫巴）

温度計の示度は零下十二度（溫度表的讀數是零下 12 度）

示力図〔名〕〔機〕力線圖

示〔漢造〕表示、指示

公示（公告、告示）

告示（告示、布告）

掲示（牌示、布告）

啓示（啟示，教導、神啟）

展示（展示、陳列）

明示（明示、寫明）

訓示（訓示）

暗示（暗示、示意）

表示（表示、表明）

教示（指點、指示、教授）

顕示（顯示、明示）

誇示（誇耀、炫耀）

標示（標示、標明、標出）

字〔名〕字，文字，漢字、字體，筆跡、別名，綽號（＝字）

字が書けない（不會寫字）

字を書く（寫字）

字を崩す（寫草字）

字が上手だ（字寫得好）

字は明瞭に書いて下さい（字跡請寫清楚）

文字、文字（文字、字跡、字數）

一字（一個字）

細字、細字（小字）

漢字（漢字）

正字（正體字）

俗字（俗字、白字）

略字（簡化字）

古字（古字）

写字（繕寫、抄寫）

斜字（斜體字）

識字（識字）

解字（解字）

活字（活字、鉛字）

誤字（錯字）

数字（數字、數個文字）

脱字（漏字、掉字）

ローマ字（羅馬字）

地〔名、漢造〕地，土地，地面、當地、天生，本來、質地、實地，實際、肌膚，肌理。〔圍棋〕（所占的）地盤、（小說等中對話以外的）敘述部分、伴唱（＝地謡）、（裱糊用）底紙（＝地紙）、伴奏

地を掘る（刨地）掘る彫る

地を均す（平地）

グランドの地を均す（平整運動場）

地の者（本地人）

地　（本地產的酒）

地の産物（本地的物產）

其の事なら地の人が詳しい（那事當地人清楚）

歌ってる内に地声が出る（唱著唱著就露出天生的嗓音）

小説を地で行く様な波瀾に富んだ人生（猶如小說一般波瀾起伏的一生）

気取っても直ぐ地が出る(西洋鏡也有折穿的一天）

地の声（真嗓音）

地を出す（表露本性、說出真心話）

此の布は地が悪い（這塊布質地不好）

此の布は地が厚　ぎる（這料子太厚）

地が荒い（織得粗）

地が詰んでいる（織得緻密）詰む積む摘む抓む

白地の赤い模様（白地紅花紋）

白地に　の花模様（白底藍花）

　の地に白で字が書いて有る（黑地上寫著白字）

地で行く（〔用小說戲劇中描寫的行動在實際生活中〕真地去做）

肌の地が粗い（皮膚粗糙）荒い粗い洗い

膚の地が荒れる（皮膚粗糙）

私は地肌が荒い（我的皮膚粗糙）

此の小説は地の文が少ない(這本小說敘述部分很少）

地を弾く（伴奏）

地に着いた（踏實的、扎實的）

地に着いた研究（踏實的研究）

地の女（良家婦女-對職業暨女而言）

地を打った（老一套的、口頭禪的）

生地、素地（本色，素質、質地、衣料，布料、素胎，坯）

木地（木紋，木材的紋理、露出木紋的漆器）

下地（底子，基礎，準備、素質，資質、醬油、墻底）

御下地（醬油、原湯）

織地（質地、料子）

洋服地（西裝料）

浴衣地（做浴衣的料）

持、持〔名、漢造〕（對歌、下圍棋等）平局，和局（=引き分け、相碁、持ち合い）、持有

此の碁は持に為り然うだ（這盤棋要成和局）

把持（把持、抓住）

支持（支持、支撐、擁護、贊成）

護持（守護、捍衛）

固持（堅持、固執）

加持（佛爺的保佑、掐訣念咒、祈禱佛爺保佑）

維持（維持）

所持（所有、攜帶）

保持（保持）

扶持扶持（幫助，協助、武士的俸祿）

痔〔名、漢造〕〔醫〕痔、痔瘡

痔が起こる（生痔瘡）

痔を病む（患痔瘡）

痔を患う（鬧痔瘡）

疣痔（痔瘡=痔核）

穴痔（痔瘻=痔瘻）

辞〔名、漢造〕詞語（=詞、辞、言葉）、辭（中國文體之一）、語法（日語單詞中的）辭、辭退，辭別←→詞

送別の辞（送別詞）

開会の辞（開會詞）

感謝の辞も無い（不知用什麼言詞表達謝意才好）

辞を低くする（低聲下氣）

辞を低くして彼の同意を求めた（低聲下氣地請求他同意）

帰去来辞（歸去來辭）

言辞（言詞、言論、講話）

美辞（美言、巧語）

祝辞（賀詞）

訓辞（訓詞、訓話）

修辞（修辭）

固辞（堅持辭退）

拝辞（辭別、辭謝）

告辞（致詞、訓話）

賛辞、讃辞（讚頌之詞）

式辞（致詞、祝詞）

弔辞（弔辭）

遁辞（逃避之詞）

路〔接尾〕道路、街道、一天的行程、十歲左右（接在表示十的倍數後）

伊勢路（通往伊勢的道路、伊勢附近）

伊勢路の春（飛鳥地方的春天）

信濃路（通往信濃的道路、信濃一帶）

三日路（三天的路程）

五日路（五天的路程）

山路、山路、山道、山道（山中小道）

四十路（四十來歲、四十）

六十路（六十歲、六十）

次〔漢造〕次、次數、次序、旅次

日次（日程、規定日期、日子好壞）

月次（每月、月在天空的位置）

年次（每年、年度、長幼順序）

序次（次序、順序）

順次（順次、依次、逐漸）

目次（目次、目錄）

席次（坐次、名次）

途次（途中）

路次（途中、沿途）

歳次（歲次、歲序、年度）

第一次（第一次）

第二次（第二次）

二次会（第二次會、再次舉行的宴會）

今次（這次、最近一次）

示威、示威〔名、自サ〕示威

示威運動（示威運動=デモンストレーション）

示威集会（示威集會）

示威行進（示威遊行）

示現〔名、自他サ〕神佛顯靈、下凡、出現

此れは仏の示現だ（這是佛爺顯靈）

仏が此の世に示現する（佛下凡世）

高値を示現する（出現高價）

示指〔名〕食指（=人差指）

示寂〔名、自サ〕〔佛〕圓寂、（菩薩，高僧）死亡

示達、示達〔名〕（（上級機關）指示、通告

示達の形式には、訓令と通達等が有る（指示的形式有訓令和通知）

示談〔名〕說合、調停、和解

示談で済ます（憑和解了事）

彼の事は彼が示談で片付けた（那事由他給和解了）

示談に為る（採取調停辦法）

示表〔名〕表示、指示

示す〔他五〕出示、表示、顯示、指示

実物を示す（拿出實物給對方看）

門衛に証明書を示す（向警衛出示證明）

誠意を示す（表示誠意）

模範を示す（示範）

実力を示す（顯示實力）

承諾を示す身振り（表示同意的姿勢）

方向を示す（指示方向）

衆に示す（示眾）

方法を示す（指示方法）

寒暖計は九十度を示した（寒暑表指著九十度）

証拠は被告の有罪為る事を示している（證據指示被告有罪）

湿す〔他五〕弄濕（=濡らす）

手拭を湿す（浸濕毛巾）

唇を湿す（濕潤嘴唇）

喉を湿す（濕潤嗓子）喉咽

示す偏〔名〕（漢字部首）示部、示偏旁

示し、示〔名〕示範、啟示

先生は其の事を為ては生徒に示しが付かない（老師做那種事就不能給學生做榜樣了）

神の御示し（神的啟示）

示し合わせる、諜し合わせる〔他下一〕（事先）商定，合謀、互相示意

示し合わせた場所（預先商定的地點）

示し合わせた時間（預先商定的時間）

予ねて示し合わせて置いた通り（按照是錢商定那樣）

彼奴等は皆示し合わせて其を私に隠しているのだ（那些傢伙是事先計畫好瞞著我的）

警察官が目と目で示し合わせて犯人に飛び掛った（警察互相傳個眼神就向犯人猛撲上去）

示し合わせ、諜し合わせ〔名〕（事先）商定、約定

示し合わせを為る（預先商定）

予ての示し合わせに依って十時の汽車に乗る（按照事先的約定乘十點的火車）

沈黙の示し合わせ（保持緘默的約定）

示し合わす、諜し合わす〔他五〕商定，合謀、互相示意（=示し合わせる、諜し合わせる）

式（ㄕˋ）

式〔名、漢造〕儀式、方式、樣式、算式、公式。〔化〕符號、（平安時代）律令施行細則。〔哲〕（三段論法的）形式

式を挙げる（舉行儀式、舉行婚禮）

卒業式（畢業式、畢業典禮）

米国式の教育（美國式的教育）

攪拌式洗濯機（攪拌式洗衣機）

日本式のホテル（日本式的飯店）

最新式の自動車（最新型的汽車）

ゴシック式の建物（哥德式的建築物）

式で表す（用公式表示）

式を立てる（立算式）

式を解く（解算式）

分子式（分子式）

構造式（構造式）

形式（形式、方式，手續）←→内容

型式（型式、外形、模型=タイプ、モデル）

方式（方式、方法、手續）

法式（儀式、條例、規章）

礼式（禮儀、禮法、規矩）

様式（樣式、方式、格式）

洋式（西洋式）

要式（要求格式、要求正式手續）

古式（古式、老式）

旧式（舊式）

新式（新式、新方式、新方法）←→旧式

神式（神道的儀式）←→仏式

仏式（佛教儀式）

本式（正式）←→略式

略式（簡略方式）

挙式（舉行儀式）

虚式（〔數〕虛式）

開式（儀式開始）←→閉式

閉式（結束儀式）

解式（解答式、算式）

皆式、皆色（全、都、一概）

兵式体操（軍事體操）

硬式（硬式）←→軟式

軟式（軟式）

定式（一定的方式、一定的格式、一定的儀式）

葬式（葬禮、葬儀）

金婚式（結婚五十周年紀念慶祝儀式）

銀婚式（結婚二十五周年紀念慶祝儀式）

結婚式（結婚儀式、婚禮）

入学式（入學典禮）

卒業式（畢業典禮）

出初式（新年消防演習）

拝賀式（朝賀儀式）

遥拝式（遙拜儀式）

日本式（日本式）

西洋式（西洋式）

現代式（現代式）

ヘボン式（日語羅馬拼音黑本式標記法-ヘボン為美國醫生傳教士）

電動式（電動式）

手動式（手動式）

数式（數式、算式、計算的公式）

計算式（計算式）

方程式（方程式）

分子式（分子式）

公式（正式、公式）

合式（合乎格式）

等式（等式、相等）

不等式（不等式）

正式（正式）←→略式

制式（規定的樣式）

整式（整式）

格式、格式（資格、地位、禮節、禮法、規矩、排場、律令的補助法令）

延喜式（平安中期的法典、律令的施行細則）

色〔名、漢造〕〔佛〕色（五蘊之一-色，受，想，行，識）、顏色、臉色、色情、景色

色即是空（色即是空）

彩色（著色、上色、塗顏色）

五色（五色、五彩）

景色（景色、風景、風光）

諸色、諸式（日用商品，各種商品、物價）

極彩色（五彩、濃妝）

気色（樣子，狀態、預兆，苗頭、氣色，神色、感覺，情緒）

識〔名、漢造〕認識、見識、識別、記住、題字、旗幟（=幟）

一面の識も無い（素不相識）

彼は識が有る（他有見識）

認識（認識、理解）

相識（相識、熟人）

面識（認識）

旧識（舊友、老朋友）

意識（意識、認識、知覺，神志、自覺）

眼識（眼力、鑑賞力）

六識（眼識，耳識，鼻識，舌識，身識，意識）

鑑識（鑑定、鑑別、辨識、識別）

知識、智識（知識、朋友、為結緣而布施的財物）

常識（常識）

博識（博學多識）

見識（見識，見解，鑑賞力、風度，自尊心）

学識（學識）

款識、款識（在鐘鼎，燈籠等金屬製品上刻文字）

旗識（旗幟）

標識（標識、標誌）

病識（病的意識、病的感覺）

式楽〔名〕舉行儀式時演奏的樂劇-主要指江戶幕府的能樂

式菓子〔名〕供果

式三番〔名〕（能樂的）翁、（歌舞伎）三番叟舞（由〝翁〞〝千歳〞〝三番叟〞所表演的舞蹈）

式次〔名〕儀式的程序

卒業式は式次通りに進行した（畢業典禮按儀式程序進行了）

式事〔名〕儀式的例行活動

式辞〔名〕致詞、祝詞

式辞を述べる（致詞）

卒業生総代告別の式辞（畢業生代表的告別致詞）

式次第〔名〕儀式的程序（=式次）

式日〔名〕舉行儀式集會的日子、節日，祭日

結婚の式日は両家の都合に由って決める事に為た（舉行婚禮的日期根據兩家的情況來決定）

式場〔名〕舉行一式的場所，會場，禮堂

式台、敷台〔名〕日式房屋門前鋪地板的台（一般主人在這裡迎送客人）

式典〔名〕儀式、典禮

独立記念の式典が催される（舉行紀念獨立的典禮）

式燈二位式〔名〕紅綠色燈信號機式

式年〔名〕（神社等）規定舉行祭祀儀式的年份、祭年

式年祭（在祭年舉行的祭祀）

式能〔名〕〔古〕舉行重要儀式時表演的能樂

式微〔名、自サ〕式微

皇室の式微（皇室式微）

式部〔名〕式部省（古時太政官八省之一、掌管國家祭典儀式）、（明治初年）式部局掌管儀式，庶務的官員、宮中女官的別稱、（明治後期）女學生的別稱

紫式部（紫式部）

海老茶式部（穿醬紫色裙子的女學生）

式服〔名〕禮服←→平服

式服を付けて参加する（穿禮服參加）

式法〔名〕儀式和禮法

式帽〔名〕（舉行儀式時戴的）禮帽

式目〔名〕（武士統治時代列成條文的）法規、（和歌、俳句的）規則

貞永式目（貞永元年制定的貞永法規）

式量〔名〕〔化〕式量（=化学式量）

式量濃度（克式濃度）

事（ㄕˋ）

事〔漢造〕事情，事件、行為，工作、侍奉

大事（大事，大事業、嚴重問題、慎重，謹慎，保重、當心，愛護，珍惜）

大事（重大事件、嚴重事件）

小事（小事、細節、細故）

商事（商業，商務、商業公司）

他事（他事、別人的事、他人的事、與己無關的事=他所事、余所事）

他所事、余所事（別人的事、與己無關的事）

多事（事多、事件屢次發生）

万事（萬事）

故事、古事（故事、古傳、典故）

故事、古事（舊事、老事、以前的事）

無事（平安、健康、最好、沒過失、無聊，閒散）

武事（戰事、兵法）

文事（文事）

好事家（好事者）

関心事（關心事、留心事）

痛恨事（遺恨事）

俗事（俗事、瑣事）

即事（當場發生的事、眼前的事）

悪事（壞事、惡行）

人事（人事、世事）

心事（心事，內心，動機、內心和事實）

神事（祭神、祭神儀式）

執事（執事，管家、基督教的執事，天主教的助祭、〔鐮倉，室町和江戶時代〕政務機關長官或副長官、〔寫在收件人名下〕執事）

理事（理事、董事）

検事（檢察官）

幹事（幹事、招待人員）

刑事（刑事、刑警）

ㄕ

民事（民事）

兄事（敬待如兄）

慶事（喜事）

主事（主持事務者、總管、幹事）

判事（法官）

当事者（當事人）

師事（以某人為師）

臣事（臣事、稱臣）

塵事（塵事、俗事）

指事（指事–漢字六書之一）

私事（私事、隱私）

家事（家事、家務、家政）

火事（火災）

記事（消息，報導、記事文，敘述文）

行事（按照慣例或一定計畫舉辦的儀式或活動、宮中舉行的儀式）

凶事（凶事，不吉利的事、喪事）

吉事、吉事（喜事）

用事（事情、工作）

事彙〔名〕事匯、事典

事業〔名〕事業。〔經〕企業、功業

慈善事業（慈善事業）

社会事業（社會事業）

非常に困難な事業（非常艱難的事業）

事業に成功する（事業成功）

事業に失敗する（事業失敗）

新事業を目論む（計畫做新事業）

婦人会は慈善事業に乗り出す（婦女會辦起慈善事業）

事業界（企業界、實業界、工商業界）

事業金融（企業貸款）

事業債（企業債券、工業債券）

事業税（企業稅）

事業年度（營業年度）

将来性の有る事業（有前途的企業）

事業を起す（創辦企業）

其の事業は引き合う（這企業有利可圖）

事業資金（企業資金）

事業費（事業費）

千古不磨の事業（千古不朽的功業）

事業化（企業化、工業化、商業化）

事業家（事業家、企業家、實業家）

事業所得（企業所得、企業收入）

事局〔名〕事態、事情的情況

事件〔名〕事件、案件

突発事件（突發事件）

殺人事件（殺人案件）

強盗事件（搶案）

盗難事件（盜竊案）

訴訟事件（訴訟案件）

歴史上の重要事件（歷史上的重大事件）

事件が起こる（發生事件）

重大な事件が出来たので上京する（因發生了重大事件而進京）

事件を仕出かす（鬧出事端來）

事件を処理する（辦案）

事件を審理する（審理案件）

事件を揉み消す（把事件暗中了結）

警察へ持ち込む可き事件（應交警察局處理的事件）

事件小説（以真實案件為主題的小說）

事件記者（刑事案件記者）

事故〔名〕事故，故障、事情，事由

全員事故無く到着した（全體平安抵達）

事故が起こる（發生事故）

電車が事故を起してので三十分遅刻した（因為電車發生事故遲到了三十分鐘）

交通事故で死ぬ（死於交通事故）

拠無い事故の為欠席した（因為不得已的事情而缺席了）

事故退学（因故退學）

事故郵便物（無法投遞郵件）

事項〔名〕事項、項目（=事柄）

重要事項（重要事項）

協議事項（協議事項）

調査事項（調査事項）

詳細の事項を案出する（擬定詳細的項目）

質問の有る事項に印を付ける（有問題的項目做上記號）

規定の細部の事項は其の都度協議して決める（規定的項目隨時協商決定）

事実〔名〕事實、真實情況

〔副〕事實上、實際上

赤裸裸の（な）事実（赤裸裸的事實）

覆う可からざる事実（不可掩蓋的事實）

事実に反する（與事實相反）

事実と相違する（違背事實）

事実は雄弁に勝る（事實勝於雄辯）

事実の裏付けの無い推定を下す（下沒有事實根據的結論）

事実に基いて判断する（根據事實判斷）

事実に鑑みて（鑒於事實）

事実に照して（對照事實）

事実を明らかに為る（弄清事實）

事実を究明する（查明真相）

事実を無視する（無視事實）

事実を捩じ曲げる（歪曲事實）

私の懸念が事実と為った（我的擔心變成了事實）

事実が一番説得力が有る（事實最有說服力）

事実為るを如何せん（事實可奈何）

事実そんな事は不可能だ（那種事情實際上是不可能的）

事実然う何だ（確實是那樣）

事実僕は何にも聞いていない（實際上我什麼也沒聽見）

事実は小説よりも奇なり（事實比小說還離奇）

事実上（事實上、實際上）

事実無根（沒有事實根據）

事象〔名〕事態、現像

社会的事象（社會現象）

此の様な事象は日本では普通の事である（這種現象在日本是普通的事）

事情〔名〕情形，情況，內情、原因，理由，緣故

住宅事情（住宅情況）

栄養事情（營養狀況）

現地の事情（當地的情況）

事情の許す限り（只要情況許可）

政界の事情に通じている（通曉政界的情況）

事情已むを得ざる場合に（在不得已的情況下）

事情に明るい（通曉內情）

事情通（消息靈通人士）

事情を打ち明ける（說明理由）

事情が有って欠席する（因故缺席）

旅行に行けない事情を話す（說明不能去旅行的原因）

如何言う事情で会社を辞めたのか（你為什麼辭了公司？）

事跡、事蹟〔名〕事蹟

史上の事跡（歷史上的事蹟）

開拓地を前に入植者の事跡を想像して感激した（面對開墾地緬懷開墾者的事蹟而感動）

事績〔名〕事績、功績、業績、功業、成就

彼の事績は長く歴史に伝えられるだろう（他的功業將永垂不朽）

生前の彼の事績を記念して碑が建てられた（為紀念他生前的功績立了碑）

叙事詩は英雄の事績を主題と為た詩である（敘事詩是以英雄的功績為主題的詩）

事前〔名〕事前、未然←→事後

事前に通告する（事前通知）

クーデターの計画を事前に察知する（事前察覺武裝政變的計畫）

事前工作（事前工作）

事前運動（選舉前的私下準備活動）

事後〔名〕事後←→事前

事後の参考の為（為了事後參考）

重要な問題を事後に為って諒解を求めるのは良くない（重要問題在事後請求諒解是不對的）

事後報告で済ます（以事後報告了事、先斬後奏）

事後承諾（事後同意、事後答應、事後批准）

事相〔名〕（事物的）樣子、狀態、情況、趨勢

事相を明らかに為る（明確情況）

事大〔名〕（以小）事大、（弱者）臣事（強者）

事大主義（事大主義、權勢主義、趨炎附勢）

事大根性（趨炎附勢的根性）

事大思想（事大思想）

事態〔名〕事態、局勢、情勢

緊急事態（緊急事態）

事態を改善する（改善局勢）

容易為らぬ事態（嚴重的局勢）

事態は急を告げている（情勢告急）

事態は正に憂慮す可き物が有る（局勢有些值得憂慮）

事態は紛糾して収拾出来然うも無い（局勢混亂看來難以收拾）

事態は未だ其れ程迄に悪くは為っていない（局勢還沒壞到那種程度）

事端〔名〕事端、事件

事端を構える（挑起事端）

事端を繁くする（頻頻挑釁）

事典、事典〔名〕事典、百科辭典←→言葉典

百科事典（百科辭典、百科全書）

人名事典（人名百科辭典）

文学事典（文學百科辭典）

事犯〔名〕〔法〕違法行為、違法案件

経済事犯（經濟犯、經濟案件）

暴力事犯（暴力犯、流氓案件）

刑法に抵触する事犯（違犯刑法的行為〔案件〕）

事物〔名〕事物（=物事）

* "物事"重點在"事"、"事物"重點在"物"

日本の事物（日本的事物）

実際の事物に就いて研究する（對實際事物加以研究）

事変〔名〕事變，動亂、（兩國的）不宣而戰

不測の事変（意外變故、不測的事件）

事変に出会う（遇到事變）

一国内の事変に外国の軍隊が出動した（對一國內部的騷動外國的軍隊出動了）

日華事変（中日事變）

事務〔名〕事務（主要指在桌上處理文件，行政等庶務工作）

法律事務（法律事務）

現場事務（現場工作）

事務を取る（辦公）

事務を引き継ぐ（事務交接）

事務を処理する（處理事務）

事務の才（處理事務的才幹）

事務に精通している（精通事務工作）

彼に暫く事務を見習わせよう（讓他暫時見習一下工作吧！）

日曜には事務を取り扱わない（星期天不辦公）

彼女には長い事務の経験が有る（她有長期庶務工作的經驗）

事務折衝（事務性磋商）

事務机（辦公桌）

事務用品（辦公用品）

事務室（辦公室）

事務規程（工作規章）

事務当局（行政當局）

事務的処理（公事公辦）

事務官（事務官、科員）

事務屋（辦事員、耍筆桿的抄寫匠）

事務員（事務員、辦事員）

事務局（事務局、秘書室、庶務處）

事務系統（事務系統）

事務所（事務所、辦事處）

事務総長（秘書長、總幹事）

事務的（事務性的、從工作出發的）

事務室（事務室）

事務当局（行政當局、行政處）

事務取扱（臨時代理）

事由〔名〕〔法〕事由、（事情的）緣由，理由

事由を述べる（述說緣由）

如何なる事由有りとも（無論有任何理由）

事由の如何に拘らず（不管任何理由）

遅刻した者は其の事由を書いて届出よ（遲到的人寫出理由報告）

特別の事由が無い限り入学金を返さない（只要無特別理由不退還入學費）

事理〔名〕事理，道理。〔佛〕事理，相對的現像和絕對的真理

事理を弁えぬ人（不懂道理的人）

事理を明らかに為る（弄清道理）

あんな人に事理を説いても無駄だ（對那類人講道理也無用）

事理明白に為て疑いを入れない（道理顯明不容懷疑）

事例〔名〕事例，先例、實例

此の様な事例は稀有である（這樣的事例是少有的）

事例研究（實例研究）

事〔名〕事情，事實，事務、事件，事端、（接雅號筆名等下）即，一樣，等於，就是

（用〝…た事が有る〞形式）表示經驗

（用〝…事に為る〞形式）表示主觀的決定，打算，習慣

（用〝…事に為る〞形式）表示結果是，就是、規定，決定

（用〝…事は無い〞形式）表示沒有必要，無需

（用〝…無い事には〞形式）表示假定，如果不

（用〝…と言う事だ〞或〝との事だ〞形式）表示據說，聽說

（用〝…事だ〞形式）表示最好

（用〝…丈の事は有る〞形式）表示值得，沒有白，有效果

（接形容詞連體形下）構成副詞

（接動詞，助動詞連體形下作為一句的結尾語）表示間接的命令，要求，規定，須知

（接名詞，代名詞，助動詞連體形下）作形式名詞用法

去年の事だ（是去年的事）言琴異

事の真相（事情的真相）

恐ろしい事（可怕的事情）

不愉快な事（不愉快的事情）

何の事か分らない（不知什麼事）

何の事も無い（沒什麼事）

其れは当たり前の事です（那是當然的事）

自分の事は自分で為る（自己的事情自己做）

私に出来る事なら何でも致します（只要是我能辦到的事什麼我都做）

然う為ると事が面倒に為る（那麼做的話事情可就麻煩了）

然う為ると事が簡単に為る（那麼做的話事情可就簡單了）

大変な事に為った（事情鬧大了）

毎日の事（每天的事情、每天的工作）

事に当たる（辦事、工作）

事を構える（借端生事、借題發揮）

変な事に為ったぞ（真成了怪事）

どんな事が有っても（不管發生什麼事也…）

此れからが事なんだ（將來可是件事〔要麻煩〕）

事が事だから面倒だ（因為事情非同小可所以不好辦）

一朝事有る時には駆け付ける（一旦有事趕緊跑上前去）

事此処に至っては何とも仕方が無い（事已至此毫無辦法）

事の起こりは野球の試合であった（事件是由棒球比賽引起的）

一難去って迄一難とは此の事だ（這事可真是所謂一波剛平一波復起）

僕の事は心配するな（不要擔心我的事）

試験の事はもう話すのを止めよう（關於考試的事別提了）

彼奴の事だから信用出来ない（因為是他所以不能相信）

私と為た事が何と言うへまを為たのでしょう（我這個人怎麼這麼糊塗呢？）

無料とは唯の事だ（免費就是不要錢）

豊太閤事豊臣秀吉（豐太閣即豐臣秀吉）

一度行った事が有る（曾經去過一次）

洋行した事が有る（出過國）

食べた事が無い（沒有吃過）

彼は笑った事が無い（他沒有笑過）

行った事は行ったが会えなかった（去是去過了可是沒見到）

明日彼に会う事に為ている（決定明天去見他）

毎朝冷水摩擦を為る事に為ている（每天早晨一定用冷水擦身）

酒を飲まない事に為ている（堅持不喝酒）

結局百万円損した事に為る（結果虧了一百萬日元）

彼とは明日会う事に為っている（跟他約定明天見面）

明日の朝九時に出発する事に為っている（決定明晨九點出發）

別に急ぐ事は無い（不必特別急）

慌てる事は無い（無需驚慌）

用心しない事には危険だ（如果不注意就危險）

有ると言う事だ（聽說有）

直に上京するとの事だ（聽說馬上就進京）

花が咲いたと言う事だ（聽說花開了）

矢張り自分で遣る事だ（最好還是自己做）

人一倍働く事だ（最好是比別人加倍工作）

合格したければ良く勉強する事だ（要考上最好是好好用功）

来た丈の事は有る（沒有白來一趟）

高い金を出した丈の事は有る（沒有白花大價錢）

早い事遣って仕舞え（趕快作完吧！）

長い事話した（說了好久）

旨い事遣った（做得好）

此処で遊ばない事（不要在此玩耍、禁止在此遊戲）

道路で遊ばない事（不許在馬路上玩耍）

枝を折らない事（不許折枝、禁止攀折）

早く行く事（早點去、要快去）

印鑑持参の事（務必帶印鑑）

今月中に納付の事（務必在本月內繳納）

死ぬ事は嫌だ（不願意死）

已める事が出来ない（不能罷休）

電車が無くて帰る事が出来ない（沒有電車不能回去）

残念な事には行かれない（可惜的是不能去）

此処で下車する事が有る（有時在這裡下車）

事と為る（從事、專事）

事有る時（一朝有事）

事有る時は仏の足を戴く（臨時抱佛腳）

事有れかし（唯恐天下不亂）

事が延びれば尾鰭が付く（夜長夢多）

事志と違う（事與願違）

事細かに（詳詳細細）

事だ（糟糕、可不得了）

事とも為ず（不介意、不在乎、不當回事）

事に触れて（一有事、隨時）

事も有ろうに（偏偏、竟會）

事を起す（起事、舉兵）

事を運ぶ（進行、處理）

事を分けて（詳細說明情由）

大仕事（大事業、重大任務、費力氣的工作）

見事、見ん事（美麗，好看、精彩，巧妙、整個，完全）

出来事（偶發的事件）

事新しい〔形〕與前不同，重新、特意，故意

事新しい事は何も無い（沒有什麼新鮮的）

事新しく述べる迄も無い（無需重新提起）

事新しい態度が癪だ（那種故作姿態真討厭）

事納め〔名〕（指二月八日撤下神龕表示）過完新年（開始春耕）、（指十二月八日表示）做完農活←→事始め、事始

事始め、事始〔名〕事物的開端、開始工作、（舊時二月八日）開始春耕←→事納め

五日から事始めを為る（從五號開始工作）

事欠く〔自五〕缺少、缺乏、不足

食事にも事欠く（連吃飯都成問題）

毎日の米に（も）事欠く（家無隔宿之糧）

生活に事欠かない（生活不成問題）

事柄〔名〕事情、事體、事態

如何わしい事柄（可疑的事體）

其れは容易為らぬ事柄だ（那是非同小可的事情）

見て来た事柄（親眼看到的事情）

事柄が微妙な丈に慎重に行動しなければならない（正因為事態很微妙必須慎重行事）

事切れる、縡切れる〔自下一〕嚥氣，死亡。〔古〕完結

駆け付けた時には既に事切れていた（趕到的時候已經斷氣了）

事事〔名〕事事、許多事、所有的事

事事しい〔形〕誇張、小題大作、煞有介事（=大袈裟だ、物物しい）

事事しい話し振り（誇大其辭）

事事しく騒ぎ立てる（小題大作）

何もそんな事事しく為なくとも良いじゃないか（何必那麼小題大作呢？）

事事〔名〕（不單獨使用）事事、各件事

事事物物（各種事物、每個事物）

事事物物皆改まった（一切事物都變了樣了）

彼は事事物物に不平を言う（他對每件事都不滿意）

事毎に〔副〕每件事，事事、總是

彼は人の意見には事毎に反対する（他在每件事上都反對別人的意見）

事毎に彼是文句を付ける（事事都說長道短）

事細か〔形動〕詳盡、詳詳細細

事細かな説明（詳盡的說明）

事件の経過を事細かに話す（詳細說明事件的經過）

事細かな解釈を与える（加以詳盡的解釋）

事様〔名〕情況、情形

事足りる〔自上一〕夠用、足夠

其れ丈有れば十分事足りる（有了那些就足夠了）

簡易生活には鍋一つと焜炉が有れば事足りる（過簡單生活有個鍋子和爐子就夠用了）

彼が居なくても十分事足りる（沒有他也滿可以）

事と為る〔連語、他サ〕從事、專事、專攻

研究を事と為る（從事研究）

享楽を事と為て義務を忘れる（專事享樂忘記義務）

只管人の粗探しを事と為ている（專挑別人的毛病）

事勿れ主義〔名〕但求平安無事的消極主義、多一事不如少一事主義、得過且過主義

彼は事勿れ主義だ（他是得過且過）

事勿れ主義で遣っていては立派な仕事は出来ない（消極怕事搞不出名堂來）

事無く〔副〕平安無事

事無く済む（平安度過）

夏休みも事無く終った（暑假也平安過完）

其の日は事無く過ぎた（當天平安度過）

事も無げ〔形動〕若無其事、滿不在乎

人を殺したと事も無げに言う（滿不在乎地說殺了人）

事も無げな態度を取る（採取若無其事的態度）

事に依ったら、事に依ると〔連語、副〕可能、說不定、碰巧、也許、或許

事に依ると彼の病気は良く為るかも知れない（他的病也許會好的）

事に依ると雨が降るかも知れない（也許要下雨）

彼は事に依ると家に居ないかも知れませんよ（碰巧他也許不在家）

彼は確かに四十歳以上だ、事に依ると五十歳以上かも知れない（他肯定在四十歲以上說不定五十開外了）

事の序で〔連語〕順便、就便（=序で）

事の序でに其れを話した（順便把那件事說了）

事の序でだから遣って見よう（既然是順便就做做看吧！）

事触れ〔名〕傳播、宣布（的人）

春の事触れ（報春、春信）

事程左様に〔連語、副〕那麼樣、這麼樣、到這種程度（=其れ程）

事程左様に悪いとは思わなかった（沒想到這麼壞）

事程左様に物価が高い（物價這麼貴）

事も愚か、事も疎〔連語〕不待言、不消說（=言う迄も無い）

事寄せる〔自下一〕假託

病気に事寄せて辞職する（假託有病而辭職）

人の噂に事寄せて自分の意中を語る（假託別人的傳言說出自己的心事）

事訳〔名〕事由、緣故、緣由

為う事無しに〔連語〕無奈、不得已、無可奈何

為う事無しに引き受ける（出於無奈承擔下來）

事える、仕える〔自下一〕服侍，侍奉、當官，服務

親に事える（侍奉父母）使える痞える支える閊える

国に事える（為國服務）番える

病人に仕えるのに迚も親切だ（服侍病人很周到）

社会に仕える（為社會服務）

使える〔自下一〕（〝使う〞的可能形）能用，可以使用、（劍術等）有功夫

此の鋸は使える（這把鋸子好用）

此の部屋は事務室に使える（這房間可用作辦公室）

彼の男は中中使えますよ（那人很有用處）

使えない男（沒有用處的人）

支える、閊える〔自下一〕堵塞，停滯、阻礙，阻擋、有人使用，無法騰出

溝が支えている（髒水溝堵住了）仕える（服侍，侍奉、當官，服務）

食物が喉に支える（食物卡在喉嚨裡）使える（能使，能用、有功夫）

言葉が支える（話哽於喉、與塞）痞える（堵塞、鬱悶）

支え支え物を言う（結結巴巴地說）

市場が支えて荷が捌けない（市場貨物充斥銷不出去）

電車が先に支えいて進めない（電車堵在前面走不過去）

テーブルがドアに支えて入らない（桌子堵在門上進不去）

仕事が支えていて御茶を飲む暇も無い（工作壓得連喝茶的功夫都沒有）

天井が低くて頭が支える（頂棚低得抬不起頭來）

電話は今支えている（電話現在被佔了線）

手洗いが支えている（廁所裡有人）

痞える〔自下一〕（胸口）堵塞、（心裡）鬱悶

胸が痞える（胸口非常悶）

番える〔他下一〕接上，結合、（把箭）搭在（弓弦上）、說定，約定

外れた関節を番える（把脫臼的關節端上）

矢を番える（把箭搭在弦上）

言葉を番える（約定）

侍（ㄕˋ）

侍〔漢造〕陪侍、侍奉

近侍（近侍、扈從）

脇侍、脇士（佛像中尊左右的神像=夾侍）

奉侍（侍奉=扶侍）

侍する〔自サ〕侍奉、侍候（=侍る）

陛下の御側に侍して御世話申し上げる（在陛下身邊侍候）

侍医〔名〕（帝王等的）御醫

侍講〔名〕給君主講學的人

東宮侍講（東宮侍講）

彼の祖父は明治天皇の侍講を勤めた（他的祖父當過明治天皇的侍講）

侍坐〔名自サ〕（在貴人旁邊）侍坐、侍候

侍祭〔名〕〔宗〕侍祭（神父等舉行儀式時的助手）

侍史〔名〕（在旁邊服侍的）秘書、鈞右，鈞啟（寫在信封對方名下、表示敬意、表不敢直接奉上、特通過秘書呈上）

侍者〔名〕侍者

侍従〔名〕（天皇、皇太子的）侍從、隨從

侍従武官（侍從武官）

侍従職（〔日本宮內廳下屬的〕侍從局〔掌管御璽，國璽及皇族等事務〕）

侍女〔名〕侍女、女僕（=腰元）

殿様は美しい侍女を沢山召し抱えて居られた（老爺使換了很多漂亮的侍女）

侍妾〔名〕（在貴人等旁邊服侍的）侍妾（=腰元、側妻，妾）

侍臣〔名〕近侍之臣

彼は一生侍臣と為て君主側に仕えた（他一生作為侍臣服侍在主君旁邊）

侍僧〔名〕沙彌

侍曹〔名〕侍史

侍童〔名〕侍童、小侍者、小聽差（=小姓）

侍童と為て仕える（當小聽差）

侍読〔名〕給天皇講學、給皇帝講學的人（=侍講）

侍婢〔名〕婢女、使女、丫頭

侍養〔名〕一邊侍奉盡孝一邊被養育

侍立〔名、自サ〕侍立

侍〔漢造〕在貴人旁邊服務

内侍（宮中的女侍、內侍司的女官）

侍〔名〕（古代公卿貴族的）近侍，侍衛、（古代的）武士（總稱）。〔俗〕有骨氣行動果斷的人物，了不起的人物

中中の侍だね（真是個了不起的人物）

侍気質〔名〕武士（那種講禮法重義氣）的性格、武士脾氣

侍大将〔名〕（武士執政時代的）武士的將領、（室町時代以後指）一夥武士的頭目

侍所〔名〕〔中古〕武士的班房、武士衙門（鐮倉幕府時代職掌司法檢察和武士人事、室町幕府時代還兼管相當於首都警察廳的職務）

侍る〔自五〕侍候、陪侍

侍り〔自ラ變〕〔古〕侍候，陪侍、動詞〝有り〞〝居り〞的自謙語（=有ります、居ります）

〔助動〕〔古〕表示鄭重或客氣（=ます）

宴席に侍り（侍宴）

聞き侍り（敬聽）

侍らせる〔他下一〕令…陪侍

美女を侍らせる（令美女陪侍）

侍る〔自五〕侍候，陪侍（=侍る）

侍り（名ラ）〔古〕侍候，陪侍（=侍り）

室（ㄕˋ）

室〔名〕房屋，房間、夫人，妻室

〔漢造〕房間、家族、妻、洞，窟、鞘

室を出る（離開房間）

隣の室（鄰室）

終日室を居づる事無し（終日不出屋）

彼の室は加藤家の三女である（他的夫人是加藤家的三女）

宮室（宮室、宮殿）

居室（居室、起居室）

庵室（僧庵、尼姑庵、簡陋的僧房）

私室（私室）

公室（公用房間、共同起居室、直屬辦公室）

屍室（太平間）

自室（自己的房間）

蚕室（養蠶的房間）

産室（產房）

寝室（寢室）

心室（心臟的心室）

暗室（暗室）

浴室（浴室）

教室（教室、研究室）

温室（溫室、暖房）

診察室（診察室）

第一号室（第一號室）

王室（王室、王族）

皇室（皇室）

帝室（帝室、皇家）

内室（〔對他人妻子的敬稱〕夫人、太太）

正室（正室、主房，客廳）←→側室

側室（側室、妾）

後室（〔有身分人的〕寡婦、後屋）

石室、石室（石室）

氷室、氷室（冰窟）

病室（病房）

同室（同室〔的人〕）

別室（別的屋子，特別室，雅座、側室，妾）

刀室（刀鞘）

室員〔名〕（研究室等的）成員

室温〔名〕室內溫度

快適な室温（舒適的室溫）

室温硬化接着剤（室溫硬化黏結劑）

室外〔名〕室外

室外に出て体操する（到室外去做體操）

室内〔名〕室內

室内に閉じ籠る（呆在屋裡）

室内を飾る（裝飾室內）

室内遊戯（室內遊戲）

室内運動場（室內運動場）

室内楽（室內樂）

室内装飾（室內裝飾）

室長〔名〕室長

研究室の室長（研究室主任）

寄宿舎で室長を勤める（在宿舍裡當室長）

室房〔名〕〔植〕室（指子房，花藥等）

室料〔名〕房租

室〔名〕溫室，暖房、窖、窯洞、僧房

室で咲かせる花（在溫室裡養的花）

室で育てたトマトの苗（在溫室裡培育的番茄苗）

氷室（冰窖）

麹室（麴窖）

果物を室に置いて保存する（把水果在窖裡保存）

室主（〔佛〕主持）

室鯵、鰘〔名〕〔動〕馬氏圓鰺魚

室咲き、室咲〔名〕溫室裡開的花朵

室町時代〔名〕〔史〕室町時代（足利尊氏掌握政權的時代-1336-1573 年）

室町幕府〔名〕〔史〕室町幕府（足利尊氏創始的武士政權）

恃（ㄕ丶）

恃〔漢造〕依靠、自負、母親

恃む、頼む、憑む〔他五〕請求，懇求、委託，託付、依靠，依仗、雇，請

〔感〕借光、勞駕（=頼もう、御免下さい）

借金を頼む（請求借款）

頭を下げて頼む（俯首請求）

秘密に為て置いて呉と頼む（請求保守秘密）

此の荷物を頼みますよ（這件行李託你照顧一下）

先生に子供の教育を頼む（拜託老師教育孩子）

女中に赤ん坊を頼んで芝居を見に行きました（把嬰兒托給女僕去看戲了）

君に一寸頼み度い事が有る（有件事想拜託你）

権力を頼んで暴行を働く（依仗權勢使用暴力）

味方に頼んで友達も無い（也沒有可依靠的朋友）

自分の才に頼む（仗自己的能力）

医者を頼む（請醫師）

家庭教師を頼む（聘請家庭教師）

自動車を頼んで下さい（請雇一輛汽車）

恃み，恃、頼み，頼、憑み，憑〔名〕請求，懇求、信賴，依靠

頼みが有る（有事相求）

頼みを聞き入れる（答應請求）

君に一つ頼みが有るんだが（我對你有個請求）

君の御頼みなら何でも（要是你的要求無論什麼我都照辦）

頼みに為る友人（可以信賴的朋友）

頼みと為るのは君一人だ（可信賴的只有你一個人）

紛れ当りを頼みに為て（靠僥倖）

彼はたった一人の知人を頼みに為て上京した（他只依靠一位熟人就進京了）

頼みの綱（唯一的指望、唯一的希望）

拭、拭（ㄕ丶）

拭、拭〔漢造〕擦拭、弄乾淨

払拭、払拭（肅清、消除）

拭く〔他五〕擦、抹、揩

ハンカチで鼻を拭く（用手帕擦鼻子）

雑巾で机を拭く（用抹布擦桌子）

マットで靴を拭く（在擦鞋墊上擦鞋）

吹く〔自五〕（風）吹、颳

〔他五〕（縮攏嘴唇）吹、吹（笛等）、吹牛，說大話、鑄造

風が吹く（颳風）拭く葺く噴く

凄まじく吹く（風狂吹）

良く吹きますね（好大的風！）

潮風に吹かれる（被潮風吹）

風は東から吹いている（颳著東風）

湯を吹いて冷ます（把熱水吹涼）

火を吹いて熾す（把火吹旺）熾す興す起す

蝋燭を吹いて消す（把蠟燭吹滅）

熱い御茶を吹く（吹熱茶〔使涼〕）

笛を吹く（吹笛）

喇叭を吹く（吹喇叭）

口笛を吹く（吹口哨）

法螺を吹く（吹牛）

随分吹く男だね（真是個大吹大擂的小子）

随分吹いて遣った（給他大大吹噓一番）

鐘を吹く（鑄鐘）

噴く、吹く〔自、他五〕（水、溫泉、石油、血等）噴出，冒出、（表面）現出，冒出

血が噴く（往外冒血）拭く葺く

潮を噴く鯨（噴出水柱的鯨魚）

粉が噴いた干し柿（掛了霜的柿餅）粉粉

柳が芽を噴く（柳樹出芽）

葺く〔他五〕葺（屋頂）、屋簷上）插草（做裝飾用）

屋根を葺く（葺屋頂、蓋屋頂）

瓦を四十枚葺く（鋪上四十塊瓦）

菖蒲を葺く（插菖蒲）菖蒲菖蒲

拭き消す〔他五〕擦去、擦掉、抹掉

黒板を拭き消す（擦掉黑板上的字）

拭き込む〔他五〕擦光、擦得發亮

良く拭き込んだ廊下（擦得發亮的走廊）

床は良く拭き込まないと行けない（地板必須擦亮）

拭き掃除〔名、自サ〕擦淨、用抹布擦乾淨

家の拭き掃除を行き届けている（屋子各處擦得乾乾淨淨）

床の拭き掃除を為て綺麗に為る（把地板擦乾淨）

拭き立てる〔他下一〕一再擦（乾淨）、開始擦

柱を拭き立てる（把柱子擦得乾乾淨淨）

拭き立て〔名〕剛擦過不久

拭き立ての廊下（剛擦過的走廊）

拭き取る〔他五〕擦去、抹掉、擦乾淨

ハンカチで額の汗を拭き取る（用手帕擦去額頭上的汗）

汚れを拭き取る（擦去汙垢）

拭う〔他五〕擦掉，拭去，抹掉（=拭く）。〔轉〕消除，洗刷掉（=清める）

汗を拭う（擦汗）

涙を拭う（擦眼淚）

タオルで顔を拭う（用毛巾擦臉）

拭う事の出来ない汚点（洗刷不掉的汙點）

記憶から拭い去られる（從記憶中抹掉）

一生拭う可からず恥辱（終生洗雪不掉的恥辱）

汚名を拭う（洗刷掉壞名聲）

口を拭う（偷吃食物後裝作若無其事、做某事後裝作若無其事）

拭い縁〔名〕擦得很滑溜的走廊

拭い落す〔他五〕擦掉、抹去

靴の泥を拭い落す（把鞋上的泥土擦掉）

拭い去る〔他五〕擦掉、抹掉

過去の事は一切拭い去り度い（過去的事希望一筆勾銷）

記憶から拭い去る（從記憶中抹掉）

拭い取る〔他五〕擦掉、拭去（=拭き取る）

汚点を拭い取る（擦掉汙點）

涙を綺麗に拭い取る（把眼淚擦乾淨）

汗を拭い取る（擦汗）

是、是（ㄕ丶）

是〔名、漢造〕是、正確、合乎道理←→非、大計，方針

〔代〕這，這個

是を是と為、非を非と為る（以是為是以非為非、對就是對不對就是不對）

古を是と為、今を非と為る（古是今非）

是と非を区別せず（不分是非）

是が非でも（無論如何、不管好壞）

是が非でも一遍来て欲しい（無論如何請來一趟）

今是昔非（今是昔非）

国是（國是、國策）

社是（公司〔社團〕的根本方針）

如是（〔佛〕如是）

如是我聞（真如我所聞）

是が非でも〔連語、副〕不管怎樣、無論如何、務必（=如何しても、是非、屹度、必ず）

是が非でも勝たなければならぬ（無論如何必須戰勝）

是が非でも連れて行く（務必帶去）

今度こそ是が非でも勝つ（這次一定要戰勝）

是正〔名、他サ〕訂正、更正、改正、矯正

此等の点を是正する必要が有る（這幾點有必要加以訂正）

前説の誤りを是正する（更正前面的錯誤）

国際収支の悪化を是正する（改正國際收支惡化的情況）

第三世界は斯うした不公平な経済関係の是正を強く要求した（第三世界強烈要求矯正這種不公平的經濟關係）

是認〔名、他サ〕同意、認可、肯定、承認←→否認

非公式に是認する（非正式地同意）

世人から是認される（被眾人承認）

彼の提案は是認された（他的提案被認可了）

若し成果が七分なら、其の人の仕事は基本的に是認される可きである（如果是七分成績那麼就應該對他的工作基本上加以肯定）

是非〔名〕是非、善惡、好與壞、對與不對、正確與錯誤

〔副〕務必、一定、必須、無論如何（=屹度、必ず、如何しても）

是非の判断（判斷是非）

是非を論せず（不論是非）

是非を弁える（明辨是非）

是非の論（是非之論）

是非の原則に関わる問題（大是大非問題）

是非善悪（是非善惡）

是非善悪ははっきりしている（是非與善惡一清二楚）

是非を転倒させ、盗人が人を盗人呼ばわりする常套手段（顛倒是非賊喊捉賊的慣技）

是非を混同させる（混淆是非）

是非を見極め、敵味方をはっきり区別する（明辨是非）

是非曲直（是非曲直）

是非為ねばならない事（必須做的事、非做不可的事）

是非欲しい（一定要、非要不可）

是非来給え（你一定要來）

是非貴方に考えて貰い度い（希望您無論如何好好考慮）

是非うんと言って下さい（請您務必答應）

是非其の訳を聞かして貰い度い（請你務必把原因告訴我）

上京の折は是非御立ち寄り下さい（來京時請務必順便來看我）

是非に及ばず（不得已、沒有辦法）

是非も無い（不得已、沒有辦法）

皆が反対するなら、是非も無い（如果大家都反對那就沒有辦法）

是非とも〔副〕（是非的強調說法）務必、無論如何

是非とも御出下さい（請您務必來）

是非とも成功させ度い物だ（希望一定讓他成功）

是非ない〔形〕不得已、沒辦法、不可避免

是非ない事情（不可避免的情況）

人の死ぬのは是非ない事だ（人的死是不可避免的）

是非無く〔副〕不得已、沒辦法、只好、只得

金が無いから是非無く止める（因為沒有錢只好放棄）

二人は是非無く別れた（兩個人不得已而分手了）

是是非非〔名〕以是為是以非為非、是非分明

是是非非主義（是非分明主義、公正無私主義）

是是非非の態度で臨む（以是非分明的態度來對待）

ㄕ

是、此〔代〕此、這個（=是、此、之、維、惟）

此は何事ぞ（這是怎麼回事！）

是は、此は〔感〕（表示驚嘆）哎呀（=是は、此は、まあ）

是、此処、此所、此、爰、茲〔代〕（指地點，事物）這裡、最近，現在，目前

此処の人人（這裡的人們）

此処に置くよ（放在這裡）

此処は人目が多いから外へ行こう（這裡耳目眾多我們到外面去吧！）

何卒、此処へ御掛け下さい（請到這裡來坐）

貴方が此処の係りですか（你是這裡的負責人嗎？）

私は此処の者です（我是這裡的人）

此処から東京迄は二千キロ有る（從這裡到東京有兩千公里）

此処の所は良く分らない（這裡還不大明白）

此処丈の話だが（這話只能在這裡說）

事此処に至る（事已至此）

此処が大事な点だから良く考え為さい（這點很重要要慎重考慮）

此処二、三日が山場です（這兩三天是高潮）

此処一か月は忙しかった（這一個月很忙）

此処当分休業致します（近日暫停營業）

此処ぞと思った時に為ないとチャンスを逃す（在認為正是時機時候而不做就要失掉機會）

愈愈此処だと言う時に（在關鍵時刻）

此処暫く御見えに為りません（這幾天他沒來）

此処許りに日は照らぬ（此處不留爺自有留爺處）

是に、此処に、此に、爰に、茲に〔副〕於，茲（=此の時に、此の所に）

〔接〕（用於引起話題或轉換話題）茲，那麼，且說（=偖）

此処に此れを証明す（茲證明…）

此処に於いて、此に於いて、是に於いて、爰に於いて、茲に於いて（於是）

此処に於いて一大決心を為た（於是下了一大決心）

是、此れ、此、之、惟、維〔代〕此，這、此人，這個人、此時，現在，今後

〔副〕（寫作是、之、惟、維）（用於漢文調文章）惟

〔感〕（招呼，提醒注意或申斥時用）喂

此は僕の最近の作品だ（這是我的作品）

此にサインして下さい（請在這上面簽名）

此か彼かと選択に苦しむ（這個那個不知選擇哪個才好）

此ではあんまりじゃ有りませんか（這樣豈不是太過分了嗎？）

此は問題に為る事でもないかも知れませんが（這也許不算個問題不過…）

世間知らずの人は此だから困る（不通世故的人就是這樣真叫人沒辦法）

此位の冒険は平気だ（冒這點風險算不了甚麼）

此で私も一安心だ（這樣一來我也可放心了）

今日は此で止めに為よう（今天就到此為止吧！）

では此で失礼（那麼我就此告辭了）

此が私の弟（女房）です（這是我弟弟〔妻子〕）

此は私の友人です（這是我的朋友）

此からの日本（今後的日本）

此迄に無い出来栄え（空前的成績）

此迄は水に流して下さい（以前的事情不要再提了）

時惟九月十五日（時惟九月十五日）

此、何処へ行く（喂！往哪裡去）

此、静かに為て呉れ（喂！安靜一點）

此、泣くんじゃない（喂！不要哭）

此、冗談も好い加減に為ろ（喂！少開玩笑了）

此即ち（此即）

此と言う（值得一提的特別的一定的）

此と言う道楽も無い（也沒有特別的愛好）

此に依って此を見れば（由此看來）

此は此と為て置いて（這個暫且不說）

此を以って（因此、以此）

此に要するに（要之、總而言之）

是れ式、此れ式〔名〕〔俗〕這麼一點點（=此れ位、此位）

此れ式の事でへこたれるな（不要為這麼一點小事洩氣）

此れ式の事に驚く物か（這點小事嚇不倒我）

此れ式の事で決心を変える積りは無い（我不想為這點小事改變決心）

此れ式の金で何が買えるか（這麼一點錢能買什麼？）

此れは是〔連語〕這就是…。這正是…（=此れは即ち）

是沙汰〔名〕（社會上）議論紛紛

柿（ㄕˋ）

柿〔名〕〔植〕柿子、柿樹

渋柿（澀柿子）

醂柿（漉過的柿子）

乾し柿（乾柿子、柿餅）

柿の粉（柿子霜）

柿の蔕（柿子蒂）

柿の種（柿子核、柿核形小餅乾）

柿を醂す（漉柿子）

庭に柿の木が有る（院子裡有柿子樹）

赤い柿の実が一杯為っている（樹上結滿了紅柿子）

桃栗三年柿八年（桃樹栗樹三年結果柿樹八年結果）

垣〔名〕籬笆，柵欄。〔轉〕隔閡，界限

生垣（樹籬笆）

竹垣（竹籬笆）

垣を結う（編籬笆）

垣を巡らす（圍上籬笆〔柵欄〕）廻らす回らす

垣を廻らした庭（圍著籬笆的院子）

二人の間に垣が出来た（二人之間發生了隔閡）

親しい仲にも垣を為よ（親密也要有個界限〔分寸〕）

垣堅くして犬入らず（家庭和睦外人無隙可乘）

垣に鬩ぐ（兄弟鬩牆）

垣に耳（隔牆有耳）

牡蠣、牡蠣〔名〕牡蠣（=オイスター）

牡蠣　（和牡蠣肉一起煮的飯）

柿色〔名〕黃褐色、土黃色

柿根性〔名〕柔軟而容易變化的性質←→梅根性（酸味濃厚難變的性質）

柿渋〔名〕柿油、柿漆（由澀柿核提取的汁液、塗在紙或布等上防腐）

柿羊羹〔名〕柿子羊羹

きざ柿〔名〕（不用淋的）甜柿子、樹上熟的柿子（=木醂）←→渋柿

柿〔名〕木屑，碎木片（=木端）、（蓋房子用的）薄木板

柿葺きの屋根（木板屋頂）

柿落とし、柿落し〔名〕劇場（影院）落成後首次公演

舐（ㄕˋ）

舐〔漢造〕舐、舔

舐犢〔名〕（母牛）舐犢、溺愛（子女）

舐犢の愛（對子女的溺愛）

舐む、嘗む〔他下二〕舐、舔、嚐（=舐める、嘗める）

舐めずる、嘗めずる〔他五〕舐嘴唇

舐める、嘗める〔他下一〕舐、舔、嚐，嚐受，經歷、輕視，小看。〔喻〕（火）燒

ㄕ

犬が私の手を舐める（狗舐我的手）

飴を舐める（舐軟糖）

舐めた様に食べて終う（像舐過一樣吃得一乾二淨）

薬を舐めて見る（嚐一嚐藥）

一寸舐めて塩加減を見て呉れ（你嚐一嚐鹹淡）

辛酸を舐める（嚐辛酸）

相手を舐めて掛る（不把對方放在眼裡）

若いからと言って舐めるなよ（不要以為年輕就看不起、你別小看我年輕）

炎が天井を舐める（火苗燒到頂棚）

火は忽ちの中に数棟を舐め尽した（火舌轉瞬間就吞沒了好幾棟房子）

舐め尽くす〔他五〕舐盡，嚐盡、燒光，燒盡

苦杯を舐め尽くす（備嚐辛酸）

炎が其の辺りの家屋を全部舐め尽くした（烈火把那一帶的房屋全燒光了）

舐め回す〔他五〕舔遍

親猫が子猫を舐め回す（母貓舔遍小貓）

舐る〔他五〕〔俗〕舐、含（在嘴裡）（=舐める，嘗める、しゃぶる）

飴玉を舐る（含糖球）眠る睡る眠る睡る

箸を舐る（舔筷子）

眠る，睡る，眠る，睡る〔自五〕睡覺，睡眠、死←→覚める、醒める

良く眠っている（睡得很香）

良く眠る（能睡覺=良く眠れる、良く眠られる）

ぐっすり眠る（熟睡）舐る寝る

昼の疲れでぐっすり（と）眠る（由於白天的疲勞而熟睡）

安安と眠る（安安樂樂地睡覺、睡得安靜舒服）易易

八時間眠った（睡了八小時）

草木も眠る丑三つ時（深更半夜、夜深人靜）草木

正体無く眠る（酣睡如泥、睡得像死人一樣）

正体（清醒的神智）正体（生物）

幾日も眠れぬ夜が続いた（接連好幾個晚上都沒睡好覺）幾日幾日幾日

永遠に眠る（永眠）

地下に眠る財宝（沉睡在地下的財物）

逝（ㄕ丶）

逝〔漢造〕逝世、死亡、去而不返

長逝（長逝、長眠、逝世）

急逝（驟亡、突然死去）

永逝（長逝、永眠、死亡）

逝去〔名、自サ〕逝世

病気で不幸にも逝去された（因病不幸逝世）

此の上無い悲しみを込めて偉人の逝去を悼む（非常悲痛地哀悼偉人的逝世）

逝く、逝く〔自五〕逝世、流逝、過去

先生が逝かれてから既に五年（老師逝世已經五年）行く往く行く往く

春は逝き夏が来た（春去夏來）

逝く年を送る（辭歲）

逝く水に影を落す（投影於流水中）

行く，往く、行く，往く〔自五〕往，去、行，走←→来る、前進、通往、做、走過，經過、離去、進展、達到、產生，發生、出嫁，入伍，入贅，成長、過去，流逝、死亡、不可、往來，上學

〔補動五〕表示動作繼續進行狀態逐漸變化（=動二+て+行く）

学校に行く（到學校去）

毎朝歩いて学校に行く（每天早上走路上學）

東京へ行く（到東京去）

京都へ行く（往京都去）

ロンドンへ行く（赴倫敦）

友達に会いに奈良へ行く（到奈良見朋友）会う逢う遭う遇う合う

行く人来る人（去的人來的人）

ア

行く者は追わず者は拒ます（去者不留來者不拒）追う負う

雨に為り然うだから傘を持って行き為さい（看來要下雨把傘帶著去吧！）

一足先に行く（先走一步）一足一足（一雙）

私はもう行かねばならない（我得走了）

映画を見に行く（去看電影）

道を行く人（走路的人）

道を行く人人（走路的人們）

田舎道を行く（走鄉下的路）

日に千里を行く（日行千里）停車場（汽車停車場）

此の道を真直ぐ行けば海に出る（從這條路一直走就可以通到海邊）停車場（火車站=駅）

停車場へは何の道を行ったら良いでしょうか（往停車場走哪條路好呢？）

行くに徑に由らず（行不由徑）小道小路

百里を行く者は九十里を半ばと為（行百里者以九十為半、事情越做越困難）

家の前を大勢の小学生が行く（有很多小學生由房前走過去）家家家家家大勢大勢

門の前をの人が行った（很多人由門前經過）門門

駅の前を沢山の人が行く（有很多人從車站前經過）

物売りはもう行って終った（賣東西的人已經走過去了）終う仕舞う

行く雁（飛過的雁）雁雁

行く雁の群（飛過的雁群）雁雁群群

学生が教室の前を話し乍行く（學生邊講話邊走過教室前面）

乞食はもう行って終った（乞丐已經離去了）乞食乞食乞食乞丐乞丐

行ったり来たりする（來來往往）

彼の人は行って終った（那個人走了）

艦隊が太平洋を行く（艦隊在太平洋前進）

町へ行く道（通向城鎮的道路）

町に行く（到鎮上去）

東京から青森へ行く道（從東京通往青森的道路）

私なら然うは為ないで斯う行く（若是我就不那麼做而那麼做）

もう一度始めから行こう（從頭再做一遍吧！）

仕事が旨く行く（工作順利進展）旨い巧い上手い甘い美味い

思うように行かない（不能順利進展）

捗が行く（進展）量捗

仕事の捗が行く（工作進展）

其処迄行くと後は楽だ（進行到那種程度以後就容易了）

今更止める訳には行かない（事到如今不能再停下來）止める已める辞める病める

万事計画通りに行かった（一切照原計畫進行得很順利）

納得が行かない（不理解、不明白）

合点が行かない（不理解、不明白、莫名其妙）合点合点

納得が行く（可以領會、可以理解）

納得の行くように説明する（解說得使人能夠了解）

満足が行く（感到滿足）

心行く許り語り合う（盡情交談、談得很投機）

損が行く（產生損失）

嫁に行く（出嫁=御嫁に行く）

来月嫁に行く（下個月出嫁）

来年辺り御嫁に行くかも知れない（也許明年出嫁）

娘の行った先（女兒出嫁的人家、女兒的婆家）

行く日を前に為て（提前出嫁）

婿養子に行く（入贅）

兵隊に行く（入伍、當兵去）

年の行かない子供（年紀又小的孩子）

年端も行かぬ（年歲很小、年輕輕的）

年端も行かぬのに旨い者だ（年歲雖小卻做得很好）

行く春（即將過去的春天）

行く春を偲ぶ（回憶離去的春天）偲ぶ忍ぶ

行く春を惜しむ（惋惜春天的逝去）惜しむ愛しむ

行く年を送る（辭歲）送る贈る

行く水（流逝的水）

九十歲に為って行った（滿九十歲逝世）為る成る鳴る生る

先生が行ってから既に五年に為る（老師逝世已經五年）既に已に

然うは行かぬ（那樣可不行）

飲む訳には行かぬ（不可以喝）飲む呑む

食べる訳には行かぬ（不可以吃）

公立高校に行っている（在公立高中上學）

早稲田に行っている（在早稻田大學上學）

御花に行く（每天去學插花）

通知が行った筈だ（通知該到了）分る解る判る

遣って行く中に分かる（在繼續做下去的中間會明白、做著做著就會明白）中中 中 中

暮らして行く（生活下去）

何とか為て暮らして行く（想辦法生活下去）

力強く生きて行く（堅強地生活下去）

経験を積み重ねて行く（一點一滴地累積經驗）

先の方を読んで行き為さい（請繼續唸下去）先方

始めてから読んで行く（從頭讀下去）始め創め初め

水が綺麗に為って行く（水逐漸澄清起來）

天気が暑く為って行く（天氣漸漸熱起來）暑い熱い厚い篤い

空が明るく為って行く（天漸漸亮起來了）

往く、征く〔自五〕出征

戦地に往く（奔赴前線）

釈、釈（釋）（ㄕˋ）

釈〔漢造〕解釋、溶解、脫去、釋放。〔佛〕釋迦牟尼之路，佛教

解釈（解釋、理解、說明）

会釈（點頭，打招呼、理會，融會貫通、體貼，照顧）

注釈、註釈（注釋、註解）

訓釈（漢字的讀法和解釋）

評釈（評注、評解、注釋、注解）

講釈（講解、說詞書）

語釈（詞句的解釋、解釋詞句）

選釈（選釋）

全釈（全釋）

通釈（全面解釋）

稀釈、希釈（稀釋）

氷釈（完全消除）

保釈（保釋）

儒釈（儒教和佛教）

帝釈天（帝釋天-佛法的保護神）

釈する〔他サ〕解釋

此の語は此の様に釈する（這個詞這樣解釋）

釈す〔他サ〕解釋

詳しく釈す必要が無い（沒有詳細解釋的必要）

釈眼儒心〔名〕釋迦的眼睛和孔子的心、具佛教和儒教的德於一身

釈義〔名〕釋意、解釋

此の語の釈義がはっきりしない（這個詞的釋意不明確）

釈氏〔名〕〔佛〕釋迦牟尼、僧，佛徒

釈然、釈然〔形動タルト〕釋然、消釋、心中平靜

今の説明を聞いた丈では未だ釈然と為ない物が有る（只聽鋼材的說明還是有些想不通）

釈然と悟る所が有った（恍然大悟）

釈尊〔名〕釋迦牟尼（尊稱）

釈尊の教え（佛的說教）

釈台〔名〕（說書、講故事的）講台

釈典〔名〕佛典、佛教的經典

釈奠、釈奠、釈奠〔名〕丁祭（仲春仲秋上丁日的祭孔儀式）

釈放〔名、他サ〕〔法〕釋放（=放免）

仮釈放（假釋）

身柄を釈放する（釋放某人）

証拠不十分の為釈放する（因證據不足而釋放）

刑期が満了したので刑務所から釈放された（因服刑期滿備從監獄中釋放出來）

政治犯の釈放を要求する（要求釋放政治犯）

釈明〔名、他サ〕闡明、說明、辯明

一言釈明させて下さい（請讓我解釋一句）

此の問題に就いては釈明の余地は無い（關於這個問題沒有辯解的餘地）

今と為っては釈明の余地は無い（事到如今沒有辯解的餘地）

遅刻の原因に就いて釈明する（申明遲到的原因）

釈門〔名〕〔佛〕佛門、僧

釈教〔名〕佛教（=釈迦の教え）

釈教の歌（佛教和歌）

神祇釈教恋無常（和歌，連歌中所詠的一切事物）

釈家〔名〕〔佛〕僧侶，佛門、解釋經文的僧侶

釈講〔名〕講釋

釈迦〔名〕〔佛〕釋迦牟尼（=釈迦牟尼）

御釈迦様でも御存じ有るまい（佛爺也不會知道）

此処に斯うしていようとは御釈迦でも気が付くめえ（誰都不會發現我在這裡躲藏）

釈迦三尊（釋迦三尊-中間為〝釋迦〞、左右為〝文殊〞〝普賢〞的三尊佛像）

釈迦如来（釋迦如來-釋迦牟尼的尊稱）

釈迦牟尼（釋迦牟尼）

釈迦一代（天長地久、東西耐用）

釈迦に説法（班門弄斧）

御釈迦〔名〕〔俗〕（生產過程中的）廢品

御釈迦が出る（出廢品）

又御釈迦に為った（又成了廢品）

成可く御釈迦を出さない様に為る（盡量爭取不出廢品）

御釈迦に為る（弄壞、糟蹋）

御釈迦様〔名〕釋迦牟尼（敬稱或愛稱）

視（ㄕ、）

視〔漢造〕看、看待

注視（注視、注目）

正視（正視，正眼看、視力正常）

直視（直視，注視，盯著看、正視，認真看待）

熟視（熟視、審視）

監視（監視、監視人）

透視（透視、透過障礙看到內部的眼力）

洞視（洞察）

同視（一視同仁、同樣看待=同一視）

凝視（凝視、注視）

仰視（仰視）

乱視（亂視、散光）

近視（近視）

遠視（遠視）

警視（警視-日本警察職稱，位於警部之上）

聴視（聽視、又聽又看）

虎視（虎視）

虎視眈眈（虎視眈眈）

巡視（巡視、巡查）

嫉視（嫉妒、紀度）

蔑視（蔑視、輕視、小看）

検視（檢查，觀察，調查、驗屍）

無視（無視、忽視、不顧）

軽視（輕視、蔑視）

重視（重視）

重大視（重視）

怪物視（怪物看待）

疑問視（懷疑看待）

度外視（置之度外、無視、忽視、不顧）

有望視（認為有前途）

同一視（一視同仁、同樣看待）

敵視（敵視、仇視）

仇視（仇視）

視する〔接尾、サ變型〕（接名詞下成サ變動詞）認為、看做

困難視する（認為困難）

英雄視する（看作是英雄）

視域〔名〕〔理〕視野、視線

視位置〔名〕〔天〕視位（置）

視運動〔名〕〔天〕視（運）動

視界〔名〕眼界，視野。〔轉〕見識，知識

視界に入る（映入眼簾、看見）

視界を去る（離開視野、看不見）

視界を広める（擴展眼界）

濃霧の為視界が狭く為る（因為霧大視野很狹窄）

谷を出ると視界が開ける（一出山谷視野就開闊起來）

視界が狭い（見識淺薄）

視覚〔名〕視覚

視覚が弱る（視覺減弱）

此のデザインは視覚に強く訴える（這個設計圖案給人的視覺留下深刻印象）

視覚器官（視覺器官）

視覚中枢（視覺中樞）

視覚化（視覺化、形象化）

視覚言語（視覺語言、圖形語言=視覚シンボル絵詞）

視角〔名〕〔理〕視角、觀點，著眼點，看的角度

眼鏡を掛けると視角が狭く為る（戴上眼鏡視野就變得狹窄起來）

視学〔名〕視學、督學

視学委員（視學委員）

視学官（視學官、督學官）

視官〔名〕〔解〕視覺器官

視感〔名〕視覺、目視

視感測光（視覺測光）

視感色彩計（目視色度計、目視比色計）

視感度〔名〕〔理〕可見度、能見度

視感度曲線（可見度曲線、能見度曲線）

視器〔名〕〔解〕視覺器官

視軌道〔名〕〔天〕視軌道

視距〔名〕（策）視距

視距器（儀）（視距儀、準距儀、準距計、速測儀）

視距測量（準距測定術）

視紅〔名〕〔解〕（視網膜上的）視紫紅質、視紫素

視差〔名〕〔天、攝〕視差（=パララックス）

太陽の視差（太陽的視差）

視座〔名〕成為看法基礎的觀點（立場）

確かな視座に立つ（站在可靠的觀點上）

視座を教育の場に定める（立足於教育的立場上）

視察〔名、他サ〕視察、考察

水害地の視察（視察水災地區）

現場を視察する（視察現場）

工場の視察に赴く（去視察工廠）

視察団（視察團、考察團）

視軸〔名〕〔醫〕視軸、眼軸（觀看的物體和眼黃斑部構成的直線）

視準〔名〕〔天、理〕準直

視準器（準直儀、準直光管、平行光管）

視準線（照準線）

視準板（照準板）

視準誤差（照準誤差）

視床〔名〕〔解〕視丘

視唱〔名、他サ〕〔樂〕看譜唱

視焦点〔名〕〔光〕視焦點

視診〔名、他サ〕〔醫〕視診←→触診、聴診、問診

打診、聴診に前立って視診した所でも此の患者の病状が分かった（在叩診聽診前只根據視診就知道了這位病人的病情）

視神経〔名〕視神經

小さい字を読み過ぎて視神経が疲れた（看小字太多視神經累了）

視神経十字（視束交叉）

視線〔名〕視線

前の方に視線を向ける（向前方看去）

視線を避ける（避開視線）

視線を逸らす（移開視線）

一瞬二人の視線が合った（霎那間二人的視線碰在一起了）

一同の視線は悉く彼に集まった（大家的視線都集中到他的身上了）

視線速度（〔理〕視線速度）

視奏〔名、自サ〕邊看樂譜邊演奏

視束〔名〕〔生理〕視神經

視太陽〔名〕〔天〕看太陽

視太陽時（看太陽時）

視太陽日（看太陽日）

視地下〔名〕〔天〕視天平

視聴〔名〕視聽、注意，注目

彼の行動は人人の視聴を集めた（他的行動引起了人們的注意）

国民の視聴は再び教育に集まった（人民的視聽又集中到教育問題上來了）

視聴者（收看者、觀眾）

視聴率（視聽率-收音機、電視的總機數與收聽、收看機數之比）

視聴覚（視覺與聽覺）

視程〔名〕能見度、可見度

其の時は視程三キロメートルであった（當時的可見度是三公里）

視程計（能見度表）

視点〔名〕（繪畫）（遠近法的）視點（視線與畫面成直角的地平線上的假定點）、觀點、視線的集中點

視点を変えて論ずる（改變觀點來論述）

視点が定まらぬ（觀點不定、立場不穩）

視等級〔名〕〔天〕視星等

視標〔名〕〔測〕（測點上的）視標

視野〔名〕視野、〔喻〕眼光，眼界、見識，思路

視野に入る（進入視野）

視野を遮る（遮住視野）

頂上に出ると視野が開けた（登上山頂視野開闊了）

夜に為ったので視野を著しく狭められた（因為到了晚上視野顯得縮小了）

道路の左手は木立で視野が遮られている（道路左邊長著樹木視野被遮住了）

視野を広げる（打開眼界）

視野の広い人（眼界寬闊的人）

彼の人は広い視野に立って物を考える（他廣開思路考慮問題）

そんな視野の狭い考えては駄目だ（那種眼光狹隘的想法是不行的）

視葉〔名〕〔動〕視（神經）葉

視力〔名〕視力

視力の弱い人（視力弱的人）

視力を失う（失明）

視力を回復する（恢復視力）

視力を傷める（傷視力）

眼鏡を掛けて視力を調節する（戴眼鏡調解視力）

視力検査（視力檢查）

視力減退（視力減退）

視話〔名〕讀唇法（聾啞人士從嘴唇的動作了解話意）

視話法（讀唇法）

視話法で話を為る（用唇讀法說話）

啞に視話法を教える（教給啞巴唇讀法）

視る、見る、看る、観る、診る、相る〔他上一〕看，觀看

（有時寫作観る、診る）查看，觀察、參觀

（有時寫作看る）照料，輔導、閱讀

（有時寫作観る、相る）判斷，評定

（有時寫作看る）處理，辦理、試試看，試驗、估計，推斷，假定、看作，認為、看出，顯出，反映出、遇上，遭受

〔補動、上一型〕（接動詞連用形+て或で下）試試看

（用て見ると、て見たら、て見れば）…一看、從…看來映画を見る（看電影）回る、廻る

ちらりと見る（略看一下）

望遠鏡で見る（用望眼鏡看）

眼鏡を掛けて見る（戴上眼鏡看）

見るに忍びない（堪えない）（慘不忍睹）

見るのも嫌だ（連看都不想看）

見て見ぬ振りを為る（假裝沒看見）

見れば見る程面白い（越看越有趣）

見る物聞く物全て珍しかった(所見所聞都很稀罕)

一寸見ると易しい様だ（猛然一看似乎很容易）

見ろ、此の様を（瞧！這是怎麼搞的）

風呂を見る（看看浴室的水是否燒熱了）

辞書を見る（查辭典）

医者が患者を見る（醫生替病人看病）

暫く様子を見る（暫時看看情況）

私の見る所に依ると（據我看來）

イギリス人の目から見た日本（英國人眼裡的日本）

博物館を見る（參觀博物館）

国会を見る（參觀國會）

見る可き史跡（值得參觀的古蹟）

子供の面倒を見る（照顧小孩）

後を見る（善後）

此の子の数学を見て遣って下さい（請幫這小孩輔導一下數學）

新聞を見る（看報）

本を見る（看書）

答案を見る（改答案）

人相を見る（看相）

運勢を見る（占卜吉凶）

政務を見る（處理政務）

学会の会計を見る（處理學會的會計工作）

味を見る（嚐味）

機械の具合を見る（看看機器的運轉情況）

刀の切味を見る（試試刀快不快）

総数は百万と見て良い(總共可以估計為一百萬)

遭難者は死んだ物と見る(推斷遇難者死了)

私は十日掛ると見る（我估計需要十天）

人生八十と見て私は未だ二十年有る（假定人生八十我還有二十年）

返事が無ければ欠席と見る（沒有回信就認為缺席）

君は私を幾つと見るかね(你看我有多大年紀？)

疲労の色が見られる（顯出疲乏的樣子）

一大進歩の跡を見る(看出大有進步的跡象)

流行歌に見る世相（反映在流行歌裡的社會相）

憂き目を見る（遭受痛苦）

馬鹿を見る（吃虧、上當、倒霉）

多くの犠牲者を見る（犧牲許多人）

其見た事か（〔對方不聽勸告而搞糟時〕你瞧瞧糟了吧！）

見た所（看來）

見た目（情況、樣子）

見て来た様（宛如親眼看到、好像真的一樣）

見て取る（認定、斷定）

見る影も無い（變得不成樣子）

見るからに（一看就）

見ると聞くとは大違い（和看到聽到的迴然不同）

見るとも無く（漫不經心地看）

見るに見兼ねて（看不下去、不忍作試）

見るは法楽（看看飽眼福、看看不花錢）

見る見る（中に）（眼看著）

見る目（目光、眼力）

見るも（一看就）

見る間に（眼看著）

一寸遣って見る（稍做一下試試看）

一口食べて見る（吃一口看看）

読んで見る（讀一讀看）

遣れるなら遣って見ろ（能做的話試著做做看）

考えても見ろ（你也該想一想嘛！）

目が覚めて見ると良い天気だった（醒來一看是晴天）

起きて見たら誰も居なかった（起來一看誰都不在）

貰（ㄕˋ）

貰う〔他五〕領取，接受、買，要、娶，收養、承擔

〔補動、五型〕（以〝動詞連用形+て+貰う〞的形式）請求，承蒙

御小遣いを貰う（要零用錢）

パスポートを貰う（請領護照）

給料を貰う（領工資）

友達からの手紙を貰った（收到朋友的來信）

十分程時間を貰い度い（希望給我十分鐘左右的時間）

貰える物は貰って置き為さい（能要得到的你就要下來吧！）

彼の人は其の内にノーベル賞を貰うだろう（他不久就要得到諾貝爾獎）

彼から物を貰うな（別跟他要東西、別要他的東西）

では此のナイフを貰いましょう（那麼我買這把小刀吧！）

此の林檎を一個貰おう（我買一個這種蘋果）

コーヒーでも貰おうか（那麼就來一杯咖啡吧！）

三歳の時に此の家に貰われて来た（三歲時被這家領養了）

早く御嫁さんを貰い為さい（快娶個媳婦吧！）

其の喧嘩、俺が貰おう（這場架我包打了）

今晩来て貰い度い（希望你今天晚上來一趟）

明日は来て貰わなくても好い（明天不來也可以）

此の手紙をポストに入れて貰い度い（請把這信投進郵筒裡）

早く医者に診て貰った方が好いです（還是趕快請醫生來看看的好）

彼に一緒に行って貰った（承他陪我一起去）

御母さんに作って貰い為さい（求媽媽幫你做吧！）

貰う物は夏も小袖（白送的東西不挑剔）

貰い、貰〔名〕討，要，領取，承擔、要到的東西，收到的禮物，賞錢，施捨物

貰い上手（善於乞討）

今日は貰いが少ない（今天要到的錢少、今天小費少）

御貰い〔名〕乞丐（＝乞食）

貰い食い〔名〕吃要來的、吃他人給的

貰い子、貰いっ子〔名〕抱養的孩子、要來的孩子

彼の家では貰い子を為た（他家抱養了一個孩子）

貰い乳〔名〕要來的奶、要別人的奶餵孩子

母乳が出ないので、貰い乳を為る（母親沒有奶要別人的奶餵孩子）

貰い手〔名〕要的人←→呉れ手（給東西的人）

そんな物は貰い手が無い（那種東西沒有人肯要）

嫁の貰い手が無い（沒有人要娶）

犬の貰い手を探す（替狗找個主人）

貰い年〔名〕（迷信）（為了免災在厄運年時）故意多說的年齡

貰い取り〔名〕受人禮物而不還禮

貰い泣き〔名、自サ〕灑同情淚

不幸な身の上話に思わず貰い泣き（を）為た（對訴說的不幸身世不由得流下了同情的眼淚）

貰い涙〔名〕同情淚

貰い涙を流す（灑同情之淚）

貰い放し〔名〕受人禮物而不還禮（＝貰い取り）

貰い火〔名〕延燒、要火種

隣の貰い火で全焼した（鄰居失火延燒過來房子全燒光了）

貰い風呂〔名〕到別人家洗澡（＝貰い湯）

貰い湯〔名〕到別人家洗澡（＝貰い風呂）

貰い湯を為る（到別人家洗澡）

貰い水〔名〕從別人家要水用、要來的水

貰い物〔名〕人家給的東西、禮物

貰い物を為る（收別人給的東西、收禮物）

貰い物ですが、召し上がって下さい（這是人家給的請用一點吧！）

貰い笑い〔名、自サ〕（別人笑也）跟著笑

思わず貰い笑い（を）為る（不由得跟著笑）

勢（ㄕˋ）

勢〔名漢造〕勢力、趨勢、軍隊，兵力、舊地名、罨丸

敵の勢（敵軍）

其の勢十万余騎（其兵力十萬多騎）

軍勢（軍勢，軍威、軍隊，兵力〔的數量〕）

手勢（〔舊〕手下的兵）

多勢（〔舊〕人數眾多）

無勢（力量單薄）

多勢に無勢（寡不敵眾）

総勢（全體人員）

威勢（威勢，威力、朝氣，銳氣）

権勢（權勢）

現勢（現狀、目前形勢）

均勢（均勢）

水勢（水勢）

火勢（火勢、火力）

気勢（氣勢、聲勢，氣燄，精神）

棋勢（棋的局勢）

虚勢（虛張的威勢）

局勢（局勢、形勢）

衰勢（衰勢、頹勢）

頽勢、退勢（頹勢）

態勢（姿態、狀態）

体勢（體態、姿勢）

優勢（優勢）

劣勢（劣勢）

攻勢（攻勢）

守勢（守勢、守備的兵力）

豪勢（豪華、講究、奢侈）

大勢（〔舊〕多數的人、人數眾多）

情勢、状勢（情勢、形勢）

形勢（形勢、局勢、趨勢）

時勢（時勢、時代趨勢）

樹勢（樹的長勢）

地勢（地勢、地形）

加勢（援助、援助者）

姿勢（姿勢、姿態）

運勢（運氣、命運）

趨勢（趨勢、傾向）

伊勢（今三重縣的大半）

去勢（閹割、削弱氣勢）

勢威〔名〕威勢、權威（＝勢い、威勢）

勢威を以て人民に臨む可からず（不可以權勢對待人民）

勢焔〔名〕氣燄、氣勢

勢家〔名〕豪門、巨室、權貴之門

權門勢家（權門勢家）

勢権〔名〕權勢

勢至菩薩〔名〕〔佛〕勢至菩薩

勢揃い〔名、自サ〕到齊、備齊

再び勢揃いする（重新集合）

村中の若者達が勢揃いした（全村青年都到齊了）

高級自動車の勢揃い（高級汽車全都聚在一起）

酒でも餅でも、旨い物の勢揃い（酒年糕好吃的東西全都備齊）

勢望〔名〕權勢和人望

勢力〔名〕勢力，權勢，威力，實力，力量（＝勢い、力）。〔理〕力，能（＝エネルギー）

平和勢力（和平力量）

安定勢力（穩定力量）

勢力を得る（得勢）

勢力を盛り返す（恢復勢力、東山再起）

勢力を張る（擴充實力）

勢力の均衡を保つ（保持勢力均衡）

人民武装の勢力は無敵である（人民武裝力量所向無敵）

全ての勢力を団結させる（團結一切力量）

中間の勢力を獲得出来る力が有る（有能力爭取到中間勢力的力量）

彼の意見は我我の間で最も勢力が有った（他的意見在我們中間最有力量）

勢力法（能量法）

勢子〔名〕狩獵時幫助轟趕鳥獸的人、狩獵助手

勢車、弾み車〔名〕〔機〕飛輪、慣性輪

勢い、勢〔名〕勢力、氣勢、趨勢，形勢、權勢，威勢〔副〕勢必、自然而然地

風の勢が強い（風勢很強）

勢当る可からず（勢不可當）

新幹線は凄い勢で走る（新幹線飛猛地奔馳）

坂道を下る車は勢が付いて段段早く為る（下坡的車由於往下滑動漸漸加快）

勢の有る筆致（帶勁的筆力）

酒を飲んで勢を付ける（喝點酒鼓鼓勁）

若者は勢が好い（青年勁頭足）

石油が勢良く吹き出た（石油猛噴出來）

勢鋭く攻め立てる（猛烈攻擊）

勢良く火事現場に駆け付ける（猛衝到失火的現場）

彼は今晩は偉い勢だ（今晚他情緒很高）

勢余って土俵の外へ飛び出した（〔相撲力士〕用力過猛一下子跑出了場地外）

二台の自動車が走っている勢で衝突した（兩輛汽車正在跑著停不下來撞上了）

其は自然の勢だ（那是自然的趨勢）

時の勢で止むを得ず（時代的趨勢迫不得已、迫於趨勢）

時代の勢には逆らえない（時代的趨勢不可抗拒）

勢に乗ずる（乘勢）

勢の赴く所（大勢所趨）

勢に任せる（仗勢）

勢を振う（揮動權勢）

勢を挫く（挫其威勢）

時の勢に付く（趨炎附勢）

騎虎の勢（騎虎難下、欲罷不能）

破竹の勢（破竹之勢、勢如破竹）

勢然う為ざるを得ない（勢必不得不那樣做）

酒を浸る人は勢職務を怠る樣に為る（整天喝酒的人勢必玩忽職守）

勢い込む、勢込む〔自五〕振奮、奮起、鼓起幹勁、幹勁十足、滿懷信心

皆負かして遣ろうと勢い込んでいる（滿懷信心地說要把對手全部打敗）

彼等は勢い込んで仕事に掛った（他們幹勁十足地做起事來）

皆、一様に勢い込む（大家都同樣地幹勁十足）

嗜（ㄕˋ）

嗜〔漢造〕愛好

嗜虐〔名〕喜好殘暴、殘暴成性

彼の人には嗜虐性が有る（他性嗜殘暴）

嗜虐性淫乱症（施虐淫、性虐待狂）

嗜好〔名、他サ〕嗜好、愛好、趣味

一般の世人の嗜好に投ずる（迎合一般的愛好）

嗜好は人に因って区区だ（嗜好因人而異）

彼の嗜好（する所）は少し変っている（他的嗜好有些與眾不同）

嗜好品（嗜好品）

嗜酒症〔名〕酒癖

嗜眠〔名〕〔醫〕嗜眠、昏睡

嗜眠状態に陥る（陷入昏睡狀態）

嗜眠性（嗜眠性）

嗜眠性脳炎（嗜眠性腦炎）

嗜欲、嗜慾〔名〕嗜好、喜好、愛好

自分の嗜欲を満たす（滿足個人愛好）

嗜む〔他五〕嗜好，愛好、謹慎，謙恭、通曉，熟悉

音楽を嗜む（愛好音樂）

私は酒は嗜みません（我不喜歡喝酒）

少し嗜み為さい（你要謙恭一點）

和歌を嗜む（通曉和歌）

嗜み、嗜〔名〕嗜好，愛好、謹慎，謙恭、通曉，熟悉、用心，留意

嗜みが上品だ（嗜好高尚）

彼女は嗜み良く其の事には触れなかった（她潔身自好沒沾過那方面的事）

嗜みの無い振る舞い（不謹慎的舉止、不謙恭的行為）

書道の嗜みの有る人（精通書法的人）

文学の嗜みが有る（有文學修養）

身嗜み（注意打扮〔裝束〕）

彼は嗜みが良い（他是個很用心的人）

嗜む、嗜ぶ〔他四〕嗜好，愛好（＝嗜む）

弒、弑（ㄕˋ）

弑〔漢造〕弒（身分低的人殺死身分高的人）

弑する〔他サ〕弒（君、父）

親王を弑する（殺死親王）

弑逆、弑逆〔名、他サ〕弒君、弒父

皇帝を弑逆せんと為る（企圖殺死皇帝）

筮（ㄕˋ）

筮〔漢造〕女巫占卜使用的竹子

筮竹〔名〕筮竹、卜筮（占卜用的五十支竹筮）

筮、蓍〔名〕占卜用的蓍草、筮竹

試（ㄕˋ）

試〔名漢造〕考試、試驗

科挙の試（科舉考試）

考試（考試=試験）

口試（口試=口頭試問）

工試（工業試驗所的簡稱=工業試験所）

入試（入學考試=入学試験）

嘗試（嘗試）

殿試（殿試-古代科舉的最後考試）

試合、仕合〔名〕比賽、（寫作仕合）互相

午後からテニスの試合が有る（下午有網球比賽）

野球の試合に出る（参加棒球賽）

バレーボールの試合に勝った（排球打贏了）

実力の差が有り過ぎて丸で試合に為らなかった（雙方力量太懸殊談不上什麼比賽）

友誼第一、試合第二（友誼第一比賽第二）

試合開始（比賽開始）

試合終わり（比賽結束）

喧嘩の仕合（互相吵架）

試案〔名〕試行方案、試行辦法←→成案

国防計画に関する試案を作る（制定關於國防計畫的試行方案）

試飲〔名、他サ〕試飲、嚐（酒）

試飲用の小瓶（供試飲用的小瓶）

此の葡萄酒、何卒御試飲下さい（請嚐嚐這種葡萄酒）

新発売のサイダーを試飲する（試飲新出售的汽水）

試飲会（試飲會）

試運転〔名、他サ〕（車、船、工業設備等的）試車、試運轉、試驗開動

新型機関車の試運転に成功した（新型機車的試車成功了）

エンジンの試運転を行う（試開發動機）

試演〔名、他サ〕試驗演出

公開の試演（公開的試演）

試演を行う（進行試演）

試技〔名、自サ〕〔體〕（正式比賽前的）試跳、試投、試舉

試供〔名、他サ〕（把商品）供給顧客試用

試供品（供試用品、樣品）

試金〔名〕鑑定合金成分、鑑定金幣的純度

試金術（試金術）

試金天秤（試金天秤）

試金石〔名〕試金石、〔轉〕測驗方法

此の仕事は彼の手腕を試す試金石だ（這件工作是測驗他的本領的試金石）

試掘〔名、他サ〕試鑽、勘探

油田を試掘する（探勘油田）

試掘権を申請する（申請試鑽權）

試掘井（探井）

試験〔名、他サ〕試驗，檢驗，化驗、測驗，考試

弾性試験（彈性試驗）

強度試験（強度試驗）

此の電話は試験中だ（這店電話在試驗中）

其の療法は今猶試験段階に在る（那個療法還在試驗階段）

核兵器を試験する（試驗核武器）

試験紙（試紙）

試験杯（試杯）

試験炉（試驗爐）

入学試験（入學考試）

資格試験（資格考試）

選抜試験（選拔考試）

口頭試験（口試）

数学の試験（數學考試）

不意打ちの試験（突擊考試）

人物を試験する（測驗人品）

試験に合格する（考試及格、被錄取）

試験に落第する（沒有考上、沒有錄取）

試験の出来は如何だった（考試結果怎樣？）

試験問題（試題）

試験答案（試卷、答卷）

試験制度（考試制度）

試験片（試片、試樣）

試験台（試驗台、試驗場）

試験的（試驗性的）

試験場（試驗場、考場）

試験管（試管）

試験済み（經過試驗、經過考驗）

試験地獄（升學競爭激烈的考試鬼門關）

試験気球（觀測氣球=打診気球）

試験発射（試射）

試験飛行（試飛）

試験採用（試用）

試験勉強（考試準備）

試験田（試驗田）

試験官（監考、主考人）

試毫〔名、自サ〕試筆

試行〔名、他サ〕試行、試辦、試驗

試行期間（試行期間）

試行錯誤（〔心〕〔trial and error 的譯詞〕〔學習方式之一〕試驗和失敗、反覆試驗、不斷摸索）

試航〔名、自サ〕試航

試硬器〔名〕〔理〕硬度計

試作〔名、他サ〕試作、試製、試種

此の画は僕の試作だ（這幅畫是我的試作）

試作展覧会（試作展覽會、作品展覽會）

新案の機械を試作する（試製新設計的機器）

試作品（試製品）

稲の新種を試作する（試種新品種的稻子）

試刷、試刷り〔名、他サ〕試印

試刷りを為る（試印）

試算〔名、他サ〕估算，概算、檢算，驗算

残高試算（估算餘額）

試算表（簿記的試算表）

試し算〔名〕驗算、核算）

試写〔名、他サ〕（電影的）試映、預演

試写を行う（試映、預演）

映画を試写する（電影預演）

試写会（試映會）

試射〔名、他サ〕試射

ミサイル試射場（導彈試射場）

原子砲を試射した結果は発表されない（試射原子炮的結果不能發表）

試射弾（試射彈）

試乗〔名、自サ〕試乘

新しく開通した地下鉄に試乗して来た（試乘了新通車的地鐵）

飛行機に試乗を頼まれる（被邀請去坐試航飛機）

試食〔名、他サ〕試食、品嚐

試食品（試嚐品）

試食会（品嚐會）

試植〔名、他サ〕試種

新しい品種を試植する（試種新品種）

試織〔名、他サ〕試織

試織品（試織品）

試錐〔名、自サ〕〔礦〕試掘、鑽探（=ボーリング）

試錐機（鑽探機）

試製〔名、他サ〕試製、試作

此れは売り出す前に試製した物です（這是發售前試製的東西）

試製品（試製品）

試走〔名、自他サ〕試車、試跑

試走の実地テスト（實地試車）

試漕〔名、他サ〕試划

試漕の結果は上上（試划得結果非常好）

試弾〔名、他サ〕試射、試彈（鋼琴）

試胆会〔名〕（青少年間的）測驗膽量的會

試着〔名、他サ〕試穿

其の服を試着して見為さい（把那件衣服穿上試試）

試着室（試衣室）

試聴〔名、他サ〕試聽

新盤のレコードを試聴する（試聽新唱片）

試聴室（試聽室）

試聴会（試聽會）

試聴テストを為る（試聽、錄用演員歌手時進行聲音檢查）

試売〔名、他サ〕試賣

委託品と為て試売する（當作委託品試賣）

試売品（試賣品）

試筆、始筆〔名、自サ〕試筆、新春第一次寫字（=書き初め）

元旦試筆（元旦試筆）

試歩〔名、自サ〕試步（幼兒或傷病初癒者試探走步）

試補〔名〕（公務員等的）試用員、見習員、…補

司法官試補（司法官補）

外交官試補（見習外交官）

試問〔名、他サ〕口試、考試

口頭試問（口試）

簡単な試問を経て（經過簡單考試）

受験生に試問を為る（對考生進行考試）

入社する者は試問を受ける（進公司工作的人要接受考試）

試訳〔名、他サ〕試譯、試作的翻譯

試薬〔名〕試藥，藥的樣品。〔化〕試劑

試薬品（藥的樣品）

試薬を使ってヨード分の有無を調べる（用試劑析查有無碘的成分）

試薬瓶（試劑瓶）

試用〔名、他サ〕試用

何卒御試用下さい（請試用）

此の薬を試用して見よう（試用這種藥看）

試用ワクチン（試用疫苗）

試用品（試用品）

試用気球（刺探氣球、觀測氣球、實施新政策時對輿論的試探性測驗）

試養〔名、他サ〕試養

試料〔名〕（分析、檢查等用的）試料、樣品

試料を取り寄せて分析して見る（取樣分析）

試料試験（樣品試驗）

試料採取（取樣、採樣）

試料採取器（取樣器、選樣器）

試煉、試練〔名〕考驗

試煉を受ける（接受考驗〔鍛鍊〕）

人生の試煉に堪える（經得起人生的考驗）

時の試煉を経た（經過時間考驗）

幾多の試煉に耐えた（經過反覆考驗）

試論〔名〕試論

英文法試論（英語文法試論）

試論の域を出ない（不超出試論的範圍）

試みる〔他上一〕試試、試驗一下（=試す）

試みて見る（試試看）

私が試みて見よう（我來試試看吧！）

遣れるか遣れないか試み為さい（能辦不能辦你試試看）

勧められた薬を試みる（試服別人介紹的藥）

試み、試〔名〕試、嘗試（=試し）

新しい試み（新的嘗試）

初めての試み（初次的嘗試）

試みに〔副〕試試

試みに遣って見よう（試試看吧！）

試みに一杯飲んで見る（喝一杯試試看）

試す、験す〔他五〕試、試試、試驗

性能を試す（試驗性能）

新薬を犬に試す（對狗試用新藥）

機械を試す（試機器）

試して見たが中中良い（試過了很好）

此の病気には湯治が良い然うです、一度試して御覧為さい（這種病聽說洗溫泉好請試一試看）

試し，試、験し〔名〕試、試驗、嚐試、驗算

試しに買う（試購）例し

一箇月試しに使って見る（試用一個月）

試しに何行か読んで見る（唸幾行看看）

試しに働いて貰ってから雇うか如何かを決めよう（等試用之後再決定雇還是不雇用！）

物は試しだ。一つ遣って見よう（事情要試一試先做做看吧！）

試し焼き（照相的樣張）

試しを為て見る（驗算一下）

試し算（驗算、核算）

例、例し、様〔名〕例，前例，先例、經驗

彼は怒った例が無い（他從來沒有生氣過）試し験し

一度も怒った例が無い（從來沒發怒過）一度一度怒る怒る

成功した例が無い（沒有過成功的例子）

そんな例は聞いた事が無い（沒聽說過那樣的例子）聞く聴く訊く利く効く

彼は嘘を付いた例が無い（他從未撒過謊）

嘗て其の様な事が行われた例は無い（從未有過那樣例子）嘗て曽て

彼は何時行っても家に居た例が無い（什麼時候去找他他都不在家）

今迄こんな例は無い（從來沒有過這樣的事例）

ドイツ語は未だ教えた例が無い（還沒有教過德文的經驗）

試し斬り、試し切り〔名〕試刀（為試刀劍利鈍、砍殺人貓狗等）

試し斬りを為る（試刀）

飾、飾（ㄕ丶）

飾〔漢造〕裝飾、頭髮

装飾（裝飾）

文飾（文飾，用華麗詞藻潤飾、裝飾，點綴）

粉飾（粉飾、虛飾、化妝、美化）

修飾（修飾、裝飾、潤飾）

服飾（服飾、衣服和裝飾品）

矯飾（矯飾、虛飾）

虚飾（虛飾、矯飾、偽裝）

美飾（美飾）

満艦飾（紀念日等用國旗電燈等裝飾整個艦艇、婦女盛裝、（花枝招展）

落飾（貴人剃度、落髮）

飾る、餝る、錺る、荘る〔他五〕裝飾、修飾、掩飾、擺飾，擺出，陳列

名人の絵で客間を飾る（以名人的畫裝飾客廳）

綺麗な花がテーブルに飾って有る（桌子上裝飾著美麗的花）

部屋は立派に飾って有る（屋子裝飾得很漂亮）

上辺を飾る（裝飾門面）

彼の人は体裁を飾るのが好きだ（他愛講就門面）

文章を飾る（潤色文章）

言葉を飾らずに言えば（不加修飾地說）

過ちを飾る（掩飾過失）

百貨店ではショーウインドーに品物を飾る（百貨商店在櫥窗裡陳列商品）

或る人は本を買っても飾って置いて読まない（有的人買了書也不念只作擺設）

飾り，飾、餝り，餝、錺り，錺〔名〕裝飾、裝飾品、粉飾、頭髮、（〝御飾り〞）新年裝飾大門的松枝=松飾

室内の飾（室內裝飾）

店先に飾を為る（裝飾店面）

帽子に飾を付ける（在帽子上裝上裝飾品）

普段着には飾を付けない（平常穿的衣服上不戴裝飾品）

飾の無い人（誠實的人）

文章に飾が多い（文章華而不實）

会長と言っても飾だ(雖是會長也是虛設)

飾を下ろす（落髮為僧）

御飾りを為る（在大門裝飾松枝慶祝新年）

御飾りを取る（新年已過拆除裝飾正門的松枝）

御飾り〔名〕供在神佛前的裝飾物（特指鏡餅）、（新年掛門前的）裝飾用稻草繩（=注連飾り）。〔轉〕（沒有實權的）掛名領導，名義代表，傀儡

飾り板、飾板〔名〕（用金屬、象牙、陶瓷等製的）飾板

飾り気、飾気〔名〕好裝飾、好修飾、打扮（的心情）

飾気の無い（不加修飾的、樸實的、素的）

飾気の無い言葉（率直的語言）

飾気の無い人（樸實的人）

若い人に珍しく飾気が無い（年輕人中很少有的樸實作風）

飾気も無く、ずばり一言（率直的一針見血的一句話）

飾り職，飾職、錺職〔名〕首飾工人、裝飾品工人

飾り立てる、飾立てる〔他下一〕漂亮地裝飾、花枝招展地打扮

表看板を飾り立てる（裝修門面）

部屋を飾り立てる（大加裝修房屋）

衣裳を飾り立てる（衣裳穿得票漂亮亮）

飾り立てた和服姿（打扮得花枝招展的和服盛裝的人）

飾り立て、飾立て〔名〕裝飾、修飾、打扮

飾り付ける、飾付ける〔他下一〕裝飾、修飾

御祝いで部屋を飾り立てる（因為辦喜事裝飾房屋）

クリスマス、ツリーを飾り立てる（裝飾聖誕樹）

飾り窓、飾窓〔名〕陳列窗、樹窗（=ショーウインドー）

花屋の飾窓（花店的櫥窗）

飾り物、飾物〔名〕裝飾品。〔喻〕虛有其名，花瓶

彼は飾物の社長さ（他是個徒有其名的經理！）

飾り屋、飾屋、錺屋〔名〕首飾工人、裝飾品工人（=飾り職，飾職、錺職）

飾らう〔連語〕（由飾る＋表示反復繼續的註動詞ふ而成）擺飾、擺設（=飾って置く）

誓（ㄕˋ）

誓〔漢造〕發誓

弘誓（弘大的誓願、佛，菩薩普渡眾生的誓願）

本誓(佛，菩薩修行所立的普渡眾生的誓願）

宣誓（宣誓、盟誓、誓言）

祈誓、祈請（向神佛許願發誓）

誓願〔名〕（向神佛的）誓願，許願、（佛，菩薩普渡眾生的）誓願

神に誓願を掛ける（向神許願）

誓言、誓言、誓い言，誓言〔名、自サ〕誓言（=誓いの言葉）

永遠に誓言を忘れない（永遠不忘誓言）

誓言を立てる（發誓）

誓紙〔名〕誓文、宣誓書

誓紙を書く（寫宣誓書）

誓詞〔名〕誓詞、誓言

誓詞を守る（遵守誓言）

誓書〔名〕誓文、宣誓書（=誓紙）

誓文、誓文〔名〕宣誓書、誓約書

誓文払い（關西地方的年終大減價）

誓盟〔名〕誓盟、發誓、約束

誓約〔名、他サ〕誓約、誓盟、起誓

誓湯，誓湯、探湯，探湯、盟神，盟神〔名〕盟神探湯（古代咒術審判之一、為了辨明爭執雙方的是非曲直、使當事人在神前發誓後、把手伸入開水、手不燙傷為勝、被燙傷者敗）

誓う〔他五〕發誓、宣誓、起誓

禁酒を誓う（立誓戒酒）違う

神掛けて誓う（對神發誓）

二人は互いに誓った（兩個人互相發了誓）

誓い、誓〔名〕發誓，盟誓、誓言，誓約

誓いを立てる（立誓、發誓）

誓いに背かない（不違背誓言）

誓いを破る（違背誓約）

誓いを守る（遵守誓言）

仏の誓い（佛普渡眾生的心願）

誓って〔副〕誓必，一定（=必ず）、決（不）（=決して）

誓って約束を守る（一定守約）

誓って御期待に沿う覚悟で有ります（我一定不辜負您的期待）

誓って成功して見せる（我一定取得成功）

誓って御迷惑は御掛け致しません（我決不給您添麻煩）

誓ってそんな事は為ない（我決不做那樣的事）

違う〔自五〕不同，不一樣，錯誤（=間違う）⟷同じ、違背，不符（=合わない、食い違う）、扭（筋），錯（骨縫）

〔接尾〕（接動詞連用形下）交叉、交錯

大きさが違う（大小不同）誓う

私の考えは違う（我的想法不一樣）

原文と違う所が有る（有和原文不同的地方）

常人と全く違っている（完全與眾不同）

幾等も違わない（差不了多少）

酷く違っている（相差很遠）

違った目で見る（另眼相看）

人夫夫顔付が違う様に考え方も違う（猶如人的面孔不同想法也各不相同）夫夫其其

習慣は土地に依って違う（習慣隨地方而不同）依る縁る拠る寄る因る撚る縒る

彼は君と年が二つ違う（他和你相差兩歲）

計算が違う（計算錯誤、覺得不對）

道が違った（路走錯了）

番号が違っている（號碼不對）

文字の書き違いが沢山有る（寫錯的字很多）文字文字

約束と違う（違背約定、與約定不符）

丸で当てが違った（和預料完全相反）当る中る

此の時計は一日に五分違う（這個錶一天相差五分）一日一日一日一日朔日朔

筋が違った（扭了筋）筋筋

足の筋が違った（扭了腳筋）足足

首の筋が違った（扭到脖子了）首首頭首首級

行き違う行き違う（未能遇上、走岔開）

飛び違う（亂飛、飛來飛去）

適（ㄕ丶）

適〔漢造〕去，往、適合、適意

快適（舒適、舒服、暢快）

清適（清潔、安適）

自適（舒適、自在）

至適（最適宜）

適する〔自サ〕適宜、適當、適合、適應

病人に適した食物（適合病人的食物）敵する

此処の気候は御体に適しますか（這裡的氣候適合您的身體嗎？）

地味が馬鈴薯の栽培に適している（土質適合種植馬鈴薯）

其の様な問題を語る事は私には適さない（叫我講那樣的問題不合適）

機宜に適した処置（恰合時宜的措施）

此の場合に適した訳語は一つしかない（適合這種情況的譯語只有一個）

彼の頭は文科系に適している（他的頭腦適合讀文科）

彼が其の役には最も適している（他擔任那個職務最恰當）

教師に適している（適合做教師）

適す〔自五〕適宜、適當、適合、適應（=適する）

老人に適した運動（適於老人的運動）

適意〔名〕如意、隨意

適応〔名、自サ〕適應、適合、順應

病気に適応した薬を用いる（使用適合病症的藥物）

動植物は環境に適応する作用を持っている（動植物具有適應環境的機能）

其其の子供の力に適応した教育を施す（實施適合每個兒童能力的教育）

時代の要求に適応する（適應時代的要求）

現状に適応した政策（合乎現狀的政策）

適応性が大きい（適應性強）

適応係数（〔理〕適應係數）

適応酵素（〔化〕適應酶）

適応症（適應症）

適温〔名〕合適的溫度

適格、適格〔名、形動〕適合規定的資格←→欠格

規定が改正されて適格に為る（因規定改正而合格）

教員と為て適格で有るか如何かを審查する（審查是否適合當教師的資格）

適格品（合格品）

適確，的確、適確，的確〔形動〕整確、正確、恰當

適確な表現（正確的表現）

適確に訳す（恰當地翻譯）

物事を適確に判断する（準確地判斷事物）

年月日は適確には分かっていない（年月日說不準確）

適宜〔副、形動〕適宜，適當，合適、酌情，酌量，隨意

適宜な処置を取る（採取適當的措施）

適宜（に）注意を与える（給予適當的注意）

適宜に計らう（酌情處理）

適宜に砂糖を入れる（酌量放糖）

適宜に選び為さい（隨便挑選）

適業〔名〕適當的職業、適合才能（性格）的職業

適業を選ぶ（選擇適當的職業）

適言〔名〕合適的語言

適合〔名、自サ〕適合、適宜

体質に適合した食物（適合體質的食物）

新しい環境に適合する（適應新的環境）

外界の変化に適合する（適應外界的變化）

キーパンチャーは女子に適合した仕事だ（卡片打孔是適合女人的工作）

教育は時勢に適合させる（使教育符合當前的形勢）

適合度（〔植〕確實度）

適才〔名〕適合某項工作的才能

適作〔名〕〔農〕適當的作物

適地適作（在適當的地方種植適當的作物）

適材、適材〔名〕適當的人材

彼は学生会長と為て正に適材だ（他當學生會會長最適當）

適材を適所に置く（把適當人放在適當的地方）

適材適所（適材適所、人得其位位得其人）

適所〔名〕適當的地位（位置）

適所を得る（適得其所）

適時〔名〕適當的時機

適時に引き揚げる（在適當的時候撤走）

適時安打（〔棒球〕及時安打）

適者〔名〕適應環境者

適者生存（適者生存）

適者生存の法則（適者生存的法則）

適従〔名、自サ〕適從、依從

適従する所を知らず（無所適從）

法の命ずる所に適する（遵從法令）

適順〔形動〕（氣候）調和、適合

気候適順（風調雨順）

適職〔名〕合適的職位、適當的職業

彼女に取って教師は適職と言える（對她來說教師可以說是合適的職位）

適正〔名、形動〕適當、恰當、公平、合理

適正な分配（合理分配）

適正な評価（適當的估價）

適正な価格で売買する（以公平價格買賣）

本年度産米の適正価格を決定する（決定本年度大米的合理價格）

適性〔名〕適合某人的性質（資質才能）、適應性

編集者と為ての適性（適合當編輯的素質）

適性検査（適應性檢查）

職業適性（職業上的適應性）

適切〔名、形動〕恰當、適當、妥切

自分の気持を適切な（の）言葉で表現する（以恰當的語言表達自己的心情）

適切な批評を受ける（受到恰如其份的批評）

彼の提言は此の件に最も適切だ（他的提議對這件事最恰當）

処理が適切である（處理得當）

適切に指導を強める（適當加強領導）

適切に取り捌く（妥善調處）

適地〔名〕〔農〕適宜的土地

砂地は落花生栽培の適地だ（沙地適合種花生）

適中、的中〔名、自サ〕射中、擊中、猜中

矢は的の真中に適中した（箭射中了靶的正當中）

僕の予想が適中した（我猜中了）

地震が起こると言う予想は見事に適中した（預想要發生地震完全猜對了）

適度〔名、形動〕適度、適當的程度

適度の温度を保つ（保持適當的溫度）

本を読むのに適度な明るさ（適合讀書的亮度）

適度の休息を取る（保持適度的休息）

適度の運動（適度的運動）

適度に飲食する（飲食適度）

適当〔名、形動、自サ〕適當，適合，適宜，適度、〔俗〕隨便，馬虎

病人に適当な（の）食物（適合病人的食物）

散歩は老人に適当な運動だ（散步是適合於老人的運動）

此の事を実証する適当な例を挙げる（舉個適當的例子來證實這件事）

作文とは適当な語に結び合せる事だ（作文是把恰當的詞適當地結合起來）

其の語は今の場合に丁度適当している（那個詞句恰好適合在這種情況）

適当な時に話を切り出す（在適當時機開口談出）

適当な運動は健康を作る（適度的運動可以培養健康）

適当に御世辞を言って置く（隨便奉承幾句）

子供だと思って適当にあしらうな（別以為是孩子就隨便應付）

適任〔名、形動〕適任、勝任、稱職

彼は新聞記者には適任だ（他適合當新聞記者）

彼こそ此の仕事の適任者である（他最適合做這個工作）

適任者を捜す（尋找勝任的人）

彼が教授に適任か如何かは疑わしい（我懷疑他是否適合當教授）

適否〔名〕適當與否

処置の適否（處置是否適當）

其の適否は今猶議論中だ（其適當與否仍在議論之中）

答えの適否を判断する（判斷回答是否適當）

適評〔名〕適當的批評、恰當的評語

適評を下す（下適當的評語）

学問を為た馬鹿と蓋し適評だ（所謂書呆子大概是恰當的評語）

正に適評だ（非常恰當的批評）

てきふてき **適不適**〔名〕適不適當

人に依って適不適が有る（適當與否因人而異）

此の色は適不適なく、誰にでも合う（這個顏色無所謂適當不適當對誰都合適）

職業を選ぶには適不適を良く考えなければならない（選擇職業要考慮適當不適當）

てきほう **適法**〔名、形動〕〔法〕合法

其は適法だ（那是合法的）

適法に行動する（採取合法行動）

其は適法でない（那不合法）

適法の相続人（合法的繼承人）

適法行為（合法行為）

てきやく **適役**〔名〕適當的角色、適合的人材

彼のハムレット（Hamlet）は適役だった（他扮演哈姆雷特很合適）

其の仕事には彼が一番適役だ（那個工作他最合適）

てきやく **適訳**〔名、自サ〕適當的翻譯

外国文学を適訳するのは難しい（恰當的翻譯外國文學很難）

此の語の適訳が日本語には無い（這詞在日語中沒有恰當的譯語）

適訳を付ける（加上適當的翻譯）

てきやく **適薬**〔名〕適當的藥、對證的藥

ペニシリン（penicillin）は化膿性疾患の適薬だと言われる（據說青黴素適合醫治化膿性疾病）

てきよう **適用**〔名、自サ〕適用、應用

法の適用を誤る（誤用法律）

此の法則は広範囲に適用する（這個法則廣泛適用）

どんな場合にも此の規則が適用出来ると言う訳ではない（這個法則並不是在任何場合都可以適用）

其の規定の適用を免れる（免除應用該項規定）

てきりょう **適量**〔名〕適當的份量

薬も適量を過ごすと害が出る（用藥過量就有害）

適量の酒は体に良いと言われる（據說適量飲酒對身體有益）

酒は五合位が適量です（飲酒五分左右適宜）

てきれい **適例**〔名〕適當的例子、恰好的例子

適例を引く（引用恰當的例子）

今一寸適例を思い出せない（現在一時想不出恰當的例子）

てきれい **適齢**〔名〕適齡、服役年齡

結婚の適齢期（適合結婚的年齡）

結婚適齢期の娘達（適合結婚年齡的姑娘們）

適齢に達すると徴兵検査を受けた（一達到服役年齡就接受了徵兵體檢）

てっき **適帰**〔名、自サ〕適從、歸宿

適帰する所を知らず（無所適從、不知是何歸宿）

てっき **適期**〔名〕適當的時期

適期に種を蒔く（在適當的時期播種）

結婚の適期（適合結婚的時期）

かな **適う、叶う**〔自五〕適合，合乎、能達到，能實現

道理に適う（合乎道理）敵う

礼儀に適う（合乎禮節）

彼女の理想に適った青年（合乎她理想的青年）

彼等の意に良く適った物である（這頗合它們的胃口）

道に適えば助けが多く、道に背けば助けが少ない（得道多助失道寡助）

私に適う事なら御引き受けします（凡是我能做的我就接受）

其は迚も私の力には適わない（那絕不是我能力所及的）

ㄕ

望みが適う（希望得到滿足）

多年の願いが適ってこんな嬉しい事は無い（多年的宿願得償無上欣喜）

其は願ったり適ったりだ（那正是我所盼望的）

適える、叶える〔他下一〕使…適合、使…達到、滿足…的願望

条件を適える（使合乎條件）

私の願いを適えて下さい（請答應我的請求）

君の希望を適えて遣ろう（滿足你的願望吧！）

敵う〔自五〕敵得過，趕得上、（以敵わぬ、敵わない的形式）經得起，受得住

ランニングに掛けては彼に敵う人が無い（論賽跑沒有能趕得上他的人）適う叶う

数学では彼に敵わない（在數學方面我不如他）

相手が強過ぎるので迚も敵わない（對方實力過強怎麼也敵不過）

大関に敵う地位（比得上大關的地位）

此れは敵わない（這可受不了）

斯う暑くては敵わぬ（這樣熱可吃不消）

こりゃあ、敵わん（這怎麼得了、這可吃不消）

敵わぬ時の神頼み（臨時抱佛腳）

適，偶、適適，偶偶〔副〕偶然，碰巧、偶爾，有時

適泊り合わせた客（偶然住在一起的旅客）

適二人は同じ汽車に乗り合わせた（碰巧兩人坐同一班火車）

適手紙を寄越す（偶爾來信）

噬（ㄕ丶）

噬〔漢造〕噬（=噛む、食らう、啄む）

反噬（反咬、恩將仇報）

噬臍〔名〕噬臍莫及、後悔不及

噬臍の悔い（噬臍之悔）

諡（ㄕ丶）

諡〔漢造〕（人死後的）諡號

諡号〔名〕諡號（=諡、贈り名，贈名）

諡号を賜う（賜給諡號）

天皇の御諡号（天皇賜的諡號）

諡、贈り名，贈名〔名〕（人死後的）諡號

識（ㄕ丶）

識〔名、漢造〕認識、見識、識別、記住、題字、旗幟（=幟）

一面の識も無い（素不相識）

彼は識が有る（他有見識）

認識（認識、理解）

相識（相識、熟人）

面識（認識）

旧識（舊友、老朋友）

意識（意識、認識、知覺，神志、自覺）

眼識（眼力、鑑賞力）

六識（眼識，耳識，鼻識，舌識，身識，意識）

鑑識（鑑定、鑑別、辨識、識別）

知識、智識（知識、朋友、為結緣而布施的財物）

常識（常識）

博識（博學多識）

見識（見識，見解，鑑賞力、風度，自尊心）

学識（學識）

款識、款識（在鐘鼎，燈籠等金屬製品上刻文字）

旗識（旗幟）

標識（標識、標誌）

病識（病的意識、病的感覺）

識閾〔名〕〔心〕識閾

識見、識見〔名〕見識、見解

識見の有る人（有見識的人）

識見が狭い（沒有見識、目光短淺）

高い識見（高見）

識語、識語〔名〕（抄本等說明該書來歷，成書年月日等的）序跋（因常寫某某識、故名）

識字〔名〕識字、認字

識字運動（識字運動、掃盲運動）

識者〔名〕有識之士、有見識的人

識者の言に耳を傾ける（傾聽有識之士的話）

識者を招き意見を聞く（邀請有識之士聽取意見）

識別〔名、他〕識別、辨別（=見分ける）

色の識別が出来ない（不能辨別顏色）

卵の善し悪しの識別法（雞蛋好壞識別法）

事の善し悪しを識別する（辨別事情的好壞）

真偽を識別する（辨別真假）

暗いので人の顔を識別する事が出来ない（因為黑暗看不出人的模樣）

識別種〔名〕〔植〕識別種、區別種

識慮〔名〕知識和思慮

識量〔名〕識見和度量

識力〔名〕事物辨別能力

沙、沙、沙（ㄕㄚ）

沙、砂〔漢造〕沙、砂

白砂、白砂（白沙）

熱砂、熱砂（熱沙、太陽曬熱的沙漠）

流砂、流砂（流沙、沙漠）

沙穀、サゴ〔名〕（來自馬來語 sagu）西谷米（從西谷椰子樹心採取的米粒狀白色澱粉可食用或漿糊用）

沙穀米、サゴ米、沙穀米、サゴ米（西谷米=沙穀、サゴ）

沙穀椰子、サゴ椰子（西谷椰子樹）

沙塵、砂塵〔名〕沙塵（=砂埃、砂煙）

一陣の風が吹いて砂塵を巻き起こした（颳起一陣風捲起了沙塵）

馬が砂塵を蹴立てて走る（馬踢起沙塵奔馳）

沙石，砂石、沙石，砂石〔名〕砂石、沙子和石頭

砂石を綺麗に取り除く（清除砂石）

砂石舗装道路（砂石路）

沙汰〔名、自サ〕命令，指示，通知、音信，消息、風聲，傳說、事情，事件、行動，行為

御沙汰（〔敬〕指示、命令）

御沙汰書（政府的命令、天皇的指示）

御沙汰を待つ（聽候吩咐）

追って沙汰を為る迄待て（要聽候指示）

本人の処分に就いては追って沙汰(を)為る（關於對本人的處分隨後通知）

何分の御沙汰を御待ちします（敬候有關的指示）

彼から何の沙汰も無い（他沒有任何消息）

彼が来たら、一寸沙汰して呉れ給え（他要是來了請通知我一聲）

此方から沙汰を為る迄来るには及ばない（我給你通知以前你不用來）

何の沙汰も無く検査官に来られた（事前也沒有先通知檢查員就來了）

世間ではそんな沙汰を為ている（社會上有這種傳說）

其の事が世間（の）沙汰に為っている（那件事情弄得滿城風雨）

町中の専らの沙汰（滿城風雨的傳聞）

刃傷沙汰に及ぶ（弄得動起刀來、發生殺傷流血事件）

腕力沙汰に為る（動起武來、扭打起來）

裁判沙汰（訴訟、打官司）

盗難沙汰（被盜案件）

喧嘩沙汰（吵架〔事件〕）

恋愛沙汰（戀愛〔事件〕）

此れは専横な沙汰だ（這是蠻橫的做法）

其は正気の沙汰とは思えない（不能想像那是精神正常情況下做的）

狂気の沙汰だ（簡直是發瘋了）

沙汰の限り（荒謬無比、豈有此理、無法無天）

其の行動は全く沙汰の限りだ(那種行為簡直荒謬無比)

地獄の沙汰も金次第（有錢能使鬼推磨）

…所の沙汰ではない（根本談不上、哪裡還談得上）

其所の沙汰ではない（根本談不上那個）

結婚処の沙汰ではない(根本談不上什麼結婚)

沙汰無し〔名〕沒有消息，沒有指示，沒有通知、不處罰，不追究

其の後此の問題に就いては沙汰無しだ（那以後關於這個問題沒有下文）

沙汰無しで検査官に来られた（預先沒有通知檢查員就來了）

結局彼の罪に就いては沙汰無しに為った（結果他的罪行也就不追究了）

沙汰止み〔名〕中止、沒有消息、沒有下文、作為罷論（=御流れ）

学校新築の計画も其の後沙汰止みに為った（新建校舍的計畫後來也作為罷論了）

彼の洋行も沙汰止みと為った（他的出國也沒有下文了）

沙漠、砂漠〔名〕沙漠

荒涼たる砂漠（荒涼的沙漠）

果てしない砂漠（荒蕪無際的沙漠）

ゴビの砂漠を横断する（橫越戈壁大沙漠）

砂漠気候（沙漠氣候）

砂漠植物（沙漠植物）

沙羅、沙羅〔名〕〔植〕（來自梵語 sala）娑羅樹（印度原產，龍腦香料喬木）

沙羅双樹（娑羅樹=沙羅、沙羅、〔佛〕娑羅雙樹-傳說釋迦牟尼在娑羅琳圓寂時，他的四面各有二株成雙的娑羅樹，突然開花後枯死）

沙〔名〕數的單位的一個（=一億分之一）

沙〔漢造〕沙、砂（=沙、砂）

土砂（沙土、土和砂）

金砂（金沙、金粉）

辰砂、辰沙（〔礦〕辰砂）

塵沙（天台宗三惑之一）

恒沙、恒沙（恆河沙〔=恒河沙〕、天台宗三惑之一〔=塵沙〕）

沙翁、沙翁〔名〕莎士比亞（=シエークスピア）

沙彌〔名〕〔佛〕沙彌（剛出家的少年僧）

沙彌から長老には為れぬ（不能一步登天）

沙門〔名〕〔佛〕沙門、僧侶（=僧侶）

沙、砂〔語素〕沙、砂

白砂（〔地〕〔由火山灰、沙等形成的〕白砂堆積層）

沙、砂〔名〕沙、沙子（=沙、砂、砂子、沙子）

砂が目に入る（沙子瞇了眼睛）

米の中の砂粒を篩で選り分ける（用篩子篩出米裡的沙子）

砂に為る（使成廢物、浪費、騙取）

砂を噛ます（〔相撲〕摔倒對方）

砂を噛む様だ（枯燥無味、味同嚼蠟）

沙、砂、砂子、沙子〔名〕砂子（=沙、砂、真砂、真砂）

砂長じて巌と為る(砂石成巖、祝永遠繁榮昌盛語)

沙蚕〔名〕〔動〕沙蠶(生長淺海泥中、用作釣餌=餌虫)

たましき沙蚕〔名〕〔動〕沙蝎

沙魚、鯊〔名〕〔動〕蝦虎魚

沙魚科（蝦虎魚科）

跳び沙魚（彈塗魚、跳跳魚）

砂、砂、砂（ㄕㄚ）

砂、沙〔漢造〕沙、砂

白砂、白砂（白沙）

熱砂、熱砂（熱沙、太陽曬熱的沙漠）

流砂、流砂（流沙、沙漠）

砂岩、砂岩〔名〕〔地〕砂岩

砂丘、砂丘〔名〕沙丘

砂丘が起伏する（沙丘起伏）

砂丘地帯（沙丘地帶）

砂金、砂金〔名〕〔礦〕砂金

砂金を採取する（採砂金）

砂金地帯（砂金礦區）

砂金石〔名〕〔礦〕砂金石（一種石英、含赤鐵礦，雲母的細片、呈黃紅或褐色、發星狀紅光、作裝飾用）

砂鶏〔名〕〔動〕沙雞

砂鉱〔名〕〔礦〕（含金箔等的）砂礦

砂鉱採取（砂礦開採）

砂耕法〔名〕〔農〕沙基培養

砂嘴〔名〕〔地〕沙嘴、沙堤、沙壩（伸出海灣中的狹長的沙洲）

砂質〔名〕〔地〕沙質

砂質岩（砂屑岩）

砂質片麻岩（沙質片麻岩）

砂質構造（砂質結構）

砂質粘土（含沙黏土）

砂上〔名〕沙上、沙灘上

砂上の楼閣（沙上樓閣、比喻基礎不穩容易崩潰或不能實現的幻想）

砂状〔名〕沙樣狀態

砂塵、沙塵〔名〕沙塵（=砂埃、砂煙）

一陣の風が吹いて砂塵を巻き起こした（颳起一陣風捲起了沙塵）

馬が砂塵を蹴立てて走る（馬踢起沙塵奔馳）

砂州、砂洲〔名〕（河口的）沙洲、沙灘

砂錫〔名〕〔礦〕沙錫

砂石，沙石、砂石，沙石〔名〕砂石、沙子和石頭

砂石を綺麗に取り除く（清除砂石）

砂石舗装道路（砂石路）

砂中、砂中〔名〕沙的中間、沙漠之中

砂鉄、砂鉄〔名〕〔礦〕砂鐵、鐵礦砂

砂土、砂土〔名〕沙土、含沙很多的土

砂糖〔名〕糖、砂糖

白砂糖（白砂糖）

粉砂糖（糖粉）

黒砂糖（紅糖、粗糖）

角砂糖（方糖）

氷砂糖（冰糖）

砂糖菓子（糖果）

砂糖の価格（糖價）

砂糖を入れる（加糖、放糖）

砂糖を掛ける（撒上糖）

砂糖で甘くする（加糖變甜）

砂糖を付けて食べる（蘸糖吃）

砂糖の衣を被せる（蘸上糖衣、塗上糖衣）

砂糖漬けの果物（蜜餞的水果）

砂糖入れ（糖罐子）

砂糖製造所（糖廠）

砂糖精製所（煉糖廠）

砂糖黍（甘蔗）

砂糖計（測糖計=検糖計）

砂糖大根（甜菜）

砂糖漬け（蜜餞、糖浸）

砂糖蜀黍（甜高粱、蘆黍）

砂糖椰子（桄榔）

砂嚢、砂嚢，砂袋〔名〕沙袋，沙囊，沙包。〔動〕（鳥等的）砂囊，胗，胃（=砂肝）

街の要所に砂嚢のバリケードを設ける（在街上的各個重要地點設上沙袋的街壘）

堤防の決潰した箇所に砂嚢を積み上げる（在堤壩決口的地方堆壘沙袋）

砂嚢を積み重ねてバリケードを作る（築く）（堆起沙袋做路障）

砂漠、沙漠〔名〕沙漠

荒涼たる砂漠（荒涼的沙漠）

果てしない砂漠（荒蕪無際的沙漠）

ゴビの砂漠を横断する（橫越戈壁大沙漠）

砂漠気候（沙漠氣候）

砂漠植物（沙漠植物）

砂鉢，皿鉢、皿鉢〔名〕（盤形）大淺碗、淺盆

砂鉢料理（把生魚片或其他食品漂亮地擺在盤子上的菜-高知縣、愛媛縣的名菜）

砂風〔名〕（氣）沙暴

砂防〔名〕防沙

砂防の為に木を植える（為防沙而植樹）

砂防林（防沙林）

砂防工事（防沙工程）

砂紋〔名〕砂紋-砂岩層表面經風吹雨打產生的紋路

砂浴〔名〕砂浴療法（=砂風呂）、（鳥、驢、馬、象等）用砂土洗澡、在沙土上打滾（=砂浴び）。〔化〕沙浴器，沙盤

砂浴び〔名、自サ〕（鳥、驢、馬、象等）用砂土洗澡、在沙土上打滾

砂礫、砂礫〔名〕砂礫、沙子和小石頭

砂礫の多い草原（戈壁草原）

洪水の為に田畑は砂礫は埋まった（因為漲大水田地上蓋了一層砂礫）

川床の砂礫を採取する（採集河床的砂礫）

砂〔漢造〕沙、砂（=沙、砂）

土砂（沙土、土和砂）

金砂（金沙、金粉）

金砂子（金箔粉末）

辰砂、辰沙（〔礦〕辰砂）

銀砂（銀砂、銀粉、銀箔粉末）

銀砂子（銀箔粉末）

熱砂、熱砂（熱沙、太陽曬熱的沙漠）

硼砂（〔化〕硼砂）

丹砂（〔礦〕辰砂、朱砂）

硅砂、珪砂（〔礦〕石英砂）

金剛砂（金剛砂）

砂切り〔名〕（歌舞伎）（每場閉幕時的）鼓笛伴奏（劇終時不用）

砂、沙〔語素〕沙、砂

白砂（〔地〕〔由火山灰、沙等形成的〕白砂堆積層）

砂、沙〔名〕沙、沙子（=沙、砂、砂子、沙子）

砂が目に入る（沙子瞇了眼睛）

米の中の砂粒を篩で選り分ける（用篩子篩出米裡的沙子）

砂に為る（使成廢物、浪費、騙取）

砂を噛ます（〔相撲〕摔倒對方）

砂を噛む様だ（枯燥無味、味同嚼蠟）

砂遊び〔名、自サ〕玩沙子

子供が砂遊び（を）為ている（孩子在玩沙子）

砂嵐〔名〕沙暴

砂嵐が起こる（起沙暴）

砂弄り〔名〕玩沙子（=砂遊び）

砂色〔名〕沙色、紅黃色

砂絵〔名〕（江戶時代街頭賣藝人）往地面上一點一點滴下五色沙子所畫的畫（=砂書き）

砂型〔名〕沙漠、沙鑄模、沙鑄型（=サンド.モールド）

砂被り〔名〕〔相撲〕接近場地的參觀席

砂壁〔名〕表層塗有各種顏色沙子的牆壁

砂紙〔名〕砂紙（=砂鑢）

砂疵、砂傷〔名〕（鑄件、瓷器等的）沙眼、夾沙、黏沙

砂肝〔名〕（鳥類的）沙囊、胗（=砂嚢、砂嚢，砂袋）

砂巾着類〔名〕〔動〕多射亞綱

砂煙〔名〕沙塵

砂煙を上げて自動車が走って行く（汽車捲起沙塵飛馳而去）

砂煙が上がる（立つ）（沙塵飛揚）

砂漉し〔名〕用沙子過濾

砂漉しに為る（用沙子過濾）

砂ゴム〔名〕加砂橡皮、粗橡皮（=砂入りゴム）

砂栽培〔名〕〔植〕沙基培養

砂地、砂地〔名〕沙地、沙土地

砂地に落花生を植える（在沙地上種花生）

子供は砂地で遊んでいる（小孩子在沙地上玩）

砂擦〔名〕魚腹下部肥的部分

砂粒〔名〕沙粒

砂時計〔名〕沙漏

砂蚤〔名〕〔動〕砂蚤

砂場〔名〕沙地、沙坑、沙灘（=砂地、砂地）

子供が砂場で砂遊びを為る（小孩在沙地裡玩沙子）

砂場に行って砂を取る（到沙地去取沙子）

砂蠅〔名〕〔動〕白蛉

砂箱〔名〕（機車的）貯沙箱（=サンダー）

砂浜〔名〕海濱沙灘

砂浜に寝転んで休む（躺在海邊沙灘上休息）

砂原〔名〕多沙的原野、沙灘

子供達が砂原で駆けっこを為て遊んでいる（孩子們在沙灘上賽跑遊玩）

砂払い〔名〕蘭蒻（的別名）、二月八日針節吃蘭蒻（據說可除去體內的沙子）

砂吹き〔名〕〔冶〕噴砂（=サンドブラスト）、噴砂器

砂舟、砂船〔名〕挖砂船

砂篩〔名〕沙篩子、沙濾網

砂風呂〔名〕沙浴（=砂浴）

砂風呂に入る（洗沙浴）

砂埃〔名〕沙塵（=砂煙）

風が吹くと砂埃が立つ（一颳風沙塵就飛揚）

砂埃を上げて車が走る（汽車捲起沙塵奔馳）

砂撒き、砂播き〔名〕撒沙子

床に砂撒きを為る（往地上撒沙子）

砂混じり、砂雑じり〔名〕加雜沙子

此処の土壌は砂混じりだ（這裡的土壤含有沙子）

砂道〔名〕沙路、鋪沙子的道路

砂山〔名〕沙丘

砂山を作る（築沙丘）

砂、沙、砂子、沙子〔名〕砂子（=沙、砂、真砂、真砂）

砂長じて巌と為る（砂石成巖、祝永遠繁榮昌盛語）

砂子〔名〕砂子（=沙、砂、真砂、真砂）、（漆器上繪畫用的）金粉，銀粉

銀砂子を撒いた様な星空（好像遍撒銀粉的星空）

石砂子（沙金石）

砂利、砂利〔名〕砂石，碎石子（=小石、石ころ）。〔俗〕小孩

道路には砂利が敷いて有る（路上鋪著碎石子）

篩に掛けた砂利（篩過的砂石）

砂利置場（砂石放置場）

砂利採掘場（砂石採掘場）

砂利トラック（砂石車）

紗、紗（ㄕㄚ）

紗〔名〕（用做夏服、蚊帳等的）紗、薄絹（=薄絹）

紗の夏羽織（紗做的夏季外掛）

腕の透けて見える涼し然うな紗の服（可以看見胳膊的透明而涼爽的紗裝）

金紗、錦紗（錦緞、皺綢、錦緞和服）

羅紗、ラシャ（呢絨）

紗〔漢造〕紗（=薄絹）

更紗、サラサ（印花布、紅白相間的花瓣）

紗綾、紗綾、サアヤ、サアイ〔名〕斜紋緞

紗綾形〔名〕紗綾形-紗綾織常用的花樣（=万字繋）

殺、殺、殺（ㄕㄚ）

殺、殺、殺〔漢造〕殺死、消滅、用以加強語氣表示程度深

自殺（自殺、自盡、尋死）

他殺（他殺、被殺）

暗殺（暗殺、行刺）

誤殺（誤殺）

故殺（故意殺人）

惨殺（慘殺、殘殺、凶殺）

斬殺（斬殺、砍死、殺死）

毒殺（毒死）

薬殺（藥死、毒死）

ㄕ

扼殺（扼殺、掐死）

密殺（私宰、秘密屠宰）

封殺（〔棒球〕封殺）

併殺（〔棒球〕雙殺）

刺殺（刺殺，刺死、〔棒球〕出局）

重殺（〔棒球〕雙殺）

必殺（勢必殺死）

絞殺（絞死、勒死）

撲殺（打死）

謀殺（謀殺、謀害）

銃殺（槍斃、槍決）

射殺（射殺、打死）

屠殺（屠殺、屠宰）

虐殺（虐殺、慘殺）

抹殺（抹殺、肅清、抹掉）

黙殺（不理會、置之不理）

忙殺（非常忙-殺是加強語氣的助詞只用被動式）

悩殺（迷住、神魂顛倒）

焼殺（燒殺、燒死）

粛殺（肅殺、蕭瑟）

相殺（抵銷、相抵）

笑殺、笑殺（大笑不止、笑而不理，置之一笑）

減殺（削減、削弱）

殺意〔名〕殺機、殺人的念頭

殺意を起こす（動殺機）

初めから殺意が有った訳ではない（並非一開始就有殺機）

殺意を抱いている（懷著殺機）

殺害、殺害〔名、他サ〕（舊讀作殺害）殺害、殺人

殺害を企てる（企圖殺人）

殺害の意志を持って（蓄意殺害）

殺害を恐れず（不怕殺頭）

多数の無辜の人民が侵略者に殺害された（大批無辜的人民遭到了侵略者的殺害）

殺害事件（凶殺案）

殺害者（兇手、殺人犯）

殺気〔名〕殺氣、殺伐之氣、非常緊張的氣氛

殺気堂に満つ（殺氣滿堂）

殺気天に（を）衝かん許り（殺氣沖天）

殺気を帯びる（帶有殺氣）

殺気に満ちた言葉（充滿殺氣的話）

眼に殺気が宿っている（眼中含有殺氣）

殺気が漲っている（殺氣騰騰）

議場は殺気に満ちている（會場充滿了非常緊張的氣氛）

殺気立つ（殺氣騰騰、氣氛非常緊張）

殺気立った凄い態度（殺氣騰騰的架勢）

群衆を殺気立たせた（使群眾激昂）

国会の内外に殺気立っている（國會內外氣氛非常緊張）

殺菌〔名、自サ〕殺菌、滅菌、消毒

熱湯で殺菌する（用開水殺菌）

殺菌力有る（有殺菌力的）

殺菌剤（殺菌劑、消毒劑）

殺菌機（消毒器）

殺菌法（滅菌法、消毒法）

殺菌牛乳（消毒牛奶）

殺菌素（防禦素、補體）

殺傷〔名、他サ〕殺傷、傷亡

過失殺傷罪（過失殺傷罪、誤殺罪）

刃物で人を殺傷した（用刀砍傷了人）

人畜の殺傷が夥しい（人畜傷亡很多）

我が軍は殺傷が僅少だ（我軍傷亡極少）

敵を百人余り殺傷した（殺傷敵人一百多人）

殺傷事件（殺傷事件）

殺人〔名〕殺人

殺人を犯す（犯殺人罪）

過失殺人（過失殺人）

悪辣な殺人（毒辣的殺人）

殺人の罪で死刑の判決を下る（因犯殺人罪判處死刑）

殺人事件（凶殺案）

殺人犯人（殺人犯、兇手）

殺人狂（嗜殺狂）

殺人嫌疑者（殺人嫌疑犯）

殺人光線（死光）

殺人兵器（殺人武器）

殺人罪（殺人罪）

殺人鬼（殺人魔王、殺人不眨眼的人）

殺人剣（殺人刀）←→活人剣

殺人的（要命、兇猛、厲害、酷烈、極度）

殺人的（な）競争（兇猛的競爭）

殺人的（な）混雑（擁擠得要命）

今日は殺人的な暑さだ（今天熱得要命）

殺陣、殺陣〔名〕（戲劇、電影裡的）武打場面、爭鬥的場面（=立ち回り）

殺陣を習う（學武打）

殺陣師（教授武術的教師）

殺青、殺青〔名〕竹用火烤成綠色、（無紙時代竹用火烤成綠色在上面紀錄的）史書、書籍的異稱（=汗青、汗簡）

殺蛆〔名〕殺蛆、滅蛆

殺蛆剤（殺蛆劑、滅蛆劑）

殺鼠〔名〕殺鼠、滅鼠

殺鼠剤（殺鼠劑、滅鼠劑）

殺虫〔名、自サ〕殺蟲、滅蟲

殺虫剤（殺蟲劑、滅蟲劑）

殺到〔名、自サ〕蜂擁而至、紛紛來到

電報が殺到する（電報雪片似地飛來）

感謝状が殺到する（感謝信蜂擁而至）

志願者が殺到する（報名者蜂擁而至）

展覧会には朝っぱらから入場者が殺到した（參觀的人一大清早就湧向展覽會場）

殺伐〔名、形動〕殺伐、征戰、充滿殺機、殺氣騰騰、慌亂不穩

殺伐な（の）時代（征戰成風的時代）

国内に殺伐なの気風が漲っている（國內充滿了征戰的風氣）

インフレで人心が殺伐に為る（因為通貨膨脹人心變得慌亂不定）

殺風景〔名、形動〕殺風景，缺乏風趣、令人掃興，使人生厭

殺風景な建物（缺乏風趣的建築物）

殺風景な庭（粗俗的庭園）

殺風景な人（不懂風趣的人）

男所帯は殺風景に見える（沒有女人的家顯得殺風景）

殺風景な話に為った（話說得令人掃興了）

そんな殺風景な（の）事を言うな（別說那樣掃興的話）

殺戮〔名、他サ〕殺戮、屠殺

大量殺戮を為る（進行大量屠殺）

侵略者は多数の無辜の民衆を殺戮した（侵略者屠殺了許許多多無辜的人民）

殺戮に由って革命を消滅させようと為る（想用屠殺的辦法消滅革命）

殺掠、殺略〔名〕殺人奪財

殺〔漢造〕殺死、消滅、用以加強語氣表示程度深

一殺多生、一殺多生（〔佛〕一殺多生–殺一人而拯救眾人的一種大乘的思想）

殺生〔名、他サ〕殺生

〔名、形動〕殘酷、殘忍

無益の殺生を為る（做無益的殺生）

殺生は止め為さい（不要殺生）

殺生戒（戒殺生）

殺生禁断（禁止漁獵）

其は余り殺生だ（那太殘忍了）

殺す〔他五〕殺，殺死。〔轉〕浪費，糟蹋、犧牲，典當。〔轉〕抑制，忍住。〔棒球〕殺，使出局。〔圍棋〕使成死子、(男女關係上使對方）神魂顛倒

突いて殺す（刺死）

首を締めて殺す（勒死）

平気で人を殺す（殺人不眨眼）

彼は殺し度くない物だ（捨不得讓他死、他死了很可惜）

一歩でも動くと殺すぞ(動一步就殺死你！）

惜しい人を殺した（把一個可惜的人給糟蹋了）

手遅れで親を殺した（治晚了把父親的病給耽誤了）

殺さば殺せ（你敢殺就把我殺了！）

殺すも生かすも俺の胸三寸に在る（你的命在我手心裡握著）

時計を殺す（把錶當掉）

金を殺して使う（浪費錢、糟蹋錢）

折角の才能を殺して終う（埋沒了可惜的才能）

彼の人は子供の為に自分を殺しているのだ（他為了孩子在犧牲著自己）

彼女は自分を殺して、家の為に尽した（她為了家庭而犧牲了自己）

息を殺す（屏息、屏氣）

声を殺す（放低聲音）

笑いを殺す（忍住笑）

腹の虫を殺す（抑制怒氣）

労働者は息を殺して機械を見詰めた（工人屏著氣檢視機器）

値段を殺す（殺價）

臭みを殺す（消除臭味）

ランナーを殺す（使棒球跑者出局）

殺し〔名〕殺，殺人、屠夫，劊子手

親殺し（殺父母者）

三人殺し（殺了三個人）

昨夜殺しが有った(昨天晚上發生了殺人案）

殺しの現場（殺人的現場）

殺し文句〔名〕（男女之間的）甜言蜜語，迷魂湯、威脅的話，訛詐的話，恫嚇的話

そんな殺し文句は御免だ（別這樣給我灌迷湯啦）

殺し文句を並べ立てて誘惑する（講一大堆甜言蜜語誘惑人）

殺し屋〔名〕〔俗〕刺客、暗殺者、職業兇手

殺し屋を雇う（雇刺客）

殺ぐ、削ぐ〔他五〕削薄、削尖、削掉、削減

指の皮を庖丁で殺ぐ(菜刀削掉手指上一層皮）

竹の先を殺いで槍を作る(削尖竹梢作長矛）

耳を殺がれた（被削掉耳朵）

経費を殺ぐ（削減經費）

感興を殺ぐ（掃興）

興を殺ぐ人（掃興的人）

殺ぎ板，殺板、枌板〔名〕削薄的木板、木片瓦

殺ぎ竹、殺竹〔名〕削尖了的竹子

殺ぎ継ぎ〔名〕〔建、木工〕搭接、(俗稱）拍巴掌(=殺ぎ接ぎ)

殺ぎ取る、削ぎ取る〔他五〕削薄、削掉

殺ぎ端〔名〕〔木工〕刨薄的邊緣、薄邊（刃）

殺ぎ接ぎ〔名〕〔建、木工〕搭接、(俗稱）拍巴掌(=殺ぎ継ぎ)

殺げる、削げる〔自下一〕削薄、尖端被削掉

指先が殺げて血が出る（指尖被削掉一片肉出了血）

頬の殺げた人（雙頰削瘦的人）

岩角が風雨に殺げて丸く為った（岩角被風雨侵蝕成了圓形）

鯊（ㄕㄚ）

鯊〔漢造〕一種小魚，產於溪澗中，鰭大尾圓，張口吹沙

鯊、沙魚〔名〕〔動〕蝦虎魚

沙魚科（蝦虎魚科）

跳び沙魚（彈塗魚、跳跳魚）

だぼ鯊〔名〕河口附近的小形蝦虎魚（=知知武）、多指不可食用的蝦虎魚類

鮫〔名〕〔動〕鯊魚（關西地方叫做鱶、山陰地方叫做鰐）

鮫皮（鯊魚皮）

鮫肝油（鯊魚肝油）

鰐〔名〕〔動〕鱷魚、（山陰地方言）鯊魚（=鮫）

鰐鮫〔名〕〔動〕大鯊魚（=鱶）

鰐鮫の鰭（魚翅）

嗄（ㄕㄚˋ）

嗄〔漢造〕聲音嘶啞

嗄れる〔自下一〕（聲音）嘶啞（=嗄がれる）

喉が嗄れて歌が歌えない（喉嚨嘶啞不能唱歌）枯れる涸れる

私は風邪を引いて声が嗄れた（我因為感冒嗓子啞了）

声が嗄れる迄喋る（說話把聲音都說啞了）

枯れる〔自下一〕（草木）凋零，枯萎，枯死、（木材）乾燥、（修養、藝術）成熟，老練、（身體）枯瘦，乾癟，乾巴、（機能）衰萎

木が枯れる（樹木枯萎）枯れる涸れる嗄れる

花は水を遣らないと枯れる（花不澆水就枯萎）

草木は冬に為れば枯れる（草木到冬天就枯萎）

良く枯れた材木（乾透了的木材）

人間が枯れている（為人老練）

彼の人の字は中中枯れている（他的字體很蒼老）

名人の枯れた芸を見る（觀看名家純熟的技藝）

彼の芸は年と共に枯れて来た（他的技藝一年比一年精煉）

白く枯れた手（枯瘦得發白的手）

痩せても枯れても俺は武士だ（雖然衰老潦倒我也算是個武士啊！）

涸れる〔自下一〕乾涸

川の水が涸れた（河水乾涸了）

嗄れ嗄れ〔形動〕嘶啞

声も嗄れ嗄れに叫ぶ（嘶啞著嗓子喊叫）枯れ枯れ涸れ涸れ

嗄れ声、嗄がれ声、嗄がれ声〔名〕嘶啞聲、啞嗓子（=嗄がれた声）

嗄れ声で捲くし立てる（用嘶啞聲喋喋不休地講）

嗄がれ声の人（嗓子啞的人）

風邪を引いて嗄がれ声に為る（因感冒嗓子啞了）

老人が嗄がれ声を振り絞って叫ぶ（老人拉著嘶啞的嗓子喊）

嗄がれ声を出す（發出嘶啞聲）

嗄らす〔他五〕使聲音嘶啞

叫び続けて喉を嗄らす（繼續喊叫把嗓子弄啞）枯らす涸らす

声を嗄らして叫ぶ（嘶啞著嗓子叫喊）

嗄がれる〔自下一〕（嗓音）嘶啞（=嗄がれる）

声が嗄がれる程喋る（一直說得嗓子嘶啞）

彼の声は嗄がれていた（他的嗓子嘶啞了）

嗄がれた声の歌が聞える（傳來嘶啞的歌聲）

嗄がれる〔自下一〕（嗓音）嘶啞（=嗄がれる）

長時間喋ったので声が嗄がれた（由於講了很長時間的話嗓音嘶啞了）

奢（ㄕㄜ）

奢〔漢造〕奢侈

豪奢（奢侈、豪華）

驕奢（奢侈、奢華、豪奢）

華奢、華車、花車（苗條，纖細，窈窕、削薄，纖弱，不結實、別緻，俏皮，嬌嫩）

奢侈〔名〕奢侈（=贅沢）

奢侈の生活を続ける（一直過著奢侈生活）

奢侈を極める（窮奢極侈）

奢侈に耽る（一味奢侈）

奢侈に流れる（流於奢侈）

奢侈品（奢侈品）

奢侈税（奢侈稅）

奢る、侈る〔自五〕奢侈、奢華、鋪張浪費、過於講究

〔他五〕請客、作東

奢った生活を為ている（過著奢侈的聲或）驕る、傲る

着物に奢り過ぎる（過分講究穿）

こんなに御馳走を出すとは豪く奢った物だ（擺出這樣的酒席來太闊氣了）

彼は口が奢っている（他講究吃、他口味高）

今日は僕が奢るから一杯遣ろう（今天我請客我們去喝一杯吧！）

何を奢ろうか（我請你吃點什麼好呢？）

牛鍋を奢り給え（請我吃牛肉火鍋）

今度は私が奢る番だ（這次輪到我請客了）

此れは僕が奢る（這個我請客）

今晩の芝居は誰が奢ったのか（今晚的戲票是誰請的客？）

驕る、傲る〔自五〕驕傲、傲慢

勝って驕らず（勝而不驕）

成功したとて驕るな（成功了也不要驕傲）

驕る者は久しからず（驕者不長久、驕者必敗）

奢り〔名〕奢侈，奢華、請客，作東

奢りを極める（窮奢極侈）驕り、傲り

奢りに耽る（縱情奢侈）

今日は私の奢りです（今天我請客）

昨晩の芝居は李さんの奢りでした（昨晚的戲票是李先生請客）

彼れは鈴木先生の私共への奢りだった（那是鈴木先生對我們的招待）

驕り、傲り〔名〕驕傲、傲慢

顔に驕りの色を表わしている（臉上露有驕傲的神色）

驕りや自己満足の気持が現れた（現出了驕傲自滿的情緒）

驕りの気持が芽生えて来た（產生了驕傲的情緒）

驕りや焦りを戒め、一層努力を傾ける（戒驕戒躁再接再勵）

什（ㄕㄜˊ）

什〔漢造〕十、詩篇、日常的東西

近什（最近作的詩歌和文章）

什器〔名〕日常用具、雜物

事務室用什器（辦公室用具）

火災で衣服什器を失った（因火災而損失了衣服和日常用具）

什具〔名〕日常使用的家具和工具（=什器）

什宝〔名〕家中珍藏的寶物（=重宝）

什物〔名〕日常用具、雜物、（秘藏的）寶物

什物を買い整える（買齊雜物）

寺の什物を公開する（展覽佛寺的寶物）

什麼生〔副〕〔佛〕（催促對方回答、說明時）怎麼樣、如何？

什麼、什麼、恁麼〔副〕（禪宗用語）憑著、如此、怎麼、如何（原為宋朝的俗語）

舌（ㄕㄜˊ）

舌〔漢造〕舌

口舌（口舌、口和舌、辯論）

口舌、口説（〔舊〕〔常指男女之間的〕口角、爭吵、口舌）

紅舌（紅色舌頭、火舌、美人的嘴唇、雄辯）

弁舌（口才、口齒、能說、雄辯）

筆舌（筆墨和言詞）

饒舌、冗舌（饒舌）

毒舌（苛薄話、挖苦話、惡毒的話）

長広舌（雄辯之舌、雄辯）

悪舌（壞話、毀謗的話、罵人）（=悪口、悪口）

巧舌（巧舌）

舌炎〔名〕〔醫〕舌炎

舌音〔名〕〔語〕舌音

舌音化する（舌音化）

舌禍〔名〕因言招禍，口舌是非（=失言）、因別人的毀謗中傷而得禍

舌下神経〔名〕〔解、動〕舌下神經

舌下腺〔名〕〔解〕舌下腺

舌管〔名〕（舊式管風琴等的）簧管

舌癌〔名〕〔醫〕舌癌

舌弓〔名〕〔生〕舌弓

舌筋〔名〕〔解〕舌肌

舌剣〔名〕舌鋒、讒言

舌口〔名〕舌和口、舌尖

舌耕〔名〕舌耕、靠到處演講賺取生活費←→筆耕

舌骨〔名〕〔解〕舌骨

舌根〔名〕舌根、〔佛〕（六根之一）舌

舌の根〔名〕舌根

舌の根の乾かぬ内に（話剛說完 語音剛落）

舌状〔名〕舌狀

舌状花（〔植〕舌狀花）

舌状器官（〔動〕舌狀器官）

舌状突起（〔解〕舌狀突起）

舌小帯〔名〕〔解〕舌小帶

舌神経〔名〕〔解〕舌神經

舌戦〔名〕舌戰←→筆戦

舌戦を交える（互相舌戰）

両派の間に激しい舌戦が展開された（兩派之間展開了激烈的舌戰）

舌尖〔名〕舌尖（=舌の先）、談吐（=口先）

舌苔〔名〕〔醫〕舌苔

舌代、舌代〔名〕（代替口述的）便條、便函、字條、紙條、通知（=口上）

壁に舌代が貼り付けて有る（牆上貼著便條）

料理屋の壁に舌代が貼って有る（飯店的牆壁貼著供應飯菜的便條）

舌端〔名〕舌端、舌鋒

舌端鋭く追及する（用尖銳的言詞追問）

舌端火を吐く（舌鋒逼人、言詞激烈）

舌頭〔名〕舌尖（=舌尖、舌の先）

舌乳頭〔名〕〔解〕舌乳頭（舌面上乳頭狀突起）

舌鋒〔名〕舌鋒、談鋒

舌鋒が鋭い（舌鋒銳利）

舌鋒鋭く責任を追及する（舌鋒銳利地追究責任）

舌〔名〕舌、話，說話、舌狀物

舌を噛み切る（咬斷舌頭）

舌の先で誤魔化す（用話巧辯）

舌の先で丸め込む（用話愚弄人）

舌が長い（話多、饒舌）

舌が回る（口齒流利）

舌が縺れる（口齒不流利、大舌頭）

舌三寸に胸三寸（說話用心都要謹慎）

舌の根の乾かない内（話剛說完 言猶在耳、語音剛落）

舌は禍の根（舌是禍根、禍從口出）

舌も引かず（話還沒說完）

舌を食う（咬舌而死）

舌を出す（伸舌，暗中嗤笑、嘲笑自己的失敗）

舌を二枚に使う（心口不一、耍兩面派）

舌を翻す（吃驚、嚇破膽）

舌を振う（雄辯、振振有詞、震驚）

舌を巻く（咋舌，讚嘆不已、非常驚訝）

下〔名〕（位置）下面，底下，下邊，裡面。（身分，地位，數量，年齡，程度，價格）低，少，小←→上

馬上，隨後、抵押，抵價。〔古〕心裡、內心

〔造語〕事先，預先、直接接觸地面

下の部屋（樓下的房間）

下へ落ちる（落下、掉下）

机の下に箱が置いてある（桌子底下放著箱子）

私は下を向いた儘立っていた（我一直臉朝下站著）

スカートの下の方に泥が付いている（裙子的下邊沾上了泥）

下から五行目（從下數第五行）

下の者に言い付ける（吩咐下級的人）

下からの要求（來自底下的要求）

人の下に為って働く（在他人手下工作）

人の下に付く事を嫌がる（不願居於人下）

彼は私より一級下だ（他在我下一班）

年下（年輕）

僕は君より二つ下だ（我比你小兩歲）

下に坐る（坐在下座）

彼よりは下だ（不如他、比他差）

百円より下は切り捨てる（一百日元以下捨去）

千円より下と言う事は無い（價格不會低於一千日元）

下に着る（穿在裡邊）

ワイシャツの下に着る下着（襯衣裡邊穿的貼身衣）

旨い事を言う下から襤褸が出る（剛說完漂亮話緊跟著就露出馬腳）

言う下から襤褸を出す（一開口就露了馬腳）

下に出す（抵押、抵消）

此れを下に金を貸して呉れ（拿這個做抵押借我點錢）

人を陥れる下心だ（內心想要陷害人）

下相談（預先商量）

下仕事（準備工作）

下調べ（預先調查）

下履き（在地上走路穿的鞋）

下に入る（就地跪下、坐下、蹲下）

下に出す（拿出舊物貼換）

下に取る（用舊物貼換）

下にも置かぬ（不能讓坐在下座、特別懇切款待）

舌打ち〔名、自サ〕（嚐試味道、事不順心或厭煩等時）咂嘴

顔を顰めてちえっと舌打ちする（皺起眉頭咂嘴）

舌鰈〔名〕〔動〕鰈魚

舌利き〔名〕味覺靈敏的人

舌切雀〔名〕（童話）剪掉舌頭的麻雀、笨口拙舌的人、被主人趕出去的人

舌扱き、舌扱〔名〕舌刮、刮舌具

舌先〔名〕舌尖、巧辯

舌先で誤魔化す（用話巧辯、耍嘴皮）

舌先三寸で身を立てる（全憑三寸之舌飛黃騰達）

舌先で人を誑かす（用嘴騙人）

舌触り〔名〕（食物觸及舌頭的）感覺、味道

舌触りが好い（味道很好）

舌足らず〔名、形動〕（舌頭短）口齒不清、笨嘴笨舌、條理不清

子供の様な舌足らずの言葉（像小孩說話發音不清的樣子）

舌足らずに話す（講話口齒不清）

彼は舌足らずだ（他是個不會講話的人）

僕は舌足らずの英語しか使えない（我只能說些結結巴巴的英語）

舌足らずな論文（文理欠通的論文）

表現が舌足らずで良く分からない（表達得不清楚不太明白）

舌怠い、舌怠い〔形〕（談話咬舌似的）撒嬌、嬌聲嬌氣

舌怠い言葉（撒嬌的語調）

舌怠い喋り方を為る（說話嬌聲嬌氣的）

舌鼓、舌鼓〔名、自サ〕（飲食美味時）咂嘴

舌鼓を打つ（咂嘴）

舌鼓を打ってビールを飲む（香甜地喝啤酒）

蝦フライに舌鼓を打つ（香甜地吃炸蝦）

舌長〔名、形動〕誇口、誇大其辭、大言不慚

舌嘗めずり、舌舐めずり〔名、自サ〕〔俗〕用舌頭舔嘴唇、（作好準備）等待，正待，極想（吃食物或得到希望的東西）

舌嘗めずり（を）為乍食べる（邊舔嘴唇邊吃、吃得津津有味）

舌嘗めずり（を）為て御飯を待っている（舔著嘴唇等著吃飯）

獲物を前に為て舌嘗めずりする（眼看著獵獲物在面前急不可耐）

舌平目、舌鮃〔名〕〔動〕牛舌魚、舌鯽

舌縺れ〔名〕口齒不清、舌頭不俐落

舌縺れが為る（說話不清楚）

蛇（ㄕㄜˊ）

蛇〔名、漢造〕大蛇的總稱、蟒

蛇が蚊を呑んだ様（量太少不能充飢、喻無濟於事）

蛇の道は蛇（奸雄識奸雄、一行知一行）

蛇は一寸に為て人を呑む（寸長之蛇可吞人、喻傑出人物自小就有非凡之才）

大蛇、大蛇（大蛇、蟒蛇）（＝蟒，蟒蛇）

毒蛇、毒蛇（毒蛇）

蟒、蟒蛇〔名〕蟒蛇（＝大蛇、大蛇）、酒豪（酒量好）

蟒を退治する（征服蟒蛇、撲滅蟒蛇、殺蟒蛇）

蟒で斗酒をも辞せず（因為是酒豪斗酒也不辭）

大蛇〔名〕〔動〕蟒、大蛇（＝大蛇、蟒，蟒蛇）

大蛇〔名〕〔舊〕蟒、大蛇（＝大蛇、蟒，蟒蛇）

八岐の大蛇（神話中的八頭八尾的大蛇）

毒蛇、毒蛇〔名〕毒蛇

毒蛇の口（〔喻〕災難、危險的地方）

蛇灰岩〔名〕〔礦〕蛇紋石

蛇籠〔名〕（編成圓筒狀，中充於石，用以護岸的）石籠

川岸に蛇籠を並べて置く（在河岸邊排放好護岸石籠）置く擱く措く

蛇管〔名〕〔機〕蛇管、軟管，（帆布、膠布的）水管、水龍（＝ホース）

消防蛇管（消防水龍）

吐水蛇管（出水管）

吸水蛇管（吸水管）

蛇管で水を注ぐ（用膠皮管灌水）注ぐ潅ぐ濯ぐ雪ぐ注ぐ告ぐ次ぐ継ぐ接ぐ

蛇管車（〔消防隊的〕水管車）車車

蛇管〔名〕蛇管，水龍蛇，管皮帶水管、蜿蜒彎曲的管子

蛇口〔名〕水龍頭

蛇口を捻って開ける（擰開水龍頭）開ける開ける

蛇口を捻って閉じる（擰關水龍頭）閉じる綴じる

蛇行、蛇行〔名、自サ〕蛇行，彎彎曲曲地進行。〔地〕河流曲折

デモ隊が蛇行する（遊行隊伍蜿蜒前進）

蛇行河川（曲折的河流）

蛇心、蛇心〔名〕陰險的心

蛇心仏口、蛇心仏口（口蜜腹劍）

蛇身〔名〕蛇體

蛇性〔名〕蛇的性質、蛇一般的性質

蛇体〔名〕蛇體、蛇身

蛇体に変じた清姫（變成蛇身的清姬）

蛇毒〔名〕蛇毒

蛇の髭、蛇の鬚〔名〕〔植〕沿階草

蛇の目〔名〕粗環形、蛇眼傘（傘面為紅色或藍色，中間有一個白環，撐開後呈蛇眼狀）（＝蛇の目傘）

蛇の目の紋（粗環形花紋）

蛇の目クリップ（環形別針）

蛇の目の砂（〔相撲〕場地外側鋪的環形沙圈－踩上算輸）

蛇の目傘（蛇眼傘－傘面為紅色或藍色，中間有一個白環，撐開後呈蛇眼狀）（＝蛇の目）

蛇の目蝶（〔動〕蛇眼蝶科的蝴蝶）

蛇腹〔名〕（照相機暗箱上可自由伸縮的）蛇紋管，皮腔。〔建〕飛簷，挑簷，（室內牆上的）水平凸線

蛇腹付きカメラ（帶皮腔的照相機）

ㄕ

蛇腹を伸ばして撮影の準備を為る（拉長皮腔準備照相）

水除け蛇腹（瀉水台）

蛇腹を付ける（裝上挑簷）付ける附ける就ける撞ける尽ける吐ける漬ける

蛇腹に彫刻を施して有る（挑簷上施有雕刻）

蛇腹層（束帶層）

蛇腹縫い、蛇腹伏（〔縫紉〕〔將一根左擰的線與一根右擰的線並列釘在布上的〕蛇腹形釘針腳的刺繡）

蛇皮線（じゃびせん）〔名〕〔樂〕（蟒皮蒙的）弦子，三弦（由琉球轉入日本，後來發展成為今天的三味線）

蛇紋石（じゃもんせき）〔名〕〔礦〕蛇紋石

蛇（だ）〔漢造〕（也讀作蛇）蛇

巨蛇（巨蛇）

長蛇（長蛇）

龍蛇（龍蛇）

蝮蛇（蝮蛇）

打（だ）〔名〕〔棒球〕打、擊、擊球

〔漢造〕（也讀作打）打，擊，拍。〔棒球〕擊球

彼は投打両面でチームの中心と為っている（他在投球擊球兩方面都是隊中主力）

殴打（毆打、打人）

乱打（亂打，亂撞、〔排球、網球等賽前互相〕練打）

好打（〔棒球〕得分的擊球、關鍵的一擊、精彩的一擊）

巧打（巧打）

快打（〔棒球〕打的漂亮，打得好、好球

安打（〔棒球〕安全打-保險的一擊）

本塁打（本壘打、還壘打）

適時打（及時的安打）

打擲（打、揍）

打打、丁丁（〔象聲〕丁丁）

駄（だ）〔接尾〕（助數詞用法）馱（一匹馬所負荷的重量、約為 135 公斤）

〔漢造〕（也讀作駄）馱、馱馬、馬馱運的貨物、粗糙，無聊，無價值、鞋

荷駄（馬馱運的貨物）

無駄、徒（徒勞，無用，無益、白費，浪費）

足駄（高齒木屐=高下駄）

高足駄（高齒木屐）

下駄（日本式木屐、〔印〕空鉛）

蛇蠍（だかつ）〔名〕蛇蠍（=蛇と蠍）

蛇蠍の如く嫌われる（遭人厭惡如蛇蠍）

蛇蠍の如く嫌う（嫌惡如蛇蠍）

蛇足（だそく）〔名〕蛇足、多餘之物

其は蛇足だ（那是多餘的）

蛇足を加える（畫蛇添足）加える銜える咥える

一寸蛇足を申し上げますと（我說幾句多餘的話…）

蛇（くちなわ）〔名〕〔古〕蛇（因其形狀似〝朽縄〞故名）

蛇（へび）〔名〕〔動〕蛇

蛇に噛まれる（被蛇咬）噛む咬む蝦

蛇に足を添う（畫蛇添足）添う沿う副う

蛇に噛まれて朽縄に怖づ（一朝被蛇咬三年怕草繩）

蛇の生殺し（辦事拖拖拉拉、不徹底）

蛇苺（へびいちご）〔名〕〔植〕蛇莓（薔薇科多年生草）

蛇喰鳥（へびくいどり）〔名〕〔動〕鷲鷹

蛇座（へびざ）〔名〕〔天〕巨蛇星座

蛇使い、蛇遣い（へびつかい）〔名〕玩蛇者、耍蛇人

蛇使い座（〔天〕蛇夫星座）

蛇菰、土鳥黐（つちとりもち）〔名〕〔植〕日本蛇菰（多年生肉質草本，寄生於其他植物根上，雌雄異株，地下莖可取黏鳥膠）

捨（ㄕㄜˇ）

捨（しゃ）〔漢造〕捨棄、施捨

取捨（取捨）

喜捨（布施、施捨）

用捨（取捨=取捨、克制，姑息，留情=容赦）

四捨五入（四捨五入）

捨象〔名、他サ〕〔哲〕（抽象時）捨去（非本質的因素）、抽象

此の時代の文芸を考察するに当っては、前後する時代の文芸的要素は一切捨象した（當考察這一時代的文藝時將其前後時代的文藝因素全部都捨棄了）

捨身〔名〕〔佛〕捨身、出家

捨身成道（捨身得道）

捨て身、捨身〔名〕捨身、拼命、奮不顧身、冒著生命危險、全力以赴

捨て身でぶつかって行く（奮不顧身地衝上去）

強敵に捨て身で当てる（豁出生命對付強敵）

捨て身に為って（冒著生命危險、拼命地）

捨てる、棄てる〔他下一〕拋棄，扔掉←→拾う、不顧，不理、遺棄，丟棄

〔接尾〕（接動詞連用形、構成複合動詞）廢棄，扔掉、（加強語氣）完全，徹底（=…て終う）

芥を捨てる（扔掉垃圾）

生命を捨てる（捐軀、獻出生命、丟掉生命）

権利を捨てる（棄權）

銃を捨てれば命は助けて遣る（繳槍不殺！）

要らない本を捨てる（把不要的書扔掉）

無闇に吸殻や紙屑を捨てないで下さい（請不要亂扔菸蒂和紙屑）

満更捨てた物じゃ無い（並非完全無用、還有點利用價值）

泣く子は捨てて置け（好哭的孩子不要理他）

其は大切な問題だから、捨てて置いて行けない（那是個重要問題不能置之不理）

私の事は捨てて置いて何卒先に行って下さい（不要管我請您先走吧！）

母は自分を捨てて、私達子供を育てて呉れた（媽媽不顧自己養育了我們這些孩子）

恋人を捨てる（遺棄情人）

望みを捨てる（丟棄希望）

世を捨てる（棄世、出家）

書き捨てる（寫完了丟掉、胡亂地寫）

着物を脱ぎ捨てる（脫下衣服亂扔）

世界記録保持者を抜き捨てた（把世界紀錄保持者遠遠拋在後面了）

捨てる神有れば助ける神有り（天無絕人之路）

身を捨ててこそ浮かぶ瀬も有れ（肯犧牲才能成功）

捨て石、捨石〔名〕（日本庭園點綴用）各處散放的石頭、（土木工程投入水底的）石頭。〔圍棋〕棄子，捨子，犧牲的棋子。〔喻〕（暫時無用但為）他日之需的事物

庭に捨て石を置く（庭園裡散放一些石頭）

海岸に捨て石を為る（在海岸水底投墊石頭）

捨て石を打つ（下棄子、下廢子）

捨て石の積りで買って置く（就當作暫時扔掉而買下備用）

会社の捨て石に為る（成為公司的編外人員）

捨て犬〔名〕棄犬、野狗、無主的狗

捨て印、捨印〔名〕在文書證件欄外為了慎重而蓋的圖章

捨て印を押す（在文件欄外蓋章）

捨て売り、捨売〔名、他サ〕〔經〕虧本出售（=投売）

不況下で多くの中小企業が捨売を為て倒産した（在經濟蕭條中許多中小企業虧本售貨而倒閉了）

捨売に相場無し（虧本出售沒有行情、出錢就賣）

捨売に為ても五万円の値打は有る（即使賠本賣也值五萬日元）

捨て置く、捨置く〔他五〕捨棄、置之不理、擱置起來

其の儘捨て置く訳には行かない（不能就這樣置之不理）

当分の間の儘に捨て置きましょう（暫時就那樣放下來吧！）

捨て小舟、捨小舟〔名〕拋棄的小船，無主的小船、〔喻〕無依無靠的處境

捨て仮名、捨仮名〔名〕送假名，漢字後面標寫的假名（=送り仮名）、訓讀漢文時添註的假名

捨て金、捨金〔名〕白扔的錢，浪費的錢、呆帳，收不回的貸款

　こんな詰まらない物を買うのは捨て金に等しい（買這種無用的東西等於白扔錢）

　捨て金だと諦めて貸す（就當作呆帳而貸款給人）

捨て鐘、捨鐘〔名〕（打鐘報時之前為喚起注意而）預敲的三下鐘聲。〔轉〕（不算在規定次數內的）額外次數

捨て太鼓、捨太鼓〔名〕（擊鼓報時時為使人注意而）在規定次數外敲打的鼓聲（=捨て鐘、捨鐘）

捨て杭〔名〕（打入地中鞏固地基的）木樁

捨て草、捨草〔名〕丟棄的草、無用的東西

捨て子，捨子，棄て子，棄子、棄児〔名〕棄兒、棄嬰

　捨て子を為る程の貧乏暮らし（棄兒棄女的窮日子）

　捨て子を自分の子と為て育てる（把棄嬰當作自己的孩子來撫養）

捨て子石〔名〕〔地〕漂礫、漂塊

捨て子偏、捨子偏〔名〕（漢字部首）子字旁（如孫、孤的左半部）

捨て詞、捨詞〔名〕（演員臨時抓的）即興台詞。〔轉〕臨走時向對方說的帶威脅性，侮辱性的話）（=捨て台詞、捨台詞）

捨て台詞、捨台詞〔名〕（演員臨時抓的）即興台詞、〔轉〕臨走時向對方說的帶威脅性，侮辱性的話

　役者が捨て台詞を吐いて引き込んだ（演員臨時抓了一句台詞退場了）

　覚えていろと捨て台詞を残して出て行った（說了一聲等著瞧吧！就走了）

捨て殺し、捨殺し〔名〕見死不救、見危不救（=見殺し）

　捨て殺しに為る（見死不救、見危不救）

捨て去る、捨去る〔他五〕毅然捨棄（離開）

　農村を捨て去って大都市へ赴く（毅然捨棄離開農村到大城市）

捨て城、捨城〔名〕（無兵駐守的）空城

捨て球〔名〕〔棒球〕廢球（指投手在擊多於球時故意投壞球使打者三擊不中出局=ウエスト、ボール）

捨て所、捨所〔名〕拋棄的場所（時期）

　心の憂さの捨て所（忘憂的所在）

　此処が命の捨て所（這裡是捨生之處、要死就死在這裡、現在是豁出去的時候）

　芥の捨て所が無い（沒有倒垃圾的地方）

捨て値、捨値〔名〕極低的價錢

　捨て値で品物を売却する（以很低的價錢出售商品）

　捨て値で買う（用極低的價錢買來）

　捨て値に為ても五万円には売れる（至少也能賣五萬日元）

捨て猫、捨猫〔名〕野貓、迷途的貓，無主的貓

捨て場（所）、捨場（所）〔名〕扔掉（拋棄）的地方

　芥の捨て場（所）は彼方です（垃圾放在那裡）

捨て鉢、捨鉢〔名、形動〕自暴自棄、絕望、破罐子破摔（=自棄糞、焼糞）

　捨て鉢な態度を取る（採取自暴自棄的態度）

　捨て鉢を言う（說洩氣的話）

　捨て鉢に為る（自暴自棄、絕望）

捨て札、捨札〔名〕〔古〕處決犯人時宣布其罪狀的告示牌

捨て扶持、捨扶持〔名〕（江戶時代對老幼殘廢發放的）救濟米、發給無用之人的工資，撫卹金

　捨て扶持を遣る（發放賑米）

　私は停年退職したが、でも、捨て扶持を貰っている（我雖然年老退休了可是還領取退休金）

捨て物、捨物〔名〕拋棄物、廢物

社（ㄕㄜˋ）

社〔名、漢造〕公司，報社（的簡稱）、神社、（中國的）土地神、社會、結社，團體

　入社（入社、進公司工作）

　退社（退社、辭職、下班）

社の方は御忙しいですか（公司那裏工作忙嗎？）

此の人達は僕の社の人です（這些人是我們公司的）

社の者が直接御宅に伺います（我公司的人直接到您家裡去）

我が社の誇る新鋭機（我公司引以為傲的新型飛機）

帰りは五時に社を出て、アパートに着くのは六時一寸過ぎです（回來是五點鐘從公司出來到公寓時六點剛過）

社員（公司職員）

社用（公司的公事）

社寺（神社和寺院）

寺社（寺院和神社）

神社（神社、廟）

村社（村子的神社-神社的規格之一）

郷社（鄉的神社-舊神社等級之一、在府縣神社之下、村神社之上）

県社（縣社-舊制度的神社社格之一、在國幣社之下鄉社之上、明治四年開始二戰後廢止）

招魂社（招魂社-靖國神社、護國神社的舊稱）

官幣社（明治以降供奉供神幣帛的神社、有大社，中社，小社，別格四等級、二戰後廢止）

国幣社（〔舊〕國幣社-從前由國庫撥款維持的神社、資格次於官幣社、分大中小三等）

大社（大神社，有名的神社、出雲大社=出雲大社）

摂社（攝社-神社的一種級格、位於本社與末社之間）

末社（附屬總神社的分神社、江戶時代的幫閒、部下，嘍囉）

本社（總神社、總公司）

支社（神社的支社、分公司，分店）

貴社（貴神社、貴公司）

帰社（回公司）

出社（到公司上班）

会社（公司、商社）

公社（國營公司、公用事業公司）

商社（商行、貿易公司）

小社（小神社、小公司、敝公司）

結社（結社）

詩社（詩社）

吟社（詩社）

新聞社（報社）

赤十字社（紅十字會）

合作社（中國的合作社）

同志社（同志社女子大学）

社医〔名〕公司的醫生

社印〔名〕公司印章

社印を捺す（蓋社章）

社員〔名〕社員，公司職員。〔法〕（社團法人的）成員

新入社員（公司的新進職員）

彼は某会社の社員だ（他是某公司的職員）

社員一同に代って（代表全體公司職員）

赤十字社の社員（紅十字會的會員）

彼はAP通信の社員です（他是美聯社的工作人員）

社員権（社權）

社運〔名〕公司的命運

社運隆盛である（公司事業興旺）

社運を賭ける（以公司命運孤注一擲）

社運を賭ける難事業（足以左右公司命運的艱難事業）

彼は社運の傾くのを一人で持ち堪えた（他一個人支撐住了公司眼看要垮的命運）

新製品が当って社運を盛り返した（新產品對路挽救了公司的命運）

社屋〔名〕公司辦公房屋、公司辦公大樓

新築社屋（新建的公司辦公大樓）

社屋を新築する（新建公司的辦公大樓）

社会〔名〕社會，世間、（某）界，領域

封建社会（封建社會）

社会に出る（走上社會）

社会を退く（隱居）

社会を知る（懂得世故）

新聞は社会の情勢を正確に報道する（報紙正確地報導社會形勢）

社会の一員と為て良心的に行動する（作為社會的一員忠實地工作）

生産関係の変化は社会の変化を齎す（生產關係的變化帶來社會的變化）

社会道徳（社會道德）

社会制度（社會制度）

社会システム（社會制度）

社会革命（社會革命）

社会現象（社會現象）

社会構造（社會構造）

社会政策（社會政策）

社会経済（社會經濟）

社会衛生学（社會衛生學）

社会生態学（社會生態學）

社会生物学（社會生物學）

社会評論家（社會評論家）

芸人の社会（曲藝界）

彼は有らゆる社会に人望が有る（他在各界都有聲望）

やくざの社会に入ると中中抜けられない（一旦進入流氓集團就很難拔出腿來）

社会人（社會一員）

社会小説（描寫社會矛盾黑暗的小說）

社会工学（社會工學-研究人類社會活動、以解決社會生活的實際問題）

社会化（社會化）

社会不安（社會不安、社會混亂）

社会主義（社會主義）←→資本主義

社会生活（社會生活）

社会史（社會史）

社会正義（社會道義）

社会民主主義（社會民主主義）

社会有機体（社會有機體）

社会改良（社會改良）

社会学（社會學、社會知識）

社会状勢（社會形勢）

社会型（社會類型-指所謂利益社會與共同社會、環節社會與有機社會等的類型）

社会形態（社會型態）

社会的（社會的、社會性的）

社会的風土（社會的氣氛）

社会性（社會性）

社会奉仕（社會服務）

社会事業（社會事業）

社会保険（社會保險-如健康保險、厚生年金保險、雇用保險等）

社会保障（社會保障）

社会面（社會版面=三面）

社会科（社會課程-指歷史、地理、法律、經濟等）

社会科学（社會科學）←→自然科学

社会契約説（盧梭的社會契約論）

社会党（社會黨）

社会部（報社等的社會部）

社会教育（社會教育）←→家庭教育、学校教育

社会連帯社會團結）

社会探訪（社會調查）

社会悪（社會弊病-指犯罪，貧窮等）

社会問題（社會問題）

社会組織（社會組織）

社会測定（法）（社會成員心理研究與測定的方法）

社会開発（增進社會福利措施-指發展交通、住宅、保健、衛生、教育等事業）

社会運動（社會運動、社會主義運動）

社会復帰（病癒後重返工作崗位）

社会鍋（年末為了濟貧的街頭募捐鍋=慈善鍋）

社会福祉（社會福利）

社会資本（社會資本-指道路、港灣、鐵路、電訊、水道等成為產業發展基礎的公共設施）

社会意識（社會意識、對社會的關心）

社会層（社會階層）

社会劇（以社會問題為題材的戲劇）

社会帝国主義（社會帝國主義）

社外〔名〕公司外部（的人）

社外に置いて在った車を盗まれた（放在公司外面的車被偷了）

広く人材を社外に求めて編集の陣容を立て直す（廣泛徵求社外人才重整編輯的內容）

社外負債（公司外部債務）

社外船（非本公司船）

社内〔名〕公司內部、神社內←→社外

彼は社内で評判が良い（他在公司內受到好評）

社内一同を代表して（代表公司全體職員）

社内負債（社內負債）

社内内規（公司內部規章）

社内は樹木が多くて静かだ（神社內樹木多肅靜）

社内留保（公司內儲備金）

社内報（公司內部報刊）

社内預金（公司內部利息較高的存款）

社内電話（公司內部電話）

社格〔名〕神社的等級（曾分大，中，小官幣社、別格官幣社、大，中，小國幣社、府，縣，鄉，村社及無格社、現已廢止）

此の神社の社格は官幣大社だった（過去這個神社的級別是大官幣社級）

社旗〔名〕公司旗

社教活動〔名〕社會教育工作（=社会教育活動）

社業〔名〕公司的事業（業務）

社業の隆盛を見る（迎來公司事業的興隆）

社業を拡張する（擴大公司的業務）

社訓〔名〕公司的規則

社家〔名〕世襲神職的家系、祭主，神職

春日神社の社家の記録が残っている（保留著春日神社的世襲神職的家系紀錄）

社交〔名〕社交、交際（=交際）

社交の会（交際會）

社交が上手だ（善於交際）

社交が下手だ（不善於交際）

社交を好む（愛交際）

彼の人は社交が嫌いだ（他不喜歡交際）

社交上の礼儀を弁える（懂得社會上的禮節）

社交にはエチケットが大切だ（在社交上禮節很重要）

其は社交上已むを得ない事だ（那是社交上不得已的是情）

社交的な集まり（社交性的集會）

社交団体（社交團體）

社交服（禮服、外出訪問服）

社交術（社交方法）

社交家（社交家、交際家）

社交生活（社交生活）

社交室（社交室）

社交欄（報刊等的社交專欄）

社交界（社交界、膠計界）

社交辞令（社交辭令、外交辭令）

社号〔名〕公司名稱、神社名稱

社号を改める（更改公司名稱）

社告〔名、自サ〕（公司、報社等）公告、通知

社告を新聞に載せる（在報紙上發表公司的通告）

社告で工場の閉鎖を宣言する（用公告宣布工廠關閉）

社祭〔名〕土地神的祭祀

社債〔名〕〔經〕公司債、公司債券

長期社債（長期公司債）

短期社債（短期公司債）

五百万円の社債を募る（募集五百萬日元的公司債）

五百万円の社債を発行する（發行五百萬日元的公司債）

社債原簿（公司債底帳）

社債利札（公司債息票）

社債券（公司債券）

社債発行（發行公司債）

社参〔名〕参拜神社

社司〔名〕神官、神主

社司が祝詞を読み上げる（神官宣讀祈禱文）

社史〔名〕公司歷史

社寺〔名〕神社和寺院

京都は社寺の多い都市だ（京都是個神社和寺院多的都市）

社日、社日〔名〕社日（接近春分，秋分的戊日、古時在這天祭土地神、春天祈禱穀物的生長、秋天祈禱豐收）

社主〔名〕（公司、報社的）社主、業主

新聞社の社主（報社的業主）

社章〔名〕社徽、公司徽章

社稷〔名〕社稷、〔轉〕國家，朝廷

社稷の臣（社稷之臣）

社稷を憂える（為國擔憂）

社稷の安危（國家的安危）

社人〔名〕村里的人、（神社的）神官（=社人、神主）

社人〔名〕（神社的）神官（=社人、神主）

社是〔名〕公司（社團）的基本方針

社説〔名〕社論

激越な社説（激昂的社論）

新聞は社説で次の様に述べている（報紙在社論中論述如下）

社説記者（社論記者）

社説面（社論版面）

社説欄（社論欄）

社線〔名〕公司私營鐵路（公路）線（=会社線）

社線を利用して遊覧旅行を為る（利用公司私營鐵路線進行遊覽旅行）

郊外の電車には社線が多い（郊區電車私營路線多）

社僧〔名〕（古時住在神宮裡的）神社僧人

社葬〔名〕公司葬

葬儀は社葬で行う（葬禮按公司葬舉行）

社葬を執り行う（舉行公司葬禮）

井上取締役の葬儀は社葬と決定した（井上董事的葬禮決定為公司葬）

社則〔名〕公司的規章

社則が厳しい（公司章程嚴格）

社則に依って執務中の喫煙は禁じられている（按社章規定禁止在辦公時間吸煙）

社宅〔名〕公司職工宿舍、公司職工住宅

社宅は家賃が安い（公司職工住宅的房租便宜）

社宅から通勤する（從公司職工宿舍上班）

社団〔名〕〔法〕社團←→財団

社団組織を解く（解散社團組織）

社団法人（依共同目的組織的社團法人）←→財団法人

公益社団法人（公益社團法人）

営利社団法人（營利社團法人）

社中〔名〕社內，社裡，公司內部、（劇團，戲班的）同行，同夥

社中を捜し回ったが、彼の姿は見当たらない（找遍了公司內部但未見到他）

御囃子は豊吉社中（伴奏是豐吉班子）

社中一同元気です（團裡同事都很健康）

しゃちょう 社長〔名〕社長、公司經理、總經理

副社長（副社長、副總經理）

社長に為る（當總經理）

社長は今席を外しています（社長現在不在）

しゃでん 社田〔名〕附屬神社的田地

しゃでん 社殿〔名〕神社的神殿

一際高く聳えているのが社殿だ（格外高高聳立的是神殿）

しゃとう 社頭〔名〕神社前（=社前）

社頭に額付く（在神社前叩拜）

社頭は参詣の人で一杯だ（神社前全是參拜的人）

社頭は神さびて清清しい気持が為る（神社前莊嚴肅穆給人一種清新的感覺）

しゃひ 社費〔名〕公司費用、神社費用

社費で旅行する（用公司費用旅行）

しゃひん 社賓〔名〕公司的貴賓

しゃふう 社風〔名〕公司風氣

しゃほう 社報〔名〕（社内報的舊稱）公司內部報刊

しゃむ 社務〔名〕神社的事務、公司的事務（業務）

社務所（社務辦公室）

社務に因り出張する（因公司業務出差）

しゃめい 社名〔名〕公司名稱、報社名稱

社名の入った手帳（因公司業務出差）

しゃめい 社命〔名〕公司的命令、報社的命令

社命に依り（根據公司的命令）

社命を受けて海外に駐在する（接受公司的命令駐在國外）

社命を帯びて海外に出張する（奉社命到國外出差）

しゃゆう 社友〔名〕公司同事或舊日同事

彼は退職後社友と為て援助している（他退休後以社友身分支援工作）

彼は新聞社は退いたが社友の格で関係している（報社是退出了可是仍以社友資格保持著聯繫）

しゃゆう 社有〔名〕公司所有

しゃよう 社用〔名〕神社的公事、公司業務

社用で旅行する（因公司業務出去旅行）

父は社用で出張中です（父親因公司業務正在出差）

社用族（〔諧〕〔為〝斜陽族〞-沒落上流階層-的諧音〕假公濟私揮霍揩油的人們）

しゃりょう 社領〔名〕〔史〕神社領地

しゃれき 社歴〔名〕進入公司的年數、公司的歷史

社歴九年のベテラン（社歷九年的老手）

我が社の社歴は古く且長い（我們公司的歷史悠久）

やしろ 社〔名〕廟、神社、神殿、聖祠（=祠）

村の御社に参る（參拜村廟）

しゃ 舎（舍）（ㄕㄜˋ）

しゃ 舎〔名、漢造〕宿舍（=寄宿舎）。〔古〕一日的行程、房舍、旅館，寓所、（家畜的）棚，圈。〔謙〕自己的，我的

舎に戻る（回宿舍）

三舎を避ける（退避三舍）

校舎（校舍）

公舎（公務員宿舍）

鉱舎（礦石倉庫）

屋舎（屋舍、房屋）

兵舎（兵營）

官舎（機關宿舍）

館舎（館舍、建物、旅舍）

宿舎（宿舍、住宿處，投宿處，旅館）

寄宿舎（宿舍）

精舎（精舍、寺院）

廠舎（簡易營房）

茅舎（茅舍、茅屋）

坊舎（僧房）

客舎、客舎（旅館）

学舎（〔舊〕校舍、學校）

旅舍（旅館）

駅舍（〔古〕驛舍、火車站〔的建築〕）

鶏舍（雞舍、雞窩）

鳩舍（鴿子窩）

牛舍（牛棚、牛欄）

羊舍（羊圈）

家畜舍（家畜窩）

飼育舍（飼養場）

舍営〔名、自サ〕（〔軍〕（軍隊在兵營外的）紮營、宿營←→野営、露営

演習場で舍営する（在演習場地宿營）

民家に舍営する（駐紮在百姓家裡）

舍営係（宿營管理員）

舍営地（宿營地）

舍監〔名〕舍監、管理宿舍的老師

舍監が喧しいので不自由だ（舍監嚴厲所以不方便）

舍監が厳しい（舍監嚴厲）

舍兄〔名〕〔舊〕舍兄（=家兄）

舍兄を御紹介申し上げます（茲介紹家兄〔前往拜謁〕）

舍弟〔名〕舍弟（=家弟）←→舍兄

舍弟が御世話に為りまして有り難う存じます（謝謝您對舍弟的關照）

舍人、舍人〔名〕〔史〕舍人（奈良、平安時代服侍天皇皇族的下級官吏）、餵牛人，牽馬人、（服侍貴人的）雜役

舍費〔名〕（住宿者分攤的）宿舍維持費

舍利、舍利〔名〕〔佛〕（梵 sarira 的音譯）舍利，（佛的）遺骨、（火葬後的）骨灰（=御骨）、僵蠶，蠶的白死病（=御舍利）。〔轉〕白米粒，白米飯

仏舍利（佛舍利）

舍利塔（舍利塔）

舍利を拾う（撿骨灰）

銀舍利（白米飯）

舍利別（〔拉 sirupus〕濃糖漿，糖汁=シロップ）

射（ㄕㄜˋ）

射〔漢造〕射術、發射、放射、射中

礼楽射御書数（禮樂射御書數）

騎射（騎馬射箭、騎射術的一種=流鏑馬）

掃射（掃射）

乱射（亂射、亂放槍）

発射（發射）

放射（放射、輻射）

抛射（拋射、投擲、發射）

注射（注射、打針）

照射（照射）

噴射（噴射、噴出）

投射（投射、投影、入射）

透射（透射、輻射）

反射（反射、折射）

輻射（輻射）

実射（實彈射擊）

射影〔名、他サ〕投影。〔數〕射影

正射影（正射影）

円錐射影（錐頂射影）

射影幾何学（射影幾何學）

射影的（投影式的）

射干、蝴蝶花〔名〕〔植〕蝴蝶花

射干、野干〔名〕狐狸的異名。〔植〕射幹的異名（=檜扇）

射界〔名〕〔軍〕火力網、射擊範圍

射角〔名〕〔軍〕（炮的）射角

仰射角（仰射角）

俯射角（俯射角）

射距離〔名〕〔軍〕（槍砲等的）射程（=射程）

射芸〔名〕射術、箭術、射箭術

射撃〔名、他サ〕〔軍〕射擊

艦砲射撃（艦炮射擊）

実弾射撃（實彈射擊=実射）

一斉射撃（一齊射擊）

射撃が旨い（射得準）

狙いを付けて射撃する（瞄準射擊）

射光〔名〕射出光線

射幸、射倖〔名〕貪僥倖、圖走運

射幸心、射倖心（貪圖僥倖的心理）

民衆の射幸心を利用して金儲けを為る（利用民眾的貪圖僥倖的心理賺錢）

射幸心を挑発する（激起貪圖僥倖的心理）

射幸心を助長する（助長貪圖僥倖的心理）

射殺〔名、他サ〕（用槍砲等）擊斃、打死

彼は誤って射殺された（他被錯誤擊斃）

脱走する者は射殺せよと命じられていた（接到命令說逃跑者槍斃）

射手、射手〔名〕射手、弓箭手（=打ち手）

名射手（名射手）

機関銃の射手（機槍的射手）

上手な射手（優秀的射手）

射手座（人馬星座）

射出〔名、自他サ〕（箭、子彈等）射出，發射出、（流體）噴射、（光等呈放射狀）射出，輻射

此の機銃は一分間に数百発の弾丸を射出する能力を持っている（這種機槍具有一分鐘內射出數百發子彈的能力）

射出飛行（艦載機用彈射器發射飛行）

射出成形（〔化〕射出成形）

広告塔から光を八方に射出する（從廣告塔向四面八方放射光芒）

射出機（飛機等的彈射器=カタパルト）

射術〔名〕射術、箭術（=弓術）

射場〔名〕射箭場、射擊場、打靶場

射場〔名〕（射箭的）箭道、射箭場

射水〔名〕射水、噴水

射水魚（射水魚）

射水杭打ち機（噴水式打樁機）

射水路（噴水路）

射精〔名、自サ〕〔生理〕射精

射精管（射精管）

射程〔名〕〔軍〕射程。〔轉〕勢力達到的範圍

有効射程（有效射程）

射程を測る（測量射程）

射程を決める（決定射程）

射程を延ばす（延長射程）

敵が射程に入る（敵人進入射程）

此の砲の射程は四マイルだ（此炮射程為四英哩）

射程距離壱千二百乃至壱千五百マイルのミサイル（射程距離為一千二百至一千五百英哩的飛彈）

敵味方は互いに小銃の射程距離の中に入って火蓋を切った（敵我雙方在進入步槍射程距離之內開了火）

其は官僚の射程外に在る（那是官僚勢力所能達到的範圍以外）

射的〔名〕〔軍〕打靶，射擊、（遊戲）（用氣槍）射擊

射的の名人（射擊能手）

射的の練習を為る（練習打靶）

射的場に射的を為に行く（去打靶場打靶）

射的演習（打靶演習）

射的屋（射擊遊戲場）

射爆〔名〕射擊與轟炸

射爆場（射擊與轟炸場）

射爆演習（射擊與轟炸演習）

射利〔名〕貪利、圖利、唯利是圖（=射幸、射倖）

射利の気持の強い人（利慾薰心的人）

射利心（貪利心）

射る〔他上一〕射、射箭、照射

弓を射る（射箭）入る要る居る鋳る炒る煎る

矢を射る（射箭）

的を射る（射靶、打靶）

的を射た質問（擊中要害的盤問）

明るい光が目を射る（強烈的光線刺眼睛）

彼の眼光は鋭く人を射る（他的眼光炯炯射人）

入る〔自五〕進入（=入る-單獨使用時多用入る、一般都用於習慣用法）←→出る

〔接尾、補動〕接動詞連用形下，加強語氣，表示處於更激烈的狀態

佳境に入る（進入佳境）

入るを量り出ずるを制す（量入為出）

入るは易く達するは難し（入門易精通難）

日が西に入る（日沒入西方）

今日から梅雨に入る（今天起進入梅雨季節）

泣き入る（痛哭）

寝入る（熟睡）

恥じ入る（深感羞愧）

つくづく感じ入りました（深感、痛感）

痛み入る（惶恐）

恐れ入ります（不敢當、惶恐之至）

悦に入る（心中暗喜、暗自得意）

気に入る（稱心、如意、喜愛、喜歡）

技、神に入る（技術精妙）

手に入る（到手、熟練）

堂に入る（登堂入室、爐火純青）

念が入る（注意、用心）

罅が入る（裂紋、裂痕、發生毛病）

身が入る（賣力）

実が入る（果實成熟）

入る、要る〔自五〕要、需要、必要

要るだけ持って行け（要多少就拿多少吧！）

旅行するので御金が要ります（因為旅行需要錢）

此の仕事には少し時間が要る（這個工作需要點時間）

要らぬ御世話だ（不用你管、少管閒事）

返事は要らない（不需要回信）

要らない本が有ったら、譲って下さい（如果有不需要的書轉讓給我吧！）

要らない事を言う（說廢話）

居る〔自上一〕（人或動物）有，在（=有る、居る）、在，居住、始終停留（在某處），保持（某種狀態）

〔補動、上一型〕（接動詞連用形+て下）表示動作或作用在繼續進行、表示動作或作用的結果仍然存在、表示現在的狀態

子供が十人居る（有十個孩子）

虎は朝鮮にも居る（朝鮮也有虎）

御兄さんは居ますか（令兄在家嗎？）

前には、此の川にも魚が居た然うです（據說從前這條河也有魚）

ずっと東京に居る（一直住在東京）

両親は田舎に居ます（父母住在鄉下）

住む家が見付かる迄ホテルに居る（找到房子以前住在旅館裡）住む棲む済む澄む清む

一晩寝ずに居る（一夜沒有睡）

兄は未だ独身で居る（哥哥還沒有結婚）未だ未だ

自動車が家の前に居る（汽車停在房前）

見て居る人（看到的人）

笑って居る写真（微笑的照片）

子供が庭で遊んで居る（小孩在院子裡玩耍）

映画を見て居る（在看電影）立つ経つ建つ絶つ発つ断つ裁つ截つ

鳥が飛んで居る（鳥在飛著）飛ぶ跳ぶ

彼は長い間此の会社で働いて居る（他長期在這個公司工作著）

花が咲いて居る（花開著）咲く裂く割く

木が枯れて居る（樹枯了）枯れる涸れる嗄れる駆れる狩れる刈れる駈れる

薬が効いて居る（藥見效）効く利く聞く聴く訊く

工事中と言う立札が立って居る（立起正在施工的牌子）言う云う謂う

時計は壊れて居て使えない（錶壞了不能用）壊れる毀れる使う遣う

食事が出来て居る（飯做好了）

彼は中中気が利いて居る（他很有心機）効く利く聞く聴く訊く

戸に鍵が掛かって居る（門鎖上了）掛る係る繋る罹る懸る架る

居ても立っても居られない（坐立不安、搔首弄姿、急不可待）

歯が痛くて居ても立っても居られない（牙疼得坐立不安）

居ても立っても居られない程嬉しかった（高興得坐不穩站不安的）

炒る、煎る、熬る〔他五〕炒、煎

豆を炒る（炒豆）入る居る要る射る鋳る

玉子を炒る（煎雞蛋）

鋳る〔他上一〕鑄、鑄造

釜を鋳る（鑄鍋）

射当てる、射中てる〔他下一〕射中，打中、獲得

的の真中に射当てた（射中了靶的中心）

射落とす、射落す〔他五〕射落，擊落、取得，獲得

鳥を射止める（把鳥射下來）

社長のポストを射落した（取得社長的職位）

金的を射落す（射中靶心、取得人所共羨之物、獲得極大成功）

射返す〔他五〕（用敵人射來的箭）回射、（用箭）追射敵人、用箭對射、（光線）反射

射掛ける〔他下一〕（向敵人）射箭

射し込む，射込む、差し込む，差込む〔自五〕（光線）射入

月光が窓から差し込む（月光從窗外射入）

真暗闇に一筋の光が差し込む（黑暗中照進一縷光線）

部屋一杯に朝日が差し込んでいた（早晨的陽光已射滿屋子裡）

射竦める〔他下一〕（用箭）射得敵人不敢動彈、（用目光）盯住

強い視線を射竦められる（被強烈視線盯住）

射損う〔他五〕脫靶、沒有射中

射損じる〔他上一〕脫靶、沒有射中（=射損う）

射通す〔他五〕射透、射穿

袖を流れ矢に射通された（袖子被流矢射穿）

射止める〔他下一〕射死、攫取，弄到手

一発で虎を射止めた（一槍打死了老虎）

見事に一等賞を射止める（榮獲頭等獎）

彼は大臣のポストを射止めた（他取得了大臣的職位）

恋人の心を射止める（抓住情人的心）

金的を射止める（射中靶心、取得人所共羨之物、獲得極大成功）

射抜く、射貫く〔他五〕射穿

胸部を射貫く（射穿胸部）

射ゆ〔連語〕（射る+受身助動詞〝る〞的古形〝ゆ〞而成）（=射られる）

射す、差す〔自五〕（光線）照射

光が壁に射す（光線照在牆上）

雲の間から日が射している（太陽從雲彩縫中照射著）

障子に影が射す（影子照在紙窗上）

朝日の射す部屋（朝陽照射的房間）

差す〔自五〕（潮）上漲，（水）浸潤。（色彩）透露，泛出，呈現。（感覺等）起，發生、伸出，長出。〔迷〕（鬼神）付體。

〔他五〕塗，著色。舉，打（傘等）。〔象棋〕下，走、呈獻，敬酒、量（尺寸）。〔轉〕作（桌椅、箱櫃等）。撐（蒿、船）。派遣

潮が差す（潮水上漲）

水が差して床下が湿気る（因為水浸潤上來地板下發潮）

差しつ差されつ飲む（互相敬酒）

顔に赤みが差す（臉上發紅）

顔にほんのり赤みが差して来た（臉上泛紅了）

熱が差す（發燒）

気が差す（內疚於心、過意不去、預感不妙）

嫌気が差す（感覺厭煩、感覺討厭）

噂を為れば影が差す（說曹操曹操就到）

気が差して如何してもそんな事を言えなかった（於心有愧怎麼也無法說出那種話來）

樹木の枝が差す（樹木長出枝來）

差す手引く手（舞蹈的伸手縮手的動作）

魔が差す（著魔）

口紅を差す（抹口紅）

顔に紅を差す（往臉上塗胭脂）

雨傘を差す（打雨傘）

傘を差さずに行く（不打傘去）

将棋を差す（下象棋）

君から差し給え（你先走吧！）

今度は貴方が差す番ですよ（這次輪到你走啦！）

一番差そうか（下一盤吧！）

杯を差す（敬酒）

反物を差す（量布匹）

棹を差す（撐船）

棹を差して川を渡る（撐船過河）

差す、挿す〔他五〕插，夾，插進，插放、配帶、貫，貫穿

花瓶に花を差す（把花插在花瓶裡）

簪を髪に差す（把簪子插在頭髮上）

鉛筆を耳に差す（把鉛夾在耳朵上）

柳の枝を地に差す（把柳樹枝插在地上）

差した柳が付いた（插的柳樹枝成活了）

腰に刀を差している（腰上插著刀）

武士は二本を差した物だ（武士總是配帶兩把刀）

差す、注す、点す〔他五〕注入，倒進、加進，摻進、滴上，點入

水を差す（加水、挑撥離間、潑冷水）

コップに水を差す（往杯裡倒水）

杯に酒を差す（往酒杯裡斟酒）

酒に水を差す（往酒裡摻水）

醤油を差す（加進醬油）

機械に油を差す（往機器上加油）

ランプに油を差す（往燈裡添油）

目薬を差す（點眼藥）

朱を差す（加紅筆修改）

茶を差す（添茶）

差す、鎖す〔他五〕關閉、上鎖

戸を差す（關門、上門）

差す、指す〔他五〕指示、指定、指名、針對、指向、指出、指摘、揭發、抬

黒板の字を指して生徒に読ませる（指著黑板上的字讓學生唸）

地図を指し乍説明する（指著地圖說明）

磁針は北を指す（磁針指示北方）

時計の針は丁度十二時を指している（錶針正指著十二點）

先生は僕を指したが、僕は答えられなかった（老師指了我的名但是我答不上來）

名を指された人は先に行って下さい（被指名的人請先去）

此の語の指す意味は何ですか（這詞所指的意思是什麼呢？）

此の悪口は彼を指して言っているのだ（這個壞話是指著他說的）

船は北を指して進む（船向北行駛）

台中を指して行く（朝著台中去）

犯人を指す（揭發犯人）

後ろ指を指される（被人背地裡指責）

物を差して行く（抬著東西走）

刺す〔他五〕刺，扎，穿、粘捕、縫綴。〔棒球〕出局，刺殺

針を壺に刺した（把針扎在穴位上）

匕首で人を差す（拿匕首刺人）

ナイフで人を刺して、怪我を為せた（拿小刀扎傷了人）

短刀で心臓を刺す（用短刀刺心臟）

足に棘を刺した（腳上扎了刺）

銃剣を刺されて倒れた（被刺刀刺倒了）

魚を串に刺す（把魚穿成串）

胸を刺す様な言葉（刺心的話）

刺される様に頭が痛む（頭像針刺似地疼）

肌を刺す寒気（刺骨的寒風）

黐で鳥を刺す（用樹皮膠黏鳥）

雀を刺す（黏麻雀）

雑巾を刺す（縫抹布）

畳を刺す（縫草蓆）

靴底を刺す（縫鞋底）

一塁に刺す（在一壘刺殺在、一壘出局）

二、三塁間で刺された（在二三壘間被刺殺）

刺す、螫す〔他五〕螫

蜂に腕を刺された（被蜜蜂螫了胳臂）

蜂が手を刺す（蜜蜂叮了手）

蚤に刺された（被跳蚤咬了）

蚊に刺された（被蚊子咬了）

虫に刺されて腫れた（被蟲咬腫了）

刺す、差す〔他五〕刺，扎、撐（船）

其の言葉が私の胸を刺した（那句話刺痛了我的心）

肌を刺す寒風（刺骨寒風）

針で刺す（用針刺）

此の水は身を刺す様に冷たい（這水冷得刺骨）

胃が刺す様に痛い（胃如針扎似地痛）

棹を刺して船を岸に付ける（把船撐到河邊）

止す〔造語〕（接動詞連用形下、構成他五型複合動詞）表示中止或停頓

本を読み止す（把書讀到中途放下）

煙草を吸い止した儘で出て行った（把香煙沒吸完就放下出去了）

不図言い止して口を噤んだ（說了一半忽然緘口不言了）

為す〔他五〕讓做、叫做、令做、使做（＝為せる）（助動五型）表示使、叫、令、讓（＝為せる）

結婚式を為した（使舉行婚禮）

安心為した（使放心）

物を食べ為した（叫吃東西）

もう一度考え為して呉れ（讓我再想一想）

射し入る，射入る、差し入る，差入る〔自五〕（光線）射入，射進（＝差し込む）

光線が差し入る（光線射入）

射ち殻薬莢〔名〕（打過的）空彈殼

渉（ㄕㄜˋ）

渉〔漢造〕渡、經歷、牽涉

跋渉（跋涉、跋山涉水）

徒渉、渡渉（跋涉、徒涉，徒步涉水）

干渉（干涉、干預、干擾）

交渉（交涉，談判、關係，聯繫）

渉外〔名〕外交、對外聯繫

外務省は渉外の任に当たる（外交部擔任涉外工作）

渉外事務を担当する（擔任對外聯繫工作）

渉外関係の責任を負う（負責涉外工作）

渉外課（外交課）

渉外係（外交員）

渉禽類〔名〕〔動〕涉禽類（如鶴、鷺鷥等）

渉猟〔名、他サ〕涉獵、到處尋找

広く文献を渉猟する（廣泛涉獵文獻）

女色を渉猟する（到處漁色）

渋（澀）（ㄕㄜˋ）

渋〔漢造〕澀、不光滑

苦渋（苦澀、苦惱）

難渋（艱澀、困難）

晦渋（晦澀、難懂）

ㄕ

渋苦〔名〕苦澀

渋滞〔名、自サ〕停滯不前、進展不順利

交通の渋滞（交通的擁塞）

渋滞の無い文章（流暢的文章）

工事が渋滞している（工程遲遲不見進展）

事務が渋滞する（工作進展不順利）

渋面〔名〕愁眉苦臉（=顰めっ面）

渋面を作る（皺起眉頭）

渋面、渋っ面〔名〕（渋っ面是渋面的強調形式）不滿意的神情、不愉快的神情

渋〔名〕澀味、柿核液（=柿渋）、垢，銹（=垢）

渋を引く（去掉澀味）

渋を抜く（去掉澀味）

塀に渋を塗る（牆上塗柿核液防腐防蟲）

茶渋（茶銹）

水道の渋（自來水管的水銹）

渋色〔名〕淡茶色

渋色の表紙（淡茶色的封面）

渋団扇〔名〕（塗上柿核液的）茶色團扇

台所用に渋団扇を買う（買把茶色團扇給廚房用）

渋柿〔名〕澀柿子←→甘柿。〔喻〕不和藹的人，不明朗的人，陰鬱的人

渋柿から渋を取る（從澀柿子裡取澀核液）

渋柿を剥いて吊し柿に為る（剝澀柿子作成柿餅）

渋紙〔名〕塗有柿核液的雙層包裝紙

渋紙で小包を作る（用塗柿漆的紙包郵包）

渋皮〔名〕（樹木、果實的）內皮

渋皮が剥ける（皮膚容顏漂亮起來）

渋皮の剥けた女（變得漂亮的女人）

渋好み〔名〕素雅，雅緻的愛好

服装が渋好みである（喜愛雅緻的服裝）

渋渋〔副〕勉勉強強

渋渋承知する（勉勉強強答應）

彼は僕の忠告を渋渋受け入れた（他勉勉強強接受了我的忠告）

渋渋立ち上がる（勉勉強強站起來）

彼は渋渋千円寄付した（他勉勉強強捐獻了一千日元）

渋染め〔名〕染成淡茶色（的東西）

渋茶〔名〕（帶澀味的）濃茶、（廉價的）苦茶

渋茶を飲んで世間話を為る（喝著濃茶聊天）

渋抜き〔名〕去掉澀味、除掉澀味的柿子

渋塗り〔名〕塗柿核液、塗成淡茶色、塗柿核液的東西

渋味〔名〕澀味、雅緻，古雅，蒼老，老練

此の林檎は渋味が少ない（這種蘋果澀味少）

彼の文章には渋味が出て来た（他的文章老練起來了）

彼の芸にも渋味が出て来た（他的演技也老練起來了）

渋味が日本趣味の基調だ（古雅是日本風味的基本特點）

渋味の有る洋服（素雅的西服）

渋い〔形〕澀（味）、不光滑、抑鬱，陰沉，悶悶不樂、雅素，雅緻，古雅、吝嗇，小氣

渋い柿（澀柿子）

青い林檎は渋い味が有る（青蘋果有澀味）

渋くて滑らない（發澀不滑動）

渋い戸（開關費力的門）

渋い顔（陰沉的臉）

何時も渋い顔を為ている（老是繃著面孔）

渋い返事（愛理不理的回答）

芸が渋い（演技老練細緻）

好みが渋い（趣味古雅）

渋い柄（雅緻的花樣）

渋い声（沙啞聲）

渋い家具（古雅的家具）

渋い色（素雅的顏色）

渋い身形（素雅的裝束）

彼は渋い文章を書く（他寫一手老練晦澀的文章）

中中渋い奴だ（相當吝嗇的傢伙）

払いが渋いだ（付錢不痛快）

渋る〔自五〕發澀、不流暢、便秘

〔他五〕不痛快、不爽快

筆が渋る（筆發澀寫不出來）

売れ行きが渋る（銷路不暢）

解決が渋っている（遲遲不得解決）

腹が渋る（蹲肚、便秘）

答を渋る（回答不痛快）

支払いを渋る（付款不爽快）

金を出し渋る（不痛痛快快地付錢）

渋り〔名〕〔醫〕沉漲

膀胱の渋り（膀胱的沉漲）

渋り腹〔名〕〔醫〕腹絞痛

渋ちん〔名、形動〕（關西方言）吝嗇、吝嗇鬼（=けちん坊）

渋くる〔自五〕〔舊〕說歪理、耍彆扭、蠻不講理

設（ㄕㄜˋ）

設〔漢造〕設立、設備

建設（建設）

開設（開設、開辦）

施設（設施，設備、育幼院，養老院）

敷設、布設、鋪設（敷設、架設、鋪設、安設、建設）

付設、附設（附設）

仮設（臨時安設，臨時設置、假設，假定）

架設（架設、安裝）

常設（常設）

公設（公立、公營）

私設（私人設立）←→公設

特設（特設）

併設（並設、同時設置）

設営〔名、他サ〕（駐軍設備等的）建立，建築，修建、準備（會場等）

観測基地の設営（設立觀測基地）

ベース、キャンプを設営する（建立登山基地營）

兵舎を設営する（修建兵營）

設営隊（修建隊）

設題〔名、自サ〕出題、出的題

設題の意味を良く考えて答えよ（仔細想想題目的意思再回答）

設問〔名、自サ〕提問、質疑、出題目、出的題目（=設題）

設問の意味を良く考え為さい（好好想一想題目的意思）

設備〔名、他サ〕設備、裝備

近代的（な）設備（現代的設備）

贅沢な設備（豪華的設備）

良く設備が整った学校（設備完善的學校）

設備が立ち遅れている（裝備落後）

暖房の設備が有る（有暖氣設備）

寄宿舎の衛生設備が行届いている（宿舍的衛生設備齊全）

其のホテルは万事設備が整っている（那家旅館裡一切設備齊全）

設立〔名、他サ〕設立、成立

学校を設立する（設立學校）

其の会社は設立以来三十年に為る（那公司創辦以來已經三十年）

設立三十周年記念（成立三十周年紀念）

設計〔名、他サ〕設計、計畫，規劃

都市の設計（城市的設計）

庭を設計する（設計庭園）

建物の設計を為る（設計房屋）

自分で設計して家を建てる（自己設計建造房子）

設計図（設計圖）

設計荷重（設計負載）

新生活の設計（新生活的規劃）

設色〔名、他サ〕著色、塗上顏色

設置〔名、他サ〕設置，安裝、設立

エレベーターを設置する（安裝電梯）

ルーム、クーラーを設置する（安裝冷氣設備）

委員会を設置する（設立委員會）

図書館の設置を企てる（計畫設立圖書館）

設定〔名、他サ〕設定、設立、制定、確定

新しい事務所を設定する（設立新辦公處）

権利を設定する（確定權利）

資金を設定する（設立資金）

規則の設定を急ぐ（忙著制定規則）

立ち入り禁止区域が設定された（設立了禁區）

設定値（〔電〕設定值、給定值）

設標〔名、他サ〕〔海〕設航標、敷設浮標

設ける〔他下一〕預備，準備、設立，制定、生，得（子女）

一席設けて客を持て成す（準備酒席招待客人）儲ける

事務所を設ける（設立辦事處）

講座を設ける（開講座）

規則を設ける（制定規章）

一男二女を設ける（生一男二女）

彼の子を設けた（生了一個他的兒子）

儲ける〔他下一〕賺錢，發財，得利。〔轉〕得便宜，撿便宜，賺

戦争で儲ける（發戰爭財）

頭で儲ける（動腦筋賺錢）

骨折って儲けた金（辛勤工作賺的錢）

一割儲ける（淨賺一成）

儲けて売る（獲利賣出、高價售出）

此は儲けたぞ（這下賺了）

一番儲けたのは彼奴だ（最佔便宜的是他）

設け〔名〕準備、設置、設備

設けの席に就く（坐到準備的席位上）儲け

暖房の設けが有る（有暖氣設備）

特別席の設けは無い（沒有準備特別席）

園内には休憩所の設けが有る（園內沒有休息處）

儲け〔名〕賺頭、賺錢、利潤←→損

ぼろ儲け（暴利）襤褸

儲けが少ない（利潤小、賺頭少）

儲けが薄い（利潤小、賺頭少）

其の値段では儲けが無い（按那個價錢賺不到錢）

其の取引で良い儲けを為た（靠那項交易賺了一筆大錢）

設える〔他下一〕裝飾、裝修、陳設

部屋に花瓶置きの棚を設える（屋內裝設擺花瓶的擱板）

設う〔他四〕裝飾、裝修、陳設（=設える）

設い〔名〕（室內等的）裝飾、陳設

客の目を引く様に設いを為る（裝飾得使顧客注目）

部屋の設いは非常に簡単だ（屋內的裝飾非常簡素）

赦（ㄕㄜˋ）

赦〔漢造〕赦罪

容赦、用捨（寬恕，原諒、克制，姑息，留情）

恩赦（恩赦、特赦）

大赦（大赦）

特赦（特赦）

赦罪〔名〕赦罪（=赦）

赦状〔名〕赦免刑罰的書狀、大赦，特赦的書狀

赦免〔名、他サ〕赦免

赦免を受ける（受到赦免）

御赦免を預かる（蒙受赦免）

赦免状（赦免證）

赦す、許す、免す、聴す、縦す〔他五〕赦免、原諒，饒恕，寬恕、釋放

罪を許す（寬恕罪行）

税を許す（免稅）

課税を許す（免除徵稅）

再試験を許す（免去複試）

謝る迄は許さない（不認錯不寬恕）

御無沙汰御許し下さい（久未問候請多原諒）

今度丈は許して上げよう（這一次饒恕你吧！）

許されて刑務所を出る（被釋放出獄）

赦し、許し、聴し〔名〕寬恕、赦免

許しを請う（請求寬恕）

許しを与える（予以赦免）

摂（攝）（ㄕㄜˋ）

摂〔漢造〕（也讀作〝摂〞）攝取、執行、養生、舊地方名

兼摂（兼管、兼任、兼職）

摂受、摂受（〔佛〕為引導眾生接納眾生的善、為放寬心接受別人的行為和心）

摂津（〔舊地方名〕攝津-今大阪府和兵庫縣的一部分）

摂する〔他サ〕代行，代理、兼任，兼職、攝取，吸收

摂る、撮る、取る〔他五〕攝影、照相

写真を撮る（照相）

青写真を撮る（曬製藍圖）

記録映画を撮る（拍紀錄影片）

取る、採る、執る、捕る、撮る、摂る〔他五〕（手的動詞化）（一般寫作取る）取，執，拿，握，捕。（寫作捕る）捕捉，捕獲，逮捕。（一般寫作取る或採る）採摘，採集，摘伐。（寫作取る）操作，操縱、把住，抓住。（一般寫作執る）執行，辦公。（寫作取る）除掉，拔掉。（寫作取る）摘掉，脫掉。（寫作取る）刪掉，刪除。（寫作取る）去掉，減輕。（寫作取る）偷盜，竊取，剽竊、搶奪，強奪，奪取，強佔，併吞、佔據。（寫作取る）預約，保留、訂閱。（一般寫作採る）採用，錄用，招收。（寫作取る）採取、選取，選擇。（寫作取る）提取，抽出。（一般寫作取る）採光。（一般寫作取る）購買，訂購。（寫作取る）花費，耗費，需要。（一般寫作取る或摂る）攝取，吸收，吸取。（一般寫作取る）提出，抽出。（寫作取る）課徵，徵收，（寫作）得到，取得，領取，博得。（寫作取る）抄寫，記下，描下，印下。（一般寫作撮る）攝影，照相。（寫作取る）理解，解釋，領會，體會。（寫作取る）佔（地方）。（一般寫作取る）擔任，承擔。（寫作取る）聘請。（寫作取る）娶妻，收養、招贅。（寫作取る）繼承。（寫作取る）（棋）吃掉。（寫作取る）（妓女）留客，掛客。（寫作取る）索取，要帳，討債。（一般寫作執る）堅持。（寫作取る）賺，掙。（寫作取る）計算。（寫作取る）鋪床。（寫作取る）（相撲）摔交、（寫作取る）玩紙牌。（寫作取る）數數。（寫作取る）擺（姿勢，陣勢）。（寫作取って）對…來說。（寫作取る）打拍子，調整（步調）

其処の新聞を取って来為さい（把那裏的報紙拿來）

雑誌を取って読み始める（拿起雜誌開始閱讀）

手を取る（拉手）

見本を自由に御取り下さい（樣本請隨意取閱）

手に取る様に聞こえる（聽得很清楚-如同在耳邊一樣）

手を取って教える（拉著手教、懇切地教、面傳口授）

手を取って良く御覧為さい（拿起來好好看看）

御菓子を取って上げましょうか（我替您拿點心吧！）

其の塩を取って下さい（請把鹽遞給我）

郵便屋さんは一日に三回郵便物を取りに来る（郵差每天要來取郵件三次）

駅に預けて有る荷物を取りに行く（到火車站去取寄存的東西）

ア

取りに来る迄預かって置く（直到來取存在這裡）

川から魚を捕る（從河裡捕魚）

森から仔狐を捕って来た（從樹林捉來一隻小狐狸）

猫が鼠を捕る（貓捉老鼠）

此の鯉は村外れの川で捕ったのだ（這條鯉魚是在村邊河邊捉來的）

山に入って薬草を採る（進山採藥）

柴を採る（打柴）

茸を採る（採蘑菇）

採った許りの林檎を食う（剛剛摘下來的蘋果）

庭の花を採って部屋を飾る（摘院裡的花點綴房間）

船の舵を取る（掌舵）

飛んで来たボールを取る（抓住飛來的球）

政務を執る（處理政務）

役所は午前九時から午後五時迄事務を執っている（機關由早上九點到下午五點半工）

昨日の大火事では消防署長が直接指揮を執った（昨天的大火消防隊長親臨現場指揮）

庭の雑草を取る（除掉院子裡的雜草）

此の石が邪魔だから取って呉れ（這塊石頭礙事把它搬掉）

此の虫歯は取る可きだ（這顆蛀牙應該拔掉）

洋服の汚れが如何しても取れない（西服上的油汙怎麼都弄不掉）

魚の骨を取る（把魚刺剔掉）

薬を撒いて田の虫を取る（撒藥除去田裡的蟲）

果物の皮を取る（剝水果皮）

眼鏡を取る（摘掉眼鏡）

帽子を取って御辞儀を為る（脫帽敬禮）

外套を取ってクロークに預ける（脫下大衣存在衣帽寄存處）

時時蓋を取って坩堝を揺り動かす（不時掀開蓋子搖動坩鍋）

此の語は取った方が良い（這個字刪掉好）

一字取る（刪去一個字）

痛みを取る薬（止痛藥）

アスピリンは熱を取る薬です（阿斯匹林是解熱藥）

疲れを取るには風呂に入るのが一番良いです（洗澡是消除疲勞的最好方法）

留守の間に御金を取られた（家裡沒人時錢被偷了）

人の文章を取って自分の名で発表する（剽竊他人文章用自己的名字發表）

脅して金を取る（恫嚇搶錢）

人の夫を取る（搶奪別人的丈夫）

天下を取る（奪取天下）

城を取る（奪取城池）

陣地を取る（攻取陣地）

領土を取る（強佔領土）

早く行って良い席を取ろう（早點去佔個好位置）

込んでいたので、良い部屋が取れなかった（因為人多沒能佔住好房間）

明日の音楽会の席を三つ取って置いた（預約了明天音樂會的三個位置）

御金は後で持って来るから、此の品物を取って置いて下さい（隨後把錢送來請把這東西替我留下）

帰るのが遅く為り然うだから、夕食を取って置いて下さい（因為回去很晚請把晚飯留下來）

子供の為に牛乳を取る（替孩子訂牛奶）

最後の切札と為て取って置く（作為最後一招保留起來）

此の新聞は捨てないで取って置こう（這報紙不要扔掉留起來吧！）

彼から貰った手紙は全部取って有る（他給我的信都保留著）

旅行の為の金は取って有る（旅費留著不動）

週刊雑誌を取る（訂閱周刊雜誌）

世界文学は取って有るか（訂了世界文學嗎?）

入学試験の結果五百名の中六十名しか採らなかった（入學考試的結果五白名中只錄取了六十名）

其の会社は試験して人を採る（那家公司通過考試錄用職員）

彼の学校は留学生を採らない（那所學校不招留學生）

寛大な態度を取る（採取寬大態度）

決を取る（表決）

断固たる処置を取る取る（採取斷然措施）

其は利口な人の取らない遣り方だ（那是聰明人不採取的辦法）

私の文章が雑誌に取られた（我的文章被雜誌採用了）

一番好きな物を取り為さい（選你最喜歡的吧!）

此と其では、何方を取るか（這個和那個選哪一個?）

選択科目では日本語を取った（選修課程選了日語）

次の二つの方法の中何れかを取る可きだ（必須選擇下面兩個方法之一）

私は利口者よりも正直者を取る（我寧選誠實人不選聰明人）

酒は米から取る（酒由米製造）

例に取る（提出作為例子）

米糠からビタミンを取る（從米糠提取維他命）

羊から羊毛を取る（從羊身上剪羊毛）

石炭からガスを取る（從煤炭提取煤氣）

牛乳からクリームを取る（從牛奶提取奶油）

カーテンを上げて光を採り入れる（打開窗簾把光線放進來）

壁には明かりを採る為の小さいな窓が有る（牆上有個採光的小窗戶）

彼が熱心に筆を執っている（他在一心一意地執筆寫作）

忙しくて筆を執る暇が無い（忙得無暇執筆）

野菜は角の八百屋から取っている（青菜在拐彎的菜店買）

電話を掛けて饂飩を取る（打電話叫麵條）

料金を取る（收費）

手間を取る（費工夫）

毎月子供に一万円取られる（每月為孩子要花上一萬日元）

部屋代の外電気代を取られる（除了房租還要交電費）

会費は幾等取るか（會費要多少錢?）

入場料を参百円取る然うです（聽說門票要三百日元）

店が込んでいて、買物に時間を取った（商店裡人太多買東西費了很長時間）

栄養を取る（攝取營養）

昼食を取りに行く（去吃午飯）

日に三食を取る（一天吃三餐）

何卒御菓子を御取り下さい（請吃點心）

千円から参百円を取ると七百円残る（從一千日元提出三百日元剩七百日元）

給料から生活費を取った残りを貯金する（從工資提出生活費剩餘的錢存起來）

国民から税金を取る（向國民課稅）

罰金を取る（課罰款）

満点を取る（得滿分）

賄賂を取る（收賄）

学位を取る（取得學位）

英語の試験で九十点を取った（英語考試得了九十分）

競技会で金メダルを取った（在運動場上得了金牌）

正直だと言う評判を取った（博得誠實的評論）

自動車の免許は何時取ったか（什麼時候領到汽車駕駛執照的?）

此の学校を出ると教師の資格が取れる(由這所學校畢業就能取得教師資格)

会社では一年に二十日の休みを取る事を出来る（公司裡一般每年可以請二十天假）

型を取る（取型）

記録を取る（作紀錄）

ノートを取る（作筆記）

指紋を取られる（被取下指紋）

書類の控えを取る（把文件抄存下來）

寸法を取る（記下尺寸）

靴の型を取る（畫下鞋樣）

写真を撮る（照相）

青写真を撮る（曬製藍圖）

記録映画を撮る（拍紀錄影片）

大体の意味を取る（理解大體的意思）

文字通りに取る（按照字面領會）

其は色色に取れる（那可以作各種解釋）

悪く取って呉れるな（不要往壞處解釋）

変に取られては困る（可不要曲解了）

場所を取る（佔地方）

本棚は場所を取る（這書架佔地方）

家具が場所を取るので部屋が狭く為る（家具佔地方房間顯得狹窄）

余り場所を取らない様に荷物を積んで置こう（把行李堆起來吧!免得太佔地方）

斡旋の労を取る（負斡旋之勞）

仲介の労を取る（當中間人）

責任を取る（引咎）

師匠を取る（聘請師傅）

嫁を取る（娶妻）

弟子を取る（收弟子）

養子を取って跡継ぎに為る（收養子繼承家業）

おっと、危ない、此の角を取られる所だった（啊!危險這個角棋差點要被吃掉）

一目を取る（吃掉一個棋子）

客を取る（〔妓女〕留客、掛客）

勘定を取る（要帳）

掛を取る（催收賒帳）

彼は固く自説を執って譲らなかった（他堅持己見不讓步）

月に十万円を取る（每月賺十萬日元）

働いて金を取る（工作賺錢）

何の位の給料を取るか（賺多少工資?）

学校を卒業して月給を取る様に為る(從學校畢業後開始賺工錢）

タイムを取る（計時）

脈を取る（診脈）

床を取る（鋪床）

相撲を取る（摔跤）

さあ、一番取ろう（來吧!摔一交）

歌留多を取る（玩紙牌）

数を取る（數數字）

糸を取る（繅絲）

写真を摂る前にポーズを取る（在照相前擺好姿勢）

陣を取る（擺陣）

私に取っては一大事だ(對我來說是一件大事）

手拍子を取る（一齊用手打拍子）

歩調を取る（使步調一致）

命を取る（要命、害命）

仇を取られる（被仇人殺死）

機嫌を取る（奉承、討好、取悅）

年を取る（上年紀）

取って付けた様（做作、不自然）

取って付けた様な返事（很不自然的回答）

取らぬ狸の皮算用（打如意算盤）

引を取る（遜色、相形見絀、落後於人）

摂関〔名〕〔史〕攝關（〝摂政〞和〝関白〞兩個官位的統稱）

摂関家（攝關門第）

摂関時代（攝關時代−日本歷史平安中期、藤原一家任摂政，関白的時代、共二百一十多年）

摂関政治（攝關政治−〝摂政〞〝関白〞執掌政務實權的政治形態）

摂家〔名〕〔史〕攝關門第（有擔任〝摂政〞〝関白〞資格的門第－指近衛、九條、一條、二條、鷹司五家）（=摂関家）

摂行〔名〕兼任、兼職

摂氏、セ氏〔名〕（來自 Celsius 的中國譯音）攝氏←→華氏、力氏

摂氏温度計（攝氏溫度計）

摂氏四度の水（攝氏四度的水）

摂社〔名〕〔神〕攝社（神社的一種級格、位於本社與末社之間、祭祀與本社關係較深的神）

摂取〔名、他サ〕攝取、吸收、吸取

ビタミンCの摂取（維生素 C 的攝取）

栄養を摂取する（攝取營養）

先進技術を摂取する（吸取先進技術、吸取前輩的技術）

日本は古くから中国文化を摂取して来た（日本從古起就一直吸取著中國文化）

摂取不捨（〔佛〕佛普救眾生不拋棄）

摂政〔名〕〔史〕攝政（者）

摂政の宮（攝政王）

摂政を置く（設攝政者）

摂食〔名、自サ〕攝取食物

摂生〔名、自サ〕攝生、養生（=養生）

摂生を怠る（疏於養生）

摂生法（養生之道）

摂生家（養生家）

摂護腺〔名〕〔解〕前列腺（=前立腺）

摂受器〔名〕〔生〕感受體、感受器（=摂受体）

摂受体〔名〕〔生〕感受體、感受器（=摂受器、受容器）

摂動〔名〕〔天〕攝動

摂理〔名〕（基督教）天意、天命、神的旨意

神の摂理（神的旨意）

神の摂理を任せる（任憑神的安排）

自然の巧みな摂理（大自然巧妙的安排）

摂籙、摂籙〔名〕攝政的別稱（=摂政）

麝（ㄕㄜˋ）

麝〔漢造〕麝香

蘭麝（蘭花和麝香、好的香味）

麝香、麝香〔名〕麝香

麝香（入り）石鹸（麝香肥皂）

麝香の間（麝香室−京都舊皇宮的一個殿）

麝香匂いが為る（有麝香味）

麝香獣〔名〕麝香獸類

麝香牛〔名〕〔動〕麝牛

麝香鹿、麝〔名〕〔動〕麝

麝香猫〔名〕〔動〕靈貓

麝香鼠〔名〕〔動〕麝鼠

麝香葵〔名〕〔植〕黃葵

麝香豌豆〔名〕〔植〕香碗豆

麝香草〔名〕〔植〕鈴子香

麝香撫子〔名〕〔植〕石竹花（=カーネーション）

麝香溝酸漿〔名〕〔植〕香溝酸漿

麝香連理草〔名〕〔植〕香碗豆（=スイートピー）

篩（ㄕㄞ）

篩〔漢造〕篩子

篩管、篩管〔名〕〔植〕篩管

篩管細胞（篩管細胞）

篩孔〔名〕〔植〕篩孔

篩骨〔名〕〔解〕篩骨

篩骨縫合（篩骨縫合）

篩板〔名〕〔植〕篩板

篩部、師部〔名〕〔植〕韌皮部

篩〔名〕篩子

灰を篩に掛ける（篩灰）

篩目（篩孔、篩眼）

篩に掛ける（過篩、選拔、淘汰）

二十人の候補者の中で篩に掛けられて残った者が三人であった（在二十個候選人中選拔出來的有三人）

篩う〔他五〕篩、過篩、選拔、淘汰

砂利を篩う（篩小石子）振るう振う奮う揮う震う

筆記試験で篩う（用筆試淘汰）

奮う、揮う、振るう〔自五〕振奮，振作

（用〝振るっている〞、〝振るった〞形式）奇特，新穎，漂亮

（用〝振るって〞形式）踴躍，積極

〔他五〕揮，抖、發揮，揮動、振奮、逞能，（一時激動而）蠻幹

士気大いに振るう（士氣大振）振る降る古る

成績が振るわない（成績不佳）

商売が振るわない（買賣不興旺）

振るった事を言う（說漂亮話）

其奴は振るっている（那傢伙真奇特）

奮って参加せよ（踴躍參加吧！）

奮って申し込んで下さい（請踴躍報名）

刀を振るって切り込む（揮刀砍進去）

筆を振るう（揮筆）

着物を振るって埃を落とす（抖掉衣服上的灰塵）

権力を振るう（行使權力）

腕を振るう（發揮力量）

彼は手腕を振るう余地が無い（他無用武之地）

勇気を振るう（鼓起勇氣）

裾を振るって立つ（拂袖而去）

財布の底を振るって（傾囊）

蛮勇を振るう（逞能、蠻幹）

震う、顫う〔自五〕顫動、震動、晃動

大爆発で大地が震う（大地因大爆炸而震動）

振る〔他五〕揮，搖，擺。撒，丟，扔，擲。〔俗〕放棄，犧牲（權力、地位）。謝絕，拒絕，甩。分派。（在漢字旁）注上（假名）。（使方向）偏於，偏向。（單口相聲等）說開場白。〔經〕開（票據，支票）。抬神轎，移神靈

手を振る（揮手、擺手、招手）

旗を振る（搖旗）

ハンカチを振る（揮手帕）

首を振る（搖頭）

バットを大振りを振る（用力揮球棒）

脇目も振らず（目不斜視）

タクトを振る（揮動指揮棒）

骰子を振る（擲骰子）

料理に塩を振る（往菜上撒鹽）

大臣の地位を振る（犧牲大臣的地位）

百万円を棒に振る（白扔一百萬日元、沒拿到一百萬日元）

試験を振る（放棄〔升學〕考試）

客を振る（謝絕客人）

男を振る（拒絕男人求愛）

女に振られる（被女方甩了）

役を俳優に振る（給演員分配角色）

番号を振る（編號碼）

仮名を振る（注上假名）

玄関を少し東に振って建てた方が良い（把正門建得稍偏東一點較好）

台風が進路を北に振る（颱風向偏北移動）

枕を振る（來一段開場白）

為替を振る（開匯票）

振る〔自五〕擺架子、裝模作樣

嫌に振る（太自命不凡、也太神氣）

全然振らない人（一點都不造作的人、坦率的人）

彼は何処か振っていて気に障る男だ（他有些造作令人討厭）

振る〔接尾〕（接名詞、形容詞詞幹下、構成五段活用動詞）擺…的架子、裝作…的樣子

学者振る（擺學者的架子）

高尚振る（裝高尚的樣子）

偉振る（裝作了不起）

降る〔自五〕降下、落（雨，雪，灰，霜等）

雨に降られる（被雨淋了）降る振る古る

降っても照っても（不管晴天雨天）

雨が降ったり止んだりした（雨時下時停）

降って湧いた様（宛如天降、突然出現）

降って湧いた様な災難だ（這是天降的災難）

降って湧いた様な幸運（天降的幸運）

降る程（多得很）

彼の娘には縁談が降る程有る（替她介紹對象的多的是）有る在る或る

降らぬ先の傘（未雨綢繆）傘笠嵩暈瘡量

篩い落とす〔他五〕篩掉、淘汰

屑米を篩い落とす（把碎米篩掉）

テストを為て篩い落とす（用考試淘汰）

試験生の半分を篩い落とす（把考生淘汰一半）

篩い分析〔名〕〔理〕篩（分）析

篩い分ける〔他下一〕過篩子分開

良いのと悪いのを篩い分ける（把好的壞的過篩子分開）

大豆を篩い分ける（把大豆過篩子分開）

篩い分け〔名〕過篩子

篩い分け試験（篩分試驗）

骰（ㄕㄞˇ）

骰〔漢造〕骰子（骨做的賭具、立體正方形、六面分刻一、二、三、四、五、六點）

骰子、采、賽〔名〕色子、骰子（=骰子、賽子）。〔古〕作戰時主將用的令旗

骰子の目に切る（切成骰子塊狀）

骰子を振る（搖骰子，擲骰子、進行指揮，主持）

骰子は投げられた（大勢已定、木已成舟、一不做二不休）

骰子、賽子〔名〕〔〝子〞是接尾語〕骰子（=骰子、采、賽）

骰子を振る（擲骰子）

骰子を投げる（擲骰子）

晒、晒（曬）（ㄕㄞˋ）

晒、晒〔漢造〕放在陽光下使其乾燥

晒す、曝す、曬す〔他五〕曬，曝曬，讓風吹雨打、暴露，漂白，示眾，〔俗〕做（=為る）

日に晒す（讓太陽曬）

蒲団を日光に晒す（在日光下曬被褥）

風雨に晒された顔（飽受風霜的面孔）

仏像は風雨に晒されて立っている（佛像矗立著任憑風吹雨打）

餓死して屍を道端に晒す（餓死在路上）

苦難に晒されている人人（受苦難的人們）

危険に身を晒す（置身險境）

醜態を晒す（出醜）

人中で恥を晒す（在眾人面前出洋相）

白日の下に晒される（暴露在光天化日之下）

危険に晒され、繰り返しSOSを発した（情況危急反復發出求救信號）

布を晒す（漂布）

晒して無い木綿（沒有漂的棉織品）

首を晒す（梟首示眾）

如何でも晒らせ（不管怎樣去做吧！）

晒し，晒、曝し，曝〔名〕曝曬，漂白、漂白布（=晒し布）、（江戶時代刑罰）把罪人綑綁示眾、梟首示眾（=晒し首）

晒しの肌着（用漂布做的貼身衣）

晒し飴、晒飴〔名〕麥芽糖

晒し飴を作る（做麥芽糖）

晒し餡、晒餡〔名〕曬乾的粉狀小豆餡

晒し金巾〔名〕細漂白布

晒し鯨〔名〕鯨魚的白色肥肉乾

晒し首，晒首，曝し首，曝首〔名〕（江戶時代把罪人頭顱掛在監獄門前）梟首示眾、示眾的頭顱

晒し粉、晒粉〔名〕漂白粉（=クロールカルキ）、漂白的米粉

晒し粉で水を消毒する（用漂白粉給水消毒）

晒し菜升麻〔名〕〔植〕生麻（=野菜升麻）

晒しパルプ、晒パルプ〔名〕漂白紙漿

晒し者、晒者〔名〕（江戶時代）被處街頭示眾的罪人。〔轉〕在眾人面前獻醜的人，被眾人嘲笑的人

晒し者に為れる（被當作嘲笑的目標）

晒し者に為る（成為眾人嘲笑的目標）

僕は晒し者に為り度くない（我不願意在眾人面前出洋相）

晒し木綿、晒木綿〔名〕漂白布（=晒し，晒、曝し，曝）

誰、誰（ㄕㄟˊ）

誰〔代〕〔古〕誰（=誰、誰）

彼れは誰そ（他是誰）

誰そ〔感〕〔古〕誰、何人（=誰か）

汝は誰そ（你是何人？）

誰哉行燈、誰也行燈〔名〕（江戶時代）妓院門前的木製街燈

誰〔漢造〕誰（=誰、何人）

誰何〔名、他サ〕盤問、盤查

歩哨が誰何する（崗哨盤問）

巡查が通行人を誰何する（警察盤查過路行人）

誰何されずに通った（沒受盤問就過去了）

誰、孰〔代〕誰（=誰）

誰か烏の雌雄を知らんや（誰知烏鴉的雌雄、比喻人的善惡難辯）

戦争が済んで喜ばない者は誰一人有るまい（戰爭結束了沒有一個人會不高興的）

誰〔代〕誰（=誰、孰）

誰が行く（誰去？）

誰も行かない（誰都不去）

誰か来たぞ（有人來了）

誰が信用する者か（誰能相信呢？）

誰でも欲しい人に上げる（誰要就給誰）

合格したのは誰ですか（誰考上了？）

此れは誰の鉛筆ですか（這是誰的鉛筆？）

然うでないと誰が言えよう（誰能說不是那樣？）

おやおや誰かと思えば王君ではないか（哎呀！我還以為是誰呢？這不是小王嘛！）

其の事は或る友人に聞いたのだが、誰と名指す事は装う（那件事是我一個朋友那裏打聽的但姑且不說出他的姓名）

誰でも欠点の無い人は無い（任何人沒有無缺點的）

誰にも言っては為らない（對誰都不許說）

雑踏の中で誰が誰だが分からなかった（在熙熙攘攘的人群中分辨不出誰是誰來了）

誰か〔代〕誰、某人

誰か来た様だ（好像誰來了）

誰を呼んで呉れ（叫誰來一下、叫個人來）

誰かさん〔代〕（大家已知的人、但不說其名字）誰，某人，某某老兄、你

誰かさんは誰かさんと仲が好いからねえ（因為那個人和那個人要好嘛！）

誰かさんとは違うよ（和那個人可不一樣喲！）

誰某〔代〕某某、某人（=某、誰其，誰某）

何の誰某と名乗り為さい（你是誰？報上名來）

誰某、誰其〔代〕誰、某某（=誰某）

誰某の言にそんな事が有ったね（在誰的話裡有這麼一句呀！）

誰彼、誰彼〔名〕這個人和那個人、某人和某人、誰和誰、誰

誰彼の区別無く（不分誰和誰）

友の誰彼に相談する（和朋友們商量）

誰彼を問わない（不管是誰）

誰彼無しに〔連語、副〕不分誰或者誰、不論是誰

誰彼無しに入場させる（不論是誰都可入場）

誰も彼も〔連語〕不論誰都、所有人都

誰も彼も知っている（誰都知道）

誰も彼も反対する（誰都反對）

誰しも〔連語、副〕〔〝誰も〞的加強表現、〝し〞是助詞〕誰都、不論誰（=誰でも）

誰しも同じ事だ（不論誰都一樣）

誰知らぬ〔連語〕誰都不知道

誰知らぬ者が無い（誰都知道）

誰誰〔名〕誰和誰、哪幾個人

誰誰が行ったのか（誰和誰去了呀？哪幾個人去了呀？）

誰一人、誰一人〔連語〕（下接否定語）誰都（=誰も、一人も）

誰一人来ない（誰都不來）

誰一人と為て喜ばぬ者は無い（誰都喜歡、沒有一個人不喜歡的）

梢（ㄕㄠ）

梢〔漢造〕樹梢、東西的末端

末梢（末梢，末端、枝節，細節）

枝梢（枝梢）

梢、杪〔名〕樹梢

梢を渡る微風（拂過樹梢的微風）

朝日が梢に射した（晨光照上了樹梢）

焼（燒）（ㄕㄠ）

焼〔漢造〕燒

燃焼（燃燒）

全焼（全部燒毀=丸焼け）

半焼（燒掉一半）

延焼（延燒、火勢蔓延）

類焼（延燒）

煅焼（煅燒）

焚焼（焚燒）

焼夷弾〔名〕〔軍〕燒夷彈、燃燒彈

焼夷弾を投下する（投下燒夷彈）

焼塊〔名〕（水泥的）渣塊、燒結塊（=クリンカー）

焼塊粉砕機（渣塊粉碎機）

焼却〔名、他サ〕焚燒、焚化、燒掉

塵芥を焼却する（焚燒垃圾）

不要書類を焼却する（燒掉無用的文件）

焼却消毒（焚燒消毒）

焼却炉（焚化爐）

焼結〔名、自サ〕〔冶〕燒結

焼結炉（燒結爐）

焼香〔名、自サ〕（在靈前等）燒香、焚香

仏前で焼香する（在佛前燒香）

焼香を済ませる（燒完了香）

焼殺〔名、他サ〕燒死

害虫を焼殺する（燒死害蟲）

焼き殺す〔他五〕燒死

焼死〔名、自サ〕燒死（=焼け死に）

危く焼死を免れる（險些被燒死）

其の火事で沢山の焼死者が出た（那次火災燒死很多人）

火事に逃げ後れて焼死した（失火時沒跑出來燒死了）

焼け死に、焼死に〔名、自サ〕燒死（=焼死）

火事で焼け死にして終った（因火災燒死了）

焼け死ぬ〔自五〕燒死（=焼死）

其の火事で沢山の人が焼け死んだ（那場火災燒死了很多人）

焼失〔名、自他サ〕燒掉、燒毀

家財道具を焼失する（燒毀了家具雜物）

全市の三分の一が焼失した（全市的三分之一燒光了）

焼失面積（燒毀面積）

焼灼〔名、他サ〕〔醫〕燒灼術

焼灼器（燒灼器）

焼灼剤（腐蝕藥）

焼身〔名、他サ〕（佛教徒、抗議者等）焚身

焼身自殺（焚身自殺）

焼尽〔名、自他サ〕燒盡、燒光

猛火は全市を焼尽した（烈火燒毀了全市）

3百戸が焼尽した（三百戶燒光了）

焼き尽す〔他五〕燒盡、燒光

広野を焼き尽す火の勢い（勢若燎原的烈火）

小さな火花も広野を焼き尽す（星星之火可以燎原）

何も彼も焼き尽す様な情熱（烈火般的熱情）

熔岩が一度噴出すれば、一切の野草と喬木とを焼き尽す（熔岩一旦噴出將燒盡一切野草和喬木）

焼け尽きる〔自上一〕燒盡、燒光

焼成〔名、他サ〕（石灰、陶瓷器等）燒成、燒製

焼成燐肥（燒製燐肥）

焼石膏、焼き石膏、焼石膏〔名〕熟石膏

焼損〔名、自他サ〕燒毀

変圧器の焼損（變壓器的燒毀）

大火に因って三十世帯が焼損した（三十戶因大火而燒毀）

焼酎〔名〕燒酒、蒸餾酒

焼鈍〔名、他サ〕〔冶〕韌煉、退火、燜火

焼き鈍し、焼鈍し〔名〕〔冶〕退火、燜火、轉色（試金）

焼き鈍し鋳物（退火鑄件）

焼き鈍し窯（退火爐）

焼き鈍し炭素（退火碳）

焼き鈍し炉（退火爐）

焼亡、焼亡, 焼亡〔名、自他サ〕燒掉、燒毀（=焼失）

焼売〔名〕〔烹〕（來自中國譯音）燒賣

焼く〔他五〕焚，燒、燒製、燒烤，焙，炒、燒熱、曬黑。〔攝〕沖洗。〔醫〕燒灼

紙屑を焼く（燒廢紙）

落ち葉を掃き集めて焼く（把落葉掃在一起燒掉）

匪賊に因って村の家は残らず焼かれて終った（村裡的房屋被土匪燒得一乾二淨）

木を焼いて炭を作る（燒木製炭）

陶磁器を焼く（燒製陶瓷器）

餅を焼く（烤年糕）

飯を油で焼く（用油炒飯）

焼き鏝を真赤に焼く（把烙鐵燒得通紅）

日は背中を焼く（太陽曬黑後背）

膚を焼く（曬黑皮膚）

キャビネに焼く（沖洗成六寸照片）

扁桃腺が腫れたので医者に喉を焼いて貰った（因扁桃腺腫了請醫生把喉頭燒灼一下）

世話を焼く（幫助、照顧）

手を焼く（嚐到苦頭、感到棘手、無法對付）

焼く、妬く〔他五〕忌妒、吃醋

他人の成功を焼く（嫉妒別人的成功）

人の成績が良かったからと言って、焼いては行けない（不要因為人家成績好而嫉妒）

焼き、焼〔名〕燒烤（的東西）、燒烤的程度、火候、（刀刃）淬火。〔轉〕鍛鍊、嫉妬（=焼き餅）

パンの焼きが足りない（麵包烤得不夠火候）

焼きを入れる（淬火）

若い者に焼きを入れる（鍛鍊青年）

焼きが回る（淬火過度、上年紀頭腦昏聵）

焼きが戻る（頭腦昏聵）

焼きを入れる（淬火、鍛鍊、拷問）

焼き上がる、焼上がる〔自五〕燒好、燒製成

煉瓦が焼き上がった（磚燒好了）

焼き上げる、焼上げる〔他下一〕燒光，燒完、燒製，烤製、淬火

菓子を焼き上げる（烤製點心）

焼き網、焼網〔名〕烤食品用的鐵絲網

焼き板、焼板〔名〕（烤糕餅用）烤板，鐵盤、表面上帶烤紋的魚糕

焼き芋、焼芋〔名〕烤地瓜

焼き入れ、焼入〔名〕〔冶〕淬火

焼き入れ硝子、焼入硝子（回火強化玻璃）

焼き入れ油、焼入油（淬火油）

焼き入れ炉、焼入炉（淬火爐）

焼き印、焼印〔名〕烙印（=焼き印，焼印、焼き判，焼判、烙印）

焼き印を押す（加蓋烙印）

牛に焼き印を押す（給牛打烙印）

焼き印で押した様（非常清楚、銘刻在心）

焼き印で押した様に記憶している（記得非常清楚）

焼き印、焼印〔名〕洛印、燒痕（=焼き印、焼印）

焼き判、焼判〔名〕烙印（=焼き印、焼印）

焼き魚，焼魚、焼き肴，焼肴、焼き魚，焼魚〔名〕〔烹〕烤魚

焼き打ち，焼打、焼き討ち，焼討〔名、他サ〕火攻（=焼き攻め、焼攻）

敵に焼き打ちを掛ける（對敵人進行火攻）

焼き攻め、焼攻〔名、他サ〕火攻（=焼き打ち，焼打、焼き討ち，焼討）

焼き絵、焼絵〔名〕（用藥品或烙鐵在象牙或竹板上烙的）烙畫

焼き型、焼型〔名〕〔機〕乾機、烘乾機、乾砂機

焼き金，焼金、焼き鉄，焼鉄〔名〕純金（=焼き金、焼金）、（牛馬或犯人烙的）烙印，火印（=金焼，印焼）。〔醫〕燒灼針，電烙針

焼き金で焼く（用烙鐵烙）

焼き金を以て創瘢を据える（用燒灼針燒瘡痕）

焼き金、焼金〔名〕純金（=焼き金，焼金、）

焼き窯、焼窯〔名〕燒陶瓷的窯

焼き鎌、焼鎌〔名〕淬過火的鐮刀（=焼鎌）

焼き狩り、焼狩〔名〕燒荒狩獵，燒山狩獵法（=焼狩）

焼き桐、焼桐〔名〕（經重烤使紋理顯露的）桐木材

焼き切る、焼切る〔他五〕燒斷、燒光，燒完

窓ガラスを焼き切る（把窗玻璃燒穿一個洞）

ガラス棒を焼き切る（把玻璃棒燒斷）

バーナーで鉄の扉を焼き切る（用燃燒器燒斷鐵門）

針金を焼き切る（把鐵絲燒斷）

フィラメントが焼き切れた（燈絲燒斷了）

焼き切り、焼切〔名〕燒斷、（用電將金屬）切斷

焼切強盗（用火燒斷鎖頭或玻璃等而闖進室內的強盜）

焼け切る〔自五〕燒盡、燒光（=焼け尽きる）

焼け切れる〔自下一〕燒斷

此の真空管は全部焼け切れている（這個真空管全燒斷了）

焼き串、焼串〔名〕（烤魚、肉等的）鐵（竹）籤、烤籤（=焼串）

魚を焼き串に刺す（把魚穿在烤籤上）

焼き栗、焼栗〔名〕炒栗子

焼き栗が芽を出す（枯木開花）

焼き鋼焼鋼〔名〕〔冶〕鍛鋼

焼き鏝、焼鏝〔名〕烙鐵，熨斗、燙髮火剪、（烙畫用）小烙鐵

焼き米，焼米、糒〔名〕（新米炒後搗去稻殼的）炒米（=焼米、炒り米）

焼き砂糖、焼砂糖〔名〕焦糖（=カラメル）

焼き塩、焼塩〔名〕焙過的精鹽

焼き過ぎる、焼過ぎる〔自上一〕燒烤過度、曬印過度、（鋼等）過燒，過熱

此の写真は少し焼き過ぎた（這張相片有點曬印過度了）

焼き過ぎ、焼過〔名〕〔冶〕過燒、過熱

焼き過ぎ鋼（過燒鋼）

焼き捨てる、焼捨てる〔他下一〕燒掉、燒毀

秘密文書を焼き捨てる（燒毀秘密文件）

焼き蕎麦、焼蕎麦〔名〕（澎）炒麵條

焼き大理石、焼大理石〔名〕鍛燒過的大理石（製品）

焼き太刀、焼太刀〔名〕快刀、利刃

焼き立て、焼立て〔名〕剛燒烤過、剛燒烤好（的東西）

焼き立てのほやほやのパン（剛烤好的熱呼呼的麵包）

焼き玉機関、焼玉機関〔名〕〔機〕熱球式發動機、熱球式柴油機（=焼き玉エンジン）

焼き団子、焼団子〔名〕烤丸子

焼き接ぎ、焼接〔名、他サ〕（把碎瓷器塗上釉藥）燒接、燒接工匠

茶碗の焼き接ぎを為る（把碗燒接上）

焼き接ぎ屋（燒接店、燒接匠）

焼き付く、焼付く〔自五〕燒上記號、燒黏在一起、銘刻，留下深刻的印象

心に焼き付いて離れない（銘刻於心不能忘懷）

此れ等はずっと私の頭に焼き付いて離れない（這些一直印在我的腦海裡不能忘掉）

焼け付く、焼付く〔自五〕熔接，燒焊，熱補，燒焦，燒糊

焼け付いて離れない（熔接在一起分不開）

焼け付く様に暑い（炙熱）

焼け付く様な太陽（熾熱的太陽）

煮物が鍋に焼け付いて取れない（熬的食品黏了鍋起不下來）

焼き付け、焼付〔名〕（陶瓷器）燒上彩花、沖洗、鍍。〔冶〕燒接，熔接

茶碗に草花模様の焼き付けを為る（在碗上燒上彩花）

現像と焼付（顯相和印相）

焼き付ける、焼付ける〔他下一〕燒上記號、燒接在一起、（給陶瓷器）燒上彩花。〔攝〕印相，洗相〔轉〕留下深刻印象

文字を焼き付ける（烙上文字）

鉛管を焼き付ける（把鉛管燒接在一起）

硝子を焼き付ける（把玻璃燒接在一起）

絵模様を焼き付ける（燒上彩花）

ネガを焼き付ける（用底片印相）

其の場の光景が脳裏に焼き付けられた（當時的情景銘刻在腦海裡）

其の事件は私の記憶に強く焼き付けられた（那個事件在我的記憶中留下了極深刻的印象）

焼き手、焼手〔名〕燒東西的人、忌妒心強的人，好吃醋的人（=焼き餅焼き）

焼き餅、焼餅〔名〕烤年糕、忌妒，吃醋（=嫉妬、妬み）、忌妒心強、好忌妒的人，愛吃醋的人（=焼餅焼）

弟に焼き餅を焼く（嫉妒弟弟）

彼は焼き餅焼きだ（他愛吃醋）

詰まらぬ事にも直ぐ焼き餅を焼く（一點點小事也馬上忌妒起來）

焼き餅焼くとて手を焼くな（忌妒會招來禍害）

焼き餅心、焼餅心（忌妒心）

焼き餅腹、焼餅腹（忌妒心）

焼き餅焼き、焼餅焼（忌妒心強、好忌妒的人，愛吃醋的人）

焼き餅屋、焼餅屋（烤年糕鋪，賣烤年糕的人、忌妒心強、好忌妒的人，愛吃醋的人）

焼き餅喧嘩、焼餅喧嘩（因忌妒而吵架）

焼き餅顔、焼餅顔（忌妒的神色）

焼き豆腐、焼豆腐〔名〕（串在竹籤上用火烤製的）烤豆腐

焼き豆腐の心底（不辭勞苦、不厭其煩）

焼き鳥、焼鳥〔名〕〔烹〕烤鳥肉串、烤雞肉串、烤豬雜碎串

焼き鳥で一杯飲む（拿烤雞肉串來下酒）

焼き豚、焼豚〔名〕〔烹〕烤豬肉串

焼き豚、焼豚〔名〕〔烹〕叉燒肉（=叉焼）

焼き直す、焼直す〔他五〕重燒，重烤、改寫，改編、重印、重新訓練，重新鍛練

魚を焼き直す（把魚重烤一次）

前に書いた小説を焼き直す（改寫以前寫的小說）

写真を焼き直す（重印照片）

彼奴は焼き直さなくては駄目だ（那傢伙必須重新鍛練一下）

焼き直し、焼直し〔名、他サ〕重燒，重烤、改寫，改編

旧い作品を焼き直しして発表する（把舊作品改寫一下發表出去）

焼き鍋、焼鍋〔名〕炒鍋

焼き肉、焼肉〔名〕〔烹〕烤肉

焼き海苔、焼海苔〔名〕〔烹〕烤海苔

焼き刃、焼刃〔名〕（回過火的）刀刃、（刀的）雲紋

焼き場、焼場〔名〕焚毀場、火葬場

焼き灰、焼灰〔名〕（物品燃燒後的）灰燼

焼き畑，焼畑、焼き畠，焼畠、焼き畑，焼畑、焼畑，焼畠〔名〕（燒去雜草、樹木然後種植農作物的）火田

焼き蛤、焼蛤〔名〕〔烹〕烤蛤蜊肉（串）

其の手は桑名の焼き蛤（可不會上你的當的）

焼き嵌、焼嵌〔名〕〔機〕熱裝、熱套、熱壓配合、冷縮配合

焼き払う、焼払う〔他五〕燒光，燒盡、點火燒跑（野獸等）

芥を焼き払う（把垃圾燒掉）

家はすっかり焼き払われた（房子全燒光了）

焼き麩、焼麩〔名〕烤麵筋

焼き筆、焼筆〔名〕（畫稿用的）炭筆

焼き増し、焼増〔名、他サ〕〔攝〕加洗、加洗的照片

写真屋に五枚焼き増しを頼む（讓照相館加洗五張）

三枚焼き増しして下さい（請加洗三張）

焼き明礬、焼明礬〔名〕燒明礬（用於消毒或食品加工）

焼き飯、焼飯〔名〕〔烹〕炒飯（=炒飯）、烤的飯糰（=焼き結び）

焼き戻す、焼戻す〔他五〕〔冶〕回火、退火、燜火

焼き戻し、焼戻〔名〕〔冶〕回火、退火、燜火

焼き戻し油（回火油）

焼き物、焼物〔名〕陶瓷器的總稱。〔烹〕烤的魚肉雞，烤的菜餚、焠火的刀具，刀劍

中国の焼き物を集める（蒐集中國的陶瓷器）

焼き物師、焼物師（陶瓷工匠）

焼き物薬、焼物薬（釉藥=釉，釉薬，上薬、釉薬）

焼き湯葉、焼湯葉〔名〕〔烹〕烤豆腐皮

焼き林檎、焼林檎〔名〕〔烹〕（蘋果去核塞砂糖黃油等烤製的）烤蘋果

焼き枠、焼枠〔名〕〔攝〕印相框

もつ焼〔名〕（〝もつ〞為〝臓物〞之省略）烤雞雜串

焼ける〔自下一〕著火，燃燒、燒熱，熾熱、燒成，烤製、曬黑、曬褪色、燒心，胃酸過多、（天空、雲）變成紅色

家が焼ける（房子著火）

火事で本が焼けて灰に為って終った（因失火書燒成了灰）

焼鏝が真赤に焼けた（烙鐵燒得通紅）

今日は焼ける様な暑さだ（今天火燒一般的熱）

此の茶碗は良く焼けている（這個碗燒得很好）

十分焼けていないパン（烤得不夠火候的麵包）

肉は未だ良く焼けない（肉還沒烤好）

背中は日に焼けた（後背被太陽曬黑了）

着物が日に焼けて色が褪せる（衣服被太陽曬褪色）

胸が焼ける（燒心、醋心、胃酸過多）

西の空が焼ける（西方的天空發紅）

世話が焼ける（麻煩人）

焼けた後の火の回り（賊走關門、馬後炮）

焼ける、妬ける〔自下一〕嫉妒、吃醋

焼けて仕方が無い（嫉妒得很）

焼け、焼〔名〕彩霞，紅霞、燒曬、（硫化礦物的）露頭，鐵帽

朝焼け（朝霞）

夕焼け（晚霞）

酒焼け（酒紅臉）

日焼け（皮膚曬黑，曬紅）

焼け痕、焼痕〔名〕燒燙的傷疤

焼け跡、焼跡〔名〕燒後的痕跡、火災後的痕跡、廢墟

焼け跡に家を建てる（在火災後的廢墟上蓋房子）

焼け跡の釘拾い（遭火災後在火場撿釘子、大魚跑了撈蝦）

焼け跡の火の用心（亡羊補牢）

焼け穴、焼穴〔名〕燒的窟窿

煙草の火を落して服に焼け穴を拵える（香煙的火掉到衣服上燒出一個窟窿）

焼け石、焼石〔名〕燒（曬）熱的石頭

焼け石に水（杯水車薪）

少し許りの救済金では焼け石に水だ（一點點的救濟金簡直是杯水車薪）

焼け色、焼色〔名〕火烤（日曬）的顏色、焦色

焼け落ちる、焼落ちる〔自上一〕燒塌

屋根が焼け落ちた（屋頂燒塌了）

焼け滓、焼滓〔名〕爐渣、煤渣

焼け杭，焼杭、焼け杭，焼杭、燼，燼〔名〕燒焦的木樁（=焼け木杭，焼木杭、焼け棒杭，焼棒杭）

焼け杭に火が付く（死灰復燃-特指男女恢復舊關係）

焼け木杭，焼木杭、焼け棒杭，焼棒杭〔名〕〔俗〕燒焦的木樁（=焼け杭，焼杭）

焼け木杭に火が付く（死灰復燃-特指男女恢復舊關係）

焼糞、自棄糞〔名〕〔俗〕自暴自棄（=自棄）

焼糞に為る（自暴自棄、耍脾氣、氣急敗壞）

もう焼糞だ（自暴自棄！豁出去了！管它呢！）

焼腹、自棄腹〔名〕自暴自棄、發脾氣（=自棄っ腹）

焼腹に為る（生悶氣）

焼腹を立てる（生悶氣）

焼け焦がす、焼焦す〔他五〕燒焦、烤焦

アイロンでズボンを焼け焦がす（把褲子燙焦）

焼け焦がし、焼焦し〔名〕燒焦，烤焦、燒焦的部分（東西），烤焦的部分（東西）

着物に焼け焦がしを拵える（把衣服烤焦了）

アイロンでワイシャツに焼け焦がしを作る（把襯衣燙焦）

焼け焦げる、焼焦げる〔自下一〕燒焦、烤焦

煙草の火で畳が焼け焦げる（草蓆因香煙的火燒焦）

焼け焦げ、焼焦〔名〕燒焦、烤焦、烤焦的痕跡

洋服に焼け焦げを作る（把西服烤焦）

畳に煙草の焼け焦げを作る（香煙把草蓆燒焦）

焼け出される、焼出される〔自下一〕被燒得無家可歸

火事で焼け出され、寒さに震えている気の毒な人（因火災無家可歸凍得發抖的可憐的人）

焼け出され、焼出され〔名〕失火燒掉房屋（的人）、遭受火災而無家可歸（的人）

空襲で焼け出されに為った（因空襲燒掉了房屋）

焼け土、焼土〔名〕焦土、岩漿、曬過發燙的土

焼け処、火傷〔名、自サ〕燒傷，火傷，燙傷。〔轉〕遭殃，吃虧

焼け処を為る（燒傷，火傷，燙傷）

熱湯で足に焼け処を為た（開水燙傷了腳）

手に焼け処（を）為る（把手燙傷）

子供がマッチで悪戯を為て指を焼け処した（小孩子玩火柴燒傷了手指頭）

焼け処した子供は火を恐れる（燒傷過的孩子怕火）

あんな女に関わったら焼け処するぞ（和那種女人打交道你要吃虧的）

焼け処火に懲りず（重蹈覆轍）

焼け野、焼野〔名〕被野火燒過的原野（=焼け野原、焼野原）

焼け野が原（被野火燒過的原野）

焼け野の烏（烏鴉掉入染缸裡、黑上加黑）

焼け野の雉子夜の鶴（野火燎原時雉奮勇救其雛，夜寒霜降時鶴張翼覆其子、喻禽獸猶有愛子之心）

焼け野原、焼野原〔名〕被野火燒過的原野（=焼け野、焼野）、被火燒光的地方

焼け残る、焼残る〔自五〕燒剩下、沒有燒掉

不思議にも私の家丈焼け残った（奇怪的是只有我家沒有燒掉）

其の寺は過去幾多の戦火にも拘わらず焼け残った（那座寺院儘管過去幾經戰火仍然沒有燒掉）

焼け残り、焼残り〔名〕燒剩（的物品）

焼け火箸、焼火箸〔名〕燒熱（燒過）的火筷子

焼けビル、焼ビル〔名〕燒毀了的樓房

焼け脹れ、焼脹〔名〕（燒傷、燙傷後引起的）水泡

焼け太り、焼太〔名〕（營業、家業等）失火反而興旺

焼け山、焼山〔名〕野火燒過的山、〔俗〕休火山，死火山、〔地〕燒山（位於新潟縣西南部的休火山）

焼け山狩、焼山狩〔名〕放荒狩獵

焼べる〔他下一〕（把煤、柴等）放入（火內燃燒）、添加（燃料）

重要書類を火に焼べる（把重要文件放進火裡）

火が衰えて来たので薪を焼べる（火弱了加進劈柴）

稍、稍（ㄕㄠ）

稍、稍〔漢造〕微少、略略、漸漸

稍、稍稍、漸〔副〕稍，稍稍，稍微、一會兒，不大功夫。〔古〕徐徐，慢慢，漸漸

稍年嵩です（年齡稍大）

実物より稍小さい（比實物稍小一點）

雨が稍小降りに為る（雨下得稍小了）

中央より稍右に寄せて置く（擺到中間稍右的地方）

病人は今日は稍良い様です（病人今天好像稍好一些）

稍有って徐に口を開いた（過了一會兒慢慢地開了口）

夜更けて、稍涼しき風吹きけり（夜深了漸漸起了涼風）

杓（ㄕㄠˊ）

杓〔名〕〔舊〕勺（=柄杓）

杓で湯を汲む（用勺子舀開水）汲む組む酌む

杓子〔名〕勺子

飯杓子（飯勺）

杓子で掬う（用勺子舀）掬う救う

貝で作った杓子（用貝殼做的勺子）作る造る創る

杓子で汁を装う（用勺子裝湯）装う装う

杓子で腹を切る（根本做不到、只是走走形式）切る伐る斬る着る

杓子は耳掻きに為らず（飯勺當不了耳勺）

杓子定規〔名、形動〕死板的規矩，清規戒律、墨守成規

杓子定規の（な）人間（墨守成規的人、形式主義的人）

然う杓子定規には行けない（辦事不能那麼死板〔機械〕）

官僚は、兎角杓子定規に為り勝ちだ（官僚這種人往往會變成文牘主義）

杓子面〔名〕摳臉（=杓子顔）

杓子菜〔名〕〔植〕菘、青菜（小白菜）

杓鴫〔名〕〔動〕勺鷸

中杓鴫（中勺鷸）

大杓鴫（大勺鷸、麻鷸）

エスキモ杓鴫（愛斯基摩麻鷸）

小杓鴫（小勺鷸）

杓文字〔名〕（女）勺子、飯勺（=杓子）

杓文字で御飯を装う（用飯勺盛飯）

杓う〔他五〕〔俗〕舀（=杓る、掬う）

水槽の水を杓い上げる（把水槽裡的水舀上來）

杓る〔他五〕挖，剜，探（=刳る）、〔俗〕舀取（=杓う、掬う）、向上翹

壷の酒を底迄杓って飲む（連壺底的酒都舀出來喝）飲む呑む

顎を杓る（翹下巴、頤使）

芍（ㄕㄠˊ）

芍〔漢造〕多年生草，高一到二尺，初夏開花，有赤白兩種，根可做藥

芍薬〔名〕〔植〕芍藥

立てば芍薬坐れば牡丹（〔形容美人〕如花似玉）

少（ㄕㄠˋ）

少〔漢造〕少、年少、同級中最低的官

多少（多少、多寡、稍微）

些少（些許、少許）

希少、稀少（稀少、稀罕、罕見）

軽少（輕微、很少、微不足道）

過少（過少、太少）←→過多

寡少（寡少、很少）

僅少（僅少、很少）

減少（減少）

幼少（年幼、幼小）

年少（少年，青年、年幼，年輕）

老少（老少、老幼）

少尉〔名〕〔軍〕少尉←→大尉、中尉

少異〔名、自サ〕稍有差異

少額、小額〔名〕小額←→高額、少額←→多額

小額紙幣（小額紙幣）

予想より小額だ（錢數比預想的少）

小額の献金（少數捐款）

少閑、小閑〔名〕短暫的閒暇

小閑を盗んで読書する（偷閒讀書）

少憩、小憩〔名、自サ〕小憩

小憩を取る（休息一下）

途中湖の畔で二十分程小憩を取る（中途在湖畔稍微休息二十分鐘）

少考〔名、自サ〕稍加思考、稍微思考

少国民〔名〕下一代國民、少年少女

少佐〔名〕〔軍〕少校

少差、小差〔名〕相差不多、微小的差別←→大差

小差で勝つ（以微小的差別取勝）

少産少死〔名〕（人口的）少生少死

日本の人口は少産少死の先進国型に為った（日本的人口成了少生少死的先進國類型）

少時〔名〕幼時，年少時、瞬間，暫時，片刻

少時より学を好む（從小就愛學習）

少時の油断も許されない（片刻都不能疏忽大意）

少女〔名〕少女、小姑娘

少女時代（少女時代）

少女趣味（少女興趣〔愛好〕）

少女団（少女團、女童子軍）

少女、乙女〔名〕少女，處女、處女星座

乙女の姿（少女的容貌）

乙女時代（少女時代）

乙女心、少女心（少女的心、純潔的心）

少女子、乙女子〔名〕少女（＝女の子）

少少〔名、副〕少許、一點、一些（＝少し、僅か許り）

少少御免（請原諒）

砂糖を少少下さい（給我一點糖）

少少煮過ぎたらしい（有點煮過頭了）

其では少少困る（那有一點不好辦）

少少御待ち下さい（請稍等一會兒）

少少御詰め下さいませんか（請稍往裡面擠一下）

少少の事で争う必要は無い（為一點事情沒有必要爭吵）

彼の苦労は少少の事ではなかった（他的辛酸非同小可）

少将〔名〕〔軍〕少將←→大将、中将。〔古〕近衛府的次官

少食、小食〔名〕飯量少←→大食

小食の人（飯量小的人）

君は小食だね（你的飯量真小呀！）

病気の後は小食に為った（病後飯量減少了）

少数（しょうすう）〔名〕少數←→多数（たすう）

少数の意見（少數的意見）

才能有る少数の人人（少數有才能的人）

賛成者は少数に為った（贊成者變成了少數）

雨天の為来会者は少数であった（因雨到會的人很少）

少数民族（少數民族）

少数派（少數派）

少数意見（少數意見）

少数精鋭主義（少數精銳主義）

少壮（しょうそう）〔名〕少壯

少壮気鋭の人（少壯而朝氣蓬勃的人）

少壮有為の士（少壯有為之士）

少弟、小弟（しょうてい、しょうてい）〔名〕幼小的弟弟、舍弟

〔代〕〔謙〕小弟←→大兄（たいけい）

小弟が何時も御世話に為ります（舍弟經常受到您的關照）

小弟事御蔭樣で達者で居ります（小弟托福很健康）

少敵、小敵（しょうてき、しょうてき）〔名〕小敵，寡敵、弱敵←→大敵（たいてき）

小敵たりとも侮るな（小敵也不可輕侮）

相手チームを小敵と見縊った（輕視對手球隊為弱敵）

少糖類（しょうとうるい）〔名〕〔生化〕低聚糖、寡糖

少納言（しょうなごん）〔名〕〔史〕少納言（太政官的三等官，執掌小事的奏宣，官印，兼任侍從）

少難、小難（しょうなん、しょうなん）〔名〕小困難、小災小難←→大難（だいなん）

少弐（しょうに）〔名〕〔史〕少貳（太宰府的次官）←→大弐（だいに）

少年（しょうねん）〔名〕少年←→青年（せいねん）、壮年（そうねん）

少年の頃からの友人（少年時代的朋友）

紅顔の美少年（紅顏美少年）

少年文学（兒童文學）

少年非行（少年的不良行為）

少年期（童年期、少年時代）

少年犯罪（少年犯罪）

少年老い易く学成り難し（少年易老學難成）

少年院（〔收容流氓少年進行教育的〕少年教養院）

少年団（童子軍〔=ボーイスカウト〕）

少年鑑別所（〔在提交〝家庭裁判所〞審判前收容少年的〕少年鑑別所〔從心理、醫學等方面鑑別其素質〕）

少輔、少輔（しょうゆう、しょう）〔名〕〔史〕少輔（根據大寶令所設太政官下八省中職位次於次官的官員）、少輔（明治二年所設各省中職位次於次官的官員）←→大輔（たいふ）

少欲, 小欲、少慾, 小慾（しょうよく）〔名〕寡欲←→大欲（たいよく）、大慾（たいよく）

小慾を尊ぶ（寡欲為貴）尊ぶ

小慾知足（寡欲知足）

少量（しょうりょう）〔名〕少量（=小量）←→多量（たりょう）、大量（たいりょう）

茶に少量の砂糖を入れる（茶水裡加少量的糖）

少禄、小禄（しょうろく、しょうろく）〔名〕微祿、小俸祿←→大禄（だいろく）、高禄（こうろく）

少（すこ）〔接頭〕〔俗〕稍稍、有一點（=少し、些か）

少禿げの苦い面した親父（哭喪著臉有點禿頭的老頭子）

少し、些し（すこし、すこし）〔副〕（數量程度等）少許、少量、稍微、一點（=僅か, 纔か、些か, 聊か、一寸、稍, 稍稍, 漸）

パンが些し残っている（剩下一點麵包）

彼は頭が些し変だ（他頭腦有點怪〔不正常〕）

もう些しだ、頑張れ（只剩一點了加油！）

何卒もう些し御上がり為さい（請再吃〔喝〕一點）

彼は何でも些しは心得ている（他什麼都懂一點）

些し努力したら直ぐ覚えられる（稍微用點心就會）

其れには些しの疑いも無い（那是毫無疑問的）

矢は本の些しの所で的に当たらなかった（箭只差一點點沒射中靶子）

些し宛進む（一點一點地前進）

もう些しで自動車に撥ねられる所だった（差一點被汽車撞了）

もう些し転ぶ所だった（差一點沒摔倒）

些し行くと、雑貨屋が有る（往前走不遠有一個雜貨鋪）

学校は駅から些しの所に在る（學校在離火車站很近的地方）

些しの事で腹を立てる（因一點小事生氣）

些し御待ち下さい（請您稍候）

彼は些し前に帰りました（他剛走不大一會兒）

少しく〔副〕稍微、少許、有點（=少し）

少しく大き過ぎる（稍大一點）

少しく不審の点が有る（有點可疑之處）

少しも〔副〕（下接否定）一點也（不）…、絲毫也（不）…（=ちっとも、些かも、全然）

少しも驚かない（一點都不吃驚）

少しも効目が無い（一點都沒有效應）

私は貴方の言う事が少しも分りません（我一點也不懂您說的話）

彼には良心何て少しも無い（他一點良心也沒有）

そんな考えは少しも無い（一點都沒有那種想法）

私は少しも構わない（我一點都不介意）

彼と比べて少しも劣らない（與那個相比毫不遜色）

我我は其の点では彼等に少しも引けを取らない（在那一點上我們毫不次於他們）

其に就いては少しも知らない（關於那一點我一無所知）

六月迄少しも雨が降らなかった（一直到六月一點雨都沒有下）

もう少し〔副〕再稍微、再稍許、差一點點（=もう一寸）

もう少ししてから（再稍過一下子）

もう少し大きな声で読み為さい（再稍大聲點念）

もう少し召し上がりませんか（您不再多吃點嗎？請再多吃點吧！）

もう少しで八時です（還差一點就到八點）

もう少しで行って終う所でした（再稍微一點去他們就要走掉了）

少ない、少い、尠い〔形〕少，不多←→多い、年紀小

誤植の少ない本（錯字少的書）

言葉数の少ない人（沉默寡言的人）

百歳以上迄生きる人は少ない（活過百歲的人不多）

彼の人は家に居る事が少ない（他很少在家）

外国語の文字が読める人は少なくないが、良く話せる人は少ない（認得外文的人不少可是能說得流利的人卻不多）

彼に負う所が少なくない（借助於他的地方很多）

少なく見積もっても一万円は掛かる（往少裡估計也需要一萬日元）

少なからざる損害を蒙る（遭受不少損失）

小遣いに三百円を貰って、如何にも少なげな顔を為ている（要來三百日元零用錢流露出嫌少的表情）

年は少ないが頭がはっきりしている（年紀雖小頭腦很清楚）

少なからず〔連語、副〕很多、不少、不小、非常（=沢山、非常に）

彼の方には少なからず御世話に為った（承蒙他多方照顧）

同じ例が少なからず発見された（同樣的例子發現了不少）

少なからず驚いた（大吃一驚）

此の本には少なからず誤植が有る（這本書裡錯字不少）

少なく（と）も〔副〕至少、最低、最小限度

此の時計は少なく（と）も十万円は掛かる（這隻錶至少值十萬日元）

少なく（と）も此丈は覚えて下さい（至少〔最低限度〕也要把這點記住）

君は少なく（と）も謝罪す可きだ（你至少應該賠個不是）

少（な）目（すく（な）め）〔形動〕往少裡、少一些←→大目

少（な）目に見積もる（往少裡估計）

哨（しょう）（ㄕㄠˋ）

哨（しょう）〔漢造〕哨、放哨

立哨（立哨）

歩哨（步哨、哨兵）

前哨（前哨）

前哨戦（前哨戰）

哨戒（しょうかい）〔名、自サ〕〔軍〕巡哨、放哨

沿岸哨戒（沿岸放哨）

海上を哨戒する艦艇（海上巡邏的艦艇）

哨戒機（巡哨機空中偵察機）

哨戒部隊（巡哨部隊）

哨戒艇（哨艇、巡邏艇）

哨戒線（巡邏線）

哨艦（しょうかん）〔名〕〔軍〕哨艦

哨舎（しょうしゃ）〔名〕崗哨、哨所

哨舎の前を通る（從哨所前面通過）

哨所（しょうしょ）〔名〕哨所

哨船（しょうせん）〔名〕擔任監視的船

哨兵（しょうへい）〔名〕〔軍〕哨兵（=歩哨）

哨兵に立つ（站崗）立つ発つ絶つ截つ裁つ断つ経つ建つ起つ

哨兵線を張る（布置放哨線、撤出哨兵）張る貼る

哨吶（チャルメラ）〔名〕（葡 charamela）〔樂〕（葡萄牙的）七孔喇叭、嗩吶

紹（しょう）（ㄕㄠˋ）

紹（しょう）〔漢造〕介紹、繼承

継紹（繼承先人的事業等）

紹介（しょうかい）〔名、他サ〕介紹

自己紹介（自己介紹）

手紙で紹介する（用書信介紹）

正式に紹介する（正式介紹）

紹介状を書く（寫介紹信）書く欠く画く掻く斯く

海外文学の紹介（外國文學介紹）

紹介の言葉と為て二言三言言う（說兩三句介紹的話）言う謂う云う

友人の杉村さんを御紹介申し上げます（我來給您介紹一下我的朋友衫村先生）与り預り

只今社長より御紹介に与りました中村で御座います（我是剛才蒙社長介紹的中村）

本書は朝日新聞紙上で紹介された（本書在朝日新聞上作了介紹）

其の方に紹介して下さい（請您把我介紹給那一位）

新台湾の交通事情を日本に紹介する（把新台灣的交通情況介紹給日本）

紹介者（介紹人）

紹介所（職業介紹所）（=職業紹介所）

紹介状（介紹信）

学校への紹介状を貰う（取得給學校的介紹信）

紹介状を書いて遣る（開出介紹信）

貴方が此の紹介状の方ですか（您就是這介紹信上寫的那位嗎？）

紹興酒（しょうこうしゅ）〔名〕紹興酒

収（しゅう）（收）（ㄕㄡ）

収（しゅう）〔漢造〕捉拿（犯人）、收納、收縮

回収（回收、收回）

徴収（徵收）

領収（收到）

増収（增加收入、增加產量）←→減収

減収（減收，收入減少、減產）

ㄕ

現収（現在的收入）

収益〔名〕收益

収益を上げる（獲得收益）上げる揚げる挙げる

収益は全部学校へ寄付する（收益全部捐獻給學校）当てる充てる中てる宛てる

音楽会の収益は全部被災者の救済に当てられる（音樂會的收益全用來賑濟災民）

収益税（收益稅）

収穫〔名、他サ〕收穫、成果

大豆を収穫する（收穫大豆）

一年に二度の収穫が有る（一年收穫兩次）有る在る或る

今こそ収穫の時だ（現在正是收穫的時候）

本年の米の収穫は平年作を上回る見込みだ（今年水稻的收穫估計將超出普通年成）

収穫物（收穫物）物物

収穫高（收穫量）

収穫逓減の法則（〔經〕收穫遞減規律）

旅行の収穫（旅行的收穫）

大いに収穫が有った（有很大的收穫、收穫很大）

其の努力は余り収穫が無かった（那種努力並沒有取得什麼成果）

如何だい、何か収穫が有ったかい（怎麼樣有什麼收穫嗎？）

収監〔名、他サ〕〔法〕監禁

判決を受けた犯人は今日収監された（被判決的犯人今天下獄了）

収監状（〔檢察官簽發的〕監禁令）

収去〔名、他サ〕收去，取走。〔法〕收去

収去物件（收去物件）

収去権（收去權）

収金〔名、自他サ〕收款、催收的錢（=集金）

収骨〔名〕收骨灰（入骨灰盒）、收集遺骨

収差〔名〕〔理〕象差

収差を除く（矯正象差）除く覗く覘く

此のレンズは収差が少なくて良い（這個鏡片象差小挺好）

収差矯正レンズ（矯正象散透鏡）

収支〔名〕收支

収支相償う（收支相抵）

収支が償わない（入不敷出）

収支のバランスが取れている（收支保持著均衡）取る捕る獲る撮る摂る採る執る盗る

年度末に収支を合計する（年度末統計收支）

収取〔名、他サ〕收取

果実を収取する（收取果實）

収受〔名、他サ〕收受

賄賂収受（收賄）

金品を収受する（收受金錢和物品）

収拾〔名、他サ〕收拾、整頓

政局を収拾する（收拾政局）

収拾が付かない状態（不可收拾的局勢）

彼は此の難局を見事に収拾する事が出来た（他能夠巧妙地收拾了這個困難局面）

収集、蒐集〔名、他サ〕收集、搜集

塵蒐集車（垃圾車）

郵便切手の蒐集（集郵）

彼の古書の蒐集は有名だ（他搜集古書是很有名的）

蒐集癖（搜集癖）

蒐集家、収集家（收藏家）

郵便切手の蒐集家（集郵家）

収縮〔名、自他サ〕收縮

膨張した通貨を収縮する（緊縮膨脹了的通貨）

筋肉が収縮する（肌肉收縮）

事業の規模を収縮する（縮小事業規模）

収縮性（收縮性）

収縮係数（收縮係數）

収縮胞（〔生〕收縮泡）

収色〔名、他サ〕〔理〕消色差化、色差的消除

ㄕ

収税〔名、他サ〕徵稅

收税吏（徵稅吏）

収蔵〔名、他サ〕收藏、貯藏

佐藤氏の収蔵する珍本（佐藤氏收藏的珍本）

秋に為って米を収蔵する（秋季收藏稻米）

収蔵庫（收藏庫、倉庫）

収束〔名、自他サ〕收集成束、結束。〔數〕收斂。〔理〕會聚，聚焦（=集束）

光が収束する（聚光）

事件を収束する（結束事件）

収奪〔名、他サ〕奪取、掠奪

独占資本の収奪（壟斷資本的掠奪）

農民から地代を収奪する（從農民身上掠奪地租）

収着〔名〕〔理、化〕吸附（作用）

収得〔名、他サ〕收受，取得，收取、把拾得物等據為己有

収得罪（〔法〕〔以行使目的〕收受偽造貨幣罪）罪罪

収入〔名〕收入、所得←→支出

実収入（實際收入）

雑収入（雜項收入）

並の収入の家庭（一般〔中等〕收入的家庭）

収入を増やす（增加收入）増やす殖やす

支出が収入を超過する（支出超過收入）

僅かな収入（微薄的收入）

収入印紙（印花稅票）

収入役（〔市、鎮、村的〕會計員）

収納〔名、他サ〕收納、收藏

国庫に収納する（收入國庫）

農作物を乾燥させた上収納する（把農作物曬乾後收藏起來）

税金は役場で収納する（稅款在官署收納）

収錨〔名、自サ〕〔海〕收錨、撥錨、吊起錨

収用〔名、他サ〕徵用

土地収用法（土地徵用法）

土地を収用する（徵用土地）

国家が私有地を収用して道路を作る（國家徵用私有地修路）作る造る創る

収容〔名、他サ〕收容，容納、〔法〕拘留，監禁

此のバスは六十人の乗客を収容出来る（這輛公車可以容納乘客六十人）

負傷した遭難者を病院に収容する（把受傷的遇難者收容在醫院）

非行少年を収容する（監禁不良少年）

強制収容所（集中營）所所

捕虜収容所（戰俘收容所）

収攬〔名、他サ〕收攬、攏絡

人心を収攬する（攏絡人心）

収率〔名〕〔理〕收穫率

収量〔名〕產量、收穫量

収量の多い芋（收穫量多的白薯）

収斂〔名、自他サ〕收縮。〔理〕會聚（=集束）。〔數〕收斂、收稅，徵稅、收穫（穀物）

此の薬は血管を収斂させる力が有る（此藥有收斂血管的效力）

収斂剤（收斂劑）

収斂レンズ（會聚透鏡）

収斂光束（會聚光束）

収録〔名、他サ〕收錄，搜集、刊載，刊登、（廣播電台在現場）收錄，錄音，錄像

此の辞書には新語が沢山収録されている（這部辭典搜集了許多新詞）

此の地方の風俗を夕刊に収録する（把此地風俗刊登在晚報上）

演芸番組を劇場で収録する（在劇場收錄戲劇節目）

収賄〔名、他サ〕收賄←→贈賄

収賄の嫌疑で検挙された（因收賄嫌疑被逮捕）

彼は収賄等（を）為る様な人ではない（他不是會做出受賄那類事的人）

収賄罪（收賄罪）

収まる、納まる〔自五〕容納，受納、繳納、平息，結束，解決、復原，復舊、心滿意足

食べた物が胃に納まらない（胃裡存不住食物、反胃）修まる治まる

剣が鞘に納まっている（劍在鞘內）剣

果物が箱の中に納まった（水果裝進箱子裡了）

此の文章は五ページで納まると思う(這篇文章我看五頁就夠了)

税金が未だ納まらない（稅還沒繳納）

御宅の電気代は未だ納まっていない（您家的電費還沒繳）

風が納まった（風停了）

喧嘩が納まった（吵架吵完了）

痛みが納まらない（止不住痛）

円く納まれば良い（如能圓滿解決才好）

腹の虫が納まらない（怒氣未消）

元に納まる（復原）

元の地位に納まった（恢復了原來的地位）

今度は台北で納まって行く様です（這次似乎要在台北住下了）

彼は今では校長で納まっている（他現在心滿意足地當著校長）

今では立派な翻訳家で納まっている（今天也算是有名的翻譯家了）

どんな事が有っても平気で納まり返っている（無論有甚麼都泰然自若）

然う納まるよ（你別臭美了！）

無欲で心が納まる（無欲而心滿意足）

車内に納まる（穩坐在車裡）

修まる〔自五〕（品行）端正、改好、改邪歸正

素行が修まらない（品行不端正）

放蕩の癖が抜けてやっと身が修まった（放蕩荒唐的毛病總算改邪歸正了）

治まる〔自五〕安定、平息、平定、平靜 (=静まる)

国が治まる（國家安定）治める修まる収まる納まる

内乱が治まった（內亂平定下來）

騒動が静まって国内が治まる（騷動平息國內穩定）

天下大いに治まる（天下大治）

収まり，収り、納まり，納り、治まり，治り〔名〕平息、解決、了結、安定

納まりが付く（完畢、得到解決、有下場）

事件は納まりが付いた（事件得到了解決）

此の身の納まりが付かない（找不到歸宿、沒有安身立命之處）

納まりを付ける（完畢、設法解決、使有下場）

納まりが悪い（不安定、不穩定）

収まり返る，収り返る、納まり返る，納り返る〔自五〕鎮靜，不動聲色心、滿意足

どんな危険に逢っても納まり返っている（無論遇到任何危險也不動聲色）

納まり返った顔（心滿意足的神色）

収める、納める〔他下一〕繳納、收藏，放進、結束，完畢、（接動詞連用形下）表結束

注文品を納める（交付訂貨）修める治める戢める

月謝を納める（交學費）

税金を納める（納稅）

屑鉄を国へ納める（把碎鐵獻給國家）

会費を納める（繳納會費）

利益を納める（收益、獲利）

勝利を納める（取得勝利）

倉庫に納める（收入倉庫裡）

物を箱に納める（把東西裝進箱子裡）

遺骨を納める（把遺骨收藏起來）

敗兵を納める（收容敗兵）

野菜を公共食堂へ納める（把青菜賣給公共食堂）

元の所へ納める（歸回原處）

ピストルを袋に納める（把手槍收到套裡）

贈物を納める（收下禮品）

抜身を鞘に納める（把拔出的刀放入鞘裡）

干戈（矛）を納める（收兵、結束戰鬥）

もう一回で収めましょう（再來一次就結束吧！）

もう一杯で収めましょう（再喝一杯來結束吧！）

歌い収める（唱完）

書き収める（寫到此收尾）

舞い収める（舞畢）

修める〔他下一〕學習，研究、修，修養

学を修め、業を習う（修習學業）業 業業

一芸を修める（學會一門手藝）

彼は大学で英文学を修めた（他在大學學習了英國文學）

洋裁を一通り修めるのに幾年掛かりますか（裁縫全部學習要花幾年功夫）

身を修める（修身）

治める〔他下一〕治理，統治、平定，鎮壓、平息，排解

国を治める（治國）治める修める収める納める

家を治める（持家）

武力を持って治める（以武力統治）

水を治める（治水）

暴徒を治める（鎮壓暴徒）

騒動を治める（平息風潮）

内乱を治める（平定內亂）

喧嘩を治める（排解爭吵）

紛争を円満に治める（圓滿地解決糾紛）

二人の仲を丸く治めた（使兩人言歸於好）

孰（ㄕㄨˊ）

孰れ、何れ〔代〕哪個、哪一方面（=何れ、何方）

〔副〕反正，左右，早晚，追究到底（=何の道）、不久，最近，改日

孰れ劣らぬ（不分軒輊、不相上下）

真偽孰れにも為よ（無論真假）

孰れか一つ選ぶ（任選一個）選ぶ択ぶ撰ぶ

孰れも同じ進歩を遂げた（全部取得相同的進步）遂げる研げる磨げる砥げる

孰れの場合に於いて変り有るまい（在任何場合也不會有變化）

孰れが勝つか予測し難い（哪一方面優勝難以預測）

孰れ雨も上がるだろう（雨總是會停的）上がる挙がる揚がる騰がる

君は孰れ罪は免れるだろう（你反正會擺脫掉罪刑的）

幾等隠したって分る事だ（無論如何隱瞞遲早會發現的）分る解る判る

孰れそんな事に為るだろうと思った（我早就想到總歸會是那樣、果不出我所料）

其の内に御目に掛かりましょう（改天〔不久〕我們會見面的）掛り繋り係り懸り架り罹り

孰れ又御援助を御願い致します（以後還要請您幫忙）

孰れ近い内に御伺いします（改天我去看您）伺う窺う覗う

孰れ菖蒲か杜若（〔二者〕難以區別、不分優劣）

何れに為ても〔連語〕反正、總之、不管怎樣（=何れに（も）為よ）

何れに為てももう一度会って良く話を為よう（總之再碰一碰頭好好談談吧！）良く好く善

行くか行かないか、何れに為ても御知らせします（去與不去我總要告訴你）行く往く行く往

何れに（も）為よ〔連語〕反正、總之、不管怎樣（=何れに為ても）

何れに（も）為よ世間は広いよ（不管怎樣世界是廣闊的）

孰れも、何れも〔連語〕全部、不論哪一個人都（=何れも、何方も）

孰れ（も）様、何れ（も）様〔連語〕〔舊〕各位、各位顧客（=皆皆様、御得意の皆様）

熟（ㄕㄡˊ）

熟〔漢造〕熟、成熟、熟練，充分

成熟（〔果熟的〕成熟、〔人的發育〕成熟、〔時機或技術等〕成熟）

生熟（生熟、生和熟、未熟和成熟）

精熟（嫻熟、精通熟練）

習熟（熟習、熟練）

未熟（未熟，生、未成熟，不熟練）←→熟練

早熟（早熟）←→晩熟

晩熟（晩熟、成熟期晩）

半熟（半熟，半生不熟、未熟透，不太成熟）

円熟（成熟、純熟、老練）

爛熟（爛熟，熟透、成熟，純熟、極盛，發展到極點）

熟す〔自五〕（果實等）熟，成熟、熟練、（時機等）成熟、（某個詞）說熟，普遍使用，固定下來（=熟する）

柿が熟する（柿子熟了）

熟さない果物（沒熟的水果）

会計に熟した人（對會計熟練的人）

計画が未だ熟していない（計畫還不成熟）未だ未だ

機が熟した（時機成熟了）

機の熟するのを待つ（等待時機成熟）

此の語は未だ熟していない（這個詞還沒有固定下來〔還不通用〕）

熟する〔自サ〕（果實等）熟，成熟、熟練、（時機等）成熟、（某個詞）說熟，普遍使用，固定下來

熟したパパイヤ（熟了的木瓜）

此の茘枝は良く熟していて甘い（這茘枝熟透了味甜）

一度機が熟せば（一旦時機成熟）

技が熟する（技術熟練）

此の語は未だ熟していない（這個詞有點生硬）

熟音〔名〕〔語〕音節

熟音に分ける（分音節）

熟議〔名、他サ〕仔細討論、再三討論

熟議を凝らす（再三討論）凝らす懲らす

熟議の結果此の方針で進む事に為った（充分討論之後決定按這個方針進行）

熟語〔名〕〔語〕（由兩個以上單詞構成的）複合詞（如山桜、天の川）、（由兩個以上的漢字構成的）漢語詞（如勉強、不思議）、（英語中的）慣用語，成語（=イディオム）

熟蚕〔名〕〔農〕熟蠶

熟思〔名、他サ〕熟慮、再三考慮

熟思の結果、理科に進む事に為た（經再三考慮後決定上理科）

熟柿〔名〕熟柿

熟柿の落ちるを待つ（等著熟柿掉下來）

熟柿を烏が啄む（烏鴉啄熟柿子）

熟柿主義（等待〔時機成熟的〕主義）

熟柿臭い（酒氣醺人）

熟柿臭い息を為る（出氣一股酒氣味）

熟視〔名、他サ〕熟視、審視

人の顔を熟視する（仔細看別人的面孔）

熟字〔名〕（兩個以上漢字組成的）漢語詞（如善良、道徳、海老、海苔）（=熟語）

熟酔〔名〕大醉、泥醉

熟睡〔名、自サ〕熟睡、酣睡（=熟眠）

昨日は疲れていたので熟睡した（昨天因為疲乏了所以睡得很熟）

どうも熟睡が出来ない（怎麼都睡不著）

熟睡と浅い眠り（熟睡和打一個盹）

熟成〔名、自サ〕（技術等）熟練，成熟。〔化〕成熟

弟子の熟成するのを待って隠退する（等徒弟學成後退休）弟子弟子

酒が熟成する（酒成熟）

熟成温度（成熟溫度）

熟達〔名、自サ〕熟練、嫻熟

一芸に熟達する（熟練一種技藝）

外国語に熟達する（通曉外語）

工具の使用に熟達する（熟習使用工具）

熟談〔名、他サ〕仔細商談、商談解決，和解（=示談）

熟地〔名〕熟悉的地方←→生地

熟知〔名、自サ〕熟悉

熟知の仲（彼此很熟）

此の地方の事情を熟知している（熟悉本地的情況）

彼と僕とは熟知の間柄だ（我和他彼此很熟）

此の辺の地理は熟知している（熟知這一帶的地理）

熟田〔名〕熟田、熟地

熟田は良く実る（熟地多打糧）

熟度〔名〕（水果等）成熟的程度

熟読〔名、他サ〕熟讀、細讀、精讀←→速読、卒読

此の文は熟読する価値が有る（這篇文章值得熟讀）

名作を熟読玩味する（細讀玩味名著）

熟畑〔名〕〔農〕熟地、熟旱田

熟蕃〔名〕熟蕃、歸化了的原住民←→生番

熟眠〔名、自サ〕熟睡（=熟睡）

熟覧〔名、他サ〕熟視、審視

熟慮〔名、他サ〕熟慮

熟慮の上で返答する（深思熟慮後答覆）

熟慮断行（熟慮後斷然實行）

熟練〔名、自サ〕熟練、熟悉

水泳に熟練する（熟悉游泳）

仕事に熟練している（對工作熟練）

彼は細工物に熟練している（他對工藝品很熟悉）

熟練工（熟練工）←→見習工

熟練工を雇う（雇用熟練工）

熟和〔名〕消化、好好理解

熟考〔名、他サ〕熟慮、仔細考慮

熟考の上で返事を為る（仔細考慮之後答覆）

熟考を重ねる（反覆熟慮、再三思考）

事の正否を熟考する（仔細考慮事情的成敗）

熟む〔自五〕（水果）熟、成熟

柿が熟む（柿子成熟）

真赤に熟んだ桜ん坊（熟得通紅的櫻桃）桜ん坊桜桃

産む、生む〔他五〕（寫作産む）生，產、（寫作生む）產生，產出

子を産む（生孩子）

卵を産む（產卵、下蛋）

傑作を生む（產生傑作）

預金が利子を生む（存款生息）

良い結果を生んだ（產生好的結果）

噂が噂を生む（越傳越離奇）

実践は真の知識を生み、闘争は才能を伸ばす（實踐出真相鬥爭長才幹）

案ずるより産むが易い（事情並不都像想像的那麼難）

生んだ子より抱いた子（生的孩子不如抱來的孩子好、喻只生而不養不如自幼抱來扶養的孩子更可愛）

倦む〔自五〕厭倦，厭煩，厭膩、疲倦

倦まず撓まず（不屈不撓）

人を誨えて倦まず（誨人不倦）教える訓える

長い汽車の旅に倦む（對長途火車旅行感到厭倦）

魯迅は机に向って、一日中倦む事無く筆を揮って戦い続けた（魯迅終日伏在桌子上不倦地揮筆戰鬥）一日一日一日一日

膿む〔自五〕化膿（=化膿する）

腫物が膿んだ（腫包化膿了）膿む生む産む倦む熟む績む

腫物を膿ませる（使腫包化膿）

傷口が膿む（傷口化膿）

績む〔他五〕紡（麻）

苧を績む（紡麻）

熟寝〔名、自サ〕熟睡（=熟睡、熟眠）

熟れる〔自下一〕熟、成熟（=熟する）

熟れると甘く為る（熟了就甜了）

桃も追追熟する（桃子也快熟了）

良く熟れた杏（熟透了的杏子）

売れる〔自下一〕好賣，暢銷、生意好，生意興隆、出名，知名。〔俗〕結婚，嫁出去、（畢業生）找到工作

一番売れる本（最暢銷的書）売れる熟れる得れる

此の品物は良く売れる（這批貨銷得快）

そんなに高くては中中売れないでしょう（這麼貴不容易賣出去吧！）

余り売れない品（不太好銷的貨）品品

御生憎様売れて終いました（對不起已賣完了）

彼の店は良く売れる（那家店生意好）

彼は昔は役者と為て名を売れた者だった（她從前曾經是個出名的演員）名名

彼は作家と為て名を売れている（他以作家聞名）

顔を売れている（很有名氣、面子大）

彼の娘も到頭売れて終ったか（那個女孩最後終於嫁出去了嗎？）

熟す〔他五〕弄碎、消化（食物）、處理，做完、運用自如，掌握（某種技藝等）。〔劇〕很好地扮演（角色）、小看，輕視。〔商〕銷售，賣完（若干商品）

土の塊を熟す（打碎土塊）

食物を熟す（消化食物）

仕事を一日で熟す（把工作一天就做完）一日一日一日一日

英語を熟す（掌握英文）

荒馬を乗り熟す（善於騎烈馬）

未だ十分読み熟せない（還沒能徹底掌握文章的含意）未だ未だ

人を使い熟す（善於使用人）

役を熟す（進入角色）役役

頭から人を熟す（根本不把人放在眼裡）

熟した仕打ち（瞧不起人的作法）

こんなに沢山の品物、一日で熟せるが筈が無い（這麼多東西不可能一天就賣完）

短期間に品物を熟す（很快地銷售商品）

熟し〔名〕（身體的）動作、（衣服的）穿法。〔劇〕（演員的）動作，做派

身の熟し（身段、舉止、體態）

淑やかな身の熟し（安詳的舉止）

舞踊は身の熟しを良くする（舞蹈能使身段好起來）

衣装の着熟しが垢抜けしている（衣服穿得俏皮、打扮得不土氣）

面目無いと言う熟し（羞愧地動作）面目面目

熟れ〔名〕消化、理解的程度

熟れの良い食物（易消化的食物）

熟れが悪い（不易消化）

熟れの悪い文章（不易理解的文章）文章文章

熟れる〔自下一〕消化、嫻熟，掌握，運用自如，得心應手、練達，通達世故

動物性蛋白は割に早く熟れる（動物性蛋白質消化得比較快）

食物が腹の中で熟れない（食物在腹中不消化）

腕が熟れて来た（手藝熟練了）

彼の技術はすっかり熟れている（他的技術完全熟練了）

彼の文章は中中熟れている（他的文章寫得很圓熟）

良く熟れた物腰（練達圓滑的態度）

未だ人間が熟れていない（人還不夠老成練達）

熟〔副〕仔細（=善く善く）、痛切，深切（=痛切に、深く、沁沁）、〔古〕呆呆，呆樣（=つくねん）

熟考える（仔細思量、細想）

熟（と）見入る（細看）

失業の辛さを熟（と）感じた（飽嚐失業的辛酸味道）

熟嫌に為った（討厭死了、我真膩透了）

熟熟〔副〕好好、仔細（=熟、善く善く）

熟熟考えるに（仔細想想）

熟熟眺める（仔細眺望）

熟れる〔自下一〕（醬等經過一段時間發生變化）醱好（衣服等穿久了）變舊，走樣，折皺、（魚等）開始腐爛

味噌が未だ熟れない（醬還肥醱好）

漬物が熟れる（鹹菜醃好了）

寿司が熟れる（壽司的味道出來了）

熟れや着物（皺巴巴的衣服）

熟れた魚（不新鮮的魚）

慣れる〔自下一〕習慣，熟練，適應、（接動詞連用形或名詞下）慣了，慣於

慣れら（慣れない）人（老〔生〕手）

パン食に慣れる（習慣吃麵包）

慣れた手付き（熟練的手的動作）

授業に慣れていない（對上課不習慣）

新しい仕事に慣れる（習慣新的工作）

最初は旨く行かなくても次第に慣れる（一回生二回熟）

彼は校正なら慣れた物です（他對校對是老手）

貧乏の為彼女は困苦に慣れて平気であった（因為窮她過慣了貧苦生活）

靴が足に慣れたから、もう山の登っても大丈夫だ（鞋子合腳了爬山再也不要緊）

筆で書き慣れる（用毛筆寫慣了）

使い慣れた万年筆（用慣了的鋼筆）

通い慣れた道（走慣了的路）

旅慣れた人（習慣於旅行的人常出門的人）

馴れる〔自下一〕馴熟

此の猫は私に良く馴れている（這貓和我很馴熟）

豹は人には馴れない（豹對人不馴服）

犬は直ぐに馴れる（狗很容易混熟）

狎れる〔自下一〕狎昵、過分親近而不莊重、嘻皮笑臉

生徒が先生に狎れる（學生跟老師嘻皮笑臉）

彼は親の寵愛に狎れている（他被父母寵得不像樣了）

狎れると馬鹿に為る物だ（親暱生狎侮）

熟鮨〔名〕（把米飯塞進魚肚子裡，上面壓上石頭，使之自然發酵而成的）一種壽司

手（ㄕㄡˇ）

手〔漢造〕手、親手、手持、專家、有技藝資格的人

双手（雙手、兩手）

漕手（〔體〕划槳手）

隻手（隻手、一隻手）（=片手）

赤手（赤手、空手）（=空手）

挙手（〔為表示敬意或贊成等〕舉手）

徒手（徒手，赤手，空手〔=空手、素手〕、沒有資本，全靠己力）

玉手（玉手、天子的手、〔敬〕對方的手和信）

握手（握手、和好，合作，妥協、〔轉〕〔由兩方面進行的工程等〕會師，會合）

悪手（〔圍棋或象棋〕壞步、壞走法）

拍手（拍手、鼓掌）

入手（到手、取得）（=落手）

落手（到手，收到，接到〔=落掌〕、〔圍棋或象棋〕錯步，壞著）

名手（名手，名人、〔將棋或圍棋〕名著，妙著〔=巧い手〕）

国手（國手、名醫、名棋手、〔轉〕對醫生的敬稱）

技手（技術員-政府雇員中三級技術官的舊稱）

義手（〔用木料、金屬、橡膠等製成的〕假手）

奇手（〔圍棋或象棋〕冒險的手法）

鬼手（〔圍棋或象棋〕〔大膽驚人足以左右局面的〕出奇的方法）

旗手（旗手）

騎手（騎馬者、賽馬的騎手）

助手（助手、大學的助教）

舵手（舵手、掌舵人）

打手（〔棒球〕擊球員）

選手（選手，運動員、選拔出來的人）

好敵手(〔比賽等的〕好對手，勁敵)(=ライバル)

運転手（〔電車、汽車、電梯等的〕司機）

手淫〔名〕手淫（=オナニー、自慰、自瀆）

手淫常習者（手淫成習者）

手印〔名〕手印，按手印（=手形）、署名蓋章、親筆的文書（=自書）〔佛〕手印

手翰、手簡〔名〕書信、親筆信

手翰を認める（寫信）認める認める

手記〔名〕手記、親手記錄

獄中手記（獄中手記）

遭難者の手記（遭難者的手記）

手記を書く(寫手記)書く斯く欠く画く掻く

手技〔名〕（手術、按摩等）手的技術、手藝

手業〔名〕手工、手藝（=手仕事）。〔柔道〕手技

手巾〔名〕手巾、手帕（=カチーフ）

手芸〔名〕手工藝（指刺繡、編織等）

手芸の内職（手工藝的家庭副業）

手芸を習う（學習手工藝）学ぶ

手芸学校（手工藝學校）

手芸品（手工藝品）

手工〔名〕手工藝、手工(小學，中學的課程之一、現稱〝工作〞)

手工を学ぶ（學手工）

手工業〔名〕手工業←→機械工業、重工業

手工業を営む（經營手工業）

手工芸〔名〕手工藝

手工芸品（手工藝品）

手交〔名、他サ〕親手交給

大使に条約の草案を手交する（把條約的草案親手交給大使）

抗議文を手交する（遞交抗議書）

手根〔名〕〔解〕腕

手写〔名、他サ〕用手抄寫

古書を手写する（抄寫古書）

手写本（手抄本）

手術〔名、他サ〕〔醫〕手術

切開手術（切開手術）

腹部手術（腹部手術）

盲腸炎の手術を受ける（請醫師做盲腸手術、割闌尾）

胃の手術を為る（做胃的手術）

手術を怖がる(怕動手術)怖がる恐がる強がる行く往く逝く行く往く逝く

手術が非常に巧く行った（手術非常順利）旨い巧い上手い甘い美味い

手術を為ても手遅れだ（動手術也完了）

手術料（手術費）

手術室（手術室）

手書〔名、他サ〕手書、親筆寫（的信）

故人の手書した日記（死者親筆寫的信）

友人の手書を受け取る(接到朋友的親筆信)

手抄〔名、他サ〕手抄，親筆抄寫（的東西）、摘錄（的文章）

手跡、手蹟〔名〕筆跡（=筆跡）

故人の手跡を鑑定する（鑑定死者的筆跡）

手足〔名〕手和足、〔喻〕部下，股肱

手足と為って働く(在…手下工作、輔佐某人)

手足を惜しく所無し（無所措手足）

手足〔名〕手足，手腳、〔喻〕好像胳臂，俯首帖耳的人

手足を何時も清潔に為て置く（經常保持手腳清潔）

病気で手足が効かなく為った（因病手腳不管用了）効く利く聞く聴く訊く

手足が早い（手腳俐落）早い速い

手足を伸ばす（伸開手腳、〔喻〕舒舒服服地休息）伸ばす延ばす展ばす

主人の手足と為って働く（為主人俯首帖耳地工作）

部下を手足の様に操る（對部下操縱自如）

ボスの手足と為る（給上司當狗腿子）

手足を擂粉木に為る（〔喻〕努力奔走）

手足纏い（累贅、絆腳石）

彼女は彼の手足纏いに為った（她成了他的累贅）

子供が手足纏いに為る（被孩子拖累住）為る成る鳴る生る

手足れ、手練〔名〕〔古〕武藝高明、技藝高超（的人）

手練〔名〕熟練、嫻熟、靈巧

手練の早業（神速的技巧、奇術）

手沢〔名〕手澤（猶言手翰，喻某人常用之物或其遺物），手澤本，某人生前愛讀的書（=手沢本）

手段〔名〕手段、辦法

手段が尽きる（無計可施）

手段を講じる（講求手段、想辦法）講じる嵩じる高じる昂じる

不正な手段で金を儲ける（用非法手段賺錢）儲ける設ける

手段を取る（採取手段）取る執る採る摂る撮る獲る盗る捕る

出来る限りの手段を尽くす（用盡一切可能的手段）

目的の為に手段を択ばない（為了目的而不擇手段）択ぶ選ぶ

平和維持の手段と為て利用する（作為維持和平的手段加以利用）

手中〔名〕手中、所有

彼の手中に帰する（落在他的手中、歸他所有）帰する記する規する期する治める修める

要塞を攻めて味方の手中に収めた（攻打要塞落歸我有）攻める責める収める納める

政権を手中に握る（把政權掌握在手裡）

手套〔名〕手套（=手袋）、手籠（=マフ）

手套を脱す（拿出真本領、拿出最後絕招）脱す奪す

手動〔名〕手工操作、用手開動

手動ポンプ（手幫浦）

手動制御（手控制）

手動ブレーキ（手剎車）

手動式電話（手搖式電話）

手把〔名〕（清掃地面、打碎土塊等）短齒長柄的農具

手背〔名〕手背（=手の裏、手の甲）

手兵〔名〕親兵、手下的兵

将軍は手兵を率いて突撃する（將軍率領親兵突擊）

手法〔名〕（藝術上或文學上的）手法、技巧（=テクニック）

新作の中で新しい手法を試みる（在新作品中試用新的手法）

手紡〔名〕手紡、用手紡線或麻等

手紡の糸で織った布（用手紡的絲織的布）

手裏剣、手裏剣〔名〕撒手劍（用手擲出以傷敵人的短劍）、撒手劍術

手裏剣を投げる（投撒手劍）投げる凪げる薙げる

手榴弾、手榴弾〔名〕〔軍〕手榴彈

手話〔名〕（啞巴用）手勢談話、手語←→口話

手話法（手語法）

手腕〔名〕手腕、本事、本領、才幹、才能

外交的手腕（外交手腕）

手腕の有る人（有才能的人）

手腕お無い人（沒有才能的人）

手腕を振るう（發揮本領）振う震う奮う揮う篩う

此は大いに手腕を要する仕事だ（這是一件需要有很大本領的工作）

手腕家（有才能的人、有本事的人、有實力的人）

手（語素）（手的交替形）手

手弱女〔名〕婀娜的女子、溫柔的女子、窈窕淑女

手弱女〔名〕〔古〕婀娜的女子（=手弱女）

手弱か、撓やか〔形動〕柔韌，柔軟、婀娜，溫柔，安靜，優美

手弱かな見事な文章（優美漂亮的文章）

手折る〔他五〕採摘，採折（花枝）、〔喻〕使女人成為自己的妾或情婦

花や枝を手折る（採折花枝）枝枝

手輿、腰輿、腰輿〔名〕轎子的一種（前後兩人抬的轎子）

手力〔名〕手力、腕力（=腕力）

手綱〔名〕韁繩

馬の手綱を取る（拉馬的韁繩）

手綱を緩める（放鬆韁繩、〔轉〕給予自由）緩める弛める

手綱を力一杯引く（用力拉韁繩）引く曳く牽く轢く挽く惹く退く弾く

此の馬は手綱が利く（這匹馬聽使喚）利く効く聞く聴く訊く

手底、手掌〔名〕手掌（=手の平, 掌、掌）

手挟む〔他五〕配帶、夾著拿，夾在腋下

両刀を手挟む（配帶雙刀）

腋に手挟む（夾在胳肢窩裡）

手〔名〕手，手掌、臂，胳膊、（為給植物爬蔓搭的）架、手把，提樑、人，人手、本能，能力，技能、活動，工作、手續，工序，工夫、手段，方法，招數，把戲，老套、到手，獲得，所有、關係、種類、方向，方位、筆跡，字跡、傷，負傷、（火水等的）勢頭、手勢，動作、（玩棋，紙牌，撲克等時）手中的棋子或牌

〔接頭〕表示用手拿或操縱、身邊，手頭，手提、表示用手做、表示親自動手或外行人自己做的、（接在表示狀態等形容詞上）加強語氣

〔接尾〕（接在動詞連用形下）表示做該動作的人、表示位置，方向，狀態、（以濁音形式）表示程度、表示質量，種類、表示代價

右の手（右手）

手が冷たい（手涼）

二本の手（雙手、兩隻手）

手の甲（手背）

手で持つ（用手拿）

手を握り合う（相互握手）

手で弄る（用手擺弄）弄くる

手を敲く（拍手、鼓掌）敲く叩く

子供の手を引いて遣る（牽著孩子的手）

手を合わせて拝む（合掌禮拜）

標本に手を触れるな（不要用手摸標本）

手を挙げ為さい（請舉手）挙げる揚げる上げる

手を振って左様奈良と行った（揮手告別）行く往く逝く行く往く逝く

手を伸ばして雑誌を取り上げた（伸手拿起雜誌）伸ばす延ばす展ばす

買物籠を手に提げる提げる下げる（胳膊上提著買東西的籃子）

直ぐ手の届く所に在る（在一伸手就能摸到的地方）有る在る或る

朝顔に手を立てて遣る（替牽牛花搭個架）

急須の手が取れた（茶壺的手把調了）取る盗る獲る撮る摂る採る執る捕る

鍋の手を持って火から下ろす（拿著鍋把從火上取下鍋來）下す降ろす卸す

手が足りない（人手不足）

手が揃う（人手齊備）

一寸手を貸して下さい（請幫個忙）

猫の手も借り度い程忙しい（忙得不可開交）忙しい忙しい

手が上がる（本領長進）上がる揚がる挙がる騰がる

手を見せる（顯示身手）

御手の物（最擅長處、得意之處）

彼の演説は手に入った物だ（他的演講算是專家）入る入る

絵を習っているんだが、どうも手が上がらなくてね（在學畫畫可是什麼都不見進步）

何時も遣らないと手が落ちる（不常做就生了）落ちる堕ちる墜ちる

手を残す（留一手）残す遺す

手が空いている（手邊沒有工作閒著）空く開く明く厭く飽く

今手が離せない（現在抽不出空）離す放す話す

彼は手を休めて見上げた（他停下手抬起頭看）

手が塞がっている（佔著手了）

今やっと手が空いた（剛騰出手來）

手の掛かる仕事（費事的工作）

手を省く（省事、偷工）

手が省ける（省事）

最後の手（最後一手）

何時もの手（老套、老方法、舊辦法）何時何時

旨い手が有る（有個好辦法、有竅門）上手い巧い旨い甘い美味い

きつい手（毒招數、手段厲害）

決まり切った手（老辦法、死招數）

決まり手、極まり手（〔相撲〕決定勝負的一招）

色色手を尽す（想盡辦法、千方百計）

此の手で行こう（就這麼辦吧！）

新しい手を打つ（採取新辦法）

奴の手を見破った（看穿了他的鬼把戲）

手を教えて遣る（出點子）

敵の手を乗ぜられた（上了敵人的當）

其の手は食わぬぞ（我可不上那個當、不吃你那一套、少來那套把戲）食う喰う喰らう食らう

奥の手を出す（打出王牌、使出絕招）

手に乗る（上當、中計）乗る載る

手の施しようが無い（無計可施、一籌莫展、束手無策）

手を変え品を変え（千方百計、施展各種招數）

後二、三手で勝つ所だった（〔象棋〕再走上兩三步就贏了）

名画を手に入れる（得到名畫）

此は手に入り易い（這容易入手）

人の手に渡る（轉到他人手裡、歸他人所有）

彼の手に在る（在他手中、歸他所有）

彼は終に自由を手に為た（他終於獲得了自由）

彼の手に落ちた（落到他的手裡）

手が切れる（斷絕關係）

悪友と手を切る（和壞朋友斷絕關係）切る伐る斬る着る

商売の手を広げる（擴展營業）

手を引く（罷手、撤手不管、洗手不幹、斷絕關係）引く退く惹く挽く轢く牽く曳く弾く

此の手の品物（這一類貨）

此の手は品切れです（這類東西缺貨了）

山の手に住宅街が有る（山腳下有住宅區）

行く手を遮る（擋住去路）

川の上手（河的上游）

左手に海が見える（左邊有海）

此の字は彼の手に違いない（這字一定是他寫的）

良い手だ（好手筆）良い好い善い佳い良い好い善い佳い

人の手を真似る（模仿別人的筆跡）

此は女の手だ（這是女人的手筆）

手を負う（負傷）負う追う

火の手が上がる（火勢熊熊）上がる揚がる挙がる騰がる

水の手が止まる（〔洶湧的〕水勢停了下來）止まる留まる停まる泊まる

舞の差す手引く手（舞蹈的一伸手一縮手）

手の悪いので勝てない（手裡的牌不好贏不了）

御手は何ですか（您手裡有什麼牌？）

素晴らしい手が有る（手裡有一手好牌）

手の内を見せる（攤出手李的牌、露一手）

手斧（斧頭）

手鏡（帶把小鏡子）

手ミシン（手搖裁縫機）

手箱（提匣）

手文庫（手提文眷箱、小文卷箱）

手編み（用手編的）

手作り（手製的）

手織り（手織的）

手漉（手抄的〔紙〕）

手酌（自斟自飲）

手製のカメラ（自己做的相機）

御手植えの松（手植松）

手料理（〔某人〕親手做的菜）

手痛い（嚴重的、厲害的）

手緩い（太寬大的、太遲鈍的）

手強い（難鬥的、難以對付的）強い怖い恐い

読み手（讀者）

売り手（賣方）

買い手（買方）

遣り手（能幹的人）

話し手（說話的人）

書き手（作者、編寫的人）

行く手（前程、前途）

道の左手（路的左邊）

厚手の紙（厚紙）

薄手の紙（薄紙）

奥手の花（晚開的花）

奥手の稲（晚稻）

酒手を弾む（給很多酒錢〔小費〕）

上手（高明、擅長、能手）←→下手

御上手（會說話、善於奉承）

下手（笨拙，不高明、馬虎，不慎重，不小心）

上手（高處，上頭，上邊、上風、上游，上流、高明，優秀、採取壓人的態度、〔圍棋、象棋的〕強手、〔相撲〕從對方伸出的胳膊的外側抓住對方腰帶〔的手〕）←→下手

下手（下面，下邊、謙遜，自卑、低微、下游、〔相撲〕由對方腋下伸過去的手、〔圍棋〕技術較差的一方）

上手（上方、上座、上游、〔劇〕舞台的左首）←→下手

下手（下游、下邊、〔劇〕舞台的左邊）

上手物（精製的貴重工藝品）←→下手物

下手物（粗糙貨、奇特的東西、作低級趣味的東西）

上手い、巧い、旨い（巧妙、高明）

手が上がる（本領提高、字筆進步、酒量增加）

手が空けば口が開く（手閒嘴閒、不工作就活不了、閒時廢話多）

手が後ろに回る（被逮捕）

手が掛かる（費事、麻煩）

手が切れる（斷絕關係、〔紙幣等〕嶄新貌）

手が込む（手續複雜、手工精巧）

手が付く（有人使用過〔不是新的〕、開始著手、〔女僕等〕遭主人奸污）

手が付けられない（〔由於困難或危險等〕無法下手、無所措手）

手が出ない（無法著手、無能為力）

手が届く（力所能及，伸手可得，摸得到，買得起、〔措施，處理，考慮〕周到、年齡大起來，接近高齡）

手が無い（人手不足、沒有辦法，無計可施）

手が長い（三隻手、愛偷東西）

手が鳴る（有人拍手呼喚）鳴る成る為る生る

手が入る（〔警察〕前來逮捕〔搜查〕罪犯、〔文章或作品經過〕補充，修改）

手が入れば足も入る（得寸進尺、逐步深入）

手が早い（敏捷，手腳俐落、動不動就動武、很快就和女人扯上）早い速い

手が離れる（脫身，抽出空來、〔孩子長大〕已不需要照顧）離れる放れる

手が塞がる（佔住手－沒有空）

手が回る（考慮〔處理〕得周到、〔警察為逮捕犯人〕布置人員）回る廻る周る

手が見える（看穿內心深處、暴露缺點）

手が悪い（態度不好、手法惡劣）

手と身に為る（一無所有、一身精光）

手取り足取り（連手帶腳、親自把著手）

手に汗を握る（捏一把汗、提心吊膽）

手に余る（合わない、負えない）（棘手、應付不了、管教不了、力不能及）

手に入る（到手，歸自己所有、熟練，純熟，到家）入る入る

手に落ちる（落到…手裡）

手に掛かる（落入…之手、遭…的毒手、陷入…的掌中）

手に掛ける（親自動手、按自己的想法去做、親自下手殺死）

手に為る（拿在手裡）為る為る

手に付かない（沉不下心、心不在焉、不能專心從事）

手に唾する（準備大做一番）

手に手に（每人手中都…）

手に手を取る（手牽著手、並肩工作，共同行動）

手に取る様（非常清楚〔明顯〕）

手に乗る（上當、中計）乗る載る

手の舞い足の踏む所を知らず（樂得不禁手舞足蹈）

手八丁口八丁（口も八丁手も八丁）（既有本領又有口才、既能說又會做）

手も足も出ない（無能為力、毫無辦法）

手も無い（不足取、沒有意思、無聊）

手も無く（輕易地，簡單地，毫無抵抗力、等於，就是）

手を挙げる（握起拳頭〔要打人〕、舉起手來表示投降、低頭認輸）挙げる揚げる上げる

手を合わせる（合掌，合十、作揖，懇求、比賽，較量〔高低〕）

手を入れる（〔對完成的作品〕加以補充〔修改〕、搜捕〔罪犯〕、把手伸進…裡）

手を打つ（拍手，鼓掌、採取措施〔對策〕、〔買賣〕達成協議，成交）打つ撃つ討つ

手を変え品を変え（千方百計、施展各種手法）

手を反す（易如反掌、翻然變臉）反す返す還す帰す孵す

手を変える（改變手法、換新招數）

手を掛ける（用手摸東西、照料，費心）

手を翳す（手搭涼棚、烤〔火〕）

手を貸す（幫助別人）貸す科す嫁す

手を借りる（求別人幫助）

手を切る（〔刀〕切手、斷絕關係）

手を下す（親自動手、採取措施）

手を組む（抄手，袖手〔沉思〕、〔兩個人〕手拉手，臂挽臂、攜手，互相協力〔合作〕）

手を拱く（束ねる）（抄手，袖手旁觀、沉思，深思、互相問候）

手を締める（〔交涉談判達成協議時〕握手祝賀）締める絞める占める閉める染める湿る

手を染める（染める初める

手を出す（著手、開始）

手を突く（兩手觸地〔蓆子〕-表示歉意，懇求或感謝）

手を尽くす（想盡一切辦法）

手を付ける（摸，動，碰，使用，消耗、著手，開始做、〔與自己的女僕等〕亂搞男女關係）

手を繋ぐ（手拉手）

手を取る（〔表示親愛〕拉手、手把手〔教導〕、沒有辦法，不知所措）

手を握る（握手，言歸於好、攜手〔共進〕、罷奉）

手を抜く（潦草從事、偷工減料）抜く 貫く

手を濡らさず（〔自己〕不沾手、不親自動手、不費力氣）

手を伸ばす（伸手、〔向另一方面〕發展）

手を離れる（離開…的手、不歸…所有）

手を引く（牽手引導、斷絕關係、洗手不幹）

手を翻せば雲と為り、手を覆せば雨と為る（翻手作雲覆手雨、翻雲覆雨、喻反覆無常）

手を広げる（擴展營業〔業務〕範圍、伸開手）

手を振る（擺手〔拒絕〕、招手〔示意，打招呼〕）

手を触れる（碰、觸動）

手を回す（〔預先〕暗中布置、處裡）

手を焼く（嚐到苦頭、感到棘手、無法對付）

手を緩める（鬆開手、鬆弛，緩和）

手を汚す（做麻煩事、〔不顧體面〕做過去自己瞧不起的事情，染指）

手を分つ（分手、分擔任務，分頭進行、斷絕關係，分道揚鑣）

手を煩わす（請別人幫助、麻煩別人）

手合い、手合〔名〕（略含蔑意）小子，傢伙，東西、種類、（圍棋等的）對弈，對局，比賽（=手合わせ）。〔商〕訂合約，成交、酌情處裡（=手心）

禄でもない手合い（一些廢物〔壞蛋〕）

然う言う手合いに真面目に相手に為るな（不要認真地和那些小子打交道）

酷い手合い（流氓阿飛、混帳東西）

同じ手合い（一路貨）

同じ手合いの品物が欲しいのですが（我想要同樣的東西）

彼の男も先の愚連隊と同じ手合いだ（那個男人和剛才的流氓阿飛是一路貨）先 先

大手合い（大比賽）

手合わせ〔名、自サ〕（運動或比賽等的）比賽，較量。〔商〕成交，交易

彼とは手合わせ（を）為る機会が無かった（沒有機會和他比賽過）

一つ御手合わせを願いましょうか（跟我來比一盤吧！）

父と碁の御手合わせを為たが、敵わなかった（和父親下了盤圍棋沒有贏過他）敵う 叶う 適う

外国商社との間に手合わせが出来た（和外國廠商達成交易）

入荷は多いが、手合わせが少ない（到貨很多但成交很少）

手垢〔名〕手垢

手垢が付く（沾上手垢）

手垢で汚れた辞書（翻髒了的辭典）

人形に手垢が付かないように為為さい（別把洋娃娃給摸髒了）

手空き、手明き〔名〕閒著、身邊沒有工作（的人）（=手透き、手隙、手空）

手空きの人に手伝いを頼む（請手邊沒有工作〔閒著〕的人幫忙）

手空き工（閒散工）

手遊び〔名〕（手拿著）玩，玩耍，消遣（=手遊び、手慰み）、玩具（=玩具）、賭博（=博打）

本の手遊びに遣った物だ（〔不是專業〕不過是弄著玩）

病後の手遊びの積りで菜園を始める（為了病後消遣開始做菜園）

大変御上手な絵ですね。－なに、本の手遊びに遣った物です（您畫得太好了！－哪裡，不過是畫著玩）

此は御子様の手遊びに下思いまして御持ちしました（這是我想給您孩子拿著玩而帶來了）

手遊びは御止し為さい（不要再賭了！）

手遊び〔名〕遊戲、消遣、消磨、解悶（=手遊び、手慰み）

老後の手遊びに絵を画く（老後用畫畫消除解悶）画く書く斯く欠く掻く

手当たり、手当り〔名〕手感，手觸摸時的感覺（=手触り）、手邊，手頭（=手近、手許）、線索，抓頭（=手応え、手掛かり）

生地がごわごわして手当たりが悪い（〔布料〕質地摸來硬梆梆的不好）

ざらざらした手当たり（摸來覺得粗澀）

何の手当たりも無い（任何線索都沒有）

手当たりばったり（〔俗〕抓到什麼算什麼）

手当たり放題（抓到什麼算什麼、胡亂）（=手当たり次第）

手当たり任せ（抓到什麼算什麼、胡亂）（=手当たり次第）

手当たり次第、手当り次第〔副〕抓到什麼算什麼、順手摸到什麼就…、遇到什麼便…、胡亂

手当たり次第に取る（遇到什麼拿什麼）

泥棒が手当たり次第風呂敷に包み込んで逃げた（小偷順手把東西包進包袱就跑了）

弟は怒って、手当たり次第（に）物を投げ付けた（弟弟生氣了順手亂扔東西）

手当たり次第遣って見る（隨便做做什麼看）

手当たり次第（に）当たり散らす（亂發脾氣遇上誰就跟誰頂撞）

手当て〔名〕準備，預備、津貼、生活福利、醫療，治療、小費、（警察的）搜索

肥料を買う金の手当てを為る（準備買肥料的錢）

僅かな手当て（微薄的津貼）

仕事の能率の良い者には手当てを出す（對工作效率好的人給津貼）

彼は月三万円の手当てを受けている（他每月領三萬日元的津貼）

時間以外に働けば超過勤務手当てが有る（加班工作有加班津貼）

月月の手当て（每月的津貼）

出張手当て（出差津貼）

夜勤手当て（夜班津貼）

家族手当て（家屬津貼）

光熱手当て（光熱津貼、燃燒津貼）

遺族には十分手当てが為て有るから生活には困らない筈だ（遺族有足夠的贍養費生活是沒有問題）

出産手当て（產婦補助）

此の病気は早速手当てを為なければならない（這病必須趕快治療）

負傷者は医師の手当てを受けた（負傷者受到醫師的治療）

応急の手当てを為る（應急治療、進行急救）

手当てが良ければ助かるかも知れない（如果治得好可能救過來）

貴方の足は此から手当てして上げます（您的腿我現在就來治療）

給仕に手当てを遣る（給工友小費）

犯人は手当て中だ（犯人正在搜查）

手厚い〔形〕殷勤，熱誠、豐厚，優厚

手厚い持て成しを受ける（受到熱誠的款待）

御客を手厚く持て成す（熱情招待客人）

手厚い介抱を受ける（受到精心的護理）

手厚い贈物（豐厚的禮品）

手厚い謝礼を出す（送優厚的謝禮）

手油〔名〕手油、手脂

手焙り〔名〕手爐

手焙りに手を翳す（把手伸到火爐上烤火）

手余す〔他五〕難以處理、無法對付（=持て余す）

此の子には本当に手余すよ（這個孩子真叫人頭痛）

手余し者〔名〕無法對付的人、小雜碎（=持て余し者）

彼奴は世間の手余し者だ（那小子是社會上難以對付的人）

彼は此の近所での手余し者だ（他是這一帶的小雜碎）

手網〔名〕（捕魚用的）小撈網（=攩網、攩網）

手編み〔名〕手編，手織（的東西）←→機械織、自己織（的東西）

手編みのセーター（手織的毛衣）

此の型のセーターなら手編みに為た方が良い（這個樣子的毛衣以手織較好）

此の靴下は御母さんの手編みです（這個襪子是母親自己織的）

手編みの手袋（自己織的手套）

手洗い、手洗〔名〕洗手、洗手盆、洗手用的水、廁所

手洗い鉢（洗手盆）

手洗いの水が凍った（洗手盆的水凍了）

御手洗いは何方ですか（廁所在那裏？）

御手洗い〔名〕廁所、盥洗室

御手洗いは何処でしょうか（廁所在哪裡？）

御手洗いに参り度いのですが（〔女〕我想去洗洗手）

御手洗、御手洗〔名〕神社門旁洗手（嗽口）處、洗手（臉）

手荒〔名、形動〕蠻橫、粗暴

手荒な（の）真似を止せ（別耍野蠻）

そんなに手荒に扱うな（別那樣粗暴對待）

手荒い〔形〕粗魯、粗暴、蠻不講理

手荒い取り扱いを受ける（受到粗暴的對待）

相手は女だから手荒い事を為るな（對方是個女人態度不要粗暴）

手荒く扱うと壊れて終う（粗手粗腳地拿放會弄壞的）

手活け〔名〕親手插（的）花、親手飼養、〔轉〕替歌妓贖身納為妻妾

手活けの花（親手插的花、納為妻妾的歌妓）

手医者〔名〕常來看病的醫生、家庭醫生

手板〔名〕油漆板（類似小黑板用來記事過後擦掉）、（古代日本穿正式服裝時或現在神官所執的）笏（=笏）

手痛い〔形〕厲害、嚴重（=厳しい、酷い）

手痛い打撃を受ける（遭到沉重打擊）

手痛い批評を受けた（受到嚴厲批評）

手痛い損害を蒙った（蒙受重大損害）蒙る被る

手痛く叩かれる（挨一頓毒打）叩く敲く

手痛い目に会う（倒大霉、吃大虧、碰大釘子）

手一杯〔形動、副〕盡量，竭盡全力，（工作很多）佔滿時間，忙得沒有空閒，（生活）勉強維持，（收支）勉強相抵

手一杯に営業を拡げる（盡量開展事業）拡げる広げる

工場は手一杯に仕事を為ている（工廠在開足馬力生產）工場工場

手一杯仕事が有る（手邊工作滿滿的）

此の品の生産丈で手一杯だ（就這種貨的生產就忙不過來）

今の人員では、此丈で手一杯です（按現有人手只是這些就夠忙了）

手一杯に暮らす（勉強維持生活）

月十万円では手一杯だ（每月十萬日元剛夠開銷）

手不入、手入らず〔名〕省事，不費事、未用過，未觸動、處女（=生娘）

手不入に出来る（不費事就成）

手不入の林（未經砍伐的樹林）

手不入の物（未用過的東西）

手不入にそっくり其の儘に為て有る（原封不動地放著）

手入れ〔名、他サ〕收拾，拾掇，修整、檢舉，搜捕，兜抄

文章の手入れ（修改文章）文章文章

写真機の手入れを為る（把相機收拾一下）

長く放って置いたので手入れを為なければならない（因為放了很久必須拾掇一下）

髪の手入れを怠る（懶於梳理頭髮）怠る惰る

手入れの行き届いた庭（拾掇得整潔的庭院）

賭場の手入れを為る（抓賭、抄賭場）

手植え〔名〕手植、親手栽植（以示紀念）

殿下御手植えの松（殿下手植的松樹）

手薄〔形動〕（手頭）缺少，不足、人手少，兵力少、不充分

在庫が手薄に為った（庫存不多了）

警備の手薄に乗じる（趁警備人員少）

敵陣は手薄だ（敵方兵力少）

此の方面は研究が手薄だ（這方面的研究不充分）

手打ち、手打〔名〕赤手空拳打死（一起拍手表示）和解，成交、手製（麵條）

猛虎を手打ちに為る（赤手空拳打死猛虎）

もう手打ちに為りました（〔買賣〕已經成交了）

芝居の配役が決まって手打ちを為る（角色已經配定大家鼓掌表示同意）

手打ちの蕎麦（自己做的蕎麵條）

手打ち，手打、手討ち，手討〔名〕〔古〕手斬、親斬（家臣等）

不義を働いて御手打ちに為る（由於不軌被君主親自斬首）

手負い，手負〔名〕負傷、受傷（的人或動物）

戦争で手負いに為った（因戰爭受了傷）

手負いの熊は恐ろしい（受傷的熊是可怕的）

手負い猪（受傷的野豬、〔喻〕亡命徒）猪猪獅子

手置き〔名〕小心使用、注意保管

手置きが悪い（保管不好）

手送り〔名〕〔機〕用手進料

手送りフライス盤（手式銑床）

手後れ，手後、手遅れ，手遅〔名〕為時已完、耽誤

手後れに為らない内に医者に掛かれ（要趕快請醫師診治不要耽誤了）

癌も手後れにさえ為らなければ治る物だ（癌症只要不耽誤也是可以治好的）

今更名誉を挽回しようと思っても、最早手後れだ（現在想要挽回名譽已經晚了）

時間が遅過ぎて手後れである（為時已晚、錯過時機）

手桶〔名〕提桶、帶樑的水桶

手桶を提げて水汲みに行く（提著提桶去打水）

手桶に一杯の水（滿滿的一桶水）

手押し，手押〔名〕手推、手壓

手押しの消火ポンプ（手壓救火機）

手押しポンプ（手壓幫浦）

手押し鉋（鉋子）

手押し鉋盤（手式刨床）

手押し車、手押車（手推車）

手押し車を押して行く（推手推車走）

手落ち，手落〔名〕過失、過錯、疏忽、漏洞（=手抜かり）

手落ち無く看護する（細心護理）

其は誰の手落ちでもない（這不是任何人的錯）

不注意から来た手落ち（疏忽的過錯）

万事手落ち無く準備した（準備得萬無一失）

世話が隅隅で行き届いていて手落ちが無い（照顧得面面俱到無微不至）

電話を掛けなかったのが私の手落ちでした（沒打電話是我的錯）

手劣〔名〕技術差（的人）←→手勝

手踊り，手踊〔名〕手舞（坐著只是手動搖的簡單舞蹈）、（歌舞伎）徒手舞、配合三弦的舞蹈、（不注重表情）輕快簡單的舞蹈

宴会の席で手踊りを為る（宴會席上表演手舞）

御祭には芸者の手踊りが有る（節日有藝妓的集體舞）

御盆には村の者が総出で手踊りを為る（中元節〔七月十五日盂蘭盆會〕全村人都出來跳集體舞）

手斧、手斧〔名〕斧子、木斧

手斧始め（木匠開工儀式）

手重い〔形〕鄭重，熱情（=手厚い）、不簡單，麻煩，嚴重←→手軽い

手重い持て成し（熱情的款待）

手重い病（重病）病 病

手軽い〔形〕簡便、簡單、輕易←→手重い

手軽く片付ける（簡單處裡）

手織り、手織〔名〕手織、家織

手織りの布（家織布）

手織り木綿（土布、家織布）

手織り機（手織機）

手織り羅紗（手織呢）羅紗ラシャ 葡 raxa

手飼い、手飼〔名〕自己飼養（的動物）

手飼いの家鴨（自己養的鴨子）

手飼いの犬に咬まれた（被家裡的狗咬了）咬む噛む

手鏡〔名〕帶把的小鏡子

手鑑〔名〕（鑑賞、鑑別或臨摹用的）古代墨跡斷片帖、榜樣，模範

手掛かり，手掛り、手懸かり，手懸り〔名〕抓頭、（偵查犯罪等的）線索

手掛かりも無い崖（連個抓頭都沒有的懸崖）

原因を発見する手掛かりが見付からない（找不到發現原因的線索）

現場に残っていた手袋を手掛かりに為て捜査を進める（把留在現場的手套作為線索進行搜查）

手掛かりを攫む（抓到線索）攫む掴む

警察は犯人の手掛かりを得たらしい（警察好像得到了犯人的線索）

手掛ける、手懸ける〔他下一〕親自做，親自動手、親自照料

手掛けた仕事（親自做的工作）

手掛けた事の無い仕事（沒做過的工作）

最初に手掛けた事業（首次動手做的事業）

長年手掛けた子供（長年親自照料的孩子）長年長年

一年の時手掛けて来た生徒（從一年級時親自照料的學生）

自分の手掛けた物には愛情が湧く（對自己照料的東西有感情）湧く沸く涌く

手掛け，手掛、手懸け，手懸〔名〕（椅子的）扶手，（器具的）提樑、妾（=妾、妾）

手掛け女（妾）

手掛け腹（庶子）

手書き、手書〔名〕書法家、善於書法的人

手書き有れども文書き無し（字寫得好的人很多但文章寫得好的人卻很少）

手書き〔名〕手抄、手寫

手書きの原稿（手寫的原稿）

封筒の宛名は機械を使わずに手書きで書いてあった（信封上的姓名住址不是使用機器而是用手寫的）

手書〔名、他サ〕手書、親筆寫（的信）

故人の手書した日記（死者親筆寫的信）

友人の手書を受け取る（接到朋友的親筆信）

手鉤〔名〕鷹嘴鉤、救火鉤、帶把的搭鉤（=鳶口）

手鉤で荷物を引き摺る（用搭鉤拉貨）

手鉤で鮪を引き上げる（用拉鉤把金槍魚搭上來）

手鉤無用（〔寫在貨物包裝上〕勿用搭鉤）

手加減〔名、自サ〕火候、（處理事務時的）斟酌，體諒，照顧、技巧，手法，竅門、手感重量，手測分量，用手估量

料理は味の付け方に手加減が要る（做菜調味要有個火候）要る居る入る射る鋳る煎る炒る

手加減を加える（為る）（斟酌、體諒）加える銜える啣える

手加減して扱う（斟酌處裡）

相手が子供だから質問は多少手加減して遣った（對方是個孩子所以提問時加了一些照顧）

試験の採点に手加減を加える事は為ない（在考試的評分上不能照顧）

釣りは手加減が難しい（釣魚技巧難）

教授の手加減が分らない（不懂得教學的技巧）分る解る判る

一寸の手加減で子供の善くも悪くも為る（管教的方法稍差一點孩子就可好可壞）

何事も手加減一つだ（萬事都要得體）

此の錠前を開けるには手加減が入る（開這把鎖要有竅門）開ける開ける入る入る

手加減で如何にでも為る（只要手法得當就能運用自如）為る成る鳴る生る

此の機械は手加減物だ（這部機器操縱需要技巧）

手籠〔名〕提籃、籃子

手籠を手に買物に出掛ける（提起籃子出去買東西）

手籠め，手籠、手込め，手込〔名〕迫害，暴行、強姦

三人の不良に手籠めに為れて金を奪われた（遭到三個流氓的暴行被搶走了錢）三人三人

女を手籠めに為る（強姦婦女）擦る摺る掏る刷る摩る擦る磨る

手枷、手械〔名〕〔舊〕手銬

手枷と足枷を嵌められる（被帶上手銬和腳鐐）嵌める填める食める

手数〔名〕手續，麻煩，周折（=手数）、（象棋或圍棋）棋子

大変御手数を掛けました（太麻煩您了、叫您太勞累了）

手数の要る仕事（費事的工作）

大した手数は掛かりません（沒什麼麻煩的）

手数を省く（省事、省去麻煩）

御手数ですが（麻煩您一下）

手数が少なくて勝負が付いた（沒下幾步勝負就決定了）

手数〔名〕費事、費心、麻煩（=手数、面倒）

手数を省く（省事）

病人の世話は手数が掛かる（照顧病人麻煩）

手数の要らない仕事（不費事的工作）

御手数を掛けて済みません（給您添麻煩真對不起）

御手数だが、一走り頼みます（麻煩您來跑一趟！）

御手数ですが、此の手紙を出して下さいませんか（麻煩您請把這封信發出去好嗎？）

手数の掛かる奴だなあ（真是個會找麻煩的人呀！）

手数入り（〔相撲〕横綱的入場式）

手数料（佣金、回扣、手續費）

手数料を出す（給手續費）

手数料を取らない（不收手續費）

手数料と為て一割戴きます（請按一成給佣金）戴く頂く

配達の場合が手数料が要る（送到家時要手續費）

取り扱い手数料（處理費、管理費）

手形〔名〕（伸開手掌蘸墨打的）手印，掌印、（用作）手押（通過關卡的）證明書。〔經〕票據

横綱の手形を額に為て座敷に掛ける（把相撲冠軍的手印裝入鏡框掛在客廳裡）

約束手形（期票）

為替手形（匯票）

割引手形（貼現票據）

不渡手形（拒付票據）

手形の支払を受け付ける（承兌票據）

手形を現金に換えて貰う（把票據兌成現金）

手形の裏書（票據的背書）

手形を振り出す（開出票據）

手形交換所（票據交換所）

手形交換高（票據交換額）

手形交換組合銀行（票據交換銀行）

手形所持人（持票人）

手形振り出し人（開票人）

手形引き受け人（承兌人）

手形割引（貼現）

手形法（票據法）

手堅い〔形〕踏實，堅定，靠得住。〔商〕（行情）穩定，不會下跌

手堅い人（踏實的人）

手堅い商人（可靠的商人）商人 商人 商人 商人

手堅く商売する（踏踏實實地做買賣）

彼は手堅い方法で会社を経営している（他以堅實靠的方法經營公司）

製品を社長が一一点検すると言う手堅さだ（產品由總經理一個個檢查很可靠）

物価が手堅い（物價穩定）

今日の食品株は手堅い所を見せた（今天食品股票價格顯得穩定）

手堅い相場で可也の取引が有った（行情穩定有了相當的交易）

船賃は手堅く上向きだ（運費穩步上漲）

手刀〔名〕用手掌側面劈砍

手刀を切る（〔相撲〕〔優勝者領獎時〕立起右掌向中右左砍三下-致謝的禮法）切る斬る伐る

手刀〔名〕（日本拳術〝空手〞的一個招術）立手切

手刀を使う（用立手切）使う遣う

手金〔名〕手中現款、(也作手鉄)。〔舊〕手銬（=手錠）

今手金が一文も無い（現在手邊沒有分文）一文一文

手金〔名〕定金、定錢（=手付け金）

手金を打つ（付定金）打つ撃つ討つ

手金を渡す（付定金）

手紙〔名〕信、函、書信

手紙を書く（寫信）書く画く斯く欠く掻く

手紙を出す（發信、寄信）

手紙を届ける（送信）

手紙を受け取る（收信）

手紙を配達する（投遞信件）

家への手紙（寫給家人的信）家家家家家

御手紙拝受（尊函收到、大札敬悉）

手紙で催促する（函催、用信催促）

置き手紙する（留個字條）

手紙の遣り取りを為ている（互通書信）

手紙に名前と住所を書く（把姓名住址寫在信上）

手紙で知らせる（寫信通知）

御着きに為ったら御手紙を下さい（到了以後請來信）

彼から手紙が有りましたが（他來信了嗎？）

手紙で申し込めば直ちに送ります（函索即寄）送る贈る

手柄〔名〕功勳、功績

戦争で手柄を立てる（在作戰中立功）

昔立てた手柄の自慢を為る（居往日之功自傲）

其は彼一人の手柄ではない（那並不是他一個人的功勞）

其を遣ったからって我我の手柄には為らない（我們做了那個工作也談不上什麼功績）

御手柄御手柄（〔喝采〕好極了！做得好！）

手柄顔（居功自傲的神色）

手柄顔に語る（居功自傲地說）

手柄顔を為る（居功自傲）

手柄話（誇耀自己的功勞）

手柄話を為る（大談自己的功績）

手絡〔名〕（婦女挽髻時的）紮頭繩

赤い手絡を掛ける（紮上紅頭繩）

手軽〔名、形動〕簡便、輕易、簡單

手軽な食事（便飯、小吃）

手軽に引き受ける（簡單地答應下來）

此のテープ・レコーダーは手軽で便利だ（這部磁帶錄音機簡單輕便）

手軽な読物（輕鬆的讀物）

病気が治った許りなのだから、手軽な仕事から始め為さい（因為病剛好請先做些輕鬆工作）

結婚式は出来る丈手軽に済ませ度いと思っている（我想結婚儀式盡量從簡）

手軽い〔形〕簡便、簡單、輕易←→手重い

手軽く片付ける（簡單處裡）

手替り〔名〕替工、代替人

手替りを捜す（找替工、找代替人）探す捜す

手利き〔名〕能手、好手

剣術の手利き（擊劍的能手）

彼は株屋仲間の手利きだと言われている（據說他是倒賣股票一群的能手）

手疵、手創、手傷〔名〕負傷、受傷

味方の多くは手傷を受けた（我方多數負傷）

手傷を負う（負傷）負う追う

手厳しい〔形〕厲害、嚴厲

手厳しい攻擊（厲害的攻擊）

手厳しい批評を受ける（受到嚴厲批評）

彼は自分の学生には手厳しかったが私には迚も甘かった（他對他的學生很嚴厲但對我很寬大）

借金を手厳しく催促する（緊催還債）

手厳しく扱われる（受到嚴厲對待）

手切れ、手切〔名〕分手、斷絕關係

彼とは彼以来手切れに為った（從此以後和他斷絕了關係）

手切れ金、手切金（〔離婚的〕贍養費）

手切れ金を出して別れる（拿出贍養費離婚）

手切れ話、手切話（提議離婚）

手切れ話を持ち出す（提議要離婚）

手切れ話が持ち上がっている（提出要離婚的話）

手奇麗、手綺麗〔名、形動〕（做得）好、漂亮、乾淨

料理を手綺麗に作る（菜做得漂亮）作る造る創る

母の居間は手綺麗な四畳半に為っていた（母親的居室是一個乾淨的四塊半蓆子大的房間）

手際〔名〕（處理事物的）手法，技巧，手腕，本領、做出的結果

手際が良い（手法好、做得漂亮）

手際が悪い（手法壞、做得笨拙）

手際良く事件を解決する（票漂亮亮地解決事件）

此の手品は手際を要する（這個戲法需要技巧）

手際の悪い男（不會辦事的人）

ペンキの塗り方は手際が良くなかった（油漆工做得不漂亮）

手際を見せる（顯示伸手）

料理の手際を見せる（顯示做菜的本領）

素晴らしい手際だ（做得真好）

天晴な御手際（做得好！做得漂亮！）

手薬煉引く〔自五〕摩拳擦掌、嚴陣以待

敵軍の来るのを今や遅しと、手薬煉引いて待っていた（迫不急待地嚴陣以待敵軍的到來）

奴が帰って来たら詰問して遣ろうと手薬煉引いて待っていた（急不可耐地等那小子回來我將嚴加追問）

手癖〔名〕手不潔、有盜癖

手癖の悪い人（手不潔的人）

彼奴は手癖が悪い（他愛偷東西）

手口〔名〕（做壞事慣用的）手法，方法，手段。〔商〕買主，賣主的類型，買賣對象的類型（=手筋）

反動派の手口に似ている（跟反動派的手法相似）

此が彼の何時もの手口だ（這是他的老套手法）

使い古した手口（老套）

手配り〔名、自サ〕部署、布置、準備（=手配）

ちゃんと手配してある（完全布置好了）

歓迎の手配りを為る（做歡迎的準備）

八方へ手配りして捜す（四面八方派人搜尋）

手配〔名、自他サ〕籌備，安排、（警察逮捕犯人的）部署，布置

食事の手配を為る（準備飯菜）

急いで車を手配する（趕快準備車輛）

記念式の手配はすっかり整った（紀念典禮的籌備工作全部做好了）

心配するな、御前の事はちゃんと手配して有るよ（不要擔心你的事情已經安排好了）

指名手配（指名通緝）

全国手配（全國通緝）

犯人逮捕の手配（逮捕犯人的布置）

捜索方を全国に手配した（通令全國各地搜查）

要所要所に手配する（每個重要地點都布置人員）

手配師（日工職業介紹人、臨時工的工頭）

手首、手頸〔名〕手腕、手脖子

手首を捕える（抓住手腕）捕える捉える

手首に腕時計を嵌める（把手錶戴在手腕上）嵌める填める

手首の骨（〔解〕腕骨）

手組み、手組〔名〕〔印〕手工排字

手暗がり〔名〕（工作時因光線被自己的手遮住所出現的）陰影、手影

スタンドを右の端に置くと手暗がりに為る（檯燈放在右邊手就擋亮）

手繰り〔名〕手纜，抽絲、傳遞、安排，方便（=繰り合わせ）

手繰りの糸（手纜的絲）

バケツを手繰りに為て消火する（順序傳遞水桶滅火）

手繰りが付かない（安排不開、沒有時間）

手繰る〔他五〕提，拉。〔喻〕回憶，追憶，追溯

糸を手繰る（用手拉線）

縄を手繰って登る（拉著繩子攀登）登る上る昇る

記憶を手繰る（追憶）

話の糸を手繰る（按線索回憶）

手繰り上げる、手繰り揚げる〔他下一〕拿上來、拉上來

井戸の中から釣瓶を手繰り上げる（把吊桶從井裡拉上來）

手繰り込む〔他五〕拉到身邊、提到身邊

糸を手許へ手繰り込む（把線拉到手邊）

手繰り出す〔他五〕用手拉出來、開始拉

手車〔名〕（用手推或拉的）手推車、（手推的）獨輪車。〔古〕（顯貴專用的）雙輪人力車，輦、（遊戲）（兩人用雙手編成的）手轎

子供を手車に乗せ（讓小孩坐手轎）る乗せる載せる

手拵え〔名〕自己做、本人做、親自做

手心〔名〕斟酌、裁奪、分寸、要領（=手加減）

初めて中国語を教えるので手心が分らない（第一次教中文不得要領）分る解る判る

子供を教えるには手心が必要だ（教孩子要掌握分寸）

初心者なので手心を加えて教えた（因為是教初學者所以酌量放寬些）

理解力が少し劣っているから教授に手心が要る（因為理解力稍差教時要酌量一下）

賄賂を遣って税金にを加えて貰う（行賄以求酌減稅款）

手子摺る、手古摺る、梃子摺る〔自五〕棘手、難對付（=持て余す）

彼の事件には手子褶った（那件事可把我難倒了）

彼の男は狡くて本当に手子褶る（那個人很狡猾實在難對付）

チンピラには手子褶る（小流氓不好對付）

赤ちゃんに泣かれて手子褶った（被孩子哭得沒辦法）

手小荷物〔名〕小件行李、手提行李

手応え、手答え〔名〕（衝刺或射擊等時）一定打中（對方的）感覺、反應，效果，有力

今の弾は確かに手答えが有った（剛才那顆子彈覺得一定能打中）

釣り糸に手答えが有った（釣絲上有咬鉤的感覺）

熱心に忠告して見たが何の手答えも無かった（我曾對他熱情勸告但毫無反應）

皮肉を言っても手答えが無い（用話諷刺他也不起作用）

君と勝負しても手答えが無いから詰まらない（和他賭輸贏都沒有力沒意思）

中中手答えの有る問題（是很值得考慮的問題）

何度叱っても手答えが無い（多次責備也無效應）

手事〔名〕箏曲等（沒有歌詞的）間奏部分、（歌曲各段間樂器繼續演奏的）過門（=合の手）、策略，計謀

手駒〔名〕〔象棋〕手裡的棋子、（可以自由使用的）部下，嘍囉

手駒を出して戦う（派出嘍囉作戰）戦う闘う

手古舞、梃前〔名〕（江戶時代）女扮男裝的一種舞蹈（廟會，祭祀節日，左手拿鐵杖，右手拿牡丹花扇，走在神輿花車前面，緩步開道，邊唱邊舞）

手頃〔名、形動〕（大小粗細）正合手、（對自己的經濟力，身分，條件等）適合，適稱

手頃な大きさである（大小正合適）

手頃の石を捜す（找塊合適的石頭）捜す探す

手頃な棒を拾って杖に為る（拾起一根合手的棍子當手杖）

此の品物なら値段も丁度手頃だ（這個東西價錢也正合適）

アルバイトに手頃な仕事を見付ける（找到一個適合工讀的工作）

四人家族には手頃の（な）家だ（正適合一家四口人住的房子）

手強い〔形〕難鬥、不好對付、不易擊敗

手強い敵に出会った（遇見了勁敵）

彼は碁の名人に取っても手強い相手だ（他對於第一流的棋手也是個強敵）

此の様な人は本当に手強い（這種人實在難鬥）

其の内でも彼が一番手強い（其中他最難對付）

手細工〔名〕手工藝（品）

手細工が旨い（手工藝精巧）旨い上手い巧い美味い甘い

手細工の煙草入れ（手工製的菸盒）

手細工を為る（做手工藝品）為る為る

手先〔名〕手指尖處、手下，部下，嘍囉，爪牙、手邊（=手許）

手先が器用だ（手巧）

手先の仕事（手工事情）

手先の早い連中（扒手幫派）速い早い

盗人の手先に為って働く（當盜賊的嘍囉）盗人盗人

帝国主義の手先に使われる（被帝國主義利用當爪牙）使う遣う

手作〔名〕自製、親製（=手製、自作）

手作り〔名〕手製，自己做，親手做、土布，家織布

母親（の）手作りの料理（母親親手做的菜）

手作りの酒（家釀的酒）

手探り、手探〔名、他サ〕摸、摸索

手探りで蝋燭を探す（摸索著找蠟燭）

暗闇を手探りで行く（摸著走黑路）行く往く逝く行く往く逝く

ポケットの中から手探りで鍵を出す（摸索口袋拿出鑰匙）

手酒〔名〕自家釀的酒

手捌き、手捌〔名〕用手指操作（的方法或技巧）

上手な手捌き（熟練的手法）

鮮やかな手捌きで紙幣を数える（用俐落的手法數鈔票）

馬の手綱の手捌き（勒馬韁繩的手法）

手提げ、手提〔名〕手提袋、手提包、提籃

手提げに御弁当を入れて遠足に行く（把便當放在手提袋裡去郊遊）

手提げ鞄（手提包、公事包）

手提げ金庫（手提保險櫃）

手提げ袋（手提包）

手提げ籠（提籃）

手提げカメラ（手提式相機）

手提げ灯（手提燈）

手触り、手触〔名〕手感、手摸時的感覺（=手当たり）

手触りが硬い（手摸著發硬）硬い堅い固い難い

手触りがざらざらしている（手摸起來很粗糙）

絹物は手触りが柔らかい（絲織品摸時柔軟）

此は手触りで絹だと分かる（用手觸摸〔憑手感〕就知道這是綢緞）分る解る判る

手仕上げ〔名〕用手完成、手工完成

手塩〔名〕小碟子（=手塩皿）、親手撫養、（餐桌上用的）食鹽、（做飯糰時）往手上沾的食鹽

手塩皿（小碟子）

御数を手塩に取る（把菜夾到小碟子裡）取る執る採る摂る撮る獲る捕る盗る

手塩に掛けて育てた子（親手撫養大的孩子）

御手塩（〔女〕小碟子〔=手塩皿〕）

手仕事〔名〕（刻字，裁縫，修錶等）手工事，手工副業

私は裁縫や料理等の手仕事が不得手だ（我做不好裁縫和做菜等手工事）

手仕舞〔名、自サ〕（清算交易中賣空方補進，買空方轉賣以）了結交易

手仕舞買い（賣空方補進以了結交易）

手仕舞売り（買空方轉賣了結交易）

手下〔名〕手下、部下、幫手、嘍囉、爪牙、黨羽、狗腿子

手下が大勢居る（有很多部下、有大批爪牙）大勢大勢

手下に為る（當部下、當爪牙）

手下を使って泥棒を働く（利用黨羽進行偷盜）

手品〔名〕戲法，魔術、騙術，奸計，欺騙手法

手品を演ずる（變戲法）

トランプの手品を為る（用撲克牌變戲法）

手品の種を明かす（揭開戲法的秘密、戲法亮底）

彼は手品を使うから気を付けろ（要當心他愛玩鬼把戲）

悪徳業者の手品に引っ掛かった（中了不道德商人的詭計）

手品師（魔術師、變戲法的）（=手品使い）

手妻、手妻〔名〕〔舊〕戲法（=手品）

手妻使い（要戲法的）

手締め〔名〕（祝賀交易或談判成功的）拍手。〔海〕用手勁盡量拉緊

手酌〔名〕自酌

手酌で飲む（自酌自飲）飲む呑む

手順〔名〕（工作的）次序、層次、程序（=手続き、段取り）

手順を決めてから仕事に掛かる（決定程序之後進行工作）

不意の来客で手順が狂った（因為突然有客打擾了程序）

何も彼も手順良く行った（諸事依次順利進行）

手性〔名〕手的巧拙

手性が良い（手巧）良い好い善い佳い良い好い善い佳い

手性が悪いので手紙を書くのが億劫だ（因為字寫不好所以懶得寫信）

手証〔名〕（現場的）證據

手証を握る（掌握現場證據）

手錠、手鎖〔名〕手銬

手錠を嵌める（戴上手銬）嵌める填める

ばちんと手錠を掛ける（卡的一聲扣上手銬）

手錠を外す（解開手銬）

手錠を掛けられた囚人（被扣上手銬的犯人）

手丈夫〔形動〕結實，牢固、堅實，可靠

手燭、手燭〔名〕手持的蠟台、（手提式）帶把的蠟台

手燭を付ける（點燃手持的蠟台）

手燭を手に為て庭に立つ（手持手持的蠟台站在院子裡）

手職、手職〔名〕手藝、手工

手職に恵まれ、生活には困らない（因為有很好的手藝生活不發愁）

女子の手職と為て、工賃が良い（作為女手工工資是不錯的）女子女子

手信号〔名〕〔鐵〕手信號、手旗信號

手ずから〔副〕親手、親自（=自ら）

手ずから遣って見る（親自動手做做看）

女王が御手ずから苗木を植えられた（女王親自栽植樹苗）

手透き、手隙、手空〔名〕空閒、工夫（=暇）

今御手隙ですか（現在空嗎？）

御手隙でしたら、手伝って下さい（有時間的話請幫個忙）

一時間すると手隙に為る（再過一小時就有時間了）

手漉き〔名〕手工抄製（紙）

手漉きの紙（手抄紙）

手筋〔名〕手紋，掌紋（=手相）、（書畫或彈奏等的）筆法，手法、素質，天資，才能。〔商〕買主，賣主的種類

手筋で運勢を判断する（看手紋算命、看手相判斷運勢）

ピアノの手筋が良い（彈鋼琴的手法好）

彼の子は三味線の手筋が良い（那個孩子有彈三弦的天才）

彼の子は絵の手筋が良い（那個孩子有繪畫的天才）

彼は弟子の中で一番手筋が良い（他在門徒中天資最好）弟子弟子

彼の見事な手筋の冴えに、皆感嘆した（大家對他那種巧妙高明的手法無不嘆服）

大手筋（大買〔賣〕主）

手の筋〔名〕手紋、手相、猜中（身世等）、筆力

手の筋を見る（看手相）

手妻、手妻〔名〕〔舊〕戲法（=手品）

手妻使い（耍戲法的）

手摺〔名〕扶手、欄杆

橋の手摺に凭れる（靠在橋欄杆）凭れる靠れる

此の階段は手摺が無いので迚も登り難い（這個樓梯沒有扶手真不好上）

手摺で囲む（用欄杆圍住）

手摺で仕切る（用欄杆隔開）

手摺を付ける（裝上扶手）

手刷り、手刷〔名、他サ〕手工木板印刷（品）、手搖印刷機印刷（的印刷品）

手刷りの年賀状（手工印的賀年卡）

手刷り印刷機械（手搖印刷機）

手擦れ〔名〕用手磨破（的地方）

手擦れで傷んだ書物（用手磨破的書籍）傷む悼む痛む

手勢〔名〕〔舊〕部卒、手下的兵

手勢を率いて戦場へ赴く（率領部卒開赴戰場）

手製〔名〕手製、自製（=手作り）

御母さんの手製のケーキ（母親親手做的點心）

手製の鞄（手製的皮包）

此は御手製ですか（這是你自己做的嗎？）

手狭〔名、形動〕（房間等）狭窄

手狭な部屋（狭窄的房間）

此の家は手狭で困る（這房子太窄沒辦法）

家族が増えて家が手狭に為った（家庭人口增加房子顯得太窄了）増える殖える

手銭〔名〕自己身上的錢

手銭で買う（用自己的錢買）買う飼う

手銭で飲む（用自己的錢喝）飲む呑む

手銭で酒を飲む（用自己的錢喝酒）

手選〔名〕〔礦〕手選、用手挑礦

手相〔名〕手相、掌紋

手相が良い（手相好）

手相が悪い（手相不好）

易者に手相を見て貰う（請算命的看看手相）

手相を見る（看手相）

手相見（看手相的、算命的）

手相学（手相術、掌紋學）

手相術（手相術、掌紋學）

手染め〔名〕手染、親手染（的東西）

手揃い〔名〕人手齊全、（撲克）（五張）同花

一家手揃いで働く（全家人都工作）一家一家

手代〔名〕（江戶時代）（辦理雜務的）小吏、頭目人代理、（商店的）二掌櫃，伙計

手出し〔名、自サ〕（從旁）插手，參與，介入，干涉、（打架）先動手，找麻煩、伸手，參與、接近，殷勤

余計な手出しは為ないで呉れ（不要多管閒事）

要らぬ手出しは止せ（少管閒事）

うっかり手出しは出来ないぞ（不能輕易插手）

今度は手出しは無用だぞ（這回不需插手了）

此の事には手出しを為度くない（我不想參與這件事）

誰が先に手出しを為たのか（誰先動手的？）

手出しを為たのは何方か（哪邊先動手的？）

先に手出しを為た方が悪い（先動手的不對）

自信の無い仕事には手出しを為ない（不插手沒有信心的工作）

株に手出しして失敗した（倒買〔賣〕股票賠錢）

女に手出しを為る（向女人獻殷勤）

手助け〔名、他サ〕幫、幫助（=手伝い）

娘が母の手助けを為る（女孩幫助媽媽）

妹の勉強を手助けする（幫助妹妹學習）

家事の手助けを為る（幫忙料理家務）

手立て〔名〕方法、手段、辦法（=手段）

生活の手立て（生活的方法）

何か良い手立ては無いか（有什麼好辦法沒有）

有らゆる手立てを尽くして対抗する（千方百計地對抗）

鼠達は猫に鈴を付ける良い手立てを思い付かなかった（老鼠們終於沒有想出替貓掛鈴鐺的辦法）

手玉〔名〕手上戴的玉、（女孩玩具）小布袋（包）

御手玉を為る（玩小布包）

御手玉を取る（扔小布包玩）取る盗る執る捕る獲る撮る摂る採る

手玉に取る（玩弄人、擺弄、擺布）

人を手玉に取る（玩弄人）

利口な女なら誰でも君を手玉に取るよ（任何一個機靈的女人都會玩弄你）

手球〔名〕（撞球）手球、撞的球

手箪笥〔名〕（放在手邊的）小櫥櫃（=用箪笥）

手近〔形動ノ〕手邊，眼前，旁邊，附近、常見，淺近，人人皆知

手近な処（眼前、旁邊、附近）

郵便局は直ぐ手近に在る（郵局就在眼前）

手近な材料で美味しい料理を作る（用手邊的材料做可口的菜）

辞書を手近に置く（把辭典放在手邊）

手近な問題（常遇見的問題）

手近な(の)例を挙げる（舉個淺顯的例子）挙げる揚げる上げる

手近い〔形〕眼前，手邊上、淺近

手近い例（淺近的例子）

手違い〔名〕（計畫或程序等發生的）錯誤、差錯

綿密に計画しないと手違いを生ずる（不周密的計畫就要發生差錯）

手違いと言う物は良く有る事だ（差錯是常有的）

一寸した手違いから御待たせして済みません（因為我的一點點差錯使您久候真對不起）

其の計画が途中で変ったのは思わぬ手違いが有った為だ（那個計劃的中途改變是因為出了意外的差錯）

万事手違い許りであった（差錯不從一處來）

小さい手違いが大きい失敗に為る物だ（小的差錯會造成很大的失敗）

手帖、手帳〔名〕筆記本、雜記本

手帖に書き留める（寫在筆記本上）

手帖に付ける（寫在筆記本上）

労働手帖（工作手冊）

手提灯〔名〕手提燈、手提的燈籠

手序で、手序〔名〕順便、順手地、就手地（=序で）

手序でに其を取って下さい（請順便把那個拿過來）

どうせ手序でだから一緒に買って来て上げましょう（反正是順便就一起來替您買過來）

手掴み〔名〕拿手抓

手掴みで食う（抓著吃）

御飯を手掴みに為ては行けない（不要抓飯）

手付き、手附き〔名〕手的姿勢，手的動作、（江戸時代）（〝郡代〞〝代官〞等手下的）小吏、（玩紙牌時）摸錯了牌

危なっかしい手付き（笨拙的手的動作）

不器用な手付き（笨拙的手的動作）不器用不器用

慣れない手付きで包丁を使う（以不熟練的手的動作用菜刀）使う遣う馴れる狎れる慣れる

妙な手付きで箸を使う（笨笨拙拙地用筷子）

見事な手付きで野菜を刻む（手勢很靈巧地切菜）

御手付き一枚（摸錯一張牌）

御手付き〔名〕（玩紙牌歌留多時）摸錯了牌、主人跟自己的女僕發生關係，被主人污辱了的女僕

御手付き一枚（摸錯一張牌-處罰摸錯了的人）

手付け，手付、手附け，手附〔名〕定金，押金，保證金（=手付け金）、（玩紙牌時）摸錯了牌（=御手付き）

手付けを打つ（交定金）打つ討つ撃つ

始めに幾等か手付けを打たねばならない（要先交一些定金）

手付け流れに為る（定金白扔了、押金被沒收）

手付け金（定金）

手付け(金)を払う(付定金)払う祓う掃う

手都合〔名〕手頭上的工作情況、手頭上的忙閒（=都合）

手伝う〔自、他五〕幫忙，幫助、（表示某種原因以外又加上其他原因等）加上，還由於，與…有關係

先生の研究を手伝う（幫助老師做研究）

手伝って着物を着せる（幫忙穿衣服）

手伝って着物を脱がせる（幫忙脫衣服）

仕舞迄手伝って下さい(請您幫忙到底)仕舞う終う

家の暮らしを手伝う（補助一部分生活費）

誰も彼に手伝わなかった（誰都沒有幫助他）

彼は手伝おうと言ったが私は断った（他說要幫忙我謝絕了）

食べ切れなけりゃ、僕が手伝おうか（如果你吃不完我來幫你吃）

私も其の辞書の編集を些か手伝った（那部辭典的編輯工作我也幫了一點忙）

仕事の無理が手伝って病気に為った（加上工作太重累病了）

彼の病気は過労が大分手伝っている（他的病和操勞過度有很大關係）大分大分

色色な事情が手伝つて然う言う事に為ったのだ（種種情況湊在一起結果變成這樣）

若さが手伝って無謀な行いに走った（加上年輕就做出了魯莽的事情）

手伝い〔名〕幫忙，幫助、幫手，幫忙者、女傭，家庭助理（=女中、御手伝さん）

人の（御）手伝いを為る（幫人的忙）

忙しいので手伝いを頼む（因為忙請求幫忙）

何か御手伝いする事が有りますか（有什麼需要我幫忙的嗎？）

手伝いが要る（需要幫手）要る居る入る炒る煎る鋳る射る

手伝いを雇う（雇幫手）

喜んで御手伝いします（我樂意幫您忙）喜ぶ慶ぶ歓ぶ悦ぶ

手伝い手（幫手、幫工）

御手伝い〔名〕（女中的改稱）女傭、家務助理

御手伝いさんを求む（〔廣告用語〕招聘家務助理）

手続〔名〕手續、程序

手続を済ませる（辦好手續）

入学試験にパスしたので、入学の手続を取る（入學考試錄取了所以辦理入學手續）

正式の手続を踏む（履行正式手續）

法律上の煩わしい手続（法律規定的繁瑣手續）

そんな面倒な手続を止めに為よう（不要做那麼麻煩的手續）

手詰る〔自五〕拮据，手頭緊。〔象棋〕無步可走

不景気で商売の方も手詰って来た（因要蕭條買賣也周轉不靈了）

此の将棋はもう手詰った（這盤棋已經無步可走了）

手詰まり、手詰り〔名〕手頭拮据，錢緊。〔象棋〕沒有步走

手詰りで二進も三進も行かない（手頭緊得一籌莫展）

手詰まりに為る（無步可走）

此の将棋はもう手詰まりらしい（這盤棋看來無步可走了）

手詰め〔名〕催逼、緊逼

手詰めの談判（緊逼的談判）

手詰めの行くのは此の時だ（現在正是逼他同意的時候）

手詰めの談判で否応無しに承知させられた（緊逼著談判迫使我不得不同意了）

手強い〔形〕激烈、厲害（=手強い、手厳しい、激しい）

手強い打撃を受ける（受到沉重的打擊）

手強い反対（強烈的反對）

手強く撥ね付ける（嚴厲拒絕）

手強く談判する（用強硬態度進行談判）

手強い〔形〕難鬥、不好對付、不易擊敗

手強い敵に出逢った（遇見了勁敵）

彼は碁の名人に取っても手強い相手だ（他對於第一流的棋手也是個勁敵）

此の様な人は本当に手強い（這種人實在難鬥）

其の内でも彼が一番手強い（其中他最難對付）

手釣〔名、他サ〕（不用釣竿）直接用手甩線釣魚

手蔓〔名〕端倪，頭緒，線索（=手掛り、糸口）、門路，人情

事件解決の手蔓を攫む（找到解決問題的線索）攫む掴む

手蔓を求めて就職する（拖人情找工作）

実業界に良い手蔓が有る（實業界裡有個好門路）

手手〔名〕〔兒〕手、手掌（=御手手）

汚い御手手だ事（好髒的手）

御手手を繋いで幼稚園へ行く（手拉著手到幼稚園去）

手に手に〔連語、副〕各自、各人手中

手に手に小旗を振って歓迎する（人人手中揮動小旗歡迎）

手手に〔副〕（手に手に的轉變）各自、各個、分別（=銘銘に、各自に、思い思いに）

手手に一室持っている（各有一個房間）

手手に旗を振る（個個搖旗）振る降る

手手に勝手な事を為ていて纏まりが付かない（各自為所欲為統一不起來）

手手に家に帰る（各自回家）帰る還る返る孵る代える替える換える変える蛙

手道具〔名〕隨手用的器具（工具）、日用器具（=調度）

手取り〔名〕〔相撲〕技巧巧妙（的人）、會操縱人（的人）

彼は体は小さいが中中の手取りだ（他身體雖小但很會摔跤）

手取り〔名〕用手纏線（=糸繰り）、（除掉稅款和各種費用後的）實收額，純收入

売り上げの多い割りに手取りが少ない（賣得雖多利潤卻很少）

手取り一万五千円で売る（按實收五千日元出售）売る得る得る

手取り五十万円に為りさえ為れば良い（只要淨賺五十萬日元就行）

月給は税金等を引かれるので手取りは少なく為る（月薪因為要扣除稅捐等實際收入就減少）

手取り足取り〔連語〕連手帶腳，抓住手腳、親自，手牽手

手取り足取り担ぎ上げる担う（連手帶腳整個抬起來）

手取り足取り（して）教える（手牽手地教）

手っ取り早い〔形〕迅速，麻利（=素早い）、簡單，直截了當

手っ取り早く片付ける（迅速收拾）

斯うした方が手っ取り早い（這樣做來得快）

手っ取り早く言えば（簡單說來）

語学は手っ取り早く学べる物ではない（學習語言沒有捷徑）

手捕〔名〕（不用器具）用手捕捉

兎を手捕に為る（用手捉兔子）

手内職〔名〕手工副業（如縫紉、織毛線、糊紙盒等）

手内職を為る（做手工副業）

母は手内職で家の暮らしを助けている（母親做手工副業幫助家庭生活）

母親は手内職にと針仕事を為ている（母親做針線活當副業）御袋

手直し〔名、他サ〕修正、修改

手直しを為る（加以修正）

文章を手直しする（修改文章）文章文章

手直り〔名〕（圍棋或象棋）重新調整讓子

手長〔名〕手長，臂長（的人或動物）、手不潔，愛偷（的人）

彼は手長だ（他愛偷東西）

手長蝦（〔動〕斑節蝦）

手長猿（〔動〕長臂猿）

手慰み〔名〕玩弄，擺弄、消遣，解悶、賭博，賭錢（=博打）

ハンカチを手慰みに為る（玩弄手帕）

彼はパイプを手慰みを為ている（他在玩弄菸斗）

手慰みに絵を描く（畫畫來解悶）描く画く描く画く書く上げる挙げる揚げる

手慰みしているのを見付かって挙げられた（正在賭博被警察發現逮捕了）

手投げ弾〔名〕〔軍〕手榴彈（=手榴弾）

手無し〔名〕沒有胳膊（的人）、削肩，背心、無計可施。〔植〕無蔓

此じゃ全く手無しじゃ（這簡直沒有辦法）

手無し隠元（無蔓扁豆）

手も無く〔副〕〔俗〕容易，簡單，不費事、就是，不用說

手も無く勝った（不費事就贏了）

あんな奴は手も無く負かせる（那種傢伙不費什麼事就可以擊敗）

其じゃ手も無く詐欺だ（不用說那就是欺騙）

手懐ける〔他下〕馴服、使歸服，使依從，使就範

猛獣を手懐ける（馴服猛獸）

部下を手懐ける（使部下順服）

手鍋〔名〕手提鍋、帶把手的鍋

手鍋下げても（〔如果能和心愛的人結為夫婦〕即使受苦受累也心甘情願）

手鍋暮らし（貧苦度日）

手並み〔名〕本領、本事、能耐

手並みが鮮やかだ（本事很大）

僕の手並みを見せて遣る（讓你看看我的本領）

御手並み拝見（讓我來領教一下你的本領）

手並みが劣る（本事稍差）

御手並み〔名〕（別人的）本領、本事

天晴な御手並みだ（本領高超、了不起的本領）

此れ迄に無い御手並みだ（還沒有看到過這樣的本領）

御手並み拝見（讓我來領教領教您的本領）

先ずは御手並み拝見と出た（首先他要領教我的本領、首先他向我挑戰起來）

手習い、手習〔名、自サ〕習字，練字，書法（=習字）、學習（=稽古）

七夕の日に手習いすると字が上手に為ると言う話だ（據說七夕練字就能寫得好）

六十の手習い（六十學習不算晚、活到老學到老）

手習いは坂の車を押す如し（學習如逆水行舟不進則退）

手習い草紙、手習草紙（習字本、練字本）

手馴らす、手慣らす〔他五〕馴服（野獸）、使熟練

手馴らし、手慣らし〔名〕（多次反復）練習、演習、預習

手慣らしを為る（做練習）

手馴れる、手慣れる〔自下一〕用慣，習慣、（多年工作）熟練

手慣れた万年筆を無くした（把已用習慣的鋼筆弄丟了）無くす失くす亡くす

十年来手慣れた仕事だ（這是十年來已做熟的工作）

彼の演説は手慣れた物だ（他的演講真熟練）

手縄〔名〕（拉幕的）繩子、（捕罪犯的）捕繩（=捕り縄）

手縄を打つ（〔把犯人〕綁好）打つ撃つ討つ

手荷物〔名〕隨身行李、隨身攜帶的東西

手荷物で送る（作為隨身行李托運）送る贈る

手荷物を預ける（寄存行李）

手荷物は為る可く一つに纏めた方が良い（隨身行李盡量歸攏成一件）

手荷物合札（行李票）

手荷物貼札（行李籤）

手荷物取扱所（〔鐵〕行李房）

手荷物一時預り所（行李寄存處）

手縫い〔名〕用手縫（的東西）

手縫いのブラウス（手縫的罩衫）

絹物は手縫いの方が感じが良い（絲綢衣服還是手縫的看來較順眼）

手抜かり〔名〕疏忽、遺漏、漏洞

手抜かりの無いように準備する（進行周密的準備）

万事手抜かり無く警戒する（萬無一失地嚴加戒備）

大変な手抜かりを為た（出了個大漏洞）

君の事業には何処か手抜かりが有る（你辦的事業有些漏洞）

手抜き、手抜〔名、自サ〕偷工、手頭空閒，拿出手來

安物は手抜きが為て有る（便宜貨偷工減料）

既製品の洋服は手抜きが為て有る（做現成的西裝偷工減料）

手抜き工事（偷工減料的工程）

手抜け、手抜〔名〕遺漏、疏忽（=手抜かり、手落ち）

手拭〔名〕布手巾

手拭を絞る（擰手巾）絞る搾る

手拭で顔を拭く（用手巾擦臉）拭く葺く噴く吹く拭う

手拭地（手巾布）

手拭掛（手巾架）

手拭〔名〕手巾（=手拭）

手洗所に手拭を備える（廁所裡預備擦手用的手巾）備える供える具える

手暖い〔形〕太寬大，不嚴格←→手厳しい、遲鈍

そんな手暖い叱り方では応えない（那樣溫和的申斥法沒有效驗）応える答える堪える

生徒の扱い方が手暖い（對待學生不嚴格）

何を遣らしても手暖いので見ていて歯痒く為る（無論做什麼事都慢吞吞看起來令人著急）

手鋸〔名〕手鋸

手の内〔名〕手掌、手腕，本領。〔舊〕捨給乞丐的錢（糧）、掌中物，勢力範圍、意圖，內心的想法

俺の手の内を見せて遣る（讓你看看我的本領）

乞食に手の内を遣る（給乞丐施捨物）

A国はB国の手の内に在る（A 國處於 B 國的勢力範圍中）

俺の手の内から逃げられない（逃不出我的手掌心）

手の内を見透かされる（心中意圖已被看穿）

手の内に丸め込む（巧妙攏絡、隨意操縱）

手の裏〔名〕手掌（=掌）

手の裏を返す（態度突變、翻臉無情）

手の裏を返すように変わる（翻臉不認人、變得判若兩人）

手の裏を返す様な行為（翻臉無情的行為）

何方が零落したら手の裏を返す様な態度だ（我一落魄他就翻臉不認人了）

手の甲〔名〕手背

手の甲に接吻する（吻手背）

手の甲で口を拭く（用手背擦嘴）拭く吹く葺く噴く

手っ甲、手甲〔名〕（工作或作戰時掩護手背用的布製或皮製的）手背套

手っ甲を掛ける（戴上手被套）

手の筋〔名〕手紋，手相、猜中（身世等）、筆力

手の筋を見る（看手相）

手の平、掌〔名〕手掌

手の平に載せて持つ（放在手掌上拖著）

手の平で重さを量る（用手稱量分量）量る計る測る図る謀る諮る

手の平を返す（反掌、〔喻〕〔態度等〕突然改變，翻臉不認人）

手の者〔名〕部下、手下

手の物〔名〕掌中物。〔喻〕擅長的事，拿手好戲（=御手の物）

書く事は彼の御手の物です（寫字是他的拿手絕活）

御手の物〔名〕擅長、特長、拿手、得意的一手

そんな事は彼の御手の物だ（那是他的擅長）

翻訳は御手の物だ（翻譯是我的拿手）

碁は私の御手の物ではない（圍棋我不擅長）

手羽〔名〕雞胸脯到翅膀之間的肉（=手羽肉）

手秤、手量り，手量〔名〕（特指）（秤金銀貴重品的）手提小秤、用手掂量（輕重）、手量（尺寸）

手箱〔名〕（裝首飾等隨身用的小東西的）匣子

首飾りを手箱に仕舞う（把項鍊放在匣子裡）仕舞う終う

手捷い〔形〕俐落、敏捷（=手早い）

手捷い男（俐落的人）

手初め、手始め〔名〕起首、起頭、開端

此を仕事の手初めと為る（以此為工作的開端）

其を手初めに彼は数数の悪事を働いた（以此為開端也做了許許多多的壞事）数数 数数

手初めに何を為ようか（起首做什麼？）

手初めに此の小説から読もう（先從這篇小說唸起吧！）

手筈〔名〕程序，步驟、（事前的）準備

手筈が狂った（程序弄亂了）

卒業式当日の手筈を決める（決定畢業典禮那天程序）決める 極める

ヒマラヤ遠征の手筈が整った（攀登喜馬拉雅山的準備已經做好了）

手旗〔名〕手中的小旗、（打旗語用的）紅白小旗

手旗を振って歓迎する（手裡搖動¥小旗歡迎）

手旗信号（旗語）

沖の船に手旗信号を振って合図する（給海上船隻搖旗打信號）

手機〔名〕手織機

手拍き〔名、自サ〕拍手、用光，售罄

手拍きして女中を呼ぶ（拍手叫女傭）

手拍きに為る（售罄脫銷）

手拍子〔名〕打拍子、（圍棋或象棋）偶一失慎

皆で手拍子を取って歌う（大家打拍子齊唱）歌う 謡う 唄う 詠う 謳う

手拍子足拍子を取る（用手腳打拍子）取る 採る 摂る 撮る 取る 獲る 捕る 執る 盗る

手拍子に悪手を打つ（偶一失慎下錯了一部棋）

手鼻〔名〕用手擦鼻涕

手鼻を擤む（用手擦鼻涕）噛む 咬む

手放す〔他五〕放手，鬆開手，撒開手、撒手不管，不加照料、放棄，賣掉，贈人、（讓子女）離開，分手，捨棄、放下，擱下（工作）

見送りのテープを手放す（撒開送行的紙帶）

握っていた綱を手放す（把握住的繩子鬆開）

彼の子はもう手放しても大丈夫だ（那個孩子已經可以撒開手了）

未だ年が行かないから手放すのは心配だ（年齡還不到撒手不管不放心）

屋敷迄手放して終った（連住宅都賣掉了）

秘蔵の軸を手放す（把密藏的畫軸讓給別人）

株を手放す（把股票賣掉）

財産を手放さない（不放棄財產）

娘を手放す（讓女兒離開家庭〔去讀書等〕）

離縁に為っても此の子は手放せない（雖然離了婚也捨不得離開這個孩子）

此の子を手放すに忍びない（捨不得這個孩子）

今手放せない用事が有るんです（現在有放不下的事情）

彼は仕事を手放し度くないのだ（他不願意放棄他的工作）

此の辞典は手放せない（這部辭典離不開身）

手放し〔名〕放手，離開手、（讓孩子）離開父母（家庭），不加照料、無拘無束，毫無顧忌，漫不經心、無條件

手放しで自転車に乗る（撒開把手騎自行車）乗る 載る

子供を手放しに為て置く（讓孩子離開父母、對孩子不加照料）

手放しで泣く（毫無顧忌地放聲大哭）泣く 鳴く 啼く 無く

手放しで喜ぶ（盡情歡樂）喜ぶ 慶ぶ 歓ぶ 悦ぶ

手放しで惚気る（大談特談自己的豔聞）

何にでも手放しで感心する（對什麼事情都盲目讚美）

手放しの楽観論（盲目的樂觀論）

手放しの楽観は許されない（盲目的樂觀可不得了）

手放しの支持（無條件的支持）

手離れ、手離〔名〕（小兒）離手，不需照料、（成品）製成（不需再加工）

此の子は手離れが早い（這個孩子離開早）早い速い

手幅〔名〕一手寬、一掌寬

此は其よりも手幅一つか二つ短い（這個比那個短一掌或二掌）

手早、手速〔形動〕敏捷、俐落

手早に片付ける（整理得俐落）

彼は何を為るのも手早だ（他做什麼都很俐落）

手早い、手速い〔形〕敏捷、俐落

実に手早い物だね（真俐落呀！）実に実に

手早く支度を為る（敏捷地作好準備）

身支度を手早く済ませる（很快地打扮好）

何でも手早い所を遣る（做甚麼事都非常俐落）

手払い〔名自、サ〕全部拿出來、親手支付

手張る〔自五〕〔俗〕超過自己的能力（=手に余る）

此の仕事は少し手張る（這個工作有點做不了）

手張り〔名〕手糊，自己糊、〔商〕（交易所會員或經紀人）自己做投機交易、後付錢的賭博

手張りの紙函（親糊的紙盒）

手控える〔他下一〕暫緩，推遲，拖延、記下來、（作為預備）留在手邊，保留起來

買方を手控える（拖延進貨）

売れ行きを見て仕入れを手控える（觀察銷路暫緩進貨）

口を出すのを手控える（先不說話）

手控〔名、他サ〕記下來、備忘錄、拖延，遲延，暫緩、（作為預備）留在手邊，保留

帳面に手控を為る（記載本子上）

手控に付ける（記在筆記本上）

手控帳（筆記本）

値下がりを予想して買い付けを手控する（預想落價拖延進貨）

手引き、手引〔名、他サ〕輔導（初學者），啟蒙、入門，初階、引薦，介紹，門路、引路，嚮導、用手繅絲

英語学習の手引きを為る（輔導初學者學習英文）

便利な料理法の手引き（簡便烹飪法入門）

先生の手引きで就職する（蒙老師推薦找到工作）

良い手引き（好的門路、有力的推薦）

悪者の手引きを為る（幫壞人帶路）

手酷い〔形〕厲害，劇烈（=酷い）、無情，厲害，毫不客氣（=こっ酷い）

手酷い打撃を与える（給予沉重的打擊）

手酷い攻撃を受ける（受到猛烈的攻擊）

手酷く批評する（嚴厲批評）

手広い〔形〕寬，寬廣，寬敞、廣泛，範圍廣

手広い庭が有る（影寬敞的院子）

家が手広い（房子寬敞）

もっと手広い店舗に移る（遷到更寬敞的店鋪）移る遷る写る映る

手広いく商売を為る（廣泛地兜攬生意）

手広く調査する（廣泛調查）

手袋〔名〕手套

革手袋（皮手套）

手袋を嵌める（戴手套）嵌める填める

手袋を取る（摘下手套）取る採る摂る撮る取る獲る捕る執る盗る

手袋を脱ぐ（摘下手套）

手不足〔名、形動〕人手不足

手不足で困っている（苦於人手不夠）

人を頼んで農繁期の手不足を補う（請人來補充農忙期的人手不足）

手札〔名〕名片，名牌、（紙牌）手裡的牌、〔攝〕四吋（=手札型）

鞄に手札を付ける（皮包上栓上名牌）

手札型（〔攝〕四吋-31/4 吋×41/2 吋的照相板或用這種感光板照的相片）

手札型写真（四吋照片）

手札型乾板（四吋感光板）

手札代わり、手札代り（薄禮）

此は本の手札代わりです（這只是一點薄禮）

手札〔名〕名牌，名簽，名片（=手札、名札）、手札，親筆信

手船〔名〕自己的船

手ぶら〔名、形動〕空著手、赤手空拳

手ぶらで旅行する（空手〔不帶行李〕旅行）

君は手ぶらで行くのか（你空手去嗎？）

手ぶらではみっともない（空著手去不好看）

初めて訪問するのだから手ぶらでも行かれない（因為是初次去訪問怎能空著手呢？）

釣に行った御父さんは夕方手ぶらで帰って来た（父親去釣魚傍晚空著手回來了）

手振り、手振〔名〕手勢，手的姿勢（=手付き、手真似）。〔商〕交易所經紀人（的手勢）。〔古〕隨從。〔古〕空手（=手ぶら）

手振り宜しく喋る（比手畫腳地說）

落語家が身振り手振り面白く話す（相聲演員比手畫腳地說得有趣）

手風〔名〕〔古〕風俗、習慣、風習（=習わし）

都の手風（京師的風俗）

手風琴〔名〕〔樂〕手風琴（=アコーディオン）

手文庫〔名〕文卷匣、文件盒

書類を手文庫に終う（把文件收到文卷匣裡）終う仕舞う

手偏〔名〕（漢字部首）提手旁

手弁当〔名〕自己帶飯去工作、自帶的飯盒、義務工作，無報酬的工作

手弁当で働く（自己帶飯工作、義務工作）

手弁当の応援（義務支援）

手棒〔名〕拐杖、（失掉手指或胳膊等的）殘廢人（=手棒）

手棒〔名〕〔俗〕（失掉手指或胳膊等的）殘廢人

野口英世は幼時皆に手棒と言われた（野口英世小時被人叫做殘廢人）

手帚、手箒〔名〕小掃把

手帚で埃を払う（用小掃把掃灰塵）払う掃う祓う

手解き〔名、他サ〕輔導（初學者），啟蒙、初階，入門

踊りの手解きを為る（輔導初學舞蹈）

父は暇を見て英語の手解きを為て呉れた（父親有空就輔導我英文）

私は彼の人にドイツ語の手解きを為て貰った（我求他輔導我學德文了）

英文学の手解き（英國文學入門）

手褒め〔名〕自讚、自吹自擂（=自讚）

手彫り〔名〕手雕

手本〔名〕法帖，字帖，畫帖、模範，榜樣，樣板、標準，範例

手本を見て書く（看著字帖寫）

絵の手本（圖畫範本）

彼は学生の良い手本だ（他是學生的好榜樣）

良い手本を示す（示範）

彼を手本に為て勉強せよ（以他為榜樣來用功）

此を手本に為て同じ様に作る（以此為標準照樣做）

手間〔名〕（工作需要的）勞力和時間，工夫、工錢（=手間賃）

手間が取れる（費事、費工夫）

手間が掛かる（費事、費工夫）

御手間を取られません（不耽誤你的時間）

彼が来て呉れたので手紙を書く手間が省けた（他來了省去了寫信的工夫）

手間を貰う（領工錢）

手間を払う（付工錢）

手間損（費工、費事）

手間仕事（費事的工資、計件工作，零散工作）

手間代（工錢、手工錢）（=手間賃）

手間賃（工錢、手工錢）（=手間代）

手間潰し（費工、費事、磨洋工）

手間暇（〔俗〕工夫、時間和勞力）

手間暇を取られません（不耽誤你的時間）

其位の事なら手間暇も掛からない（若是那一點事情的話也不費時間）

手間取る〔自五〕費事，費時間，費工夫、推遲，耽誤

案外仕事が手間取った（想不到工作很費事）

手間取らないように為為さい（請勿耽誤）

途中で買物に手間取ったので帰りが遅く為った（因為路上買東西耽誤了時間所以回來晚了）

手間取り（計件工作，散工、掙工錢的人，零工）

手間取りを為る（做零工）

手前〔名〕自己的面前（眼前）、在這邊，靠近自己這方面、（也寫作点前）（茶道的）禮法、（當著…的）面，（對…的）體面、顧慮，考慮到、生活，生計、能耐，本事

〔代〕〔謙〕我。〔蔑〕你

手前に在る箸を取る（拿起自己眼前的筷子）

川の手前（河的這邊）

東京の手前に在る（在東京的這邊）

台北の一つ手前の駅で降りる（在台北的前一站下車）

其の家は警察局の先ですか手前ですか（那間房子是在警察局那邊還是這邊？）

茶の手前（茶道的禮法）

客への手前怒る訳にも行かない（當客人的面不好發脾氣）

誓った手前酒を飲まない（由於發誓所以不喝酒）

世間の手前恥かしい（沒臉見人）

手前不如意に付き（因為生活不充裕）付き就き

御手前拝見（領教一下你的本領）

手前の父（我的父親）

手前共（我們）

手前の不注意で何とも申し訳有りません（由於我不小心很對不起）

手前勝手（自私自利、只顧自己方便）

手前勝手な事を為る（隨自己的意見）

彼は手前勝手な男だ（他是個自私自利的人）

手前普請（〔俗〕客房自費修理房屋）

手前味噌（自吹自擂、自我吹噓）

手前味噌を並べる（自吹自擂、老王賣瓜自賣自誇）

ちと手前味噌だが（我有一點自誇不過…）

手前〔代〕（手前的粗俗說法）（自謙）我，自己（=私）。〔蔑〕你（=御前）

手巻き〔名〕手捲（煙），用手捲、手搖，用手上弦（的鐘錶等）

手巻きの味は中中良い（手捲煙味道很好）

手巻きのコイル（手纏的線圈）

手巻き煙草（手捲紙煙）

手巻き蓄音機（手搖唱機）

手枕、手枕〔名〕枕著胳膊、曲肱為枕

手枕で寝る（枕著胳膊睡）寝る煉る錬る練る

手枕を為て寝る（枕著胳膊睡）

手弄り、手弄〔名、他サ〕用手摸索、用手擺弄

何時迄もハンカチを手弄りしている（老在擺弄手帕）

手待ち〔名〕〔象棋〕等待走棋

手待ち時期（等待時間）

手纏い〔名〕障礙、累贅、礙手礙腳（=手足纏、足手纏）

手纏、環、鐶〔名〕環、玉環（指玉石戒指、玉鐲等裝飾品）

手真似〔名〕手勢、用手比劃

唖は手真似で話す（啞巴用手勢談話）話す放す離す

手真似が上手だ（手勢高手）

盛んに手真似を交えて話す（一直不斷地比手畫腳地說）

手真似で去れと言う（用手勢表示離開）

手真似で坐れと言う（用手勢表示坐下）

先生は手真似を為たり、身振りを為たり為て、日本語を教える（老師又用手勢又用動作教授日文）

手招き〔名、他サ〕招手、用手招呼

彼は私を手招きした（他向我招手了）

人を手招きして部屋に呼び入れた（招手叫人進屋裡）

教室から手招きで呼んでいる（從教室裡招手呼喚著）

手忠実〔形動〕勤快，勤勤懇懇、手巧

家の女中は手忠実に働く（我家女傭勤快地工作）

手忠実に父母へ手紙を書く（勤給父母寫信）父母父母

手忠実な人（勤快的人、手巧的人）

手毬、手鞠〔名〕拍著玩的球，用線紮的球，小皮球、拍球玩

大きいな手毬を付いて遊ぶ（拍大球遊戲）

手毬を為て遊びましょう（咱們拍球玩吧！）

手毬歌（拍球玩的歌）

手毬花、手鞠花（〔植〕八仙花）

手丸提灯〔名〕圓形燈籠

手回し、手廻し〔名、他サ〕準備，布置，安排，預先籌畫、用手搖動、（手頭錢的）安排

旅行の手回しを為る（做旅行的準備）

手回し（を）為て犯人を捕らえる（布置妥當逮捕犯人）

寒く為る前に手回し良く冬支度を為る（在天冷以前做好過冬準備）

随分手回しが良いね（準備得真周到啊！）

手回しドリル（手搖鑽）

手回しミキサー（手搖攪拌機）

手回し計算機（手搖計算機）

手回し風琴（手搖風琴）

手回り、手廻り〔名〕身邊，手頭、隨身攜帶的東西

御手回り品に御注意下さい（請注意攜帶的東西）

手回りの荷物を纏める（整理隨身攜帶的行李）

手回り道具（隨手常用的器具）

手回り品（隨身攜帶的物品）

手短か〔形動〕簡單、簡略

手短かに言えば（簡言之）

手短かに経過を報告する（簡單地匯報經過）

手水〔名〕洗手水（＝手水）、沾在手上的水、（春年糕時）把手沾上水，沾手的水

手水〔名〕洗臉，洗手（水）、（女）廁所、（女）如廁，解手

手水を使う（洗手、洗臉）使う遣う

手水盥（洗手盆）

手水鉢（裝洗手水的盆）

御手水に行く（如廁）

手水場（廁所、廁所內洗手處）

御手水を済ませる（解完手）

手土産〔名〕簡單禮品、隨手攜帶的禮物

手土産を持って伯母の家へ行く（拿著禮物到伯母家去）

手土産の一つも持って御礼に行かなければならない（總要拿一點點禮品去表示一下謝意）

手向かう〔自五〕抵抗、對抗、反抗

弟をからかうと直ぐ手向かって来る（一逗弟弟他馬上就反抗）

貴様、手向かう気か（你想反抗嗎？）

小国が大国に手向かう（小國抵抗大國）

手向かい〔名、自サ〕抵抗、對抗、反抗（＝抵抗）

彼に手向かいの出来る者は居ない（沒有人能抵抗他）

手向かいする事を許さない（不准抵抗）

手向ける〔他下一〕（向神佛）奉獻、餞行，臨別贈言

仏に花を手向ける（向神佛獻花）仏仏

手向け、手向〔名〕供神佛、餞別

君の成功はなくなった御父さんへの良い手向けだ（你的成功是對先父的最好奉獻）

霊前に手向けの花束を上げる（在靈前供上花束）

卒業する子等に手向けの言葉を送る（向畢業的孩子們作臨別贈言）

手向草〔名〕（為祈求旅途平安供給神佛的）供品、櫻，松，堇菜（的別稱）

手向けの神（守路神）

手持ち、手持〔名〕手提，手拿，隨身攜帶、手中保存，手邊有的東西（或錢等）

手持の品が無い（手邊沒有存貨）

此処に手持の金が一万円有る（這裡手邊有現金一萬日元）

一寸手持が無いから買えない（現在手裡沒有錢不能買）

手持品（隨身物品、手頭存貨）

手持外貨（外匯儲備）

手持無沙汰（閒得無聊、〔手邊沒有東西〕覺得奇怪）

仕事も無いし、遊びに行く処も無く手持無沙汰だ（既沒事做也沒有地方去玩）

手持無沙汰で困る（閒得無聊）

手持無沙汰に巻煙草の灰を落としている（閒得磕打煙灰）

煙草を止めてから客と話す時何と無く手持無沙汰だ（戒菸之後和客人談話時總覺得手裡缺點什麼似的）

手元、手許〔名〕手邊，手裡、膝下，身邊、生活，生計，手頭（錢款）、（工作時）手的動作、〔俗〕筷子

手元の有る本（手邊的書）

今手元に無い（現在手邊沒有）

御手元に御届けします（送到您的手上）

大事な品は手元から離しては行けない（重要的東西不能離身）

彼は辞表を校長の手元迄差し出した（他把辭職書送到校長手裡了）

其方を向いては手元が暗くて字が良く見えないでしょう（面向那邊手底下背光怕看不清字吧！）

手元に有る金を残らず与えた（把手邊的錢一毛不剩都給了他）

手元金（手邊現款）

娘を手元に置く（把女兒留在身邊）

手元不如意（手頭拮据）

手元が苦しい（手頭很緊）

手元が狂って手を切った（手一發慌把手切了）

御手元（筷子）

御手元、御手許〔名〕（在宴席、飯館等）筷子、小碟等的別稱

手盛り、手盛〔名〕自己裝（飯）、如意算盤，自己方便（=御手盛り）、圈套，詭計

手盛りで飯を食う（自己裝飯吃）食う喰う

手盛り案（為了自己方便的計畫、本位主義的方案）

手盛りを食う（上了圈套、受人欺騙）

手盛り八杯（自己裝飯、隨心所欲）

御手盛り〔名〕自己盛飯盛菜、為自己打算，圖自己方便，本位主義、一手包辦

御手盛りで頂く（自己盛飯吃）戴く

御手盛りの案（本位主義的方案）

内閣の御手盛り増俸案が昨夜可決された（昨晚通過了內閣爭取的增薪草案）

手焼き〔名〕手烤、親手烤

手焼き煎餅（手烤先貝）

手役〔名〕（紙牌）靠手中分的牌就成一副牌得分←→出来役

手休み、手休め〔名〕歇口氣、稍微休息

手槍〔名〕短槍、短矛

手槍を投げ付ける（擲短槍）

手柔か〔形動〕小心（拿放）、溫和（對待）

壊れ物ですから手柔かに願います（因為易碎請小心拿放）

始めての御手合わせ御手柔かに願います（初次和您比賽請您手下留情）

御手柔らかに〔連語、副〕（比賽開始時的客套話）手下留情

何卒御手柔らかに（願います）（請手下留情）

手療治〔名、自サ〕自己治療、自己醫療

手療治を為る（自己治療）

手療治で直す（自己治癒）直す治す

そんな手療治は止めて早く医者に見て貰い為さい（趕快請醫師來看吧！不要再自己治了）

手料理〔名〕親手做的菜、家裡做的菜

奥さんの手料理（主婦親手做的菜）

田舎へ帰って久し振りに母の手料理を御馳走に為った（回到家鄉吃到了很久沒吃過的母親親手做的菜）

手練〔名〕（常指男女間使用甜言蜜語，犧牲色相等）花招、欺騙、哄騙

手練手管で人を丸める（用花招捉弄人）

手練手管で金を捲き上げる女（女扒手、用甜言蜜語騙錢的女人）

彼女が如何に手練手管を尽くしても引き付けられなかった（她用盡各種甜言蜜語進行哄騙也騙不了他）

手練手管を使う（耍花招）使う遣う

手練、手足れ〔名〕〔古〕武藝高明、技藝高超（的人）

手練〔名〕嫻熟、熟練、靈巧

手練の早業（神速的技巧、奇術）

手分け〔名、自サ〕分工、分手做、分頭做

此の仕事は手分けして遣りましょう（這個工作分頭來做吧！）

皆で手分けして捜す（大家分頭尋找）

手業〔名〕手工，手藝（=手仕事）。〔柔道〕手技

手渡す〔他五〕面呈，親手交給、傳遞

忘れ物を手渡す（親手交給遺忘物品）

此の手紙を彼に手渡して下さい（請把這封信親手交給他）

申請書を手渡す（遞交申請書）

順順に手渡す（依次傳遞）

手渡し〔名〕面交，親手交給、傳遞

賞与を社長が手渡しする（總經理親手交給獎賞）

此の手紙は彼に手渡しして下さい（請把這封信面呈給他）

次から次へと手渡しする（依次傳遞）

御手上げ〔名〕沒轍、毫無辦法、只好放棄、只好認輸

皆の者に問い詰められて、彼はすっかり御手上げだ（被大家一追問他完全沒輒了）

如何しても良いか分らず御手上げの態だった（弄得毫無辦法不知如何是好）

御手洗い〔名〕廁所、盥洗室

御手洗いは何処でしょうか（廁所在哪裡？）

御手洗いに参り度いのですが（〔女〕我想去洗洗手）

御手洗、御手洗〔名〕神社門旁洗手（嗽口）處、洗手（臉）

御手塩〔名〕（女）小碟子（=手塩皿）

御手玉〔名〕（少女玩具、內盛小豆等的）小沙包，投擲小沙包的遊戲。〔俗〕〔棒球〕（外野手沒接準）球在手裡彈跳幾次

御手玉を為る（扔小沙包玩）

御手玉を取る（扔小沙包玩）

御手付き、御手付け〔名〕（玩紙牌歌留多時）摸錯了牌、主人跟自己的女僕發生關係 被主人污辱了的女僕

御手付き一枚（摸錯了一張牌-處罰摸錯了的人）

御手伝い〔名〕（的改稱）女傭、家務助理

御手伝いさんを求む（〔廣告用語〕招聘家務助理）

御手並み〔名〕（別人的）本領、本事

天晴な御手並みだ（本領高超、了不起的本領）

此れ迄に無い御手並みだ（還沒有看到過這樣的本領）

御手並み拝見（讓我來領教領教您的本領）

先ずは御手並み拝見と出た（首先他要領教我的本領、首先他向我挑戰起來）

御手の中、御手の内〔名〕〔俗〕（您）手裡的東西、（您的）本領

御手の中を拝見し度い物（我想領教領教您的本領）

天晴な御手の中だった（本領真高、名不虛傳）

御手の筋〔名〕〔舊〕〔俗〕（對個人經歷或家庭的事）猜對、猜中（來自手紋）

御手の筋だ（猜對啦）

御手の物〔名〕擅長、特長、拿手、得意的一手

そんな事は彼の御手の物だ（那是他的擅長）

翻訳は御手の物だ（翻譯是我的拿手）

碁は私の御手の物ではない（圍棋我不擅長）

御手前〔名〕（也寫作御点前）〔茶道〕點茶的技藝（手法）

〔代〕〔古〕（室町時代以後武士的用語）你（=貴公）

御点前〔名〕〔茶道〕點茶的技藝（手法）（=御手前）

御手元、御手許〔名〕（在宴席、飯館等）筷子小碟等的別稱

御手許金〔名〕（天皇、皇族的）個人款項、手頭的錢

御手盛り〔名〕自己盛飯盛菜、為自己打算，圖自己方便，本位主義、一手包辦

御手盛りで頂く（自己盛飯吃）戴く

御手盛りの案（本位主義的方案）

内閣の御手盛り増俸案が昨夜可決された（昨晚通過了內閣爭取的增薪草案）

御手柔らかに〔連語、副〕（比賽開始時的客套話）手下留情

何卒御手柔らかに（願います）（請手下留情）

守（ㄕㄡˇ）

守〔漢造〕守，保衛、行政官名、表示其官職在〝位〞之上←→行

攻守（攻守）

好守（〔棒球〕善於守衛）

固守（固守）

保守（保守←→革新、保養）

死守（死守）

墨守（墨守、固守）

太守（〔舊〕太守-領有一國或一國以上土地的諸侯、中國古時的地方行政長官）

郡守（郡守）

国守（〔史〕國守-日本古代地方官的長官、〔領有一國或數國的〕諸侯）

留守（看家〔的人〕、出外，不在家、〔常用御留守的形式〕〔為其他事情吸引而〕忽略〔正業，職守〕、思想不集中）

守衛〔名〕（機關等的）守衛，警衛，門衛、（國會的）警備員

守衛を置く（設警衛）置く擱く措く

守旧〔名〕守舊、保守

守旧の態度（保守的態度）

彼等は守旧的だ（他們保守）

守護〔名、他サ〕守護，保護。〔史〕守護-鎌倉，室町時代，掌管兵馬，刑罰的官職（=守護職）

人間を守護して呉れると言われる神（據說保護人類的神）

守護職（〔史〕守護-鎌倉，室町時代，掌管兵馬，刑罰的官職）

守護神（守護神、保護神）

守株〔名、自サ〕株守，守株待兔、墨守成規

老人は守株する事のみを考える（老人只想墨守成規）

守成〔名、他サ〕守成、守業

守成は創業よりも難しい（守業比創業還難）

創業期から守成期に入る（由創業期進入守業期）入る入る

守勢〔名〕守勢←→攻勢、守衛的兵力

守勢を取る（採取守勢）取る盗る執る捕る獲る撮る摂る採る

守勢に立つ（處於守勢）立つ発つ絶つ截つ裁つ断つ経つ建つ起つ

敵が攻勢に出たので守勢に為る（敵人來進攻所以成為守勢）為る成る鳴る生る

戦闘で味方は守勢に立たされた（在戰鬥中我們被迫處於守勢）

守戦〔名、自サ〕防禦戰

守戦に回る（轉入防守）回る廻る周る

守戦同盟（防守同盟）

守銭奴〔名〕守財奴

あんなけちん坊を守銭奴を言うんですよ（那樣的吝嗇鬼就叫作守財奴）言う謂う云う

守則〔名〕守則、規則

歩哨守則（哨兵守則）

守備〔名、他サ〕守備，防備。〔棒球〕防守

守備が固い（守備堅固）固い堅い硬い難い

守備を厳に為る（嚴加防備）磨る擦る摩る刷る掏る摺る擂る

水も漏らさぬ守備（水洩不通的防備、嚴密的防守）洩る漏る盛る守る

守備に就く（擔任防守）就く付く衝く突く漬く吐く尽く撞く附く

守備が旨い（善於防守）旨い巧い上手い甘い美味い

守備隊（守備隊）

鉄道守備隊（鐵路護衛隊）

国境守備隊（邊防軍）

守備兵（守備戰士、邊防戰士）

守兵〔名〕守兵、守備兵

守兵を率いて防戦する（率領守兵進行防禦）

守礼〔名〕守禮、遵守禮貌

守礼の国（守禮之國）

守瓜、瓜蝿〔名〕〔動〕守瓜、瓜螢、果蠅（瓜葉的害蟲）

守宮〔名〕〔動〕守宮、壁虎

守る、護る〔他五〕守，守衛，保衛，保護，維護、遵守，保守、保持、注視，凝視←→攻める

身を守る（護身）

陣地を守る（守衛陣地）

利益を守る（維護利益）

国を守る（衛國）

守るに易く攻めるに難し（守易攻難、易守難攻）

規律を守る（遵守紀律）

原則を守る（遵守原則）

機密を守る（保守機密）

沈黙を守る（保持沉默）

約束を守る（守約）

節操を守る（保持節操）

一人の男（女）を守る（愛情專一保持對一個男〔女人〕的情操）

守り，守，護り，護〔名〕守衛，保衛，保護，戒備，防守、（以御守り的形式）（乞求神佛保佑的）護符

守りを厳重に為る（嚴加戒備）

守りが堅い（戒備森嚴）

守りを固める（加強防守）

国の守り（保衛國家）

自由の守り（護衛自由）

守り刀（護身短刀）

災難除けの御守り（消災符）

守り神（守護神）

守り本尊（護身佛）

守り札（護身符）（=御守り）

守り抜く〔他五〕堅守、保衛住、始終守護

陣地を守り抜いた（守住了陣地）

自分を立場を守り抜く（始終堅持自己的立場）

御守り〔名〕看孩子、看孩子的（人）、照顧老人（的人）

私が外出すると子供の御守りを為て呉れる者が無い（我一出門沒有人替我看孩子）

御守りを一人雇う（請一位看孩子的人）

年寄りの御守りを為る（照顧老人）

守る〔他五〕〔方〕看守、守護（=守る、守りを為る）

盛る〔他五〕盛，裝滿、（把砂或土等）堆高，堆起來、配藥，使服藥、刻度

御飯を盛る（盛飯）盛る守る漏る洩る

サラダを皿に盛る（把沙拉盛在碟子裡）

半分程盛る（盛一半、盛半碗）

花を盛ったテーブル（堆滿鮮花的桌子）

小高く土を盛って、上に記念の石を据えた（把土堆高一點上面安放了紀念的石碑）

薬の盛り過ぎを為る（藥劑配過量）

毒を盛る（下毒藥）

一服盛る（下毒藥）

温度計に目盛を盛る（在溫度計上刻度）

碁盤の目を盛る（畫圍棋盤格）

洩る、漏る〔自五〕漏

水が洩るバケツ（漏水的水桶）

木の間洩る月影（樹葉間透過來的月光）

天井から雨が洩って来た（雨水從頂篷漏下來了）

水道の栓が良く閉まらなかったので、水が洩っている（自來水龍頭沒關緊所以漏水）

守り、守〔名〕看守，守護（的人）、看孩子（的人），保母（=子守）

〔造語〕看守（的人）

赤ちゃんの守りを為る（看小孩）

守りを置く（請保母）

灯台守り（看燈塔的人）

墓守り（守墓人）

盛り、盛〔名〕盛（食物）、盛的份量（程度）、小籠屜蕎麵條（=盛り蕎麦）←→掛け蕎麦

盛りが悪い（裝的不滿、給的份量不足）

若い人には御飯の盛りを良くして上げる（給年輕人飯多盛一點）

守り立てる〔他下一〕盡心地撫養成人、撫保，擁立、恢復，扶植

友人の息子を守り立てる（把朋友的孩子好好撫養長大）

幼い主君を家来達が守り立てる（家臣們撫保幼主）

潰れ掛かった会社を守り立てる（將快要倒閉的公司扶植起來）

守っ子〔名〕〔俗〕保母（=子守）

守役〔名〕看守，監護、看守的人，服侍者

守る、護る〔他ラ四〕守，守衛，保衛，保護，維護、遵守，保守、保持、注視，凝視（=守る、護る）

守り、護り〔名〕守衛，保衛，保護，戒備，防守（=守り、護り）

守る、護る〔他ラ四〕守，守衛，保衛，保護，維護、遵守，保守、保持、注視，凝視（=守る、護る）

守り、護り〔名〕守衛，保衛，保護，戒備，防守（=守り、護り）

首（ㄕㄡˇ）

首〔接尾〕（助數詞用法）（計算詩歌的）首

〔漢造〕首，頭、第一位、居首、最初、招認

歌一首（詩歌一首）

唐詩三百首（唐詩三百首）

歌を二十首選ぶ（選詩歌二十首）選ぶ択ぶ撰ぶ

梟首（梟首）（=曝し首）

頓首（頓首，磕頭、〔用於書信頓首）

馘首（斬首、〔轉〕免職，革職，解雇）（=首切り）

鶴首（翹首、殷切盼望）

斬首（斬首、砍頭）（=打ち首）

元首（〔國家的〕元首-國王、總統、首相等）

党首（黨主席、黨總裁、黨總書記）

頭首（首腦、首領、頭目）

盟首（盟主）

賊首（賊首）

最首（最首）

歳首（歲初、年初）

俯首（俯首、低頭）

部首（〔漢字的〕部首）

巻首（巻首）（=巻頭）←→巻末、巻尾

首位〔名〕首位、首席、第一位←→末位

首位を占める（居首位）占める閉める絞める締める染める湿る

首位から転落する（從第一位跌下來）

神戸は日本の貿易港と為て首位を占めている（神戶作為日本對外貿易港居於首位）

ベスト、テンの首位に在る選手（名列前十名首位的選手）

首位打者（〔棒球〕擊球率第一的擊球員）

首位争い（爭奪第一）

首夏〔名〕初夏、陰曆四月

首魁〔名〕首魁，主謀者，罪魁禍首、魁首（=魁）

集団強盗の首魁（土匪的頭子）

首巻〔名〕第一卷←→終巻

首巻から終巻迄読破した（從第一卷讀到最末卷）

首巻，首巻き、頸巻，頸巻き〔名〕圍巾（=襟巻き）

首巻で耳迄包む（用圍巾把耳朵都包上）

首記〔名〕起首（作為標體的）記載

首記の討論会を開催する（召開標體所記的討論會）

首級〔名〕首級

敵将の首級を挙げる（取得敵將首級）挙げる揚げる上げる

首級、首〔名〕（立功的證據）首級

首級を挙げる（〔在戰場上〕取下敵人的首級）

御首級頂戴（要你的腦袋）

首肯〔名、自他サ〕首肯（=首肯く、頷く）

此の学説には首肯し難い点が多い（這個學說有很多令人難以贊同之處）蓋い覆い蔽い被い

彼の言葉は人を首肯させるに足りなかった（他的話不足以令人信服）

斯う説明すれば容易に首肯出来るだろう（這樣解釋好理解吧！）

首肯く、頷く〔自五〕點頭、首肯

頷いて同意する（點頭答應）

軽く頷く（輕微點頭）

彼は頻りに頷く（他連連點頭）

貴方が説明すれば、皆大人しく頷いて呉れるだろう（你如加以解釋大家是會乖乖同意的）

首肯ける、頷ける〔自下一〕能夠同意、可以理解（頷く的可能形式）

彼の説明には頷けない所が有る（他的解釋中有礙難同意的地方）

彼が怒るのも一応頷ける（他發怒也是可以理解的也難怪他生氣）

首座〔名〕上座，首席（=上座）、主席，坐在上座的人、〔佛〕首座（禪宗的最高僧）（=首座）

今日の会議の首座は彼だ（今天會議的主席是他）

首座〔名〕〔佛〕首座（禪宗的最高僧）（=首座）

首の座〔名〕斬首時犯人坐的地方

首の座に直る（犯人規規矩矩地坐在被斬首的座位上、為接受某種裁決而出席會議）直る治る

首罪〔名〕〔古〕斬首罪、主要罪刑、主犯，首犯

首相〔名〕首相、（內閣的）總理大臣

首相に為る（當首相）為る成る鳴る生る

議会が首相を指名する（議會指定首相）

首相官邸（首相官邸）

首将〔名〕主將

首唱〔名、自他サ〕首倡、首先提倡

生産方法の改善を首唱する（首先提倡改進生產方法）

首唱者（首倡者）

首席〔名〕首席、第一位

首席で卒業する（畢業時考第一）

級の首席を争う（爭班裡第一）

首席代表（首席代表）

首席演奏者（首席演奏者）

首席に侍る（侍席）

首鼠〔名〕首鼠（只作以下用法）

首鼠両端を持す（首鼠兩端、〔喻〕搖擺不定，採取觀望態度）持す次す侍す辞す治す

首足〔名〕首和足

首足処を異に為（首足異處、被斬首）

首題〔名〕〔佛〕首題（經典的頭一句）、（議案或通告等的）題目，摘要

首題の件に就き協議します（就所列案件進行磋商）

首陀（羅）、首陀羅、首陀羅、首陀羅〔名〕（梵 sudra）首陀羅（印度四種姓之一、農民，屠戶，奴隸等身分低下的人屬此種姓）

首長〔名〕首長、首領、領袖

種族の首長（種族的首領）

地方自治体の首長（地方自治體的領導）

首途〔名〕首途、動身、上路（=首途、門出）

首途を祝う（祝賀首途）

首途、門出〔名、自サ〕（離家）出門，出發（=旅立ち）。〔轉〕走上…的道路，開始新的生活

明朝登山隊が首途（を）為る（明天早晨登山隊出發）明朝 明朝 明朝

社会への首途を祝う（祝賀開始走向社會）

人生の首途を為る青年（走上人生道路的青年）

首都〔名〕首都

首都東京（首都東京）

首都圏（首都範圍－包括以東京站為中心一百公里以內的地區，跨一都七個縣）

首脳、主脳〔名〕首腦、首領、導人物

政党の首脳（政黨的領導人）

首脳部（首腦部、領導幹部、領導的人們）

首脳会談（首腦會談）

首脳者（首腦人、領導人）

首班〔名〕首席，首領，第一位、（內閣的）首相，總理大臣，首席人物

首班を戴く（推為首席、奉為首領）戴く頂く

内閣の首班（內閣首相）

後継首班（繼任總理大臣）

首班に指名する（提名為首相）

首尾〔名、自サ〕頭尾，始終、結果，成績、（事情進行的）情形，情況

魚の首尾（魚的頭和尾）魚 魚魚魚

首尾を案じる（掛念〔事情的〕結果）

首尾が良い（成功、順利）良い好い善い佳い良い好い善い佳い

首尾は如何ですか（情況怎樣？）如何如何如何

万事上首尾です（一切都很順利）

交渉の首尾は旨く行った（談判的經過很順利）旨い巧い上手い甘い美味い

事が首尾良く運ぶ（事情順利發展）

首尾一貫（首尾一貫、自始至終）

首尾一貫した主張（始終不渝的主張）

首尾一貫した文章（首尾一貫的文章）

首尾一貫して居ない（缺乏前後一致性）

首府〔名〕首府首都（=キャピタル）

日本の首府東京（日本的首都東京）

首部〔名〕（火箭式導彈的）頭部、前錐體

首謀、主謀〔名〕主謀

叛乱の首謀は彼だ（叛亂的主謀是他）

首謀者（禍首、罪魁、主謀人）

此の謀叛の首謀者は誰か（這次叛變的主謀人是誰？）

クーデターの首謀者の一人（政變禍首之一）

首領〔名〕（常指做壞事的）首領、頭目、領袖（=頭）

盗賊の首領（盜賊的頭目）

一方の首領と為る（做一方的首領）

首（也寫作頸）〔名〕頭，腦袋、頭部、命，生命。〔轉〕職位，飯碗、撤職，解雇，開除

首を横に振る（搖頭、拒絕）振る降る振る奮う揮う震う篩う

首を縦に振る（點頭、同意、首肯）

扇風機が首を振る（電扇搖擺頭部）

窓から首を出す（從窗子伸出腦袋）良い好い善い佳い良い好い善い佳い

首を懸けても良い（可拿我的腦袋作保證）懸ける掛ける架ける翔ける欠ける駆ける駈ける

彼の首には莫大な懸賞金が掛けられている（他的腦袋被懸賞巨額獎金、用巨款買他的腦袋）

首が危ない（有失業的危險、飯碗有了危險）危ない危うい

首に為る（撤職、開除）刷る摺る擦る掏る磨る擂る摩る

首に為る（被撤職、被解雇）為る成る鳴る生る

そんな事を為たら首だ（要是做那種事就撤職）

首が繋がる（免於被撤職、免於被解雇）

首が飛ぶ（被斬首、被撤職，被解雇）飛ぶ跳ぶ

首が回らない（債台高築）

首を掻く（割下〔敵人的〕腦袋）掻く書く欠く描く

首を傾げる（懷疑、不相信對方的言行而思量）傾げる炊げる

首を切る（砍頭，斬首、撤職，解雇）切る斬る伐る着る

首を掛ける（梟首示眾）懸ける掛ける架ける翔ける欠ける賭ける駆ける駈ける

首を挿げ替える（更換擔任重要職務的人、重要的人事更動）

首を突っ込む（與某件事發生關係，入夥、深入，過分干預）

余り色色な事に首を突っ込み過ぎる（他干涉的事情太多、他參加的活動過多）

頸〔名〕〔解〕頸，頸項，脖子、領子，衣領、（用具的）頸，脖子

頸の長い麒麟（脖子長的長頸鹿）

頸を括る（懸梁、上吊）

頸の差で勝つ（〔賽馬〕以一頸之差獲勝）

人の頸に齧り付く（抱住別人的脖子）

頸を伸して見る（伸著脖子看）

此のセーターは頸の所が少し窮屈だ（這件毛衣的頸子緊一點）

徳利の頸（酒壺脖子）

バイオリンの頸（小提琴的頸）

頸を長くする（引領而待、翹首企望）

頸を長くして待つ（引領而待、翹首企望）

頸を捩じる（拒絕、不同意）捩る捻る捻る

頸を捻る（思量、揣摩、考慮）

首桶〔名〕（古代用的）首級匣、裝砍下人頭的木桶

首賭け〔名〕用腦袋作賭注

首飾り、頸飾り〔名〕項鍊（=ネックレース）

真珠の頸飾り（珍珠項鍊）

首枷、頸枷〔名〕枷。〔轉〕（妨礙自由的）羈絆，累贅

頸枷を嵌める（帶枷、披枷）嵌める食める填める

子は三界の頸枷（兒女是擺脫不了的累贅）

首狩り〔名〕獲取人頭、為舉行宗教儀式割取其他部族人的頭

首切る〔他五〕斬首，砍頭，割頭、撤職，解雇（=解雇する、馘首する）

首切り、首斬り〔名、他サ〕斬首，斬罪、劊子手、割頭用的短刀、撤職，解雇

首切りの刑罰（斬首的刑罰）

首切り台（斬首台、斷頭台）

首切り場（刑場、法場）

首切り反対（反對解雇〔工人〕）

首縊り〔名、自サ〕自縊，上吊，懸樑、自縊的人，吊死鬼

松の木の下に首縊りを発見する（發現松樹下有人上吊）

首見参〔名〕〔古〕呈獻敵人首級（給上級軍官過目表示功勞）

首実験〔名、他サ〕〔古〕檢驗首級（古代將領檢驗在戰場上割取的敵人首級）。〔轉〕當場驗認（是否本人）

被害者を集めて犯人の首実験を為る（招集受害人當面驗認犯人）

首数珠〔名〕〔佛〕掛在脖子上的念珠

首筋、頸筋〔名〕脖頸、脖梗（=襟首、項）

人の頸筋を掴む（掐住別人的脖梗）掴む攫む

首台〔名〕（江戶時代梟首示眾用的）首級陳列台

首玉、頸玉〔名〕（古代）項鍊上的寶石、（貓狗等的）脖圈。〔俗〕脖子（=頸っ玉、頸玉）

頸っ玉、頸玉〔名〕〔俗〕脖子、脖頸

頸っ玉に齧り付く（抱住對方的脖子、摟住對方的脖子）

首っ丈〔名、形動〕從腳跟到頸部的高度，沒到頸部只能看見頭。〔轉〕（為愛情而）神魂顛倒，（被異性）迷住

彼女に首っ丈に為る（被她迷住）

彼の娘は彼に首っ丈だ（那位姑娘被他迷住了）

首塚〔名〕首級塚、人頭塚（埋陣亡者或犯人首級的墳）

首吊り，首釣り、頸吊り〔名、自サ〕懸梁，上吊，自縊（=首括り）。〔俗〕現成的服裝（=既製服、吊し）

首投げ〔名〕〔相撲〕用一隻胳膊繞住對方的脖子扭身把對方絆倒的招數

首無し〔名〕無頭、沒有頭腦

若い女の首無し死体（年輕女子的無頭屍體）

首根っこ〔名〕〔解〕頸脖子（=首筋、頸筋、首根）

首引き〔名、自サ〕脖子拉繩比賽（把一個繩圈套在對坐的兩人脖子上，互相用力往後拉繩子，拉倒對方者優勝）、互相競爭

首っ引き〔名、自サ〕〔俗〕不斷参看，不斷查看、始終不離開（某物）

辞書と首っ引きで原書を読む（抱著辭典看原文書）

参考書と首っ引きで勉強する（抱著参考書努力學習）

終日終夜、机と首っ引きして出精する（日日夜夜埋頭努力）

首振り〔名〕搖頭、搖擺頭部

首振り扇風機（搖頭電扇）

首輪、頸輪〔名〕項圈，項鍊（=ネックレース）、（貓狗的）項圈、（貓狗、小鳥等）頸部的異色環，（紅藍白…）項圈

頸輪を掛ける（帶上項圈）懸ける掛ける架ける翔ける欠ける賭ける駆ける駈ける

頸輪を付ける（帶上項圈）付ける附ける漬ける着ける就ける突ける衝ける浸ける憑ける

首、頭〔名〕〔文〕頭（=頭）

頭を垂れて黙祷する（垂首默禱）

頭を回らす（回頭，扭過頭去、回首，回憶過去）

首、首級〔名〕（立功的證據）首級

首級を挙げる（〔在戰場上〕取下敵人的首級）

御首級頂戴（要你的腦袋）

印、標〔名〕符號、標識、徽章、證明、表示、紀念、商標

爪印（爪印）標、印徵、驗首、首級

チョークで印を付ける（用粉筆做個記號）

星の印を付ける（加上星形符號）

間違えない様に印を付けて置く（打上記號以免弄錯）

印に其のページを折って置く（折上那一頁當記號）

正しい答に印を付けよ（在正確答案上打上記號）答え応え堪え

鳩は平和の印である（鴿子是和平的象徵）

松は操の印である（松樹是節操的象徵）操節

会員の印を付けている（配戴著會員的徽章）

彼に金を渡したのは信任の印を示す物だ（把錢交給他那就是信任的一種證明）

受け取った印に印を押して下さい（請您蓋上印章作為收到的證明）

改心の印も見えない（沒有悔悟的證明）

改心した印に煙草を止める（戒煙表示悔改）

生きている印（活著的證據）

妊娠の印（懷孕的證明）

誰か来た印に煙草の吸殻が有る（有煙頭證明有人來過）

友情の印と為て品物を贈る（這禮品用作友誼的表示）

愛情の印（愛情的表示）

感謝の印と為て（作為感謝的表示）

本の御礼の印に（微表謝意）

箱根へ行った印に（作為去箱根的紀念）

阿里山に行った印のステッキを買う

ばつ印（X 記號-ばつ寫作 X、表示否定、不要或避諱的字所用的符號）

鷹標（鷹牌）

松標の醤油（松牌的醬油）

記、誌〔名〕記錄

印〔名〕印（=印、押手）

験、徴〔名〕徵兆，徵候（=兆し）、效驗，效力（=効目）

雪は豊年の験と言う（據說瑞雪兆豐年）
験 徴 印 記 標 首 首級

薬の験が現れた（藥奏效了）

首、首、首〔名〕（大人的變化）首長、長官

首、長、官、司〔名〕〔古〕衙門，官署（=役所）、有司，官吏（=役人）、官職，官位（=役目）

司馬（官府的馬）

菓子司（御用點心鋪）

司人（官吏）

司位（官職、官位）

寿（壽）（ㄕㄡˋ）

寿〔名〕壽命、長壽

〔漢造〕長壽、年歲、祝壽

八十の寿（八十大壽）

百歳の寿を受ける（享壽一百歲 活一百歲）

老寿（老壽、長壽）

天寿（天壽、天年）

長寿（長壽）

延寿（延壽、延年、長壽）

聖寿（聖壽-對封建皇帝的壽命的敬稱）

米寿（八十八歲壽辰-因八十八三字組成米）

喜寿（七十七歲誕辰-因喜字草體看起來像七十七）

賀寿（賀壽）

寿限無〔名〕（原義長壽）日本相聲中出現的小孩子的名字（以諷刺為了祈求孩子長命百歲、而起了以寿限無寿限無開頭的過長名字為主題）。〔轉〕長的名字

寿詞、寿詞〔名〕祝壽時述說的詩歌和文章

寿像〔名〕壽像、生前的肖像

寿像を作製する（製作壽像）

寿命〔名〕壽命、（物的）耐用期限

人間の平均寿命（人的平均壽命）

自動車の寿命（汽車的使用年限）

寿命で死ぬ（壽終正寢）

寿命が尽きる（壽命已到）

寿命が長い（壽命長）

人の寿命が延びた（人的壽命延長了）延びる伸びる

内閣の寿命はもう知れている（內閣不久即將垮台）

寿命の縮まる思いを為る（被嚇得簡直要死）

困苦欠乏で彼は寿命を縮めている（他被困苦貧窮折磨得要死）

寿命試験（〔機〕壽命試驗）

寿齢〔名〕長命、長壽

寿老人〔名〕（七福神之一）壽星老、南極老人

寿喜焼、鋤焼〔名〕〔烹〕雞素燒、日本式牛肉（雞肉）火鍋（雞肉或牛肉加蔥，豆腐等、用糖，醬油等調味、邊煮邊吃的一種火鍋）

牛肉の寿喜焼（牛肉火鍋）

寿喜焼鍋（雞素燒用平底鍋）

寿司、鮨、鮓〔名〕壽司、酸飯糰（一種日本特有的食品、在用醋和糖，鹽調味的米飯上、加魚肉，雞蛋，青菜等或捲以紫菜或揉成飯糰、種類很多）、（寫作鮨）

〔古〕醋拌生魚片

握り寿司，握寿司、握り鮨，握鮨（捲壽司-在捲成長形的糖醋飯糰上，加上生魚片，蝦，蛋捲等的飯糰）（=握り）

押し寿司，押寿司、圧鮨（模壓壽司、大阪式壽司）（=大阪寿司、箱寿司）

散らし寿司、散らし鮨（散壽司飯-在用糖醋等調味好的米飯上、撒上青菜，魚，炒雞蛋絲，紫菜等的一種飯菜）

巻き寿司，巻寿司、巻き鮨，巻鮨（壽司卷-用紫菜加雞蛋餅等捲的飯卷）

五目寿司、五目鮨（什錦壽司飯）

寿く〔他五〕祝賀、致祝詞、祝壽（= 寿ぐ）

新年を寿く（祝賀新年）

寿〔名〕慶賀、祝詞、長壽

新年の寿（祝賀新年）

寿を述べる（祝賀、道喜）述べる陳べる延べる伸べる

寿を保つ（保持長壽）

寿ぐ、言祝ぐ〔他五〕祝賀、致祝詞、祝壽←→呪う

長寿を寿ぐ（祝長壽）

寿ぎ、言祝ぎ，言祝〔名〕祝壽、祝詞

寿、祝〔名〕〔古〕慶祝（=祝い）

受（ㄕㄡˋ）

受〔漢造〕接受

接受（接受、接收）

拝受（〔謙〕拜領、領受、接受）

伝受（接受傳授）←→伝授

受遺者〔名〕〔法〕接受遺產者

受益〔名、自サ〕受益

此の法案に因って受益する者（因此法案而受到利益的人）

受益証券（受益證券）

受益者（受益者）者者

受戒〔名、自サ〕〔佛〕受戒←→授戒

受寄者〔名〕〔法〕（財物的）受委託人

受給〔名、他サ〕領受配售

此の町で主食を受給している（在本鎮領受主食的配售）

受給者（領受配售者）者者

受業〔名、自サ〕受教

受業に出る（聽課）

受業生（學生、門生、門徒）

受業生総代（學生代表）

受苦日〔名〕〔宗〕（基督教的）耶穌受難日

受勲〔名〕受勳、接受勳章

受勲者（受勳者）者者

受刑〔名、自サ〕受刑、服刑

受刑者（服刑者）者者

受血〔名〕接受輸血

受血者（接受輸血的人）者者

受検〔名、自サ〕接受檢、接受考核

教員検定を受検する（接受教師資格的審查）

受験〔名、他サ〕投考、報考、應試

大学を受験する（投考大學）

受験準備を為る（準備投考）為る為る播る刷る摩る掏る磨る摺る

受験生（報考生）

受験料（報考費）

受験科目（報考科目）

受験地獄（考試難關-喻入學考試難）

受験資格（報考資格）

受堅者〔名〕〔宗〕（基督教中）請求受按手禮者

受光〔名〕（曝光計等）受光

受光体（受光體）

受講〔名、自他サ〕聽講、受訓

夏期講習を受講する（在夏季講習班受訓）

受講生（受訓的人、聽課的人）

受章〔名〕接受勳章

受傷〔名〕受傷

受賞〔名、自サ〕受賞、獲賞、得獎

ノーベル賞受賞者（諾貝爾獎金獲得者）者者

展覧会で初めて受賞した（在展覽會上第一次得獎）

受賞者（獲賞者、獲獎者）者者

受賞小説（獲獎小說）

受信〔名、他サ〕（郵件或電報等的）接收←→発信、〔無〕收聽，接收←→送信

受信箱（信箱）

受信人（收信人、收報人）

ラジオ受信（收聽收音機）

受信アンテナ（接收天線）

受信機（〔無〕接收機、收報機）

無線の受信機を調節する（調節無線接收機）

受診〔名、自サ〕〔醫〕受診、接受診斷

受精〔名、自サ〕〔生〕受精

異花受精（異花受精）

体外受精（體外受精）

受精卵（受精卵）卵卵

受精丘（受精錐）丘丘

受精突起（受精錐）

受精嚢（受精囊）嚢嚢

受精膜（受精膜）

受精毛（受精絲）毛毛

受精率（能育率）

受洗〔名、自サ〕〔宗〕（基督教）領洗、接受洗禮

受禅〔名、自サ〕〔古〕受禪、接受禪社←→簒奪

受訴〔名〕受理訴訟

受訴裁判所（受訴法庭）

受像〔名、他サ〕（電視）顯像

受像が歪む（顯像歪斜）

受像管（顯像管）

受像機（電視接收機）

受贈〔名、自サ〕受贈、接受餽贈

受贈者（受贈者）者者

受贈書（接受的贈書）

受体〔名〕〔化〕受動質、受方

受胎〔名、自サ〕受胎、受孕、妊娠

人工受胎（人工受孕）

受胎調節（計畫受孕）

受胎告知（〔天主教的〕聖母領報）

受託〔名、他サ〕受託、受人委託（囑託、寄託、信託）

受託者の資格で（以受託者資格）者者

受託物（受委託物）物物

受諾〔名、他サ〕承諾、承擔、接受

義務を受諾する（承擔義務）

受諾の返事を出す（回信表示承諾）

就任を受諾する（答應就任）

先方は此方の要求を受諾した（對方接受了我方要求）

受注、受註〔名、他サ〕接受訂貨←→発注

多量の資材を受注する（接受大量材料的訂貨）

受電〔名、自サ〕接受電力、接收電報←→送電

受動〔名〕被動←→能動、〔語法〕被動

受動的な立場に立つ（處在被動的立場）立つ建つ裁つ発つ絶つ截つ断つ経つ

受動性（被動性）

受動態（被動態、被動式）

受働土圧〔名〕〔建〕被動土壓力

受難〔名、自サ〕受苦難、〔宗〕（基督的）受難

受難日（耶穌受難日－復活節前的星期五）

受任〔名、自サ〕接受任務、接受委任（委託）

受忍〔名〕〔法〕（受惠者）忍受（因受惠而產生的不方便等）

利用者に受忍の義務が有る（利用者有忍受的義務）

受忍限度を超える騒音（超出忍受限度的噪音）

受熱面〔名〕〔理〕加熱面

受納〔名、他サ〕收納、收下

果物一籠御贈り致しますから御受納下さい（送上水果一籃盼望收下）

金品を受納する（收受金錢和貴重物）

受杯、受盃〔名、他サ〕接受敬酒、領獎杯

受配〔名、他サ〕領配售物資、領紅利

受配者（領配售物資的人、領紅利的人）者者

受粉、授粉〔名、自サ〕〔植〕授粉、傳粉（作用）

人工受粉（人工授粉）

自花受粉（自花授粉）

花は昆虫の媒介に由って受粉する（花由昆蟲的媒介而授粉）

受命〔名、自サ〕受命，接受命令。〔古〕受天命（成為天子）←→簒奪

受約者〔名〕〔法〕受約人、授受契約者

受用〔名、他サ〕接受使用

受容〔名、他サ〕容納，接受、（對藝術品的）鑑賞，感受

文化の受容力（知識的接受能力）

相手の申し入れを受容する（接受對方的提議）

受容器（〔動〕感受器、受納器）器器

受容性（接受性、感受性）

受容体（〔動〕接受體、被誘體）

受理〔名、他サ〕受理

裁判所が事件を受理する（法院受理〔訴訟〕案件）

十月十日以後の願書は受理しない（十月十日以後的申請書不予受理）十日十日

校長は教諭の辞表を受理した（校長受理了教師的辭呈）

受領〔名、他サ〕領受，收領。〔古〕任地方官（=受領）

名誉学位受領者（名譽學位獲得者）

一等賞を受領する（獲得頭獎、領一等獎）

倉庫で製品を受領する（在倉庫領產品）

受領証（收據）

受領〔名、自サ〕〔古〕（平安時代赴任視事的）地方首長（=受領）、敘〝從五位〞以下的勳位

受話〔名〕接電話←→送話

受話装置（聽話裝置）

受話器（〔電話的〕聽筒）←→送話器

受話器を取る（拿起聽筒）

彼女は受話器を取り上げて〝もしもし〞と言った（她拿起聽筒說〝喂喂〞）

受話器を掛ける（掛上電話）

受話器を耳に当てる（把聽筒貼在耳邊）

受ける、承ける〔他下一〕承接、承蒙，受到，接到，得到、接受，答應，承認、遭受、繼承，接續、認為，理解、奉、迎向，面向

〔自下一〕受歡迎

バケツで雨漏を受ける（用鐵桶接漏雨）馬穴 バケツ

ボールをミットで受ける（用皮手套接球）

教えを受ける（受教）

御高配を受ける（承蒙關照）

手厚い持て成しを受ける（受到殷勤的款待）

手紙を受けた（接到來信）

電話を受ける（接電話）

許可を受ける（獲得許可）

治療を受ける（接受治療）

極めて大きな励ましを受け、非常に力付けられた（受到極大的鼓勵獲得了巨大的力量）

注文を受ける（接受訂貨）

試験を受ける（投考、應試）

人からの依頼を受けた（接受了人家的委託）

御受けします（交給我吧！）

受けられない話（不能接受的事）

傷を受ける（受傷）

四面に敵を受ける（四面受敵）

帝国主義の抑圧と搾取を受ける（遭受帝國主義的壓迫和剝削）

侮りを受ける（受侮）

手酷い打撃を受ける（遭受沉痛的打擊）

彼の後と受けて校長と為る(接他的後任當校長)

前文を受けて言う（承上文而言）

冗談を真に受ける（把玩笑當作真事）

命を受ける（奉命）命

南を受けて建てられた家（朝南蓋的房子）

朝日を受ける（迎著朝陽）

風を胸に受ける（迎風）

大衆に受ける（受群眾歡迎）

其の映画は学生に非常に受けるだろう（那部電影可能很受學生歡迎）

大いに受ける（非常受歡迎）

受ける、享ける、稟ける〔他下一〕稟承、享受

生を人の世に受ける（生於人世）

恩寵を受ける（享受恩寵）

請ける〔他下一〕贖、承包

身を請ける（贖身）

質草を請ける（贖當）

工事を請ける（承包工程）

受け、受〔名〕承受物，支承物、收，接受、評價，印象，人緣、答應、〔棋、劍術〕招架，擋，守

郵便受け（收信箱）

軸受け（軸承）

鍋受け（鍋支架）

一月十日受けの書類（一月十日收的文件）

受け渡し（交接、交割）

気受け（人緣）

彼の人の気受けが良い（他人緣好）

彼の人の気受けが悪い（他人緣不好）

受けが良い（受歡迎）

受けが悪い（不受歡迎）

彼は上司の受けが良くない（上級對他的印象不好）

彼は生徒の受けは如何ですか（他在學生中的印象如何？）

どうも受け出来ません（不便接受、礙難答應）

受けの将棋（守棋）

受けの構え（招架的姿勢）

受けが旨い（守得好）旨い巧い上手い甘い美味い

受けが拙い（守得不好）拙い不味い拙い

請け、請〔名〕保人、證人

請けに立つ（擔保、作證）

受け合う，受合う、請け合う，請合う〔他五〕承擔，負責、保證，保管

一度請け合ったなら、最後迄遣らなければ行けない（一旦承擔下來就要進行到底）

此の工事を請け合ったのは私じゃないんです（那工程不是由我負責）

絶対に請け合う（保證沒問題）

彼は承諾する事を請け合う(我保證他一定答應)

此の時計は十年間は故障しませんよ。請け合います（這錶十年內不會壞我保證）

彼が間に合うか如何か請け合えない（他能否來得及不能打包票）

受け合い，受合い、請け合い，請合い〔名〕保證、保管、一定

明日の晴天は請け合いだ(明天一定是晴天)

失敗する事請け合いだ（保證準失敗、一定要失敗）

彼の人の成功は請け合いだ（我保證他一定會成功）

品質請け合い（品質保證）

受け入れる、受け容れる〔他下一〕收進，收入、接納，收容、接受，採納，同意

不良品を合格品と為て受け入れは為りません（不得把壞貨當好貨收）

新加盟国を受け入れる（接納新會員國）

多数の新入生を受け入れる（接受很多新生）

新しい考えを受け入れる（接受新思想）

要求を受け入れる（同意要求）

大衆の意見を受け入れる（採納〔接受〕群眾的意見）

此の説は多数の学者には受け入れられていない（這個學說還沒被多數學者所接受）

古い社長は新しい運営方法を受け入れる事が出来ない（老社長不能採納新的營運方法）

受容〔名、他サ〕容納，接受、（對藝術品的）鑑賞，感受

文化の受容力（知識的接受能力）

相手の申し入れを受容する（接受對方的提議）

受容器（〔動〕感受器、受納器）器 器

受容性（接受性、感受性）

受容体（〔動〕接受體、被誘體）

受け入れ、受け容れ〔名〕（新成員或移民等的）接納，收容、（物品或材料等的）收進，收入、承認，答應

受け入れ計画（收容計畫）

図書の受け入れ（〔圖書館〕書籍的收進）

受け入れ手形総額（〔商〕收進票據總額-銀行從票據交換所換回的應付票據總額）

受け入れ体制（〔新成員或移民等的〕接納〔收容〕準備工作）

受け入れ体制を整える（做好收容準備工作）

受け売り，受売り、請け売り，請売り〔名、他サ〕轉賣，承銷。〔轉〕現學現賣，聽話學話，學乖賣乖

請け売りを為る（轉賣、現買現賣）

請け売りの知識（現學現賣的知識）

人の話を請け売りする（套用別人的話）

彼は先生の言葉を其の儘請け売りする（他一字不差地按照老師的話）

受負う、請け負う〔他五〕承辦、承包

家の建築を請け負う（包建房屋）

大工に請け負わせる（叫木匠包工）

受け返す〔他五〕（擊劍）回擊、還擊

相手の打ち込みを受け返す（擋開對方的打擊給予回擊）

受け方〔名〕接受的方法、接受人，接收人。〔商〕（交割買賣時的）買方，收貨人

受け金〔名〕〔機〕軸瓦、托架、乘載器

受け株〔名〕〔商〕（交割時）收的股票

受け木〔名〕〔建〕支柱、頂柱

受け口、受口〔名〕收件口。〔機〕插口，插座，承窩，澆口、（也讀作受口）下唇突出的嘴，地包天、（伐木時事先在放倒的方向下端砍上的）碴口

受け腰〔名〕向前接東西時的姿勢，傾身、被動的姿勢。〔商〕（買方的）買進姿勢

受け答え、受答え〔名、自サ〕對答、應答、應付

受け答えが旨い（善於應付）

受け答えが無い（沒有回答）

質問に一一受け答えする（逐一回答質問）

受け材〔名〕〔建〕梁拖、翅拖

受け材で受ける（用梁拖支撐）

受け皿〔名〕茶拖，茶碟，托盤、承接水滴等的器皿

受け桟〔名〕〔建〕小椽、平椽

受け損う〔他五〕沒接住、失誤

球を受け損う（接球失誤）

受け太刀、受太刀〔名〕招架的刀法。〔轉〕招架之勢，守勢，被動地位

受け太刀に（と）為る（陷入守勢）

強硬な反駁に遭って受け太刀気味である（遭到強硬的反駁有點處於招架之勢）

受け台、承け台〔名〕〔船〕托架，支架。〔機〕搖架、（放電話聽筒的）叉簧

受け付ける〔他下一〕受理，接受，採納，聽取、容納（尤指吃藥或吃東西不嘔吐）

申し込みは明日から受け付ける（申請從明天開始受理）明日明日明 日

抗議を全然受け付けない（對抗議完全不接受）

胃が弱っているので食物を受け付けない（因為胃不好吃下去反倒胃）

薬も受け付けない（連藥也喝不進去）

人の言う事を受け付けない（不聽別人話）

彼はどんなに御世辞を言われようと、持ち上げられようと、其を受け付けない（他不接受他人的阿諛諂媚）

受付〔名〕受理，接受、傳達處，詢問處，接待處、傳達員

受付時間（受理時間）

願書の受付は十五日迄（受理申請書截至十五日為止）

玄関を受付に為る（用前門當傳達室）

受付の態度が乱暴だ（傳達員的態度很粗暴）

受付係（傳達員）

受付口（接待處、詢問處、受理窗口）

受け継ぐ〔他五〕繼承、承繼

財産を受け継ぐ権利（繼承財產的權利）

其の儘受け継ぐ（按造、一脈相傳）

受け継ぐ人が居る（後繼有人）居る炒る煎る鋳る射る入る要る

両親の性質を幾分受け継いだ様だ（好像多少繼承了一些父母的性格）

受け手、受手〔名〕接受的人，收的人，收信人（＝受ける人）、（廣播或通信的）收聽人，接收人←→送り手

受け止める〔他下一〕接住，擋住。〔轉〕阻止，防止，阻擊、理解，認識

速球を受け止める（接住快求）

殴って来るのを片手で受け止める（用一隻手擋住打來的拳頭）殴る擲る来る繰る刳る

敵の攻撃を受け止める（阻擋住敵人的進攻）

善意の批判を指導幹部への真の愛護と受け止める（把善意的批評理解為對領導幹部的真正愛護）

受け取る，受取る、請け取る，請取る〔他五〕接，收，領、領會，理解、相信（寫作請け取る，請取る）承擔，承受

ボールを受け取る（接球）

給料を受け取る（領薪）

金一千円正に受け取れました（收到一千日元）

未だ返事を受け取っていない（還沒接到回信）

厚意の籠った贈物を受け取った（接到了一份深情厚意的禮物）

私の言った事を何の様に受け取ったのか（我說的話你是怎麼領會的？）

彼は私の意見を間違って受け取ったらしい（他好像錯誤地理解了我的意見）

然う言う意味を受け取って下さい（請那樣來領會、請理解為那種意思）

其は少し受け取り難い話だ（那是有點難以理解的事情）

本当だと受け取った（信以為真）

受け取れない（接不到，不能接受、不以為然，不能相信，不能理解）

受取、請取〔名〕收，領、收據，收條

勘定書きを受取に為る（在帳單上蓋章表示款已收訖）

勘定は受取済みに為っている（帳已結清）

受取帳（收據簿）

受取済み（收訖）

受取勘定（應收帳款帳戶）

受取（勘定）相場（〔外匯牌價的〕應收匯價）

受取証（收據、收條）

受取手形（應收票據）

受取人（接受者，領受者，領款人，收款人、受益人、收貨人、收件人、收信人）

受取人不明の手紙（收信人不明的信）

受取人払い電報（收報人付費的電報）

小切手の受取人は友誼商店に為っている（支票是開給友誼商店的）

受取船荷証券（〔商〕備運提單、收訖待運提單）

受取渡し（轉包－包工把承包工程轉包別人）

受取を書く（寫收條、開收據）

受取を出す（出收據、開收條）

受取を貰う（領收據）

受け流す〔他五〕（輕輕）架開，擋開，避開、迴避，搪塞，應付過去、把酒杯接過來假裝喝下而把杯中的酒倒空

打ち込んで来る刀を受け流す（輕輕架開砍下來的刀）

質問を巧みに受け流す（巧妙地把質問搪塞過去）

冗談に為て受け流す（當作玩笑一聽而過）

柳に風と受け流す（逆來順受、巧妙地應付過去）

受け箱、受箱〔名〕（掛在門口）收放信件或牛奶的箱子

受け払い、受払い〔名、他サ〕收付、收支

日日の受け払い（每日的收支）日日日日日日

受け払い金（收支款項）

受け引く、承け引く〔他五〕答應、承諾

受け骨〔名〕傘骨、傘架

受け身、受身〔名〕被動，招架，守勢。〔柔道〕（被對方摔時）安全跌倒法、〔語法〕被動態

受け身に為る（陷於被動）

前方受け身（向前跌倒）

受け身の形に為る（使成被動形勢）

受け持つ〔他五〕掌管、擔任、負責

一年生の歴史の授業を受け持つ（擔任一年級的歴史課）

教育関係を受け持つ（負責教育方面的工作）

一週五時間受け持たせる（一星期任課五小時）

此の外交員は関西地区を受け持っている（這位推銷員負責關西地區）

受け持ち、受持〔名〕主管，擔任、主管（擔任）的人、主管（擔任）的事

受け持ち教員（級任教員）

受け持ち生徒（負責管教的學生）

受け持ち区域（負責地區、掌管地區）

此は私の受け持ちです（這是我擔任的工作）

一年生の受け持ちの先生は誰ですか（一年級的級任老師是誰？）

受け持ち時間（課時、上課時間）

午後は私の受け持ち時間が無い（下午沒有我的課）

私の受け持ち時間は週二十時間です（我一星期上二十小時課）

受け戻し、受戻〔名〕贖回（典當品）

受け渡し、受渡〔名、他サ〕交接，交付。〔商〕交割

台詞の受け渡し（台詞的交接）

商品の受け渡しは全部済んだ（商品的交接全部辦完）

受け渡し不履行（〔貨物〕不交割）

受け渡し期日（交割日期）

受け渡し繰り延べ（〔證券〕交割延期）

受かる〔自五〕考中、考上、及格（＝合格する）

入学試験に受かる（入學考試及格）

僕は台湾大学に（が）受かった（我考上了台灣大學）

狩（ㄕㄡˋ）

狩〔漢造〕狩獵、天子出巡、任地

巡狩、巡守（中國古代天子巡視諸侯領地）

狩漁〔名〕漁獵

狩漁時代（漁獵時代）

狩猟〔名、自サ〕狩獵、打獵、打圍

狩猟に出掛ける（出去打獵）

狩猟期（狩獵期）

狩猟法（〔法〕狩獵法）

ㄕ

狩猟許可証（打獵許可證）

狩る、猟る〔他五〕打獵，狩獵、獵捕。〔舊〕搜尋，尋找

兎を狩る（打兔子）

猛獣を狩る（獵捕猛獸）

桜を狩る（尋找櫻花）

茸を狩る（採蘑菇）

刈る〔他五〕割、剪

草を刈る（割草）刈る駆る狩る駈る借る

頭を刈る（剪髮）

此丈の草は一日では刈り切れない（這麼多的草一天割不完）

もう一寸短く刈って下さい（請再剪短一點）

羊毛を刈る（剪羊毛）

木の枝を刈る（剪樹枝）木樹枝枝

芝生を刈る（剪草坪）

駆る、駈る〔他五〕驅趕，追趕、使快跑、驅使，迫使、（用被動式駆られる、駈られる）受…驅使、受…支配

牛を駆る（趕牛）

自動車を駆って急行する（坐汽車飛奔前往）

馬を駆って行く（策馬而去）

国民を駆って戦争に赴かせる（驅使國民參加戰爭）

欲に駆られる（利慾薰心）

一時の衝動に駆られて自殺する（由於一時衝動而自殺）

感情に駆られる（受感情的支配）

好奇心に駆られる（為好奇心所驅使）

借る〔他五〕（西日本方言）借、租、借助（=借りる）

枯る〔自下二〕〔古〕（枯れる的文語形式）枯

一将功成り万骨枯る（一將功成萬骨枯）

狩〔名〕打獵，捕魚，打鳥、（接尾詞用法）採集，遊看，觀賞、〔轉〕搜查，捕捉，拘捕

兎狩り（打兔）狩仮雁

狩を為る（打獵、捕魚、打鳥）為る為る

山へ狩に行く（上山打獵去）行く往く逝く行く往く逝く

狩の獲物（獵獲的東西、打來的動物）

香山へ紅葉狩に行く（到香山看紅葉去）紅葉紅葉

松茸狩に出掛ける（採松蕈去）

潮干狩（退潮時捕魚採貝等）

暴力団狩（搜捕黑社會人物）

狩人、狩人〔名〕（狩人的轉變）獵人、獵戶（=猟師）

狩人が熊狩を為る（獵人獵熊）磨る掏る摩る刷る擂る擦る摺る

狩衣〔名〕（原為狩獵服）（中古時代）高官的便服、（江戶時代）（用花樣衣料做的）禮服，神官服

狩り座、狩座〔名〕獵場，圍場、狩獵，狩獵競賽

狩小屋〔名〕打獵的小屋

狩り込み、狩込み〔名〕追捕，搜捕（野獸等）、一齊搜捕（犯人、流氓等）

狩り込みに会って捕まる（碰上大搜捕而被抓走）会う逢う遭う遇う合う捕まる捉まる掴まる

一斉狩り込みを遣る（實行一齊搜捕）

狩り出す〔他五〕（把隱藏的犯人、野獸等）趕出來、驅逐出來

四方から猪を狩り出す（從四面八方把野豬趕出來）

狩り場、狩場〔名〕圍場、打獵的地方

狩袴〔名〕允許上殿公卿用的括袴

狩野派〔名〕狩野派（仿宋元畫法的日本畫流派之一、以室町中期的〝狩野正信〞為創始人、故稱）

授（ㄕㄡˋ）

授〔漢造〕授予，交給、傳授

天授（天與，天賜、天賦）

口授、口授（口授、口傳）

伝授（傳授）

教授（教授，教學、大學教授）

授戒〔名、自サ〕〔佛〕授戒

授業〔名、自サ〕授課、講課、上課

学校で授業を受ける（在學校聽課）

先生は授業中です（老師正在講課）

此の時間の授業は此で終わります（這節課到此為止）

授業をサボる（逃學、曠課）サボタージュ

授業を休む（請假、不上課）

授業は何時に始まるのですか（幾點開始上課？）何時何時

外国語で授業する（用外語講課）

授業中居眠りする（在課堂上打瞌睡）

授業料（學費）

授業時間（上課時間、上課時數）

授業施設（授課設備）

授権〔名〕〔法〕授權

授権資本（〔經〕〔股份有限公司的〕授權資本）

授権代理人（指定代理人）

授産〔名、自サ〕（給失業者或婦女等）介紹職業、找工作

授産所（職業介紹所－為使失業者或婦女就業、講授技術、介紹職業的社會設施）

授爵〔名、自サ〕授爵

功労により授爵の恩典に浴す（因功勞榮獲授爵的恩典）

授受〔名、他サ〕授受

金銭の授受（金錢的授受）

記念品を授受する（授受紀念品）

授章〔名、自サ〕授予勳章（獎章）

授賞〔名、自サ〕授賞、授予獎賞

三等迄の者に授賞する（對三等以上的人授予獎賞）

授賞式（授獎儀式）

授精〔名、自サ〕〔生〕授精

人工授精（人工授精）

人工的に授精する（施行人工授精）

授乳〔名、自サ〕授乳、哺乳

幼児に授乳する（給嬰兒吃奶）

生後一年間は授乳する（生下後哺乳一年時間）

授乳時間（餵奶時間）

授乳期（哺乳期）

授粉、受粉〔名、自サ〕〔植〕授粉、傳粉（作用）

人工受粉（人工授粉）

自花受粉（自花授粉）

花は昆虫の媒介に由って受粉する（花由昆蟲的媒介而授粉）

授与〔名、他サ〕授予、授與

奨励金を授与する（授與獎金）

卒業証書を授与する（授與畢業證書）

授与式（發獎式、授與證書儀式）

授かる〔自五〕被授予，被賜予，被賦予、領受，獲得、稟賦、受教，領教

学位を授かる（被授予學位、獲得學位）

勲章を授かる（被授予勳章）

政府から褒美を授かった（受到了政府當局的獎賞）

彼は良い性質を授かっている（他天生有個好秉性）

秘伝を授かる（受秘密傳授）

授かり物〔名〕天賜、天的賜予、神佛授予的東西（=授け物）

授ける〔他下一〕授予，賦予，賜給、教授，傳授

党が授けた任務（黨賦予的任務）

学位を授ける（授予學位）

勲章を授ける（授予勳章）

特権を授けられる（被賦於特權）

権限を授けられて声明を発表する（授權發表聲明）

課業を授ける（授課、教課）

秘伝を授ける（傳授秘傳）

ア

秘策を授ける（傳授竅門）

策を授けて遣った（授策、教給了他一個計策）

授け物〔名〕天賜、天的賜予、神佛授予的東西（=授かり物）

授く〔他下二〕授予，賦予，賜給、教授，傳授（=授ける）

綬（ㄕㄡˋ）

綬〔名〕印綬、〔古〕佩玉的帶、（中古禮服的）束帶

〔漢造〕（佩帶勳章的）綬帶

首相の綬を帯びる（擔任首相）

綬を釈く（辭官）解く説く溶く梳く

綬を結ぶ（任官）結ぶ掬ぶ

大綬、大綬（大綬勳章-大勳位菊花大綬章）

中綬（中綬勳章勳-三等旭日章-位於大綬和小綬之間的等級）

小綬（小綬勳章-勳四等以下的小綬）

小綬鶏（〔動〕竹雞）

略綬（〔勳章的〕略綬）

紫綬（紫綬勳章、印璽的紫色組紐）

黄綬褒章（黃綬褒章-日本政府授給它認為熱心於個人所從事的事業、對國家有貢獻的人的獎章）

藍綬褒章（藍色綬帶獎章-政府授予對教育、社會福利、衛生保健等方面作出貢獻的人）

綬章〔名〕綬章

大綬章（大綬章）

獣（獸）（ㄕㄡˋ）

獣〔漢造〕獸

野獣（野獸）

猛獣（猛獸）

禽獣（禽獸、〔罵〕禽獸，畜生）

鳥獣（鳥獸）

肉食獣（肉食獸）

獣医〔名〕獸醫

獣医に病豚を見て貰う（請獸醫來診察病豬）

獣医学（獸醫學）

獣医学部（獸醫系）

獣疫〔名〕獸疫、家畜的流行病（指牛疫、炭疽、狂犬病、羊疫、豬瘟等）

獣姦〔名〕獸姦

獣形類〔名〕〔動〕獸形類

獣行〔名〕獸行

獣行に及ぶ（做出獸行）

獣脂〔名〕獸脂、骨脂

獣脂を取る（提取獸脂）取る撮る獲る捕る執る盗る採る摂る

獣心〔名〕獸心

人面獣心（人面獸心）

彼は表面は紳士だが、内面は獣心の持主だ（他表面上是個君子而內心是個具有獸心的人）

獣身〔名〕（頭部以下形呈）獸身

獣性〔名〕獸性

獣性を剥き出しに為る（完全暴露出獸性）為る為る

獣性を発揮する（大發獸性）

獣帯〔名〕〔天〕黃道帶

獣炭〔名〕獸炭、骨炭

獣炭を臭気抜きに使う（用骨炭除臭味）使う遣う

獣的〔名、形動〕獸性的、野獸般的

獣的な欲望（獸性的慾望）

獣的本能（獸性的本能）

獣的行為（野獸般的行為）

獣肉〔名〕獸肉

殺し立ての獣肉（剛宰的獸肉）

獣肉を食う（吃獸肉）食う喰う食らう喰らう

獣皮〔名〕

獣皮を鞣す（鞣獸皮）

獣皮商（獸皮商）

獣毛〔名〕獸毛

獣毛フェルト（獸毛氈）

獣欲、獣慾〔名〕獸慾、肉慾

獣慾を満たす（滿足肉慾）満たす充たす

獣類〔名〕獸類、野獸（=獣、獣）

熱帯には珍しい獣類が多い（熱帶多珍奇獸類）

獅子は獣類の王（獅子為獸類之王）

獣〔名〕獸、〔罵〕畜生

獣の様な人間（畜生一般的人）

彼の心は獣だ（他是人面獸心）

此の獣奴（你這個畜生！）

獣〔名〕（毛物之意）獸（=獣）

鯨も獣の一種だ（鯨魚也是獸類的一種）

獣道（山中野獸走的路）

獣偏〔名〕（漢字部首）犭、反犬旁

獣〔名〕〔古〕獸，野獸、為食用而獵獲的野獸（常指野豬和鹿）、獵獸（=獣狩）

獣狩（獵獸）獣肉鹿猪尿

獣食った報い（自食惡果、自作自受−因伊勢神宮忌豬鹿）

鹿〔名〕〔古〕鹿（=鹿）（鹿為鹿和鹿的總稱）

鹿の角を揉む（耽溺於賭博−因骰子是用鹿角做的）鹿肉豬獸

鹿の角を蜂の刺した程（蜜蜂螫鹿角毫無反應.絲毫不感痛癢）

肉、宍〔名〕〔古〕（獸類的）肉.鹿肉.野豬肉

尿〔名〕（兒）尿、小便（=しっこ）

猪〔名〕野豬（=猪）

猪〔名〕〔動〕野豬

獣狩〔名、自サ〕打獵、獵獸

瘦（ㄕㄡˋ）

瘦〔漢造〕瘦

老瘦（老瘦）

肥瘦（肥瘦）

瘦果〔名〕〔植〕瘦果

瘦躯〔名〕瘦軀

鶴の如き瘦躯の人（骨瘦如柴的人）

長身瘦躯の人（個子瘦高的人）

瘦身〔名〕體瘦，瘦體（=瘦躯）、使身體消瘦

短躯瘦身（短軀瘦體、矮瘦子）

瘦身法（減肥法）

瘦羸〔名、形動〕羸弱、瘦弱

瘦ける〔自下一〕消瘦、憔悴（=瘦せ細る）

頬が瘦ける（面頰消瘦、面容憔悴）頬頬瘦ける転ける倒ける

倒ける、転ける〔自下一〕（關西方言）跌跤、摔倒（=転ぶ、倒れる）

石に躓いて倒ける（絆在石頭上摔倒）

瘦せる、瘠せる〔自下一〕瘦←→太る、貧瘠←→肥える

苦労で瘦せる（因勞累而消瘦）

瘦せて背の高い人（瘦高的人）

見る影も無く瘦せる（瘦得不像樣、瘦得皮包骨）

病気を為てから、大分瘦せた（得了病以後瘦了好多）

此の畑は瘦せていて何も出来ない（這塊地貧瘠種什麼也不行）

瘦せても枯れても（不論怎麼落魄）

瘦せても枯れても小生は作家だ（不論怎麼落魄我是個作家）

瘦せ，瘦、瘠せ〔名〕瘦（的程度）、瘦人

夏に為ると瘦せが目立って来る（一到夏天就顯著地見瘦）

御瘦せ（瘦人）

瘦せ犬（瘦狗）

瘦せの大食い（瘦人飯量大）

瘦せ腕、瘦腕〔名〕瘦胳膊。〔轉〕微小的本領，微弱的力量（能力）、微薄的收入

女の瘦せ腕で一家を支える（靠女人微弱的勞力維持一家的生活）一家一家支える支える

ㄕ

痩せ腕で家族を養う（靠微薄的收入養家）

痩せ馬、痩馬〔名〕瘦馬

痩せ馬に重荷（十駄）（瘦馬馱重擔、喻力不勝任）

痩せ馬の声嚇し（虛張聲勢）嚇す威す脅す

痩せ馬の道急ぎ（瘦馬趕路、喻力不從心）

痩せ馬鞭を畏れず（瘦馬不畏鞭）畏れる懼れる恐れる怖れる

痩男〔名〕瘦弱難看的男子，貧窮的男子。〔能樂〕瘦男面具（因生前有殺生之罪、死後被打入地獄受苦、面容瘦削的男人面具）

痩女〔名〕瘦女。〔能樂〕瘦女面具（表現癡情女子亡靈的女面）

痩せ衰える〔自下一〕瘦弱

痩せ衰えた人（瘦弱的人）

骨と皮許りに痩せ衰える（瘦得只剩皮包骨）

痩せ面、痩面〔名〕瘦臉、瘦面孔

痩せ型，痩型、痩せ形，痩形〔名〕枯瘦

痩せ型の老人（枯瘦的老人）

痩せ我慢、痩我慢〔名、自サ〕硬支撐、故意逞能、硬著頭皮忍耐

彼の男は痩せ我慢が強い（他頭皮硬、他從不氣餒〔服輸〕）

痩せ我慢を張って行く（硬著頭皮去）張る貼る行く往く逝く行く往く逝く

そんな事は痩せ我慢にも私には出来ない（那樣的事我逞能也辦不到）

其の若者は寒いのに痩せ我慢を為て確固良さの為に薄着を為ていた（雖然天氣很冷那個年輕人卻為了漂亮硬著頭皮穿著單薄的衣服）

痩せ我慢は貧から起こる（硬撐是因為貧窮－而不是裝出來的）起る興る熾る怒る

痩せぎす〔名、形動〕瘠瘦、枯瘦（的人）

痩せぎすな（の）女（瘠瘦的女人）

彼は痩せぎすだが、元気が有る（他雖瘠瘦但精神很好）

痩せ薬、痩薬〔名〕瘦藥、使人消瘦的藥（如瀉藥、抑制食慾的藥劑、使新陳代謝亢進的藥劑）

痩せこける〔自下一〕乾瘦、枯瘦、憔悴

日毎に痩せこける（日見憔悴）

頬が痩せこける（瘦得兩頰塌陷）

痩せこけた人（骨瘦如柴的人）

痩せさらばえる〔自下一〕枯瘦、骨瘦如柴（=痩せ衰える）

痩せさらばえ犬（瘦犬）

痩せ世帯，痩世帯、痩せ所帯，痩所帯〔名〕窮家、窮日子

痩せ世帯を張る（過窮日子）

痩せ身代、痩身代〔名〕窮日子、貧窮家計

痩せ脛，痩脛、痩せ臑，痩臑〔名〕細瘦的小腿（=細脛、瘠脛）

親父の痩せ脛を齧る（靠不富裕的父母養活－啃老族）

痩せ地，痩地、瘠地、痩地、瘦地〔名〕瘠薄的土地

痩せ地に豆を蒔く（在瘠薄的土地上種豆子）蒔く撒く播く巻く捲く

痩せ土、痩土〔名〕瘠土、貧瘠的土地

痩せっぽち、痩せっぽ〔名〕〔俗〕瘦小（的人）

痩せっぽちの人（瘦小的人）

彼は痩せっぽちだ（他是個瘦猴）

痩せ細る、痩細る〔自五〕瘦、消瘦

病気で痩せ細った（因病消瘦了）

顔が一回り痩せ細った（臉上瘦了一圈）

痩せ山、痩山〔名〕窮山、貧瘠的山

山（ㄕㄢ）

山（也讀作山）〔漢造〕山、寺院、寺院的山號

高山（高山）

鉱山（礦山）

黄山（黃山）

深山（深山）

神山（神山）

火山（火山）

崋山（華山）

遊山（野遊、郊遊、出去遊玩）

名山（名山）

登山（登山、到山上的寺廟去修行）←→下山、下山

下山、下山（下山←→登山、〔修行期滿〕辭廟回家）

富士山（富士山）

須弥山、須弥山（〔佛〕須彌山-義為〝妙高山〞、佛經中信為位於世界中心的最高山）

開山（〔佛〕寺院的創建者，教派的開山祖、〔轉〕事業的創始者）

山陰〔名〕山陰，山的北面←→山陽。〔史〕山陰道（=山陰道）。〔地〕山陰地方（=山陰地方）

山陰本線（山陰幹線-從京都經福知山，鳥取，松江到達下關的鐵路線）

山陰地方（〔地〕山陰地方-日本的中國地方的北部，脊梁山脈北部的地帶、包括鳥取縣，島根縣和山口縣面日本海部分、也有時包括兵庫縣和京都府的面日本部分）

山陰道（〔史〕山陰道-古日本八道之一：包括丹後、丹波、但馬、因幡、伯耆、出雲、石見、隱岐八個〝國〞）

山陰〔名〕山背後、山的背陰

山陰の村は早く日が暮れる（山背後的村莊天黑得早）暮れる呉れる繰れる刳れる

山岨〔名〕山陰

山岨道（山陰的道路）

山陽〔名〕山陽，山的南面←→山陰。〔史〕山陽道（=山陽道）

山陽本線（山陽幹線-日本鐵路幹線之一、東起神戶西至門司）

山陽地方（〔地〕山陽地方-日本的中國地方的南部，脊梁山脈南側地帶：包括岡山縣，廣島縣和山口縣面瀨戶內海部分，有時也包括兵庫縣面瀨戶內海部分）

山陽道（〔史〕山陽道-古日本八道之一、包括播磨，美作，備前，備中，備後，安芸，周防，長門八個〝國〞）

山雨〔名〕山雨

山雨来らんと欲して風楼に満つ（山雨欲來風滿樓-許渾題咸陽城東樓詩）

山歌〔名〕（中國山村的）山歌

山歌のコンクール（賽山歌）

山窩、山窩〔名〕山窩游民（一種山間游牧民、不定居、以編竹器漁獵等為生、明治以後日本政府對此採取獎勵定居政策）

山河、山河〔名〕山河

故郷の山河（故鄉的山河）故郷故郷

山河を改造し直す（重新改造山河）直す治す

山河を覆す様な勢い（排山倒海之勢）

両国は山河相連なる、切っても切れない間柄の隣邦である（兩國是山水相連唇齒相依的鄰邦）

山河襟帯（山環水繞形勢險要之地）

山家〔名〕山家、山中的房屋、山中的人家（=山家）

山家の五位（〔動〕大麻鳽-鷺科）

山家〔名〕山中的房屋，山中的人家（=山家）、山村，鄉間

山家育ち（山裡長大〔的人〕）

山家者（山裡長大的人、鄉下人）

山の家〔名〕（供住宿或休息用的）山中小屋、山中旅館

山海〔名〕山海、山和海

山海の珍味（山珍海味、山珍海錯）

山海の珍味を以って持て成す（用山珍海味招待）

山海嘯、山津波、山津浪〔名〕山崩（=山崩れ）

山海嘯が起こる（發生山崩）起る興る熾る怒る

山崩れ〔名、自サ〕山崩（=山海嘯、山津波、山津浪）

山崩れの起き易い処（容易山崩的地方）

山崩れで汽車が不通に為る（因山崩火車不通了）

山抜け〔名〕山崩、山腰的部分土砂塌陷（=山崩れ、山津波）

山塊〔名〕〔地〕（與周圍的山脈分離開的）叢山、孤立的山群

山岳〔名〕山岳（=山）

山岳地方（山岳地帶、山區）

山岳会（登山運動協會）

山岳病（山岳病、高山病）病病

山岳戦（山岳戰、山地戰、山寨戰）戦戦

山岳重畳の大興安嶺（層巒疊嶂的大興安嶺）

山気〔名〕山氣、山上特有的涼爽空氣

冷やかな山気が頬を撫でる（涼爽的山中空氣掠過雙頰）

山気，山気、山気、山っ気〔名〕投機心、冒險心

山気を出して株を買う（起了投機心買股票）

山気の有る男（有冒險心的人、好投機的人）

山帰来〔名〕〔植〕土茯苓（百合科多年生蔓生植物根莖入藥）。〔植〕菝葜（百合科落葉灌木）（=猿捕り茨、菝葜）

山居〔名、自サ〕居住在山中、山中的房舍

山峡、山峡〔名〕山峽、峽谷

峠から見た山峡の景色は美しかった（從山頂上眺望峽谷的風景很美）

山峡〔名〕山谷、峽谷（=山間）

山峡の小さな温泉（山谷中的小溫泉）

山間〔名〕山谷、峽谷、山溝（=山峡）

山間の村（山溝裡的村子）

山間〔名〕山間、山中

山間の部落（山裡的村落、山村）

山間の僻地（窮鄉僻壤、偏僻山坳）

寒冷な山間地帯（寒冷山區）

今晩は山間地方では雪が降るでしょう（今晚山區將要下雪）

姉は山間の小さな小学校の先生です（我姊姊在山溝的一所小小學校裡教書）

山金、山金、山金〔名〕〔礦〕山金←→砂金、砂金

山区〔名〕山區

山窟〔名〕山窟、石窟、山洞

山系〔名〕（兩個以上的山脈構成的）山系

ヒマラヤ山系（喜馬拉雅山系）

山径〔名〕山徑、山間小路

山景〔名〕山的景色、山中風景

山鶏〔名〕〔動〕（台灣山地特有的）藍腹鷴（雞科）、野雞的別名（=山鳥）

山鳥〔名〕山裡的鳥。〔動〕（日本特有的）鸐雉（形似野雞而尾巴特長）

山月〔名〕山月、山上明月

山行〔名、自サ〕遊山、山中行

ヒマラヤ山行（遊喜馬拉雅山）

山号〔名〕（寺院名稱上所加的）山號（如高野山金剛峰寺）

山骨〔名〕（土砂崩潰後）山上露出的岩石

山査子、山樝子〔名〕〔植〕山楂（薔薇科落葉灌木）

山査子の実（山楂、紅果子）

山査子飴（山楂糕、水晶糕）

山妻〔名〕〔舊〕賤內、拙荊

山菜〔名〕（山上自生的）野菜（如蕨、薇等）

山菜料理（用野菜做的菜）

山砦、山寨〔名〕山寨、山中的堡壘

山紫水明〔連語〕山明水秀、山清水秀

山紫水明の地に遊ぶ（遊覽山明水秀之地）

山鵲〔名〕〔動〕山鵲、山喜鵲

山椒、山椒〔名〕〔植〕花椒、秦椒（芸香科落葉灌木）

山椒は小粒でもひりりと辛い（花椒粒雖小辣味可真沖、喻身材儘管短小卻精明能幹不可輕視）

山椒目の毒、腹薬（花椒害眼但能醫腹）辛い辛い

山椒魚〔名〕〔動〕山椒魚、鯢魚

山椒食い〔名〕〔動〕小灰山椒鳥

山茱萸〔名〕〔植〕山茱萸、蜀酸棗（山茱萸科落葉喬木）

山墅〔名〕山中別墅、山間小屋、山莊

山荘〔名〕山莊、山中的別墅

山荘の夕暮れは興趣に富んでいる(山莊的傍晚富有風趣)

山城(さんじょう)、**山城**(やましろ)〔名〕山城

山色(さんしょく)〔名〕山色、山景

美しい富士の山色(美麗的富士山景)

山人(さんじん)〔名〕(用於文人墨客的雅號)山人

紅葉山人(紅葉山人)紅葉紅葉

山人(やまびと)〔名〕山村的居民、仙人(=仙人)

山神(さんじん)〔名〕山神

山神の祟り(山神作祟)

山の神(やまのかみ)〔名〕山神,山中的精靈(=山祇)。〔俗〕(可怕的)老婆(=嬶)

家の山の神は小言が多い(我老婆什麼事都管著我〔總是嘮嘮叨叨的〕)

山祇(やまつみ)〔名〕山神、山中的精靈

山精(さんせい)〔名〕山的精靈、山神

山霊(さんれい)〔名〕山神

山彦(やまびこ)〔名〕山神,山靈、(山谷中的)回聲,回音,反響(=木霊、木魂、木精、谺)

山で大声を上げると山彦が響く(返って来る)(在山中大聲一喊就有回聲)

山水(さんすい)〔名〕山水,有山有水的自然風景、山水畫(=山水画)、有假山池水等的庭園

山水明媚の地(山清水秀的地方)

桂林の山水は天下一だ(桂林山水甲天下)

彼の画家は山水が得意だ(那個畫家擅長畫山水)

山水画(山水畫)

山水(やまみず)〔名〕山與水,山水景色(=山水)、山上流下來的水

山勢(さんせい)〔名〕山勢(=山の姿)

山積(さんせき)〔名、自他サ〕山積、堆積如山、積壓得很多

山積する債務(債台高築)

仕事が山積する(工作積壓得很多)

感謝状が机上に山積している(感謝信堆滿了桌子上)

祝電が机上に山積している(賀電堆滿了桌子上)

停車場には貨物が山積している(車站上貨物堆積如山)

事務山積で御面談の暇が有りません(因為事務繁忙沒有時間跟您面談)

山積み(やまづみ)、**山積**(やまづみ)〔名、他サ〕(物品)堆積如山,堆得滿滿的(=山積)、(工作等)大量積壓,積壓很多

山積みの荷物(堆積如山的行李)

彼の机の脇には沢山の本が山積みに為っている(他的桌子旁邊堆著很多書)

山川(さんせん)〔名〕山川、河山

山川万里(遠隔山川)

山川の景色が清らかで美しい(山川景色清秀美麗)

祖国の山川草木が新しい姿を呈する(祖國的山川草木呈現出嶄新的面貌)呈する挺する訂す

山川(やまかわ)〔名〕山川,山與河。〔古〕山神和河神

山川(やまがわ)〔名〕〔古〕山中的河川

山相(さんそう)〔名〕(江戶時代礦山探勘用語)山相、山的特徵(指山的形狀、地質、氣象等)

山僧(さんそう)〔名〕山僧、山寺的僧侶

〔代〕(僧侶的自稱)山僧、愚僧、貧僧

山賊(さんぞく)〔名〕山賊、綠林、山裡的強盜←→海賊

山賊に出会う(遇到山賊)

山賊に為る(當土匪、落草為寇)

山賊の良く出る所(山賊出沒的地方)

山賊を征伐する(討伐山賊)

山立(やまだち)〔名〕山賊、獵人,獵戶(=狩人)

山村(さんそん)〔名〕山村

質素な山村の生活(樸素的山村生活)

山村水郭(山村水鄉)

山沢(さんたく)〔名〕山澤、山和沼澤、山中的沼澤

山地(さんち)〔名〕山地,山區,多山地區、山裡的土地←→平地

山地では気温が低い(山區氣溫低)

山地改造計画(改造山地計畫)

山茶(さんちゃ)〔名〕〔植〕山上野生的茶葉。〔植〕山茶(=山茶、椿、海石榴)

ㄕ

山茶、椿、海石榴〔名〕〔植〕山茶

椿姫（茶花女-法國小仲馬作品名）

山茶花〔名〕〔植〕茶梅、油梅、海紅（山茶科常綠喬木）（=姫椿、小椿）

山茶花油（茶梅油）油油

山中、山中〔名〕山中、山裡

山中の賊を破るは易く、心中の賊を破るは難し（破山中賊易破心中賊難-陽明全書）

山中暦日無し（山中無月日-唐詩選）

山頂〔名〕山頂、山巔、山頭（=山の頂）←→山麓

山頂に達する（到達山巔）

山頂は四時雪を頂いている（山頂上終年積雪）頂く戴く

山顛、山巓〔名〕山巔、山頂（=山頂）

山顛に至る（到達山頂）至る到る

山顛を極める（登上山頂）極める究める窮める

山顛道路（〔從一個山頂通往另一山頂的〕山巔道路）

山頭〔名〕山巔，山頂、火葬場，墓地

山麓〔名〕山麓（=麓）

山麓の村（山麓的村莊）

山下、山下〔名〕山下、山腳、山麓（=山裾、山元）

山裾〔名〕山麓、山腳

山裾はなだらかな曲線を描いている（山麓形成一個緩慢的曲線）描く描く

山下、山元、山本〔名〕山麓，山腳、（寫作山元）山主，礦山主，礦業經營者、（寫作山元）礦山所在地，礦井，礦坑的現場

山元に家が一軒有る（山腳下有一所房子）

彼の家は此の辺りの山元だ（他家是這一帶的山主）

山上〔名〕山上、山巔、山頭

山上の貯水池（高山貯水池〔水庫〕）

山亭〔名〕山中的亭子、山上旅館

山斗〔名〕泰山和北斗、泰斗，權威

山徒〔名〕比叡山延暦寺的眾徒（=山法師）

山法師〔名〕〔史〕比叡山延暦寺的僧兵←→奈良法師

山途〔名〕山路（=山道、山路）

山道、山道，山路、山路、山路〔名〕山道、山路、山中小路

山道を辿る（步履艱難地走山路）

山路を辿って村へ出た（踏過山路來到了鄉村）

山東菜、山東菜〔名〕（中國山東省原產的）山東白菜（=山東白菜）

山內〔名〕〔俗〕山中，山間、寺內，寺院的境域內（=境內）

山風〔名〕山風、從山上吹來的風

山風〔名〕山風，從山上颳下來的風（=山颪）、（夜間因輻射關係山腰變冷，附近空氣收縮，而形成的向山腳吹去的）山風

山颪〔名〕山風，從山上颳下來的風

山颪の風（從山上颳下來的風）

山腹〔名〕山腹、山腰

山腹に在る家（山腰上的房子）在る有る或る

公園は山腹に在る（公園位於半山腰）

飛行機は山腹に衝突した（飛機撞在山腰上）

山腹噴火（〔地〕山側噴發）

山房〔名〕山莊、（附於雅號下表示書齋）山房，軒

玄鶴山房（玄鶴山房）

山砲〔名〕〔軍〕山砲

山砲で敵陣を射擊する（用山砲射擊敵人陣地）

山門〔名〕山門，寺院的大門。〔轉〕寺院。〔古〕比睿山延曆寺的別稱

葷酒山門に入るを許さず（不許葷酒入山門）入る入る

山野〔名〕山野、山林原野

山野を跋渉する（攀山越野）

山野に生ずる草木（山野長的草木、野生植物）生ずる請ずる招ずる草木草木

山容〔名〕山容、山的形狀

険しい山容を望む（眺望險峻的山容）険しい嶮しい望む臨む

激戦で山容が改まった（由於激戰山容改變了）改まる革まる

山容水態（山容水態）

山籟〔名〕山上掠過的風聲、山風颼到樹木的聲音

山巒〔名〕山岳

山梁〔名〕山間的吊橋、雉子（野雞）的別名

山陵〔名〕皇陵（=陵）、山陵，山岳

山陵地帯（山岳地帶）

山稜〔名〕山脊（=尾根）

山稜を伝って下山する（順著山脊下山）

山林〔名〕山林，山和樹木←→農地、耕地、山上的樹林←→平地林

山林を造る（造山林）造る作る創る

山林に交わる（隱居、出家）

山嶺〔名〕山嶺、山峰（=峰）

山嶺に雪を頂く山（頂峰上積著雪的山）頂く戴く

山楼〔名〕山上的樓閣

山〔名〕山、一大堆，堆積如山、礦山、（帽子等）高起的部分、（文章或事件等的）頂點，最高峰，最高潮、押寶，碰運氣，撞僥倖，投機，冒險、猜測考試題。〔方〕目標

〔造語〕表示野生野長的、表示住在山裡的，粗野可怕的

山の麓（山腳）

山に登る（登山、爬山）登る上る昇る

山を下りる（下山）下りる降りる

山が崩れても動かない（山崩〔地裂〕也不動搖）

山に囲まれた町（被山環繞的村鎮）

山の頂に雪が積もっている（山頂上積著雪）

山為す波（如山的巨浪）

芥の山（垃圾堆）芥芥塵塵

一山百円のトマト（一百日元一堆的番茄）

山と積まれている（堆積如山）積む摘む詰む

積んで山に為る（堆成堆）為る為る

仕事が山程有る（工作有一大堆）

硫黄山（硫磺礦）

山を買う（買礦山）買う飼う

彼は山で働いている（他在礦山工作）

帽子の山（帽腔）

婦女用の山の無い帽子（婦女用軟腔帽子）

事件の山に達した（達到了事件的頂點）

此処が此の物語の山だ（這裡是這個故事的最高潮）

此の音楽には山が無い（這個音樂沒有高潮）

彼の病気は今夜が山だ（他的病今晚是緊要關頭）

試験問題に山を掛ける（遣る）（考前猜題）

山が当たる（猜題猜對押寶押中）、当る中る

試験で山が中ったので良く出来た（考試時由於猜中了考題所以答得很好）

試験で山が外れて、がっかりした（考試時沒猜中考題而大失所望）

危ない山を張らない方が良い（最好不要做危險的投機）良い良い

山を立てる（把船停在釣魚地點）立てる建てる断てる截てる絶てる発てる経てる裁てる

山が暗い（陸上的目標因陰霾看不清楚）

山犬（野狗）

山葡萄（山葡萄、野葡萄）

山男（山人、野叟）

海の物とも山の物とも分からない（未知數、捉摸不定）

山が見える（〔艱難事業〕接近完成、勝利在望）

工事の山も見えた（工程已接近完成）

山千海千（久經世故、老奸巨猾=山に千年海に千年）

山と言えば川（人家說東他就說西、故意反對）

山に為る（〔俗〕沒有了）

山の幸（山珍、山中土產、山中的獵物）

山を掛ける（張る、遣る）（押寶、撞僥倖、猜測考試題）

試験問題の山を掛ける（押考題）

山を踏む（犯罪）

山足〔名〕〔體〕（滑雪中側行鞋面時）上方的腳←→谷足

山荒らし、山荒し〔名〕〔動〕豪豬、箭豬

山嵐〔名〕山中（颳的）風暴、山裡颳來的風暴

山鼬〔名〕〔動〕貂、掃雪鼬（=白貂）

山犬〔名〕〔動〕野狗、日本產的狼

山芋, 薯蕷、山の芋, 薯蕷〔名〕〔植〕薯蕷、山芋、山藥

山姥、山姥〔名〕山中女妖

山奥〔名〕深山裡

山奥の村（深山裡的村莊）

山男〔名〕山中男妖←→山姥、山姥、住在山裡的男人、在山中勞動的男人、登山迷，登山愛好者、以買賣山林為業的人（=山師）

山家〔名〕山中的房屋，山中的人家、山村，鄉間

山家育ち（山裡長大〔的人〕）

山家育ちの娘（鄉下姑娘）

山家者（山裡長大的人、鄉下人）

山の家〔名〕（供住宿或休息用的）山中小屋、山中旅館

山火事〔名〕山火（=山火）

山火〔名〕山火

山火を防止する（防止山火）

山棟蛇、赤棟蛇〔名〕〔動〕赤棟蛇

山掛け、山掛〔名〕〔烹〕澆山藥汁的生魚片（=山芋掛け）

山駕籠〔名〕山路用的竹轎

山形〔名〕山形（的東西）、箭靶後面的幕幔、山形（人字形）圖案（家徽、團體徽等）

山形鋲（圓錐形帽的大頭針〔圖釘〕）

山形フライス（〔機〕角銑刀）

山形鋼（角鋼）

山形〔名〕拋物線形、弧線形

山形に弧を描く（拋物線似地劃一個弧形）描く描く

山形のスローボール（〔棒球〕〔投手為誘使擊球員過早揮棒而投出的〕弧形慢球）

山刀〔名〕伐木人、（樵夫用的）厚刃刀

山勝ち〔名〕多山

山勝ちの地区（多山地區、山岳地帶）

山賤〔名〕〔蔑〕山樵、野叟、山溝裡的土包子

山雀〔名〕〔動〕（雜色）山雀

山烏〔名〕山中烏鴉、〔動〕粗嘴烏鴉（=嘴太鴉）。〔動〕山鴉（=深山烏）

山狩り、山狩〔名〕山中狩獵、搜山，在山中搜索（犯人）

山狩りを為る（搜山、山中狩獵）

山勘〔名〕〔俗〕騙、騙子手（=山師）、瞎猜，憑主觀（直感）猜測

彼の男は山勘だ（他是個騙子手）

山勘を（で）遣る（瞎猜、押寶）

今日の試験は山勘が的中した（今天的考試題目猜中了）

山冠〔名〕（漢字部首）山字頭

山木〔名〕山樹、山上的樹木

山岸〔名〕山崖，懸崖，絕壁、山腳岩岸

山疵〔名〕（石山上的）石頭裂痕、（石器或陶器等在製造時出現的）瑕疵

山桐〔名〕〔植〕油桐

山際〔名〕山邊、天際，地平線，遠山與天空相接處（=スカイライン）

山際の一軒屋（靠山邊的孤獨房屋）

山際から朝日が差す（從天際升起朝陽）差す射す注す鎖す挿す刺す指す

山の端〔名〕天際、地平線、遠山與天空相接處（=稜線）

日が山の端に入る（入落西山）入る入る

山草、山草〔名〕山草、山裡的草

山鯨〔名〕野豬肉的異稱

山国〔名〕山國、多山的國家（地區）、被山環繞的國家（地區）

　山国育ち（生長在山區）

山啄木鳥〔名〕〔動〕山鸞、山啄木鳥

山子、山子〔名〕山林裡作活的人（如樵夫等）

山越え〔名〕越過山嶙（的地方）、（江戶時代沒有關卡通行證者）抄道爬山過關卡

山越し〔名〕越過山嶙（的地方）、山後邊

　山越しの風（山那邊颳來的風）

　彼の山越しに有る町（在那山後的城鎮）

山詞、山言葉〔名〕（伐木人或獵人）只在山中使用的行話、切口（為了避免山神報應和祈禱安全）

山牛蒡〔名〕〔植〕商陸

山小屋〔名〕（為登山者設置的）山中小屋、山中修息所（=ヒュッテ）

　山小屋に一泊する（在山中小屋住一晚）

山篭もり、山篭り〔名、自サ〕閉居山中、隱居山中、在山寺中修行

　気分転換の為に山篭もり（を）為る（為了轉換心情閉居山中）

　山篭もりして気を養う（隱居山中養神）

山坂〔名〕山和嶺、山坡，坡道

　山坂を超えて遥遥遣って来る（翻山越嶺遠道而來）来る来る

　険しい山坂を登る（爬上險峻的坡道）険しい嶮しい登る昇る上る

山桜〔名〕〔植〕山櫻花、野櫻花

山桜桃、梅桃〔名〕〔植〕山櫻桃、毛櫻桃（=山桜桃梅）

山幸、山の幸〔名〕山珍，山貨，山中土產、山中獵物←→海幸

山里〔名〕山村、山中的村莊

　山里にも春が来る（春天也來到山村）来る刳る繰る

山猿〔名〕山中的猿猴。〔俗、蔑〕（不懂世故人情的）野人，山裡人，鄉下老

山師〔名〕山間勞動者（如伐木工、礦工等）、以經營探礦採礦為業的人、以買賣森林為業的人、投機家，冒險家、騙子手（=詐欺師）

　彼には山師臭い処が有る（他有投機作風）

　山師的（な）人物（投機人物、冒險人物）

　山師に騙される（被騙子騙）

　山師に掛かって財産を無くした（上了騙子的當把財產弄光了）無くす亡くす失くす

山法師〔名〕〔史〕比叡山延曆寺的僧兵←→奈良法師

山塩〔名〕岩鹽（=岩塩）

山鷸〔名〕〔動〕山鸚、丘鸚

山下〔名〕山腳、山麓（=山裾、山元）

山菅〔名〕〔植〕山菅草

山住み〔名〕住在山裡（的人）、住在山村（的人）、住在山寺（的人）

山背〔名〕颳過山的乾燥的風（=山背風）、（琵琶湖沿岸）春夏颳的風

山千〔名〕世故而狡猾的人

　何しろ相手は山千だから…（無奈對方是個老滑頭）

山沿い、山添い〔名〕沿著山（的地方）、山邊

　山沿いの地方（挨著山的地方）

山育ち〔名〕山裡長大（的人）（=山家育ち）

山岨〔名〕山陰

　山岨道（山陰的道路）

山田〔名〕山地的水田、山谷裡的水田

山出し〔名〕由山中運出（木材，石料，炭等）、由鄉下剛到城市（尚未習慣城市生活）的人

　木材の山出しを為る（把木材從山中運出來）木材木材

　山出しの女中（鄉下來的女傭）

山高帽（子）〔名〕（黑色的）常禮帽、圓頂硬禮帽（=山高）

山帽子〔名〕〔植〕四照花

山立ち〔名〕由山裡運出（木材或石料等）、由鄉下剛到都市（的人），鄉下佬（=田舎者）

　山立ちの侭の材木（由山裡剛運出的原木）

　山立ちの女中（鄉下來的女傭）

山旅〔名〕山中的旅行

山伝い〔名〕沿著山、順著山、由這山到那山

　山伝いに逃げる（沿著山逃走）

山苞〔名〕山裡（山村）的土產

山面（やまづら）〔名〕山的表面

山手（やまて）〔名〕靠近山的地方（=山の手）←→浜手，海手、有山的方向

山手線、山の手線（山手線-環行於東京市區內的品川、澀谷、新宿、池袋、大塚、上野、東京等站的國鐵電車線）

山の手（やまのて）〔名〕靠近山的地方（=山手）、（舊東京市內知識分子薪俸生活者職員集居的）高岡住宅區（特指東京文京區、新宿區一帶）←→下町。

下町（都市中的低窪地區、工商業者居住區-在東京指台東區、江東區、墨田區、江戸川區、港區、中央區等）

山の手線（山手線-環行於東京市區內的品川、澀谷、新宿、池袋、大塚、上野、東京等站的國鐵電車線）

山の手育ち（生長在舊東京市高岡住宅區的人）

山寺（やまでら）〔名〕山寺、山形縣內立石寺的俗稱

山止め、山止（やまどめ）〔名〕封山、禁止入山

十月一日より山止めと為（自十月一日起禁止入山）

山留め、山留（やまどめ）〔名〕（礦山等為防止砂石崩塌而設置的）木柵或木板、襯板（=土留め）

山流し（やまながし）〔名〕〔古〕（把罪人）流放山中

山なす（やまなす）〔連語〕高如山的

山なす大波（高如山的巨浪）

山並，山脈、山脈（やまなみ、やまなみ、さんみゃく）〔名〕山脈、連山、山嶺連亙

ウラル山脈（烏拉爾山脈）

うねる山脈（山巒起伏）

山鳴り、山鳴（やまなり）〔名、自サ〕（由於火山噴火等）山鳴、山谷轟鳴

山鳴り（が）為る（山鳴）

山鳴らし（やまならし）〔名〕〔植〕白楊、楊屬植物

山人参（やまにんじん）〔名〕〔植〕野生胡蘿蔔

山抜け（やまぬけ）〔名〕山崩、山腰的部分土砂塌陷（=山崩れ、山津波）

山猫（やまねこ）〔名〕〔動〕山貓、野貓、豹貓

山猫争議、山猫スト（wild-catstrike 的譯詞）（〔分工會或會員未經總工會指示而舉行的〕分散罷工、自發罷工）

山の端（やまのは）〔名〕天際、地平線、遠山與天空相接處（=稜線）

日が山の端に入る（入落西山）入る入る

山の端、山の鼻（やまのはな）〔名〕山嘴（=山鼻）

山登り（やまのぼり）〔名、自サ〕登山，爬山，上山（=登山）、登山家，登山愛好者

山登りを遣る（登山、爬山）

山場（やまば）〔名〕高潮，頂點，最高峰（=クライマックス）。〔轉〕危機，轉折點

交渉の山場（談判的高潮）

愈愈山場を迎える（高潮即將到來）迎える向える

会社は今山場に差し掛かっている（公司如今面臨著危機〔轉折點〕）

山袴（やまばかま）〔名〕（農村婦女等工作時穿的）縮口長褲

山萩（やまはぎ）〔名〕〔植〕胡枝子

山肌、山膚（やまはだ）〔名〕山上沒有草木覆蓋的地表、山上裸露岩石、土壤的表面

赤土の山肌が出た山（露出紅土地表的山）

山畑、山畑（やまはた、やまばた）〔名〕山地、山上的旱田、山谷中的旱田←→野畑

山蜂（やまばち）〔名〕〔動〕大黃蜂、胡蜂、馬蜂（=雀蜂）

山鳩（やまばと）〔名〕〔動〕青鵰、綠鳩、山鳩

山鳩色（含青藍色的黃色）

山番（やまばん）〔名〕護林員、山林看守人

山守（やまもり）〔名〕護林員、山林看守人（=山番）

山彦（やまびこ）〔名〕山神，山靈、（山谷中的）回聲，回音，反響（=木霊、木魂、木精、谺）

山で大声を上げると山彦が響く（返って来る）（在山中大聲一喊就有回聲）

山襞（やまひだ）〔名〕山的皺襞（山脊或山谷中出現的褶皺形凹凸）

山姫（やまひめ）〔名〕護理山的女神、〔植〕木通的異稱（=木通、通草）

山開き（やまびらき）〔名〕開山築路、（封山季節已過）重新開放，封山開禁（時舉行的儀式）←→海開き、川開き

富士山の山開き（富士山的封山開禁儀式）

山蛭、山蛭（やまびる）〔名〕〔動〕山蛭、草蛭

山吹〔名〕〔植〕棣棠、黃金色（=山吹色、黄金色）。〔轉〕金幣

山吹の小判（一兩金幣）

山吹の大判（橢圓形大金幣）

山吹升麻（〔植〕假升麻、婆羅門參）

山蕗〔名〕〔植〕（山谷裡生長的）蜂斗葉、〔植〕槖吾（=石蕗、槖吾）

山伏〔名〕〔佛〕在山野中修行的僧侶、修驗道的修行者（=修験者）

山葡萄〔名〕〔植〕山葡萄、野葡萄

山懐、山懐〔名〕（深山的）凹地、山寓、環山之中

山辺〔名〕山邊，山旁、山的附近←→海辺

山辺の道（傍山道路）

山偏〔名〕（漢字部首）山字旁

山鉾〔名〕一種祭神用彩車（車頂呈山形、插有長槍大刀）

山鉾の巡行（祭神用彩車的遊行）

山時鳥〔名〕〔動〕山杜鵑

山繭〔名〕〔動〕天蠶（=天蚕）、天蠶繭

山繭蛾（天蠶蛾）

山繭織（柞絲綢）

山蜜〔名〕山蜜、野蜜←→家蜜

山向こう、山向う〔名〕山那邊、山的背面

山女〔名〕〔動〕真鯉（=やまべ）

山桃、楊梅〔名〕〔植〕楊梅

山盛り、山盛〔名〕（物品）成山形、盛得滿滿，堆得尖尖←→摺り切り

砂糖の山盛り（一堆糖）

山盛り一杯の御飯（盛得滿滿的一碗飯）

皿に食物を山盛りに為る（把食品盛滿盤子）

御飯を山盛りに装う（把飯盛得滿滿的）装う装う

山焼き〔名〕（早春時）燒荒、放荒

山山〔名副〕群山很多表示熱望（但實際因某種原因辦不到）

伊豆の山山（伊豆群山）

山山の御土産（許多土產〔禮品〕）

山山積る話（很多要說的話）

買い度いのは山山だが先立つ物は金（很想買但是首先得有錢）

私も行き度いのは山山だが暇が無くて行かれない（我也很想去可是沒有時間去不成）

山雪〔名〕〔方〕（因季節風的影響在日本北陸地方的）山區降的雪←→里雪

山百合〔名〕〔植〕天香百合

山酔い〔名〕山暈、高山病（=高山病）

山艾〔名〕〔植〕艾蒿

山林檎、山苹果〔名〕〔方〕（野生）酸蘋果、酸蘋果樹

山林檎の木（酸蘋果樹）

山分け、山分〔名、他サ〕平分、均分

拾った栗を二人で山分け（に）為る（把拾的栗子兩人平分）

利益を山分けする（利益均霑）利益利益

儲けは山分けに為よう（把賺頭平分吧！）

御山の豌豆〔名〕〔植〕日本辣豆

御山の大将〔名〕（兒童遊戲）爭山頭，山頭爭奪戰、土霸王，當一個小頭目而自鳴得意的人，在一個小範圍內稱王稱霸的人

御山の大将俺一人（我就佔山為王了）

彼みたいな人を御山の大将と言んだよ（她那樣的人就叫做土霸王）

御山の大将主義（山頭主義）（=山上主義）

山芹菜、馬三葉〔名〕〔植〕山芹菜

山梔子、梔子〔名〕〔植〕梔子

梔子色（橙黃色）

梔子染め（染成橙黃色〔的衣物〕）

山車、花車〔名〕（在廟會或節日出動的）彩飾的花車

祭に山車が十台も出る（節日出動十台花車）

山車、樂車、壇尻〔名〕（廟會或祭典時、載有假山，人物，草木，禽獸等伴以笛鼓吹打的）花車（=山車、花車）

山車〔名〕花車（=山車、花車）、瑞象之名（天下太平時出現）

山毛欅、橅、椈〔名〕〔植〕山毛櫸、水青岡

山羊、野羊〔名〕〔動〕山羊

山羊の皮で手袋を作る（用山羊皮做手套）

山羊髭、山羊鬚、山羊髯〔名〕山羊鬍

山羊髭を貯えた老人（留山羊鬍的老人）貯える蓄える

山羊座（〔天〕摩羯座）

山葵〔名〕〔植〕山葵菜

山葵が鼻を衝く（山葵辣味衝鼻）衝く突く撞く付く附く着く搗く漬く

山葵の利いた話（扣人心弦的話）利く効く聞く聴く訊く

山葵卸し（〔擦山葵菜泥用的〕礤床、山葵菜泥）

山葵漬け（酒糟醃山葵菜）

山葵醤油（加山葵的醬油）

山葵醤油で食べる（蘸山葵泥的醬油吃）

刪（ㄕㄢ）

刪〔漢造〕削除（=削る、除く）

加刪（加刪）

刪除〔名、他サ〕刪除、刪去、刪掉

刪定〔名〕刪修、刪正（刪去字句或文章不好的地方）

杉（ㄕㄢ）

杉〔漢造〕杉

松杉（松杉）

老杉（老杉）

杉、椙〔名〕〔植〕杉

杉材（杉木）

杉折〔名〕（裝點心或飯菜用的）薄杉木板盒

杉垣〔名〕（並排植杉形成的）杉牆、杉樹籬牆

杉天牛〔名〕〔動〕天牛（危害杉柏等樹的害蟲）

杉皮〔名〕杉樹皮

杉皮で葺いた屋根（用杉樹皮覆蓋的屋頂）葺く噴く吹く拭く

杉苔、杉蘚〔名〕〔植〕土馬鬃（土馬鬃常綠隱花植物）

杉重〔名〕杉木薄板製的多層飯盒（=杉重箱）

杉戸〔名〕杉板門

杉菜〔名〕〔植〕筆頭菜、問荊

杉菜藻〔名〕〔植〕杉葉藻

杉並木〔名〕杉樹的林蔭道

杉形〔名〕杉樹形、金字形、圓錐形、上尖下寬形

杉形に盛る（堆成圓錐形）盛る守る洩る漏る

杉箸〔名〕杉木筷子

杉原、杉原〔名〕長著杉樹的原野、杉原紙（一種薄而柔軟的日本紙產自兵庫縣杉原村）（=杉原紙）

杉叢〔名〕杉樹叢、杉樹林

家の後ろは杉叢に為っている（房子後面是杉樹林）為る生る成る鳴る

杉脂〔名〕杉樹樹脂

杉楊枝〔名〕杉木牙籤

潸（ㄕㄢ）

潸〔漢造〕流淚的樣子、淚下不止的樣子

潸潸〔形動タルト〕（落淚貌）潸潸，潸然（=さめざめ）、（降雨貌）刷刷

潸潸と落涙する（潸潸落淚、潸然淚下）

潸潸と為て雨が降り出した（刷刷地下起雨來了）

潸然〔形動タルト〕潸然、潸潸（=さめざめ）

潸然と泣く（潸潸地哭泣）泣く啼く鳴く無く

潸然と為て涙を流す（潸潸落淚）

涙潸然と下る（潸然淚下）下りる降りる

煽（ㄕㄢ）

煽〔漢造〕煽動、熾盛

煽情、扇情〔名、自サ〕挑情、誨淫、色情、引起情慾

煽情的な女（妖嬈的女人）

煽情小説（色情〔誨淫〕小說）

煽石〔名〕〔礦〕天然焦炭

煽動、扇動〔名、他サ〕煽動、扇動、鼓動、蠱惑（=アジテーション、唆す事）

煽動的な演説（煽動性的演講）

至る処で煽動を行う（到處搧風點火）至る到る処所

仲間を煽動してストライキを始めたらしい（好像煽動夥伴了開始罷工）

煽惑〔名〕煽惑

煽ぐ、扇ぐ〔他五〕（用扇子等）搧（風）

火を煽ぐ（搧火）

寝ている子を煽ぐ（給睡著孩子搧風）

彼は扇子を広げてバタバタ煽いた（他打開扇子拍搭拍搭地搧）

ストーブの火が消え然うに為ったので、団扇で煽いだら良く燃え出した（因為爐火要滅用團扇一搧就旺起來了）

煽ぎ立てる、扇ぎ立てる〔他下一〕用力扇、煽動（=煽てる、煽動する）

仰ぐ〔他五〕仰視、敬仰、仰仗、仰賴、仰藥←→俯く

天を仰いで嘆息する（仰天嘆息）

天を仰いで大笑する（仰天大笑）

俳優者を師と仰ぐ（拜藝人為師）

我我は彼を首領と仰ぐ（我們遵奉他為首領）

会長に仰ぐ（推為會長）

師と為て仰ぐ（尊為師長）

人に助けを仰ぐ（依賴別人幫助）

外国の供給を仰がねば為らぬ（必須仰仗外國的供給）

毒を仰ぐ（服毒、仰藥自殺）

煽る〔自五〕搖動。〔他五〕煽（火）、（風）吹動、催動，哄（馬）、哄抬（行市）、煽動，鼓動，激起。〔攝〕向上拍照

風で戸が煽る（門因刮風搖動）

炭火を煽る（煽炭火）

風でカーテンが煽られる（窗簾因颳風而搖動）

彼に仕事を煽られるので忙しい（因為被他催工作所以忙）

馬を煽って行く（催馬前進）

相場を煽る（哄抬行情）

愛国心を煽る（激起愛國熱情）

嘗ての憎しみを再び煽る（重新激起以往的憎恨）

呷る〔他五〕大口地喝（=一気に飲む）

酒をぐいぐいと呷る（咕嘟咕嘟地大口喝酒）煽る

煽り〔名〕（因烈風引起的）煽動，衝擊、（強烈的）餘勢，餘波

爆風の煽りを食う（受ける）（遭受爆炸氣浪的衝擊）食う喰う食らう喰らう

恐慌の煽りで破産した（因經濟恐慌的影響而破產）

煽りを食う（食らう）（〔因在旁邊〕遭受意外的災難或影響）

煽り足〔名〕〔泳〕雙腳上下打水的動作、（側泳）剪水

煽り買い〔名〕〔商〕為哄抬行情而買賣

煽り立てる〔他下一〕煽動

反目を煽り立てる（煽動反目）

煽り止め〔名〕（為防止門窗開後被風吹動、釘在壁，牆柱等上的）鉤環、門鉤、窗鉤、風鉤

煽てる〔他下一〕煽動，煽惑，蠱惑，慫恿，教唆、捧，拍，戴高帽子

煽てて騒動を起こさせる（煽動人鬧事）

彼は煽てると何でも為る男だ（他是一個一煽動就什麼都做得出來的人）

彼は誰に煽てられて為たのだろう（他是受了誰的挑撥才做的吧！）

煽てては行けません（別捧啦！別給我戴高帽子啦！）

煽て〔名〕煽動，煽惑，蠱惑，慫恿，教唆、捧，拍，戴高帽子

煽てに乗る（受人慫恿、被人戴高帽子）乗る載る

彼は煽てに乗り易い（他一捧就上套）

彼の男には煽てが効かない（那個人不吃捧）効く利く聞く聴く訊く

彼は中中煽てに乗れない（他不輕易被慫恿）

煽る〔他五〕〔俗〕煽（火）、（風）吹動、催動，哄（馬）、哄抬（行市）、煽動，鼓動，激起（=煽る）

珊（ㄕㄢ）

珊〔漢造〕珊瑚、（音字）珊（主要用於火炮口徑）公分（=センチ）

珊瑚〔名〕珊瑚

珊瑚を採集する（採珊瑚）

珊瑚島（珊瑚島）

珊瑚の珠（珊瑚珠）

珊瑚海（〔地〕〔太平洋中的〕珊瑚海）

珊瑚樹（珊瑚樹）

珊瑚礁（珊瑚礁）

珊瑚虫（〔動〕珊瑚蟲-腔腸動物）

珊瑚花（〔植〕珊瑚花-巴西原產爵床屬亞灌木）

珊瑚藻（〔植〕珊瑚藻）

珊、サンチ〔名〕（主要用於火炮口徑）公分、厘米、生的（=センチ）

四十二珊砲（四十二厘米口徑的炮）

十珊加農砲（十厘米口徑加農砲）

芟（ㄕㄢ）

芟、芟〔漢造〕割草、大鐮刀

芟除、芟除〔名、他サ〕芟除、剷除、消滅（=刈り除く）

雑草を芟除する（去除雜草）

醜類を芟除する（消滅敗類〔壞蛋〕）

苫（ㄕㄢ）

苫〔漢造〕用草蓋的房子

苫、篷〔名〕（用菅草、茅草等編的防雨）草簾、草蓆、草篷

荷物に苫を掛ける（替貨物蓋上草簾）

苫葺き、苫葺〔名〕用草蓆葺（的）屋頂

苫葺きの家（草蓆蓋頂的房子、茅屋）家家家家家

苫舟〔名〕草蓆頂的船、篷船

苫屋〔名〕茅屋、用茅草葺頂的房屋

苫屋貝（〔動〕苫屋蛤）

閃（ㄕㄢˇ）

閃〔漢造〕閃、瞬間的亮光

電光一閃（電光一閃）

閃亜鉛鉱〔名〕〔礦〕閃鋅礦

閃光〔名〕閃光、閃爍

閃光を放つ（發閃光、閃光）

閃光電球（閃光燈泡）

閃光信号（閃光信號）

閃光ランプ（〔航標用的〕閃光燈、頻閃燈）

閃光衛星（閃光衛星）

閃閃〔形動タルト〕閃閃、閃爍

閃閃たる光（閃爍的亮光）

閃閃と煌く（閃閃發光）

日光が閃閃と窓を射している（日光閃閃地照射著窗戶）射す指す刺す挿す鎖す注す差す

閃長岩〔名〕〔礦〕正長岩

閃電〔名〕閃電，電光、快速，敏捷

閃電岩（〔地〕閃電熔岩）

閃絡〔名〕〔電〕閃絡、飛弧、跳火

閃緑岩〔名〕〔礦〕閃長岩

閃く〔自五〕閃爍，閃耀、（旗等）飄動，飄揚、（想法或主意等）閃現，突然想出

西の空で時時電光が閃いた（西邊的天空不時地發出閃光）

赤い物がちらっと閃いた（有個紅色的東西閃了一下）

国旗が風に閃いている（國旗在隨風飄動）

名案が閃く（忽然想出妙計）

彼等は刺客では無いかと言う疑惑の頭に閃いた（他的頭腦中忽然閃現出了他們是不是刺客的疑問）

閃き〔名〕閃爍，閃耀、（才能或感覺的）閃現，閃示

白刃の閃き（白刃的寒光）

稲妻の閃き（閃電的光）

天才の閃き（天才的閃現）

閃きの有る文章（有才華的文章）

閃かす〔他五〕使閃爍，使閃耀、略加顯示，誇示，炫示

白刃を閃かして敵陣に躍り込む（揮動白刃衝入敵陣）

知識を閃かす（顯示有知識）

才能を閃かす（顯示有才能）

疝（ㄕㄢ丶）

疝〔漢造〕腰腹疼痛的病

疝気〔名〕〔醫〕疝氣、小腸串氣

疝気を患う（患疝氣）患う煩う

疝気を起こす（疝氣發作）起す興す熾す

疝気持（有疝氣病的人）

他人の疝気を頭痛に病むな（不要替別人擔憂、不要為毫不相干的事發愁）病む已む止む

疝気筋（因疝氣引起疼痛的肌肉、旁系，非正統，弄錯系統、怕被別人知道而放心不下的事）

疝痛〔名〕〔醫〕腹絞痛（膽結石、腎結石、腸梗塞等發作時出現的症狀）

疝〔名〕〔醫〕疝氣

あたはら、あたばら、あだばら〔名〕〔醫〕疝氣

扇（ㄕㄢ丶）

扇〔漢造〕門、扇子、風扇、煽動

門扇（門扇=門扉）

白扇（白扇-扇面為白紙沒有書畫圖案）

軍扇（〔古時將軍指揮軍隊作戰的〕軍扇）

鉄扇（〔古代武士用的〕鐵扇、鐵骨扇子）

団扇、団扇（團扇、〔相撲〕裁判扇=軍配団扇）

夏炉冬扇（過時的事物、不合時宜的無用東西）

扇眼〔名〕扇軸

扇形〔名〕〔數、機〕扇形、扇狀（=扇状）

扇形歯車（扇形齒輪）

扇形煉瓦（扇形磚）

扇形戦区（〔軍〕扇形陣地）

扇形〔名〕扇形、扇子形狀

扇形に広がる（成扇形展開）

トランプを扇形に広げる（把撲克牌展成扇形）

扇形導体（〔電〕扇形斷面的導體）

扇状〔名〕扇形（=扇形）

扇情、煽情〔名、自サ〕挑情、誨淫、色情、引起情慾

煽情的な女（妖嬈的女人）

煽情小説（色情〔誨淫〕小說）

扇子〔名〕扇子（=扇）

扇子形（扇形）

扇子の骨（扇骨）

扇子を使う（搧扇子）

扇子で扇ぐ（用扇子搧）

扇動、煽動〔名、他サ〕煽動、扇動、鼓動、蠱惑（=アジテーション、唆す事）

煽動的な演説（煽動性的演講）

至る処で煽動を行う（到處搧風點火）至る到る処所

仲間を煽動してストライキを始めたらしい（好像煽動夥伴了開始罷工）

扇風機〔名〕風扇、電扇

首振り扇風機（擺頭式電扇）

旋回扇風機（旋轉式電扇）

卓上扇風機（桌上電扇）

天井扇風機（懸吊式電扇）

扇風機を掛ける（開電扇）掛ける掻ける懸ける駆ける駈ける翔ける架ける

扇風機を止める（關上電扇）止める已める辞める病める止める停める留める泊める止める留め

扇風機に当たる（在電扇旁吹風）当る中る

扇面〔名〕扇面

扇面写経（扇面寫經−在美麗裝潢的扇面形紙地上寫有法華經文的冊子）

扇面屏風（扇面屏風−貼著有繪畫和書法的扇面的屏風）

扇骨木、要黐〔名〕〔植〕光葉石楠

扇ぐ、煽ぐ〔他五〕（用扇子等）搧（風）

火を煽ぐ（搧火）

寝ている子を煽ぐ（給睡著孩子搧風）

彼は扇子を広げてバタバタ煽いた（他打開扇子拍搭拍搭地搧）

ストーブの火が消え然うに為ったので、団扇で煽いだら良く燃え出した（因為爐火要滅用團扇一搧就旺起來了）

仰ぐ〔他五〕仰視、敬仰、仰仗、仰賴、仰藥←→俯く

天を仰いで嘆息する（仰天嘆息）

天を仰いで大笑する（仰天大笑）

俳優者を師と仰ぐ（拜藝人為師）

我我は彼を首領と仰ぐ（我們遵奉他為首領）

会長に仰ぐ（推為會長）

師と為て仰ぐ（尊為師長）

人に助けを仰ぐ（依賴別人幫助）

外国の供給を仰がねば為らぬ（必須仰仗外國的供給）

毒を仰ぐ（服毒、仰藥自殺）

扇ぎ立てる、煽ぎ立てる〔他下一〕用力扇、煽動（=煽てる、煽動する）

扇〔名〕（攜帶用可折疊的）扇子、折扇（=扇子）

扇で扇ぐ（用扇子搧）

扇を使う（搧扇子）使う遣う

颯と扇を開く（刷地打開扇子）開く拓く啓く披く開く明く空く厭く飽く

颯と扇を閉じる（刷地合上扇子）閉じる綴じる

扇をひらひらさせる（揮動扇子）

扇をはたはた動かす（呼拉呼啦急速地揮扇子）

扇の舞（扇子舞）

扇の要（扇軸）

扇の骨（扇骨）

扇の地紙（扇面）

扇屋〔名〕（製造扇子的）扇子店

善（ㄕㄢˋ）

善〔名〕善行、好事

〔漢造〕善，善良、優秀，卓越、妥善、擅長、和好，關係良好

人に善を為す（與人為善）為す成す生す

善は急げ（好事不宜遲）

十善（〔佛〕十善，遵守十戒，不作十惡、天子之位）

慈善（慈善、施捨、救濟）

次善（次善、次於最善、次善的方法）

至善（至善）

積善（積善）←→積悪

勧善（勸人做好事）

偽善（偽善）

真善美（真善美）

親善（親善、友好）

善悪〔名〕善惡、好壞、良否

善悪を分かつ（分辨善惡）分つ別つ

善悪の別を弁える（辨別善惡、分清好壞）

品質の善悪を問はず（不問品質的好壞）

動機の善悪を問はず（不問動機的良否）

彼の人は善悪の観念が無い（那個人沒有善惡的觀念）

善悪優劣入り雑じる（善惡優劣混雜、魚龍混雜）

善かれ悪しかれ〔連語、副〕好歹、或好或歹、無論如何

善かれ悪しかれず返事が来る（好歹能有回信）来る来る分る解る判る

善かれ悪しかれ明日に為れば結果が分かる（無論如何明天就能知道結果）明日明日明日

人は誰でも其の周囲の人善かれ悪しかれ感化を及ぼしている（每個人好歹總要影響他周圍的人）

善かれ悪しかれ現代文明の基礎は科学である（無論如何科學總歸是現代文化的基礎）

善かれ悪しかれ全ては終った（不論好歹總歸是結束了）全て総て凡て統べて

善し悪し，良し悪し、善し悪し〔名〕善惡，好歹、很難說是好是壞，也好也不好，有利也有弊

善し悪しの見分が付く（能辨別好歹）

品物の善し悪しを良く調べる（仔細檢查東西的好壞）

鉄鉱石の善し悪しが鋼の質に大きな影響を及ぼす（鐵礦石的好壞對鋼的質量影響很大）

如何して茸の善し悪しが分るのか（你怎麼辨別蘑菇的好壞呢？）

至急に入用なので、品の善し悪しは言って要られない（因為急需就不能談東西的好壞了）

子供を矢鱈に褒めるのも善し悪しだ（隨便誇孩子也好也不好－值得考慮）

勉強許りさせるのも善し悪しだ（光讓他用功學習有好處也有壞處）

彼の人と心安くするのも善し悪しだ（和他親密交往也值得考慮）

他人の援助を受けるのも善し悪しだ（接受旁人的幫助也好也不好）

慎重過ぎるのも善し悪しだ（過分謹慎也好也不好）

善意〔名〕善意，好心、好的意思。〔法〕善意（不知某種法律關係的存在而行事）←→敵意

善意の願い（善意的願望）

善意に解釈する（善意地解釋）

非常な善意で（非常善意地）

善意で意見を出す（善意地提意見）

善意の占有（善意的占有）

善意の第三者（善意的第三者）

善意銀行（慈善銀行－一種供貧困者利用的社會福利組織）

善因〔名〕〔佛〕善因

善因善果（善因善果、善有善報）

善果〔名〕〔佛〕善果、善報

善果を結ぶ（結善果）結ぶ掬ぶ

善因善果（善因善果、善有善報）

善感〔名、他サ〕善感，好感動。〔醫〕易感染←→不善感

種痘が善感為らば天然痘に罹る危険が無い（種痘如果感染得好就沒有得天花的危險）

善言〔名〕善言（=善い言葉）

善言嘉行（善言嘉行）

善後〔名〕善後

善後策を講じる（研究善後對策）講じる高じる嵩じる昂じる

善後処置（善後處裡、善後措施）

善行〔名〕善行、懿德

善行を表彰する（表彰善行）

善行を積む（積善德）積む摘む詰む抓む

善行の報いは其の中に有り（善行自有善報）

善業〔名〕〔佛〕善業、善因、善行

善根〔名〕〔佛〕善因

善根を積む（積善因）

善根を施す（行善）積む摘む詰む抓む

善哉〔名〕（用於感嘆地誇獎）善哉（=善い哉）、加年糕片的小豆粥（=善哉餅）

師其の行いを見て善哉と称す（師觀其行稱曰善哉！）称す証す賞す消す

善哉餅（加年糕片的小豆粥）

善い哉、善哉〔感〕〔古〕善哉（=善哉、善いなあ）

善哉、言や（善哉言也）

善事〔名〕善事，善行（=善い事、善い行い）、喜慶事（=目出度い事）

善趣〔名〕〔佛〕行善的人死後去的世界

三善趣（天、人、阿修羅）←→三悪趣（地獄、惡鬼、畜生）

善処〔名、自他サ〕多慮，妥善處理。〔佛〕極樂淨土（=善所）

善処為れたし（希妥善處理）

其の問題に就いて政府に善処するよう申し入れた（關於那個問題要求政府加以妥善處裡）

善所〔名〕〔佛〕極樂淨土

善書〔名〕擅長書法，善於寫字（=能書）、好書，良書（=善い書物）

善書紙筆を選ばず（善書者不擇紙筆）選ぶ択ぶ撰ぶ

善心〔名〕善心，善良的心，向善之心。〔佛〕菩提心（=菩提心）

善心的に（好心地）

善心に立ち返る（悔改、恢復理性、改過向善）

善性〔名〕善性、善良的性格

善政〔名〕善政、仁政←→悪政

善政を施す（施善政）

善政を布く（施善政）布く敷く如く若く

善戦〔名、自サ〕善戰、力戰

最後迄善戦する（力戰到底）

善戦して死ぬ（奮戰到死、死而不屈）

善戦空しく敗れた（力戰無效終於失敗了）敗れる破れる

善玉〔名〕〔俗〕好人（來自江戶通俗讀物〝草雙紙〞等的插圖中好人臉上在Ｏ中寫有善字）←→悪玉

善玉と悪玉が入り乱れて争う小説（好人和壞人混戰的小說）

善玉と悪玉を区別する（區別好人和壞人）

善玉面は為ているが、皮（を）剥けば悪玉だ（表面上裝好人剝開皮面是個壞蛋）

善知識，善智識、善知識，善智識〔名〕〔佛〕（講善法引人進入佛道的）高僧、法師

善道〔名〕善道、正道

善道を導く（導向善道）

善導〔名、他サ〕善導、善誘

思想を善導する（善導思想）

知識の面では心を込めて善導する（在學習上循循善誘）

善男〔名〕〔佛〕善男、皈依佛門的男子

善男善女（善男善女、善男信女）

善女〔名〕〔佛〕善女（信仰佛教的婦女）

善男善女（善男善女、善男信女）

善人〔名〕善人、好人←→悪人

根っからの善人（天生的老好人）

顔に似合わない善人だ（是個和容貌不相稱的好人）

善人栄えて悪人滅ぶ（善人興惡人亡、正氣壓倒邪氣）栄える栄える

善美〔名ナ〕善美

善美を尽くす（盡善盡美）

善本〔名〕（書籍的）善本，珍本。〔佛〕善本，善根，諸善之源

善用〔名、他サ〕善用、妥善利用、用於正道

余暇を善用する（妥善利用業餘時間）

智恵を善用する（把智慧用在正道）

毒も善用すれば薬に為る（毒如果用得適當也能治病）為る成る鳴る生る

善良〔名ナ〕善良、正直（=素直）

善良な性質（善良的品質）

善良な風俗（善良的風俗）

極めて善良な人（非常善良的人）極める究める窮める

善良な生活を送る（過善良的生活）送る贈る

善隣〔名〕睦鄰

善隣の誼（睦鄰之誼）

理想的な善隣関係を結ぶ（建立起理想的睦鄰關係）

善隣友好政策（睦鄰友好政策）

善知鳥〔名〕〔動〕善知鳥、鳥頭

善い、良い、好い、佳い、吉い、宜い〔形〕（口語終止形，連用形常用良い、善い、好い）好，優秀，吃色、美麗，漂亮、貴，高、應該，應當，合適，恰好，適當、行，好，可以、足夠，充分，妥當、有價值，有好處、和睦，親密、經常，動不動，動輒、好，佳，吉、有效，靈驗、好轉，痊癒、幸而，安心，放心、無需，不必

頭が良い（腦筋好、聰明）

良い腕前（好本領、好手藝）

良い女（漂亮的女人、美女）

景色が良い（景致很美）

器量が良い（長得漂亮）

中中良い値だ（可真夠貴的）

品も良い値段も良い（東西好可是價錢也可觀）

彼女は良い家柄の出た（她是名門出身）

彼は心根が良くない（他居心不良）

良いと信ずるからこそ遣ったのだ（正因為我認為對才做的）

分らなければ、聞くが良い（不明白就最好問一下）

昨日行けば良かったのに（應該昨天去就好了）

昨日彼の映画を見に行って良かった（昨天去看那部電影去對了）

良い所へ来た（你來得正好）

僕には丁度良い相手だ（正是我的好對手）

如何したら良いだろう（怎樣做才合適呢？）

風呂の温度は摂氏四十四-五度位が良い（澡盆的溫度以攝氏四十四，五度為宜）

酒を飲んでも良い（可以喝酒）

もう帰っても良い（可以回去了）

明日は休日ですから、工場へ行かなくても良い（明天是假日可以不去工廠）

準備は良いか（準備妥當了嗎？）

此れで良い（這樣就行了）

支度は良いか（準備好了嗎？）

良い本を与える（給以有益的書）

此の天気は病人の体には大変良いでしょう（這個天氣對病人的健康大有好處吧！）

彼と彼女は良い仲だ（他和她感情好）

良い日を選んで結婚を挙げる（擇吉日舉行婚禮）

胃病には此の薬が良い（這種藥對胃病有效）

無事で先ず良かった（平安無事這就很好）

怪我が無くて良かった（沒受傷就放心了）

君行かなくって良かった（幸而你沒有去）

こんな説明を聞かなくても良いのだ（無需聽那樣的解釋）

急いで御返しに為らなくとも良い（您不用急著還）

読み良い（容易讀的）

書き良いペン（好寫的鋼筆）

飲み良い薬（容易吃的藥）

此の機械は使い良い（這機器容易操作）

もっと見良い所へ行こう（我們到更得看的地方去吧！）

善い、良い、好い〔形〕（良い、善い、好い的口語說法、只有終止形和連體形）、好、良好、善良（=良い、善い、好い、善良な）、貴重、高貴、珍貴、高尚、高雅（=貴重な。高貴な）、美麗、漂亮（=美しい）、爽朗、明朗、舒適、舒暢（=快適な）、

吉祥、幸運（=目出度い、好運）、恰當、適當、恰好（=適当、好都合）（提起注意）好、妥

（用…が良い。…は良い。…で良い形式）對、成、行、可以、夠了

（用…に良い形式）對…有效、、有好處、、適合於…

（用…良いと思う形式）認為對、認為正確

（用…と良い。…ば良い。…だと良い形式表示願望）但願…才好

（用…て良い。…ても良い。…でも良い。…たって良い形式）可以、也好也成、也沒關係、也無妨

（用…より良い。…方が良い形式）比、、好

（用作反語）不好（=悪い）

良い声（好嗓音）

良い球（好球）

此の本は素晴しく良い（這本書好得很）

良い物は良い値に売れる（好東西賣好價）

其処が彼の人の良い所だ（那正是他的優點）

彼は良い男だ（他是個好人、他為人善良）

良い処に気が付いた（你注意到重點上了）

彼の人は頭が良い（他腦筋聰明）

良い匂い（很香、好味道）

良い資料（珍貴資料）

品が良い（品質高尚、舉止高雅）

良い男（美男子）

良い女（美女）

良い景色（美景）

良い天気（晴朗的天氣）

良い気持（舒暢的心情）

此の部屋は感じが良い（這房間令人感到舒暢）

肌触りの良い下着（穿起來舒適的貼身衣）

今日は少し気分が良い（今天比較舒服）

今日は良い日だぞ（今天可是個好日子、今天運氣真好）

又良い時が有るさ（還會有幸運的時候）

弟も良い案配に合格した（弟弟也順利地考上了）

先良いと為無ければ成らない（總算幸運、僥倖）

良い所へ来て呉れた（你來得正好、很湊巧）

其は良い考えだ（那是個好主意）

手紙は良い時に着いた（信來得正好）

良い所で会った（恰好遇上、幸會）

其の帽子は丁度良い（那頂帽子正合適）

如何して良いか分らない（不知如何是好）

君の良い様に為給え（你認為怎麼合適就怎麼做吧！）

贅沢も良い所（奢侈也太過分）

良いですか（好了嗎？）

良いかね、良く聞き為さい（注意！要仔細聽）

こんな遣り方で良いのですか（這樣做可以嗎？）

其で良い（那樣就可以）

其で良い筈だ（那樣做理應不錯）

用意は良いですか（準備好了嗎？）

健康には歩くのが一番良い（步行對健康最好）

仕事はもう良いから、止めて御帰り為さい（工作可以了停下來回去吧！）

酒はもう良い（酒夠了）

此の位で良いです（這麼多就夠了）

此の薬は風邪に良いそうだ（據說這藥對感冒有效）

身体の為に良い（對身體有好處）

其の答案は良いと思うか（你以為那個答案對嗎？）

別に良いと思わない（我認為不太好）

良いと思う丈払って下さい（你看該給多少錢洽當就給多少吧！你看著辦吧！）

病気が早く治ると良いがね（但願早日恢復健康）

御天気だと良いな（但願是個好天氣）

然う言う字引が有れば良いな（若有那樣的字典多好啊！）

其の噂が本当で無ければ良いが（但願那個傳說不正確）

無事に帰って来れば良んだが（但願能平平安安地回來才好）

何時行っても良い（甚麼時候去都行）

窓を開けても良いですか（開開窗戶行嗎？）

あんな奴如何為ったって良い（那種人乾脆就讓他去死）

何れでも良いから一つ下さい（隨便哪個都好來一個吧！）

明日来なくても良い（明天不來也行）

此の記録は社長に上げて良い（這份紀錄可以交給總經理）

貰って行っても良いですかー良いとも（我可以拿走嗎？當然可以）

無いより良い（比沒有強）

君は農村へ行く方が良い（你去農村比較好）

僕は矢張り水泳の方が良い（和別的比較我還是喜歡游泳）

そんな事は止した方が良いのに（不要做那種事）

私は魚の方が良い（我還是要魚）

良い気味だ（活該）

良い様だ（活該）

良い恥曝しだ（太丟人了）

良い迷惑だ（真夠麻煩的、真夠討厭的）

余り良い図じゃない（不太體面、夠難堪的）

良い線行ってる（達到相當程度、接近及格）

良い面の皮だ（夠丟人現眼的）

良い年を為て相変わらず道楽を為る（那麼大把年紀還照樣荒唐）

善く、良く、好く、能く、克く、宜く〔副〕好好地、仔細地、漂亮地、經常地、難能地、完全地、好極了

良く御覧下さい（請您仔細地看）

良く考えて見る（好好地想想看）

良く考え為さい（好好地想想）

昨夜は良く眠れましたが（昨晚您睡得好嗎？）昨夜昨夜昨夕眠る寝る

良く効く薬（非常有效的藥）効く利く聞く聴く訊く

此の絵は良く書けている（這畫畫得很漂亮）

良く書けた（寫得漂亮）

良く遣った（幹得好、做得漂亮）

試験は良く出来た（考試考得好）

彼は歌が良く歌える（他唱歌唱得好）

御話は良く分りました（你說的我很明白）分る解る判る

此の肉は良く煮た方が良い（這肉多煮一會兒較好）

若い者は良く野球を遣った物だ（年輕的時候常打棒球）

良く有る事だ（常有的事）

良く転ぶ（動不動就跌倒）

良く映画を見る（常看電影）

良く映画を見に行く（常去看電影）

良く降りますね（下個不停呀！）降る振る振う

此の頃良く雨が降る（最近經常下雨）

青年の良く為る過ち（青年人常犯的毛病）

彼は良く学校をサボル（他經常曠課）

彼は良く腹を壊す（他經常鬧肚子）壊す毀す

日本には良く台風が来る（日本經常有颱風）日本日本日本大和倭来る来る

昔は良く一緒に遊んだ物だ（從前經常在一起玩）

此の大雪の中を良く来られたね（這麼大的雪真難為你來了）大雪大雪

他人の前で良くあんな事を言えた物だ（當著旁人竟能說出那種話來）

良くあんな酷い事が言えた物だ（他竟能說出那樣無禮的話來）

あんな安月給で家族六人良く暮せる物だ（以那麼微少薪資竟能維持六口之家）

あんな薄給で家族六人良く暮せる物だ(以那麼微少薪資竟能維持六口之家）

忙しいのに良く御知らせ下さいました(難為您百忙之中來通知我）忙しい忙しい

良く御報せ下さいました(承蒙通知太好了）

良くいらっしゃいました（來得太好了、歡迎歡迎）

良く遣った物だ（做得太好了）

此の二人は良く似ている（這兩個人長得非常像）似る煮る

善く善く、好く好く、能く能く〔副〕仔細地，十分注意地、非常，特別，極其、萬不得已

善く善く考える（仔細思考）

虫かと思って善く善く見たら塵だった（以為是蟲仔細一看原來是灰塵）塵塵

善く善くの馬鹿だ（混蛋透頂的傢伙）

善く善く頑固な人だ（頑固透頂的人）

善く善く好きだと見えて何杯も食べた(看來特別喜歡他一連吃了好幾碗）

此には善く善くの訳が有るらしい（這裡似乎有迫不得已的理由）

彼は善く善くの事で無ければ遣って来ない（如果不是萬不得已他是不會來的）

善くする、好くする〔自サ〕能，會、善於，擅長

凡人の善くする処ではない(不是一般人所能做到的）

筆舌の善くする処ではない（無法形容）

絵を善くする（擅長畫畫）

詩を善くする（擅長作詩）

善き、佳き〔名〕（文語形容詞善し、良し、好し、佳し、吉し、宜し的連體形）好（結果)、吉祥

善きに付け悪しきに付け（不管結果好壞）

今日は善き日に（在今天這個吉日裡）

善げ〔造語〕（構成形容動詞）好的樣子（=善さ然う）

気持善げに眠っている（舒舒服服地睡著）

善さ、良さ、好さ〔名〕好處，長處，妙處、好的程度，優越性

君には彼の善さが分らないのだ（你不了解他的長處）

外国人では京劇の善さが分る（外國人也懂得京劇的妙處）分る解る判る

善し、良し、好し、佳し、吉し、宜し〔形ク〕〔古〕（良い、善い、好い、佳い、吉い、宜い的文語形）好的、出色的、美麗的、珍貴的、適當的、吉利的、正確的、方便的、滿足的、容易的、親密的

行けば良し（去就好）よし（好、可以）止し葦葦蘆葦

風景良し、食べ物良し（風景好食物好）

技術良し（技術出色）

頭も良し器量も良し(頭腦也好姿色也好）

良き品を受け取った（收到珍貴的東西）

早めに帰るのが良し（早點回家比較妥當）

良き日を選ぶ（選黃道吉日）

あんな態度を良しと為ない（不認為那種態度是正確的）

若い女性は夜独りで歩くのは良くない（年輕女性夜晚獨自行走不方便）女性女性

子供達が皆独立出来ば良し（孩子們都能獨立就滿足了）

通り良き小路（容易走過的小路）

彼の二人は良き仲だ（那兩人是很親密的）

善がる、良がる〔自五〕覺得很好、覺得滿意、覺得高興、有快感

詰まらぬ絵を一人で良がっている（獨自欣賞無聊的畫）

何を然う良がっているのか（你高興什麼呢？）

善からぬ、良からぬ、〔連語、連體〕不好的、壞的（=良くない、悪い）

良からぬ噂（醜聞、聲名狼藉）

良からぬ事を企む（圖謀不軌、企圖做壞事）

良からぬ企て（壞主意）

良からぬ心を起す（起歹念）起す興す発す熾す

善かれ〔連語〕希望好、好的願望

善かれと思って為た事さ（我是一片好意呀！我是為了好才做的呀！）

善かれと思って為た事が却って仇に為った（出於一片好心做的事反而落了埋怨）

善かれかし〔連語〕（善かれ+終助詞かし構成）希望好、好的願望（=善かれ）

擅（ㄕㄢˋ）

擅〔漢造〕擅長、獨斷獨行

独擅場（只顯得一個人的場面、一個人獨佔的場面）（=一人舞台）

其の芝居は彼の独擅場だ（那齣戲他演得最好）

擅断、専断〔名ナ、他サ〕專斷、擅長、剛愎自用

擅断な（の）行い（獨斷獨行的行為）

擅断を戒める（慎勿剛愎自用、戒獨斷獨行）戒める誡める警める忌ましめる縛める

擅断な処置を取る（採取專制的措施）取る採る盗る捕る執る獲る撮る摂る

擅、縦、恣〔形動〕恣意、隨意、縱情、擅自、隨心所意

恣な行動を取る（任意而行）

恣に略奪する（任意掠奪）

自分の好む所を恣に為る（任意自行其是）

権力を恣に為る（專權）

ナポレオンは権力を恣に為た（拿破崙濫用權力）

名を恣に為る（享盛名）

想像を恣に為る（隨意想像）

膳（ㄕㄢˋ）

膳〔名〕（吃飯時放飯菜的）方盤，飯桌，小飯桌（=御膳）、擺在飯桌上的飯菜（=膳部）

〔接尾〕（助數詞用法）（飯等的）碗數、一雙（筷子）

〔漢造〕飯菜等

膳に向う（入座吃飯）向かう向こう

膳に就いている（正在用飯）就く付く附く搗く着く撞く突く漬く衝く憑く尽く

膳を引く（撤飯桌、撤食案）引く曳く牽く轢く挽く惹く退く弾く

膳が出た（開飯了）

膳を片付ける（收拾飯桌）

今日の御膳は大変結構です（今天的飯菜太豐盛了）

今朝御飯を三膳も食べた（今天早上吃了三碗飯）

箸二膳（兩雙筷子）

大膳（〔動〕斑鷗、御膳房〔=大膳職〕）

大膳職（〔史〕御膳房）

御膳（〔膳的鄭重說法〕）〔擺飯菜碗碟用的木製〕餐盤、〔擺在餐盤裡的〕飯菜〔=膳〕）

本膳（日式宴席的主菜〔=一の膳〕、〔一の膳、二の膳、三の膳齊備的〕正式日本宴席）

食膳（飯桌、食案〔=食卓〕）

配膳（擺上飯桌、擺上飯菜）

銘銘膳（每人一份的飯菜）

御膳〔名〕（膳的鄭重說法）（擺飯菜碗碟用的木製）餐盤、（擺在餐盤裡的）飯菜（=膳）

御膳を出す（端出餐盤）

膳立て、膳立〔名〕擺飯菜，準備開飯、準備工作，事先的布置

御膳立てが出来ました（飯準備好了）

夕飯の御膳立てを為る（準備開晚飯）夕飯夕飯夕食夕食

会議の御膳立てを為る（做會議的準備工作）

膳立てはちゃんと出来ている（準備工作已全做好）

御膳立ては出来た（準備工作都做好了）

御膳立て〔名、他サ〕備餐，準備飯菜。〔轉〕準備（工作）

御膳立てが出来ました（飯準備好了）

夕飯の御膳立てを為る（備晚餐、做晚飯的準備）

会議の御膳立てを整える（做好開會的準備）

催し物の御膳立てはちゃんと出来ている（演出的準備工作已完全做好了）

組閣の御膳立てを話し合う（洽商組閣準備）

膳棚〔名〕碗櫥、碗櫃

膳部〔名〕擺在托盤裡的飯菜、廚師（=料理人）

膳部を整える（準備飯菜）

膳部を運ぶ（端飯菜）

繕（ㄕㄢˋ）

繕〔漢造〕修繕、修理

修繕（修繕、修理）

営繕（〔公共建築物的〕修繕、修建）

繕う〔他五〕修理，修補，修繕、整理，修飾、敷衍，彌補

靴下の破れを繕う（修補襪子的破洞）破れ敗れ

着物の掻き裂きを繕う（縫補衣服被鉤子掛破的地方）

塀の壊れを繕う（修理牆壁損壞的地方）壊れ毀れ

身形を繕う（修邊幅、修飾裝束）

体裁を繕う（修飾外表）

世間体を繕う（修飾外表、保持體面）

欠点を繕う（彌補缺點、掩飾缺點）

上役の前を繕って遣る（當上司面前給他敷衍過去）

其の場を繕って言い逃れる（當場敷衍一下馬虎過去、打個掩飾搪塞過去）

繕い〔名〕修理、修補

繕いを為る（修補、縫補）為る摺る擦る擂る刷る摩る掏る磨る

繕いが効く（能修理、能修補）効く利く聞く聴く訊く

繕いが効かない（不能修理、不能修補）

繕い飾る〔他五〕修飾（外表）、掩飾，掩蓋

繕い立てる〔他下一〕修飾、裝飾（=飾り立てる）

繕い物、繕物〔名〕縫補衣服、該縫補的衣服

明かりの下で繕い物を為る（在燈下縫補衣服）為る為る遣る致す

夜遅く迄繕い物を為る（縫補衣服到深夜）

申（ㄕㄣ）

申〔漢造〕申述、申（地支第九位）

上申（呈報）

具申（呈報、具報、〔向上級〕報告）

追申、追伸（〔書信用語〕再啟、又及）

内申（內部報告、非正式匯報）

庚申（庚辛、〔佛〕青面金剛、守庚辛–庚辛之夜為了祭祀青面金剛祈求平安無事而通宵不眠=庚申待ち）

申告〔名、他サ〕申報、報告

輸出申告書（出口申報書）

税関に申告する（向海關申報）

所得金額を申告する（申報所得金額）

偽りの所得を申告する（申報假的所得、假報所得）

申告用紙（申報用紙）

申告締切日（申報截止日期）

申告納税（申報納稅–根據納稅者的申報額所納的稅）

個人所得税の申告納税分（個人所得稅的申報稅額）

申請〔名、他サ〕申請聲請

集会の許可を申請する（申請批准集會）

免許状を申請すれば貰える（只要申請汽車執照就能領到）

申請人（申請人）

申請書（申請書）

申請書を出す（提出申請書）

申達〔名、他サ〕（上級機關向下級官廳）下指示、下指令

申命記〔名〕〔宗〕（基督教聖經舊約全書中的）申命記

申〔名〕（地支的第九位）申、申時（指下午三點到五點或指下午四點）、西南西的方位

猿〔名〕〔動〕猴子，猿猴（的總稱）。〔轉、罵〕猴子似的人，有鬼聰明的人，只會模仿別人的人、（門窗的）插銷、（爐火上吊鍋、壺用吊鉤的）鉤扣

猿が芸を為る（猴子耍玩意）申

猿が鳴く（猴子啼叫）啼く泣く無く

猿を回す（耍猴子）

人間は猿の進化した物だ（人是從猿猴進化的）

猿に烏帽子（沐猴而冠）

猿に木登り（を教える）（班門弄斧、聖人門前讀三字經）

猿の尻笑い（烏鴉笑話豬黑、喻只責別人缺點不見自己過錯）

猿の空虱（猴捉蝨子、瞎忙亂）

猿の人真似（猴子學人、瞎模仿）

猿も木から落ちる（智者千慮必有一失）

申楽、猿楽、散楽〔名〕古代曲藝雜耍（的總稱）、（鐮倉時代）一種帶歌舞樂曲的滑稽戲（是能樂、狂言的源流）

申又、猿股〔名〕（男用）短襯褲

猿股を穿く（穿短襯褲）履く掃く吐く刷く佩く

申す〔他五〕（言う的自謙語）說，講，稱，告訴，叫做、（接尾詞用法、接在有接頭詞御或御的體言或動詞的連用形下）構成表示動作的敬語（=致す、為て差し上げる）

私は川田と申します（我叫川田）

決して其の様な事を申しません（我絕對不說那樣的話）

此は申す迄も無い事です（這是自不待言的、這是用不著說的事）

手短に申せば次の様に為ります（簡單說來如下）

御待ち申します（敬候、我等著）

御願い申します（拜託）

では、御案内申しましょう（那麼我來作嚮導吧！）

御供申す（奉陪）

失礼申しました（對不起、失禮了）

後程御知らせ申します（隨後告訴您）

申し、申〔感〕（來自申す的連用形）

〔方〕說，講（=申し上げます）、（打招呼時的鄭重語）喂，喂喂（=もしもし）

申し上げる、申上げる〔他下一〕〔謙〕（謙敬程度較申す稍強）說，講，提及，說起，陳述（=申す）、（接尾詞用法、接在有接頭詞御或御的體言或動詞的連用形下）構成表示動作的自謙敬語（=致す）

過日申し上げた通り（正如上次跟您講的那樣）

皆さんに申し上げます（向大家說一聲、諸位請注意！）

御喜び申し上げます（恭喜恭喜）

私が御案内申し上げます（我來給您當嚮導）

御健康を心から御祈り申し上げます（衷心祝您身體健康）

申し合わせる、申合せる〔他下一〕商量，協商、商定，約好（=言い合わせる）

皆で申し合わせた事は守ろう（相互商定的事要遵守）

何の子供も同じように扱うよう、教師同士は堅く申し合わせた（老師之間已堅決約定了對哪個孩子都要一視同仁）

申し合わせ、申合せ〔名〕協議，協定、公約，公議

申し合わせ場所（約定的地點）

申し合わせにより（根據公議）

申し合わせを守る（遵守協議）守る守る

黙って居ようとの申し合わせ（保持緘默的密約）

当事者同士で申し合わせを為る（在當事者相互間進行協商）

申し入れる、申入れる〔他下一〕表明、提出意見（要求、建議、希望）

面会を申し入れる（要求會見）

相手方に反対の旨を申し入れる（向對方表明反對）

他の大学に共同研究を申し入れる（向其他大學提出共同研究的希望）他他

A国政府は実弾射撃演習の中止を相手側に対して強く申し入れた（A國政府向對方強烈提出停止實彈演習的要求）

申し入れ、申入れ〔名〕提議，照會、要求、通知

抗議の申し入れを為る（提出抗議）

日本国政府は直ちに米国政府に申し入れを行った（日本政府立即向美國政府提出了照會）

申し受ける、申受ける〔他下一〕（受ける、貰う的自謙語）接受、收取

任務を申し受ける（接受任務）

御注文を申し受けます（接受訂貨）

実費を申し受けます（收取工本費）

申し送る、申送る〔他五〕交代，傳達，轉告（工作注意事項等）、通知，通告

後任者に懸案を申し送る（向新任者交代懸案）

新しい委員に問題点を申し送った（向新任委員交代了問題的所在）

欲しい物を家へ手紙で申し送った（寫信通知家中想要的東西）

申し送り、申送〔名、他サ〕通知，通告，說明、傳達，交代（事務、命令等）

実情の申し送りを為る（把實際情況告訴對方）

申し送り事項（傳達事項、交代事項）

申し遅れる、申遅れる〔他下一〕沒有及早告訴

申し遅れましたが、父から宜しくと言う事でした（我說晚了父親叫我向您問好）

申し遅れて、済みません（沒有及早告訴您對不起）済む住む棲む清む澄む

申し兼ねる、申兼ねる〔他下一〕（言い兼ねる的自謙語）難以開口，不好意思說出、不能說

私の口からは迚も申し兼ねます（我實在不好意思說、我實在說不出口）

誠に申し兼ねますが、其を私に下さいませんか（真不好意思向您說可不可以把它給我呢？）

会社の内情に此以上申し兼ねます（關於公司的內幕只能談這些）

申し聞かせる、申聞かせる〔他下一〕（言い聞かせる的自謙語）轉達，轉告，告知、勸說，教誨

篤と申し聞かせましょう（我將好好說他一頓）

申し聞ける、申聞ける〔他下一〕〔舊〕（申し聞かせる的較舊說法）教誨，批評，勸說、轉達，轉告

此の旨、村中に漏れなく申し聞けよう（我將把這個意思普遍傳達給全村的人）

申し子、申子〔名〕〔舊〕天賜的孩子，因祈禱神佛而生的孩子。〔俗〕（產生的）後果，產物

此の子は阿弥陀様の申し子だ（這個孩子是阿彌陀佛賜給的）

占領政策の申し子（佔領政策的產物）

申し越す、申越す〔他五〕（通過書信、傳話人等）傳話，通知、提出要求

父は御申出に応じ兼ねる旨、申し越し参りました（家父來信通知說他不能答應您的要求）

配達遅延の節は当方へ御申し越して下さい（送貨如有遲延請通知我們）

申し越し、申越〔名〕（通過書信、傳話人等）傳話，通知、提出要求

御申し越しの通り（如你通知的那樣）

書面で御申し越しの件（來信所提之事）

御申し越し有り次第御送りします（收到通知馬上寄上、函索即寄）

御申し越しの値段では御注文に応じ兼ねます（按您提的價格礙難接受訂貨）

申し込む、申込む〔他五〕提議，提出（希望、意願、要求等）、申請，應徵，報名、訂購，認購、預約

バレーの試合を申し込む（邀請比賽排球、提出排球比賽的挑戰）

結婚を申し込む（求婚）

抗議を申し込む（提出抗議）

苦情を申し込む（訴苦、表示不滿）

書面か口頭で申し込み為さい（請以書面或口頭報名）

見学参加を申し込む（報名参加參觀）

前金を添えて申し込む（附上訂金訂購）前金前金

座敷が御入用の節は前日申し込んで下さい（要訂座請前一天預約）

早目に御申し込み願います（請及早預約、預約從速）

申し込み、申込〔名〕提議，提出希望，提出要求、申請，應徵，報名、預約

試合の申し込みを為る（提議進行比賽）

申し込みに応じる（接受提議、接受要求、接受挑戰）

多くの申し込みが有る（報名〔應徵〕的人很多）

申し込み順に三十名迄入会を許可する（按報名順序允許前三十名入會）

申し込みの受けは、明日で締切です（受理報名到明天截止）

申し込み書（申請書、報名單）

申し込み用紙（申請表）

長距離電話の申し込みを為る（預約長途電話）

申し込み順（申請〔應徵、報名〕的順序）

申し込み順に（按申請〔應徵、報名〕的先後）

申し添える、申添える〔他下一〕補充（=言い出す）

一言申し添える（補充說一句）一言一言一言

申し立てる、申立てる〔他下一〕（強硬地）提出（意見或要求）、陳述、聲明、主張、申訴

裁決に異議を申し立てる（對裁決提出異議）

事実を申し立てる（陳述事實）

理由を申し立てる（申訴理由）

正当防衛を申し立てる（主張是合法的自衛）

申し立て、申立〔名〕申述，陳述，證言、申訴

異議の申し立てを為る（提出異議）

虚偽の申し立てを為る（作偽證、作虛偽的陳述）

申し立て人（申訴人、申述人、請求人）

申し立て書（聲明、申訴書、請求書）

申し付ける、申付ける〔他下一〕命令、吩咐、打發、派遣、指示（=言い付ける、命じる）

部下に海外出張を申し付ける（派部下到國外出差）

此の様な事が二度と無いように、良く申し付けて置きます（我將好好囑咐他們以後絕對不許再有這種事情）

貴方の御注文通り店員に申し付けました（我已命令店員照您訂貨那樣去做）

何なりと御申し付けて下さい（請您只管吩咐吧！）

申し付け、申付〔名〕命令、吩咐、打發、指示

御申し付け従って行います（按照您的指示去做）

申し伝える、申伝える〔他下一〕（言い伝える的自謙語）傳達、轉告

係りの者に申し伝える（傳達給經辦人）

申し出る、申出る〔他下一〕提議，建議，提出、申請，要求、表明，申述

理由を申し出る（申述理由）

変更を申し出る（要求變更）

辞職を申し出る（提出辭職）

援助を申し出る（表明提供援助）

警察に申し出る（報告警察）

置き忘れた方は直ちに御申し出下さい（掉了東西的人請立刻來聲明認領）

希望者は申し出て下さい（志願者請報名）

申し出で、申出〔名〕提出，申請，提議，聲明（=申し出、申出）、〔法〕申訴

申し出でにより（根據申請）

申し出での順に処理する（按照申請的先後順序處理）

請求の申し出でを為る（提出請求）

不服の申し出で（不服〔判決〕的申訴）

申し出、申出〔名〕提出、申請、提議、聲明（=申し出で、申出）

申し述べる、申述べる〔他下一〕（言い述べる的自謙語）說、講、提及、說起、陳述（=申し上げる）

本件に就いて些か申し述べ度い（關於這件事我想稍提一下〔說一說〕）

申し開く、申開く〔他五〕（言い開く的自謙語）進行辯解

申し開く事は何も御座いません（沒有什麼可辯解的）

申し開き、申開〔名〕（言い開き的自謙語）申辯、辯解

不注意から火事を出しては、皆に申し開きが立たない（因不小心而失火無法向大家辯解）

親の前で過ちの申し開きを為る（在父母面前對自己的過錯進行辯解）

申し文、申文〔名〕〔古〕呈文（=申し状）

申し分、申分〔名〕（常用申し分（が）無い形式）缺點，欠缺，不滿意的地方，可以挑剔的地方、申辯的理由，意見

申し分の無い出来栄えだ（做得好極了〔毫無缺點〕）

申し分の無い好天気だ（真是再好不過的天氣）

品質の点は申し分が無い（品質毫無問題）

彼の仕事には申し分が無い（他的工作無懈可擊）

此の部屋なら申し分が無い（要是這個房間就太理想了）

彼女の料理は申し分無い（她的菜燒得好極了）

到頭申し分の方法を考え出した（終於想出一個十全十美的方法）

先方の申し分を聞く（聽取對方的意見〔理由〕）

申し様〔名〕（言い様的自謙語）說法、措辭、表達方法

何とも御侘びの申し様が無い（真不知該如何表達我的歉意）

御礼の申し様も有りません（不知如何表達我的謝意才好、萬分感謝）

御不幸に対して何とも御慰みの申し様が御座いません（對你的不幸真不知如何安慰才好）

申し訳，申訳、申し分け，申分け〔名自サ〕申辯，辯解，道歉（=言い訳）。勉強，敷衍塞責，有名無實

申し訳を為る必要は無い（不需辯解）

失敗の申し訳に辞職する（因失敗而引咎辭職）

大事な物を失くして申し訳が立たない（把重要的東西弄丟了）

本の申し訳に五分程勉強すると、外へ遊びに行って終った（敷衍了事地學習了五分鐘就出去玩耍了）

本の申し訳程度の寄付を為る（敷衍門面地捐一點錢）

申し訳許りの鼻（很小的鼻子）

申し訳許りの御礼を為た（送了一點微薄的禮）

申し訳（が）無い（十分對不起、實在抱歉、不可原諒）

誠に申し訳が有りません（實在對不起）

御無沙汰して申し訳有りません（久未問候、十分抱歉）

預り物を失くして、何とも申し訳無い（把別人寄放的東西弄丟了）

申し訳の無い失策を為た（犯了一個不可原諒的錯誤）

申し渡す、申渡す〔他五〕宣告，宣布，通告、（長輩對晚輩）說，吩咐

退校を申し渡される（被宣布開除學籍）

家の立ち退きを申し渡す（通告搬家）

朝を早く起きるようにと父が皆に申し渡した（父親吩咐大家早晨要早起）

申し渡し〔名〕宣布、宣告、通告（=言い渡し）

判決の申し渡し（宣判）

死刑の申し渡しを受ける（被宣判死刑）

伸（ㄕㄣ）

伸〔漢造〕伸展、申述

屈伸（伸屈，伸展和彎曲、伸縮）

追伸（〔電信用語〕再啟、又及）

二伸（〔書信用語〕再啟、又啟、又及、附及）

伸開線〔名〕〔數〕漸伸線、切展線

伸筋〔名〕〔解〕伸肌、牽引肌

伸筋破傷風（伸肌破傷風）

伸光器〔名〕散光器、散光裝置、夜間測距儀

伸子、𥱋〔名〕（洗、染時用的）張布架、拉幅機

伸子に張る（繃在張布架上）張る貼る

伸子張り（用張布架繃上）

伸縮〔名、自他サ〕伸縮

ゴム紐は自由に伸縮する（橡皮繩隨便伸縮）護謨ゴム

期間を適宜に伸縮する（適當地延長或縮短期限）

伸縮条項（機動條款）

伸縮関税（活用關稅）

伸縮自在（伸縮自如）

伸縮自在のアンテナ（伸縮自如的天線）

伸縮性（伸縮性、靈活性、彈性）

伸縮性が無い（沒有靈活性）

伸縮性を与える（使有伸縮性）

伸縮継手（〔機〕伸縮接頭、補償節）

伸び縮み〔名、自サ〕伸縮（性）、彈性

良く伸び縮みするナイロン（富於彈性的尼龍）

伸び縮みが効かなく為る（失掉伸縮性）効く利く聞く聴く訊く為る成る鳴る

伸び縮みが自由な服（能伸縮的衣服、鬆緊的衣服）

伸長〔名、自他サ〕伸長、延長

脚立を伸長させる（把雙面梯伸長）

学力の伸長（學問實力增長）

伸張〔名、自他サ〕伸張、擴展

勢力の伸張（勢力的擴張）

ゴムの伸張性（橡膠的伸張性）

外国貿易を伸張する（發展對外貿易）

人口が増加したからとて国力が伸張すると言う訳ではない（並不能說人口增加了因而國力就增強了）言う謂う云う

伸張計（〔機〕伸張計）

伸展〔名、自他サ〕伸展、發展、擴展

事業が伸展する（事業發展）

国力の伸展を謀る（謀求國力的擴展）謀る図る諮る計る測る量る

伸展運動（〔醫〕伸直運動）

伸度〔名〕彈性、伸縮性（度）

伸度が高い（伸縮性大）

伸度計（〔化〕伸度計、延展計）

伸銅〔名〕展銅

伸銅所（展銅〔加工〕廠）所所

伸す、熨す〔自五〕伸直，拉緊，綳緊、（成績或地位等）長進，發展、（行動或範圍等）擴展，延長

〔他五〕伸開，展平、（寫作熨す）燙平、伸展，擴展，發揮、〔俗〕打倒（下）

凧糸が伸す（風箏線拉緊）

第一位に伸す（升到第一位）

彼は此から伸す人だ（他將來是個有發展前途的人）

ㄕ

彼の成績は最近ぐんぐん伸して来た（他的成績最近有顯著的長進）

熱海から更に箱根へ伸す（從熱海又跑到箱根）

遊び足りずに桂林迄伸す（嫌玩得不夠又跑到桂林）

東北へ行った序でに、北海道迄伸して来た（到了東北順便又跑到北海道）

腰を伸す（伸腰）

紙の皺を伸す（把紙的皺褶展平）

小麦粉を伸す（把麵桿開）

羽を伸す（展翅、發揮才能）

党勢を伸す（擴展黨的勢力）

彼奴生意気だ、伸して終え（那傢伙很傲慢打倒他）

簡単に伸されて終った終う仕舞う（輕而易舉地被打倒了）

熨す〔他五〕熨平

アイロンで皺を熨す（用熨斗把皺摺燙平）

アイロンで布を熨す（用熨斗把布燙平）

伸し，伸、延し，延〔名〕伸展，伸開。〔泳〕側泳（日本式游泳法之一）

熨、熨斗〔名〕禮簽（附在禮品上的裝飾用長方形色紙疊成上寬下窄細長的六角形）、乾鮑魚片（=熨斗鮑）、熨斗（=アイロン、火熨斗）

贈物に熨を付ける（給禮品附上禮簽）伸し延し

熨を付ける（情願雙手奉送、無條件地奉送）

熨を付けて進上します（情願雙手奉送給你）

そんな批評は熨を付けて返上する（那種批評情願雙手奉還給他）

熨斗瓦（堆積屋脊用的平瓦）

熨斗目（生絲作經線熟絲作緯線織成的綢衣料-江戶時代作為武家禮服）

熨斗紙（附有禮簽禮繩的紙-用於附在禮品包上）

熨斗袋（附有禮簽禮繩的封筒-用以裝謝禮的錢）

熨斗梅（洋菜+梅汁+糖加火攪拌成的一種點心）

熨斗鮑（乾鮑魚片-用鮑魚薄條曬乾而成，原為儀式酒餚，從其伸展延長之意，用作禮品的禮簽）

伸し上がる〔自五〕大模大樣地登上，爬上（高位）、發跡、跋扈起來，囂張起來

二位に伸し上がる（爬上第二位）

億万長者に伸し上がる（發跡成了億萬富翁）

政権の座に伸し上がる（爬上掌握政權的地位）

彼の男は到頭大臣に迄伸し上がった（那個人終於爬上了大臣的地位）

其の女優は本の二、三年でスターの座伸し上がった（那個女明星僅僅二三年就爬上了明星的地位）

彼は此の頃伸し上がって来て実に生意気だ（他最近爬上來了簡直傲慢極了）

伸し上げる〔他下一〕把…弄到…上、做完，完成、提拔，提升，使發跡

車を歩道に伸し上げる（把汽車開到人行道上）

伸し歩く〔自五〕大搖大擺地走

其の頃は軍人が何処でも伸し歩いていた（那時候軍人無論在什麼地方走起路來都是神氣十足的）

大手を振って伸し歩く（大搖大擺地走）

伸し烏賊、伸烏賊〔名〕鬆軟魷魚片（調味後壓延成薄片的魷魚）

伸し掛かる、伸掛る〔自五〕（身體）壓在…上。〔轉〕（不快的感覺或狀態）壓在心頭上

相手の体に伸し掛かる（把身體壓在對方身上）

課税の重圧は貧しい人人の上に強く伸し掛かる（重稅沉重地壓在窮人的頭上）

悔恨が彼の心に重く伸し掛かった（悔恨沉重地壓在他的心頭）

伸し棒〔名〕擀麵杖

伸し餅、伸餅〔名〕長方形扁平的年糕

伸ばす、延ばす〔自五〕延長，伸展（=伸す）、展延，延緩，延遲、發展，施展，擴展、稀釋（=溶かす）。〔俗〕打倒（=打ち倒す）←→縮める

手を伸ばす（伸手）

寿命を延ばす（延年益壽）

授業時間を二十分延ばす（把上課時間延長二十分鐘）

腕を伸ばしたが電灯に届かなかった（伸長手臂還是摸不到電燈）

足を伸ばして棚の上の物を取る（踮著腳拿架上的東西）

髪を延ばす（留頭髮〔不剪〕）

巻いた針金を伸ばす（把彎曲的鐵絲弄直）

彼女は髪を長く延ばしている（她留著一頭長髮）

着物の皺をアイロンで延ばす（把衣服的皺摺用熨斗燙平）

十メートル丈延ばす（伸展十公尺）

皺の寄った紙を延ばす（把有皺摺的紙打開）

期限を延ばす（延期）

出発を二日間延ばす（把出發日期延遲兩天）

会議を延ばす（延長會議、延遲會議）

支払いを延ばす（延遲付款）

返事を一日一日と延ばす（把回覆一天一天拖延下去）

今日出来る事は明日に延ばすな（今天能辦的事不要拖延到明天再辦）明日明日明日

才能を伸ばす（施展才能）

驥足を伸ばす（施展大能）

天賦の才能を伸ばす（施展天賦才能）

糊を延ばす（把漿糊加以稀釋）糊海苔則法矩

身代を伸ばす（增加財富、發財致富）

水で糊を延ばす（用水把漿糊加以稀釋）

財産を伸ばす（增加財富）

勢力を伸ばす（擴張勢力）

簡単に伸ばされた（很容易被打倒了）

伸びる、延びる〔自上一〕延長，變長、伸長，展開，擴展、稀釋，溶解。〔俗〕倒下

寿命が延びる（壽命延長）

昼が延びて夜が詰まる（晝間變長夜間變短）

背が延びる（個子長高）

彼は背が延びた（他長高了）

髪が延びる（頭髮長長）

髭が延びた（鬍子長長了）

期限が延びる（期限延長）

鉄道が国境迄延びている（鐵路伸延到國境）

出発日が来週に延びる（出發日期延長到下週）

皺が延びる（皺紋展開）

ゴム紐は長く延びる（膠皮帶沒有彈性）

糊が延びる（漿糊變稀）

拉麺が延びて終った（麵條已經變爛了）

白粉が良く延びる（香粉拍得勻）

絵の具が良く延びる（顏色能塗得很均勻）

学力がぐっと延びる（學力大有進步）

貿易が目覚しく延びる（貿易大見發展）

身代が延びる（財產增多）

卵の生産高は毎年大幅に延びている（雞蛋產量每年大幅度增長）

徹夜してすっかり延びて終った（徹夜不眠疲倦得不能動彈）

一撃の下に延びて終った（一下子就昏倒了）

伸び，伸、延び〔名〕成長，進步，伸展，發展、伸懶腰、（塗料、香粉等）塗勻

延びが早い（長得快、進步快）早い速い

工業の延び（工業的發展）

経済の延びが速い（經濟發展迅速）

売り上げは大幅な延びを見せる（銷售額有了大幅增長）

延びの速い草（長得快的草）

髪の延びが遅い（頭髮長得慢）遅い晩い襲い

終業の合図で大きく延びを為る（一聽到下班鈴聲就使勁伸一個懶腰）

延びの良い白粉（能拍得勻的香粉）

此のペンキは延びが良い（這種油漆一塗就勻）

伸びやか、延びやか〔形動〕舒展暢旺、輕鬆愉快（=延び延び，延延、伸び伸び，伸伸）

延びやかにすくすくと育つ（舒展暢旺地成長）

延びやかな空気の家庭（氣氛愉快的家庭）

延びやかに眠れる（可以快活地睡覺）

伸び上がる，伸上る、延び上がる，延上る〔自五〕蹺腳站起

延び上がって物を取る（蹺腳站起拿東西）

延び上がって中を見る（蹺腳站起往裡看）

伸び型〔名〕〔泳〕燕式跳水

伸び計〔名〕〔機〕伸長計、延伸計、變形計

伸び支度〔名、自サ〕將要發育伸長

人も麦も伸び支度する早春（人和小麥都欣欣向榮的早春）

伸び尺，伸び、尺延び尺，延び尺〔名〕〔建〕縮尺（=伸び尺）

伸び伸び，伸伸、延び延び，延延〔名、副、自サ〕拖延、欣欣向榮、舒暢，輕鬆愉快

借金の返還が延び延びに為った（借錢遲遲不歸還）

婚約は延び延びに為った（婚約遙遙無期）

返事が延び延びに為る（回信一拖再拖）

然う延び延びに為れては誰たって怒るさ（老是那樣拖拖拉拉無論是誰也要惱火的）

知らせが延び延びに為って申訳無い（通知拖延了真對不起）

草木が延び延びする（草木欣欣向榮）草木草木

延び延びと芝生に寝転ぶ（舒暢地躺在草坪上）

延び延びと横に為る（舒暢地躺著）為る成る鳴る生る

気持が延び延びする（心情舒暢）

試験も済んで身が延び延びした（考試已畢渾身輕鬆愉快）済む住む澄む棲む清む

延び延びと書いた文章（寫得流暢的文章）文章文章

伸び悩む〔自五〕停滯不前，進度緩慢。〔商〕行情呆滯

生産が伸び悩む（生產停滯不前）

株価が伸び悩む（股票行情呆滯）

伸び悩み〔名〕停滯不前、進步緩慢

伸び悩みの状態（遲遲不進的狀態）

伸び率〔名〕增長率、〔理〕延展率，延伸率

売り上げの伸び率（銷售額的增長率）

伸べる、延べる〔他下一〕拉長，拖長、伸展，伸長（=延ばす、伸ばす）、展開（=広げる）

期日を延べる（拖延期限）延べる伸べる陳べる述べる

難民に救いの手を伸べる（對難民伸出救援的手）

床を延べる（鋪床）床床

新聞を延べる（攤開報紙）

陳べる、述べる、宣べる〔他下一〕敘述、陳述、說明、談論、申訴、闡明

事実を述べる（敘述事實）

事情を述べる（說明情況）

意見を述べる（陳述意見）

感想を述べる（發表感想）

祝辞を述べる（致賀詞）

事件の概要を述べる（敘述事件的概要）

上に述べた如く（如上所述）

はっきり述べて置いた（交代清楚了）

其は平易に述べて有る（淺顯地講述了那個問題）有る在る或る

延べ，延、伸べ，伸〔名〕金屬壓延（的東西）、延長、總計、總面積（=延べ坪）、總日數（=延べ日数）、期貨交易（=延べ取引）

銅の延べの煙管（銅壓延的煙袋）銅銅赤金

参加者は延べ十万以上に為る（参加者總計十萬人以上）

建坪は延べで何れ位に為りますか（總建築面積有多少？）

延べ日数（總計日數）

延べ払い、延払い（延期付款）

身（ㄕㄣ）

身〔漢造〕身體、自身、刀的中部

全身（全身、渾身、遍體）

満身（滿身、全身）

八頭身、八等身（標準的女性勻稱的身材－身長相當於頭部的八倍）

自身（自己，本人、本身）

一身（自己、自身、全身）

単身（單身、隻身）

前身（前身，以前的身分，經歷，歷史、〔佛〕前世的身分）

後身（後身－由以前的基礎變化而成的機關團體或組織、轉生，轉世）

後ろ身（〔衣服的〕後背部、後身）

保身（〔明哲〕保身）

立身（發跡、出息）

献身（獻身、捨身、捨己）

現身、現身、現身（現世，今世、世人，今世的人）

変身（換裝、化裝、改變裝束）

分身（分身，分出的身子、分出的機構、〔佛〕分身）

文身（紋身、刺青〔=文身、刺青、入墨〕）

刀身（刀身）

頭身（頭部長度和身長的比率）

等身、等身（等身、和身長相等）

投身（跳進河海或火山口等〔=身投げ〕）

身幹〔名〕身高、身長

身幹順に（按身高的順序）

身口意〔名〕〔佛〕身口意（指日常生活中的行動、語言和精神）

身後〔名〕死後

身根〔名〕〔佛〕（五根之一的）身根

身魂〔名〕身魂、身和魂

身魂を擲って国を尽くす（全身全意報效國家、以身報國）擲つ抛つ

身首〔名〕身首

身首所を異に為（身首異處）

身障〔名〕殘障

身障児（殘障兒童）

身障者（殘障者）

身上〔名〕財產（=身代）。〔舊〕家庭（=所帯）

一身上持ち造る（治下一筆財產）

身上を潰す（破財、把財產浪費掉）

身上を持つ（成家、安家立業）

身上道具（家庭用具）

身上持ち（有財產者，有錢人，財主、操持家務）

身上持ちが良い（持家有方）

身上〔名〕長處，優點（=取り得）、身世（=身の上）、身體，生命

其処が彼の身上だ（那一點是他的優點）

彼の身上は嘘を言わない事だ（他的可取之處是不說謊）

彼は勤勉が身上だ（勤奮是他的優點）

身上を調査する（調查身世）

身の上〔名〕身世，境遇，經歷、命運，運氣

父の身の上を案ずる（惦記父親〔的安否〕）

身の上を語る（講身世）

身の上話（身世談、一生的經歷）

身の上相談欄（〔報刊的〕生活顧問欄）

身の上を判断する（算命）

身体〔名〕身體（=身体、体）

身体の欠陥（身體的缺陷）

身体の清潔（身體的清潔）

ㄕ

身体は強健である（身體強健）

身体の自由を失う（身體失去自由、身體不能轉動、手腳不靈活）

身体を壮健に為る（使身體強壯起來）

身体髪膚之を父母に受く（身體髮膚受之父母〔不可毀傷〕）

身体検査（〔醫〕體檢，身體檢查、搜身）

身体検査に合格する（體檢合格）

身体検査を受ける（遭受搜身）

身体障害者（殘廢者、身體有生理缺陷者）

身体障害者福祉法（關於殘障者福利的法律）

身体装検器（〔機場用檢查隱藏物的〕身體檢查器、搜身器）

身体、体、軀〔名〕身體、體格，身材、體質、健康，體力

体を鍛える（鍛鍊身體）

体を壊す（傷害身體、患病）壊す毀す

体を大切に為る（保重身體）

体の調子が悪い（身體不舒服）

体を祖国に捧げる（把自己獻給祖國）捧げる奉げる

体を粉に為て働く（拼命地工作）

体を張る（不惜生命地幹、豁出命幹）張る貼る

体に力が無い（渾身無力）

自由な体（閒散的身體、婦女沒有丈夫）

普通の体ではない（懷孕、身體有孕）

体を悪く為ない様に（請不要損壞身體）

体ががっちりしている（體格健壯）

体のほっそりした女（身材苗條的女人）

体のでっぷりした男（身材肥胖的男子）

肉食は私の体に合わない（肉食不適合於我的體質）

体が良く為る（健康好轉、恢復健康）

体が続かない（體力支持不住）

あんなに働いて良く体が続く物だ（那樣幹活難得體力還能支持）

体を売る（賣淫、出賣肉體）

体を惜しむ（惜力、不肯努力）

体を知る（與異性發生關係）

体を投げ掛ける（撲過去）

身代〔名〕財產、私人財產（=身上）

相当の身代（相當可觀的財產）

身代を継ぐ（繼承財產）継ぐ接ぐ告ぐ注ぐ次ぐ

身代を拵える（積存財產）

身代を潰す（破產）

身代を作る（發財、置下財產）作る造る創る

身代を築く（發財、置下財產）

身代を使い果す（蕩盡財產）

彼は一億円の身代を持つ（他有一億日元的私人財產）

身代を棒に振る（蕩產）振る降る振う震う奮う揮う篩う

身代限り（破產抵債、〔舊〕破產）

瞬く内に身代限り同然に為って終った（轉瞬間變得和破產一樣了）

身の代（金）〔名〕賣身錢，身價、贖身錢

身の代金（賣身錢，身價、贖身錢）

娘の身の代（女兒的賣身錢）

多額の身の代を払って取り戻す（付出巨額的贖身錢贖回）

身代わり，身代り、身替り〔名〕替身、代替別人（當犧牲品等）

身代わりに為る（當替身）為る成る鳴る生る

身代わりに立つ（當替身）立つ断つ截つ絶つ発つ経つ建つ裁つ起つ

友人の身代わりに罪を着る（替朋友承擔罪責、為朋友當代罪羊）着る伐る斬る切る

他人の身代わりに為って死んだ（替別人去死）

身中〔名〕身中

獅子身中の虫（恩將仇報的人、心腹之患）

身長〔名〕身長、身高

身長を測る（測量身長）測る計る量る図る謀る諮る

身長が増す（個子長高）増す益す

身長順に（按身高的順序）

身長は幾等有りますか（身高多少？）

身長が低い（個子矮）

赤ん坊は身長二十二インチ、体量九ポンド有った（嬰兒身長二十二英吋體重九磅）

身の長、身の丈〔名〕身長、身高（=背、背丈）

身の長二メートルの大男（身長兩米的大漢）

身丈〔名〕身高，個子、（衣服的）身長

身丈九尺（個子高的人）

身丈を測る（量身高）測る計る量る図る謀る諮る

身丈以上の深さが有る（〔水〕有一人多深）

身心、心身〔名〕心和身、精神和肉體

心身共に健全である（身心都健全）

心身爽快に為る（身心爽快）為る成る鳴る生る

心身を打ち込む（精神灌注、全力以赴）

心身症（〔醫〕心身症）

身辺〔名〕身邊

身辺が危ない（身邊危險）危ない危うい

身辺の世話を為る（照顧身邊）為る為る

身辺を気遣う（擔心安全）

身辺多忙（身邊很忙）

身辺を警戒する（警戒身邊）

身辺小説（描寫日常生活的小說）

身辺雑事（身邊瑣事）

身命、身命〔名〕身命、身體和性命

身命を賭す（豁出命）

身命を捧げる（獻身）捧げる奉げる

国家の為に身命を擲つ（為國捐軀）擲つ抛つ

身〔名〕身，身體（=体）、自己，自身（=自分）、身份，處境、心，精神、肉、力量，能力、生命，性命、（刀鞘中的）刀身，刀片、（樹皮下的）木心，木質部、（對容器的蓋而言的）容器本身

身の熟し（舉止、儀態）

襤褸を身に纏う（身穿破衣、衣衫襤褸）

身を寄せる（投靠、寄居）

身を隠す（隱藏起來）隠す画す劃す隔す

身を引く（脫離關係、退職）引く退く惹く挽く轢く牽く曳く弾く

身を交わす（閃開、躲開）交わす飼わす買わす

政界に身を投じる（投身政界）

身を切る様な北風切る（刺骨的北風）斬る伐る着る北風北風

身を切られる様な思いが為る（感到切膚之痛）摺る擦る擂る刷る摩る掏る磨る

身の置き所が無い（無處容身）

彼は金が身に付かない（他存不下錢－一有錢就花掉）付く附く突く衝く憑く漬く撞く着く搗く

怒りに身を震わせる（氣得全身發抖）震う揮う奮う振う篩う

仕事に身も心も打ち込む（全神貫注地做事情）

身を任せる（〔女子〕委身〔男人〕）

旅商人に身を窶す（裝扮成是行商）

身の振り方（安身之計、前途）

身を処する（處己、為人）処する書する

身を修める（修身）修める治める収める納める

身を持する（持身）持する次する辞する侍する治する

身に覚えが有る（有親身的體驗）

身に覚えの無い事は白状出来ません（我不能交代我沒有做的事）

身の回りの事は自分で為為さい（生活要自理）

早く帰った方が身の為だぞ（快點回去對你有好處）

身の程を知らない（沒有自知之明）

私の身にも為った見給え（你也要設身處地為我想一下）

身を滅ばす（毀滅自己）滅ばす亡ばす

身を持ち崩す（過放蕩生活、身敗名裂）

乞食に身を落とす（淪為乞丐）

生花に身が入る（全神貫注於插花、對插花感興趣）入る入る

仕事に身が入る（做得賣力）

君はもっと仕事に身に入れなくては行けない（你對工作要更加盡心才行）入れる容れる要れる

嫌な仕事なので、どうも身が入らない（因為是件討厭的工作做得很不賣力）

其の言葉が身に沁みた（那句話打動了我的心）染みる滲みる沁みる浸みる凍みる

御言葉はに染みて忘れません（您的話我銘記不忘）

魚の身（魚肉）魚魚魚魚

身丈食べて骨を残す（光吃肉剩下骨頭）残す遺す

鶏の骨は未だ身が付いている（雞骨頭上還有肉）未だ未だ

身に叶うなら、何でも致します（如力所能及無不盡力而為）叶う適う敵う

其は身に適わぬ事だ（那是我辦不到的）

身を捨てる（犧牲生命）捨てる棄てる

刀の身を鞘から抜くと、きらりと光った（刀身從刀鞘一拔出來閃閃發光）

身が固まる（〔結婚〕成家、〔有了職業〕生活安定，地位穩定）

身から出た錆（自作自受、活該）

身に余る（過份）

身に余る光栄（過份的光榮）

身に沁みる（深感，銘刻在心、〔寒氣〕襲人）染みる滲みる沁みる浸みる凍みる

寒さが身に沁みる（寒氣襲人、冷得刺骨）

身に付く（〔知識或技術等〕學到手、掌握）

努力しないと知識が身に付かない（不努力就學不到知識）

身に付ける（穿在身上，帶在身上、學到手，掌握）

チョッキを身に付ける（穿上背心）

ピストルを身に付ける（帶上手槍）

技術を身に付ける（掌握技術）

身につまされる（引起身世的悲傷、感到如同身受）

身に為る（為他人著想，設身處地、有營養、〔轉〕有好處）

親の身に為って見る（為父母著想）

身に為る食物（有營養的食品）

身に為らぬ（對己不利）

身の毛も弥立つ（〔嚇得〕毛骨悚然）

身二つに為る（分娩）

身も蓋も無い（毫無含蓄、殺風景、太露骨、直截了當）

初めから全部話して終っては、身も蓋も無い（一開頭全都說出來就沒有意思了）

身も世も無い（〔因絕望、悲傷〕什麼都不顧）

身を売る（賣身〔為娼〕）売る得る得る

身を固める（結婚，成家、結束放蕩生活，有了一定的職業、裝束停當）

飛行服に身を固める（穿好飛行服）

身を砕く（粉身碎骨、費盡心思、竭盡全力、拼命）

身を削る（〔因勞累、操心〕身體消瘦）削る梳る

身を粉に為る（不辭辛苦、粉身碎骨、拼命）粉粉

身を粉に為て働く（拼命工作）

身を殺して仁を為す（殺身成仁）

身を沈める（投河自殺、沉淪，淪落）沈める鎮める静める

身を捨ててこそ浮かぶ瀬も有れ（肯犧牲才能成功）

身を立てる（發跡，成功、以…為生）

医を以て身を立てる（以行醫為生）

身を尽す（竭盡心力、費盡心血）

身を以て（親身，親自、〔僅〕以身〔免〕）

身を以て示す（以身作則）示す湿す

身を以て体験する（親身體驗）

身を以て庇う（以身庇護別人）

身を以て免れる（僅以身免）

実〔名〕果實（=果物）。種子（=種）。湯裡的青菜或肉等（=具）。內容（=中身）

実が為る（結果）為る成る鳴る生る

今年の林檎の実は為らないでしょう（今年的蘋果樹不結果〔要歇枝〕）今年今年

此の葡萄は良く実が為る（這種葡萄結實多）

草の実を蒔く（播草種子）蒔く撒く播く巻く捲く

実の無い汁（清湯）

実の無い話（沒有內容的話）

花も実も有る（名實兼備）有る在る或る

彼の先生の講義は中中実が有る（那位老師的講義內容很豐富）

実を結ぶ（結果、〔轉〕成功，實現）結ぶ掬ぶ

二人の恋愛は実を結んで結婚した（兩人的戀愛成功結了婚）

三〔造語〕三、三個（=三、三）

一、二、三、四（一二三四）

一、二、三、四（一二三四）

二片、三片（兩片三片）

三月（三個月）

三年（三年）

巳〔名〕（地支的第六位）巳。方位名（正南與東南之間，由南向東三十度的方位）。巳時（指上午十點鐘或自九點至十一點鐘）

深〔接頭〕用作美稱或調整語氣

深雪（雪）深身実未見箕巳御味壬彌三

深空（天空）

深山（山）

御〔接頭〕（接在有關日皇或神佛等的名詞前）表示敬意或禮貌（=御）

御国（國、祖國）

御船（船）

箕〔名〕〔農〕簸箕

箕で煽る（用簸箕簸）

爪で拾って箕で零す（滿地檢芝麻、大簍洒香油）（入不敷出）

身受け、身請け〔名、他サ〕（妓女等的）贖身（=落籍）

身請け金（贖身錢）

身売り、身売〔名、自サ〕（妓女等）賣身、（商店等）出倒、賣身投靠

銘酒屋に身売りする（賣身給酒店）

身売り金（賣身錢）

経営難で会社が身売りした（因經營困難公司倒下去了）

反対党へ身売りする（投靠反對黨）

身動き、身動〔名〕（下面多用否定形式）轉動（活動）身體、自由行動

身動き一つ出来ない（身體連動都不能動）

身動きも為ないで立つ（連動也不動地站著）

車内は超満員で、身動きも出来なかった（車裡乘客超載擠得動彈不了）

借金で身動き（が）為らない（因為負債弄得一籌莫展）

身動ぐ〔自五〕轉動身體、活動身體

込んでいて身動ぐ事も出来ない（擠得不能轉身）込む混む

身動ぎ〔名、他サ〕（身體）活動、轉動身體

彼は身動ぎも為なかった（他連動也不動）

身動ぎ一つ為ない（紋絲不動）

込んでいて身動ぎも出来ない（擠得動也不能動）

身内〔名〕身體內部、全身，渾身（=体中）、親屬（=親類）、（俠客或賭徒等的）師兄弟，自己人（=仲間）

身内が震える（全身發抖）震える振える奮える揮える篩える

身内が疼く（全身劇痛）

身内の者（親屬）

近い身内（近親）

他人より身内（親屬總比外人親）

話したって言いだろう、身内同士じゃないか（說給我聽好了我們不是自己人嗎？）

身内〔名〕〔古〕體內、身體之中（=身の内）

身重〔名〕懷孕（=妊娠）

身重に為る（懷孕、有了身子）

身重の体（妊娠、雙身子）

身欠き鰊，身欠鰊、身欠き鰊，身欠鰊〔名〕去掉頭尾劈開曬乾的鯡魚、鯡魚鮓

身方、味方、御方〔名、自サ〕我方、同伙、朋友←→敵

敵も味方も彼が勇将である事を認めた（敵方和我方都承認他是一個勇將）認める認める

敵は降参して味方に付いた（敵人投降歸順了）付く附く漬く撞く吐く搗く尽く憑く衝く

彼の男を味方に為れば安心だ（把那個人拉攏過來就放心了）安心安身

味方に入れる（入夥）入れる容れる

敵と味方をはっきり見分ける（分清敵我）

味方に裏切られる（被同夥出賣）

彼は貧民の味方だ（他是貧民的朋友）

味方する（参加某一方、偏袒某一方、擁護某一方）

世論は彼に味方した（輿論擁護他）世論世論世論

君は一体何方に味方するのか（你究竟支持哪一方？）

身固め、身固め〔名〕裝束，穿戴整齊（=身支度）、護身術、結婚，成家。〔古〕祈禱健康

身勝手〔名、形動〕〔舊〕自私、任性（=自分勝手、我侭）

身勝手な御願い（自私〔任性〕的要求）

身勝手な（の）男（只顧自己方便〔利益〕的人）

彼の人は迚も身勝手だ（他很任性）

身勝手な振る舞いを為る（舉止任性）

御前の身勝手を許す事は出来ない（不能任由你任性）許す赦す

身構える〔自下一〕擺架勢、擺姿勢

猫は鼠を捕ろうと身構える（貓擺好架勢準備捉老鼠）捕る取る採る盗る執る獲る撮る摂る

彼はさあ来いと身構える（他擺好了架勢準備打架〔鬥毆〕）

身構え〔名〕架子、姿勢

射撃に（で）は身構えが大切だ（在射擊中姿勢很重要）

喧嘩の身構えを為る（擺出要打架的姿勢）

身柄〔名〕（作為在押或保護等的對象的）本人、本人身體（=体）、身份

身柄を引き取る（把本人領回）

身柄を送る（解送放人）

身柄を釈放する（釋放犯人）

刑事が犯人の身柄を護送する（刑事警察押送犯人）

身柄が分かる（身份弄清了）分る解る判る

身柄送検（法將拘留中的罪犯或嫌疑犯押送檢查廳）←→書類送検

身軽〔名、形動〕身體輕鬆，輕便、身體靈巧

荷物を預けて身軽に為った（行李寄存起來身體輕鬆〔輕便〕了）

産を為て身軽に為る（產後身體輕便了）

身軽な服装（輕便的服裝）

身軽な一人者（〔沒有家屬牽累的〕一身輕的單身漢）

旅行には身軽な支度が良い（旅行時輕裝好）良い好い善い佳い良い好い善い佳い

身軽な動作（靈巧的動作）

彼は子供の様に身軽に二階へ駆け上がった（他像孩子一樣靈巧地跑上二樓）

身奇麗、身綺麗〔形動〕衣著整齊、衣冠楚楚、打扮得乾淨俐落

身奇麗に為る（打扮得整整齊齊）

身ぐるみ〔名〕全部衣著

身ぐるみ剝ぎ取られる（全身被剝得精光）

身拵え〔名、自サ〕裝束、打扮、整裝（=身支度）

身拵えもそこそこに出て行く（慌慌張張地整理衣裝出去）行く往く逝く行く往く逝く

ちゃんと身拵えする（打扮妥當、打扮得整整齊齊）

身支度、身仕度〔名〕打扮、裝束（=身拵え）

旅の身支度を為る（準備行裝）

舞踏会へ行く身支度で出て来た（穿著參加舞會的服裝出來了）

身仕舞い、身仕舞〔名〕打扮、裝束（多指婦女的化妝打扮）（=身支度、身仕度）

大急ぎで身仕舞いを為て出掛けた（急急忙忙打扮一下就出門了）

きちんと身仕舞いを為る（打扮得整整齊齊）

小奇麗に身仕舞いを為る（打扮得很整潔）

身繕い〔名、自サ〕打扮、裝扮（=身支度、身拵え）

身繕いを為て出掛ける（打扮整齊出門去）

身籠る〔自五〕懷孕（=孕む）

結婚して程無く身籠った（結婚不久就懷孕了）

身頃〔名〕〔縫紉〕（衣服去袖、領的）前後身

前身頃（前身）

後身頃（後身）

身状、身性〔名〕〔俗〕稟性，天性（=生れ付き）、身份，身世（=身の上）、品行（=身持ち）

身性が良い（出身好）良い好い善い佳い良い好い善い佳い

身知らず〔名ナ〕沒有自知之明，不自量，不量力、不保重身體

身知らずの（な）男（是個不自量的人）

身知らずの望み（奢望）

身知らずな真似は止め為さい（不要再糟蹋身體）

身過ぎ〔名、自サ〕生活（=暮らし）

身過ぎ世過ぎ（生活處世）

三十に為って未だ身過ぎが出来ない（三十多歲了還不能獨自生活）未だ未だ

身銭〔名〕私款、個人的錢

身銭を切る（〔為公事等〕自掏腰包）切る伐る斬る着る

身空〔名〕境遇、身份（=身の上）

若い身空で（年輕輕地）

生きた身空も為ない（害怕得要死、嚇得不得了）

身嗜み〔名〕注意儀容（服飾、禮貌、言語、態度等），講求修飾，修邊幅、（領導階層應有的）休養和藝術

身嗜みが良い（修飾得好、儀容整潔）良い好い善い佳い良い好い善い佳い

身嗜みの良い人（儀容整潔的人）

身嗜みに注意する（注意儀容、講求修飾、修邊幅）

身嗜みが大事だ（儀容要緊、要注意修飾）

身為〔名〕〔俗〕本身的利益、自己的利益（=身の為）

身近い〔形〕切身的、身邊的，附近的（=身近）

身近〔形動〕切身、身邊，附近

身近に感じる（痛感）

身近な問題（切身問題）

危険が身近に迫る（危險降臨眼前）迫る逼る

字引を身近に置く（把辭典放在附近）

身共〔代〕〔舊〕（對同輩、晚輩或下屬人員使用）我、我們（=我、我我）

身投げ〔名、自サ〕投河（海、火山口等）自殺（=投身）

彼は川に身投げした（他投了河自殺）

身投げした人を引き上げる（打撈投河的人）

彼処で今身投げが有った（那裏剛才有個投河的）

身形〔名〕服飾、裝扮、打扮

身形を構わない（不修邊幅）

身形に構わない人（不修邊幅的人）

質素な身形を為ている（服裝樸素）

立派な身形を為ている（服飾華麗）

身形を整える（打扮整齊）整える調える

彼は身形が喧しい方だ（他是一個講究衣著的人）

身の皮〔名〕〔俗〕（身上穿的）衣服、皮

身の皮を剥ぐ（脫下身上衣服、賣衣服過日子）剥ぐ矧ぐ接ぐ

身の毛〔名〕汗毛、寒毛

身の毛が弥立つ（毛骨悚然）

其の話を聞いて身の毛の弥立つ思いが為た（聽到那番話感到毛骨悚然）

身の毛を詰める（全身緊張）詰める摘める抓める積める

身の毛立つ〔自五〕（因寒冷或恐懼）毛髮悚立、毛骨悚然

身の程〔名〕身份、分寸（=分際）

身の程を知らない（自不量力）

身の程を弁えない（不自量）

身の程知らず（不知進退、不懂分寸、不自量〔的人〕）

身の回り〔名〕身邊衣物（指衣履、攜帶品等）、日常生活、（工作或實際上）應由自己處理的事情

身の回りを整える（收拾好身邊衣物）整える調える

身の回りの世話を為る（照料日常生活）

身の回りの事は自分で為る（自理生活）

身の回りを綺麗に為て置く（把該辦的事辦好）

身の回り品（日常生活用品）

身巾、身幅〔名〕身體的橫寬。〔縫紉〕身腰的橫寬、臉面，面子（=肩身）

身幅の狭い着物（身腰瘦小的衣服）

此の人は身幅が広い（這個人頭面大）

身贔屓〔名、他サ〕偏袒與自己有關的人、袒護親戚

身一つ〔名〕孤獨一人、孑然一身

身一つに為って働く（孤單單地工作）

身二つ〔名〕分娩

身二つに為る（分娩）

身振り、身振〔名〕（表示意志或感情的）姿態、（身體的）動作

身振りで賛成の意を表す（用姿態表示贊成）表す評す表す現す顕す著す

身振り手振りで示す（比手畫腳地示意）示す湿す

我慢し切れないと言う身振りで立ち去った（表示出不能忍受的姿態而離去了）

彼は身振りで彼方へ行けと私に命じた（他以姿態表示叫我到那邊去）

彼女は林檎をもう一つ如何と言う身振りを為た（她對我打啞謎問我還要不要一個蘋果）

身の振り方〔連語〕安身之計、前途

自分の身の振り方を考える（考慮自己的前途）

身の振り方を決める（決定安身之計）決める極める

身震い〔名、自サ〕顫慄、顫抖、發抖、打冷顫

思った丈でも身震いが為る（一想就打冷顫）

余りに恐い話なので、思わず身震いした（因為故事太可怕不覺地顫慄起來）恐い怖い強い

身分〔名〕身份，地位、境遇

身分の高い人（地位高貴的人）

身分の卑しい人（地位卑賤的人）卑しい賤しい

身分を明かす（暴露身份）明かす空かす開かす厭かす飽かす

身分を隠す（隱瞞身份）隠す隔す劃す画す

そんな事を為ると身分に関わる（做那種事有失身分）関る係る拘る

楽な身分だ（悠閒的境遇）

今の身分では然う言う贅沢は出来ない（以現在的境遇來說那麼闊氣辦不到）

坐っていて月に百万円入るとは、良い御身分ですね（〔挖苦說法〕您每月坐收一百萬日元真闊氣啊！）

身分証明（身份證明、工作證明）

何か身分証明に為る様な物を御持ちですか（您帶著身份證明之類的證件嗎？）

身分証明書を見せる（出示身分證）

身分証明書の提示を要求する（要求出示工作證）

身分相応（身份相稱、地位相稱）

身分相応な暮らし（符合身份的生活）

身分相応に遣って行く（量入為出、按身份行事）

身分不相応（身份〔地位〕不相稱）

身分不相応な服装（與身份不相稱的服裝）

身分不相応な考えを持つ（懷有不符合身份的想法）

彼の暮らしは身分不相応だ（他的生活與身份不相稱）

身分違い（身份〔地位〕不同）

身分違いの結婚（門第不相當的婚姻）

身罷る〔自五〕逝世、去世、故去、死去（=死ぬ）

身自ら〔副〕親身、親自（=自ら）

身悶え〔名、自サ〕（因痛苦而）扭動身體、折騰

苦しみの余り身悶え（を）為る（因過於痛苦而渾身亂動）

身悶えして泣く（折騰得直哭）泣く鳴く啼く無く

恥ずかしさの余り身悶えする（羞愧得難以自容）

身持ち〔名〕品行，操行、懷孕，妊娠

身持ちが悪い（品行不端）

身持ちが良い（品行端正）

身持ちの正しい人生を送る（規規矩矩地度過一生）送る贈る

身持ちに為る（懷孕）為る成る鳴る生る

身持ちの女（孕婦）

身元、身許〔名〕（個人的）出身，來歷，經歷、身份，身世

身元不明の死体（來歷不明的死屍）

身元を隠す（隱瞞歷史）

身元の確かな人（歷史可靠的人）

身元を調べる（清查歷史）

身元を洗う（清查歷史）

身元を引き受ける（擔保身份）

身元証明書（身分證明書）

身元を明らかに為た上で無ければ採用致しません（不弄清身份我們不錄取）

身元金（身份保證金）

身元引き受け（身份擔保）

身元引き受け人（身份保證人）

身元保証（身份保證）

身元保証金（身份保證金）

身元保証人（身份保證人）

身八つ（口）〔名〕〔縫紉〕和服袖裉下的開衩（=八つ口）

身寄り〔名〕〔舊〕親屬、家屬

身寄り頼りの無い哀れな老人（無依無靠的可憐老人）哀れ憐れ

身寄りと言えば彼の叔母一人だ（若說親屬只是那位姨媽一人）叔母叔母

身柱、天柱〔名〕〔醫〕頸窩（頭下兩肩正中，第三脊椎下面，是針灸的穴位）（=盆の窪）、小孩的血充上頭症，小兒疳積

身柱元（脖子）

呻（ㄕㄣ）

呻〔漢造〕低吟、呻吟（痛苦時口中發聲）

呻吟〔名、自サ〕呻吟、愁苦

病床に呻吟する（在病床上呻吟）

鉄騎の圧制下に呻吟する（呻吟在鐵騎壓制之下）

獄窓に呻吟する（在鐵窗下呻吟）

呻く〔自五〕呻吟，哼哼、苦吟詩（=苦吟する）

病人は一晩中呻いていた（病人呻吟了一夜）

苦痛に呻く（痛苦得直呻吟）

重傷を負って呻く（因身負重傷而呻吟）

呻き〔名〕呻吟、哼哼

苦痛の呻き（痛苦的呻吟）

痛くて呻き声を立てる（疼得直呻吟）立てる建てる経てる発てる絶てる截てる断てる裁てる

痛くて呻き声を上げる（疼得直呻吟）上げる揚げる挙げる

どんなに痛くても呻き声一つ上げなかった（不管多麼痛也沒有哼一聲）

唸る〔自五〕呻吟，哼哼（=呻く）、（獸類）吼，嘯，嘔（=吠える）、轟響，轟鳴、吟，哼，唱（=歌う）、喝采，讚嘆，叫好

一晩中唸っていた（哼哼了一夜）呻る唸る

痛みでうんうんと唸っている（痛得直呻吟）

虎が唸る（虎嘯）

檻の中の虎が急に唸り出した（鐵檻裡的老虎突然吼叫起來）檻（牢屋）

風が唸る（風吼）

凧が風に唸る（風箏迎風響叫）

風で電線が唸っている（電線迎風響叫）

モーターが唸る（發電機轟響）

腕が唸る（技癢、躍躍欲試）

浪花節を一曲唸る（唱一段〔浪花曲〕）

大向うを唸らせる名演技（博得滿堂喝采的精彩演技）

彼の演技は大向うを唸る（他的演技博得滿堂喝采）

唸る程持っている（〔金錢〕多得很）

唸る程金が有る（有的是錢）

深（ㄕㄣ）

深〔漢造〕深、深奧、（顏色）濃、夜深

水深（水深、水的深度）

深意〔名〕深刻意思（=深い意味）

学説の深意を説く（解釋學說的深意）説く解く溶く

深淵〔名〕深淵（=深い淵）

越え難い深淵は横たわっている（前面有難以逾越的深淵）

石を抱いて深淵に臨む様な感じが為た（覺得好像抱著石頭身臨深淵）抱く抱く

深淵に臨むが如し（如臨深淵）臨む望む

深遠〔名ナ〕深遠

深遠の（な）哲理（深遠的哲理）

彼の思想は深遠に為て捕らえ難い（他的思想深奧而難以捉摸）

深奥〔名ナ〕深奧，蘊奧、深處

深奥の学理を説く（解說深奧的學理）

芸の深奥を極める（達到技藝的高峰）極める究める窮める

森の深奥を探る（探索森林的深處）

深化〔名、自他サ〕變深、加深、深刻化

労資の対立が深化する（勞資的對立深刻化）

両国間の溝が深化した（兩國間的鴻溝加深了）溝溝

解釈を深化する（深入解說）

深海〔名〕深的海，海深處。〔地〕（二百公尺以上的）深海←→浅海

深海に棲む動物（棲於深海的動物）棲む住む清む澄む済む

深海魚（深海魚）

深海測深器（水深測量器）

深閑、森閑〔形動タルト〕寂靜、萬籟無聲

辺りは森閑と為ていた（附近一帶鴉雀無聲）

家の中は森閑と為ていた（家裡鴉雀無聲）

深宮〔名〕深宮、深殿、深奥的宮殿

深呼吸〔名〕深呼吸

深呼吸を為る(做深呼吸)為る掏る摩る刷る揺る擦る摺る磨る

深交〔名〕深交、深厚的交往

深交の有る友人(有深交的朋友)有る在る或る

深更〔名〕深更、深夜

深更迄働く（工作到深夜）

討議は深更に及んだ（討論到深夜）

深紅、深紅〔名〕深紅

深紅色（深紅色）

深厚〔名ナ〕深厚

深厚の（な）感謝の意を表す（表示深厚的謝意）表す評す表す顕す現す著す

深耕〔名、他サ〕深耕

深谷〔名〕深谷、底部很深的山谷

深刻〔形動〕嚴肅，莊重、嚴重，重大、深刻，尖銳，打動人心

深刻な人生問題（重大的人生問題）

深刻な顔を為ている（嚴肅的表情）

生活難が益益深刻に為って来た（生活困難越來越嚴重起來）

深刻な発言（尖銳的發言）

氏の作には何処か深刻な所が有る(總覺得他的作品有打動人心的地方）

深刻化〔名、自他サ〕深刻化、嚴重化

失業問題が深刻化する（失業問題嚴重化）

国際状態が深刻化する（國際局勢嚴重化）

深山〔名〕深山

深山幽谷に入る（進入深山幽谷）入る入る

深山〔名〕（深是接頭詞）山、深山←→外山、端山

深山桜（深山裡的櫻花、〔植〕黑櫻花）

深山颪（深山吹來的風）

深山酢漿草（〔植〕山酢漿草）

深山烏（〔動〕山鳥）

深山霧島（〔植〕九州杜鵑）

深山金梅（〔植〕山委陵菜）

深思〔名〕深思、熟慮

深謝〔名、他サ〕衷心感謝，深表謝忱、深表歉意

御援助を深謝します（對您的支援表示衷心感謝）

不始末を深謝する（對不檢點表示歉意）謝る誤る

深色団〔名〕〔化〕深色團、向紅團

深深〔形動タルト〕夜深人靜、(寒氣）滲透

夜は深深と更け渡る(夜越來越深了)夜夜夜

寒気が深深と身を刺す(寒氣刺骨)寒気寒気刺す注す鎖す挿す指す射す差す

深深と〔副〕深深地、厚厚地

深深と腰掛ける（深深地坐在椅子上）

夜具を深深と被る（厚厚地改上被）

清清しい空気を深深と吸い込む（深深地吸一口新鮮空氣）

深深と頭を下げる（深深地低頭）下げる提げる

安楽椅子に深深と坐った（深深地坐在安樂椅上）坐る座る据わる

深甚〔形動〕深甚

深甚な感謝（十分的感謝）

深甚な打撃（沉重的打擊）

深甚なる敬意を表する（表示深摯的敬意）表する評する

深邃〔名ナ〕深邃、幽深

深邃の境に遊ぶ(遊於深邃之境）境境境

深水波〔名〕深水波、深海波浪

深成〔名〕〔地〕深成

深成岩（深成岩）

深成岩体（深成岩體）

深成岩系列（深成組合）

深切、親切〔名、形動〕親切、懇切、好心、善意、恩惠

親切に為る（懇切相待）刷る摺る擦る掏る磨る擂る摩る

親切な人（好心的人）

小さな親切（一點好意）

親切に報いる（報答恩惠）

数数の親切を受ける（受到各種恩惠）数数数数 屢

親切に甘える（利用別人的漏洞、趁著別人熱情相待而鑽漏洞）

親切に付け込む（利用別人的漏洞、趁著別人熱情相待而鑽漏洞）

親切に教える（懇切地教）教える訓える

まあ、御親切に（承蒙您的好意、啊！您太親切了）

私の親切が却って仇と為った（我的一番好心卻成了仇恨）却って返って

彼は色色親切に為て呉れた（他多方熱情地關照我）

私の親切も無駄には為らなかった（我的一番好意也沒白費）

深切気、親切気〔名〕好意、懇切心

彼には親切気が無い（他缺乏懇切心〔熱情〕）

親切気を起こす（產生熱情）起す興す熾す

深切ごかし、親切ごかし〔名、形動〕假殷勤、假熱情

彼は如何にも親切ごかしに物を言う（他完全假心假意地說）

深雪〔名〕深雪

深雪に埋もれる（埋在深雪中）埋もれる埋もれる埋める埋もる埋める埋まる

深雪、み雪〔名〕雪（的美稱）、深雪，積雪

深浅〔名〕深淺、（顏色的）濃淡

海の深浅を測る（測量海的深淺）測る量る計る図る謀る諮る

程度の深浅を考えて順序を決める（考慮程度的深淺來決定次序）決める極める

紅梅にも紅の深浅が有る（紅梅中也有深紅淺紅）紅 紅 紅

深窓〔名〕深宅、深閨

深窓の乙女（深閨的少女）乙女少女少女

深窓に育つ（在深宅大院中長大）

深層〔名〕深層、深處、深奧

深層部（深層部）

深層心理学（深層心理學、精神分析學）

深潭〔名〕深潭、深淵

深長〔形動〕深長

意味深長な文章（意味深長的文章）

深沈〔形動タルト〕沉著、夜深人靜

深度〔名〕深度

焦点深度（焦點深度）

海の深度を測る（測量海的深度）測る量る計る図る謀る諮る

深度計（深度計）

深発地震〔名〕深震源地震

深部〔名〕深部

肺の深部（肺的深部）

深部感覚（〔生理〕深部感覺）

深謀〔名〕深謀

深謀遠慮の人（深謀遠慮的人）

深謀を巡らす（深謀遠慮）巡らす廻らす回らす

深夜〔名〕深夜←→白昼、早朝

深夜に戸を叩く（深夜敲門）叩く敲く

会談は深夜迄続いた（會談一直進行到深夜）

婦女子の深夜作業は禁止する（禁止婦女的深夜勞動）

深夜営業を為ている（深夜在營業）

深夜放送（深夜廣播）

深夜料金（深夜價目）

深憂〔名〕深憂、非常擔心

深憂を抱く（心懷深憂）抱く抱く擁く懐く

深竜骨〔名〕〔動〕鰭狀龍骨

深慮〔名〕深思熟慮、慎重考慮

遠謀深慮を巡らす（反復深思熟慮）巡らす廻らす回らす

深慮を欠く（缺乏深思熟慮、欠認真思考）欠く掻く書く画く斯く

深慮遠謀（深謀遠慮）深謀遠慮

深緑、深緑〔名〕深綠（=濃い緑）

深緑の山（深綠的山）

深裂〔名〕〔植〕深裂

深〔造語〕（達到）深處、深入

深田（深泥水田）

深手（重傷）

深入り（深入）

深追い（深追、窮追）

深爪を切る（指甲剪得太短）切る斬る伐る着る

深編み笠〔名〕（能遮住臉的）深草帽（往昔武士等為了不讓人看見臉而戴的一種草帽）

深井〔名〕深水井。〔能樂〕（中年女人戴的）面具

深井戸ポンプ〔名〕深井幫浦、深水抽水機

深入り〔名、自サ〕深入、過於干涉，過分過向，太接近

敵陣に深入りする（深入敵陣）

賭け事に深入りする（沉溺於賭博）

其の事に余り深入りしては行けない（不要過分干涉那件事）行く往く逝く行く往く逝く

深入りし過ぎて今更引き下がれない（過分干預現在擺脫不開了）

深追い〔名、他サ〕深追、窮追

深追いは危険だ（深追下去有危險）

深沓、深靴、深履〔名〕高腰皮鞋，長筒皮鞋、（下雪時穿的）草製長統鞋

深ゴム〔名〕長統膠鞋（=ゴム長）

深酒〔名、自サ〕飲酒過量

深酒は頭をぼんやりさせる（喝酒過多使頭發暈）

深酒を遣らぬように為ないと二日酔いするよ（不要飲酒過量否則第二天會頭昏腦脹的）

深酒は体に悪い（喝過多的酒對身體不好）

深沢〔名〕水深的沼澤

深爪〔名〕指甲剪得短、指甲剪得貼肉

深爪を切る（把指甲剪得貼肉）切る斬る伐る着る

深手、深傷〔名〕重傷←→浅手、薄手

此の深手では助からない（傷這麼重沒救了）

彼は其の深手に命を取られた（他被那個重傷要了命）取る撮る獲る執る捕る盗る採る摂る

深情け〔名〕深情、深厚的愛情

悪女の深情け（醜婦愛情深）

深情を掛ける（寄與深情）掛ける画ける掻ける欠ける翔ける駆ける懸ける駈ける

深野〔名〕草莽、高草叢生的荒野

深彫り〔名〕〔建〕深槽，深溝、（雕刻的）深雕

深間〔名〕（河、海等的）深處。〔轉〕（男女關係）親密

流れの深間に気を付ける（小心水流的深處）付ける附ける憑ける衝ける漬ける突ける撞ける

深間に為る（關係親密起來）為る成る鳴る生る

深間に嵌り込む（〔兩人關係〕親密得如膠似漆）

深見草〔名〕〔植〕牡丹的別名

深紫〔名〕深紫色

深目〔名〕（比同類的其他東西或所需程度）更深、更深刻

深用心〔名〕非常小心、十分謹慎

深〔接頭〕用作美稱或調整語氣

深雪（雪）深身実未見箕巳御味壬彌三

深空（天空）

深山（山）

深い〔形〕深、深遠，深刻，深入、深長，深厚、濃厚、（季節等）已深、（草木等）茂密，深邃、深重←→浅い

川が深い（河深）

仲が深い（關係深）

底が深い（底深）

色が深い（顏色深）

深い地下から湧いて来る泉（從很深的地下湧出的泉水）湧く沸く涌く

心の奥深く秘める（深深藏在心裡）

彫の深い顔（線條鮮明的臉）

深い印象（深刻的印象）

深く理解しようと為ない（不求甚解）

深く考える（深思熟慮）

深い感情（深厚的感情）

深い恨み（深仇大恨）

意味が深い（意味深長）

深い霧（濃霧、大霧）

深い眠り（酣睡）

深い秋（深秋）

秋も深い（秋深了）

春が深い（春酣）

夜が深い（夜闌）

深い山（深山）

深い森（深邃的森林）

草が深い（野草叢生）

欲が深い（貪婪、奢望）

深さ〔名〕深、深度

海の深さを測る（測量海的深度）

膝迄しかない深さだ（只到膝蓋深）

深さは五メートル有る（深五米）

深さゲージ（深度規）

深い〔接尾〕（上接名詞、作形容詞）深

奥深い（深奧、深邃）

情け深い（仁慈、熱心腸）

遠慮深い（拘謹、非常客氣）

毛深い（毛密、毛厚）

雪深い北国（多雪的地方）

深かす、更かす〔他五〕（以夜を更かす的形式）熬夜

読書に夜を更かす（看書看到深夜）夜夜夜

歌留多で夜を更かす（玩了大半夜紙牌）吹かす蒸かす

深ける、更ける〔自下一〕（秋）深、（夜）闌

秋が更ける（秋深、秋意闌珊）老ける耽る蒸ける

夜が更ける（夜闌、夜深）

耽る〔自五〕耽於，沉湎，沉溺，入迷、埋頭，專心致志

飲酒に耽る（沉湎於酒）老ける更ける深ける吹ける拭ける噴ける葺ける

贅沢に耽る（窮奢極侈）

空想に耽る（想入非非）

小説を読み耽る（埋頭讀小說）

老ける、化ける〔自下一〕老、上年紀、變質、發霉

年寄老けて見える（顯得比實際年紀老）老ける化ける耽る更ける深ける

彼女は老けるのが早い（她老得快）早い速い

彼は年より老けて見える（他看起來比實際年齡老）

彼は年齢よりも老けている（他比實際歲數看起來老）

三十に為ては彼は老けて見える（按三十歲說他面老、他三十歲顯得比實際年紀老）

彼は此の数年来めっきり老けた（他這幾年來顯著地蒼老）

米が老けた（米發霉了）

芋が良く老けた（白薯蒸透了）

石灰が老ける（石灰風化）石灰石灰

深まる〔自五〕加深、變深、深起來

秋が深まる（秋深）

知識が深まる（知識深入）

愛情が深まる（愛情深厚起來）

両者の関係はうんと深まった（雙方的關係大大加深了）

深める〔他下一〕加深、加強

考えを深める（加深思考、深思）

印象を深める（加深印象）

理解を深める（加強理解）

愛情を深める（加深愛情）

深む〔自五〕〔古〕加深、深起來

深み行く秋（秋深）

深み〔名〕深度，深淺、深處、關係密切

其の絵には深みが無い（那幅畫表現得不深刻）

此の辺何の位の深みでしょう（這一帶有多深）

深みの有る論文（寫得有深度的論文）

深みに落ち込む（陷入深處）

深みに嵌まる（陷入深處）嵌る填る

ずるずると深みに落ち込む（不知不覺地親密起來、一來一往關係就密切了）

紳（ㄕㄣ）

紳〔漢造〕紳

貴紳（顯貴、縉紳、顯貴紳士）

縉紳、搢紳（縉紳、達官貴人）

紳士〔名〕紳士（=ジェントルマン）、（泛指）男人←→淑女

田舎紳士（鄉紳、土紳）

紳士らしく振る舞う（舉止像個紳士）

紳士振る（裝紳士）

彼は紳士だから失礼な事は為ない（他是位紳士不做不禮貌的事）

其は紳士に有るまじき行為だ（那是紳士不應有的行為）

紳士靴（男鞋）

紳士用便所（男廁）

紳士的（紳士似的、像個紳士）

君の取った行動は全く紳士的だ（你採取的行動完全是紳士派頭的）

紳士協定、紳士協約（君子協定、非正式的國際協定）

紳士録（紳士錄、名人錄）

淑女〔名〕淑女、女士（=レディー）←→紳士

紳士淑女諸君（先生們女士們）

紳商〔名〕紳商、大商人

神戸の紳商と言われた人（稱得起是神戶大商人的人）言う謂う云う

神（ㄕㄣˊ）

神〔名〕神、精神

〔漢造〕神、神祕、精神

彼の妙技は神に入る（他的妙技入神）入る入る

心神の喪失（心神喪失）

神を悩ます（傷神）

明神（〔神的尊稱〕神明、靈驗的神）

鬼神（鬼神〔=鬼神、鬼神〕、死者的靈魂，神靈）

鬼神（鬼神〔=鬼神、鬼神〕、妖怪，鬼怪，魔鬼，惡魔〔=化物〕）

鬼神（凶神，凶惡可怕的神、鬼神〔=鬼神、鬼神〕）

水神（水神）

海神、海神（海神）

精神（精神←→肉体、心神，氣魄、思想，心意，內心的想法、根本意思，基本宗旨）

放神（安心、放心）

休神、休心（〔書信用語〕放心）

神位〔名〕神位、靈位

朝廷が神位を授ける（朝廷授與神位）

神威〔名〕神威、神的威力

神威を恐れる（害怕神威）恐れる懼れる畏れる怖れる

神異〔名〕不可思議的事、不是人力所能做、難以想像

神意〔名〕神意、神的意志

神意に依って（根據天意、根據上帝的意志）依る由る拠る縒る撚る寄る因る縁る選る

ㄕ

神意を逆らうな（不要違反神意）

神域〔名〕神社院內

神宮の神域を掃き清める（清掃神宮的院內）

神韻〔名〕神韻

神韻縹渺たる名作（神韻縹緲的名著）

神苑〔名〕神社院內、神社內的庭院

明治神宮の神苑を拝観する（參觀明治神宮的院內）

神化〔名、自他サ〕神秘的變化、神的德化、神化，成為神

神火〔名〕聖火、神秘的火

神火が夜の境内を照らす（聖火照亮夜晚的神社院內）

有明海の不知火は御神火と言われている（據說有明海的神秘火光是神火）

神歌〔名〕神歌、讚美神的歌、有關神的歌

神階〔名〕神階（古時朝廷封給神社的位階）

神格〔名〕神格、神的地位

天皇を神格を化する（把天皇加以神格化）化する科する嫁する課する架する掠る

神学〔名〕〔宗〕（基督教）神學

神学を学ぶ（學神學）習う

神学者（神學家、神學研究者）

神学生（神學學生）

神学校〔名〕〔宗〕（基督教）神學校

神官〔名〕神官（在神社掌管祭神的人）

神気〔名〕精力氣力精神

神気が衰える（精力衰退）

神気の澄み渡るを覚える（感覺精神爽朗）

神機〔名〕神機、不可測知的機略

神奇〔名〕神奇

神鬼〔名〕神鬼、神和鬼

神亀〔名〕神龜（=霊亀）、奈良時代聖武天皇的年號（=神亀）

神技〔名〕神技

神技に近い（近於神技）

神橋〔名〕神社院內的橋

神橋を渡って拝殿に進む（走過神橋來到拜殿）

神鏡〔名〕（三種神器之一）八咫鏡、（作為神靈而祭祀的）神鏡

神鏡は宮中の賢所に在る（八咫鏡放在宮中三殿的內殿）

神鏡を安置する（放置神鏡）

神曲〔名〕（但丁的）神曲

神君〔名〕偉大（神明）的君主、（江戶時代）對德川家康的尊稱

神経〔名〕〔解〕神經、神經，感覺，精神作用

腰神経（腰神經）腰腰

歯の神経が出ている（牙神經露出來了）

神経を抜く（拔神經）抜く貫く貫く

神経を麻痺させる（麻醉神經）

運動神経が発達している（運動神經發達）

神経細胞（神經細胞）

神経管（神經管）

神経外科（神經外科）

神経解剖学（神經解剖學）

神経生理学（神經生理學）

神経精神学（神經精神醫學）

神経病理学（神經病理學）

神経組織（神經組織）

神経単位（神經原、神經細胞）

神経中枢（神經中樞）

神経球（神經節）球球

神経腔（神經管腔）

神経孔（神經孔）孔孔

神経鞘（神經鞘）鞘鞘

神経腸管（神經腸管）

神経分節（神經原節）

末端神経（末梢神經）

神経網（神經網）網網

神経支配（〔生理〕神經支配、神經分佈）

神経系（〔解〕神經系統）

脳脊髄神経系（腦脊髓神經系統）

神経炎（〔醫〕神經炎）

多発神経炎（多發神經炎）

神経家（神經質的人）

神経原（神經原）

神経原繊維（神經原纖維）

神経症（〔醫〕神經病〔=ノイローゼ〕）

外傷性神経症（損傷性神經病）

神経病（〔醫〕神經病）

多発性神経病（多發性神經病）

神経病専門家（神經病學家）

神経衰弱（〔醫〕神經衰弱）

神経衰弱に罹る（患神經衰弱）

彼は借金を気に病んで神経衰弱に為って終った（他為債務發愁而患了神經衰弱）

神経液（体）（〔解〕神經液）

神経痛（〔醫〕神經痛）

半側神経痛（半邊神經痛）

神経痛を病む（患神經痛）病む止む已む

彼は一生神経痛に悩まされた（他終生一直苦於神經痛）

神経過敏（神經過敏）

非常に神経過敏の人だ（是個非常神經過敏的人）

神経節（〔解〕神經節）

神経節炎（神經節炎）

神経戦（神經戰術）

神経戦を繰り広げる（展開神經戰）

神経質（神經質）

極めて神経質な人（非常神經質的人）極めて究めて窮めて

神経膠（〔解〕神經膠質）

神経が太い（感覺遲鈍、不拘小節、滿不在乎，厚臉皮）

神経を静める（鎮靜神經）静める鎮める沈める

彼は神経が尖っている（他神經過敏）

彼女の神経に障らないように為可きだ（應該不讓她激動〔興奮〕）

神経を悩ます（擾亂神經、使擔憂）

神経を起こす（犯神經）起す興す熾す

御前の病気は全く神経さ（你的病完全是精神作用）

本当に感じたのです、決して神経では有りません（真的是感覺到了決不是精神作用）

神剣〔名〕神授的劍、供神的劍、（三種神器之一的）草薙劍（=草薙の剣）、神秘的劍

神剣を祭る（祭神劍）祭る祀る奉る奉る纏る纏る

神権〔名〕神的權威、神授的權利

帝王神権説（帝王神權論）

神権政治（神權政治）

神号〔名〕神的稱號

神国〔名〕神國（神仙肇造並保護的國家）

神国日本（神國日本）日本日本日本日本

神婚〔名〕（傳說中的）神婚

神魂、心魂〔名〕心魂，全副精神、心靈深處

心魂を傾けた力作（全神灌注的作品）

心魂に徹して忘れない（銘刻心中不忘）

神座〔名〕招請神靈安置的神聖場所

神祭〔名〕神道的祭典

神算〔名〕神算、神機妙算

神算を巡らす（絞盡腦汁進行神算）巡らす廻らす回らす

神算鬼謀（神機妙算）

神山〔名〕神聖的山，靈山、有祭神的山、仙人住的山

神事〔名〕祭神、祭神儀式

神事を執り行う（舉行祭神儀式）

神璽〔名〕三種神器、（三種神器之一的）八尺瓊曲玉（=八尺瓊の勾玉）、（天皇的）御璽

神璽を安置する（放置神璽）

神式〔名〕神道的儀式←→仏式

神式で挙行する（按神道儀式舉行）

神式に依る結婚式（按神道儀式舉行的結婚儀式）依る由る拠る縒る撚る寄る由る縁る因る

神授〔名〕神授

神授の剣（神授的劍）剣 剣

王権神授説（王權神授說）

神樹〔名〕神木、神社境內種的樹木

神州〔名〕神州（古時中國、日本的自稱）、神國，仙人國

神州に生を受ける（生於神州）

神州男子（神州男子）

神出鬼没〔名〕神出鬼沒

神出鬼没の怪盗（神出鬼沒的怪盜）

彼は全く神出鬼没で容易に所在が突き止められない（他簡直是神出鬼沒不容易弄清楚在什麼地方）

神儒仏〔名〕神道，儒教和佛教

神助〔名〕神助

天佑神助（天佑神助）

神助を祈る（祈求神助）祈る祷る

神色〔名〕神色、臉色、表情（=顔色）

神色自若（神色自若）

何か起ころうとも彼は神色自若と為ている（無論發生什麼事他都神色自若）

神職〔名〕〔宗〕（神道的）神職（=神主）

神職に就く（就任神職）就く付く附く着く撞く漬く憑く衝く突く搗く尽く

神人〔名〕神和人、神人，仙人、神一般的人、神官

神人融合の境地（神人融合的境地）

神人一体説（神人一體說）

神人かと疑われる程の天才（神人一般的天才）

神人、神人〔名〕神社的雜工（在神社服務的下級神職或工作人員、一般從事工商業或被人卑視的工作）

神水〔名〕供神用水、靈驗的水

神水を飲む（喝神水起誓）飲む呑む

神髄、真髄〔名〕真髓，精髓、蘊奧

小説真髄（小說精髓）

詩の真髄（詩的蘊奧）

音楽の真髄を味わう（欣賞音樂的深奧意義）

神性〔名〕神性，神的性格、心，精神

神政〔名〕神政、神權政治

神聖〔名〕神聖

労働の神聖（勞動的神聖）

神聖に為て冒す可からざる人（神聖不可侵犯的人）冒す侵す犯す

教室の神聖を汚す（玷污教室的神聖）

父の書斎を我我子供達は何時も最も神聖な場所と考えていた（我們這些孩子總是把父親的書房看作是最神聖的地方）最も尤も

神聖同盟（〔史〕〔1815 年俄國、普魯士、奧地利三國間的〕神聖同盟〕

神聖ローマ帝国（〔TheHolyRomanEmpire 的譯詞〕〔史〕神聖羅馬帝國:962-1806 年德國的稱呼）

神占〔名〕神卜

神仙〔名〕神仙、仙人

神仙譚（神話故事）

神仙境（仙境）

神泉〔名〕神社的泉水、神秘的泉水

神饌〔名〕（供神的）供品

神饌を供える（供上供品）供える備える具える

神前〔名〕神前

神前に誓う（在神前發誓）

神前に額付く（跪在神前叩頭）

神前結婚（在神前舉行的結婚典禮）

神祖〔名〕神祖，皇祖、天照大神的尊稱、(江戶時代) 德川家康的尊稱

神葬〔名〕按神道儀式舉行葬禮、神道儀式的葬禮

神像〔名〕神像

神速〔名、形動〕神速

神速果敢な攻撃（神速果敢的進攻）

兵は神速を貴ぶ（兵貴神速）貴ぶ 尊ぶ 貴ぶ 尊ぶ兵 兵

神体〔名〕（神社供的）神體、禮拜對象（一般是劍、鏡、玉）

熱田神宮の御神体は草薙の剣（熱田神宮的神體是草薙劍）

神代、神代〔名〕神代、神話時代（在日本指神武天皇即位以前）

古事記に記された神代の物語（古事記記載的神代故事）記す印す標す

神代杉（神代杉樹-埋在水，土中的古代杉樹、用作工藝品等）

神代文字（神代文字-據稱為漢字進入日本以前日本固有的一種音節文字、已證明是偽造）

神託〔名〕神諭、天啟、神的啟示 (=託宣)

神託を受ける（受到神的啟示）

夢に神託を蒙る（在夢中得到天啟）蒙る 被る被る

神壇〔名〕祭壇、祭神的壇

神知、神智〔名〕神智、神妙的智慧

神勅〔名〕神諭

神典〔名〕神典，記載神話時代的典籍。〔宗〕神道的聖典

神典を研究する（研究神典）

神田〔名〕屬於神社的田

神殿〔名〕神殿、神社的大殿

神殿を営造する（營造神殿、修建神殿）

神都〔名〕神都（伊勢神宮所在地三重縣伊勢市的別名）

神灯、神燈〔名〕（供神用的）神燈

御神灯（神燈）

神灯を供える（供上神燈）供える備える具える

神道〔名〕〔宗〕（以崇拜皇室祖先為中心的日本固有的）神道

神道教派（神道教派-幕府末期由神道蛻化的教派-有天理教，金光教等共十三派）

神道流（神道流-劍術的一個流派）

神道〔名〕神靈之道、神祇、〔宗〕（以崇拜皇室祖先為中心的日本固有的）神道 (=神道)

神童〔名〕神童

彼の子は神童だ（那個孩子是個神童）

彼の人は幼時は神童と呼ばれた（他幼年被稱為神童）

十で神童、十五で才子、二十過ぎれば只の人（十歲是神童十五歲是才子過了二十歲是個普通人）

神徳〔名〕神德、神的恩德

伊勢神宮の御神徳を蒙る（受到伊勢神宮的神德）蒙る 被る被る

神女、神女〔名〕女神、女性的神 (=女神)

神拝〔名〕（古時也讀作神拝）拜神

神罰〔名〕神罰、天譴

悪事を働くと神罰を受ける（做壞事遭天譴）

神罰が下るように祈る（祈禱降下神罰）祈る祷る

神秘〔名〕神秘、奧秘

生命の神秘（生命的奧秘）

自然界の神秘を探る（探索自然界的奧秘）

神秘に包まれている（籠罩在神秘之中）

神秘を解く（解開神秘）解く説く溶く

神秘主義（神祕主義〔=ミスティシズム〕）

神秘主義者（神祕主義者）者者

神秘的（神秘的）

神秘的雰囲気（神秘的氣氛）

彼の山は何と無く神秘的だ（那座山看來有些神秘）

神品〔名〕神品、頭等傑作

此の富士山の絵は正に神品だ（這幅富士山畫簡直是神品）正に当に将に雅に

神父〔名〕〔宗〕（天主教）神父

ゴードン神父（戈登神父）

神父と為る（當神父）為る成る鳴る生る

神符〔名〕（神社發的）護身符

神仏〔名〕神佛，神與佛、神道和佛教

神仏に祈る（祈禱神佛）

神仏混淆（神佛混淆）

神仏〔名〕神佛、神與佛

神仏に必勝を祈る（禱告神佛祈求獲勝）

神変〔名〕（古時讀作神変）神變、不可思議的變化

神変不可思議の功力（神變不可思議的功德）

神謀〔名〕神謀、卓越的謀略

神宝〔名〕神聖的寶物、神社的寶物

神木〔名〕（神社院內的）神樹、老樹

注連縄を張り巡らした御神木（周圍圍上草繩的老樹）

神米〔名〕供神的米

神米を供える（供上神米）

神妙〔名、形動〕神妙，神奇，奇妙、令人欽佩，值得稱讚、乖乖，老老實實

神妙不可思議な霊験（神奇不可思議的靈驗）

神妙な心掛け（其志可嘉）

神妙な青年（值得稱讚的青年）

神妙に勤める（忠實地工作）勤める努める務める勉める

神妙に縄に掛かる（乖乖地就擒）掛る繋る係る罹る懸る架る

神妙に為ている（老老實實地待著）

神妙に振る舞う（舉止行動規規矩矩）

神妙に働く（兢兢業業地工作）

神命〔名〕神命、神的命令

神明〔名〕神、神明

神明に誓って嘘を言わない（向神明發誓決不撒謊）

天地神明に誓う（對天地神明發誓）

神明の加護を祈る（祈求神明庇護）

神文〔名〕對神的誓文

神文鉄火（手握烙鐵對神宣誓〔證明心正〕）

神佑〔名〕神的保佑

神佑天助（神佑天助）

神輿、神輿〔名〕神輿、供有神牌位的轎子

神輿、御輿〔名〕〔神〕神轎（祭祀時裝上牌位抬著遊街的轎子）。〔俗〕腰，屁股

神輿を担ぐ（抬神轎、〔轉〕捧人，給人戴高帽）

神輿を下ろす（坐下）下ろす降ろす卸す

神輿を据える（坐下〔不動〕、〔喻〕悠閒，從容不迫）据える吸える饐える

神輿を上げる（抬起屁股、〔久坐後〕站起來、〔喻〕開始工作）上げる揚げる挙げる

彼は何時も神輿を据えて話し込むので閉口だ（他總是坐下來說個沒完令人毫無辦法）

神慮〔名〕神慮、宸慮，天子之心

神慮の侭に　政　を　行　う（按宸慮執行政務）

神領〔名〕神社的領地

神霊〔名〕神靈、神德

神霊の加護（神靈的庇佑）

神霊界（神靈界）

神鹿〔名〕神社院內養的鹿

神話〔名〕神話

ギリシア神話（希臘神話）

神話の世界（神話的世界）

神話を生み出す（產生神話）

古事記に収録された神話（收錄在古事記中的神話）

神話時代（神話時代）

神話学（神話學）

神話学者（神話學家）者者

神器〔名〕神傳的寶器、（特指象徵皇位的）三種神器-八咫鏡、天叢雲劍、八阪瓊曲玉（=三種の神器）

神器〔名〕祭神用器皿、神傳的寶器（=神器）

神祇〔名〕天神和地神

じんく
神供〔名〕神供、神前的供品

神供を捧げる（獻上供品）捧げる奉げる

じんぐう
神宮〔名〕伊勢神宮、（祭祀多為天皇的）神社、神的宮殿

神宮に参詣する（參拜伊勢神宮）

明治神宮（明治神宮）

神宮司庁（神宮司廳-管理伊勢神宮的機構）

神宮寺（〔明治維新前〕附屬於神宮的寺院）

じんじゃ
神社〔名〕神社、廟（=社、祠）

靖国神社（靖國神社）

神社の御祭り（神社的祭日〔廟會〕）

神社に参る（參拜神社）

神社建築（神社式的建築）

じんずう、じんづう
神通、神通〔名〕〔佛〕神通

神通力、神通力（〔佛〕神通力）

仙人は神通力を得て空を飛ぶ事が出来る（仙人有神通力能在空中飛翔）

神通力を得ている（有神通力、神通廣大）得る得る売る

じんめ、しんば
神馬、神馬〔名〕〔宗〕獻給神社的馬、不可思議的馬，瑞相的馬，神使用的馬

純白の神馬を奉納する（獻上潔白的馬）

ほんだわら、ほんだわら
神馬藻、馬尾藻〔名〕〔植〕果囊馬尾藻

かみ
神〔名〕神，上帝、（神道）（死者的）靈魂

神の恵み（神惠、上帝的恩惠）神紙髪守上

神の罰（神罰、上帝的懲罰）

神を祭る（敬神、祭祀神）祭る纏る奉る祀る

神に祈る（求神保佑、向神禱告）祈る祷る

神ののみぞ知る（只有老天爺知道）

愛の神（愛神）

神を信じない（不信神）

英雄を神に祭る（奉英雄為神、把英雄供到神社裡）

かみ
紙〔名〕紙、（剪刀、石頭、布中的）布

紙を抄く（造紙、抄紙、製紙）

紙を折る（折紙）

紙を畳む（疊紙）

紙を広げる（打開紙）

紙に包む（包在紙裡）

紙を貼る（糊紙）

人情は紙よりも薄い（人情比紙薄）

上紙（包裝紙、封面紙）

かみ
髪〔名〕頭髮、髮型

髪を梳く（梳髮、梳頭）梳く透く抄く剥く酸く漉く好く空く剝く鋤く

髪を刈る（理髮）髪紙神守上刈る狩る駆る駈る借る切る斬る伐る着る

髪を切る（剪髮、理髮）

髪を洗う（洗頭髮）

髪をお下げに結っている（梳著辮子）

髪にパーマを掛ける（燙髮）

髪を伸ばす（留長髮）伸ばす延ばす展ばす

髪を下す（削髮為僧）下す卸す降ろす

髪を分ける（分髮）分ける涌ける別ける湧ける

髪を撫で付ける（用手等理平頭髮）

髪を結う（挽髮髻）

髪をセットする（整髮型）

髪型（髮型）

日本髪（日本婦女傳統的髮型）

かみ
上〔名〕高處、上部、上方、（河的）上游、（京都街道的）北邊、京城附近（身體或衣服的）上半身、（文章的）前半部分，上文，（和歌的）前三句、以前，過去、（身分或地位居）上，上邊、天子，皇帝，君主、朝廷，衙門、上座、（從觀眾看）舞台的右側（演員出場處）←→下

ずっと上の方（極高處）紙神髪守

学校はもう少し上の方に在ります（學校在更高一點的地方）

舟で上に行く（乘船往上游去）

此の川の二、三百メートル上に橋が有る（這河上游二三百米處有一座橋）

神送り〔名〕（日本民間信仰之一）陰曆十月一日舉行的送神儀式（送神到出雲大社去）←→神迎え、送瘟神

神迎え〔名〕陰曆十月最後一天在出雲大社迎神(的祭典)

神降ろし、神降し〔名〕祭祀時請神降臨、(巫女)神靈附體

神降ろしを為る（請神降臨）

神憑り、神懸り〔名、自サ〕神靈附體（的人）、超現實，異想天開（的人），言行異常（的人）

巫女が神憑りに為る（巫婆神靈附體）

神憑り的な言葉（意想天開的話）

神垣〔名〕神社周圍的圍牆。〔轉〕神社

神隠し、神隠し〔名〕突然失蹤、下落不明（古時認為被神仙隱藏起來）

神隠しに逢ったのか子供が居なく為った（遇到神仙了吧小孩不見了）逢う会う遭う遇う合う

神隠れ〔名〕貴人死亡

神掛けて〔連語、副〕（向神發誓）決（不）、絕對

神掛けてそんな事は致しません（我發誓絕對不做那樣事）

神掛けて嘘は言いません（我敢保證絕不說謊）言う謂う云う

神風〔名〕神風(狹義指元代東征時的暴風)。〔轉〕神速的，飛快的(冠於名詞之上、作接頭詞用法)

神風が吹く（刮神風）吹く葺く噴く拭く

神風タクシー（飛快的計程車）

神来月〔名〕陽曆十一日的別名

神錆びる、神錆びる〔自上一〕變神聖，變莊嚴、變蒼老，變古老

神様〔名〕〔敬〕神，上帝、(某方面的）專家，大王，…之神

神様を信ずる人（信神的人）

彼の人は、丸で神様の様な良い人です（那個人像菩薩一樣善良）良い好い善い良い好い善い

嗚呼神様（啊！天呀！）

彼は校正の神様だよ（他是校對專家）

彼の人は野球の神様と言われている（他被稱為棒球王）

神信心〔名〕信神心、(古代）信仰有靈驗的神

神棚〔名〕神龕

神頼み〔名〕求神佛保佑

苦しい時の神頼み（困難時求神佛保佑、平時不燒香臨時抱佛腳）

神能〔名〕以神為主角的能樂

神参り、神詣で〔名、自サ〕參拜神社

神業〔名〕神技、絕技、奇蹟、鬼斧神工

其は神業は全く神業だった（那真是絕技〔奇蹟〕）

あんな高い処を跳び越えるとは神業だ(從那麼高的地方跳過去是個奇蹟）

彼の身の軽さは正に神業だ（他那身段的輕快真是神技）

神〔名〕（古代用神表記）神

神無月、神無月〔名〕陰曆十月

神嘗祭、神嘗祭〔名〕〔舊〕神嚐祭（日皇於十月十七日向伊勢神宮供新穀的祭祀(=新嘗祭 新嘗祭)

神主〔名〕（神社的）主祭，神官、神官之長

神巫〔名〕（在神前跳舞的）舞女、巫婆（=市子）

神楽〔名〕神樂(朝廷祭神時奏的古典舞樂)、〝能樂〞舞蹈的一種神舞、〝歌舞伎〞一種伴奏、各地神社祭神的民間神樂（=里神楽）（區別於宮廷裡的御神楽)、(在已有的建築物上）增建的閣樓

神神しい〔形〕神聖的、莊嚴的

神神しい場所（神聖的地方）

神神しい気持に為る(感到莊嚴、令人肅靜）

神神しい程美しい顔（莊嚴而美麗的面孔）

神酒、神酒〔名〕神酒、供神的酒

神酒を供える（供神酒）

神酒、御酒〔名〕〔俗〕酒（=酒）、(敬神的）酒，神酒（=御神酒）

彼は少し御神酒が回っている(他有點醉意）

神棚に御神酒を供える（向神龕獻酒）

神籤、神鬮〔名〕（神社或佛寺供參拜的人問卜吉凶的）神籤（=御神籤、御御籤）

神籤を引く（抽籤）皇子皇女巫女御子神子

神子、巫女〔名〕〔神〕神子（在神社中服務從事奏樂，祈禱，請神等的未婚女子）、（寫作巫女）女巫

矧（ㄕㄣˇ）

矧〔漢造〕況且、齒根

矧ぐ〔他五〕造（箭）

矢を矧ぐ（造箭）

軍を見て矢を矧ぐ（臨陣磨槍）軍 戦

接ぐ〔他五〕連接、接合、縫補上（=接ぐ）

板を接ぐ（把木板接合）

小切れを接いで座布団を作る（把碎布湊起來做坐墊）

剝ぐ〔他五〕剝下、扒下、剝奪

木の皮を剝ぐ（剝下樹皮）接ぐ矧ぐ

壁に貼って有る紙を剝ぐ（揭下貼在牆上的紙）

牛を殺して皮を剝ぐ（殺牛剝皮）

着物を剝ぐ（扒去衣服）

朝寝坊を為ていると、母が怒って蒲団を剝いだ（早晨正睡著懶覺母親生氣把被子給揭掉了）

裏切者の仮面を剝ぐ（揭掉判徒的假面具）

罰と為て官位を剝ぐ（剝奪官位作為懲罰）罰罰

栄耀を剝がれた（被剝奪了榮譽）

審（ㄕㄣˇ）

審〔漢造〕審查、審判、裁判員、詳細

不審（疑惑，懷疑、可疑，疑問，不清楚）

第一審（第一審）

予審（〔法〕〔正式公審前〕預審-按日本現行法廢止）

結審（〔法〕結束審理、結束審訊）

球審（〔棒球〕〔站在接球員後面的〕裁判員、主裁判員）←→塁審

塁審（〔棒球〕司壘裁判員〔=ベース、アンパイヤ〕）

主審（〔體〕〔兩個以上的裁判中的〕主裁判、主要裁判）←→副審

副審（〔體〕副裁判員、〔法〕副審判員）←→主審

覆審（〔法〕再審）←→続審

続審（〔法〕續審-上級審判繼下級審判的口頭辯論繼續進行及其審判等級）

詳審（詳審）

審議〔名、他サ〕審議

逐条審議（逐條審議）

審議に付する（付諸審議）付する附する賦する

審議を打ち切る（停止審議）

予算を審議する（審議預算）

国語審議会（國語審議會）

審議機関（審議機關）

審議未了（審議未完）

審議会（審議會）

教育審議会（教育審議會）

経済審議会（經濟審議會）

審議会の答申を待つ（等待審議會的答覆）

審決〔名〕〔法〕判決

同意審決（同意判決）

審決書（判決書）

審査〔名、他サ〕審查

資格審査（資格審查）

審査に合格する（審查合格）

応募者を審査する（審查應召者〔報考者〕）

審査制度（審查制度）

審査官（審查官）

審判、審判〔名、他サ〕〔法〕審判，判決。〔體〕裁判（員）。〔宗〕（上帝的）審判

審判を待つ（等待審判）

審判官（法官、審判員）

野球の審判を為る（當棒球裁判）

誰に審判を為て貰おうか（請誰當裁判呢？）

審判に抗議する（向裁判提抗議）

審判妨害（妨礙裁判）

審判員（裁判員）

最後の審判の日（最後審判日）

審美〔名〕審美

審美眼の有る人（有審美力的人）

物を審美的に見る（用審美的眼光觀察事物）

審美学（美學）

審美主義（審美主義）

審問〔名、他サ〕細問。〔法〕審問

審問を受ける（受審）

殺人容疑者を審問する（審問殺人嫌疑犯）

収賄事件の審問は十八日に開かれる（收賄事件的審問在十八日舉行）

審問中（正在審問中）

審理〔名、他サ〕審理、審問、審判

審理を受ける（受審判）

事件を審理する（審理事件）

審理に付す（交付審理）付す附す賦す伏す臥す

審らか、詳らか〔形動〕詳細、清楚

詳らかに調べる（詳細調查）

事件を詳らかに為る（把事件弄清楚）為る掏る摺る摩る擂る掏る刷る擦る磨る

著者の名は詳らかでない（作者名字不詳）

甚（ㄕㄣˋ）

甚〔漢造〕很、極

幸甚（幸甚、十分榮幸）

劇甚、激甚（非常激烈、極其激烈）

深甚（深甚、深摯、十分、沉重）

甚句〔名〕甚句（一種民間歌謠由七、七、七、五字組成）

米山甚句（米山甚句-新潟縣的有代表性的民謠）

甚深〔形動〕（古時也讀作甚深）深奧，深遠。〔佛〕佛法的幽妙深遠

甚助〔名〕〔俗〕愛嫉妒（的男人）

甚助を起こす（〔男子〕吃醋、嫉妒）起す興す熾す

甚大〔名ナ〕甚大、很大、非常大

被害甚大（受害甚大）

甚大な影響（很大的影響）

甚平、甚平衛〔名〕（男子、兒童穿的）和服式夏季短外衣（=甚平衛、甚平衛）

甚六〔名〕〔俗〕（養尊處優、不知上進的）笨蛋、傻瓜、低能（常指長子）

総領甚六（老大常常是笨蛋〔傻瓜〕）

甚麼、什麼、恁麼〔副〕（禪宗用語）（原為宋朝的俗語）憑著，如此、怎麼，如何

甚〔副〕甚、很、極

甚く、痛く〔副〕〔舊〕非常、厲害（=甚だしく、非常に）

甚く心配する（很不放心）

甚く批評される（深受批評）

甚く感心する（很欽佩）

抱く、懐く、擁く〔他五〕懷抱、懷有（=抱く）

自然の懐に抱かれる（置身於自然懷抱中）

大志を抱く（胸懷大志）

不安の念を抱く（心懷不安）

憧れを胸に抱く（一心嚮往）

抱く〔他五〕（抱く、懐く、擁く的轉變）抱、懷抱、孵卵

子供を抱く（抱孩子）

一寸赤ちゃんを抱かせて下さい（請讓我抱抱孩子）

恨みを抱く（懷恨〔在心〕）

卵を抱かせる（讓母雞孵卵）

甚だ、甚 〔副〕甚、很、極其、非常

成績が甚だ悪い（成績非常不好）

彼は甚だ頭が良い（他頭腦非常好）良い好い善い佳い良い好い善い佳い

其は甚だ結構だ（那太好了）

甚だ残念である（太可惜了、非常遺憾）

甚だしい 〔形〕甚、很、太甚、非常

甚だしい誤解（很大的誤會）

甚だしい違いは無い（沒有太大的差別）

人を愚弄するも甚だしい（未免欺人太甚）

理不尽も甚だしい（太沒道理了、太豈有此理了）

甚だしきに至っては（甚至於、更有甚者）

当時は就職難が今より甚だしかった（當時就業之難遠遠超過現在）

腎（ㄕㄣˋ）

腎 〔漢造〕腎、重要

副腎（〔解〕副腎、腎上腺）

肝腎、肝心（首要、重要、緊要）

肝心な事を忘れた（把重要的事情忘了）

肝心な時に為って彼は何処かへ行って終った（到了關鍵時刻他不知跑到哪裡去了）終う仕舞う

外国語を覚えるには絶えず話す事が肝心です（學習外語最重要的是不斷地說）

復習を確り遣る事が肝心だ（認真複習最重要）

腎盂 〔名〕〔解〕腎盂

腎盂炎（腎盂炎）

腎盂像（透視照相的腎盂像）

腎炎 〔名〕〔醫〕腎炎

腎管 〔名〕〔解〕腎管

腎虚 〔名〕〔醫〕腎虛、腎虧

腎口 〔名〕〔解〕腎（內）口

腎砂 〔名〕〔醫〕腎砂

腎上体 〔名〕〔解〕腎上腺

腎上体切除術（腎上腺切除術）

腎静脈 〔名〕〔解〕腎靜脈

腎動脈 〔名〕〔醫〕腎動脈

腎石 〔名〕〔醫〕腎石、腎結石

腎石病（腎結石）

腎切開（術） 〔名〕〔醫〕腎切開術

腎臓 〔名〕〔解〕腎、腎臟

腎臓が悪い（腎臟不好）心臓

腎臓炎（腎臟炎）

腎臓結石（腎結石）

腎痛 〔名〕腎痛

腎不全 〔名〕〔醫〕腎機能障礙症

腎門 〔名〕〔解〕腎門

腎、腎 〔名〕腎臟的古稱。〔轉〕心，心中

慎（愼）（ㄕㄣˋ）

慎 〔漢造〕慎

謹慎（謹慎，小心、〔一定期間〕不准上學-次於開除、停學的一種校內處罰）

慎思 〔名〕熟慮

慎重 〔名、形動〕慎重、穩重、小心謹慎←→軽率

慎重な発言（小心謹慎的發言）

慎重な態度を取る（採取慎重的態度）

慎重に審査する（慎重審查）

何事を為るにも慎重である（做什麼事都小心謹慎）

慎重派（穩健派）

慎む、謹む 〔他五〕謹慎，慎重，小心、節制，抑制。〔古〕齋戒、恭謹，有禮貌

言行を謹む（謹言慎行）

今後謹みますから今回は御勘弁を願います（以後多加小心這次請您原諒）

謹まずべらべら喋る（毫不謹慎喋喋不休地說）

酒を謹む（節酒）

病中煙草を謹み為さい（病中要少抽煙）

家に謹む事（在家齋戒）

ㄕ

慎み、慎〔名〕謙虛謹慎，謹言慎行，禮貌。〔古〕齋戒，沐浴、(江戶時代科以武士的）禁閉處分（關在家裡白天不准出門）

友達だとつい慎みを忘れる(因為是朋友就不知不覺地忘了禮貌）

慎みの無い女（言行不謹慎的女人）

慎み深い〔形〕很有禮貌、十分謙虛謹慎

慎み深い人（非常謙虛謹慎的人）戒める誡める警める縛める

我我は謙虛で慎み深く、奢りや焦りを戒める可きである(我們要謙虛謹慎戒驕戒躁）

慎ましい〔形〕謙虛，謙恭，靦腆、恭謹，彬彬有禮、謹慎，樸實

慎ましく礼を言う（很客氣地致謝）

其の慎ましさには恐縮する（對於那種謙恭使人過意不去）

慎ましい態度で挨拶する（以恭謹的態度問候）

慎ましげに物を言う（說話態度恭謹）

慎ましい生活を為る（生活樸實）

慎ましやか〔形動〕謙恭，恭謹、彬彬有禮、靦腆

慎ましやかに御辞儀を為る（恭恭敬敬地鞠躬）

慎ましやかな態度（謙恭的態度）

慎ましやかな令嬢（彬彬有禮的小姐）

慎む、包む、裹む〔他五〕包裹、包圍、蒙蔽、籠罩、隱藏，遮掩

新聞紙で本を包む（用報紙把書包上）

着物を風呂敷に包む（把衣服包在包袱裡）

謝礼に千円包む（包上一千日元作為酬勞）

白い割烹着に身を包む（身穿白色烹飪服）

四方山に包まれた村（四面環山的村落）

霧に包まれた山山（隱沒在霧中的群山）

峰は残雪に包まれている(山頂覆蓋著積雪）

正月を迎える喜びに包まれている（沉浸在迎接新年的歡樂中）

朗報が伝わると、人人は喜びに包まれた（喜訊傳來人心太快）

悩みを胸に包んでいる（把煩惱藏在心裡）

包み切れない喜び（隱藏不住的喜悅）

包み切れずに白状した（隱瞞不住坦白了）

慎み、包み、包、裹み〔名〕（也用作助数詞）包、包裹、包袱

蓆包み（草包）

綿一包み（一包棉花）

包みに為る（包上）

二包みに分ける（分成二包）

弁当の包みを広げる（打開飯盒包）

友人の家に本の包みを忘れた来た（把書包忘在朋友家裡了）

食後に一包み宛飲む（飯後各服一包）

蜃（ㄕㄣˋ）

蜃〔漢造〕蛤類的總稱、海中想像中的動物（古人以為蛟龍之類）

蜃気楼〔名〕海市蜃樓、蜃景、幻景

蜃気楼が現われた(出現海市蜃樓）表れる現れる顕れる

滲（ㄕㄣˋ）

滲〔漢造〕液體慢慢的透入或漏出

滲出〔名、自サ〕滲出、外滲

坑内の壁から地下水が滲出する（地下水由坑內的牆往外滲）

滲出性体質（〔醫〕滲出性體質-嬰兒易患濕疹、感冒的體質）

滲み出る〔自下一〕滲出

包帯に血が滲み出ていた(繃帶上滲出血來）

傷口から血が滲み出た（血從傷口滲出）

滲み出る〔自下一〕（水或顏色等）滲出來、(感情或品質等自然地）流露出來，表現出來

額から汗が滲み出る（從額頭上冒出汗來）

血が手から滲み出た（手上滲出血來）

紙が薄いので墨が滲み出る（因為紙薄墨透了）

目頭から涙が滲み出る（眼角流出眼淚）

人柄が滲み出る（人品表現出來）

彼の手紙の文面には子供に対する深い愛情が滲み出ていた（在他信中的字裡行間流露出對孩子的深厚感情）

滲炭、浸炭〔名、自サ〕〔冶〕滲碳、增碳

滲炭法（滲碳法）

滲透、浸透〔名、自サ〕（液體、思想等）滲透

雨水が地に浸透する（雨水滲入地中）雨水雨水

浸透作用（滲透作用）

新思想が人人の心に浸透し始めた（新思想開始滲透到人們的心中）人人人人

浸透圧（〔理〕滲透壓）

滲透剤（滲透劑、浸透劑）

滲透管（〔理〕滲透管-X射線管硬度調節裝置）

滲入〔名、自サ〕滲入，滲進。〔生理〕內滲

滲む、浸む、沁む、染む〔自五〕沾染（=沁みる、染みる、滲みる、浸みる）

身に染む冷気（刺骨的寒氣）凍む

滲みる、浸みる、沁みる、染みる〔自上一〕染上，沾染，感染、滲，浸，浬、刺，殺，痛、銘刻（在心），痛（感）

着物が汗に染みた（衣服沾上汗）凍みる

匂いが染みる（薰上氣味）匂い臭い

汗に染みたハンカチ（沾上汗水的手帕）

悪習が身に染みた（染上了惡習）

水が染みる（滲水）

インクが紙に染みる（墨水浬紙）

雨水が土に染みる（雨水滲進土裡）雨水雨水

漬物の汁が包み紙に染みる（鹹菜滷滲到包裝紙上）

薬が染みる（藥刺痛、藥殺得慌）

寒さが身に染みる（寒氣侵人）

此の目薬は染みる（這種眼藥刺眼睛）

煙が目に染みて痛い（煙薰得眼睛痛）煙煙

身に染みて有り難く思う（深切感謝）

彼の親切が身に染みる（他的親切令人至為感激）

親切な教訓が身に染みる（親切的教訓銘刻在心）

凍みる〔自上一〕凍，結凍（=凍る、氷る）、（寒風）刺骨

北風が強いから、今夜は凍みるだろう（北風很大今晚大概要上凍）北風北風

夜風が身に凍みる（夜裡的風寒冷刺骨）

滲み通る、染み透る、沁み透る〔自五〕滲透、銘刻（在心）

骨の髄迄滲み通る（滲到骨髓）

汗が上衣迄滲み通った（汗水把外衣都濕透了）上衣上衣

寒さが骨に滲み通る（寒氣徹骨）

有り難さが身に滲み通る（銘感五中、感激得五體投地）

滲み亘る、染み渡る〔自五〕滲透

冷やりとする感じが体中に滲み亘った（全身覺得不寒而慄〔毛骨悚然〕）

心に滲み亘る侘びしさ（心裡感到非常寂寞）

悪風が社会全般に滲み亘る（整個社會沾染上惡習）

滲む〔自五〕（油、墨、顏色等）滲，浬、（汗、淚、血等）漸漸地滲出，津出，流出

インクが滲む（墨水浬）インクインキ

包帯に血が滲む（繃帶上滲出血）

此の紙は墨が滲み易い（這張紙用墨容易滲）

此の着物の模様は洗うと色が滲む（這件衣服一下水花樣就花了）

血が滲む（滲出血來）

涙が目に滲む（眼淚汪汪）

服の脇の下の処に汗が滲んでいた（衣服的腋下透出汗來）

商（ㄕㄤ）

商〔名〕商、商業、商人、〔數〕商←→積、（五音之一）商。

〔漢造〕商量、商業、商人

商を営む（經商）

生糸商（生絲商人）

私は呉服商です（我是綢緞商人）

次の割算の商を出せ（求出下列除數的商）

会商（會談、交涉、談判）

海商（〔海上運輸、海上保險等的〕海上商業）

外商（外國商人、外國商店、〔百貨店等〕派人走出店鋪推銷）

街商（攤販）

通商（通商、貿易）

行商（行商〔=旅商い〕）

協商（協商、協議、協約）

巨商（豪商、大賈）

豪商（富商）

紳商（紳商、大商人）

隊商（結隊客商、〔沙漠地區〕商隊，駱駝隊〔=キャラバン〕）

貿易商（貿易商）

雑貨商（雜貨店、雜貨業）

露天商（攤販）

商運〔名〕商運商業上的運氣

商運に恵まれる（商運亨通）

商運に見放された（商運不佳）

商家〔名〕商家、商人、商店

大阪の商家に生まれた（生於大阪的商人家庭）

商家の娘（商家的姑娘）

商科〔名〕商科，商業學科、（大學）商學系

商科の学生（商學系學生）

大学の商科（大學的商學系）

商科大学（商科大學）

商会〔名〕商行公司

山田商会（山田商行）

商界〔名〕商界

商界の事情（商界的情況）

商界の大物（商業界的大人物）

商学〔名〕商學、商業科學

商学を学ぶ（學習商學）習う

商学士（商學士）

商学部（大學的商學系）

商学博士（商學博士）博士博士

商館〔名〕〔舊〕（外國貿易商人經營的）商行、洋行

長崎のオランダ商館（長崎的荷蘭商行）

外国商館に勤める（在外國的商行工作）勤める努める務める勉める

外国商館のコンプラドール（外國洋行的買辦）

商慣習〔名〕商業習慣、商業交易上的習慣、商業上的慣例

商機〔名〕商業的機會、商業上的機密

売り惜しんで商機を逸する（因為捨不得出手而錯過機會）

商機を見るに敏である（敏於看出商業上的機會）

商機を掴む（抓住買賣的好機會）掴む攫む

商機を失う（失去商機）

商機を漏らす（洩漏商業機密）漏らす洩らす守らす盛らす

商機に触れる（涉及到商業機密）触れる降れる振れる

商議〔名、他サ〕商議、諮議

両国の代表は数回に亘って商議した（兩國代表多次進行了商議）亘る渡る渉る

商議員（諮議員）

商況〔名〕商情、交易情況

商況は依然と為て振わない（商情依然不振）振う揮う奮う震う篩う

商況が活発だ（交易旺盛）

商況不振（生意蕭條）

商況報告（商情報告）

商況視察（視察商情）

商業〔名、他サ〕商業

商業の中心地（商業中心）

商業に従事している（從事商業）

商業を営む（經商）

商業主義（營利主義）

商業道徳（商業道德）

商業興信所（商業信用調查所）

商業区域（商業區）

商業政策（商業政策）

商業銀行（商業銀行）

商業簿記（商業簿記）

商業都市（商業城市）

商業化（商業化、營利化）

商業学校（商業學校）

高等商業学校（高商、高等商業學校）

商業放送（商業廣播〔節目〕）

商業放送局（商業廣播電台）

商業放送を開始する（開始商業廣播）

商計〔名〕商計、商量、商略

商圏〔名〕商圈、特定商業中心地域

商権〔名〕商權、商業上的權利

商権を握る（掌握商業權）

植民地の商権を掌握する（控制殖民地的商業權）

商賈〔名〕商賈，商人（=商人）、買賣，生意（=商売）

商工〔名〕商工、工商

商工業（工商業）

商工省（工商部-通商産業省的舊稱）

商工会議所（商工會議所、工商總會）

商工組合（工商合作社）

商工地帯（工商地帶）

商港〔名〕商港

日本の神戸は商港と為て栄えている（日本的神戶以商港而發展起來）栄える栄える

商号〔名〕商號、商店的名稱

商号を中村屋と為る（起個商號叫中村屋）

商行為〔名〕商業行為、交易、買賣

商行為と認める（承認是商業行為）認める認める

商行為を行う（進行交易）

商魂〔名〕作生意的氣魄、熱心經商的精神

商魂逞しい宣伝（大做生意經的宣傳、為賺錢而大張旗鼓的宣傳）

商才〔名〕商業才能

商才に長けている（擅長經商）長ける焚ける炊ける猛る

商才の有る人（有經商才能的人）

商才に恵まれている（富有經商的才能）

商策〔名〕商業政策、商業的方針計畫

商事〔名〕商務，商業、商業公司（=商事会社）

商事契約（商業合約）

商事会社（商務會社、商業公司）

三菱商事（三菱商業公司）

商社〔名〕（的譯詞）商社、商行、貿易行、貿易公司

外国の商社と取引する（和外國的貿易商進行交易）

商相〔名〕商工大臣（通産大臣的舊稱）

商状〔名〕商情、生意情況

気迷い商状（不穩定的商業情況）

最近の商状は活発でない（最近交易不暢旺）

商勢〔名〕商況

商船〔名〕商船

商船に乗り組む（搭乘商船）

商船隊（商船隊）

商船条例（商船條例）

商船学校（商船學校）

商戦〔名〕商戰、商業上的競爭

正月を前に為て商戦が激化する（新年即將到來商業競爭激化起來）

商大〔名〕商大、商業大學、商業學院（=商科大学）

商談〔名、自サ〕商業上的談判、貿易談判、講買賣

商談を決める（講妥買賣）決める極める

商談を進める（進行商談）進める勧める薦める奨める

商談を打ち切る（停止商談）

商談に応じる（答應進行貿易談判）

商談が纏まる（買賣談妥）

商店〔名〕商店

商店が立ち並ぶ（商店一家接一家）

本日は商店も会社も皆休みです（今天商店和公司都放假）

商店街（商店街、商業繁華的街道）

商都〔名〕商業都市、商業繁盛的大城市

商道〔名〕商業道德

地に落ちた商道（敗壞已極的商業道德）

商道を心得ない（不懂商業道德）

商取引〔名〕商業交易

外国商社との商取引（和外國公司的交易）

商取引を行う（進行交易）

商人〔名〕商人

毛皮商人（皮貨商）

死の商人（軍火商）

商人の手を経て買い集める（通過商人收購）

抜目の無い商人（精明的商人）

商人根性（商人本性）

商人気質（商人氣質）

商人、商人、商人〔名〕商人、買賣人（=商人）

商人の空誓文（商人嘴裡沒真話）

商売〔名、自他サ〕買賣，商業，生意、經商，營業、職業，行業。〔俗〕專業，專做的行道

手広く商売を為る（經營範圍廣）

商売で儲ける（做買賣賺錢）設ける儲ける

引き合う商売（合算的買賣）

引き合わない商売（不合算的買賣）

商売が上がったりに為る（生意垮台、沒有買賣）

商売を為る（做買賣）

商売を始める（開始營業）始める創める

商売に為る（有利可圖）

商売に為らない（無利可圖）

商売が暇です（買賣清淡〔蕭條〕）

商売の不振（生意不振）

御商売は如何ですか（您的生意怎麼樣？）如何如何如何如何にも

父の商売を継ぐ（繼承父親的職業）継ぐ注ぐ接ぐ次ぐ告ぐ

彼の商売は何ですか（他的職業是什麼？）

彼の商売は大工です（他的行業是木匠）

商売を替える（改行、改變職業）替える換える変える代える帰る返る還る孵る蛙

彼は二十年来此の商売を為ている（他二十年來就做這一行）

彼は粗探しを商売に為ている（他專門找〔別人的〕毛病）

道楽に魚を釣っているのでは有りません、商売何です（不是業餘愛好釣魚而是我的專業）

商売上がりの女（藝妓出身的女人）

商売人（商人，買賣人、內行，專家、妓女，藝妓）

商売人は欲張りだ（商人貪多無厭）

商売人根性（商人本性）

見事だね、商売人は出しじゃないか（真漂亮！內行也比不過你）

商売人も敵わない位旨い（高明得連專家都不如他）敵う適う叶う旨い巧い上手い甘い美味い

商売人上がりの細君（藝妓出身的老婆）

商売女（妓女、藝妓）

商売仇、商売敵（商敵、商業上的競爭對手）

商売敵が増えた（商業上的競爭對手增加了）増える殖える

商売気（生意經，營利心、專業意識，職業作風）

商売気を出す（拿出生意經來、只想要賺錢）

商売気を離れて世話する（拋開生意經加以照料）

新聞記者らしく商売気を出して事件の現場に駆け付けた（像個記者似地發揮專業意識急忙趕到肇事的現場）

思わぬ商売気が出て、あんな事を言って終った（不由得露出本行意識說出了那種話來）

商売柄（商業的性質、商業的種類、行業關係、〔常作副詞用〕職業上的特性，在行）

商売柄相当の身形を為ていなければならない（由於行業關係必須穿得像樣）

流石商売柄で抜目が無い（畢竟是職業關係精明得很）

商売柄目の付け処が違う（到底是老在行著眼點不一樣）

商売替え（改行）

文士から俳優に商売替えを為る（由文人改行做演員）

商売気質（商人氣質、商人特性）

商売道具（營業用具，專業的工具、謀生的手段，飯碗）

本は学者の商売道具である（書是學者的謀生工具）

商標〔名〕商標

登録商標（註冊商標）

商標を付ける（貼上商標）

商標を盗用する（盜用商標）

商標権（商標權）

商品〔名〕〔經〕商品、貨品

商品を仕入れる（進貨）

彼の店は此の種の商品を取り扱う（那個商店經銷這類商品）種種

商品目録（商品目錄）

商品市場（商品市場）市場市場

商品券（商品券、禮券〔=商品切手〕）

商品切手（商品券、禮券〔=商品券〕）

商品見本（貨樣、樣品）

商品見本帳（樣本）

商品取引所（商品交易所）

商舗〔名〕商鋪

商法〔名〕經商的方法。〔法〕商法

新しい商法を考える（考慮新的經商方法）

商法に適っている（合乎經商方法）適う叶う敵う

士族の商法（外行人做生意〔定失敗〕）

商法を改正する（修改商法）

商報〔名〕商業公報

商務〔名〕商務

商務に追われる（忙於商務）追う負う

商務長官（商務長官）

商務参事官（商務參贊）

商用〔名〕商務，商業上的事、商業上使用

商用で出張する（因商務出差）

商用で香港へ行く（因商務赴香港）行く往く逝く行く往く逝く

商用語（商業用語）

商用文（商業通信、商業書信）

商利〔名〕商業上的利益

商利を得る（得到商業上的利益）得る得る売る

商略〔名〕商業上的策略

商略上其は已むを得ない事だ（在商業策略上這類事是不得已的）

商量〔名、他サ〕酌量、考慮、思量

相手の気持を商量する（酌量對方的心情）

比較商量する（進行比較考慮）

商う〔他五〕（作）買賣、營商

茶を商う（買賣茶葉）

此の店では何を商っても儲かる（這家店買賣什麼都賺錢）

商い、商〔名〕買賣、生意（=商売）、銷售（=売上高）

彼は商いが上手だ（他很會作買賣）下手

商いが丸で無い（簡直沒有一點生意）

今日は商いが少ない（今天賣得不多）

商いは牛の涎（作買賣要有耐性）

商いは草の種（買賣種類多）

商い口〔名〕（吹噓貨色的）生意話，生意經、銷路，主顧

良い商い口は無いか（有沒有好銷路呢？）良い好い善い佳い良い好い善い佳い

商い物〔名〕商品（=商品）

此は商い物だから汚さないで下さい（這是商品請不要弄髒）

傷（ㄕㄤ）

傷〔漢造〕傷、悲傷

死傷（死傷，傷亡、死者和傷者，傷亡者）

刺傷（刺傷）

私傷（因私事受傷）←→公傷

公傷（因公負傷）

咬傷（咬傷）（=噛み傷）

負傷（負傷、受傷）

重傷（重傷）（=大怪我）←→軽傷

銃傷（槍傷）

軽傷（輕傷〔=軽い傷〕）

微傷（輕傷）

凍傷（凍傷、凍瘡）（=霜焼、凍瘡）

火傷（火傷、燒傷、燙傷）（=火傷）

火傷（火傷，燒傷，燙傷、〔轉〕遭殃，吃虧）

刀傷、刀傷（刀傷）

湯傷（燙傷）

打撲傷（挫傷、碰傷、跌傷、摔傷）

擦過傷（擦傷）

擦傷（擦傷）（=掠り傷）

損傷（損傷、損壞）

殺傷（殺傷、傷亡、打死打傷）

感傷（感傷、傷感、多愁善感）

悲傷（悲傷）

傷痍〔名〕受傷、負傷

傷痍の勇士（負傷的戰士）

傷痍軍人（負傷軍人、榮軍）

傷害〔名、他サ〕（因事故等）受傷、傷害，加害

職務上の傷害（公傷）

傷害保険（傷害保險）

他人を傷害する（傷害別人）

傷害を与える（加害）

傷害罪（傷害罪）罪罪

傷害罪で告発される（以傷害罪被控）

傷害罪で逮捕される（以傷害罪被捕）

傷害罪致死（傷害致死）

傷寒〔名〕〔古〕傷寒病（=チフスの類）類

傷痕〔名〕傷痕、傷疤（=傷痕、傷跡、疵痕）

足の傷痕も生生しい（腿上的傷痕猶新）

傷痕、傷跡、疵痕〔名〕傷痕、傷疤

傷痕が出来る（結成傷疤）

傷痕の有る頭（有傷疤的臉）

直った痕が傷痕に為る（痊癒的痕跡結成傷疤）

傷痕が取れた（傷疤復原了）

傷者〔名〕傷員、負傷者

傷者を輸送する（運送傷員）

死者三人、傷者十人（死亡者三人負傷者十人）

傷心〔名、自サ〕傷心，悲痛、悲傷的心

子の安否を気遣って傷心する（掛念孩子是否無恙而傷心）帰る返る還る孵る代える換える

傷心を抱いて郷里に帰る（懷著一顆悲傷的心回老家）抱く擁く懐く抱く

傷人〔名〕傷人

強盗傷人（〔法〕強盜傷人）

傷悴〔名〕傷心憔悴

傷病〔名〕傷病、負傷和疾病

傷病手当を受ける（領取傷病津貼）

傷病兵（傷病員）

傷兵〔名〕傷兵、傷員

傷兵を慰問する（慰問傷兵）

傷、創、疵、瑕〔名〕瑕疵、缺陷、毛病創傷

茶碗に疵が有る（茶杯上有瑕疵）

新しい机に疵を付ける（給新桌子弄上瑕疵）

此の林檎は大分疵が付いた（這些蘋果大半都有毛病）

名声に疵が付く（名聲敗壞）

気が弱いのが玉に疵だ（可惜懦弱是他的毛病）

決して君に疵は付けません（決不會讓你丟臉）

玉に疵（美中不足）

疵を求める（吹毛求疵）

疵無き玉（完整無缺、白碧無暇）

傷付く、疵付く〔自五〕受傷，負傷、弄出瑕疵，遭受損壞，受到創傷

手が疵付いた（手受了傷）

疵付いた足を引き摺って歩く（拖著負傷的腿走路）

威信が疵付く（威信受到損壞）

疵付いた名声（遭到敗壞聲譽）

疵付いた心（受到創傷的心靈）

気立ての良い、疵付き易い娘（性情溫和容易受騙的姑娘）

傷付ける、疵付ける〔他下一〕弄傷、損傷、傷害、敗壞

うっかりして指を疵付けた（一不小心把手指弄傷了）

大事な絵を疵付ける（把珍貴的畫弄損傷）

感情を疵付ける（傷害感情）

自尊心を疵付ける（傷害自尊心）

彼の積極性を疵付ける（挫傷他的積極性）

名誉を疵付ける（敗壞聲譽）

学校の名を疵付ける（敗壞學校名聲）

我が党の輝きを些かも疵付ける事は出来ない（絲毫都不能損壞我黨的光輝）

傷薬、疵薬〔名〕創傷藥

傷口、疵口、傷口、疵口〔名〕傷口

傷口を包帯する（包紮傷口）

傷口に薬を塗る（往傷口敷藥）

傷口を縫う（縫傷口）

傷口が塞がる（傷口痊癒）

傷咎め、疵咎め〔名、自サ〕（由於治療不當）傷口惡化。〔轉〕揭別人的瘡疤

傷物、疵物〔名〕缺陷品。〔轉〕失貞的姑娘

疵物を叩き売りする（減價賣缺陷品）

傷む、悼む〔他五〕悼、悼念、哀念、悲傷

友人の死を悼む（哀悼友人之死）

故人を悼む（哀悼死者）

御臨終です、御悼み申し上げます（臨終了我向您表示哀悼）

痛む〔自五〕疼痛、(因打擊或損失等)痛苦，悲痛，苦惱，傷心

虫歯が痛む（蛀牙疼）痛む傷む悼む

傷が痛むので眠れなかった（傷口痛得不能睡覺）

心が痛む（傷心）

懐が痛む（金錢上受到意外損失）

不幸な友の身の上を思うと胸が痛む（想到朋友的不幸遭遇很痛心）

痛む上に塩を塗る（火上澆油）

傷み、痛み、痛〔名〕疼，痛、悲痛，悲傷，難過，煩惱、損傷，損壞、(水果等)腐爛，腐敗

激しい痛みを感ずる（感覺疼得厲害）

ひりひりする痛み（針扎似的疼）

肩やら背やら方方に痛みが走った（連肩帶背到處串著疼）方方方方

胸に刺す様な痛みが有る（胸部刺痛）

痛みを止める(止痛)止める已める辞める病める止める留める

薬を飲んで痛みを鎮める(吃藥鎮痛)鎮める静める沈める

心の痛み（傷心、苦處）

品物の痛みは其程酷くない（貨物的損傷並不那麼大）

大分痛みが出る（損壞很多）大分大分

此の林檎は痛みが酷い（這蘋果爛了好多）

傷み分け〔名〕〔相撲〕（因一方負傷成為）平局

傷める、痛める〔他下一〕損壞，破壞、傷害，受傷

引越しで家具を痛めた（搬家損壞了家具）

無理を為て体を痛めない様に為為さい(別勉強做以免傷了身體)

痛める〔他下一〕弄痛，使疼痛、令人痛苦，令人傷心

腹を痛めた子供(親生子女)痛める傷める悼める炒める

心を痛める（傷心）

彼女は一人で胸を痛めている（她一個人憂心忡忡）

炒める、煠める〔他下一〕〔烹〕炒、煎

炒めた御飯（炒飯）

白菜を油で炒める（用油炒白菜）

撓める〔他下一〕（用膠水泡後）錘硬皮革

傷手、痛手〔名〕重傷，重創、沉重的打擊（損害）

痛手を負う（負重傷）

不況で痛手を受けた（由於蕭條受到沉重打擊）

戦争の痛手を癒す（醫治戰爭創傷）

冷害で米作は痛手を受けた（由於氣候寒冷水稻受到嚴重損害）

觴（ㄕㄤ）

觴〔漢造〕酒器的總稱（= 杯）、拿酒給別人喝叫〝觴〞

濫觴（濫觴、起源、開端、事物的開始）

演劇の濫觴（戲劇的起源）

觴詠〔名〕飲酒賦詩

賞（ㄕㄤˇ）

賞〔名〕賞，獎，獎賞、獎品、獎金

〔漢造〕賞、獎賞，獎品、欣賞

一等賞（一等獎）

賞に入る（得獎）入る入る

賞を得損う（沒能得獎）

賞を出す（懸賞、授予獎金）

功績を立てた者には賞を与える（立功者受獎）

ノーベル賞を取る(獲得諾貝爾獎金)取る撮る獲る執る盗る採る捕る摂る

激賞（絕讚、極力讚賞、熱情推崇、熱烈讚揚）

行賞（行賞、授獎）

恩賞（〔國王或封建主給的〕賞賜、獎賞）

重賞（重賞）

懸賞（懸賞、懸賞金）

文部大臣賞（教育部長獎）

鑑賞（鑑賞、欣賞）

観賞（觀賞）

勧賞（獎賞、獎品）

賞する〔他サ〕讚賞、欣賞

善行を賞する（表揚善行）賞する 証する 称する 消する

賞するに足る（值得稱讚）

花を賞する（賞花）

秋の月を賞する（賞秋月）

山海の珍味を賞する（品賞山珍海味）

賞玩、賞翫〔名、他サ〕玩賞，欣賞，珍賞、品嚐，玩味

絵を賞玩する（欣賞繪畫）

山海の珍味を賞玩する（品嚐山珍海味）

賞金〔名〕賞金、獎金

賞金を懸ける（懸賞）懸ける 掛ける 駆ける 掻ける 欠ける 翔ける 駈ける 架ける

此のクイズには百万円の賞金が付く（這個猜謎比賽附有一百日元的獎金）付く 搗く 突く 衝く

賞金を得る（得獎）得る 得る 憑く 漬く 撞く 着く 附く

賞金を与える（授予獎金）

賞勲〔名〕表揚有功勳的人

賞賛、賞讃、称讃〔名、他サ〕讚賞、稱讚

賞讃の辞（讚辭）

賞讃を受ける（受到稱讚）

口を極めて賞讃する（極力讚揚）極めて 究めて 窮めて

賞讃を博する（博得讚賞）

彼の作品は大いに賞讃される可きだ（他的作品很值得稱讚）

世の賞讃の的と為る（成為大家讚揚的目標）為る 成る 鳴る 生る

賞詞、賞辞〔名〕讚賞之詞

功績に対して賞詞を送る（對功績贈以讚揚之詞）送る 贈る

新作が見事に賞詞を獲得した（新作品光榮地博得了讚賞）

賞状〔名〕賞狀、獎狀

賞状を授ける（授予獎狀）

賞嘆〔名、他サ〕讚嘆、讚賞

賞典〔名〕褒賞，賞與、有關賞與的規定

賞杯、賞盃〔名〕獎杯、優勝杯

優勝者に賞杯が贈られる（對優勝者贈以獎杯）送る 贈る

賞牌〔名〕獎牌、獎章

入賞者に賞牌を授与する（對得獎者授予獎牌）

賞牌受領者（領取獎章的人）

賞罰〔名〕賞罰

賞罰を明らかに為る（賞罰分明）為る 為る 掏る 摩る 刷る 擂る 擦る 摺る 磨る

功罪に準じて賞罰を行う（按照功罪加以賞罰）

賞罰無し（無賞無罰）

賞美、称美〔名、他サ〕讚美，稱讚、欣賞、賞識

月を称美する（賞月）

景色を称美する（欣賞風景）

食用と為て称美される（作為食品受到讚賞）

フランスで称美されている魚（在法國受賞識的魚）魚 魚 魚 魚

賞品〔名〕賞品、獎品

賞品を貰う（領獎）

賞品を授与する（授獎、發獎）

賞品附きのテレビ番組（送獎品的電視節目）

賞味〔名、他サ〕欣賞滋味、領略滋味

松茸を賞味する（欣賞松蘑的滋味）

賞与〔名〕獎賞、獎金（=ボーナス）

今度の手柄で社長から特別に賞与を貰った（由於這次的功績格外地得到了總經理的獎賞）

年末(ねんまつ)の賞与(しょうよ)（年終的獎金）

年二回(ねんにかい)賞与(しょうよ)が出(で)る（一年發兩次獎金）年年(ねんとし)

賞与金(しょうよきん)（獎金）

賞用(しょうよう)〔名、他サ〕愛用、欣賞使用

賞揚(しょうよう)、称揚(しょうよう)〔名、他サ〕稱揚、稱讚（=称讃(しょうさん)）

彼(かれ)の功績(こうせき)は各方面(かくほうめん)から称揚(しょうよう)された（他的功績受到了各方面的稱讚）

称揚(しょうよう)を惜(お)しまない（不惜稱讚）

上(じょう)（ㄕㄤˋ）

上(じょう)〔名〕上等、（書籍的）上卷←→中(ちゅう)，下(げ)、上聲（=上声(じょうしょう)）

〔漢造〕（也讀作上(しょう)）上部，上面，上邊、上等、方面，某種範圍、向上，上馬處、晉京，北上。（漢語四聲的）。上聲（舊地方名）上野國

上(じょう)の上(じょう)（上上）

彼(かれ)の成績(せいせき)は上(じょう)の部(ぶ)です（他的成績是上等〔優秀〕的）

地上(ちじょう)（地上←→地下(ちか)、人間，人世←→天上(てんじょう)）

天上(てんじょう)（天上，天空←→地上(ちじょう)、〔佛〕天上世界、升天，死去）

楼上(ろうじょう)（樓上、二樓）

山上(さんじょう)（山上、山頭、山巔）

参上(さんじょう)（拜訪、造訪、趨謁、趨候〔=参(まい)る、伺(うかが)う〕）

三上(さんじょう)（三上−古代文人所謂作文構思的三個好地方：馬上、枕上、廁上）

頂上(ちょうじょう)（頂峰，山巔、頂點，極點）

長上(ちょうじょう)（長輩，年長的人、上級）

無上(むじょう)（無上、無比、最上）

形而上(けいじじょう)（〔哲〕形而上）←→形而下(けいじか)

紙上(しじょう)（紙上、版面，報紙上，雜誌上）

市上(しじょう)（市中、街上、街頭）

史上(しじょう)（歷史上）

至上(しじょう)（至上、無上、高於一切）

誌上(しじょう)（雜誌上）

海上(かいじょう)（海上、水上）

階上(かいじょう)（樓上、二樓）←→階下(かいか)

街上(がいじょう)（街上、街頭）

河上(かじょう)（河上）

架上(かじょう)（架子上）

江上(こうじょう)（江上，江邊、揚子江上，揚子江邊）

向上(こうじょう)（向上、提高、進步）

口上(こうじょう)（口說，口述，口信，言詞、〔劇〕開場白）

途上(とじょう)（路上、道上、中途）

道路上(どうろじょう)（道路上）

艦上(かんじょう)（軍艦上）

巻上(かんじょう)（卷上）

主上(しゅじょう)（〔古〕皇上、天皇）

樹上(じゅじょう)（樹上）

和上(わじょう)、和尚(わじょう)（法師，住持，方丈、高僧、和尚，僧人〔=和尚(おしょう)〕）

一身上(いっしんじょう)（有關個人的事、與個人情況有關的事）

学術上(がくじゅつじょう)（學術上）

政治上(せいじじょう)（政治上）

教育上(きょういくじょう)（教育上）

都合上(つごうじょう)（方便上）

逆上(ぎゃくじょう)（〔因激憤或悲傷等〕血充上頭，狂亂、勃然大怒，大為惱火）

身上(しんしょう)（財產〔=身代(しんだい)〕、〔舊〕家庭〔=所帯(しょたい)〕）

身上(しんじょう)（長處，優點〔=取得(とりえ)〕、身世〔=身(み)の上(うえ)〕身體，生命）

進上(しんじょう)（獻上、贈送，呈送）

呈上(ていじょう)（奉上、呈獻）

庭上(ていじょう)（庭前、庭園）

手以上(ていじょう)（手以上）

以上(いじょう)（以上，超過，不少於、超出，更多、上述、既然、〔寫在文件等末尾表示終了〕完，終）

返上（歸還、奉還）

北上（北上、北進）←→南下

氷上（冰上）

平上去入（平聲上聲去聲入聲）

上塩梅（じょうあんばい）〔名、形動〕（味道或身體情況等）很好、正好

湯加減は上塩梅だ（洗澡水的溫度正好）

上衣（じょうい）〔名〕上衣（=上衣、上着）

上衣、上着（うわぎ、うわぎ）〔名〕上衣←→ズボン、外衣←→下着

上着、ズボン、チョッキを三揃いと言う（上衣褲子和背心叫做三件一套的西服）

上着の厚いのより下着を重ねた方が暖かい（多穿幾件內衣比厚外衣暖和）

上位（じょうい）〔名〕上位，上座。〔生〕上位←→下位

上位を占める（佔上位）占める絞める締める閉める染める湿る

上位の者（居上位者）

今日は女性上位時代である（現在是婦女居上的時代）

上位力士（〔相撲〕高一級的力士）

上位打者（〔棒球〕排在前面的擊球員）

上位子房（上位子房）

上意（じょうい）〔名〕（君主的）旨意、上級的意思

上意を伝える（傳達上級的意思）

上意により（根據上級的意思）

上意下達（上情下達）

上院（じょういん）〔名〕（美國等國會的）上院（相當於日本的參議院）←→下院

上映（じょうえい）〔名、他サ〕（電影）放映、上映

其の映画は目下上映中です（那部電影目前正在上映）

次週上映する映画（下週放映的電影）

上映時間（放映時間）

上越（じょうえつ）〔名〕〔地〕上越（群馬縣和新潟縣的交界地帶）（=上州、越後）

上越の山山（上越一帶的群山）

上越す（うえこす）〔自、他サ〕超過（=上回る）、（能力或本事）超越，超過（別人）（=追い越す）

上演（じょうえん）〔名、他サ〕上演

オセロを上演する（上演奧賽羅-莎士比亞悲劇）

無断上演を禁ず（禁止擅自上演）

其の劇は上演を禁止された（那齣戲不准上演了）

其の狂言は目下歌舞伎座で上演中です（那個狂言現在正在歌舞伎上演）

此の脚本は上演に適している（這個劇本適合上演）

上演権（上演權）

上演番組（演出節目表）

上縁（じょうえん）〔名〕上緣、上側的邊緣

上音（じょうおん）〔名〕〔樂〕（overtone 的譯詞）陪音、泛音

上加減（じょうかげん）〔名、形動〕（事物的情況）很好、恰好

沸かした湯は上加減だ（洗澡水燒的溫度剛好）沸かす湧かす涌かす

上界（じょうかい）〔名〕天堂，極樂世界←→下界。〔數〕上界

上階（じょうかい）〔名〕（樓房的）上一層。〔古〕三位以上的位階

上顎、上顎（じょうがく、うわあご）〔名〕〔解〕上顎←→下顎

舌の先を上顎に付ける（把舌頭舔著上顎）付ける着ける撞ける漬ける憑ける突ける衝ける上顎音（〔語〕上顎音）音音音音

上顎蓄膿症（〔醫〕上顎蓄膿症）

上顎骨（〔解〕上顎骨）骨骨

上官（じょうかん）〔名〕上司、上級（的官）←→下僚

上官の命を背く（違反上級的命令）背く叛く命命

上官の命令を服する（服從上司的命令）服する復する伏する

上官を侮辱する（侮辱上司）

上浣、上澣（じょうかん、じょうかん）〔名〕上浣、上旬（=上旬）←→中浣、下浣

上燗（じょうかん）〔名〕燙得恰好（的酒）

此は上燗だ（這酒燙得正好）

上甲板〔名〕〔海〕（船或軍艦等的）最上層甲板

上甲板が波が洗う（波濤衝上最上層甲板）

上甲板に出る（到最上層甲板去）

上気〔名、自サ〕（由於血液往上衝而）臉上發燒面紅耳赤（=逆上せる事）、衝昏頭腦發瘋（=狂気）

風呂上がりの上気した顔（浴後兩頰通紅的臉）

上気道〔名〕〔解〕上氣道、上呼吸道（指支氣管、喉嚨、鼻腔等）

上気、浮気〔名、形動、自サ〕沒定性，見異思遷，心猿意馬、愛情不專一，亂搞男女關係

彼は浮気で何にでも手を出す（他見異思遷甚麼都要搞）

浮気を為る（亂搞男女關係）

彼は浮気な男ではない（他不是個愛情不專一的人）

浮気性（水性楊花）

浮気者（浪蕩子、蕩婦）

上記〔名、他サ〕上述、上面所舉（=上述）←→下記

上記の人人（上面列舉的人們）人人人人

上記の如く（如上所述）

上記の通り相違御座いません（一如上述沒有錯誤）

上記の理由で（根據上述的理由）

上議〔名〕列入議程

上議の一事項に指定される（被指定議程上的一個項目）

上機嫌〔名〕情緒很好、心情愉快、非常高興、興高采烈←→不機嫌

彼は上機嫌で家に帰った（他興高采烈地回了家）帰る還る返る孵る代える変える換える替え

酒を飲んで上機嫌に為る（喝了酒高興起來）

此の上無い上機嫌だった（高興得不得了）

上客〔名〕上賓，主賓、（買珍貴貨的）好主顧

今夜の上客は貴方だ（今晚的上賓是您）貴方貴男貴女

上客を逃がさないように為る（不放過好主顧）為る為る

彼の方は当店の上客です（他是本店的好主顧）

上級〔名〕上一級，高一級、（學校的）上一班，高年級←→初級、中級、下級

上級裁判所に訴える（向高一級的法院控訴）

上級官吏（高級官吏）

彼は僕の二年上級だ（他比我高兩班）

上級学校に進学する（升進高一級的學校）

上級生（高年級生）

上京〔名、自サ〕晉京、到東京去←→離京

彼は目下上京中（他現在到東京去了）中中中中

地方から学生が上京して来る（學生從地方來到東京〔首都〕）来る来る繰る刳る

上京〔名〕上京-京都市北部的一區←→下京

上胸骨〔名〕〔動〕上胸骨、（海膽的）上腹板、（昆蟲的）前側片

上空〔名〕高空，天空、（某地點的）上空

上空に舞い上がる（飛上天空）

遥か上空を飛行機が飛んで行く（飛機在遙遠的天空中飛去）行く往く逝く行く往く逝く

東京の上空を飛ぶ（在東京的上空飛翔）飛ぶ跳ぶ

五百メートルの上空で（在五百米的上空）

上の空〔名、形動〕心不在焉、漫不經心

上の空で居る（心不在焉、在那裏發呆）居る入る射る鋳る煎る炒る要る

上の空で聞いているから分からないのだ（不用心聽所以不懂）聞く聴く効く利く分る解る判る

上の空の顔付（心不在焉的神情、思想稍微恍惚的樣子）

上下〔名、自サ〕上和下、上下移動，往返，來回，一來一往、（身分或地位的）上下，高低，貴賤、

（物價等的）漲落，波動、（衣服的）上下身、（書的）上下卷

戸棚を上下に仕切る（把櫥櫃隔成上下兩層）

背中を上下に撫でる（從上往下地撫摸背脊）

エレベータが上下する（電梯上下地開動）

寒暖計が三十度を上下した（溫度在三十度上下波動）

階段の上下で草臥れた（上樓下樓弄得很疲乏）

上下線共に不通（上行下行線路都不通）

汽車で東海道を上下する（坐火車往返於東海道線上）

上下心を一に為て（上下團結一致）

上下の別無く取り扱う（不分上下同樣對待）

恋に上下の区別無し（戀愛無貴賤之分）

物価の上下が酷い（物價波動很厲害）

背広の上下（西服的上下身）

上下二巻物（分為上下兩卷的書）

上下水道（上下水道）

上下動（上下動）←→水平動

今の地震は上下動であった（剛才的地震是上下動）

船は酷く上下動している（船上下搖動得很厲害）

上下動地震計（垂直地震儀）

上下（じょうか）〔名〕上下、（美國等的）上院和下院，（日本的）参議院和眾議院

上下両院（上下兩院、參眾兩院）

上下（しょうか）〔名〕（身分的）上下（=上下、上下）

上下心を一に為て外敵に当たる（上下一心以禦外敵）当る中る

上下（うえした）〔名〕上和下（=上下）、上下顛倒（=逆様）

服の上下（西服的上下身）

上下に開ける窓（上下開的窗戶）開ける開ける空ける明ける飽ける厭ける

上下が三センチ宛長い（上下各長三公分）

上下続きのパジャマ（上下身連在一起的睡衣）

包みの上下を括る（把包裏上下捆好）

上下に為る（底朝上、上下顛倒）為る成る鳴る生る

御箸が上下です（筷子拿倒了）

箱を上下に為る（把箱子上下倒放）擦る摺る擂る摩る掏る刷る磨る

上下（かみしも）〔名〕上下，上和下、上位和下位、上階層和下階層（的人）、（和歌的）上句和下句、和服的上衣和裙子、上半身和下半身、（按摩用語））（按摩）腰部以上和以下（的部位）

上下共に（上下一同）

按摩上下三百文（按摩上下身三百文、全身按摩上下身）

上げ下し、揚げ下し（あげおろし）〔名、他サ〕拿放，拿起放下（=上げ下げ）、（貨物的）裝卸、忽褒忽貶，有時說好有時說壞

箸の上げ下し（筷子的拿放）

荷物の上げ下し（貨物的裝卸）

言い様に人を上げ下しする（信口說人家好壞）

上げ下し（あげくだし）〔名〕吐瀉、上吐下瀉（=吐き下し）

今朝から大変な上げ下しだ（從今天早晨起吐瀉很厲害）今朝今朝

上げ下げ（あげさげ）〔名、他サ〕上下，起落、一褒一貶，說好說壞、（物價的）漲落、潮漲潮落

飛行機の舵の上げ下げが難しい（飛機舵的上下操縱很難）

上げ下げ窓（上下推拉的窗）

人を上げ下げする（褒貶人）

上げ下げを取る（一褒一貶、一下說好一下說壞）取る捕る採る盗る執る獲る撮る摂る

上がり下がり（あがりさがり）〔名〕（價格或程度等的）升降，漲落、高低，起伏

気温の上がり下がりが激しいから、風邪を引き易い（因為氣溫變化無常容易感冒）

此のグラフを見れば食料品の値段の上がり下がりが良く分かる（一看這張圖表食品價格的漲落情況就看得很清楚）分る解る判る

土地の上がり下がりを均して平らに為る（平整土地的凹凸把它弄平）

上り下り、上り下り〔名〕上下

階段の上り下り（上下樓梯）

上計〔名〕上策、最好的計策（=上策）

上掲〔名、自サ〕上列、上載、刊載在上面、刊載在前面

上掲の書物（上列的書籍）

上掲の如く（如上所載）

上掲の写真は（上面的照片是…）

上景気〔名〕繁榮、很景氣、市面興旺

上景気〔名〕虛假繁榮、表面上的繁榮

上繭〔名〕〔農〕上等繭

上元〔名〕上元（陰曆正月十五日）←→中元、下元

上元節（燈節、元宵節）節節

上弦〔名〕〔天〕上弦←→下弦、〔建〕上弦

上弦の月（上弦的月）

上限〔名〕（金額等的）最大限度，最高限額、〔數〕最小上界，上確界、（歷史時期的）上限，最早界限

ボーナスの上限を二十万円で押える（獎金的最高限額控制在二十萬日元）押える抑える

近代の上限を決める（確定近代期的上限）決める極める極める究める窮める

上古〔名〕〔史〕上古（日本史指蘇我氛氏滅亡以前、即公元645年以前）

万葉集は上古の日本文学を代表する（萬葉集代表上古的日本文學）

上古史（上古史）

上戸〔名〕能喝酒（的人）←→下戸、（接其他詞下）表示酒後的毛病

彼は上戸の方です（他能喝酒）

此の仲間は皆上戸だ（這些人都能喝酒）

君は上戸か下戸か（你能不能喝酒）

怒り上戸（一喝醉就生氣〔的人〕）

泣き上戸（一喝醉就哭〔的人〕）

笑い上戸（一喝醉就笑〔的人〕）

後引上戸（喝起酒來就沒完沒了的人）

上向〔名、自サ〕（工人向工資高、條件好的地方）流動

上向移動（向條間優越的工作單位移動）

上向線（上升線、高漲線）

確実に上向線を辿っている（穩步上升）

上向く〔自五〕（臉）向上，仰、（行情等）趨漲

芝生に上向いて転がる（仰著躺在草坪上）

株価が市場の安定で上向いて来る（股票行情因市場定而開始上漲）市場市場来る来る

消費購買力は上向き始めた（消費購買力稍有起色）

上向き〔名〕朝上，向上，仰（=仰向け）←→下向き、表面，外表（=上辺）。〔商〕（行市等）趨漲←→下向き

上向きの鼻（鼻孔朝上、朝天鼻、豬鼻子）

上向きに為る（朝上、仰著）

上向き溶接（仰焊）

物価は上向きだ（物價看漲）

上皇〔名〕（古時讀作上皇）太上皇

後鳥羽上皇（後鳥羽太上皇）

上鉱〔名〕〔冶〕優質礦

上構〔名〕〔建〕上部結構

上行弓〔名〕〔樂〕（演奏弦樂器時的）全弓奏

上告〔名、他サ〕向上報告。〔法〕（對第二審判決不服的）上訴，上告

上告を申し立てる（提出上訴）

最高裁判所に上告する（向最高法院上訴）

被告側は直ちに上告した（被告方面立即上訴了）

上告期間（上訴期間）

上告審（第三審、最高法院的審判）

上告人（上訴人）

上告棄却（駁回上訴、對上告不予受理）

上刻（じょうこく）〔名〕（一個時辰分為三刻的）頭一刻←→中刻、下刻。〔印〕刻上

辰の上刻（辰時的頭一刻、午前七點至七點四十分）

版木に上刻される（被刻在木版上）

上根（じょうこん）〔名〕〔佛〕上根，上等宗教素質。〔轉〕毅力，耐性←→中根、下根

上座（じょうざ）〔名〕〔舊〕上座、首席（=上座）←→下座

上座の客（首席客人）

上座に据えられる（被請到上座）据える饐える吸える

主客が上座に就く（主賓坐在上座）就く付く附く搗く突く漬く着く撞く憑く衝く尽く

上座（かみざ）〔名〕上座，上席（=上座）、（舞台的）左方（從觀眾席看是右側）←→下座

上座に就く（坐上席）

客を上座に据える（請客人坐上席）

上裁（じょうさい）〔名〕〔古〕（天皇等）裁決

上裁を仰ぐ（請求裁決）仰ぐ扇ぐ煽ぐ

上作（じょうさく）〔名〕傑作，卓越作品←→下作、豐收（=豊作）

彼の作品の中では上作の方だ（在他的作品當中算是傑作）中中中中

今年は例年に無い上作です（今年是往年沒有的豐收）今年今年

上策（じょうさく）〔名〕上策←→下策

此より上策は無い（沒有比這更好的計策了、無上良策）

上様（じょうさま）〔名〕（收據或帳單等上面代替姓名的上款）台端、先生台照（=上様）

上様（うえさま）〔名〕貴人的尊稱（指天皇、幕府將軍等）、台端（商人開收據時用以代替顧客姓名的抬頭）

上様（かみさま）〔名〕（古時對武士或貴族之妻的敬稱）貴夫人、夫人（=奥方）

上さん（かみさん）〔名〕（常用御上さん）（一般人的）妻子、老婆（=奥さん）

八百屋の御上さん（賣青菜的老板娘）

隣の御上さん（隔壁的太太）

家の上さん（我的太太）家中裏

上士（じょうし）〔名〕（江戶時代各藩的）上級武士←→下士、（身分高的）優秀男子、〔佛〕菩薩

上巳、上巳（じょうし、じょうみ）〔名〕（陰曆三月三日、日本五大節日之一）女兒節、桃花節

上巳の節句（三月三女孩子的節日）

上司（じょうし）〔名〕上司、上級

上司の許可を得る（取得上級的許可）得る得る売る

上司の命に従う（遵從上級的命令）従う遵う随う

上司に取り入る（巴結上司、討好主管）

上使（じょうし）〔名〕〔史〕（江戶時代的）上史（幕府為傳達將軍旨意派往各大名的使者）

上肢（じょうし）〔名〕〔解〕上肢←→下肢

上肢を上に伸ばす（向上伸上肢）伸ばす延ばす展ばす

上梓（じょうし）〔名、他サ〕付梓、出版

彼の著書は来春上梓する予定だ（他的著作預定明年春季出版）

上質（じょうしつ）〔名〕優質、上等品

上質の紙（高級紙）紙神髪上守

上酒（じょうしゅ）〔名〕好酒、上等酒

中中の上酒だ（非常好的酒）

上主音（じょうしゅおん）〔名〕〔樂〕（音階上的）第二音

上述（じょうじゅつ）〔名、他サ〕上述

上述の如く（如上所述）

上述した通り（如上所述）

上首尾（じょうしゅび）〔名〕順利、成功、結果良好←→不首尾

上首尾の結果（理想的結果）

会は上首尾でした（會開得很成功）

万事上首尾に行った（一切都一帆風順）行く往く逝く行く往く逝く

上首尾、上首尾（很好！很好！）

上首尾に終る（順利結束）

上旬（じょうじゅん）〔名〕上旬（=上浣、上澣）←→中旬、下旬

今月の上旬（本月上旬）

三月上旬に完成する予定（預定在三月完成）

上書〔名、自サ〕書面意見，意見書、上書，上疏

農地改革に就いて上書する（關於耕地改革上書）

上書を奉る（上書）奉る奉る祭る祀る纏る

上書き〔名〕（信件、書籍、盒子等）寫在面上（的文字）、寫收件人姓名地址

手紙の上書きを為る（在信封上寫上收信人姓名住址）

荷物の上書きを確かめる（核對行李上的收貨人姓名住址）

上声、上声〔名〕上聲（漢字的四聲之一）

上昇〔名、自サ〕上升、上漲、提高←→降下、低下

物価の上昇（物價的上漲）

人気上昇中（〔演員等〕現在越來越紅）

上昇気流に乗る（時來運轉）乗る載る

急に上昇する（驟然上升）

上昇気流（上升氣流）

上檣〔名〕〔海〕上桅

上上〔名ナ〕上上、最好、頂好、非常好

試験の成績は上上だ（考試的成績非常好）

景気は上上だ（景氣好極了）

此処は保養地と為て上上の所です（此處作為療養地是最好不過的地方）

上上吉（大吉大利、極好、頂好）

上上（と）〔副〕心神不定、悠悠蕩蕩（=浮き浮き、うかうか）

上乗〔名ナ〕上乘，上等。〔佛〕上乘

上乗の出来栄え（做得出色）

其は児童文学と為ては上乗の物です（那作為少年文學來說屬於上乘）

上乗せ〔名、他サ〕追加、另加

料金の八%を上乗せする（另加上百分之八的費用）

上乗り〔名〕（江戶時代）船上押貨（的人）、（運貨時）坐在貨物上（的人）

上場〔名、他サ〕〔經〕（股票或商品在交易所通過登記被認定為交易對象後）開始交易，上市。〔劇〕上演

正午迄に上場された株式（正午以前上場的股票）

上場会社（股票可以上市的公司）

上場株（上市股票）

此の劇は近く大阪で上場する（此劇不久將在大阪開演）

上がり場〔名〕上岸的地方，下船的地方，碼頭、（公共）澡堂脫衣處

上畳統〔名〕〔地〕考依波統

上申〔名、他サ〕呈報

詳細を上役に上申する（把詳細情況呈報上司）

長官に上申して表彰を依頼する（彙報長官請予表揚）

上申書（呈報書）

上唇、上唇〔名〕上唇、上嘴唇←→下唇

上進、上伸〔名、自サ〕上進，長進，前進，進步。〔經〕（行市）上漲

〔名、他サ〕（寫作上進）獻上、奉上

上進歩調だ（〔股票〕上漲趨勢、看漲）

上糝粉〔名〕米粉（=糝粉）

上手〔名、形動〕（某種技術等）好，高明，擅長，善於（某事物），能手←→下手

（常用御上手的形式）善於奉承，會說話

彼のドイツ語が上手だ（他德語很好）上手い

彼女は料理が上手だ（她烹飪高明）

泳ぎの上手の人（游泳的能手）

何でも上手である（做什麼都棒、多面手）

文章を上手に書く（文章寫得好）

迚も上手に日本語を話す（日語說得棒極了）

話し上手で有り、聞き上手でも有る（既會說話也會聽話）

御上手を言う（諂媚、討好、說奉承話）

御上手者（善於奉承的人、會拍馬屁的人）

本当に御上手です事（你真會說話、真會奉承）

上手の手から水が漏る（高明的人有時也會失敗）漏る洩る盛る守る

上手の猫が爪を隠す（有實力者不表現於外、咬人的狗不會叫）

好きこそ物の上手為れ（〔對自己的所業〕有了愛好才能做到精巧）

御上手〔名〕會說話、奉承話、諂媚話（=おべっか）

御上手を言う（諂媚、討好、說奉承話）

御上手を使う（諂媚、討好、說奉承話）

上手〔名〕高處，上頭，上邊、上風、上游，上流、（學問或技藝比別人）高明（的人），優秀（的人）、採取壓人（威脅）的態度、（圍棋或象棋的）強手。〔相撲〕從對方伸出的胳膊上的外側抓住對方腰帶（的手）←→下手

上手の方へ登って行く（往上頭爬去）

上手の方から火が出る（從上風那面起火）

上手から流れて来た（從上游流下來）

学力は私より一枚上手だ（學力上比我高一等）

相手が弱いと分かると急に上手に出る（看出對方軟弱馬上就採取盛氣凌人的態度）

相手が子供だと馬鹿に為て上手に出る（認為對方是小孩可欺而咄咄逼人）

上手舵（〔海〕轉舵使船向風）

上手舵！（轉舵使船向風！）

上手舵一杯！（〔口令〕滿舵向風）

上手投げ（〔相撲〕上手摔−交手時從對方伸出的胳膊外側抓住對方的腰帶把他摔倒的招數、〔棒球〕肩上投球（=オーバー、スロー）←→下手投げ

上手〔名〕上方、上座、上游。〔劇〕舞台的左首，（從觀眾看）舞台的右側←→下手

舟を上手に遣る（使船駛向上游）

舞台の上手から登場する（從舞台的左邊上場）

上手物〔名〕精製的貴重工藝品←→下手物

上図〔名〕上圖←→下図

上図に掲げたる如く（如上圖所示）

上図を見よ（見上圖）

上水〔名〕上水，自來水（設備）、上水道，自來水管道（=上水道）、淨水←→下水

上水を引く（鋪設自來水管）引く曳く牽く轢く挽く惹く退く弾く

上水設備（自來水設備）

上水〔名〕澄清了的上層水（=上水の水）

上世〔名〕上世、上古、上代←→大昔

上世の研究（上古的研究）

上生〔名〕〔植〕上位式

上製〔名〕精製、特製←→並製

上製の靴（精製的皮鞋）

上製品（精緻品）

上席〔名〕上座（=上座、上座）、職位高，級別高，資格老（的人）、首位，第一名

テーブルの上席に着く（坐在桌子的上座）着く付く附く尽く衝く憑く撞く漬く突く搗く

食卓の上席に座る（坐在飯桌的上座）座る坐る据わる

級の上席を占めている（居班裡首位）占める閉める締める絞める染める湿る

上席判事（首席法官）

上席〔名〕（說書或相聲等表演場的）上旬或十五日以前的節目←→中席、下席

上船〔名、自サ〕上船（=乗船）

上り船〔名〕溯流而上的船、上行船，進京的船

上善〔名〕至善、最高的善行

上訴〔名、自サ〕向上級申訴。〔法〕上訴（控訴上告抗告的總稱）

上訴を取り下げる（撤回上訴）

最高裁判所に上訴する（向最高法院上訴）

上奏〔名、他サ〕上奏

水害の被害状況を上奏する（上奏水災的災情）

上奏文（奏本）

上層〔名〕上層、（社會的）上層，上流←→下層

上層の気流（上層的氣流）

政府の上層部（政府的高級領導）

社会の上層を占める階級（佔社會上層的階級）

上層社会（上層社會）

上層酵母（〔化〕表面酵母）

上簇〔名、自他サ〕上簇

蚕を上簇する（把蠶放在簇上）

上体〔名〕上身、上半身

上体の運動（上身的運動）

上体を前へ曲げる（向前彎曲上半身）曲げる枉げる

上体を前へ倒す（向前傾斜上半身）

上腿〔名〕〔解〕股、大腿（由大腿根至膝）←→下腿

上腿に負傷した（大腿上受了傷）

上腿部（大腿部）

上腿骨（大腿骨）骨骨

上代〔名〕上代、上古、古代（日本史指大和、奈良時代）

上代歌謡（古代歌謠）

上代文学（古代文學）

上達〔名、自サ〕（學術或技術等）進步，長進，上進、上呈

踊りが上達した（舞蹈進步了）

日本語の上達が早い（日語進步得快）早い速い

英語が幾等か上達しました（英語多少有些進步了）

下意上達（下意上達、向上反映群眾的意見）

上達部、上達部〔名〕〔史〕公卿（包括太政大臣、左大臣、右大臣、大納言、中納言、三位以上及參議的總稱）（=公卿）

上玉〔名〕上等寶石、上等貨，高級品。〔俗〕（人口販子中的）美人，漂亮藝妓

上玉の真珠（上等珍珠）

此の卵は上玉揃いだ（這種雞蛋全是上等貨）卵玉子

上端〔名〕上端←→下端

竿の上端に旗を掲げる（把旗子掛在竹竿的上端）

上がり端〔名〕房屋的入口（=上がり口、入り口）、價格開始上漲（的時期）

上がり端を買う（剛漲價時買進）買う飼う

上地〔名〕上等土地、上繳（的）土地

上知、上智〔名〕上智、智者←→下愚

上智と下愚とは移らず（上智與下愚不移）移る遷る写る映る

上中下〔名〕（質量或能力等）上中下（三等）、（書）上中下（三卷）

此の作品は上中下の三巻で完成する（這部作品分上中下三卷寫完）

上長〔名〕上級，上司、長上，長者，年長者

上長の命令を守る（遵守上級的命令）守る護る守る盛る洩る漏る

上長の言に従う（聽從長者的話）言言言従う随う遵う

上長官〔名〕上級長官、指揮官

上出来〔名ナ〕做得很好、成績良好、結果非常成功←→不出来

上出来の西瓜（長得很好的西瓜）

此の絵は上出来だ（這張畫畫得很好）

彼の男に為ては上出来だ（對他來說能做到這個地步已經算是了不起了）

試験の結果は上出来だ（考試結果成績良好）

彼は英語は上出来だったが数学は不出来でした（他英語的成績很好但數學的成績不佳）

上帝〔名〕上帝、造物者、神

上程〔名、他サ〕提到議程上、（向議會）提出

減税案を上程する（把減稅方案提到議程上）

上低音〔名〕〔樂〕男中音、薩克斯號

上天〔名〕上天，天（=空）←→下土、上帝，老天爺（=上帝）

〔名、自サ〕〔宗〕升天，死（=昇天）

上天には神在します（上天有老天爺）在す座す

じょうてんき **上天気**〔名〕好天氣

明日は上天気だろう（明天大概是好天氣）明日明日明日

上天気の日にピクニックに行く（好天氣時去郊遊）行く往く逝く行く往く逝く

じょうでん **上田**〔名〕肥沃的地、上等田地←→下田

此の田は村一番の上田だ（這塊水田是村裡最好的田地）

じょうとう **上棟**〔名〕〔建〕上梁（=棟上）

昨日上棟式が行われた（昨天舉行了上梁儀式）昨日昨日

じょうとう **上等**〔名、形動〕上等，高級、很好，優秀←→下等

上等のウイスキー（高級威士忌）

此は上等の品です（這是高級品〔上等貨〕）

もっと上等なのを見せて呉れ（拿更好的給我看看）

上等舶来（上等進口貨）

此で上等だ（這已經很好了）

じょうとう **上騰**〔名、自サ〕（物價等）上漲、上升

じょうとくい **上得意**〔名〕好顧客、大主顧

店の上得意（商店的大主顧）

彼の方は当店の上得意でいらっしゃいます（那位是本店的大主顧）

じょうにく **上肉**〔名〕（肉店賣的）中等肉

じょうにん **上人**〔名〕〔佛〕上人、智德兼備的僧侶

日蓮上人（日蓮上人）

御上人様（僧侶）

じょうのう **上納**〔名、他サ〕上納，上繳。〔古〕貢米，地稅

金銭で上納する（以金錢上繳）

品物で上納する（以實物上繳）

米を上納する（上繳稻米）米米米米 米

じょうのう **上農**〔名〕富裕農民

じょうはく **上白**〔名〕上等白米、上等白糖

上白糖（上等白糖〔=上白〕）

じょうはく **上膊**〔名〕〔解〕上臂（肘以上的部分）←→下膊

上膊部（上臂部）

上膊骨（上臂骨）骨骨

じょうはん **上半**〔名〕上半、上半部分←→下半

体の上半（上半身）

柱の上半に色を塗る（往柱子的上半部塗色）

かみはんき **上半期**〔名〕上半期、一年的前半期（=上期）←→下半期

じょうはんしん **上半身**〔名〕上半身←→下半身

上半身を写す（照上半身的像）写す映す遷す移す

上半身を乗り出す（探出上半身）

じょうばん **上番**〔名〕值班、值勤、上班、當班←→下番

上番に為る（值班）為る成る鳴る生る

じょうばん **上盤**〔名〕〔礦〕上盤、懸幫

うわばん **上盤**〔名〕（礦脈或煤層等的）上部岩層←→下盤

じょうひ **上皮**〔名〕〔生〕外皮、表皮（=表皮）

トマトの上皮（番茄的外皮）

上皮組織（上皮組織）

うわかわ うわかわ **上皮、上っ皮**〔名〕表皮，表面的皮膚（=表皮）、（包在東西外面的）包皮，外罩

牛乳の上皮を取る（拿掉牛奶上的乳脂）取る摂る撮る獲る執る盗る採る捕る

じょうひょう **上平**〔名〕（漢字的平聲之一）陽平←→下平

じょうひょう **上表**〔名〕（向君主）上表，上書、（文章裡）列在上邊的表

上表を奉る（上書）

上表文（上表）

うわびょうし **上表紙**〔名〕（書的）封皮、護封

じょうひん **上品**〔名〕高級品、上等品、上等貨

〔形動〕高尚、文雅、雅致、優雅、典雅（=エレガント）←→下品

此の店は上品丈を扱う（這家商店專賣高級品）

上品な人（文雅的人、有禮貌的人）

上品な食べ方を為る（吃東西很規矩）

上品な目鼻立ち（眉目清秀）

上品な芸事（高尚的技藝）

上品に部屋を装飾する（把屋子裝飾得雅致）

上品振る（假裝文雅）

嫌に御上品振って、僕は嫌いだ（太裝模作樣我討厭）

彼は上品な言葉を使う（他說話文雅〔有禮貌〕）使う遣う

行儀が上品である（舉止文雅、文質彬彬、彬彬有禮）

此は極上品な柄である（那個花樣很雅致）

君の様に御上品には為て居られない(我可不能像你那麼文質彬彬的)

上品〔名〕〔佛〕上品（極樂淨土分上中下時的最上位）←→下品

上布〔名〕上等麻布

薩摩上布（薩摩麻布、薩摩產的上等麻布）

上部〔名〕上部，上面、上側，上層，表面←→下部

画面の上部（畫面的上面）

山の上部は雲に被われている(山頂被雲彩壟罩著）雲蜘蛛蔽う覆う蓋う被う

上部団体（上層團體）

上部構造（上層建築）←→下部構造

社会の上部構造（社會的上層建築）

上腹部〔名〕〔解〕腹上部

上文〔名〕上文、前文

上文の如く（如前文〔所述〕）

上文に説いて来た如く（如上文所說）

上聞〔名、自サ〕上聞，君主聞知、上奏

上聞に達する（君主聞知）

上聞に入れる（上奏君主）

上分別〔名〕好主意，好辦法、上策，良策

其は上分別だ（那是最好的辦法）

此以外上分別も無い（此外別無上策）

此と言って上分別も有りません(也沒有特別的好辦法）

上辺〔名〕上邊

上辺〔名〕表面、外表、外觀

物の上辺丈しか見えない(只看事物的表面)

上辺を飾る（裝飾門面、修飾外表）

上辺の現象に惑わされる(被表面現象所迷惑）現像

人は上辺丈では分からない（人不能光看外表）分る解る判る

上辺では賛成し乍陰では反対する（陽奉陰違）

上篇、上編〔名〕（書籍的）上篇、上編←→中篇、下篇

上篇より中篇の方が先に出版された（中篇比上篇先出版了）

上偏成長〔名〕〔植〕偏上性

上方〔名〕上方、上邊、上部、上端

上方へ伸びる（伸向上邊）伸びる延びる

森の上方を飛行機が飛んで行く(飛機從樹林的上方飛過去）

電柱の上方にトランスを取り付ける（在電線桿的上部裝上變壓器）

上方〔名〕京都（及其附近地方、）關西，京畿地方

上方の人（京都人、關西人）

上方の言葉（京都話、關西話）

上方才六、上方贅六（關西油子-急性子的江戶人、對慢性子的京都，大阪地方人的蔑稱）

上方舞(京都土風舞、關西土風舞〔=地唄舞、京舞〕)

上つ方、上つ方〔名〕（つ是古代助詞の）貴人、身分高的人

上木〔名、他サ〕出版，付梓、發行

此の本も漸く上木の運びと為る（這部書也終於要出版了）

上木〔名〕〔建〕外罩、板皮，襯板、護壁板、(橋面的）鋪板，型板

上米〔名〕好米、上等米

鮨には上米を使う(做壽司用好米)使う遣う鮨寿司

上命〔名〕國家或天子的命令

上面（じょうめん）〔名〕上面、表面←→下面

沸騰すると上面に泡が立って来る（一沸騰表面就冒起泡來）

上面、上っ面（うわつら、うわつら）〔名〕表面，事物的外表（=表面）。〔轉〕表面（現象）（=上辺）

テーブルの上面を撫でる（撫摸桌子的外表）

上面丈を見る（只看外表）

上面丈を学んだのでは学問とは言えない（只學得一點皮毛算不得學問）

上面の理解では役に立たない（膚淺的理解是毫無用處的）

上物（じょうもの）〔名〕上等貨、高級品

彼の店の品物は上物許りだ（那個商店的貨都是高級品）

此の鯛は上物です（這種鯛魚是上等貨）

上物（うわもの）〔名〕（指某處）地上的建築物

上がり物（あがりもの）〔名〕（神佛前的）供品（=供物）。〔敬〕食物，飲食，食品（=召し上がり物）、廢物（=廃物、廃り物）。〔古〕被公家沒收的東西，沒收品

上宿（じょうやど）〔名〕高級旅館

上宿に泊る（住在高級旅館）泊まる停まる留まる止まる

上洛（じょうらく）〔名、自サ〕（來自京都比作中國古都洛陽）（由地方）到京都去（=入洛）

九州から上洛する（由九州到京都去）

上洛の予定（準備到京都去）

上覧（じょうらん）〔名〕〔敬〕（皇帝等）御覽

上覧相撲（御覽相撲）

上覧に供する（提供御覽）供する叫する狂する饗する

上欄（じょうらん）〔名〕上欄、前欄

上陸（じょうりく）〔名、自サ〕上陸，登陸、登岸

敵前に上陸する（在敵前登陸）

台風が四国に上陸する（颱風登陸四國島）

上陸を許された水夫（被允許上岸的海員）

無事に上陸する（平安登陸）

陸海空共同の上陸作戦を開始する（開始陸海空軍協同的登陸作戰）

上陸日（〔水手〕准許上岸日）

上陸部隊（登陸部隊）

上陸用舟艇（登陸艇）

上略（じょうりゃく）〔名、他サ〕（引用文章時）前略、前文從略←→中略、下略、下略、後略

上流（じょうりゅう）〔名〕（河川的）上流，上游、（社會的）上流（人士），上層←→中流、下流

川の上流に滝が有る（河流上游有瀑布）

上流へ遡る（溯流而上）遡る溯る

上流の人人（上流人士）

上流の生活（上流的生活）

上流社会に出入する（出入於上流社會）

上流に育って人人（在上流社會長大的人們）

町の上流の人人が皆出席していた（鎮上的上層人物都出席了）

上例（じょうれい）〔名〕上例、上面所舉的例子

上例の通り（一如上例）

上路橋（じょうろきょう）〔名〕〔建〕上承橋←→下路橋

上臈（じょうろう）〔名〕〔古〕高貴的人、高僧、（古代宮中的）二位或三位的女官（=上臈女房）、貴婦←→下臈

上腕（じょうわん）〔名〕上臂（=上膊）

上腕骨（上臂股、肱骨）骨骨

上（うえ）〔名〕上，上部，上面、表面、（能力、地位、等級）高←→下。〔古〕天皇，幕府將軍，諸侯，貴夫人

（常用…の上で形式）關於，在…上，…方面。

（常用…の上に、…した上に、…である上に形式）（另外）加上，而且

（常用…した上で、…の上形式）…之後，…結果、…時

（常用…した上は形式）既然。

〔接尾〕稱呼長上時附加的敬稱

上の方を見る（向上面看）

机の上の本（桌子上的書）

頭の上を飛ぶ（在頭上飛）飛ぶ跳ぶ

水の上を走る（在水上行駛）

上から下を見る（從上往下看）

上から三行目（從上面數第三行）述べる陳べる延べる伸べる

上の述べた理由に拠って（根據上述理由）拠る縁る由る寄る縒る撚る依る因る選る夜

紙の上の取り決め（紙上的協議）

湖の上を照らす月（照耀湖面的月光）

上の学校（高級學校）

上の人（上司）

上からの命令（上級的命令）

腕前はずっと上だ（本事高得多）

日本語の能力は彼の方が上だ（論日語能力他較強）

彼は私より三つ年が上です（他比我大三歲）

大衆の上に胡坐を掻く（高踞於群眾之上）掻く書く画く欠く斯く

彼は人の上に立つ柄ではない（他不是當領導的材料）行く往く逝く行く往く逝く

上の子は大学に、下の子は中学校へ行っている（大的孩子上了大學小的正在上中學）

計算の上では間違いは無い（計算上沒有錯誤）

身の上を話す（談身世）話す放す離す

農工業の発展を促す上では大きな意義を持つ（對促進工農業發展有重要意義）

詩人である上に政治家でもある（既是詩人又是政治家）

品物が悪い上に値段が高い（東西不好而且價錢貴）

此の上申し上げる事はもう有りません（我沒有要再說的了）

実験の時、安全には注意の上にも注意を重ねる事（實驗時安全要再三注意）

熟考の上で返事する（仔細考慮後再回答）

酒の上の失敗（酒後的失敗）

御目に掛かった上では御話しします（見面時再談）

審査の上決定する（審查後決定）

斯う為った上は（既然如此）

見られた上は仕方が無い（既然已被發現那就沒有辦法了）

父上様（父親）

姉上（姐姐）

上には上が有る（人上有人、天外有天、能人背後有能人、強中更有強中手）

上には上が有り、下には下が有る（比上不足比下有餘）

上を下へ（の大騒ぎ）（鬧得天翻地覆）

上野〔名〕〔地〕（日本三重縣西部）上野市、（東京都台東區的）上野

上野公園（東京上野公園）

上野駅（東京上野站）

上〔造語〕（位置的）上邊，上面，表面、（價值或程度）高、（室內等）上等地方使用、輕率，隨便

上唇、上唇（上嘴唇）

上皮、上っ皮、上皮（表皮）

上衣、上着、上衣（上衣）

上値（高價、上漲的價格）

上調子（〔三弦的〕尖調）

上履（拖鞋、室內鞋）

上っ調子な人間（不穩重的人）

上の空で聞く（心不在焉地聽）聞く聴く訊く効く利く

上臼〔名〕上扇磨

上漆〔名〕〔植〕熊果樹

上漆葉（熊果葉-一種利尿劑）葉葉

上漆流動エキス（熊果葉流浸膏劑）

上枝、上枝〔名〕上邊的樹枝

上枝〔名〕〔古〕上枝、梢←→下枝

上絵〔名〕（在染布時留下的白地上）添繪的花樣、（在上釉燒過的）瓷器表面上畫的畫

上絵を書く（添繪花樣）

上絵の具〔名〕〔化〕釉面顏料（=溶融絵の具）

上襟、上領〔名〕上領

上被い、上覆い〔名〕罩子，覆蓋物、(為防止衣服弄髒而穿在外面的）罩衣，套衣（=上っ張り）

荷物の上に上被いを為る（行李上蓋罩子）

上っ張り〔名〕（為防止衣服弄髒而穿在外面的）罩衣，、套衣

上っ張りを着る(穿上罩衫)着る斬る伐る切る

白い上っ張りを着た医者（身穿白大褂的醫師）

上張り〔名、他サ〕罩衣（=上っ張り）、(也寫作上貼り）（在牆、頂棚、隔扇上）黏最後一層（紙或布）←→下張り

上掛け、上掛〔名〕罩衣，套掛，大衣等、被罩、（綑綁貨物的）包裝紙，繩子

上掛かり、上掛り〔名〕〔能樂〕〝觀世流〞和〝寶生流〞←→下掛け

上置き〔名、他サ〕擺設在上面的東西，擺在桌子上的匣子、盛在年糕或米飯上的菜、菜上的點綴物、虛設在上頭（的人)，掛名不做事（的上司）

上置式〔名〕〔土木〕鋪面式

上框〔名〕門楣、上門框

上り框、上り框〔名〕（日式住宅入口向上進入鋪席墊房間處的）橫框

上り框に腰を掛ける（坐在門口的橫框上）

上紙〔名〕包裝紙、封面紙，封皮

上噛み合わせ、上噛み合せ〔名〕（門牙的）上覆下的咬合

上借り〔名〕（向同一債主）再借

借金の有る上に上借りを為る(已有前欠又再借款）

上側，上側、上っ側〔名〕上側表面

上薬、釉、釉薬〔名〕釉

釉を塗る（上釉）

釉を掛ける（上釉）

薬を塗る（上釉）

薬を掛ける（上釉）

釉工（上釉工人）

釉コンデンサー（琺瑯電容器、瓷釉電容器）

上靴〔名〕室內穿的拖鞋、草履（=上履）

会場へは上靴持参の事（來會場請自帶拖鞋）

上鞘〔名〕〔商〕（一種行市）高於另一種行市（如遠期貨行市高於近期貨、近期貨行市高於即期貨）←→下鞘

上皿天秤〔名〕（實驗室等使用的）藥物天平、上皿天平、粗天平

上敷き，上敷、上敷き，上敷〔名〕（鋪在日本式炕席上的）涼蓆（=薄縁）、鋪在上面的東西，地毯，床單

上汁〔名〕（液體沉澱後上面的）澄清液、他人利益的一部份（=上前）

上汁を吸う（揩油、坐享其成）

上滑り、上辷り〔名ナ、自サ〕在表面上滑，表面打滑、浮面，膚淺，只知皮毛，一知半解、飄浮，輕率

上滑りな（の）知識（膚淺的知識）

知識が上滑りで人に説明出来ない（知識膚淺不能給人家解說）

苦労が上滑りを為て身に付かない（艱辛如浮光掠影沒有深深地印到心理去）

上滑りな行動（輕率的行動）

上滑り〔名ナ、自サ〕浮面，膚淺，只知皮毛，一知半解、飄浮，輕率

上澄み〔名〕（液沉澱後上面的）澄清液，澄清部分、濁九沉澱後上面的澄清部分，澄清酒

上擦る〔自五〕溜滑，從表面滑過、飄浮，輕浮、頭腦發熱、(由於興奮或過度緊張）聲音變尖

上擦った事許り言う(說的都是很體面的話）

気持が上擦って来る（心裏飄飄然起來）

喜びに上擦った声(高興得尖叫起來的聲音）喜び慶び歓び悦び

興奮して声が上擦る(因為興奮嗓門尖起來）

上背〔名〕身長、身材、個子（=背丈）

上背は五尺二、三寸しかない（身材只有五尺二三寸高）

上背が有る（個子高）

上背の有る力士（高個子的力士）

姉は妹より又一層上背が有る（姊姊比妹妹個子還更高）

上草履〔名〕室內穿的草屐

上調子〔名、形動〕〔樂〕（三弦伴奏的）高音調，高音調伴奏者（=上調子）、輕浮，輕率（=上っ調子）

上調子〔名〕〔樂〕（三弦伴奏的）高音調、高音調伴奏者

上っ調子〔名、形動〕（上調子的強調說法）輕浮、輕率

上っ調子な（の）青年（不穩重的青年）

上っ調子に見える（顯得輕浮）

彼は喜びの余り、上っ調子に為っている（他過於高興而飄飄然起來）

彼の彼の上っ調子で実の無い態度は信用が置けない（他那副油腔滑調不誠實的樣子不能使人信任）

上り調子〔名〕上升狀態，上升階段、（行情）上漲階段

上り調子の相場（看漲的行情）

上付く、浮付く〔自五〕輕浮、心神浮動、忘乎所以

彼は勝利に酔って浮付いている（他因勝利而忘乎所以）

態度が浮付いている（態度輕浮）

浮付いた気持を捨てる（沉下心來）

上付き〔名〕〔印〕上標

上付き文字（標上字）文字文字

上付き数字（標上數字：如m²的2）

上土〔名〕表土、熟土、土壤表層←→底土

上土権（〔江戶時代〕佃耕權）

上包み〔名〕（包東西的）外皮，包皮、包裝（紙）、（文件的）封皮，書套

上積み〔名、他サ〕裝在上層（的貨物），最上層貨，艙面貨←→底積。〔轉〕（在基數之上）另加，另添

三千円を上積みする（另加三千日元）

上長押〔名〕〔建〕（日本式建築的）上門框上的裝飾用橫木、架在兩柱間的貼牆橫木（=長押）

上荷〔名〕裝在船或車上的貨物、裝在上面的貨物

上塗り〔名、他サ〕塗抹上最後一層←→中塗り、下塗り。〔轉〕加重一層，壞上加壞

壁に上塗りを為る（把牆抹上最後一層灰泥）

損の上塗りを為る（受雙重損失）

其こそ恥の上塗りだ（那才是丟人又現眼）

上値〔名〕高出以前的價格、上漲的價格（=高値）←→下値

三十円方上値だ（上漲三十日元左右）

上値を張る（討高價）張る貼る

上値〔名〕好價錢

上値に（で）売れる（能賣個好價錢）

上値を付ける（出好價錢）

上葉〔名〕（草木）上部的葉子←→下葉

上歯〔名〕上齒、上牙←→下歯

上履、上履き〔名〕室內穿的鞋子（如拖鞋等）←→下履

上箱〔名〕外裝箱、最上層的包裝箱

上働き〔名〕地位較高的傭人、總招待

上翳、外障眼〔名〕〔醫〕外障眼←底翳

上火〔名〕〔烹〕上烤火←→下火

上髭〔名〕唇上的鬍子

上前〔名〕（衣服的）外襟，大襟←→下前、傭金，回扣

上前を合わせる（合上大襟）

上前が下がっている（外襟長、前襟長出一塊）

上前を撥ねる（〔借經手或買賣等機會〕抽頭、揩油、收頭錢）撥ねる跳ねる刎ねる

上瞼〔名〕上眼瞼、上眼皮

上回る、上廻る〔自五〕超過，越出←→下回る、（才能或力量等）優越，卓越

コストを上回る利益（超過成本的利潤）

収支のバランスが取れる丈でなく、常に収入が支出を上回り、多少の黒字が残る（不僅收支平衡而且總是收入超過支出略有節餘）

英語の力は彼の方が上回っている（在英語能力方面他超過別人）

上身〔名〕（菜飯上）上側的魚肉←→下身

上目〔名〕（不仰臉）眼珠向上看←→下目、秤桿上側的秤星←→向こう目、連皮一起秤（=皆掛け）

上目を使う（向上翻眼珠看）遣う使う

上目で彼を一寸見る（翻眼珠瞟他一眼）

上目使い（〔不仰臉〕眼珠向上看）

叱られた子が上目使いに母を見る（挨了責罵的孩子往上翻眼珠偷看母親）

上がり目〔名〕（眼角向上的）吊角眼、價格剛上漲←→下がり目

紡績株は今上がり目に在る（紡織股目前剛上漲）

上屋、上家〔名〕（為防雨等而設的簡單的）棚子，罩棚、（搭載建築物上的）臨時屋頂、（海關的）碼頭庫房，貨物

税関上屋（海關倉庫）

上屋渡し（碼頭庫房交貨）

上役〔名〕上級、上司、領導、首長←→下役

上役の御機嫌を取る（討好上級）取る採る盗る執る獲る撮る摂る捕る

彼は私の上役だ（他是我的上級）

上寄る 開價上漲（開盤價高於前一天收盤價）

上寄り、上寄〔名〕〔商〕開高價（開盤行情比前一天收盤行情高）

上〔名〕高處、上部、上方、（河的）上游、（京都街道的）北邊、京城附近（身體或衣服的）上半身、（文章的）前半部分，上文，（和歌的）前三句、以前，過去、（身分或地位居）上，上邊、天子，皇帝，君主、朝廷，衙門、上座、（從觀眾看）舞台的右側（演員出場處）←→下

ずっと上の方（極高處）紙神髪守

学校はもう少し上の方に在ります（學校在更高一點的地方）

舟で上に行く（乘船往上游去）

此の川の二、三百メートル上に橋が有る（這河上游二三百米處有一座橋）

上一段活用〔名〕〔語法〕上一段活用（日本文語和口語動詞活用之一、語尾只在イ段變化、如見る，落ちる等）

上二段活用〔名〕〔語法〕上二段活用（日本文語動詞活用之一、語尾在イ段和ウ段變化、如起く、過ぐ等）

上段〔名〕上格，上排，上層、上座，上席、（室內）地板高出一層的地方、（擊劍）舉劍過頂的姿勢、（圍棋或劍道等）高段的人，技術高的人←→中段、下段、下段

本箱の上段（書箱的上層）

上段の寝台（火車的上鋪、上層臥鋪）

上段に内裏雛を飾る（把天皇皇后的偶人擺在上格）

上段に席を取る（佔個上座）

上段の間（地板高出一層的房間）間間間間

上段に構える（作出舉劍過頂的姿勢）

上がり段〔名〕台階、樓梯（=階段）

入口の上がり段（門口的台階）

上期〔名〕上半期、前半期←→下期

上女中〔名〕內宅（上房）女傭人、直接侍候主人的女僕（=奥女中）←→下女中

上の句〔名〕〝和歌〞的前段（五、七、五、七、七、中的五、七、五三句）、〝俳句〞的頭一句（五、七、五的頭五個字）←→下の句

上屋敷〔名〕〝大名〞在江戶的公館←→中屋敷、下屋敷

御上〔名〕朝廷，政府、（在皇宮裡指）天皇。〔舊〕官廳，衙門、主人，女主人、（也寫作女將、女將）（飯館、旅館、商店等的）女掌櫃，老板娘，女主人（=御上さん、御内儀さん）

御上の御用で出張する（因公出差）

御上に訴える（向當局控訴、告到官府）

御上の御厄介に為る（給政府添麻煩、被官府逮去）

八百屋の御上（蔬菜店的老板娘）

御上さん、御内儀さん、お上さん〔名〕〔俗〕（御上、女將、女將的尊稱）女掌櫃，老板娘，女主人、（對歲數大的婦女、別人或自己妻子的俗稱、多用於商人的妻子）主婦，內掌櫃，太太，老婆

宿屋の御上さん（旅館的老板娘）

家の御上さん（我的老婆）

御上りさん〔名〕〔俗〕新從鄉下來到大城市的人、進東京遊覽的鄉下人

御上りさんの東京見物（鄉下人遊覽東京）見物（值得看的東西）

上、甲〔名〕（日本古代音樂用語）提高調門←→減り、乙

上総〔名〕（舊地方名）上總（國）、總州、南總（現在的千葉縣中部）

上がる、挙がる、揚がる、騰がる〔自五〕（從下往上、從低處向高處）上，登。上學，登陸（=上る、登る、昇る）←→下りる，降りる、下がる。升起，飛揚。（有時寫作騰がる）（資格，價值，程度等）提高，長進。高漲。上升。揚起，抬起。晉級，提薪。完了，完成。停住，停止。（牌戲、雙陸戲等）滿，和。（魚蟲等）死，（草木）枯死。（行く、参る的敬語）去，到。（也寫作挙がる）被找到（發現），被抓住。（有時寫作挙がる）生出，收到。取得（成績），有（效果）、怯場，緊張，失掉鎮靜。（高聲）發出。（寫作揚がる）（用油）炸熟，炸好。夠用，夠開支。（給神佛）供上。（蠶）上簇，開始作繭。（在京都說）往北去。上殿，進宮←→下がる

〔他五〕（食う、飲む、吸う的敬語）吃、喝、吸

〔接尾〕（接在其他動詞連用形下）表示尊敬的意思、表示該動作完了

二階に上がる（上二樓）

階段を上がる（上樓梯）

陸に上がる（上陸、登陸）

大学に上がる（上大學）

湯から上がる（從浴室出來、洗完澡）

子供は来年から学校へ上がります（孩子從明年起上學）

良くいらっしゃいました。何卒御上がり下さい（歡迎歡迎請上來吧！）

日が揚がる（太陽上升）

名が揚がる（揚名、出名）名名

闘志が揚がる（鬥志高昂）

風船が空に揚がっている（氣球升上了空中）

方方から賛成の声が揚がった（贊成的聲音四起）

花火が揚がった（放起煙火來了）

値段が騰がる（漲價）

月給が騰がる（調薪、工資提高）

家賃が騰がる（房租上漲）

気勢が上がる（氣勢高漲）

腕が上がる（本領提高）

風采が上がらない（其貌不揚）

温度が上がった（溫度上升了）

地位が段段上がった（地位逐漸提高了）

スピードが上がる（速度加快）

彼の人の前では頭が上がらない（在他的面前抬不起頭來、趕不上他）

梅雨が上がると夏に為る（梅雨一過就到夏天）梅雨梅雨

此の雨は間も無く上がるだろう（這場雨馬上就會停吧！）

脈が上がった（脈搏停了）

今の仕事は後二三日で上がる予定だ（目前這工作估計再有兩三天就會完成）

誰が先に上がったか（〔紙牌戲〕誰先和的？）

今度六が出れば上がる（〔雙六戲〕這回擲出六來就滿）

魚が皆上がった（魚全死了）

瓜の蔓が上がる（瓜蔓枯死）

明日御宅へ上がっても良いですか（明天到您家去可以嗎？）明日明日明日

直ぐ御届けに上がります（馬上就給您送去）

証拠が挙がる（找到了證據）

犯人は未だ挙がらない（犯人還沒有抓到）

毎月家作から十万円挙がる（每月有房租收入十萬日元）

地所から挙がる利益（土地的收益）利益利益

予想通りの結果が挙がる（得到預期的結果）

学習の効果が挙がる（學習有成績）

初めて大勢の人の前で話したので、すっかり上がって終った（因為頭一次在許

多人面前講話所以緊張得不得了）大勢大勢 終う仕舞う

人前に出ると上がって終った（一到人前就怯場）

試験の時上がると、易しい問題でも間違える（考試的時候一緊張容易的題目也會答錯）

歓声が上がる（歡聲四起）

天婦羅が揚がった（炸魚蝦炸好了）

千円で上がる（一千日元就夠了）

諸掛は一万円では上がらない（各項費用一萬日元怕不夠）

御神酒が上がっている（供著神酒）

灯明が上がる（供上神燈）

秋蚕が上がる（秋蠶上簇）秋蚕秋蚕

御酒を上がる（喝酒）

煙草も上がる然うです（聽說也吸煙）

何卒御上がり下さい（請您用〔吃、喝、吸〕吧！）

何卒御飯を上がっていらっしゃって下さい（請您在這裡吃了飯再回去吧！）

何を召し上がりますか（你想吃〔喝〕點什麼呢？）

今刷り上がった許りだ（是剛印完了的）

来週出来上がる予定だ（預定下週完成）

男が上がる（露臉、出息）←→男を下げる（丟人現眼）

ずり上がる〔自五〕（從原來的地方）滑上去，竄上去，向上滑，向上竄、（一步一步）進級，升級

腹巻がずり上がる（圍腰布往上竄）

彼はもう会社の部長にずり上がった（他已經升上公司的處長了）

上がり〔名〕上，往上、升級，升進、進步，長進、完全，做的成績、（蠶長大成熟作繭）移入蠶簇、上漲，漲價、收入，收穫、賣掉/終了、結束、（雙陸戲或麻將牌）滿，和

〔俗〕剛泡的茶（=上がり花）

此処から道が上がりに為っている（從這裡起是上坡路）

手の上がりが早い（技術的進步很快）

一丁上がり（〔飯館用語〕熬做好了一盤菜）

此の仕事の上がりは可也良い（這件工作作得很好）

此の染めは色の上がりが良い（這次染的顏色好）

蚕の上がり（蠶的上簇）

秋蚕の上がりは如何だ（秋蠶的上簇〔作繭〕情況怎樣？）秋蚕秋蚕

物価の上がり方が酷い（物價漲得太猛）

値上がり（漲價）

店の上がりが少ない（商店的收入不多）

田畑の上がり（田地的收穫）

今日は六時上がりだ（今天六點鐘結束）

今度三が出れば上がりだ（〔雙陸戲〕這回擲出三點就滿了）

上がり〔造語〕表示…出身或當過…、表示剛…過，剛…完、表示進小學

軍人上がり（當過軍人）

小僧上がり（學徒出身）

役人上がりの実業家（官吏出身的實業家）

病気上がり（病剛好）

湯上がり（剛洗完澡）

雨上がりの道（雨後的道路）

七つ上がり（七歲上學）

上がり降り〔名、自サ〕上下

階段の上がり降りで迚も疲れる（上下樓梯很吃力）

階段の上がり降りに注意する（上下樓梯很小心）

上がり口〔名〕房門口上，樓梯口上、（上山或登高的）向上爬的口，入口

上がり口に立ち塞がる（堵在樓梯口上）

南側の上がり口から登る（從南側的入口上去）

ア

上り口、登り口〔名〕登山口、樓梯口

上がり込む〔自五〕走進、進入

人の家に上がり込む（走進人家的屋子裡）

上がり高〔名〕收穫量、收入額，營業額

上がり高が多い（收穫量多）

店の上がり高（商店的營業額）

上げ高〔名〕售價、售貨價（=売上高）

上がり花〔名〕〔俗〕剛泡的茶、茶（=出花、上がり）

上がり花を一杯（〔飯館或壽司店的用語〕來一杯〔剛泡的〕茶）

上がり湯〔名〕浴後淨身用的溫水（=岡湯、陸湯）

上がったり〔名〕〔俗〕（由動詞上がる的連用形+助動詞たり構成）（買賣或事業等）垮台、完蛋、糟糕

斯う不景気では商売は上がったりだ（市面這樣蕭條買賣算完了）

彼の男ももう上がったりだ（那個傢伙也完蛋了）

尻上がり、尻上り〔名〕前低後高，末尾高，越往後越高←→尻下り、前下り。〔體〕翻身上槓（屁股先上倒上單槓=逆上がり）

尻上がりに物を言う（用前低後高的語調說話）

尻上がりに言うと疑問の調子に為る（句尾上升就變為疑問的語調）

尻上がりのアクセント（語尾高的聲調）

尻上がりに調子が出る（氣勢越來越好）

相場は尻上がりの傾向だ（行情有越來越高的傾向）

景気は尻上がりに良くなる（景氣越往後越見好）

尻上がりの好調子（越往後越順利）

尻上がりの市況（越來越暢旺的市場情況）

ずれ上がり〔名〕〔地〕上投〔地〕、隆起←→ずれ下がり

じり上がり〔名、自サ〕〔商〕逐漸上漲

じり上がりの調子（逐漸上漲的趨勢）

上げる、挙げる、揚げる〔他下一〕舉，抬，揚，懸。起←→下げる、下ろす。提高，抬高，增加。長進，進步。推薦，推舉，提拔，提升。舉例，列舉。舉行。竭盡，全力。得。誇獎。放聲，發出高聲。開始，發動、夠使用，對付過去。完成，作完，學完。嘔吐。油炸。送去，送入（學校）。上樑，梳頭。檢舉，逮捕

（与える、遣る的敬語）給，送給。（給神佛）供上。招，叫

〔自下一〕漲

〔接尾〕（接動詞連用形下）表示完成某動作

（接申す、願う、存ずる等動詞連用形下）表示謙虛地敘述自己的動作

（用動詞連用形+て上げる的形式）謙虛地表示加於對方的動作

（是…て遣る的客氣說法）

顔を上げる（抬頭、揚起臉來）明ける空ける開ける飽ける厭ける

手を上げて賛成する（舉手贊成）

荷物を棚に上げる（把行李舉起放到架上）

本を本棚に上げる（把書放到書架上）

船から積荷を上げる（從船上起貨）

錨を上げる（起錨）

花火を上げる（放煙火）

旗を上げる（懸旗）

ポンプで水を上げる（用抽水機抽水）

客を二階へ上げる（把客人請到二樓）

御客を座敷に上げる（把客人引道客廳）

幕を上げる（開幕、開始）

名を上げる（揚名）

帆を上げる（揚帆）

凧を上げる（放風箏）

原っぱで凧を上げる（在草地放風箏）凧蛸章魚胼胝

網を上げる（收網）

気球を上げる（放氣球）

生花が水を上げる（插花吸水）生花生花
生花

値段を上げる（加價）

税金を上げる（加稅）

月給を上げる（提高工資）

温度を上げる（提高溫度）

スピードを上げる（加快速度）

気勢を上げる（鼓起勁來）

男を上げる（出息、露臉）

腕を上げる（有本事）

彼は代表に上げる（推他為代表）

候補者を上げる（推舉候選人）

課長の地位に上げる（提升為科長）

例を上げて説明する（舉例說明）

証拠を上げる（提出證據）

式を上げる（舉行儀式）

結婚式を上げる（舉行婚禮）

全力を上げて建設を推し進める（竭盡全力推展建設工作）

国を上げて国慶節を祝う（舉國慶祝國慶）

結婚して一男一女を上げた（結婚後生了一男一女）

石油工業は大きな利益を上げている（石油工業獲得巨額利潤）

己を上げて人を貶す（誇耀自己貶低別人）

人を上げたり下げたりする（有時誇獎別人有時貶低別人）

大声を上げる（大聲叫）大声大声

歓声を上げる（歡呼）

兵を上げる（舉兵）

事を上げる（起事）

千円で上げる（用一千日元對付過去）

生活費は出来る丈安く上げ度いと思う（想盡量減少生活開支）

リーダーを上げる（學完課本）

入門編を上げる（學完入門篇）

仕事を上げる（做完事）

船に酔って上げる（暈船嘔吐）

船に酔って食べた物を上げる（暈船把吃的東西嘔吐出來）

上げ度く為る（噁心要吐）

天婦羅を上げる（炸魚蝦）

カツレツを上げる（炸肉排）

油で上げる（用油炸）

子供を学校に上げる（送孩子上學）

娘を大学に上げる（叫女兒上大學）

棟を上げる（上樑）

髪を上げる（梳頭、上頭）

犯人を上げる（逮捕犯人）

不正行為を上げる（檢舉不正行為）

御客様に御茶を上げ為さい（給客人倒茶）

御好きなら貴方に上げましょう（如果您喜歡就送給您的）

此の玩具は御子さんに上げるのです（這個玩具是送給您的孩子的）玩具玩具

後程使いを上げます（隨後派人到您那裡去）

御供物を上げる（上供）

神棚に水を上げる（給神龕奉水）

芸者を上げる（招妓）

潮が上げる（漲潮）

仕事を仕上げる（做完工作）

原稿を書き上げる（寫完稿子）

此処で御待ち申し上げます（在這裡等您）

御指導を願い上げます（請多指教）

御名前は良く存じ上げて居ります（久仰大名）

新聞を読んで上げましょう（給你看一看吧！）

分からなければ教えて上げます（如果不懂就教給你）

ア

たくし上げる〔他下一〕挽起（袖子）、捲起、撩起（衣服）

ワイシャツの袖をたくし上げる（挽起襯衫袖子）

着物をたくし上げる（把衣服〔的下擺〕捲起來）

でっち上げる〔他下一〕〔俗〕捏造，編造、拼湊出

此は彼のでっち上げた作り話だ（這是他捏造出來的假話）

卒業論文を何とかでっち上げる（總算把畢業論文拼湊出來）

でっち上げ〔名〕〔俗〕捏造

彼はでっち上げが旨い（他善於捏造）旨い巧い上手い甘い美味い

でっち上げの裁判（捏造的審判）

上げ〔名〕拿起、提高←→下げ

箸の上げ下ろし（拿放筷子）

賃上げ（長工資）

上げ，上、揚げ，揚〔名〕舉，抬，揚，懸，漲、（衣服過大過長在腰肩疊起縫的）縫褶

肩揚げ（肩部縫褶）

肩の揚げを下す（放開肩上的褶子）下す卸す降ろす

上げ石〔名〕〔圍棋〕吃下來的棋子

上げ石を数える（計算吃下來的棋子）

上げ板，上板、揚げ板，揚板〔名〕（地窖等的）蓋板（=上げ蓋）、浴室地上放的木板

上げ下ろし，上下し、揚げ卸ろし，揚卸し〔名、他サ〕拿放、裝卸、褒貶

箸の揚げ卸ろし（筷子的拿放）

荷物の揚げ卸ろし（貨物的裝卸）

箸の揚げ卸ろしにも煩い（喧しい）（講究多）煩い五月蠅い

荷物の揚げ卸ろしが大変だ（貨物的裝卸很費勁）

人の揚げ卸ろしを為る（褒貶人）刷る摺る擦る掏る磨る擂る摩る

言い様に人を揚げ卸ろしする（信口說人家好壞）

上げ舵〔名〕向上轉舵（使飛機上升時的操舵法）←→下げ舵

上げ潮〔名〕漲潮，滿潮←→引き潮、落ち潮。〔轉〕（氣勢）旺盛，勁道足

今は上げ潮だ（現在正是漲潮）

上げ潮に乗って来る芥（漲潮時漂來的垃圾）

彼のチームは、今、上げ潮に乗っているから可也手強いぞ（那個隊現在勁力很足很不好對付呀）

上げ蔀〔名〕能夠開閉的板窗

上げず〔連語〕（只作時間後的接尾詞用）隔不上…、不到…

彼の人は三日に上げず遣って来る（他等不到三天就來一次）

上げ銭、揚げ銭、挙げ銭〔名〕工資、嫖費、（賭博）抽頭錢

上げ膳〔名〕給客人上菜

上げ膳据え膳、上膳据膳（把飯菜端到客人等面前陪伴侍候、喻殷勤招待）

上げ底〔名〕（點心盒等）向上安裝的盒子底、懸空底

此の箱は上げ底だ（這個盒子是懸空底）

上げ庇〔名〕（向上架起來的）雨架、遮陽板

上げ蓋，上蓋、揚げ蓋，揚蓋〔名〕（地窖等的）蓋板（=揚げ板，揚板、上げ板，上板）

上す〔他五〕使登上、提升（職位等）、寫上，記入、端上，擺出、提出（=上せる）

上せる〔他下一〕使登上、提升（職位等）、寫上，記入、端上，擺出、提出

代表を壇上に上せる（使代表登上講台）逆上せる

一階段上せる（提升一級）

記録に上せる（載入記錄）

手料理を食膳に上せる（把親手做的菜端上來）

議題に上せる（提到議程上）

話題に上せる（當作話題）

上る、登る、昇る〔自五〕（寫作登る）登上，攀登←→降りる

（寫作昇る）上升←→沈む，下がる

（寫作上る）進京←→下る、升級，高昇（=上る）←→下がる、（數量）達到，高達、上溯，逆流、被拿出，被提出

山に登る（登山）

木に登る（上樹）

屋根に登る（上屋頂）

階段を登る（上樓梯）

崖を登る（攀登懸崖）

演壇に登る（登上講壇）

王位に登る（登上王位）

彼の山は楽に登れる（那座山很容易爬上去）

高く登れば登る程寒く為る（上得越高越冷）

土手に登っては行けません（不許上堤壩）

太陽が昇る（太陽上升）

空に昇る（騰空）

昨日は寒暖計が二十度に昇った（溫度計昨天升到二十度）

東京に上る（上東京）

都に上る（進京）

地位が上る（升級）

百万円以上に上る（達到一百萬日元以上）

死者が数百人に上る（死者達到數百人）

魚が川を上る（魚逆流而上）

海から川へ上った許りの鮭（剛從海裡迴游到河裡的鮭魚）

会議に上る（被提到會議上）

日程に上る（被提到日程上）

話題に上る（成為話題）

人の口に上る（被人們談論）

其の問題は多分来年の議会に上るだろう（那個問題可能在來年的議會上提出來）

食膳に上る（〔新鮮菜餚〕擺上飯桌）

上り、登り、昇り〔名〕登上，攀登、上坡（路）、（寫作上り）上行列車、（寫作上り）進京←→下り

木上り（爬樹）

山上り（登山、爬山）

エレベーターの上りを待つ（等電梯上來）

下りは楽だが上りは辛い（下容易上難、好下不好上）

急な上りを進む（上陡坡）

上りに差し掛かる（走上上坡路）

其処から道は上りに為る（從那裏起是上坡路）

道は其の地点迄緩やかな上りに為っていた（道路到哪裡為止是慢坡）

道は五度の上り勾配に為っている（路的坡度是五度）

上りは十時に発車する（上行車十點發車）

五時発の上りで行く（搭五點開的上行車去）

上りと下りは此の駅で擦れ違う（上行車和下行車在這個車站錯車）

御上りさん（〔蔑〕進京遊覽的鄉下人）

上り坂、登り坂〔名〕上坡（路）、上升，走向繁榮←→下り坂

上り坂を進む（走上坡路）

道はずっと上り坂だ（路一直是上坡）

汽車が上り坂をゆっくり進んで行く（火車緩緩地爬坡前進）

上り坂に在る会社（正在發展中的公司）

会社は今上り坂だ（公司正在走向繁榮）

値段は相変らず上り坂だ（價格仍在上升）

上り坂の選手（正在紅起來的選手）

上り詰める、登り詰める〔自下一〕上到頂點，爬到頂峰、非常熱中

山頂に上り詰める（爬到山頂）

ア

最高の地位迄上り詰める（升到最高地位）

上り列車〔名〕上行列車←→下り列車

尚（ㄕㄤˋ）

尚〔漢造〕尊崇、崇高

好尚（嗜好、時尚）

高尚（高尚、〔程度〕高深）

尚古〔名〕尚古

彼は尚古的な男だ（他是一位尚古的人）

尚古主義（尚古主義、古典主義、保守主義）

尚古思想（尚古思想）

尚古癖（尚古癖）癖癖

尚歯〔名〕尚齒、敬老

尚歯会（敬老會）

尚侍〔名〕〔史〕宮中最高級女官、内侍司的長官

尚書〔名〕書經、（中國古官名）尚書

尚早〔名〕（時機等）尚早

尚早論を唱える（主張為時還早）唱える称える称える讃える湛える

時機尚早（時機尚早）

尚蔵〔名、他サ〕珍藏、珍重保藏

尚武〔名〕尚武

勤倹尚武（勤儉尚武）

尚武精神（尚武精神）

尚、猶〔副〕猶，尚，還，再，更，仍然，依然（=矢張り、未だ、更に）、猶如（=丸で）

〔接〕又，再者，尚且，而且（=又）

彼の言葉は今猶耳底に在る（他的話還在我的耳裡）在る有る或る

猶若干の疑問は残る（還有若干疑問）

雨は猶も降り続いている（雨還在不停地下著）

期日は猶一週間有る（期限還有一週）

日も猶定まらず（日期尚未決定）

猶一層悪い事には（更糟的是…）

猶大切な事には（更重要的是…）

猶二三の例を付け加える為らば（如果再補充兩三個例子…）

騙すのも良くないが盗むのは猶悪い（騙人固然不好偷東西的更糟糕）

年を取っても猶当年の元気を失っていない（雖然老了精神仍不減當年）

葉の草木に於けるは猶肺の動物に於けるが如くである（葉之於草木猶肺之於動物）草木草木

水の魚に於けるは猶葉の草木に於けるが如く（水之於魚猶如葉之於草木）

過ぎたるは猶及ばざるが如く（過猶不及）

日時は記載の通り、猶雨天の時は中止します（時日不變遇雨則停止進行）

尚も〔副〕還、仍、繼續（=更に、引き続き）

雨は尚も降り仕切っている（雨仍在下個不停）

彼は尚も頑張り続けた（他還繼續蠻幹）

尚且、尚且つ〔連語、副〕而且，並且、仍然，還是

彼は礼儀正しく、尚且頭も良い（他很有禮貌而且聰明）良い好い善い佳い良い好い善い佳い

彼は笑わないでも尚且愛嬌が有る（他即使不笑仍然和藹可親）有る在る或る

尚更〔副〕更加、越發（=益益、一層）

其は尚更困難です（這就更困難了）

彼は学問は無いし、経験は尚更無い（他既沒有學問也沒有經驗）

彼の絵も旨いが、此は尚更旨い（那幅畫非常好但這幅更好）旨い巧い上手い甘い美味い

今でも生活が苦しいのに、子供が生れれば尚更だ（現在的生活已經夠苦的了若再生孩子就更受不了）

尚尚、猶猶〔副〕更，更加，越發（=猶、尚更、益益）、還，再（=未だ未だ）、此外，加添，附加（=付け加える）

然う為れば猶猶結構だ（那就更好了）

此の工事は猶猶時間が掛かる（這項工程還需要很長時間）掛る係る繋る罹る懸る架る

猶猶議論の余地有る（還有爭論餘地）

猶猶言い度い事は多く有る（此外想說的話還很多）

猶猶申し添えますが 私 は彼とは何の関係も御座いません（此外我要強調的是他和我沒有任何關係）

猶猶書き（〔信〕附言、再啟、又啟=追伸、追って書き）

尚の事、猶の事〔副、連語〕更加、越發（=猶、尚更、益益）

其なら猶（の事）都合が良い（那樣的話就太好了）

尚又〔副〕更且、另外（=更に）

尚又斯う言う説が有る（另外還有這種說法）

尚又 心 当たりを聞いて見よう（另外找一條線索吧！）聞く聴く訊く効く利く

尚以て、尚以って〔副〕更、更加（=尚更）

そんな事を為れては尚以て困る（你要那樣做我就更為難了）

裳（ㄕㄤˊ）

裳〔漢造〕下衣、衣襟

衣裳、衣装（〔外出或典禮用的〕服裝、〔劇〕劇裝，戲服）

霓裳羽衣（天人，仙女等穿的衣服、霓裳羽衣曲-中國樂曲之一、唐玄宗模仿天仙作的曲子）

裳〔名〕裳（古代貴族的禮服、穿在和服裙子的外面）

面〔名〕（面的轉變）表面（=面、表）

池の面（池面）

水の面（水面）

此面 彼面（這面那面）

面、面〔名〕臉，面孔（=顔）、表面（=面、表）

面長（長臉）

池の面（水池表面）

水の面（水面）

喪〔名〕喪事、喪禮、喪期、居喪、服喪

喪に服する（服喪）

喪が明ける（喪期服滿）

喪を発する（發喪）

喪を秘する（秘不發喪）

藻〔名〕〔植〕藻類

茂〔漢造〕茂盛（=盛ん、豊か、優れた立派）

繁茂（繁茂）

鬱茂（旺盛繁茂）

裳着〔名〕朝廷女子成長時初次穿衣裳的儀式

裳層裳階〔名〕〔建〕（塔的最下層周圍伸出的）單坡屋頂

裳裾〔名〕衣襟、衣服的下擺（=裾）

少女は裳裾を 翻 して艶やかに舞った（少女翻轉衣襟翩翩起舞）乙女少女少女

裳抜け、蛻〔名〕（蟬或蛇等）蛻皮、蛻的皮（=脱殼）

裳抜け皮、 蛻 皮（蛻下的皮）

蛻 の殻（蛻下的皮〔=裳抜け皮、 蛻 皮〕、〔人走後留下的〕空房子或空被窩、〔靈魂出竅的〕屍體）

升（ㄕㄥ）

升〔名、漢造〕（日本容積單位）升（約 1、8 公升）

米を一升買う（買一升米）

土一升に金一升（一升土一升金、〔喻〕地價昂貴）

斗升、斗枡（斗）（=一斗枡）

升、枡〔名〕（液體、穀物等的）量器，升，斗（木製或金屬製有方形或圓筒形）、（升斗量的）分量（=枡目）（管道連接處的）箱斗、（劇場等正面前方隔成方形的）池座、（舀浴池水用的）水斗，舀斗

一升枡（升）枡斗鱒

一斗枡（斗）

五リットル枡（五公升量器）

不正枡（非法的升斗-小於或大於法定標準的升斗）

枡掻き（刮斗用的斗板）

枡で量る（用升斗量）

枡で量る程有る（多得車載斗量）

枡が十分です（分量足）

枡が足りない（分量不足）

枡で芝居を見る（坐在池座看戲）

升掻き（ますかき），升掻（ますかき）、枡掻き（ますかき），枡掻（ますかき）〔名〕（斗量時刮平斗口的）斗板、斗刮

升席（ますせき）、枡席（ますせき）〔名〕（劇場、相撲場正面前邊的）池座、前座席位

升目（ますめ）、枡目（ますめ）〔名〕升斗量的分量

枡目はたっぷりだ（分量足）

枡目は不足だ（分量不足）

枡目をたっぷりに為る（把分量量足）

枡目を正確に為る（把分量量準確）

枡目を盗む（蒙混分量）

枡目を誤魔化す（蒙混分量）

生（しょう）、生（せい）（ㄕㄥ）

生（しょう）〔名〕生、生命

〔漢造〕（也讀作生（せい））生、出生、發生、生長、誕生、生存、生命

生有る内（有生之日）内中裏

生有る物を殺す（殺生）有る在る或る

実生（〔對插枝或接枝而言的〕由種子發芽而生長、土生土長）

自然生、自然薯（自然結實、山芋的別名）

誕生（誕生，出生、成立，創辦）

化生（〔佛〕化生〔-胎、卵、溼、化四生之一〕、妖怪）

一生（一生、終生、一輩子）

衆生（〔佛〕眾生）

畜生（畜生，畜類，動物、〔罵〕混蛋，他媽的，混帳東西）

利生（〔佛〕佛的恩惠〔=利益（りやく）〕）

殺生（殺生、殘酷，殘忍）

養生（養生，養身、〔病後的〕療養，保養、〔建〕養生）

文章生（古代、中世在大學寮專攻文章道的學生）

半夏生（半夏生-季節名、為七十二候之一、夏至後第十一天、相當於七月二日左右）

生じる（しょうじる）〔自、他下一〕生長、出生，產生、發生、出現〔=生（しょう）ずる〕

黴が生じる（發霉）

木の芽が生じる（樹發芽）

火災に因って生じた損害（因火災而發生的損害）

効力が生じる（生效）

噂を生じる（造出謠言）

良い結果を生じる（產生好的結果）

生ずる（しょうずる）〔自、他サ〕生長、出生，產生、發生、出現〔=生（しょう）じる〕

大豆の芽が生ずる（大豆長芽）生ずる請ずる招ずる

種が芽を生ずる（種子發芽）

根を生ずる（生根）

子鼠がどんどん生ずる（生了很多小老鼠）

無から有は生ずない（無不能生有）

好結果が（を）生ずる（產生良好結果）

事故が（を）生ずる（發生事故）

摩擦すると熱が（を）生ずる（摩擦生熱）

効力が生ずる（生效）

特別の事情が生ずる（發生特殊情況）

自動車事故は運転手の不注意から生ずる事が多い（汽車事故常常因司機不小心而發生）

瘤が（を）生ずる（長腫瘤）

生姜（しょうが）、生薑（しょうが）〔名〕〔植〕薑

新生薑（新薑）

陳生薑（老薑）陳陳

生薑の根（薑根）根根

生薑色（薑黃色）色 色 色

生害（しょうがい）〔名、自サ〕殺害、自殺，自戕

生害を遂げる（自殺殞命）遂げる磨げる研げる砥げる

生涯（しょうがい）〔名〕一生，終身，畢身，一輩子、（一生中的）某一階段，生涯，生活

生涯の友（終身的朋友）友友

生涯の事業（畢生的事業）

幸福な生涯（幸福的一生）

七十年の生涯を終る（了卻七十年的一生）

自分の生涯中最も得意な時（自己一生中最得意的時候）最も尤も中 中 中 中

生涯独身で暮らす（終生獨身、過一輩子獨身生活）

生涯教育（終身教育）

生涯忘れる可からざる日（終身難忘的日子）

公生涯（擔任公職的階段）公公 公

芸術家の生涯（藝術家的生涯）

外交官と為ての彼の生涯は華華しい物であった（他當外交官的那一段做得很漂亮）

生国（しょうこく）〔名〕〔舊〕出生地、故鄉

君の生国は何処ですか（你的故鄉在哪裡？）

生死（しょうし）〔名〕〔舊〕生死，死活，生殺（=生死）。〔佛〕生死（輪迴）（=生死）

生死不明（生死不明）

生死は世の常（生死是人生之長）

生死流転、生死流転（生死輪迴）

生死（しょうじ）〔名〕〔佛〕生死（輪迴）

生死流転（生死輪迴）

生死（せいし）〔名〕生死、死活（=生き死に）

生死に関わる問題（生死攸關的問題）関る係る拘る拘る

生死に関る敵対矛盾（你死我活的對抗性矛盾）

生死不明の人人（生死不明的人們）

生死を共に為、運命を共に為る（同生死共患難）為る為る

幼い頃から生死の境で苦しみ抜いた（從小在生死線上受煎熬）幼い 幼い 稚い

生死の境を彷徨う（徘徊在生死線上、在生死線上掙扎）彷徨うさ迷う

生き死に（いきしに）〔名〕生死

生死関する問題（生死攸關的問題）関する冠する緘する

生生世世（しょうじょうせぜ）〔名〕永世、生生世世（=何時迄も）

御恩は生生世世忘れません（大恩永世不忘）

生生発展（せいせいはってん）〔名、自サ〕不斷發展壯大、蓬勃發展

生生発展する第三世界諸国（蓬勃發展的第三世界國家）

生生流転（せいせいるてん）〔名、自サ〕不斷發展變化

長い歴史の間には、言葉が生生流転する様に漢字も時代と共に変形された（在悠久的歷史期間漢字也像語言不斷發展辦化一樣隨著時間而變形）

生得、生得（しょうとく、せいとく）〔名〕生得、天生、生來（=生れ付き）

生得の盲目（天生的盲目）

生得筆不精で（天生不愛寫東西〔的人〕）

生得の臆病者（天生的膽小鬼）

生得（せいとく）〔名〕生得，生就，生來（=生得、生れ付き）、生獲，生擒，活捉（=生け捕り）

勇気と知恵は生得の物ではない（勇敢和智慧不是天生的）

生得説（〔哲〕天生論、先天論）

生得観念（〔哲〕天賦觀念）

生来、生来（しょうらい、せいらい）〔副〕生來，生就，天生（=生れ付き）、從來，有生以來

生来体が弱い（生來身體就弱）

生来怠け者（天生的懶漢）

彼は生来怒ると言う事を知らない（他有生以來就不知道什麼叫生氣）

彼は生来書物等見向きも為ない（他對於書報之類的從來就理都不理）

生年（しょうねん）〔名〕〔舊〕年齡

生年二十三歳に為る（年齡二十三歲）為る成る鳴る生る

生年〔名〕生年，誕生之年（=生れた年）、（誕生以來的）年歲

彼の生年は良く分からない（他的生年不詳）分る解る判る

生年十五歳で母に死別した（十五歲那年母親去世了）

生年月日（生年月日、生辰）

自分の生年月日を知らない人も有る（也有不知道自己生年月日的人）有る在る或る

生まれ年、生れ年〔名〕出生年、哪年出生

生り年〔名〕豐年、果實豐收的年頭

今年は柿の生り年だ（今年是柿子的豐年）今年今年

生麩、生麩〔名〕（從麵粉中除去澱粉後剩下的）麵筋

生滅〔名、他サ〕生滅、生死

万物は生滅する（萬物有生有滅）

生薬、生薬〔名〕生藥，未精製的藥、中草藥

生薬屋（藥鋪、中藥鋪）

生類〔名〕〔古〕生物、動物（=生き物）

生類憐れみの令（〔史〕禁止虐待動物的命令）憐れみ哀れみ

生類〔名〕生物、動物（=生類、生き物）

生老病死〔名〕〔佛〕生老病死（=四苦）

生〔名〕生、生活、生命、生業，生活之道、生（地質年代的區分單位在代，紀之下）

〔漢造〕（也讀作生）（草木的）生出，生長、（生命的）誕生，出生、（物的）生產、出現，發生、活，生存、生命、生存期間、人生、生，不熟、（師生的）生、男子的自我謙稱

偉大為る生、光栄有る死（生的偉大死的光榮）

生の喜びを感ずる（感到活著的樂趣）

此の世に生を享ける（生在這個世界）享ける受ける請ける浮ける

生に執着し、死を恐れる（貪生怕死）執着執着恐れる懼れる畏れる怖れる

生を営む（營生、生活）

生有る者は必ず死有り（有生必有死）

生は死の始め（生為死之始）

生死（生死、死活）

生死（〔佛〕生死〔輪迴〕）

死生（死生）

長生（長壽）

永生（永生、長命，長壽）

頂生（〔植〕頂生）

発生（發生、〔生物等〕發生，出現）

対生（〔植〕〔枝葉〕對生）←→互生、輪生

互生（〔植〕互生-兩面錯開生）

輪生（〔植〕輪生）

上生（〔植〕上位式）

野生（野生、〔古〕鄙人〔=小生〕）

自生（野生、自然生長）

寄生（〔動、植〕寄生、依靠他人生活）

再生（再生，重生，死而復生，再造，重新給予生命、新生，得到改造，重新做人、〔利用廢物加工成為新產品〕再生，更生、〔生物體失掉的部分〕再生，重新生出、〔在腦海中〕再現、〔無〕再生，〔已錄下的聲音〕重放，播放）

更生、甦生（更生，甦生，復興、重新做人、〔利用廢物〕再生，翻新）

胎生（〔動〕胎生）←→卵生

卵生（〔生〕卵生）

後生（後生，後輩、後出生，後生成，第二代）

後生（〔佛〕後世，來世，來生、〔央求話〕修好積德）

合生（〔生〕合生、聯生、簇生）

平生（平日、平素、素日、平時、平常）

余生（餘生）

終生、終世（終身、一生、畢生）

衛生（衛生）

厚生（厚生，保健、提高生活，增進健康）

人生（人生，人的生活、生涯，人的一生）

先生（先生，老師，師傅、醫師、〔對藝術家、律師、國會議員等有高超學識或居領導地位人的尊稱〕先生，專家、〔用於表示親密或嘲弄的語氣〕老兄，小子、長輩，年長者）←→後生

書生（〔舊〕書生，學生、〔寄食人家邊照料家務邊上學的〕工讀生，書僮）

諸生（諸生、眾們生）

初生（初生，誕生不久、初次發生，剛發生）

所生（父母，生身父母、子女，親身子女、出生地）

筆生（錄事、抄寫員）

畢生（畢生、一生）

学生（〔主要指大學的〕學生-中小學生一般叫生徒）

留学生（留學生）

研究生（研究生）

門下生（門生、弟子）

小生（〔男子用於書信表示自謙〕小生、鄙人）

老生（〔老人自稱〕老生）

愚生（〔謙〕鄙人〔=小生〕）

何某生（某生）

生育〔名、自他サ〕生育、生長、繁殖

地球上に生育する動物は非常に多い（地球上生育的動物非常多）蓋い覆い蔽い被い

火星には植物は生育しない（火星上不能生長植物）

昆虫を生育する（繁殖昆蟲）

生育期（〔植〕生長期）

生育地（〔植〕生境）

生い育つ〔自五〕發育、生長（=成長する）

友情の木がすくすくと生い育つ（友誼之樹茁壯成長）

生花〔名〕插花（=生け花）、鮮花（=生花）

生花の花輪を贈る（贈送鮮花做的花圈）贈る送る

生花〔名〕鮮花

生け花, 生花、活け花, 活花〔名〕生花，插花（把帶枝的鮮花用藝術手法插在瓶或盤裡以供觀賞的一種藝術）（=花道）、（用藝術手法）插的花

生花を習う（學習插花）習う倣う学ぶ

生花の指南を為る（指點插花）擦る摺る擂る摩る刷る掏る磨る

池坊流生花師匠（池坊流派的插花教師）

床の間に生花が飾って有る（壁龕裡陳設插著的花）有る在る或る

生家〔名〕出生的家、娘家（=実家）

母の生家は福岡です（我母親的娘家是福岡）

生家を出て他家へ嫁す（離開娘家嫁到別人家）嫁す化す科す課す貸す

此処が彼の生家です（這裡是他出生的家）

生化学〔名〕生化、生物化學

生化学兵器（生化武器）

生化学的酸素要求量（生化需氧量）

生獲〔名、他サ〕生獲、生擒、活捉

生活〔名、自サ〕生活、生計

都会生活（都市生活）

最低生活（最低生活）

規則正しい生活（有規律的生活）

意義有る生活（有意義的生活）

贅沢な生活を送る（過著奢華的生活）

相当な生活を為ている（過著很不錯的生活）

労働者の生活を改善する（改善工人的生活）

生活に困る（生活困苦、不能維持生活）

生活を豊かに為る（使生活富裕起來）

月給で生活を為る（靠月薪生活）

彼の生活は楽ではない（他的生活並不寬裕）

彼には生活の心配が無い（他生活上不用擔心）

生活が楽な国だ（是一個容易生活的國家）

彼は留学生と為て日本で五年間生活しました（他作為留學生在日本生活了五年）

階級社会では、誰でも一定の階級の地位に置いて生活している（在階級社會中每一個人都在一定的階級地位中生活）

生活科学（生活科學、持家學）

生活史（生活史）

生活圏（生活圈、生活範圍）

生活資金（生活資金、生活費）

生活法（生活方式）

生活術（生活術）

生活に追われる（為生活所迫、受生活重壓）

生活給（最低生活工資〔制度〕）

生活協同組合（消費合作社）

生活苦（生活困苦、生活困難〔=生活難〕）

生活水準（生活水準）

人民の生活水準が日増しに向上する（人民的生活水準一天天地提高）

生活賃金（最低生活工資〔=生活給〕）

生活綴方（生活作文−小學生自定題目寫自己生活的作文）

生活難（生活困難、生活艱苦〔=生活苦〕）

生活面（生活領域、生活的各個方面）

消費者ローンは既にアメリカ人民の有らゆる生活面に浸透している（消費者信貸已經滲透到美國人民生活的各個方面）

生活費（生活費）

其処は生活費が高い（那裏的生活費高）

其処は生活費が低い（那裏的生活費低）

田舎は都会より生活費が掛からない（鄉村比城市節省生活費）

生活様式（生活方式）

生活様式の改善を計る（計畫改善生活方式）計る測る量る図る謀る諮る

生還（せいかん）〔名、自サ〕生還，活著回來。〔棒球〕跑壘員生還，回到本壘板

生還は期し難い（難望生還）

生気（せいき）〔名〕生氣、朝氣、生機（=活気）

生気溢れる若人（朝氣蓬勃的年輕人）

生気を与える（賦予生機）

生気を取り戻す（恢復生氣）

生気が有る（有朝氣）

生気が無い（沒朝氣、沒生氣、無精打采）

生気溢れた国（富有朝氣的國家）

生気溌剌と為た革命精神（朝氣蓬勃的革命精神）

市場には生気が溢れている（市場上充滿著生氣）市場市場

此の絵には生気が無い（這幅畫缺乏生氣）

彼女の目の色は、とろりと潤んで、生気が無い（她的眼睛呆癡癡地流淚沒有精神）

生気説（〔哲、生理〕生機論、活力論）

生起（せいき）〔名、自サ〕發生（=起る）

此の様な現象は屡生起している（常常發生這種現象）

此の様な事件は屡生起している（常常發生這種事件）

生魚（せいぎょ）〔名〕活魚、鮮魚、生魚

生魚を生簀に入れて置く（把活魚放在養魚槽裡）

生魚販売業（鮮魚店）

日本人は生魚を食べる（日本人吃生魚）

生魚、生魚（なまうお、なまざかな）〔名〕生魚、鮮魚、活魚（=生魚、生け魚）

生け魚, 生魚、活け魚, 活魚（いけうお、いけうお、いけうお、いけうお）〔名〕（為了食用飼養的）活魚（最近也叫做生き魚）

生協（せいきょう）〔名〕消費合作社（=生活協同組合）

生協の売店（消費合作社商店）

生業（せいぎょう）〔名〕生業、職業（=生業、生業）

生業に勤しむ（勤懇地致力於生產）

生業に励む（勤懇地致力於生產）

生業を奪われては口は干し上がる（如果被革職了就不能餬口了）

彼の家は農業を生業に為ている（他的家以農業為職業）

ㄕ

生業（なりわい）〔名〕〔古〕農業，農事（=農作）、生計，職業（=生計、家業、職業）

生業（すぎわい）〔名〕〔舊〕生業、生計、職業（=生業）

生菌ワクチン（せいきん Vakzin）〔名〕〔生〕活菌苗血清、活疫苗血清

生擒（せいきん）〔名〕生擒、活捉（=生け捕り）

生計（せいけい）〔名〕生計、生活（=暮らし）

生計の資（生活的手段）

生計が豊かである（生活富裕）

生計を立てる（謀生）立てる建てる断てる截てる絶てる発てる経てる裁てる

生計を維持する（維持生活）

一家の生計は兄が支えている（哥哥維持全家的生活）一家一家

生計費（生活費、生活開銷）

生計費を正確に見積もる（正確地估計生活費用）

物価が高く為ったので生計費が嵩む（因為物價上漲生活費用增加）

生月（せいげつ）〔名〕生月、出生的月份（=生まれ月、生れ月）

生まれ月、生れ月（うまれづき）〔名〕出生的月份

生絹、生絹（せいけん、きぎぬ）〔名〕生絹、生絲織的絹綢←→練り絹

生絹（すずし）〔名〕（生絲織的）薄紗←→練り絹

生繭、生繭（せいけん、なままゆ）〔名〕生繭（尚未殺蛹和乾燥的蠶）←→乾繭、干し繭

生原説（せいげんせつ）〔名〕〔生〕生源說

生原稿（なまげんこう）〔名〕（對印刷稿而言）手寫稿

生後（せいご）〔名〕生後、出生以後

生後三か月の幼児（生後三個月的嬰兒）三ヶ月三個月三箇月三カ月

生後間も無く死んだ（生下不久就死了）

生硬（せいこう）〔名、形動〕生硬，死板，呆板、不夠成熟

生硬な態度（態度生硬）旨い巧い上手い甘い美味い

極めて生硬な文章（非常生硬的文章）極めて究めて窮めて文章文章

絵は旨く描けているが、未だ幾分生硬な感じが有る（畫是畫得不錯不過多少有些生硬之處）

生硬化（なまこうか）〔名〕〔化〕欠熟、欠處治

生彩（せいさい）〔名〕生氣、生動活潑

生彩を放つ（生氣勃勃、生動有力）

生彩に富む（富有生氣、有聲有色）

生彩の有る調子で語る（用生動有力的語氣講話）

生彩を欠く（缺乏生氣、黯然失色）欠く掻く画く書く斯く

生殺（せいさつ）〔名〕生殺

生殺与奪（生殺予奪）

生殺与奪の権を持っている（掌握著生殺予奪的大權）

生殺し（なまごろし）〔名〕殺（打）個半死（=半殺し）。〔喻〕事情弄得有頭無尾，半途而廢

生殺しに為る（打個半死）

殴ったり蹴ったり生殺しに為れた（拳打腳踢被打個半死不活）

生殺しは罪です（弄得有頭無尾真氣人）

生産（せいさん）〔名、他サ〕生產←→消費、生計，生業（=生業）。〔古〕生產，生育（=出産）

大量生産（成批生產）

国民総生産（國民生產總額）

生産上の協業化（生產上的分工化）

生産テストの指導（指導試生產）

生産レベル（生產水準）

生産プロセスのオートメ化（生產過程自動化）

生産の持場（生產崗位）

生産を高める（提高生產）

生産を切り詰める（削減生產）

生産の向上と拡大に向って進軍する（向生產的深度和廣度進軍）

日本で生産される原油は僅かだ（日本生產的原油很少）

自動化された生産ラインが五本出来上がった（完成了五條自動化生產線）

其の工場は生産に入っている（那家工廠已開始投入生產）工場工場

教育、科学研究、工場の三結合を行う（實行教育科研生產三結合）

人類社会の発生と発展の基礎は人類の生産活動である（人類社會發生發展的基礎是人類的生產活動）

生産意欲（生產熱情）

生産実績（實際產量）

生産能率（生產效率）

生産設備（生產設備）

生産工場（製造廠）

生産指数（生產指數）

生産係数（生產係數）

生産年度（生產年度）

生産技術（生產技術）

生産関数（生產函數）

生産原価（生產成本）

生産サイクル（生產週期）

生産ライン（生產線）

生産過剰（生產過剩）

生産都市（生產都市）

生産過程（生產過程）

生産闘争（生產鬥爭）

生産価格（生產者的出售價格指-生產成本加均利潤的價格-馬克思提出的價格觀念）（=生産者価格）

生産関係（生產關係）

生産力と生産関係の矛盾（生產力與生產關係的矛盾）

生産関係の革命的変革（生產關係的革命變革）

生産管理（生產管理-特指勞資爭議時工人自己進行的生產業務管理）

生産管理闘争（〔工人作為爭議手段進行的〕生產管理鬥爭）

生産組合（生產合作社）

生産コスト（生產成本）

生産コストを切り下げる（降低生產成本）

生産財（生產物資-用於生產其他產品的物資）←→消費財

生産手段

生産手段の大幅な改革

生産手段の生産を優先的に考慮する

生産者価格（生產者價格-指日本政府徵購主食糧食時付給生產者農戶的價格、它高於消費者價格、生產者的出售價格〔=生産価格〕）

生産性（生產率、生產能力，生產經營的效率）

労働の生産性（勞動生產率）

生産性を高める（提高生產率）

生産性が極めて高い（生產率非常高）

生産性向上運動（提高生產率運動）

生産制限（限制生產、削減生產-指資本家為了防止生產過剩和利潤下降、暫停部分生產或縮短開工時間）

生産隊（生產隊）

生産高（產量、產值）

工業生産高（工業產值）

生産高を増加する（增加產量）

其の結果、生産高が増し費用が減じた（結果是提高了產量降低了費用）

生産地（產地、原產地）

林檎の生産地（蘋果的產地）

生産的（生產的，生產性的、建設性的）

生産的な労働（生產性的勞動）

生産的な学説（建設性的學說）

生産年齢（生產年齡-指能從事生產勞動的年齡、一般指十六歲至五十五歲左右或稍高）

生産フライス盤（生產型銑床、專業化銑床）

生産費（生產費、生產費用、生產成本）

平均生産費（平均生產費）

限界生産費（限度生產費）

生産費を切り詰める（縮減生產費用）

生産物（產品、生產品）

生産目標（生產指標）

生産目標に達する（達到生產指標、完成生產指標）

生産用具（生產工具）

生産用原子炉（生產性原子反應堆）

生産様式（生產方式）

生産力（〔經〕生產力、生產能力）

社会主義革命の目的は、生産力を解放する事に在る（社會主義革命的目的是為了解放生產力）

生残〔名、自サ〕殘存、倖存（=生き残り）

生残者（殘存者、倖存者）者者

生き残る〔自五〕（同伴都死掉而自己）保住性命，倖存，沒死（的人）。〔轉〕留存下來，殘存，剩下

震災に生き残る（地震時倖存未死）

生き残った人の話を聞いて事故の原因を調べる（聽取倖存者的話來調查事故的原因）

大不況に生き残ったのは此の三社丈だ（從極端蕭條中剩下來的只有這三家公司）

生き残り、生残り〔名〕保住性命、倖存、沒死（的人）

生き残りの兵士（沒有陣亡的士兵）

彼は明治時代の生き残りだ（他是從明治時代活下來的人）

生き残り能力（〔軍〕生存能力）

生歯〔名〕生牙、長牙、出乳牙

生者、生者〔名〕生者、活著的人（=生者）←→死者

生者〔名〕〔佛〕生者

生者必滅、会者定離（生者必滅會者必離）

生熟〔名〕生（和）熟、未熟和成熟

生色〔名〕生色、生氣、朝氣蓬勃的神色

生色を失う（面無人色）

生色が無い（乾枯，乾巴巴、沒有生氣）

大水が引いて、町はやっと生色を取り戻した（洪水退了城鎮才恢復了生氣）大水大水洪水

生食〔名、他サ〕生食、生吃

野菜の生食は体に良い（生吃青菜對身體好）

日本人は魚肉を生食する（日本人吃生魚）

生殖〔名、他サ〕生殖、繁殖

鼠は生殖する力が盛んである（老鼠繁殖力強）

生殖口板（〔動〕生殖板）

生殖力（生殖能力）

生殖細胞（生殖細胞、性細胞）

生殖腺（生殖腺、性腺）

生殖腺除去（去勢、去性腺）

生殖不能者（陽萎的人、無生育能力的人）

生殖質（〔生〕種質）

生殖腸管（〔動〕腸殖管）

生殖輸管（〔動〕生殖管）

生殖隆起（〔動〕生殖脊）

生殖器、生殖器（生殖器、性器官）

生殖器官（生殖器官）

生殖器托（〔植〕生殖拖）

生殖器床（生殖器床）

生辰〔名〕生辰、誕辰（=誕生日）

生新、清新〔形動ノ〕清新、生動、新穎

清新の（な）気風（清新氣象）

沈滞した詩壇に清新の気を吹き込む（給消沉的詩壇灌輸清新的空氣）

生新しい〔形〕還新、較新

記憶に生新しい（記憶猶新）

生新しい死体（剛死的屍體）

生成〔名、自他サ〕生成，生長，發生，成長、形成，產生，製成。〔哲〕（德 Werden 的譯詞）生成，形成，轉化

地球上に生成する動植物は無数である（地球上生長的動植物是無數的）

新しい薬品を生成する（製成新藥品）

生成物（〔化〕生成物、形成物）物物

生成熱（〔化〕生成熱、形成熱）

生成文法（生成語法、換形語法）

生み成す〔自五〕生成、生出、產生（=生み出す）

日本の風土が生み成した名作（日本風土產生出來的名著）

生石灰、生石灰〔名〕〔化〕生石灰、氧化鈣（=酸化カルシウム）

生鮮〔名、形動〕生鮮

生鮮食料品（新鮮副食品）

生鮮果物（鮮水果）

生前〔名〕生前

遺骸は生前の意志に依り解剖に付せられた（根據本人生前的遺囑遺體交去解剖了）

生前は少し有名な人だったらしい（生前好像是個多少有點名氣的人）

此は彼が生前愛用していた机だ（這是他生前經常使用的桌子）

生息〔名、自サ〕生長，生活，生存、生息，繁殖、棲息

水中に生息する（生活在水中）

寒冷地帯には動物は余り生息していない（寒冷地區幾乎沒有動物存在）

益益生息する（越來越多地繁殖起來）

生息子〔名〕童男、不諳事故的青年←→生娘

生存、生存〔名、自サ〕生存

生存を維持する（維持生存）

火星にも人間が生存していると言われている（據說火星上也有人生存）

生存競争（生存競爭）

激しい生存競争を為る（進行激烈的生存競爭）激しい烈しい磨る掏る刷る摩る擂る摺る擦る

生存権（生存的權利）

人の生存権を脅かす（威脅別人的生存權）

生存者（生存者、倖存者）

生存者僅か二名だった（倖存者只有兩個人）

生体〔名〕生物，生物體←→死体、活體，活著的軀體

生体工学（生物工學）

生体コロイド（生物膠體）

生体電流（生物電流）

動物の生体を解剖する（解剖動物的活體）

生体学（人類軀體學）

生体染色（活體染色〔法〕）

生き体〔名〕〔相撲〕（被對方逼得千鈞一髮之際還有可能擺脫危機的）活姿勢←→死に体

生態〔名〕〔生〕生態、生活的狀態

落葉樹の生態（落葉樹的生態）

現代女性の生態（現代女性的生活狀態）

野鳥の生態を観察する（觀察野鳥的生態）

生態化学（生態化學）

生態学（生態學）

生態系（生態系）

生態型（生態型）

生誕〔名、自サ〕誕生（=誕生）

生誕の地（出生地）

生誕百年祭（誕生一百周年紀念）

生知〔名〕生知、天性聰敏不學也通事物的道理

生致〔名〕生擒後送

生長〔名、自サ〕（草木等）生長、發育（=生い育つ）

生長を促す（促進生長）

生長が速い（長得快）速い早い

今年の農作物は見事に生長している（今年的莊稼長得真不錯）

生長線（〔動〕〔軟體動物貝殼上的〕生長線）

生長素（〔生化〕植物激素、植物荷爾蒙〔=、〕）

生長点（〔植〕生長點）

生長率、成長率（增長率、〔植〕生長率，生長速度）

安定生長率（穩定增長率）

経済生長率（經濟增長率）

生長輪（〔植〕生長輪）

生き長らえる〔自下一〕長生，長壽、繼續活下去，未死，倖存

九十迄生き長らえる（長壽活到九十歲）

生き長らえて此の仕事を完成し度い（但願繼續活下去完成這項工作）

彼は妻の死後、長い間生き長らえた（妻子死後他又活了好久）

生徒〔名〕學生（一般指中學的學生）

私の受持の生徒（我所擔任的班級的學生）

先ず生徒に為って、其から先生に為るのだ（要先做學生然後再做老師）

生徒主事（〔中學的〕教導主任）

生徒心得（學生須知）

生徒監（中學的學監、教導主任〔=生徒主事〕）

生動〔名、自サ〕生動、栩栩如生

気韻生動の絵（氣韻生動的畫）

三月下旬の庭生動する雰囲気（三月下旬庭園裡生動的氣氛）

生肉〔名〕生肉、鮮肉（=生の肉）

生乳、生乳〔名〕（擠出來未經加工的）生乳、鮮乳、鮮奶

生蕃〔名〕生蕃、未開化的蕃人

生物〔名〕生物（=生物、生き物）←→無生物

動物と植物は生物である（動物和植物是生物）

生物衛星（生物衛星）

生物界（生物界）

生物学（生物學）

生物化学（生物化學）

生物岩（〔礦〕生物岩）岩岩

生物検定（生物檢驗）

生物工学（仿生學）

生物電気（生物電）

生物地理学（生物地理學）

生物発光（生物發光）

生物発生説（生物發生說）

生物物理学（生物物理學）

生物兵器（細菌武器）

生物変移説（生物變異說）

生物相（〔生〕生物區系）

陸生生物相（陸地生物區系）

地中生物相（地下生物區系）

底生生物相（水底生物區系）

生物農薬（〔生〕生物農藥-利用植物害蟲的天敵以代替化學農藥殺除害蟲、此種生物統稱為生物農藥）

生物〔名〕（未經煮、烤的）生食品、（尤指）生魚

生物は腐り易いので十分注意して下さい（生食品容易腐爛請千萬注意）

生物、生り物〔名〕（田地的）收穫，莊稼，收穫的農作物、果實，水果（=果物）

生物の木（果樹）

生物、生き物〔名〕生物，動物、活物，活的東西，有生命力的東西

生物を殺す（殺死生物）

言葉は生物だ（語言是活的東西）

生別〔名、自サ〕生離、生別（=生き別れ）←→死別

戦争中生別した親子が再会した（戰爭期間分離開的父子又重新見面了）

生別は死別より辛いと言う人も居る（也有人說生離比死別還痛苦）

生別離〔名〕生別離（=生別）

生き別れる〔自下一〕生離、生別←→死に別れる

戦争で両親と生き別れる（由於戰爭和父母離開）

生き別れ〔名〕生離、生別←→死に別れ

子供と生き別れに為る（和孩子訣別）

其が生き別れに為ろうとは夢にも思わなかった（作夢也沒想到那次就是最後握別）

生保〔名〕人壽保険（=生命保険）

生母〔名〕生母、親娘、生身母（=実母）←→義母、継母，継母

生母を生き別れて継母に養われる（和生母生別後由繼母撫養）

生民〔名〕人民，國民、生育國民

生命〔名〕生命，性命，壽命（=命）、命根子，最重要的東西，最寶貴的中心事物

生命を掛けて（冒生命危險）

生命は覚束無い（性命難保）

生命に関わる（生命攸關）関る係る拘る拘る

生命を奪う（奪去生命）

生命を救う（救命）救う搷う

生命を賭する（賭生命、豁出命來）

生命を保つ（保存生命）

パイロットは乗客の生命を預かっている（駕駛員掌握著乘客的生命）預る与る

戦争で多くの生命が失われた（因戰爭喪失了很多性命）

其の雑誌の生命は実に短かった（那個雜誌的壽命實在太短了）

生命力に富む新しい事物（有生命力的新事物）

生命を擲って自由の為に尽くす（為自由獻出生命）

時計の生命は正確さに在る（鐘錶最寶貴的在於準確）

此の子は私の生命だ（這個孩子是我的命根子）

此の楽器は私の生命だ（這個樂器是我的命根子）

生命原質（〔生〕生機）

生命現象（〔生〕生活現象）

生命線（生命線）

生命線を守る（保衛生命線）守る護る守る盛る漏る洩る

生命線を脅かす（威脅生命線）脅かす威かす嚇かす

此の基本路線は我国の生命線である（這個基本路線是我國的生命線）

生面〔名〕生面，新的領域，新的方式，傾向（=新生面）、初次會面（=初対面）

戦争は新生面を開いた（戰爭展開了新的局面）開く開く

物理学に新生面を切り開く（在物理學上開闢新的領域）

生面の人（初次見面的人）

生面盤〔名〕〔電〕活動配電盤、表面引出導線的配電盤

生毛細胞〔名〕〔生〕生毛細胞

生毛体〔名〕〔生〕生毛體

生理〔名〕生理、〔轉〕月經

生理衛生（生理衛生）

生理学（生理學）

生理的現象（生理現象）

生理的欠陥（生理上的缺陷）

生理休暇（經期休假）

生理日（月經期、例假）

生霊〔名〕生靈、生民、人民（=民）

生き霊〔名〕活人的冤魂（離開軀殼向仇人作祟的靈魂）←→死霊

生き霊に憑かれる（被冤魂纏住）憑く付く突く漬く撞く衝く尽く附く着く

生黎〔名〕民、人民、黎民

生路〔名〕生路，生存的道路，生活的道路、生路，活路，逃生之路

生かす、活かす〔他五〕使甦醒，使復活，讓活著，使生動、活用，有效利用←→殺す

医者が仮死者を生かした（醫生把不省人事的人救活了）

死に掛けた犬を生かす術が無い（無法把將死的狗救活）

もう生かして置けない（不能再留他這條命）

取った鯉を水の中に入れて生かして置く（把捕來的鯉魚放到水裡養活起來）

子供が大きく為る迄母を生かして置きたかった（本希望讓母親能活到兒女長大成人）

彼を生かすも殺すも貴方の了見次第だ（要她死或活全憑你作主了）

腕を生かす（發揮本領）

才能を十分に生かす（充分發揮才能）

廃物を生かす（利用廢物）

苦心を生かす（使苦心不白費）

其其の特徴を生かす（發揮各自的特點）

時間を生かして使う（有效地利用使間）

此の金を生かして使おう（好好利用這筆錢吧！）

消した所を生かす（恢復勾掉的地方）

料理は材料の味を生かす事が大切だ（烹飪重要的是把材料味道做出來）

役を生かす（演得生動）

此の絵は、此の木で生かされている（這畫由於這棵樹顯得生動了）

生かる、活かる〔自五〕〔俗〕（花）插好

此の花は良く生かった（這花插得很好）

生きる〔自上一〕活，生存，保持性命←→死ぬ、（不用否定形）生活，維持生活，以…為生

（常用…に生きる形式）為…生活，生活於…之中。生動，有生氣，栩栩如生。有效，有價值，有意義，有影響，發揮作用。〔圍棋〕（棋子）活。〔棒球〕活。〔印〕（校對時塗掉的字）復活，不刪

百歳迄生き（活到一百歲）

生きて帰る（生還）帰る返る還る孵る換える代える変える替える蛙

パンダは何を食べて生きているのか（熊貓吃什麼生存？）

生きている間に此の仕事を完成し度い（但願在有生之年完成這項工作）

彼はもう長く生きられない（他活不長了）

水が無ければ一日も生きる事は出来ない（若沒有水一天也活不了）一日一日一日一日

生きて恥を曝すよりは死んだ方が良い（與其活著丟人倒不如死了算了）良い好い善い佳い

今は生きるか死ぬかの瀬戸際だ（現在是生死關頭）

彼は海に生き、海に死んだ（他生在海上死在海上）

ペン一本で生きる（靠一枝筆維持生活）

生きる為の手段（謀生的手段）

希望に生きる（生活在希望中）

感情に生きる（為感情而生活）

芸道一筋に生きた五十年（獻身於藝術的五十年）

彼女は一生を学童への教育に生きて来た（她為兒童教育獻出了一生）

描写が生きている（描寫得生動）

此の肖像は丸で生きている様だ（這幅畫像栩栩如生）

其の色を塗ればずっと絵が生きて来る（若塗上那種顏色畫就更生動了）来る来る

此の俗語の為に文章が生きて来た(由於用了這句俗話畫文章就生動起來了)

折角の苦心が此で生きる（千辛萬苦終於有了代價）

此の法律は未だ生きている（這個法律仍然有效）未だ未だ

塩の加減で料理の料理の味が生きる（鹽量適當菜就有味道）

孫文先生の教えは今猶生きている（孫文的教導現在仍活在人們心中）

然う言う仕来りが未だ生きている然うだ（據說還有那種習慣）

三目の石が生きる（三個子活了）

一塁に生きる（在一壘上活著〔未出局〕）

此の一行は生きる（這一行不刪）一行一行

生き、活き〔名〕〔圍棋〕活

　此の石は活きが無い（這棋子活不了）

生き〔名〕活、新鮮（魚肉蔬菜）。（校對時）恢復勾掉的字（寫作〔イキ〕）←→死に。〔圍棋〕活（也寫作活き）

　生き死にを共に為る（生死與共）

　生き証人（活證人）

　生き如来（活菩薩）

　生きの良い魚（鮮魚）

　生きが良い（新鮮）

　此の字はイキ（這字保留）

　此の石は活きが無い（這棋子活不了）

生き生き、活き活き〔副、自サ〕生氣勃勃、栩栩如生

　活き活き（と）した表情（生動的表情）

　活き活き（と）した描写（生動的描寫）

　活き活きした魚（活生生的魚）

　雨を濡れて木木が活き活きとしている（樹木被雨滋潤欣欣向榮）

　此の絵は活き活きとしている（這畫栩栩如生）

生生〔副、自サ〕生氣勃勃（=生き生きと）、生生不已，不斷生長壯大

　万物が生生して已まない（萬物生生不已）止む已む病む

生生しい〔形〕生動，活生生，非常新、明顯，鮮明，逼真

　生生しい事実（活生生的事實）

　生生しい血痕（新的血跡）

　生生しい描写（生動的描寫）

　生生しい記憶（鮮明的記憶）

　其は今も猶御記憶に生生しい（那件事現在還記憶猶新）

　事故現場の生生しい写真（肇事現場的血淋淋的照片）

　彼の欠点が果然生生しく感じられる様に為る（他的缺點果然令人感到很明顯）

生きとし生ける物〔連語〕（と、し都是加強語氣地助詞）萬物、一切生物（=有らゆる生き物）

生き写し〔名〕酷似，一模一様、寫生

　彼の子は父親に生き写しの顔を為ている（那個孩子的臉和他父親一模一樣）

　此の肖像画は彼の人に生き写しだ（這幅畫像和他一模一樣）

生き馬、生馬〔名〕活馬（只用以下用法）

　生き馬の目を抜く（雁過拔毛）

　生き馬の目を抜く様な男（狡猾過人遇事三分利的人）

　東京は生き馬の目を抜く処だから気を付け為さい（東京是個精明人也免不了受騙的地方你要特別小心）

生き埋め、生埋め〔名〕活埋

　生き埋めに為る（活埋）

　山崩れで村人が生き埋めに為った（由於山崩村裡的人都被活埋在下面了）

生き餌，生餌、活き餌，活餌〔名〕活餌、生肉

　小鳥は活き餌で飼う（小鳥用活餌飼養）

生き甲斐〔名〕生存的意義、生活的價值

　生き甲斐の有る生活（有意義的生活）

　生き甲斐を感ずる（感到活得有意義）

　若い世代の生生と為た成長に生き甲斐を感じる（面對青年一代的茁壯成長感到生活的意義）

生き返る〔自五〕復活、甦生、甦醒（=蘇る）

　人工呼吸で生き返る（靠人工呼吸甦醒過來）

　雨で木が生き返った（樹林因雨又欣欣向榮了）

　生き返った様な心地が為る（覺得像又重新活過來似的、覺得又揀了條命似的）

　死んだ物は生き返らない（已死的東西不能復生）

生き顔、生顔〔名〕活著時候的面容

生き方〔名〕生活方式、（根據人生觀的）生活方式，生活態度

　イージーな生き方（簡易的生活）

青年と為ての生き方を考える（考慮作為一個青年的生活態度）

有意義な生き方を為る（過有意義的生活）

生金〔名〕錢沒有白花、值得花的錢←→死に金

生き神、生神〔名〕活神仙、靈驗的神仙、德高望重的人

彼の人は本当に生き神様だ（那位真是德高望重）

生き肝、生き胆〔名〕（活人或活動物的）膽

蛇の生き肝（活石蛇膽）

生き肝を抜く（挖取〔活人或活動物的〕膽、〔轉〕嚇破膽、殺死）抜く貫く

生き腐れ〔名〕（魚等）看起來新鮮實際已腐爛

鯖の生き腐れ（青花魚看來新鮮實際已腐爛-喻青花魚容易腐爛）

生き地獄〔名〕活地獄、人間地獄

事故の現場は生き地獄だ（事故的現場簡直是活地獄）

生き字引〔名〕活字典、萬事通（也指知道而不能應用的人）

三十年勤続して今では役所の生き字引と言われている（連續工作了三十年現在被稱為機關的活字典）

生きた〔連体〕（た表示存在的狀態、與ている相同）活的、活著的、有生氣的、有生命的、生動的、靈活的

生きた教訓（活生生的教訓）

生きた手本（活樣板）

生きた人に言う様に話す（好像對活人說話一樣）

生きた心地が為ない（感到萬無生機、怕得要死）

生きた金を使う（把錢花在刀口上）使う遣う

生きた空〔連語〕活著的心情、放心的感覺（只作以下用法）

恐怖の余り生きた空も無い（怕得要死、簡直嚇死人）

生き血、生血, 生血〔名〕鮮血←→古血

生き血を搾る（剝削血汗、吮人膏血）搾る絞る

生き血を啜る（剝削血汗、吮人膏血）

生き血を吸う（剝削血汗、吮人膏血）

生血、血〔名〕黏糊糊的血（=血糊）

刃の生血を拭い取る（擦掉刀上的黏血）

生如来〔名〕活佛、高僧

生き人形、生人形〔名〕像人一樣大的玩偶、像玩偶一樣美麗的女人

生き抜く〔自五〕掙扎著活下去、度過艱苦的日子、堅決活到底

あんな多難な時代に生き抜くのは容易ではない（在那種艱苦的年代裡活下去是不容易的）

散散苦労を為てやっと生き抜いて来た（受盡千辛萬苦好不容易活了過來）

どんなに苦しくとも、断然生き抜こうと決心した（不管怎麼艱苦決心堅決要活下去）

生え抜き〔名〕地道，土生土長、（創業以來的）元老

生え抜きの江戸の子（地道的〔土生土長的〕東京人）

生え抜きの台北っ子（地道的台北人）

生え抜きの軍人（地道的軍人）

生え抜きの社員（元老社員）

生の緒、息の緒〔名〕生命（=命）、呼吸（=息）

生き延びる〔自上一〕長壽，多活、倖存，保住性命

医学の進歩で人間が生き延びる様に為った（由於醫學進步人壽命延長了）

母は父よりも五年生き延びた（母親比父親多活了五年）

危うい処を生き延びた（在千鈞一髮之際保住了性命、險些喪命）

彼の災害に遇った人で生き延びた人は極僅かだ（在那次災害中倖存者為數極少）

生き恥〔名〕（活著）受辱、丟人←→死に恥

生き恥が掻く（活著受辱、為了生存而遭受恥辱）

ㄕ

生き恥を曝す（活著受辱、活得不光彩）曝す晒す

生き仏、生仏〔名〕活佛、高僧、德高望重的人、有慈悲心腸的人

生ける、活ける〔他下一〕插花，栽植。〔舊〕使活下去（=活かす生かす）

牡丹を花瓶に生ける（把牡丹插在花瓶裡）

床の間に花が生けて有る（壁龕裡插著花）

鉢に生ける（栽在盆裡）

生けて置けぬ奴（該死的傢伙）

生ける〔連體〕活著的（=生きている）

生ける屍（行屍走肉）

生けるが如き面持（活人一般的神情）

生きとし生ける物（萬物、一切生物）

生け垣，生垣、生け籬，生籬〔名〕樹籬、矮樹籬笆

生け垣を廻らした庭（四周圍著樹籬的院子）巡らす廻らす回らす

生州、生け簀，生簀〔名〕魚塘、（沉入水中的）養魚箱

魚が生簀に入れる（把魚放在養魚池裡）

生簀船（養魚池）

生け作り，生作り、活け作り，活作り〔名〕〔烹〕把鮮鯉等的生魚片重新擺成整條魚的菜、鮮魚片

生け捕る〔他五〕生擒、活捉

敵兵を生け捕る（生擒敵兵）

虎を生け捕る（活捉老虎）

生け捕り、生捕り〔名〕生擒，活捉、俘虜，活的獵獲物

熊を生け捕りに為る（活捉狗熊）

敵を生け捕りに為る（活捉敵人）

生け捕りの二人を連れて来る（帶來兩名俘虜）

生け贄、生贄、犠牲〔名〕（供神的）犧牲，活祭品、（為某種目的的）犧牲品

生贄を捧げる（供犧牲）捧げる奉げる

動物を生贄に為る（把動物作供品）

政略結婚の生贄と為る（成為政略結婚的犧牲品）

生まれる，生れる、産まれる，産れる〔自下一〕生，產、出生，誕生←→死ぬ、產生，出現

子供が生れる（生孩子）

貧しい家に生れる（生在窮苦之家）

貧乏に生れる（生來就窮）

此の様な雄大な場面を見たのは生れて初めてだ（有生以來第一次看到這樣壯觀的場面）

疑問が生れる（產生疑問）

又新しい国が生れた（又出現了一個新國家）

実践から真の知識が生れる（實踐出真相）

生れた後の早め薬（馬後炮、喻不即時的行動）

生れぬ先の襁褓定め（未雨綢繆）

生まれ、生れ〔名〕出生，誕生、出生地、門第，出身

三月生まれ（三月生〔的人〕）

昭和生まれ昭和年代生〔的人〕）

田舎生まれの人（出生於鄉下的人）

生まれ性（天性、稟性）

生まれ日（生日、誕辰）

御生まれは何方ですか（你的出生地是哪裡？）

生まれは彰化です（彰化生的）

名門の生まれ（名門出身）

生まれ素性（門第、家世）

生まれ合わす、生れ合す〔自五〕同時出生、生逢其時，恰好生在（…時代）

良い時代に生まれ合わす（生逢美好時代）

生まれ合わせる、生れ合せる〔自下一〕同時出生、生逢其時，恰好生在（…時代）（=生まれ合わす）

生合成〔名〕〔生〕生物合成

生まれ落ちる、生れ落ちる〔自上一〕生下、出生

生まれ落ちると直ぐ人に貰われていった（一生下就被別人要去了）

生まれ落ちてから此の方嘘を吐いた事が無い（有生以來從沒說過謊）

生み落とす，生落す、産み落とす，産落す〔他五〕生產、分娩（=産む）

卵を産み落とす（下蛋）

玉の様な男の子を産み落とす（生下個胖小子）

父無し子を産み落とす（生了個無父之子）

生まれ変わる、生れ変る〔自五〕〔佛〕再生，轉生，轉世、新生，脫胎換骨，重新做人

生まれ変わって真人間に為る（脫胎換骨重新做人）

彼は全く生れ変った（他完全變成另一個人）

彼の意地悪な男が生れ変った様に親切に為った（那個心術不正的人變得很熱情像換了一個人似的）

生まれ変わり、生れ変り〔名〕再生，轉世、新生，重新做人

彼は悪魔の生まれ変わりだ（他是魔鬼轉世）

正道への生まれ変わり（重新走上正道）

生まれ故郷、生れ故郷〔名〕故鄉、出生地

十年振りで生まれ故郷に帰る（相隔十年重回故鄉）

生まれ損ない、生れ損い〔名〕〔罵〕飯桶、無用的人

此の生まれ損ない奴（你這個飯桶、笨蛋）

生まれ立て、生れ立て〔名〕剛生下

生まれ立ての子猫（剛生的小貓）

生まれ立ての赤ん坊（生下不久的嬰兒）

生み立て〔名〕剛生下來

生み立ての卵（剛下的蛋）

生まれ付く、生れ付く〔自五〕天生、生來就有

幸運に生まれ付く（生下就有福氣）

生まれ付き、生れ付き〔名、副〕天性，稟性、天生，生來

生まれ付きの近眼（天生的近視眼）

生まれ付き口が悪い（生來就嘴巴厲害）

生まれ付き器用な質だ（生來就心靈手巧）

声の悪いのは生まれ付きだ（生來嗓門就不好）

人間の能力は生まれ付きの物ではなく、実践の闘いの中から得られる物である（人的能力不是天生的是從實踐鬥爭得到的）

生まれながら、生れながら〔副〕天生、生來（=生まれ付き、生れ付き）

生まれながらの名文家（天生的文章高手）

生まれながらに苦労を背負っていた（一生下就命苦）

〝生まれながらに為て之を知る〞と言う様な事は無い（沒有〝生而知之〞這回事）

生み付ける、産み付ける、〔他下一〕把卵產在…上、遺傳給後代

虫が卵を木に産み付ける（蟲把卵產在樹上）

生まれ値、生れ値〔名〕〔商〕（交易所上場證券）第一次成交價、（交易所）每月最初的開盤價

生む、産む〔他五〕（寫作産む）生，產、（寫作生む）產生，產出

子を産む（生孩子）

卵を産む（產卵、下蛋）

傑作を生む（產生傑作）

預金が利子を生む（存款生息）

良い結果を生んだ（產生好的結果）

噂が噂を生む（越傳越離奇）

実践は真の知識を生み、闘争は才能を伸ばす（實踐出真相鬥爭長才幹）

案ずるより産むが易い（事情並不都像想像的那麼難）

生んだ子より抱いた子（生的孩子不如抱來的孩子好。

*喻只生而不養不如自幼抱來扶養的孩子更可愛）

熟む〔自五〕（水果）熟、成熟

柿が熟む（柿子成熟）

真赤に熟んだ桜ん坊（熟得通紅的櫻桃）桜ん坊桜桃

績む〔他五〕紡（麻）

苧を績む（紡麻）

膿む〔自五〕化膿（=化膿する）

腫物が膿んだ（腫包化膿了）膿む生む産む倦む熟む績む

腫物を膿ませる（使腫包化膿）

傷口が膿む（傷口化膿）

倦む〔自五〕厭倦，厭煩，厭膩、疲倦

倦まず撓まず（不屈不撓）

人を誨えて倦まず（誨人不倦）教える訓える

長い汽車の旅に倦む（對長途火車旅行感到厭倦）

魯迅は机に向って、一日中倦む事無く筆を揮って戦い続けた（魯迅終日伏在桌子上不倦地揮筆戰鬥）一日一日一日一日

生み、産み〔名〕（常寫作産み）生，生育、（常寫作生み）新創，創立

産みの親（親生的父母）

産みの子（輕生的兒女）

会の創立が捗らず、生みの悩みの状態だ（會的創立遲遲不進大有難產之勢）

産みの恩より育ての恩（養育之恩大於生育之恩）

産みの苦しみ（分娩前的陣痛、喻創業之難）

産みの苦しみを経験した事の無い女が、子供の教育の事に口を出すのは烏滸がましい（沒經過養兒之苦的女人對子女的教育問題說長道短未免有些狂妄無知）

生み落とす，生落す、産み落とす，産落す〔他五〕生產、分娩（=産む）

卵を産み落とす（下蛋）

玉の様な男の子を産み落とす（生下個胖小子）

父無し子を産み落とす（生了個無父之子）

生み出す、産み出す〔他五〕生出，產出、產生出，創造出、開始生，開始產

卵を生み出す（下蛋）

工夫して新しい考案を生み出す（動腦筋想出新的方法）

優れた作品を生み出す（創造出好作品）

勤労人民が生み出した富を浪費する事は犯罪行為に等しい（揮霍浪費勞動人民創造的財富等同犯罪行為）

去年買った鳥が卵を生み出した（去年買的雞開始下蛋了）

生み付ける、産み付ける、〔他下一〕把卵產在…上、遺傳給後代

虫が卵を木に産み付ける（蟲把卵產在樹上）

生み流し〔名〕流產、生下來自己不照顧，管生不管養

生みの親、産みの親〔名〕親生父母，生身父母、創始人

彼が其の術語の産みの親だ（他是那個術語的創始人）

産みの親より育ての親（養育之恩大於生育之恩）

生みの子、産みの子〔名〕親生的孩子

生〔名〕純粹的、原封的。

〔接頭〕表示純粹，真正、表示純的，原封的，原漿的，未摻其他的東西（酒等）、表示未加工，未精製

生の儘の心（純真的心）

ウイスキーを生（の侭）で飲む（喝原裝〔不對水〕的威士忌）

生真面目な人（一本正經的人）

生娘（處女、天真的小姐）

灘の生一本（灘產原封清酒）

生醤油（原封醬油）

生糸（生絲）

木、樹〔名〕樹，樹木、木材，木料、木柴

木の幹（樹幹）

木の心（樹新）

木の節（樹節）

木の実（樹上結的果實-如桃、李、桑葚、栗子、核桃）

木の脂（樹脂）

木の　（樹蔭）

木の切り株（樹伐倒後的殘株）

木が枯れた（樹枯死了）

木に止まっている　（落在樹上的鳥）

木に為っている果実（樹上結的果實）

木に登る（爬樹）

木を植える（植樹）

木を切る（伐樹）

木を見て森を見ず（見樹不見林）

木で　った家（木造房）

木で作った 机（用木頭做的桌子）

　で木を削る（刨木頭）

木を焚く（燒木柴）炊く

木から落ちた猿（如魚離水）

猿も木から落ちる（智者千慮必有一失）

木　かならんと欲すれども　止まず（樹欲靜而風不止−韓詩外傳）

木で　を括る（愛理不理、非常冷淡）

木で　を括った様な7 事を為る（愛理不理地回答）

木に竹を接ぐ（以竹接木、張冠李戴、牛頭不對馬嘴−喻不協調、不合適）

着物を着てダンスを為るのは木に竹を接いだ様でどうもぴったりしない（穿著和服跳舞總覺得有些不對路）

木にも草にも 心 を置く（風聲鶴唳、草木皆兵）

木に縁って　を求む（緣木求魚−孟子梁惠王）

木の実は本へ落つ（落葉歸根、樹上果實總要落到樹根周圍、萬象歸宗）

木、柝〔名〕（戲劇揭幕或打更的）梆子（=拍子木）

木を入れる（打梆子）

木が入る（打梆子）

黄〔名〕黃、黃色（=黄色）

黄為る 泉（黃泉）

気〔名〕空氣，大氣、氣息、香氣、節氣、氣氛、氣度，氣量、氣質，心神，神志、心情，情緒、心意，心思

〔漢造〕氣，氣體，空氣，大氣、氣象，氣候、氣慨，氣魄、節氣

海の気（海氣）

爽やかな山の気（清爽的山氣）

気が詰まる（喘不過氣來了、感覺拘謹）

気が詰る様な部屋（令人窒息的屋子）

気の抜けたビール（走了味的啤酒）

此の茶は酒の気が有る（這茶有酒味）

缶の蓋を為ないとコーヒの気が抜ける（罐子不蓋上咖啡會走味）

二十四気（二十四節氣）

陰惨の気（陰森森的氣氛）

殺伐の気（殺氣騰騰）

不安の気が 漲 っている（充滿著驚慌不安的氣氛）

気が大きい（大方、豪邁、胸襟寬闊）

彼は気が大き過ぎる（他過於慷慨大方）

気の小さい人（小氣的人、氣量狹小的人、胸襟狹小的人）

此も 私 が気が小さいからです（這也由於我氣量狹小）

気が合う（投緣、對胃口、氣味相投、脾氣合不來）

気が合わない（不投緣、不大對勁、脾氣合不來）

気が合うと言うのは不思議な物だ（投緣說起來可真怪）

気が荒い（性情暴躁）

気が強い（剛強、剛毅、倔強）

気の強い子供（剛強的孩子）

気が弱い（懦弱）

気が早い（性急、性情急躁、愛動肝火）

ㄕ

気が短い（性急、性情急躁、愛動肝火）

気の良い娘（性情溫和的小姐）

気の変な人（脾氣古怪的人）

気が斑だ（性情易變）

気の長い人（慢吞吞的人、不爽快的人）

気のさくい人だ（直爽，爽朗，坦率，乾脆的人）

気の確りした人（堅實可靠的人、踏踏實實的人、有作為的人）

気が落ち着かない（心神不安）

気を落ち着ける（穩定心神、沉下心去、鎮靜起來）

気を落ち着けて考える（沉下心去思考）

浩然の気を養う（養浩然正氣）

天地正大の気（天地正大之氣）

忌〔名、漢造〕居喪、服喪、喪期、忌辰、禁忌

父の七回忌（父親逝世七周年）

忌が明ける（除服、喪期已過）

嫌忌（討厭、厭惡）

禁忌（禁忌、忌諱=タブー）

遠忌（〔宗派的開山祖等〕死後每五十周年舉行的忌辰的佛事）

周忌、年忌、回忌（每年忌辰）

河童忌（〝芥川竜之介〞的忌辰）

季〔名、漢造〕（俳句中的）季節、（表示）季節的詞、四季、季節、末尾

俳句には季を表わす言葉が入る（俳句裡要有表示季節的詞）

季の無い俳句（沒有表示季節詞的俳句）

季語、季題（表示季節的詞）

四季（四季）

春季（春季）

夏季（夏季）

秋季（秋季）

冬季（冬季）

時季（時節）

行楽季（遊玩的季節）

一季（一季）

半季（半季、半年）

年季、年期（學徒或傭工合約年限、長期積累的經驗、當有期限的合約工）

澆季（人情淡薄的亂世）

雨季、雨期（雨季）

乾季、乾期（乾旱季節）

奇〔名、漢造〕奇、稀奇、珍奇、出人意料。〔數〕奇數←→偶

何の奇も無い（沒有什麼稀奇的）

奇を衒う（顯示奇特）

奇を好む（好奇）

事実は小説よりも奇也（事實比小說還稀奇）

奇の数（奇數）数数

珍奇（珍奇、稀奇）

怪奇（奇怪、怪異）

新奇（新奇〔的事物〕）

軌〔漢造〕軌道、法度

広軌（寬軌）←→狭軌

狭軌（窄軌）←→広軌

車軌（車軌）

正軌（正軌）

常軌（常軌）

不軌（〔古〕不軌）

記〔名、漢造〕記、記錄、記憶、標記、記事文

花を観るの記（賞花記）

速記（速記）

簿記（簿記）

登記（登記、註冊）

明記（記明、載明、清楚記載）

銘記（銘記、牢實記住）

強記（強記、記憶力強）

博覧強記（博覽強記）

暗記、諳記（暗記、熟記）

手記（手記、親手記錄）

首記（起首記載）

戦記（戰爭紀實）

転記（轉記、過帳）

伝記（傳記）

別記（別記、附記、附錄）

筆記（筆記、記下來）

付記、附記（付記、附註

日記（日記）

既記（前述、上述）

航海記（航海記）

探検記（探險記）

太平記（太平記）

古事記（古事記）

期（也讀作期）〔名、漢造〕期、一段時間、時期、（預定的）時日、時機、季節

再会の期を失う（失掉再次見面的時機）

予期（預期、預料、預想）

一期（一期、第一期、第一屆）

一期（〔佛〕一生、一次）

一期一会（一生只遇一次）

時期（時期、時候、期間、季節）

次期（下期、下屆）

末期（最後的時期、最後的階段、臨終）←→初期、中期

初期（初期）

所期（所期、預期、期待）

任期（任期）

長期（長期、長時間）←→短期

短期（短期）

満期（滿期、到期）

学期（學期）

死期、死期（死期=臨終）

始期（開端、開始的時期、〔法〕法律行為開始生效期）

乾燥期（乾燥期）

農繁期（農忙期、農忙季節）←→農閑期

幼児期（幼兒期）

思春期（思春期）

最期（臨終、死亡、末日、逝世前夕、最後時刻）

器〔名〕有才能、有某種才幹的人

〔漢造〕器具，器皿、起作用（的），才幹

器を見て職を就かせる（量才能分發工作）就く付く着く突く衝く憑く尽く搗く附く漬く

磁器（瓷器=瀬戸物）

陶器（陶器、陶瓷器=瀬戸物、焼物）

茶器（茶具、茶道用具）

祭器（祭祀神佛用的器具）

神器（祭神用器皿、神傳的寶器、〔特指象徵皇位的〕三種神器=神器））

神器（神傳的寶器、〔特指象徵皇位的〕三種神器-八咫鏡、天叢雲劍、八阪瓊曲玉）

楽器（樂器）

計量器（計量器）

電熱器（電熱器）

消化器（消化器）

消火器（消防器材、滅火工具）

気化器（汽化器）

才器（才具、才幹）

凡器（凡器）

大器（大才，英才、大容器）

大器晩成（大器晚成）

機〔名、漢造〕機會、時機、飛機、機器、機關、機宜、機會、機能、樞機。

〔接尾〕（助數詞用法）表示飛機的架數

機が未だ熟さない（時機尚未成熟）

機を見て実行しよう（見機而行吧！）

機に乗じる（乘機）

機に乗じて手を伸ばす（乘機插手）

機を待つ（待機）

此の機逸す可からず（此機不可失）

機を見て巻き返しに出ようと為る（伺機反撲）

機を見て動こうと為ている（蠢蠢欲動）

兵力を保存し、機を見て敵を打ち破る（保存兵力伺機破敵）

旅客機（旅客機）

軍用機（軍用飛機）

戦闘機（戰鬥機）

爆撃機（轟炸機）

水上機（水上飛機）

ジェット機（噴射機）

十機編隊（十架編隊）

一百機に由る爆撃（用一百架飛機的轟炸）

機に臨み変に応じる（臨機應變）

機に由り法を説く（隨機應變、因時制宜）

織機（織布機）

敵機（敵機）

飛行機〔飛機〕

工作機（工作母機）

鋳造機（鑄造機）

待機（待機、伺機、待命）

戦機（戰機）

動機（動機、直接原因）

契機（契機、轉機、動機）

軽機（輕機關槍）

転機（轉機、轉折點）

天機（天機、天性、皇帝的健康）

電機（電機、電動機）

心機（心機、心情）

軍機（軍機、軍事機密）

枢機（樞機、機要）

臨機応変（隨機應變）

生一本〔名、形動〕純粹，原封、天真，純真、正直，直率

灘の生一本（原封的灘〔大阪灣北岸〕產清酒）

生一本な性質（直率的性質）

私は生一本な人間で、歯に衣を着せるのは嫌いです（我是個直腸子〔有什麼說什麼〕討厭拐彎抹角）

生糸〔名〕生絲←→練り糸

繭から生糸を紡ぐ（從蠶繭織生絲）

生糸検査器（生絲檢查器）

生糸の格付（〔經檢查按品質〕規定生絲的等級）

生漆〔名〕（採後未經加工的）生漆

生男、木男〔名〕（一群中）全是男人、沒有接觸過女人的男人，童貞、粗野的男人，不懂禮貌的男人

生息子〔名〕童男、不諳事故的青年←→生娘

生女、木女〔名〕未接觸過男人的成年女子，處女、粗魯的女人，沒禮貌的女人

生娘〔名〕處女、天真的小姐←→生息子

生紙〔名〕不掛漿的抄紙、不上膠的抄紙

生酒〔名〕原酒、未摻假的酒

生地、素地〔名〕本色，素質，本來面目、（衣料等的）質地、布料，衣料、素胎，胚子（未塗釉藥的陶瓷胚等）

生地が出る（露出本來面目、現出原形）

彼奴は気取っていて中中生地を出さない（那個傢伙裝模作樣不輕易露出本來面目）

生地の儘で、化粧を為ない（本來面目不施脂粉）

洋服の生地（西服料）

ナイロン生地（尼龍衣料）

生地が細かい（質地細緻）

生地が荒い（質地粗糙）荒い粗い洗い

此の生地を千円分下さい（請把這個衣料替我裁一千日元）

生地を三ヤール必要だ（衣料需要三碼）

生地見本（衣料樣品）

生地綿布（〔未經加工的〕胚布）

生地煉瓦（胚磚、磚胚）

生地〔名〕出生地，原籍、生地←→死地

御生地は何方ですか（您原籍是哪裡？）

私の生地は彰化です（我的原籍是彰化）

生醤油〔名〕原醬油、純醬油、沒加其他東西的醬油、不經煮沸而使用的醬油

生酢〔名〕原醋、高醋

生漉き〔名〕（用雁皮等）原漿抄製（的紙）

生直ぐ〔形動〕〔舊〕坦率、率真、質樸

生直ぐな男（坦率的人）

生世話〔名〕（江戶時代中期以後歌舞伎的）社會劇（一種刻畫當時社會情況、風俗的寫實劇）、寫實劇劇本（=生世話物）

生蕎麦〔名〕純蕎麥麵條（加白麵的有時也叫生蕎麦）

生染め〔名〕原紗染色、原料染色、生絲染色

生粋〔名〕純粹、道地

生粋の江戸の子（道地的東京人）

生粋の土地の人（道地的當地人）

生粋の本場物（道地貨）

生蜜〔名〕（未加工的）蜂蜜、生蜜

生木綿〔名〕未漂的棉布

生蠟〔名〕生蠟（蠟燭原料）（=木蠟）

生す〔他五〕生（=生む）

子を生す（生小孩）

子迄生した仲（連小孩都生下來的親密關係）

彼女は彼との間に二人の子を生した（她和他之間生了兩個小孩）

成す〔他五〕形成，構成、完成，達到目的

群を成す（成群）群群

円を成す（形成圓形）

社会を成す（構成社會）

色を成す（作色、發怒）

此等の元素が集まって物質界を成す（這些元素集合起來構成物質世界）

天然の良港を成す（形成天然良港）

形を成していない（不成形）形形形形形

此は意味を成さない（還沒有任何意義）

志を成す（達到志願）

名を成す（成名）名名名

財を成す（治下財產）

産を成す（治下財產）

斯くて今日の大成を成した（這樣有了今日的偉大成就）

災いを転じて福と成す（轉禍為福）

為す〔他五〕〔文〕做，為（=行う）、作，製造（=作る）

善を為す（為善）成す為す生す

悪を為す（作惡）

為す所無く暮らす（無所事事地度日）

為す所を知らず（不知所措）

為せな為る（有志竟成、做就成）

小人閑居して不善を為す（小人閒居為不善）小人、小人、小人（身材短小的人）

為す事為す事（所作所為）

彼は為す術も無く見て居た（他束手無策只好一旁觀望）

此は人力の為し得る所ではない（這不是人力所能及的）人力人力得る得る

人の為せる業とは思えない（天工巧匠、彷彿不是人力所能做出來的）

生さぬ仲〔連語〕非親生關係、繼父母和繼子女的關係

生さぬ仲の子（養子，養女、繼子，繼女）

生〔名〕（食物沒煮過或烤過）生。（未經加熱或殺菌）生。（未加工）生。（未成熟）生。（未乾）濕。自然，直接。不到火候，不充分，不透徹。生啤酒（=生ビール）。洋點心，西式點心（=生菓子）。驕傲，傲慢（=生意気）。現金，

ㄕ

現款（=現生）。半醉，微醺（=生酔い）。不用暗碼的電報

〔接頭〕（接名詞）表示不成熟，不充分，幼稚。（接形容詞）略微，總有些

生肉（生肉）

生水（生水）

生の魚（生魚）

生で食べる（生吃）

人参を生の儘で齧る（生吃胡蘿蔔）

生ビール（生啤酒）

生の牛乳（生牛奶、未經消毒的牛奶）

生ゴム（生橡膠）

生皮（生皮）

生の果物（未熟的水果）

生砂（〔鑄造用的〕濕砂）

生の薪を焚く（燒濕劈柴）

生蒸気（新汽、直接從鍋爐出來的高壓蒸氣）

生の声（〔不通過播音的〕原聲、直接的聲音）

生の情報（第一手資料）

生で放送する（〔未經錄音或錄像的〕現場播送）

市民の生の生活に直に触れて見る（直接接觸市民的實際生活）

生煮え（未煮熟、半生不熟）

腕が生だ（技術不熟練）

生を一杯呉れ（來一杯生啤酒）

生を言うな（別出言不遜）

おい、生を持っているか（喂！你有現款嗎？）

生で送信する（打明碼電報）

生兵法（一知半解的軍事知識）

生学問（一知半解）

生物知り（半通不通）

生返事（曖昧的答覆）

生侍（年輕幼稚的武士）

生暖かい（有點暖和）

生白い（微白）

生欠伸〔名〕沒有完全打出來的呵欠

生欠伸を噛み殺す（把呵欠嚥回去）

生揚げ、生揚〔名〕沒炸熟（的東西）、過油豆腐塊

生汗〔名〕冷汗、緊張時冒出的汗

生暖かい〔形〕（口語也作生暖かい）微溫、微暖

生暖かい天気（感到些微暖和的天氣）

生暖かい風が吹いて来た（微暖的風吹來了）

生餡〔名〕尚未加糖的小豆餅餡

生意気〔形動〕臭美、裝闊、狂妄、自大、傲慢、不遜、神氣活現

生意気（を）言うな（別說大話）

生意気な事を言う（出言不遜）

小学生の癖に生意気だね（一個小學生竟如此狂妄）

生意気な口を利く（說話狂妄）利く効く聞く聴く

金も無いのに、生意気に自動車を買ってね（本來沒有錢還裝闊買了汽車）

生意気盛り（神氣十足、盛氣凌人）

生意気盛りの少年（神氣十足的少年、盛氣凌人的小子）

生梅〔名〕剛摘下來的梅子

生演奏〔名、自サ〕（與錄音廣播或錄像放映相對而言的）現場演奏

生貝〔名〕鮮貝、（狹義指）鮮鮑魚

生牡蠣〔名〕鮮〔生〕牡蠣、鮮（生）蚌

生学問〔名〕〔俗〕片段的知識，膚淺的知識、半瓶醋，一知半解

生菓子〔名〕帶餡的日本點心（一般指蒸的）、鬆軟的西式蛋糕←→干菓子

生齧り〔名、他サ〕（口語也作生齧り）一知半解、半通不通

英語は本の生齧りです（英語只是半通不通）

ロシア語を生齧りする（稍懂點俄文）

生齧りの知識を振り回す（賣弄半通不通的知識）

彼は色色な事を生齧りで知っている（他一知半解地懂得很多事情）

生型〔名〕〔冶〕溼砂型

生型鋳物（溼型鑄件）

生型造型（溼型造型）

生壁〔名〕剛塗過未乾的牆、深藍灰色（=生壁色）

生皮、生皮〔名〕生皮，未鞣的皮、皮膚

生皮を剥がす（剝皮）

生皮〔名〕生皮、未硝的皮

生皮〔名〕生皮、生革

生乾き〔名〕半乾、未乾透

生乾きのシャツを着る（穿半乾的襯衣）着る伐る斬る切る

生木〔名〕地上長的樹木、剛砍下未乾的樹，（狹義指）未乾的木材

生木を裂く（棒打鴛鴦、強使情侶分開）裂く割く咲く

生り木〔名〕結果實的樹、碩果累累的樹

生聞き〔名〕〔俗〕沒聽透徹，沒全聽懂、聽一點就裝懂，一知半解

生傷〔名〕剛受的傷、新傷←→古傷

生傷が絶えない（新傷不斷）絶える堪える耐える

生牛乳〔名〕（未加工的）鮮牛奶

生臭い、腥い〔形〕腥，膻，腥臊、血腥、（出家人）不守清規，帶俗氣

腥い匂い（有腥味）匂い臭い

此の魚は迚も腥い（這條魚非常腥）

風も腥い戦場（腥風血雨的戰場）

生臭坊主〔名〕不守清規的和尚，酒肉和尚，花和尚、有俗氣（或俗才）的和尚

生臭物〔名〕魚肉類、葷菜←→精進物

生臭料理〔名〕葷菜←→精進料理

生首〔名〕剛砍下來的人頭

生首を晒す（梟首示眾）晒す曝す

生クリーム〔名〕乳脂、鮮奶油

生下水〔名〕〔建〕未淨化的污水

生子、海鼠〔名〕海參、生鐵塊、瓦紋片，波形鐵皮（=海鼠板）、（倉庫等）以平瓦鑲面，以泥灰接縫，抹出凸稜的牆（=海鼠壁）、海參形年糕（=海鼠餅）

生子板、海鼠板〔名〕瓦紋片、波形鐵皮

生子形、海鼠形〔名〕半圓桶形

生子壁、海鼠壁〔名〕（倉庫等）以平瓦鑲面，以泥灰接縫，抹出凸稜的牆

生芥〔名〕（廚房扔掉）含有水分的垃圾

生護謨、生ゴム〔名〕生橡膠

生コン、生コンクリート〔名〕和好能用的混擬土

生侍、生侍〔名〕年輕幼稚的武士、地位較低的武士（=青侍）

生白い〔形〕（口語也作生っ白い）有點白，微帶白色、〔轉〕雪白

生白い哲学青年（面色蒼白學哲學的青年）

生っ白い〔形〕有點白，微帶白色（=生白い）

生玉子、生卵〔名〕鮮蛋、生雞蛋

生卵器〔名〕〔動〕產卵器官

生漬け〔名〕未醃透、醃得不到家（的鹹菜）

生唾〔名〕口水、口中的唾液

生唾が出る（流口水、垂涎）

生唾を飲み込む（嚥口水、饞得垂涎欲滴）

生爪〔名〕（長在指上的）指甲、指甲蓋子

生爪を剥がす（剝下指甲、撕掉指甲-古時日本妓女為表示純情的行為）

生爪に火を点す（喻非常吝嗇）

生半〔名、形動〕不徹底，半瓶醋，不上不下、莫若，倒不如、硬，勉強

生半な学者（半通不通的〔半吊子〕學者）

生半の恋（三心二意的戀愛）

生半の学問は役に立たない（半瓶醋的學問沒有用處）

生半世話等しない方が良い（倒不如不去照顧）

生半挽き止める（硬挽留）

生半口を出した許りに酷い目に会った（只因多嘴多舌吃了大虧）

生半可（なまはんか）〔名、形動〕未成熟、不熟練、不充分、不徹底

生半可な（の）知識（一知半解的知識）

私は生半可な事は嫌いだ（我討厭做事不徹底）

生半可な学問を為る位馴らしない方が増しだ（只學一點皮毛的學問倒不如不學）

生半尺、生半熟（なまはんじゃく、しょうはんじゅく）〔名、形動〕〔俗〕半熟，半生不熟、未成熟，不熟練

生煮え（なまにえ）〔名〕半生不熟（的東西）、（技術或性格等）未成熟，不到家、（態度）曖昧，不清楚，不明確

生煮えの肉（半熟的肉）

今日の御飯は生煮えだ（今天的飯煮太生了）

生煮えの返事を為る（回答得曖昧）

生温い（なまぬくい）〔形〕微溫，有點熱氣、不夠嚴格，馬馬虎虎，不夠徹底

生温い御茶（溫茶）

生温い御湯（溫水）

風が生温い（薰風）

生温い性格（優柔寡斷〔敷衍了事〕的性格）

生温い処置（寬大〔溫和〕的處置）

そんな生温い遣り方は駄目だ（那種不徹底的做法可不成）

そんな生温い練習では迚も優勝出来ない（那種馬馬虎虎的練習怎麼都不會贏）

生パン（なまpao）〔名〕還未烤過的麵包、（揉捏好的）麵包糰

生パン槽（〔麵包作坊用的〕長形揉麵糰）

生番組（なまばんぐみ）〔名〕（未經錄音或錄像的）直接播送節目

生兵法（なまびょうほう）〔名〕一知半解的軍事知識（劍術）。〔轉〕一知半解的知識

生兵法を振り回す（賣弄一知半解的知識）

生兵法は大疵（大怪我）の元（一知半解吃大虧）

生節、生節（なまぶし、なまりぶし）〔名〕蒸熟後曬半乾的鰹魚肉

生き節（いきぶし）〔名〕〔建〕活扣、活節

生フィルム（なまfilm）〔名〕未用過的底片

生返事（なまへんじ）〔名〕帶理不理的回答、含糊的回答

生返事（を）為る（回答得含糊其辭）

生放送（なまほうそう）〔名、他サ〕（廣播或電視）（不經錄音或錄影的）直接播送

現場から生放送する（現場直播、從現場直接播送）

生干し（なまぼし）〔名〕曬半乾

生干しに為る（把…曬半乾）

鯖の生干し（半乾的青花魚）

生身（なまみ）〔名〕肉身，肉體，活人（=生き身）、生魚，生肉

生身だから時には病気にも為る（因為是活人有時也會生病）

魚の生身（生魚肉）

生き身、生身（いきみ、いきみ）〔名〕活著的機體、肉體（=生身）←→死に身

生き身を切られる様な辛さ（像割肉般痛苦）

生き身に病は免れない（人免不了生病）

生き身に餌食（上天不生無祿之人、上天餓不死瞎麻雀）

生き身は死に身（有生就有死）

生水（なまみず）〔名〕生水

生水を飲むな（別喝生水）

生水（きみず）〔名〕生水、湧泉

生麦（なまむぎ）〔名〕生麥粒〔地〕生麥（日本橫濱市鶴見區地名）

生麦事件（〔史〕生麥事件-1862 年島津久光一行經生麥時、刺傷四名英國人、英國藉口砲擊鹿兒島、結果幕府賠款十萬英鎊）

生ビール、生麦酒（なまbeer、なまビール）〔名〕生（鮮）啤酒

生めかしい、艶かしい（なま、なまめ）〔形〕艷麗的、妖豔的、嬌媚的、優美的、文雅的

艶かしい黒髪（美麗的黑髮）

艶かしい姿（嬌態）

艶かしい目付き（嬌媚的眼神）

艶かしい姿が目の前にちらつく（嬌態在眼前若隱若現）

艶かしい仕種（肉感的動作）

艶かしい話（艷聞）

艶かしい描写（色情的描寫）

生めく、艶く〔自五〕顯得年輕貌美、顯得妖豔、顯得嬌媚、顯得優雅

艶いた女の姿（妖豔的女人姿態）

艶いた女（嬌媚的女人）

生物識り〔名〕〔俗〕一知半解而假裝博學（的人）

生焼き煉瓦〔名〕半燒磚、未燒透的磚

生焼け〔名〕烤半熟（的食品）

生焼けの牛肉（烤得半熟的牛肉）

生焼けの生パン（未烤透的麵包）

此の牛肉は少し生焼けだ（這牛肉有點生）

生易しい〔形〕（用於否定句）很容易、很簡單、輕而易舉（=容易い）（原意是〝有點容易〞）

生易しい事ではない（不是輕而易舉的事）

事柄は決してそんなに生易しい物ではない（事情不是那麼容易的）

米を作る苦労は生易しい物ではない（種米的辛苦是非同小可的）

生茹で〔名〕未煮熟（的東西）、未燙透（的東西）

生酔い、生酔い〔名〕半醉、微醺、微醉（的人）

一杯機嫌の生酔い（陶然微醉）

生酔い本性違わず（杯酒不亂性、酒醉人不醉）

生〔名〕蒸熟後曬半乾的鰹魚肉（=生節、生節）

生若い〔形〕〔俗〕年輕幼稚、年紀還輕

生らす〔他五〕使結果（實）

今年の林檎を沢山生らし度い物だ（盼望今年多結蘋果）生らす馴らす慣らすならす均す

手入れを良くして沢山実を生らす（好好栽培使多結果實）

生る〔自五〕結果（=実る）、〔古〕生產，耕作

梅が生る（結梅子）生る為る成る鳴る

花丈で実は生らない（只開花不結果）

今年は柿良く生った（今年的柿子結得很好）

金の生る木何て無い（沒有什麼搖錢樹）金金

成る〔自五〕完成，成功（=出来上がる）、構成（=成り立つ）、可以，允許，容許，能忍受（=許せる、我慢出来る）

（用御…に成る構成敬語）為、做（=為さる）

工事が成る（完工、竣工）成る為る鳴る生る

志有れば終に成る（有志者事竟成）

功成り名遂ぐ（功成名就）

成るも成らぬも君次第（成敗全看你了）

為せば成る為さねば成らぬ（做就能成不做就不能成）

成れば王、敗れれば賊（勝者為王敗者為寇）

此の論文は十二章から成る（這篇文章由十二章構成）

水は水素と酸素から成る（水由氫和氧構成）

国会は二院から成る（國會由參眾二院構成）

負けて成る物か（輸了還得了）

勘弁成らない（不能饒恕）

悪い事を為ては成らない（不准做壞事）

先生が御呼びに成る（老師呼喚）

御覧に成りますか（您要看嗎？）

ホテルには何時に御帰りに成りますか（您什麼時候回旅館？）

成っていない=成ってない=成っちゃらん（不成個樣子、不像話、糟糕透了）

彼がホテルだって？丸で成ってないよ（那是飯店嗎？簡直糟透了）

態度が成っていない（態度不像話）

成らぬ内が楽しみ（事前懷著期待比事後反而有趣得很）

成らぬ堪忍するが堪忍（容忍難以容忍的事才是真正的容忍）

成るは嫌成り思うは成らず（〔婚事等〕高不成低不就）

為る〔自五〕變成，成為（=変わる、変化する）、到，達（=達する、入る）、有益，有用，起作用（=役に立つ）、可以忍受，可以允許（=我慢出来る）、開始…起來（=為始める）、將棋（棋子進入敵陣）變成金將。

〔補助動詞〕（御…に為る構成敬語）

癖に為る（成癖）癖癖

夜に為る（天黑了）夜夜

盲目に為る（失明）

盲に為る（失明）

金持に為る（致富、變成富翁）

大人に為る（長大成人）大人大人大人大人（城主、大人）

病気に為る（有病）

医者に為る（當醫生）

母と為る（當母親）母母

母親に為る（當母親）

液体が気体に為る（液體變為氣體）固体

御玉杓子が蛙に為る（蝌蚪變成青蛙）御玉杓子蝌蚪蛙蛙

口論が取り組み合いに為った（爭執變成了打鬥）

水が凍って氷に為った（水結成了冰）

偉く為る（發跡）偉い豪い

合計為ると一万円に為る（合計共為一萬元）

全部で百円に為る（一共是一百元）

春に為った（春天到來了）

入梅に為った（到了梅雨期）

梅雨に為った（到了梅雨期）梅雨梅雨五月雨

爽やかな秋晴れに為った（到了秋高氣爽的天氣）秋爽

もう十二時に為る（已經到了十二點）

午後に為る（到了下午）

年頃に為ると美しく為る（一到適齡期就漂亮起來了）

彼は三十には未だ為らない（他還不到三十歲）三十三十未だ未だ

甘やかすと為に為らぬ（嬌生慣養沒有益處）

為に為る（對有好處）

為らぬ中が楽しみ（事前懷著期待比事後反而有趣得很）

苦労が薬に為る（艱苦能鍛鍊人）

此の杖は武器に為る（這個拐杖可當武器用）

幾等努力しても何も為らなかった（再怎麼努力也沒有用）

為らない=為らぬ=行けない=出来ない（沒有、不可、不准、不許、不要、不行、得很）

見ては為らない（不准看）

欲しくて為らない（想要想得不得了）

無くては為らない=無くては為らず=無くては為らぬ=無くては行かず=無くては行かぬ=無くては行けない（必須、一定、應該、應當）

無ければ為らない=無ければ為らん=無ければ為らぬ=無ければ行けない（必須、一定、應該、應當）

為無ければ為らない（必須做）

行か無ければ為らない（一定得去）

為らない様に（千萬不要、可別）

帰ら無ければ為らない（非回家不可）

為れない（成不了）

負けて為る物か（輸了還得了）

為らぬ堪忍するが堪忍（容忍難以容忍的事才是真正的容忍）

堪忍為らない（不能容忍）

もう勘弁為らない（已經不能饒恕）

悪い事を為たは為らない（不准做壞事）

好きに為る（喜好起來）

如何しても好きに為れなかった（怎樣也喜愛不起來）

煙草を吸う様に為った（吸起香菸來了）

子供を持つ様に為ったら親の愛が分る様に為るだろう（有了孩子就會理解父母的愛）

面白く為って来た（變得很有意思）

先生が御呼びに為る（老師召喚）

鳴る〔自五〕響鳴，發聲、著名，聞名

雷が鳴る（雷鳴）雷 雷

耳が鳴る（耳鳴）

腕が鳴る（技癢、躍躍欲試）

ベルが鳴っている（鈴響著）

御腹が鳴っている（肚子餓、肚子唱空城計）

もう食事に行く時刻だ、私の腹は鳴っているよ（到吃飯的時候了我肚子叫了）

授業のベルが鳴った（上課的鐘響了）

御中がごろごろ鳴っている、もう食事の時間だ（肚子咕嚕咕嚕叫該是吃飯的時候了）

暫し鳴り止まぬ拍手（經久不息的掌聲）拍手 拍手

風景を以て鳴る（以風景美麗見稱）

名声海外に鳴る（名聞海外）

世に鳴る音楽家（聞名於世的音樂家）

生り、生〔名〕結果實

生りが良い（果實結得好）良い良い

西瓜の一番生り（結得最早的西瓜）

生り瓢〔名〕〔植〕葫蘆的異名

生える〔自下一〕生、長

草の生えた地面（長著青草的地面）生える栄える映える這える

赤ん坊に歯が生えた（嬰兒長牙了）

鬚が生える（長鬍鬚）

黴が生えた（發霉了、過於陳腐）

羽が生える（長羽毛）

蒔かぬ種は生えぬ（不播種子不長苗）

映える〔自下一〕映照，襯托、（顯得）好看，漂亮，顯眼

夕日に映える西の空（夕陽映照的西方天空）映える生える栄える這える

昇る朝日に花が映える（花兒映照在朝暉）昇る上る登る

其の色では帯が映えない（那種顏色襯托不出腰帶來）

彼の赤いコートを着ると彼女は映える（她穿那件紅大衣看起來很漂亮）

映えない人（不顯眼的人）

彼のみすぼらしくて映えない男だ（他衣服襤褸其貌不揚）

映えない一生を過す（沒沒無聞地度過一生）

生え際〔名〕（前額或後頸的）髮際

額の生え際の良い女（鬢角好看的女子）

額の生え際が薄く為っている（額髮稀疏了）

生え際がずり上がる（禿頭髮）

生やす〔他五〕使（植物等）生長、蓄（髮）、留（鬍鬚）

年が若いのに、鬚を生やしている（年輕輕的確留起鬍子來）

塀の処に草花を生やして楽しむ（在牆邊種些花草供觀賞）

庭に雑草を生やさないように為て下さい（請不要讓院子裡長雜草）

生す、産す〔自五〕生、長（=生まれる、生える）

苔が産す（長綠苔）蒸す

生い先〔名〕（人生的）前程、將來

生い先が頼もしい（前途有望）生い先老い先

生い先遠し（風華正茂、春秋正富、來日方長）

生い様〔名〕（草木）生長的樣子、生長狀況、長勢

生い茂る〔自五〕（草木）繁茂、茁壯、叢生

荊の生い茂った荒野（荊棘叢生的荒野）

生い茂った根深い大樹（根深葉茂的大樹）

手入れを為ないので、庭に雑草が生い茂った（因為不拾掇庭園中雜草叢生了）

嘗て樹一本生えていなかった山山には、今果樹が一面に生い茂っている（過去的荒山禿嶺現在果林密布）

生い立つ〔自五〕發育、成長、生長

貧農の家に生い立った（生長在貧窮家庭）

生い立ち〔名〕（人的）成長（過程），長大，發育、童年時代（的經歷），成長史，出身

子供の生い立ち（孩子的發育）

生い立ちの良い子（發育〔撫養〕得好的孩子）

生い立ちの記（童年時代的回憶錄）

自分の生い立ちを話して聞かせる（把自己的成長歷史講給人聽）

彼の人の生い立ちは分からない（他的出身不清楚）

生まれ立て、生れ立て〔名〕剛生下

生まれ立ての子猫（剛生的小貓）

生まれ立ての赤ん坊（生下不久的嬰兒）

生み立て〔名〕剛生下來

生み立ての卵（剛下的蛋）

生憎、合憎〔副、形動ノ〕不湊巧

生憎雨が降り出して来た（不湊巧下起雨來了）

生憎と酷い嵐で出発が遅れました（真遺憾因為狂風暴雨啟程延遲了）

生憎な事に旅行中で会えなかった（偏巧正在旅行沒能見到面）

運動会には生憎の雨だ（對運動會來說真是場掃興的雨）

生憎ですが、又今度来て下さい（真不湊巧〔真對不起〕請您下次再來吧！）

其は御生憎様だ（那太遺憾了）

御生憎様ですが売り切れです（對不起已經賣光了）

生憎〔副〕〔古〕不湊巧（=生憎）

声（聲）（ㄕㄥ）

声〔漢造〕（也讀作声）聲音、發出聲音，發言、（音樂的）調子，音階、名聲、（漢字的）聲調

音声、音声（音聲、聲音）

発声（發聲，發音、領唱，首唱）

大声、大声（大聲）

奇声（怪聲）

笑声（笑聲）

鐘声（鐘聲）

肉声（〔不通過擴音器的〕自然的噪音、直接的聲音、肉聲）

美声（悅耳的聲音、美妙聲音）

秋声（秋聲）

醜声（醜聞）

銃声（槍聲）

呼声（呼聲）（=呼声）

五声（五音−宮商角徵羽、五更）

名声（名聲）

悪声（壞名聲、不好的嗓音，不好聽的聲音←→美声）

促声（促音=促音）

四声、四声（〔漢字的〕四聲−平上去入）

平声（平聲）

上声、上声（上聲）

去声、去声（去聲）

入声、入声（入聲）

仄声（仄聲−上去入三聲的總稱）←→平声

声域〔名〕〔樂〕音域

彼の人の声域が広い（他的音域廣）

声韻、声韻〔名〕音韻、（中國語言學的）聲母和韻母，子音和母音

声援〔名、他サ〕聲援，吶喊助威、支援，支助（=助勢）

盛んに声援を送る（給以熱烈的聲援）送る贈る

応援団は声を限りに声援する（啦啦隊聲嘶力竭地助威）

我我は心から被圧迫民族に声援を送る（我們給予被壓迫民族以熱烈的支援）

闘争の中で互いに声援し合っている（在鬥爭中互相支援）

声音〔名〕聲音（=声）

声音文字（表音文字）文字文字

声音〔名〕聲音、聲調、語聲、嗓音（=声色）

優しい声音で話す（用溫柔的語聲說）優しい易しい話す放す離す

声価（せいか）〔名〕聲價（=聞こえ）

声価を高める（提高聲價）

声価を失墜する（貶低聲價）

名教授と為て声価を上げた（作為一位名教授提高了聲價）上げる挙げる揚げる

彼の行動は声価を得るのに十分であった（他的行動足以博得聲譽）得る売る得る

声楽（せいがく）〔名〕〔樂〕聲樂←→器楽

声楽家（聲樂家）

声楽を習う（學習聲樂）学ぶ

声質（せいしつ）〔名〕聲質、聲的性質

声色（せいしょく）〔名〕聲色，語聲和臉色、音樂和女色

声色を和らげる（和顏悅色）

声色を動かさず（不動聲色）

声色に耽る（耽於聲色）耽る拭ける噴ける吹ける葺ける深ける更ける老ける

声色（こわいろ）〔名〕聲調，語調、相聲（專指模仿某一演員的台詞）、假聲，假嗓

声色が旨い（〔模仿某一演員的台詞〕學得很像）旨い巧い上手い甘い美味い

声色を使う（學別人的聲調）使う遣う

女の声色を使う（學女人的嗓音）

有名な俳優の声色を使う（學名演員說台詞的聲調）

声色を使って脚本を読む（模仿演員說台詞念腳本）読む詠む

声色遣い（善於模仿某一著名演員的台詞的人、相聲演員）

声帯（せいたい）〔名〕〔解〕聲帶

声帯模写（口技=声色）

声調（せいちょう）〔名〕（音樂或詩歌等的）聲調（=音調、節回し）

声部（せいぶ）〔名〕〔樂〕聲部

声望（せいぼう）〔名〕聲望、聲譽、名望、人望（=誉れ）

声望が高い（聲譽高、名望大）

声望を高める（提高聲望）

声望の有る人物だ（是一個有名望的人物）

声名（せいめい）〔名〕名聲、聲譽（=聞え、誉れ）

声名頓に上がる（聲譽馬上提高）上がる揚がる挙がる騰がる

声明（せいめい）〔名、自サ〕聲明

声明を発表する（發表聲明）

中立を声明する（聲明中立）

声明書（聲明書）

声明文（聲明書）

声明（しょうみょう）〔名〕〔佛〕聲明（古代印度五明之一、研究音韻，文法，訓詁之學）、佛的讚歌（=梵唄）

声門（せいもん）〔名〕〔解〕聲門

声紋（せいもん）〔名〕〔理〕（voice print 的譯詞）聲紋波（用頻率分析裝置、把聲的波紋製成圖、供搜查犯人使用）

声喩（せいゆ）〔名〕擬聲（詞）

声優（せいゆう）〔名〕廣播劇演員、電影配音演員

声誉（せいよ）〔名〕聲譽、聲望、名譽（=誉れ、名誉）

声律（せいりつ）〔名〕聲律，音律、韻律

声量（せいりょう）〔名〕聲量、音量

声量が有る（有聲量）有る在る或る

声量が豊かだ（聲音宏亮）

声量に乏しい（缺乏聲量）乏しい欠しい

声涙（せいるい）〔名〕聲淚（=声と涙）

声涙共に下る（聲淚俱下）

声（しょう）〔漢造〕聲

音声、音声（音聲、聲音）

四声、四声（〔漢字的〕四聲-平上去入）

声点（しょうてん）〔名〕（表示漢字清濁、四聲的）聲調符號

声聞（しょうもん）〔名〕〔佛〕聲聞（聽佛的說教聲而悟道的人）

声聞（せいぶん）〔名〕名望、〔佛〕聲聞（聽佛的說教聲而悟道的人=声聞）

声（こえ）〔名〕（人或動物的）聲，聲音，語聲，嗓音、（物體振動發出的）聲響，聲音、語言，話〔轉〕想法，意見，呼聲、（季節等來臨的）跡象

大きな声（大聲、大嗓門）

太い声（粗嗓音）

細い声（細嗓音）

ㄕ

高い声（高嗓音）

低い声（低嗓音）

甲高い声（尖銳的嗓音）

美しい声（悅耳的聲音）

音楽的な声（音樂般的嗓音）

鼻に掛かる声（低哼、嬌媚的聲音）

甘ったるい声（甜蜜〔嬌媚〕的聲音）

冴えた声（清脆的聲音）

良く通る声（響亮的嗓音）

朗朗と響く声（嘹亮的聲音）

怒った声（惱怒的聲音）

助けを求める声（求救的呼聲）

荒い耳障りな声（刺耳的粗暴聲）

虫の声（蟲聲）

鳥の声（鳥聲）

声の大きい人（嗓音粗大的人）

声の優しい人（嗓音優美的人）易しい

声の郵便（錄音通信）

声が出なく為る（說不出話來、不作聲了）為る成る鳴る生る

声が嗄れている（嗓子啞了）嗄れる枯れる涸れる

人の声が分かる（聽出人的語聲）分る解る判る

力の有る太い声（粗曠有力的聲音）

声を落とす（放低聲因）

声を上げて泣く（放聲大哭）泣く啼く鳴く無く

声を出して読む（念出聲來）読む詠む

声を潜める（小聲、低聲）潜める顰める

声を嗄らす（喊啞嗓子）嗄らす枯らす

段段声が荒く為った（說著說著聲音就大起來）

声の調子は上上だ（〔歌唱演員〕嗓子很好）

彼の人ももう声が駄目に為った（他的嗓子也已經不行了）

やっとの事で声が出て来た（總算有聲音〔說話〕了）

恐くて声が出なかった（嚇得窩不出話來）恐い怖い強い

大きな声では言えない（不能聲張、不能告訴別人、不便叫別人聽見）言う謂う云う

鐘の声（鐘聲）

松の声（松濤）

神の声（神的聲音）

反対派の声を聞き入れない（聽不進反對派的意見）

彼の人の処迄は声が届かない（叫聲傳不到他那裏）良い好い善い佳い良い好い善い佳い

そんな些細な事に大きな声を出さないでも良い（那麼一點小事情不必大聲嚷嚷）

師走の声を聞く（年關將近）聞く聴く訊く効く利く

声が掛かる（〔演員〕博得觀眾喝采、受到長輩或上級的賞識〔誇獎、推薦〕）

聴衆の中から声が掛かった（聽眾席中發出喝采聲）

声無き民の声（低層的呼聲）

声を掛ける（打招呼、叫人、喊叫、誘人合作）

後から声を掛けて来る（〔有人〕從後面招呼）

声を掛けない通り過ぎる（不打招呼走過去）

声を掛けて勢を付ける（喊叫助威）

声を揃える（異口同聲地說）

声を揃えて反対する（異口同聲表示反對）

声を尖らす（〔因惱怒等〕大聲吵鬧、不和藹地說話、粗聲粗氣地說話）

声を呑む（把話嚥下去不作聲、想要說而不說、因激動等說不出話來）呑む飲む

声を呑んで泣く（啜泣、嗚咽）

声を帆に上ぐ（〔因毫無辦法〕大聲喊叫）

肥〔名〕肥料、糞尿（=肥し、下肥）

畑に肥を遣る（給旱田施肥）畑 畠 畑畠

作物に肥を遣る（給作物施肥）声越え

積み肥、積肥（堆肥）

追い肥、追肥（追肥）

元肥（基肥）

厩肥.厩肥（堆肥）

下肥（大糞肥料）

声掛り〔名〕（上級的特別）推薦、關照

彼は社長の御声掛りで採用されたのだ（他是經社長〔經理〕特別推薦錄用的）

声限り〔副〕極限嗓子、扯開嗓子

声限り叫んだ（扯開嗓子喊叫）

声柄〔名〕嗓音（的好壞）

風邪引きで声柄が可笑しく為った（由於傷風嗓音變了）為る成る鳴る生る

声変わり、声変り〔名〕變嗓音、青春期的聲帶變化

電話だと声変わりが為る（把電話時嗓音就改變）刷る摺る擂る摩る掏る擦る磨る

男子は思春期に達すると声変わりが為て声が太く為る（男人到了青春期聲帶就起變化嗓子變粗）

声声〔名〕聲聲，各個聲音，許多聲音、齊聲

声声に罵る（同聲責罵）

声声に反対する（同聲反對）

声声に叫ぶ（齊聲喊叫）

声自慢〔名〕自命嗓音好（的人）（=喉自慢）

声付き〔名〕嗓音

声付きが良い（嗓音好）良い好い善い佳い良い好い善い佳い

声付き〔名〕聲調、語氣

声遣い〔名〕（說話的）聲調、語氣

声の下〔連語〕言下、話剛說完、話音剛落

要らないと言った声の下から手を出す（剛說完不要又伸出手來）要る射る炒る鋳る居る入る

おろおろ声〔名〕（悲痛困惑或害怕等時所發的）要哭的嗓音、顫顫巍巍的聲音

おろおろ声で如何したら良いかと言い続ける（用顫抖的聲音連說這該怎麼辦？）

くぐもり声〔名〕含混的語聲、含糊不清的語聲

くぐもり声で聞き難い（語聲含混聽不清楚）

や声〔名〕呀聲、呀的吆喝聲

や声を掛ける（發呀聲、呀的一聲）掛ける駆ける掻ける賭ける駈ける架ける翔ける

声高〔形動〕大聲、高聲

声高に言う（大聲說）

声高に呼ぶ（高呼）

声高に罵る（大聲罵）

そんなに声高に喋るな（別那麼大聲講話）

昇（ㄕㄥ）

昇〔漢造〕升、上升

上昇（上升、上漲、提高）←→下降、低下

昇圧〔名、他サ〕〔電〕升壓

昇圧器（升壓器、增壓器）

昇華〔名、自サ〕〔理〕昇華、純化，提高

樟脳は昇華する（樟腦昇華）

昇華物（昇華物）

昇華圧（昇華壓）

昇華熱（昇華熱）

昇華硫黄（昇華硫磺）

昇華鉱物（〔地〕昇華礦物）

古典的な美に昇華される（被提高為古典的美）

昇開橋〔名〕（河上船舶通過時使用的）升降吊橋

昇格〔名、自他サ〕升格、升級、晉級

専門学校が（を）大学に昇格する（專科學校升格為大學）

公使館を大使館に昇格させる（把公使館升格為大使館）

昇格運動（升格運動）

しょうかん **昇官**〔名、自他サ〕升官、提級

少尉から中尉に昇官する（由少尉升為中尉）

昇官が早い（升得快、晉級快）早い速い

しょうきゅう **昇級**〔名、自サ〕升級、提級、晉升←→降級

課長から局長に昇級する（由科長升為局長）

どんどん昇級する（連續升級）

昇級が早い（晉升得快）早い速い

しょうきゅう **昇給**〔名、自サ〕加薪、增加工資

一年に一度昇給する（一年加薪一次）

早い速が早い（工資加得快）早い速い

しょうこう **昇汞**〔名〕〔化〕昇汞、氯化汞的別名

昇汞水（昇汞水）

しょうこう **昇降**〔名、自サ〕升降、上下

階段を昇降する（上下樓梯）

熱の昇降が烈しい（體溫升降得厲害）烈しい激しい

昇降機（升降機、電梯）

昇降口（〔車船等的〕出入口）

しょうこうてん **昇交点**〔名〕〔天〕升交點

しょうじょ **昇叙、陞叙**〔名、自サ〕升敘、升級

正三位に昇叙する（升敘為正三位）

しょうしん **昇進、陞進**〔名、自サ〕升進、晉級、高升

少将に昇進する（晉級為少將）

部長に昇進する（晉級為部長）

昇進が早い（升得快、晉級快）

しょうだん **昇段**〔名、自サ〕升段（〝段〞是武術或棋藝等的等級、通常分為九段）←→降段

初段から二段に昇段する（由初段升為二段）

しょうてん **昇天**〔名、自サ〕升天、〔宗〕升天，死

旭日昇天の勢い（旭日升天之勢）旭日旭日

家へ運び込む間も無く昇天した（沒等運進家裡就去世了）

しょうでん **昇殿**〔名、自サ〕升入神社的內殿。〔史〕登上宮中清涼殿的殿上

昇殿参拝（升殿參拜）

昇殿を許される（被允許上殿）許す赦す

しょうとう **昇騰**〔名、自サ〕上升，騰起、（物價）高漲

しょうにん **昇任、陞任**〔名、自他サ〕升任、升級

一躍して局長に昇任する（一躍而升為局長）

理事から理事長に昇任した（由理事升為理事長）

しょうべき **昇冪**〔名〕〔數〕升冪←→降冪

しょうりゅう **昇龍**〔名〕上天的龍

昇龍の如き勢い（蒸蒸日上之勢）

しょうりゅうぎょ **昇流魚**〔名〕〔動〕溯河性魚（=遡河魚）

のぼる **昇る、登る、上る**〔自五〕（寫作登る）登上，攀登←→降りる、（寫作昇る）上升←→沈む，下がる、（寫作上る）進京←→下る、升級，高昇（=上る）←→下がる、（數量）達到，高達、上溯，逆流、被拿出，被提出

山に登る（登山）

木に登る（上樹）

屋根に登る（上屋頂）

階段を登る（上樓梯）

崖を登る（攀登懸崖）

演壇に登る（登上講壇）

王位に登る（登上王位）

彼の山は楽に登れる（那座山很容易爬上去）

高く登れば登る程寒く為る（上得越高越冷）

土手に登っては行けません（不許上堤壩）

太陽が昇る（太陽上升）

空に昇る（騰空）

昨日は寒暖計が二十度に昇った（溫度計昨天升到二十度）

東京に上る（上東京）

都に上る（進京）

地位が上る（升級）

百万円以上に上る（達到一百萬日元以上）

死者が数百人に上る（死者達到數百人）

魚が川を上る（魚逆流而上）

海から川へ上った許りの鮭（剛從海裡迴游到河裡的鮭魚）

会議に上る（被提到會議上）

日程に上る（被提到日程上）

話題に上る（成為話題）

人の口に上る（被人們談論）

其の問題は多分来年の議会に上るだろう（那個問題可能在來年的議會上提出來）

食膳に上る（〔新鮮菜餚〕擺上飯桌）

昇り、登り、上り〔名〕登上，攀登、上坡（路）、（寫作上り）上行列車、（寫作上り）進京←→下り

木上り（爬樹）

山上り（登山、爬山）

エレベーターの上りを待つ（等電梯上來）

下りは楽だが上りは辛い（下容易上難、好下不好上）

急な上りを進む（上陡坡）

上りに差し掛かる（走上上坡路）

其処から道は上りに為る（從那裏起是上坡路）

道は其の地点迄緩やかな上りに為っていた（道路到哪裡為止是慢坡）

道は五度の上り勾配に為っている（路的坡度是五度）

上りは十時に発車する（上行車十點發車）

五時発の上りで行く（搭五點開的上行車去）

上りと下りは此の駅で擦れ違う（上行車和下行車在這個車站錯車）

御上りさん（〔蔑〕進京遊覽的鄉下人）

牲（ㄕㄥ）

牲〔漢造〕犧牲、牲畜（=生け贄、生贄、犠牲）

犠牲（犧牲、〔為某種事業付出的〕代價、〔祭神時獻的〕犧牲品〔=生け贄、生贄、犠牲〕）

牲、贄〔名〕〔古〕供品、犧牲、貢品、見面禮、犧牲品（=生贄）

生け贄、生贄、犠牲〔名〕（供神的）犧牲，活祭品、（為某種目的的）犧牲品

生贄を捧げる（供犧牲）捧げる奉げる

動物を生贄に為る（把動物作供品）

政略結婚の生贄と為る（成為政略結婚的犧牲品）

陞（ㄕㄥ）

陞〔漢造〕升、昇

陞叙、昇叙〔名、自サ〕升敘、升級

正三位に昇叙する（升敘為正三位）

陞進、昇進〔名、自サ〕升進、晉級、高升

少将に昇進する（晉級為少將）

部長に昇進する（晉級為部長）

昇進が早い（升得快、晉級快）

陞任、昇任〔名、自他サ〕升任、升級

一躍して局長に昇任する（一躍而升為局長）

理事から理事長に昇任した（由理事升為理事長）

笙（ㄕㄥ）

笙〔名〕〔樂〕笙

笙を吹く（吹笙）吹く噴く葺く拭く

笙の笛〔名〕笙（=笙）

田田太鼓に笙の笛（撥浪鼓配笙）田田太鼓田田太鼓

甥（ㄕㄥ）

甥〔名〕（兄弟姊妹的兒子）侄，侄兒，姪子、甥，外甥←→姪

甥の子（侄孫、甥孫）

甥の娘（侄孫女、甥孫女）

義理の甥（〔妻的兄弟姊妹的兒子〕內侄，姨外甥、〔夫的兄弟姊妹的兒子〕侄兒，外甥）

私と彼の子とは伯父と甥の関係に為ります（我和那個孩子是叔侄〔舅甥〕關係）

甥御さんは御元気ですか（令侄〔令甥好〕嗎？）

*（稱他人的甥的客氣說法用甥御さん、不說御甥）

姉御（〔敬〕姊姊、〔流氓或賭徒間對老大的妻子或女老大的稱呼〕大姊，大嫂）

甥っ子〔名〕〔俗〕侄兒、外甥

縄（ㄕㄥˊ）

縄〔漢造〕繩、（木工用的）墨線

捕縄（法繩）

結縄（結繩）

自縄自縛（作繭自縛、自作自受〔=自業自得〕）

準縄（準繩，榜樣，規則、水平儀和墨線）

縄規〔名〕墨斗線和圓規、規則

縄矩〔名〕墨斗線和木工角尺。〔轉〕規律，標準（=縄規）

縄索〔名〕繩索（=縄、綱）

縄墨〔名〕墨斗，墨線、規則，規範，標準

縄墨を以て律する（用標準衡量）

縄文、縄紋〔名〕〔考古〕繩文

縄文式土器（繩文式土器）

縄文時代（繩文時代-日本的新石器時代、約自紀元前七八千年至數千年間、因出土土器有繩紋而得名）

縄〔名〕繩、繩索

縄編み模様（〔建〕扭索飾）

縄一巻（一卷繩）

縄を引く（拉繩）引く退く惹く挽く轢く牽く曳く弾く

縄で縛る（用繩綁上）

縄を綯う（搓繩、製繩）

荷物に縄を掛ける（用繩子捆行李）掛ける欠ける架ける駈ける懸ける駆ける翔ける

縄を張る（拉繩子、用繩子攔開）張る貼る

縄を結び付ける（結繩）

縄を自分の首に巻き付ける（把絞索套在自己的脖子上）

縄に掛かる（〔犯人〕被捕、落網）掛る繋る罹る懸る係る架る

縄を入れる（〔拉繩〕丈量地畝）入れる容れる

縄を打つ（綑綁犯人、丈量地畝）打つ撃つ討つ

泥棒を見て縄を綯う（看到小偷才要搓繩、〔喻〕臨陣磨槍，臨渴掘井）

縄入れ〔名〕〔古〕（拉繩）丈量土地

縄帯〔名〕繩腰帶

縄帯を為る（用繩纏腰）為る為る

縄簾〔名〕繩簾（一根橫竹子上垂下多條繩子用來代替簾子）

縄付き、縄付〔名〕〔俗〕被縛（者）、犯人

彼の家から縄付きを出した（他家出了個犯人）

縄手、畷〔名〕田埂，畦道，阡陌（=畦道、田圃道）、又直又長的道路、（寫作縄手）細長的繩子

縄飛び、縄跳び〔名、自サ〕跳繩

縄跳びで遊ぶ（玩跳繩遊戲）

縄跳び競走（跳繩賽跑）

縄跳びを為る（跳繩）摺る擂る摩る刷る掏る擦る磨る

縄抜け、縄脱け〔名、自サ〕擺脫開繩子逃走（的犯人）

犯人が縄脱けして逃げた（犯人掙脫開繩子跑了）

縄延び〔名〕繩子拉直的長度、（實際地畝多於地籍簿上的）浮多地，黑地

縄暖簾〔名〕繩簾（=縄簾）、小酒店，小飯館

縄暖簾を潜る（鑽進小酒館裡）

縄梯子〔名〕繩梯、軟梯

縄張り、縄張〔名〕圈繩定界、（建築地基上）用繩劃定建築物的位置、（賭徒或流氓的）地盤，勢力範圍、（某種動物不許競爭對手進入的）一定區域

土地に縄張りを為る（地上圈繩定界）

人が通らないように縄張りが為て有る（攔著繩子不讓人通行）

縄張り争い（爭奪地盤、爭勢力範圍）

縄張り主義（山頭主義）

縄張りを造る（拉山頭）造る作る創る

縄張りを荒らす（侵犯〔別人的〕地盤〔勢力範圍〕）

縄張りを広げる（擴充地盤〔勢力範圍〕）広げる拡げる

縄張りを守る為に雌は徐徐に声を張り上げて叫ぶ（為了保護自己的地盤雌的逐漸放大聲音吼叫）

縄目〔名〕繩結，繩扣、（當作罪犯）被縛

縄目を解く（解開繩結）解く説く溶く梳く

縄目に掛かる（被縛）掛る繋る罹る懸る係る架る

縄目の辱めを受ける（受綁縛之辱）受ける請ける享ける浮ける

省（ㄕㄥˇ）

省〔名〕（中國行政區的）省、（日本內閣的）省，部。

〔漢造〕省，部、省掉

台湾省（台灣省）

新しい省を作る（建立新省〔部〕）作る造る創る

文部省（文部省、文化教育部）

大蔵省（大藏省、日本財政部）

農林省（農林省、農林部）

兵部省（兵部省-律令制太政官八省之一、統轄軍事的一切）

省印〔名〕（日本中央政府各部的）部印

省員〔名〕（政府各部的）部員、裁減人員（職員）

省営〔名〕（政府各部的）省營、部營、國營

省営電車（部營電車）

省議〔名〕（政府各部的）部務會議

省議に諮る（提到部務會議上討論）諮る図る謀る計る測る量る

食糧問題に就いて省議を凝らす（就糧食問題反覆開部務會議）凝らす懲らす

省線〔名〕〔舊〕日本鐵道部直營電車線、國營電車線（特指東京的高架電車線、現稱国電）

省線から社線に乗り換える（由國營電車線轉乘私營電車線）

省庁〔名〕省廳（文部省等的省與警察庁等的庁聯在一起的說法）

省都〔名〕（中國的）省會

省内〔名〕中央機關部內、政府各部之內

省内切っての経済通（部內首屈一指的經濟專家）

省筆、省筆〔名、自サ〕省略詞句、減少筆畫

枕草子には省筆が多い（枕草子裡省略詞句很多）多い蔽い覆い蔽い被い

省務〔名〕部務、省的事務

省務が非能率的だ（部務的工作效率很低）

省略、省略〔名、他サ〕省略、從略

説明を省略する（不加說明）

以下省略する（以下從略）

結論に至る過程は省略します（省去直到得出結論的過程）至る到る

省略語（略語、簡語）

省略符（略號）

省略法（省略法）

省略文（省略句）

省力〔名、他サ〕省力、節省勞力

省力化（節省勞力）

省力栽培（省力栽培）

省令〔名〕部令、中央各部的命令

外務省令第三号に依って（根據外交部令第三號）

省〔名〕（也讀作省）反省，自首、探望，問候、省略、古代或現代的中央官廳名

自省（自省、反省）

反省（反省、重新考慮）

内省（反省，自我檢查、〔心〕內省）

三省（三省、再三反省、反覆省察自己）

各省（〔日本內閣的〕各省〔部〕）

省する〔他サ〕反省、省親

省察、省察〔名、他サ〕省察、反躬自省

此の本は作者が自己を省察した記録である（這本書是作者自我省察的記錄）

省文〔名〕（寫文章時的）省略文字、（寫漢字時的）省略筆畫的字

省く〔他五〕省略，簡化，精簡，減去、節省

手数を省く（簡化手續）

無駄を省く（減少浪費）

堅苦しい挨拶は省きましょう（拘泥形式的客套話免了吧！）詳しい精しい委しい

詳しい説明は省いて簡単に申し上げます（詳細的解釋從略、只簡單地談一談）

文章を書くには無駄な言葉は省いた方が良い（寫文章時無用的詞藻最省略）

費用を省く（節省費用）

斯うすれば入費が省ける（這麼做能節省費用）

機械は多くの時間と労力を省いて呉れる（機器可以節省許多時間和勞力）

労力の省かれる様な方法（能節省勞力的方法）

省みる〔他上一〕反省、反躬、自問

我が身を省みる（自省）

省みて疚しい処が無い（問心無愧）疚しい疾しい

自らを省みて恥じる処が無い（問心無愧）恥じる羞じる愧じる

人を責めず自己を深く省みる（不責備他人深自反省）責める攻める

顧みる、顧る〔他上一〕回頭看，往回看、回顧、顧慮、關心，照顧

後ろの人を顧みる（回頭看後面的人）後後後後

昔の事を顧みる（回顧往事）

過去を顧み、未来を思う（思前想後）

顧みれば三十年も昔の事です（回想起來已經是三十年前的事情了）

自らの危険を顧みず（不顧個人的安危）自ら自ずから自ら

自分の健康を顧みる暇が無い（無暇顧及自己的健康）暇暇

前後を顧みず（不顧前後、不顧一切）

我が身を顧みず（忘我地）

公平無私で、義理人情は顧みない（大公無私不講情面）

忙しくて人を顧みる暇が無い（由於太忙無暇照顧別人）暇暇忙しい忙しい

盛（ㄕㄥˋ）

盛〔名〕興盛、盛況

〔漢造〕（也讀作盛、盛）興盛，繁榮、盛大，隆重

今日の盛を見た（看到今天的盛況）

隆盛（隆盛、興盛、繁榮）

全盛（全盛、極盛）

殷盛（繁榮、興旺、富饒〔=殷賑〕）

繁盛繁昌（繁榮昌盛、興旺、興隆）

盛運〔名〕好運、紅運

盛運に向かう（交好運）

盛宴、盛筵〔名〕盛宴、盛筵

盛宴を張る（大擺盛宴）張る貼る

盛夏〔名〕盛夏、盛暑（=真夏）

愈愈盛夏の候と為りました（〔書信用語〕已經到了盛夏）

盛暑〔名〕盛暑、盛夏、炎暑（=盛夏）

盛果期〔名〕〔農〕盛果期（果樹結果最旺時期）

盛会〔名〕盛會

会は盛会であった（會開得很盛大）

御盛会を祈ります（祝大會成功）祈る祷る

盛観〔名〕盛觀、壯觀

盛観を極める（極其壯觀）極める究める窮める

盛期〔名〕旺季、旺盛期

林檎収穫の盛期（蘋果收穫的旺季）

既に盛期を過ぎた（已經過了旺盛期）

盛儀〔名〕盛典、隆重的儀式（=盛典）

建国百年記念式の盛儀に参列する（參加建國百年的紀念盛典）

結婚の御盛儀に参列させて頂きます（請允許我參加您的結婚典禮）

盛典〔名〕盛典、隆重的儀式（=盛儀）

盛挙〔名〕盛舉、盛大的活動

盛魚期、盛漁期〔名〕〔漁〕盛漁期、漁旺季

盛況〔名〕盛況

盛況を呈する（呈現盛況）呈する挺する訂する

展覧会は押すな押すなの盛況だ（展覽會呈現擁擠不堪的盛況）

盛業〔名〕盛業，盛大的事業、事業繁榮，生意興隆

御盛業の事と存じます（我想您的生意〔事業〕一定很興盛）

盛行〔名、自サ〕盛行、風行

ナショナリズムの盛行（民族主義的盛行）

盛事〔名〕盛事、盛舉

時代の盛事（當代的盛事）

其は近年の盛事だった（那是近年來的一件大事）

盛時〔名〕鼎盛時代，（個人的）年富力強的時期、繁榮時期，黃金時代，（國家的）全盛時期

広大な宮殿の跡は盛時を偲ばせる物が有る（宏偉的宮殿遺跡使人追憶當年的全盛時期）

盛者、盛者〔名〕（舊讀作盛者）盛者

盛者必衰は世の習い（盛者必衰人之常情）習い倣い

盛衰〔名〕盛衰、興衰

人生の盛衰（人生的盛衰）

国の盛衰に関わる大事件（有關國家興衰的大事件）関る係る拘る拘る

栄枯盛衰は世の習い（榮枯盛衰人之常情）

盛衰興亡（盛衰興亡）

盛装〔名、自サ〕盛裝、華麗的裝束

盛装の女達（盛裝的婦女們）

盛装で出掛ける（穿盛裝外出）

人人は盛装して町を歩いている（人們穿著盛裝在街上走）

盛粧〔名、自サ〕濃妝、艷粧（=厚化粧）

盛粧を凝らす（濃妝豔抹）凝らす懲らす

盛大〔名、形動〕盛大、規模宏大

盛大な歓迎（盛大的歡迎）

盛大な儀式（盛大的儀式）

盛大に祝う（隆重地祝賀）

運動会は盛大に行われた（運動會盛大地舉行了）

盛大に商売を遣っている（做著大生意）

一つ盛大に遣ろうじゃないか（酒席上我們大做一陣好不好？）

盛代〔名〕盛世

盛冬〔名〕嚴冬（=真冬）

盛徳〔名〕盛德

盛徳の人（德高望重的人）

盛年〔名〕精力旺盛時期、年輕力壯時期

盛年重ねて来たらず（精力旺盛時期不再來）

盛名〔名〕盛名、大名

盛名を馳せる（馳名）

盛名を望まず（不求盛名）望む臨む

盛名を歌われる（享有盛名）歌う謡う唄う詠う謳う

ㄕ

御盛名は兼兼承っていました（久仰大名）

盛る〔他五〕盛，裝滿、（把砂或土等）堆高，堆起來、配藥，使服藥、刻度

御飯を盛る（盛飯）盛る守る漏る洩る

サラダを皿に盛る（把沙拉盛在碟子裡）

半分程盛る（盛一半、盛半碗）

花を盛ったテーブル（堆滿鮮花的桌子）

小高く土を盛って、上に記念の石を据えた（把土堆高一點上面安放了紀念的石碑）

薬の盛り過ぎを為る（藥劑配過量）

毒を盛る（下毒藥）

一服盛る（下毒藥）

温度計に目盛を盛る（在溫度計上刻度）

碁盤の目を盛る（畫圍棋盤格）

洩る、漏る〔自五〕漏

水が洩るバケツ（漏水的水桶）

木の間洩る月影（樹葉間透過來的月光）

天井から雨が洩って来た（雨水從頂篷漏下來了）

水道の栓が良く閉まらなかったので、水が洩っている（自來水龍頭沒關緊所以漏水）

守る〔他五〕〔方〕看守、守護（=守る、守りを為る）

盛り、盛〔名〕盛（食物）、盛的份量（程度）、小籠屜蕎麵條（=盛り蕎麦）←→掛け蕎麦

盛りが悪い（裝的不滿、給的份量不足）

若い人には御飯の盛りを良くして上げる（給年輕人飯多盛一點）

盛り上がる〔自五〕鼓，隆起，凸起、湧起、湧上來、使（氣氛等）高漲，熱烈起來

土竜が通った所は土が盛り上がっている（鼹鼠走過的地方鼓起來）

腕の筋肉が盛り上がっている（胳膊上的肌肉隆起）

泡が盛り上がる（往上冒泡）

輿論が盛り上がる（輿論沸騰）輿論世論世論

大会気分が盛り上がって来た（大會的氣氛熱烈起來）

大衆の間から盛り上がった運動だ（這是從群眾中自發產生的運動）

盛り上げる〔他下一〕堆起，堆高、使（氣氛等）高漲，熱烈起來

海岸で砂を盛り上げて遊ぶ（在海岸上把沙子堆起來玩）

山の様に御飯を盛り上げる（把飯裝得滿滿的）

新たな高まりを盛り上げる（掀起新的高潮）

演出効果を盛り上げる（提高演出效果）

盛り返す〔他五〕恢復、重振、挽回（頹勢等）

勢いを盛り返す（挽回頹勢、重振旗鼓、東山再起）

後半は一挙に盛り返して、逆転勝ちした（後半場一舉挽回頹勢轉敗為勝）

盛り菓子、盛菓子〔名〕（供神佛等的）供果

盛り菓子を供える（擺上供果）供える備える具える

盛り切り，盛切、盛っ切り〔名〕單份（單碗或單盤飯菜）

盛り切りの御飯（一份量的飯）

盛り込む〔他五〕盛入、加進

新しい内容を盛り込む（加進新內容）

話の中にユーモアを盛り込む（講話中加進些詼諧語）大勢大勢

出来る丈大勢の人の意見を盛り込んでプランを立てよう（要盡量爭取多數人的意見來訂計畫）

盛り殺す〔他五〕毒死，藥死、（用錯藥把病人）醫死，致死

調剤を誤って患者を盛り殺した（因配錯藥把病人醫死了）

盛り砂〔名〕（古代迎接貴人或舉行儀式時堆在大門左右的圓錐形）沙堆（=立砂）

盛り蕎麦、盛蕎麦〔名〕（盛在小竹屜上蘸佐料吃的）小籠屜蕎麵條

盛り沢山、盛沢山〔名、形動ノ〕盛得很多、份量很多、內容豐富

盛り沢山な（の）プログラム（內容豐富多彩的演奏節目）

今日の出し物は盛り沢山（今天的節目內容豐富）

新年号の雑誌は何れも付録が盛り沢山で楽しい（一月號的雜誌都附有許多附錄好極了）

番組を盛り沢山に為よう（把節目弄得更豐富更多彩一些吧！）

盛り付ける〔他下一〕（把食物很好地）盛入碟內、放入盤內

盛り付け〔名〕把食物放在盤中

盛り付けを為る（把食物放在盤中）

盛り土〔名〕在地面上填土、填起來的土

盛り土地盤（〔建〕填築的地基）

盛り潰す〔他五〕灌醉、灌倒

ウイスキーで友人を盛り潰す（用威士忌把朋友灌醉）

盛り花、盛花〔名〕（插花的一種方式）在盤內（或籃內）插滿（的）鮮花

盛り物、盛物〔名〕（擺在端菜盤內的）盛好的食物、（供神佛的）供品

盛り物を供える（上供）

盛り分ける〔他下一〕（用餐時）分菜飯

盛る〔自五〕〔動物〕發情，交尾

〔俗、方〕繁盛，興隆、（接尾詞用法）旺盛

馬が盛っている（馬在發情）

彼の店は中中盛っている（那個商店生意很興隆）

火が燃え盛る（火燒得很旺）

今は胡瓜の出盛る時だ（現在是黃瓜大批上市的時候）

盛り、盛〔名〕最盛時期，全盛狀態、壯年。〔動物〕發情，春情衝動

〔接尾〕（動詞連用形+盛り）表示正在最能…的時候

夏の盛り（盛夏）

春の真っ盛り（春意正濃）

花の盛り（花盛開期）

田植えの盛り（插秧大忙季節）

日の暑い盛りに（在一天最熱的時候）

今は西瓜が盛りだ（現在西瓜正時令〔應時〕）

春も盛りを過ぎた（春意闌珊）

海棠が今を盛りと咲き乱れている（海棠花現在正開得十分浪漫）

三十を過ぎて今が人生の盛りだ（過了三十歲現在正是人生的年當力壯時期）

盛りが付く（發情）

盛りの付いた雌牛（發情的母牛）

盛り時（發情期、交尾期）

働き盛りの青年達（正當最能工作的年齡的青年們）

食べ盛りの子供は、幾等食べても御腹を壊さない（正在最能吃的時候的孩子吃多少都不會壞肚子）

家の子は今は伸び盛りで、一年に十センチ以上も背が伸びる（我們孩子現在正在長高一年能長十公分）

盛り場〔名〕繁華街、繁華地帶、熱鬧場所

夏の盛り場（避暑勝地）

盛り場には商店や娯楽場が多い（繁華街上有很多商店和娛樂場所）

盛ん〔形動〕繁茂，繁榮，興盛，昌盛、盛大，熱烈，積極，廣泛，強烈，猛烈、（常寫作壮ん）壯

工業の盛んな町）工業繁榮的城鎮）

教育事業が盛んに為る（教育事業繁榮起來）

市況が益益盛んに為る（市場日益繁榮）

彼のデパートは此の頃盛んだ（那家百貨公司最近生意很興隆）

日本では野球が迚も盛んです（在日本棒球很盛行）

血気盛んな時代（血氣方剛的年歲〔時代）

盛んな闘志に燃える（鬥志昂揚）

盛んな拍手に迎えられる（受到熱烈鼓掌歡迎）

盛んに議論する（熱烈地辯論）

盛んに宣伝する（大肆宣傳）

盛んに攻撃する（大肆攻擊、強烈攻擊）

盛んに言い触らす（大肆吹噓）

盛んに吹聴する（大肆吹噓）

盛んに吹き捲る（誇大其談、大吹特吹）

盛んに捲くし立てる（大吹大擂）

盛んに喚き立てる（大喊大叫、大肆叫囂）

盛んに誉めそやす（大唱讚歌）

盛んに罵る（大肆咒罵）

盛んに唱える（津津樂道、侈談）

盛んに口に為る（津津樂道、侈談）

盛んに騒ぎ立てる（大肆喧囂、大放厥詞）

盛んに持ち上げる（捧得天花亂墜）

盛んに虚勢を張る（大肆虛張聲勢、裝出一副十分神氣的樣子）

盛んに杯を交わす（頻頻推背換盞）杯杯

火が盛んに燃えている（火燒得很旺）

雨が盛んに降る（雨下得很大）

行を壮んに為る（壯行）

老いて益益壮んだ（老當益壯）

剰（剩）（ㄕㄥˋ）

剰〔漢造〕剩下的

過剰（過剩、過量）

余剰（剩餘）

剰員、冗員〔名〕冗員、多餘的人員

冗員を淘汰する（淘汰冗員）

彼の役所は冗員が多い（那個官廳冗員多）

冗員を整理する（裁減冗員）

剰官、冗官〔名〕冗員、額外的官員

剰語、冗語〔名〕不必要的詞、多餘的字

冗語を省く（刪去多餘的字）

剰余〔名〕有餘。〔數〕剩餘，殘數

剰余物質を放出する（投放剩餘物資）

剰余価値（剩餘價值）

剰余金（餘款）

剰余定理（剩餘定理）

十一を三で割ると剰余は二に為る（用三除十一餘二）

剰え、剰え〔副〕（余りさえ的轉變）（多用於壞的情況）（不僅如此）而且、並且

雨が降り、剰え風も出て来た（不但下雨而且還颳起風來）

失業し、剰え病気に為る（不但失業還生病）

勝（ㄕㄥˋ）

勝〔漢造〕勝利、名勝

大勝（大勝）

全勝（全勝、連戰皆捷）（=丸勝ち、完勝）

完勝（全勝、完全勝利）←→完敗

常勝（常勝）

優勝（優勝、取得冠軍）

連勝（連勝，連續戰勝←→連敗、〔賽馬或賽車等連中第一和第二名的〕連勝式←→単勝）

不戦勝（〔因對方棄權〕不戰而勝）

殊勝（值得欽佩、值得稱讚）

名勝（名勝）

景勝（名勝、佳景、風景優美的地方）

形勝（名勝、佳景、風景優美的地方〔=景勝〕、地勢優越的地方）

勝因〔名〕致勝之因、勝利的原因←→敗因

勝因はチーム、ワークの良さだ（合作得好是致勝之因）

勝運〔名〕勝運、勝利的運氣

勝運に恵まれている（遇上勝利的運氣、僥倖取勝）

勝運に見放される（為勝利的運氣所拋棄、不幸敗北）

勝機〔名〕致勝的機會

勝機を見るに敏である（敏於看出致勝的機會）

勝機を逃がす（錯過致勝的機會）

勝機を掴む（抓住取勝的機會）掴む攫む

勝義〔名〕（詞的）本義

勝境〔名〕勝景之地

勝局〔名〕（圍棋或象棋）勝局←→敗局

勝景〔名〕勝景、佳景、絕景、好風景

勝差〔名〕〔體〕（主要指聯賽職業棒球隊之間）取勝次數之差（=ゲーム差）

勝差を縮める（縮小比分之差）

首位との勝差が開く（與第一名的比分拉開了）

勝算〔名〕勝算、取勝的希望

勝算の無い試合（沒有取勝把握的比賽）

確かな勝算が有る（確有勝利的把握）

味方に勝算が有る（我方穩操勝算）

殆ど勝算が無い（幾乎沒有取勝的希望）

勝者〔名〕勝者←→敗者

最後の勝者（最後的勝利者）

二回戦の勝者間で三回戦を行う（在二輪比賽的勝者之間舉行第三輪比賽）

勝勢〔名〕勝勢、致勝的形勢←→敗勢

勝勢に乗じて敵に猛攻撃を加える（乘著勝勢對敵人加以猛攻）加える銜える啣える

勝訴〔名、自サ〕勝訴←→敗訴

其の裁判は被告の勝訴と為った（那次審判被告勝訴了）

勝地〔名〕（風景美麗的）勝地、名勝之地

勝着〔名〕〔圍棋〕致勝的一招

勝敗〔名〕勝敗、勝負

勝敗を決する（決勝負）決する結する

其は勝敗の分かれ目だ（那是勝敗的分歧點）

勝敗は時の運（勝敗也憑時運）

勝敗に拘る（計較勝負）

勝敗を度外視して善戦する積りだ（我想把勝負置之度外竭力進行比賽）積り心算

勝負〔名、自サ〕勝負，勝敗、比賽、競賽

勝負を争う（爭勝負）

勝負を付ける（定勝負）

勝負を決する（決勝負）

勝負が付かない（不分勝負）

勝負の世界の厳しさ（拼命爭勝負的領域的嚴酷性）

勝負有り（〔裁判的話〕有了勝負）

勝負無し（不分勝負）

勝負無しの試合（平局的比賽）

良い勝負（勢均力敵的比賽）

勝負に為らない（勢力懸殊不足一賽）

尋常に勝負する（正正當當地比賽、正大光明地比賽）

勝負に勝つ（比賽中取勝）

勝負は時の運（勝敗也憑運氣、〔喻〕勝敗不能預測）

勝負事（〔下棋、打撲克等〕爭勝負的比賽、競賽、賭輸贏）

勝負事が大好きである（非常喜歡賭輸贏）

学問は出来ないが、勝負事に強い（學問不行賭起輸贏來很有本事）

勝負師（賭徒、〔轉〕亡命徒、〔下日本象棋的〕專門棋手）

勝ち負け〔名〕勝負、勝敗（=勝負）

勝ち負けの分れ目（勝敗關頭）

勝ち負けを競う（爭勝負）

籤で勝ち負けを決める（以抽籤決定勝負）決める極める

五つのチームが勝ち負けを争う（五個隊爭勝負）

勝報、捷報〔名〕捷報←→敗報

捷報相次いで至る（捷報相繼傳來）

味方の捷報に接する（接到我方的捷報）

間も無く捷報が入った（不久得到了捷報）

勝利、捷利〔名、自サ〕勝利←→敗北

大勝利（大勝利、大捷）

決定的勝利（決定性勝利）

勝利を得る（得勝）

勝利を占める（取勝、戰勝）

勝利は我に帰した（勝利歸於我方了）

戦いに勝利する（戰勝）

勝利の程は覚束無い（勝利的希望很少）

勝利投手（〔不讓擊球員跑壘的〕勝利投球員）

勝利者（勝利者）

勝率〔名〕比賽中取勝的比率、勝利所佔的比率

勝率は六割五分だ（勝利的比率是百分之六十五）

勝つ、克つ、贏つ〔自五〕戰勝，獲勝、勝過，超過、克制，克服、獲得，贏得←→負ける

議論に勝つ（辯論獲勝）

兵力に於いて敵に勝つ（在兵力上勝過敵人）

戦争に勝つ（戰爭獲勝）

武力に於いて勝つ（在武力上優勢）

試合に勝つ（比賽獲勝）

勝てば官軍負ければ賊軍（勝者為王敗者為寇）

相手に勝つ（戰勝對方）

勝って兜の緒を締めよ（戰勝後仍要提高警惕）

敵に勝つ（戰勝敵人）

経済的に他国に勝つ（在經濟上勝過別國）

意志が弱くて誘惑に勝つ事が出来ない（意志薄弱不能戰勝誘惑）

困難に勝つ（克服困難）

此の絵は赤味が勝っている（這張畫國於紅）

欲望に勝つ（克制慾望）

赤味の勝った色（紅的過多的顏色）

己に勝つ（克制自己）

此の料理は少し甘味が勝っている（這道菜有點過甜）

荷が勝つ（負擔過重、不能勝任）

私には勝ち過ぎた荷だ（我不勝負擔）

勝ち、勝〔名〕勝、贏（＝勝利、捷利）←→負け

勝ちを得る（取勝）得る得る売る

勝ちを収める（取勝）収める納める治める修める

勝ちを制する（制勝）制する精する製する征する

勝ちを乗ずる（乘勝）

勝ちを乗じて敵を攻める（乘勝攻敵〔殺敵〕）攻める責める

勝ち負けを争う（爭勝負）

彼は勝ちに為った（他勝了）

先んずれば勝ちを制す（先下手為勝）制す征す製す精す

初めの勝ちは糞勝ち（先勝不算勝）

勝ち〔接尾、形動型〕（接在動詞連用形或名詞下）每每，往往，容易…，好…、常常，經常、比較多，大部分是

若い者は極端に走り勝ちだ（年輕人往往好走極端）

此の病気は小児に有り勝ちだ（小孩很容易得這種病）

彼は怠け勝ちだ（他愛偷懶）

彼の人は留守勝ちです（他常不在家）

そんな誤りは有り勝ちの事だ（那樣的錯誤是常有的）

黒味勝ちの縞（偏於黑色的條紋）

六月中は雨勝ちだった（六月裡真多雨）

此の子は、赤ん坊の時から病気勝ちでした（這個孩子自幼多病）

勝ち軍，勝軍、勝ち戦，勝戦、捷軍〔名〕戰勝、勝仗←→負戦

勝ち馬、勝馬〔名〕優勝馬、獲勝的比賽用馬

勝ち得る、勝得る、贏得る〔他下一〕贏得、取得、獲得

成功を勝ち得る（獲得成功）

勝ち気、勝気〔名、形動〕（女性或小兒等）好勝、要強、剛強（不示弱）

勝ち気な女（要強的女人）

勝ち気な性質（剛強的性格）

彼女は勝ち気で働き者（她既剛強又能幹）

勝ち栗，勝栗、搗ち栗，搗栗〔名〕曬乾後搗去皮殼的栗子（慶祝勝利和過年時用）

勝ち越す、勝越す〔自五〕（比賽時得分）領先

早慶戦は早稲田が三回勝ち越している（早稲田大學和慶應大學棒球賽時早大領先三局）

五点勝ち越す（領先五分）

七回の表で一点勝ち越す（棒球在第七局的前半局領先一分）

勝ち越し〔名〕（比賽）領先

八勝七敗で勝ち越しと決まった(以八勝七負領先）

勝ち越しに為る（比賽領先）

勝ち過ぎる〔自上一〕過於，過於傾向、(比起能力來）過分好，太好

此の見方は学者的図式化が勝ち過ぎている（這種見解過於傾向學者的圖解式）

勝ち進む、勝進む〔自五〕（獲勝後）進入下一階段的比賽

勝ち続け〔名〕連續取勝、連續勝利

勝ち通し〔名〕連續取勝、連續勝利（=勝ち続け）

勝ち鬨、勝鬨〔名〕勝利時的歡呼吶喊、凱歌

勝ち鬨を上げる（高呼勝利、奏凱歌、祝凱旋）上げる揚げる挙げる

どっと勝ち鬨の声が上がった（忽然響起了歡呼聲）上がる挙がる揚がる騰がる

勝ち取る，勝取る、克ち取る，克取る〔他五〕贏得、獲取、獲得、奪取、奪得

優勝を勝ち取る（獲得冠軍）

チャンピオンの座を勝ち取った（獲得冠軍的寶座）

豊作を勝ち取る（獲取豐收）

勝ち名乗り、勝名乗り〔名〕〔相撲〕裁判員高呼力士的姓名宣布勝利。〔轉〕（競賽等）宣告勝利

勝ち名乗りを上げる（裁判員呼名宣告勝利）

勝ち逃げ、勝逃〔名、自サ〕獲勝退場（不再應戰）、得勝而逃（不敢再戰）

勝ち抜く、勝抜く〔自五〕一直戰到取得最後勝利、連勝到底

苦しい戦であったが遂に勝ち抜いた（戰鬥雖然艱苦終於取得最後的勝利）戦 戦

五人に勝ち抜く（連勝五人）

勝ち抜き、勝抜〔名〕（比賽等）連戰連勝直至最後勝利、(比賽方式之一）勝者循環直至決賽，淘汰賽

将棋の勝ち抜き戦（日本象棋的淘汰賽）

勝ち残る、勝残る〔他五〕取得下次比賽的資格

勝ち放す、勝放す〔自五〕連勝到底

十五日間勝ち放す（十五天連獲勝利）

勝ちっ放し〔名〕全勝

十日間勝ちっ放し（連勝十天）十日

勝ち誇る、勝誇る〔自五〕因勝利昂然自得（自鳴得意）、因勝利驕傲自滿

相手を倒し勝ち誇る（打倒對方而昂然自得）

勝ち星、勝星〔名〕（相撲比賽記錄中在優勝力士上標得）白圈圈、優勝符號（標誌）←→負け星

勝ち星を得る（獲得優勝）

勝ち星を付ける（標上了優勝的符號）

勝ち星を上げる（獲勝）

勝ち星を拾う（險勝）

勝ち味、勝味〔名〕得勝的希望、得勝的可能

勝ち味が無い（難以取勝）

勝ち味の無い戦争（沒有獲勝可能的戰爭、難操勝算的戰爭）

勝ち味が薄い（得勝的希望很少）

勝ち目、勝目〔名〕（看情形）似乎佔優勢，似乎佔上風、得勝的希望，得勝的可能（=勝ち味、勝味）

今はA軍が勝ち目だが、此の先如何為るか分らない（目前A隊似乎是佔優勢但以後如何還不得而知）

勝手〔名〕（婦女普通讀作御勝手）廚房（=台所）。〔轉〕生活、情況、方便。

ㄕ

〔形動〕任意、隨便、武斷、只顧自己方便

勝手仕事を為る（作廚房工作、做炊事工作）

勝手（元）が苦しい（日子過得很苦）

勝手が違う（情況與想像不同、不順手）

私は此の辺の勝手が良く分らない（我不大了解這一帶的情況）

仕事の勝手を知っている（知道工作的方法）

仕事が変ったので勝手が分らない（因工作改變了所以不了解情況）

勝手の悪い家（住在不方便的房子）

自分の勝手の良いように為る（隨自己的方便行事）

貴方の勝手に為為さい（隨你的便吧！你要怎麼做就怎麼做吧！）

遣るも遣らぬも君の勝手だ（做不做〔給不給〕隨你的便）

自分の事許り考える勝手な奴等だ（一些只想到自己的任信的傢伙們）

何でも彼でも勝手に振る舞う（什麼事情都任意而為）

話が勝手過ぎる（話說得太隨便了）

そんなに勝手な事を言っては行けません（不要說那種隨心所欲的話）

甚だ勝手ですが御先へ失礼させて頂きます（請原諒我先走一步）

勝手な熱を吹く（大吹大擂、信口開河）吹く葺く噴く拭く

勝手口（通向廚房的入口、後門）

隣の家の勝手口（隔壁人家的後門）

勝手方（靠近廚房的一方、廚房、炊事員、〔史〕〔江戶時代幕府中管理財政和行政的〕總管）

勝手仕事（炊事工作、廚房的工作）

勝手次第（隨便、任意）

勝手次第に振る舞う（任意而為、獨斷獨行）

行くも行かぬも御勝手次第（だ）（去不去隨你的便）

勝手元、勝手許（生活情況、廚房一帶）

不景気で勝手元が苦しい（由於不景氣生活艱苦）

勝手元で働く（在廚房那裏工作）

勝手向き（適合廚房用、有關廚房的事、生計，生活情況）

彼の家は勝手向きが良く為った（他家的生活情況好轉了）

勝手向きが不如意だ（生活情況不如意）

勝手聾（對自己不方便的事裝聽不見、裝聾作啞）

勝れる、優れる〔自下一〕出色、優秀、優越（＝優る、勝る）←→劣る、（身體、精神、天氣）好、佳（常使用否定-不佳）

他の物に優れている（比別的東西優越）他他外

他の者に優れている（比別人優越）

彼は優れた腕前を持っている（他擁有出色的本領）

彼は色色な点で私より優れている（他在許多方面比我強）

優れた人物が輩出する（人才輩出）

優れた技術（出色的技術）

天気が優れない（天氣不佳）

気分が優れない（心情不佳、感覺不舒服）

近頃健康が優れない（近來身體欠佳）

此の二、三日天気が優れない（這兩三天天氣不佳）

勝れて、優れて〔副〕特別、顯祝

好奇心は優れて若者に在る（好奇心在年輕人特別顯著）在る有る或る

字が人並み優れて旨い（字寫得特別好）旨い巧い上手い甘い美味い甘い

勝る、優る〔自五〕勝過←→劣る

昨日に優る今日の成績（一天勝過一天的成績）昨日昨日今日今日

健康は富に優る（健康勝於財富）交ざる混ざる雑ざる

実力は彼の方が優っている（論實力他勝過我）

無い物にも優る喜びだ（無上喜悅）喜び 慶び 歓び 悦び

無いには優る（勝於無）

優るとも劣らない（有過之無不及）

事実は雄弁に優る（事實勝於雄辯）

勝り、優り〔接頭、接尾〕勝過，強過、優越，凌駕

優り劣り（優劣）

優り草（菊花的異稱）

優り水（〔河川或池塘因降雨而〕增漲的水=増し水）

優り顔（傲慢的神色、以強者自居的神色）

親勝りの子（勝過父母的兒子）

彼女は男優りの女だ（她是個勝過男人的女人）

聖（ㄕㄥˋ）

聖〔漢造〕（也讀作聖）聖人、宗教上對所崇拜或尊敬的事物的尊稱、封建社會對皇帝及其有關事物的尊稱、（saint 的譯詞）聖

賢聖、賢聖（聖賢、高僧的總稱）

大聖（大聖、德高望重的聖人）

列聖（歷代的聖主、歷代的皇帝、〔宗〕〔天主教〕列為聖徒）

詩聖（詩聖、最大的詩人）

四聖（四聖-釋迦牟尼、基督、孔子、蘇格拉底）

画聖（畫聖、名畫家、傑出的畫家）

書聖（書聖、書法大家）

碁聖（圍棋國手、圍棋聖手）

歌聖（歌聖、和歌的聖手）

聖ヨハネ（聖約翰）

聖意〔名〕聖意、宸衷、皇帝的旨意

聖域〔名〕（神社等周圍的）聖域，神聖地帶。〔喻〕不可侵犯的禁區

聖域を汚す事は許されない（神聖地帶不容褻瀆）

聖王〔名〕聖王、聖明帝王（古代對英明的君主的尊稱）

聖恩〔名〕聖恩（美化皇帝恩德的說法）

聖化〔名、自他サ〕〔宗〕聖化、（使）神聖化、（使）聖潔化

聖火〔名〕聖火

オリンピックの聖火（奧運會的火炬）

聖火をリレーする（用接力的方式傳遞聖火）

火山の火は昔の人には聖火と信じられていた（古時候的人把火山的火當作了聖火）

聖歌〔名〕聖歌，神聖的歌曲、（基督教的）讚美歌，讚美詩

聖歌隊（唱詩班、教會的歌唱隊）

聖画〔名〕〔宗〕聖畫（以重要的宗教故事為題材的繪畫）

聖画像〔名〕〔宗〕聖像

聖駕〔名〕聖駕（指封建皇帝所乘的車輦等物）

聖家族〔名〕〔宗〕神聖家族（指基督教中-聖母瑪利亞、耶穌、聖約瑟夫構成的家族）

聖楽〔名〕〔樂〕（基督教的）聖樂

聖教〔名〕聖人的教誨、聖教（特指儒教）、基督教

聖教〔名〕〔佛〕釋尊的教誨、佛教的經典、聖人的教誨，聖教（特指儒教）（=聖教）

聖業〔名〕神聖的事業、聖業（封建時代對皇帝的事業的尊稱）

聖句〔名〕〔宗〕（做禮拜時）誦讀的經文、神聖的詞句

聖訓〔名〕聖訓（古時所謂聖人的教誨或皇帝的訓示）

聖血〔名〕〔宗〕聖血（聖餐式用的葡萄酒）

聖賢〔名〕聖賢、清酒和濁酒

聖賢の教え（聖賢的教導）

聖賢の道（聖賢之道）

聖公会〔名〕〔宗〕聖公會、主教派教會

聖骨〔名〕〔宗〕聖骨

聖骨箱（聖骨盒）

聖祭（せいさい）〔名〕〔宗〕（天主教的）祭祀儀式

聖餐（せいさん）〔名〕〔宗〕聖餐

聖餐式（せいさんしき）（聖餐式）

聖算（せいさん）〔名〕天皇的年齡、天皇的想法（=聖謨（せいぼ））

聖旨（せいし）〔名〕聖旨（封建皇帝的命令）

聖日（せいじつ）〔名〕〔宗〕（基督教的）禮拜日、星期日

聖者（せいじゃ）〔名〕聖者，聖人、〔宗〕聖者，聖徒

聖者（しょうじゃ）〔名〕〔佛〕聖者、聖人

聖主（せいしゅ）〔名〕聖主、賢明的君主

聖主（しょうじゅ）〔名〕聖主（=聖主（せいしゅ））。〔佛〕聖眾，諸菩薩（=聖衆（しょうじゅ））

聖寿（せいじゅ）〔名〕聖壽（對封建皇帝的壽命的敬稱）

聖書（せいしょ）〔名〕古聖人的著述。〔宗〕（基督教的）聖經（=バイブル（bible））

新約聖書（しんやくせいしょ）（新約全書）

旧約聖書（きゅうやくせいしょ）（舊約全書）

聖書の句（せいしょのく）（聖經上的詞句）

聖女（せいじょ）〔名〕聖女、聖潔的女性

聖詔（せいしょう）〔名〕皇帝的詔書

聖上（せいじょう）〔名〕聖上（封建時代對在位皇帝的尊稱）（=今上陛下（きんじょうへいか））

聖職（せいしょく）〔名〕神聖的職務。〔宗〕（基督教的）聖職，神職

聖職に携わる（せいしょくにたずさわる）（擔任神職、當牧師）

聖人（せいじん）〔名〕聖人。〔轉〕不俗氣的人，超然的人，一本正經的人、清酒

古の聖人（いにしえのせいじん）（古代的聖人）古（いにしえ）古（ふる）

聖人と仰がれる（せいじんとあおがれる）（被尊為聖人）仰ぐ（あおぐ）扇ぐ（あおぐ）煽ぐ（あおぐ）

彼は聖人だ（かれはせいじんだ）（他是個一本正經的人）

聖人（しょうにん）〔名〕〔佛〕高僧，有德之僧、聖僧

聖水（せいすい）〔名〕〔宗〕聖水

聖水盤（せいすいばん）（聖水器、洗禮盤）

聖跡（せいせき）、**聖蹟**（せいせき）〔名〕聖蹟、神聖的遺跡

聖戦（せいせん）〔名〕聖戰

民族解放の聖戦（みんぞくかいほうのせいせん）（爭取民族解放的神聖戰爭）

聖像（せいぞう）〔名〕聖人的肖像、皇帝的肖像

聖俗（せいぞく）〔名〕聖人和俗人、宗教的和世俗的

聖体（せいたい）〔名〕〔宗〕（耶穌基督的）聖體、聖餅、聖餐

聖体拝領（せいたいはいりょう）（聖餐禮）

聖体拝領者（せいたいはいりょうしゃ）（受聖餐的人）

聖体共存説（せいたいきょうそんせつ）（聖餐中耶穌血肉同在論）

聖代（せいだい）〔名〕聖世（對封建皇朝統治的美稱）

明治の聖代に生を享けた（めいじのせいだいにしょうをうけた）（生於明治的聖世）享ける（うける）受ける（うける）請ける（うける）浮ける（うける）

聖断（せいだん）〔名〕聖斷、天皇的裁決

停戦の聖断が下る（ていせんのせいだんがくだる）（下停戰的聖斷）

聖壇（せいだん）〔名〕〔宗〕聖壇、神壇

聖譚曲（せいたんきょく）〔名〕〔樂〕聖樂（=オラトリア（意 oratoria））

聖誕祭（せいたんさい）〔名〕〔宗〕聖誕節（=クリスマス（Christmas））

聖地（せいち）〔名〕聖地

革命の聖地（かくめいのせいち）（革命的聖地）訪ねる（たずねる）尋ねる（たずねる）訊ねる（たずねる）訪れる（おとずれる）訪う（とう）問う（とう）

基督教信者がパレスチナの聖地を訪れた（キリストきょうしんじゃがPalestinaのせいちをおとずれた）（基督教徒到巴勒斯坦聖地朝拜）基督（キリスト）キリスト（葡 Christo）

聖地巡礼（せいちじゅんれい）（朝聖、朝拜聖地）

聖勅（せいちょく）〔名〕皇帝的詔令

聖帝（せいてい）〔名〕（封建時代對皇帝的尊稱）聖帝、聖名的皇帝（=聖天子（せいてんし））

聖哲（せいてつ）〔名〕聖哲、聖人和哲人

聖典（せいてん）〔名〕〔宗〕聖典，聖經、經書，聖人的經典

キリスト教の聖典（葡 Christoきょうのせいてん）（基督教的聖經）

仏教の聖典（ぶっきょうのせいてん）（佛經）

聖天子（せいてんし）〔名〕（古代對封建皇帝的尊稱）聖明的天子、聖帝（=聖帝（せいてい））

聖天（しょうでん）〔名〕〔佛〕歡喜天、歡喜佛（=大聖歓喜天（たいせいかんきてん））

聖徒（せいと）〔名〕〔宗〕基督教的信徒，基督教徒、（saint的譯詞）聖徒

聖徒に列する（せいとにれつする）（列為聖徒）

聖堂（せいどう）〔名〕孔廟、（基督教）教堂

湯島の聖堂（ゆしまのせいどう）（湯島的孔廟）

聖徳（せいとく）〔名〕聖德（封建時代尊稱天子之德）

聖徳太子（しょうとくたいし）〔名〕〔史〕（593 年任推古天皇攝政、後來制定十七條憲法的）聖德太子。〔俗〕（印有聖德太子像的）日幣的萬元鈔票

聖晩餐（せいばんさん）〔名〕〔宗〕聖餐、聖餐式（=聖餐式）

聖廟（せいびょう）〔名〕聖廟，孔廟（=聖堂）、菅原道真的廟

聖母（せいぼ）〔名〕〔宗〕聖母、耶穌的母親瑪莉亞（=マリア）

聖謨（せいぼ）〔名〕天子的計畫、天子的方針

聖明（せいめい）〔名〕天子的明德

聖目、星目、井目（せいもく）〔名〕〔圍棋〕井眼（圍棋盤上的九個黑點）

井目で対局する（讓九個棋子對局）

井目局（〔讓對方九個棋子的〕井眼局）

井目風鈴付（井眼加風鈴-讓九個棋子外，還讓對方在井眼四角每一方格上斜著各放一子，形同風鈴，故名、〔轉〕喻比賽雙方技藝過分懸殊）

聖夜（せいや）〔名〕聖誕節前夜（=クリスマス、イブ）

聖油（せいゆ）〔名〕〔宗〕（洗禮時用的）聖油

聖慮（せいりょ）〔名〕天子的想法和感受

聖霊（せいれい）〔名〕神聖的靈魂、〔宗〕（基督教）聖靈

聖霊を感ずる（感到聖靈）感ずる観ずる

聖霊を汚す（冒瀆聖靈）

聖霊降臨祭（降靈節、聖靈降臨節）

聖（しょう）〔名〕聖人

賢聖、賢聖（聖賢、高僧的總稱）

聖観世音（しょうかんぜおん）〔名〕〔佛〕聖觀世音

聖観音（しょうかんのん）〔名〕〔佛〕聖觀世音（=聖観世音）

聖衆（しょうじゅ）〔名〕〔佛〕聖眾、諸菩薩

聖衆来迎（〔極樂世界的〕諸菩薩前來迎接〔臨終的人〕）

聖衆（せいしゅう）〔名〕聖眾

聖道（しょうどう）〔名〕〔佛〕聖道、佛道、佛門

聖道門に入る（進入佛門）

聖（ひじり）〔名〕（來自日知り）。〔古〕天子、聖人、高僧、仙人、（學識或技術等）高超者

歌の聖と称えられる（被稱為詩聖）称える讃える湛える

抒（ㄕㄨ）

抒（じょ）〔漢造〕發表

抒情、叙情（じょじょう）〔名、自サ〕抒情←→叙事

此の作家は抒情に優れている（這位作家擅長抒情）優れる勝れる選れる

抒情的な音楽（抒情的音樂）

抒情的文章（抒情的文章）文章文章

抒情詩（抒情詩）

書（ㄕㄨ）

書（しょ）〔名〕書、書籍、書法、書信

〔漢造〕書寫、字跡、書信、書籍、書經（五經之一）

書を読む（讀書）読む詠む

書を習う（學習書法）学ぶ

書が旨い（長以書法）旨い巧い上手い甘い美味い

此は王羲之の書だ然うです（據說這是王羲之的真跡）

返書（回信）

一書を呈する（寄上一封信）呈する挺する訂する

書を校するは塵を払うが如し（校書如掃塵很難做到完美無缺）

大書（用大字體寫〔的字〕、大書〔特書〕）

清書（騰清、抄寫清楚〔=清書〕）

青書（〔blue-book 的譯詞〕〔美國議會等的〕藍皮書〔=ブルー、ブック〕）

聖書（古聖人的著述、〔宗〕〔基督教的〕聖經〔=バイブル〕）

誓書（誓文、宣誓書）

正書（正楷、楷書〔=楷書〕）

成書（成書-已經出版的書）

浄書（繕寫、謄寫）

尚書（書經、〔中國古官名〕尚書）

証書（證書、字據、文契）

詔書（〔天皇的〕詔書）

上書（上書，上疏、意見書，書面意見）

血書（血書）

墨書（墨書、用墨寫的東西）

墨書（水墨畫，墨筆畫、〔日本畫在著色以前〕用墨筆畫〔的〕畫稿）

楷書（楷書）

外書（外國書籍、〔佛〕佛教以外的書籍）

行書（行書）

教書（〔史〕〔將軍或諸侯的〕命令、〔美國總統的〕咨文、〔宗〕〔羅馬教皇的〕布告，訓示）

草書（草書、草體〔=崩し字〕）

叢書、双書（叢書〔=シリーズ〕）

宋書（宋書）

臨書（臨帖）

封書（封口的書信）

遺書（遺囑、遺著）

医書（醫書）

報告書（報告書）

申告書（申報書）

請求書（帳單、付款通知書）

読書、読書（讀書）

蔵書（藏書）

史書（史書）

司書（圖書館等的管理〔員〕）

四書（四書）

私書（私人信件、私人文件）

詩書（詩集、詩經和書經）

著書（著作、著述）

図書（圖書、書籍）

辞書（辭書、辭典、詞典）

自書（自己書寫〔的東西〕）

字書（〔漢字的〕字典、辭典〔=辞書〕）

愛読書（愛讀的書、愛看的書）

参考書（參考書、工具書）

書する〔他サ〕書寫

墨で黒黒と書する（用濃墨書寫）書する 処する署する

書案〔名〕書桌、文書，草稿

書院、書院〔名〕書院（常指私塾）、書店、書齋、（壁龕旁有伸出的窗戶的）客廳

明治書院（明治書店）

書院に客を通す（把客人請到客廳）

書淫〔名〕讀書狂、愛書狂（=ブック、マニア）

書影〔名〕把書墊在下頭描

書屋〔名〕（多用於書齋名）書房，書齋、書店

書架〔名〕書架（=本棚）

書架に本を並べる（把書擺在書架上）

書架番号（圖書館的書架〔號碼〕）

書家〔名〕書法家

有名な書家（著名的書法家）

書画〔名〕書畫

書画骨董を捻くる（擺弄書畫古玩）

書画を良くする（善於寫字繪畫）

書画を蒐集する（收集書畫）

書画帖（書畫帖）

書巻〔名〕書卷、書本、書籍

書巻を繙く（翻閱書本）繙く紐解く

書翰、書簡〔名〕書信、尺牘

書簡を届く（信送到）

書簡箋に手紙を書く（在信紙上寫信）書く欠く掻く画く斯く

書簡体で書く（用書信體寫）

書簡文（尺牘文、書信體文）

書簡集（書信集）

書紀〔名〕（日本最古的古書）（日本）書紀（=日本書紀）

書記〔名〕（官廳或法院等的）書記，文書，錄事、（政黨的）書記

討論会の書記（討論會的紀錄）

書記長（總書記）

書記官（〔法院的〕書記官、〔內閣、各部、國會的〕秘書官）

一等書記官（〔大使館〕一等秘書）

書記局（〔政黨或工會的〕書記局、書記處）

書記生（〔使館或領事館〕職員、辦事員）（=外務書記生）

書記鳥（〔動〕鷺鷹）

書き記す、書き誌す〔他五〕寫記、登記、紀錄（=書き付ける）

日記を書き記す（記日記）

記録を書き記す（記紀錄）

受付簿に名前と住所を書き記す（把姓名住址寫在傳達室的登記簿上）

書狂〔名〕書狂、書癡、藏書癖、有藏書癖的人（=ビブリオマニア）

書経〔名〕（中國古代五經之一）書經

書痙〔名〕〔醫〕書寫痙攣（因書寫過度引起）

書痙の為に指が顫える（因書寫痙攣手指顫抖）震える振える奮える揮える篩える

書契〔名〕書契，文字、文契，文約

書契以前の口誦文学（有文字以前的口傳文學）

書芸〔名〕書法藝術

書見〔名、自サ〕〔舊〕讀書、看書（=読書）

書見台（小書桌）

書庫〔名〕（圖書館等的）書庫、藏書室

書物を書庫に入れる（把書籍放入書庫）

書斎〔名〕書齋

彼は書斎に閉じ篭もって許り居る（他老待在書房裡）

書斎人（讀書人、學者）

書債〔名〕筆墨債（未寫的回信、受託未寫的書畫、未交出的稿件）

書債を果たす（償還筆墨債）

書鰓〔名〕〔動〕書鰓、葉鰓

書札〔名〕書札，札記、書信

書札を以て申し上げます（用書面陳述）

書札礼（〔平安時代以後公卿間流行的〕尺牘、書札形式）

書冊〔名〕書冊、書籍

書斎に書冊の山を築く（書齋裡書籍堆成山）

書志、書誌〔名〕書籍，圖書、（特定人物或題目的）文獻目錄、書志（書籍的外觀，內容，由來等方面的記述）

藤村の書志を作成する（編制島崎藤村的文獻目錄）

此の本の書志を研究する（研究這本書的書志）

書誌学（文獻學、圖書目錄學）

書肆〔名〕書肆、書店（=本屋）

書字〔名〕書寫、寫字（寫漢字的能力）

小学生の書字能力を試す（測驗小學生的寫字能力）試す験す

書字不能症（〔醫〕無寫字能力）

書辞〔名〕在文書或信件寫上的字眼

書式〔名〕公文格式

書式通りに（按照格式）

此の願書は書式が違っている（這份申請書格式不對）

転居届の書式は規定に依って決まっている（遷居報告的格式按規定是一定的）

書軸〔名〕書幅、寫有文字的掛軸

書写〔名、他サ〕（中小學的）習字、書寫、抄寫

原本を書写する（抄寫原書）

書写の練習を為る（練習寫字）

書写が旨い（字寫得好）旨い巧い上手い甘い美味い

此の写本の書写の年代は古い（這個抄本的抄寫年代很久）

書証〔名〕〔法〕書面證據、證據文件←→物証、人証

書証に依る証拠提出（提出書面證據）

書状〔名〕〔舊〕書信、信件（=手紙）

ㄕ

書状が到着した（信件到了）

書信〔名〕書信（=手紙、便り）

故郷よりの書信（故鄉寄來的書信）故郷 故郷

書生〔名〕〔舊〕書生，學生、（寄食人家邊照料家務邊上學的）工讀生，書僮

貧乏書生（窮學生）

書生の癖に生意気だ（一個學生太自大了）

書生気質（學生特有的〔明朗豪放的性格）気質気質

書生論（書生之論、不切實際的空談）

書生を置く（〔家裡〕置工讀生）

父の友人の処に書生に住み込む（住在父親的朋友家當書僮）

書生部屋（〔用作傳達室的〕書僮室）

書生っぽ、書生っぽ（〔蔑〕書生、書呆子）

書聖〔名〕書聖、書法大家

書跡〔名〕筆跡、字跡

書跡は帝王と相類す（筆跡與帝王相似）

書籍、書籍〔名〕書籍、圖書

書籍を販売する（賣書）

書籍館（書籍館-圖書館的舊稱）

書籍解題（書目提要）

書籍商（書商、書店）

書籍目録（圖書目錄）

書籍業（書籍販賣和出版業）

書窓〔名〕書齋之窗、書齋

書体〔名〕字體，筆體。〔印〕（鉛字的）字體

きちんとした書体（端正的字體）

ぞんざいな書体（潦草的字體）

此の字は彼の書体に似ている（這個字很像他的字體）

書棚〔名〕書架、書櫃

書棚に洋書が一杯並べて有る（書架上擺滿了外文書）

書壇〔名〕書法界

書壇で重きを為す（在書法界受到器重）為す 成す 生す

書帙〔名〕文卷、書籍，書冊

書中〔名〕（書籍或書信的）書中，文中，信中、書信

書中の趣承知致しました（書中內情敬悉）

先般書中にて申し述べました件（前番信中所陳之事）

書中を以て厚く御礼上候（特此奉函深表謝忱）

書机〔名〕（矮腿）矮書桌

書店〔名〕書店（=本屋）

内山書店（內山書店）

書店に本を注文する（在書店訂書）

書道〔名〕入木道

書牘〔名〕書信、書簡

書牘体（書信體〔文章〕）

書評〔名〕書評（特指對新刊的評論）

書評を書く（寫書評）

書評欄（〔報紙上的〕書評欄）

書評家（書評家）

書風〔名〕書法風格、字的風格

自由奔放な書風（自由奔放的書法風格）

此は彼の晩年の書風だ（這是他晚年的書法風格）

書幅〔名〕書幅、字畫（橫幅或條幅等）

壁に名人の書幅が掛かっている（牆上掛著名人字畫）

書癖〔名〕書迷，讀書癖、藏書癖、藏書狂、寫字的毛病（=書き癖、筆癖）

書き癖〔名〕寫字的特色、寫字的怪癖

書法〔名〕書法，寫字、（字母或文章等的）寫法

毛筆の書法を学ぶ（學習毛筆字）

楽譜の書法（樂譜的寫法）

書房〔名〕書房，書齋（=書斎）、（某）書店

山田書房（山田書店）

書名〔名〕書名

〝黛絲姑娘〞と言う書名の本(一本名為〝黛絲姑娘的書）

書名の分らない古本（書名不詳的古書）古本古本

書名目録（書名目錄）

書面〔名〕信件，書信、文件、(對口頭而言）書面

書面の遣り取りを為る（通信）

御書面の趣承知致しました（來函敬悉）

此の書面では解決は難しい（憑這個文件難以解決）

書面で知らせる（用書面通知）

書面で申し入れる（用書面提出申請）

書面又は口頭にて（用書面或用口頭）

書目〔名〕書目，圖書目錄、書的名稱（=書名）

参考書目（参考書目）

科学技術方面の書目を作成する（編制科技方面的圖書目錄）

書物〔名〕書、書籍、圖書（=本、書籍）

書物と為て出す(作為一本書〔單行本出版）

日本に関する書物（有關日本的書籍）

書物を読む事はもう習慣に為っている（讀書已成習慣）

書き物、書物〔名〕寫字，寫文章、寫出來的東西、文章，作品、文件

書き物を為る（寫東西）

書き物で忙しい（忙於血東西）

書き物に為て置く（寫成文章）

古い書き物を調べる（研究古老的作品）

書林〔名〕書林。〔轉〕書店

青葉書林（青葉書店）

書林の求めに応じて筆を執る（應書店的請求而執筆）

書類〔名〕文件

秘密書類（秘密文件）

関係書類（有關文件）

書類に目を通す（閱讀〔看〕文件）

書類を提出する（提出文件）

書類を整理する（整理文件）

書類挟み（文件夾）

書類鞄（公文包）

書類詮衡、書類選考（〔對候選人或申請人等〕根據材料或歷史材料等進行詮衡）

書類送検（〔法〕〔把罪犯或嫌疑犯的〕有關資料送交檢察廳）←→身柄送検

書論〔名〕書法論

書、文〔名〕文章、書籍（=文書、書物）書信（=手紙）學問、漢書、漢文

文を差し上げる（寄信、呈上一封信）

文の道（學問之道）

文は遣り度し書く手は持たぬ（想寫信可是不會寫、心有餘而力不足）

文を付ける（寄情書、送情書）

書く、描く〔他五〕寫（字等)、畫（畫等)、作，寫（文章)、描寫，描繪

字を書く（寫字）書く画く掻く欠く斯く

手紙を書く（寫信）

鉛筆で書かないで、ペンで書き為さい（別用鉛筆寫要用鋼筆寫）

絵を書く（畫畫）

山水画を書く（畫山水畫）

平面図を書く（畫平面圖）

黒板に地図を書く（在黑板上畫地圖）

文章を書く（作文章）

卒業論文を書く（寫畢業論文）

彼は今新しい小説を書いている（他現在正在寫一本新小說）

新聞に書かれる（被登在報上、上報）

此の物語は平易に書いて有る(這本故事寫得簡明易懂）

口で言って人に書かせる（口述讓別人寫）

此の事に就いて新聞は如何書いて有るか（這件事報紙上是怎麼樣記載的？）

搔く〔他五〕搔，扒，剷、撥，推、砍，削，切、攪和、做某種動作，有某種表現

痒い所を搔く（搔癢處）書く 欠く 描く 画く 斯く

髪を搔く（梳頭）

背中を搔く（撓脊粱）

田を搔く（耕田）

犬が前足で土を搔く（狗用前腳刨土）

往来の雪を搔く（摟街上的雪）

庭の落ち葉を搔く（把院子的落葉摟到一塊）

人を搔き分ける（撥開人群）

首を搔く（砍頭）

鰹節を搔く（削柴魚）

水を搔いて進む（划水前進）

泳ぐ時、手と足で水を搔き乍前へ進む（游泳時用手和腳划水前進）

芥子を搔く（攪和芥末）

漆を搔く（攪和漆）

胡坐を搔く（盤腿坐）

汗を搔く（出汗、流汗）

鼾を搔く（打呼）

裏を搔く（將計就計）

恥を搔く（丟臉、受辱）

べそを搔く（小孩要哭）

瘡を搔く（長梅毒）

寝首を搔く（乘人酣睡割掉其頭顱、攻其不備）

欠く、缺く、闕く〔他五〕缺、缺乏、缺少、弄壞、怠慢

彼の人は常識を欠いている（那人缺乏常識）

塩は一日も欠く事が出来ない（食鹽一天也不能缺）

暮らしには事を欠かない（生活不缺什麼）

必要欠く可からず（不可或缺、必需）

歯を欠く（缺牙）

刃を欠く（缺刃）

窓ガラスを欠く（打破窗玻璃）

礼を欠く（缺禮）

勤めを欠く（缺勤）

斯く〔副〕如此、這樣（＝斯う、此の様に）

斯く言うのも老婆心からだ（所以如此說也是出於一片婆心）

斯くの如き方法（這樣的方法）書く 搔く 描く 欠く 画く 昇く

斯くの如くして（這樣地）

斯く言えばとて（雖說如此）

斯く為る上は（既然如此）

書き上げる〔他下一〕寫完，寫成、一一列入，一一記上

論文を書き上げる（把論文寫完）

絵を一気に書き上げる（一口氣畫完畫）

罪状を書き上げる（列出罪狀）

要求事項を全部書き上げる（把要求事項全部列出）

名前や住所等を一一書き上げる（把姓名住址等一一寫上）

書き味、書味〔名〕（寫字時）運筆的情況

素晴らしい書き味（筆很好用）

書き誤る〔他五〕寫錯

書き誤った物を直す（改正寫錯的地方）直す 治す

書き誤り、書誤り〔名〕寫錯

どんな名家だって書き誤りは免れない（什麼樣的名人也難免寫錯）

書き改める〔他下一〕改寫、重寫

原稿を書き改める（重寫稿件）

何度も書き改める（重寫好多次）

書き表わす〔他五〕（用文字）寫出來、（用筆墨）表現出來

自分の感想を書き表わす（把自己的感想寫出來）

印象を絵で書き表わす（用畫把印象表現出來）

其の光景は筆で書き表わせない（那種情景不是筆墨所能形容的）

書き入れる〔他下一〕寫上，記入，列入。〔古〕（把不動產）作為抵押寫在契約上

帳簿に書き入れる（登帳）

本に注を書き入れる（在書上加注）

教科書に訳を書き入れる（在教科書裡加上譯文）

利子を通帳に書き入れる（把利息記入存摺上）

書き入れ、書入れ〔名〕寫入，記入，添寫、記入的字，添寫的字、旺季，旺月，生意興旺期間，獲利最多時期（=書き入れ時）。〔古〕抵押（=抵当）

日記には其の日は何も書き入れが無かった（日記裡這一天什麼也沒有寫）

ページ毎に沢山のの書き入れが為て有った（每頁都寫有許多字）

行間に訳の書き入れを為ないで下さい（請不要在行監裡加寫譯語）

氷屋の書き入れは夏（冷飲店的旺季是夏天）

今日書き入れの大一番（今天是生意最賺錢的一天）

書き入れ時、書入れ時〔名〕（生意）繁忙時期、賺錢時期、旺季、旺月

新学期の初めは本屋の書き入れ時だ（新學期開始時是書店的旺季）

秋は農家の書き入れ時だ（秋天是農家繁忙季節）

書き置き、書置き〔名、自サ〕留字，留言、（自殺或出走前留下的）遺書，遺言

留守だったので書き置きして来た（因為他不在家只是留下紙條就回來了）

書き置きを残して家出する（留下一封信就離家出走）

両親に当てた書き置きが発見された（發現了留給父母的遺書）

書き送る〔他五〕寫給、通知

旅先の様子を友人に書き送る（把旅途上的情況寫信告知朋友）

親に病気の容態を書き送る（寫信給父母告知病情）

書き起こす、書き起す〔他五〕寫起、開始寫（=書き出す、書き始める）

此の小説は主人公の生い立ちから書き起こされている（這部小說是從主人公的成長寫起的）

書き落とす、書き落す〔他五〕寫漏、漏寫

二字書き落とした（寫漏了兩個字）

大事な事を書き落とす（漏寫重要的地方）

書き落とし、書落し〔名〕寫漏、漏寫

書き落としを為ぬように（注意不要寫漏）

書き落としの箇所（寫漏的地方）

二字書き落としが有る（寫漏兩個字）

書き下ろす、書き下す〔他五〕新寫（小說等）

単行本と為て出版する為に新たに書き下ろす（出版單行本而重新編寫）

三月興行の為に書き下ろした物（為三月上演而心血的腳本）

置き下ろし、書下し〔名〕新寫（的作品）

此の小説は書き下ろしです（這篇小說是新寫的）

書き下ろしの長篇小説（新發表的長篇小說）

書き終わる〔他五〕寫完

原稿は明日書き終わる（稿件明天寫完）明日明日明日

書き下す〔他五〕（按順序）寫下去，往下寫、信筆往下寫，草草地寫下去、（把漢文）改寫成帶假名的日文

一気に書き下す（一氣寫下去）

漢文を仮名交じり文に書き下す（把漢文改寫成帶假名的日文）

書き下し文、書下し文〔名〕把漢文按日語詞序用文言文改寫的文章

書き換える、書き替える、書き変える〔他下一〕另寫、重寫、改寫（=書き直す）

手紙を書き換える（重寫書信）

歴史は書き換えられる物ではない（歷史是不能竄改的）

家屋敷を子供の名義に書き換える（把房產更名過戶給孩子）

書き換え，書換え、書き替え，書替え〔名〕另寫，改寫，重新寫（=書き直し）、（借款等的）轉期，（證券等的）更換，重發、（不動產等的）更名（過戶）

免許状の書き換えを申請する（申請重新發給許可證）

名義の書き換え（更名過戶）

株式の名義書き換えを停止する（停止股票的更名過戶）

書き掛け〔名〕沒有寫完、寫到中途

書き掛けである（沒寫完）

書き掛けの手紙（沒寫完的信）

書き方、書方〔名〕寫法，書寫方法、書法，習字

手紙の書き方（信的寫法）

小説の書き方（小說的寫法）

書き方の時間（書法課、習字課）

彼の生徒は書き方は上手だ（那個學生字寫得很好）下手

書き具合〔名〕（筆）好寫不好寫、寫起來的情況

此の万年筆は書き具合が良い（這支鋼筆非常好寫）良い好い善い佳い良い好い善い佳い

書き崩し、書崩し〔名〕簡筆寫，用草書寫（=崩し書き）、寫壞（的），寫糟（的）

書き加える〔他下一〕添寫、加注、注上

先生が一句書き加えた（老師添寫了一句）

二、三字書き加えたら変った様な文章に為った（添上了兩三個字文章就大不相同了）

書き加え〔名〕添寫、加注

書き言葉、書言葉〔名〕書面語言←→話し言葉

書き言葉と話し言葉（書面語言和口頭語言）

書き言葉は文章を書く時に使われる言葉である（書面語言是寫文章時用的語言）

書き込む〔他五〕寫上，記入、注上、添寫（=書き入れる）

手帳に、友達の住所、電話番号を書き込む（把朋友的住址電話號碼寫在筆記本上）

約束したら手帳に書き込む（一旦約定了就立刻記在本子上）

読めない漢字の側にローマ字を書き込んだ（在不會讀的漢字旁邊注上了羅馬字）

行間に訳を書き込まないで下さい（字裡行間不要注上譯文）

書き込み、書込み〔名〕注，加注、添上的注，添上的字（句）、（=書き入れ）

行間の書き入れ（行間的注）

目が悪くて小さな書き入れは読めない（視力不好添寫的小字看不清楚）

書き止す〔他五〕（寫到中途）停筆（不寫）

急用が出来て手紙を書き止した儘出ていった（因有急事信沒寫完就出去了）

演説の原稿を書き止して散歩に出た（演講稿寫到一半就出去散步了）

書き止し〔名〕寫到中途停筆不寫、沒有寫完

書き止しの手紙（沒有寫完的信）

書き止しの小説（還沒寫完的小說）

書き示す〔他五〕寫明、寫給（人）看

書き過ぎる〔自下一〕寫得過多、寫得過分

書き捨てる〔他下一〕寫完丟掉、胡亂寫，隨便寫，信筆塗鴉

書き捨てた儘で立派な文章だ（雖然是信手寫卻是一篇好文章）

書き捨て〔名〕寫完扔掉、胡亂寫、不要的廢稿

其は要らない書き捨てだ（那是不要的廢稿）

書き添える〔他下一〕補充寫上、附帶寫上、添寫

二、三句書き添える（添寫上兩三句話）

此の事も序でに書き添える（順手把這件事也寫上）

私が昨日帰った事を手紙に書き添えて下さい（請把我昨天已經回來這件事附帶寫在信上）

書き損なう、書き損う〔他五〕寫錯、寫壞

書き損なわないように気を付け為さい（注意別寫錯了）

履歴書を書き損なった（把履歷表寫錯了）

書き損ない、書き損い〔名〕寫錯、寫壞

書き損ないを為たので、紙をもう一枚下さい（因為寫錯了請再給我一張紙）

慌てて書いたので、三度も書き損ないを為た（由於寫得慌了三次都寫壞了）

書き損ないを破って捨てた（把寫錯的紙撕了扔掉）

紙が足りないから書き損ないを為ないで下さい（因為紙不構夠用請不要寫錯了）

書き損じる〔他上一〕寫錯、寫壞（=書き損ずる）

書き損ずる〔他サ〕寫錯、寫壞（=書き損なう）

書き初め、書初め〔名、自サ〕（正月二日用毛筆寫字的儀式）新春試筆

御書き初めを為る（新春試筆）

書き足す〔他五〕添寫、注上（=書き加える）

此位に事は書き足すに及ばない（這點小事情無需添寫）

此の事は手紙の終わりの方に書き足して置いた（這件事添寫在信的末尾了）

書き足し〔名〕添寫，補寫、潤色、（書信的）又及，又啟

書き出す〔他五〕開始寫（=書き始める）、摘錄，摘要寫出（=抜き書きする）、寫出，標出（給大家看）

小説を書き出した（開始寫小說了）

此の辞書の改訂カードは書き出してから、完成する迄五年掛かった（這部辭典的修訂卡片從開筆到脫稿一共用了五年的時間）

要点を書き出す（摘錄要點）

此の名簿の中から女性の名前を書き出して下さい（請從這個名簿把婦女的名字抄下來）

合格者の名前を書き出す（寫出錄取者的姓名）

品物の値段が書き出して有る（標著商品的價格）

書き出し、書出し〔名〕（文章的）起首，開頭。〔舊〕破題（=書き始め）、帳單（=勘定書き）。〔劇〕掛頭排的青年演員，節目單上名列第一的青年演員

此の小説の書き出しは良い（這篇小說起頭寫得好）

私の書き始めを下さい（請把我的帳單給我）

書き出しが一万円に為る（帳單共一萬日元）

書き立てる〔他下一〕列舉，一一寫出，一項一項地寫，詳詳細細地寫、大寫特寫，大肆宣傳地寫

要求事項を書き立てる（把請求事項一一寫出）

そんな細かい事迄書き立てる必要は無い（不需把那些瑣碎的事情一一寫出）

新聞で盛んに書き立てる（在報紙上大寫特寫〔大肆宣傳地寫）

書き散らす、書散す〔他五〕信筆寫，胡亂寫、（應邀）漫不經心地寫，隨便草率地寫（小說、隨筆、詩文等）

壁に一杯鉛筆で書き散らして有る（滿牆都是用鉛筆亂寫亂畫的字）

此は気の向く儘に書き散らした物だ（這興之所至隨便寫的）

方方の雑誌に書き散らす（給各處的雜誌隨便寫稿子）

下手な詩を書き散らす（隨便寫彆腳詩）

書き散らし〔名〕信筆寫、胡亂寫（的東西）

文豪の書き散らしを高値で買う（用高價購買大文豪信手寫的東西）

書き尽くす、書き尽す〔他五〕寫完、寫盡、全寫

其の景色の美しさは筆に書き尽くせない（那片風景的美麗非筆墨所能形容）

帳面はもう書き尽くしていた（筆記本已經寫滿了）

書き付ける〔他下一〕寫上、記上（=書き記す、書き留める）

自分の姓名を書き付ける（寫上自己的姓名）

ノートに単語の訳を書き付ける（把詞彙的譯語寫在筆記上）

楷書は書き付けていないから旨く書けない（因為不常寫楷書寫不好）

書き付け、書付け〔名〕字條，紙條，便條、記事條，記事單。〔轉〕帳單，字據（等）

予定を記した書き付け（寫下預定計畫的紙條）

詳しく書き付けに為る（詳細記下來）

忘れぬように書き付けに為て置く（寫在便條紙上免得忘記）

大事な書き付けを落とした（紛失した）（丟了一張重要的帳單〔字據〕）

酒屋から書き付けが来る（酒店拿來帳單）

私が彼の人に代わって書き付けを一本入れます（我替他立一張字據）

口で約束した丈では心配だから、ちゃんと書き付けに為て置く方が良い（只是口頭約定靠不住還是正式寫一張字據較好）

大切な書き付けは金庫に終って在る（重要的單據再保險櫃裡收放著）

書き潰す〔他五〕寫壞，寫糟塌、寫得很多、用盡很多紙

何千枚の原稿を書き潰した（寫得幾千張的稿紙）

書き詰める〔他下一〕寫滿，不留空白地寫、一直寫，不停地寫、一直寫到完

もう少し行間を書き詰め為さい（把行的間隔再靠緊一點再寫）

朝から晩迄書き詰める（從早到晚不停地寫）

書き連ねる〔他下一〕列舉、開列（=書き並べる）

寄付者名を書き連ねる（列出捐贈人的名字）

書き手、書手〔名〕寫字的人，畫畫的人←→読み手、畫家，書法家，文學家

彼は中中の書き手だ（他是個傑出的書法家）

書き飛ばす〔他五〕飛快地寫，馬馬虎虎地寫、跳著寫，刪掉一部份寫

書き留める〔他下一〕（為了保存或備忘）寫下來、記下來（=書き付ける）

住所を手帳に書き留める（把住址記載筆記本上）

車の番号を書き留めて置いたので、忘れ物は間も無く手に戻った（因為把車子的號碼記下來了所以丟的東西不久就找回來了）

書留〔名〕寫下（的字）、掛號（信）

普通書留（單掛號）

配達証明付書留（雙掛號）

現金書留（保價信）

手紙を書留に為る（把信用掛號寄出）

小包を書留で出す（包裹用掛號寄出）

家から書留が来た（家裡寄來了掛號信）

書留小包（掛號郵包）

書留郵便（掛號郵件）

書留料（掛號費）

書き取る〔他五〕（把文章或句子等）記下來，紀錄抄寫下來聽寫（=書き写す、聞き取る）

学生が講義を書き取る（學生記下講課內容）

教授が講義を書き取らせる（教授讓學生記下講課內容）

借りた本の中に素晴らしい文章が有ったので、書き取って置いた（借來的書裡有一段很好的文章所以抄錄下來了）

電話番号を書き取って下さい（請把電話號碼記下來）

書き取り、書取り〔名、自サ〕抄寫，紀錄、聽寫，默寫

漢字の書き取り（聽寫漢字）

書き取りの試験（聽寫考試）

書き取りを為るから本を閉じて用意して下さい（現在聽寫考試請把書合上作好準備）

書き直す、書直す〔他五〕改寫，重新寫（=書き換える、書き改める）、重抄，謄清

三度書き直す（改寫三次）

原稿を綺麗に書き直す（謄清稿子）

書き直し〔名〕改寫，重寫（的東西）、謄清

書き直しの方がもっと奇麗です（重寫的部分更清楚）

書き直しの仕事を為る（作謄清工作）

書き流す、書流す〔他五〕輕鬆地寫、（不加思索不費力地）隨便寫、信筆寫、流暢地寫下去

巻紙に手紙をすらすらと書き流す（在信紙上流暢地寫信）

書き流し、書流し〔名〕信筆寫、隨便寫、寫完未加潤色

書き擲る〔他五〕胡亂寫、潦草地寫、飛快地寫

一気呵成に書き擲る（一氣呵成地一揮而就）

下手な字で作文を書き擲る（胡亂塗鴉地寫作文）

書き擲り〔名〕亂塗、潦草書寫

書き馴れる、書き慣れる〔自下一〕寫熟，寫慣、（字或文章等）寫得熟練

何時も書くなら書き慣れる（經常寫就會寫熟了）

書き慣れた文章（寫得很熟練的文章）文章 文章

書き慣れた字（寫得很熟練的字）

書き難い、書難い〔形〕難寫的、不好寫的←→書き易い、（筆）不好用

実に書き難い主題だ（這個主題實在不好寫）実に 実に

書き抜く〔他五〕摘錄，抄錄，選錄下來、一直寫到底

必要な事項を書き抜く（摘錄必要的事項）

自分の台詞を書き抜く（把自己的台詞摘錄下來）台詞台詞

書き抜き、書抜〔名〕摘錄，選錄。〔劇〕（從劇本中）摘錄（某腳色的台詞）

文章の書き抜きを為る（摘錄文章）

台詞を書き抜きする（摘錄台詞）

書き残す、書残す〔他五〕寫完留下，寫下，留傳、漏寫（=書き落とす）

後世に書き残す（寫下留傳後世）後世後世

駅の伝言板に一言書き残して置いた（在車站留言板上寫下了一句話）一言一言一言

時間が足りなくて一つ二つ書き残す（因為時間不夠有一兩點沒有寫）

書き熨斗、書きのし〔名〕在禮品包裝上寫的のし二字（用於代替禮簽）

書き判、書判〔名〕畫押

名前の下に書き判を為る（在名字下面畫押）

書き振り、書振〔名〕寫字的姿勢，運筆的樣子、字體，筆跡，文體

字の書き振りで性格が分かる（根據字體可以了解性格）分る解る判る

書き模様〔名〕畫的花樣←→染め模様、縫い模様

書き漏らす、書漏す〔他五〕寫漏、漏寫（=書き落とす）

大事な事を手紙に書き漏らした（信上寫漏一件重要的事情）

書き漏らして処を書き加える（把漏的地寫上）

書き漏らし〔名〕寫漏、漏寫（的地方）

書き漏らしを為る（漏寫）

書き漏らしが有る（有漏寫〔的地方〕）

書き紋、書紋〔名〕衣服上用筆畫的家徽←→染め抜き紋、縫い紋、衣服上用筆畫的花樣←→染め模様

書き役、書役〔名〕文書，秘書、抄寫員，記錄員

書き分ける、書分ける〔他下一〕分開寫、分別地寫、區別開寫（=区別して書く）

此の小説では人物が良く書き分けて有る（這部小說裡人物描寫得各有特色）

書き忘れる、書忘れる〔他下一〕忘寫

名前を書き忘れる（忘寫姓名）

書き割り、書割〔名〕〔劇〕（舞台上面的）布景、大道具

書かでも〔連語〕不寫也（可以）

書かでもの事（不寫也可以的事）

梳（ㄕㄨ）

梳〔漢造〕梳、梳頭

梳毛〔名〕〔紡〕梳毛

梳毛機（梳毛機）

梳毛糸（精紡毛紗、精梳毛紗）

梳る〔他五〕梳（=梳く）

髪を梳る（梳頭）

梳る〔他五〕梳（頭髮等）（=梳る）

髪を梳る（梳頭髮）

梳く〔他五〕（用梳篦）梳（髮）

櫛で髪を梳く（用梳子梳髮）

透く、空く〔自五〕有空隙，有縫隙，有間隙、變少，空曠，稀疏、透過…看見、空閒，有空，有工夫、舒暢，痛快、疏忽，大意←→込む

戸と柱の間が空いている（門板和柱子間有空隙）鋤く好く漉く梳く酸く剥く剝く抄く

間が空かない様に並べる（緊密排列中間不留空隙）

未だ早ったので会場は空いていた（因為時間還早會場裡人很少）

旅行の季節が過ぎたので旅館は空いている然うです（因為已經過了旅行季節聽說旅館很空）

歯が空いている（牙齒稀疏）

枝が空いている（樹枝稀疏）

座るにも空いてない（想坐卻沒座位）

バスが空く（公車很空）

汽車が空いた（火車有空座位了）

手が空く（有空閒）

今手が空いている（現在有空閒）

胸が空く（心裡痛快、心情開朗）

カーテンを通して向こうが空いて見える（透過窗簾可以看見那邊）

レースのカーテンを通して向こうが空いて見える（透過織花窗簾可以看見那邊）

腹が空く（肚子餓）

御腹が空く（肚子餓）

扠も空かん男だ（真是叫人大意不得的人）

好く〔他五〕喜好、愛好、喜歡、愛慕（=好む。好きに為る。好きだ）

（現代日語中多用被動形和否定形，一般常用形容動詞好き，代替好く、不說好きます而說好きです、不說好けば而說好きならば、不說好くだろう，而說好きに為る）

塩辛い物は好きだが甘い物は好かない（喜歡鹹的不喜歡甜的）

彼奴はどうも虫が好かない（那小子真討厭）

好きも好かんも無い（無所謂喜歡不喜歡）

好いた同士（情侶）

彼の二人は好いて好かれて、一緒に為った（他倆我愛你你愛我終於結婚了）

洋食は余り好きません（我不大喜歡吃西餐）

好く好かぬは君の勝手だ（喜歡不喜歡隨你）

人に好かれる質だ（討人喜歡的性格）

剥く〔他五〕切成薄片、削尖、削薄、削短

魚を剥く（把魚切成片）透く空く好く梳く漉く抄く鋤く酸く

竹を剥く（削尖竹子）

髪の先を剥く（削薄頭髮）

枝を剥く（打枝、削短樹枝）

結く〔他五〕結、編織（=編む）

網を結く（編網、織網、結網）

抄く、漉く〔他五〕抄、漉（紙）

紙を抄く（抄紙、用紙漿製紙）透く空く好く梳く剥く鋤く結く

海苔を抄く（抄製紫菜）

鋤く〔他五〕（用直柄鋤或鍬）挖〔地〕

畑を鋤く（挖地、翻地）畑 畠 畑畠

梳き油、梳油〔名〕（水）頭油、髮蠟（=ポマード）

梳き油を付ける（抹頭油）

梳き櫛、梳櫛〔名〕篦子

梳き櫛で梳く（用篦子梳〔頭髮〕）

梳き櫛，梳櫛、解き櫛，解櫛〔名〕大齒木梳←→挿し櫛、挿櫛

梳き毛、梳毛〔名〕（為調整髮形而加入髮內的）假髮束

梳き子、梳子〔名〕（給婦女）梳頭的人

梳き綿〔名〕〔紡〕（精）梳棉

梳き綿工（梳棉工）

梳かす、解かす〔他五〕梳（頭髮）

鏡の前で髪を解かす（在鏡前梳頭）

解かす、溶かす、熔かす、鎔かす、融かす〔他五〕溶化、熔化、融化、溶解

バーナーで鉛を解かす（用噴燈熔化鉛）

銅像を解かす（熔化銅像）

砂糖を水に解かす（把糖化在水裡）

氷を解かす（溶化冰）

ㄕ

梳く〔他五〕梳、攏

髪を梳く（梳頭髮）

解く、溶く、融く〔他五〕溶解、化開（=解かす、溶かす、熔かす、鎔かす、融かす）

小麦粉を水で解く（用水合麵）

絵の具を 油 水で解く（用油〔水〕化開原料）

卵 を解く（調開雞蛋）

解く〔他五〕解開、拆開、解除、解職、解明、解釋、誤解

靴の紐を解く（解開鞋帶）

旅装を解く（脫下旅行服裝）

小包を解く（打開郵包）

着物を解いて洗い張りする（拆開衣服漿洗）

此の縫って有る 所 を解いて 縫い直して下さい（請把這縫著的地方拆開重縫一下）

戒厳令を解く（解除戒嚴令）

禁を解く（解除禁令）

輸入制限を解く（取消進口限制）

Ａ社との契約を解く（解除和 A 公司訂的合約）

任を解く（解職）

校 長 の 職 を解く（解除校長的職務）

兼 職 を解かれて少し楽に為った（解除了兼職輕鬆一些）

数学の問題を解く（解答數學問題）

宇宙の謎を解く（解明宇宙的奧秘）

弁明して誤解を解く可きだ（應該解說明白把誤會解開）

怒りを解いて話し合う気に為った（消除不快情緒想彼此交談了）

梳道具〔名〕梳頭用具

梳箱〔名〕〔古〕梳妝箱（=櫛笥）

殊（ㄕㄨ）

殊〔漢造〕不同、特殊

特殊（特殊、特別）

殊遇〔名〕特別待遇、優待

殊遇を受ける（受到特別待遇）受ける請ける享ける浮ける

殊遇に感激する（對優待表示感激）

殊勲〔名〕特殊（卓越）功勳

殊勲を立てる（樹立卓越的功勳）立てる建てる経てる発てる絶てる截てる断てる裁てる

殊勲甲（甲級特殊功勳）

殊 勝〔名、形動〕（從年齡或經歷等看來）值得欽佩、值得稱讚

殊 勝 な心掛け（其志可嘉）

あんな貧しい人迄寄付するとは殊 勝 な事だ（連那樣的窮人都要捐獻真是值得表揚的事）

殊 勝 らしい（一本正經的樣子、蠻有志氣的樣子）

彼は殊 勝 らしく 勉 強 している（他在一本正經地學習、他像很有志氣似地在用功）

〝此からは 心 を入れ換えて 働 きます〞等と殊 勝 らしい事を言っている（一本正經地說〝今後要洗心革面去工作〞）

殊 寵〔名〕特別的寵愛

殊闘〔名〕殊死戰鬥

殊更（に）〔副〕故意，特意、特別

殊更遣ったのではない（不是故意做的）

殊更返事を遅らせたのだ（故意拖延了答覆）

殊更注意しなければ行けない（必須格外注意）

此処で説くにも（は）及ばない（無需在這裡特別加以說明）

殊更めく〔自五〕做作、故作姿態、矯揉造作

殊に〔副〕特別、格外

殊に優れている（特別優秀）優れる勝れる選れる

此の冬は殊に寒かった（今年冬天分外寒冷）

私 は殊に数学が好きだ（我特別喜愛數學）

彼の態度は殊に良かった（他的態度特別好）

留守中殊に変わった事も無かった（不在的時候並沒有發生特別的變故）

殊の外〔副〕特別，格外、意外，沒想到

殊の外良く出来た（作得特別好）

此の仕事は殊の外難しかった（這件工作特別難）

彼は結果に就いて殊の外満足している（他對結果特別滿意）

彼は殊の外慎み深い（他分外謹慎）

仕事は殊の外早く済んだ（沒想到工作早結束了）

殊の外手間取った（沒想到很費事）

疏（ㄕㄨ）

疏〔漢造〕疏通，開通、條陳，奏書、注疏

注疏、註疏（注疏、詳細解說）

上疏（上書）

疏隔、疏隔〔名、自他サ〕疏隔、隔閡

両国の間に疎隔が生ずる（兩國之間產生隔閡）生ずる請ずる招ずる

感情の疎隔を来す（引起感情上的隔閡）

疏水、疏水〔名〕（為灌溉或發電而設的）水渠、水道

疎水を造る（修水渠）造る作る創る

疏通、疏通〔名、自サ〕疏通、溝通

意思が疎通する（心意相通）

意思の疎通を欠く（缺乏相互的了解、缺乏思想上的溝通）欠く書く掻く画く

疏密、疏密、粗密〔名〕疏密

人口の疎密を調査する（調查人口的疏密）

織り方の疎密の差が大きい（織法稀密相差很大）

疎（ㄕㄨ）

疎〔漢造〕空疏，粗疏，疏散←→密、疏遠，疏隔、不細緻、不懂世事

空疎（〔內容〕空洞，空虛、生疏，疏落）

親疎（親疏）

疎意〔名〕疏意、疏遠的意思

疎音、疎音〔名〕久不往來、久疏音信，久不通信

疎音に打ち過ぎ、失礼致します（久疏音信歉甚）

疎影〔名〕（梅枝等的）疏影

疎液膠質、疎液コロイド〔名〕〔化〕疏液膠體、疏媒膠體

疎液性〔名〕〔化〕疏液性

疎遠〔名ナ〕疏遠←→親密

二人の仲は段段疎遠に為った（兩人的關係逐漸疏遠了）

日頃の疎遠を詫びる（對平時的疏遠表示歉意）詫びる侘びる

疎開〔名、自他サ〕（隊形）散開、遷走，拆去、（防備空襲破壞、城市居民往鄉間）疏散，離開城市

疎開の隊形を取る（採取散開隊形）取る摂る撮る獲る執る盗る採る捕る

都市計画で此のマーケット街は疎開する事に為った（因城市規劃決定遷走這一條商店街）

郷里へ疎開する（疏散到故鄉去）

騒音を逃れ、田舎に疎開する（躲避城市的喧囂到鄉下去）

疎開先（疏散地點）

疎開者（被疏散人員）者者

疎外〔名、他サ〕疏遠，不理睬。〔哲〕否定

友人に疎外される（被朋友疏遠）

人間疎外（〔由於生產高度機械化〕忽視人的作用）

疎外感（〔被周圍的人疏遠的〕孤獨感）

自己疎外（否定自己）

疎隔、疏隔〔名、自他サ〕疏隔、隔閡

両国の間に疎隔が生ずる（兩國之間產生隔閡）生ずる請ずる招ずる

感情の疎隔を来す（引起感情上的隔閡）

疎剛、粗剛〔名、形動〕粗糙而硬

粗剛な厚い皮から白っぽい芽を吹いている（從粗硬的厚皮上發出白色芽來）

疎豪、粗豪〔形動〕粗獷豪放

疎雑、粗雑〔形動〕粗糙、馬虎

粗雑な仕上げ（做得粗糙）

細工の粗雑な机（手工粗糙的桌子）

頭が粗雑だ（頭腦不細緻）

粗雑に扱う（馬虎地處理）

粗雑な物を棄てて精髄を取る（去粗取精）

疎酒、粗酒〔名〕〔謙〕薄酒、便酌

疎食，粗食、疎食，粗食〔名、自サ〕粗茶淡飯、簡單飲食（=疎食，疏食，蔬食、疎食，疏食，蔬食）←→美食

粗食に慣れる（習慣於簡單飲食）

粗衣粗食に甘んじる（滿足於簡單的生活）

疏水、疎水〔名〕（為灌溉或發電而設的）水渠、水道

疎水を造る（修水渠）造る作る創る

疎拙、粗拙〔形動〕粗拙

粗拙な作品（粗拙的作品）

疎相、粗相、麁相〔名、自サ〕疏忽、大小便失禁

とんだ粗相を致しました（我太疏忽了、實在對不起）

粗相を為て茶碗を毀した（一疏忽把飯碗打碎了）

此の子は時時粗相する（這孩子常大小便失禁）

疎鬆、粗鬆〔形動〕粗鬆

粗鬆な筆使い（粗鬆的筆法）

疎大、粗大〔形動〕粗枝大葉、又大又笨重

粗大な調査（粗枝大葉的調查）

粗大芥（大件垃圾－指廢棄家具，冰箱，電視等）

疎茶、粗茶〔名〕粗茶、〔謙〕茶（=不味い茶）

粗茶ですが、何卒（請喝茶）

疎註〔名〕注疏、注釋

疎通、疏通〔名、自サ〕疏通、溝通

意思が疎通する（心意相通）

意思の疎通を欠く（缺乏相互的了解、缺乏思想上的溝通）欠く書く掻く画く

疎放、粗放〔名、形動〕疏放、不緻密

粗放性格（不拘小節的性格）

粗放農業（粗放農業）

疎暴、粗暴、麁暴〔名、形動〕粗暴

粗暴な人間（粗暴的人）

態と粗暴に振る舞う（故意舉止粗暴）

疎慢、粗慢〔名、形動〕疏忽、怠慢（=疎か）

疎密、疏密、粗密〔名〕疏密

人口の疎密を調査する（調查人口的疏密）

織り方の疎密の差が大きい（織法稀密相差很大）

疎密波（〔理〕疏密波、縱波）

疎野、粗野〔名、形動〕粗野、粗魯

粗野な態度を取る（態度粗野）

粗野に振舞う（舉止粗魯）

言葉遣いは粗野だが、気性がさっぱりしている（雖說話粗魯但脾氣直爽）

そんな粗野振舞を為ると笑われるよ（舉止那麼粗魯可要招人笑話的）

疎略、粗略、麁略〔名、形動〕疏忽、怠慢、魯莽

客を粗略に扱う（怠慢客人）

大切な預り品を粗略に為ては行けない（重要的寄存品保管不可疏忽）

疎林〔名〕疏林

疎漏〔名、形動〕疏忽、潦草、不周到

校正が疎漏で誤植が多い（校對潦草錯字很多）多い蓋い覆い蔽い被い

疎い〔形〕疏遠、生疏，不了解

二人の仲は段段疎く為って来た（兩個人的關係逐漸疏遠起來了）

世事に疎い（不懂世故）

実情に疎い（不了解真實情況）

算数に疎い（不會算術）

去る者は日日に疎し（去者日日疏）

疎疎しい〔形〕疏遠、冷淡（=余所余所しい）

意見が分かれてから疎疎しく為った（意見發生分歧後就疏遠了）

疎疎しげな態度（冷淡的態度）

疎ましい〔形〕討厭、厭惡（=厭わしい、嫌らしい）

疎ましく思う（厭惡、不喜歡）

見るのも疎ましい（看了就討厭）

疎ましげな有様（令人討厭的情景）

疎む〔他五〕（因討厭而）疏遠、冷淡、怠慢（=疎んじる）

人に疎まれる（被人疏遠）

意見の違う者を疎む（冷淡持不同意見的人）

疎んじる〔他上一〕疏遠、冷淡（=疎んずる）←→親しむ

親類を疎んじる（和親戚疏遠）

旧友を疎んじては為らない（不要疏遠舊友）

疎んずる〔他サ〕疏遠、冷淡（=疎む）

仲間から疎んぜられている（被夥伴們疏遠了）

疎覚え〔名、自サ〕模糊的記憶（=虚覚え）

疎か, 疎、愚か, 愚〔名、形動〕傻、愚笨、愚蠢、糊塗（=馬鹿）

〔副〕（也寫作〝疎か〞。以〝…は愚か〞形式）別說、慢說、豈止（=勿論、所か）

愚かな事を為る（做傻事）

私は愚かにもあんな者を利用した（我竟然愚蠢地相信了他那樣人）

彼の様子が如何にも愚かに見える（他的樣子顯得非常愚蠢）

あんな事に手を出したのは君も愚かだった（那樣的事你也插手去管真夠糊塗了）

千円は愚か十円も持ち合わせが無い（別說一千日元就是十元也沒帶）

彼はギリシア語は愚か英語も知らない（別說希臘語就是英語他也不懂）

彼は進学は愚か、食うにも困っている（不用說升學他連吃飯都成問題）

似たとは愚か、二人は瓜二つよ（豈止相似兩個人簡直是一模一樣）

言うも愚か（當然、無需說、不說自明）

疎抜く〔他五〕間拔、間苗、摘疏（=虚抜く）

大根を疎抜く（間拔蘿蔔苗）

疎抜き〔名〕間苗，疏苗、間的苗，間下來的東西

大根の疎抜きを塩に漬ける（把間下來的蘿蔔用鹽醃起來）

疎か、疎〔形動〕疏忽、玩忽、草率、不認真、馬馬虎虎

準備が疎かだ（準備草率）

管理が疎かだ（管理得不認真）

疎かに為る（忽視、走過場、等閒視之）為る為る

勉強を疎かに為る（不認真學習）

勤めを疎かに為る（玩忽職務）

客を疎かに為る（怠慢客人）

受け持ちの仕事は決して疎かには為ない（對於擔任的工作決不馬虎）

何れも疎かに為ては為らない（不可偏廢）

何事も疎かに為ず（一絲不苟）

一方に気を取られて他方が疎かに為る（顧此失彼）

疎ら〔名、形動〕稀疏，稀稀拉拉。〔商〕零散，零星←→大手

大通りの人影は疾っくに疎らだ（大街上的人早就稀稀拉拉了）

人影も疎らな大通り（人影稀稀拉拉的大街）

疎らな鬚（稀疏的鬍子）

聴衆が（は）疎らだった（聽眾稀稀落落）

毛が疎らに生えている（毛髮稀疏）

月が明るく、星が疎らだ（月明星稀）

人家の疎らな村（人家稀稀落落的村莊）

疎ら買い（零星買進〔股票〕）

疎ら筋（零散戶、小客戶）

疎ら連れ（零散戶、小客戶）

樗（ちょ）（ㄕㄨ）

樗（ちょ）〔漢造〕落葉喬木、木質粗鬆、為無用的木材

樗蒲（ちょぼ）〔名〕賭博（=博打（ばくち））

樗（おうち）、**楝**（おうち）〔名〕苦楝、栴檀（せんだん）的古名

枢（すう）（樞）（ㄕㄨ）

枢（すう）〔漢造〕樞軸

中枢（ちゅうすう）（中樞，中心、樞紐，關鍵）

枢機（すうき）〔名〕樞機、機要

枢機（すうき）に参画（さんかく）すえる（參與機要）

国家（こっか）の枢機（すうき）を握（にぎ）る（掌握國家機要）

枢機卿（すうききょう）、枢機卿（すうきけい）（〔宗〕紅衣主教-羅馬天主教的僧職名、司教皇的選舉、並輔助教皇處理事務〔=カーデナル〕）

枢軸（すうじく）〔名〕〔機〕樞軸，支點、機要，樞要，政權的中心

数名（すうめい）の政治家（せいじか）が国政（こくせい）の枢軸（すうじく）と為（な）って国（くに）を動（うご）かす（幾個政治家掌握了國家樞要左右國政）

枢軸国（すうじくこく）（〔史〕軸心國、樞軸國-第二次世界大戰期間德，義，日法西斯同盟的國家）

枢相（すうしょう）〔名〕樞密院議長

枢府（すうふ）〔名〕樞密院（的別稱）

枢密（すうみつ）〔名〕機密

枢密院（すうみついん）（〔舊〕樞密院-舊憲法下的天皇諮詢機構-由樞密顧問官組成）

枢密顧問官（すうみつこもんかん）（〔舊〕樞密顧問官）

枢務（すうむ）〔名〕機密的事務、重要的事務

枢要（すうよう）〔名、形動〕樞要、機要、極其重要

枢要（すうよう）な産業（さんぎょう）（國家命脈攸關的機要工業）

枢要（すうよう）な産物（さんぶつ）（重要產物）

枢要（すうよう）な都市（とし）（重鎮、重要城市）

戦略上（せんりゃくじょう）枢要（すうよう）な（の）地（ち）（戰略要衝）

政府（せいふ）の枢要（すうよう）な（の）地位（ちい）に任（にん）ぜられる（被任命掌管政府機要的職位）

枢（くるる）〔名〕樞，門上的轉軸。（日本式房屋）拉門上的插銷，插栓。（轉動裝置的）軸，樞軸

枢（とぼそ）〔名〕戶樞，門臼。〔轉〕門，戶

枢（とまら）〔名〕戶樞（使用合頁前後開閉的門的門框的上下兩端凸出的部分）

蔬（そ）（ㄕㄨ）

蔬（そ）〔漢造〕蔬菜（=青物（あおもの）、野菜（やさい））、粗糙

蔬菜（そさい）〔名〕蔬菜、青菜

蔬菜園（そさいえん）（菜園）

蔬菜造り（そさいつくり）（菜農）

蔬食（そしょく）〔名〕蔬食

野菜（やさい）〔名〕蔬菜（=青物（あおもの））

野菜（やさい）を作（つく）る（種菜）作（つく）る造（つく）る創（つく）る

庭（にわ）で野菜（やさい）を作（つく）る（在庭院種菜）

野菜（やさい）が好（す）きです（喜歡吃蔬菜）

野菜畑（やさいばたけ）（菜圃）

畑（はたけ）の野菜（やさい）は緑（みどり）滴（したた）る様（よう）に良（よ）く育（そだ）っている（田裡的菜綠油油的長得很好）畑（はたけ）畠（はたけ）畑（はた）畠（はた）

野菜（やさい）サラダ（salad）（生菜沙拉）

野菜市場（やさいしじょう）（菜市場）市場（しじょう）市場（いちば）

野菜（やさい）スープ（soup）（菜湯）

野菜物（やさいもの）（蔬菜、青菜）

青物（あおもの）〔名〕青菜，蔬菜、青色魚（指沙丁魚、青花魚等）

青物（あおもの）を作（つく）る（種菜）

青物屋（あおものや）（青菜店）

青物市場（あおものいちば）（菜市場）市場（いちば）市場（しじょう）

青菜（あおな）〔名〕青菜、綠菜（=菜（な）っ葉（ぱ））

青菜（あおな）に塩（しお）（沮喪、垂頭喪氣、無精打采）

青菜（あおな）に塩（しお）の彼（かれ）を励（はげ）まして遣（や）ろう（把垂頭喪氣的他鼓勵一下吧）

青野菜（あおやさい）〔名〕青菜

輸（ゆ）（ㄕㄨ）

輸（ゆ）〔漢造〕輸送、輸，敗

運輸（うんゆ）（運輸、運送、搬運）

ㄕ

輸する〔他サ〕輸送、輸，敗，負

一籌を輸する（輸一籌）輸する揺する強請る

輸移出入〔名〕進出口及國內貿易

輸贏、輸贏〔名〕（正讀為輸贏）輸贏、勝敗、得失（=勝ち負け）

輸贏を争う（爭勝負）

輸贏を決める（決勝負）決める極める

輸銀〔名〕日本輸出入銀行（的簡稱）

輸血〔名、自サ〕〔醫〕輸血

患者に輸血（を）為る（給患者輸血）

輸出〔名、他サ〕輸出、出口←→輸入

自動車を輸出する（出口汽車）

輸出を伸ばす（發展出口貿易）伸ばす延ばす展ばす

輸出貿易（出口貿易）

輸出組合（出口貿易工會）

輸出商（出口貿易商）

輸出税（出口稅）

輸出カルテル（出口貿易企業聯合）

輸出送状（出口發貨單）

輸出額（輸出額、出口額）

輸出額は輸入額よりも多い（出口額比進口額多）

輸出管（〔解〕輸出管）

輸出業（出口業、出口商）

輸出業に従事する（從事出口業）

輸出禁止（禁止出口）

武器の輸出禁止（禁止出口武器）

輸出禁止を解く（取消禁止出口）解く説く溶く梳く

米は輸出禁止に為っている（稻米規定不准出口）

輸出超過（出超）←→輸入超過

輸出超過は六億ドルである（出超六億美元）

輸出品（出口貨）

輸出品展覧会（出口貨展覽會）

輸出向き（適合出口、面向出口、針對出口）

輸出向きの商品（面相出口的商品）

輸出割当（輸出配額、出口分配額）

輸出割当制（輸出配額制）

輸出入〔名〕進出口、輸出輸入

輸出入を制限する（限制進出口）

密輸出入（走私進出口）

輸出入貿易（進出口貿易）

輸出入銀行（進出口銀行）

輸入〔名、他サ〕輸入、進口←→輸出

密輸入（走私進口）

食糧を輸入する（進口食糧）

輸入組合（進口工會）

輸入商（進口商）

輸入税（進口稅）

輸入貿易（進口貿易）

輸入障壁（進口壁壘）

輸入課徴金（進口附加稅）

輸入品（進口貨、進口商品）

密輸入品（走私進口貨）

輸入品割当（進口商品配額）

輸入超過（入超）

外国貿易は四十億円の輸入超過を見た（外貿出現四十億日元的入超）

輸送〔名、他サ〕輸送、運輸、運送

食糧を輸送する（運送糧食）

輸送機関（運輸機關）

輸送ケーブル（高空運輸線）

輸送機（〔空〕運輸機）

輸送船（〔航〕運輸船）

輸送船団（運輸船隊）

輸送難（運輸困難）

輸送難の為中止する（由於運輸困難而停止）

輸送列車（運輸列車）

軍隊輸送列車（運兵列車）

輸精管〔名〕〔解〕輸精管

輸精管切除（輸精管切除）

輸卵管〔名〕〔解〕輸卵管

輸胆管〔名〕〔解〕（輸）膽管

輸尿管〔名〕〔解〕輸尿管

輸卒〔名〕〔軍〕（輜重）運輸兵

輜重輸卒（輜重運輸兵）

輸注〔名〕〔醫〕輸血、輸液

輸率〔名〕〔化〕遷移數

叔（ㄕㄨˊ）

叔〔漢造〕叔、（兄弟中）第三

伯叔（兄和弟、父母的兄和弟）

叔姪〔名〕叔姪、叔甥

叔父〔名〕（父母之弟）叔父、舅父（=伯父、叔父）←→叔母

彼は僕の叔父に当たる（他是我的叔父）当る中る

叔父、伯父、小父〔名〕（凡父母的兄弟或父母姊妹的配偶均稱伯父、叔父）伯父、叔父、舅父、姨父、姑父←→伯母、叔母

彼の人は私の伯父に当たる（他是我的伯父）

伯父さん振る（〔申斥人時用語〕裝長輩、裝大爺）

叔父さん、伯父さん〔名〕（伯父、叔父的尊稱或愛稱）伯父、叔父、舅父、姨父、姑父

小父さん〔名〕（孩子們對一般中年男人的稱呼）伯伯、叔叔

隣の小父さん（鄰家的大叔）

おい、小父さん此は幾等だい（喂！大叔這個多少錢？）

叔父貴、伯父貴〔名〕（伯父、叔父的尊稱或親密稱呼）伯父、叔父、舅父、姨父、姑父（=伯父さん、叔父さん）

御祖父様〔名〕（祖父的尊稱）祖父、外祖父

御祖父さん〔名〕（祖父的尊稱或親密稱呼）祖父、外祖父

御爺さん〔名〕老爺爺、老先生

叔母〔名〕（父母之妹）姑媽、姨媽（=叔母）←→叔父

叔母、伯母、小母〔名〕（凡父母的姊妹或父母兄弟的配偶均稱伯母、叔母）伯母、姑母、姨母、舅母、嬸母←→伯父、叔父

私の伯母に当る人（相當於我的伯母〔姑母、姨母、舅母、嬸母〕的人）

叔母さん、伯母さん〔名〕（伯母、叔母的敬稱或愛稱）伯母、姑母、姨母、舅母、嬸母

小母さん〔名〕（孩子們對一般中年婦女的稱呼）大娘、大嬸、阿姨、姑姑

他所の小母さん（別人家的大嬸）

隣の小母さん（鄰家的大媽）

隣の小母さんが御菓子を下さった（隔壁的阿姨給了我點心）

祖母〔名〕〔古〕祖母、外祖母

御祖母さん〔名〕（祖母的敬稱、口語的愛稱是〝御祖母ちゃん〞）祖母、外祖母

御祖母さん此方へいらっしゃい（婆婆到這兒來）

君の御祖母さんは御元気かい（你祖母好嗎？）

御祖母様〔名〕（祖母的敬稱）祖母、外祖母

御祖母様何卒此方へ（奶奶請到這邊來）

貴方の御祖母様は御達者ですか（您的祖母身體好嗎？）

老婆〔名〕老太太、老太婆

御婆さん〔名〕（對老年婦女的稱呼）老太太、老奶奶

御婆さん此処へ御掛け為さい（老太太這裡坐吧！）

もうすっかり御婆さんに為った（已經是老太婆了）

淑（ㄕㄨˊ）

淑〔漢造〕（女子的）美德、敬慕

貞淑（貞淑）

私淑（私淑、〔不能直接受教而〕衷心景仰）

淑女〔名〕淑女、女士（=レディー）←→紳士

紳士淑女諸君（先生們女士們）

淑徳〔名〕淑德、貞淑的婦德

淑徳高く令夫人（淑德高尚的尊夫人）

淑徳の誉れ高い婦人（素以貞淑見稱的婦女）

淑行〔名〕正直的行為

淑やか〔形動〕安祥、端正、嫻淑、穩靜

淑やかに歩く（穩靜地走）

淑やかな婦人（端莊的婦女、淑女）

物腰が淑やかである（舉止端莊〔安祥〕）

彼の人の淑やかさは皆の評判に為っている（他的穩靜的樣子得到大家的好評）

塾（ㄕㄨˊ）

塾〔名、漢造〕塾、私塾

塾を開く（開私塾）開く開く

英語の塾に通う（在英語私塾上學）

家塾（私塾〔=私塾〕）

村塾（村塾、鄉間私塾）

私塾（私塾）

義塾（募捐建立的私塾、慶應義塾大學的簡稱）

塾員〔名〕私塾的學員、私塾的工作人員

塾舎〔名〕私塾學生的宿舍

塾生〔名〕私塾的學生

塾長〔名〕（私塾的）塾長

慶応義塾大学塾長（慶應義塾大學校長）

塾長自ら教鞭を執る（塾長親自上課）執る取る採る盗る獲る撮る摂る捕る

塾頭〔名〕（私塾學生的）班長、（私塾的）塾長，校長

贖（ㄕㄨˊ）

贖〔漢造〕用錢來換回抵押品、繳納金錢以免罪罰

贖罪、贖罪〔名、自サ〕贖罪

贖罪の祈り（贖罪的祈禱）

イエスの贖罪（〔基督教〕耶穌的贖罪）

贖罪の為病院を開設する（為了贖罪開醫院）

贖宥〔名〕〔宗〕（天主教）赦免、免罪

贖う〔他五〕贖、賠，抵償（=償いを為る）

金で罪を贖う（用錢贖罪）購う

死を以て罪を贖う（以死抵罪）

購う〔他五〕〔舊〕購買（=買う）

早速一部を購って書斎に備えた（立刻買了一部擺在書齋裡）購う贖う備える供える具える

贖い〔名〕贖（罪、過）、贖罪用的金錢（物品）（=償い）

罪の贖いを為る（贖罪）

償う、償う〔他五〕補償，賠償，抵償、贖罪，抵罪

損失を償う（賠償損失）

割ったガラスの代金を償う（賠償把破玻璃的價款）硝子ガラス

罪を償う（贖罪）

前過を償う（贖前愆）

償い、償い〔名〕補償、賠償

罪の償い（贖罪）

金を払って償いを為る（付給金錢作為賠償）為る為る

償う〔他五〕〔方〕賠償（=償う、弁償する）

損失を償う（賠償損失）惑う纏う

惑う〔自五、接尾〕困惑，迷惑，迷戀，沉溺

行く可きか如何か惑う（是否應該去拿不定主意）

四十に為て惑わず（四十而不惑）

女に惑う（迷戀女人）

悪事に惑う（沉溺於做壞事）

戸惑う（迷失方向張惶失措躊躇）

逃げ惑う（四處亂竄）

属、属（屬）（ㄕㄨˇ）

属〔漢造〕（也讀作属）附屬、下屬、廣義的同類。〔生〕屬、囑託，寄

所属（所屬、附屬）

無所属（無黨派、不參加任何政治黨派）

専属（專屬）

従属（從屬）

付属、附属（附屬）

部属（部下，手下、部的附屬單位）

軍属（〔軍隊或軍事機關中〕軍人以外的工作人員、文職人員）

臣属（臣屬、臣下身分）

隷属（隸屬，附屬，從屬、部下，部屬，僕從）

新属（新屬）

親属（親屬）

眷属、眷族（眷屬，家眷，家族、部下，僕從）

金属（金屬、五金）

属す〔自五〕屬於，歸於，從屬於、附屬，隸屬（=属する）

属する〔自サ〕屬於，歸於，從屬於、附屬，隸屬

僕は学校では野球部に属している（我在學校屬於棒球部）属する賊する

全ての権利は人民に属する（一切權利屬於人民）全て総て凡て統べて

伊豆の大島は東京都に属する（伊豆的大島屬於東京都）

属具〔名〕附件、裝備、設備、用具

属象〔名〕〔邏〕非本質屬性

属人〔名〕〔法〕屬人←→属地

属人主義（屬人主義）

属人法（屬人法）

属性〔名〕屬性、特性、特徵

言語を理解する力は人間の属性である（理解語言的能力是人類的特性）

花は赤い、黄色い等色色の属性を持っている（花具有紅黃等各種顏色的屬性）

属地〔名〕附屬的土地、〔法〕屬地←→属人

属地主義（屬地主義、出生地主義）

属島〔名〕屬島、屬於本國或本島的島嶼

属名〔名〕〔生〕屬名

属名種名同一の学名（屬名和種名一致的學名）

属模式種〔名〕〔生〕屬模標本

属吏〔名〕小職員、小公務員

属領〔名〕屬地

オーストラリアは英国の属領であった（澳大利亞曾經是英國的屬地）

属僚〔名〕僚屬，下屬，部下、下級官員

属格〔名〕〔語法〕（印歐語等的）生格、所有格

属官〔名〕（舊制的）委任官，屬員、屬下，下級官

属官の癖に威張っている（官不大但很傲慢）

属間雑種〔名〕〔生〕屬間雜種

属国〔名〕屬國、附屬國（=従属国）

属〔漢造〕託付、寄望

属する〔自サ〕從屬、所屬

属託、嘱託〔名、他サ〕囑託，委託、（接受囑託而作某工作的）特約人員，特約顧問

学校の校医を嘱託する（委託某人當學校的校醫）

嘱託殺人（委託殺人）

会社の嘱託に為る（當公司的特約顧問）

嘱託教員（兼職教員）

属望、嘱望〔名、他サ〕盼望、期待、期望

彼は皆に嘱望されている（他受到大家的期待）

前途を嘱望されている青年（前途有為的青年）

ファンの嘱望する名選手（愛好者寄予希望的著名運動員）

属目、嘱目〔名、他サ〕矚目，注目、觸目，寓目

嘱目に値する（值得注目）

彼の言動は万人の嘱目する処である（他的言行是萬人所矚目的）

囑目の風景（寓目的風景）

囑目吟（觸目吟）

ㄕ

暑（ㄕㄨˇ）

暑〔名、漢造〕暑熱、暑期（廣義指大暑，小暑的總稱、狹義指立秋前的十八天）

暑を避ける（避暑）

大暑（酷暑，炎熱、大暑-二十四節氣之一）

耐暑（耐暑、耐熱）←→耐寒

小暑（小暑-二十四節氣之一）

炎暑（炎暑、酷暑）

酷暑（酷暑、炎熱的盛夏）←→酷寒

残暑（殘暑，餘暑、秋熱，秋老虎）

避暑（避暑）

暑気〔名〕暑氣

暑気に負ける（傷暑）

暑気中り（する）（中暑）

暑気払い（去暑）

暑湿〔名〕悶熱、暑氣和濕氣

暑中〔名〕暑期、炎暑期間（指三伏天）

暑中見舞（暑期問候〔的信〕）

暑中伺い（暑期問候〔的信〕）

暑中休暇（暑假）

暑さ中り〔名、自サ〕中暑

大した事は無い、暑さ中りだ（沒什麼了不起是中暑）

暑熱〔名〕暑熱、炎暑、炎熱

山に行って暑熱を避ける（到山上去避暑）行く往く逝く行く往く逝く

茹だる様な暑熱（熱得發昏）

暑い〔形〕（天氣）熱←→寒い、涼しい

蒸される様に暑い（悶熱）

茹だる様に暑い（悶熱、酷熱）

今年の夏は特別暑い（今年夏天特別熱）

今は暑い盛りだ（現在是最熱的時候）

昼間は暑かったが、夕方から涼しく為った（白天熱傍晚涼快起來了）

風が無いので暑くて眠れない（因為沒風熱得睡不著）

熱い〔形〕熱←→冷たい、温い、熱中，熱心，熱愛

熱い御茶を飲む（喝熱茶）

酒を熱くして飲む（把酒燙熱了喝）

顔が熱い、熱が有るらしい（臉發熱似乎發燒了）

御風呂が熱過ぎて、入れない（澡堂太熱了進不去）

食べ物は熱いのが好きだ（我喜歡吃熱的食物）

国を愛する熱い心は誰にも負けない（愛國的熱枕絕不落於人後）

二人は今議論に熱くなっている（他們倆談得正火熱）

二人は熱い仲だ（兩個人如膠似漆）

篤い〔形〕危篤、病勢沉重

病が篤い（病危）厚い篤い熱い暑い

厚い〔形〕厚、深厚、優厚（也寫作篤い）

此の辞典は随分厚いね（這部辭典真厚啊！）

厚く切って下さい（請切厚一些）

厚さ五ミリの板で箱を作る（用五厘米厚的木板做箱子）

友情に厚い（有情深厚）

厚い持て成しを受ける（受到深厚的款待）

厚い同情を寄せる（寄以深厚的同情）

厚い報酬を受ける（受到優厚的報酬）

厚く御礼を申し上げます（深深感謝）

増給は下に厚くす可きだ（加薪應該對下面優厚些）

暑さ〔名〕暑熱（的程度）、暑氣

今日の暑さは酷いですね（今天可購熱了）

其処では夏の暑さが四十度に達する（那裏夏天的熱度達到四十度）

暑さに中る（中暑）

暑さを避ける（避暑）

暑さ凌ぎ（消暑、避暑）

暑さ負け（因天氣熱而感到不適）

暑さにもめげずに勉強を続ける(不畏暑熱地繼續用功)

暑さ寒さも彼岸迄（熱到秋分冷到春分）

暑さ忘れて陰忘れる(暑氣一過就忘了蔭涼、過河拆橋、世態炎涼)

暑し、熱し〔形ク〕（天氣）熱（=暑い）

暑がる、熱がる〔自五〕怕熱

暑がり、熱がり〔名〕怕熱（的人）

君は随分熱がりだね（你太怕熱了）

熱がり屋（怕熱的人）

暑苦しい、熱苦しい〔形〕悶熱

熱苦しい日（悶熱的日子）

夏の満員電車は熱苦しい（夏天擠滿人的電車很悶熱）

窓が締め切ってあって熱苦しい（窗戶關得緊緊的很悶熱）

黍（ㄕㄨˇ）

黍〔名〕黍（五穀之一）、容量的單位

黍, 稷、黍, 稷〔名〕黍，稷、〔方〕玉米，包米（=玉蜀黍）

黍団子〔名〕黍麵糰子

署（ㄕㄨˇ）

署〔名、漢造〕官署、布置、簽署

容疑者を署に連行する（把嫌疑犯帶到警察署去）

署の方針（本署的方針）

部署（工作職位、職守）

本署（〔領導分署的〕總署、〔領導派出所的〕中央警政署、〔自稱〕本署）

分署（分署、分局）

支署（〔警察署或稅務署等的〕分署）

私署（個人簽名）

自署（自己簽名〔署名〕〔的東西〕）

警察署（警察署）

消防署（消防署）

税務署（稅務署）

連署（連署、會簽、聯合簽名、共同簽名）署する書する処する

署する〔他サ〕署名、簽名

署員〔名〕（警察署或稅務署等的）工作人員、署員

署員を配置して警戒に当たらせる（布置署員進行戒備）

税務署員（稅務署工作人員）

署長〔名〕（警察署或稅務署等的）署長

署内〔名〕（警察署或營林署等的）署內

署名〔名、自サ〕署名，簽名、簽的名（=サイン）

契約書に署名する（在合約上簽名）

署名が無ければ効力を生じない（沒有簽名就不生效）

署名攻めに遇う（〔演員等〕被圍住要求簽名）遇う遭う逢う会う合う

署名入りの写真（有本人簽名的照片）

署名運動（簽名運動）

署名捺印（簽名蓋章）

署名簿（簽名簿）

蜀（ㄕㄨˇ）

蜀〔名〕〔地〕蜀（中國四川省的別稱)。〔史〕（中國三國時代的）蜀國，蜀漢

蜀の桟道（蜀的棧道）

蜀錦〔名〕(中國的)蜀錦、蜀江的織錦(=蜀江錦)

蜀江〔名〕（中國四川省的）蜀江

蜀江の錦（從前中國蜀江產的織錦、日本京都西陣出產的蜀錦）

蜀魂〔名〕(由蜀國望帝的靈魂化成的鳥)杜鵑的異名

蜀犬〔名〕蜀犬

蜀犬日に吠ゆ（蜀犬吠日）吠える吼える咆える

蜀黍、唐黍〔名〕〔植〕高粱（=高粱、高粱）

鼠（ㄕㄨˇ）

鼠〔漢造〕鼠、小賊，小人物

窮鼠（被追得無處逃脫的老鼠）

捕鼠（捕鼠）

殺鼠剤（殺鼠劑、滅鼠藥）

首鼠両端（首鼠兩端、喻搖擺不定採取觀望的態度）

鼠害〔名〕鼠害、鼠災

家中に、鼠害、虫害、水害の跡が有る（整個家裡有遭受鼠災蟲害水災的痕跡）

鼠蹊、鼠径〔名〕〔解〕鼠蹊部、腹股溝

鼠蹊ヘルニア（〔醫〕腹股溝疝氣）

鼠蹊腺 鼠蹊腺、腹股溝腺

鼠咬症、鼠毒症〔名〕〔醫〕鼠毒症

鼠賊〔名〕小賊、小偷（=こそ泥）

鼠輩〔名〕〔蔑〕鼠輩、小人物、卑鄙的人

鼠〔名〕〔俗〕老鼠（=鼠）、深灰色（=鼠色）

鼠公（老鼠〔的愛稱〕）公公 公

鼠〔名〕〔動〕鼠，老鼠，耗子、深灰色（=鼠色）

鼠の穴（鼠穴、耗子洞）

袋（の中）の鼠（袋中之鼠、甕中之鱉）

鼠が暴れる（老鼠跳梁〔鬧得兇〕）

鼠がこそこそ走る（老鼠溜竄）

鼠が鳴く（老鼠叫）鳴く啼く泣く無く

猫が鼠を捕る（貓捉老鼠）捕る取る摂る撮る獲る盗る採る執る

人人に追い回される通りの溝鼠（人人喊打的過街老鼠）

彼は只の鼠じゃない（他可不是一個平凡的人）

田鼠（野鼠的異稱）

鼠が塩を引く（〔喻〕積少成多）引く曳く牽く轢く挽く惹く退く弾く

鼠に投げんと為て器を忌む（投鼠忌器）

鼠の様に臆病（膽小如鼠）

鼠穴〔名〕老鼠咬的窟窿

鼠入らず〔名〕老鼠不能進去的食品櫃（櫥櫃）

鼠海豚〔名〕〔動〕海豚

鼠色〔名〕（深）灰色

鼠落とし、鼠落し〔名〕陷阱式捕鼠器

鼠カンガルー〔名〕〔動〕鼷

鼠鮫〔名〕〔動〕鼠鯊

鼠算〔名〕數量急遽增加、按幾何級數增加的算法

人口は鼠算で増えるはマルサスの説だ（人口按幾何級數增加是馬爾薩斯的學說）

鼠鹿〔名〕〔動〕鼷鹿

鼠銑〔名〕〔冶〕灰口鐵

鼠戸〔名〕大門扇上開的小方便門

鼠捕り、鼠捕〔名〕捕鼠器、殺鼠劑

鼠捕りを仕掛ける（安置捕鼠器）

鼠鳴き〔名〕模仿老鼠叫聲的口哨（妓女呼喚男人時用的口哨聲）

鼠黐〔名〕〔植〕日本女貞

薯（ㄕㄨˇ）

薯〔漢造〕薯蕷（山藥）、甘藷

甘薯、甘藷（〔植〕甘藷、白薯〔=薩摩芋〕）

馬鈴薯、馬鈴薯、じゃが芋（〔植〕馬鈴薯）

自然薯（〔植〕山藥〔=薯蕷、山の芋〕）

薯、芋、藷〔名〕薯（白薯、芋頭、馬鈴薯、山藥的總稱）、（植物的）球根

〔造語〕程度低的、不足掛齒的

芋を蒸かす（蒸白薯）妹 妹

芋焼酎（白薯製的白酒）

ダリヤの芋（大麗花的球根）

じゃが芋、馬鈴薯、馬鈴薯（馬鈴薯=ジャガタラ芋）

里芋（芋頭）

芋侍（貧窮潦倒的武士）

芋辞書（〔雇用學生剪貼其他字典拼湊剽竊而成的〕無價植的詞典）

芋の煮えたも御存じない（連白薯煮的生熟都不懂、〔喻也太缺乏常識）

芋を洗う様（擁擠不堪）

夏は海水浴客達で芋を洗う様に為る（夏天因海水浴的客人們而擁擠不堪）

薯蕷〔名〕山藥，長山藥（=薯蕷芋）。〔烹〕山藥汁，山藥泥（=薯蕷汁）

麦飯に薯蕷汁を掛けて食う（麥飯澆上山藥汁吃）食う喰う

薯蕷、山芋〔名〕〔植〕山藥、山芋、薯薺（=薯蕷、山の芋）

薯蕷、山の芋〔名〕〔植〕山藥、山芋、薯藕（=薯蕷、山芋）

薯蕷が鰻に為る（天下無奇不有、似乎絕對不可能的事有時也會發生）

戌（ㄕㄨˋ）

戌〔漢造〕（地支的十一位）戌

甲戌、甲戌（甲戌）

戊戌、戊戌（戊戌）

戊戌の政変（〔中國清末 1898 年發生的〕戊戌政變）

戌卒〔名〕衛兵、警備隊

戌〔名〕（地支的第十一位）戌、（古時刻名）戌時（現在的午後八時左右或七時到九時）（=戌の刻）、（古方位名）西北西

戌の日（戌日）

戌亥、乾〔名〕（古方位名）乾、西北方

犬、狗〔名〕〔動〕犬、狗。〔轉〕狗腿子，奸細

〔造語〕（接名詞前）似是而非、沒有價值

犬の綱（栓狗的繩）

犬を飼う（養狗）

犬が吠える（狗叫）

犬の芸を見る（看耍狗）

犬を嗾ける（唆使狗）

警察の犬（警察的狗腿子）

犬蓼（馬蓼）

犬死（犬死、白死、死無代價）

犬と猿の仲（水火不相容）

二人は犬と猿の仲だ（二人極端不合）

犬に呉れて遣る（與其給自己憎惡的人不如餵狗）

犬に論語（給狗講論語、對牛彈琴）

犬の川端歩き（拼命奔走仍無所得、窮措大閒逛市場、打腫臉充胖子）

犬の糞で敵を討つ（用卑鄙手段報仇）

犬の遠吠え（背地裡裝英雄、虛張聲勢）

犬の逃げ吠え（口頭上逞英雄）

犬骨折って鷹の餌食に為る（為人作嫁、為別人做事）

犬も歩けば棒に当る（多事惹禍、瞎貓碰到死耗子、常在外邊轉轉會碰上意想不到的幸運）

犬も喰わぬ（連狗都不吃、誰都不理、沒滋味）

束（ㄕㄨˋ）

束〔名〕〔解〕肌肉束，神經束、（理化）格子，點陣、網路

〔接尾〕（助數詞用法）束，把，捆、八截紙二百張，稻子十把、百、（量箭的長度的單位）拇指以外四指並排的寬度

〔漢造〕束、捆

薪一束（一捆柴火）薪薪一束一束

茄子一束（茄子百個）

検束（檢束，管束、〔法〕〔根據警察權對嫌疑犯或應保護者的〕拘留）

拘束（拘束、束縛、限制、約束〔=束縛〕）

羈束（拘束、羈絆）

結束（捆束，捆扎、穿戴，打扮、團結）

約束（約定，商定，約會、規定，規則、指望，出息，前途，希望、命運、緣分，因緣）

束光〔名〕聚束燈光

そくしゅ **束手**〔名〕束手（旁觀）

そくしゅう **束脩**〔名〕束脩、送給老師的報酬（=入門料）

そくしんらん **束心蘭**〔名〕〔植〕肺筋草

そくせん **束線**〔名〕〔理〕光線錐、一錐光線

そくたい **束帯**〔名、自サ〕束帶，穿戴朝服（禮服）。〔史〕（平安時代以後天皇百官上朝時穿的朝服名、一種禮裝）

　束帯して朝に立つ（束帶立於朝-論語）立つ断つ截つ絶つ発つ経つ建つ裁つ

　衣冠束帯（衣冠束帶）

そくばく **束縛**〔名、他サ〕束縛、限制

　自由を束縛する（束縛自由）

　時間に束縛される（受時間的限制）

　束縛を受ける（受束縛）受ける享ける請ける浮ける

　束縛を脱する（擺脱束縛）脱する奪する

　終日仕事に束縛されています（整天工作纏身）

　束縛電子（〔理〕束縛電子）

　束縛荷電（〔電〕束縛電荷）

　束縛運動（〔理〕約束運動）

そくはつ **束髪**〔名〕（明治以後到昭和初年流行的）婦女西式髮髻

たばがみ **束ね髪**〔名〕束髮（=束髪）

たば、たば **束、把**〔名〕把、束、捆

　花束（花束）

　一束（一捆）

　焚き物を束に為る（把劈柴捆成束）

　束に為って掛ける（群起而攻之、大家打一個人）

たばねる **束ねる**〔他下一〕束，捆，包，紮、管理，整飭，整頓

　髪を束ねる（束髮）

　薪を束ねる（把劈柴捆起來）薪薪

　長い髪をリボンで束ねる（用緞帶把長頭髮紮起來）

　町内を束ねる（管理街政）

たばね **束ね**〔名〕包，捆、負責管理，治理（的人）

　束ね柱（〔建〕束柱、集柱）

　束ね輪索（〔海〕〔外纏細繩的〕束環索）

　村の束ね（村政管理人）

たわし **束子**〔名〕刷帚、炊帚

つかねる **束ねる**〔他下一〕束，捆（=束ねる）、拱（手）（=拱く）

　藁を束ねる（捆稻草）

　高閣に束ねる（束之高閣）

　手を束ねて見ている（袖手旁觀）

つか **束**〔名〕〔古〕四指並排的長度，一握長，一把長。〔古〕把，捆（=束）。〔建〕（棟和樑之間的）短柱（=束柱）。〔印〕（裝訂時）印張的厚度，書的厚度、很少，一點點

　十束の剣（十把長的劍）剣剣

　束の間（轉瞬、瞬息、轉眼間、一剎那）

つかのま **束の間**〔名〕轉瞬、瞬息、轉眼間、一剎那（=瞬間）

　束の間も怠らず励む（分秒必爭地勤奮工作）怠る惰る

　束の間の喜び（瞬息的歡樂）喜び慶び歓び悦び

　束の間に消えて行く（曇花一現、眨眼之間消失）行く行く

　人類の永遠の歴史から見れば、其は本の束の間だ（從人類的長遠歷史看來那不過是彈指一瞬間）

つかばしら **束柱**〔名〕〔建〕短柱、矮支柱

つかみほん **束見本**〔名〕〔印〕（出版前的）裝訂樣本

じゅつ 述（ㄕㄨˋ）

じゅつ **述**〔名〕口述，敘述、（接在人名下）表示某人的著述

〔漢造〕述說

　田中博士述の法学通論（田中博士著的法學通論）博士博士

　口述（口述）

　後述（後述、以後講述）←→前述

前述（前述）←→後述

撰述（撰述、著述）

公述（〔在國會委員會上就某種重要法案等〕公開陳述意見）

叙述（敘述）

所述（所述、所說）

陳述（陳述，述說、〔法〕口供，供詞、〔語〕陳述）

祖述（祖述、闡述）

著述（著述、著作、著書）

撰述（撰述、著述）

論述（論述、闡述）

縷述（續述、詳述）

屢述（屢次陳述、反覆敘述）

述懐〔名、自他サ〕談心，敘述感想、懷舊之談，追述往事（的話）

沁沁と述懐する（親密談心）

過去を述懐する（追述過去）

当時を述懐して今昔の感に堪えない様だった（追述當時不勝今昔之感）

述懐談（懷舊之談）

述語〔名〕〔語法〕謂語。〔邏〕賓詞←→主語

述語と為て用いて有る（當謂語用）

述語動詞（謂語動詞）

述作〔名、他サ〕著述、著作、著書（=著述）

歴史を述作する（著述歷史）

先生の述作に為る著書（老師著的著作）為る成る鳴る生る

述部〔名〕（文中與主語或主部相對的）敘述的部分←→主部

述べる、陳べる、宣べる〔他下一〕敘述、陳述、說明、談論、申訴、闡明

事実を述べる（敘述事實）

事情を述べる（說明情況）

意見を述べる（陳述意見）

感想を述べる（發表感想）

祝辞を述べる（致賀詞）

事件の概要を述べる（敘述事件的概要）

上に述べた如く（如上所述）

はっきり述べて置いた（交代清楚了）

其は平易に述べて有る（淺顯地講述了那個問題）有る在る或る

延べる、伸べる〔他下一〕拉長，拖長、伸展，伸長（=延ばす、伸ばす）、展開（=広げる）

期日を延べる（拖延期限）延べる伸べる陳べる述べる

難民に救いの手を伸べる（對難民伸出救援的手）

床を延べる（鋪床）床床

新聞を延べる（攤開報紙）

述ぶ、陳ぶ〔他四〕敘述、陳述、說明、談論、申訴、闡明（=述べる陳べる宣べる）

恕（ㄕㄨˋ）

恕〔漢造〕寬厚待人、原諒他人（=許す）

寛恕（寬恕）

宥恕優恕（寬恕、饒恕）

忠恕（忠誠而寬待人）

恕す〔他五〕恕、寬恕、原諒（=恕する）

恕し可からざる罪（不可饒恕的罪）

恕する〔他サ〕恕、寬恕、原諒

罪を恕する（恕罪）

恕す可き欠点恕す可き物が有る（可以容恕的缺點）

彼の心情を恕す可き物が有る（他的心情有可原諒之處）

恕限度〔名〕〔醫〕（危害人體的惡種條件的）容許限度、（保健上有害物質）可以容許的最大限度（如二氧化碳為 0.1%）

倏（ㄕㄨˋ）

倏〔漢造〕很快（=忽ち、俄か、速やか）

倏忽、倐忽、儵忽〔形動ナリ、タリ〕急速的樣子

忽ち〔副〕轉眼間，立刻，沒多久（=直ぐ）、忽然，突然（=突然、急に）

ㄕ

音楽会の切符は忽ちの内に売り切れて仕舞いました（音樂會的票沒多久就賣完了）

子供は買って貰った玩具を忽ち壞して仕舞った（小孩沒多久就把他買的玩具弄壞了）

其を見ると忽ち気が変わった（一看到那個心情馬上就變）

忽ち大粒の雨が降り出した（突然下起大雨點的雨）

忽ち起こる万歳の声（突然響起喊萬歲的聲音）

庶（ㄕㄨˋ）

庶〔漢造〕眾多、多種、庶出、希望

衆庶（庶民、大眾）

庶子〔名〕庶子，非嫡子。〔法〕（舊民法中）（父親承認的）非婚生子，私生子

戸籍に庶子と為て入籍する（戶籍上以未婚生子入籍）

庶子準正（〔法〕〔由於父母正式結婚〕非婚生子成為嫡子）

庶出〔名〕庶出←→嫡出

庶出の子（庶出之子）

庶人、庶人〔名〕庶民、一般大眾

庶政、諸政〔名〕庶政、各方面的政務

庶政を一新する（使庶政為之一新）

庶物、諸物〔名〕諸物、各種東西、各種物件（=色色な物）

庶物を一括する（歸納各種物件）

庶物崇拝（崇物教）

庶民〔名〕庶民、平民、群眾

庶民の英雄（人民英雄）

浅草は庶民的な町だ（東京淺草是平民居住的街道）

庶民階級（庶民階級-指小資產階級以下的階級）

庶民金庫（〔舊〕庶民金庫-對中小商人或低薪者提供小額無抵押貸款的金融機構、現已廢止）

庶民銀行（庶民銀行-儲蓄所，信用合作社等、〔俗〕當鋪=〔質屋、一六銀行〕）

庶民的（庶民的、大眾性的）

庶民的な娯楽群眾性的娛樂）

庶民的な雰囲気の中に育つ（在庶民的氣氛中成長）

庶務〔名〕庶務、雜務、總務

庶務係（總務股、總務人員）

庶務課（庶務科、總務科）

庶流〔名〕庶子的系統、（對長子的家系而言）非長子各家的家系

庶兄、継兄〔名〕異母（生的）哥哥

庶妹、継妹〔名〕異母（生的）妹妹

庶幾う、希う、冀う、乞い願う〔他五〕希望、希求

成功を希う（渴望成功）

平和を希う（希望和平）

此れは人人の最も希う所である（這是人們最希望的）

諸君の御助力に由って成功出来る様希って居ります（希望靠諸位的支援取得成功）

庶幾は、希くは、冀くは、乞い願わくは〔副〕但願、務請

希くは速やかに救済の手を伸べられん事を（務請趕快伸出救援之手）

希くは速やかに全快されん事を（但願你能早日恢復健康）

庶幾〔名、自サ〕希望、期待

庶幾して止まぬ（不勝期待）

世界永久の平和を庶幾する（希望世界的持久和平）

術（ㄕㄨˋ）

術〔名〕技術，技藝，方法，手段、法術、謀略、，策略、魔術

〔漢造〕能力，本領、術，方法、謀略

術の有る人（有技藝的人）

術の限りを尽す（用盡所有手段）

最早施す術が無い（已經無計可施）

術を授ける（授計）

敵の術中に陥る（陷入敵人策略）

魔法使いが術を使う（魔術師變魔術）使う遣う

技術（技術、工藝）

学術（學術，學問、學問和藝術，學問和技術）

芸術（藝術）

医術（醫術、醫道）

手術（〔醫〕手術）

美術（美術）

秘術（秘訣）

妙術（妙術、靈妙之術、巧妙之術、高明的手段）

剣術（劍術、刀法、擊劍）

幻術（幻術、魔法、戲法）

柔術（〔舊〕柔術〔=柔道〕）

忍術（隱身法、隱遁法〔=忍びの術〕）

魔術（魔術，妖術、〔大型的〕戲法，魔術〔=手品〕）

兵術、兵術（戰鬥的技術）

算術（〔數〕算術）

隆鼻術（〔美容〕隆鼻術）

術科（じゅっか）〔名〕〔軍〕技術課程

術計（じゅっけい）〔名〕計策、策略（=手立て、謀）

敵の術計に陥る（中敵人詭計）

術語（じゅつご）〔名〕術語、專門用語、專門詞彙

工学の術語（工學術語）

新造の術語（新創的術語）

専門の術語（專門用語）

術語を他の著者のと一致させる（把術語和別的作者統一起來）他他

現代の術語を借りて言えば（用現代術語來說的話）

術後（じゅつご）〔名〕手術以後←→術前

術後の経過（手術以後的經過）

術前（じゅつぜん）〔名〕手術之前←→術後

盲腸炎の術前処置（闌尾炎的術前處置）

術前の検査を為ますから看護室へ来て下さい（要做術前檢查請來護理室）

術策（じゅっさく）〔名〕計策、策略、謀略、權謀術數

術策を弄する（施謀略、玩弄策略）弄する労する聾する

敵の術策に陥る（中敵人計策）

術策を巡らす（出謀畫策）巡らす廻らす回らす

術士（じゅつし）〔名〕術士、策士

術者（じゅつしゃ）〔名〕做手術的人

術数（じゅっすう）〔名〕權謀術數、陰陽，五行，占卜，觀相等諸術的總稱

権謀術数の限りを尽す（用盡一切權謀術數）

術中（じゅっちゅう）〔名〕術中、圈套中、計策之中

敵の術中に陥る（中敵人的奸計）

術無い（じゅつない）〔形〕無術，沒有辦法。〔舊〕難受，受不了（=切無い）

施すに術無く（無計可施）

術無い心持（難受的心情）

術無い（じつない）〔形〕（術無い之訛）沒有辦法、沒有法子、無計可施（=仕方が無い）

術（すべ）〔名〕方法、辦法、手段、策略

為す術を知らぬ（不知所措）為す成す生す茄子

最早施す術も無い（已經毫無辦法）

為ん術無し（無計可施）

知る術も無い（無從得知）

数（數）（ㄕㄨˋ）

ㄕ

数、数〔漢造〕屢次、常常、每每、再三（= 屢，屢屢、数，数数、度度）

数〔漢造〕數、數數（=数）

無数、無数（無數）

限数（限數）

人数、人数、人数、人数（人數）

数珠、数珠（念珠）

数珠、数珠〔名〕〔佛〕念珠

数珠を爪繰る（〔用手指〕捻念珠、數念珠）

数珠掛鳩〔名〕〔動〕灰斑鳩

数珠玉〔名〕念珠的珠。〔植〕川谷

数珠繋ぎ〔名〕聯成一串、排成長隊

数珠繋ぎの囚人（綁成一串的犯人）

罪人が数珠繋ぎに為って行く（罪犯排成長隊走去）行く往く逝く行く往く逝く

電車が数珠繋ぎに為って立往生していた（電車排成長隊停在那裏）

自動車が数珠繋ぎに為ってのろのろ運転を為ていた（汽車一輛接一輛慢慢地開動）

数珠花〔名〕彼岸花的異名

数珠藻〔名〕〔植〕念珠藻

数〔漢造〕（呉音数的轉變）數、數數

員数、員数（〔物品的〕個數、額數〔=数〕）

人数、人数、人数、人数（人數）

数千、数千（數千）

数万、数万（數萬）

数奇屋、数寄屋（〔茶道〕茶室、茶室式的住宅）

数奇、数寄〔名ナ〕（好き的假藉字）風流、風雅、雅致、瀟灑、愛好〝茶道〞〝和歌〞

数奇な人（風流人士）

数奇を好む（愛好風雅〔茶道、和歌〕）

数奇屋（茶道的茶室）

数奇を凝らす（〔建築物、用具擺設等〕考究、講究風雅）

数奇を凝らした庭園（非常考究的庭園）

数奇者、数寄者（〔名〕風流人士、愛好和歌，茶道的人）

数奇屋、数寄屋（〔名〕〔茶道〕茶室、茶室式的住宅）

数奇屋造り（茶室式的雅致建築）

数奇屋坊主（〔江戶幕府時期〕掌管茶會，茶器的低級官吏）

数奇〔名ナ〕不幸、不遇、厄運、不走運、遭遇不佳（=数奇、不遇、不幸せ）

数奇な（の）生涯を送る（坎坷一生）送る贈る

一生数奇な（の）経路を辿った（走了一輩子坎坷的道路）

数奇〔形動〕〔舊〕（数奇的轉變）（命運）多舛、波折、不幸

数奇な運命（命運多舛、不幸的命運）

数〔名〕數，數目，數量（=数）、定數，運命（=巡り合わせ）。〔數〕數（自然数、分数、整数、虚数、有理数、無理数等的總稱）計數（=数を数える事）、數學（=数学）

〔接頭〕數、幾（一般表示三四或五六、根據文意、可表示〝很多〞、也可表示〝僅少〞的意思）

〔漢造〕（也讀作数或数）數、數量、多、命運、計謀

合格者の数（及格人數）

数を数える（計數）

数に於いて勝る（在數量上佔優勢）勝る優る

数を恃んで（恃眾）恃む頼む

勝敗の数を判じ難い（難以判斷誰勝誰敗）

斯く為ったのは自然の数だ（落得這種結果是命中註定的）

数の概念（數的概念）

数に明るい（計數清晰）

理数科が苦手だ（對理科和數學做不好）

数十人（幾十個人）

机の上には本が数冊載せて有る（桌子上放著幾本書）

会場には数千人も集まっている（會場上聚集了好幾千人）

彼処へ行くのに、昔は数日掛かったが、今では数時間で行ける様に為った（到那裏去以前需要好幾天可是如今只需幾個小時就到了）

部数（部數、冊數、份數）

無理数（無理數）←→有理数

有理数（有理數）←→無理数

偶数（偶數、雙數）←→奇数

奇数（奇數）←→偶数

整数（整數）←→分数、小数

分数（分數）

正数（正數）←→負数

負数（負數）←→正数

少数（少數）←→多数

小数（小數、小數目，小數額）←→整数

倍数（倍數）←→約数

約数（約數）←→倍数

指数（指數）

紙数（紙數、頁數、篇幅）

乗数（乘數）←→被乗数

多数（多數，許多、多數人，許多人）

打数（〔棒球〕擊球員上場擊球次數）

無数（無數）

度数（度數、回數，次數、頻度）

回数（回數、次數）

概数（概數、大致的數目）

点数（〔評分的〕分數、〔比賽〕得分、〔物品等〕件數）

添数（添標、尾標）

件数（件數）

間数（間數-每間約 1. 82 米）

軒数（戶數、家數）

戸数（戶數、家數）

個数、箇数（個數、件數）

語数（詞數、字數）

減数（〔減法中的〕減數、減少數量，數量減少）

現数（現有的數量、現在的數量）

虚数（虛數）←→実数

実数（實數〔-有理数、無理数的總稱〕、實際數量）←→虚数

自然数（自然數）

対数（對數〔=ロガリズム〕）

大数（大數←→小数、概數，大概的數字、大概，大多）

係数（係數）

計数（計數、計算數值、計算所得的數值）

径数（参數、参變數）

算数（小學算數，初級數學、計數，數量的計算）

代数（代數，輩數，世代的數、代數學）

級数（級數）

台数（台數）

暦数（曆法、命數，氣數，命運、年代，年數）

員数（〔物品的〕個數、額數）

因数（因數、因子）

人数、人数（人數、人數眾多）

命数（壽數、命運）

権謀術数（權謀術數）

数回〔名〕數回、數次、好幾回

数回試みる（嘗試數次）

数回に亘って掲載する（登載多次）

数回に亘って講演する（演講多次）

数回忠告したけれども彼は聞き入れなかった（忠告過數次可是他沒有聽）

百万円を数回に亘って支払った（分作數次支付了百萬日元）

数学〔名〕數學

数学を研究する（研究數學）

数学の頭が有る（有數學頭腦）

僕は数学が不得手だ（我對數學弄不好）

数学的帰納法（數學歸納法）

数学的論理学（數理邏輯、符號邏輯）

数係数〔名〕〔數〕數字係數

数戸〔名〕數戶，幾戶、三四家，五六戶

山間に数戸の家が見える（可以看到山谷間有幾戶人家）

数個〔名〕數個幾個（=幾つか）

数行〔名〕（古時讀作数行）數行、數列

数行の過雁（數行飛雁）

涙数行下る（淚下數行）

数刻〔名〕幾小時、三四小時、五六小時

数刻の後（數小時之後、幾小時過後）

会談数刻に亘る（會談達數小時）亘る渡る渉る

数詞〔名〕〔語法〕數詞（如五、一つ、七本、第六、幾人、等）

数字〔名〕數字、幾個文字

アラビア数字（阿拉伯數字、算數用數字）

四桁の数字（四位的數字）

数字で示す（用數字表示）

莫大な数字に上る（達到極大的數字）上る登る昇る

数字を上げる（舉出數字）上げる揚げる挙げる

僕は数字に弱い（我不擅長數字）

彼は数字に明るい（他精通數字）

数次〔名〕數次、數回（=数回）

会合は数次に亘った（〔碰頭〕會開了好幾次）

数式〔名〕〔數〕數式、算式、計算的公式

数日〔名〕數日

数日掛かる（需要好幾天）掛る繋る係る懸る架る罹る

数日の内に（數日內）内中裏

数え日〔名〕年關逼近

数年〔名〕數年、幾年

数年間（數年間）

数年来（數年來）

此処数年は（這幾年）

僅か数年で（僅僅幾年）

数年此の方ずっと不景気だ（幾年來一直蕭條）

数え年〔名〕虛歲

今年の三月で満二十歳ですが数え年では二十二です（今年實際年齡二十歲但須歲是二十二歲）

数多〔名〕多數、許多（=数多、沢山）

彼の会社は数多の子会社を有する（那個公司擁有許多子公司）

数多〔名、副〕許多、多數（=沢山）←→少し

数多の人（很多人）

数多の先例が有る（有許多先例）有る在る或る

数多学生の在る中で（在許多學生之中）

数値〔名〕〔數〕數值、得數

此の式の数値を出す（球初這個算式的數值）出す堕す

数値に為て出す（求出數值、用數字表示出來）

数値制御（數值控制）

数直線〔名〕〔數〕實數直線（在直線上的起點0之兩側、按相等間隔刻度、各標以實數、使相對稱者）

数的〔形動〕數的、數量的

数的に優勝な敵（數量優勝的敵人）

数度〔名〕數次（=数回）。〔植〕多度

数等〔名〕幾個階段

〔副〕很、相當、老遠

彼は数等上手だ（他高明得多）上手上手

彼より数等劣る（比他差得遠）

数人、数人〔名〕數人、幾個人

数犯〔名〕〔法〕屢犯

数目〔名〕數量、數量和品目

数理〔名〕數理，數學的理論。〔俗〕計算、算計

難しい数理は私には分からない（我不懂深奧的數理）分る解る判る

数理的な頭が有る（有數理的頭腦）

数理経済学（數理經濟學）

彼は数理に明るい（他精通數理、他會算計）

数量〔名〕數量、數和量

夥しい数量の米（大量〔大宗〕的米）

数量に於いて優る（數量上佔優勢）優る勝る

数量が増す（數量增加）増す益す

数量が減る（數量減少）減る経る

完全に数量化する（完全數量化）化する科する課する嫁する架する掠る

数量詞（數詞）

数量割引（在數量上打折扣）

数量景気（數量景氣－在物價不上漲的情況下、因交易額增多、企業收益增加而呈現的繁榮現象）

数列〔名〕〔數〕級數（=級数）、數行

等差数列（等差級數）

等比数列（等比級數）

用水路の両側に数列のアカシアを植える（在水渠兩側栽植數行洋槐）植える飢える餓える

数列に並んで行進する（排成數行前進）

数論〔名〕〔數〕數論

数〔名〕數，數目、多數，多種，種種、指足以一提的事物，有…價值的事物

数が多い（數目多）

数が少ない（數目少）

数が増える（數目增加）増える殖える

数が合う（數目相符）合う逢う会う遭う遇う

数を数える（數數）

数を揃える（湊數）

数を取って置く（記數）

数を読む（計數）読む詠む

数の唱え方（命數法）

数を熟す（處理很多的數量、做大量的工作）

単価が安いので短時間に数を熟して利益を得る（因為單價便宜所以在短時間內大量銷售出去獲得利益）安い廉い易い利益利益得る得る

数に物を言わせる（以多為勝）言う謂う云う

物の数とも思わない（不放在眼裡、不重視）

物の数には入らぬ（不足一提、不值一顧）

物の数ではない（不算什麼、算不了什麼）

一等国の数には入らない（不配列入一等國家）

数有る（有數的、許多的、很多的）

数有る小説の中でも傑作だ（在許多小說中還是一部傑作）

此は数有る中の一例に過ぎない（這只不過是許多事例中的一個例子）

数限りも無い（多得數不清、無數）

数の外（不算數的、不足一提的、額外，定額以外的）

数を知らない（不計其數、不勝枚舉）

数を尽くす（做盡一切、做盡了所有的）

道楽の数を尽くして死ぬ（吃喝玩樂全都做夠了然後去死）

数う〔他下二〕數（=数える）

数限りない〔形〕無數、數不清、不勝枚舉

数限りない人（無數的人）

数取り、数取〔名〕數數目的人、計數的工具、數數遊戲

数取り器（計數器）

数為らぬ〔連語〕（用作連體詞）不足道、不值一提、無足輕重

数為らぬ身乍（我雖是個不足道的人）

数の子〔名〕（過年或辦喜事時吃的）乾青魚子

数物〔名〕數量多的東西，粗製品，大量生產的大陸貨、很少錢買一堆東西、一定數量的成套的東西、有數的東西，數量有限的東西

御数、御菜〔名〕（來自把多種東西配合在一起之意）（吃飯時吃的）菜，菜餚（=御菜）

漬物を御数に為て飯を食べる（就著鹹菜吃飯）

御数許り食べている（光吃菜）

今晩の御数は美味かった（今天晚飯的菜很好吃）

御数食い（光吃菜、能吃菜的人）

御数好み（愛吃菜、好吃菜、挑剔菜）

数，数数、屢，屢屢〔副〕屢次、再三（=度度、何度も）←→偶、偶偶

屢 雨が降る（老下雨、總下雨）降る振る

屢 風が吹く（常颳風）吹く葺く拭く噴く

屢 の失敗（再三的失敗）

屢 忠告したが聞かない（再三忠告可是不聽）聞く聴く訊く利く効く

屢 注意する（再三警告）

彼は 屢 其処へ出入りして居た様だ（他好像常出入那地方）出入り出入り

屢 人に迷惑を掛ける（常常麻煩人）掛ける架ける賭ける欠ける書ける駆ける翔る

屢 忘れ物を為る（常常忘掉自己的東西）為る摩る刷る摺る擦る掏る磨る擂る

もう止めようと思った事も 屢 だった（不知多少次曾想停止不做）止める已めるやめる病める

数数〔名、副〕許多、種種

数数の作品（許多作品）

数数の御好意に感謝します（感謝您的種種厚意）

数数御心配を頂き有り難う（承您多方關懷多謝多謝）

数数取り揃える（樣樣俱全）

数える〔他下一〕數，計算、列舉，枚舉

人数を数える（數人數）

年齢を数える（數歲數）

幾つ有るか数えて御覧（請你數一數有多少？）

死んだ児の歳を数える（作無益的後悔）

一一長所を数える（一個一個地列舉優點）

発明家の中に数えられる（被列入發明家裡）

数え切れない（數不完、數不盡、不計其數、不可勝數）

数える程しか無い（〔少得〕屈指可數）

数え〔名〕虛歲數（=数え年）←→満

数えで十三の春を迎えた許りの娘（虛歲數剛剛迎接十三歲青春的姑娘）

数え上げる〔他下一〕列舉，枚舉，（一一）數出來（=数え立てる）、數完（=数え終わる）

長所を数え上げる（列舉優點）

合格者の数を数え上げる（一一列舉錄取的人數）

此の種の問題は数え上げたら切りが無い（這種問題數不勝數）種種

数え立てる〔他下一〕列舉、一一舉出（=数え上げる）

欠点を数え立てる（列舉缺點）

犯人の罪状を数え立てる（一一列舉犯人的罪狀）

数え歌〔名〕數數歌（兒歌的一種、歌詞各節都有一，二，三…的數字）

数え歌を歌う（唱數數的歌）歌う詠う唄う謡う謳う

数う〔他下二〕數，計算、列舉，枚舉（=数える）

竪（ㄕㄨˋ）

竪〔漢造〕（豎的俗字）年輕的僮僕、小官吏

竪子，豎子，孺子、竪子，豎子，孺子〔名〕〔蔑〕孺子、小孩子、毛孩子（=小僧、青二才）

孺子何する物ぞ（毛孩子想做什麼！）

孺子の名を成す（遂為豎子名、比喻敗給無名小子−史記孫子傳）

孺子を為て名を成さしむ（遂為豎子名、比喻敗給無名小子−史記孫子傳）

竪、縦〔名〕縱，豎、長、經線，經紗（=縦糸）←→橫

縦に書く（豎著寫）書く欠く描く掻く

縦に線を引く（豎著畫線）引く曳く惹く挽く轢く牽く退く弾く

首を縦に振る（同意、贊成）振る降る

横の物を縦にも為ない（橫倒的東西都不肯扶起來、〔喻〕懶惰）

縦から見ても横から見ても（無論從哪方面看）

縦十センチ（長十公分）

其の部屋は縦六メートル、横五メートル（那間屋子長六米寬五米）

盾、楯〔名〕盾，擋箭牌、〔轉〕後盾

盾で矢を防ぐ（以盾擋箭）盾楯縦竪殺陣館

権力を盾に取る（以權力為後盾）

御金の力を盾に取って自分勝手な事を為る（依仗金錢的力量為所欲為）

人質を盾に為て逃亡した（以人質為掩護逃跑了）

証文を盾を取って脅迫する（以契約為憑威脅人）

盾に取る（借口、作擋箭牌）

盾に突く（借口、作擋箭牌）

盾の半面（片面、事情的一面）

盾の両面を見よう（要全面地看問題）

物事は盾の両面を見無ければ行けない（凡事要看其正反兩面）

盾を突く（反抗）

横〔名〕橫←→縦、側面，旁邊、歪斜、橫臥，躺下、寬度、緯（線）

首を横に振る（搖頭〔表示不同意〕）

横に並ぶ（橫著排）

横に為て置け（橫著放！）

棒を横に為る（把棍子橫過來）

横に線を引く（畫橫線）

横の連絡を取る（採取橫線連繫）

人込みの中を体を横に為て進む（在人群中側身而過）

映画は真正面から見るより、少し横から見る方が見易い（電影從從稍側面看比從正面好看）

横から口を出す（從旁插嘴）

父の横に腰掛ける（坐在父親旁邊）

机の横に置く（放在桌子旁邊）

先生は黒板の横に立っている（老師站在黑板旁邊）

帽子を横に被る（歪戴帽子）

寝床に横に為る（躺在被窩裡）

箱を横に寝かす（把箱子放倒）

横に為る暇も無い（連躺一下的功夫都沒有）

横に為って本を読む（躺著看書）

横三インチ縦五インチのカード（長五英吋寬三英吋的卡片）

横の糸（緯線）

横と出る（心眼壞居心不良）

横に車を押す（蠻不講理）

横の物を縦にも為ない（十足的懶骨頭）

竪穴、縦穴〔名〕豎著挖的坑。〔考古〕古代人類住過的痕跡←→横穴

竪襟〔名〕和服的長領、立領

竪框、縦框〔名〕〔建〕窗梃、門梃

竪管〔名〕提升管、排水管柱、（鑄造）冒口

竪句、立て句〔名〕引用古今名人的詩句做連歌或俳諧的起句

竪坑、縦坑、立坑〔名〕豎坑、豎井、升降井←→横坑

竪琴〔名〕豎琴（=ハープ）

竪桟、縦桟〔名〕〔建〕門扇中梃、窗芯

竪樋〔名〕〔建〕落水管、雨水立管←→横樋

竪羽目〔名〕〔建〕豎板、立板←→横羽目

竪挽鋸〔名〕粗木鋸、粗齒鋸

竪菱〔名〕豎立鑽石、立式金鋼石

竪鰭〔名〕〔動〕竪鰭（指脊鰭、臀鰭或尾鰭）、（飛機的）直尾翼，垂直尾翼，垂直安定面

竪棒〔名〕梯子的竪柱

竪物〔名〕裱糊的竪幅畫←→横物

竪炉〔名〕〔冶〕竪爐

嗽（ㄕㄨˋ）

嗽〔漢造〕嗽，漱，嗽口（=嗽を為る、口を漱ぐ）、咳嗽（=咳）

　咳嗽（咳嗽）

嗽う〔自四〕嗽口（=嗽を為る、口を漱ぐ）

嗽〔名、自サ〕嗽口、含嗽

　外から帰ったら必ず嗽（を）為る事（從外面回來一定要嗽口）外外外

　嗽薬（嗽口劑、含嗽藥水）薬薬

　嗽茶碗（嗽口的碗）

　嗽盥（盛嗽口水的盆）

嗽ぐ、漱ぐ〔自五〕漱口、含漱（=嗽を為る）

嗽ぎ、漱ぎ〔名〕漱口、含漱

嗽ぐ、漱ぐ〔自五〕漱口、含漱（=嗽ぐ、漱ぐ）

漱（ㄕㄨˋ）

漱〔漢造〕漱、嗽、漱口、含漱（=嗽を為る、口を漱ぐ）

　含漱（含漱）

漱ぐ、濯ぐ、滌ぐ、洒ぐ、雪ぐ〔他五〕洗濯、漱口、雪除，洗掉

　洗濯物を良く濯ぐ（用水好好洗滌的衣物）

　瓶を濯ぐ（洗滌瓶子）

　口を漱ぐ（漱口）

　恥を雪ぐ（雪恥）

　汚名を雪ぐ（恢復名譽）

雪ぐ、濯ぐ〔他五〕雪恥（=雪ぐ）、洗刷（=洗い落とす）

　恥を雪ぐ（雪恥）恥辱

灌ぐ、注ぐ〔自五〕流，流入、（雨雪等）降下，落下

〔他五〕流，注入，灌入，引入、澆，灑、倒入，裝入、（精神、力量等）灌注，集中，注視

　川水が海に灌ぐ（河水注入海裡）灌ぐ注ぐ灌ぐ雪ぐ

　雨がしとしとと降り灌ぐ（雨淅瀝淅瀝地下）

　滝壺に数千丈の滝が灌ぐ（萬丈瀑布落入深潭）

　田に水を灌ぐ（往田裡灌水）

　涙を灌ぐ（流淚）

　鉛を鋳型に灌ぐ（把鉛澆進模子裡）鉛鉛

　鉢植に水を灌ぐ（往花盆裡澆花）

　コップに水を灌ぐ（往杯裡倒水）

　世界状勢に心を灌ぐ（注視國際情勢）心心

　注意を灌ぐ（集中注意力）

　溢れん許りの情熱を社会主義建設に灌いでいる（把洋溢的熱情傾注在社會主義建設中）

漱ぐ、嗽ぐ〔自五〕漱口、含漱（=嗽を為る）

漱ぎ、嗽ぎ〔名〕漱口、含漱

漱ぐ、嗽ぐ〔自五〕漱口、含漱（=嗽ぐ、漱ぐ）

豎（ㄕㄨˋ）

豎〔漢造〕（竪為豎的俗字）年輕的僮僕、小官吏

豎子，竪子，孺子、豎子，竪子，孺子〔名〕〔蔑〕孺子、小孩子、毛孩子（=小僧、青二才）

　孺子何する物ぞ（毛孩子想做什麼！）

　孺子の名を成す（遂為豎子名、比喻敗給無名小子－史記孫子傳）

　孺子を為て名を成さしむ（遂為豎子名、比喻敗給無名小子－史記孫子傳）

樹（ㄕㄨˋ）

樹〔漢造〕樹、樹立

　果樹（果樹）

　花樹、花木（花樹）

　大樹（大樹〔=大木〕、大樹將軍－中國漢代馮異以及後來征夷大將軍的別稱〔=大樹将軍〕）

老樹（老樹、古樹、古木〔=古木、老い木〕）

桜樹（櫻桃樹〔=桜の木〕）

針葉樹（針葉樹）←→広葉樹

広葉樹（闊葉樹〔=闊葉樹〕）←→針葉樹

闊葉樹（闊葉樹–広葉樹的舊稱）

常緑樹（常綠樹〔=常緑の木〕）

落葉樹（落葉樹）

菩提樹（菩提樹）

樹陰〔名〕樹蔭（=木陰）

樹陰に憩う（在樹蔭下休息）陰陰憩う息う

樹影〔名〕樹影（=木陰、木蔭）

樹影で昼寝を為る（在樹蔭下睡午覺）影影為る為る

樹液〔名〕樹液

樹液を取る（取樹液）液液取る盗る捕る獲る撮る摂る採る執る

樹液が通う（樹液在樹中流動）

樹下〔名〕樹下←→樹上

樹下に憩う（在樹下休息）下下憩う息う

樹下石上（出家）

樹上〔名〕樹上←→樹下

樹上生活（樹上生活）上上

樹海〔名〕樹海、無邊的森林

見渡す限りの樹海（一望無際的森林）海海冠冠

樹冠〔名〕〔植〕樹冠

樹間〔名〕樹間（=木の間）

樹間を漏れる太陽の光線（透過樹叢射過來的陽光）間間間間漏れる洩れる

樹幹〔名〕〔植〕樹幹

護謨の樹幹を傷付けてゴム液を取る（割開橡膠樹幹取橡膠液）幹幹護謨ゴム膠膠

樹膠〔名〕樹膠（=護謨、ゴム）

樹枝〔名〕樹枝（=木の枝）

樹枝状（〔結晶等的〕樹枝狀）枝枝枝

樹脂〔名〕樹脂、合成樹脂

合成樹脂（合成樹脂）脂脂

ゴム樹脂（橡膠樹脂）

樹脂を採取する（採取樹脂）

樹脂加工（樹脂加工）

樹脂エステル（〔化〕樹脂酯、酯化樹脂）

樹脂石（〔地〕樹脂石）

樹脂酸（〔化〕樹脂酸）

樹脂酸塩（樹脂酸鹽）

樹脂酸マンガン（樹脂酸錳）梢梢

樹梢〔名〕樹梢

樹状〔名〕樹狀

神経の樹状突起（神經的樹狀突起）

樹勢〔名〕樹的長勢

樹勢が盛んだ（樹的長勢很茂盛）勢勢霜霜帯帯

樹霜〔名〕樹淞、樹冰

樹帯〔名〕（山麓的）灌木地帶

樹皮〔名〕樹皮

松の樹皮（松樹皮）皮皮

樹皮を剥ぐ（剝樹皮）剥ぐ矧ぐ接ぐ氷氷

樹氷〔名〕樹冰、霧淞

樹木〔名〕樹木

樹木の茂った山（樹木茂密的山）木木木

樹木に囲まれている（被樹木所圍繞）

樹木園（樹木園、植物園）園園

樹木測定器（〔測量樹木直徑和高度的〕測樹器）

樹葉〔名〕樹葉（=木の葉）

樹葉が散る（樹葉散落）

樹立〔名、自他サ〕樹立

計画を樹立する（訂立計劃）

友好関係を樹立する（建立友好關係）

新政権を樹立する（建立新政權）

外交政策を樹立する（確立外交政策）

樹林〔名〕樹林、木本群落、木本植被

白樺の樹林（白樺森林）林林白樺白樺

樹林帯（森林帶）帯帯

樹齢〔名〕樹齡

年輪で樹齢を調べる（根據年輪查樹齡）齢齢

樹齢一百年（樹齡一百年）

樹、木〔名〕樹，樹木、木材，木料、木柴

木の幹（樹幹）

木の心（樹心）

木の節（樹節）

木の実（樹上結的果實-如桃、李、桑葚、栗子、核桃）

木の脂（樹脂）

木の陰（樹蔭）

木の切り株（樹伐倒後的殘株）

木が枯れた（樹枯死了）

木に止まっている鳥（落在樹上的鳥）

木に為っている果実（樹上結的果實）

木に登る（爬樹）

木を植える（植樹）

木を切る（伐樹）

木を見て森を見ず（見樹不見林）

木で造った家（木造房）

木で作った机（用木頭做的桌子）

鉋で木を削る（刨木頭）

木を焚く（燒木柴）炊く

木から落ちた猿（如魚離水）

猿も木から落ちる（智者千慮必有一失）

木静かならんと欲すれども風止まず（樹欲靜而風不止-韓詩外傳）

木で鼻を括る（愛理不理、非常冷淡）

木で鼻を括った様な返事を為る（愛理不理地回答）

木に竹を接ぐ（以竹接木、張冠李戴、牛頭不對馬嘴-喻不協調、不合適）

着物を着てダンスを為るのは木に竹を接いだ様でどうもぴったりしない（穿著和服跳舞總覺得有些不對路）

木にも草にも心を置く（風聲鶴唳、草木皆兵）

木に縁って魚を求む（緣木求魚-孟子梁惠王）

木の実は本へ落つ（落葉歸根、樹上果實總要落到樹根周圍、萬象歸宗）

木、柝〔名〕（戲劇揭幕或打更的）梆子（=拍子木）

木を入れる（打梆子）

木が入る（打梆子）怠け者 樹 懶

樹蜂〔名〕〔動〕樹蜂、胡蜂

樹懶〔名〕〔動〕樹獺（南美洲產的一種哺乳動物、棲於森林、行動緩慢）

曙（ㄕㄨˋ）

曙〔漢造〕天亮

曙光〔名〕曙光、〔喻〕希望

東の空に曙光が差して来た（東方的天空出現了曙光）差す射す指す挿す鎖す注す刺す

平和の曙光（和平的曙光）

紛争も解決の曙光が見え始めた（糾紛也開始有解決的希望了）

曙〔名〕曙，黎明（=明け方、暁）。〔喻〕（時代等的）黎明

曙色（曙色、淡紅帶黃的顏色）

古代文明の曙（古代文明的黎明）

曙馬〔名〕（古生物）始馬屬（=Eohippus）

刷（ㄕㄨㄚ）

刷〔漢造〕印刷、洗刷，清除

印刷（印刷）

縮刷（縮印、縮版印刷）

増刷（增印、加印）

刷子〔名〕刷子（=刷子、ブラシ）。〔電〕電刷（=ブラシ）

刷子、刷毛、刷筆〔名〕刷子、毛刷、板刷（=ブラシ）

刷毛を掛ける（用刷子刷）掛ける斯ける書ける掻ける画ける欠ける駆ける懸ける駈ける

刷毛で服の塵を払う（用刷子刷去衣服上的塵土）払う掃う祓う

刷毛で糊を付ける（用刷子刷上漿糊）付ける附ける吐ける尽ける衝ける撞ける突ける漬ける

鬚剃り用の刷毛（剃鬍子用毛刷、鬍刷）

羅紗刷毛（衣刷）

靴刷毛（鞋刷）

刷毛箒（毛撢）

敲き刷毛（〔紡刷漿具）

刷毛序で（順便、捎帶）

刷毛目（刷子印痕、刷子刷過的痕跡）

刷新〔名、他サ〕刷新、革新、改革、使面目一新

生活様式の刷新（生活方式的革新）

行政機構を刷新する（刷新行政機構）

校風を刷新する（使校風煥然一新）

人心を刷新する（使人心煥然一新）

大刷新を行う（實行徹底的革新）

刷る、摺る〔他五〕印刷

色刷りに刷る（印成彩色）掏る剃る為る

千部刷る（印刷一千份）

良く刷れている（印刷得很漂亮）

鮮明に刷れている（印刷得很清晰）

此の雑誌は何部刷っていますか（這份雜誌印多少份？）

ポスターを刷る（印刷廣告畫）

輪転機で新聞を刷る（用輪轉機印報紙）

摺る、擦る、摩る、磨る、擂る〔他五〕摩擦、研磨、磨碎、損失，消耗，賠輸

タオルで背中を擦って垢を落とす（用毛巾擦掉背上的泥垢）

鑢で磨ってから鉋を掛ける（用銼刀銼後再用鉋子刨）

マッチを擦って明りを付ける（划根火柴點上燈）

墨を磨る（研墨）

擂鉢で胡麻を磨る（用研缽磨碎芝麻）

株に手を出して大分磨った（做股票投機賠了不少錢）

すっからかんに磨って仕舞った（賠輸得精光）

胡麻を擂る（阿諛、逢迎、拍馬）

擦った揉んだ（糾紛）擦れる、摩れる、磨れる

掏る〔他五〕扒竊、掏摸

掏摸に掏られた（被小偷偷了）掏る磨る擂る刷る摺る擦る摩る為る

掏摸に御金を掏られた（錢被小偷偷走了）

電車の中で財布を掏られた（在電車裡被扒手爬了錢包）

人の懐中を掏ろうと為る（要掏人家的腰包）

剃る〔他五〕〔方〕剃（=剃る）

鬚を剃る（刮鬍子）刷る磨る摩る摺る擦る掏る擂る為る

為る〔自サ〕（通常不寫漢字、只假名書寫）（…が為る）作，發生，有（某種感覺）、價值、表示時間經過、表示某種狀態。

〔他サ〕做（=為す、行う）充，當做、（を…に為る）作成，使成為，使變成（=に為る）

（…事に為る）（に為る）決定，決心、（…と為る）假定，認為，作為、（…ようと為る）剛想，剛要

（御…為る）〔謙〕做

物音が為る（作聲、發出聲音、有聲音=音を為る）音音音音

稲光が為る（閃電、發生閃電、有閃電）稲妻

寒気が為る（身子發冷、感覺有點冷）

気が為る（覺得、認為、想、打算、好像）←→気が為ない

此のカメラは五千円為る（這個照相機價值五千元）

彼は五百万円為る車に乗っている（他開著價值五百萬元的車）

こんな物は幾等も為ない（這種東西值不了幾個錢）

デパートで買えば十万円は為る（如果在百貨公司買要十萬元）

一時間も為ない内にすっかり忘れて終った（沒過一小時就給忘得一乾二淨了）

三日も為れば帰って来る（三天後就回來）

さっぱり為た人（爽快的人）

彼の男はがっちり為ている（那傢伙算盤打得很仔細）

頭がくらくらと為てぼっと為る（頭昏腦脹）

幾等待っても来為ない（怎麼等也不來）

仕事を為る（做工作）

話を為る（說話）

勉強を為る（用功、學習）

為る事為す事（所作所為的事、一切事）

為る事為す事旨く行かない（一切事都不如意）

為る事為す事皆出鱈目（所作所為都荒唐不可靠）

何も為ない（什麼也不做）

其を如何為ようと僕の勝手だ（那件事怎麼做是隨我的便）

私の言い付けた事を為たか（我吩咐的事情你做了嗎？）

此から如何為るか（今後怎麼辦？）

如何為る（怎麼辦？怎麼才好？）

如何為たか（怎麼搞得啊？怎麼一回事？）

如何為て（為什麼、怎麼、怎麼能）

如何為ても旨く行かない（怎麼做都不行、左也不是右也不是）

如何為てか（不知為什麼）

今は何を為て御出でですか（您現在做什麼工作？）

委員を為る（當委員）

世話役を為る（當幹事）

学校の先生を為る（在學校當老師）

子供を医者に為る（叫孩子當醫生）

彼を議長に為る（叫他當主席）

彼は娘をピアニストに為る積りだ（他打算要女兒當鋼琴家）積り心算心算

本を枕に為て寝る（用書當枕頭睡覺）眠る

彼は事態を複雑に為て終った（他把事態給弄複雜了）終う仕舞う

品物を金に為る（把東西換成錢）金金

借金を棒引に為る（把欠款一筆勾銷）

三階以上を住宅に為る（把三樓以上做為住宅）

絹を裏地に為る（把絲綢做裡子）

顔を赤く為る（臉紅）

赤く為る（面紅耳赤、赤化）

仲間に為る（入夥）

私は御飯に為ます（我吃飯、我決定吃飯）

今度行く事に為る（決定這次去）

今も生きていると為れば八十に為った筈です（現在還活著的話該有八十歲了）

卑しいと為る（認為卑鄙）卑しい賤しい

此処に一人の男が居ると為る（假定這裡有一個人）

行こうと為る（剛要去）

出掛けようと為ていたら電話が鳴った（剛要出門電話響了）

隠そうと為て代えて馬脚を現す（欲蓋彌彰）表す現す著す顕す

御伺い為ますが（向您打聽一下）

御助け為ましょう（幫您一下忙吧！）

刷り、刷〔名〕印刷（的效果）、印刷物，印刷品、向絲綢上印花

此の本は刷りが奇麗だ（這本書印得漂亮）

本が刷りが掛っている（書正在印刷中）

原稿を刷りに廻す（把原稿拿去排版）廻す回す

校正刷り（校樣）

第三刷り発行（發行第三次印刷）

三色刷り（三色版、三色印刷）

刷り上がる〔自五〕印就、印成、印得、印刷出來

此の本は今、刷り上がった許りです（這本書剛印好）

刷り上がり、刷上がり〔名〕印就、印成、印得、印刷出來

此の本の刷り上がりは何時頃ですか（這本書什麼時候印出來？）何時何時

刷り上がりが良い（印得好）良い好い善い佳い良い好い善い佳い

刷り上がりが悪い（印得不好）

刷り上げる〔他下一〕印完、印得、印出來

五千部刷り上げる（印完五千份）

今刷り上げた所だ（現在剛印好）

刷り込む〔他五〕加印上、印刷進去、用模板印刷

挿絵を刷り込む（加印上插圖）

名刺に勤務先を刷り込む（在名片上印上工作單位）

刷り込み、刷込み〔名〕加印上、印刷進去、用模板印刷

刷り込み型（〔模板印刷用的〕模板、型板）型型

刷り損う〔他五〕〔印〕印錯，誤印、印壞，印糟

刷り損い、刷損い〔名〕印錯，誤印、印壞，印糟

刷り立て、刷立て〔名〕剛印完、剛剛印刷好

刷り立てのポスター（剛印出來的招貼畫）

刷り直す〔他五〕〔印〕重印

刷り板〔名〕（鏤花）模板

刷り本，刷本、摺り本，摺本〔名〕印刷本，木板本←→写本、〔印〕（印完以後）還沒裝釘成冊的單頁

刷り物、刷物〔名〕印刷物、印刷品、刊物

文章を刷り物に為る（把文章印出來）文章文章

刷れる、摺れる〔自下一〕印好、印就

擦れる、摩れる、磨れる、摺れる〔自下一〕摩擦（=擦れる）、磨損，磨破、久經世故

木の葉の擦れる音（樹葉摩擦沙沙響聲）

擦れて足に肉刺が出来た（腳上磨了個泡）

彼は多少擦れた処が有った（他有些油條）

袖口が擦れて終った（袖口磨破了）

石段が擦れてすべすべに為っている（石階被磨平了）

刷く、掃く〔他五〕打掃、（用刷子等）輕塗。〔農〕掃集（幼蠶）

箒で庭を掃く（用掃帚掃院子）吐く履く佩く穿く排く

部屋を掃いて綺麗に為る（把屋子打掃乾淨）

眉を掃く（畫眉）

薄く掃いた様な雲（一抹薄雲）

履く、穿く、佩く、帯く、著く〔他五〕穿

靴を履く（穿鞋）履く穿く吐く掃く刷く佩く

スリッパを履く（穿拖鞋）

雨靴を履く（穿雨鞋）

下駄を履く（穿木屐）

此の靴は履き心地が良い（這雙鞋穿起來很舒服）心地心地良い善い好い

此の皮靴は少なくとも一年履ける（這雙皮鞋至少能穿一年）

靴下を穿く（穿襪子）

ズボンを穿く（穿褲子）

スカートを穿く（穿裙子）

吐く〔他五〕吐出、吐露，說出、冒出，噴出

血を吐く（吐血）

痰を吐く（吐痰）

息を吐く（吐氣、呼氣）

彼は食べた物を皆吐いて終った（他把吃的東西全都吐了出來）

ゲエゲエするだけて吐けない（只是乾嘔吐不出來）

彼は指を二本喉に突っ込んで吐こうと為た（他把兩根手指頭伸到喉嚨裡想要吐出來）

意見を吐く（說出意見）

大言を吐く（說大話）

彼も遂に本音を吐いた（他也終於說出了真心話）

真黒な煙を吐いて、汽車が走って行った（火車冒著黑煙駛去）煙 煙

遥か彼方に浅間山が煙を吐いていた（遠方的淺間山正在冒著煙）

泥を吐く（供出罪狀）

泥を吐かせる（勒令坦白）

泥を吐いて終え（老實交代！）

説（ㄕㄨㄛ）

説〔名〕意見，主張，論點，說法、學說、傳說

〔漢造〕（也讀作説）述說、學說、意見、觀點、主張、說（漢文文體的一種）

説を曲げる（改變主張）曲げる枉げる

説を同じうする（意見相同）

僕は彼の説に賛成だ（我贊成他的論點）

最もな説を述べる（敘述了非常中肯的意見）最も尤も述べる陳べる延べる伸べる

其の起源に就いては色色の説が有る（關於它的起源有各種各樣的說法）

新しい説を立てる（立新說）立てる建てる裁てる経てる発てる絶てる截てる裁てる断てる

孫文の説を奉ずる（信奉孫文的學說）奉ずる封ずる崩ずる報ずる

一説に拠れば（據某種傳說）拠る依る縒る縁る寄る由る撚る因る選る

然う言った説が世間に行われている（社會上流傳著那樣一種傳說）

遊説（遊說、〔政黨為競選〕到各地演說）

解説（解說、講解）

巷説（街談巷議、馬路消息）

高説（〔敬〕高見、卓見、高論）

講説（講說）

詳説（詳細說明、詳細述說）

小説（小說）

演説（演說、講演、講話）

力説（強調、極力主張）

口説口舌（〔舊〕〔常指男女間的〕口角、爭吵、口舌）

愚説（愚蠢之談，胡說八道、〔謙〕愚見，拙見，我的意見）←→卓説

卓説（卓見、高見、卓越的論述）

道聴途説（道聽塗說）

一説（一說、一種說法、一種傳說〔風聞）

新説（新學說、新見解）

異説（異說、異論）

学説（學說）

確説（可靠的主張、正確的意見、確實的理論）

各説（各自的意見、各論，分項論述）←→総説

総説（總說、總論）←→各論、各説

定説（定說、定論）

俗説（世俗之說、一般社會上的說法）

論説（論說，論述、評論，社論）

浮説（風傳、流言、謠傳）

伝説（傳說、口傳）

地動説（〔天〕地動說-哥白尼所創、地球繞太陽轉、而不是太陽繞地球轉的學說）←→天動説

愛蓮説（愛蓮說）

説教〔名、自サ〕說教、教誨，規戒，教訓

街頭説教（街頭說教）

牧師の説教（牧師的說教）

会衆に説教する（向會員說教）

親父の説教（父親的教誨）

倅に説教する（教訓兒子）

説教を聞かされる（受到責罵、被教訓一頓）聞く聴く訊く効く利く

御説教はもう沢山だ（您的說教我已經聽夠了）

説経〔名、自サ〕〔佛〕講經，說法，談義、說經曲（江戶初期一種用三弦伴奏的說唱經文的民間藝術）（=説経節）

説示〔名、他サ〕說明、指示

判事が陪審員に説示を与える（法官給陪審員說明指示）

説述〔名、他サ〕述說、敘述

説得〔名、他サ〕說服、勸導（=説き伏せる事）

説得上手（善於說服）上手上手

説得して止めさせる（勸阻、勸止）止める已める辞める病める

反対者の説得に乗り出す（出面說服反對者）

説得力の無い（沒有說服力的文章）文章文章力力力

説得力を以て示している（令人信服地表現出來）

彼の人を説得するのは造作無い（說服他毫不費力）

説破〔名、他サ〕說服、駁倒（=説伏、論破）

説伏、説服〔名、他サ〕說服、勸說（=説得）

彼を説伏して自説に引き入れる（說服他同意自己的主張）

説き伏せる〔他下一〕說服，駁倒（=説得する）、勸說

人に説き伏せられる様な人じゃない（他不是能叫人說服得了的）

彼を説き伏せようと為た駄目だった（想說服他但是沒有成功）

説き落す〔他五〕說服（=説得する）

説き勧める〔他下一〕勸說

説き付ける〔他下一〕說服、勸說（=説き伏せる）

説き付けられて人の意見通りに為る（被說服後聽從人家的意見）

彼の手此の手で入会するように説き付ける（想個辦法勸說入會）

説法〔名、自サ〕說法，講經（=説経）、勸說，規勸（=意見する事）

釈迦に説法（班門弄斧、聖人門前賣字）

百日の説法屁一つ（為山九仞功虧一簣、因為一點小事而前功盡棄）

説明〔名、他サ〕說明、解釋

説明口調で（用解釋的語氣）

カラー、スライドで説明する（用彩色幻燈片說明）

レッテルに説明を書く（在標籤上寫上說明）書く斯く欠く画く掻く

説明を加える迄も無く（無須解釋）

説明は一百五十ページを見よ（說明請參閱一百五十頁）

其の点に就いては少しも説明していない（對於這個問題一點都沒有解釋）

説明書（說明書）

説明図（示意圖）

説明語（〔語法〕說明語、謂語）（=述語）

説き明かす、解き明かす〔他五〕解明、究明、說明

湖底の謎を解き明かす（究明湖底之謎）

事件の内容を解き明かして遣る（向他說明事件的內容）

説文〔名〕說明文字的形成和原義、（許慎的）〝說文解字〞的簡稱

説諭〔名、他サ〕教誨、訓誡、告誡（=言い聞かせる事）

説諭を加える（給予訓誡）加える銜える咥える

説諭の上放免される（訓誡後被釋放）

両人の不心得を説諭して帰した（訓誡他倆的錯誤之後讓他們回去了）

説き諭す〔他五〕開導、教訓

道理を説き諭す（講道理開導）

説話〔名〕故事、童話，神話，傳說等的總稱

説話文学（神話文學、童話文學、民間傳說文學）

説話体（神話體、童話體）

説く〔他五〕說明、說服，勸說（=説得する）、說教，宣傳，提倡

理由を説く（說明理由）

物の道理を説く（說明事物的道理）

人を説いて承知させる（勸說叫他答應）

色色説いて心配させまいと為る（多方勸說叫他放心）

道を説く（講道）

貯金の必要を説く（宣傳儲蓄的必要）

説く者は多く、行う者は少ない（宣傳的人多實行的人少）

解く、溶く、融く〔他五〕溶解、化開（=解かす、溶かす、熔かす、鎔かす、融かす）

小麦粉を水で解く（用水合麵）

絵の具を油水で解く（用油〔水〕化開原料）

卵を解く（調開雞蛋）

解く〔他五〕解開、拆開、解除、解職、解明、解釋、誤解

靴の紐を解く（解開鞋帶）

旅装を解く（脫下旅行服裝）

小包を解く（打開郵包）

着物を解いて洗い張りする（拆開衣服漿洗）

此の縫って有る所を解いて縫い直して下さい（請把這縫著的地方拆開重縫一下）

戒厳令を解く（解除戒嚴令）

禁を解く（解除禁令）

輸入制限を解く（取消進口限制）

A社との契約を解く（解除和A公司訂的合約）

任を解く（解職）

校長の職を解く（解除校長的職務）

兼職を解かれて少し楽に為った（解除了兼職輕鬆一些）

数学の問題を解く（解答數學問題）

宇宙の謎を解く（解明宇宙的奧秘）

弁明して誤解を解く可きだ（應該解說明白把誤會解開）

怒りを解いて話し合う気に為った（消除不快情緒想彼此交談了）

梳く〔他五〕梳、攏

髪を梳く（梳頭髮）

説き起こす〔自五〕從頭說起

其の話はずっと前の事から説き起こさなければ分って貰えなかった（那件事若不從頭說起人家不會明白）

説き落す〔他五〕說服（=説得する）

説き及ぶ〔自五〕談到、涉及（=言及する）

世界の将来を説き及ぶ（談到世界的將來）

説き聞かせる〔他下一〕說給…聽

礼儀作法を生徒に説き聞かせる（給學生講禮貌）

説き勧める〔他下一〕勸說

説き付ける〔他下一〕說服、勸說（=説き伏せる）

説き付けられて人の意見通りに為る（被說服後聽從人家的意見）

彼の手此の手で入会するように説き付ける（想個辦法勸說入會）

説き分ける〔他下一〕詳細說明（解釋）、分別（分類）說明，逐條說明

説道〔名〕人們說（=一般の人が言うには）

朔（ㄕㄨㄛˋ）

朔〔名〕〔天〕朔、朔月，新月、朔日，夏曆每月初一（=一日、朔、朔日）←→晦

〔古〕正朔、帝王的政令（中國古時帝王於歲末向諸侯頒發曆書同時頒發政令）。

〔漢造〕朔，朔日、朔方，北方

朔を奉ずる（奉正朔、遵從帝王的政令）奉ずる報ずる崩ずる封ずる

正朔（〔古〕正朔，元旦、歷）

望（也讀作望）〔漢造〕望、遠望、願望、人望、希望（=望み、望）、望，滿月（=望月、望月）、農曆十五日

一望、一眸（一望）

一望千里（一望無際）

展望（展望、瞭望、眺望）

眺望（眺望、瞭望）

遠望（遠望、遠眺）

怨望（怨恨）

有望（有希望、有前途）

希望、冀望（希望、期望）

既望（陰曆十六日的夜晚或月亮）

待望（期望、期待、等待）

志望（志願、願望）

四望（向四方眺望、四方的景色）

欲望（慾望）

野望（野心、奢望）

非望（非分的願望、不合身分的願望）

熱望（渴望、熱切希望）

切望（渴望、切盼）

大望、大望（大志、大願望）

願望、願望（願望、心願）

観望（觀看、展望、眺望）

所望（〔舊〕希望，希求物、要求，請求）

失望（失望）

絶望（絕望、無望）

人望（人望、聲望、名望、愛戴）

信望（信譽、信用和聲望）

衆望（眾望）

名望（名望、名譽、聲譽）

声望（聲望、聲譽、名望、人望）

徳望（德望）

望〔名〕望（農曆十五日）、滿月，圓月（=望月、望月）

望の日（陰曆十五）

朔日〔名〕朔日、陰曆初一（=一日、朔、朔日）

朔旦〔名〕昨晨、昨天早晨（=昨朝）

朔風〔名〕朔風、北風（=北風、北風）

朔望〔名〕朔望、朔日和望日、陰曆初一十五

朔望月（〔天〕朔望月-平均為 29 日 12 小時 44 分 2、8 秒）（=太陰月）

朔望潮（朔望潮、陰曆初一，十五的大潮）（=大潮）

朔北〔名〕朔北、北方（特指中國北方偏遠之地）

朔北の地（朔北之地）

朔、朔日、一日〔名〕初一←→三十日，晦日、晦

四月一日はエイプリル、フールです（四月一日是愚人節）

此の雑誌は毎月一日に発行される（這個雜誌每月一號發行）毎月毎月

五月（の）一日（五月一日、五一）

一日、一日、一日〔名〕一日，一號，初一（=一日）、一日，一天、終日，整天（=一日中）、一日，某日（=或る日）

五月一日（五月一號）

十年一日の如く（十年如一日）

一日千秋で（一日三秋、度日如年）

一日千秋の思いで（一日三秋、度日如年）

一日千秋の思いで待つ（度日如年的心情等待、殷切地等待）

一日三秋、一日三秋（一日三秋）

一日三秋の思い（一日三秋之感）

一日の計は晨に在り（一日之計在於晨）
晨 朝 明日 明日 明日 在る 有る 或る

一日中、一日中（整天）

一日の長（一日之長、略勝一籌）

春の一日（春天的某一天）

春の一日（春天的某一天）

一日を費やす（費一天工夫）

一日も欠かさず出勤する（一天也沒缺勤）

一日君を待っていた（等了你一天）

一日八時間労働する（一天八小時工作）

丸一日（一整天）

一日に付き千円（每天一千日元）

一日三回服用（一天服用三次）

一日中労働する（整天工作、一天到晚工作）

一日も早く御元気に為られますよう（祝您早日恢復健康）早い 速い

一日増しに（逐日=日増しに）増す 益す 鱒 枡 升

ㄕ

一日増しに春めいて来る(春意漸濃)来る来る繰る刳る

一日増しに良く為る（一天比一天好起來）

一日置（隔日、隔一天）

一日置に通院する（隔一天去一次醫院）

一日延ばし(一天一天地拖延下去)延ばす伸ばす展ばす

一日延ばしに延ばす(一天一天地拖延下去)

一日一善（一天作一件好事）

二月一日（二月一日）

碩（ㄕㄨㄛˋ）

碩〔漢造〕碩大

碩学〔名〕碩學、大學者、學問淵博（的人）

皆 碩学大儒を以て 称 せらる（皆被稱以碩學大儒） 皆 皆皆

碩儒〔名〕大學者

碩徳〔名〕高僧、德高望重的人

碩老〔名〕大老

衰（ㄕㄨㄞ）

衰〔漢造〕衰弱、衰敗

神経衰弱（〔醫〕神經衰弱）

盛衰（盛衰、興衰）

老衰（衰老）

盛者必衰（盛者必衰）

衰運〔名〕衰運、頹勢、衰敗的趨勢

衰運を辿る（走向衰微）

衰運を挽回する（挽回頹勢）

衰運の兆しが見える（現出衰微的徵兆）

衰残〔名〕衰殘、衰弱

衰残の身（殘衰之深）

衰弱〔名、自サ〕衰弱

神経衰弱（〔醫〕神經衰弱）

体が酷く衰弱している手術が出来ない（身體太弱不能做手術）

病気で衰弱が酷い（因病身體嚴重得衰弱）

視力が衰弱する（視力減弱）

衰色〔名〕憔悴的面容

衰勢〔名〕衰勢、頹勢

衰勢を挽回する（挽回頹勢）

衰勢を辿る（走向衰落）

衰世〔名〕末世

衰退〔名、自サ〕衰退。〔生〕萎縮

持病で体力が衰退の一途を辿る（因患宿疾體力一直衰退下去）

衰退期に在る（處於衰退期）在る有る或る

衰頽〔名、自サ〕衰頹、衰落

敵軍の勢いは衰頽しつつ在る（敵軍的氣勢在逐漸衰微下去）

衰年〔名〕老年（=老年）

衰微〔名、自サ〕衰微

敵軍の勢いは衰微しつつ在る（敵軍的氣勢逐漸衰弱）

衰微の極に達する（非常衰弱）

衰亡〔名、自サ〕衰亡

ローマ帝国衰亡史（羅馬帝國衰亡史）

衰滅〔名、自サ〕衰滅、衰亡（=衰亡、衰えて滅びる）

衰容、悴容〔名〕衰容、憔悴的面容（=窶れた顔立ち）

衰齢〔名〕頹齡、老年

衰老〔名〕衰老（=老衰）

衰える〔自下一〕衰弱、衰老、衰退、衰落、衰亡、衰滅、萎靡、凋蔽←→栄える

体が衰える（身體衰弱）

元気が衰える（精力衰退、精神萎靡）

風が衰える（風力減弱）

古株の帝国主義は益益衰える（老牌帝國主義越來越衰落）

私の記憶力は衰え始めた（我的記憶力開始減退了）

私の視力は衰え始めた（我的視力開始減退了）

勇気が段段衰えて行く（勇氣逐漸衰減）行く行く

衰え〔名〕衰弱、衰老、衰退、衰落、衰亡、衰滅←→栄え

健康の衰えが目立って来た（身體明顯地衰弱了）

衰え果てる〔自下一〕衰弱到極點，衰老不堪、衰落不堪、衰退，衰敗至極

帥（ㄕㄨㄞˋ）

帥〔漢造〕（也讀作帥）將帥

将帥（將帥）

元帥（元帥）

統帥（〔軍隊等的〕統帥）

帥先、率先（率先、帶領）

帥〔名〕〔史〕帥（太宰府長官）

率（ㄕㄨㄞˋ）

率〔漢造〕（有時讀作率）帶領、順著，沿著、急促，突然、不掩飾、大致，大概

引率（率領）

統率（統率）

軽率（輕率、草率、輕忽、馬馬虎虎）

率爾、卒爾〔名、形動〕〔舊〕唐突、突然（=突然）

卒爾ながら御尋ね申します（冒昧得很、請問一下）

率然、卒然〔副、形動〕突然、輕率、翻然

卒然悟る（突然覺悟）

卒然と承諾する（輕率答應）

卒然と為て悔い改める（翻然悔改）

率先、帥先〔名、自サ〕率先、帶頭

自ら率先して仕事に励む（自己帶頭努力工作）

彼は率先して此の方法を採用した（他首先帶頭採用了這個方法）

率先躬行（帶頭實踐）

率先垂範（率先示範、帶頭示範）

率直〔形動〕直率、爽直、直爽、坦率

率直な人（爽直的人）

率直に言うと、彼はもう助からないよ（坦率地說他已無法挽救了）

彼の率直さには驚いた（對他的爽直我真驚訝！）

率土、卒土〔名〕率土、邊疆、國境、偏遠地方

率土の浜（率土之濱）浜浜

率都婆、卒塔婆、卒塔婆、卒都婆〔名〕〔佛〕（梵語 stupa－頂、堆土）舍利子塔（立墳墓後，上有梵文經句的）塔形木牌

卒塔婆を立てる（立塔形木牌）

率〔名、漢造〕比率，成數、有利或報酬等的程度

出勤率（出勤率）

安全率（安全率）

膨張率（膨脹率）

合格率（合格率）

百人に一人の率で（按每百人一人的比率）

税の率を上げる（提高稅率）上げる挙げる揚げる

低い率に下げる（降到低比率）下げる提げる

もっと率の好い仕事は無いか（沒有報酬再高一點的工作嗎？）

比率（比率）

利率（利率）

効率（效率）

高率（高百分率）

工率（生產率、〔理〕功率〔=仕事率〕）

定率（一定的比率）

低率（低率，比率低、低廉、〔商〕低利率←→高率）

能率（效率、勞動生產率）

百分率（百分率、百分比）

円周率（〔數〕圓周率）

率いる〔他上一〕帶領、率領，統率

子供を率いて散歩する（帶著孩子散步）

五万の兵を率いる将軍（統率五萬兵的將軍）

部下を率いてクーデターを起こす（率領部下搞政變）起す興す熾す

蟀（ㄕㄨㄞˋ）

蟀〔漢造〕蟋蟀（=蟋蟀、蟋）

蟀谷、顳顬〔名〕顳顬、鬢角、太陽穴

顳顬に青筋を立てて怒る（氣得太陽穴上青筋暴起）怒る起る興る熾る

顳顬がずきずきする（太陽穴跳痛）

蟋蟀、蟋蟀〔名〕〔動〕蟋蟀

蟋蟀が鳴いている（蟋蟀在叫）

螽斯、螽蟖〔名〕〔動〕螽斯、〔古〕蟋蟀（=蟋蟀）

蟋〔名〕〔古〕灶馬（=竈馬）、（京都方言）蟋蟀（=蟋蟀）

水（ㄕㄨㄟˇ）

水〔名〕〔俗〕（不摻果子露的）甜冰水

〔漢造〕水、汁，液體、江河湖海、氫（=水素）、星期三（=水曜日）

水を二つ呉れ（給我兩杯甜冰水）

冷水（冷水、涼水）

霊水（〔傳說能治病的〕神水）

温水（溫水）

雨水、雨水（雨水）

河水（河水）

加水（加水）

海水（海水）

小水（小水、尿）（=小便）

浄水（清水，乾淨水、淨水，使水清淨、廁所的洗水水）←→汚水

汚水（汙水、髒水、汙泥濁水）

王水（〔化〕王水）

黄水、黄水（〔從胃吐出的〕黃水、苦膽水）

上水（上水，自來水、上水道，自來水管道、淨水）←→下水

下水（髒水、下水道）

排水（排水）

配水（〔通過導管向各處〕配水、供水）

背水（背水）

廃水（廢水、汙水）

防水（防水）

放水（放水，排水、〔為救火等〕噴水）

豊水（水量豐富）←→渇水

渇水（缺水、枯水、涸水）←→豊水

活水（活水，流水←→死水、〔洗禮時的〕聖水）

死水（死水、不流動的水）←→活水

止水（靜水〔=死水〕←→活水、流水、止住水流，堵塞漏水）

流水（流水、水流，河川←→止水、静水、車的別稱）

聖水（〔宗〕聖水）

清水、清水（清水、淨水）

井水（井水）（=井戸水）

制水（制水）

静水（靜水）

抱水（〔化〕水合）

断水（斷水、停水）

蒸留水（蒸餾水）

飲料水（飲用水）

地下水（地下水）

レモン水（檸檬水）

化粧水（化妝水）

山水（山水、有山有水的自然風景、有假山池水的庭園）

散水、撒水（撒水、噴水）

三水（〔漢字部首〕三點水〔氵〕）

酸水素（氫氧）

湖水（湖水）

治水（〔防洪築堤、引水灌溉等〕治水）

地水（地下水）

池水（池水）

一衣帯水（一衣帶水）

行雲流水（行雲流水、聽其自然）

淡水（淡水）←→鹹水

鹹水（鹹水、海水）←→淡水

冠水（浸水、水淹）

寒水（冷水、冬季的水）

灌水（灌水、澆水）

淦水（艙水、船艙裡的汙水）

梘水（〔做中國蕎麥麵條時和麵用的〕碱水）

炭水（煤和水、碳化氫）

水圧〔名〕〔理〕水壓、水的壓力

水に潜ると、体が水圧を受ける（潛水時身體感受水的壓力）

水圧は水の深さに比例する（水壓與水的深度成正比）

水圧管（水壓管）

水圧機（水壓機）

水圧機関（水壓機、水力機、水壓發動機）

水圧計（水壓計）

水圧機雷（水壓機雷）

水圧ブレーキ（〔機〕閘式水力測功器）

水圧試験（水壓測驗）

水圧通風（水壓通風）

水位〔名〕〔地〕水位

水位が高い（水位高）

水位が低い（水位低）

大雨の為水位が高まった（因下大雨水位增高了）大雨大雨

水位計（水位計）

水位標（水位標）

水域〔名〕水域、水區

危険水域（危險水域）

水運〔名〕水運、水路運輸

水運の便が良い（水運方便）便便良い善い好い良い善い好い

水泳〔名〕游泳、泅水（=水泳ぎ、スイミング）

水泳を習う（學游泳）習う倣う学ぶ

水泳が出来る（會游泳）

彼は水泳が上手だ（他游得好 他擅長游泳）

彼は水泳が下手だ（他游得不好、他不擅長游泳）

寒中水泳（冷天游泳）

水泳のコーチ（游泳教練）

水泳の達人（游泳健將、擅長游泳者）

水泳場（游泳場〔池〕）

水泳場の見張番（游泳場〔池〕監視員）

水泳着（游泳衣）

水泳ぎ〔名〕游泳（=水泳）

水駅〔名〕小船停泊的地方

水煙〔名〕水煙，水霧，水面上籠罩的煙霧（=水煙）、佛塔尖上的火焰形裝置、（中國的）水煙袋（=水煙管）

水煙〔名〕水霧（=水煙）、飛沫，濺起的飛沫（=飛沫）

海上に水煙が立っている（海面升起水霧）

水煙が立つ（濺起水沫）立つ裁つ断つ絶つ経つ建つ発つ

水鉛〔名〕〔化〕鉬（=モリブデン）

水温〔名〕水溫

プールの水温は二十四度（游泳池的水溫是二十四度）

水火〔名〕水和火、洪水和火災、水深火熱、冰炭，彼此相剋

水火の難に会う（遭受水火之災）会う遇う遭う逢う合う

祖国の為なら水火も辞せず（為祖國赴湯蹈火在所不辭）

二人は水火の仲だ（兩人的關係冰炭不相容）

水化〔名、自他サ〕〔化〕水化、水合、氫氧化

水化熱（水化熱）

水化石灰（消石灰）

水化物（水化物、含水化合物）

水瓜、西瓜〔名〕〔植〕西瓜

西瓜糖（〔藥〕西瓜糖）

水禍〔名〕水災，水害（=水害）、溺死，淹死

水禍に会う（遭受水災）会う遇う遭う逢う合う

水界線〔名〕〔地〕水陸分界線（滿潮時叫高水線、乾潮最低時叫低水線）

水害〔名〕水災（=水禍）

水害を蒙る（遭受水災）蒙る被る被る

水害防止（防洪、防汛）

水害罹災民（水災災民）

水害対策（防汛對策、防汛措施）

水客〔名〕漁夫、船客、菱花的異稱

水郭〔名〕水鄉

水閣〔名〕水閣，水榭、有水邊的邸宅，有噴泉的邸宅

水干〔名〕帶水繃起來陰乾的綢緞。〔古〕（古時公卿的）一種常見的禮服

水旱〔名〕洪水和旱災

水管〔名〕水管。〔動〕水管（軟體）

水管検漏器（水管檢漏器）

水管鑿井機（館館鑿井機）

水管ボイラー（水管鍋爐、管式鍋爐）

水管系（〔動〕水管系）

水癌〔名〕〔醫〕走馬疳、壞疽性口炎

水気〔名〕潮氣，濕氣（=水気、湿気、湿り気）、水蒸氣。〔舊〕水腫（=水腫、浮腫み）

足に水気が来ている（腳浮腫了）

水気〔名〕水分（=水分）

水気の多い果物（多汁的水果）覆い被い蔽い蓋い

水気を取る（除掉水分）取る捕る摂る撮る獲る執る盗る採る

水球〔名〕〔體〕水球（=ウオーター、ポロ）

水牛〔名〕〔動〕水牛

水魚〔名〕魚和水

水魚の交わり（魚水情、魚水之交）

水郷、水郷〔名〕水鄉、水國

水郷の景色を見て廻る（游覽水鄉的景色）廻る回る周る

水村〔名〕水鄉（=水郷、水郷）

水胸症〔名〕〔醫〕水胸、胸膜積水

水禽〔名〕〔動〕水禽、水鳥（=水鳥）

水銀〔名〕〔礦〕汞、水銀

水銀圧力計（水銀壓力表）

水銀寒暖計（水銀寒暑表）

水銀空気ポンプ（汞氣抽機）

水銀硬膏（汞膏）

水銀剤（汞劑）

水銀振子（水銀擺）振子振子

水銀柱（水銀柱）柱柱

水銀中毒（汞中毒）

水銀灯（水銀燈、汞弧燈）

水銀軟膏（汞製軟膏）

水銀整流器（汞弧整流器）

水銀法（水銀電解食鹽法）

水軍〔名〕水師，海軍、〔史〕（鎌倉室町時代的）海盜

水刑〔名〕水刑、灌水的酷刑（=水責め）

水系〔名〕〔地〕水系、河系

牡丹江は松花江水系に属している（牡丹江屬於松花江的水系）

水景〔名〕水景

水景画（水景畫）

水撃〔名〕〔機〕水擊作用

水撃を起こす（引起水擊作用）起す興す熾す

水月〔名〕水和月、水中月影、（兩軍）對峙、心窩（=鳩尾）

水血症〔名〕〔醫〕（因水分增加引起的）血液稀釋現像

水圏〔名〕〔地〕水圈、水界（地球表面海洋、江河、湖泊等所覆面積）

水圏学（水圈學、大洋學、海洋學）

水源〔名〕水源

水源を探す（尋找水源）探す捜す

水源涵養林（水源保養林）

水源地（水源地、發源地、河的源頭）

水孔〔名〕〔生〕水孔

水行〔名、自サ〕水行，舟行、水流

水耕〔名〕〔農〕水耕、溶液培養

水耕法（水耕法、溶液培養法）

水耕農場（水耕農場）

水耕プラント（水耕法的成套設備）

水腔〔名〕〔生〕水腔

水腔動物（腔腸動物）

水閘〔名〕水閘、水門（=ウオーター、ゲート）

水交社〔名〕水交社（舊時日本海軍軍官的社交俱樂部現在改為財団法人水交会）（陸軍的叫偕行社）

水硬性〔名〕〔化〕水硬性

水硬性セメント（水硬水泥）

水硬性石灰（水硬石灰）

水根〔名〕〔植〕（水生植物在水裡長出的）水根

水災〔名〕水災、〔佛〕世界毀滅的大三災的一個

水彩（画）〔名〕水彩（畫）（=水絵）←→油彩

此の水彩は良く出来ている（這幅水彩畫畫得很好）

此の水彩は立派に出来ている（這幅水彩畫畫得很好）

水彩絵具（水彩畫原料）

水彩画（水彩畫）

水砕亜鉛〔名〕〔化〕水碎鋅

水産〔名〕水產

水産業（水產業、漁業）

水産物（水產物、水產品）

水産学（水產學）

水産食料品（海味）

水産加工品（海產物）

水酸化〔接頭〕〔化〕氫氧化、有氫氧基的

水酸化カリウム（氫氧化鉀）

水酸化カルシウム（氫氧化鈣）

水酸化ストロンチウム（氫氧化鍶）

水酸化アンモニウム（氫氧化銨）

水酸化鉄（氫氧化鐵）

水酸化マグネシウム（氫氧化鎂）

水酸化ナトリウム（氫氧化鈉）

水酸化物〔名〕〔化〕氫氧化物

水酸基〔名〕〔化〕羥基

水死〔名、自サ〕淹死、溺死（=溺死、溺れ死に）

水死者（溺死者）者者

水師〔名〕水師、海軍

水螅〔名〕〔動〕水螅（=ヒドラ）

水疵病〔名〕（獸醫）馬踵炎

水質〔名〕水質

水質を検査する（檢查水質）

此の鉱泉の水質は迚も良い（這個礦泉的水質非常好）

水質が悪いから石鹸は中中泡が立たない（因為水質不好肥皂輕易也不起泡）

水車〔名〕（灌溉用的）水車、水磨（=水車）、水輪機，水力渦輪機（=水力タービン）

水揚げ水車（戽水水車）

上掛け水車（上射水車）

下掛け水車（下射水車）

水車小屋（水磨坊）

水車屋（磨坊主、磨坊工人）

水車〔名〕水車

水車で米を搗く（利用水車搗米）搗く付く就く憑く衝く着く附く吐く尽く

水車が回る（水車轉動）回る廻る周る

水瀉〔名〕〔醫〕水瀉、瀉肚

水瀉便（急性腸炎的水瀉排便）

水腫〔名〕〔醫〕水腫、浮腫（=浮腫み）

水腫れ〔名〕水腫，起泡、水脹，因水膨脹。〔俗〕水胖，虛胖（對胖得鬆弛的人嘲弄的說法）

火傷を為て水腫れが出来る（燙起泡了）

水腫れ株（〔商〕摻水股-不增資而發行的股票）

水準〔名〕水準，水平面、水平器（=水準器）、（地位、質量、價值等的）水準、水平（標準）高度，（標準）程度

水準線（水平線）

水準面（水平面）

水準器（水平器）

水準儀（水平儀）

水準点（水準基點）

水準測量（水平測量）

文化水準（文化水平）

知的水準（智力水平）

平均水準（平均水平）

生活水準を高める（提高生活水平）

水準の高い生活を楽しむ（享受高水平的生活）

水準が高い（水平高）

水準が低い（水平低）

大学卒業生の水準に達する（達到大學畢業生的水平）

水準以下である（在標準程度以下）

水準、水秤、水計，水計り〔名〕水準器，水平儀（=水準器）、（一種簡便的）測量比重的天平

水盛り水盛〔名〕水準器，水平儀（=水準、水秤、水計，水計り）

水書〔名、自他サ〕一面游泳一面表演寫字或畫畫

水晶〔名〕〔礦〕水晶

水晶体（〔解〕水晶體）

水晶液（〔解〕水晶體液）

水晶板（〔電〕石英片）

水晶時計（水晶鐘、石英晶體鐘）

水晶細工（水晶工藝品）

水晶発振器（水晶振盪器）

水晶は塵を受けず（〔喻〕清白廉潔的人一塵不染）

水上〔名〕水上、水面

ランチを出して水上を警備する（派出汽艇警備水面）

水上機（水上飛機）

水上運送（水上運輸）

水上競技（水上運動）

水上警察（水上警察）

水上交通（水上交通）

水上スキー（汽艇拖板滑行）

水上生活者（長年定居船上的水上生活者）

水上バス（渡輪）

水蒸気〔名〕水蒸氣（=湯気）

大気中の水蒸気が凝結して露と為る（空氣中的水蒸氣凝結為露水）

水蒸気と為った発散する（化為水蒸氣而發散）

水蒸気と為った消える（化為水蒸氣而消失）

水蒸気蒸留（汽餾）

水色〔名〕（湖海等的）水色、淡青色（=水色）、水景

水色〔名〕淡藍色

水色の空（淡藍色的天空）

水食、水蝕〔名、他サ〕〔地〕水蝕

水蝕作用（水蝕作用）

水深〔名〕水深、水的深度

水深を測量する（測量水深）

水深十五メートルの運河（十五米深的運河）

水神〔名〕水神

水腎症〔名〕〔醫〕水腎（腎盂積水）

水生〔名〕水生

水生植物（水生植物）

水生ガス（水煤氣）（=ウオーター、ガス）

水生ガス発生炉（水煤氣發生爐）

水生、水棲（すいせい）〔名〕水棲←→陸生

水棲動物（水棲動物）

水声（すいせい）〔名〕水聲

水性（すいせい）〔名〕水性

水性塗料（和水塗料）（=水性ペイント）

水性（みずしょう）〔名〕水的性質、（五行中的）水性，水性的人、（女人）水性楊花

水性の女（水性楊花的女人）

水星（すいせい）〔名〕〔天〕水星

水勢（すいせい）〔名〕水勢

水勢が益益強く為る（水勢越來越猛）

川の中流は水勢が急だ（河的中流水勢急）

水成岩（すいせいがん）〔名〕〔礦〕水成岩←→火成岩

水成鉱床（すいせいこうしょう）〔名〕〔地〕水成礦床

水成論（すいせいろん）〔名〕〔地〕水成論←→火成論

水成論者（水成論者）

水仙（すいせん）〔名〕〔植〕水仙

水洗（すいせん）〔名、他サ〕水洗，水沖、用水沖洗

水洗式便所（抽水馬桶）

現像したフィルムを水洗する（沖洗顯像的底片）

水洗い（みずあらい）〔名、自サ〕水洗（不用肥皂或熱水等）

水洗い機（〔機〕水洗機）

水線（すいせん）〔名〕〔船〕吃水線（=喫水線）

水線塗料（水線漆、吃水線塗料）

水選炭（すいせんたん）〔名〕水選煤

〔名〕〔化〕氫

重水素（重氫、氘）

二重水素（重氫、氘）

三重水素（超重氫、氚）

過酸化水素（過氧化氫）

水素と化合させる（使與氫化合）

水素を添加する（加氫）

水素を含む（含氫）服務

水素を除く（去氫）除く覘く覗く

水素爆弾（氫彈）

水素兵器（氫武器）

水素化（氫化）

水素化物（氫化物）

水素添加（加氫）

水素イオン（氫離子）

水素酸（氫酸）

水素脆性（〔鍍層的〕氫蝕脆性）

水素電極（氫電極）

水草（すいそう）〔名〕水和草、（淡水生的）水草（=水草）←→海草

水草を追う遊牧の民（逐水草而居的牧民）

水草（みずくさ）〔名〕水草、水藻（=水草）

水草（みくさ）〔名〕〔古〕水草（=水草）

水葬（すいそう）〔名、他サ〕水葬

死者の死体を水葬に為る（將死者屍體進行水葬）

水槽（すいそう）〔名〕水槽、水箱、貯水槽

水槽車（油槽車灑水車）

ガラス張りの水槽に熱帯魚が飼って有る（在玻璃水槽裡養著熱帶魚）

水槽、水船（みずぶね）〔名〕運載飲用水的船、貯水箱、（放活魚的）水槽

水艙（すいそう）〔名〕（輪船裡儲備淡水的）水艙

水藻（すいそう）〔名〕水藻

水族（すいぞく）〔名〕水族（水中生活的動物）

水族館、水族館（水族館）

水損（すいそん）〔名〕水災造成的損失

水沢（すいたく）〔名〕沼澤

水沢植物（沼澤植物）

水中（すいちゅう）〔名〕水中←→水上、水底

水中に棲む動物（水棲動物）棲む住む清む澄む済む

水中に跳び込む（跳入水中）

水中に沈む（沉沒水中）

水中に没する（沉沒水中）没する歿する

水中に三メートル浸かっている（浸泡在水中三米）浸かる漬かる

水中に潜る（潛入水中）

水中爆雷（深水炸彈）

水中聴音器（水中地震檢波器、水聽器）

水中眼鏡（水中護目鏡）眼鏡

水中撮影（水中攝影）

水中速力（〔潛水艇的〕水下時速）

水中花（水生花-泡入水中如真花一樣開花的玩具）

水中翼船（水中飛船、高速快艇）

水中肺（水肺、水中呼吸器）

水中り〔名自サ〕飲水而生病（瀉肚）

初めての土地で水中りが為たのだろう（可能因初次來到此地不服水土吧！）

水注〔名〕水滴、水倒入水壺的茶道具

水柱〔名〕（水面上升起的）水柱（=水柱）、（管中的）水柱

水柱が上がる（升起水柱）上がる挙がる揚がる騰がる

水柱〔名〕（濺起的）水柱

水中に爆弾が落ちて水柱が立つ（炸彈落到水中濺起水柱）立つ裁つ断つ絶つ経つ建つ

水鳥〔名〕水鳥（=水鳥）、酒的別名（因酒由氵加酉構成）

水鳥〔名〕水鳥、水禽（=水禽）

水底〔名〕水底（=水の底）←→水上、水中

水底深く沈む（深深沉入水底）

水底に棲む魚（棲息水底的魚）棲む住む清む澄む済む魚魚魚魚

水亭〔名〕水上或水邊的亭子、水邊的家

水滴〔名〕水滴（=雫、滴）、（注水研墨用的）硯水壺（=水入れ、水差し）

水蒸気は上空で水滴に為る（水蒸氣在高空變成水滴）

雨戸の水滴の滴り落ちる音が為る（聽見水滴滴打在木板套窗上的聲音）

水天〔名〕水和天、水中天，映在水裡的天空。〔佛〕水神

水天一碧（〔晴天海上〕水天一色）

水天宮（水天宮-祭祀水神和安產神的神社）

水天彷彿（水天相連-出自漢詩水天彷彿青一髮）

水天彷彿たる情景（水連天天連水的樣子）

水田、水田〔名〕水田、稻田

畑を水田に為る（改旱地為水田）畑畠畑畠

水田土壌（〔加工後適合種水稻的〕水田土壤）

水田転用（〔因水稻過剩、改水田為工廠或住宅等用地的〕水田轉用）

水添分解〔名〕〔化〕水解、加氫分解、加水分解

水都〔名〕水都（有河川湖泊、風景優美的城市）（=水の都）

水土〔名〕山川，山河、地域、（某地區的自然環境）水土，風土

水痘〔名〕〔醫〕水痘（=水疱瘡）

水筒〔名〕（旅行用）水筒、水壺

ピクニックに水筒を持参の事（郊遊去要攜帶水壺）

水稲〔名〕水稻←→陸稲、陸稲

水頭〔名〕水邊，水畔（=水の畔）、水頭，落差，水位差（=ヘッド）

水頭症〔名〕〔醫〕水腦、腦積水

水道〔名〕自來水（管）、（船舶通行的）航道，航路（=船路）。〔地〕海峽、自來水和下水道（的總稱）

新しく建てた家に水道を引く（給新蓋的房子安裝自來水管）引く挽く轢く弾く惹く牽く曳く

水道の栓を捻って水を出す（擰開自來水栓放水）

水道の蛇口を捻って水を出す（擰開自來水龍頭放水）

僕の家は水道の出が悪い（我家的自來水流得不暢）

水道橋（水管橋、高架導水渠）

水道代（自來水費）

水道料（自來水費）

水道メーター（水錶）

豊後水道（豐後海峽）

水遁の術〔連語〕水遁術、借水逃遁的法術（日本忍術之一）

水団〔名〕〔烹〕麵團、麵疙瘩湯

水団入りの味噌汁（麵團大醬湯）

水難〔名〕（船舶沉沒或溺水等）因水而遭受的災難，水害、水災

水難に会う（遭受水害、淹死、溺死、船難）会う遇う遭う逢う合う

水尿症〔名〕〔醫〕水尿症、尿崩症

水膿、水膿〔名〕〔醫〕膿水

水嚢〔名〕滲濾器（=水漉し）、（攜帶用）帆布水桶

水波〔名〕水波、水和波浪

水波を隔て（名異實同、半斤八兩）

水破、水羽〔名〕鷲的黑色羽毛造的箭

水肺〔名〕〔生〕水肺

水媒〔名〕〔植〕水媒

水媒花（水媒花）

水伯〔名〕水神

水爆〔名〕氫彈（=水素爆弾）

原水爆（原子彈氫彈、核武器）

水爆実験（氫彈試驗）

水畔〔名〕水邊（=水際）

水飯、水飯〔名〕（寺院和句會等用）用冷水洗食的飯

水盤〔名〕水盤（插花或盆景用的淺盤）

水盤に花を生ける（把花插在淺盤裡）

水半球〔名〕〔地〕南半球←→陸半球

水礬土〔名〕〔礦〕水鋁礦

水礬土鉱（鋁土礦）

水肥、水肥〔名〕〔農〕水肥、液體肥料

野菜に人糞尿等の水肥を施す（給青菜地施人糞尿等水肥）

水簸〔名〕（製陶或淘金時以水）淘洗、淘析、水簸

水筆〔名〕水筆、墨筆（=筆）

水夫〔名〕船夫，海員（=船乗り）、（從事甲板上工作的）一般船員，水手（=水夫、水手）

水夫〔名〕船夫、水夫（=船頭、船乗り）

水府〔名〕龍宮、〔地〕水戶的別名（=水戸）

水風呂〔名〕（與蒸風呂、塩風呂相對而言的）普通浴池（一說据風呂之訛）

水風呂〔名〕冷水浴

水分〔名〕水分、（水果或青菜所含的）汁液

此の蜜柑は水分が多い（這個橘子水分多）覆い被い蔽い蓋い

水分の足りない西瓜（水分不足的西瓜）

水分を除く（除去水分）除く覘く覗く

水分を取る（除去水分）取る捕る摂る撮る獲る執る盗る採る

水分を吸収する（吸收水分）

熱の出る時には水分を多量に補給する必要が有る（發燒時有必要大量補充水分）

水分離器〔名〕〔機〕脫水器、分水器

水平〔名、形動〕水平←→垂直、平衡，平穩，不升也不降

鉄棒の上で体を水平に支える（在單槓上把身體支成平衡）

地面を水平に均す（把地面弄平）

秤は水平な所に置かなければ正しく計れない（磅秤不放在水平的地方就秤不準）

水平角（〔理〕水平角）

水平器（水平器、水準器）

水平距離（〔理〕水平距離）

水平舵（〔潛水艇的〕水平舵）

水平振子（水平擺）

水平分布（水平分布）

水平面（水平面）

成績は水平を保つ（成績保持平穩）

水平走查（〔無〕水平掃描）

ㄕ

ㄕ

水平動（〔地〕水平動、地震的橫動）←→上下動

昨夜の地震は激しい水平動だった（昨晚的地震橫晃得很厲害）

水平貿易（〔商〕水平貿易-工業發達國家之間相互進出口同一種類工業品的貿易）

水平運動（水平運動-日本受歧視的部落人民的解放運動、旨在爭取政治上和經濟上的平等、又名部落解放運動）

水平坑（〔礦〕橫坑、橫井）←→斜坑

水平材（〔建〕橫樑、水平支桿）

水平式運河（水平式運河-和兩側海面高度相同的運河、如蘇伊士運河）←→閘門式運河

水平思考（水平思考-打破常規從各個角度進形思考以找到問題解決的端緒）←→垂直思考

水平社（水平社-從事水平運動的組織、二戰後改為部落解放全國委員會）

水平線（水平線、地平線、〔轉〕普通標準）

日、月が水平線上に出る（日月出現在地平線上）

日、月が水平線上に現れる（日月出現在地平線上）現れる表れる顕れる

水平線下の沈む（沉沒在地平線下）

彼の能力は水平線以下だ（他的能力不夠一般標準）

水兵〔名〕〔軍〕海軍士兵

水兵服（水兵服，海軍士兵服、水手領女套衫〔=セーラー服〕）

水兵帽（水兵帽、海軍士兵帽）

水辺〔名〕水邊（=水際、水の辺）

水辺を散歩する（在水邊散步）

水辺〔名〕（江、湖、河、海、池、沼等的）岸邊、水濱

水泡〔名〕水泡（=水の泡）、泡影

水泡音（〔醫〕水泡音）

水泡に帰す（化為泡影）帰す記す規す期す

水泡〔名〕水泡（=水の泡）

水沫〔名〕水沫（=水の沫）、飛沫，飛濺的水沫（=飛沫）

プールに水沫を揚げて跳び込む（濺起飛沫跳進游泳池裡）

水沫〔名〕水沫（=水の沫）

水の泡、水の沫〔連語〕（水面的）水泡，水沫（=水泡）、無常，虛幻，極不可靠、（努力等）白費，（歸於）泡影

長年の苦心も水の泡に為る（好容易做的計畫也白費了）

全ては水の泡だ（一切化為泡影）全て総て凡て統べて

水疱（疹）〔名〕〔醫〕水疱（疹）

掌に水疱疹が出来る（手掌起水疱）

水疱瘡〔名〕〔醫〕（小兒傳染病）水痘（=水痘）

水防〔名〕防汛、防止水災

水防に万全を期す（在防汛上力求萬無一失）帰す記す規す期す

水防訓練（防汛訓練、防汛演習）

水防対策（防汛對策、防汛措施）

水防団（防汛團）

水防法（防汛法）

水墨画〔名〕水墨畫（=墨絵）

水没〔名自サ〕淹沒、沒於水中

其の地帯では、朝夕の満潮時道路が水没する（在那地帶早晚滿潮時道路沒在水中）朝夕朝夕

水魔〔名〕水患、水災

水魔に襲われた村（遭受水災的村莊）

水マンガン鉱〔名〕〔礦〕水錳礦

水密〔名〕水密、封水、不透水

水密隔壁（〔船〕不透水隔壁）

水密戸（封水門）

水密区画（〔船〕防水艙）

水密室（〔船〕防水室）

水蜜（桃）〔名〕〔植〕水密桃

水脈〔名〕水脈，地下水流（的經路）、（船舶航行的）水路（=水脈、澪）

水脈を掘り当てる（挖中了水脈）

河川の水脈を辿って漕いで行く（探索著河道划船前進）漕ぐ扱ぐ行く行く

水脈、澪〔名〕水路、水道、航道

水脈引く（〔船駛過後〕留下航跡）引く曳く牽く惹く弾く轢く挽く退く

水理〔名〕水脈（=水脈）

水霧〔名〕霧、河上的霧（=川霧）

水明〔名〕水明

山紫水明の地（山紫水明之地、山明水秀的地方）

水面〔名〕水面、水的表面

水面に浮かび出る（浮出水面）

水面から二尺上（離水面二尺高）

水面から二尺下（離水面二尺深）

水面計（〔看鍋爐裡水面高低的〕玻璃管水表）

水面、水面〔名〕水面（=水面）

水門〔名〕水閘門、防洪閘門

水門を開ける（打開閘門）開ける開ける

水門を閉じる（關閉閘門）閉じる綴じる

船が水門を通過する（船通過船閘）

水門通行税（船閘通行費）

水門管理人（閘門管理員）

水門、水戸〔名〕海峽、河口、水門（=水門）

水紋〔名〕水紋

水文学〔名〕水文學、水理學

水薬、水薬〔名〕藥水←→錠剤、丸薬、粉薬

二日分の水薬と投与した（開了兩天的藥水）

水溶〔名〕（不單獨使用）水溶（=水に溶ける）

水溶性（水溶性）

水溶液（水溶液）

食塩の水溶液（食鹽水）

水様液〔名〕〔解〕水樣液（眼球内無色透明液體）、和水一樣的無色透明液體

水曜、水曜日〔名〕星期三、禮拜三

水浴〔名、自サ〕涼水浴（=水浴び）

川に入って水浴（を）為る（在河裡洗澡）

馬に水浴させる（洗馬）

水浴び、水浴〔名、自サ〕洗澡，沖涼。〔舊〕游泳

盥で水浴び（を）為る（用水盆沖涼）

川へ水浴びに行く（去河裡游泳）

水雷〔名〕〔軍〕水雷、魚雷（=魚雷、機雷）

水雷を発射する（發射魚雷）

水雷艇（魚雷艇）

水雷艦隊（魚雷艇艦隊）

水利〔名〕水運，舟楫之便、（灌溉等用的）水利，用水，供水

上海は黄浦江に臨んで水利の便が有る（上海市臨黃浦江有水運之便）便便臨む望む

其の町は水利の便が悪い（那個城鎮水運不便）

水利の便が悪く、消火が困難である（供水不便救火困難）

疏水工事が完成して其の辺の土地は水利の便が良く為った（水渠工程已經完成那一帶的水利情況已經好轉了）

水利妨害罪（〔法〕〔破壞堤壩等的〕水利妨礙罪）

水利権（水利權）

水陸〔名〕水陸

地球に於ける水陸の分布（地球上水陸的分布）

蛙は水陸両棲の動物である（青蛙是水陸兩棲動物）蛙蛙

水陸共同作戦（水陸配合作戰）

水陸両用機（水陸兩用飛機）

水陸両用戦車（水陸兩用坦克）

水陸両用舟艇（兩棲船）

水陸両用部隊（兩棲部隊）

水流〔名〕水流（=水の流れ）

ダムを築いて水流を塞き止める（築堤攔住水流）

水流地（河床、不通舟楫的淺水地）

水流ポンプ（水流泵-安裝在水管上的小型玻璃製品利用水流噴射時的減壓作用而將周圍空氣抽出）

水瘤〔名〕〔醫〕水瘤

水硫化物〔名〕〔化〕氫硫化物

水量〔名〕水量

大雨で川の水量が急に増した（由於大雨河裡的水量驟增）大雨大雨

水力〔名〕水力

水力を利用して発電する（利用水力發電）

水力タービン（水力渦輪發電機）

水力起重機（水力起重機）

水力クレーン（水力起重機）

水力継ぎ手（水力連接器）

水力電気（水力電）

水力発電所（水力發電站）

水力学（水力學）

水冷〔名〕水冷、用水冷卻←→空冷

此のエンジンは水冷式に為っている（這個引擎是水冷式的）

水練〔名〕〔舊〕游泳，練習游泳、游泳術、擅長游泳，游泳家

子供達は水練に励んでいる（孩子們積極練習游泳）

畳の上の水練（席上練習游泳、紙上談兵）

水練に熟達している（擅長游泳）

水練の士（游泳家）

水簾〔名〕瀑布的異稱

水路〔名〕水路，水渠，水槽、航路，航道。〔體〕（一般不單獨使用）（為游泳選手畫定的）游泳線

灌漑用水路を構築する（修築灌溉渠）

水路橋（渡槽）

海には網の目の様に水路が開けている（海上開闢的航線像蜘蛛網一般）

水路標識（航道信標）

水路誌（航海指南、領航標誌）

水路測量術（水道測量術）

水路図（水道圖）

水路学（水文學、水文地理學）

長水路（長游泳線）

短水路（短游泳線）

水濾器〔名〕〔化〕粗濾器

水鹿〔名〕〔動〕（台灣產）水鹿

水論〔名〕爭水、對分配灌溉用水的糾葛（=水争い）

水和〔名、自サ〕〔化〕水合（作用）

水和熱（水合熱）

水和物（水合物）

水〔造語〕水

泉（泉水、源泉、資料）

水草（水草）

汀、渚（水邊）

澪、水脈（水路、航道）

水漬く（浸水、水泡）

水底（水底）

水門、水戸（海峽、河口、水門〔=水門〕）

港、湊（港口、碼頭）

身〔名〕身，身體（=体）、自己，自身（=自分）、身份，處境、心，精神、肉、力量，能力、生命，性命、（刀鞘中的）刀身，刀片、（樹皮下的）木心，木質部、（對容器的蓋而言的）容器本身

身の熟し（舉止、儀態）

襤褸を身に纏う（身穿破衣、衣衫襤褸）

身を寄せる（投靠、寄居）

身を隠す（隱藏起來）隠す画す劃す隔す

身を引く（脫離關係、退職）引く退く惹く挽く轢く牽く曳く弾く

身を交わす（閃開、躲開）交わす飼わす買わす

政界に身を投じる（投身政界）

身を切る様な北風切る（刺骨的北風）斬る伐る着る北風北風

身を切られる様な思いが為る（感到切膚之痛）摺る擦る擂る刷る摩る掏る磨る

身の置き所が無い（無處容身）

彼は金が身に付かない（他存不下錢——有錢就花掉）付く附く突く衝く憑く漬く撞く着く搗く

怒りに身を震わせる（氣得全身發抖）震う揮う奮う振う篩う

仕事に身も心も打ち込む（全神貫注地做事情）

身を任せる（〔女子〕委身〔男人〕）

旅商人に身を窶す（裝扮成是行商）

身の振り方（安身之計、前途）

身を処する（處己、為人）処する書する

身を修める（修身）修める治める収める納める

身を持する（持身）持する次する辞する侍する治する

身に覚えが有る（有親身的體驗）

身に覚えの無い事は白状出来ません（我不能交代我沒有做的事）

身の回りの事は自分で為為さい（生活要自理）

早く帰った方が身の為だぞ（快點回去對你有好處）

身の程を知らない（沒有自知之明）

私の身にも為った見給え（你也要設身處地為我想一下）

身を滅ばす（毀滅自己）滅ばす亡ばす

身を持ち崩す（過放蕩生活、身敗名裂）

乞食に身を落とす（淪為乞丐）

生花に身が入る（全神貫注於插花、對插花感興趣）入る入る

仕事に身が入る（做得賣力）

君はもっと仕事に身に入れなくては行けない（你對工作要更加盡心才行）入れる容れる要れる

嫌な仕事なので、どうも身が入らない（因為是件討厭的工作做得很不賣力）

其の言葉が身に沁みた（那句話打動了我的心）染みる滲みる沁みる浸みる凍みる

御言葉はに染みて忘れません（您的話我銘記不忘）

魚の身（魚肉）魚魚魚魚

身丈食べて骨を残す（光吃肉剩下骨頭）残す遺す

鶏の骨は未だ身が付いている（雞骨頭上還有肉）未だ未だ

身に叶うなら、何でも致します（如力所能及無不盡力而為）叶う適う敵う

其は身に適わぬ事だ（那是我辦不到的）

身を捨てる（犧牲生命）捨てる棄てる

刀の身を鞘から抜くと、きらりと光った（刀身從刀鞘一拔出來閃閃發光）

身が固まる（〔結婚〕成家、〔有了職業〕生活安定，地位穩定）

身から出た錆（自作自受、活該）

身に余る（過份）

身に余る光栄（過份的光榮）

身に沁みる（深感，銘刻在心、〔寒氣〕襲人）染みる滲みる沁みる浸みる凍みる

寒さが身に沁みる（寒氣襲人、冷得刺骨）

身に付く（〔知識或技術等〕學到手、掌握）

努力しないと知識が身に付かない（不努力就學不到知識）

身に付ける（穿在身上，帶在身上、學到手，掌握）

チョッキを身に付ける（穿上背心）

ピストルを身に付ける（帶上手槍）

技術を身に付ける（掌握技術）

身につまされる（引起身世的悲傷、感到如同身受）

身に為る（為他人著想，設身處地、有營養、〔轉〕有好處）

ㄕ

親の身に為って見る（為父母著想）

身に為る食物（有營養的食品）

身に為らぬ（對己不利）

身の毛も弥立つ（〔嚇得〕毛骨悚然）

身二つに為る（分娩）

身も蓋も無い（毫無含蓄、殺風景、太露骨、直截了當）

初めから全部話して終っては、身も蓋も無い（一開頭全都說出來就沒有意思了）

身も世も無い（〔因絕望、悲傷〕什麼都不顧）

身を売る（賣身〔為娼〕）売る得る得る

身を固める（結婚，成家、結束放蕩生活，有了一定的職業、裝束停當）

飛行服に身を固める（穿好飛行服）

身を砕く（粉身碎骨、費盡心思、竭盡全力、拼命）

身を削る（〔因勞累、操心〕身體消瘦）削る梳る

身を粉に為る（不辭辛苦、粉身碎骨、拼命）粉粉

身を粉に為て働く（拼命工作）

身を殺して仁を為す（殺身成仁）

身を沈める（投河自殺、沉淪，淪落）沈める鎮める静める

身を捨ててこそ浮かぶ瀬も有れ（肯犧牲才能成功）

身を立てる（發跡，成功、以…為生）

医を以て身を立てる（以行醫為生）

身を尽す（竭盡心力、費盡心血）

身を以て（親身，親自、〔僅〕以身〔免〕）

身を以て示す（以身作則）示す湿す

身を以て体験する（親身體驗）

身を以て庇う（以身庇護別人）

身を以て免れる（僅以身免）

実〔名〕果實（=果物）、種子（=種）、湯裡的青菜或肉等（=具）、內容（=中身）

実が為る（結果）為る成る鳴る生る

今年の林檎の実は為らないでしょう（今年的蘋果樹不結果〔要歇枝〕）今年今年

此の葡萄は良く実が為る（這種葡萄結實多）

草の実を蒔く（播草種子）蒔く撒く播く巻く捲く

実の無い汁（清湯）

実の無い話（沒有內容的話）

花も実も有る（名實兼備）有る在る或る

彼の先生の講義は中中実が有る（那位老師的講義內容很豐富）

実を結ぶ（結果、〔轉〕成功，實現）結ぶ掬ぶ

二人の恋愛は実を結んで結婚した（兩人的戀愛成功結了婚）

三〔造語〕三、三個（=三、三）

一、二、三、四（一二三四）

一、二、三、四（一二三四）

二片、三片（兩片三片）

三月（三個月）

三年（三年）

巳〔名〕（地支的第六位）巳。方位名（正南與東南之間，由南向東三十度的方位）。巳時（指上午十點鐘或自九點至十一點鐘）

深〔接頭〕用作美稱或調整語氣

深雪（雪）深身実未見箕巳御味壬彌三

深空（天空）

深山（山）

御〔接頭〕（接在有關日皇或神佛等的名詞前）表示敬意或禮貌（=御）

御国（國、祖國）

御船（船）

箕〔名〕〔農〕簸箕

箕で煽る（用簸箕簸）

爪で拾って箕で零す（滿地檢芝麻、大簍洒香油）（入不敷出）

水屑〔名〕水中塵芥

水屑と為る（淹死）為る成る生る鳴る

水菰〔名〕〔植〕水菰、茭白

水竿〔名〕棹、撐船桿（=水馴れ棹）

水渋〔名〕水垢（=水垢）

水篶，三篶、水篶，篠竹、水篶，篠竹〔名〕〔植〕矢竹

水浸く、水漬く〔自五〕浸水、水泡

水浸く屍と為る（葬身魚腹）

水浸し、水浸〔名〕浸水、漫水、淹沒

大雨で床が水浸しに為る（地板因大雨浸水了）大雨大雨床床

洪水の為同地方は水浸しと為った（那個地方因漲大水被淹了）

水無月〔名〕（古作水無月）陰曆六月

水馴れ棹〔名〕棹、撐船竿

水俣病〔名〕水俣病（發生在日本熊本縣水俣市、因海水汙染、人食用含有機汞的魚介、而引起視野狹窄語言障礙的一種中毒性疾病）

水〔名〕水、涼水，冷水←→湯、液，汁，水狀物、溶液、洪水。〔相撲〕（供上場的力士含嗽或飲用的一桶）水（=力水）。〔轉〕（長時間扭在一起不分勝負時）暫時休息

雨水、雨水（雨水）

飲み水（飲用水）

水飢饉（缺水、水荒）

氷水（加冰涼水，冰鎮涼水、刨冰-冰末加果汁的一種清涼飲料）

生水（生水、湧泉）

水を飲む（喝水）呑む

水を撒く（灑水）撒く巻く捲く播く蒔く

水を汲む（打水）汲む組む酌む

水に潜る（潛入水中）潜る

ウイスキーを水で割る（威士忌裡摻上水）

水を埋める（摻涼水）

水に漬けて冷やす（放入冷水裡冷卻〔鎮〕）

風呂の湯が水に為る（浴缸裡的水涼了）

汗水（汗水）

鼻水（鼻涕）

傷口を絞ると水が出る（一擠傷口就流水）

薬は粉と水とが有るから、両方呑んで下さい（藥有藥粉和藥水二者都要吃）

水白粉（水粉）

家が水に浸かる（房子被水淹了）浸かる漬かる

堤が切れて水が出る（堤壩潰決洪水氾濫）

昔、ナイル川は毎年水が出た然うだ（據說尼羅河以往每年氾濫）

水が入る（〔相撲〕休息）入る入る

水に為る（〔相撲〕暫停）

水に為る（〔相撲〕暫停）

水清ければ魚棲まず（水至清則無魚）

水と油（〔喻〕水火不相容）

水に油（〔喻〕水火不相容）

二人は全く水と油だ（他倆簡直是水火不相容）

水に為る（使成泡影，付諸流水、打胎）

水に流す（付諸流水、過去的事讓他過去，既往不究）

此迄の事を水に流す（過去的事讓他過去）

水に為る（歸於泡影）

水の泡と為る（成為泡影）

水の滴る様（嬌滴滴、水靈-容貌漂亮又有精神）

水の流れと人の身（〔喻〕前途叵測）

水の低きに就くが如し（如水之就下、〔喻〕自然的趨勢不可阻攔）

水は方円の器に随う（水能隨方就圓、〔喻〕人隨環境和交友可變好變壞）

水も漏らさぬ（圍得水洩不通，戒備森嚴、親密無間）

ㄕ

水も漏らさぬ警戒（戒備森嚴）

水を開ける（〔游泳或划艇比賽中比賽者之間〕拉開一人或一艇長的距離）

水を打った様（鴉雀無聲）打つ撃つ討つ

会場は水を打った様な静かさだ（會場靜得掉一根針也聽得見）

水を差す（加水、挑撥離間、潑冷水）差す刺す挿す鎖す射す指す

薬缶に水を差す（往壺裡倒水）

水を向ける（引誘、試探、用話套）

水を割る（對水、用水稀釋）

水を割って牛乳（對了水的牛奶）

水垢〔名〕水銹、水鹼、鍋垢

水垢を取る（去掉水垢）取る盗る執る獲る撮る摂る捕る採る

水垢を掻き落とす（刮落水垢）

水垢が溜る（長水鹼）

水垢離〔名〕（敬神祈禱時）撒水淨身

水垢離を取る（往身上灑水淨身）

水揚げ〔名、他サ〕〔船〕卸貨（=陸揚げ）、漁獲（量）、（生花）（把莖端敲開或燒焦）使充分吸收水分、（服務行業的）收入（額），流水（額）、（妓女）初次接客

魚の水揚げ値段（魚從船上卸下來的價格）

水揚げを良くする（〔插花〕使充分吸收水分）

タクシーの水揚げ（計程車的流水額）

水揚げ帳（流水帳）

水浅葱〔名〕淺藍色

水足〔名〕水漲落的速度（程度）

水足が速い（水漲落得快）速い早い

水遊び〔名、自サ〕玩水、在水中玩

水遊び（を）為る（在水中玩）

水悪戯〔名〕玩水（=水遊び）

水虻〔名〕〔動〕水虻

水油〔名〕（液狀）頭油，水油、燈油

水網〔名〕捕浮游生物的網

水飴〔名〕糖稀

水争い〔名、自サ〕爭水、因爭引灌溉用水發生糾紛

水入らず〔名〕只有自家人、不夾雜外人

親子水入らずの暮し（父子〔母女〕度日）

一家水入らずの団欒（一家團圓）

水入らずの話（自家人的談話、親密的交談）

水入り、水入〔名〕〔相撲〕（雙方勢均力敵長時間不分勝負）短時間休息、暫停

水入りの大相撲（出現暫停的相撲激戰）

水入れ〔名〕墨水盂、硯水盂（=水滴）

水インチ〔名〕水英寸（水流量單位、一英寸直徑的圓管 24 小時的流量、約 500 立方英尺）

水受け〔名〕（水車的）戽斗

水受け板（水車的蹼板）

水絵〔名〕水彩畫

水絵の具（水彩）

水桶〔名〕水桶

水白粉〔名〕（化妝用）水粉

水音〔名〕水聲

水音立てて跳び込む（撲通一聲跳進水裡）

水落とし、水落し〔名〕〔船〕排水孔

水加減〔名〕（煮物等的）水量、調節水量

水貝〔名〕〔烹〕生拌鮑魚片

水飼う〔他五〕（給牲畜）飲水

水飼い〔名〕（給牲畜）飲水

水飼い場（飲水處）場場

水替え〔名〕換（桶內的）水，掏井、（江戶時代）掏礦坑內積水（的人）

水鏡〔名、自サ〕用水作鏡子照影、映著倒影的水面

水鏡を見る（用水作鏡子照影）見る看る視る観る診る

水鏡に映して見る（用水作鏡子照影）

水垣、瑞垣〔名〕神社周圍的圍牆（=玉垣）

水掻き、蹼〔名〕〔動〕蹼

蹼で泳ぐ（用蹼游泳）

蹼足（蹼足〔動物〕）

水掛け論〔名〕（各說各的理由）沒有休止的爭論、抬死槓

水掛け論を為る（抬死槓）

結局水掛け論に終る（結局是抬死槓）

其は水掛け論だよ（那是抬死槓）

水嵩〔名〕（河或水庫等的）水量

大雨で川の水嵩が増した（因下大雨河水漲了）大雨大雨

貯水池の水嵩が減った（水庫的水量減少了）

水菓子〔名〕〔舊〕水果（=果物、フルーツ）

水菓子屋（水果店）

水蟷螂〔名〕〔動〕水斧蟲

水髪〔名〕（不用油）用水梳光的頭髮

水瓶、水甕〔名〕水缸、水甕、水罐

水瓶座〔名〕〔天〕寶瓶座、寶瓶宮

水粥〔名〕粥、薄糊

水ガラス〔名〕〔化〕水玻璃、硅酸鈉

水涸れ〔名〕（因乾旱井水或田水）乾涸

水木〔名〕〔植〕燈台樹

水着〔名〕游泳衣（=海水着）、防水服

水着に着替える（換上游泳衣）

水着ショー（泳衣展）

水飢饉〔名〕缺水、水荒

雨が少なくて水飢饉に為る（因雨少而缺水）

水煙管、水ギセル〔名〕水煙袋

水切り〔名〕除去水分、（投石）打水漂。〔海〕（水線下）船頭破浪處，船首尖部、橋墩尖端、（生花）在水裡剪去花的莖或枝

野菜の水切りを十分に為る（把菜上的水控淨）

水切り台（〔廚房用的〕控水板）

石で水切りを為る（投石打水漂）

水切りが速い（〔魚〕游得快）

水切れ〔名〕乾涸、斷水

水切れが為る（乾涸）

水際、水際〔名〕水濱、水邊（=汀、渚）

水際で泳ぐ（在水濱游泳）

水際立つ〔自五〕顯著地傑出（優秀、漂亮）（常以水際立った的形式作連體詞、

或以水際立って的形式作副詞使用）

水際立った演技（精彩的演技）

水際立った腕前（高明的本領）

明るい電灯の光を浴びている彼女の容姿は水際立って、見れば見る程奇麗である（在明亮的電燈光的照耀下她的姿容特別漂亮越看越美）

水金〔名〕〔化〕液態金

水茎、水茎〔名〕毛筆、筆跡、書信（=手紙）

水茎の跡も麗しい（筆跡秀麗）

水臭い〔形〕水分多，因水多而味不濃、〔方〕味淡，鹽分少、（本來關係密切而故做）冷淡，客套，見外，生分

水臭い酒（稀薄的酒）

水臭い態度（冷淡的態度）

私に隠し立てを為る何て君も随分水臭いね（還瞞著我你也太見外了！）

御礼等を言う水臭い真似は止めよう（〔你我之間〕不要來道謝等這類的客套啦！）

水櫛〔名〕蘸水梳頭的粗齒梳子

水口〔名〕出水口，洩水口、（去井口汲水的廚房的）出入口

水口〔名〕（向田裡引水的）水口

水汲み〔名〕汲水（的人）

水汲みに行く（去打水）行く行く

水水母〔名〕〔動〕（日本近海的普通）海蜇、海月水母

水芸〔名〕從扇子或衣服等向外噴水的一種雜技

水子、稚子、若子〔名〕嬰兒、（特指流產或墮胎的）胎兒

水苔、水蘚〔名〕〔植〕泥炭蘚、水銹

水心〔名〕游泳的體會

水心有れば魚心（你要有心我也有意）

水漉〔名〕滲濾器（=水嚢）、濾水器

水漉で漉す（用濾水器過濾）漉す濾す越す超す鼓す

ア

ㄕ

水翻（みずこぼし）**、水零し**（みずこぼし）〔名〕〔茶道〕盛涮洗茶碗水的一種茶具（=建水（けんすい））

水栽培（みずさいばい）〔名〕水耕法（=水耕法（すいこうほう））

水杯（みずさかずき）〔名〕（永別或長期離別時）互相交杯飲水作別

水杯（みずさかずき）を為（し）て別（わか）れる（飲水作別）

水杯（みずさかずき）を交（か）わす（交杯酌水作別）

水先（みずさき）〔名〕水流的方向、船的進路

水先案内（みずさきあんない）（領航〔員〕）

水先案内旗（みずさきあんないはた）（領航旗）旗（はた）旗（き）

水差（みずさし）**、水指**（みずさし）〔名〕水罐、水瓶、水壺

水差（みずさし）から水（みず）を注（つ）ぐ（由水瓶倒水）注（つ）ぐ次（つ）ぐ告（つ）ぐ継（つ）ぐ接（つ）ぐ

水仕（みずし）〔名〕做飯，在廚房工作、做飯的（女）傭人

水仕女（みずしおんな）（做飯的女傭人）

水仕事（みずしごと）〔名〕（廚房的）洗刷工作、洗滌

水仕事（みずしごと）で手（て）が荒（あ）れる（因洗刷工作手變粗了）

水漆喰（みずしっくい）〔名〕白漆料、白粉漿

水漆喰（みずしっくい）を塗（ぬ）る（刷白粉漿）

水飛沫（みずしぶき）〔名〕水花（=飛沫（しぶき））

水締め（みずじめ）**、水締め**（みずしめ）〔名〕〔建〕水結、水硬

水締め（みずじめ）マカダム（macadam）（水結碎石路）

水霜（みずじも）〔名〕（晚秋時的）露霜（=露霜（つゆじも））

水ジャケット（みずjacket）〔名〕〔機〕水套

水収支（みずしゅうし）〔名〕〔生〕水分平衡

水商売（みずしょうばい）〔名〕接待客人的營業（指曲藝、飯館、酒館、夜總會、計程車、妓館等）

水筋（みずすじ）〔名〕水脈、地下水路

水澄まし（みずすまし）〔名〕〔動〕鼓蟲、鼓母蟲

水石鹸（みずせっけん）〔名〕液體皂、洗滌液

水石鹸（みずせっけん）で洗（あら）う（用液體皂洗滌）

水攻め（みずぜめ）〔名〕水攻（切斷敵人水源或將河水引入敵人城中）

水攻め（みずぜめ）に遭（あ）う（遭到水攻）遭（あ）う逢（あ）う遇（あ）う会（あ）う合（あ）う

水責め（みずぜめ）〔名〕灌涼水（一種拷問的用刑）

水責め（みずぜめ）に為（す）る（灌涼水）

水責め（みずぜめ）火攻め（ひぜめ）の苦（くる）しむを受（う）ける（〔喻〕處在水深火熱中）

水炊き（みずたき）**、水炊**（みずたき）〔名〕〔烹〕（日本式的）雞肉氽鍋

水叩き（みずたたき）〔名〕防沖鋪砌

水叩き（みずたたき）ダム（dam）（防沖壩）

水玉（みずたま）〔名〕（濺的）水珠，飛沫、（蓮葉等上的）水珠，露珠、內含水珠的玻璃球、水珠圖案（=水玉模様（みずたまもよう））

水玉（みずたま）のワンピース（one piece）（帶水珠圖案的連衣裙）

水玉（すいぎょく）〔名〕〔礦〕水晶的別稱

水溜り（みずたまり）〔名〕水窪、水塘

雨（あめ）で道（みち）に水溜り（みずたまり）が出来（でき）た（道路上因雨出現了水窪）

水溜め（みずため）**、水溜め**（みずだめ）〔名〕貯水槽、貯水池

水垂（みずたれ）〔名〕木桶、（航海船上的）淡水桶

水樽（みずだる）〔名〕〔建〕洩水用的傾斜裝置

水茶屋（みずちゃや）**、水茶屋**（みずぢゃや）〔名〕（江戶時代設在路旁的）茶館

水壺（みずつぼ）〔名〕（鳥籠中的）水罐

水っぽい（みず）〔形〕味淡、水分多

水（みず）っぽい味（あじ）（淡而無味）

此（こ）の酒（さけ）は水（みず）っぽい（這酒味淡）

此（こ）のスープ（soup）は水（みず）っぽい（這湯淡而無味）

水鉄砲（みずでっぽう）〔名〕（玩具）水槍

水鉄砲（みずでっぽう）で遊（あそ）ぶ（玩水槍）

水時計（みずどけい）〔名〕漏刻、漏壺（一種古代計時器）（=漏刻（ろうこく））

水当量（みずとうりょう）〔名〕〔理、化〕水當量

水菜（みずな）〔名〕〔植〕赤車使者

水凪鳥（みずなぎどり）〔名〕〔動〕海鷗、鸌

水無し川（みずなしがわ）〔名〕（阿拉伯和北非僅在雨季有水的）乾涸河道或溪谷、〔地〕旱谷

水煮（みずに）〔名、他サ〕水煮，清燉、清水（罐頭）

鮑（あわび）の水煮（みずに）の缶詰（かんづめ）（鮑魚的清水煮的罐頭）

水韮（みずにら）〔名〕〔植〕日本水韮

水抜（穴）（みずぬき（あな））〔名〕排水口

水鼠（みずねずみ）〔名〕〔動〕水老鼠

オーストラリア（Australia）水鼠（みずねずみ）（河狸）（舊譯作海狸現仍沿用）

水の手〔名〕飲用水、消防用水路

水の手が悪い（消防用水不方便）

水の手が切れる（斷水、資金斷絕）

水の花〔名〕（春夏之交繁殖在水面上的植物性浮游生物所形成的）如花似錦的水面、（女）鱸魚（=鱸）、蓮花（=蓮の花）

水飲み、水呑み〔名〕喝水、（玻璃杯等）飲水器皿、飲水處（=水飲み場）

水飲み百姓（貧窮的農民、也用於對農民的蔑稱）

私の母親は水飲み百姓で、小学校にさえ行っていない（我的母親是一個窮莊稼人連小學也沒上）

水場〔名〕（登山）飲水站

水吐き口〔名〕〔土木〕溢水口、溢洪道

水捌け〔名〕排水

水捌けの悪い土地（排水困難的土地）

此の溝は水捌けが良い（這個溝排水好）溝溝

水芭蕉〔名〕〔植〕觀音蓮

水洟、水っ洟〔名〕（稀）鼻涕

水っ洟を啜る（抽鼻涕）

風邪を引いて水っ洟が出る（感冒流鼻涕）

風邪を引いて水っ洟を垂らす（感冒流鼻涕）

水腹〔名〕（因天熱等而喝水過多）喝飽了水、飲水充飢

水腹で仕事を為る（只靠飲水充飢來幹活）

水張り〔名、他サ〕（布）用水洗後不上漿就貼在板上（曬乾）、（作為畫水彩畫的準備）把紙弄濕貼在畫板上

水引、水引き〔名〕（繫在禮品上的紅白或金銀等兩色）花紙繩。〔植〕毛蓼

水引を掛ける（繫上禮品繩）

水太り〔名〕虛胖、胖呼呼

水蛇〔名〕〔動〕水蛇

水蛇座〔名〕〔天〕水蛇星座

水飽和率〔名〕〔地〕飽和係數

水撒き〔名〕灑水（的人或器具）

水撒きを為る（灑水）摩る擦る刷る掏る摺る磨る擂る

水撒き車（灑水車）車車

芝居水撒き器（草坪噴水器）器器

水枕〔名〕（醫療用橡皮）水枕

水増し〔名、自他サ〕（為看起來多而）摻水，加水，稀釋。〔轉〕虛報，虛擬，浮誇，弄虛作假

水増しして請求する（虛報帳、多要帳）

予算獲得の為に定員を水増しする（為要求預算而浮報編制人員）

水増し資本（〔商〕虛擬資本）

水増し株（〔商〕摻水股-未增資而發行的股票）

水増し予算（虛報預算）

水増し雇用（超額雇用-因工會要求等超出實際的多餘雇用）

水増し入学（超額錄取）

水見舞い〔名〕慰問水災

水見舞いに行く（去慰問水災）行く往く逝く行く往く逝く

水虫〔名〕水中的小蟲。〔醫〕腳癬，足癬（俗稱腳氣）

足の指に水虫が出来た（腳趾長了腳癬）

水眼鏡〔名〕水中護目鏡

水餅〔名〕（為防生霉或乾裂）浸在水中的年糕

水物〔名〕含水分多的東西（如水果）、液體，流體、（酒以外的）飲料（如冰水、汽水）、變化多端（不可靠、不能預卜、憑運氣）的事物

勝負は水物だ（勝負無常）

選挙は水物だ（選舉是憑運氣的事）

水漏り〔名、自サ〕漏水

船が水漏りを始める（船開始漏水）

水漏り（の）為る天井（漏水的頂棚）

水屋〔名〕（神社內的）洗手處、（設在茶室角落的）洗茶器處、賣水人、冷飲店。〔方〕廚房，（廚房的）碗櫥

水羊羹〔名〕（水分多的）羊羹

水療法〔名〕〔醫〕水療法

水牢〔名〕水牢

水割〔名、他サ〕（酒裡）摻水，對水，加水沖淡、增加數量，降低質量

ウイスキーの水割一杯（一杯對水的威士忌酒）

労働の水割（弄虛作假〔虛報成績〕的勞動）

水綿、青味泥〔名〕〔植〕水棉（漂於淡水、池沼、水田中的綠藻）

水黽、水馬、飴坊〔名〕〔動〕水黽、水馬

水蝋介殻虫、水蝋樹蝋虫〔名〕〔動〕白蠟蟲（寄生於水蠟樹幹上、分泌白蠟）

水蝋木、疣取木〔名〕〔植〕水蠟樹

水蝋虫〔名〕〔動〕水蠟樹蟲（害蟲、入藥）

水蝋樹蝋、虫白蝋〔名〕白蠟

水鶏、秧鶏〔名〕〔動〕秧雞

水母、海月〔名〕〔動〕海蜇，水母、〔蔑〕沒有定見的人

彼の水母の様な人だ（他是個沒有定見的人）

水爬虫、田鼈〔名〕〔動〕田龜

水 䲢〔名〕〔植〕水鱉、白蘋、馬尿花

水葱〔名〕〔植〕（水葵的古名）浮蕎

水松、海松〔名〕〔植〕水松（一種海草、可食）

水松色、海松色（水松色、暗綠色）

水松貝、海松貝（〔動〕西施舌）（=水松食、海松食）

水松食、海松食（〔動〕西施舌）

水雲、海雲〔名〕〔植〕海蘊

水蠆〔名〕〔動〕（蜻蜓、豆娘等昆蟲的幼蟲）水蠆

税（ㄕㄨㄟˋ）

税〔名、漢造〕税

税金（税、税款）

税込み（税款在内）

税引き（扣除税、税款在外）

国税（國税）

県税（縣税）

市町村税（市鎮村税）

町 税（鎮税）

地方税（地方税）

入 港 税（入港税、港務税）

相続税（繼承税）

税を納める（納税、繳税）納める収める治める修める

税を掛ける（課税）掛ける掻ける画ける欠ける駈ける懸ける駆ける翔ける

税を課する（課税）課する科する架する嫁する化する掠る

税を軽くする（減税）

税を取り立てる（收税、徵税）

租税（租税、税款〔=税金〕）

徴 税（徵税、徵收税款）

減税（減税）←→増税

増税（增税、加税）

免税（免税）

脱税（漏税、偷税）

悪税（苛徵雜税、不合理的徵税）

免税（免税）

関税（關税）

遊 興 飲 食 税（〔酒館等的〕遊興飲食税）

税印〔名〕税印、税章（為證明已繳納與印花税等的税款税務機關在帳簿上加蓋印章）

税額〔名〕税額

税額を定める（決定税額）

税額 調 定（核定税額）

税関〔名〕海關

税関の検査（海關的檢查）

税関で検閲を受ける（在海關受檢查）

税関の取り調べが無かった（沒有〔免除了〕海關的檢查）

税関上屋（海關貨物臨時保管處）

税関申告書（報關單、報貨單）

税関渡し（海關交貨）

税関手続き（海關手續）

税関吏（海關人員）

税金〔名〕稅款、捐稅

税金が掛かる（需要上稅）掛る架る懸る係る繫る罹る

税金が掛からない（不用上稅）

税金を払う（交稅、納稅）払う掃う祓う

税金を納める（交稅、納稅）納める収める治める修める

税金を課する（課稅）課する科する架する嫁する化する掠る

税金を取り立てる（徵稅）

税金を誤魔化す（漏稅、偷稅）

税金を逃げようと為る（企圖逃稅）

税金泥棒（〔罵〕稅賊、指尸位素餐的公職人員）

税源〔名〕稅源、課稅對象

営業税の税源は営業所得だ（營業稅的稅源是營業收入）

税込み、税込〔名〕（領取工資等）包括稅款在內

税込みで十五万円（包括稅款在內十五萬元）

税込み給与（包括稅款在內的薪水）

税込み値段（包括稅款在內的價款、未扣稅的價款）

税収〔名〕稅收

税収の増加（稅收的增加）

煙草、酒に由る税収（菸酒的稅收）由る選る因る撚る寄る縁る縒る拠る依る

税制〔名〕稅制、稅捐制度

税制を改革する（改革稅制）

税政〔名〕稅政、稅務

税抜き〔名〕稅款在外、扣除稅款（=税引き，税引、税引き，税引）

税引き，税引、税引き，税引〔名〕稅款在外、扣除稅款

税引き個人所得（扣除稅款的個人收入額）

税引き給与（工資扣稅）

税引き手取り（稅款在外的實收額）

税引き値段（扣稅價格）

税引き利潤額（純利潤額、扣除稅款的利潤額）

税引き利回り（稅款在外的利潤）

税表〔名〕稅率表、關稅表

税法〔名〕〔法〕稅法、稅制，徵稅方法

税法を改正する（改正稅法）

比例税法（比率稅制）

税務〔名〕稅務

税務署（稅務署、稅務局）

税務官吏（稅務官員）

税務代理士（稅務士、稅務代理士）

税目〔名〕〔法〕稅目、捐稅項目

税吏〔名〕稅吏、稅務官吏

税理士〔名〕稅理士（舊稱稅務代理士-以代理稅務承做稅務文件為業）

税率〔名〕稅率

累進税率（累進稅率）

税率を引き上げる（提高稅率）

税率を引き下げる（降低稅率）

税率を定める（定稅率）

税、庸、稲〔名〕（律令制）庸（以服勞役當繳稅）（=力役）、租（以稻米繳納田租）（=租、田力）

貢、調、御調〔名〕（古代臣民獻給帝王或屬國獻給宗主國王的）貢品、租庸調

貢物（貢品）

貢を納める（進貢）

貢を取り立てる（徵收貢物）

貢を奉げる（朝貢）奉げる捧げる

睡（ㄕㄨㄟˋ）

睡〔漢造〕睡

昏睡（〔失去知覺而〕昏睡、熟睡）

熟睡（熟睡、酣睡）

ㄕ

午睡（午睡〔=昼寝〕）

仮睡（假寐、假眠〔=仮寝、転寝〕）

睡魔〔名〕睡魔（=眠気）

睡魔に襲われる（遭睡魔侵襲、昏昏欲睡）

睡魔と戦う（與睡魔作搏鬥）戦う 闘う

睡眠〔名、自サ〕睡眠，睡覺（=睡り，眠り、睡り，眠り）、休眠，停止活動

十分に睡眠を取る（充分睡眠）取る執る採る摂る撮る獲る捕る盗る

睡眠を妨げる（妨礙睡覺）

五時間では睡眠が一寸足りない（睡五小時有點不夠）一寸一寸丁度

昨夜は全然睡眠出来なかった（昨晚一點都睡不著覺）昨夜昨夜

冬に為って自然は長い睡眠に入った（到了冬季大自然進入了漫長冬眠狀態）自然自然

睡眠火山（休眠火山）

睡眠口座（〔經〕呆滯戶頭、呆滯帳戶）

睡眠不足（睡眠不足）

睡眠不足で神経が尖っている（因睡眠不足神經過敏）

彼の神経衰弱は睡眠不足から来ている（他神經衰弱是由於睡眠不足）

夜更かしの後に、睡眠不足を取り戻す必要が有る（熬夜之後必須補足睡眠）

睡眠学習（睡眠學習-蘇聯發起的一種學習方法-在外語等學習者入睡後-放特製的外語學習錄音帶的學習法）

睡眠時間（睡眠時間）

睡眠時間を減らす（減少睡眠時間）

睡眠病（〔醫〕睡眠病-非洲的一種地方病）

睡眠銀行（〔暫時停業銀行）

睡眠薬（剤）（〔藥〕安眠藥、鎮靜劑）

睡眠療法（〔醫〕睡眠療法）

睡余〔名〕睡醒、初醒

睡蓮〔名〕〔植〕睡蓮、水浮蓮

睡る，眠る、睡る，眠る〔自五〕睡覺，睡眠、死←→覚める、醒める

良く眠っている（睡得很香）

良く眠る（能睡覺=良く眠れる、良く眠られる）

ぐっすり眠る（熟睡）舐る寝る

昼の疲れでぐっすり（と）眠る（由於白天的疲勞而熟睡）

安安と眠る（安安樂樂地睡覺、睡得安靜舒服）易易

八時間眠った（睡了八小時）

草木も眠る丑三つ時（深更半夜、夜深人靜）草木

正体無く眠る（酣睡如泥、睡得像死人一樣）正体（清醒的神智）正体（生物）

幾日も眠れぬ夜が続いた（接連好幾個晚上都沒睡好覺）幾日幾日幾日

永遠に眠る（永眠）

地下に眠る財宝（沉睡在地下的財物）

寝る〔自下一〕睡覺，就寢（=眠る）、躺臥、臥病、（曲子）成熟、（商品）滯銷

子供が寝ている（孩子在睡覺）

良く寝る（睡得好）

良く寝られない（睡不好）

早く寝て早く起きる（早睡早起）

寝ずに居る（沒有睡）

寝る間も惜しんで勉強する（連睡覺時間也捨不得地用功）

芝生の上に寝ている（躺在草坪上）

寝た儘手紙を書く（躺在床上寫信）

寝て暮らす（躺著度日、遊手好閒）

寝ていて食べられる（不工作就能生活）

風邪で寝ている（因感冒臥床）

寝ている商品を廉く売る（減價出售滯銷商品）

寝た子を起こす（無事生非、沒事找事、〔喻〕已經解決的問題又是它死灰復燃、已經忘掉的事情又舊話重提）

睡り，眠り、睡り，眠り〔名〕睡覺、睡眠

眠りが足りぬ（睡眠不足）

眠りが浅い（睡得不熟）

眠りに落ちる（睡熟）

眠りに就く（睡著、入睡）

眠りから醒める（睡醒）

永き眠りに就く（長眠、死亡）

永遠に眠りに就く（長眠、死亡）

睡さ、眠さ〔名〕睏（的程度）

睡気、眠気〔名〕睏、睏倦、睡意

眠気が差す（發睏、想睡）

眠気を催す（發睏、想睡）

眠気を催させる（使人發睏）

眠気を覚ます（消除睏倦、清醒來）

眠気覚まし、睡気覚まし（消除睏倦、清醒頭腦〔的手段〕）

眠気覚ましにコーヒーを飲む（為了消除睡意喝咖啡）

眠気覚ましに御茶でも御飲み為さい（為了消除睡意請喝杯茶）

眠気覚ましに此の本でも読み為さい（為了消除睡意請讀這本書）

睡がる、眠がる〔自五〕要睡覺、想睡（=眠たがる、睡たがる）

朝から眠がっている（從早上就想睡）

睡し，眠し、睡し，眠し〔形ク〕睏的、睏倦的、想睡覺的（=眠い，睡い、眠い，睡い）

睡たい、，眠たい、睡たい，眠たい〔形〕睏的、睏倦的、想睡覺的（=眠い，睡い、眠い，睡い）

眠たくて堪らない（睏得受不了）

昨晩は良く眠たかったのに未だ眠たく堪らない（昨晚雖然睡得很好但還是睏得受不了）

もう遅いから眠たく為った（時間不早所以想睡覺了）

睡たさ、眠たさ〔名〕睏（的程度）（=眠さ、睡さ）

睡た気、眠た気〔形動〕似乎想睡、想睡的樣子

眠た気な顔を為ている（似乎想睡的面孔）

睡たがる、眠たがる〔自五〕（用於第三人稱）想睡覺（=眠りたがる、眠がる）

私の子供は御飯を食べると眠たがる（我的小孩一吃完飯就會想睡覺）

眠たがっているから講義が耳に入らない（因為想睡覺所以講授聽不進去）

睡たし，眠たし、睡たし，眠たし〔形ク〕睏的、睏倦的、想睡覺的（=眠たい、睡たい）

御睡〔名〕（女、兒）睏、想睡覺（=睡たい、，眠たい、睡たい，眠たい）

楯（ㄕㄨㄣˇ）

楯〔漢造〕盾（=盾）

矛楯、矛盾（矛盾）

楯、盾〔名〕盾，擋箭牌。〔轉〕後盾

盾で矢を防ぐ（以盾擋箭）盾楯縦竪殺陣館

権力を盾に取る（以權力為後盾）

御金の力を盾に取って自分勝手な事を為る（依仗金錢的力量為所欲為）

人質を盾に為て逃亡した（以人質為掩護逃跑了）

証文を盾を取って脅迫する（以契約為憑威脅人）

盾に取る（借口、作擋箭牌）

盾に突く（借口、作擋箭牌）

盾の半面（片面、事情的一面）

盾の両面を見よう（要全面地看問題）

物事は盾の両面を見無ければ行けない（凡事要看其正反兩面）

盾を突く（反抗）

縦、竪〔名〕縱，豎、長、經線，經紗（=縦糸）←→横

縦に書く（豎著寫）書く欠く描く掻く

縦に線を引く（豎著畫線）引く曳く惹く挽く轢く牽く退く弾く

首を縦に振る（同意、贊成）振る降る

横の物を縦にも為ない（橫倒的東西都不肯扶起來、〔喻〕懶惰）

縦から見ても横から見ても（無論從哪方面看）

縦十センチ（長十公分）

其の部屋は縦六メートル、横五メートル（那間屋子長六米寬五米）

楯突く〔自五〕反抗、對抗、頂嘴

親の楯突くのは良くない（和父母頂嘴不好）

上役に楯突いて解雇された（因反抗上司被解雇）

順（ㄕㄨㄣˋ）

順〔名〕順序，次序、輪流，輪班、正當，正道←→逆

〔漢造〕順從、順序、順利

順が狂う（次序亂了）

順に並ぶ（依次排列）

順を追う（按順序）追う負う

人口順に都市の名を排列する（按人口多少的順序排列城市的名字）

順が来る（輪到我了）来る繰る刳る

順を待つ（等著輪到自己）待つ俟つ

列を作って順を待つ人人（排隊等候的人們）人人人人造る作る創る

順逆を弁える（辨別順逆）

老人には席を譲るのが順だ（給老人讓座位是應該的）

耳順（耳順、六十歲）

忠順（忠順、從順）

柔順、従順（順從，聽話、溫順，馴順）

恭順（恭順、順從、服從）

帰順（歸順、投誠）

温順（溫順，柔和、〔氣候〕溫和）

順に〔副〕依次，按順序、逐漸（=順順に）

順に送る（依次傳送）送る贈る

順に回す（按順序輪流）回す廻す

順に遣ろうじゃないか（按次序來吧！）

順に行けば彼が外遊番だ（按次序說該輪到他出國了）行く行く

御順に願います（請按順序）

順順（に）〔副〕依次，按順序、逐漸

仕事を順順に片付ける（按順序把工作處理完）

順順に名前を言う（依次說出名字）言う謂う云う

順順に分って来る（逐漸明白過來）分る解る判る来る来る

順圧〔名〕（氣）正壓

順位〔名〕順位、次序、位次、席次、等級

順位を争う（爭位次）

順位を決定する（決定席次）

順位決定戦（〔體〕〔因不分勝負而進行的〕延長賽）

順延〔名、他サ〕（日期）順延、依次延期、依次推遲

雨天順延（雨天順延）

雨天の場合は順延する（遇雨依次延期）

順縁〔名〕〔佛〕順緣，老者先死、善緣，行善而入佛道的機緣←→逆縁

順応、順応〔名、自サ〕順應、適應

環境に順応する（適應環境）

事情の変化に順応する（適應情況的變化）

大勢の赴く処に順応する（順應大勢所趨）大勢大勢

此は時代の要求に順応した方法で無い（這不是合乎時代要求的方法）

順応性（適應性）

日本人は順応性に富む国民だ（日本人是富於適應性的國民）

順送り〔名〕依次傳送、按次序傳遞

一列に並んでボールを順送りに為る（站成一排依次傳球）

順化、馴化〔名〕服水土、適應氣候

其の植物は未だ日本の風土に順化しない（那種植物還不適應日本的水土）

順逆〔名〕順逆，恭順和叛逆、正邪，善惡，是非

順逆の理を弁える（明辨是非）

順逆を誤る（顛倒善惡）誤る謝る

順境〔名〕順境←→逆境

順境に育つ（在順境中長大）

順境に在る（處在順境）有る在る或る

順繰り〔名〕順序、依次、輪流、輪班

順繰りに水を飲む（按順序喝水）飲む呑む

順繰りで当番を為る（輪流值班）

此の写真を見て順繰りに次へ廻し為さい（看完這張相片後依次下傳）

順行、循行〔名〕順序而行，依次而行。〔天〕順行←→逆行

天体の順行（天體的順行）

順光〔名〕〔攝〕順光←→逆光

順孝〔名〕至孝

順鞘〔名〕〔商〕（分期交割的價格）逐批堅挺、（地方銀行的貼現率高於中央銀行的）貼現率的差額←→逆鞘

順次〔副〕順次，依次（＝順繰り）、逐漸（＝段段と）

順次に来る（按順序來）

順次に答える（依次回答）

一から順次に番号を付ける（從一開始按順序編號）

分り次第順次に発表して行く（一經揭曉就依次發表）

生産力が順次に高まる（生產力逐漸高漲）

順守、遵守、循守〔名、他サ〕遵守

憲法を遵守する（遵守憲法）

師の教えを遵守する（遵守老師的教導）

順序〔名〕順序，次序，先後、手續，過程，經過

順序良く並べる（按順序擺好）

入場の順序を決める（決定進場的先後順序）

指名の順序で（按提名的順序）

順序が乱れている（順序亂了）

長幼の順序に坐る（按長幼的順序就座、序齒入座）

順序を立てて研究する（有序統地進行研究）

順序を乱す（弄錯次序）

順序を狂わす（弄錯次序）

其が順序と言う物だ（那是該遵循的順序）

番組の順序を変える（變換節目的次序）

順序数詞（敘述詞）

順序不同（〔排列人名等時〕不按次序）

順序を踏んで請願する（辦理手續後請願）

何事を為るにも順序が有る（無論做什麼事都有一個過程）

そんな事を私に訴えるのは順序が違う（那類事情對我來發牢騷是不對頭的）

其の結論に達した順序を御話ししよう（我來說一夏得出那個結論的過程）

先ず彼の意向を聞くのが順序だろう（按理說應該先聽一聽他的意見）

順序書き（程序表、節目單）

順序書きを作る（編製程序表）

順性双晶〔名〕〔地〕順生雙晶

順接〔名、自サ〕〔語法〕順接、順態接續←→逆接

順走〔名〕〔船〕順風行駛

順調〔名、形動〕順利、（天氣或病情等）良好

順調な一生を過した（度過了一帆風順的一生）

経営は順調に発展している（營業在順利發展）

外国貿易が順調に為る（對外貿易順利起來、對外貿易轉為順差）

順調に行かない（進展得不順利）

万事順調に運んでいる（萬事如意、一切事情順利地進行著）

順調な天候（良好的天氣）

病人の経過は順調です（病人的情況良好）

順調に回復する（〔病情〕恢復得很理想）

順潮〔名〕順潮，順著潮流前進←→逆潮、順利（=順調）

順手〔名〕〔體〕（器械體操的）正手（握法）←→逆手

順当〔名、形動〕順當，理應，應當、正常

順当な結果（應得的結果）

然う有るのが順当です（理應那樣、那樣是當然的）

君が御父さんの後を継ぐのが順当だ（你繼承你父親是理所當然的）

此の陽気が順当です（〔天氣〕這麼暖和是正常的）

順当に行けば負ける筈は無い（在正常情況下是不會失敗的）

順番〔名〕輪班，輪流、順序

順番に眠る（輪班睡覺）

順番を待つ（等候輪到自己）

君の順番に為ったら教えて上げる（輪到你的話我通知你）上げる挙げる揚げる

何卒順番に願います（請按順序）

順番を狂わす（打亂順序）

中中順番が回って来ない（老是輪不到）回る廻る周る

順風〔名〕順風←→逆風

順風満帆（順風滿帆）

順番に帆を揚げる（一帆風順）上げる挙げる揚げる

人生は順番に帆を揚げた様に行く物で無い（人生不是一帆風順）

順風に帆を揚げて走る（〔船〕一帆風順地行駛）

順法、遵法〔名〕守法、遵守法律

順法精神が有る（有守法精神）

順法闘争（守法鬥爭-資本主義國家勞資鬥爭方法之一、工人在守法範圍內降低工作效率的鬥爭法）

順奉、遵奉〔名、他サ〕遵守

国法を順奉する（遵守國法）

師の教えを順奉する（遵守師教）

順養子〔名〕〔法〕弟弟當哥哥的養子

順流〔名〕〔海〕順流←→逆流、順流而下

順良〔名、形動〕溫順善良

順良な市民（溫順善良的市民）

順良民（順民）民民

順礼、巡礼〔名、自サ〕〔佛〕巡禮，朝拜聖地、香客

遍路順礼（到處朝山拜廟）

諸国を順礼する（到各地去朝拜）

順礼歌（巡禮歌）歌歌

順列〔名〕順序。〔數〕排列，置換

N個の数字の順列（N個數字的排列）

順列組合せ（排列與組合）

順路〔名〕順路、正常的路線

見学の順路を示す（表示參觀的線路）

順路を辿って山頂に出る（沿著正常路線來到山頂）

順〔名〕（順的直音表記）順序，次序、輪流，輪班

順う、服う〔自四〕服從（=順う、服う）

〔他下二〕使服從

従う、随う〔自五〕跟隨、聽從、服從、遵從、順從、伴隨、仿效

先生に従って山を登る（跟著老師登山）

情欲を理性に従わせる（使情慾服從理性）

無理に従わせる（強硬服從）

心の欲する所に従う（隨心所欲）

草が風に従う（草隨風動）

実力に従って問題を与える（按照實力出題）

君の意見に従って行動する（按造你的意見行事）

時代の流行に従う（順應時代的流行）

年を取るに従い物分りが良くなる（隨著年齡增長對事物的理解也好多了）

登るに従って道が険しくなる（越往上爬路越陡）

河に従って曲る（順河彎曲）

古人の筆法に従って書く（仿照古人筆法書寫）

瞬（しゅん）（ㄕㄨㄣˋ）

瞬（しゅん）〔漢造〕眨眼

一瞬（一瞬、一剎那〔=瞬く間〕）

瞬間（しゅんかん）〔名〕瞬間

瞬間に為て消え去る（轉眼消失）

其を見た瞬間彼女は真っ青だった（她一看見那個馬上面無血色了）

其は本の一瞬間の出来事だった（那是一瞬間發生的事）

一瞬間も猶予は出来ない（刻不容緩）

瞬間写真（快相）

瞬く間に（またたくまに）〔連語、副〕一瞬間、一剎那、眨眼之間

瞬く間に時間が経つ（時光飛逝）

瞬く間に消え失せた（眨眼之間消失了）

瞬刻（しゅんこく）〔名〕瞬間

瞬時（しゅんじ）〔名〕瞬時、瞬息、轉瞬間

瞬時の出来事（轉瞬間發生的事）

瞬時も休まず働く（一刻不停地工作）

光が瞬時に為て消える（光線轉眼消失）

瞬膜（しゅんまく）〔名〕〔動〕瞬膜

瞬目痙攣（しゅんもくけいれん）〔名〕〔醫〕瞬目痙攣

瞬く（しばたく）〔他五〕屢次眨眼、直眨眼睛（=瞬く、屢叩く）

瞬く、屢叩く（しばたたく）〔他五〕屢次眨眼、直眨眼睛

急に揺り起されて眼を瞬く（突然被推醒直眨著眼睛）

彼女は涙に濡れて目を瞬く（她一再眨著淚眼）

瞬ぐ（まじろぐ）〔自五〕眨眼（=瞬く、瞬く）

瞬ぎも為ずに見守る（不眨眼〔瞪著眼睛〕地看著）

瞬がずに彼を睨んでいる（不眨眼地瞪著他）

瞬く（またたく）〔自五〕（來自目叩く）〔舊〕眨眼（=瞬く）、（星辰或燈火等）閃爍，明滅（=閃く、煌く）

目を瞬く（眨眼、眨著眼睛）

星が瞬く（星光閃爍）

蝋燭の火が風に瞬いた（燭光迎風搖曳）

遠くの瞬く灯火（遠處閃爍的燈光）

瞬き（またたき）〔名〕眨眼，瞬間（=瞬き）、（星辰或燈火等）閃爍

瞬（を）為る暇も無い（連眨眼的時間都沒有）

瞬く、瞬く（まばたく、めばたく）〔自五〕眨眼（=瞬く）

瞬く間に（瞬間、轉眼之間）

瞬き、瞬き（まばたき、めばたき）〔名、自サ〕瞬、眨眼（=瞬き）

パチパチ瞬きを為ている（直眨著眼睛）

瞬きも為ずに眺める（不眨眼眺望）

意味有り気に瞬きする（眨眼示意）

栓（せん）（ㄕㄨㄢ）

栓（せん）〔名〕栓，塞子、龍頭，開關、堵塞物

〔漢造〕栓，木栓、塞子、（管道等的）開關

コルクの栓（軟木塞）

瓶の栓が固い（瓶子塞很緊）固い硬い堅い難い

ビールの栓を抜く（把啤酒瓶蓋取下來）

ガスの栓（煤氣的開關）

水道の栓を開ける（打開自來水的龍頭）開ける空ける明ける厭ける飽ける

指で耳に栓を為る（用手指把耳朵堵上）為る為る成る鳴る生る

ㄕ

鼻栓（〔建〕兩個木頭糾合突出處打入的栓）

コルク栓（軟木塞）

脳血栓（〔醫〕腦血栓）

給水栓（供水龍頭）

消火栓（消防栓、消防用自來水龍頭）

共用栓（共同使用的自來水龍頭）

ガス栓（煤氣開關）

栓球〔名〕〔醫〕血小板、凝血細胞

栓錐〔名〕〔機〕螺孔鑽

栓塞〔名〕〔醫〕栓塞（=塞栓）

栓抜き、栓抜〔名〕（開啟軟木塞的）螺絲錐、（開瓶蓋的）起子

栓の木〔名〕〔植〕刺楸（=針桐）

閂（ㄕㄨㄢ）

閂〔漢造〕門栓（關閉門戶的橫木）

閂〔名〕閂，門栓，插關門。〔相撲〕緊抱對方兩個胳膊把他摔倒或摔出去的招數

門の閂（門栓）門閂

閂を為る（上門栓）摺る掏る擂る刷る摩る擦る磨る

閂を渡す（上門栓）

閂を外す（下門栓）

門に閂を掛ける（門上上栓）掛ける駆ける懸ける駈ける掻ける欠ける斯ける架ける

戸に挿す閂（插在門上的門栓）挿す注す鎖す指す射す差す刺す

双（雙）（ㄕㄨㄤ）

双〔名〕雙方、一對

〔接尾〕（助數詞用法）雙、對

〔漢造〕雙，兩個、成對、對等，匹敵

額から双の顳顬に掻けてほんのり汗ばんでいる（從額頭到兩旁的太陽穴微微地出汗）

屏風一双（一對屏風）

無双、無双（無雙，獨一無二、無比、裡，面用同一材料做成的衣服或用具等、雙層格子閉合拉窗、〔相撲〕用一雙手扳住方大腿將其摔倒的招數）

双一次〔名〕〔數〕雙一次性、雙直線

双一次座標（雙一次性座標）

双解辞典〔名〕雙解辭典

双殻類〔名〕〔動〕雙殼類

双眼〔名〕雙眼、兩隻眼←→隻眼

双眼顕微鏡（雙筒顯微鏡、體視顯微鏡）

双眼写真（立體照片、體視照片）

双眼鏡〔名〕雙筒望遠鏡

双眼鏡で見る（用雙筒望遠鏡瞭望）

双桿菌〔名〕雙桿菌

双気門式〔名〕〔動〕兩端氣門式

双脚〔名〕雙腳、兩腳（=両足）←→隻脚

双球菌〔名〕〔醫〕雙球菌（如淋菌等）

双魚宮〔名〕〔天〕雙魚宮、雙魚座

双極アンテナ〔名〕〔無〕雙極天線

双極子〔名〕〔理〕雙極子

双極子モーメント（雙極矩）

双曲線〔名〕〔數〕雙曲線

双曲線航法（雙曲線航法）

双曲放物面〔名〕〔數〕雙曲拋物面

双曲面〔名〕〔數〕雙曲面

双偶拍子〔名〕〔樂〕雙拍子、兩小節

双肩〔名〕雙肩、肩上

日本の将来は諸君の双肩に掛かっている（日本的前途落在諸位的肩上）

中国の運命を双肩に担う（肩上擔負著中國的命運）担う荷う

双懸果〔名〕〔植〕雙懸果

双子筋〔名〕〔解〕孖肌

双子葉植物〔名〕〔植〕雙子葉植物

双子葉類〔名〕〔植〕雙子葉植物（=双子葉植物）

双紙、草紙、草子、冊子〔名〕訂好的書、（江戶時代）用假名書寫的帶圖小說、（用假名寫的）日記，隨筆、仿字本

浮世草紙（浮世草紙 - 描寫商人生活的繪圖通俗小說）

花月草紙（花月草紙 - 能樂的謠曲）

双翅類（そうしるい）〔名〕〔動〕雙翅目

双翅類昆虫（雙翅目昆蟲）

双軸結晶（そうじくけっしょう）〔名〕〔理〕雙軸晶體

双手（そうしゅ）〔名〕雙手、兩手

双手を挙げて賛成する（舉雙手贊成、完全贊成）挙げる揚げる上げる

双受体（そうじゅたい）〔名〕（動、醫）固定體、雙受體

双十節（そうじゅうせつ）〔名〕雙十節（國慶日、中國建國紀念日、辛亥革命紀念日）

双書、叢書（そうしょ）〔名〕叢書（=シリーズ）

一纏めに為て、叢書と為て出版する（湊在一起作為叢書出版）

双女宮（そうじょきゅう）〔名〕〔天〕雙子宮、雙子座

双晶（そうしょう）〔名〕〔化〕雙晶

双晶軸（雙晶軸）

双晶面（雙晶面）

双生（そうせい）〔名自サ〕〔植〕成對、雙生，孿生（=双子）

双生児（雙胞胎、孿生子）

一卵性双生児（同卵雙胞胎）

双星（そうせい）〔名〕〔天〕雙星體

双聴覚（そうちょうかく）〔名〕〔理〕兩耳聽覺

双蹄（そうてい）〔名〕〔動〕偶蹄

双蹄獣（偶蹄動物）

双頭（そうとう）〔名〕雙頭，兩個頭、兩個頭目，兩個領導

双頭の鷲（雙頭鷹、兩巨頭）

双頭政治（雙頭政治）

双胴機（そうどうき）〔名〕（航）雙機身飛機

双胴船（そうどうせん）〔名〕雙體船、兩艘船殼並列組成的小船

双発（そうはつ）〔名〕雙引擎←→単発

双発の旅客機（雙引擎客機）

双鬢（そうびん）〔名〕雙鬢

双鬢に白い物がちらちらする（雙鬢斑白）

双幅（そうふく）〔名〕雙聯、雙幅畫

双璧（そうへき）〔名〕雙璧、雙珠、二者比美

現代画壇の双璧（現代畫壇的雙璧）

源氏物語と枕草子は平安朝文学の双璧だ（源氏物語和枕草子是平安朝文學的雙璧）

双璧を為す人物（形成雙璧的人物）

双璧を為す作品（形成雙璧的作品）

双方（そうほう）〔名〕雙方、兩方

双方の意見を聞く（聽取雙方的意見）聞く聴く訊く効く利く

衝突事故で双方多数の怪我人が出ました（由於撞車意外雙方都有很多人受傷）

双眸（そうぼう）〔名〕雙眸、雙眼（=両眼）

双眸の奥から射る光（從雙眸的深處射出的目光）射る入る居る鋳る煎る炒る要る

双務（そうむ）〔名〕雙方互負義務←→片務

双務協定（雙邊協定）

双務主義（特指兩國貿易的互惠主義）

双葉（そうよう）〔名〕〔植〕雙葉、具有二葉

双葉、二葉（ふたば）〔名〕〔植〕子葉（最初生出的兩片嫩葉）、（事物的）開端，萌芽、（人的）幼年

二葉の内に絶つ（消滅於萌芽狀態、防患於未然）絶つ断つ立つ経つ建つ発つ裁つ

二葉の頃から育て上がる（從幼小扶養成人）

栴檀は二葉より芳し（偉大人物從小就與眾不同）

二葉（によう）〔名〕雙葉

二葉の植物（雙葉植物）

二葉双曲面（〔數〕雙葉雙曲面）

二葉跳開橋（開合橋）

双翼（そうよく）〔名〕雙翼、（軍隊的）左右兩翼

双六（すごろく）〔名〕雙六、升官圖（黑白子各十五個、憑骰子的點數、搶先將全部棋子移入對方陣地的遊戲）

双六を打つ（玩雙六）打つ撃つ討つ

双六を為る（玩雙六）為る為る

双六盤（雙六盤）

双子、双生児（ふたご）〔名〕雙胞胎

彼等二人は二子の兄弟です（他們倆是雙胞胎兄弟）兄弟兄弟

二子を生んだ（生了雙胞胎）

二子機関（雙引擎）

二子フロート（〔建〕雙層抹灰）

双子、二子〔名〕（線的）兩股（=二子糸）、（用兩股線織的）平紋棉布（=二子織り）

二子の縄（兩股繩）

双子座〔名〕〔天〕雙子座

双成、二形、両形〔名〕兩性人，陰陽人、具有兩個形狀

二形〔名〕〔生〕二形、二態

二形花（二形花）

二形性（二形性）

霜（ㄕㄨㄤ）

霜〔漢造〕霜、嚴酷、白色、年月、周年

風霜（風霜、星霜，年月、〔喻〕辛苦，艱苦）

晩霜（晚霜-霜期已過下的霜）

秋霜（秋霜、嚴厲、利刃）

星霜（星霜、歲月）

幾星霜（幾星霜、多少歲月、許多歲月）

霜害〔名〕霜害、霜災、霜凍成災

霜害を被る（受霜災）

桑の霜害が酷かった（桑樹受了嚴重的霜災）

霜降〔名〕霜降（二十四節氣之一）

霜降り〔名〕降霜、（下霜似的）兩色紗混紡的布，深色帶白斑點的布、牛里脊，夾有脂肪的牛肉、熱水燙過的生魚片

霜降りの夏服（深色帶白斑點的夏裝）

霜降りの牛肉（牛里脊）

霜雪〔名〕霜雪、白髮，白鬢

頭に霜雪を置く（頭上添白髮）置く擱く措く頭頭頭頭頭頭頭

霜天〔名〕霜天，寒空、霜夜

霜鬢〔名〕霜鬢

霜葉〔名〕霜葉、紅葉

霜露〔名〕霜和露、容易消逝

霜〔名〕霜、白髮

霜が降りる（下霜、降霜）降りる下りる

霜が降る（下霜、降霜）降る振る

霜が置く（下霜、降霜）置く擱く措く

霜を取る（除霜）取る捕る獲る撮る摂る採る執る盗る

霜で傷められた花（被霜打謝了的花）傷める痛める悼める炒める

電気冷蔵庫の霜（電冰箱的霜）

頭に霜を戴く年頃（頭髮變白的年紀）頭頭頭頭頭頭戴く頂く

霜を履んで堅氷至る（履霜堅冰至）至る到る

下〔名〕下面，下邊、下游、下半身（狹義指陰部）。〔古〕身分地位低的人，臣民、部下、下座，末席、和歌後半兩句，俳句最後一句、大小便，月經。〔古〕離京城遠的鄉間（特指京都以西，九州地方）。〔古〕廚房。〔古〕（宮中，貴族家中的）侍女室

下に述べる通り（如下所述）

下に列記する（列在下邊）

下の如し（如下）

下の方へ漕ぎ進む（向下游划去）

河の下の方に橋が有る（河的下游那邊有橋）

下使い（下人、傭人）

下を哀れむ（憐恤下屬）

下万民に至る迄（下至黎民百姓）

下の者の出入り口（下人的出入口）

下を揉む（揉下半身）

下の病（性病、婦科病）

下を見る（來月經）

病人の下の物の始末を為る（給病人收拾大小便）

下の世話（侍候大小便）

下肥（糞肥）

御下（廁所）

弥生の下つ方（三月下旬）

下の句（後半的句子）

下を付ける（連上和歌的最後兩句）

下女中（廚房女傭人）

御下〔名〕〔舊〕女傭，女僕、（女）大小便

下〔名〕（位置）下面，底下，下邊，裡面、（身分，地位，數量，年齡，程度，價格）低，少，小←→上、

馬上，隨後、抵押，抵價。〔古〕心裡、內心

〔造語〕事先，預先、直接接觸地面

下の部屋（樓下的房間）

下へ落ちる（落下、掉下）

机の下に箱が置いてある（桌子底下放著箱子）

私は下を向いた儘立っていた（我一直臉朝下站著）

スカートの下の方に泥が付いている（裙子的下邊沾上了泥）

下から五行目（從下數第五行）

下の者に言い付ける（吩咐下級的人）

下からの要求（來自底下的要求）

人の下に為って働く（在他人手下工作）

人の下に付く事を嫌がる（不願居於人下）

彼は私より一級下だ（他在我下一班）

年下（年輕）

僕は君より二つ下だ（我比你小兩歲）

下に坐る（坐在下座）

彼よりは下だ（不如他、比他差）

百円より下は切り捨てる（一百日元以下捨去）

千円より下と言う事は無い（價格不會低於一千日元）

下に着る（穿在裡邊）

ワイシャツの下に着る下着（襯衣裡邊穿的貼身衣）

旨い事を言う下から襤褸が出る（剛說完漂亮話緊跟著就露出馬腳）

言う下から襤褸を出す（一開口就露了馬腳）

下に出す（抵押、抵消）

此れを下に金を貸して呉れ（拿這個做抵押借我點錢）

人を陥れる下心だ（內心想要陷害人）

下相談（預先商量）

下仕事（準備工作）

下調べ（預先調查）

下履き（在地上走路穿的鞋）

下に入る（就地跪下、坐下、蹲下）

下に出す（拿出舊物貼換）

下に取る（用舊物貼換）

下にも置かぬ（不能讓坐在下座、特別懇切款待）

下、許〔名〕下部、根部周圍、身邊，左右，跟前、手下，支配下，影響下、在…下

桜の木の下で（在櫻樹下）

旗の下に集る（集合在旗子周為）

親許を離れる（離開父母身邊）

叔父の許に居る（在叔父跟前）

友人の許を訪ねる（訪問朋友的住處）

勇将の許に弱卒無し（強將手下無弱兵）

月末に返済すると言う約束の下に借り受ける（在月底償還的約定下借款）

法の下では皆平等だ（在法律之前人人平等）

先生の合図の下に歩き始める（在老師的信號下開始走）

一刀の下に切り倒す（一刀之下砍倒）

山下、山元、山本（山麓，山腳、山主，礦山主、礦山所在地，礦坑的現場）

霜げる〔他下一〕（植物或蔬菜等）遭霜打

霜囲い〔名〕（覆上草蓆等）防霜、防霜物（＝霜除け）

庭木に霜囲いを為る（把院中樹木覆上草蓆以防霜凍）

霜風〔名〕（似將降霜的）寒風

霜枯れる〔自下一〕（草木）因霜枯萎

霜枯れた原野（荒涼的原野）

急な寒気で葉がすっかり霜枯れて落ちた（樹葉因驟然的霜凍全枯萎凋落了）

霜枯れ〔名〕（草木）因霜枯萎、（冬季的）蕭條，沒落，荒涼（景象）、（商業）蕭條、草木因霜枯萎時（=霜枯れ時）

霜枯れの野（荒涼的原野）

霜枯れの空（嚴冬的天空）

霜枯れの景色（荒涼景象）

此の頃は霜枯れで赤字続きだ（最近生意蕭條一直在賠錢）

霜枯れ時（草木因霜枯萎時、商業蕭條時）

今は霜枯れ時だ（現在是蕭條季節〔淡季〕）

霜崩れ〔名〕（土中的）霜柱融化（=霜解け、霜融け）

霜曇り〔名〕降霜前的陰天

霜月〔名〕農曆十一月

霜解け、霜融け〔名〕霜融化

霜解けの季節（霜化的季節）

霜解けが為る（霜融化）為る為る

霜解けの道は泥濘で歩けない（霜化的道路泥濘不好走）

霜取り〔名〕（電冰箱）除霜、去霜

霜柱〔名〕（土中水分結凍而形成的）霜柱

庭一面に霜柱が立っている（滿院子結起霜柱）立つ建つ断つ裁つ截つ絶つ発つ経つ起つ

霜焼け〔名、自サ〕（方言中也說霜ばれ、雪焼け）（手，足，耳等）凍傷、（植物）遭霜打（變顏色）

霜焼けに罹った（〔患〕凍傷）罹る繋る係る懸る架る掛る

霜焼けが出来る（受凍傷）

霜焼けに為る（受凍傷）為る成る鳴る生る

霜焼けした苗（霜打了的幼苗）

霜夜、霜夜〔名〕霜夜、下霜之夜

霜除け〔名〕（覆在草木等上的）防霜物（多用草蓆）

木に霜除けを為る（把樹覆上草蓆以防霜）擦る擂る掏る擂る刷る摩る磨る

爽（ㄕㄨㄤˇ）

爽〔漢造〕明朗，清亮、爽快，舒服、卓越

昧爽（昧爽、昧旦、黎明、破曉〔=夜明け、暁〕）

清爽（清爽〔=爽やか〕）

颯爽（颯爽、英勇、精神抖擻、氣概軒昂）

俊爽（才智優秀人品高尚）

爽快〔名、形動〕爽快

天気が爽快だ（天氣爽朗）

気分が爽快に為る（精神為之一爽）

爽気〔名〕清爽空氣、精神爽快

爽秋〔名〕爽秋、爽快的秋天

爽涼〔名、形動〕涼爽

爽涼の気（涼爽之氣）

爽涼な肌触り（肌膚上涼爽的感覺）

爽やか〔形動〕（心情或天氣等）清爽，爽快，爽朗、（聲音或口齒等）爽朗，清楚，嘹亮，鮮明

爽やかな天気（爽朗〔晴朗〕的天氣）

爽やかな朝風（清爽的晨風）

爽やかな秋の一日（秋高氣爽的一天）一日一日一日一日

幾等か気分が爽やかに為った（心情多少爽快一些）

途端に心の隅隅迄爽やかさが染み渡った（心裡頓時覺得涼爽爽的）

爽やかな声（清楚嘹亮的聲音）

弁舌爽やかな人（口齒伶俐的人）

彼は弁舌爽やかに述べた（他口齒清楚地敘述）述べる陳べる延べる伸べる

にち　じつ
日、日（ㄖˋ）

にち　　　　にっぽん　　　　にちようび
日〔名〕日本（=日本），星期日（=日曜日）

〔接尾〕日，天

　　　　　じつ
〔造語〕（也讀作日）太陽、日，一天，白天，每天

にちべいあんぜんほしょうじょうやく
日米安全保障条約（日美安全保障條約）

たいにちぼうえき
対日貿易（對日貿易）

どにち service
土日サービス（星期六星期天服務〔優待〕）

なんにち　でき
何日で出来ますか（幾天可以做好呢？）

いちにちじゅう page よ
一日十ページ読む（一天讀十頁）

だいにち　たいにち　　　　だいにちにょらい　　だいにち
大日、大日（大日如來之略〔=大日如来〕、大日
きょう
経－佛教經典真言三部經之一、大太陽）

すいにち
衰日（惡日之一）

こんにち　　　きょう
今日（今天〔=今日〕、現在）

きょう　　　こんにち
今日（今天〔=今日〕、同一天）

みょうにち　あした　あす
明日、明日、明日（明天）

さくじつ　　　きのう
昨日（昨天〔=昨日〕的鄭重說法）

きのう　　　さくじつ
昨日（昨天〔=昨日〕、最近、過去）

きのうきょう
昨日今日（昨天和今天、近來）

みょうごにち　あさって
明後日、明後日（後天）

さくじつ　　　　　ついたち　ついたち
朔日（陰曆初一〔=一日、朔〕）

ついたち　ついたち
一日、朔（每月的一日）

みそか　みそか
三十日、晦日（每月最後一天、某月的三十日）

いちにち　　ひとひ　　　　いちにちじゅう
一日（一天〔=一日〕、一整天〔=一日中〕、
　ついたち　ついたち　　あ　ひ
初一〔=一日、朔〕、某日〔=或る日〕）

いちじつ　　ついたち　ついたち　いちにち　ひとひ
一日（初一〔=一日、朔〕、一天〔=一日、一日〕、
　あ　ひ
某日〔=或る日〕）

ひとひ　　いちにち　　いちにちじゅう
一日（一天〔=一日〕、整天〔=一日中〕、某
　あ　ひ　　　ついたち　ついたち
日〔=或る日〕、初一〔=一日、朔〕）

いちしちにち　いっしちにち　ひとなのか
一七日、一七日、一七日（人死後第七天、
　　　　　しょなのか　しょなぬか
頭七舉辦的佛事=初七日、初七日）

ごしちにち
五七日（人死後第五個七日忌辰）

しじゅうくにち
四十九日（死後第四十九天、七七舉辦的
　なななのか　なななぬか
佛事=七七日、七七日）

しょにち
初日（〔戲劇，電影等上演的〕第一天、〔相撲力士連吃敗仗後〕首次獲勝）

あ　ひ
或る日（某一天）

はんにち　はんじつ
半日、半日（半日）

えんにち
縁日（廟會、有廟會的日子）

きにち　きじつ　　　めいにち
忌日、忌日（忌辰=命日）

めいにち
命日（忌辰）

まいにち
毎日（每天）

こうにち
抗日（抗日）

しんにち
親日（親日）

たいにち
対日（對日）

はんにち
反日（反日）

らいにち
来日（來日本）

りにち
離日（離開日本）

きにち
帰日（回到日本）

ひにち　　　ひにほん
非日（排日=非日本）

きょくじつ　　　　　あさひ
旭日（旭日、朝日〔=朝日〕）

れつじつ
烈日（烈日）

らくじつ　　　　　いりひ
落日（落日、夕陽〔=入日〕）

がんじつ
元日（元旦）

さいじつ
祭日（祭日、節日）

さいじつ　さいにち
斎日、斎日（齋戒日）

きじつ　きにち
期日、期日（日期、期限）

へいじつ
平日（平日、平常）

たじつ
他日（改日、以後）

どうじつ
同日（同日、當天、那天）

とうじつ　　　　　そ　ひ
当日（當天、那一天〔=其の日〕）

りょうじつ
両日（兩天）

りょうじつ
良日（吉日、好日子）

そくじつ
即日（即日、當天）

きんじつ
近日（近日、最近幾天）

れんじつ
連日（接連幾天）

しゅうじつ　ひもすがら　ひねもす　　いちにちじゅう
終日、終日、終日（整天〔=一日中〕）

秋日（秋天、秋季）

週日（週日、一周中除去星期日的每日）

吉日、吉日（吉日、吉辰）

頃日（近日、素日〔=日頃〕）

祝日（節日）

昔日（昔日、往昔）

赤日（赤日、驕陽）

数日（數日）

時日（日期、時間）

至日（冬至，夏至）

隔日（每隔一日）

各日（每日、天天）

後日（日後、事後、將來）

不日（不日、日內、不久）

短日（日照時間短）

短日月（短歳月、短期間）

短時日（短期間、短短的幾天）

日案〔名〕每天的計劃←→周案、月案

日域〔名〕太陽照射處、太陽出來的地方。〔轉〕天下、日本的異稱（=日域）

日暈、日暈〔名〕日暈、風圈

日英〔名〕日本和英國

日英同盟（日英同盟）

日英為替相場（日英匯兌牌價）

日銀〔名〕日本銀行（日本銀行、日本銀行）

日銀券（日本銀行券）

日月、日月、日月〔名〕日月，太陽和月亮、歳月，光陰，時光

日月歳差（〔天〕日月歳差）

日月星辰（日月星辰）

日月流るるが如し（歳月如流）

長い日月を費やして研究を完成した（費了很長的歳月才完成了研究）

日月年（日月年）

日に月に〔副〕日日月月、每日每月

日限〔名〕日期、期限（=期日、期限）

定期券の日限が切れる（月票到期）

日限通りに仕上げる（如期做完）

日限が迫る（日期逼近）

日限を延ばす（緩期）

日限を定める（規定期限）

其の仕事には別に日限は無い（那工作並沒有規定期限）

日午〔名〕正午（=正午）

日濠〔名〕日本和澳洲

日時〔名〕（出發或聚會的）日期和時間

結婚式の日時（結婚典禮的日期）

会合の日時を知らせる（通知開會的日期和時間）

出発の日時は後程御知らせします（出發時間隨後通知）

日時計〔名〕日晷

日次〔名〕規定的日期（=日取り）、日子的好壞（=日並み）

日常〔名〕日常平時（=常、日頃、普段）

日常の心掛けが大切だ（平時的作風很重要）

日常の言行に注意する（注意平時的言行）

日常生活から取材する（從日常生活中取材）

日本語の日常会話はどうやら話せる（日語的日常會話勉強能說）

日常茶飯事（很平常的事常有的事毫不稀奇的事司空見慣的事）

其は日常茶飯事で少しも怪しむに足らぬ（那是司空見慣的事毫不奇怪）

日乗〔名〕日記、日誌

日動〔名〕（天）周日運動

日独〔名〕日本和德國

日独伊三国同盟（日德意三國同盟）

日読祈祷書〔名〕〔宗〕（天主教的）每日祈禱書

日読み〔名〕〔俗〕曆書（=暦）、十二支

日読みの酉（十二支的酉字、漢字部首的酉字）

日日、日日〔名〕每天、天天（=毎日）

日日進歩して行く人（天天在進步的人）

日日の出来事を報道する（報導每天發生的事件）

日日是好日（天天是好日子）

日日是好日（天天是好日、喻環境悠然自適）

日日夜夜（日日夜夜）

日日の生活（每天的生活）

日日の仕事（每天的工作）

日日熱心に勉強する（每天熱心地學習）

日日〔名〕天數，日數（=日の数）、日期（=期日）

日日が経つ（時光流逝）

期限迄に日日は十分有る（離到期尚有充分的時間）

会の日日を決める（決定開會的日期）

日に日に〔副〕逐日、一天比一天地

日に日に増加する（與日俱增）

日に日に成長する（逐日成長）

日に日に良くなる（一天比一天好起來）

芝生の緑は日に日に其の色を濃くしている（草坪的綠色一天天加深了）

日舞〔名〕日本舞蹈（=日本舞踊）←→洋舞

日負荷曲線〔名〕〔電〕日負荷曲線

日負荷率〔名〕〔電〕日負荷率、日負載係數

日仏〔名〕日本和法國

日米〔名〕日本和美國

日米原子力協定（日美原子能協定）

日偏、日偏〔名〕漢字部首日字旁

日暮〔名〕日暮，黃昏，傍晚（=日暮れ、暮方、夕方）

日暮らし〔名〕度日、生活

〔副〕終日、整天（=一日中）

日暮らし硯に向って（終日面對硯台、終日伏案）

日暮らしの門（來自終日視而不厭之意）（日光東照宮的陽明門）

日暮れ〔名〕日暮，黃昏，傍晚←→夜明け

日暮れに為る（日暮傍晚）

秋の日暮れ（秋天的傍晚）

日暮れ前（後）に（在黃昏前〔後〕）

日暮れ方（黃昏時分）

日の暮れ〔名〕日暮、日落（=日没）

漸く日の暮れに為った（天終於黑下來）

日の暮れにやっと目的地に着いた（天黑才到達了目的地）

日没〔名〕日落（=日の入り）←→日出、日出

日出前に目的地に着く（在日落前到達目的地）

日の入り〔名〕日沒、日落、黃昏←→日の出

日の入りが早くなる（太陽下山提早了）

日の入り迄遊ぶ（玩到黃昏）

日出〔名〕日出（=日の出）←→日没

日出時（日出時）

日の出〔名〕日出（時分）←→日の入り

日の出が早い（日出得早）

日の出を拝む（看日出）

日の出で空が綺麗に輝く（日出把天空輝映得一片絢麗）

日の出の勢いで勝ち進む（以旭日噴薄之勢勝利前進）

日夜〔名、副〕日夜，晝夜，每天（=夜昼、毎日、日日）、經常，總是

日夜働く（日夜工作）

日夜を分かたぬ努力（不分晝夜地努力）

日夜考えに耽る（無時不在沉思）

日夜努力を続ける（經常不斷地努力）

日用〔名〕日用

日用品（日用品）

日用英語（日常應用英語）

日曜〔名〕星期日（=日曜日）

土曜から日曜に掛けて旅行に出掛ける（星期六和星期天出外旅行）

日曜も無しに働いている（星期天也不休息地在工作）

日曜画家（星期日畫家、業餘畫家）

日曜学校（天主教主日學校、安息日學校）

日曜大工（利用星期天在家做木工〔的人〕）

日曜日〔名〕星期日（=日曜）

父は良く日曜日に猟に出掛ける（爸爸常在星期日出去打獵）

日蘭〔名〕日本和荷蘭

日輪〔名〕太陽

日輪草〔名〕〔植〕向日葵（的別稱）（=向日葵）

日蓮宗〔名〕〔佛〕日蓮宗（以日蓮為教祖的宗派）

日露〔名〕日本和俄國

日露戦争（日俄戰爭）

日録〔名〕日錄、日記

日課〔名〕日課、每天的習慣活動

朝の体操を日課と為る（以每天作早操為日課）

日課を怠る（荒廢日課）

昼飯が済むと其の次の日課は昼寝で為た（吃過午飯接著該做的就是午睡了）

日課表（每日時間分配表）

日貨〔名〕日本商品

日貨排斥（抵制日貨）

日華〔名〕日本和中國

日華事変（七七事變）

日刊〔名〕日刊

日刊新聞（日刊報紙）

日韓〔名〕日本和南朝鮮

日韓会談（日韓會議）

日記〔名〕日記（=日誌）、日記本，流水帳（=日記帳）

旅行日記（旅行日記）

日記を書く（寫日記）

三年間欠かさず日記を付ける（三年不間斷地寫日記）

日記文学（日記文學）

日記帳（日記本、〔簿記〕日記帳，流水帳）

日給〔名〕日薪

日給労働者（零工）

日給で払う（按日付薪）

日給二千円です（日薪兩千日圓）

日給月給（按天數計算的實發月薪）

日共〔名〕日本共產黨

日僑〔名〕日本僑民

日教組〔名〕日本教職員工會（=日本教職員組合）

日勤〔名、自サ〕每天上班、白天班←→夜勤

来週から日勤に廻る（從下星期起輪白班）

日系〔名〕日本系統、日本血統

日系の米人（日本血統的美國人）

日計〔名〕〔收入的〕一天的總計、每天的總計

日経連〔名〕日本經營者團體聯盟（=日本経営者団体連盟）

日光〔名〕日光、陽光←→月光

日光スペクトル（日光譜）

日光に晒す（在陽光裡曬）

日光を浴びる（曬太陽、做日光浴）

日光が窓から差し込む（陽光從窗戶射進來）

日光消毒（日光消毒）

日光菩薩（〔佛〕日光菩薩）

日光反射信号（回光信號、日光反射信號器發射的信號）

日光浴（日光浴）

日光浴を為る（做日光浴）

日光浴療法（日光浴療法）

日光〔名〕（栃木県）日光市、日光東照宮

日光を見ぬ内には結構と言うな（未遊日光莫讚美好、謂日光風景最美好）

日高教〔名〕日本高中教職員工會（=日本高等学校教職員組合）

日参〔名、自サ〕每日參拜、（為了某種目的）每天到固定地方去

神社へ日参する（每天參拜神社）

陳情に市役所へ日参する（每天到市政府去請願）

資金を貸して貰う為銀行に日参した（為借資金每天去銀行）

日産〔名〕〔經〕每日產量

日産一千噸を突破した（突破日產一千噸）

日産一千台を超える自動車工場（日產超過一千輛的汽車工廠）

日子〔名〕日子、日數（=日数、日数）

多少の日子を要する（需要一些日子）

其の建物の竣工に三個月の日子を費やした（那建築物完工花了三個月的日子）

日誌〔名〕日誌、日記（=日記）

日誌係（負責記日誌者）

日誌を付ける（記日記）

航海〔学級、観察〕日誌（航海〔班級、考察〕日誌）

日射〔名〕〔氣〕日射、日照（=日差し）

日射計（太陽熱量計）

強い日射を避ける（躲避強烈的陽光）

日射病（中暑）

日射病に罹る（中暑）

日収〔名〕一天的收入、每天的收入

日周〔名〕〔天〕周日

日周圏（周日〔平行〕圈）

日周運動（周日運動）

日周視差（周日視差）

日商〔名〕日銷售額←→月商、年商、日本商工會議所的略稱

日章旗〔名〕太陽旗、日本國旗

日食、日蝕〔名〕〔天〕日蝕

日食を観測する（觀測日蝕）

本月十日に日食が有る（本月十日有日蝕）

日心〔名〕〔天〕日心

日心視差（日心視差）

日心座標（日心座標）

日新〔名〕日新

日進月歩〔名、自サ〕日新月異

日進月歩の世の中（日新月異的社會）

日進月歩の勢で発展を続ける（日新月異地繼續發展）

日清戦争〔名〕〔史〕中日甲午戰爭

日数、日数〔名〕日數、天數

欠席日数（缺席天數）

相当な日数が掛かる（需要相當日數）

日数が掛かる（費時間）

出発迄もう日数が無い（離出發沒有幾天了）

日数が経つに連れて（隨著時光的流逝）

大分日数を経た後（經過很多時日之後）

日数を重ねる（日復一日）

日数が経って、卵から一羽の雛が孵りました（經過一些日子從雞蛋裡孵出了一隻小雞）

日夕〔名、副〕日夜，晝夜（=日夜）、日日夜夜，經常，始終（=昼も夜も、何時も）

日夕心に留め置く（日日夜夜記在心上）

日赤〔名〕日本紅十字會（=日本赤十字社）

日鮮〔名〕日本和朝鮮

日ソ〔名〕日本和蘇聯

日ソ漁業条約（日蘇漁業條約）

日中〔名〕中午、白天（=昼、昼間）、中日，日本和中國

日中が暖かいが夜は寒い（白天暖和夜裡冷）

朝晩は冷え込むが、日中は中中暑い（早晚很冷可是中午熱得很）

日中友好条約（中日友好條約）

日中〔名〕白天、日間（=日中、昼間）←→夜中

日

昼（の）日中に（在大白天、光天化日之下）

日の中（ひのうち）〔名〕白天（=日中、昼間）

日直（にっちょく）〔名〕每天的值班（人員）、白天的值班（人員）←→宿直、夜直

日直は誰か（值日班的是誰？）

日直を頼まれる（受人委託值日班）

日程（にってい）〔名〕日程、每天的計畫（安排）

日程表（日程表）

ぎっしり詰まった日程（排得滿滿的日程）

議事を日程に上す（把討論事項提到日程上）

日程を組む（編制日程）

旅行の日程を立てる（安排旅行日程）

日展（にってん）〔名〕日本美術展覽會（=日本美術展覧会）

日当（にっとう）〔名〕日薪、日津貼

日当幾等で働く（按日薪多少工作）

公用で出張するには旅費と日当が出る（因公出差時發給旅費和日津貼）

日当たり、日当り（ひあたり）〔名〕向陽、向陽處

日当りの悪い家（不向陽的房子）

日当りに出す（放到向陽處）

私の家は南向きなので、日当りが良い（我家朝南陽光很好）

日当りで編み物を為る（在向陽處打毛衣）

日溜り（ひだまり）〔名〕向陽處、有陽光處

日溜りで編み物を為る（在向陽處織毛衣）

日向（ひなた）〔名〕向陽處、陽光照到的地方←→日陰、日蔭

日向に出る（到外面向陽的地方）

日向に布団を乾す（在向陽的地方曬被子）

日向に出さない様に為る（不要放在陽光照射的地方）

子供は為る可く日向で遊ばせ為さい（盡量讓孩子在向陽處玩）

猫が日向で気持良さ然うに寝ている（貓躺在向陽的地方舒舒服服地睡著）

日向臭い（〔被子，衣服等〕有曝曬過的氣味）

日向ぼっこ（〔寒冷時〕曬太陽）

日向水（曬熱的水、微溫的水）

日陰、日蔭（ひかげ）〔名〕背陰處，陰涼處←→日向、埋沒人間，見不得人、〔植〕石松（=石松）

日陰で休む（在陰涼地方休息）

庭が日陰に為る（庭院背陰）

日向と日陰では温度が非常に違う（向陽處和背陰地溫度不大一樣）

彼は人殺しを為た為に、一生日陰の生活を送った（因為殺了人他一生過著見不得人的生活）

日陰者、日蔭者（淹沒於世的人、被埋沒的人、見不得人的人、沒臉見人的人）

日陰草（〔植〕石松的別稱=日陰の葛、日陰鬘、石松）

日陰の葛、日陰鬘、石松（〔植〕石松）

日影（ひかげ）〔名〕日光、陽光

春の日影（春天的陽光）

日影を投ずる（投射陽光）

日影が差し込む（陽光照進來）

日東（にっとう）〔名〕日出之國（日本國的美稱）

日牌（にっぱい）〔名〕每天牌位前供養

日表（にっぴょう）〔名〕日記表

日葡（にっぽ）〔名〕日本和葡萄牙

日報（にっぽう）〔名〕日報、每天的報告（報導）

日本、日本（にっぽん、にほん）〔名〕日本

日本アルプス（日本阿爾卑斯）

日本国首都東京（日本國〔首都東京〕）

日本一、日本一（在日本屬第一）

富士山は日本一の高山だ（富士山是日本的最高山）

日本銀行、日本銀行（日本銀行）←→市中銀行

日本（にほん）〔名〕（來自〝日の本〞的漢語讀法）（=日本）

日本列島（日本列島）

日本贔屓（親日〔的人〕）

日本アルプス（日本阿爾卑斯山脈 – 飛騨、木曽、赤石三山的總稱）

日本茶（日本茶）

日本建築（日本建築）

日本一、日本一（在日本屬第一）

日本人、日本人（日本人）

日本刀、日本刀（日本刀）

日本三景（日本三景 – 松島、嚴島、天橋立）

日本化（日本化）

日本犬、日本犬（日本犬）

日本式（日本式）

日本住血吸虫病（日本血吸蟲病）

日本画（日本畫）←→洋画

日本風（日本風味、日本式）

日本海（日本海）

日本海溝（日本海溝）

日本海流（黑潮）

日本流（日本式、日本風格）

日本料理（日本菜）

日本紙（日本紙=和紙）

日本酒（日本酒、清酒）←→洋酒

日本脳炎（日本腦炎）

日本間（日本式房間）←→洋間

日本晴れ、日本晴れ（晴朗的天氣、〔轉〕舒暢，愉快）

日本酸（〔化〕日本酸、二一雙酸）

日本銀行、日本銀行（日本銀行）

日本語、日本語（日語）

日本髪（日本髮型 – 島田、桃割、銀杏返し等）

日本猿（日本猴）

日本シリーズ（日本棒球聯賽）

日の本〔名〕日本（的美稱）（來自日の出る本）

大和、倭〔名〕大和（古時國名，屬今奈良縣）、日本國的異稱

〔造語〕表示日本特有

大和絵（日本的風俗畫）

大和芋（一種山芋）

大和歌（和歌）

大和琴（日本琴）

日〔造語〕（上接日語訓讀數詞表示）日期、日數

二日掛かる（需要兩天）

今月の二十日に出掛ける（本月二十日出發）

後十日で夏休みに為る（再過十天就放暑假了）

日本では三月三日は女の子の祭りです（在日本三月三日是女兒節）

二十日か二十四日に帰ります（二十日或二十四日回來）

日〔名〕太陽←→月、陽光、白天、一天、天數，日子、期限、時節，時代，時候

日が出る（日出）

日が上る（太陽升起）

日が落ちる（入る、沈む）（日落、日沒）

日に向って（向著太陽）

日に背いて（背著太陽）

日が陰る（太陽被雲彩遮住）

日が傾く（太陽偏西）

山に登って日の出を拝む（登山看日出）

日が強い（陽光強烈）

日が差す（陽光照射）

真夏の日がぎらぎらと照り付ける（盛夏的陽光耀眼地照射）

日に焼けて黒くなる（被陽光曬黑）

春の日が柔らかい（春天的陽光柔和）

日を避ける（避開陽光）

日を入れる（使陽光射進）

日に当たる（曬太陽）

日に当て無い様に為る（不要放在陽光下）

日が当たる処が暖かい（向陽地方暖和）

部屋に日が差し込む（照り込む）（陽光照進房間裡）

背中に日を浴びている（背部沐浴著陽光）

布団を日に乾す（在陽光下曬被子）

日が長い（白天長）

日が短い（詰まる）（白天短）

出来る丈日の有る中に済ませる（盡量趁白天做完）

夜を日に継いで働く（夜以繼日地工作）

或る日（某日、有一天）

雪雑じりの日（風雪交加之日）

毎日雨の日が続く（每天陰雨連綿）

日に三度食事を為る（一日三餐）

日に八時間働く（一天工作八小時）

日も有ろうに大晦日に当たるとは！（哪天不可以偏偏趕上大年三十！）

やっと其の日を暮らす（勉強餬口）

暑さ（寒さ）が日一日と加わって来る（天氣一天天熱〔冷〕起來）

日が重なる（日復一日）

日が経つ（經過很多日子）

日が経つのは本当に速い（光陰似箭）

只一週間しか経っていないが随分日が経った様な気が為る（才過一週但覺得過了好長日子）

日を改めて（改天）

日を延して貰う（請求延期）

日を変える（改變日期）

日を限る（限期）

日を切る（定日期）

試験迄にはもう幾等も日が無い（離考試已經沒幾天了）

父の日（父親節）

母の日（母親節）

子供の日（兒童節）

記念日（紀念日）

招待日（招待日）

若い日の苦労が実を結んだ（青年時代的努力有了收穫）

在りし日の姿（昔日的面貌）

幼い日の思い出に耽る（沉浸在幼年時代的回憶裡）

若しもの事でも起こった日には屹度自分の所為に為れるだろう（萬一有個三長兩短一定會怪罪自己）

失敗した日には、大事だ（萬一失敗了就不得了）

此れが旨く行った日には素晴らしい事だ（這若能順利辦到的話就太好了）

彼は来た日には、何時も約束を守らない（他這個人呀總是不守約）

日が浅い（日子淺、不久）

日が高い（時間不早了、天還未黑）

日暮れて道遠し（日暮而道遠、前途茫茫）

日為らずして（不日、不久）

日に月に（日日月月）

日の出の勢い（蒸蒸日上）

日の目を見る（見天日）

日を追って（逐日、一天比一天地）

日を同じくして論ず可からず（不可同日而語）

日を消す（消磨時光）

月日（月日、日期、月亮和太陽、時光，歲月，光陰）

月日（日期、月和日）

日明、忌明〔名〕（人死後）七七的佛事、服滿，脫孝（=忌明、忌明け）

日足、日脚〔名〕白天（的時間）、（隨時刻變化的）太陽位置（=日差し）

日足が延びる（白天變長）

日足が短い（白天短）

日足が移る（太陽移動）

日足が高い（太陽高）

日一日（と）〔副〕一天一天地、逐漸地

日一日暖かくなる（一天天暖和起來）

暑さが日一日加わって来る（一天天地熱起來）

日一日〔副〕整天（=終日、終日、一日中）

日がな一日〔副〕整天、從早到晚

日がな一日家に籠る（整天待在家裡）

日がな一日小説を読んで許りいる（一天到晚老看小說）

日映り〔名〕日光照映

日裏〔名〕日影、陰影（=日陰）

建物の日裏に隠れる（躲在建築物的陰影裡）

日択〔名、自サ〕擇日、擇吉

日択して結婚する（擇吉結婚）

日覆、日覆〔名〕遮陽簾、擋日幕（=日除け）

西日が差して来たので、日覆を下ろす（因為斜陽直射進來了把遮陽簾放下來）

日送り〔名〕度日、延期

日面〔名〕向陽面（=日向）

日帰り〔名〕（當天去）當天回

日帰りの旅行（當天就回來的旅行）

日帰りで海に行く（當天到海上去當天回來）

日帰りは無理だ（當天去當天回來有困難）

其処は汽車で日帰りが出来る（那裡坐火車可以當天來回）

日帰り客（當天回去的旅客）

日掛け、日掛〔名〕（為達到一定數額）每日存入（一定的款項）

日掛貯金（每日存入一定金額的儲蓄）

日傘〔名〕遮陽傘

日傘を差す（打陽傘）

日貸〔名〕當日借當日還的高利貸款

日貸で金を借りる（以當日償還的條件借款）

日方〔名〕夏天的季風－西南風、東南風

日形、日像〔名〕太陽的形狀

日金〔名〕按日計息的貸款（=烏金）、約定每天償還一部份的貸款（=日銭）

日髪日風呂〔名〕每天梳頭每天洗澡。〔喻〕遊手好閒無所事事。〔諧〕專愛打扮的妻妾

日並み〔名〕日子的好壞、日子的吉凶（=日柄）

日並みが良い（悪い）（日子吉利〔不吉利〕）

日並みを選んで式を挙げる（選擇吉日舉行儀式）

日柄〔名〕日子的吉凶、日數

良い日柄を選んで結婚式を挙げる（選擇吉日舉行婚禮）

今日はどうも日柄が悪い（今天日子有些不吉利）

日雀〔名〕〔動〕山雀

日借り、日借〔名〕每日還一部分（利息）的借款

日切り、日切〔名〕期限、限期

日切の仕事（限期的工作）

日切の金を借りる（借限期還的錢）

日車〔名〕向日葵（=向日葵）

日毎〔名〕每日、日漸

日毎の勤め（每天的工作）

日毎夜毎（每天每夜、日日夜夜）

日毎に丈夫に為る（日漸漸壯起來）

秋の彼岸が過ぎて日毎に寒くなる（過了秋分會日漸冷起來）

日頃〔名、副〕平時、平常

日頃の行い（平常的行為）

日頃の望み（思い）が叶った（平素的願望〔心願〕實現了）

日頃の恨みを晴らす（解除平時的仇恨）

日頃から健康に注意しよう（平時要注意身體）

君に日頃注意したのは此の点だ（平時提醒你的就是這一點）

日頃希望していた品が手に入った（平時一直盼望的東西到手了）

日盛り〔名〕（一天中）陽光最烈

此の日盛りに帽子も被らずに入る（陽光這麼烈也不戴頂帽子）

日差し，日差、陽差し，陽差〔名〕陽光照射.照射的陽光

明るい日差 （明亮的陽光）

日差を浴びる（曬太陽）

日差が薄らいだ（陽光弱了）

春の日差が、部屋一杯に入り込んでいる（春天的陽光照遍房間）

窓が日差を受けて 輝く（窗戶被陽光照得閃閃發亮）

日差〔名〕〔海〕每天的快慢差率

日差〔名〕〔天〕日速（鐘）

日晒し、日曝し〔名〕曝曬.曝露在陽光下

日晒しに為る（曝曬）

日仕事〔名〕白天的工作.一天的工作.白天做完的工作

日銭〔名〕每天的進款.商定每天歸還一點的貸款

商店の日銭 （商店每天的進款）

日銭が入る（收到每天的進款）

日帳〔名〕流水帳.日記帳

日嗣ぎ、日嗣〔名〕皇位

日嗣の御子（皇太子）

日付、日附〔名〕（報紙，文件等上的）日期

日付を書き込む（寫上日期）

日付が違っている（日期不對）

五月一日の日付の手紙（五月一日寫的信）

此の手紙には日付が無い（這封信沒有寫日期）

人を日付で縛る（用日期來約束人）

日付変更線（國際日期變更線.〔天〕日界線）

日着け、日着〔名〕當天到達

日照る、旱る〔自五〕陽光照射.乾旱

日照り、日照、旱〔名〕乾旱。〔轉〕缺乏

日照が続いて田の水が無くなる（久旱不雨田裡的水乾了）

日照で不作が予想される（因天旱估計要欠收）

日照続きの気候（久旱的氣候）

職人日照（缺乏工匠）

女日照（缺乏女人）

日照り雨日照雨(露出太陽下雨=狐の嫁入り)

日照〔名〕〔氣〕日照

日照時間（日照時間）

日照権（〔法〕日照權－阻止在自己住宅附近南面建造高樓的權利）

日取り、日取〔名〕規定（的）日期.日程

会の日取を決める（決定開會日期）

日取を決めて会う（規定日期相會）

両人の結婚の日取が決まった（兩人的結婚日期定了）

旅行の日取を決める（決定旅行的日程）

彼は来月二日当地着の日取だ（他的日程是下月二日到達本地）

日永、日長〔名〕晝長、長日←→夜長

春の日長に（春天的長日裡）

追追日長に為って来た（白天漸長起來了）

日長石〔名〕〔礦〕日長石、太陽石（琥珀）、貓睛石（金綠石）

日済し〔名〕按日分還（借款）、按日索還的貸款

借金を日済しで返す（按日分還債款）

日済し金（印子錢）

日済し貸し（放印子錢）

日賦〔名〕按日還款（=日済し）

日ならず〔副〕不久

日ならず全快するだろう（不久就會痊癒吧！）

出生後日ならず（して）死んだ（生下後不久就死了）

日ならずして真相が判明するであろう（不久就會真相大白的）

日には〔連語〕如果、假使

そんなに心配した日には病気に為って終う（如果那樣憂慮就會生病的）

日の下開山〔連語〕（武藝、相撲等）天下無敵、舉世無雙

日の下開山横綱（舉世無雙的相撲冠軍）

日の丸〔名〕太陽形、太陽旗（日本國旗）（=日の丸の旗）

船尾に日の丸 が揚げて有る（船尾上掛著太陽旗）

日の丸弁当（米飯中央配以紅色醃梅子的便當）

日の目、陽の目〔名〕日光.陽光

日の目を見る（見到陽光、問世）

長い間日の目を見ないで地下で暮らした（長期不見陽光在地下生活）

日の目を見なかった彼の小説が始めて出版された（他的未曾公開的小說第一次出版了）

日延べ〔名、自他サ〕延期、延長期限

二週間の日延べを許す（允許延緩兩星期）

運動会が雨で日延べに為った（運動會由於下雨延期了）

出発を日延べする（延期出發）

三日間の日延べ（延長三天）

国会は会期の日延べを議決した（國會決定延長會期）

展覧会を一週間丈日延べする（展覽會延長一星期）

日歩〔名〕日利、日息

日歩の金（日息金）

利子を日歩で勘定する（按日息計算利息）

日歩五厘（日息五厘）

日乾し，日乾、日干し，日干〔名〕曬乾 ←→陰干し

日乾に為る（曬乾）

黴の生えた衣類を日乾に為る（把發霉的衣服曬乾）

葡萄の日乾 （葡萄乾）

日増し〔名〕日益、（點心，蔬菜，瓜果等）日久失鮮

日増しに大きくなる（日議長大）

日増しに痩せる（日益消瘦）

農業が日増しに現代化されるに連れて（隨著農業的日益現代化）

日増し物（日久失鮮的東西、陳舊物）

日に増し〔副〕〔舊〕逐日地、一天比一天地（=日増しに）

日待、御日待〔名〕（農村在陰曆正月等舉行的）祈禱集會、節日，假日，宴會

日捲り〔名〕日曆、月份牌

日捲りを捲る（翻日曆）

日保ち、日保〔名〕（食物等）耐存（程度）

日保の良い菓子（耐存的點心）

日焼け、日焦け〔名、自サ〕曬黑、曬乾

日焼け止めクリーム（防曬面霜）

日焼けした顔（曬黑的臉）

真黒に日焼けした（曬得黝黑）

うんと日焼けする（狠狠地曬黑）

日焼けが取れて来た（曬黑的皮膚開始褪色了）

日雇い，日雇、日傭い，日傭〔名〕日工、臨時雇工

日雇賃（日工錢）

日雇女（臨時女工）

日雇労務者（日短工）

日雇に雇われる（被雇做日短工）

日傭〔名〕日工，散工、日工錢

日傭取り（散工、做日工的人）

ㄖ

日除け〔名〕遮陽光、遮篷，遮簾

日除け帽（遮陽帽）

此の木は日除けに為る（這棵樹遮陽）

日除けに簾を下ろそう（為了遮太陽把窗簾放下來吧！）

日除けを下ろす（放下遮篷）

窓に日除けを付ける（在窗上裝個遮簾）

日避け猿〔名〕〔動〕貓猴、鼯猴

日和〔名〕天氣、晴天、形勢，趨勢、矮齒木屐（=日和下駄）

今日は良い日和だ（今天是個好天氣）

秋日和（秋季晴朗的天氣）

遠足（釣）日和（郊遊〔釣魚〕的好天氣）

春の日和　（春天的和暖天氣）

日和を見る（觀望形勢）

日和下駄（〔晴天穿的〕矮齒木屐）

日和見（觀察天氣觀望形勢）

日和見の態度（觀望態度）

日和見主義（機會主義）

日割、日割り〔名〕（工資，報酬等）按日（計算）、日程（表）

日割に為ると八百五十円です（按日計算是八百五十日圓）

日割で払う（按日付給）

日割勘定仕事（按日計酬的工作）

日割を決める（決定日程）

試験の日割を発表する（發表考試日程）

日割れ，日割、干割れ，干割〔名〕乾裂，曬裂、龜裂，裂紋

日照り続きで田圃や池に大きな日割が出来た（因為連續乾旱田地和水池曬出了大裂紋）

曰ふ、宣ふ〔他四〕〔古〕（言う的敬語）說（=仰る）

分り切った事を曰ふな（明明白白的事別說了）

曰わく、宣わく〔連語〕〔古〕曰（=仰る事には）

子曰わく（子曰、孔子說）

惹（ㄖㄜˇ）

惹〔漢造〕引起

惹起〔名、他サ〕惹起、引起（=惹き起こす）

戦争を惹起する（引起戰爭）

一議員の発言に因って重大事件を惹起した（由於一個議員的發言引起了重大事件）

何が第二次世界大戦を惹起したか（什麼引起了第二次世界大戰呢？）

惹く、引く〔他五〕引誘、吸引、招惹

目を惹く（惹人注目）

注意を惹く（引起注意）

同情を惹く（令人同情）

客を惹く（招攬客人）

人の心を惹く（吸引人心）

惹く手余った（引誘的人有的是）

彼女の気を惹く（引起她的注意）

美しい物には誰でも心を惹かれる（誰都被美麗的東西所吸引）

息を惹く（吸入空氣）

引く、退く〔自五〕後退、辭退、退落、減退、（妓女）不再操舊業

後へ退く（向後退）

もう一歩も後へ退かぬ（一步也不再退）

私は退くに退かれぬ立場に在る（我處於進退兩難的地步）

退くに退かれず（進退兩難、進退維谷）

会社を退く（辭去公司工作）

役所を退く（辭去機關工作）

校長の職を退く（辭去校長職務）

潮が退く（退潮）

熱が退く（退燒）

川の水が退いた（河水退了）

腫れが退いた（消腫了）

引く、惹く、曳く、挽く、轢く、牽く、退く、轢く、碾く〔他五〕拉，曳，引←→帶領，引導、引誘，招惹、引進（管線），安裝（自來水等）、查（字典）、拔出，抽（籤）、引用，舉例、減去，扣除、減價、塗，敷、繼承，遺傳、畫線，描眉，製圖、提拔、爬行，拖著走、吸氣、抽回，收回、撤退，後退，脫身，擺脫（也寫作退く）

綱を引く（拉繩）

袖を引く（拉衣袖、勾引、引誘、暗示）

大根を引く（拔蘿蔔）

草を引く（拔草）

弓を引く（拉弓、反抗、背叛）

目を引く　（惹人注目）

人目を引く服装（惹人注目的服裝）

注意を引く（引起注意）

同情を引く（令人同情）

人の心を惹く（吸引人心）

引く手余った（引誘的人有的是）

美しい物には誰でも心を引かれる（誰都被美麗的東西所吸引）

客を引く（招攬客人、引誘顧客）

字引を引く（查字典）

籤を引く（抽籤）

電話番号を電話帳で引く（用電話簿查電話號碼）

例を引く（引例、舉例）

格言を引く（引用格言）

五から二を引く（由五減去二）

実例を引いて説明する（引用實例說明）

此は聖書から引いた言葉だ（這是引用聖經的話）

家賃を引く（扣除房租）

値段を引く（減價）

五円引き為さい（減價五元吧！）

一銭も引けない（一文也不能減）

車を引く（拉車）

手に手を引く（手拉著手）

子供の手を引く（拉孩子的手）

裾を引く（拖著下擺）

跛を引く（瘸著走、一瘸一瘸地走）

蜘蛛が糸を引く（蜘蛛拉絲）

幕を引く（把幕拉上）

声を引く（拉長聲）

薬を引く（塗藥）

床に油を引く（地板上塗一層油）床床油脂膏

線を引く（畫線）

蝋を引く（塗蠟、打蠟）

罫を引く（畫線、打格）

境界線を引く（設定境界線）

眉を引く（描眉）

図を引く（繪圖）

電話を引く（安裝電話）

水道を引く（安設自來水）

腰を引く（稍微退後）

身を引く（脫身、擺脫、不再參與）

手を引く（撤手、不再干預）

金を引く（〔象棋〕向後撤金將）

兵を引く（撤兵）

鼠が野菜を引く（老鼠把菜拖走）

息を引く（抽氣、吸氣）

身内の者を引く（提拔親屬）

風邪を引く（傷風、感冒）

気を引く（引誘、刺探心意）

彼女の気を引く　（引起她的注意）

血を引く（繼承血統）

筋を引く（繼承血統）

尾を引く（遺留後患、留下影響）

跡を引く（不夠，不厭、沒完沒了）

惹かれる、引かれる〔自下一〕被吸引住、被牽掛住、被迷住（=引かされる）

美に引かれる（為美所惑）

情に引かれる（拘於情感）

海の美しさに引かれる（被海的的美麗吸引住）

惹き起こす、引き起こす〔他五〕引起，惹起、扶起，拉起

紛争を引き起こす（引起糾紛）

戦争を引き起こす（引起戰爭）

其の演説が原因と為って大騒動を引き起こす（由於那演講引起大騷動）

転んだ者を引き起こす（扶起摔倒的人）

倒れた電柱を引き起こす（扶起倒下的電線桿）

熱（ㄖㄜˋ）

熱〔名、漢造〕熱、熱度、體溫、發燒、熱情、熱衷

熱を加える（加熱）

融解熱（熔解熱）

熱が出る（發燒）

熱が下がる（退燒）

汗を掻いたので熱が取れた（因為出了汗燒退了）

仕事に熱を入れる（很努力做事情）

熱が冷める（熱情降低）

排米熱が盛んに為った（掀起了排斥美國的熱潮）

熱に浮かされる（熱衷、入迷、因發高燒而亂說話）

熱を上げる（入迷、狂熱）

熱を吹く（說大話、豪言壯語）

吸熱（吸熱）

発熱（發熱、發燒）

Q熱（Q熱、昆斯蘭熱-由牛羊感染的一種傳染病）

炎熱（炎熱）

遠熱水成鉱床（遠成熱液礦床）

加熱（加熱）

過熱（過熱、過度）

火熱（火的熱度）

輻射熱（輻射熱、放射熱）

電熱器（電熱器）

伝熱（傳熱）

太陽熱（太陽熱太陽能）

燃焼熱（燃燒熱）

融解熱（熔解熱）

平熱（平常體溫）

高熱（高燒、高溫）

口熱（口熱、口內發炎）

好熱（好熱、喜熱）

光熱（光與熱、照明與取暖）

紅熱（紅熱、赤熱）

後熱（銲接等的後熱）

向熱性（向熱性、向溫性）

低熱（低熱）

微熱（微燒）

比熱（比熱）

解熱（解熱、退燒）

白熱（白熱、灼熱、最熱烈）

寒熱（寒熱）

冷熱（涼和熱、冷淡和熱情、冷氣和暖氣）

感熱（感熱）

焦熱（灼熱、高熱地獄）

酷熱（酷熱、炎熱）

暑熱（暑熱、炎熱）

地熱、地熱（地熱）

潜熱（內熱、內燒、隔解熱、氣化熱）

腺熱（腺性熱、淋巴腺熱）

余熱（餘熱、殘餘的熱力、殘暑）

予熱（預熱）

耐熱（耐熱）

体熱（體熱、體溫）

放熱（放熱、散熱）

防熱（防熱）

傍熱（傍熱式陰極）

産褥熱（產褥熱）

黄熱病、黄熱病（黃熱病）

猩紅熱（猩紅熱）

登山熱（登山熱潮）

旅行熱（旅行熱潮）

熱する〔自サ〕發熱，變熱（=熱くなる）、激動，興奮，熱衷（=熱中する）

〔他サ〕加熱，弄熱（=熱くする）

鉄は熱すると赤くなる（鐵一熱就紅）

熱し易い金属（容易變熱的金屬）

物に熱する質（對事物容易激動的性格）

熱し易い人は冷め易い（容易熱起來的人也容易冷下去）

彼は物事に熱し過ぎる（他對事物過於熱衷）

観衆が熱して来た（觀眾興奮起來了）

水を熱して湯に為る（把水燒成開水）

熱愛〔名、他サ〕熱愛、厚愛

芸術に対する熱愛（對於藝術的熱愛）

祖国を熱愛する（熱愛祖國）

熱意〔名〕熱忱、熱情（=意気込み）

祖国建設の熱意に燃えている（燃燒著建設祖國的熱情）

熱意に籠って握手（充滿熱情的握手）

熱意溢れる持て成し（盛情的款待）

労働者達は生産の熱意を益益燃やしている（工人們更加燃起生產的熱情）

熱意に欠ける（缺乏熱情）

熱イオン〔名〕（thermion 的譯詞）（理）陰離子

熱陰極〔名〕〔電〕熱陰極

熱陰極放電管（熱陰極放電管）

熱エネルギー〔名〕〔理〕熱能

熱延〔名〕〔冶〕熱軋

熱演〔名、他サ〕熱烈表演

彼の熱演が喝采を博した（他的熱烈表演博得了喝采）

芝居で熱演する（在戲劇中熱烈地表演）

熱応力〔名〕〔理〕熱應力

熱化学〔名〕〔化〕熱化學

熱核〔名〕〔原〕熱核

熱核反応（熱核反應）

熱核反応の制御（受控熱核反應）

熱核兵器（熱核兵器）

熱学〔名〕〔理〕熱學

熱拡散〔名〕〔理〕熱擴散

熱拡散係数（熱擴散係數）

熱可塑性〔名〕〔理〕熱塑性

熱活性化〔名〕〔化〕熱活化

熱感〔名〕熱的感覺、發熱的感覺、體溫高的感覺（=熱気）

熱汗〔名〕熱汗

熱汗に塗れる球児（全身熱汗的球員）

熱願〔名、他サ〕熱望、渴望、懇切願望

皆さんの御支援を熱願します（懇切希望各位的幫助）

平和を熱願する（渴望和平）

熱間圧延〔名〕〔冶〕熱軋

熱間加工〔名〕〔化〕熱加工

熱間処理〔名〕〔冶〕熱處理（=熱処理）

熱処理〔名、自他サ〕熱處理

金属の熱処理（金屬的熱處理）

熱勘定〔名〕〔理〕熱平衡計算

熱貫流（ねつかんりゅう）〔名〕〔理〕熱傳遞、熱傳導、熱透射

熱気（ねっき）〔名〕熱氣，高溫氣體、暑氣，炎熱空氣、高燒，高體溫、熱情，蓬勃

熱気消毒（高溫消毒）

熱気暖房法（熱氣取暖法）

病人の熱気の所為か、室内に入って丈でむんむんする（也許是病人發燒關係一進屋就覺得悶熱）

熱気の溢れる雰囲気の中で（在熱情洋溢的氣氛中）

熱気に溢れて情景を呈している（呈現出蓬勃的氣象）

熱気の籠った話し振り（充滿熱情的語調）

熱気期（ねっきき）〔名〕〔地〕氣化期

熱気（ねつけ）〔名〕發燒的感覺

熱気が有る（發燒、有燒）

熱機関（ねつきかん）〔名〕〔機〕熱機、熱力機

熱機関の効率（熱機效率）

熱器具（ねつきぐ）〔名〕（利用電，煤氣，石油等）發熱的器具

熱起電力（ねつきでんりょく）〔名〕〔理〕熱電動勢、溫差電動勢

熱球（ねっきゅう）〔名〕〔體〕（棒球排球等的）硬球、來勢凶猛的球

熱狂（ねっきょう）〔名、自サ〕狂熱

皆が此の試合に熱狂した（大家都為這比賽而狂熱起來了）

彼の熱心さは熱狂に近い（他的熱心樣子近乎狂熱）

其のオペラは聴衆を熱狂させた（這歌劇使聽眾狂熱起來了）

熱狂振りに水を差す（給人的狂熱情緒潑冷水）

熱気療法（ねっきりょうほう）〔名〕熱氣療法、熱氣浴（=熱気浴）

熱型（ねっけい）〔名〕〔醫〕熱型（體溫升降型）

熱血（ねっけつ）〔名〕熱血、熱情

熱血を注ぐ（傾注熱血）

熱血を注いで祖国に尽す（傾注熱血為祖國效力）

若人の熱血を沸かす（使年輕人的熱血沸騰起來）

人の熱血を燃え立たせる（使人熱情燃燒起來）

熱血が沸き立つ（熱血沸騰）

熱血男児（熱血男兒）

熱血漢（熱血漢）

熱硬化性（ねつこうかせい）〔名〕〔化〕熱硬化性、熱固性

熱砂、熱砂（ねっさ、ねっしゃ）〔名〕熱沙、太陽曬熱的沙漠

熱砂地帯（熱沙漠地帶）

熱砂浴（熱沙浴療法）

熱雑音（ねつざつおん）〔名〕熱雜音、熱噪音

熱冷まし（ねつさまし）〔名〕退燒藥、解熱劑

熱冷ましを飲む（吃退燒藥）

熱賛、熱讃（ねっさん、ねっさん）〔名〕熱烈的讚揚

熱賛を惜しまぬ（不惜給予熱烈的讚揚）

熱磁気（ねつじき）〔名〕〔理〕熱磁、熱磁現象

熱磁気効果（熱磁效果）

熱軸箱（ねつじくばこ）〔名〕〔機〕（火車上）熱軸、過熱的軸頸箱

熱射病（ねっしゃびょう）〔名〕〔醫〕日射病、中暑（=日射病）

熱射病に罹った（中暑了）

熱重合（ねつじゅうごう）〔名〕〔化〕熱（能）聚合

熱収支（ねつしゅうし）〔名〕〔理〕熱量平衡

熱唱（ねっしょう）〔名、他サ〕熱情歌唱

大変な熱唱であった（熱情洋溢的歌唱）

熱傷（ねっしょう）〔名〕燙傷

熱情（ねつじょう）〔名〕熱情、熱烈的感情

仕事に対する熱情（對工作的熱情）

彼の熱情に感動する（被他的熱情所感動）

熱情を籠めた手紙（充滿熱情的信）

熱情が溢れている（熱情洋溢著）

仕事に熱情を打ち込む（傾ける）（把熱情傾注到工作中去）

私は教師足らんとの熱情に燃えている（我燃燒著想當一個老師的熱情）

熱情家（熱情的人）

熱情的（熱情的）

熱衝撃試験〔名〕〔理〕熱衝擊試驗、熱震試驗

熱心〔名、形動〕熱心、熱誠、熱情

熱心な人（熱心的人）

君は熱心が足りない（你熱情不夠）

名誉を得ようと熱心に為る（為得到榮譽而熱心起來）

彼は仕事に熱心だ（他熱心工作）

熱心に勉強する（努力用功）

熱心に深夜迄話し合う（熱情交談直到深夜）

今の学生は大概学問に熱心だ（現在的學生大體上都熱心求學）

彼は政府の経済政策の熱心な支持者だ（他是政府的經濟政策的熱情支持者）

熱心家（熱心的人）

熱水期〔名〕〔礦〕熱液期

熱水鉱床〔名〕〔礦〕熱液礦床

熱水合成〔名〕〔礦〕水熱和成

熱水作用〔名〕〔礦〕熱液作用

熱水変質〔名〕〔礦〕熱液蝕變

熱性〔名〕易發燒的體質、容易激動（興奮）的性格

熱性病（熱病）

熱性小児麻痺（熱性小兒麻痺）

熱誠〔名、形動〕熱誠、赤誠、熱枕、熱情

熱誠なる教育家（熱誠的教育家）

熱誠の迸り（熱情的迸發）

熱誠が溢れる（熱情洋溢）

熱誠表に表れている（熱情形之於色）

熱誠を籠めて歓迎する（滿懷熱情地歡迎、熱烈歡迎）

一字一句に氏の熱誠を籠っている（一字一句都充滿著他的熱誠）

友人から熱誠溢れる忠告を受けた（受到朋友熱情洋溢的忠告）

熱赤道〔名〕〔氣〕熱赤道

熱絶縁〔名、他サ〕〔理〕絕熱

熱泉〔名〕（80度以上的）熱溫泉

熱戦〔名〕激烈比賽←→凡戦、熱戰，訴諸武力的戰爭←→冷戦

熱戦を繰り広げる（展開熱烈的比賽）

熱線〔名〕熱的光線。〔理〕熱線，紅外線

熱線を受ける（受熱光線的照射）

熱線電流計（熱線式安培計）

熱線風速計（熱線式風速計）

熱線マイクロホン（熱線式傳聲器）

熱素〔名〕〔理〕熱質

熱素説（熱質說）

熱蔵庫〔名〕（以70度以上的溫度保存食物的）保溫庫

熱塑性〔名〕〔理〕熱塑性

熱塑性プラスチック（熱塑性塑料）

熱損〔名〕〔理〕熱消耗

熱帯〔名〕〔地〕熱帶

熱帯果実（熱帶水果）

熱帯多雨林（熱帶多雨林）

熱帯気候（熱帶氣候）

熱帯魚（熱帶魚）

熱帯病（熱帶病）

熱帯性植物（熱帶性植物）

熱帯低気圧（熱帶低氣壓）

熱帯日（最高溫度超過攝氏30度的日間）

熱帯夜（最低溫度不低於攝氏25度的夜間）

熱単位〔名〕〔理〕熱量單位

熱中〔名、自サ〕熱衷、著迷

彼は勉強に熱中している（他在專心功課）

釣りに熱中して他を顧みない（熱衷於釣魚而不顧其他）

物事に熱中する質（對事物容易熱衷的性格）

彼女に熱中する（迷戀那個女人）

熱中性子〔名〕〔理〕熱（能）中子

熱中性子原子炉（熱中子反應堆）

熱腸〔名〕熱心腸，熱心、悲痛，忿恨

生ながら其肉を食わなければ此熱腸が冷されぬ（不生啖其肉此恨難消）

熱っぽい〔形〕（感覺）發燒的、熱情的

頭が重くて熱っぽい（頭沉覺得有點發燒）

熱っぽくて体がだるい（有點發燒身體懶洋洋的）

熱っぽい調子で語る（用熱情的語調說話）

熱っぽい顔付を為ている（顯出熱情的面孔）

熱鉄〔名〕加熱的鐵、加熱熔化了的鐵

熱鉄の涙（熱淚）

熱鉄漢（熱血男兒）

熱電温度計〔名〕〔理〕熱電溫度計

熱電子〔名〕〔理〕熱電子

熱電子管（熱電子管）

熱電子親和力（熱電子親和力）

熱電子電流（熱電子電流）

熱電子放出（熱電子放射）

熱電堆〔名〕〔理〕熱電堆、溫差電堆

熱伝達〔名〕〔理〕傳熱、熱傳遞

熱電対〔名〕〔理〕熱電偶溫差電偶

熱電対温度計（熱電偶溫度計）

熱電対列〔名〕〔理〕熱電堆、溫差電堆

熱伝導〔名〕〔理〕熱傳導、傳熱、導熱

熱伝導率（導熱率）

熱天秤〔名〕熱天平

熱電流〔名〕〔電〕熱電流、溫差電流

熱度〔名〕熱度、熱心的程度

スポーツに対する熱度が高まる（對於體育活動的熱度高漲起來）

熱湯〔名〕熱水、開水（=煮え湯）

熱湯を掛ける（浴せる）（澆熱水）

熱湯で火傷する（被熱水燙傷）

食器を熱湯で消毒する（用開水消毒餐具）

熱湯で皿を洗う（用熱水洗碟子）

熱湯〔名〕燒熱了的洗澡水←→微温湯

熱湯好き（喜歡洗熱水澡）

熱闘〔名、自サ〕熱烈的比賽

数時間に亘る熱闘であった（經過數小時的酣戰）

熱の拡散率〔名〕〔理〕熱擴散率

熱の仕事当量〔名〕〔理〕熱功當量

熱罵〔名〕痛罵

熱波〔名〕熱波（溫度達 40 度上下的炎暑）←→寒波

熱発〔名〕〔醫〕發熱

熱板毛焼機〔名〕〔紡〕熱板燒毛機

熱病〔名〕熱性病（肺炎，傷寒，猩紅熱等）

熱病に罹る（患熱性病）

熱風〔名〕熱風（=熱い風）

砂漠に熱風が吹き捲る（沙漠裡熱風怒號）

濡れた髪に熱風を吹き付ける（向濕頭髮吹熱風）

熱風炉（熱風爐）

熱輻射〔名〕〔理〕熱輻射

熱プラスチック〔名〕熱塑性塑料

熱分解〔名〕〔化〕熱解（作用）

熱分析〔名〕〔化〕熱分析

熱弁〔名〕熱情的演講、熱烈的辯論

長時間に亘って熱弁を振う（進行長時間的精彩演講）

熱変成作用〔名〕〔化〕熱力變質作用

熱望〔名、他サ〕渴望、熱切希望（=切望）

熱望に堪えない（非常渴望）

御出席を皆熱望して居ります（大家都熱切地希望您出席）

彼等は自由を熱望している（他們渴望自由）

熱放射〔名〕〔理〕熱輻射

熱膨張〔名〕〔理〕熱膨脹

熱ポンプ〔名〕熱幫浦

熱容量〔名〕〔理〕熱熔（量）

熱雷〔名〕〔氣〕熱雷

熱力学〔名〕〔理〕熱力學

熱力学の第一法則（熱力學第一定律）

熱力学の第零法則（熱力學第零定律）

熱力学の第三法則（熱力學第三定律）

熱理分析〔名〕〔理〕熱分析

熱量〔名〕熱量

熱量が多い（少ない）（熱量多〔少〕）

熱量計（熱量計、卡計）

熱涙〔名〕熱淚

熱涙を揮う（流下熱淚）

熱涙を咽ぶ（熱淚盈眶）

優勝に感激してはらはらと熱涙を落とす（在比賽中獲勝而感動得撲簌簌地流下熱淚）

熱ルミネセンス〔名〕〔理〕熱發光、熱磷光

熱烈〔名、形動〕熱烈、火熱、熱情

熱烈な愛国主義者（熱情的愛國主義者）

熱烈に歓迎する（熱烈歡迎）

極めて熱烈だ（非常熱烈）

熱烈な祝賀（熱烈的祝賀）

熱烈な支持を表明する（表示熱烈支持）

熱烈な拍手を送る（給予熱烈的鼓掌）

熱論〔名、自サ〕熱烈的議論、熱情地論述

熱い〔形〕熱←→冷たい、温い、熱中，熱心，熱愛

熱い御茶を飲む（喝熱茶）

酒を熱くして飲む（把酒燙熱了喝）

顔が熱い、熱が有るらしい（臉發熱似乎發燒了）

御風呂が熱過ぎて、入れない（澡堂太熱了進不去）

食べ物は熱いのが好きだ（我喜歡吃熱的食物）

国を愛する熱い心は誰にも負けない（愛國的熱枕絕不落於人後）

二人は今議論に熱くなっている（他們倆談得正火熱）

二人は熱い仲だ（兩個人如膠似漆）

暑い〔形〕〔天氣〕熱←→寒い、涼しい

蒸される様に暑い（悶熱）

茹だる様に暑い（悶熱、酷熱）

今年の夏は特別暑い（今年夏天特別熱）

今は暑い盛りだ（現在是最熱的時候）

昼間は暑かったが、夕方から涼しく為った（白天熱傍晚涼快起來了）

風が無いので暑くて眠れない（因為沒風熱得睡不著）

篤い〔形〕危篤、病勢沉重

病が篤い（病危）厚い篤い熱い暑い

厚い〔形〕厚、深厚、優厚（也寫作篤い）

此の辞典は随分厚いね（這部辭典真厚啊！）

厚く切って下さい（請切厚一些）

厚さ五ミリの板で箱を作る（用五厘米厚的木板做箱子）

友情に厚い（有情深厚）

厚い持て成しを受ける（受到深厚的款待）

厚い同情を寄せる（寄以深厚的同情）

厚い報酬を受ける（受到優厚的報酬）

厚く御礼を申し上げます（深深感謝）

増給は下に厚くす可きだ（加薪應該對下面優厚些）

熱がる、暑がる〔自五〕怕熱

熱がり、暑がり〔名〕怕熱（的人）

君は随分熱がりだね（你太怕熱了）

熱がり屋（怕熱的人）

熱燗〔名〕燙熱（的酒）

熱燗の酒（燙熱了的酒）

熱燗で飲む（燙熱了喝）

熱燗で一杯遣る（喝一杯熱酒）

熱苦しい、暑苦しい〔形〕悶熱

熱苦しい日（悶熱的日子）

夏の満員電車は熱苦しい（夏天擠滿人的電車很悶熱）

窓が締め切ってあって熱苦しい（窗戶關得緊緊的很悶熱）

熱れる、熅れる〔自下一〕悶熱

人が多くので部屋の中が熱れる(屋子裡人多很悶熱）

熱れ，熅れ、熱り，熅り〔名、造語〕悶熱、熱氣

窓を開けて部屋の熱れを抜く（開開窗戶放掉室內的熱氣）

人熱れ（因人多造成的悶熱）

草熱れ（夏天太陽照射發出的青草的熱氣）

熱る〔自四〕〔古〕發熱，發燒（=熱る）、憤怒，生氣（=憤る）

熱〔名〕餘熱、(熱情感情的）餘勢。(事情過後的）社會上的議論

薬缶を焜炉の熱に掛けて置く（把水壺放在還有餘熱的爐子上）

彼は今酷く興奮しているから少し熱が冷めてから話した方が良い（他現在非常興奮等他冷靜下來再說比較好）

事件が事件だけに其の熱は未だ続いている（因那件事非同小可所以社會還在不斷議論）

事件の熱を冷ます（使對事件的喧囂冷靜下來）

熱る、火照る〔自五〕（臉或身體）感覺發熱

酒を飲んだので顔が熱る（因為喝了酒臉上發熱）

興奮と恥ずかしさで体中が熱った（因為興奮和害羞全身發熱）

橈（ㄖㄠˊ）

橈〔漢造〕曲木、搖船的槳

橈骨〔名〕〔解〕橈骨

撓む〔自五〕(細長的棒或枝條等受外力影響而）彎曲

風で枝が撓む（樹枝被風吹彎了）

林檎の重みで枝が撓んでいる（蘋果的重量壓得樹枝都彎了）

撓み〔名〕〔理〕橈曲、橈度

撓み軸受（橈性軸承）

撓み曲線（橈曲曲線、橈度曲線）

撓み性（橈性、易彎性、柔軟性）

撓める〔他下一〕使…彎曲、弄彎

枝を撓めて李を採る（弄彎樹枝摘李子）

蟯（ㄖㄠˊ）

蟯〔漢造〕蟲名，是一種寄生在人腸內的短蟲

蟯虫、蟯虫〔名〕〔動〕蟯蟲

饒、饒（ㄖㄠˊ）

饒、饒〔漢造〕豐富

豊饒、豊饒（富饒）

富饒、富饒（富饒、復育）

饒舌、饒舌，冗舌〔名、形動〕饒舌（=御饒舌、御喋り）

饒舌な（の）人（饒舌的人）

饒舌を弄する（耍嘴皮）

彼は天賦の饒舌家である（他是個天生的健談家）

御饒舌、御喋り〔名、形動、自サ〕好說話，健談、話匣子，長舌婦、閒談，聊天

御饒舌な女（愛講話的女人）

御饒舌な御婆さん（很多嘴的老太婆）

彼の子は御饒舌だ（那孩子多嘴多舌）

御饒舌するな（別瞎聊了）

彼は余計な御饒舌は為ない（他不講廢話）

彼は御饒舌だ（他是個話匣子）

一寸御饒舌する中に時間に為った（閒聊了一下子時間就到了）

何を御饒舌しているのか（你們在閒聊什麼？）

喋り〔名〕（一般加接頭詞御）饒舌（者）、喋喋不休（的人）、口若懸河（的人）、嘴不嚴謹（的人）

彼の御喋りが又告げ口を為たな（那個喋喋不休的快嘴又再傳舌搬弄是非了）

あんたは御喋りね。何も秘密に出来ないわ（你的嘴真不嚴這樣的話甚麼事也保不了密）

随分御喋りの女だなあ（好一個饒舌的女人啊！）

喋る〔自、他五〕說，講、說出，洩漏、饒舌，多嘴多舌，喋喋不休，能言善辯，能說會道

何を喋っても良い（說什麼都可以）

決して其の事を喋っては行けないよ（可決不准講那件事啊！）

家の娘を喋るよ（我的女兒會說英語）

彼奴の喋る事はさっぱり分からん（他說的我一點不明白）

彼は平素余り喋らない（他平素不大講話）

うっかり喋る（無意中說出、信口開河）

他の奴に喋ったら承知しないぞ（若說給別人我可不饒你）

彼は何でも喋って終う（他什麼都信口說出）終う仕舞う

誰にも喋るな（對任何人都不准洩漏）

実に良く喋る女だ実に（真是個饒舌的女人）

のべつ幕無しに喋る（口若懸河地說個沒完）

彼は三時間立て続けに喋った（他一口氣說了三個小時）

喋らせて置くと切りが無い（讓他一聊起來就沒完）

饒多、冗多〔名、形動〕冗長、累贅、多餘

饒か、豊か、裕か〔形動〕豐富，充裕、豐盈，豐滿、十足，足夠←→貧しい

豊かな才能（豐富的才能）

余り豊かで無い生活（不太充裕的生活）

豊かに暮らしている（過得富裕）

豊かな心（寬大心懷）

豊かな曲線を描く（形成豐盈的曲線）

朗朗と為て豊かな声（洪亮的聲音）

豊かな黒髪（濃厚的黑髮）

六尺豊かな男（足有六尺高的人）

馬上豊かに乗っている（悠然騎在馬上）

擾（ㄖㄠˇ）

擾〔漢造〕擾亂

紛擾（紛擾、糾紛）

騒擾（騷擾、暴亂）

擾乱〔名、自他サ〕擾亂

擾乱が起こる（發生紛擾）

擾乱を起こす（引起紛擾）

会場を擾乱する（擾亂會場）

上層の気流を擾乱する（擾亂上層氣流）

繞（ㄖㄠˋ）

繞〔名〕（漢字部首）（道、建、趣等的左偏旁）走字邊、辶之旁、廴之旁

之繞，辵，辶、之繞，辵，辶（〔漢字部首〕走字邊）

延繞、延繞（〔漢字部首〕延部）

走繞（〔漢字部首〕走字邊）

繞る、巡る、廻る、回る〔他五〕循環，旋轉、圍繞，環繞

本は繞り繞ってやっと私の手元に戻った（書轉來轉去好不容易才回到我手裡）

繞る年月（年月循環）

今年も又大晦日が繞って来た（今年又到了除夕）

池を繞る（繞著水池走）

彼の提案を繞って討論した（圍繞著他的建議進行討論）

彼女を繞る噂が多い（關於她的傳聞很多）

観光バスで名所を繞る（搭觀光巴士巡迴名勝）

世界を繞る（環遊世界）

柔、柔（ㄖㄡˊ）

柔、柔〔名、漢造〕柔、柔軟、柔和、軟弱←→剛

柔能く剛を制す（柔能克剛）

剛柔（剛柔）

優柔不断（優柔寡斷）

懐柔（懷柔、拉攏）

外柔内剛（外柔內剛）

柔婉〔形動〕柔順婉約（=素直で優しい事）

柔構造〔名〕〔建〕柔性結構

柔細胞〔名〕〔植〕薄壁組織細胞

柔術〔名〕〔舊〕柔術（=柔道）

柔術の修行を為る（練習柔道）

柔順、従順〔名、形動〕溫順、老實

柔順な子供（聽話的孩子）

柔順に人の言う事を聞く（老老實實聽人話）

柔順な動物（馴順的動物）

見掛けは柔順に見える（表面看來很溫順）

柔靭〔名、形動〕柔韌

柔靭性（柔韌性）

柔脆〔名、形動〕柔弱、脆\弱

柔組織〔名〕〔植〕薄壁組織

柔懦〔形動〕柔弱

柔道〔名〕柔道（=柔術）

柔道の有段者（柔道的有段者）

学生時代は柔道を為ていた（在學校時期曾做過柔道）

柔道家（柔道家）

柔突起〔名〕〔動〕絨毛

柔軟〔形動〕柔軟、靈活

筋肉を柔軟に為る（使肌肉柔軟）

柔軟な体の人は運動が旨い（身體柔軟的人做運動高明）

柔軟性（柔性、靈活性）

柔軟体操（柔軟體操）

柔軟な態度（靈活的態度）

柔軟な考え方（靈活的想法）

柔粘性〔名〕〔理〕可塑性

柔皮、鞣皮〔名〕柔皮、鞣皮

柔毛〔名〕〔植〕柔毛

柔弱、柔弱〔名、形動〕柔弱、軟弱

柔弱の精神（懦弱的精神）

柔弱な体質（体）（柔弱的體質〔身體〕）

柔和〔名、形動〕柔和（=優しい、穏やか）

態度が柔和である（態度柔和）

極めて柔和な人（非常柔和的人）

表面は柔和に見える（表面看來很柔和）

柔〔形動〕不結實，纖弱、不徹底，半途而廢

柔な家（不堅固的房子）

柔な体（纖弱的體格）

柔な仕事（不徹底的工作）

柔い〔形〕〔方〕柔軟、軟弱、柔和

赤ん坊の柔い肌（嬰兒柔軟的皮膚）

柔い男（軟弱的男子）

柔い夕日の光（柔和的夕陽光）

柔肌、柔膚〔名〕柔軟的皮膚

赤ちゃんの柔肌（嬰兒的柔軟皮膚）

柔柔〔名、副〕（女）裹有小豆餡的年糕糰、棉花、柔軟，柔和

柔ら、柔〔名〕柔道、柔術（=柔道、柔術）、柔軟，柔和

柔らの術に長ずる（擅長柔道）

柔らか、軟らか〔形動〕柔軟、柔和

柔らかな風（和風）

柔らかな日差し（柔和的陽光）

緑と青の柔らかな色合い（綠色與藍色的柔和色調）

此の布地は肌触りが柔らかだ（這件衣料穿在身上很柔軟）

態度を柔らかに為る（採取柔和的態度）

柔らかい、軟らかい〔形〕柔軟的、柔和的

柔らかい土（軟土）

手触りが柔らかい（摸著柔軟）

搗き立ての柔らかい餅（剛舂好的軟年糕）

柔らかい煙草（味道柔和的紙煙）

柔らかい春の日（春季柔和的陽光）

柔らかい態度（柔和的態度）

柔らかい話（柔和的話）

柔らか物〔名〕絲綢、綢緞

柔らか物を着る（穿綢緞）

柔らか物の布団（絲綢被）

柔らか物尽めである（全身綾羅綢緞）

柔、和〔漢造〕柔軟的、柔和的（=柔らかい、軟らかい）

柔手、和手（柔軟的手）

柔肌，和肌、柔肌，和肌（柔軟的皮膚）

揉（ㄖㄡˊ）

揉〔漢造〕摩擦、雜亂

揉む〔他五〕揉，搓、捏，推拿、互相推擠，亂成一團、爭論，爭辯、（以被動形式）錘鍊，鍛鍊

両手を揉む（搓手）

揉みながら洗う（揉著洗）

洋服に付いた泥を揉んで落とす（把沾在西服上的泥搓掉）

紙を揉んで柔かに為る（把紙搓軟）

錐を揉んで板に穴を開ける（搓捻錐子在板上打洞）

肩を揉む（按摩肩膀、捏肩膀）

一つ揉んで差し上げましょう（給您按摩按摩吧！）

込んだ電車で揉まれる（在人多的電車裡互相推擠）

人込みで揉み合っている中にボタンが二つ取れて終った（在人群中互相推擠擠掉了兩顆扣子）

揉みに揉んだ挙句、予算案が通過した（爭辯來爭辯去最後預算案才算通過了）

結論を急がずに、もう少し揉んでから結論を出す事に為よう（不要忙於下結論再辯論辯論才做出結論吧！）

勤めに出て、少し揉まれた方が良い（出去工作受到些鍛鍊好）

他人の中で揉まれて、我儘な性質が直った（在別人中間飽受磨練任性的脾氣改過來了）

気を揉む（焦慮、焦躁不安）

揉み合う、揉合う〔自五〕互相推擠。〔商〕（市場價格）頻繁地小幅度波動

早く乗ろうと為て入口で揉み合う（都想趕快上車在車門口擠成一團）

揉み合い、揉合い〔名〕互相推擠、（市場價格）波動頻繁

揉み上げ、揉上〔名〕鬢角

揉み上げを長くしてある（留著長長的鬢角）

揉み皮、揉皮〔名〕軟皮

揉み皮で磨く（用軟皮擦亮）

揉みくちゃ〔名〕揉得亂七八糟、揉得盡是皺紋、（被擠得）一塌糊塗

揉みくちゃの紙（揉得全是皺紋的紙）

満員電車で揉みくちゃに為る（為れる）（電車裡乘客滿滿的被擠得一塌糊塗）

揉み消す、揉消す〔他五〕揉滅，搓滅、（把事件，流言等）掩蓋下去，暗中了結

煙草の火を良く揉み消す（把香煙火好好搓滅）

革命の火を揉み消そうと為る（妄想把革命的烈火撲滅掉）

スキャンダルを揉み消す（把醜聞壓下去）

新聞に出ない中に汚職事件を揉み消す（趁還沒上報把貪污事件暗中了結掉）

揉み消し、揉消し〔名〕揉滅，搓滅、（把事件，流言等）掩蓋下去，暗中了結

事件の揉み消しを図る（企圖把事件暗中了結）

揉み下げ、揉下〔名〕〔機〕平底擴孔錐

揉み出す、揉出す〔他五〕揉出、搓出

葉から汁を揉み出す（把葉子揉出汁來）

（手品で）手の中から旗を揉み出す（〔變戲法〕從手裡搓出旗子來）

揉み手、揉手〔名〕（表示央求或抱歉）兩手互搓

揉み手で頼む（搓著手懇求）

商人が揉み手を為て売り付ける（商人搓手央求硬賣給人家）

揉み療治、揉療治〔名、自サ〕〔醫〕按摩、推拿（=按摩）

揉み療治を受ける（請醫師來推拿）

揉める〔自下一〕發生爭執，起糾紛、會推拿，會按摩

会議が揉めた（會議發生爭執）

大揉めに揉める（爭執不下、大爭特爭）

誰を代表に選ぶかで大分揉めている（在選誰當代表的問題上發生很大的爭執）

僕だって肩位揉めるよ（只是按摩按摩肩膀我也會）

気が揉める（焦慮、焦躁不安）

揉め〔名〕搓揉（得起皺紋）、爭執，糾紛

揉め事、揉事〔名〕紛爭、糾紛（=争い事）

内輪の揉め事（內部的糾紛、內鬨）

夫婦の間で揉め事が絶えない（夫婦之間老吵架）

蹂（ㄖㄡˊ）

蹂〔漢造〕踐踏、摧殘

蹂躙〔名、自サ〕蹂躪、踐踏、侵犯

国中が敵軍の蹂躙する所と為った（整個國內為敵軍所蹂躪）

国土を敵の蹂躙に任せては置けない（不能容許敵人任意蹂躪國土）

他人の権力を蹂躙する（侵犯他人權利）

個人の自由を蹂躙する（侵犯個人自由）

鞣（ㄖㄡˊ）

鞣〔漢造〕製革使軟

鞣皮、柔皮〔名〕柔皮、鞣皮

鞣す〔他五〕鞣皮、熟皮－動物去毛脂肪後用敲打及推磨方式軟化皮革

鞣して無い皮（未鞣的皮）

鞣す事の出来る皮（可鞣製的皮）

牛の皮を鞣す（鞣牛皮）

鞣し〔名〕鞣皮

鞣し皮，鞣皮、鞣し革，鞣革〔名〕鞣皮

鞣し皮法（鞣皮法）

鞣し皮工場（製革廠）

鞣し皮用液（鞣酸溶液）

鞣し剤、鞣剤〔名〕鞣皮劑

鞣し台、鞣台〔名〕鞣皮架

鞣し屋、鞣屋〔名〕製革廠、製革工人

糅（ㄖㄡˇ）

糅〔漢造〕混雜

雑糅（混雜、摻雜）

糅〔名〕（煮米飯等時）摻的雜糧

糅飯〔名〕摻雜糧的米飯（=炊飯）

糅てて加えて〔連語、副〕（多用於不好的場合）並且、再加上（=其の上に、更に）

糅てて加えて彼は細君を亡くした（加上他喪失了妻子）

糅てて加えて雨迄降る出した（而且又下起雨來）

失業した上に糅てて加えて病気に罹った（不但失業而且生病）

糅つ〔他下二〕混合（=糅てる）

肉（ㄖㄡˋ）

肉〔名、漢造〕〔人〕肌肉、（魚，禽類，獸類）肉、果肉、肉體、骨肉、肉搏、肉眼、印泥

肉が落ちる（掉肉、變瘦）

肉が付く（長肉）

肉の多い（肥えた）体（肥胖的身體）

肉の無い（痩せた）腕（沒肉的〔瘦的〕胳膊）

肉の締まった人（肌肉結實的人）

傷口の肉が盛り上がる（傷口長出肉芽）

肉が無く骨と皮許りに痩せた老人（沒有肉瘦得皮包骨的老人）

君はもっと肉が付かなくては行けない（你應該再胖點）

彼の手は暖かく肉が厚かった（他的手溫暖厚實）

一切れの肉（一片肉）

肉無しデー（不供應肉的日子、素食日）

鳥の肉（鳥肉、雞肉）

肉を切る（切肉）

肉を料理する（做肉菜）

豚肉でハムを作る（用豬肉做火腿）

僕は肉の焼いたのが好きだ（我愛吃烤肉）

肉屑（碎肉）

肉製品（肉製品）

種子が大きくて肉が少ない（核大肉少）

肉と魂（肉體與靈魂）

肉に飢える（渴望滿足情慾）

肉の欲求（肉慾、性慾）

肉肉の厚い（薄い）葉（肉厚〔薄〕的葉子）

肉の太い字（筆法粗的字體）

骨組は出来たから此れに少し肉を付ければ良い（骨架搭好再稍加工就行了）

判子の肉（印泥）

筋肉（肌肉）

骨肉（骨肉）

皮肉（皮和肉、挖苦、諷刺、令人啼笑皆非）

贅肉（肥肉、肉瘤）

精肉（上等肉精選的肉）

上肉（中等肉）

正肉（去皮骨內臟的淨肉）

生肉（生肉、鮮肉）

生の肉（生肉、鮮肉）

髀肉（大腿肉）

肥肉（肥肉）

靈肉（靈魂和肉體、精神和肉體）

冷肉（冷肉、涼肉）

食肉（吃肉、食用肉）

羊頭狗肉（掛羊頭賣狗肉）

弱肉強食（弱肉強食）

羊肉（羊肉）

魚肉（魚肉）

獸肉（獸肉）

鶏肉（雞肉）

鯨肉（鯨魚肉）

牛肉（牛肉）

馬肉（馬肉）

桜肉（馬肉）

酒池肉林（酒池肉林、奢侈的酒宴）

葉肉（葉肉）

果肉（果肉）

竜眼肉（桂圓肉）

梅肉（梅肉）

歯肉（齒齦）

酒肉（酒肉）

朱肉（紅印泥）

肉入れ〔名〕印泥盒（=肉池）

肉色、肉色〔名〕肉色（=肌色）、肉的顏色

肉色の靴下（肉色襪子）

味も肉色も違う（味道和肉的顏色都不同）

肉蛆〔名〕肉蛆

肉厚〔名、形動〕肉厚←→肉薄

肉薄〔名、形動〕肉薄←→肉厚

肉薄、肉迫〔名、自サ〕肉搏、逼近、追問

肉薄戦（肉搏戰白刃戰）

敵陣に肉薄する（逼近敵陣）

一点差に肉薄する（只差一分追到）

三番が二番に肉薄している（第三名逼近了第二名）

議員は此の問題に政府に肉薄するであろう（議員將以此問題追問政府）

肉エキス〔名〕肉精、濃縮肉汁

肉縁〔名〕血緣、骨肉親（=血続き）

肉芽〔名〕〔植〕珠芽（=珠芽）。〔醫〕肉芽（=肉芽組織）

肉芽が出来た（長出肉芽）

肉芽を生じる（生肉芽）

肉界、肉界〔名〕肉體世界←→霊界

肉塊、肉塊〔名〕肉塊、肉體（=体）

肉眼〔名〕肉眼（不用器械直接看）、〔佛〕肉眼，凡人的眼睛（=肉眼）←→心眼（慧眼、洞察）

肉眼で見える星（用肉眼可以看見的星星）

肉眼で検査する（用肉眼檢查）

人工衛星は肉眼でも見える（人造衛星用肉眼也能看到）

肉眼〔名〕〔佛〕肉眼，凡人的眼睛（=肉眼）

肉牛〔名〕肉牛、肉食用牛←→役牛、乳牛

肉切り〔名〕切肉（的人）、切肉刀（=肉切り庖丁）

肉切れ〔名〕肉片

薄い肉切れ（薄肉片）

肉交、肉交〔名〕性交

肉刺、肉刺し、肉叉〔名〕（舊）叉子（=フォーク）

肉刺〔名〕水泡

足の裏に肉刺が出来た（腳掌上磨出了水泡）

薪割りを為たので手が肉刺だらけだ（因為劈柴弄得滿手是水泡）

肉刺が潰れた（水泡破了）

肉趾〔名〕〔動〕（狗，狐狸等動物的）肉趾、爪墊

肉食、肉食〔名、自サ〕食肉、吃肉、吃葷←→菜食、肉食（動物）←→草食

肉食妻帯（〔佛〕吃葷娶妻）

欧米の人は肉食を好む（歐美人愛吃肉）

肉食を断つ（忌肉食）

肉食動物（肉食動物）

肉質〔名〕肉多的體質、肉的質量、肉的組織

肉質の人（肉多的人、胖子）

肉質の葉（肉厚的葉子）

多肉質の果物（肉多的水果）

肉襦袢、肉襦袢、肉襦袢〔名〕肉色貼身襯衫、（戲劇，特技演員穿的）肉色緊身衣

肉腫〔名〕〔醫〕肉瘤

肉汁〔名〕肉汁、肉湯（=ブイヨン）

肉漿〔名〕肉漿、牛肉汁

肉情〔名〕色慾、情慾、性慾（=肉欲、肉慾）

肉身〔名〕肉體

肉親〔名〕親人、骨肉親

肉親の情愛（骨肉之情）

肉親の親（親生父母）

肉親も及ばない親切（比親骨肉都熱情）

肉垂〔名〕〔動〕（鳥，火雞等下顎的紅色）垂肉、（牛，犬的）垂肉，喉袋

肉穂花序〔名〕〔植〕肉穗花序、佛焰花序

肉豆蔲〔名〕〔植〕肉豆蔻

肉声〔名〕（不通過擴音器的）直接的聲音、自然的噪音

肉声同様の音色を出す（發出與肉聲同樣的音色）

肉素〔名〕〔動〕肌肉質

肉体〔名〕肉體（=生身の体）←→精神、靈魂

肉体の欠陥（肉體上的缺陷、生理缺陷）

縱令肉体は滅びても精神は残る（肉體即使消滅精神卻不朽）

肉体美（肉體美）

肉体労働（體力勞動）

肉体小説（色情小說）

肉弾〔名〕肉彈、肉博、用肉體衝鋒

肉弾戦（肉搏戰）

肉団子〔名〕〔烹〕肉團子、肉丸子

肉池〔名〕印泥盒（=肉入れ）

肉柱〔名〕干貝（=貝柱）

肉月〔名〕（漢字部首）月肉旁

肉的〔名〕肉體（的）、肉慾（的）←→靈的

肉鍋〔名〕〔烹〕肉火鍋－牛肉鍋，雞肉鍋等的總稱、煮肉的鍋

肉鍋を突く（吃肉火鍋）

肉南（蛮）〔名〕〔烹〕肉湯麵、蕎麥麵

肉乗り〔名〕〔攝〕顯影（的程度）

肉乗りが強い（濃い）（顯影過度）

肉乗りが弱い（淡い）（顯影不足）

肉蠅〔名〕〔動〕麻蠅

肉離れ〔名、自サ〕肌肉斷裂

肉離れを起こす（引起肌肉斷裂）

肉挽き〔名〕絞肉

肉挽き器（絞肉器）

肉筆〔名〕手筆、親筆

肉筆の手紙（親筆信）

肉筆画（手筆畫、原作畫）

肉筆収集家（手筆書畫收集家）

肉太〔名、形動〕筆法粗←→肉細

肉太の書体（粗筆字體）

肉太の活字（粗體鉛字）

肉太な字を書く（寫字筆法粗）

肉太に書く（用粗筆法書寫）

肉細〔名、形動〕筆法細←→肉太

肉太の文字（筆法細的字）

肉太に書く（用細筆法書寫）

肉粉〔名〕（肥料，飼料用）肉粉

肉片〔名〕肉片

肉饅頭〔名〕肉包子

肉味〔名〕肉的味道

肉飯〔名〕〔烹〕（米中加魚，肉及調味料的）肉飯

肉屋〔名〕肉店、賣肉的人

肉焼き器〔名〕烤肉架

肉用種〔名〕〔動物〕食用品種

肉欲、肉慾〔名〕肉慾、性慾（=色欲）

肉欲を抑える（抑制肉慾）

肉瘤〔名〕肉瘤（=瘤）

肉林〔名〕豐盛奢侈的宴席

酒池肉林（酒池肉林、奢侈的酒宴）

肉類〔名〕肉類

肉感〔名〕肉慼

肉感をそそる（引起肉慼）

肉感的な女優（肉慼的女演員）

肉感美（肉慼美）

肉冠〔名〕（鳥類頭上突出的）肉冠（=鶏冠、鶏冠）

肉刑〔名〕肉刑

肉茎〔名〕〔動〕（無脊椎動物的）肉莖、肉柄、肉節

肉桂、肉桂〔名〕〔植〕肉桂

肉桂酸（桂皮酸）

肉桂樹（月桂樹）

肉桂油（桂油）

肉桂石〔名〕〔礦〕肉桂石

肉、宍〔名〕〔古〕（獸類的）肉、鹿肉、野豬肉

肉置き〔名〕〔舊〕肉的肥瘦（=肉付き）

逞しき肉置き（肌肉健壯）

肉付〔名〕胖瘦（的程度）

肉付豊かな大男（彪形大漢）

肉付き〔名〕胖瘦程度

肉付きが良い（肥胖）

肉付きの良い牛（肥牛）

彼女は肉付きが良い（她體態豐滿）

肉付きの悪い頬（瘦臉）

肉付きが良くなる（胖起來）

肉付け〔名〕長肉，加厚、加工，潤色

構想は良いが肉付けが足りない（構思很好但內容不夠充實）

後は肉付けだけだ（只要再潤飾一下就行了）

彼は自分の声明に肉付けする為に四つの提言を為た（他為了充實一下自己的聲明提出了四條建議）

肉付く〔自五〕胖起來

赤ん坊が肉付いて来た（嬰兒胖了起來）

肉、宍〔名〕〔古〕（獸類的）肉.鹿肉.野豬肉

猪〔名〕野豬（＝猪）

猪〔名〕〔動〕野豬

鹿〔名〕〔古〕鹿（＝鹿）（鹿為鹿和鹿的總稱）

鹿の角を揉む（耽溺於賭博-因骰子是用鹿角做的）鹿肉豬獸

鹿の角を蜂の刺した程（蜜蜂螫鹿角毫無反應、絲毫不感痛癢）

鹿〔名〕〔古〕鹿

鹿の子、鹿子（小鹿）

鹿〔名〕〔古〕鹿、鹿肉（＝鹿の肉）（鹿為鹿和鹿的總稱）

鹿〔名〕鹿

鹿の角を蜂が螫す（麻木不仁、不感痛癢）螫す注す射す差す挿す刺す指す角角角角隅

鹿を指して馬を言う（指鹿為馬）言う謂う云う

鹿を指して馬を為す（指鹿為馬）為す成す生す

鹿を逐う者は山を見ず逐う（逐鹿者不見山、利慾薰心、專心求利者不顧一切）追う負う

鹿誰が手に死す（鹿死誰手）

鹿の角切り（日本奈良在秋分將春日神社的鹿集中起來鋸角的活動）

鹿の袋角（鹿角）

小鹿（小鹿＝鹿の子、鹿子）

獣〔名〕〔古〕獸，野獸、為食用而獵獲的野獸（常指野豬和鹿）、獵獸（＝獣狩）

獣狩（獵獸）獣肉鹿猪尿

獣食った報い（自食惡果、自作自受-因伊勢神宮忌豬鹿）

尿〔名〕（兒）尿、小便（＝しっこ）

尿〔名〕〔古〕小便（＝小便）

尿〔名〕〔俗〕尿（＝尿、尿、尿、小便）

尿〔名〕〔古〕尿、小便（＝尿、尿、尿、小便）

尿袋（膀胱）

尿〔名〕〔雅〕尿、小便（＝尿）

尿〔名〕尿、小便（＝尿、尿）

肉醤、肉醢〔名〕鹹肉漿

肉叢〔名〕肉塊

然、然（ㄖㄢˊ）

然〔漢造〕然，如此，這樣、輔助形容語的詞，表示狀態

当然（當然、理應如此）

必然（必然）

偶然（偶然、偶而）

未然（未然）

已然（已然）

怡然（怡然、欣然）

依然（依然、仍舊）

公然（公然、公開）

昂然（昂然）

哄然（哄然）

浩然（浩然、浩蕩）

傲然（傲然、高傲）

轟然（轟然、轟響）

隱然（隱密、不外露）

坦然（坦然）

端然(たんぜん)（端然）

赧然(たんぜん)（赧然）

断然(だんぜん)（斷然、毅然、顯然）

全然(ぜんぜん)（全然、完全、根本）

恬然(てんぜん)（恬然）

果然(かぜん)（果然）

俄然(がぜん)（俄然、突然）

同然(どうぜん)（同樣、一樣）

平然(へいぜん)（泰然、坦然、沉著）

炳然(へいぜん)（清楚明顯）

泰然(たいぜん)（泰然）

翻然(ほんぜん)（翻然）

敢然(かんぜん)（毅然、決然）

間然(かんぜん)（指謫、非議）

完然(かんぜん)（完然）

森然(しんぜん)（森然）

釈然(しゃくぜん)（釋然、心中平靜）

綽然(しゃくぜん)（綽綽有餘、重容不迫）

欣然(きんぜん)（欣然）

欣欣然(きんきんぜん)（欣然）

猛然(もうぜん)（猛然、猛地）

蕩然(もうぜん)（蕩然、空曠）

陶然(とうぜん)（陶然、舒暢）

憤然(ふんぜん)（憤然、忿然）

紛然(ふんぜん)（紛紜、紛亂）

奮然(ふんぜん)（奮然）

冷然(れいぜん)（冷然、冷淡）

粛然(しゅくぜん)（肅然、寂然）

超然(ちょうぜん)（超然、超脫）

悵然(ちょうぜん)（悵然、悵惘）

毅然(きぜん)（毅然、堅決）

喟然(きぜん)（喟然）

巍然(ぎぜん)（巍然）

卒然(そつぜん)、率然(そつぜん)（翻然、突然）

沛然(はいぜん)（沛然）

徒然(とぜん)（無聊）

暗然(あんぜん)、黯然(あんぜん)（黯然、黯淡）

晏然(あんぜん)（晏然、安然）

悠悠然(ゆうゆうぜん)（悠悠然）

学者然(がくしゃぜん)（學者樣）

若奥様然(わかおくさまぜん)（少婦樣）

得意然(とくいぜん)（自滿樣）

然(ねん)〔漢造〕自然，原狀、狀態，樣子

本然(ほんぜん)、本然(ほんねん)（本來）

天然(てんねん)（天然、自然）

安然(あんねん)（安然）

黙然(もくぜん)、黙然(もくねん)（默然）

忽然(こつぜん)、忽然(こつねん)（忽然）

寂然(せきぜん)、寂然(じゃくねん)（寂然、寂靜）

自然(しぜん)、自然(じねん)（自然、天然）

然諾(ぜんだく)〔名〕然諾（=承諾(しょうだく)）

然諾(ぜんだく)を重(おも)んじる（重然諾）

然(さ)〔副〕然、如此、這樣（=然(そ)う）

然彼(さあ)れ（儘管如此）

然(さ)すれば（如果這樣）

然(さ)は言(い)え（話雖那麼說、雖然如此然而）

然(さ)は然(さ)り乍(なが)ら（雖然如此）

然(さ)も無(な)くば（否則、不然的話）

然(さ)に有(あ)らず（並非如此）

然(さ)も無(な)い事(こと)（小事、微不足道的事）

然(さ)も有(あ)る可(べ)き事(こと)だ（我想會是這樣的、當然如此、理應如此）

然有(さあ)**らぬ**〔連語、連體〕若無其事的、毫不介意的（=然(さ)り気(け)無(な)い）

然有(さあ)らぬ態(てい)で通(とお)り過(す)ぎた（若無其事的樣子走過去了）

然(さ)**あらば**〔連語〕如果那樣（=然(しか)らば、其(そ)れでは）

ㄖ

然したる〔連體〕（下接否定）那個樣子、了不起的

然したる傷では無い（不是什麼了不起的傷）

然したる支障は無い（沒有多大妨礙）

然したる用事は無い（沒什麼重要的事）

然したる被害も無かった（也沒有遭受什麼嚴重的損失）

然したる不便も感じなかった（也不覺得有特別的不方便）

然せる〔連體〕那個樣的、特別的、了不起的（=然したる）

然せる難事（功績）も無く（並無多大困難〔功績〕）

然のみ〔副〕（由副詞さ+助詞のみ構成、一般下接否定）那樣，那麼、只是那樣，光是那樣

此れは然のみ重要な事ではない（這並不是那麼重要的事）

然のみの事に驚く事は無い（不必為那樣的事吃驚）

彼を然のみ悪くは言えない（不能只是那樣說他的壞話）

然は有れ〔接〕雖然如此（=然彼れ）

然許り〔副〕（由副詞さ+助詞許り構成、一般下接否定）那樣、那麼、那麼一點

然許りの小事に拘る必要は無い（沒有必要拘泥那樣的小事）

然許りの事に動揺を来す様では行けない（不要因為那麼一點事情就發生動搖）

然は然り乍ら〔連語〕雖然如此、那雖然是那樣

然程、左程〔副〕（由副詞さ+助詞程構成、一般下接否定）那麼、那樣

然程面白く（難しく）ない（並不那麼有趣〔難〕）

然程大事な事でもない（並不是那麼重要的事）

然程の病気ではない（也不是那麼嚴重的病）

小型工場の建設は投入資金を然程必要と為ない（建小廠所需投資不大）

酒は然程に好きで（は）ない（我並不那麼喜歡喝酒）

君が然程迄気に為るとは思わなかった（我沒想到你竟然那樣在乎）

来て見れば、然程にも無し、富士の山（前來一看富士山也並不像我想像那樣）

然迄〔副〕（由副詞さ+助詞迄構成、一般下接否定）那麼、到那種程度

然迄有名な人ではない（並不是那麼著名的人）

然迄強い敵とは思わなかった（我沒料到是那麼強的敵手）

然迄（の）病気ではない（並不是那麼嚴重的病）

いや、然迄の事ではない（不，並不是那麼重要的事情）

然も〔副〕（由副詞さ+助詞も構成）很，真，非常，實在、那樣，好像，仿佛

然も残念然うな顔（仿佛非常遺憾的神情）

然も旨然うに食べている（看來吃得非常香甜）

然も嬉し然うに見える（看來很高興的樣子）

然も熱心な風を装う（裝做很熱心的樣子）

然も有り気に（煞有此事地）

然も有り然うな事だ（好像是很可能的事情）

彼と為ては然も有る可き事だ（拿他來說是很可能的事情）

然もも有ろう、無理の無い事だ（很可能這也難怪）

然も知っている様に話す（他講得仿佛知道似的）

然も言い事尽くめの様に言う（說得天花亂墜）

然も有らば有れ、遮莫、遮莫〔連語〕縱會如此、不管怎樣

然も有らば有れ、此れからの策を練る可きだ（不管怎樣應該想今後的辦法）

然も有りなん〔連語〕很可能是那樣、理所當然

然も有りなんと思われる事だ（那是不難想像的、那是意料中的事）

然も無いと、然も無くば、然も無ければ〔連語、接〕要不然、不然的話

もっと勉強しろ、然も無いと落第するぞ（要更加用功不然就會考不上的）

早く行こう、然も無いと間に合わない（快走吧要不然就來不及了）

早く行き為さい、然も無ければ遅刻する（快去吧要不然會遲到的）

然様、左様〔副、形動〕（舊）（比較鄭重的說法）那樣（=其の通り、其の樣）

〔感〕是，對，不錯（=然うだ、然り）

然様な事は一向存じません（那件事情我一點也不知道）

然様な事は耳に為ません（我沒聽說那樣的事）

然様申し付けましょう（我就那樣告訴他吧！）

然様取り計らいます（我就那樣處理）

如何にも然様で御座います（完全是那樣）

然様さ（是那樣、對的）

然様、分らんね（是啊、我不知道）

然様、彼れは儂の十五の時じゃった（對、那是我十五歲的時候）

然様、参りません（啊、我不去）

然様奈良、左様奈良〔感〕（也作〝さよなら〞原來是接續詞、〝那麼〞的意思）再見！再會！

〔名、自サ〕〔轉〕告別、離開

じゃ、然様奈良。－然様奈良（那麼、再見！－再見）

皆さん、然様奈良（諸位、再見！）

では明日迄然様奈良（那麼、明天再見！）

然様奈良。又明日（再見、明天見！）

然様奈良を為る（告別）

然様奈良とも言わずに立ち去る（不告而別）

明日は卒業式で愈愈学校とも然様奈良だ（明天舉行畢業典禮眼看就要離開學校了）

愈愈学生時代に然様奈良する時が来た（眼看就到了和學生時代告別的時候）

さよなら〔感〕（〝然様奈良〞的簡略說法、多用於親密關係）再見！再會！

〔造語〕〔俗〕告別，送別、（棒球）最後局的後半局、最後一場

さよならパーティー（送別會）

さよならゲーム（最後一場比賽）

さよならホームラン（最後一場末尾的全壘打）

さよなら勝ち（最後局後半局得分取勝）

然様然らば〔連語、名〕（來自武士扳起面孔說〝然様然らば〞）扳著面孔說話、打官腔、說話一本正經

〔連語、接〕如果那樣

然様然らばで遣る（扳著面孔說話）

然様然らばでは話が纏まる物でない（那樣打官腔是談不妥的）

然らでだに〔連語、副〕即使不然、即使不是那樣（=然らぬだに）

然らでも〔連語、副〕即使不然、即使不是那樣（=然らぬだに）

然らぬ顔〔連語〕（然らぬ是文語、然有らぬ的簡略形式）若無其事的的神色

然らぬ顔して済ましている（扳著面孔裝著若無其事的神情）

然らぬだに〔連語、副〕即使不然

然らぬ体、然らぬ態〔連語〕若無其事的樣子故作鎮靜泰然自若（=然有らぬ体）

然らぬ体を装う（假裝若無其事的樣子）

然らば〔接〕〔舊〕那麼、那樣的話

〔感〕（用於分別時）再見、再會（=然様奈良）

然らば此方も何等かの対策を講じよう（那樣的話我們也要採取一些對策）

然らば、故郷（祖国）よ（再見吧！故鄉〔祖國〕）

友よ、然らば（朋友啊、再見！）

然り気無い〔形〕若無其事的、毫不在意的

然り気無い体で（裝作若無其事的樣子）

然り気無い様子を為て尋ねる（裝作無意的樣子問）

然り気無い調子で言う（用毫不在意的口吻說）

然り気無く行き過ぎる（若無其事地走過去）

然りとて〔接〕雖說如此、儘管這樣說、但是

行くのは予想、然りとて見たくない訳ではない（我不去了話雖如此並不是不想看）

面倒臭い仕事だが、然りとて止める訳にも行かない（是一件很麻煩的工作但是又不能放下）

然りとは〔接〕要是那樣、是那樣

然りとは余り考えが無さ過ぎるね（要是那樣可就太欠考慮了）

然りとは辛いね（那樣可真夠受了）

然りとは少しも知らなかった（我一點都不知道是那樣子）

然りとは気付かなかった（我可沒有注意到是那樣）

然りとも〔接〕縱然如此、儘管那樣

然りとも人には劣らない（儘管那樣也不落後於人）

然り乍ら〔接〕雖然如此、但是

然る〔連體〕某（=或る）、那樣的（=其の様な）

然る所に（在某處）

然る国の干渉（某國的干涉）

然る人に頼まれた仕事（受某人委託的工作）

然る方面からの命令（來自某方面的命令）

然る事実無し（沒有那樣的事實）

然る事〔連語〕那樣的事、當然如此的事、不用說的事

然る事乍ら（雖然是不用說的事不過…、當然如此不過…、好倒是好不過…）

其は然る事乍ら、私には私の考えが有ります（事情雖然如此不過我有我的想法）

然る程に〔接〕（用於繼承前面再從新說起）當其時，如此不久（=其の内に）、那麼，可是（=所で）

然る者〔名〕不尋常的人、非同小可的人、不好惹的人、不好對付的人、精明的人（=手強い者）。〔舊〕那樣的人（=然う言う人）。〔舊〕某人（=或る人）

敵も然る者中中手強い（敵人也相當難對付）

彼も然る者だから、気を付け給え（他是個不簡單的人你可要注意）

然れど（も）〔接〕雖然、然而（=けれども、併し）

然れば〔接〕（用於承上啟下）因此、於是、那麼

〔感〕〔舊〕（用於回答）是啊（=はい）

然れば、御待ちを願いより外は有りません（因此只好請您等候一下）

然ればと言って旨い考えも無い（雖然如此我也沒有好辦法）

然れば出掛けよう（那麼我們去吧！）

然ればこそ〔連語、副〕正因為如此、果然如此

然ればこそ大事に為るのである（正因為如此才珍惜呢）

然候〔名〕是那樣（=然様で御座います）

然、爾〔副〕如此、這樣

…と、然と申す（…云爾）

然あれと（雖然如此）

然く、爾く〔副〕那樣、那麼（=其の様に、そんなに）

問題は然く簡単に行く物ではない（問題並不那麼簡單）

然し、併し〔接〕然而、可是、但是

人柄は良い、然し頭が悪い（人是好人可是頭腦不好）

私は東京へ行き度い、然し暇が無いので行けない（我想去東京但因沒有時間去不成）

物価が上がった、然し月給は上がらない（物價上漲了可是月薪不漲）

然然、云云〔副〕（用於省略不必要的詞句）云云、等等（=云云）

然然の日に（在某某日）

金を受け取った然然と手紙が来た（來信說錢收到了等等）

斯く斯く然然（如此這般）

用件は然然とはっきり言い為さい（有什麼事你就明說）

然して、而して〔接〕然後、於是（=然うして、斯うして）

彼は折り返し点を通過した、然して益益快調です（他通過了折回點於是跑得越來越賣力）

然し乍ら、併し乍ら〔接〕（然し、併し的強調形式）可是、然而、但是

〔副〕完全、皆（=全く、全て）

彼は力が強い。然し乍ら頭が悪いので相撲は強くない（他力氣大不過腦筋不好所以摔跤不厲害）

然し乍ら君の御恩為らずと言う事無し（一切無不仰賴主君的恩典）

然も、而も〔接〕而且，並且、而，卻

貧乏で然も病身（貧窮而多病）

彼は然う言った、然も驚いた事には其を実行したのだった（他那樣說了而且令人驚訝 的是還實行了）

安くて然も栄養の有る料理（便宜而有營養的料理）

注意を受け、然も改めない（受到警告卻不改正）

買収の証歴然たる物が有る、然も辞意を表明しない（受賄證據確實但仍不表示要辭職）

然らしめる〔連語下一〕（然り的未然形+使役助動詞しめる）使然、所致（=然うさせる）

時勢の然らしめる所、如何ともし難い（時勢使然無可奈何）

此れは彼の勉強の然らしめる所だ（這是他用功所取得的結果）

然らずんば〔接〕不然、不然的話、如其不然

成功か然らずんば死か（不成功則成仁）

彼は馬鹿である、然らずんば天才である（他不是白癡就是天才）

然らば〔接〕如果那樣

然らば我等何を為す可きか（那麼、我們該怎麼辦呢？）

敲けよ、然らば開かれん（敲吧、敲就會開）

求めよ、然らば与えられん（求吧、求則得之）

果たして然らば（果然的話）

然り〔自ラ〕〔古〕然、是（=然うだ、其の通りだ）

然りと答える（答稱是）

決して然らず（決不然、決不是那樣）

我我は断固戦わねば為らない。—然り（我們必須堅決進行戰鬥、-對）

然りして〔連語、接〕然而

然りと雖も〔連語、接〕雖然

然る間〔連語、接〕因而，所以、其間，不久

然るに〔接〕然而、可是

彼は此の様に言った、然るに実は然うではないらしい（他這樣說了但是其實似乎不是這樣）

然るに何ぞや（可是、怎麼樣？）

然るべく〔連語、副〕適當地、酌情

然るべく先方と話して下さい（請您和對方適當地說說吧！）

然るべく計らいましょう（我為您斟酌的辦吧）

然るべく御配慮の程（請適當予以關照）

細かな事は言いませんから然るべく遣って下さい（詳細情況我也不說了請您看著辦吧）

彼も然るべく遣っているらしい（他好像也做得很不錯）

然る可し〔形ク〕〔古〕應當、適當、可以

御安心有って然る可し（您可以放心）

然れども〔接〕然而

負傷者多し、然れども士気愈愈高し（負傷者眾然而士氣愈高）

然れば〔接〕所以、因而、於是

然して、而して〔接〕而、而且

彼は偉大な人物である、然してユーモアに富んだ人である（他是個偉大人物而且是個富於幽默的人）

然う〔副〕那麼、那樣（=其の様に。そんなに）、（回答時）是，不錯

〔感〕（表示肯定）是、（表示驚疑）是麼

もし然う為らば（如果是那樣的話）

然うで無ければ（如果不是那樣的話）

然うですとも（確實是那樣）

彼れは倅ですよ。–然うですか（他是我的兒子、–是嗎？）

昨日加藤の所へ行った。–然うかい（昨天我去加藤家、–是呀！）

君は学生かね。–然うです（你是個學生吧！–是的）

君は行かなかったんだろう。–然うです（你沒去吧！–是的）

然うし度い物だ（真希望那樣做）

然うで無ければ良いが（但願不是那樣）

然うだろう（大概是那樣吧！）

然うだろうとも（想必是那樣）

向こうへ着いた時はすっかり疲れて終ってね。–然うだろうね（到達那裏我累壞了、那一定）

彼れは一万円以上も為る然うだよ。–然うだろうね（那要一萬日圓以上呢？、–我想可能）

本当に然うなのですか（真是那樣的嗎？）

然うと許りも言えない（也不盡然）

ふん、然うだろうと思った（哼！我早知會是那樣）

真逆然う為るとは思わなかった（真沒想到會是這樣）

然うするより外は無かったのだ（只好如此）

然う願えると有り難いのですが（如能那樣做就太感激了）

然う言って彼は部屋を出て行った（他那樣一說就走出房間）

然う言うなら私だって然うだ（要說是那樣我也一樣）

俺が馬鹿なら御前だって然うだ（如果我是傻瓜的話你也一樣）

あ、然うだ（哦、對了）

然うさね（〔思考時的口頭語〕嗯…）

然う申しては何ですが此れは余り出来も悪く有りません（這做得不錯似乎由我來說有點那個）

もう寝為さい。然うしないと明朝早く起きられないから（快睡吧不然明天早上就不能早起了）

然うは言う物の、矢張り旅行を諦められないのだ（話雖如此、但還是不能放棄旅行的念頭）

然う怒るな（別那麼生氣）

然う急がなくても良い（不必那麼急）

同志の間は然う有る可きだ（同志之間應該如此）

然う良くも無い（並不那麼好）

然う腹も空かない（並不那麼餓）

然う、其は良く遣った（是嘛這樣做很好）

然う、確か夏の初めだったと思う（對了的確是初夏的事情）

沿う、添う〔自五〕沿，順、按照，遵循

道に沿って柳の木が植えて有る（沿路邊種柳樹）沿う添う副う

道路は海岸に沿って走っている（道路沿海岸延伸著）

此の方針に沿って交渉する（按照這個方針進行交涉）

添う、副う〔自五〕增添，添上，緊跟，不離地跟隨、結婚，結成夫妻一起生活

趣を添う（增添生趣）添う 沿う副う然う

影の形に添う如く（猶如影不離形、形影不離地）

添われぬ縁と諦めた（認為結不成夫妻而死心蹋地了）

連れ添う相手（配偶）

添わぬ内が花（結婚前〔戀愛的時候〕最快樂）

副う〔自五〕符合、滿足（要求）

御期待に副えず誠に申し訳有りません（很抱歉沒能滿足您的願望）

名実共に副う（名符其實）

身に副う（與身分相稱）

身に副わない（與身分不相稱）

然して〔接〕而且、然後

今日は楽しく然して有意義な日でした（今天是愉快而又有意義的一天）

私の家へ三時頃友達が遊びに来、然して六時頃帰った（我的朋友三點左右到家裡來玩然後約六點左右回去）

彼は先ず相手の弱点を握った、然して脅しに掛った（他先抓住了對方的把柄然後進行威脅）

兄は特待生だった、然して弟も劣らず秀才だ（哥哥是個特等免費生而弟弟也不示弱是個高材生）

然然、然う然う〔副〕老是那樣、總是那樣。

〔感〕對了對了、是的、不錯

然う然うは行けない（不能老是那樣）

然う然う何時迄も御邪魔しては居られない（我不能在這裡一直打擾您）

然う然う、去年の今頃だったな（對了對了、那是去年的這個時候吧！）

然う然う、何時かの五千円を返して呉れないか（對了對了、上次借給你的五千日圓能還給我嗎？）

然う然う、貴方の仰る通りです（是的、正如您所說的那樣）

然斯、然う斯う〔副〕這個那個、這樣那樣

然う斯うする内に時が経って終った（不知不覺時間就過去了）

然う斯うしていると、何処かで鶏の声が聞こえた（在這當中聽到了不知哪裡的雞叫聲）

髯（ㄖㄢˊ）

髯〔漢造〕鬍鬚、有鬍鬚的人

鬚髯（鬚髯、鬍鬚）

白髯（白髯、白鬍鬚）

長髯（長髯、長鬍鬚）

髯、鬚、髭〔名〕鬍子、鬍鬚

髭を生やす（留鬍鬚）

髭を剃る（刮鬍子）

髭が有る（有鬍子）

髭が無い（沒有鬍子）

髭を撫でる（摸鬍子）

髭を捻る（捻鬍子）

山羊の髭は白い（山羊的鬍鬚白）

鯰の髭（捻魚的鬚）

髭の塵を払う（諂媚、奉承）

燃、燃（ㄖㄢˊ）

燃〔漢造〕燃燒

再燃（復燃、復發）

不燃性（不易燃性）

可燃性（可燃性）

燃犀〔名ナ〕敏銳、犀利

燃犀なる頭脳（敏銳的頭腦）

燃焼〔名、自サ〕燃燒

燃焼不十分で煙が出る（因沒有完全燃燒而冒煙）

石油が燃焼する（石油燃燒起來）

燃焼性（易燃性）

燃焼熱（燃燒熱）

燃眉〔名〕燃眉（=焦眉）

燃眉の問題（急待解決的問題）

燃眉の急（燃眉之急）

燃眉の急に応じる（以應燃眉之急）

燃費〔名〕每公升燃料行駛的公里數（=燃料消費率）

彼の車は燃費が高く付く（那部汽車很費油）

燃油〔名〕燃料油←→燈油

燃料〔名〕燃料

燃料が不足する（燃料短缺）

燃料難（燃料荒）

燃料庫（燃料庫）

燃料槽（燃料槽）

燃料油（燃料油）

燃料比（燃燒比率）

燃料要素（燃料元件）

燃える〔自下一〕燃燒。〔轉〕熱情洋溢、迫切希望、鮮明耀眼

燃えている石炭（燃燒著的媒）

ストーブに火が盛んに燃えている（爐中火燒得很旺）

此の石炭は湿っていて良く燃えない（這媒濕不好燒）

燃える火に油を注ぐ（火上加油）

青春の意気に燃える（洋溢青春的熱情）

愛国の情に燃えている（燃燒著愛國的熱忱）

大学に入る希望に燃えて勉強した（滿懷升入大學的殷切願望而用功了）

燃える様な太陽（烈火般的太陽）

燃える様な薔薇の花（火紅色的薔薇）

燃える様な緋色（耀眼的猩紅色）

山全体が燃える様な紅葉だ（滿山都是火紅的楓葉）

燃え、燃〔名〕燃燒（的情況）

石炭の燃えが悪い（媒燃燒得不好）

燃えが良い（好燒）

火が掻き立てて燃えを良くする（撥一下火使燒得更旺起來）

燃え上がる〔自五〕燃起、燒起

炎が高く燃え上がった（火焰高高燃起）

心に怒りを燃え上がらせる（怒火中燒）

其の家は一大音響と共にぱっと燃え上がった（那房子只聽發出一聲巨響忽然著起火來）

燃え移る〔自五〕延燒、火勢蔓延（=燃え広がる）

燃え落ちる〔自上一〕（飛機等）著火墜毀、著火掉下來（=焼け落ちる）

燃え滓〔名〕爐渣、灰渣

燃え殻〔名〕爐渣、燃渣

マッチの燃え殻（點過的火柴棒）

石炭の燃え殻（煤灰渣）

灰に為った燃え殻（燒成灰的爐渣）

燃え切る〔自五〕燒完、燒盡（=燃え尽くす）

燃え切った後で（在完全燃燒之後）

燃え具合〔名〕燃燒的情況（=燃え）

燃え杭〔名〕燒焦的木樁

燃え杭には火が付き易い（燒焦的木樁一點就著

—比喻過去有關係的人一旦斷絕了關係也容易恢復）

燃え種〔名〕燃燒的材料、燃料

燃え盛る〔自五〕火燒得旺、（喻）感情高漲

消防士は燃え盛る炎を潜って救助を行った（消防隊員鑽進熊熊火焰中進行搶救）

燃え差し〔名〕燒剩下（部分）

蝋燭の燃え差し（蠟燭沒燒完部分、蠟燭頭部）

燃え差しの木を炉に焼べる（把燒剩的木頭添進爐子裡）

燃え立つ〔自五〕燃起（=燃え上がる）、（感情）高漲

燃え立つ様な色彩（光彩奪目的顏色）

怒りが燃え立つ（怒火填膺）

燃え付く〔自五〕燒著、延燒到

燃え付き易い（容易燒著）

燃え付き難い（不好點著）

薪が湿って中中燃え付かない（劈柴濕不容易點著）

火が子供の着物に燃え付いた（火燒到了孩子的衣服）

燃え付き〔名〕燒著、點著

此の石炭は燃え付きが良い（悪い）（這煤炭容易〔不容易〕點著）

燃え尽きる〔自下一〕燒完、燒盡（=燃え切る）

燃え残り〔名〕燒剩的部分（=燃え差し）

焚き火の燃え残りを始末する（收拾篝火的餘燼）

燃え広がる〔自五〕延燒、火勢蔓延（=燃え移る）

火が隣家へ燃え広がった（火延燒到鄰居）

革命の炎は中国の大地に燃え広がった（革命的火焰燃遍了中國大地）

燃す〔他五〕〔方〕焚燒（=燃やす、焚く）

落ち葉を燃す（燒落葉）

そんな物を燃して終え（把那樣東西燒掉吧！）

燃やす〔他五〕燃燒、燃起、激起

落ち葉を燃やす（燒落葉）

火を燃やす（燒火）

闘志を燃やす（燃起鬥志）

研究への情熱を燃やす（燃起研究熱情）

仕事に情熱を燃やす（對工作激起熱情）

燃ゆ〔自下二〕燃燒（=燃える）

染、染（ㄖㄢˇ）

染〔漢造〕（也讀作染）染色、感染、影響

捺染（印染、印花）

汚染（汙染）

感染（感染）

伝染（傳染）

浸染（浸染、感化）

渲染（渲染）

愛染（貪戀、煩惱）

薫染、薫染（薰陶）

染液〔名〕染液

染工〔名〕染匠

染色〔名、自他サ〕染色，上色、染的色，上的色

染色が悪いと色が落ちる（染的不好會褪色）

色の褪せた服を染色する（把褪了色的衣服染一染）

染色機（染色機）

染色工場（染色工廠）

染色工（染色工）

染色法（染色法）

染色糸〔名〕〔植〕染色線

染色質〔名〕〔生〕染色質

非染色質（非染色質）

異常染色質（異常染色質）

染色体〔名〕〔生〕染色體

染色体交叉点（染色體交叉）

倍数染色体（雙倍染色體）

半数染色体（單倍染色體）

常染色体（常染色體）

染色体地図（染色體圖）

染色分体〔名〕〔生〕染色單體

染織〔名、他サ〕染織

染織学校（染織學校）

染着〔名〕著色

染着性（著色性）

染着度（著色度）

染着〔名、自サ〕〔佛〕迷戀（紅塵）（=執着）

染着心（迷戀之心）

染髪〔名、自サ〕染髮

染髪剤（染髮劑）

染筆〔名、自サ〕執筆、揮毫

染筆料（潤筆費）

染毛〔名、自サ〕染髮（=染髪）

染毛剤（染髮劑）

染浴〔名〕〔紡〕浸染

染料〔名〕染料

塩基性染料（鹼性染料）

アゾ染料（偶氮染料）

合成染料（合成染料）

染みる、滲みる、沁みる、浸みる〔自上一〕染上，沾染（=染まる）、滲透（=潤う）、刺痛（=ひりひりする）、銘刻在心

着物が汗に染みた（衣服沾上汗）

匂が染みる（薰上氣味）

汗に染みたハンカチ（沾上汗水的手帕）

悪習が身に染みた（染上了惡習）

水が染みる（滲水）

インクが紙に染みる（墨水洇紙）

雨水が土に染みる（雨水滲進土中）

漬物の汁が包み紙に染みる（醬菜滷汁滲到包裝紙上）

薬が染みる（藥刺痛）

寒さが身に染みる（寒氣侵人）

此の目薬は染みる（這眼藥刺眼睛）

煙が目に染みて痛い（煙燻得眼睛痛）

身に染みて有り難く思う（深切感謝）

彼の親切が身に染みる（他的親切令人感激）

親切な教訓が身に染みる（親切的教訓銘刻在心）

凍みる〔自上一〕凍，結凍（=凍る、氷る）、（寒風）刺骨

北風が強いから、今夜は凍みるだろう（北風很大今晚大概要上凍）北風北風

夜風が身に凍みる（夜裡的風寒冷刺骨）

染み、染〔名〕汙垢，沾汙（=汚点）、老人斑，斑點（=肝斑）

インキの染み（墨水的汙點）

御茶の染み（茶跡）

雨漏りの染み（漏雨的痕跡）

果物の汁がズボンに付いて染みに為った（果汁沾在褲子髒了一塊）

着物に染みが付いた（衣服髒了一塊）

染みを抜く（落とす）（除去汙垢）

着物に染みを拵える（衣服弄上汙垢）

インクで指に染みを付ける（墨水沾汙了手指）

染みを洗い落とす（拭き取る）（洗掉擦去汙垢）

其の殺人犯のワイシャツには血の染みが有った（那殺人犯的襯衫上有血跡）

酒は着物に染みを残す（（酒在衣服上留下痕跡）

如何しても（洗っても）染みが抜けない（怎麼弄〔洗〕汙垢都去不掉）

名前に染みが付く（沾汙名聲）

染みを付ける（沾汙）

顔に染みが有る（臉上有褐斑）

消化不良で肌に出た染み（因為消化不良皮膚上出現的斑點）

凍み〔名〕凍、冰凍

凍み豆腐（凍豆腐）

凍みが強い（凍得厲害、冷得厲害）

染み入る、沁み入る〔自五〕滲入（=染み込む、沁み込む）

目に染み入る様な海の青（深深印入眼簾的海水碧波）

心に染み入る話（沁人心脾的話）

染み込む、沁み込む〔自五〕滲入、深入、染上、銘刻（=染み入る、沁み入る）

水が壁の裏迄染み込む（水滲到牆壁裡面）

薬が背中の傷口に染み込むと、彼の呻き声を上げた（藥一滲到背部傷口他就叫苦起來）

（教訓等が）胸に染み込む（〔教訓等〕銘刻在心）

其の事は彼の頭に深く染み込んでいる（那事深深地印進他的腦海）

偏見が染み込んでいる（偏見很深）

愛国心が染み込んでいる（愛國心堅定不移）

染み着く、沁み着く〔自五〕沾上、染上

汗が染み着く（沾上汗）

汚れが襟に染み着いて取れない（領子沾上汙垢洗不掉）

悪い癖が染み着く（染上壞習慣）

都会の悪風が染み着く（沾染上城市的惡習）

染み透る、沁み透る〔自五〕滲透、銘刻

骨の髄迄染み透る（滲到骨髓）

汗が上衣迄染み透った（汗水把外衣都濕透了）

寒さが骨に染み透る（寒氣徹骨）

有り難さが身に染み透る（銘感五中、感激得五體投地）

染み抜き〔名〕除掉汙垢、去汙劑

ズボンの染み抜きを為る（除去褲子上的汙垢）

着物を染み抜きに遣る（把衣服送去除汙垢）

良く効く染み抜き（效果好的去汙劑）

染み渡る、沁み渡る〔自五〕滲透

冷やりとする感じが体中に染み渡った（全身覺得不寒而慄）

心に染み渡る侘しさ（心裡感到非常寂寞）

悪風が社会全般に染み渡る（整個社會沾染上惡習）

染みる〔造語、上一型〕（接名詞、作上一段活用動詞）沾染上、彷彿

汗染みる（沾上汗）

垢染みる（沾上汙垢）

年寄り染みる（彷彿老人、老人一般）

気違い染みた恰好（發瘋似的樣子）

染む、滲む、沁む、浸む〔自五〕沾染（=染みる、滲みる、沁みる、浸みる）

身に染む冷気（刺骨的寒氣）

染む〔自五〕〔舊〕染上、留下深刻的印象（=染まる）

肝に染む（銘刻在心）

気に染まない（不中意、不喜歡）

染まる〔自五〕染上、沾染

手が黒く染まる（手染黑了）

良く染まらない（染不好、染不上）

血に染まる（被血染）

ナイロンは色が染まり難い（尼龍不容易染色）

夕焼で空は茜色に染まった（天空被夕陽染成玫瑰紅）

悪習に染まる（沾染上惡習）

染める〔他下一〕染上顏色、塗上顏色。〔轉〕沾染，著手

黒に染める（染成黑色）

布を染める（染布）

毛糸を染める（染毛線）

何色に染めましょうか（染成什麼顏色呢？）

顔を赤く染める（羞紅了臉）

頬を染めて俯く（雙頰羞紅低下頭來）

筆を染める（著手寫）

手を染める（插手某事）

胸を染める（深深印入胸懷、留下深刻印象）

初める〔接尾〕（接動詞連用形下構成下一段活用動詞）開始…、初次…

花が散り初める（花兒開始落）

子供が歩き初める（孩子開始走路、孩子學走路）

梅が咲き初めた（梅花綻蕊了）

染め、染〔名〕染、染成的色

セーターを染めに出す（把毛衣送去染）

染めが綺麗に上がった（顏色染得很漂亮）

染め上がる〔自五〕染上、染成

思った通りに染め上がった（染成符合預想的顏色）

染め上がり〔名〕染成、染好、染的結果

染め上がりが素晴らしい（染得非常好看）

染め上げる〔他下一〕染完、染好、染成某種顏色

夕陽が空を赤く染め上げる（夕陽映紅天空）

染糸〔名〕染色的線、顏色線

染井吉野〔名〕染井吉野櫻（日本公園最普通的櫻花樹-明治初年由東京染井村花店出售得名）

染め色、染色〔名〕染成的顏色

染め色が実に美しい（染成的顏色真美）

染め変える、染め替える〔他下一〕改染（別的顏色）

染め変え、染め替え〔名〕改染（（另一種顏色）

染め返す〔他五〕再染，重新染、改染（=染め変える、染め替える）

もう染め返さないと大分色が褪せて見苦しい（已經褪色了若不再染就太難看了）

染め飛白，染飛白、染め絣，染絣〔名〕印染白點碎花紋

染め形，染形、染め型，染型〔名〕〔紡〕印染花樣、印染花樣的紙型

染め紙、染紙〔名〕染色的紙，彩色紙、（伊勢齋宮忌諱語中的）佛經（= 染草）

染め革、染革〔名〕染色的皮革、帶色的皮革

染め粉、染粉〔名〕粉末染料

染め出す〔他五〕染出（顏色，花樣）來

花模様を染め出す（染出花樣來）

美しい紫色を染め出す（染出漂亮的紫色）

染め付ける〔他下一〕（把布類）染上花色、（在陶瓷器上）塗上花色

扇面模様を染め付ける（染出花樣來）

壺を美しく染め付ける（在罈子上塗上美麗的顏色）

染め付け、染付〔名、他サ〕染上（顏色）、染上、藍色花樣的布、藍花瓷器

浴衣の染め付けを為る（染浴衣）

染め直す〔他五〕重染、再染、改染（=染め返す）

派手な色に染め直す（改染成鮮豔的顏色）

染め直し〔名、他サ〕改染

染め直しのセーター（改染的毛衣）

染め抜く〔他五〕染底色留下花紋部分不染，染成白色花樣、染得很濃，染透

定紋を染め抜いた赤い幔幕（染成有白色家徽的紅帳幔）

染抜き紋、染抜紋〔名〕染出的白色家徽←→縫い紋、書き紋

染風呂〔名〕染槽、染缸、染鍋

染め物、染物〔名〕印染的紡織品

染物を乾かす（曬乾染的東西）

染物が出来た（要染的東西染好了）

染物を為る（染布）

染物屋（染坊、染匠）

染物工場（印染廠）

染物職人（染匠）

染め模樣、染模樣〔名〕染出來的花紋（花樣）

枝垂れ柳の染め模様（染的垂柳花樣）

染め紋、染紋〔名〕染的花紋

染め分ける〔他下一〕染上不同的顏色

白地の布を赤と黄に染め分ける（把白色布料分別染上紅色和黃色）

染め分け、染分〔名、他サ〕染上不同的顏色

帯を黄色と黒の染め分けに為る（把腰帶分別染上黃色和黑色）

地図を各国別に染め分けする（按國別把地圖塗上不同的顏色）

人、人（ㄖㄣˊ）

人〔漢造〕（也讀作〝人〞）人、人體、人品

天地人（天地人、宇宙萬物、三才）

天人（天與人）

天人（天女、天仙、美女）

新人（新人、新參加的人、新思想的人、新一代的人）

旧人（思想舊的人、舊時代的人、舊石器時代的人）

真人（仙人、完美無缺的人）

神人（神和人、仙人、神官）

愛人（情人、情夫、情婦）

主人（主人、丈夫、家長）

囚人、囚人、囚人（囚犯、犯人）

衆人（眾人、許多人）

猿人（猿人）

厭人（厭惡人、討厭與人交往、孤僻）

類人猿（類人猿）

恩人（恩人）

義人（義士、正義之士）

擬人（比作人法人）、

求人（招聘人員）

世人（世人）

画人（畫家）

雅人（風流人）

家人（家裡的人們、家臣）

歌人（和歌詩人）

佳人（佳人、美人）

華人（海外中國人）

外人（外國人、局外人）

奇人、畸人（怪人）

貴人（顯貴、高貴的人）

軍人（軍人）

県人（同縣的人）

賢人（賢人、濁酒）

原人（原始人）

古人（古代人）

個人（個人）

故人（故人、舊友、死者）

行人（行人、旅人）

公人（公職人員）

後人（後代人）

先人（先人、前人、祖先）

工人（工人）

好人（好人）

高人（身分高的人）

黄人（黃色人種）

才人（才子）

詩人（詩人、敏感的人）

私人（私人、個人）

士人（人士、武士）

至人（道德高尚的人）

時人（時人、世人、當代的人）

異人（奇人、外國人、不同的人）

偉人（偉人）

成人（成年人、長大成人）

西人（西方人、西班牙人）

匠人（匠人、木匠）

傷人（傷人）

対人（對別人）

代人（代表人、代理人）

大人（大人、成人、巨人、長者）

大人（大人、成人）

ㄖ

おとな
大人（大人、成人、老實、老成）

うし
大人（大人-古代對顯貴的尊稱、夫子大人-對師長的尊稱）

しょうじん
小人（度量小的人、身分低的人、矮小的人、兒童）

しょうにん
小人（小孩）

こびと
小人（小矮人、身材短小的人、武士的僕從）

じょうじん
常人（常人、普通人）

じょうじん　じょうにん
情人、情人（情人、情夫、情婦）

あいじん
愛人（情人、情夫、情婦）

たつじん
達人（精通者、高手、達觀的人）

ちじん
知人（熟人）

ちじん
癡人（癡人、傻人）

ちょうじん
超人（超人）

ちょうじん
鳥人（飛行員、飛行家）

ちょうじん　つりびと
釣人、釣人（釣魚的人）

てつじん
哲人（哲學家）

てつじん
鉄人（非常健康的人）

とじん
都人（都市人）

どじん
土人（土著、未開化的人）

とうじん
党人（政黨的人）

とうじん
唐人（中國人、外國人）

とうじん
陶人（陶瓷器匠）

とうじん　しまびと
島人、島人（住在島上的人）

どうじん　どうにん
同人、同人（那人、該人、同好）

どうじん
道人（道士、方士、居士、僧侶）

びじん
美人（美女）

ひじんどう
非人道（不人道）

はいじん
廃人（殘廢人）

はいじん
俳人（俳句詩人）

ふじん
夫人（夫人）

ふじん
婦人（婦人）

ふじん
府人（同一府出身的人）

ぶんじん
文人（文人）

ほうじん
邦人（僑居國外的本國人、日本人）

ほうじん
法人（法人）

しぜんじん
自然人（自然人）

めいじん
名人（名家、國手）

りんじん
隣人（鄰人）

ろうじん
老人（老人）

ろうにん　ろうにん
浪人、牢人（四處流浪的武士、失學的學生）

わじん　わじん
和人、倭人（日本人）

ぼんじん
凡人（平凡的人）

せいじん
聖人（聖人、超然的人、清酒）

しょうにん
聖人（高僧）

ぜんじん
全人（完人-德智體兼優的人）

ぜんじん
前人（先人）

せんじん
先人（先人、祖先）

ばんじん
蕃人（土人、外國人）

ばんじん
蛮人（野蠻人）

しんぶんじん
新聞人（從事報紙行業）

けいざいじん
経済人（善於節約的人）

とさじん
土佐人（土佐地方的人）

げんだいじん
現代人（現代人）

げんしじん
原始人（原始人）

にほんじん
日本人（日本人）

えいこくじん
英国人（英國人）

Graeciaじん
ギリシア人（希臘人）

とうきょうじん
東京人（東京人）

ほっかいどうじん
北海道人（北海道人）

はやと
隼人（古代住在九州南部薩摩地方的民族）

じんい
人位〔名〕人的地位、（次於天位，地位的）人位，第三

じんい　きわ
人位を極める（居人間的最高地位）

じんい
人為〔名〕人為、人力、人工

其は到底人為を以って遂げ得ない事である（那是人力無論如何都辦不到的事情）

人為を以て自然を征服する（用人力來征服自然）

其は人為であって自然に出来たのではない（那是人工造的不是天然形成的）

人為選択（〔生〕人工選擇）

人為分類（〔生〕人為分類）

人為的（人為的、製造出來的）

人為淘汰（人為淘汰）

人意（じんい）〔名〕人心

其の成果は頗る人意を強くする物が有る（那項成果是非常鼓舞人心的）

人員（じんいん）〔名〕人員、人數

参加人員（参加人員）

過剰人員（過剩人員）

人員が不足である（人數不過）

人員を減らす（減少人員）

人員を限る（限制人員）

人員点呼（點名）

人員整理（精簡人員、裁員）

五十五歳以上の者は人員整理の対象に為っている（五十五歳以上的人是裁員的對象）

人影（じんえい）**、人影**（ひとかげ）〔名〕人影、人的影子、人的形象

其の孤島に人影を認めず（在那個孤島上沒見到一個人影）

人影疎ら（人煙稀少）

障子に映る人影（照在拉窗上的人影）

怪しい人影が見えた（看見了一個鬼鬼祟祟的人影）

裏通りは人影も無い（小巷子裡連個人影也沒有）

夜更けの町は、すっかり人影が絶えた（深夜的街道上斷了行人）

人煙（じんえん）〔名〕人煙

人煙稀な僻地（人煙稀少的闢地）

寂然と人煙を離れた山路である（寂靜遠離人煙的山路）

人猿（じんえん）〔名〕人和猿

人猿同祖説（人猿同祖說）

人屋（じんおく）〔名〕人家

此の辺は人屋が疎らだ（這一帶人家稀少）

人屋（ひとや）**、囚獄**（ひとや）**、獄**（ひとや）〔名〕監獄、牢房（=牢屋）

人家（じんか）〔名〕住家

人家が多い（住家多）

其の地方は人家が極稀である（那地方住家極稀少）

市街地は人家が密集している（城市住家密集）

人我（じんが）〔名〕別人和自己

人我一体（人我一體、人我合一）

人界（じんかい）〔名〕人間、人類世界

人界を離れて仙界にでも行き度い（希望離開人間到仙界去）

人界（にんがい）〔名〕〔佛〕人間、人世←→天上界、畜生界

人海（じんかい）〔名〕人海

人海戦術（人海戰術）

人外（じんがい）〔名〕人間以外

人外境（世外桃源）

人外（にんがい）〔名〕不是人、下賤人

人格（じんかく）〔名〕人格、人品。〔法〕公民的資格、（獨立自主的）個人-未成年精神病除外

二重人格（雙重人格）

人格を認める（承認人格）

人格を有する人（有人格的人）

立派な人格の持ち主（具有高尚人格的人）

人格高潔（人格高尚）

人格を尊重する（尊重個人）

人格を育成する（培養個人）

人格化（人格化、擬人化）

人格者（人格高尚的人、〔法〕人）

人格主義（人格主義、個人人格至上論）

人寰〔名〕人寰、人間、社會

人境〔名〕村落、村莊（=人里）

人君〔名〕君主

人血〔名〕人血

人血を保存して輸血に備える（儲存人血備輸血用）

多くの人血を流して得た自由（流了很多人血才得到的自由）

人傑〔名〕人傑、人材（=英傑）

郷里の生んだ人傑（老家出的人材）

人件〔名〕人事←→物件

人件費（人事費）

人件費の比重が物件費に比して重過ぎる（人事費的比重比起物件費來過重）

予算の六十%を人件費に当てる（把預算的六十%撥為人事費）

人絹〔名〕人造絲（=人造絹糸、レーヨン）

人絹工業（人造絲工業）

人権〔名〕人權

基本的人権（基本人權）

人権を守る（保護人權）

人権を剥奪する（剝奪人權）

人権を蹂躙する（蹂躪人權）

人権宣言（人權宣言）

人権擁護（擁護人權）

人権蹂躙（蹂躪人權）

人後〔名〕人後

人後に落ちる（落於人後、不如人）

彼は愛国心では人後に落ちない（在愛國心上他部落於人後）

人語〔名〕人的語言

人語を解する犬（懂得人語的狗）

山中人語を聞かず（山裡聽不到人聲）

人工〔名〕人工

人工の美（人工美、人為的美）

人工を加える（施加人工）

人工の美は自然の美に及ばない（人工美不如自然美）

自然界には人工の模倣し得ない物が多い（自然界裡有很多人工不能模仿的東西）

人工流産（人工流產）

人工真珠（人工珍珠、養珠）

人工湖（人工湖）

人工林（人造林）

人工衛星（人造衛星）

人工栄養（人工輸液、人工哺乳）

人工乾燥（〔木材〕人工乾燥）

人工気胸（〔醫〕人工氣胸）

人工語（人造語－世界語等）

人工降雨（人造雨）

人工呼吸（人工呼吸）

人工受精、人工授精（〔生〕人工授精）

人工授粉（〔植〕人工授粉）

人工頭脳（電腦、電子計算機）

人工的（人工的）

人工惑星（人造行星）

人工〔名〕（工程需要的）勞動力、人工-工作量的計算單位

人工は幾等要るか（需要多少人工？）

人口〔名〕人口、眾人之口

昼間人口（日間人口）

居住人口（居住人口）

人口が多い（人口多）

人口が稠密である（人口稠密）

人口が増える（人口增加）

人口五万の都市（人口五萬的城市）

人口密度（人口密度）

人口学（人口統計學）

人口調査（人口調查）

人口統計（人口統計）

人口問題（人口問題）

人の口〔名〕眾口、眾人的評論、人們的談論

人の口には戸が立てられない（眾口難防、人嘴封不住）

人骨〔名〕人骨

３千年前の人骨が発見された（發現了三千年前的人骨）

人国記〔名〕〔古〕風土誌、人物評論

政界人国記（政界人物評論）

人才〔名〕人才、人材（=人材）

人災〔名〕人禍←→天災

洪水も半ば以上は人災だ（洪水也是一半以上是人禍）

人材〔名〕人材

広く人材を集める（廣收人材）

有為の人材を登用する（錄用有為的人材）

彼の門下には人材が多い（他的門下人材濟濟）

彼等は人材主義だ（他們是人材第一主義）

人材登用（人才錄用）

人士〔名〕人士

愛国的人士（愛國人士）

彼は芸術を解する様な人士ではない（他不是懂得藝術的人士）

関心を持たれる人士の御来場を歓迎する（歡迎關心的人士光臨）

人事〔名〕人事、世事、人力能做到的事

人事を尽して天命を待つ（盡人事以聽天命）

人事上の秘密（人事方面的秘密）

会社内の人事は彼の思う儘に為る（公司裡的人事由他任意調動）

人事係（人事幹部）

彼は人事に広く関心を持っている（他對世事廣為關心）

彼は全く人事に頓着しない（他對世事毫不關心）

人事に煩わされる（為世事所煩擾）

人事は棺を蓋うて定まる（人事蓋棺定論）

人事異動（人事變動）

人事院（〔日本内閣所轄的〕人事部）

人事行政（人事行政、人事管理）

人事訴訟（〔關於婚姻，過繼，父子關係等的〕人事訴訟）

人事不省（〔醫〕不省人事）

人事〔名〕別人的事

迚も人事とは思えない（決不能認為事不關己）

丸で人事の様に言う（說得就像和自己無關似的）

君は笑っているが、人事ではないのだぞ（你還在笑要知道這可不是別人的事）

人日〔名〕人日-陰曆正月初七、日本五大節日之一

*五節句、五節供〔人日（正月七日）、上巳（三月三日）、端午（五月五日）、七夕（七月七日）、重陽（九月九）〕

人車〔名〕人力車、（輕便鐵軌上用）手推車（=トロッコ）

人車鉄道（輕便鐵道）

人爵〔名〕人爵←→天爵

人主〔名〕人君、君主

人主たる者の踏む可き道（為人君者應踐之道）

人種〔名〕人種，種族。〔俗〕（生活環境，愛好等不同的）階層

白色人種と黄色人種（白色人種和黃色人種）

人種が違う（種族不同）

人種から言えば彼等は蒙古人である（按人種來說他們是蒙古人）

米食人種（喜歡吃米的人）

ゴルフを為る人種（玩高爾夫球的階層）

政治家と言う人種（政治家這種人）

人種改良（種族改良、優生）

人種差別（種族歧視）

人種学（人種學、種族學）

人種的（人種的、種族的）

じんじゅ **人寿**〔名〕人的壽命

じんしょう、にんしょう **人証、人証**〔名〕〔法〕人證←→物証書証

人証と物証を前に為て彼は已む無く自分の犯罪を認めた（在人證和物證面前他不得不承認了自己所犯的罪行）

裁判所から人証と為て呼び出される（被法院傳去做人證）

じんしん **人心**〔名〕人心、民心

人心を収める（收買人心籠絡人心）

人心を収攬する（收買人心籠絡人心）

人心を安定する（穩定人心）

人心を惑わす（蠱惑人心擾亂人心）

人心の向背（人心向背）

人心の帰趨（人心所向）

人心の向う所を知る（知人心所向）

人心を新たに為る（振刷民心）

人心を失う（失去民心）

人心が離反する（人心背離）

人心の同じからざるは其の面の如し（人心不同有如其面）

ひとごころ **人心**〔名〕人心、神智清醒（=人心地）

変り易きは人心（人心易變）

人心が付く（清醒過來）

ひとごこち **人心地**〔名〕（由害怕驚嚇中）清醒過來的心情

人心地が付く（甦醒過來）

此れでやっと人心地が付いた（就這樣好不容易甦醒過來）

余りの恐ろしさに人心地も無かった（因為太可怕嚇得要死）

じんしん **人臣**〔名〕人臣

位人臣を極める（位極人臣）

じんしん **人身**〔名〕人的身體（=人身）、個人的身分

人身攻撃（人身攻擊）

人身事故（〔汽車等〕傷人事故）

人身売買（買賣人口、販賣人口）

人身保護（〔法〕人身保護）

にんじん **人身**〔名〕人體（=人身）

ひとみごくう **人身御供**〔名〕〔古〕（祭神的）活人犧牲、（為滿足他人欲望的）犧牲者

人身御供を捧げる（以活人獻祭）

人身御供に為れる（被當做供神的犧牲品）

じんせい **人世**〔名〕人世（=人の世）

此れが人世の常である（這是人世之常）

ひとのよ **人の世、人の代**〔名〕人世、人間、社會

兎角人の世は住み難い（人世總是坎坷多難）

じんせい **人生**〔名〕人生、人的一生

第二の人生（開始新的人生）

幸福な人生を送る（度過幸福的一生）

人生とは斯う言う物だ（人生就是這麼一回事）

人生の目的は何か（人生的目的是什麼？）

其は尊い人生記録だ（那是尊貴的人生記錄）

人生意気に感ず（人生感意氣-魏徵）

人生行路難し（人生行路難、活一輩子可不容易）

人生七十古来稀也（人生七十古來稀-杜甫）

人生朝露の如し（人生如朝露-漢書）

人生僅か五十年（人生只五十年）

人生観（人生觀）

人生哲学（人生哲學）

じんせい **人性**〔名〕人性（=人間性、ヒューマニティ）

此れ人性の然らしめる所（此乃人性所使然）

人性論（人性論）

じんぜい **人税**〔名〕人稅-指對人的課稅、包括所得稅等←→物税

じんせき、ひとあと **人跡、人跡，人蹟**〔名〕人跡

人跡稀な奥山（人跡少見的深山）

人跡未踏の森林（人跡未到過的森林）

人蹟、人跡〔名〕人跡（=人跡）

人選、人選〔名、自サ〕人選

目下人選中です（目前正在進行人選）

代表を人選する（選出代表）

人選を急ぐ（忙於進行人選）

君の人選は宜しきを得た（你選的人很適當）

主演俳優の人選を揉める（為主演演員的人選而發生爭執）

人造〔名〕人造←→天然

人造人間（機器人）

人造絹糸（人造絲）

人造纖維（人造纖維）

人造湖（人工湖）

人造革（人造革）

人造バター（人造奶油）

人像〔名〕人像、肖像、畫像

人像柱（〔建〕男像柱）

人体〔名〕人體、人的身體

人体の構造（人體的構造）

人体に危害を加える（危害人的身體）

人体に害が有る（對人體有害）

其の薬は人体実験の段階に入った（那種藥已進入人體實驗的階段）

人体解剖学（人體解剖學）

人体模型（人體模型、服裝模特兒=マネキン）

人体〔名〕人品（=人体）

人体〔名〕人品，品格（=人体）、風采，裝束，舉止，相貌（=風袋）

怪しい人体の男（裝扮〔相貌〕可疑的人）

人台〔名〕人體模型（用於服裝式樣展覽）

人代名詞〔名〕人稱代名詞（如你、我、他）

人知、人智〔名〕人智

人知の発達は止まる所が無い（人智的發達沒有止境）

其は人知の及ぶ所ではない（那不是人類智慧所能及的）

人知れず〔副〕暗中、暗地裡、偷偷地（=密かに）

人知れず悩む（暗中苦惱）

我が身の不幸を人知れず嘆いた物でした（常常暗中哀嘆自身的不幸）

彼女は部屋の隅で人知れず幾度も泣いた（她在房間的角落裡偷偷地哭了好多次）

人知れぬ〔連體〕人所不知的、內心的、背地裡的（=密かな）

人知れぬ悲しみ（內心的悲傷）

成功の陰には、人知れぬ苦労が有る物だ（在成功的背後有著人所不知的辛苦）

人畜〔名〕人畜，人和家畜。〔罵〕畜生

幸いに人畜に被害は無かった（幸好人畜均未受損失）

人畜無害（人畜無害）

人畜生〔名〕〔罵〕人面獸心、衣冠禽獸

人定〔名〕〔法〕認定，確定是否本人、由人制定

人定尋問（法庭審判官確定是否本人）

人定法（人定法、人為法）

人定権（人為法上規定的權利）

人的〔形動〕人的←→物的

人的関係（人的關係）

人的証拠（人證）

人頭、人頭〔名〕人頭、人數（=人数、人数）

人頭大の石（人頭那麼大的石頭）

人頭割で費用を分担する（按人數分擔費用）

人頭税、人頭税（人頭稅）

人道〔名〕人道、人行道←→車道

正義人道（正義人道）

人道に適った行為（合乎人道的行為）

人道に背く（違背人道）

捕虜を人道的に取り扱う（按人道精神對待俘虜）

人道的（人道的、合乎人道的）

人道問題（人道問題）

人道主義（人道主義）

人道を歩く（在人行道上走）

人道橋（人行橋）

人徳、人徳〔名〕品德

人徳の有る人（有品德的人）

皆に好かれるのは彼の人徳の所為だ（受到大家歡迎是由於他的品德的緣故）

人肉〔名〕人肉

人肉の市（人肉市場）

人乳〔名〕人奶（=母乳）

人皇、人皇、人皇〔名〕（別於神代天皇的）天皇（指神武天皇以後天皇）

人馬〔名〕人和馬

人馬の往来（人馬的往來）

人馬諸共に倒れた（人馬一起栽倒）

蜿蜒と人馬の列が続く（人馬的隊伍連綿不斷）

人馬殺傷（人馬殺傷）

人馬一体（人馬一體）

人馬宮（〔天〕人馬座）

人馬座（〔天〕人馬座）

人品〔名〕人品（=人柄）、風度（=形振り）

奥床しい人品（典雅的人品）

人目で客の人品が伺えた（一眼就看出了客人的人品）

人品の良い人（風度很好的人）

人品卑しからぬ人（風度不俗的人）

彼の人品骨柄は流石に高貴の生まれと思われた（他的風度儀表使人感到畢竟是生在高貴之家）

人文、人文〔名〕人文

最近半世紀に於ける人文の発達は実に目覚しい物が有る（最近半個世紀人文的發達非常顯著）

人文科学（人文科學）←→自然科学社会科学

人文主義（人文主義、人道主義）

人文地理、人文地理（人文地理）←→自然地理

人肥〔名〕人肥、屎尿肥料

人物〔名〕人物、人品、人材

偉大な人物（偉大的人物）

危険（な）人物（危險人物）

彼の人物を此処へ連れて来い（把那個人領到這裡來）

彼の男は一角の人物と為るだろう（他將成為了不起的人物）

彼はどんな人物ですか（他是位什麼樣的人物？）

登場人物（上場人物）

人物を描く（描寫人物）

彼の画家は人物は下手だ（那位畫家不會畫人物）

此の小説は人物が良く描いてある（這小說人物寫得很生動）

人物が良い（人品好）

中中の人物だ（是個非常好的人品）

人物を試験する（考察人品）

人物を見る（觀察人品）

筆跡で人物が分る（憑筆跡就可了解人品）

此の事実で彼の人物が大体分る（憑這一事實就可大致了解他的為人）

今の政界には人物が少ない（目前的政界中人才少）

人物を集める（網羅人才）

人物画（人物畫）

人物評（人物評議）

人糞〔名〕人糞

人糞を肥料を為る（用人糞當肥料）

人糞尿（人糞尿）

人望〔名〕人望、名望、聲望

人望を集める（得眾望）

人望が落ちる（聲望低落）

人望を得る（得眾望）

人望を失う（喪失聲望）

彼の先生は生徒に人望が有る(那老師很受學生歡迎)

彼は町内で人望が有る(他在街道上有聲望)

人望家（有名望的人、享盛名的人、受歡迎的人）

じんぽんしゅぎ **人本主義**〔名〕人道主義、人文主義、以人的生活為本位的實用主義思想（=ヒューマニズム）

じんみゃく **人脈**〔名〕人脈-在政界，財界，學界上屬於同一系統的人的聯繫

人脈を捜す（尋找人脈）

人脈を通じて（通過人的關係）

人脈が無い（沒有人脈）

じんみん、にんみん **人民、人民**〔名〕人民

人民の福祉（人民的福利）

人民の敵（人民的敵人）

人民の、人民に由る、人民の為の政治(民有，民治，民享的政治)

人民広場（人民廣場）

人民解放軍（人民解放軍）

人民委員（人民委員）

人民戦線（反法西斯戰爭的人民戰線）

人民投票（由人民直接投票）

じんめい **人名**〔名〕人名

人名と住所を記入する(寫上人名和地址)

人名辞典（人名辭典）

人名簿（人民簿）

人名録（人名錄）

じんめい、にんみょう **人命、人命**〔名〕人命

人命を尊重する（尊重人命）

人命を救助する（拯救人命）

人命を関わる問題（人命關天的問題）

其は多くの人命を犠牲に為て得た勝利だ（那是犧牲許多人命而取得的勝利）

人命救助（拯救人命）

じんめん、にんめん **人面、人面**〔名〕人面、似人臉形

人面獣心、人面獣心（人面獸心）

人面疽（人面形疽瘡）

人面竹（布袋竹的異名）

じんよく **人欲**〔名〕人的慾望

人欲を超脱する（超脫人的慾望）

じんらい **人籟**〔名〕人籟、笛聲、簫聲

じんりき **人力**〔名〕人力（=人力）、人力車

人力車（人力車、黃包車）

じんりょく **人力**〔名〕人力、人的力量、人的作用

人力の及ぶ限り(在人力所能及的範圍內)

到底人力の及ぶ所ではない（絕不是人力能辦到的）

人力に余る仕事（人力做不到的事情）

じんりん **人倫**〔名〕人倫、〔古〕人，人類

夫婦は人倫の始めである（夫妻是人倫之始）

人倫の悖る行為（違背人倫的行為）

じんるい **人類**〔名〕人類

人類の幸福（人類的幸福）

人類社会（人類社會）

人類愛（人類愛）

人類学（人類學）

にん **人**〔名〕人、人品（=人、人柄）

〔接尾〕（助數詞用法）名，人（=名）、做某事的人（=…する人）

人を見て法を説け（〔佛〕要看人說法）

合計十人（共十名）

保証人（保證人）

世話人（照料人）

中人（〔澡堂等的用語〕中小學生）

仲人、仲人（媒人、介紹人、調停人）

ㄖ

仙人（神仙、深山的修行者）

千人（一千人、眾多的人）

万人、万人（萬人、眾人）

番人（看守人、值班人）

何人（多少人）

幾人（多少人）

何人、何人、何人（甚麼人、任何人、誰）

商人、商人、商人、商人（商人）

証人（證人、保證人）

犯人（犯人）

半人（半個人）

上人（智德兼備的僧侶）

売人（商人、販子、妓女）

病人（病人、患者）

芸人（藝人、演員、多才多藝的人）

悪人（壞人）

善人（好人）

他人（別人、陌生人、局外人）

当人（本人、當事人）

本人（本人）

面会人（會見者、來訪者）

案内人（嚮導）

苦労人（飽受艱辛的人、久經世故的人、閱歷深的人）

相続人（繼承人）

人気〔名〕人緣、風氣（=人気）、〔商〕行情

人気が良い（有人緣、受歡迎）

人気が出る（付く）（受人歡迎、取得人望、紅起來）

人気を失う（失掉聲望、不受歡迎）

彼は生徒に人気が有る（他受學生歡迎）

其の本は人気を博した（那本書博得好評）

人気俳優（紅演員、受歡迎的演員）

人気番組（受歡迎的節目）

人気商売（演員，藝人等靠人緣，捧場的職業）

人気の良い村（風氣好的村莊）

此処は人気が荒い（這個地方風氣粗野）

大人気（暢銷、興隆）

人気が良い（生意興隆）

市場の人気を煽る（哄抬市價）

人気株（人們爭購的紅股票）

人気投票（報刊，雜誌等舉辦的演員等受歡迎程度的調查）

人気取り（討好、善於討好的人）

人気者（受歡迎的人、紅人）

人気〔名〕（某地方的）風氣

此の村は人気が悪い（這村子風氣不好）

人気の良くない地方（風氣不好的地區）

人気〔名〕人的氣息

部屋の中は人気の無い様にしんとしている（房間裡好像沒人似地鴉雀無聲）

全く人気が無い寂しい道（一個人影都沒有的冷清的道路）

人気〔名〕像個人樣（=人間らしさ）

人気が無い（沒有政經人樣）

人魚〔名〕（想像中人身魚尾的動物）美人魚、儒艮（=儒艮）

人形、人形〔名〕玩偶，娃娃。〔喻〕沒有獨立性的人

ママ人形（發聲娃娃）

フランス人形（洋娃娃）

紙人形（紙人）

縫い包み人形（布娃娃）

土の人形（泥娃娃）

指人形（布袋木偶）

人形で遊ぶ（抱著娃娃玩）

泥で人形を作る（用泥土作偶人）

人形を使う（操る）（玩偶人）

身代りに人形を首吊りに為る（作為替身吊起模擬像）

人形劇（木偶劇、傀儡劇）

人形師（木偶劇演員、操作木偶的人）

人形芝居（木偶戲、傀儡戲）

人形浄瑠璃（木偶淨琉璃-日本固有木偶劇，在三弦和淨琉璃配合下演出）

人形石（〔地〕人形石）

人形遣い（木偶劇演員、操作木偶的人）

人形回し（木偶劇演員、操作木偶的人）

人形〔名〕玩偶，娃娃（=人形）、（祭祀等時用）祈願用的紙人（=形代）

人間〔名〕人（=人、人類）、人品（=人柄）。〔古〕世間（=世間）

人間の尊厳（人的尊嚴）

人間らしい暮らし（像個人樣的生活）

人間の屑（人類的渣滓）

人間は万物の霊長である（人為萬物之靈）

人間は考える動物だ（人是能思維的動物）

人間の皮を被った悪魔（披著人皮的惡魔）

人間が良い（人品好）

良く出来た人間だ（很有品格的人）

彼の男は人間が正直だ（他為人正直）

彼は嘘等を付く様な人間ではない（他不是說謊的人）

彼は人間が滑稽に出来ている（他天生性格幽默）

社会に出て一人前の人間に為る（進入社會成為一個自立的人）

人間到る処青山有り（人間到處有青山）

人間は死す可き物（人固有一死）

人間万事塞翁が馬（塞翁失馬焉知非福、吉凶禍福變幻無常）

人間衛星船（載人的人造衛星）

人間化（人性化）

人間関係（人際關係）

人間嫌い（不好交際、孤僻）

人間工学（人類工程學-研究人類如何充分利用機械設備提高人類福祉的科學）

人間国宝（國寶級人物）

人間社会（人類社會）

人間性（人性）

人間像（人類形象、人物形象）

人間疎外（忽視人的主體性）

人間的（人類的、像人的）

人間ドック（短期住院健康檢查）

人間並み（和普通人一樣）

人間らしい（像人、有人情味）

人間味（人情味）

人間業（一般人都能做到的事）

人間界（人類住的地方）

人間愛（人類愛）

人間〔名〕人緣、交往（=気受け、付き合い）

人間〔名〕無人的地方

人三化け七〔名〕三分像人七分像鬼、醜八怪

人称〔名〕〔語法〕人稱

第三人称（第三人稱）

人情〔名〕人情、愛情

義理人情（人情義理情面）

人情風俗（風俗人情）

人情が薄い（人情淡薄）

人情が厚い（人情篤厚）

人情に通じている（懂得人情）

此れは人情の機微に触れた良い小説だ（這是一部刻畫了人情微妙之處的好小說）

有るが上にも欲しがるのが人情（多多益善是人之常情）

未だ人情を解しない（還未解風情）

人情家（有人情味的人、有同情心的人）

人情劇（表演人情味的戲劇）

人情話、人情咄、人情噺（以風土人情為題材的單口相聲）

人情本（江戶時代後期到明治初年流行的愛情風俗人情小說）

人情味（人情味=人間味、情味）

人参〔名〕〔植〕人參（=朝鮮人参）、胡蘿蔔

人参エキス（人參精）

人数、人数〔名〕人數（=人数）、人數眾多，許多人

人数が増える（人數增多）

人数を限る（限制人數）

人数を調べる（調查人數）

人数の多少は問わない（不管人數多少）

人数で圧倒する（以人多制勝）

人数を繰り出す（派出很多人）

人数〔名〕人數（=人数、人数）、成年人的人數，算作一個人

人数が多い（人數多）

人数が少ない（人數少）

人数を制限する（限制人數）

人数に入らない（不能當一人份算）

未熟者で迚も人数には入れない（還是個小孩怎麼都算不上是個大人）

人相〔名〕相貌、容貌

人相の悪い人（相貌不好的人）

人相を見る（相面）

人相を占う（相面）

人相書き（為通緝犯人等畫影圖形）

人相見（相面先生、看面相的人）

人繞〔名〕（漢字部首）儿部（如元、光、兄等的下半部）

人人〔名、副〕每人、各個（=銘銘）

人人が自覚する（人人自覺）

人人の立場（每人的立場）

人人〔名〕人們，許多人（=多くの人）、每個人，各個人（=銘銘の人）

人人は心配して広場へ集まって来た（人們擔心向廣場上聚集過來）

町を行く人人（街上的行人）

貧しい人人を助けよう（救助一下貧苦的人們吧！）

クラスの人人の意見を調べる（調查班上每個人的意見）

人罰〔名〕人罰←→天罰

人非人〔名〕不是人、人面獸心的人、忘恩負義的人、狼心狗肺的人

情知らずの人非人（人面獸心的畜生）

人夫〔名〕小工

人夫仕事（零工）

人別〔名〕按人、（江戶時代）人口、戶口

人別の割当（按人分配）

人別改め（人口調查）

人別帳（戶口簿）

人偏〔名〕（漢字部首）人字旁

人〔名〕人、人類、一般人、他人、別人、人品、人才、人手、成人、大人。〔法〕自然人

男の人（男人）

田中と言う人（一個姓田中的人）

東京の人（東京人）

人を馬鹿に為る（欺負人、瞧不起人）

人を人とも思わぬ（不拿人當人）

人は火を使う動物である（人類是用火的動物）

人は万物の霊長である（人為萬物之靈長）

人も有ろうに君がそんな事を言うとは（（別人還可以怎麼會是你說出這種話來）

そんな事は人の世の常だ（那樣的事是人之常情）

党より人を選べ（要選人不要選黨）

人の言う事を聞く（聽從別人的話）

人の金に手を出す（拿別人的錢）

人の気も知らないで（也不了解人家的心情）

人の上（下）に立つ（付く）（處在別人頭上〔手下〕）

人が悪い（良い）（人品壞〔好〕）

貴方は人が悪いよ（你真壞啊！）

彼の人は実に人が良い（他為人真好）

山口さんはどんな人ですか（山口先生人品如何？）

政界（文壇）には人が居ない（政壇〔文壇〕沒有人才）

人を得ると言う事は難しい（適得其人很難）

制度は幾等良くでも其の運用に人を得無ければ駄目だ（無論制度多好如果運用不得其人也是不行）

人が足りない（人手不足）

人を立てて話し合う（通過中間人商量）

叔父さんの手許で人と為る（在叔父跟前長大）

人有る中に人無し（人雖多而人才寥寥無幾）

人衆ければ、天に勝つ（人多勝天）

人と入れ物は有り次第（人和器物多者多用少者少用）

人と屏風は直ぐには立たず（一味講理必定碰壁）

人には添うて見よ馬には乗って見よ（人要處處看馬要騎其看、路遙知馬力日久之人心）

人の一生は重荷を負うて遠きを行くが如し（人的一生如負重載而行遠路）

人の噂も七十五日（謠言只是一振風–不久就會被遺忘）

人の口に戸は立てられぬ（人口封不住）

人の善悪は針を袋に入れたるが如し（人的善惡終必暴露）

人の疝気を頭痛に病む（為別人事操心–自尋煩惱）

人の宝を数える（數別人的珍寶、忌妒別人的財富–對自己毫無益處）

人の花は赤い（東西總是別人的好）

人の振り見て我が振りを直せ（借鏡他人矯正自己）

人の褌で相撲を取る（借花獻佛）

人の当に死何と為る、其の言や善し（人之將死其言也善）

人は一代、名は末代（人生一代名垂千古）

人は氏より育つ（人貴教養–不要看門第）

人は落ち目が大事（人貴雪裡送炭人貴處於逆境而心地坦然）

人は死して名を留む（人死留名）

人は善悪の友に由る（近朱者赤近墨者黑）

人は情（人要有感情）

人はパンのみにて生くる者に有らず（人不是只為吃飯活著–還要有精神生活）

人は人、我は我（你為你我為我、不要窺伺別人臉色要按自己信念行事）

人は見掛けに寄らぬ者（人不可貌相）

人は見目より徒心（心田重於容貌）

人木石に有らず（人非木石孰能無情）

人増せば、水増す（人多開銷大）

人を誤る（誤人、殺人）

人を射んとせば、先ず馬を射よ（射人先射馬）

人を怨むより身を怨め（不要抱怨別人要反躬自省）

人を思えば、身を思う（愛人則愛己）

人を食う（玩弄人、愚弄人、目中無人）

人を付けに為る（愚弄人、目中無人）

人を呪わば穴二つ（害人反害己）

人を見たら、泥棒と思え（防人之心不可無）

人を見て法を説け（要因材施教）

人を以て言を廃せず（不以人廢言）

徒人、直人（普通人，平常人、卑職，微臣、官位低的人、俗人，沒出家的人）

寄人、寄人（宮中〝御歌所〞的職員、古時幕府各機關的吏員）

一〔造語〕一個，一回（=一つ、一回）、一點，一下、某個時期以前

一晩（一晚上）

一筆書いて下さい（請寫一下）

一塊、一塊（一塊）

一幕（一幕）

一揃い（一對、一雙、一套）

火が人家を一舐めに為る（火將房屋一下燒掉）

一勝負（賽一回）

一冬越し（過一冬）

一雨降る（下一場雨）

一風呂浴びる（洗個澡）

一走りする（跑一會兒）

一目ちらり見る（看一眼、一瞥）

一安心（安心一點）

一目見た丈で好きに為る（一見鍾情）

一頃（有個時期）

一目見た丈で気に入る（一眼就看中）

一昔（往昔）

一休み（歇一會兒）

人垢〔名〕身體上的泥垢、別人身上的泥垢

人垢は身に付かぬ（盜竊別人的東西、畢竟不屬於自己）

人商い、人商〔名〕販賣人口

人商人〔名〕人口販子、以販賣人口為生的人

人足〔名〕來往行人

人足繁き町（來往行人多的街道）

人足の絶えた町（斷了行人的街道）

未だ人足が疎らだ（來往行人還稀稀落落）

人足〔名〕粗活工人（=人夫）

木材切り出し人足（伐木工人）

引越しに人足を頼む（請搬運工人幫忙搬家）

人当たり、人当り〔名〕待人接物的態度

人当たりが良い（對待人態度好）

彼は人当たりが柔かだ（他對人和藹）

人穴〔名〕古人居住的洞穴、熔岩硬化後內部瓦斯溢出形成的洞穴

人熱れ、人熅れ〔名〕人多密集而悶熱

満員でバスは人熱れでむっとしている（公車客滿擠得悶熱）

人一倍〔名、副〕比別人加倍

人一倍勉強する（比別人加倍用功）

人一倍働く（加倍工作）

人一倍の努力（比別人加倍努力）

人一倍気が弱い（比別人懦弱得很）

人受け〔名〕人緣

人受けが良い（悪い）（人緣好〔壞〕）

人受けの狙った作品（投人喜好的作品）

人請け〔名〕（江戶時代）傭人擔保（的人）

人怖じ〔名、自サ〕（小孩）怕生、認人

此の子は人怖じして困る（這小孩怕生真沒辦法）

人音〔名〕〔舊〕人聲、腳步聲

人買い〔名〕人口販子

人買いに攫われる（被人口販子拐跑）

人垣〔名〕人牆、（圍一圈的）人群

テレビの前に人垣を作る（在電視前圍起很多人）

野次馬が人垣を造る（起哄的人圍了一圈）

人垣を分けて前に出る（撥開圍著的人群擠到前面）

人がましい〔形〕像個人樣。〔舊〕像個相當人物

人がましい生活（像個人樣的生活）

人がましい名僧（像個相當了不起的高僧）

人柄〔名、形動〕人品、人品好

彼の人は人柄が良い（他人品好）

優れた人柄（出眾的人品）

人柄が悪い（人品壞）

御人柄な人（人品好的人）

叔父さんは御人柄だね（伯伯真是個大好人！）

こんなに旨く行ったのも貴方の御人柄だね（所以這麼順利都是因為您的人品啊！）

人聞き〔名〕名聲、傳出去、外人聽來（=外聞）

人聞きが悪い（傳出去不好聽）

其は人聞きが良くない（那話傳出去不好聽）

そんな人聞きの悪い事は止して呉れ（不要做那種傳出去不好聽的事）

人聞きが悪い事を言う（說些不悅耳的話）

人嫌い〔名、形動〕嫌惡人、厭煩人、不願見人

人嫌いな人（嫌惡人的人）

彼は人嫌いだ（他不愛見人〔交際〕）

人切り、人斬り〔名〕殺人、劊子手

人切り庖丁、人斬り庖丁（〔俗〕刀）

人食い、人食〔名〕咬人、吃人

人食い犬（咬人的狗）

人食い馬（咬人的馬）

人食い人種（吃人肉的種族、食人族）

人草〔名〕人、庶民

人臭い〔形〕有人的樣子、有人氣味、像人（=人間らしい）

人声〔名〕人聲、說話聲

人声が聞こえる（聽見說話聲）

がやがや言う人声（吵吵鬧鬧的說話聲）

何処でひそひそと人声が為る（在什麼地方有嘁嘁喳喳的說話聲）

人言、人言〔名〕人言、（一般人的）評論

人毎〔名〕每個人、不論誰都（=皆。誰も彼も）

人込み, 人込、人混〔名〕人山人海、（雜沓的）人群

弟が人込みの中で迷子に為った（弟弟在人山人海中走失了）

御祭りで大変な人込みだ（因為節日人山人海）

人込みに紛れて逃げ去る（混到人群中逃走）

人込みを避ける（避開雜沓的人群）

人込みを押し分けて通る（擠開人群走過去）

人殺し〔名〕殺人、殺人犯

人殺しを為る（殺人）

人殺しの犯人（殺人犯）

昨夜近所で人殺しが有った（昨天晚上在附近發生了殺人案）

彼は人殺しを遣った事が有る（他殺過人）

〔人殺し！〕と叫ぶ声（〝殺人了〞的叫喊聲）

彼は人殺しだ（他是個殺人犯）

人差し指, 人差指、人指し指〔名〕食指（=食指）

人里〔名〕村落、村莊

人里離れた山の中に住む（住在離開村莊的山中）

人里が恋しくなる（思念村莊）

人様〔名〕〔敬〕別人、旁人

人様の事に口を出すな（不要對別人的事插嘴）

そんな事を為ると、人様に笑われるよ（做那種事要被別人恥笑的）

人様の物に手を付けるのではない（不要動別人的東西）

人攫い〔名〕誘拐小孩、大騙子

人攫いに会う（碰上大騙子）

人騒がせ〔名、形動〕驚擾別人

飛んだ人騒がせを為て相済みません（驚擾了大家實在對不起）

悪戯に防犯ベルを押す何て全く人騒がせだ（隨便按防盜鈴簡直是無故驚擾大家）

人質〔名〕人質

人質と（に）為る（成為人質）

人質に取る（扣為人質）

人質と為て送る（送去作為人質）

徳川家康は幼い時、今川義元の人質だった（德川家康年幼的時候曾是今川義元的人質）

人死に、人死〔名〕（意外）身死、喪命

其の事故で沢山な人死にが有った（因那次事故有許多人喪生）

人好き〔名〕令人喜愛、討人歡喜

人好きの為る顔（令人喜愛的面孔）

彼には何処か人好きの為る処が有る（他有著討人歡喜的地方）

人好し〔名、形動〕大好人、老好人

人少な〔形動〕人數少、人手不足

人擦れ、人擦〔名、自サ〕世故、喪失天真

人擦れ（の）しない人（天真無邪的人）

人擦れ（の）した人（精於世故的人）

人擦れ（が）している女（精於世故的女人）

人集り〔名〕人群、聚集許多人（=人立ち）

事故の現場は沢山な人集りだった（事故現場人山人海）

黒山の様な人集りが為る（聚集得人山人海）

何か有ったらしく、町角に人集りが為ていた（好像發生了什麼事情街角上聚集了許多人）

人助け、人助〔名〕幫助人、善行

人助けを為る（幫助人、做好事、給別人幫忙）

其は大いに人助けに為る（那是做了一件大好事）

人立ち〔名、自サ〕聚集許多人、人群（=人集り）

夥しい人立ちが有る（人山人海）

停留所の人立ちが次第に多くなる（公車站的人越來越多）

人頼み、人頼〔名〕依賴別人、依靠他人（=人頼り）

人頼みでは駄目だ（依靠別人是不行的）

人頼みしないで自分で遣る（不依賴別人自己做）

人魂〔名〕鬼火，磷火、〔俗〕流星

人魂が飛ぶ（鬼火飛動）

人溜り〔名〕許多人聚集處、許多人等候處

人違い、人違〔名、自他サ〕認錯人、弄錯人

人違いを為る（認錯人）

其は人違いだった（那是弄錯人了）

声を掛けて始めて人違いだと分った（一打招呼才知道是認錯人了）

貴方は山口さんでは有りませんか、もし人違いだったら、御免為さい（您是不是山口先生？如果我弄錯人了請原諒）

御人違いでしょう（您認錯人了吧！）

人使い、人使〔名〕使用人（的方法）

人使いが荒い（用人粗暴）

人付き、人付〔名〕交往，交際、人緣

人付きが良い（人緣好）

人付き合い、人付合〔名〕交往、交際、相處

人付き合いの良い（悪い）人（善於〔不善於〕交際的人）

人っ子〔名〕〔俗〕（人的強調說法）人

人っ子一人（〔下接否定〕一個人都…）

人っ子一人居ない（一個人都沒有）

町には人っ子一人見えなかった（街上一個人都沒有）

人伝〔名〕傳話，捎口信，帶東西。〔轉〕傳聞，傳說，謠言

人伝に言って遣る（傳話說給他聽）

人伝に聞く（傳聞、道聽途說）

友達の病気を人伝に聞く（從傳聞中聽說朋友生病）

人礫〔名〕像拋小石子似的把人扔開

人妻〔名〕他人之妻、已婚女子

幼友達が人妻と為った（小時候的朋友已為人妻子了）

人手〔名〕人手、別人的手、幫手、人工

人手に頼る（依靠別人）

人手に渡る（到別人手裡、成了人家的東西、歸別人所有）

人手に渡す（變賣給外人）

土地を人手に渡す（把土地轉讓他人）

人手を借りる（求助於別人）

人手を借りずに遣れないかね（非讓人幫助不可嗎？）

人手が足りない（人手不夠）

此の仕事は人手が要る（這工作需要人手）

人手を加える（加以人工）

此れが人手に為った物とは思われない（不能想像這是人工做出來的）

人手に掛る（他殺、死在他人之手）

人手に掛ける（借他人之手殺死）

人出〔名〕外出的人群

銀座は非常な人出であった（銀座人山人海）

海岸は海水浴で大変な人出だ（海邊海水浴的人非常多）

大した人出だなあ（真是人山人海啊！）

人で無し〔名、形動〕不是人、無人性的人、不懂情理的人、面獸心的人、忘恩負義的人（=人非人）

彼奴は全く人で無しだ（那小子根本不是人）

あんなに世話に為った人を騙す何て、全く人で無しだ（他竟然欺騙那樣照顧過他的人簡直是個忘恩負義的小子）

人も無げ〔形動〕旁若無人般

彼女達の陽気な人も無げな饒舌（她們爽朗旁若無人似地饒舌）

一緒に為って人も無げに淫ら冗談を言い交わしている（一起放肆地說著下流的玩笑）

人通り、人通〔名〕人來人往、來往行人

夜十時過ぎると人通りが無くなる（一到晚上十點就沒有行人了）

此処は人通りの激しい処です（這裡是來往行人雜沓的地方）

町は人通りがと絶えていた（街上來往的行人斷絕了）

人中〔名〕眾人中間，眾人面前、社會（=人中、人中）

人中で恥を掻く（在人前丟臉）

人中へ出る（來到眾人中間）

内気なので人中に出た柄無い（由於靦腆不願意到眾人面前）

人中に出られない身（很難在社會上公開露面的身分）

人中〔名〕〔解〕人中、眾人之中（=人中）

人中の獅子（傑出的人物）

人中の出るのを恥じる（害羞在人前露面）

人中〔名〕〔解〕人中、人世之中（=人中）

人となり、為人〔名〕為人、稟性、天性、性格（=生れ付き、性質）

彼は人とが正直である（他為人正直）

彼は人となりが剛毅であった（他性格剛毅）

清楚な身形は清潔な人となりを表す（整潔的打扮表現出好乾淨的性格）

此の一事は彼の人となりを示している（這件事表現了他的為人）

彼の人となりに感動せぬ者は居ない（沒有人不被他的為人所感動）

人泣かせ〔名、形動〕氣人、使人為難

人泣かせな悪戯（使人為難的玩笑）

人雪崩〔名〕人潮、蜂擁的人群

人雪崩を打って押し寄せる（人群蜂擁而至）

人雪崩で怪我人が出る（因為人群壅擠有受傷者）

人懐かしい〔形〕想念人的、愛慕人的、對人感到親熱的

人懐っこい〔形〕不怕生人的、和藹可親的

都会の子は人懐っこい（城市裡的孩子不認生）

少年は人懐っこい微笑を浮かべた（少年臉上浮出了親暱的微笑）

人波〔名〕人潮

初詣の人波（新正參拜神社的人潮）

人波に揉まれる（被人群擠來擠去）

観衆は人波を打ってどっと雪崩出た（觀眾潮水般的蜂擁而出）

群衆は人波を打って進んだ（人群蜂擁前進）

人並み、人並〔名、形動〕普通、一般（=人間並み）

人並み優れた才能（出類拔萃的才能）

人並み外れた体格（超出一般的體格）

人並みの生活（普通的生活）

人並みに暮す（過著一般人的日子）

年は若いが、もう人並みの仕事を為る（雖然年紀輕但已經做普通人的工作）

国際社会では英語を知らないでは人並みの交際は出来ない（在國際社會上不會英文就不能進行一般的交往）

彼の人達は人並み以上の努力を為たからこそ、成功したのだ（正因為他們做出超人的努力才得到了成功）

人馴れる〔自下一〕慣於交際，易於交往，和藹可親，（動物）馴熟

御恵ちゃんは勝気な人馴れた子です（小惠是個剛強和藹可親的孩子）

人馴れた文鳥（馴熟的文鳥）

人馴れ〔名、自サ〕善於交際，易於交往、（動物）馴服

人馴れした態度（和藹可親的態度）

人馴れの為ない鳥（不馴服的鳥）

人似猿〔名〕〔動〕類人猿（的總稱）（=類人猿）

人似猿科（類人猿目）

人橋〔名〕不斷派人去、通過中間人提出、被派出的人、中間人

人橋を掛ける（〔有急事時〕不斷派人去）

人柱〔名〕〔古〕（古時架橋，構築城堡，堤壩時作為祭神犧牲品的）被活埋水下或土中的人〔轉〕（為某種目的）獻身的人、犧牲者

護国の人柱と為る（成為護國英烈）

人肌、人膚〔名〕人的肌膚、體溫

人肌に触れる（〔男女間〕觸及肌膚、結下深交）

人肌の御燗（略溫的酒）

人肌に温める（〔把酒〕略燙一下）

人離れ〔名〕離開村莊、沒有人緣、逃避交際、和普通人不同

人払い、人払〔名、自サ〕（密談等時）讓人迴避、（顯貴人出門時）清道

人払いを御願いします（請讓別人迴避）

人払いして密談する（叫退旁人進行密談）

人払いを命じる（命令旁人迴避）

人減らし〔名〕裁減人員

人偏〔名〕人字邊

人前〔名〕人前，眾人面前、體面，外表

人前に出る事を嫌う（不願意拋頭露面）

人前に出られない（見不得人）

人前で意見を述べる（在眾人面前發表意見）

人前で恥を掻かす（使當眾出醜）

人前も憚らずに泣き立てる（當著人前公然哭起來）

人前を飾る（繕う）（裝飾外表、裝潢門面）

人任せ、人任〔名〕委託別人、託付他人

人任せに為る（委託別人）

彼の人は何でも人任せだ（他甚麼事都靠別人）

此の仕事は人任せでは駄目だ（這件事託付給別人是不行的）

仕事を人任せに為て遊び惚けている（把工作託付給別人只顧去玩）

人交ぜ、人雑ぜ〔名〕混雜著其他的人

人交わり〔名〕交往、交際（=付き合い、交際）

人待ち顔、人待顔〔名〕等候人的神色（樣子）

人待ち顔の女（等候約會的女人）

駅の前に人待ち顔で（に）立っている人（站在火車站前似乎在等人的人）

人真似〔名、自サ〕模仿別人，仿效別人、（動物）模仿人，學人

彼は中中人真似が旨い（他特別善於模仿別人）

人真似許りしないで、自分で考えたら如何か（不要光學人家自己琢磨一下怎麼樣？）

猿が人真似（を）為る（猴子學人）

人見知り、人見知〔名、自サ〕（小孩）認生

人見知りして泣く（因為認生哭起來）

此の子は人見知り（を）為て困る（這孩子認生真傷腦筋）

人群れ、人群〔名〕人群

人目〔名〕他人眼目、世人眼光

人目の多い場所（眾目睽睽的地方、公共場所）

人目を引く（引人注目）

人目を避けて会いに行く（避開他人眼目去赴約）

此処は余り人目が多過ぎる（這裡眼目太多）

人目が有るから、そんな事は御止し為さい（因旁人會看見那種事就算了吧！）

人目が煩いから、直ぐ帰って下さい（因為被人看見很麻煩趕快回去吧！）

人目に余る（令人看不下去）

人目に立つ（付く）（引人注目）

人目を晦ます（蔽人耳目）

人目を忍ぶ（躲避人的眼目）

人目〔名〕人的眼睛（=人目）

人文字〔名〕許多人排列成的文字圖案

人文字を書く（作る）（人排成字樣）

応援団は黒い上着を着て〝ＴＯＫＹＯ〞と人文字を書いた（啦啦隊身穿黑色上衣排成〝TOKYO〞字樣）

人山〔名〕人群、人山人海

其の家の前に人山を築いた（在那家前面聚集了許多人）

喧嘩で人山を築いた（因為吵架圍了很多人）

人寄せ、人寄〔名、自サ〕吸引人、為招攬顧客而進行的表演、曲藝場，雜耍場（=人寄せ席）

人寄せにちんどん屋を雇う（為了招攬顧客雇用化妝廣告隊）

人寄せにバーゲンセールを為る（為了招攬顧客而大拍賣）

人笑い〔形動〕惹人發笑、令人噴飯（=人笑わせ）

人笑わせ〔名、形動〕惹人發笑、令人噴飯

人笑われ〔名〕被人譏笑（的事）

人〔接尾〕（助數詞用法、表示人數）人

二人（兩個人）

三人、三人（三個人）

四人、四人（四個人）

仁、仁（ㄖㄣˊ）

仁〔名〕仁、仁慈、仁愛。〔敬〕人

〔漢造〕（也讀作仁）仁、果仁、果核

身を殺して仁を成す（殺身成仁）

剛毅朴訥は仁に近し（剛毅樸訥近於仁）

医は仁術（醫仁術也）

彼の仁は中中の人物だ（他是位了不起的人物）

尊敬す可き仁（可敬的人）

奇特な御仁（奇特的人）

仁の心が厚い（非常仁厚、仁心宅厚）

智仁勇、知仁勇（智仁勇-三達德）

朴念仁（木頭人、不懂情理的人）

一視同仁（一視同仁）

不仁（沒有仁愛心、麻木不仁）

仁愛〔名〕仁愛、慈愛

仁愛の心（仁愛之心）

仁義〔名〕仁義、情義、道德、（夥伴，賭徒，流氓的封建道德）義氣、（賭徒，流氓間的）見面禮，寒暄語

仁義の道（仁義之道）

仁義の軍を起こす（發動正義戰爭）

彼の行いは仁義に外れている（他的行為不道德）

仁義を立てる（盡情義、表示義氣）

仁義を通す（講情義、講義氣）

仁義を欠けた行い（不講情義的行為）

仁義を知らない（不講義氣）

仁義を切る（流氓之間互道寒喧、行個見面禮）

仁君〔名〕仁德的君主

仁君の誉れが高かった（仁君的聲譽很高）

仁兄〔名〕（書信用語）仁兄

仁恵〔名〕仁惠

民に仁恵を施す（施惠於民）

仁慈〔名〕仁慈

仁慈の国王（仁慈的國王）

仁者〔名〕仁者、富於同情心的人（=仁人）

仁者と為て信望を集めている（作為仁者深受眾望）

仁者に敵無し（仁者無敵）

仁者は憂えず（仁者不憂）

仁者は山を楽しむ（仁者樂山）

仁術〔名〕仁術、醫術

医は仁術（醫乃仁術）

仁恕〔名〕仁恕

主君の御仁恕は終生忘れられません（主君對我的仁恕終身難忘）

仁心〔名〕仁慈心

仁人〔名〕仁德之人（=仁者）

仁政〔名〕仁政

仁政を施す（施行仁政）

仁政を布く（頒布仁政）

仁沢〔名〕仁澤、寬厚、仁慈

仁道〔名〕仁道、愛人惠民的政治

仁徳、仁徳〔名〕仁德

仁徳の高い君子（仁厚德高的君子）

仁〔名〕果仁、果核（=実、核）、細胞核

杏仁（杏仁）

仁侠，任侠、仁侠〔名〕俠義（=男伊達、男気）

仁侠の徒（俠義之士）

仁侠を以て鳴る（以俠義見稱）

仁王〔名〕仁德之王神武天皇以後的天皇（=人皇、人皇、人皇）（=仁王）

仁王、二王〔名〕〔佛〕（寺院門內的）哼哈二將、金剛力士

仁王門（兩旁有哼哈二將的寺院門）

仁王立（像哼哈二將似地叉著腿站立）

仁輪加狂言、俄狂言〔名〕即興滑稽短劇（=茶番狂言）

壬（ㄖㄣˊ）

壬〔名〕（天干第九位）壬（=壬）

壬申〔名〕（天干地支的）壬申

壬申戸籍（壬申戶籍-明治五年施行的戶籍）

壬〔名〕（水の兄之意）（天干第九位）壬

壬生菜〔名〕〔植〕壬生菜（東京壬生產的油菜）

壬生艾〔名〕〔植〕壬生艾（山道年的原料）

忍（ㄖㄣˇ）

忍〔漢造〕忍耐、忍受、殘酷、隱藏

堪忍（忍耐、寬恕）

隠忍（隱忍）

残忍（殘忍、殘酷）

忍界〔名〕〔佛〕紅塵、俗世

忍苦〔名、自サ〕耐苦

忍苦の生活（刻苦的生活）

忍苦の甲斐が有って終に成功する（沒有白白吃苦終於成功）

忍者〔名〕忍者、用隱身術的人（=忍術使い）

忍受〔名〕忍受

忍従〔名、自サ〕隱忍服從

忍従の生活（忍氣吞聲的生活）

忍従を強いる（強迫忍耐屈從）

長い間、姑に忍従して来た妻（長期對婆婆隱忍服從的妻子）

忍術〔名〕忍術、隱身術（=忍びの術）

忍術使い（用隱身術的人、忍者）

忍術を使う（施展隱身術）

忍耐〔名、自他サ〕忍耐（=耐え忍ぶ）

忍耐強い（不屈不撓、堅忍不拔）

到頭忍耐し切れなくなった（終於忍耐不住了）

酷い仕打ちをじっと忍耐する（默默地忍受難堪的打擊）

忍耐要する仕事（需要有耐性的工作）

忍冬、忍冬、吸葛〔名〕〔植〕忍冬、金銀花

忍冬文（〔建〕〔古希臘建築的〕忍冬狀圖案）

忍辱〔名〕〔佛〕忍辱

慈悲忍辱の心（慈悲忍辱的心腸）

忍法〔名〕隱身術（=忍術）

忍ばす〔自五〕偷偷地行事、偷偷攜帶、暗藏

忍ばせる〔他下一〕（來自忍ぶ的使役形）偷偷地行事、偷偷攜帶、暗藏

足音を忍ばせて敵を近付く（悄悄地向敵人逼近）

声を忍ばせて（不出聲地）

身を忍ばせる（藏身）

懐に短刀を忍ばせる（懷裡暗藏短刀）

兵を密林の中に忍ばせる（把兵埋伏在密林裡）

忍ぶ〔自五〕隱藏，躲避、偷偷地，悄悄地（=隠れる）

〔他五〕忍耐，忍受（=耐える）

木蔭に忍ぶ（躲在樹後）

縁の下に忍ぶ（躲在走廊地板下）

人目を忍ぶ（躲避旁人耳目）

世を忍ぶ（隱居、遁世）

夜毎に忍んで来る（每晚悄悄地來）

恋人の許に忍んで行く（偷偷地到情人那裏去）

忍ぶ恋路（秘密戀愛）

恥を忍ぶ（忍辱）

忍び難い（難以忍受）

其の惨状は見るに忍びない（那種慘狀慘不忍睹）

不自由を忍んで下宿生活を為る（忍受不方便過寄宿生活）

私はそんな事を為るに忍びない（我不忍做那種事情）

彼を正視に忍びなかった（不忍正視他）

偲ぶ〔他五〕回憶，追憶、懷念，想念

故郷を偲ぶ（懷念故鄉）忍ぶ

父母を偲ぶ（懷念父母）

故人を偲ぶ（懷念死者）

昔を偲ぶ（緬懷往昔）

在りし日を偲ばせる品品（使人追念往日的各種物品）

志賀氏を偲ぶ会（追念志賀先生的會）

此れを亡き友を偲ぶ縁と為よう（借此來記念亡友吧！）

其の城を見ると天正時代が偲ばれる（看到那座城使人緬懷天正時代）

忍ぶ（草）〔名〕〔植〕海州骨碎補

忍び、忍〔名〕潛入、微行，私訪、間蝶，奸細、（警察，盜賊的隱語）偷盜（略稱のび）、悄悄地走（=忍び歩き）

忍びの術（隱身術）

御忍びの遊び（微服出遊）

今日は余は忍びじゃ（今天我要微服出遊）

忍びの者（奸細）

忍びを出す（派出奸細）

忍びを働く（偷盜）

忍び会う〔自五〕（男女）約會

忍び会い〔名〕（男女）約會、幽會

忍び足、忍足〔名〕躡足

忍び足で行く（歩く）（躡足而行）

忍び足で近寄る（悄悄地走近）

忍び足を為て（で）現場に近付く（悄悄地接近現場）

抜き足、差し足、忍び足 （輕舉輕放、悄悄地走）

忍び歩く〔自五〕 躡足而行，悄悄地走

忍び歩き〔名〕 躡足而行，悄悄地走（=忍び足）、微行（=御忍び）

忍び入る〔自五〕潛入、偷偷進入

部屋へ忍び入る（潛入屋內）

誘惑の念を忍び入る（忽然產生誘惑的念頭）

忍び男〔名〕情夫、姘夫

忍び女〔名〕情婦，姘婦、私娼

忍び返し、忍返し〔名〕（牆頭上防小偷的）碎玻璃，鐵絲網。〔建〕大釘，道釘

忍び返しの有る塀を越えて泥棒が入った（小偷越過玻璃碎片圍牆進來了）

忍び駕籠〔名〕〔古〕乘轎微行、微行的乘轎

忍び難い〔形〕難以忍受

忍び難きを忍ぶ（忍人之所難忍）

忍び釘、忍釘〔名〕暗釘

忍び声、忍声〔名〕小聲、悄聲

忍び声で話す（小聲說話）

忍び言、忍言〔名〕私語（=内緒話）

忍び事、忍事〔名〕隱私、祕事（=内緒事）

忍び込む、忍込む〔自五〕潛入、悄悄進入（=忍び入る）

天窓から忍び込む（從天窗悄悄進入）

そっと忍び込んで様子を窺った（悄悄溜進去窺探了情況）

忍び路、忍路〔名〕秘密通道

忍び忍び〔副〕偷偷地、悄悄地

忍び姿、忍姿〔名〕喬裝

忍び姿の王子（化裝的王子）

忍び田、忍田〔名〕〔古〕（不納稅的）黑地

忍び出る〔自下一〕潛出、悄悄溜出去

家から忍び出る（從家裡偷偷溜出去）

裏口から忍び出る（從後門悄悄溜出去）

忍び取〔名〕〔古〕偷襲、悄悄攻取

忍びない〔形〕不忍、忍不住

見るに忍びない（不忍看）

忍び泣く、忍泣く〔自五〕暗泣、偷偷哭泣

忍び泣き、忍泣〔名〕暗泣、偷偷哭泣

此の話を知って忍び泣きを為る人が多かった（聽到此事很多人偷偷哭泣）

忍び涙、忍涙〔名〕背地流（的）眼淚

忍びに〔副〕悄悄地、偷偷地

忍び音、忍音〔名〕（陰曆四月初的）杜鵑啼聲、抽泣聲、小聲

忍び音を洩らす（偷偷抽泣）

しくしくと忍び音に泣く（小聲抽泣）

忍び船、忍船〔名〕私漕船

忍びやか〔形動〕偷偷、悄悄

忍びやかな足音（悄悄的腳步聲）

春は忍びやかに街を訪れる（春天不知不覺來到街頭）

忍び寄る、忍寄る〔自五〕偷偷接近、不知不覺來到

忍び寄る人影（悄悄接近的人影）

秋が忍び寄る（秋天不知不覺地來到）

忍び渡る、忍渡る〔自五〕隱居度日

忍び笑い、忍笑〔名、自サ〕偷笑、竊笑

彼の恰好を見て忍び笑いする人が多かった（許多人看到他的樣子都暗暗地發笑）

壁から忍び笑いの声を聞えて来る（隔壁聽到竊笑聲）

御忍び〔名〕（有身分的人、故意不露身分）微服出行

御忍びで遊びに行く（微服出去尋歡作樂）

荏、荏（ㄖㄣˇ）

荏、荏〔漢造〕光陰漸漸過去

荏苒〔副〕時光過去、再三拖延

荏苒（と為て）今日に至る（荏苒至今）

荏苒日を送る（荏苒度日）

荏苒と為て時日を費す（一再拖延耗費時日）

荏〔名〕〔植〕荏、白蘇、蘇籽（=荏胡麻）

江〔名、漢造〕水灣，海灣，湖泊（=入江）。〔古〕河，海

入り江、入江（海灣）

難波江（大阪附近的難波灣）

枝〔名〕樹枝（=枝）

松が枝（松枝）

梅が枝（梅枝）

枝〔名〕樹枝←→幹、分支、（人獸的）四肢

太い枝（粗枝）

細い枝（細枝）

梅一枝（一枝梅花）

枝下ろし（打ち）（修剪樹枝）

枝を折る（折枝）

枝を揃える（剪枝）

枝もたわわに実る（果實結得連樹枝都被壓彎了）

枝川（支流）

枝道（岔道）

枝の雪（螢雪、苦讀）

枝を交わす（連理枝）

枝を鳴らさず（〔喻〕天下太平）

柄〔名〕柄、把

傘の柄（傘柄）柄絵江枝餌荏重会恵慧

斧の柄（斧柄）

柄を挿げる（安柄）

柄を挿げ替える（換柄）

柄の長い柄杓（長柄勺）

柄の無い所に柄を挿げる（強詞奪理）

絵、画〔名〕畫、圖畫、繪畫、（電影，電視的）畫面

色刷りの絵（彩色印畫）

絵を描く（畫畫）

随分古い絵だ（非常古老的畫、很老的影片）

絵がはっきりしない（畫面不清楚）

絵の様な黄山（風景如畫的黃山）

絵が上手だ（善於畫畫）

絵が下手だ（不善於畫畫）

絵が分る（懂得畫、能鑑賞畫）

絵が分らない（不懂得畫、不能鑑賞畫）

風景を絵に為る（把風景畫成畫）

絵に書いた様に美しい（美麗如畫）

絵に書いた餅で飢えを凌ぐ（畫餅充飢）

絵模様（繪紋飾）

絵地図（用圖畫標示的地圖）

油絵（油畫）

影絵影画（影畫、剪影畫）

影絵芝居（影戲、皮影戲）

写絵、映絵（寫生的畫、描繪的畫、剪影畫、〔舊〕相片，幻燈）

移絵（移畫印花、印花人像）

掛絵（掛的畫）

挿絵（插畫繪圖）

下絵（畫稿、底樣、〔請帖，信紙，詩籤等上的〕淺色圖畫）

浮世絵（浮世繪－江戶時代流行的風俗畫）

屏風絵（屏風畫）

風刺絵（諷刺畫）

餌〔名〕餌，餌食（=餌）。〔轉〕誘餌，引誘物

魚が餌に掛かる（魚上鉤）

釣針に餌を付ける（把餌安在鈎上）

兎に餌を遣る（餵兔子）

鶏が餌を漁る（雞找食吃）

金を餌に為て騙す（以金錢作誘餌來欺騙）

餌〔名〕餌食。〔轉〕誘餌。〔俗〕食物

魚に餌を遣る（餵魚）魚 肴 魚魚

金を餌に為る（以金錢為誘餌）

景品を餌に客を釣る（以贈品為誘餌招來顧客）

餌が悪い（吃食不好）

餓鬼に餌を遣れ（給孩子點吃的吧！）

餌〔名〕〔俗〕餌（=餌）

重〔接尾〕（接在數詞下）重、層

一重（單層、單衣）

八重（八層、多層）

紐を二重に掛ける（把繩子繞上兩圈）

会〔漢造〕相會、（佛教上的）聚會、省悟，理解、繪

法会（〔佛〕法會、法事）

斎会（〔佛〕〔聚集僧尼施齋的〕齋會、法會）

節会（〔古〕節宴－古代封建朝廷於節日或重要日子舉行的宮廷宴會）

聖霊会（聖靈降臨節）

図会（圖冊、畫冊）

恵、恵〔漢造〕恩惠、聰明、智慧

恩恵（恩惠、好處、恩賜）

慈恵（慈惠、慈善）

仁恵（仁惠）

特恵（特別優惠）

知恵、智慧（智慧，智能、腦筋，主意）

慧、慧〔漢造〕智慧，才智，聰明。〔佛〕智慧

慧悟（慧悟）

慧敏（慧敏）

智慧、知恵（智慧，智能、腦筋，主意）

戒定慧（佛道修行的三個要目）

荏胡麻〔名〕〔植〕荏、白蘇

荏胡麻油（蘇子油、荏子油=荏の油）

荏の油〔名〕蘇籽油、荏籽油

稔、稔（ㄖㄣˇ）

稔、稔〔漢造〕結實、成熟（=実る）

豊稔、豊稔、豊稔（穀熟、豐收）

稔性〔名〕〔生〕能育性←→不稔性

稔る、実る〔自五〕結實，成熟、有成果，結果實

穀物が実る（穀物成熟）

柿が実る（結柿子）

今年は稲が良く実った（今年稻子收成好）

彼の努力は実らなかった（他的努力沒有取得成效）

十年来の研究が実るのも間近と思われた（十年來的研究眼看快有成果了）

稔り，稔、実り，実〔名〕結實，成熟、成果，成效

実り豊かな秋（豐收的秋天）

実りが遅い（成熟得晚）

今年の米の実りが悪い（今年稻子收成不好）

会議は実り多い物であった（會議有了很多成果）

我我の仕事が実際に実りを生むのは、二十年も先の事である（我們的工作要在二十年以後才能實際取得成果）

刃、刃（刄）（ㄖㄣˋ）

刃〔漢造〕刀（=刃物）、刀砍

刀刃（刀刃）

凶刃、兇刃（凶器）

白刃（白刃、出鞘的刀）

氷刃（冰一樣利的刀）

兵刃（兵刃、白刃）

利刃（利刃）

自刃（用刀劍自殺）

刃〔漢造〕刀、刀砍

刃傷、刃傷〔名、他サ〕用刀傷人

口論に発した争いが到頭刃傷沙汰に及んだ（由口角引起的爭執終於動起刀來）

刃〔名〕刃、刀刃（＝刃）

刃が鋭い（刀刃鋒利）

刃が鋭くて良く切れる（刀刃鋒利好切）

刃を付ける（開刃）

庖丁の刃（菜刀的刀刃）

剃刀の刃（刮鬍刀刃）

刃の付いた刀（開了刃的刀）

刃が欠ける（毀れる）（被刀刃傷到）

刃が切れなくなった（刀刃變鈍了）

ナイフには鋭い刃が付いていた（這把刀有鋒利的刀刃）

ナイフの刃が捲くれる（小刀刃變捲了）

刃を拾う（磨刀）

刃を研ぐ（磨刀）

刃〔名〕（焼刃的轉變）刀刃、刀具、刀劍

刃を交える（交鋒）

刃に血塗らずして（兵不血刃）

刃に伏す（自殺、自刎）

敵の刃に倒れる（死於敵人刀下）

刃に掛って死ぬ（被刀殺死）

刃に掛ける（用刀殺、刀斬）

彼は刃の下を潜って来た人だ（他是死裡逃生的）

刃から出た錆は研ぐに砥石が無い（自作自受、自食其果）

刃の錆は刃より出でて刃を腐らす（自作自受、自食其果）

刃を迎えて解く（迎刃而解）

歯〔名〕齒，牙，牙齒、（器物的）齒

歯の根（牙根）

歯の跡（牙印）

歯を磨く（刷牙）

歯を穿る（剔牙）

歯を埋める（補牙）

歯を入れる（鑲牙）

歯を抜く（拔牙）

歯が痛む（牙疼）

歯が生える（長牙齒）

歯が一本抜けている（掉了一顆牙）

此の子は歯が抜け代わり始めた（這孩子開始換牙了）

歯を剥き出して威嚇する（齜牙咧嘴進行威嚇）

歯車（齒輪）

鋸の歯（鋸齒）

櫛の歯（梳子的齒）

下駄の歯（木屐的齒）

歯が浮く（倒牙、牙根活動、令人感到肉麻）

歯が立たない（咬不動、比不上，敵不過，不成對手）

歯に合う（咬得動、合口味，合得來）

歯に衣を着せない（直言不諱、打開窗戶說亮話）

歯の抜けた様（殘缺不全、若有所失，空虛）

歯の根が合わない（打顫、發抖）

歯の根も食い合う（親密無間）

歯の根を鳴らす（咬牙切齒）

歯亡び舌存す（齒亡舌存、剛者易折柔者長存）

歯を食い縛る（咬定牙關）

歯を切す（咬牙切齒）

歯を出す（斥責、怒斥）

羽〔名〕羽，羽毛（=羽）、翼，翅膀、（箭）翎、勢力，權勢（=羽振り）

孔雀の羽（孔雀的羽毛）

鷹の羽音（老鷹拍翅膀的聲音）

蝉の羽（蟬翼）

矢羽（箭翎）

羽が利く（有權勢）

端〔名〕邊、頭（=端、端）

〔造語〕零頭、零星物

口の端（口邊）

山の端（山頭、山頂、山脊）

軒の端（檐頭）

端数（零數、尾數）

端物（零頭、零碎的東西）

葉〔名〕葉（=葉っぱ）

葉が落ちる（葉落）

木の葉（樹葉）

楡の葉が出る（榆樹長葉子了）

木の葉がすっかり無く為った（樹葉都掉了）

葉を出す（生葉、長葉）

木の欠いて根を断つな（修剪樹枝不要連根砍斷）

葉のこんもり茂った松の木（葉子茂密的松樹）

葉の出る前に花の咲く木（先開花後長葉的樹）微風微風

破〔名〕破（雅楽、能楽等三個組成部分之一-即拍子由慢變快的轉變部分）

〔漢造〕破壞、打破、破裂、擊破、突破、破除

序破急（序破急-雅楽、能楽的始中終三個組成部分。〔轉〕歌曲或舞蹈等的三種變化，緩急變化。〔俗〕事物的起始中間末尾）

大破（大破、嚴重毀壞）

難破船（遇難船隻、失事的船隻）

撃破（擊破、打敗、駁倒）

論破（說敗、駁倒）

踏破（走遍、走過〔艱難的道路〕）

読破、（讀破、讀完=読み通す）

読み破る（讀破、讀遍、全部讀完）

看破（看破、看穿、看透）

突破（突破、闖過、超過）

道破（道破、說破）

派〔名、漢造〕派、派別、流派、派生、派出

派が違う（流派不同）

一つの派を立てる（樹立一派）

二つの派を分れる（分成兩派）

流派（流派）

支派（支派）

自派（自己所屬的黨派）

分派（分派，分出一派、小流派，分出的流派）

末派（藝術或宗教的最末流派、分裂出來的宗派、小角色，無名小輩）

左派（左派=左翼）←→右派

右派（右派、保守派=右翼）

各派（各黨派、各流派）

学派（學派）

宗派（宗派、教派、流派）

党派（黨派、派別、派系）

統派（統派）

硬派（強硬派，死硬派、政經新聞記者、不談女色的頑固派、暴徒、看漲的人，買方）←→軟派

軟派（鴿派，穩健派=鳩派、報社的社會部文藝部，擔任社會欄文藝欄的記者、

色情文藝，喜愛色情文藝的人、專跟女人廝混的流氓、空頭）

鷹派（鷹派、強硬派）

鳩派、（鴿派、主和派、溫和派）←→鷹派

何派（哪一派）

主流派（主流派、多數派）

反対派（反對派）

反動派（反動派）

ローマン派（浪漫派）

実権派（實權派、當權派）

覇〔名、漢造〕霸。（體）冠軍

覇を称える（稱霸）

全国の覇を争う（爭奪全國冠軍）

争覇（爭霸、稱霸、奪錦標）

制覇（稱霸、獲得冠軍）

刃風〔名〕揮舞刀劍時帶動的風

刃形〔名〕刀形

刃形開閉器（〔電〕閘刀開關）

刃形鑢（刀銼）

刃形堰（〔建〕銳口堰）

刃形指針（刀形指針）

刃毀れ、刃毀〔名、自サ〕捲刃（處）、傷刃（處）

刃毀れ（が）して切れなくなる（捲了刃切不動）

刃先〔名〕刀尖

刃針〔名〕〔醫〕三棱針、柳葉刀

刃引き〔名〕毀了刃的刀劍、未開刃的刀劍

刃部〔名〕〔機〕刀頭、刀片、刀具

刈り取り機の刃部（收割機的刀頭）

刃向う、歯向う〔自五〕張牙欲咬，持刀欲砍、抵抗，反抗

犬が刃向って来る（狗張著牙齒咬來）

そんな腕前で刃向う気か（憑你這點本事敢來砍我！）

権利者に刃向う（反抗當權者）

当局に刃向う（對當局進行抵抗）

刃物〔名〕刀劍、刃具

刃物を研ぐ（磨刀劍）

刃物三昧（動刀動槍）

刃物三昧に及ぶ（竟然動起刀來）

刃物騒ぎに及ぶ（竟然動起刀來）

其は子供に及ぶを持たせる様な物だ（那等於讓孩子拿刀劍-比喻危險）

刃物鞘に納まる（刀槍入庫、比喻天下太平）

刃物師（刃匠）

刃物商（刃具商）

刃文、刃文〔名〕刀刃圖案

刃渡り〔名〕刀刃的長度。〔雜技〕走刀刃

刃渡り三寸の小刀（刀刃長三寸的小刃）

刃渡りの曲芸を演ずる（表演走刀刃的雜技）

任（ㄖㄣˋ）

任〔名、漢造〕任務、責任、任期、任地、任命、任務、聽任

任が重い（任務重、責任重）

任に在る（在任）

任に赴く（赴任）

任に帰る（歸任）

任に堪えない（不勝任）

任に就く（就任）

任を負う（負責任、承擔任務）

任を解く（解任、解職）

任を辞す（辭職）

任を果たす（完成任務）

私は其の任ではない（我不勝任）

教育の任に当たる（擔任教育工作）

任が満ちる（任期屆滿）

任重くして道遠し（任重而道遠）

重任、重任（重任、連任、重要任務）

就任（就任、就職）

兼任（兼任、兼職）

現任（現任、現職）

昇任、陞任（升任、升級）

委任（委任、委託）

選任（選拔任命）

專任（專任、專職）

先任（先任職、前任）

代任（代理、代職）

留任（留任、留職）

新任（新任）

信任（信任）

親任（天皇親自簽署任官、特任）

前任（前任、前職）

後任（後任）

降任（降級、降職）

旧任（前任）

復任（復任）

再任（重任、連任）

在任（在任、在職）

赴任（赴任、上任）

補任、補任（補任）

辞任（辭職）

自任（自認、以為己任）

帰任（回到任地、回到工作地點）

解任（解職、免職）

改任（改任）

責任（責任、職責）

叙任（銓敘、任官）

初任（初任）

常任（常任、常務）

担任（擔任、擔當）

大任（大任、重任）

退任（卸任、退職）

適任（勝任、稱職）

停任、停任（停止任用）

放任（放任）

一任（完全委託）

任じる〔自、他上一〕自命、承擔（=任ずる）

学者を持って任じる（以學者自居）

事故の責めを任じる（承擔事故的責任）

任ずる〔自サ〕擔任、自任

〔他サ〕使擔任、任命

学者を持って自ら任じては居ない（我沒有以學者自居）

倒産の責めに任ずる（擔負破產的責任）

彼を部長に任ずる（任命他為部長）

輸送に任ずる（使擔任運輸）

任意〔名、形動〕任意、隨便、隨意

任意に取り為さい（隨便拿吧！）

任意な（の）方法で遣る（隨便方法做）

会に参加する為ないは任意です（入會與否隨意）

円周上の任意の二点（圓周上的任意二點）

英独語何れを選んでも任意である（英語或德語任選一種）

任意退職（自願退職）

任意放棄（自動放棄）

任意出頭（自行出庭）

任意性（自動性、自願性）

任意抜取（〔統計〕－隨意取樣=ランダム、サンプリング）

任意抽出法（隨意取樣=任意抜取）

任意保険（隨意保險）←→強制保険

任官〔名、自サ〕任官、任職、擔任公務員←→退官

任官の挨拶（就職演說）

一級官に任官する（任職一等官）

任期〔名〕任期

任期が満ちる（任期屆滿）

任期一杯勤める（服滿任期）

任期を無事勤め上げる（安然服完任期）

五度任期を勤める（連任五屆）

任期切れ（任期屆滿）

任侠、仁侠〔名〕俠義（=男気）

任侠の士（俠義之士）

任侠小説（俠義小說）

任限〔名〕任期（=任期）

任国〔名〕〔史〕地方官的任地、大使出使的國家

任所、任処〔名〕任地（=任地）

任地〔名〕任地（=任所、任処）

新任地に赴く（到新任地去）

任務〔名〕任務、職責（=勤め、役目）

任務を果たす（完成任務）

自分の任務を怠る（怠忽職守）

彼は任務遂行中に怪我を為た（他在執行任務中受了傷）

任命〔名、他サ〕任命

委員を任命する（任命委員）

大学の教授に任命される（被任命為大學教授）

任免〔名、他サ〕任免

任免する権利を持つ（有任免權）

任免権（任免權）

任用〔名、他サ〕任用（=任命）

文官任用令（文官任用令）

嘱託を本官に任用する（把編外人員任用為正式官員）

任す〔他五〕委託，託付、聽任，任憑、盡力，盡量、隨心（=任せる）

任せる、委せる〔他下一〕委託，託付、聽任，任憑、盡力，盡量、隨心

仕事を秘書に任せる（把工作委託給祕書）

人に任せないで自分で遣れ（不要推給人家自己去做）

貴方に任せれば安心です（託付你我放心）

万事僕に任せて、君は休暇を取り堪える（一切交給我辦你去休假）

君の判断に任せる（任憑你去判斷）

運を天に任せる（聽天由命）

口を任せてぺらぺら喋る（信口開河）

男に身を任せる（委身於男人）

足を任せて歩く（信步而行）

力を任せてぶん殴る（用盡所有力量毆打）

金を任せて贅沢を為る（窮極奢侈）

意（心）に任せぬ事ばかりだ（盡是不稱心的事）

任せ〔接尾〕（接名詞後）盡力、盡量、聽任、任由

力任せ（盡力、憑力氣）

風任せ（聽其自然）

妊（ㄖㄣˋ）

妊〔漢造〕妊娠、懷孕

懐妊（妊娠、懷孕=妊娠）

避妊（避孕）

不妊（不孕、無生殖能力）

妊産婦〔名〕孕婦和產婦

妊娠〔名、自サ〕妊娠、懷孕（=身籠る、妊む，孕む，胎む）

子宮外妊娠（子宮外孕）

妊娠調節（節制生育）

二度目の妊娠を為る（第二次懷孕）

妊娠中絶（妊娠中斷-包括人工流產，自然流產，早產）

妊婦〔名〕孕婦（=孕み女）

妊婦を労る（照顧孕婦）

妊孕力〔名〕生育能力（=妊力）

妊力〔名〕生育能力

妊む、孕む、胎む〔自、他五〕（腹的動詞化）懷孕，妊娠、孕育，包藏，內含

猫が子を妊む（貓懷孕）

帆が風を妊んで、勢い良く進む（船帆鼓滿風破浪前進）

ㄖ

雨を妊んだ風（夾著雨的風）

嵐を妊んだ世界情勢（孕育著風暴的世界形勢）

穂を妊む（孕穗）

恁、恁（ㄖㄣˋ）

恁、恁〔漢造〕這樣、如此

恁麼、什麼、甚麼〔副〕〔禪宗用語〕（原為宋朝的俗語）憑著，如此、怎麼，如何

衽（ㄖㄣˋ）

衽〔漢造〕衣襟

衽、袵〔名〕（縫紉）衽，襟（和服前襟的細長寬邊）

靭（ㄖㄣˋ）

靭〔漢造〕靭

強靭（強靭、剛強、結實）

靭性〔名〕靭性

靭帯〔名〕〔解〕靭帯

喉頭靭帯（喉部靭帯）

靭帯関節（靭帯關節）

靭皮〔名〕〔植〕靭皮部

靭皮繊維（靭皮纖維）

靭，靫、靱，靫〔名〕〔古〕箭囊、箭袋

靫、空穂〔名〕（圓筒形攜帶用）箭袋

認（ㄖㄣˋ）

認〔漢造〕承認、允許、認識

公認（公認、國家或政黨正式承認、政府機關的許可）

承認（承認、批准、同意）

默認（默認、默許、縱容）

自認（自己承認）

確認（確認、證實、判明）

誤認（誤認、錯認）

否認（否認）

是認（承認、同意、認可）

体認（體會、體驗）

認印〔名〕（認め印的官廳用語）常用的印章

認め印、認印〔名〕（常用的）圖章、便章（=判子）←→実印（正式印章、登記印章）

認め印を押す（蓋章）

認可〔名、他サ〕認可、許可、批准

認可が下りる（發下許可）

認可を得る（受ける）（得到許可）

認可を申請する（申請許可）

医者の開業を認可する（批准醫生開業）

認可証（許可證、執照）

認許〔名、他サ〕許可、批准（=認可）

営業を認許する（許可營業）

認識〔名、他サ〕認識、理解

認識を欠く（缺乏認識）

認識が足りない（理解不夠）

正しく認識する（正確地認識）

認識を新たに為る（重新認識）

認識が浅い（認識粗淺）

認識色（標誌色－動物藉以互相辨認的顏色，如鹿尾的白色部分）

認識票（〔軍〕兵籍牌）

認識我（〔哲〕自我認識）

認識論（〔哲〕認識論）

認識不足、認識不足（認識不夠）

認証〔名、他サ〕〔法〕（由官方）認證、證明

認証の有る謄本（有認證的副本）

行為を正当と認証する（認證該行為是正當的）

国務大臣の就任を認証する（正式承認國務大臣的就任）

認証式（認證儀式、就職儀式）

認証官（認證官－指國務大臣，最高法院院長，最高檢察長，侍從長等須有天皇認證其任免的官）

認諾〔名、他サ〕〔法〕承認（在民事訴訟中被告承認原告所訴正確）、承諾，允許，同意

認知〔名、他サ〕〔法〕（親生父母）對私生子的承認認領、（對外界的）認識

私生児認知（私生子的認領）

自分の息子であると認知する（承認是自己的兒子）

目前の現状を認知する（認識目前的現狀）

認定〔名、他サ〕認定、斷定、認為

文部省認定学校（文部省批准的學校）

資格認定試験（資格甄別考試）

受験資格が有ると認定する（認定為有參加考試的資格）

彼を真犯人と認定する（斷定他是真正犯人）

無罪と認定する（斷定無罪）

認否〔名〕〔法〕承認與否認

罪状の認否（承認或否認罪狀）

認容〔名、他サ〕容認、容許

認容し難い事（難以容忍的事情）

認める〔他下一〕看見，看到、認識，賞識、承認、斷定，認為、准許，同意

人影を認める（看到一個人影）

肺には何等の異常を認めません（肺部看不出什麼異常）

真価を認める（認識真正價值）

課長に認められる（受到科長器重）

古くから認められている療法（從古以來就認為是有效的療法）

世に認められない作家（未受到社會賞識的作家）

自分の悪かった事を認める（承認自己錯了）

手紙を受け取った事を認める（承認收到了信）

彼を犯人と認める（斷定他是犯人）

黙っているのは承諾と認める（不出聲就認為是默許）

私は正当と認めた事を遣ったのです（我做了我認為是正當的事）

彼の発言を認める（准許他發言）

役所と為ては認める訳には行かない（作為官廳礙難准許）

災害の日には欠勤が認められる（發生災害的日子准許不上班）

君の意見を認める訳じゃないが（我並不是贊成你的意見）

認め、認〔名〕承認、賞識、常用的印章（=認め印、認印）

御認めに与かって恐縮です（受到你的賞識我很感謝）

認める〔他下一〕書，寫（=記す、書く）。〔舊〕吃（=食べる、処置する）整理、準備（=仕度する、整える）

手紙を認める（寫信）

御飯を認める（吃午飯）

壤（壤）（ㄖㄤˇ）

壌〔漢造〕土、大地

土壌（土壤）

沃壌（肥沃的土壤）

天壌（天地）

霄壌（天地）

壌土〔名〕土壤，土地。〔農〕壤土（適於耕種的沙性黑土）

攘（ㄖㄤˇ）

攘〔漢造〕排斥、竊取、退卻、擾亂

攘夷〔名〕〔史〕（江戶幕府末期的）攘夷、排外

尊皇攘夷の思想（尊皇攘夷的思想）

攘夷論（攘夷論）

攘夷論者（攘夷論者）

讓（讓）（ㄖㄤˋ）

讓〔漢造〕讓與

礼讓（禮讓、謙讓）

謙讓（謙讓、謙遜）

退讓（退讓、謙讓）

委讓、移讓（讓與、移交）

互讓（互讓）

禅讓（禪讓、讓位）

分讓（分開出售）

讓位〔名、自サ〕〔君主〕讓位、禪讓

讓渡〔名、他サ〕讓渡、讓與、轉讓（=讓り渡す）

財産を讓渡する（轉讓財產）

讓渡し得ない権利（不可轉讓的權利）

讓渡人（轉讓者）

讓歩〔名、自サ〕讓步

事件は双方の讓歩で落着した（事件由於雙方的讓步而解決了）

一歩も讓歩しない（一步也不讓）

最大限の讓歩を為る（做最大限度的讓步）

当方では此の点は讓歩致し兼ねます（我方在這點上很難讓步）

讓与〔名、他サ〕讓與、出讓、轉讓

土地を讓与する（出讓土地）

権利を讓与する（轉讓權利）

讓る〔他五〕讓給、轉讓、謙讓、出讓、改日

所有権を讓る（出讓所有權）

財産を子供に讓る（把財產轉讓給孩子）

道を讓る（讓路）

互いに席を讓る（互相讓座）

人の意見に讓る（聽從別人的意見）

要求を一歩も讓らない（要求一步也不讓）

私の条件は一歩も讓れない（我的條件一步也不能讓）

別荘を知人に安く讓る（把別墅廉價賣給朋友）

交渉は後日に讓る（談判改日舉行）

話は他日に讓る（話改天再說）

誰にも讓らない（不亞於任何人）

其の点に就いては誰にも讓らない（在那一點上不亞於任何人）

讓り、讓〔名〕讓與，讓給、遺留，遺留物

姉の御讓り（姐姐讓給的東西）

祖先からの讓り物（祖先遺留下來的東西）

親讓りの才能（父親遺傳的才能）

讓り状（讓與證書）

讓り合う、讓合う〔他五〕互讓、相互讓步

席を讓り合う（相互讓座）

道を讓り合う（互相讓路）

讓り合って事を収める（相互讓步解決問題）

讓り合い、讓合い〔名〕互讓、相互讓步

讓り合いの精神（互讓精神）

讓り受ける、讓受ける〔他下一〕承受、繼承

財産を讓り受ける（承受財產）

居抜きの儘讓り受ける（連同店鋪一起承受過來）

讓り受け、讓受け〔名〕承受、繼承

讓り受け人（承受人）

讓り受け証（承受證）

讓り状、讓状〔名〕轉讓證書、讓與證書

讓り葉、讓葉〔名〕〔植〕交趾木葉（用做新年裝飾）

讓り渡す、讓渡す〔他五〕出讓、轉讓、讓與

店を居抜きの儘讓り渡す（把店鋪連同鋪墊一起兌出去）

当方の営業権はS商会へ讓り渡した（本號營業權已轉讓給S公司了）

讓り渡し、讓渡し〔名〕出讓、轉讓、讓與

仍、仍（ㄖㄥˊ）

仍、仍〔漢造〕照舊、依舊、還是

仍りて、因りて〔接〕因而、因此、所以

因りて彼の善行を表彰する（因而表揚他的善行）

仍って、因って〔接〕（仍りて、因りて的音便）因而、因此、所以

因の行為は社会の模範である、因って此れを表彰する（那種行為是社會的模範因此予以表揚）

如、如（ㄖㄨˊ）

如〔漢造〕如同、形容詞後綴

欠如、缺如、闕如（缺乏、缺少、缺字）

突如（突然、突如其來）

躍如（栩栩如生、活龍活現、逼真）

晏如（安然）

不如帰、杜鵑、時鳥、不如帰（杜鵑）

鞠躬如（鞠躬如也、小心謹慎地）

如雨露〔名〕噴壺（=如露）

如雨露で庭木に水を遣る（用噴壺替庭院中的樹木澆水）

如露〔名〕噴壺（= 如雨露）

如露で植木に水を遣る（用噴壺給盆栽的花木澆水）

如月、如月〔名〕陰曆二月的異稱

如才、如在〔名〕（用於否定）疏忽、馬虎、失策、漏洞

如才の無い人（圓滑的人）

彼の男は如才が無い（他很圓滑）

如才の無い事を言う（說話面面俱到）

其処に如才が有る物か（那裏決不會有差錯）

如才無い〔形〕圓滑的、周到的、機敏的

如才無く立ち回る（應付有方、處事得體）

彼は如才無く口実を拵えて置いた（他機敏地準備好了託辭）

如才無い笑顔を振り撒く（裝出和藹可親的笑臉來對待周圍的人）

如才無い挨拶（圓滑的致辭）

如上、叙上〔名〕如上、上述

如上の如く（如上所述）

如上の条件の下に実験を行う（在上述條件下進行實驗）

如上の通り、此れは難問題である（如上所述這是個難題）

如上の前提に立てば（若根據上述的前提）

如輪杢、如鱗目〔名〕魚鱗狀木理

槻の如輪杢の大きな長火鉢（光葉櫸木的魚鱗狀木理的長方形大火盆）

如簾〔名〕（蓋食器用的）蓋簾、紗簾

如〔名、漢造〕〔佛〕實體、真如（=真如）

真如（真如）

一如（一如、不二、成為一體）

不如意（不如意、不隨心、不寬裕）

女〔漢造〕婦女（=女）

天女（天仙、女神、美女）

妓女，祇女、妓女，祇女（娼妓、意劑）

信女（信女）

如意〔名〕〔佛〕如意、稱心

手許不如意（手頭拮据）

如意輪観音（手持如意珠和寶圈的救世觀音）

如意宝珠（如意寶珠=如意珠）

如意珠（如意寶珠）

如意棒（孫悟空的如意棒、金箍棒）

如実〔名〕如實，真實。〔佛〕真如（=真如）

如実に物語る（如實地講述）

其の時の様子を如実に描く（真實地描寫當時的情景）

其の国の現状を如実に伝える（真實地傳達該國的現狀）

如是〔名〕〔佛〕如是

如是我聞（真如我所聞）

如法〔名〕〔佛〕如法，一如佛法、的的確確，不折不扣（=文字通り）

如法経（法華經）

ㄖ

如法闇夜（漆黑的夜）

如菩薩〔名〕如菩薩（一樣慈善）

外面如菩薩、内心如夜叉（外面如菩薩内心如夜叉）

如夜叉〔名〕如夜叉一般可怕

如来〔名〕〔佛〕如來

釈迦如来（釋迦如來）

如〔助動、副助〕〔古〕（來自如し的語幹）如，如同（=如く、様に）

夏虫の火に入るが如（如夏蟲撲火）

毎〔接尾〕每（=其の度に）

日毎（每天）

夜毎（每夜）

夜毎夜毎（日日夜夜）

春毎に（每到春天）

春毎桜の花が咲く（每到春天櫻花就開）

人毎に意見を異に為る（各人有各人的意見）異異

会う人毎に挨拶を交わす（逢人便打招呼）

三キロメートル毎に木を植える（每隔三公尺植樹一棵）える える

日曜毎に山に行く（每逢星期日就爬山去）

車は五分毎に出る（電車每隔五分鐘發車）

一　毎に春めいて来る（每一陣雨增添一番春意）

共〔接尾〕一共、連同

家を地所共買う（連房子帶地皮一起買）

蜜柑を皮共食べる（帶皮吃橘子）

如く〔助動〕（文語助動詞如し的連用形、在口語中常用）如、如同、有如

前に述べた如く（如前所述、有如上述）

仰せの如く（如同您所說的）

平常の如く（像往常一樣、照例）

群衆は怒涛の如く押し寄せて来た（群眾像怒濤般湧來）

丸で自分が指導者の如く振舞っている（儼然以領導自居）

其の論拠は次の如くである（其論據如下）

空気の人に於けるは、水の魚に於けるが如くである（空氣之於人、有如水之於魚）

大波に船は木の葉の如くに揺れた（船在波濤中如樹葉般地搖動）

如き〔助動〕（文語助動詞如し的連體形、在口語中常用）如、像、如同、有如

春の如き天気（像春天一樣的天氣）

眠るが如き最期だった（如同睡眠似地死去）

彼は君が考えるが如き大学者ではない（他並不是一個像你所想像那樣的偉大學者）

今回の如きは真に稀有のケースと言う可きだ（像這次可以說是少有的情況）

其は彼の如き人で無ければ出来ない事である（那是只有像他那樣的人才能辦得到的事情）

風邪如きで仕事を休む事が出来るか（傷風感冒這點小病怎麼能請假呢？）

白菜、馬鈴薯の如き物を野菜と言う（白菜馬鈴薯一類的東西叫蔬菜）

如くなり〔助動、ラ變型〕如（=…の様である）

斯くの如く〔連語、副〕如此、這樣（=此の様に）

斯くの如く惨めな敗北を受けたのは初めてだ（這樣遭受慘敗還是第一次）

斯くの如くして実験は終に成功した（實驗就這樣終於成功了）

斯くの如き〔連語、連體〕如此的、像這樣的（=此の様な）

斯くの如き失敗は二度と繰り返すな（不要重複這樣的失敗）

如し〔助動、形型〕〔古〕（接在體言加が。の或動詞連體形加が下）如，像、估計，好像

落花雪如し（落花如雪）

恰も木に縁って魚を求める（恰似緣木求魚）

読書の精神を養うは猶食物の身体を養うが如し（讀書培養精神有如食物滋養身體）

異常無き物の如し（好像沒什麼異常）

大差無き物の如し（似無顯著差別）

件の如し〔名〕如上所述

後日の為依って件の如し（〔契約證書等的結尾語〕恐日後無憑立此為證）

如く、若く〔自五〕（下接否定語）如、若、比

用心するに如くは無し（不如小心一點、最好小心一點）

天下此れに如く快楽無し（天下沒有這樣的快事、天下最大的快事）

逃げるに如くは無し（不如逃走、走為上策）

夏の夜の冷たいビールに如く物は無い（沒有比夏天晚上的涼啤酒再好的）

如かず、若かず、及かず〔連語〕不如若

子を知る事親に如かず（知子莫若父）

三十六計逃げるに如かず（三十六計走為上策）

百聞一見に如かず（百聞不如一見）

如す〔造語〕似…的（=…の様な）

山如す大波（如山的巨浪）

玉如す汗（大汗珠、大汗淋漓、汗如雨下）

若し〔副〕（後面伴有たら。ば。なら。でも等）如果、假如、假設、倘若

若し雨が降ったら（如果下雨的話）

若し然うで無ければ（如果不是那樣的話）

若し来なければ、電話を掛けよう（如果不來的話就打電話吧！）

若し私が彼の人だったら、そんな事は為ない（假如我是他的話不會做那種事）

其が若し嘘で無ければ大変だ（那假如不是謊話可不得了）

若し草木に花が咲かなかったら、自然はどんなに寂しい物であろう（假如草木不開花的話自然界將會多麼寂寞淒啊！）

若し試験に落ちても、失望しては行けません（即使萬一考不上也不要失望）

如何〔語素〕如何、怎麼樣（=何の様）

如何で、争で〔副〕如何，怎樣、總得，無論如何

如何で此の儘引き込んで居られよう（怎麼能這樣就退縮不前呢？）

如何で忘れ得可き（怎麼能忘掉呢？）

如何で試みん（總得試一試）

如何でか、争でか〔副〕如何、怎麼、怎樣

如何でか知る可き（怎能知道）

我身だに知らざりしを、如何でか人に知らる可き（連我還不知道別人怎能知道呢？）

如何な〔連體〕〔舊〕如何的、怎樣的、什麼樣的

如何な人でも参って終うだろう（無論甚麼樣的人也都吃不銷的）

如何な痩我慢の彼も参っただろう（不管他怎麼逞強也承受不了的）

如何な〔副〕〔舊〕（如何な的強調形式）怎麼也

如何な動かない（怎麼也不動）

如何な承知しない（怎麼也不答應）

如何な聞き入れない（怎麼也聽不進去）

如何な事〔感〕怎麼回事、豈有此理、真料想不到

此れは又如何な事（這又是怎麼回事！）

如何なる〔連體〕如何的、怎樣的、什麼樣的（=どんな）

如何なる事が起っても驚かない（發生任何事情也不驚慌）

如何なる危険も恐れない（不怕任何危險）

如何なる苦労を為ても遣り遂げる決心だ（不管如何辛苦也決心完成）

如何なる人物か会って見よう（見面看看他是個什麼樣的人）

如何に〔副〕如何，怎樣（=どんなに）、怎麼也，無論怎麼也（=どれほど）、怎麼樣，怎麼回事（=どうか）。〔感〕〔古〕喂（=おい。もしもし）

如何にす可きか分らない（不知如何是好）

英語は如何にすれば旨くなるか（英語要如何才能學得好？）

我等如何にす可きか（我們應該怎麼辦呢？）

生く可きか　此は一生の問題である（應該怎麼生活呢這是一生的問題）

如何に急いでも間に合わないだろう（無論怎麼趕也來不及了）

如何に親しい仲でも此の秘密は話せない（這個祕密無論是多麼親近的人也不能告訴他）

如何に賢くても子供は子供だ（無論多麼聰明孩子畢竟是孩子）

此の答や如何に（這樣答覆如何？）

運命や果して如何に（命運會如何呢？）

此は抑如何に（這到底是怎麼回事？）

如何にして〔連語、副〕如何、怎樣、總得

如何にして作るか　要如何做呢？）

如何にして平和を齎す事が出来るだろうか（怎樣才能取得和平呢？）

如何にせん〔連語、副〕無奈、莫奈何（=如何せん）

如何にぞ〔連語、副〕為什麼（=どうして。なんで）

如何にも〔副〕的確、完全、實在、真的、果然

如何にも然うだ（的確是那樣）

如何にも有り然うな事だ（確有可能）

如何にも彼の人の言い然うな事だ（完全是那個人的口吻）

如何にも厭き厭きした（我實在厭煩了）

如何にも綺麗だ（真好看）

如何にも困った顔（真的為難的樣子）

如何にも哀れな有様だ（實在是一幅可憐的情景）

如何にも本当らしい嘘（簡直像真的一般的謊言）

如何にも仰る通りです（您說的一點不錯）

言われる事は如何にも尤もだ（您說的完全正確）

御存知ですか-如何にも（您知道嗎？-我曉得）

如何にもして〔連語、副〕無論怎樣、好歹也要

如何にもして此の仕事を完成させ度い（無論如何也要想辦法完成這項工作）

如何許り〔副〕〔舊〕多麼、如何（=どれほど。どんなに）

如何許りの悲しみか察するに余り有る（完全可以理解該是多麼悲傷）

喜びは如何許りだろう（該是多麼高興）

如何許り努力しても叶わない（怎麼努力也辦不到）

如何程〔副〕多少，若干、怎麼也，怎樣也（=何程、幾等）

値段は如何程ですか（價格多少？）

此の服は如何程ですか（這件衣服多少錢？）

如何程差し上げますか（要給您多少？您要多少？）

長さは如何程に致しますか（要多長的呢？）

如何程勧めても聞いて呉れない（怎麼勸也不聽）

如何程励んでも追い付けない（怎麼努力也辦不到）

如何物〔名〕假貨（=如何様物）、冷門貨、異樣的東西、異常的食物

如何物を攫まされる（買了假貨）

如何物師（偽造者）

如何物を食う（吃異樣的東西）

如何物漁り〔名〕專找冷門貨（的人）、專找稀奇物（的人）、專找稀奇食物（的人）

如何物食い〔名〕愛吃稀奇東西（的人）、有特殊癖好（的人）

ペットに蛇を飼うとは如何物食いだ（把蛇當寵物來玩真是奇怪的癖好）

如何〔副、形動〕如何、怎麼樣

今日御気分は如何ですか（您今天覺得怎麼樣？）

もう一杯コーヒーを如何ですか（再給您斟一杯咖啡怎樣？）

御意見は如何ですか（您的意見怎麼樣？）

御機嫌如何ですか（你好嗎？）

御花は如何ですか（買枝花吧！）

御食事は如何為さいますか（飯怎麼辦呢？在哪兒吃？）

如何な物でしょう、御任せ下さいませんか（怎麼樣？交給我來辦吧！）

其は如何な物かと思われます（我覺得不太可靠）

如何でしょう、私が名代に参っては（我代表你去怎樣？）

其の計画は如何な物でしょうか（那個計畫行嗎？）

如何様〔形動〕〔舊〕如何、怎麼、怎麼樣

如何様にも為るが好い（你隨便好了）

如何様に取り計らいましょうか（怎麼辦好呢？）

如何様にも取れる話（模稜兩可的話）

御注文に依っては、如何様にでも御作りします（根據您的要求什麼樣子都能做）

如何様〔副〕（如何的恭敬說法）如何、怎麼樣

御病状は如何様ですか（您的病情怎麼樣？）

此の御品は如何様ですか（這個東西您看如何？）

如何様〔名〕〔俗〕假的、欺騙。〔副〕〔舊〕不錯、是的、誠然

此の骨董品は如何様だ（這件骨董是假的）

如何様物（假東西）

如何様を遣る（進行欺騙）

如何様師（騙子）

如何様博打（騙人的賭博）

如何様、尤もだ（誠然誠然、不錯不錯）

如何わしい〔形〕可疑的、不可靠的、不正派的、淫猥的

如何わしい行動（可疑的行動）

其の見知らぬ男はどうも如何わしい（那個面生的人很可疑）

如何わしい英語で話す（用不可靠的英語講話）

如何わしい人物（銀行、話）（不可靠的人物〔銀行、談話〕）

如何わしい女（不正經的女人）

如何わしい場所（淫穢的地方）

如何わしい写真（色情照片）

如何わしい風聞（醜聞）

如何、奈何〔名〕〔副〕（如何に的音便）如何、怎麼樣

日本の将来如何（日本的將來會怎樣呢？）

其は結果の如何に依って決す可き事である（那要根據結果如何來決定）

其の筋の所見如何（主管機關的意見如何？）

理由の如何を問わない（不管理由如何）

如何せん〔連語、副〕無奈、莫奈何（=如何にせん）

如何せん、最早救う手段が無い（奈何已經無法挽救）

如何せん、最早力が尽きた（無奈已經精疲力盡了）

如何せん、暇が無い（無奈沒工夫）

如何せん、銭が無い（無奈沒有錢）

如何となれば〔連語〕原因在於、為什麼呢、何則

如何となれば、計画が狂って終ったからである（原因在於計畫搞亂了）

如何とも〔連語〕〔副〕怎麼也、怎樣也

斯う為っては如何ともし難い（事已至此怎麼也不好辦了）

時既に遅く如何とも無し得ない（為時已晚毫無辦法）

如何〔副〕如何、怎麼樣（=如何に。如何）

君なら如何する（若是你的話怎麼辦？）

貴方は彼を如何思いますか（你認為他怎麼樣？）

如何為りと勝手に為ろ（你愛怎麼辦就怎麼辦？隨你的便吧！）

此の数時間を如何遣って有意義に過ごそうかと考えていた（考慮如何有意義地度過 這幾個鐘頭）

私の考えて如何にでも為る（事情如何全憑我的想法來取決）

敵を如何する事も出来ない窮地に叩き込んで終う（把敵人逼近吳凱奈何的困境）

事態が如何為るかと心配した（擔心事態將會變成變成什麼樣子）

如何も斯うも有るもんか（你別東拉西扯了）

彼は如何にでも為れと言う態度だ（他的態度是管它的呢！）

そんな事は彼の口一つで如何にでも為る（那件事怎麼就憑他一句話）

其は人の意志では如何にも為らない事だ（那是不以人的意志為轉移的）

如何って別に知恵を持ち合わせていない（怎麼辦呢我並沒有好主意）

其は如何とも言えない（那我可不敢說什麼）

傷は如何有れ、直ぐ様病院に連れて行こう（傷口不管怎樣馬上帶到醫院去）

如何だい（怎麼樣？）

御加減は如何ですか（您的身體怎麼樣？）

如何ですか、もう帰ろうではないか（怎麼樣我們該回去了吧！）

如何したら好いだろう（怎麼辦才好？）

如何だ、参ったか（怎麼樣你認輸了吧！）

君、散歩は如何です（喂！去散步如何？）

足を如何為すった（腳怎麼了？）

顔色が悪いね、如何したの（你臉色不太好怎麼了？）

如何しようも無い（毫無辦法、無法挽救）

如何言う〔連體〕（比どんな的語氣鄭重）什麼樣的、怎麼樣的

其は一体、如何言う事ですか（那到底是怎麼回事？）

其の人は如何言う性質の人か（他是怎麼樣的人？）

如何言う事が有っても必ず勝って見せる（不管發生什麼樣的事都一定打贏給你看看）

如何言う訳であんな馬鹿な事を為たんだ（為什麼做出那樣的蠢事）

如何致しまして〔連語〕（回答對方道謝，道歉的謙遜語）不敢當、豈敢、豈敢豈敢、哪裡哪裡、沒事、好說好說、哪兒的話、沒什麼、算不了什麼

昨日は大変有り難う御座いました。－いいえ、如何致しまして（昨天太謝謝您了－哪兒話）

私の重い荷物を持って下さって、どうも有り難う御座いました。－いいえ、如何致しまして（幫我拿這麼重的東西太感謝了－沒有什麼）

あっ、済みません、どうも。－いいえ、如何致しまして（哎呀！真對不起－不要緊）

如何か〔副〕請、想點辦法、奇怪、不正常、怎麼回事

如何か宜しく御願いします（請多關照）

如何か此の問題を説明して下さい（請解釋這個問題）

如何か此の騒音を無くして終い度い（希望設法消除這種噪音）

一万円要るのだが、如何か為りませんか（我需要一萬日圓能替我設法湊一下嗎？）

彼は如何かしたらしい（他好像有點不正常了）

本当か如何か分らない（不知道是真是假）

如何かと思う（不怎麼樣、不以為然、覺得有一點那個）

如何か斯うか〔連語、副〕好歹、勉強、湊合、總算、好容易

如何か斯うか暮らせる（勉強度日）

如何か斯うか急場を切り抜ける（總算衝過難關）

５千円有れば如何か斯うか間に合う（有五千元就能湊合夠用）

彼は如何か斯うか学校の課程丈は終えた（他勉強修完了學校的課程）

如何かした〔連語、連體〕偶然

如何かした拍子に取り違えた（偶而一疏忽就弄錯了）

如何かして〔連語、副〕總要想個辦法、一定要設法

如何かして間に合わせましょう（總要設法應付過去）

如何かして一度は行って見度い物だ（總要設法去看一次）

如何かする〔連語〕設法，想辦法、反常，異常

自分で如何かするだろう（自己會想辦法的吧！）

其の問題は如何かし無ければ為らない（那個問題必須設法解決）

私が如何かして上げましょう（我來給你想個辦法吧！）

旅費（入場券）は如何かして遣る（旅費〔門票〕我來給你想個辦法）

此の古雑誌を如何かしましょうか（這些舊雜誌設法去處理掉）

時計が如何かした（這隻錶有毛病了）

今日は私如何かしているのよ（今天我有一點反常）

如何かすると〔連語、副〕有時、往往、動不動

高い山では如何かすると夏でも雪が降る（高山上有時夏天也下雪）

彼は如何かすると他人に迷惑を掛け勝ちだ（他往往喜歡給別人添麻煩）

如何かなる〔連語〕總會有辦法、不舒服、不正常，不對頭

心配するな、如何かなるだろうから（不要擔心總會有辦法的）

如何かなるなら借金等は為ないよ（若是有辦法的話就不至於向人借錢了）

こんなに暑いと頭が如何かなって終い然うだ（熱得我頭昏眼花）

如何の斯うの〔連語、副〕這個那個、這様那様、說長道短

今更如何の斯うのと言ったって始まらない（事已至此再說這個說那個都沒用）

如何の斯うの言わずに服従する（二話不說地服從）

如何の斯うの言って承諾しない（東拉西扯地不肯答應）

此の事で私が如何の斯うのと言う資格は無い（在這件事上我沒有說長道短的資格）

君は人の事を如何の斯うのと言う柄ではない（你沒有資格對人家的事情說長道短）

如何も〔副〕（下接否定）怎麼都，總是、實在，真，很、總覺得，似乎，好像

如何も見付からない（怎麼也找不到）

如何も旨く説明出来ない（怎麼都說不清楚）

如何も困った（真不好辦）

如何も数学は難しい（數學實在難）

今日は如何も寒い（今天真冷）

如何も有り難う（多謝）

如何も済みません（實在對不起）

此の間は如何も（前幾天實在對不起〔謝謝〕）

如何も、如何も（多謝多謝）

彼の言う事は如何も嘘らしい（他說的話總覺得像是撒謊）

明日は如何も雨らしい（明天似乎要下雨）

体の調子が如何も変だ（總覺得身體情況不大對勁）

如何も見た事の有る人だと思った（總覺得像在哪裡見過的人）

如何やら〔副〕好歹，好容易，湊合、彷彿，多半，大概

如何やら完成に迄漕ぎ着けた（總算給完成了）

如何やら試験に合格した（總算考及格了）

新しい環境にも如何やら慣れて来た（新的環境總算熟悉了）

如何やら雪に為り然うだ（看來好像要下雪了）

如何やら風邪を引いた様だ（好像有點感冒似的）

如何やら彼の仕業らしい（總覺得是他做的）

如何やら斯うやら〔副〕（如何やら的強調形式）勉強、好容易

如何やら斯うやら山頂に辿り着いた（好不容易才爬上山頂）

如何やら斯うやら困難を克服した（總算是克服困難了）

茹、茹（ㄖㄨˊ）

茹、茹〔漢造〕相連的草根、吃、腐臭、蔬菜的總稱

茹だる〔自五〕煮熟（=茹だる）、（天氣）熱得渾身發熱

芋が茹だる（馬鈴薯煮熟了）

未だ良く茹だらない（還沒有煮好）

茹だる様な暑さ（悶熱）

丸で茹だる様だ（簡直像火烤一般）

酷い暑さと人込みですっかり茹だる（炎熱加擁擠弄得簡直快瘋了）

茹だる、茹る〔自五〕煮（=茹だる、茹でられる）

野菜が茹だったら調味料を入れる（菜煮好了放進佐料）

卵は未だ良く茹だらない（雞蛋還沒煮熟）

茹でる〔他下一〕煮、燙（=茹でる）

野菜を茹でる（燙菜）

茹で上がる〔自五〕煮好、燙好

野菜が茹で上がる（青菜燙好了）

茹で小豆、茹小豆〔名〕（加糖的）煮小豆

茹で海老、茹海老〔名〕（正月裝飾用的）煮熟的紅蝦

茹で溢す、茹溢す〔他五〕燙後把水倒出

茹で蛸、茹蛸〔名〕煮熟的章魚。〔喻〕（浴後或酒後）全身通紅

茹で卵，茹で玉子、茹卵，茹玉子、茹で卵〔名〕煮雞蛋

茹卵入れ（煮雞蛋用的杯）

煮る〔他上一〕煮、燉、熬、烹

煮た魚（燉的魚）

大根を煮る（煮蘿蔔）

良く煮る（充分煮）

ぐたぐた煮る（咕嘟咕嘟地煮）

肉は良く煮た方が良い（肉燉得爛些較好）良い好い佳い善い良い好い佳い善い

自分の物だから煮て食おうと焼いて食おうと勝手だ（因為是自己的東西我愛怎麼做就怎麼做）

煮ても焼いても食えない（非常狡猾、很難對付）

彼は煮ても焼いても食えない奴だ（他是個很難對付的傢伙）

儒（ㄖㄨˊ）

儒〔漢造〕儒、矮

大儒（大學者）

老儒（老儒、宿儒）

名儒（名儒）

鴻儒（鴻儒、大儒）

腐儒（腐儒-有時用在學者的自謙）

碩儒（大儒、鴻儒）

宋儒（宋儒）

焚書坑儒（焚書坑儒）

侏儒、朱儒（侏儒）

儒医〔名〕學者兼醫師

儒家〔名〕儒家、儒者之家

儒家に生まれた（生在儒者之家）

儒学〔名〕儒學、儒教

儒学を学ぶ（學習儒學）

儒学者（儒學家）

儒官〔名〕〔古〕講授儒學的官吏

儒教〔名〕儒教、儒學

儒艮〔名〕〔動〕儒艮（俗稱人魚）

儒士、儒師〔名〕儒者、學者

儒者〔名〕儒者、儒家

幕府に仕える儒者（在幕府做官的儒者）

儒書〔名〕儒學的書籍

儒生〔名〕儒生、儒學者

儒道〔名〕儒教，孔孟之道、儒教和道教

儒仏〔名〕儒教和佛教

儒仏の教えを守る（遵守儒佛的教義）

儒林〔名〕學界、儒學的世界

儒林外史（儒林外史−清朝吳敬梓所作通俗小說）

孺（ㄖㄨˊ）

孺〔漢造〕幼童、卑幼

孺子、豎子〔名〕〔蔑〕孺子、小孩子、毛孩子（=小僧、青二才）

孺子何する物ぞ（毛孩子想做什麼！）

孺子の名を成す（遂為豎子名、比喻敗給無名小子−史記孫子傳）

孺子を為て名を成さしむ（遂為豎子名、比喻敗給無名小子−史記孫子傳）

濡（ㄖㄨˊ）

濡〔漢造〕潮濕、浸濕

濡れる〔自下一〕濡濕，淋濕，沾濕（=潤う、湿る）。〔俗〕偷香竊玉，發生色情關係

雨に濡れる（被雨淋濕）

びっしょり濡れる（淋得濕透）

涙に濡れた目（淚汪汪的眼睛）

濡れた着物を乾かす（烘乾濕衣服）

濡れぬ先こそ露をも厭え（未濕之前連露水都討厭−比喻未犯錯前十分謹慎，不願犯一點小錯，但一旦犯了錯誤，就什麼壞事都不在乎）

濡れ、濡〔名〕濕潤，沾濕（=濡れること）、風流韻事，演員的風流動作（=濡れ事、色事）、好色，淫蕩（=色好み）

濡れ後家、濡後家〔名〕風流寡婦

しょぼ濡れる〔自下一〕淋濕、濕透（=そぼ濡れる）

そぼ濡れる〔自下一〕濡濕（=しょぼ濡れる）

ずぶ濡れ〔名〕〔俗〕全身濕透（=びしょ濡れ）

夕立に逢ってずぶ濡れに為った（遇上陣雨全身濕透了）

ずぶ濡れの着物（濕透了的衣服）

びしょ濡れ〔名〕濕透、濡濕

夕立に逢ってびしょ濡れに為った（遇上陣雨全身濕透了）

びしょ濡れの着物（濕透了的衣服）

濡れ色、濡色〔名〕濕潤而稍有光澤的顏色

濡れ縁、濡縁〔名〕〔建〕（日式房屋任憑雨淋的）木板窗外的窄走廊

濡れ髪、濡髪〔名〕未乾的頭髮、油亮的頭髮

濡れ紙、濡紙〔名〕濕紙

濡紙を剥がす様（細心耐性地處理、病情日趨痊癒）

濡れ衣、濡衣〔名〕濕的衣服、冤枉，冤罪

其は全く濡衣だよ（那完全是冤枉啊！）

濡衣を着せる（冤枉人）

人に濡衣を着せないで呉れ（別冤枉人）

濡衣を着る（着せられる）（受冤枉）

彼は窃盗の濡衣を着せられて一生を棒に振った（他被扣上竊盜的冤枉罪名 把這一輩子給毀了）

濡れ後家、濡後家〔名〕風流寡婦

濡れ事、濡事〔名〕風流韻事、（歌舞伎）表演艷情的動作（=和事）

濡事師（擅長演粉戲的演員、玩弄女性的人、偷香竊玉之徒）

濡れ米〔名〕被水泡壞的米、遭受雨淋的米

濡れしょぼ垂れる〔自下一〕淋得盡濕、全部濕透（=濡れしょぼれる）

濡れしょぼれる〔自下一〕淋得盡濕、全部濕透（=強かに濡れる）

濡れ濡つ〔自五〕濕透

袂が露に濡れ濡つ（和服袖子被露水濕透）

濡れ損〔名〕被水浸壞（的貨物）

濡れ燕、濡燕〔名〕被雨淋濕的燕子、雨中飛燕飛的樣子

濡れ手、濡手〔名〕濕手

濡手で電灯を（に）触るな（別用濕手摸電燈）

濡手に（で）粟（不勞而獲、輕而易舉地發財）

彼は濡手に粟で大金をせしめた（他輕而易舉地發了大財）

濡手で粟の掴み取りとは行かない（事情不是那麼容易的、不費力氣得不到代價）

濡れ通る〔自五〕濕透

濡れ通った毛布（濕透了的毛毯）

濡れ荷、濡荷〔名〕已濕透的貨物

濡れ鼠、濡鼠〔名〕濕老鼠、落湯雞，全身濕透

ずぶ濡れに為って丸で濡鼠だった（全身濕透活像個落湯雞）

大雨に逢って濡鼠に（と）為った（遇到大雨全身濕透了）

濡れ場、濡場〔名〕（歌舞伎）艷情的場面、偷香竊玉的場面、男女情愛的場面

濡場を演ずる（表演艷情的場面）

濡れ幕、濡幕〔名〕（歌舞伎）艷情的場面、偷香竊玉的場面、男女情愛的場面（=濡れ場、濡場）

濡れ羽色、濡羽色〔名〕有光澤的黑色

髪は烏の濡羽色（頭髮像淋濕的烏鴉羽毛那樣又黑又亮）

濡れ話、濡話〔名〕色情故事、情話（=色話）

濡れ人、濡人〔名〕好色者

濡れ者、濡者〔名〕好色者（=濡れ人、濡人）

濡れ仏、濡仏〔名〕露天的佛像

濡れ物、濡物〔名〕被澆濕的東西、洗後未乾透的衣物

濡れ雪、濡雪〔名〕水份多的雪

濡る〔自ラ、下二〕濡濕，淋濕，沾濕（=濡れる）

濡つ〔自四、上二〕濕潤，濡濕。〔細雨〕微降

霧雨に濡れ濡つ（被細雨濡濕）

濡らす、濡す〔他五〕浸濕、沾濕、淋濕

手を水に濡す（把手沾濕）

着物を濡しては行けない（不要把衣服弄濕）

手を濡さずに（手不沾濕、不費事地）

此の膏薬は少し濡すと付きます（這藥膏沾點濕就可以黏上）

繻、襦（ㄖㄨˊ）

繻、襦〔漢造〕細密的綾羅

繻子〔名〕緞子（=サテン）

綿繻子（貢緞、緯緞）

黒繻子の帯（黑緞子和服帶）

繻珍，朱珍，繻珍，朱珍〔名〕素花緞

繻絆、襦袢、襦袢〔名〕〔葡 gibao〕（和服下貼身穿的）內衣、襯衫、汗衫

肌襦袢（貼身襯衣）

長襦袢（長襯衣）

襦袢を着る（穿汗衫）

蠕、蠕（ㄖㄨˊ）

蠕、蠕〔漢造〕蟲微行的樣子

蠕形動物〔名〕蠕形動物

蠕行〔名、自サ〕蠕行、爬行

蠕虫類〔名〕蠕蟲類（=蠕形動物）

蠕動（運動）〔名、自サ〕蠕動（運動）

汝（ㄖㄨˇ）

汝〔代〕你（=汝、爾）

爾汝（汝、你=御前、貴樣）

汝〔代〕（伴格助詞〔が〕使用）（蔑）你（=御前）

汝〔代〕〔古〕（動詞います〔坐〕的名詞化）汝、你（=御前、汝、爾）

汝、己〔代〕〔古〕（自稱）我（=自分）、（對稱）你（=御前、貴方、汝、爾）

汝〔代〕你（=汝、爾）

汝（なれ）〔代〕〔古〕你（=御前（おまえ）、汝（なんじ）、爾（なんじ））

汝、爾（なんじ、なんじ）〔代〕（な〔汝〕むら〔貴〕之意）你（=汝（なむち）、御前（おまえ））

汝自身を知れ（なんじじしんをしれ）（要自知）

汝に出でて汝に帰る（なんじにいでてなんじにかえる）（出乎爾者反乎爾者也）

汝（まし）〔代〕（動詞ます〔在〕的名詞化）（比汝（いまし）敬意少）你（=御前（おまえ））

汝（みまし）〔代〕（みまし〔御座（みまし）〕之意）你（=貴方（あなた））

乳（にゅう）（ㄖㄨˇ）

乳（にゅう）〔漢造〕乳、乳汁、哺乳、乳頭、牛乳

牛乳（ぎゅうにゅう）（牛乳、牛奶）

母乳（ぼにゅう）（母乳）

哺乳（ほにゅう）（哺乳）

豆乳（とうにゅう）（豆漿）

練乳（れんにゅう）、煉乳（れんにゅう）（煉乳=コンデンス、ミルク（condense milk））

授乳（じゅにゅう）（授乳、哺乳）

溢乳（いつにゅう）（吐奶）

集乳（しゅうにゅう）（收集牛奶）

外乳（がいにゅう）（〔動〕外胚乳）

鍾乳石（しょうにゅうせき）（鐘乳石）

乳飲料（にゅういんりょう）〔名〕（加入果汁的）牛乳飲料

乳暈（にゅううん）〔名〕〔解〕乳暈

乳液（にゅうえき）〔名〕（植物的、化妝用的）乳液

乳化（にゅうか）〔名、自他サ〕乳化

乳化剤（にゅうかざい）（乳化劑）

乳化機（にゅうかき）（乳化器）

乳化重合（にゅうかじゅうごう）（〔化〕乳液聚合）

乳菓（にゅうか）〔名〕牛奶點心、奶油點心

乳痂（にゅうか）〔名〕嬰兒的一種濕疹

乳管（にゅうかん）〔名〕〔解〕乳腺

乳癌（にゅうがん）〔名〕〔醫〕乳腺癌

乳牛、乳牛（にゅうぎゅう、ちちうし）〔名〕乳牛、奶牛←→役牛（えきぎゅう）、肉牛（にくぎゅう）

乳業（にゅうぎょう）〔名〕牛奶業、乳製品業

乳業会社（にゅうぎょうかいしゃ）（牛奶公司）

乳光（にゅうこう）〔名〕乳光、蛋白光

乳香（にゅうこう）〔名〕〔植、藥〕乳香

乳剤（にゅうざい）〔名〕乳劑、乳狀液

肝油乳剤（かんゆにゅうざい）（乳白魚肝油）

乳酸（にゅうさん）〔名〕〔化〕乳酸

乳酸菌（にゅうさんきん）（乳酸菌）

乳酸カルシウム（にゅうさん calcium）（乳酸鈣）

乳酸発酵（にゅうさんはっこう）（乳酸發酵）

乳脂（にゅうし）〔名〕乳脂

乳歯（にゅうし）〔名〕乳齒、乳牙←→永久歯（えいきゅうし）

乳嘴（にゅうし）〔名〕〔解〕乳頭（=乳頭（にゅうとう））

乳嘴炎（にゅうしえん）（乳頭炎）

乳児（にゅうじ）〔名〕嬰兒（=乳飲み子（ちのみご）、乳飲み児（ちのみご））

乳餌（にゅうじ）〔名〕奶製飲食

乳質（にゅうしつ）〔名〕乳質、奶的質量、奶製品的質量

乳首、乳首、乳首（にゅうしゅ、ちちくび、ちくび）〔名〕奶頭、乳頭

乳首（ちくび）〔名〕奶頭、乳頭、奶嘴。〔機〕〔俗〕螺旋接口

赤ん坊に乳首を銜えさせる（あかんぼうにちくびをくわえさせる）（讓嬰兒吸奶嘴）

乳臭（にゅうしゅう）〔名〕乳臭，奶味。〔轉〕幼稚，孩子氣

乳臭児（にゅうしゅうじ）（乳臭未乾、黃口孺子）

乳汁（にゅうじゅう）〔名〕乳汁、奶汁（=乳（ちち））

乳熟（にゅうじゅく）〔名〕果熟成熟的初期（=青熟（せいじゅく））

乳漿（にゅうしょう）〔名〕乳漿

乳状（にゅうじょう）〔名〕乳狀

乳状化（にゅうじょうか）（乳化）

乳状クリーム（にゅうじょう cream）（乳液）

乳状液を分泌する（にゅうじょうえきをぶんぴつする）（分泌乳狀液）

乳色（にゅうしょく）〔名〕乳白色（=乳白色（にゅうはくしょく））

乳製品（にゅうせいひん）〔名〕乳製品

乳石英（にゅうせきえい）〔名〕〔礦〕乳石英

乳腺（にゅうせん）〔名〕〔解〕乳腺

乳腺炎（にゅうせんえん）（乳腺炎）

乳濁液（にゅうだくえき）〔名〕乳濁液、乳膠

乳濁剤（にゅうだくざい）〔名〕乳濁劑、遮光劑

乳虫（にゅうちゅう）〔名〕〔動〕金龜子（=地虫（じむし））

乳糖〔名〕〔化〕乳糖

乳頭〔名〕乳頭、奶頭、乳頭狀突起

乳頭突起（乳突）

乳白〔名〕乳白

乳白色（乳白色）

乳白度（乳白度）

乳白ガラス（乳白玻璃）

乳白光（乳光、乳色）

乳鉢、乳鉢〔名〕乳鉢、研鉢

乳糜〔名〕乳糜

乳糜粥（食粥）

乳糜液（乳糜液）

乳糜尿（乳糜尿）

乳糜胃（乳糜胃）

乳糜管（乳糜管）

乳瓶〔名〕奶瓶

乳腐〔名〕（中國的）豆腐乳

乳粉〔名〕奶粉（=ドライ、ミルク）

乳閉〔名〕〔生理〕閒乳

乳母、乳母〔名〕奶媽、奶娘、保姆（=乳母、乳母，乳人，乳女）

乳母、祖母、姥〔名〕奶媽，奶娘，保姆、老婆婆、祖母、能面的老女人

乳母を付ける（請奶媽照顧）

乳母を雇う（僱保姆）

乳母車（嬰兒車）

乳母、御乳母〔名〕〔俗〕乳母、奶媽、奶娘、乳娘

乳母日傘（〔比喻對孩子又是奶媽又是洋傘百般地〕嬌生慣養）

乳母、乳人、乳女、傅〔名〕〔古〕奶媽，奶娘（=乳母、乳母）、（寫作傅）為貴人撫養子女的男人（=守役）

乳房、乳房〔名〕〔解〕乳房

乳房雲（〔氣〕乳房狀雲、懸球狀雲）

乳の出ない乳房（沒有奶的乳房）

赤ん坊に乳房を含ませる（讓嬰兒含乳頭）

乳棒〔名〕藥杵

乳養〔名〕用奶餵養

乳幼児〔名〕乳幼兒－學齡前兒童的總稱

乳用種〔名〕乳用種（牛羊）

乳様突起〔名〕乳頭狀突起

乳酪〔名〕乳酪

乳量〔名〕奶量

乳〔名〕乳（=乳）、乳房（=乳房、乳房）

乳を飲む（吃奶）

乳を絞る（擠奶）

乳の匂い（奶味道）

子供を生んだ許りで、未だ乳が出ない（剛生下孩子奶還沒下來）

乳の膨らみ（乳峯）

乳が張る（乳房鼓起）

乳パッド（奶罩）

父〔名〕父親←→母。〔宗〕（基督教的）上帝。〔喻〕先驅，奠基人

父に為る　當父親

父に叱られる　被父親訓了一

父の無い子　孤兒

流石は父の子だ　不愧是他父親的兒子

父も父なら子も子だ　有其父必有其子

代医学の父　現代　學之父

化論の父、ダーウイン　　化論的　倡者　爾文

乳型〔名〕乳罩

乳臭い〔形〕乳臭的、幼稚的

赤ちゃんの乳臭い匂（嬰兒的乳臭味）

彼は未だ乳臭い（他還很幼稚）

未だ乳臭い所が抜け切らない（還不夠成熟）

未だ乳臭い小僧の癖に生意気な事を言う（還是個毛孩子竟然說大話）

乳繰る〔自五〕〔俗〕（男女）暗中調情、幽會、私通（=乳繰合う）

乳繰合う〔自五〕（男女）暗中調情、幽會、私通

乳〔名〕乳（=乳）、乳房（=乳房、乳房）、（旗，幕，和服褂子等上用於穿繩帶的）小環、（吊鐘表面上成排的）疙瘩

乳飲み子，乳飲み児、乳呑み子，乳呑み児（吃奶的孩子）

乳を弄る（玩弄乳房）

旗の乳（旗上的環）

羽織の紐の乳を付け直す（把和服褂子上穿帶的環重新縫上）

血〔名〕血、血液、血統、血氣、血脈

血を吐く（吐血）

血の塊（血塊）

傷口から血が出る（從傷口冒血）

血だらけの手拭い（滿是血的手巾）

血に塗れる（沾滿血跡）

其の戦争で大分血を流した（由於那次戰爭流了很多的血）

血が繋がっている（有血緣關係）

彼は外国人の血を引いている他的祖先是外國人）

血の繋がった実の親子だ（是骨肉相連的親父子）

血が交じる（混血）

青春の血が燃える（富有親春的血氣）

血が上がる（血沖上頭、眩暈）

血が沸く（熱血沸騰、激昂）

血で血を洗う（以血洗血、骨肉相殘）

血と汗（血和汗、辛辛苦苦）

血と汗の結晶（血汗的結晶、辛苦工作的成果）

血に飢える（嗜血成性、殘忍好殺）

血に泣く（啼く）（泣血、啼血）

血の雨を降らす（血肉橫飛）

血の海（血海）

血の海と化する（變成一片血海）

血の気（血色、血氣）

血の気が多い（血氣方剛、易動感情、易激昂）

血の出る様な金（命根子似的錢）

血の涙（血淚）

血の巡り（血液循環、理解力）

血は水よりも濃い（血濃於水、還是親骨肉）

血も涙も無い（冷酷無情、狠毒）

血湧き肉躍る（摩拳擦掌、躍躍欲試）

血を啜る（歃血為盟）

血を吐く思い（沉痛、斷腸之感）

血を見る（見血、發生傷亡、被殺傷）

血を分ける（至親骨肉）

彼等は血を分けた兄弟（他們是親兄弟）

千〔造語〕千、多數

百千（千百個、多數）

千万（千萬、無數）

知〔名、漢造〕知，理智←→情，意、知識、熟人，朋友、知道、知心、掌管、知慧（按當用漢字用於代替〝智〞）

知と行の関係に就いて（關於知和行的關係）

知行合一（知行合一）

知に働けば角が立つ（單憑理智行動就顯得不夠周全）

学界の知を集める（匯集學界的知識）

知的労働者（腦力勞動者）

知人（熟人）

旧知に会う（遇固友）

上知、上智（上智）←→下愚

小知、小智（小聰明、小智慧）←→大知、大智

覚知（知覺、感覺）

通知（通知、告知）

告知（通知、告知）

予知（預先知道）

検知、撿知、見知（一見而知、實地檢查）

賢知、賢智（賢明有智慧）

周知（周知）

衆知、衆智（衆人的智慧、衆所周知）

承知（同意，贊成，答應、知道、允許、原諒）

詳 知（詳細知道）

未知（不知道）

無知、無智（沒知識、沒智慧）

報知（報知通知）

察知、（察知、察覺）

感知（感知、察覺）

関知（知曉，有關連、報知，察知）

格物致知（格物致知）

才知、才智（才智）

機知、機智（機智）

窺知（窺探、領會）

奇知、奇智（奇特的智慧、非凡的智慧）

故知、故智（故智）

英知、叡智、叡知（睿智、才智、洞察力）

明知、明智（明智、聰明智慧）

奸知、奸智（奸智）

世知、世智（處事才能）

賢知、賢智（賢明有智慧）

良 知（良知）

治〔名、漢造〕（也讀作治）治，治世，太平、治理、醫治、管理、地方政府所在地

開元の治（開元之始）

治国の道（治國之道）

治に居て乱を忘れず（治而不忘亂、居安而不忘亂、太平治世不忘武備）

自治（自治、地方自治）

法治（法治）

文治、文治（用教化或法令治理國家）

統治、統治（統治）

徳治（德治）

政治（政治）

正治（鐮倉時代土御門天皇的年號）

療治（治療，醫治、採取措施）

根治、根治（根治、徹底治好）

全治、全治（治癒、痊癒）

内治、内治（内政）

県治（縣的政治、縣的行政、縣政府所在地）

地〔名〕地，大地，地球←→天、土地，土壤、地表，地面、陸地、地方，地區，地點、地盤、地勢、地位，立場、(對上面而言）下面、領土〔漢造〕地，土地、地方、地位，身分，境遇、天生，質地

地と天程の　き（天壤之別）

地上から空 中に向けて発射する（從地面向太空發射）

足が地に着いていない（沒有腳踏實地）

地の中に埋める（埋在土裡）

地を割って芽が出る（芽從土裡鑽出來）

外国の地を踏む（踏上外國土地）

団栗の実が地に落ちる（橡實落在地上）

地の果て、海の果て（天涯海角、天南地別）

景 勝 の地（名勝之地）

思い出の地（懷念的地方）

当地の名 物（本地的名產）

彼は晩年に此の地で　った（他在這個地方度過了晚年）　る贈る

地を占める（占地勢）占める　める締める絞める染める湿る

地の利を得る（得地利）得る得る

立　の地も無い（無立錐之地）

地を易うれば皆然り（易地則皆然）

双方地を変えて考えて見る必要が有る（雙方應該設身處地地考慮一下）

天地無用（〔寫在貨物包裝的表面上〕請勿倒置）

地を割く（割地）割く咲く割く

フランスとドイツは地を接している（法德國土毗連）

一敗地に塗れる（一敗塗地）

地に墜ちる（墜地、誕生、衰落）墜ちる落ちる堕ちる

彼の名声は全く地に墜ちた（他的名聲完全掃地了）

名教地に墜つ（名教墜地）

地を掃う（掃地、完全喪失）掃う払う祓う

義地を掃う（道義掃地、全然不講道義）

天地（天壤，天和地、天地，世界、〔書畫等的〕上下）

対地（對地面）

大地（大地、陸地）

代地（替換的土地）

台地（高地、高崗、高起的平地）

地（陸地）

土地（土地，耕地、土壤，土質、當地、地面，地區、領土）

寸地（寸地、寸土）

余地（餘地、空地）

地（大地、全球、全世界）

宅地（地皮，住宅用地、已建有住宅的宅地）

墓地（墓地、墳地）

内地（〔對殖民地而言的〕本土，本國←→外地、國內、距離沿海較遠的地方）

外地（〔對殖民地而言的〕外地、國外，外國）

現地（現場、當地，現住地方）

玄地（遙遠的土地）

見地（見地，觀點，立場、查看土地）

検地（丈量土地面積地界、檢查土地收穫量、檢查電線和土地的絕緣情況）

j 地（門第）

境地（環境、處境、心境、領域）

乳兄弟〔名〕（吃一個人奶長大的）同奶兄弟

彼と山田氏の息子とは乳兄弟に為る（他和山田的兒子是一奶同胞）

乳切（木）、千切（木）〔名〕（擔物化打架用的）棒子、棍子

乳付け〔名〕初乳（的奶媽）

乳の親〔名〕乳母

乳の恩〔名〕哺育之恩

乳飲み子，乳飲み児、乳呑み子，乳呑み児〔名〕吃奶孩子、嬰兒、乳兒

乳飲み子が乳を慕って泣く（嬰兒哭著要吃奶）

乳離れ、乳離れ〔名、自サ〕斷奶

乳離れした子（斷了奶的孩子）

乳離れの遅い子（斷奶晚的孩子）

乳離れしたかしない位の小児（斷了奶或即將斷奶的孩子）

小児を乳離れさせる（讓小孩斷奶）

十個月前後で乳離れする（在十個月左右斷奶）

乳鋲〔名〕（門扉上裝飾用的）乳頭釘

乳癰〔名〕〔醫〕奶瘡

入、入（ㄖㄨˋ）

入〔漢造〕（也讀作入）入、進入、裝入、放入、入學、入聲、領悟

出入（出入、來往、收支）

出入り（出入、常來常往、收支、爭吵、凹凸）

出入り（出入、差額、凹凸不平、不公平、不公正）

加入（加上、參加）

参入（進入、進入皇宮）

算入（計算在內）

竄入、攙入（竄入、跑進、混入）

直入（直入）

単刀直入（單刀直入、直接了當）

闖入（闖入、闖進）

転入（轉入、遷入）

流入（流進、湧進）

観入（正確掌握、深入觀察）

実相観入（看到真相）

嵌入（鑲入、插進）

挿入（插入、裝入）

差し入る、射し入る（射入、射進）

搬入（搬入）

突入（衝進、闖進）

侵入（侵入、闖入）

進入（進入）

新入（新加入、新來）

浸入（進水）

滲入（滲進）

潜入（潛入、溜進）

先入観（成見）

乱入（闖入、闖進）

没入（沉入、埋頭）

介入（介入、插手、干涉、參與、染指）

収入（收入、所得）

納入（繳納）

歳入（國庫一年的收入）

再入学（重新入學）

再入国（再入境）

投入（投入、扔進）

導入（引進、引入、引用、輸入）

注入（注入、灌輸）

編入（編入、插入、排入）

輸入（輸入、進口）

四捨五入（四捨五入）

悟入（徹悟、覺悟）

平上去入（平聲二聲三聲四聲）

入域〔名、自サ〕入境、進入水域←→出域

緊急入域（緊急入境）

入院〔名、自サ〕住院←→退院、（和尚）當住持

入院治療（住院治療）

虫垂炎で入院する（因闌尾炎住院）

入院随時（〔牌示〕隨時住院）

入院患者（住院病人）

入営〔名、自サ〕入伍、參軍（＝入隊）←→除隊

召集されて入営する（應徵入伍）

入営兵（新兵）

入園〔名、自サ〕入幼稚園、進入花園（公園，動物園，植物園等）

入園式（入園典禮）

入園料（遊園費）

入荷〔名、自他サ〕進貨、到貨←→出荷

野菜は約百噸の入荷が有った（蔬菜進貨約一百噸）

明日、入荷する予定（預定明天進貨）

入会〔名、自サ〕入會←→退会、脱会

後援会に入会する（參加後援會）

入会を申し込む（申請入會）

入会金（入會費）

入会者（入費者）

入会、入相、入合〔名〕〔法〕（特定地區的居民對公共的或他人的山林草原等的）共同使用

入会権（〔山林，草原的〕共同使用權）

入会場（共同使用的山林〔草原〕）

入会地（共同使用地區）

入閣〔名、自サ〕入閣、參加內閣

入閣が決まる（決定參加內閣）

文部大臣と為て入閣する（作為文部大臣參加內閣）

入閣を予定される人人（預定參加內閣的人們）

入学〔名、自サ〕入學←→卒業、投師，入門（=入門）

越境入学（越區入學）

来年、弟は小学校に入学する（明年弟弟上小學）

入学式（入學典禮）

入学試験（入學考試）

入学願書（入學志願書、入學申請書）

入棺、入棺、入棺〔名、他サ〕入殮（=納棺、入龕）

入龕〔名、他サ〕入殮（=入棺、入棺、入棺、納棺）

入監〔名、自サ〕入獄（=入獄）

入館〔名、自サ〕入館、進館（圖書館，博物館，美術館等）

入館は午後四時迄です（入館到下午四時為止）

入気坑〔名〕進風巷道

入居〔名、自サ〕遷入、住進

入居者（房客）

新築マンションに入居する（遷入新建的公寓）

即時入居可（〔房屋廣告〕可即時遷入）

入渠〔名、自サ〕〔船〕進塢

修理の為入渠する（為了修理入塢）

入御、入御〔名〕（天皇，皇后等）進入宮內

入漁、入漁〔名、自サ〕進入共同或特定魚場捕魚

入漁者（進入共同或特定魚場的捕魚者）

入漁費（進入共同或特定魚場捕魚的捕魚費）

入漁権（進入共同或特定魚場捕魚的權利）

入京〔名、自サ〕進京、到東京或京都←→出京、退京

各地の代表が続続と入京する（各地代表陸續到京）

入鋏〔名、自サ〕〔鐵〕剪票

入鋏を受ける（接受剪票）

無入鋏で乗車する（沒有剪票乘車）

入鋏省略（不必剪票）

入局〔名、自サ〕〔職員〕進入廣播電台，電視台。〔醫生〕進入醫生辦公室或診療室

入玉〔名、自サ〕〔象棋〕王將進入敵陣

入金〔名、自他サ〕收入款項←→出金、交付部分款項

会計に入金が有る（會計有進款）

今月の入金の内訳を調べる（調查本月進款的細目）

残余は来月入金する（剩下部分下月交款）

入庫〔名、自他サ〕〔貨物〕進入倉庫（=倉入れ）。〔車〕進入車庫←→出庫

車が入庫する（車子進車庫）

入坑〔名、自サ〕下礦井、進入礦坑

入校〔名、自サ〕入學（=入学）

入貢〔名、自サ〕〔史〕進貢、朝貢

入寇〔名、自サ〕入侵

入港〔名、自サ〕〔船〕進港←→出港

午後三時に入港する（下午三點進港）

入港が遅れる（延遲進港）

入構〔名、自サ〕進入場內（工作場地等）、（列車）進站

入構禁止（禁止入內、禁止進入工作場地）

十番ホームに入構（列車開進第十月台）

入国〔名、自サ〕〔史〕（領主）進入采邑，就封、入國←→出国

入国査証（入境簽證）

入国の手続きを済ます（辦完入境手續）

入獄〔名、自サ〕入獄（=入監、入牢、入牢）←→出獄、出牢

盗みを為て三度入獄する（因竊盜進入三次監獄）

入魂（にゅうこん）〔名、形動〕親密（=入魂、昵懇、昵近、入魂）、傾注全副精力，全心投入

入魂の間柄（親密的關係）

入魂の作品（嘔心瀝血的作品）

入魂式（揭旗誓師會、宣誓效忠儀式）

入魂、昵懇、昵近、入魂（じっこん、じっこん、じっこん、じゅっこん）〔名、形動〕親密、親近

入魂の間柄（親密的關係）

彼の家とは昔から入魂に為ている（和他家裡很久以前就密切交往）

二人は非常に入魂の仲であった（兩個人是非常親密的朋友）

私は彼の方とは別に入魂に為ては居ません（我和他並不怎麼親密）

入座（にゅうざ）〔名、自サ〕〔演員〕參加劇團

入札（にゅうさつ）〔名、自サ〕投標（=入れ札、入札）

工事入札広告（工程投標廣告）

入札に付する（提交投標）

入札を募る（招標）

新校舎建築の入札募集（為建新校舍而招標）

彼は其の商品を入札で落とした（他得標買到那個商品）

入札者（投標人）

指名入札者（指名投標者）

最高入札者に払い下げる（賣給最高投標人）

入れ札、入札（いれふだ、いれふだ）〔名〕投標、〔舊〕股票

入山（にゅうざん）〔名、自サ〕進山、（出家人）進入寺廟修行（=入院）

入試（にゅうし）〔名〕入學考試（=入学試験）

大学入試（大學入學考試）

入質、入れ質、入質（にゅうしち、いれじち、いれじち）〔名、他サ〕抵押、典當（=質入）

時計を入質する（把手錶當掉）

入れ質、入質（いれじち、いれじち）〔名、他サ〕抵押、典當（=質入）

入室（にゅうしつ）〔名、自サ〕進入室內←→退室、入室（成為研究室等的成員）

係員以外の者は入室を禁ず（非工作人員禁止入室）

入舎（にゅうしゃ）〔名、自サ〕住進宿舍、搬進宿舍

入社（にゅうしゃ）〔名、自サ〕入社、進入公司工作←→退社

貿易会社に入社した（進貿易公司工作）

会社の入社試験を受ける（應公司的招聘考試）

入社試験（招聘考試）

入社式（入社儀式）

入射（にゅうしゃ）〔名〕〔理〕入射

入射角（入射角）

入射光線（入射光線）

入寂（にゅうじゃく）〔名、自サ〕〔佛〕圓寂（=入滅）

入手（にゅうしゅ）〔名、他サ〕到手、取得（=落手）

珍しい物を入手した（得到了珍貴的東西）

入手困難の品（不易得到的東西）

入手難（難取得）

入朱（にゅうしゅ）〔名〕用紅筆批改（文章等）

入塾（にゅうじゅく）〔名、自サ〕進入私塾

入所（にゅうしょ）〔名、自サ〕入所工作（入研究所，裁判所，講習所工作）、入獄，進收容所←→出所

講習所に入所する（進講習所）

収賄罪で二年入所する（因收賄罪進牢兩年）

入賞（にゅうしょう）〔名、自サ〕得獎、受賞

一等に入賞した作品（得一等獎的作品）

オリンピックで入賞する（在奧運會上得獎）

入賞者（得獎者、中獎人）

入定（にゅうじょう）〔名、自サ〕〔佛〕禪定、圓寂（=入寂、入滅）

入城（にゅうじょう）〔名、自サ〕進城、進入敵城、攻陷敵城

入城式（入城式）

隊伍を整えて入城する（整隊入城）

入場（にゅうじょう）〔名、自サ〕入場←→退場

競技場に入場する（進入運動場）

御子様は入場御断り（兒童謝絕入場）

入場式（入場式、開幕典禮）

入場券（入場券、門票）

入場権（入場權、進入權）

にゅうしょく、にゅうしょく **入植、入殖**〔名、自サ〕（往殖民地或墾荒地區）遷居

南米へ入植する（遷移到南美去）

入植者（移民、開拓者）

にゅうしん **入信**〔名、自サ〕〔宗〕信教、皈依

彼はキリスト教に入信して洗礼を受けた（他信奉基督教並接受洗禮）

にゅうしん、にゅうつ、にゅうづ **入津、入津、入津**〔名、自サ〕入港（＝入港）

にゅうしん **入神**〔名、自サ〕（技術）出神入化

入神の技（技術精妙絕倫）

入神の域の達する（達到出神入化的境地）

にゅうじん **入陣**〔名、自サ〕進入陣地

にゅうすい **入水**〔名、自サ〕流進來的水、（游泳等）跳水、投水（自殺）（＝入水、身投げ）

入水自殺（投水自殺）

じゅすい、にゅうすい **入水、入水**〔名、自サ〕投河自殺（＝身投げ）

煩悶の末、海へ入水した（苦悶到最後投海自盡）

にゅうせき **入籍**〔名、自他サ〕入籍、入戶口

入籍の手続（入籍手續）

結婚に因り入籍する（因結婚而入籍）

にゅうせん **入船**〔名、自サ〕進港（的船）

いりふね **入船**〔名、自サ〕進港船←→出船

にゅうせん、にゅうせん **入選、入撰**〔名、自サ〕入選、當選、選入（選集）←→落選、選外

作品が一等に入選した（作品以一等入選）

入選者の発表（當選者的發表）

にゅうせん **入線**〔名、自サ〕火車進站

にゅうたい **入隊**〔名、自サ〕入伍（＝入営）←→除隊

兄は去年入隊した（哥哥去年入伍了）

にゅうだん **入団**〔名、自サ〕入團←→退団

弟はボーイスカウトに入団した（弟弟加入了童子軍）

にゅうちょう **入朝**〔名、自サ〕（外國使節）入朝、來朝、朝覲、朝貢

にゅうちょう **入超**〔名、自サ〕〔經〕入超（＝輸入超過）←→出超

昨年度の外国貿易は十億ドルの入超であった（去年度的對外貿易入超十億美元）

にゅうてい **入廷**〔名、自サ〕到廷←→退廷

被告が入廷する（被告到廷）

にゅうでん **入電**〔名、自サ〕來電（＝来電）←→打電

東京からの入電（東京來電）

詳しい事は未だ入電しない（詳情還未來電）

にゅうとう **入党**〔名、自サ〕入黨←→脱党、離党

日本自民党に入党する（加入日本自民黨）

にゅうとう **入湯**〔名、自サ〕洗澡、沐浴（特指洗溫泉浴）（＝入浴）

入湯に行く（去洗溫泉浴）

にゅうどう **入道**〔名、自サ〕皈依、出家、出家人、禿頭、禿頭妖怪

入道雲（積雨雲）

にゅうないすずめ **入内雀**〔名〕〔動〕山麻雀

にゅうねん **入念**〔名、形動〕細心、仔細、周到、謹慎（＝念入り）

彼の仕事は入念だ（他工作做得很仔細）

入念な指導を受ける（受到細心的指導）

旅行の計画を入念に立てる（周密地制定旅行計畫）

荷造りは入念に願います（貨物請仔細包裝）

にゅうばい **入梅**〔名、自サ〕進入梅雨期（＝入梅入り、梅雨入）、〔方〕梅雨季節（＝梅雨の季節）←→出梅、梅雨明け

もう入梅に為った（已經到了梅雨期）

入梅の頃に為ると体の調子が可笑しい（一到梅雨季節全身就覺得不對勁）

にゅうばく **入幕**〔名、自サ〕〔相撲〕晉升為〝幕內〞級力士、成為幕僚（能參與內政和機密）

にゅうまく **入幕**〔名、自サ〕〔相撲〕晉升為〝幕內〞級力士

ㄖ

入費、入費（にゅうひ、いりひ）〔名〕（需要的）費用、花費、開銷

千円の入費を予定する（估計要花費一千日元）

大変な入費だ（開銷可不得了）

此の仕事には沢山の入費が掛る（這件工作需要龐大的費用）

入夫（にゅうふ）〔名、自サ〕（日本舊民法上的）入贅女婿（=入り婿）

入府、入府（にゅうふ、にゅうぶ）〔名、自サ〕〔古〕進入都城、（領主第一次）進入采邑（=入国、入部）

入部（にゅうぶ）〔名、自サ〕加入棒球部（文藝部等）、（領主第一次）進入采邑（=入国、入府、入府）

入仏（にゅうぶつ）〔名、自サ〕〔佛〕寺院供上神像、把佛像安置在佛龕內

入滅（にゅうめつ）〔名、自サ〕〔佛〕圓寂（=入寂）

入麵、煮麵（にゅうめん）〔名〕醬油煮掛麵

入門（にゅうもん）〔名、自サ〕進入門內←→出門、投師、初學、入門書

入門禁止（禁止入內）

近所の画家の下へ入門する（拜附近畫家為師）

入門者（初學者）

哲学入門（哲學入門）

入門書（入門書）

入用、入用（にゅうよう、いりよう）〔名、形動〕需要，需用（=入り用）、費用（=入費、費用）

地図が入用だ（需要地圖）

タイピスと一名入用（〔廣告〕需要一名打字員）

是非とも入用な品（必需之物）

入用な（の）物は皆揃っている（需要的東西已經備齊）

今入用ですから直ぐ届けて下さい（現在用得到請馬上送來）

金が5千円入用だ（需用五千日元）

一体、幾等入用なのか（到底需要多少錢？）

入り用、入用（いりよう、いりよう）〔名、形動〕必要的費用、需要（=入用）

幾等入用なんだ（需要多少錢呢？）

御金5千円入用だ（需要五千日元）

今入用なだけ買いましょう（現在把需要的買下來）

入用な時何時でも使って下さい（需要時請隨時用）

貯金を為て置かないと、御金の（が）入用の時に困る（若不把錢存起來到用錢時就不好辦了）

入浴（にゅうよく）〔名、自サ〕入浴、沐浴、洗澡

度度入浴する（經常洗澡）

毎日欠かさず入浴する（每天一定洗澡）

入来、入来（にゅうらい、じゅらい）〔名、自サ〕到來、來訪、光臨

入来者（來訪者）

入洛、入洛（にゅうらく、じゅらく）〔名、自サ〕來到京都

入落（にゅうらく）〔名〕入選和落選

発表が無いので入落が分らない（因未發表不知道入選或落選）

入猟（にゅうりょう）〔名、自サ〕進入獵區打獵

入寮（にゅうりょう）〔名、自サ〕進入宿舍、搬進宿舍←→退寮

八号寮に入寮する（搬進八號宿舍）

入力（にゅうりょく）〔名、自サ〕〔電〕輸入功率（=インプット）。〔計〕輸入數據←→出力

入力電流（輸入電流）

入力信号（輸入信號）

入力インピーダンス（〔電〕輸入阻抗）

入力装置（〔計〕輸入設備）

入牢、入牢（にゅうろう、じゅろう）〔名、自サ〕入獄（=入獄）←→出牢

入声、入声（にっせい、にっしょう）〔名〕〔語〕（漢字的）入聲

入宋（にっそう）〔名、自サ〕〔史〕（平安時代至鎌倉時代、使節，僧人）入宋、赴宋

入唐（にっとう）〔名、自サ〕〔史〕（平安時代初期日本）赴唐朝、渡唐

入唐の僧（渡唐的僧人）

入眼、入眼（じゅがん、じゅげん）〔名〕完了、佛像開眼

入内（じゅだい）〔名、自サ〕（皇后）正式進入皇宮

入木道（じゅぼくどう）〔名〕書法（=書道）

入〔造語〕表示浸染次數

一入（浸染一次）

八入の色（浸染八次的色調）

入る〔自五〕進入（=入る-單獨使用時多用入る、一般都用於習慣用法）←→出る

〔接尾、補動〕接動詞連用形下，加強語氣，表示處於更激烈的狀態

佳境に入る（進入佳境）

入るを量り出ずるを制す（量入為出）

入るは易く達するは難し（入門易精通難）

日が西に入る（日沒入西方）

今日から梅雨に入る（今天起進入梅雨季節）

泣き入る（痛哭）

寝入る（熟睡）

恥じ入る（深感羞愧）

つくづく感じ入りました（深感、痛感）

痛み入る（惶恐）

恐れ入ります（不敢當、惶恐之至）

悦に入る（心中暗喜、暗自得意）

気に入る（稱心、如意、喜愛、喜歡）

技、神に入る（技術精妙）

手に入る（到手、熟練）

堂に入る（登堂入室、爐火純青）

念が入る（注意、用心）

罅が入る（裂紋、裂痕、發生毛病）

身が入る（賣力）

実が入る（果實成熟）

入る、要る〔自五〕要、需要、必要

要るだけ持って行け（要多少就拿多少吧！）

旅行するので御金が要ります（因為旅行需要錢）

此の仕事には少し時間が要る（這個工作需要點時間）

要らぬ御世話だ（不用你管、少管閒事）

返事は要らない（不需要回信）

要らない本が有ったら、譲って下さい（如果有不需要的書轉讓給我吧！）

要らない事を言う（說廢話）

居る〔自上一〕（人或動物）有，在（=有る、居る）、在，居住、始終停留（在某處），保持（某種狀態）

〔補動、上一型〕（接動詞連用形+て下）表示動作或作用在繼續進行、表示動作或作用的結果仍然存在、 表示現在的狀態

子供が十人居る（有十個孩子）

虎は朝鮮にも居る（朝鮮也有虎）

御兄さんは居ますか（令兄在家嗎？）

前には、此の川にも魚が居た然うです（據說從前這條河也有魚）

ずっと東京に居る（一直住在東京）

両親は田舎に居ます（父母住在鄉下）

住む家が見付かる迄ホテルに居る（找到房子以前住在旅館裡）住む棲む済む澄む清む

一晩寝ずに居る（一夜沒有睡）

兄は未だ独身で居る（哥哥還沒有結婚）未だ未だ

自動車が家の前に居る（汽車停在房前）

見て居る人（看到的人）

笑って居る写真（微笑的照片）

子供が庭で遊んで居る（小孩在院子裡玩耍）

映画を見て居る（在看電影）立つ経つ建つ絶つ発つ断つ裁つ截つ

鳥が飛んで居る（鳥在飛著）飛ぶ跳ぶ

彼は長い間此の会社で働いて居る（他長期在這個公司工作著）

花が咲いて居る（花開著）咲く裂く割く

木が枯れて居る（樹枯了）枯れる涸れる嗄れる駆れる狩れる刈れる駈れる

薬が効いて居る（藥見效）効く利く聞く聴く訊く

工事中と言う立札が立って居る（立起正在施工的牌子）言う云う謂う

時計は壊れて居て使えない（錶壞了不能用）壊れる毀れる使う遣う

食事が出来て居る（飯做好了）

彼は中中気が利いて居る（他很有心機）効く利く聞く聴く訊く

戸に鍵が掛かって居る（門鎖上了）掛る係る繋る罹る懸る架る

居ても立っても居られない（坐立不安、搔首弄姿、急不可待）

歯が痛くて居ても立っても居られない（牙疼得坐立不安）

居ても立っても居られない程嬉しかった（高興得坐不穩站不安的）

炒る、煎る、熬る〔他五〕炒、煎

豆を炒る（炒豆）入る居る要る射る鋳る

玉子を炒る（煎雞蛋）

射る〔他上一〕射、射箭、照射

弓を射る（射箭）入る要る居る鋳る炒る煎る

矢を射る（射箭）

的を射る（射靶、打靶）

的を射た質問（擊中要害的盤問）

明るい光が目を射る（強烈的光線刺眼睛）

彼の眼光は鋭く人を射る（他的眼光炯炯射人）

鋳る〔他上一〕鑄、鑄造

釜を鋳る（鑄鍋）

入る、這入る〔自五〕進入、闖入、加入、放入、收入

玄関から入る（從正門進入）

日が入る（日光照進、日落）

力が入る（吃力、費勁）

隙間から風が入る（風從縫隙吹入）

汽船は明日港に入る（輪船明天進港）

風呂に入る（洗澡）

耳に入る（聽到）

目に入る（看見）

選に入る（入選）

梅雨に入る（入梅）

蹴球で後半に入って間も無く同点に為った（足球進入後半場不久比分就拉平了）

此の靴は水が入る（這鞋子進水）

斯う為れば埃が入らない（這麼一來就不會進灰塵）

此の切符を持って行けば入れる（拿這張票就能進去）

其の家には未だ人が入っていない（這房子還沒有人住進去）

汽車が間も無くホームに入って来る（火車馬上就要進站了）

原子力時代に入る（進入原子能時代）

無我の境に入る（進入無我的境地）

無用の者入る可からず（閒人勿進、無事勿入）

盗みに入る（闖進盜竊）

彼の家へ昨夜泥棒が入った（昨天晚上他家進了賊）

軍隊に入る（入伍）

会社に入る（進入公司工作）

クラブに入る（加入倶樂部）

党に入る（入黨）

学習班に入った（進了學習班）

大学に入る（上大學）

未だ学校に入らぬ（還未上學）

此の部屋には百人入れる（這房子能容納一百人）

此の財布には参千円入っている（這錢包裡裝有三千日元）

雑費も勘定に入っている（雜費也算在內了）

私も其の中に入っている（我也包括在內）

此の酒には水が沢山入っている（這酒裡加有很多水）

月に五万円入る（每月收入五萬日元）

私の手許に入るのは六万円程だ（到我手的只有六萬日元左右）

情報が入る（得到情報）

新しい薬が手に入った（新藥弄到手了）

入れ歯が入る（鑲上假牙）

ガスが入る（裝上煤氣）

入り、入〔名〕入、進入、加入、收入、費用

盆栽愛好者の仲間入りを為る（加入盆景愛好者一夥）

政界入費を為る（進入政界）

人の出入りが多い（進出的人多）

日の入り（日落）

大入り（滿場）

入りの多い映画（非常叫座的電影）

会場はもう可也の入りだ（會場裡的人已經不少）

土俵入り（相撲力士的入場儀式）

牛乳入りのコーヒー（加牛奶的咖啡）

模様入りの茶碗（帶花紋的飯碗）

宝石入りの指輪（鑲寶石的戒指）

一斤入りの瓶（裝一斤的瓶子）

此の箱は一ポンド入りだ（這盒子裝一磅）

実入り（結實、收入）

見入る（注視、看得出神）

魅入る（迷住、纏住）

入りが多い（收入多）

入りが少ない（收入少）

土用入り（入伏）

梅雨入りは何時ですか（什麼時候入梅？）

入り、要り、入用、入費〔名〕費用、開支

入りが嵩む（費用增加、開支增加）

入り相、入相、入相〔名〕日落、黃昏（=夕暮れ）

入相の鐘（佛寺的晚鐘）

入相時（黃昏時分）

入り海、入海〔名〕海灣、海岸、內海

入り江、入江〔名〕峽灣、潟湖

入縁、入縁，入家〔名〕入贅（=入り婿、入婿）、由對方提出的婚事

入り門、入門〔名〕門口

入り金、入金〔名〕收入的錢、所得的錢

入り方、入方〔名〕日月將落的時候

入り側、入側〔名〕〔建〕（日式建築走廊與房間之間的）窄路

入り代わる，入り替わる、入れ代わる，入れ替わる〔自五〕替換、交替、更換

前任者と入り代わる（和前任替換）

君と彼の人と入り代わって下さい（請你和他調換一下）

二人の職務が入り代わった（兩個人的職務對調了）

山本さんと入り代わって王さんが入って来た（山本先生剛走王先生又進來了）

入り代わり，入り替わり、入れ代わり，入れ替わり〔名〕更換，替換，輪換、（江戶時代每年十一月）演員調換劇場演出、（舊傭傭人期滿）和新傭傭人交替

入り代わりに外出する（替換著出去）

入り代わり立ち代わり、入れ代わり立ち代わり〔副〕川流不息、連續不斷

入り代わり立ち代わり人が尋ねて来る（來訪的人絡繹不絕）

入り口，入口、入り口，入口〔名〕入口，門口。〔喻〕開始，開端←→出口

公園の入口（公園的入口）

劇場の入口（劇場的入口）

腸の入口（腸口）

入口を塞ぐ（堵死入口）

入口が分らない（找不到入口）

春の入口（初春）

入口で躓く（一開頭就跌倒了）

入り口，入口、入り口，入口、這入口，這入口〔名〕入口（=入り口，入口、入り口，入口）

入り組む、入組む〔自五〕錯綜複雜、互相糾纏、頭緒紛亂（=込み入る）

入り組んだ事件（錯綜複雜的事件）

後半に為ると話の筋が大層入り組んで来る（到了故事的後半情節就複雜起來了）

此の機械の構造は入り組んでいる（這部機器的構造很複雜）

足場が入り組んでいる（建築鷹架互相交結在一起）

入り小作、入小作〔名〕由外村或外地來的佃農←→出小作（到他村去佃耕的佃農）

入り込む、入込む〔自五〕進入，擠進，鑽進、混入，潛入、深入、複雜

群衆の中に入り込んで宣伝する（進入群眾裡面進行宣傳）

人込みの中に入り込んで見えなくなる（鑽到人群裡看不見了）

敵地に入り込む（潛入敵方）

スパイが入り込んでいる（間諜混進來了）

海岸が入り込んで美しい湾を造っている（海岸伸入形成美麗的海灣）

入り込んだ事件（複雜的情況）

入り込む、這入り込む〔自五〕進入、鑽入、爬入

奥へ入り込む（進到裡面去）

猫が塀の穴から中へ入り込む（貓從牆洞鑽進裡面）

旨い所へ入り込んだ物だ（可鑽進了一個好地方）

入り込み、入込み〔名〕擁擠的人群、（劇場的）廉價普通座位、男女混浴（的浴池）、出嫁（=嫁入り）

入れ込み、入れ込み〔名〕（不分男女，身分高低等）混坐（=入り込み）

入り汐，入汐、入り潮，入潮〔名〕退潮〔=引潮〕←→出潮、滿潮（=満ち潮）

入り違う，入違う、入れ違う，入違う〔自五〕裝錯、交錯

品物は入り違わない様に為為さい（東西不要裝錯）

入り違って逢えなかった（來去交錯沒見到面）

入り違い，入違い、入れ違い，入違い、入れ違え，入違え〔名〕裝錯、交錯

品物の入り違いに気付く（發覺把東西庒錯了）

番号が入り違いに為っている（號碼顛倒了）

二人の手紙が入り違いに為った（二人的信交錯了）

田中と入り違いに山田君が尋ねて来た（田中剛走山田就來了）

入鉄砲出女〔名〕〔史〕（德川幕府）嚴禁槍枝流入江戶、以及作為人質的諸侯婦女家屬從江戶逃回本地（在各關口嚴加檢查）

入り日、入日〔名〕夕陽、落日

入日が沈む（落日西沉）

入日が辺りを赤く染める（夕陽映得一片通紅）

入り浸る、入浸る〔自五〕浸泡在水裡、（在某處或人家）泡著不走，長時間逗留

海中に入り浸る（泡在海裡）

友人の家に入り浸っている（在朋友家待著不走）

入り浸り、入浸り〔名〕浸泡在水裡、（在某處或人家）泡著不走，長時間逗留

毎日女友達の家に入り浸りだった（每天泡在女朋友的家裡）

入り舟、入舟〔名〕進港船←→出船、出船（出港的船）

入り穿、鑿〔名、形動〕（作詩）過於玩弄技巧、過份穿鑿（=穿ち過ぎ）

入り前、入前〔名〕〔舊〕開銷、收入

入り交じる、入り雑じる〔自五〕混雜、摻雜

自分も群衆の中に入り交じる（自己也攙混在群眾裡）

敵と味方が入り交じっている（敵我混雜）

色色な利害問題が入り交じる（種種利害問題糾纏在一起）

此の生地には木綿が入り交じっている（這塊料子攙有棉線）

入れ雑ぜる〔他下一〕攙雜（=雑ぜる）

入り乱れる、入乱れる〔自下一〕攙雜、混雜、錯雜（=入り交じる、入り雑じる）

入り乱れて戦う（混戰）

利害が入り乱れて中中解決しない（利害關係糾纏在一起輕易解決不了）

泥濘の中には、敵と味方の足跡が無数に入り乱れている（泥沼裡留有許多敵我雙方錯雜的腳印）

入り婿、入婿〔名〕入贅女婿

入婿と（に）為る（入贅）

入婿を探す（找姑爺）

入り目、入目〔名〕花費、收入

入目が減る（花費減少）

入れ目、入目〔名、自サ〕〔醫〕假眼（=義眼）

入目を為る（入れる）（裝上假眼）

入母屋〔名〕〔建〕上層是人字形，下層是四角伸出的，雙層屋頂建築樣式

入り訳、入訳〔名〕〔舊〕複雜的情況（原委）

深い入訳が有る（有複雜的內情）

入らせらせる〔自下一〕來、去、在（入る、居る、来る、行く的敬語）（較いらっしゃる更尊敬的說法）

御父上は御健康で入らせらせる由（敬悉尊父身體康泰）

入れる、容れる〔他下一〕裝進，放入、送進，收容、包含，算上、點燈，開開關、承認，認可、採納，容納、添加，補足、請入、鑲嵌、加入，插入、投票、送到、繳納、花費

箱に物を入れる（把東西放入盒子裡）

ポケットに手を入れる（把手插入衣帶裡）

知識を頭に入れる（把知識裝入頭腦裡）

茶を入れる（泡茶）

紅茶にはミルクを御入れに為りますか（您紅茶裡放牛奶嗎？）

病人を病院に入れる（把病人送進醫院）

子を大学に入れる（讓孩子上大學）

此の講堂は二千人容れられる（這個講堂可以容納兩千人）

会社に大卒を入れる（公司雇用大學畢業生）

計算に入れる（把計算在內）

考慮に入れる（考慮進去）

私を入れて十人です（連我十個人）

利息を入れて（入れずに）十万円（加上〔不加〕利息共十萬日元）

スイッチを入れる（打開開關）

要求を容れる（答應要求）

人を容れる雅量が無い（沒有容人的雅量）

彼の教えは少しも世に容れられなかった（他的教導沒有被社會認可）

文章に手を入れる（修改文章）

庭木に鋏を入れる（修剪庭院的樹木）

算盤を入れる（用算盤計算）

客を応接間に入れる（把客人請入客廳）

風を入れる（讓風進來、透透風）

人を裏口から入れる（讓人從後門請進來）

此の名刺を出せば入れて呉れるよ（把這名片拿出來就會請進去）

指輪に宝石を入れる（戒指上鑲寶石）

入れ歯を入れる（鑲牙）

脇から嘴を入れる（從旁插嘴）

横槍を入れる（從旁干預）

疑いを入れる余地が無い（不容置疑）

本の間に栞を入れる（把書簽夾在書裡）

彼に一票を入れる（投他一票）

原稿を本社に入れる（把原稿送到總社）

九州へ電話を入れる（打電話到九州）

家賃を入れる（繳納房租）

利息を入れる（繳納利息）

心を入れる（用心、注意）

念を入れる（小心）

仕事に力を入れる（對工作努力）

年季を入れる（用功夫修練）

肩を入れる（伸上袖子、袒護、撐腰）

口を入れる（插嘴、推薦、斡旋）

身を入れる（用心、全心全意）

メスを入れる（動手術、採取果斷措施、清除禍根）

炒れる〔自下一〕炒得、炒好

豆が未だ良く炒れていない（豆子還沒炒好）入れる容れる

入れ、入〔造語〕安上，裝上、盛東西的盒子

入れ歯、入歯（假牙）

入れ毛、入毛（假髮）

名刺入れ（名片盒）

御数入れ（菜盒）

入れ揚げる，入揚げる、入り揚げる，入揚げる〔他下一〕為情人或嗜好花費很多錢 傾囊、蕩產

女に入れ揚げる（為女人傾囊）

入れ合わせる、入合せる〔他下一〕彌補，填補、（把各種不同的東西）裝在一起

空白を入れ合わせる（填補空白）

入れ換える，入換る、入れ替える，入替る〔他下一〕更換、（讓火車）轉軌、（劇場）換場

新しいのと入れ換える（換上新的）

御茶を入れ換える（重新砌茶）

立場を入れ換える（改變立場）

列車を入れ換える（讓火車轉軌）

観客を入れ換える（換下場）

魂を入れ換える（脱胎換骨、改過自新）

心を入れ換える（洗心革面）

入れ換え，入換、入れ替え，入替〔名〕換上新品，換上新人、（電影）換場、（火車）轉軌，調軌、（貨車）調車、 相間、交錯

真空管の入換を為る（換上新真空管）

閣僚の入換（更換閣僚）

入換信号（分路信號、調車信號、轉軌信號）

入換模様（黑白相間的花紋）

入れ掛け、入掛〔名〕（戲劇，相撲等）因故停演

停電の為映画が入掛と為った（因停電電影停演了）

入れ髪、入髪〔名〕（因頭髮稀少而攙入的）假髮（=入れ毛、入毛）

入れ食い、入食い〔名〕（釣魚時）一垂下釣竿魚就上鉤

入れ毛、入毛〔名〕（加在真髮中的）假髮（=入れ髪、入髪、髢）

入れ子，入子、入れ籠，入籠〔名〕套匣，大小一套的器具、（兒子死後）抱養的孩子、內情，內幕，隱情、支撐櫓的小木樁上的孔

此の箱は入子に為っている（這是個套匣）

入子の盃（大小一套的酒杯）

入子の有る話（有內幕的話）

入れ墨、入墨、刺青、文身〔名〕刺青，紋身、（古代的刑法）黥刑，墨刑

背中に入墨を為る（在背上刺青）

入墨者（受過黥刑的人）

入れ知恵、入知恵〔名、自サ〕從旁指點、出謀策畫、出主意（=付け知恵）

親の入知恵（父母想出的主意）

其は屹度誰かの入知恵に違いない（那一定是誰想出的主意）

君は誰かに入知恵されたな（有人給你出主意了吧！）

入れ歯、入歯〔名〕假牙、換木屐齒

入歯を為る（入れる）（鑲假牙）

金の入歯（金假牙）

総入歯（滿口假牙）

入れ筆、入筆〔名、自サ〕填寫、補筆

入れ黒子、入黒子〔名〕臂上刺入情人的名字，所刺的字、（化粧時畫或貼上的）黑痣。〔舊〕刺青（=入墨、刺青、文身）

入れ物、入物〔名〕容器、棺材（的諱詞）

油の入物（油罐、油瓶）

入枠〔名〕（防止坑道塌陷的）支架

入綿〔名〕（棉衣、棉被的）棉絮

蓐（ㄖㄨˋ）

蓐〔漢造〕（通褥）蓆子

蓐瘡、褥瘡〔名〕〔醫〕褥瘡（=床擦れ）

長い間の病臥で褥瘡が出た（由於長期臥病生了褥瘡）

蓐、褥〔名〕褥子、褥墊（=褥、茵）、羚羊的異稱（=羚羊、氈鹿）

肉〔名、漢造〕〔人〕肌肉、（魚，禽類，獸類）肉、果肉、肉體、骨肉、肉搏、肉眼、印泥

肉が落ちる（掉肉、變瘦）

肉が付く（長肉）

肉の多い（肥えた）体（肥胖的身體）

肉の無い（痩せた）腕（沒肉的〔瘦的〕胳膊）

肉の締まった人（肌肉結實的人）

傷口の肉が盛り上がる（傷口長出肉芽）

肉が無く骨と皮許りに痩せた老人（沒有肉瘦得皮包骨的老人）

君はもっと肉が付かなくては行けない（你應該再胖點）

彼の手は暖かく肉が厚かった（他的手溫暖厚實）

一切れの肉（一片肉）

肉無しデー（不供應肉的日子、素食日）

鳥の肉（鳥肉、雞肉）

肉を切る（切肉）

肉を料理する（做肉菜）

豚肉でハムを作る（用豬肉做火腿）

僕は肉の焼いたのが好きだ（我愛吃烤肉）

肉屑（碎肉）

肉製品（肉製品）

種子が大きくて肉が少ない（核大肉少）

肉と魂（肉體與靈魂）

肉に飢える（渴望滿足情慾）

肉の欲求（肉慾、性慾）

肉肉の厚い（薄い）葉（肉厚〔薄〕的葉子）

肉の太い字（筆法粗的字體）

骨組は出来たから此れに少し肉を付ければ良い（骨架搭好再稍加工就行了）

判子の肉（印泥）

筋肉（肌肉）

骨肉（骨肉）

皮肉（皮和肉、挖苦、諷刺、令人啼笑皆非）

贅肉（肥肉、肉瘤）

精肉（上等肉精選的肉）

上肉（中等肉）

正肉（去皮骨內臟的淨肉）

生肉（生肉、鮮肉）

生の肉（生肉、鮮肉）

髀肉（大腿肉）

肥肉（肥肉）

靈肉（靈魂和肉體、精神和肉體）

冷肉（冷肉、涼肉）

食肉（吃肉、食用肉）

羊頭狗肉（掛羊頭賣狗肉）

弱肉強食（弱肉強食）

羊肉（羊肉）

魚肉（魚肉）

獣肉（獸肉）

鶏肉（雞肉）

鯨肉（鯨魚肉）

牛肉（牛肉）

馬肉（馬肉）

桜肉（馬肉）

酒池肉林（酒池肉林、奢侈的酒宴）

葉肉（葉肉）

ㄖ

ㄖ

果肉（果肉）

竜眼肉（桂圓肉）

梅肉（梅肉）

歯肉（齒齦）

酒肉（酒肉）

朱肉（紅印泥）

縟（ㄖㄨˋ）

縟〔漢造〕繁重、裝飾華麗

縟礼〔名〕縟禮、繁瑣的禮節

煩文縟礼（繁文縟節）

褥（ㄖㄨˋ）

褥〔漢造〕褥子

産褥（產褥、產床）

褥席〔名〕褥墊（=敷物、布団）

褥瘡、蓐瘡〔名〕〔醫〕褥瘡（=床擦れ）

長い間の病臥で褥瘡が出た（由於長期臥病生了褥瘡）

褥、茵〔名〕褥子、褥墊

草を褥に寝る（蓆草而臥）

褥、蓐〔名〕褥子、褥墊（=褥、茵）、羚羊的異稱（=羚羊、氈鹿）

肉〔名、漢造〕〔人〕肌肉、（魚，禽類，獸類）肉、果肉、肉體、骨肉、肉搏、肉眼、印泥

肉が落ちる（掉肉、變瘦）

肉が付く（長肉）

肉の多い（肥えた）体（肥胖的身體）

肉の無い（痩せた）腕（沒肉的〔瘦的〕胳膊）

肉の締まった人（肌肉結實的人）

傷口の肉が盛り上がる（傷口長出肉芽）

肉が無く骨と皮許りに痩せた老人（沒有肉瘦得皮包骨的老人）

君はもっと肉が付かなくては行けない（你應該再胖點）

彼の手は暖かく肉が厚かった（他的手溫暖厚實）

一切れの肉（一片肉）

肉無しデー（不供應肉的日子、素食日）

鳥の肉（鳥肉、雞肉）

肉を切る（切肉）

肉を料理する（做肉菜）

豚肉でハムを作る（用豬肉做火腿）

僕は肉の焼いたのが好きだ（我愛吃烤肉）

肉屑（碎肉）

肉製品（肉製品）

種子が大きくて肉が少ない（核大肉少）

肉と魂（肉體與靈魂）

肉に飢える（渴望滿足情慾）

肉の欲求（肉慾、性慾）

肉肉の厚い（薄い）葉（肉厚〔薄〕的葉子）

肉の太い字（筆法粗的字體）

骨組は出来たから此れに少し肉を付ければ良い（骨架搭好再稍加工就行了）

判子の肉（印泥）

筋肉（肌肉）

骨肉（骨肉）

皮肉（皮和肉、挖苦、諷刺、令人啼笑皆非）

贅肉（肥肉、肉瘤）

精肉（上等肉精選的肉）

上肉（中等肉）

正肉（去皮骨內臟的淨肉）

生肉（生肉、鮮肉）

生の肉（生肉、鮮肉）

髀肉（大腿肉）

肥肉（肥肉）

霊肉（靈魂和肉體、精神和肉體）

冷肉（冷肉、涼肉）

食肉（吃肉、食用肉）

羊頭狗肉（掛羊頭賣狗肉）

弱肉強食（弱肉強食）

羊肉（羊肉）

魚肉（魚肉）

獣肉（獸肉）

鶏肉（雞肉）

鯨肉（鯨魚肉）

牛肉（牛肉）

馬肉（馬肉）

桜肉（馬肉）

酒池肉林（酒池肉林、奢侈的酒宴）

葉肉（葉肉）

果肉（果肉）

竜眼肉（桂圓肉）

梅肉（梅肉）

歯肉（齒齦）

酒肉（酒肉）

朱肉（紅印泥）

辱（ㄖㄨˋ）

辱〔漢造〕恥辱、承蒙

恥辱（恥辱）

栄辱（榮辱）

侮辱（侮辱、凌辱）

屈辱（屈辱、恥辱、侮辱）

雪辱（雪恥）

汚辱（污辱）

忍辱（〔佛〕忍辱）

辱知〔名〕〔謙〕辱知、辱承相識（的人）

山田先生とは辱知の間柄です（跟山田先生相識）

当社では此の度下記の所に支社を設けましたので、此の段辱知各位に御通知申し上げます（本公司這次在下述地點設立分社，特此通知素承照顧的各位）

辱、羞、恥〔名〕恥辱、丟臉

恥を知らない（不知恥）

人前に恥を曝す（人前丟臉）

恥を掻く（丟臉）

恥の上塗り（再次丟臉）

恥を雪ぐ（雪恥）

端〔名〕〔方〕端，頭、邊，邊緣（=端）

端〔名〕端，頭、邊，邊緣、片斷、開始、從頭，盡頭、零頭，斷片

棒の端（棍子頭）

紐の両端（帶子的兩端）

の端を歩く（靠路邊走）

端　見えぬ（看不到邊）

紙の端を切って形を揃える（把紙邊剪整齊）

汚れた　器をテーブルの端に寄せる（用過的餐具收拾到桌邊上）

言葉の端を捕らえて　癖を付ける（抓住話的片斷挑剔）

端から　　に問　を解いて行く（從頭一個個地解決問題）

本を端から端　読む（從頭到尾把書看完）

木の端（碎木頭、木頭斷片）

布の切れ端を合わせて、布団を作る（拼起碎布做被子）

辱める〔他下一〕侮辱，羞辱、沾污、奸污（婦女）

人前で辱める（當眾侮辱）

面と向って彼を辱める（當面侮辱他）

俺を辱めようと言うのか（你想侮辱我嗎？）

家名を辱めない（不沾污家聲）

覇者の名誉を辱めない成績を上げた（取得了無愧於冠軍聲譽的成績）

辱め〔名〕恥辱、侮辱

辱めを受ける（受辱）

辱めを忍ぶ（忍受恥辱）

こんな辱めには堪えられない（我忍受不了這種恥辱）

辱ない、忝ない〔形〕誠惶誠恐的、非常感謝的、不勝感謝的

其は辱ない（那太感謝了）

千万辱なく存じます（不勝感謝之至）

貴方の辱ない御好意を有り難く受ける（承蒙厚愛不勝感謝）

色色御配慮頂き実に辱ない（蒙您關懷照顧深感謝意）

辱くする、忝くする〔連語、他サ〕〔舊〕承蒙…十分榮幸

天覧を辱くする（承蒙天皇觀看十分榮幸）

辱する、忝うする〔連語、他サ〕〔舊〕承蒙…十分榮幸（＝辱くする、忝くする）

辱む、忝む〔他四〕〔古〕感到羞辱、感到有愧、十分感謝

若、若、若（ㄖㄨㄛˋ）

若〔漢造〕（也讀作若、若）年輕（與弱通用）、補充形容語氣、多少、梵語的譯音、（舊地方名）若狹國

老若、老若（老幼）

自若（沉著、鎮靜、泰然自若）

瞠若（瞠目結舌）

般若、波若（般若-梵語〝prajna〞的音譯-指脫卻迷津明辨事物的智慧、面目可怕的女鬼）

般若湯（酒-僧侶之間的隱語）

般若面（額生雙角，面含悲憤，猙獰可怕的女鬼假面）

蘭若（梵語〝aranya〞的音譯〝阿蘭若〞的簡稱-閒寂遠離的意思）（適合修行的閑靜場所、寺院）

若年、弱年〔名〕青年、少年、年輕←→老年

彼は若年ながら見事な腕前が有る（他雖年輕但本事好）

若年性高血圧症（青年性高血壓症）

彼女は私の若年の友達だった（她是我少年時代的朋友）

若年者、弱年者（年輕人、青年人、黃毛孺子）

若年寄〔名〕（江戶時代）若年寄（次於老中的官職、直屬於將軍、參與政務、以監督旗本為主要職責）、未老先衰的人，年輕而暮氣沉沉的人

若輩、弱輩〔名〕年輕人。〔謙〕經驗不足的人

若輩だと侮っては為らない（後生可畏不能小看）

若輩ですから宜しく御願いします（我沒有經驗請多加指導）

若齢、弱齢〔名〕年輕、年少（＝若年、弱年）

若干、若干, 幾許、若干, 幾許〔名、副〕若干、少許、一些（＝若許）

若干名の委員を置く（設若干名委員）

衣類若干を寄付する（捐獻若干衣物）

若干其の傾向が有る（多少有那種傾向）

不審の点が若干有る（多少有些可疑的地方）

若干量のアルコールを加える（加少量的酒精）

満点の者も若干居る（也有些人得了滿分）

若朽〔名〕（仿老朽的造語）年輕而無用（的人）

若し、如し〔助動、形ク型〕〔古〕（接在體言加が、の或動詞連體形加が下）似、如、像

落花雪の若し（落花如雪）

恰も木の縁って魚を求むるが若し（恰似緣木求魚）

読書の精神を養うは猶食物の身体を養うが若し（讀書培養精神有如食物滋養身體）

異常無き物の若し（好像沒什麼異常）

大差無き物の若し（似無顯著差別）

若く、如く、及く〔自五〕（下接否定語）如、若、比

用心するに若くは無し（不如提防些好）

此に若くは無し（未有若此者）

百聞は一見に若かず（百聞不如一見）

若し〔副〕（後接ば、たら、なら、でも等形式表示假定）如果、假使、萬一（=仮に、譬え、喩え、例え）

明日若し雨が降れば、運動会は延期だ（如果明天下雨運動會就延期）

若し天気が良かったら、彼の浜辺迄行って見よう（天氣好的話就到那海邊去走走）

若し彼等の援が得られ無かったら、此の仕事は完成しなかった（要是沒有他們的幫忙這工作就無法完成）

若し私が貴方なら、参加しない（我要是你就不參加）

私に若しもの事が有ったら、此の手紙を読んで下さい（若是我有什麼不幸就請你看這封信）

若しか〔副〕（若し的強調說法）如果、假如、萬一（=若しも、万一）

若しか駄目だったら如何しますか（萬一不成那怎麼辦？）

若しか誰か来たら、夕方迄帰らないと言って下さい（萬一有誰來的話請轉告說傍晚以前不會回來）

若しか雨なら行くのを止めよう（如果下雨的話就不去了）

若しかしたら〔連語、副〕或許、可能

若しかしたら林さんが来るかも知れない（林先生今天或許來也不一定）

若しかしたら御出に為らないのではないかと思いました（我想您今天或許不會來）

若しかしたら会えるかも知れないと思って駅で待っていた（我想或許能碰到你就在車站上等著你來）

若しかしたら失敗するかも知れない（或許要失敗也不一定）

若しかすると〔連語、副〕或許、可能（=若しかしたら）

若しくは〔接〕或、或者（=或は、又は）

雨、若しくは雪に為るでしょう（會下雨或者下雪吧！）

休む時は前以て文書若しくは口頭で届け出る事（缺勤時應先以書面或口頭提出請假）

十一時若しくは十一半に昼食を食べる（十一點或十一點半吃午飯）

手紙若しくは電話で御返事致します（我寫信或打電話答覆您）

若し夫れ〔接〕〔舊〕（漢文的起語）若夫

若〔造語〕年輕的、嫩的、下一代的、元旦早晨←→老、大

若夫婦（年輕的夫婦）

若向き（適合年輕人）

年若（年紀輕）

若奥様（少奶奶）

若主人（小主人、少東家）

若先生（年輕老師）

若旦那（少爺）

若葉（嫩葉）

若芽（嫩芽）

若水を汲む（元旦早晨打水）

若鮎、若鮎〔名〕〔動〕小香魚

若隠居〔名〕未老而隱退（的人）、提前退休（的人）、〔轉〕精神頹廢（態度消極）的青年、青年隱士

若人、若人〔名〕年輕人、青年（=若者）

若人の祭典（青年節、年輕人的慶祝活動）

若衆〔名〕〔古〕年輕人，小伙子（=若人、若人、若者）、（江戸時代）未成年的男人、男娼，相公（=陰間）

若衆歌舞伎（少年歌舞伎）

若い衆、若い衆、若い衆〔名〕〔俗〕青年、年輕小伙子、（商店的）年輕伙計

彼は何方の若い衆だ（他是哪裡的小伙子？）

町内の若い衆（街道上的年輕小伙子）

若い衆が集まる（青年們聚會）

店の若い衆を寄越す（把商店的年輕店員派去）

若者〔名〕年輕人、小伙子、青年（=若人、若人、青年）

村の若い者（村裡的年輕人）

元気な若い者（精力旺盛的青年）

若い者〔名〕年輕人、年輕小伙子、（商店的）年輕伙計（=若い衆、若い衆、若い衆）

若い者の集まり（青年人的聚會）

今の若い者は礼儀作法を知らない（現在的年輕人不懂禮貌）

若枝〔名〕嫩枝

梅の若枝を折る（折下梅花的嫩枝）

若奥様〔名〕年輕婦人、少婦、少奶奶

若返る〔自五〕變年輕、班子年輕化

丸で自分も若返った様だ（彷彿自己也年輕了）

若い人と話していると若返る（和年輕人一談話就覺得變年輕了）

彼は再び若返って活動を始めた（他又朝氣蓬勃開始活動了）

若返り〔名〕返老還童、恢復活力、回春、更生、再生

若返りの妙薬（返老還童的妙藥）

若返りの秘訣（回春的秘訣）

若返り法（回春法）

人事の若返りを図る（把組織更新德年輕一點）

河川の若返り（河川的回春更生）

若返りの川（回春河、更生河）

若書き〔名〕年輕時的作品、習作

若木〔名〕小樹←→老い木

桜の若木に虫が付いた（小櫻樹上長了蟲）

若気、若気〔名、形動〕年輕的朝氣、血氣方剛、年輕（的樣子）

若気の至りと為て大目に見る（認為過於幼稚而饒恕）

若気の過ちとは言え許し難い（雖然是由於血氣方剛犯的錯誤也難饒恕）

若気の至りで何とも面目無い（太幼稚實在沒臉見人）

如何にも若気に見える（顯得分外年輕）

若気が乏しい（缺乏朝氣）

若君〔名〕幼主，年幼的君主、（貴人等年輕子女的敬稱）公子，小姐

若草〔名〕嫩草

若草が萌え出る（嫩草發芽）

若草萌ゆる野辺（嫩草萌生的原野）

若後家〔名〕年輕寡婦

若盛り〔名〕年輕力壯、年富力強

彼は今年二十で若盛りだ（他今年二十歲正是年輕力壯）

若盛りの女（妙齡女娘）

若鷺、公魚、鰙〔名〕〔動〕若鷺

若様〔名〕公子、少爺

若さん〔名〕（比若様的敬意稍輕）少爺

若若しい〔形〕年輕輕的、年輕有朝氣的、朝氣蓬勃的

若若しい色艶（紅潤的臉色）

色艶が若若しい（色澤鮮艷）

若若しい青年許りだ（盡是朝氣蓬勃的年輕人）

彼は何時も若若しい（他總是那麼年輕活潑）

彼は四十を越したと言うのに若若しい（儘管他已年過四十卻很年輕）

若若しい顔を為た十六歳の少年（朝氣蓬勃的十六歲少年）

彼は非常に若若しく見える（他看起來顯得很年輕）

彼の写真は若若しく撮れている（他的相片照得很年輕）

若ぶ〔自上二〕年輕、裝年輕、幼稚

若潮〔名〕（夏曆的十一日和二十六日）小潮、（九州地方風俗）元旦早上第一次汲取的（供神用）的海水

若死に〔名、自サ〕早死、夭折（=夭折）

彼は肺病で若死にした（他因肺病而夭折）

過労が重なった為に彼は若死にを為た（他因積勞成疾而早死）

若白髪、若白髪〔名〕少年白（髮）

彼の人は若白髪だ（他少年白）

若白髪が生える（長出少年白髮）

若紳士〔名〕年輕的紳士、公子哥兒、少爺

若造、若僧、若蔵〔名〕〔卑〕年輕人、毛孩子、不懂事的傢伙

おい若造、此方へ来い（喂！小子你過來）

あんな若造に何が出来るか（那樣的毛孩子能幹得了什麼？）

若造の癖に生意気だ（年輕輕的卻驕傲自大）

若竹〔名〕幼竹、新竹

若旦那〔名〕大少爺、小東家←→大旦那

若作り〔名〕（年紀大的人）做年輕打扮、打扮得年輕輕的

彼の奥さんは若作りだ（那太太打扮得年輕輕的）

酷く若作りの女（做年輕打扮的女人）

若妻〔名〕年輕的妻子、（新婚不久的）新娘子

若手〔名〕年輕且能幹的人、（一群人中）年歲較輕的人，青年人

若手教師（年輕能幹的教師）

若手の労働者（年輕力壯的工人）

若手の社員（青年職員）

町の若手で野球チームを作る（由街上的青年組成棒球隊）

若手のちゃきちゃき（朝氣蓬勃的青年人、地道的青年）

若党〔名〕隨從、男僕、步卒、年輕的伙計、青年武士、青年家臣

若殿〔名〕幼君、幼主、年幼的君主（=若君）←→大殿

若殿原、若殿輩〔名〕〔古〕年輕的君主們、年輕的武士們、前途有為的青年們

若鳥〔名〕幼鳥、小鳥、小雞、毛孩子

若名〔名〕幼名、乳名

若菜〔名〕（初春的）嫩菜、春季七草的總稱（水芹、茄子、鼠曲草、繁蔞、寶蓋草、蕪菁、蘿蔔）、妙齡女郎

若苗〔名〕幼苗、嫩苗

若葉〔名〕嫩葉、新葉

若葉が萌え出る（發出新葉）

青葉若葉（翠綠的嫩葉）

芦湖の眺めは若葉の頃が好い（蘆湖的景致以早春嫩葉初放的季節為好）

若禿げ〔名〕年輕禿頭（的人）

若夫婦〔名〕年輕夫婦

若松〔名〕幼松、新年點綴用的小松樹

若水〔名〕（傳說能驅邪）元旦或立春早晨汲的水

若緑〔名〕嫩綠色，翠綠色、松樹的嫩葉

若宮〔名〕年幼的皇子、供奉祭神之子的神社、新設的神社

若向き〔名〕適合年輕人（的口味）

若向きの着物（適合年輕人的衣服）

若武者〔名〕年輕的武士

若紫〔名〕淺紫色，淡紫色。〔植〕紫草的別稱

若布、和布〔名〕〔植〕裙帶菜

若芽〔名〕嫩芽、新芽

茶の若芽を摘む（摘芽茶）

土の中から若芽を出す（從土裡冒出新芽）

若やか〔形動〕年輕輕、年輕活潑

若やかな女性（年輕活潑的女人）

若やかに木木は枝を広げる（樹木展出挺秀的嫩枝）

若やぐ〔自五〕變年輕

スポーツを為ると気持が若やぐ（做運動就覺得朝氣煥發）

若やいだ声（變年輕了的聲音）

若ゆ〔自下二〕變年輕（=若やぐ）

若役〔名〕年輕人擔當的任務。〔劇〕扮演青年的角色←→老役

若湯〔名〕新年後初次燒的洗澡水

若い〔形〕年輕的。〔草木〕嫩的。〔年紀〕小的、有朝氣的、幼稚的、（自然數字）數小（=若し）

彼の人は何時見ても若い（他總是顯得年輕）

年の割りに若い（比實在歲數年輕）

若い時は二度と来ない（青春不再來）

若い人を見ると羨ましい（看到年輕人令人羨慕）

若い人と一緒に居ると、年を忘れる（和年輕人在一起就忘記自己的年齡）

彼は若く見える（他顯得年輕）

若い木を大切に為る（愛護小樹）

僕は彼より二つ若い（我比他小兩歲）

貴方は何時も御若い（您總是朝氣蓬勃）

気の若い人（朝氣蓬勃的人）

考えが若い（想法幼稚）

そんな事で怒るとは未だ若い（為那麼點事情發火還不夠老練）

此の柿は若くて渋い（這個柿子未熟發澀）

若い番号（小號碼）

若い木に腰掛けるな（嘴上無毛辦事不牢）

若し〔形〕年輕的。〔草木〕嫩的。〔年紀〕小的、有朝氣的、幼稚的、（自然數字）數小（=若い）

若い燕〔連語〕中年婦女的比自己年輕的情人、面首

若き〔名〕（文語形容詞若し的連體形）少年、年輕人

老いも若も共に楽しむ（老少同樂）

若く〔副〕（形容詞若い得連用形）年輕

彼は若く見える（他顯得年輕）

年より五つ若く言う（比實際年齡少說五歲）

若くして死ぬ（年輕輕的就死去）

彼は八十と言う年よりも十は若く見える（看起來他比八十高齡要年輕十歲）

若さ〔名〕年輕（的程度）、青春、朝氣

若さを保つ（保持青春）

若さに物を言わせる（憑年輕的衝勁）

君の若さは何処へ行って終ったのか（你的朝氣哪兒去了？）

二十二歳の若さで死ぬ（年輕輕的才二十二歲就死了）

弱（ㄖㄨㄛˋ）

弱〔名、漢造〕弱、弱者、不足、年輕←→強

弱を助け強を挫くは彼の主義（扶弱抑強是他的主義）

敵の強弱に依って作戦を変える（根據敵人的強弱變換策略）

一マイル弱（不足一英哩）

十九メートル九十センチだから、二十メートル弱と為て計算しよう（因為是十九米九所以按二十米弱計算吧！）

強弱（強弱）

軟弱（軟弱、疲軟、不結實）

柔弱、柔弱（柔弱、軟弱）

懦弱、惰弱（懦弱、頽廢、身體衰弱）

貧弱（貧弱、軟弱、瘦弱、寒酸）

虚弱（虛弱、軟弱）

薄志弱行（意志薄弱行為怯懦）

衰弱（衰弱）

脆弱（脆弱、薄弱、虛弱）

薄弱（薄弱、不堅定、軟弱、不足）

微弱（微弱）

老弱（老幼、老少、年老體弱）

胃弱（胃弱、消化不良）

色弱（色弱、輕度色盲）

文弱（文弱）

病弱（病弱、虛弱）

弱音〔名〕〔樂〕弱音、使聲音減弱、消音

弱音器（弱音器、消音器=ミュート）

弱音〔名〕不爭氣的話、洩氣的話（=意気地の無い言葉）

弱音を吐く（吹く）（示弱、叫苦、說洩氣話）

弱音を吐かずに積極的に仕事を為る（不甘示弱地積極做工作）

此れ位の怪我で弱音を吐くな（這麼點傷別叫苦啦！）

弱酸〔名〕〔化〕弱酸←→強酸

弱志〔名〕意志薄弱

弱志薄行（意志薄弱無所作為）

弱視〔名〕〔醫〕弱視

先天性弱視（先天性弱視）

弱視児（弱視兒童）

弱視矯正器（弱視矯正器）

弱磁性〔名〕〔理〕弱磁性

弱磁性体（弱磁性體）

弱質〔名〕弱體質、弱性質（的東西）（=弱い質）

弱者〔名〕弱者←→強者

弱者に味方する（站在弱者這一邊）

弱者を憐れみ守るが真の英雄だ（同情並保護弱者才是真正的英雄）

弱い者、弱き者〔名〕弱者、軟弱的人

弱い者虐めを為る（欺侮弱者）

弱い者に味方する（站在弱者一邊、同情弱者）

弱小〔名、形動〕弱小←→強大、幼小，年輕

弱小の（な）国（弱小的國家）

弱小国を侵略する（侵略弱小國家）

彼は弱小の頃から優れた素質を示していた（他自幼就表現出卓越的天資）

弱震〔名〕〔地〕微震

昨夜の地震は弱震だった（昨夜的地震是微震）

弱卒〔名〕弱卒、弱兵

勇将の下に弱卒無し（強將手下無弱兵）

弱体〔名、形動〕體弱、（組織，機構）脆弱

此の弱体では何も出来ない（身體這麼軟弱什麼也不能做）

守備の方の陣容が弱体だ（防守方面的陣容薄弱）

弱体なチームを建て直す（改組弱隊）

弱体内閣（軟弱內閣、無能內閣）

弱体化（弱化、變弱）

弱敵〔名〕弱敵←→強敵

弱敵と見て侮らず（不以敵弱而侮之）

弱点〔名〕弱點、缺點、痛處、短處←→弱み、弱味

弱点を突かれる（被擊中要害）

人の弱点に付け込む（揪住別人的弱點）

人に弱点を掴まれない様に為る（注意不讓人揪住小辮子）

私は彼の弱点を握っている（我揪著他的弱點）

味方の弱点を見抜かれる（我方的短處被看穿）

弱点を暴露する（揭露缺點）

彼は君の弱点を利用して自分の欲を満足させた（他利用你的短處滿足了自己的欲望）

弱電〔名〕〔電〕弱電←→強電

弱電器機（弱電器具）

弱電解質〔名〕〔理〕弱電解質

弱毒〔名〕弱性毒

弱毒ワクチン（弱毒疫苗）

弱肉強食〔名〕弱肉強食

戦国時代は正に弱肉強食の社会であった（戰國時代確是弱肉強食的社會）

今猶続く弱肉強食の国際関係（目前仍然持續著弱肉強食的國際關係）

弱年、若年〔名〕青年、少年、年青、年少（=弱輩、若輩）

弱年の友（年輕的朋友）

三十五歳と言う弱年で議員に当選した（以三十五歲的年青年紀當選為議員）

此れは私が弱年の頃に書いた文章です（這是我年輕時寫的文章）

弱年層（青年階層）

弱年性高血圧症（少年性高血壓症）

弱年者、若年者（年輕人、青年人、小毛孩子、黃口孺子）

弱輩、若輩〔名〕少年、青年、年輕人、經驗不足者

弱輩ながらに其の役をも勤めた（雖然年輕卻擔任了那項職務）

弱輩の癖に出しゃばり過ぎる（年紀輕輕卻太愛出風頭）

未だ弱輩ですから宜しく御指導下さい（還缺乏經驗請您多多指導）

弱齢〔名〕年輕、年少（=弱年、若年）

弱化〔名、自他サ〕弱化、削弱←→強化

体質が弱化する（體質衰弱）

野党の勢力は弱化の傾向に在る（在野黨的勢力在逐漸衰弱）

社の販売陣容が弱化する（公司的推銷陣容軟弱無力）

弱冠〔名〕男子二十歲、〔轉〕年少，年青，青年（=弱年、若年）

弱冠十八歳の天才音楽家（年僅十八歲的天才音樂家）

弱冠に為て天下に名を馳せる（年輕輕的就馳名天下）

彼は弱冠三十四歳で社長に任命された（他才三十四歲就擔任公司經理了）

弱行〔名〕實踐能力弱

薄志弱行（意志薄弱缺乏實踐能力）

弱国〔名〕弱國←→強国

弱国を侵略する（侵略弱國）

弱竹〔名〕細弱的竹子、嫩竹、山竹、〔喻〕美女

弱い〔形〕弱、軟弱、衰弱、薄弱、脆弱、懦弱、怯懦、不擅長、（行情）疲軟←→強い

体が弱い（身體弱）

度の弱い眼鏡（度數淺的眼鏡）

弱い酒（不強烈的酒）

光が弱い（光線弱）

力が弱くて持ち上がれない（力量弱舉不起來）

ウイスキーに水を割って弱くする（給威士忌對水使它不那麼強烈）

直ぐ破れる弱い生地（易破的不結實的衣料）

ビニールは熱に弱い（乙烯塑料不耐熱）

気が弱くて一人で何も出来ない（因為怯懦獨自什麼也做不了）

酒に弱い（不能喝酒）

船に弱い（好暈船）

此の子は数学が（に）弱い（這孩子數學成績差）

頭脳が弱い（頭腦不靈）

英語に弱い（對英語不擅長）

将棋が弱い（下不好日本象棋）

心臓が弱い（臉皮薄）

齢〔名〕年齡、年紀（=年、年齢）

齢八十の老人（八十歲的老人）弱い

齢正に七十の老人（年正七十的老人）七十七十正に将に当に雅に

遊び度い齢（貪玩的年齡）

齢三十五六の女性（三十五六歲的女性）女性女性

六十の齢を重ねる（年滿六十、年滿花甲）六十六十

百年の齢を保つ（年達百歲高齡）

か弱い〔形〕（か是接頭語）柔弱的、纖弱的

か弱い女（柔弱的女人）

病後のか弱い体で仕事を為る（以病後軟弱的身體從事工作）

か弱い女性の身で一家を支える（以女性柔弱的身體支撐一家）

弱さ〔名〕弱（的程度）、軟弱、弱點

弱み、弱味〔名〕弱點、缺點（=弱い所）←→強み、強味

弱みを見せる（示弱、暴露弱點）

弱みを握られる（被人抓住弱點）

外国語が余り得意じゃないのが、彼の人の一つの弱みだ（不大擅長外語是他的一個弱點）

今度の試合では、此方の弱みを付かれて負けた（在這次比賽中我方叫人抓住弱點失敗了）

弱気〔名、形動〕怯懦、膽怯、缺乏魄力。〔商〕行情疲軟←→強気

弱気な男（缺乏魄力的人）

弱気に為る（氣餒起來）

いざとなると弱気を出す（臨到緊要關頭表現懦弱）

あんな弱気で、彼に此の仕事が如何して遣れよう（他那樣膽小怕事做這件事哪行啊！）

綿布の相場は弱気だ（棉布行情疲軟）

弱気筋（懦弱的人、膽怯的人、賣空的投機商）

弱腰〔名〕腰窩、懦弱，膽怯，氣餒←→強腰

弱腰を蹴る（踢到腰窩上）

弱腰を見せる（示弱）

弱腰と見て威張り出す（看到對方示弱而逞起威風來）

そんな弱腰で如何して彼を説き伏せられようか（你那麼懦弱怎能說服他呢？）

弱材料〔名〕〔商〕（導致行情下跌的）消極因素（=悪材料）←→好材料

弱含み〔名〕〔商〕（行情）下跌的趨勢

弱味噌〔名〕〔俗〕膽小鬼、窩囊廢、懦弱的人（=弱虫）

弱虫〔名〕膽小鬼、窩囊廢、懦弱的人

彼奴は全く弱虫だよ（那傢伙真是個膽小鬼）

弱持ち合い、弱持合〔名〕〔商〕行情持續疲軟

市場は弱持合だ（行情在持續疲軟）

弱弱しい〔形〕軟弱的、孱弱的

弱弱しい姿（弱不禁風的姿容）

弱弱しい子（身體孱弱的孩子）

彼は見るからに弱弱しい（他看起來很虛弱）

交渉に当っては弱弱しい態度を絶対に見せない（談判時決不示弱）

弱弱しい声で助けを求める（用微弱的聲音求救）

弱る〔自五〕軟弱，衰弱，減弱（=弱くなる）、為難，困窘，沮喪（=困る）

視力が弱る（視力減弱）

体が日毎に弱って行く（身體日漸衰弱）

失敗して弱っている（因為失敗而沮喪）

彼は奥さんに死なれて弱っている（他死了妻子大為沮喪）

何も弱る事は無い（不必沮喪）

此れには弱った（這可傷腦筋了）

彼の男には弱る（那人真難對付）

どうも弱ったな（真傷腦筋！真糟糕！實在尷尬！）

彼の長広舌には弱った（那樣喋喋不休可真煩死人了）

弱り〔名〕軟弱、衰弱、衰敗

弱り切る〔自五〕極度衰弱、非常為難

彼の体力はもう弱り切っている（他的體力已經衰弱到極點了）

一銭の金も無く弱り切っている（一文錢也沒有真是難透了）

しょっちゅう無心を言われるので弱り切っている（他老是沒完沒了地要錢使我無法對付）

弱り果てる〔自下一〕極度衰弱、非常為難（=弱り切る）

弱り目〔名〕軟弱時、衰敗時、背運時（=弱った時）

弱り目に付け込む（乘著衰敗時）

弱り目に祟り目（禍不單行）

弱らせる〔他下一〕（弱る的使役形式）使軟弱，使衰弱（=弱める）、使為難（=困らす）

此の子の悪戯には弱らせられる（我被這孩子的淘氣弄得無可奈何）

彼の話の長いのには弱らせられた（他說個沒完沒了把人煩死了）

第三問には弱らせられた（第三個問題把我難柱了）

弱まる〔自五〕變弱、衰弱（=弱くなる）

年取って体力が弱まる（上了年紀體力衰弱）

風がか可也弱まった（風小多了）

其の勢力は次第に弱まった（其力量逐漸削弱了）

火の手が弱まった（火勢減弱）

弱める〔他下一〕使衰弱、削弱、減弱（=弱くする）

ガスを弱める（把媒氣放小些）

調子を弱める（放低音調）

速力を弱める（減低速度）

団結を弱める（渙散團結）

戦う力を弱める（削弱戰鬥力）

蕊（ㄖㄨㄟˇ）

蕊、蘂〔名〕〔植〕花蕊（=蕊 蘂 蕋）（雄蕊，雄蕊、雌蕊，雌蘂，雌蕊的總稱）

蕊柱〔名〕〔植〕合蕊柱

蕊、蘂、蕋〔名〕〔植〕花蕊、（拉繩等上的）穗頭

雄蕊、雄蕊（雄蕊）

雌蕊，雌蘂、雌蕊（雌蕊）

蜂が蕊を分けて蜜を吸っている（蜜蜂在分開花蕊採蜜）

カーテンの紐の蕊 （窗簾拉線上的穗頭）

蕋（ㄖㄨㄟˇ）

蕋〔漢造〕植物的傳種器官，分為雄蕊和雌蕊兩種、草木叢生的樣子

蕋、蕊、蘂〔名〕〔植〕花蕊、（拉繩等上的）穗頭

雄蕊、雄蕊（雄蕊）

雌蕊，雌蘂、雌蕊（雌蕊）

蜂が蕊を分けて蜜を吸っている（蜜蜂在分開花蕊採蜜）

カーテンの紐の蕊 （窗簾拉線上的穗頭）

蚋（ㄖㄨㄟˋ）

蚋〔漢造〕小蟲名，如蜂，能食動物的血液，幼蟲棲息於水中

蚋、蟆〔名〕〔動〕蟆（=蚋、蟆子、蚋）

蚋、蟆子〔名〕〔動〕蚋、濛蟲（=蚋）

蚋〔名〕〔動〕蚋（=蚋、蟆子、蚋、蟆）

瑞（ㄖㄨㄟˋ）

瑞〔漢造〕祥瑞、瑞士，瑞典的簡稱

吉瑞（吉祥、祥瑞）

祥瑞（祥瑞、吉兆）

奇瑞（瑞兆、吉兆）

瑞西、スイス（瑞士）

瑞典、スウェーデン（瑞典）

瑞雨〔名〕甘霖（=慈雨、滋雨）

瑞雲〔名〕祥雲

瑞雲た靡く（祥雲隨風飄動）

瑞応〔名〕瑞兆（=瑞験）

瑞花〔名〕雪的異稱

瑞気〔名〕瑞氣、祥雲

瑞験〔名〕瑞兆（=瑞兆、瑞相）

瑞光〔名〕瑞光

瑞祥、瑞象〔名〕祥瑞、吉兆

勝利の瑞祥が現れる（出現勝利的吉兆）

瑞相〔名〕吉兆、福相

平和の瑞相（和平的吉兆）

瑞相が現れる（出現吉兆）

瑞兆〔名〕瑞兆、吉兆

適時の大雪は豊作の瑞兆（瑞雪兆豐年）

瑞鳥〔名〕吉祥鳥

瑞宝章〔名〕〔舊〕（日本政府授予有功者的）瑞寶勳章

瑞夢〔名〕祥夢、好夢

瑞〔名〕嬌嫩

瑞枝〔名〕嫩枝

瑞垣〔名〕神社周圍的籬笆（=玉垣）

瑞木〔名〕茂盛的小樹

瑞瑞しい〔形〕嬌嫩的

瑞瑞しい若葉（綠油油的嫩葉）

瑞瑞しい乙女（嬌豔的少女）

取立ての瑞瑞しい果物（剛摘下來的新鮮水果）

瑞穂〔名〕嘉禾、新鮮的稻穗

瑞穂の国（日本〔的美稱〕）

鋭（ㄖㄨㄟ、）

鋭〔名、漢造〕銳、銳氣、銳利、精銳、敏銳、角度小於九十度

鋭を避ける（避開鋒芒）

鋭を挫く（挫其銳氣）

鋭を執る（拿起武器）

一軍の鋭（一軍的精銳）

尖鋭、先鋭（尖銳、思想激進）

鮮鋭（清晰）

気鋭（朝氣蓬勃）

新鋭（新銳、強有力的新手）

精鋭（精銳、精兵）

敏鋭（敏銳）

鋭意〔名〕銳意、專心

鋭意研究に努める（專心致力於研究）

鋭意平和を謀る（銳意謀求和平）

鋭音〔名〕尖銳的聲音

鋭角〔名〕〔數〕銳角←→鈍角

鋭角と為す（構成銳角）

鋭角三角形（銳角三角形）

鋭角的な才能（敏銳的才幹）

鋭感〔名〕敏感、感覺靈敏

鋭感色板（靈敏色板）

鋭気〔名〕銳氣、衝勁

鋭気に溢れる行動（朝氣勃勃的行動）

鋭気を挫く（挫其銳氣）

其の鋭気当たる可からずだ（其銳不可當）

鋭形〔名〕〔植〕（葉端）急尖形

鋭才、英才、穎才〔名〕英才、才智聰穎（的人）

天下の鋭才（天下的英才）

鋭才を育成する（培育英才）

鋭才教育（英才教育）

鋭師〔名〕精兵、勁旅

鋭刃〔名〕利刃

鋭錐石〔名〕〔礦〕銳鈦礦

鋭尖形〔名〕〔植〕（葉端）漸尖形

鋭敏〔名、形動〕（感覺）靈敏、（頭腦）敏銳←→遅鈍

感覚が鋭敏だ（感覺靈敏）

鋭敏な頭の働き（敏銳的才智）

世の動きに鋭敏な人（對形勢反應快的人）

頭が鋭敏に働く人（頭腦敏銳的人）

鋭兵〔名〕精兵、勁旅、精銳的武器

鋭峰〔名〕尖峰、尖聳的山峰

鋭鋒〔名〕銳鋒、銳利的鋒芒、尖銳的言語或筆鋒

其の鋭鋒当たる可からずだ（其鋒銳不可當）

ㄖ

非難の鋭鋒を躱す（避開非難的鋒芒）

鋭利〔名、形動〕鋭利，鋒利、尖鋭，敏鋭

鋭利な武器（鋭利的武器）

鋭利な刃物（鋒利的刀具）

鋭利なナイフ（鋒利的小刀）

鋭利な頭脳（敏鋭的頭腦）

彼の筆鋒は頗る鋭利である（他的筆鋒頗為尖鋭）

鋭い〔形〕尖鋭的、鋒利的、劇烈的、敏鋭的←→鈍い

鋭い釘（尖釘）

鉛筆の先が余り鋭い（鉛筆筆尖太尖）

剃刀の刃は迚も鋭い（剃刀刃相當鋒利）

鋭い小刀（鋒利的小刀）

鋭く対立する（尖鋭對立）

鋭い批判を受ける（遭到尖鋭的批判）

鋭い言葉で非難する（用尖鋭的言詞責難）

物の見方が鋭い（對事物的看法很尖鋭）

鋭い目付き（鋭利的眼光）

鋭い目で睨む（用鋭利的眼光盯視）

攻め方が中中鋭い（進攻非常猛烈）

鋭い攻撃（激烈的攻擊）

鋭い反抗（強烈的反抗）

頭が鋭い（頭腦敏鋭）

彼の音楽に対して鋭い耳を持っている（他對音樂鑑賞力很強）

犬は聴覚と嗅覚が共に鋭い（狗的聽覺和嗅覺都敏鋭）

鋭い〔形〕〔舊〕敏捷的、機敏的、尖鋭的、鋭利的

鋭い目付き（目光鋭利）

叡（ㄖㄨㄟˋ）

叡〔漢造〕明智、通達

叡算〔名〕天子的年齡

叡山菫〔名〕〔植〕胡菫草

叡山百合〔名〕〔植〕天香百合

叡旨〔名〕聖旨

叡聖〔名、形動〕（天子）聖德賢明

叡知、叡智、英知〔名〕睿智、才智、洞察力

叡知に満ちた表現（充滿睿智的表現）

叡知に富んだ聡明な政治家（英明而聰慧的政治家）

叡聞〔名〕天聽、日皇聽到

叡聞に達する（上達天聽）

叡覧〔名〕天覽、御覽

叡覧に供する（供御覽）

叡覧の栄に浴する（受到天皇御覽的光榮）

叡慮〔名〕天皇的睿慮

軟（ㄖㄨㄢˇ）

軟〔漢造〕軟、柔軟

硬軟（硬和軟、強硬和軟弱）

柔軟（柔軟、靈活）

軟鉛〔名〕〔化〕軟鉛

軟化X線〔名〕〔理〕軟X射線

軟化〔名、自他サ〕軟化。〔商〕疲軟←→硬化

脳軟化症（腦軟化症）

軟化剤（軟化劑）

軟化点（軟化點）

硬水を軟化する（軟化硬水為軟水）

アスファルトの道が軟化した（柏油路軟化了）

態度が軟化した（態度軟化了）

軟化傾向（趨勢疲軟）

軟貨〔名〕〔經〕紙幣，非鑄幣、軟幣，軟通貨－沒有黃金儲備難以兌成外幣的通貨←→硬貨

軟鰭類〔名〕〔動〕軟鰭類

軟脚類〔名〕〔動〕有爪綱（=有爪類）

軟球〔名〕（網球、棒球等）軟球、壘球←→硬球

軟玉〔名〕〔礦〕軟玉

軟禁〔名、他サ〕軟禁

自宅に軟禁されている（被軟禁在自己家裡）

軟禁状態（軟禁狀態）

軟膏〔名〕〔醫〕軟（要）膏←→硬膏

水銀軟膏（含汞藥膏）

硼酸軟膏（硼酸軟膏）

軟膏を塗る（塗藥膏）

軟鋼〔名〕〔冶〕軟鋼、低碳鋼

軟口蓋〔名〕〔解〕軟口蓋

軟口蓋音（軟顎音）

軟甲類〔名〕〔動〕軟甲亞綱

軟骨〔名〕〔解〕軟骨

甲状軟骨（甲狀軟骨）

軟骨性硬骨（軟骨成骨）

軟骨組織（軟骨組織）

軟骨縫合（軟骨結合）

軟骨膜（軟骨膜）

軟骨輪（滑車）

軟骨素（質）（軟骨膠）

軟骨頭蓋（軟骨顱）

軟骨腫（軟骨瘤）

軟骨魚（軟骨魚）

軟材〔名〕〔建〕軟材、針葉樹材

軟式〔名〕軟式←→硬式

軟式飛行船（軟式飛艇）

軟式庭球（軟式網球）

軟式野球（軟式棒球、壘球）

軟磁器〔名〕軟質瓷器

軟質〔名〕軟性、性質柔軟←→硬質

軟質半田（軟焊料）

軟質土層（軟土層）

軟質米（水分高的大米）

軟質硝子（軟質玻璃）

軟質加硫護謨（軟琉化橡膠）

軟質炭（軟煤、煙煤）

軟弱〔名、形動〕軟弱←→強硬。〔商〕疲軟←→硬化

軟弱な態度（軟弱的態度）

意志の軟弱な人（意志薄弱的人）

軟弱外交（軟弱外交）

軟弱な地盤（鬆軟的地基）

軟弱の（な）体を鍛える（鍛鍊軟弱的身體）

市況は軟弱だ（行情疲軟）

軟腫〔名〕（獸醫）（牛馬的）軟瘤

軟水〔名〕〔化〕軟水←→硬水

軟水器（硬水軟化劑）

硬水を軟水に為る（把硬水變成軟水）

軟水装置（軟水裝置）

軟性〔名〕軟性←→硬性

軟性下疳（〔醫〕軟性下疳）

軟性ピッチ（軟柏油）

軟勢〔名〕〔商〕（行情）疲軟

軟成分〔名〕（宇宙線的）軟性部分

軟石鹸〔名〕軟皂

軟線機〔名〕〔紡〕纖維軟化機

軟体動物〔名〕〔動〕軟體動物

軟体動物学（軟體動物學）

軟炭〔名〕〔礦〕煙煤、瀝青煤←→硬炭

軟着陸〔名、自サ〕（宇宙航行的）軟著陸

軟着陸に成功した（軟著陸成功了）

軟調〔名、形動〕〔攝〕反差弱（黑白對比度較弱）←→硬調。〔商〕疲軟←→堅調

軟調市況（行情疲軟）

円貨の軟調（日元疲軟）

軍需株は軒並みに軟調を示す（各家軍需股票全看疲軟）

軟泥〔名〕軟泥、淤泥

軟鉄〔名〕〔冶〕軟鐵、熟鐵、鍛鐵、軟鋼

軟度〔名〕（水泥等的）稠度

軟投〔名、他サ〕（棒球）軟投、輕投

軟投型の投手（軟投型的投手）

軟銅線〔名〕軟銅線

ㄖ

軟練り〔名〕〔土木〕軟練、濕稠混合

軟練りモルタル（濕稠灰漿）

軟練りコンクリート（塑性混凝土）

軟脳膜〔名〕〔解〕軟腦脊膜

軟派〔名〕穩健派，鴿派（=鳩派）。（報社）社會部，文藝部、社會欄文藝欄的記者、色情文藝，喜愛色情文藝的人、專和女人廝混的流氓（商）空頭←→硬派

軟派議員（鴿派議員）

軟派記者（社會專欄記者）

軟派の不良少年（專和女人廝混的不良少年）

軟派仕手（空頭大戶）

軟派の売り物（賣空）

軟風〔名〕微風、海微風和陸微風的總稱

軟文学〔名〕色情文學

軟便〔名〕〔醫〕軟便

軟木〔名〕軟材針葉樹材

軟膜〔名〕〔解〕軟腦脊膜

軟毛〔名〕〔生〕短柔毛

軟蠟〔名〕軟焊料

軟論〔名〕軟弱無力的議論（意見）←→硬論

軟障〔名〕宮中慣例活動時裝飾兼屏障用的垂絹

軟らか、柔らか〔形動〕柔軟、柔和

柔らかな風（和風）

柔らかな日差し（柔和的陽光）

緑と青の柔らかな色合い（綠色與藍色的柔和色調）

此の布地は肌触りが柔らかだ（這件衣料穿在身上很柔軟）

態度を柔らかに為る（採取柔和的態度）

軟らかい、柔らかい〔形〕柔軟的、柔和的

柔らかい土（軟土）

手触りが柔らかい（摸著柔軟）

搗き立ての柔らかい餅（剛舂好的軟年糕）

柔らかい煙草（味道柔和的紙煙）

柔らかい春の日（春季柔和的陽光）

柔らかい態度（柔和的態度）

柔らかい話（柔和的話）

閏（ㄖㄨㄣˋ）

閏〔漢造〕閏、多餘

正閏（平年和閏年、正統和非正統）

閏日、閏日〔名〕閏日-二月二十九日

閏月、閏月〔名〕閏月

閏年、閏年〔名〕閏年

平年〔名〕平年，非閏年←→閏年。（收成，氣溫等）沒有異常變化的年，普通年，常年

今年は平年で閏年ではない（今年是平年、今年不是閏年）

平年に比して三割増産の見込みです（估計比平年增產百分之三十）

平年並み（和常年一樣）

気温は平年並みだ（氣溫跟常年一樣）

此の冬は平年より寒い（這個冬天比常年寒冷）

平年作（普通年成、正常年景）←→凶作、豊作

閏〔名〕閏

閏日（閏日-二月二十九日）

閏月（閏月）

閏年（閏年）

潤（ㄖㄨㄣˋ）

潤〔漢造〕濕潤、潤飾

浸潤（浸潤、滲透）

湿潤（濕潤）

利潤（利潤、紅利）

潤滑〔名、形動〕潤滑

潤滑装置（潤滑裝置）

潤滑液（潤滑液）

潤滑剤（潤滑劑）

潤滑油（潤滑油）

潤色、潤飾〔名〕潤色、潤飾、渲染

潤色の多い文（過分潤飾的文章）

事実を潤色して発表する（把事實加以渲染而發表）

此の報告には多少潤色が有る（這個報告中多少有些誇張）

潤沢〔名、形動〕潤澤，光澤、豐富，充裕、利潤，恩惠

潤沢な資金（充裕的資金）

其処は石炭が潤沢だ（那裡煤很豐富）

潤筆〔名〕（書畫等的）執筆、揮毫

某画伯の潤筆に為る肖像画（某畫家畫的肖像）

潤筆料（潤筆費-給作詩畫人的報酬）

潤う〔自五〕濕，潤、〔轉〕闊綽起來、沾光，受惠

大地が雨で潤う（大地因下雨而濕潤）

潤って大きな目が、僕を見詰めている（他睜著一雙飽滿淚水的大眼睛盯著我）

懐が潤う（手頭寬裕起來）

生活が潤う（生活寬裕起來）

恩沢に潤う（受恩惠）

団地が出来て周りの商店も潤う（住宅區興建起來附近的商店也受到好處）

潤い〔名〕濕潤、潤澤、補益、風趣、情趣

潤いの有る目（水汪汪的眼睛）

僅かな金でも家計の潤いに為る（一點點的錢就可以貼補家庭開銷）

潤いの有る声（甘美的聲音）

潤いの有る生活（有情趣的生活）

潤いの無い生活（單調的生活）

潤いの有る文章（有風趣的文章）

潤いの無い文章（枯燥無味的文章）

潤す〔他五〕弄濕、使受惠、使沾光

喉を潤す（潤嗓子）

縦横に走る用水路は肥沃な耕地を潤している（縱橫的水渠澆灌著肥沃的土地）

減税が勤労者の家計を潤す（減稅給自食其力的勞動者的生活帶來好處）

潤む〔自五〕濕潤、朦朧

潤んだ色（發暗的顏色）

目が潤む（眼睛濕潤）

目も感激に潤んで来る（眼睛也感激得濕潤起來）

涙で目が潤んで良く見えない（淚眼朦朧得看不清）

月が潤んで見える（月光朦朧）

悲しみの為声が潤んで来た（悲哀使聲音哽咽起來）

声を潤ませて悲しい話を為る（哽咽地訴說傷心事）

打傷が潤んで痣に為った（打傷瘀血青了一塊）

潤み〔名〕朦朧，模糊不清、渾濁，渾濁的酒、暗紅色，發暗的顏色（=潤み色）

潤みの有る玉（色澤混濁的玉）

潤み声（哽咽聲）

潤み朱（帶黑色的紅漆器）

潤み椀（黑紅色漆碗）

潤ける〔自下一〕濕，潤。〔轉〕闊綽起來、沾光，受惠（=潤う）

潤香、鱁鮧〔名〕醃香魚腸或卵

潤目（鰯）〔名〕〔動〕潤目鰮

潤びる〔自上一〕泡漲、泡開（=ふやける）、（長時間在浴池裡）泡

数の子が潤びる（乾魚泡開了）

戎（ㄖㄨㄥˊ）

戎〔漢造〕古兵器（弓、殳、矛、叉、戟五種兵器叫五戎）、軍人、軍事、古代西方的種族（西戎）

戎衣、戎衣〔名〕戎衣、軍服、甲冑

戎器〔名〕武器、兵器

戎装〔名〕戎裝

戎馬〔名〕戎馬、軍馬

戎克、ジャンク〔名〕中國帆船

戎、夷、蝦夷〔名〕蝦夷（=蝦夷、蝦夷）、野蠻人、魯莽的武士

恵比寿、恵比須、蛭子、戎、夷〔名〕（七福神之一）財神爺

ㄖ

栄（榮）（ㄖㄨㄥˊ）

栄〔名、漢造〕光榮，榮譽（=誉れ）、茂盛、營養

身に余る栄を蒙る（蒙受過分的榮譽）

繁栄（繁榮昌盛興旺）

顕栄（顯榮）

共栄（共同繁榮）

虚栄（虛榮）

光栄（光榮）

尊栄（尊榮）

栄位〔名〕榮譽地位、顯貴地位

栄位に上がる（登上顯要地位）

栄位に就く（就顯位）

栄華〔名〕榮華、奢華

栄華を極める（極盡榮華）

栄耀栄華の日日を送る（過奢華的生活）

栄華の夢（黃樑夢）

栄冠〔名〕榮冠、榮譽、勝利

入賞の栄冠を得る（博得獲獎的榮譽）

勝利の栄冠を戴く（戴上勝利的榮冠）

栄枯〔名〕枯榮、盛衰

栄枯常無し（榮枯無常）

栄枯盛衰（榮枯盛衰）

栄枯盛衰を嘗め尽くす（飽經滄桑）

栄光〔名〕光榮

勝利の栄光に輝く（獲得光榮的勝利）

受賞の栄光に浴する（獲得受獎的光榮）

祖国の為に栄光を勝ち取ろう（為祖國爭光）

栄爵〔名〕光榮的爵位、貴族爵位

栄称〔名〕榮譽稱號、光榮的頭銜

栄職〔名〕光榮的職務顯要職務

編集局長の栄職に就く（就編輯部主任的光榮職務）

栄辱〔名〕榮辱

一身の栄辱など念頭に置かぬ（自身榮辱置之度外）

栄進〔名、自サ〕榮升、晉升

大尉に栄進する（晉升為上尉）

重役に栄進する（榮升為董事）

栄達〔名、自サ〕發跡、飛黃騰達（=立身出世）

栄典〔名〕榮典、盛典

栄典制度（榮典制度）

国家の栄典（國家的盛典）

栄転〔名、自サ〕榮升、榮遷

此の度の御栄転御目出度う御座います（祝您榮升）

支店長に栄転する（調升為分行行長）

栄名〔名〕名譽、榮譽（=誉れ）

栄誉〔名〕名譽、榮譽（=誉れ）

栄誉礼を受ける（檢閱儀仗隊）

彼は栄誉を一身に集めた（他集榮譽於一身）

祖国の為に栄誉を勝ち取る（為祖國爭光）

栄誉支払い（〔商〕參加支付）

栄誉引受け（〔商〕參加承兌）

栄養、営養〔名〕營養、滋養

栄養が有る（有營養）

栄養分に富む（富於營養）

牛に栄養に為る草（對牛有營養的草）

栄養が無い（沒有營養）

栄養が良い（營養好）

栄養が足りない（缺少營養）

もっと栄養を増やす（增加營養）

栄養を取る（攝取營養）

栄養分（養分）

栄養素（營養素）

栄養物（營養品）

栄養原形質（營養原生質）

栄養状態（營養狀態）

栄養管（消化道）

栄養過多（營養過多）

栄養不足（不良）（營養不良）

栄養細胞（營養細胞）

栄養細胞核（營養核）

栄養食（保健食品）

栄養化学（營養化學）

栄養剤（補劑）

栄養系（〔植〕無性系）

栄養葉（〔植〕營養葉）

栄養雑種（〔植〕無性雜種）

栄養体生殖（〔植〕無性繁殖）

栄養士（營養師）

栄養失調（營養失調）

栄養価（營養價值）

栄養学（營養學）

栄耀、栄耀〔名〕榮耀。〔轉〕奢華

栄耀栄華（奢華、榮華富貴）

栄耀栄華は心の儘（窮奢極侈）

栄耀栄華に暮す（過奢華的生活）

栄耀に餅の皮を剥ぐ（奢侈得吃餡不吃皮）

栄利〔名〕名利

栄利の念に淡い（淡泊名利）

栄蘭〔名〕〔植〕露兜樹（=蛸の木）

栄螺〔名〕〔動〕蠑螺

栄螺の壷焼き（在殼裡烤的海螺）

栄螺の如く口を噤む（噤若寒蟬）

栄螺梯子（螺旋梯、盤梯）

栄える〔自下一〕繁榮，興盛、繁華，顯赫←→衰える

栄える三民主義の新中国（繁榮的三民主義新中國）

店は栄えている（商店的生意興隆）

我国は益益栄えて行く（我國日益繁榮）

京の都に栄えた平家の一族（在京都繁榮一時的平氏一族）

彼も昔は栄えた物だ（他從前也曾顯赫一時）

栄え、栄〔名〕繁榮、昌盛、興旺、榮華、榮耀

国の栄えを祈る（祝願國家的繁榮）

栄え有る御代（盛世）

栄え有る三級功労の樹立者（榮立三等功者）

栄え行く、栄行く〔自五〕繁榮下去、日趨繁榮、欣欣向榮

日日に栄え行く（欣欣向榮）

栄え行く御代（欣欣向榮的盛世）

栄える、映える〔自下一〕映照、顯眼、奪目

夕日に映える西の空（夕陽映照下的西方天空）

昇る朝日に花が映える（花朵映照在朝暉中）

此の様に並べると映える（這麼一擺就顯得好看）

彼は映えない男だ（他其貌不揚）

映えない色（陰暗的色彩）

彼は座談の方は映えない（他不善於談吐）

生える〔自下一〕生、長

草の生えた地面（長著青草的地面）生える栄える映える這える

赤ん坊に歯が生えた（嬰兒長牙了）

鬚が生える（長鬍鬚）

黴が生えた（發霉了、過於陳腐）

羽が生える（長羽毛）

蒔かぬ種は生えぬ（不播種子不長苗）

栄え、栄〔名〕光榮

栄え有る使命（光榮的使命）

栄え有る優勝を遂げる（獲得光榮的勝利）

栄え有る受賞（光榮獲獎）

映え、映〔名〕映照、顯眼，奪目

夕映（夕照、晚霞）

仕立て映が為る（〔服裝等〕做工漂亮）

容（ㄖㄨㄥˊ）

容〔漢造〕包容、寬容、容貌、容易

包容（包容、收容）

収容（收容）

受容（容納、接受、鑑賞、感受）

美容（美容）

比容（〔理〕比容）

威容（威容）

偉容（偉容、堂堂儀表）

温容（溫和的面孔、慈祥的面容）

音容（音容）

形容（形容、描繪、容貌、面色）

寛容（寬容、容忍、容許）

内容（內容）

全容（全貌、全部內容）

山容（山的形狀）

陣容（陣容、陣勢、部署）

従容（從容）

雍容（雍容）

容易〔形動〕容易、簡單

容易な（の）仕事（容易的工作）

容易に出来る（容易完成）

容易に怒らない（不輕易發怒）

此れを仕上げるのは容易で無かった（完成這項任務可不容易）

今度の仕事は見た所前程容易では無さ然うだ（這次的工作看來不像上次那麼容易了）

此等の困難は比較的容易に克服出来る物である（這些困難是比較容易克服的）

然うすれば、事が容易に為る（那樣做事情就簡單了）

容易い〔形〕容易的、輕易的、不難的（=容易だ、易い）

容易い御用です（〔回答別人的懇求〕那容易辦、算不了什麼）

容易く成就する（容易成功）

然う容易くは無いだろう（沒那麼容易吧！）

容易くは承知するまい（恐怕不會輕易答應）

容易く金を儲ける（錢賺得容易、容易賺錢）

容喙〔名、自サ〕置喙、插嘴、從旁干涉

他人の容喙を許さない（不許旁人置喙不容別人過問）

人の事に容喙する（干涉別人的事）

私の容喙す可き事ではない（不是我應插嘴的事）

容喙無用（不要從旁干涉！）

容顔〔名〕容貌（=顔立ち、顔）

容顔麗しく（容貌美麗）

容器〔名〕容器（=器）

此の容器は穴が開いていて水が漏る（這容器有洞漏水）

容器に納める（裝在容器裡）

容疑〔名〕（犯罪的）嫌疑（=疑い）

殺人の容疑を受ける（受到殺人的嫌疑）

容疑者（嫌疑犯）

容儀〔名〕容貌、儀表、禮貌

容儀を正す（端正儀容）

容共〔名〕擁共、擁護共產主義←→反共

社会党の中の容共派（社會黨中的擁共派）

容共政策（擁共政策）

容止〔名〕舉止、舉動

容姿〔名〕姿容（=姿）

容姿端麗な女（姿容端麗的女人）

容赦、容捨〔名、他サ〕寬恕、原諒、克制、姑息、留情

不行き届きの点は御容赦下さい（不周之處請原諒）

誰彼の容赦を為ない（對任何人都不原諒）

今度硝子を壊したら、容赦しないよ（再打壞玻璃可不能原諒了）

容赦無く扱う（不客氣地對待）

容赦無く処分する（毫不姑息地給予處分）

情容赦も無く責める（毫不留情地責備）

容赦無く時が過ぎる（時光無情地逝去）

容赦無く吹き付ける烈風で足を取られ然うに為る（肆虐地狂風刮得人站不住腳）

容色〔名〕姿色、容貌

容色優れた婦人（姿色出眾的女人）

未だ衰えぬ容色（美貌不減當年）

容子、様子〔名〕情況，狀態、儀表，姿容、表情，神態、跡象，徵兆、緣故，根由

様子を探る（探聽情況）

敵の様子を窺う（偵查敵人的動向）

外国へ行っている友達が、現地の様子を知らせて来た（到外國去的朋友來信介紹了當地情況）

今朝から病人の様子が可笑しい（病人的情況從今天早晨有點異常）

様子の好い人（儀表很好的人）

其の女は外国人の様な様子を為ている（那個女人的姿態好像外國人）

会社勤めらしい様子の女が立っていた（站著一個從儀表上看好像是公司職員的女人）

彼は其を聞くと、驚いた様子を為た（他一聽到那件事就表現出吃驚的神情）

近頃彼女の様子が可笑しい、何か有ると直ぐ泣き出す（近來她的神情不太正常 動不動就哭出來）

今にも雨が降り然うな様子だ（眼看就要下雨的樣子）

待っていたが彼は帰って来然うな様子も無かった（我等了可是不見他有回來的跡象）

誰も部屋へ入った様子は無かった（沒有人進過房間的跡象）

何か様子が有り然うだ（似乎有點緣故、好像有文章）

容水量〔名〕容水量

容積〔名〕容積、容量、體積

此の瓶は容積が少ない（這個瓶子的容量小）

甕の容積を測る（測量缸的容積）

容積計（體積計）

容積百分比（體積百分比）

容積噸（容積噸-船艙和貨艙的容積單位）

容積率（容積率-建築物的總面積對地基面積的比率）

容体，容体、容態，容態、様体〔名〕儀容，儀表、病狀，病情

容体に構わない人（不講究儀表的人、不修邊幅的人）

病人の容体が思わしくない（病人的情況不大好）

入院中の祖父の容体が急に悪くなった（住在醫院裡的祖父突然病情惡化）

容体書き、容体書（病情診斷書）

容体振る（擺架子、裝模作樣）

容認〔名、他サ〕承認、允許

組合への加入を容認する（允許參加工會）

先方の要求は容認し難い（難以容忍對方的要求）

容貌〔名〕容貌、相貌（=顔貌）

優れた容貌の持ち主（有副好面貌的人）

容貌の醜い人（相貌醜陋的人）

容貌の美しい人（相貌好看的人）

容貌魁偉である（相貌魁偉）

容与〔形動タリ〕舒暢

容量〔名〕容量、電容

此の瓶の容量が少ない（這瓶子的容量小）

正味容量（淨容量）

設備容量（設備容量）

送電容量（輸電容量、輸電能力）

銜え容量（夾緊力）

容量分圧器（電容分壓器）

容量性（電容性）

容量分析（〔化〕容量分析）

容量モル濃度（〔化〕克分子濃度）

容量リアクタンス（〔電〕電抗）

容れる、入れる〔他下一〕裝進，放入、送進，收容、包含，算上、點燈，開開關、承認，認可、採納，容納、添加，補足、請入、鑲嵌、加入，插入、投票、送到、繳納、花費

箱に物を入れる（把東西放入盒子裡）

ポケットに手を入れる（把手插入衣帶裡）

知識を頭に入れる（把知識裝入頭腦裡）

茶を入れる（泡茶）

紅茶にはミルクを御入れに為りますか（您紅茶裡放牛奶嗎？）

病人を病院に入れる（把病人送進醫院）

子を大学に入れる（讓孩子上大學）

此の講堂は二千人容れられる（這個講堂可以容納兩千人）

会社に大卒を入れる（公司雇用大學畢業生）

計算に入れる（把計算在內）

考慮に入れる（考慮進去）

私を入れて十人です（連我十個人）

利息を入れて（入れずに）十万円（加上〔不加〕利息共十萬日元）

スイッチを入れる（打開開關）

要求を容れる（答應要求）

人を容れる雅量が無い（沒有容人的雅量）

彼の教えは少しも世に容れられなかった（他的教導沒有被社會認可）

文章に手を入れる（修改文章）

庭木に鋏を入れる（修剪庭院的樹木）

算盤を入れる（用算盤計算）

客を応接間に入れる（把客人請入客廳）

風を入れる（讓風進來、透透風）

人を裏口から入れる（讓人從後門請進來）

此の名刺を出せば入れて呉れるよ（把這名片拿出來就會請進去）

指輪に宝石を入れる（戒指上鑲寶石）

入れ歯を入れる（鑲牙）

脇から嘴を入れる（從旁插嘴）

横槍を入れる（從旁干預）

疑いを入れる余地が無い（不容置疑）

本の間に栞を入れる（把書簽夾在書裡）

彼に一票を入れる（投他一票）

原稿を本社に入れる（把原稿送到總社）

九州へ電話を入れる（打電話到九州）

家賃を入れる（繳納房租）

利息を入れる（繳納利息）

心を入れる（用心、注意）

念を入れる（小心）

仕事に力を入れる（對工作努力）

年季を入れる（用功夫修練）

肩を入れる（伸上袖子、袒護、撐腰）

口を入れる（插嘴、推薦、斡旋）

身を入れる（用心、全心全意）

メスを入れる（動手術、採取果斷措施、清除禍根）

炒れる〔自下一〕炒得、炒好

豆が未だ良く炒れていない（豆子還沒炒好）入れる容れる

茸（ㄖㄨㄥˊ）

茸〔漢造〕草細軟的樣子、散亂的樣子

茸瘤〔名〕〔醫〕海綿腫

茸、菌、蕈〔名〕（〝木の子〞之意）蘑菇

茸が生えた（長蘑菇了）

茸を採る（採蘑菇）

茸狩り（採蘑菇）

茸雲（原子彈爆炸後的蘑菇雲）

茸採った山は忘れられぬ（守株待兔）

茸〔名〕〔植〕蘑菇（=茸、菌、蕈）

松茸（松茸）

茸を刈る（採蘑菇）

茸狩り〔名〕採蘑菇

山へ茸狩りに行く（到山上採蘑菇去）

茸山〔名〕產蘑菇的山

絨（ㄖㄨㄥˊ）

絨〔漢造〕絲毛織成厚而軟的布

絨毯、絨緞〔名〕地毯（=カーペット）

トルコ絨毯（土耳其地毯）

表裏兼用絨毯（表裡兩用地毯）

厚い絨毯の敷いて有る床（鋪有厚地毯的地板）

応接間に絨毯を敷く（客廳裡鋪上地毯）

絨毯爆撃（〔軍〕面積轟炸）

絨毛〔名〕〔解〕絨毛

腸内の絨毛（腸內絨毛）

溶（ㄖㄨㄥˊ）

溶〔漢造〕溶化、溶解、用作熔，鎔的代用字

可溶（可溶、可熔）

水溶性（水溶性）

水溶液（水溶液）

溶圧〔名〕溶解壓力

溶暗〔名〕〔電影〕淡出、漸隱（=フェードアウト）←→溶明

溶液〔名〕溶液

水溶液（水溶液）

濃溶液（濃溶液）

硝酸銀溶液（硝酸銀溶液）

其の溶液は二千倍に為っている（那是稀釋成兩千倍的溶液）

溶液重合（〔化〕溶液聚合）

溶化、熔化〔名、自他サ〕熔化、溶解

溶解〔名、自他サ〕溶解、溶化、融化

氷が溶解して水に為る（冰溶化成水）

硼酸が水に溶解して硼酸水に為る（硼酸在水裡溶解變成硼酸水）

脂肪に溶解する（溶於脂肪）

アルコールに溶解する（溶於酒精）

溶解アセチレン（〔化〕液化乙炔）

溶解度〔名〕溶解度、溶解性、可溶性

溶解度積（溶度積）

溶解度間隙（混溶性隙）

溶岩、熔岩〔名〕〔地〕熔岩

熔岩が流れる（熔岩流動）

熔岩を噴出する（噴出熔岩）

熔岩湖（熔岩湖）

熔岩流（熔岩流）

熔岩層（熔岩層）

熔岩トンネル（熔岩隧道）

熔岩瀑布（熔岩瀑布）

熔岩台地（熔岩高地）

熔岩噴泉（熔岩泉）

熔岩円頂丘（熔岩穹丘）

熔岩鍾乳石（熔岩鐘乳）

熔岩石筍（熔岩石筍）

溶球反応〔名〕〔化〕熔珠反應

溶菌〔名〕〔微〕溶菌（作用）

溶菌素（溶菌素）

溶菌分解（溶菌分解作用）

溶血〔名〕〔醫〕溶血、血球溶解

溶血素（溶血素=ヘモリジン）

溶血性黄疸（溶血性黃疸）

溶血性貧血（溶血性貧血）

熔結（作用）〔名〕〔地〕熔結（作用）

溶結火砕岩〔名〕〔地〕熔結火成碎屑岩

溶結凝灰岩〔名〕〔地〕熔結凝灰岩

溶鉱炉、熔鉱炉〔名〕熔爐、高爐、鼓風爐

熔鉱炉ガス（鼓風爐煤氣）

溶骨細胞〔名〕〔醫〕破骨細胞

溶剤〔名〕〔化〕溶劑、溶媒

アルコールを溶剤に使う（以酒精為溶劑）

溶剤抽出（溶劑萃取）

溶剤精製（溶劑精製）

溶滓、熔滓〔名〕（金屬熔爐的）熔渣、爐渣（=スラッグ）

溶質〔名〕〔化〕溶質、溶解物←→溶媒

食塩水に於ける食塩は溶質で、其の水は溶媒と言う（食鹽水中所含的食鹽叫做溶質所用的水叫做溶媒）

溶出〔名、他サ〕〔冶〕熔析。〔化〕洗提

溶食結晶〔名〕〔地〕熔蝕晶體

溶性〔名〕〔理〕可溶性

溶性サッカリン（可溶性糖精）

溶性澱粉（溶性澱粉）

溶性燐肥（溶性磷肥）

溶性シリカ（溶性硅）

溶製鋼〔名〕〔冶〕錠鋼、鑄鋼（=熔鋼）

溶製鉄〔名〕〔冶〕錠鐵（=鋳塊鉄）

溶接、熔接〔名、他サ〕熔接、焊接

アーク熔接（電弧焊接）

アセチレン熔接（乙炔焊接）

打ち熔接（鍛焊）

埋め金熔接（塞焊）

上向き熔接（仰焊）

駆り付け熔接（定位焊、點焊）

鉄管を電気熔接する（電焊鐵管）

金属は夫夫違った温度で熔接される（各種金屬要用不同的溫度焊接）

熔接性（可焊性）

熔接工（焊工）

熔接用ヘルメット（電焊用防護面罩）

溶銑、熔銑〔名〕〔冶〕化鐵，熔化生鐵、鐵水，熔化了的生鐵

熔銑炉（化鐵爐）

溶存酸素量〔名〕溶於水中的氧的含量

溶体〔名〕〔化〕溶體

溶体化（固溶化）

溶着、熔着〔名〕〔機〕焊著、熔敷

熔着金属（熔敷金屬）

熔着鋼（熔敷鋼）

溶鉄〔名〕〔冶〕熔化鐵、鐵水

溶点、熔点〔名〕〔理〕熔點

溶媒〔名〕溶媒、溶劑←→溶質

適当な溶媒で混合物から一つの成分を溶かし出す（用適當的溶媒把一種成分從混合物中溶解出來）

溶媒化合物（溶劑化物）

溶媒抽出（溶劑提取）

溶媒和〔名〕〔化〕溶劑化作用

溶発、熔発〔名〕〔宇〕燒蝕

大気圏内に再突入するミサイルの熔発現象（導彈重返大氣層時的燒蝕現象）

溶明〔名〕〔電影〕淡入、漸顯←→溶暗

溶融、熔融〔名、自サ〕熔融、熔化、融解

熔融した鉄を型に流し込む（把熔化的鐵水注入模子裡）

熔融状態に保立てる（保持著熔化狀態）

熔融速度（熔化速度）

熔融点（熔點）

溶融塩炉〔名〕熔蝕鹽原子反應堆

溶離〔名、他サ〕〔化〕溶離、〔冶〕熔析

溶連菌〔名〕〔微〕溶血性鏈鎖球菌

溶炉、熔炉〔名〕〔冶〕熔爐、熔鐵爐

熔和、溶和〔名、他サ〕〔冶〕熔解、熔融

溶かす、熔かす、鎔かす、融かす、解かす〔他五〕熔化

　バーナーで鉛を熔かす（用噴燈熔化鉛）

　銅像を熔かす（熔化銅像）

溶かす、融かす、解かす〔他五〕溶化、溶解、融化

　砂糖を水に溶かす（把糖溶化在水裡）

　氷を溶かす（溶化冰）

溶き卵、溶卵〔名〕加水攪開的雞蛋

溶きほぐす〔他五〕（把雞蛋）攪和

溶く、融く、解く〔他五〕溶解、化開（=溶かす、融かす、解かす）

　小麦粉を水で溶く（用水和麵）

　絵の具を油で溶く（用油化開顏料）

　卵を溶く（調開雞蛋）

解く〔他五〕解開、拆開、解除、解職、解明、解釋、誤解

　靴の紐を解く（解開鞋帶）

　旅装を解く（脫下旅行服裝）

　小包を解く（打開郵包）

　着物を解いて洗い張りする（拆開衣服漿洗）

　此の縫って有る所を解いて、縫い直して下さい（請把這縫著的地方拆開重縫一下）

　戒厳令を解く（解除戒嚴令）

　禁を解く（解除禁令）

　輸入制限を解く（取消進口限制）

　A社との契約を解く（解除和A公司訂的合約）

　任を解く（解職）

　校長の職を解く（解除校長的職務）

　兼職を解かれて少し楽に為った（解除了兼職輕鬆一些）

　数学の問題を解く（解答數學問題）

　宇宙の謎を解く（解明宇宙的奧秘）

　弁明して誤解を解く可きだ（應該解說明白把誤會解開）

　怒りを解いて話し合う気に為った（消除不快情緒想彼此交談了）

梳く〔他五〕梳、攏

　髪を梳く（梳頭髮）

説く〔他五〕說明、說服，勸說（=説得する）、說教，宣傳，提倡

　理由を説く（說明理由）

　物の道理を説く（說明事物的道理）

　人を説いて承知させる（勸說叫他答應）

　色色説いて心配させまいと為る（多方勸說叫他放心）

　道を説く（講道）

　貯金の必要を説く（宣傳儲蓄的必要）

　説く者は多く、行う者は少ない（宣傳的人多實行的人少）

溶ける、融ける〔自下一〕溶化

　塩は水に溶ける（鹽在水中溶化）

　紅茶に入れた砂糖が溶けないで残っている（放在紅茶裡的砂糖沒有溶化沉澱在碗底）

　口に入れると溶ける（一放進嘴裡就化）

溶け合う〔自五〕溶合（在一起）

　色が段段薄らいで他の色と溶け合う（顏色漸漸變淡和別的顏色溶合在一起）

溶け込む、融け込む〔自五〕融合，融洽、〔理、化〕溶化，熔化，溶解

　気持が溶け込む（心情融洽）

　区別の付かない迄に溶け込む（融合得分別不出來了）

　見方が違いので、中中其の人達とは溶け込めない（由於觀點不同很難和他們合得來）

溶け込み〔名〕融合，融洽、〔理、化〕溶化，熔化，溶解

榕（ㄖㄨㄥˊ）

榕〔漢造〕生長於熱帶亞熱帶的常綠喬木，高四五丈，花淡紅色，枝能生根，果實圓而小

榕樹〔名〕〔植〕榕樹（=榕樹、榕樹）

榕樹、榕樹〔名〕〔植〕榕樹（來自琉球語）

榕、雀榕、榕樹〔名〕〔植〕榕樹（=榕樹）

熔（ㄖㄨㄥˊ）

熔〔漢造〕金屬遇高熱變成液體

熔化、溶化〔名、自他サ〕熔化、溶解

熔解〔名、自他サ〕（常用漢字寫作溶解）熔解、熔化

火で熔解する（用火熔化）

金属等が高温で液化する事は熔解と言います（金屬在高溫之下變成液體叫做熔化）

熔岩、溶岩〔名〕〔地〕熔岩

熔岩が流れる（熔岩流動）

熔岩を噴出する（噴出熔岩）

熔岩湖（熔岩湖）

熔岩流（熔岩流）

熔岩層（熔岩層）

熔岩トンネル（熔岩隧道）

熔岩瀑布（熔岩瀑布）

熔岩台地（熔岩高地）

熔岩噴泉（熔岩泉）

熔岩円頂丘（熔岩穹丘）

熔岩鍾乳石（熔岩鐘乳）

熔岩石筍（熔岩石筍）

熔鉱炉、溶鉱炉〔名〕熔爐、高爐、鼓風爐

熔鉱炉ガス（鼓風爐媒氣）

熔滓、溶滓〔名〕（金屬熔爐的）熔渣、爐渣（=スラッグ）

熔接、溶接〔名、他サ〕熔接、焊接

アーク熔接（電弧焊接）

アセチレン熔接（乙炔焊接）

打ち熔接（鍛焊）

埋め金熔接（塞焊）

上向き熔接（仰焊）

駆り付け熔接（定位焊、點焊）

鉄管を電気熔接する（電焊鐵管）

金属は夫夫違った温度で熔接される（各種金屬要用不同的溫度焊接）

熔接性（可焊性）

熔接工（焊工）

熔接用ヘルメット（電焊用防護面罩）

熔銑、溶銑〔名〕〔冶〕化鐵，熔化生鐵、鐵水，熔化了的生鐵

熔銑炉（化鐵爐）

溶体化（固溶化）

熔着、溶着〔名〕〔機〕焊著、熔敷

熔着金属（熔敷金屬）

熔着鋼（熔敷鋼）

熔点、溶点〔名〕〔理〕熔點

溶発、熔発〔名〕〔宇〕燒蝕

大気圏内に再突入するミサイルの熔発現象（導彈重返大氣層時的燒蝕現象）

熔融、溶融〔名、自サ〕熔融、熔化、融解

熔融した鉄を型に流し込む（把熔化的鐵水注入模子裡）

熔融状態に保立てる（保持著熔化狀態）

熔融速度（熔化速度）

熔融点（熔點）

熔融絵具〔名〕〔化〕釉面顏料

熔融紡糸〔名〕〔紡〕熔融紡絲

熔錬〔名〕熔煉、熔化

熔炉、溶炉〔名〕〔冶〕熔爐、熔鐵爐

溶和、熔和〔名、他サ〕〔冶〕熔解、熔融

熔かす、溶かす、鎔かす、融かす、解かす〔他五〕熔化

バーナーで鉛を熔かす（用噴燈熔化鉛）

銅像を熔かす（熔化銅像）

熔し減り〔名〕〔冶〕燒損、火耗、熔煉損失

梳く〔他五〕梳、攏

髪を梳く（梳頭髮）

熔ける、鎔ける〔自下一〕（金屬等）熔化（=蕩ける）

鉛を熱すると熔ける（鉛一加熱就熔化）

銀は九百六十度で熔ける（銀加熱到九百六十度就熔化）

解ける〔自下一〕解開、解消、解除、解明

靴の紐が解けている（鞋帶開了）

小包の紐が解け然うで解けない（包裹上的繩子雖然看著很鬆但解不開）

彼の怒りは解けた（他的氣解消了）

両家の確執は長い間解けなかった（兩家的爭執長期沒有解消）

禁が解ける（禁令解除）

校長を辞めて長い間の責任が解けた（辭去校長後解除了長期以來的責任）

明日限りで契約が解ける（合約過了明天就失效了）

難しい問題が解けた（難題解開了）

謎が解けた（謎解開了）

融（ㄖㄨㄥˊ）

融〔漢造〕融化、通融、融洽

溶融、熔融（熔化、融解）

金融（金融、信貸）

円融、円融（圓融）

融化〔名、他サ〕融化、融解、融和

融解〔名、自他サ〕融化，融解。〔理〕熔化，熔解←→凝固

氷は摂氏零度で融解する（冰在攝氏零度融化）

融解点（熔解點）

融解熱（熔解熱）

融合〔名、自サ〕融合，合併。〔原〕聚變，聚合

都市と田園の融合（城市和田園的融合）

二つの団体が融合して連合会を作る（兩個團體合併起來組成聯合會）

融合遺伝（〔生〕融合遺傳）

融合核（〔植〕融合核）

融剤〔名〕〔冶、化〕熔劑、助熔劑

融資〔名、自サ〕〔經〕通融資金、貸款

銀行から融資を受けて住宅を建てる（從銀行取得貸款蓋住宅）

融食作用〔名〕〔礦〕熔蝕

融通、融通〔名、他サ〕通融、（頭腦）靈活

金を融通する（通融錢款）

融通の利かない人（頭腦不靈活的人）

融通を利かせる（靈活應付）

融通無碍（臨機應變）

融通無碍で困る事を知らない（靈機應變無往不利）

融通手形（〔經〕可轉讓票據）

融成物〔名〕〔理〕熔化物

融接〔名〕〔機〕熔焊

融雪〔名〕融雪、雪融（=雪解け）

融雪期（雪融期）

融然〔形動〕悠然自得

融点〔名〕〔理〕熔點、融點（=融解点）

融点が高い物質（熔點高的物質）

融点降下（融點下降）

融熱〔名〕〔理〕溶解熱、溶化熱

融媒剤〔名〕（油畫調色用的）溶油、（調和繪畫原料的）溶劑

融和〔名、自サ〕融洽、和睦

両国の融和を図る（謀求兩國和睦）

どうも彼とは融和し難い（和他總是合不來）

両国間の冷たい関係が融和し掛けている（兩國之間的冷淡關係開始和解）

融〔名〕能樂的曲名

融かす、溶かす、熔かす、鎔かす、解かす〔他五〕熔化

バーナーで鉛を熔かす（用噴燈熔化鉛）

銅像を熔かす（熔化銅像）

融かす、溶かす、解かす〔他五〕溶化、溶解、融化

砂糖を水に溶かす（把糖溶化在水裡）

氷を溶かす（溶化冰）

融く、溶く、解く〔他五〕溶解、化開（=溶かす、融かす、解かす）

小麦粉を水で溶く（用水和麵）

絵の具を油で溶く（用油化開顏料）

卵を溶く（調開雞蛋）

解く〔他五〕解開、拆開、解除、解職、解明、解釋、誤解

靴の紐を解く（解開鞋帶）

旅装を解く（脫下旅行服裝）

小包を解く（打開郵包）

着物を解いて洗い張りする（拆開衣服漿洗）

此の縫って有る所を解いて、縫い直して下さい（請把這縫著的地方拆開重縫一下）

戒厳令を解く（解除戒嚴令）

禁を解く（解除禁令）

輸入制限を解く（取消進口限制）

A社との契約を解く（解除和A公司訂的合約）

任を解く（解職）

校長の職を解く（解除校長的職務）

兼職を解かれて少し楽に為った（解除了兼職輕鬆一些）

数学の問題を解く（解答數學問題）

宇宙の謎を解く（解明宇宙的奧秘）

弁明して誤解を解く可きだ（應該解說明白把誤會解開）

怒りを解いて話し合う気に為った（消除不快情緒想彼此交談了）

梳く〔他五〕梳、攏

髪を梳く（梳頭髮）

説く〔他五〕說明、說服，勸說（=説得する）、說教，宣傳，提倡

理由を説く（說明理由）

物の道理を説く（說明事物的道理）

人を説いて承知させる（勸說叫他答應）

色色説いて心配させまいと為る（多方勸說叫他放心）

道を説く（講道）

貯金の必要を説く（宣傳儲蓄的必要）

説く者は多く、行う者は少ない（宣傳的人多實行的人少）

融ける、溶ける〔自下一〕溶化

塩は水に溶ける（鹽在水中溶化）

紅茶に入れた砂糖が溶けないで残っている（放在紅茶裡的砂糖沒有溶化沉澱在碗底）

口に入れると溶ける（一放進嘴裡就化）

鎔ける、熔ける〔自下一〕（金屬等）熔化（=蕩ける）

鉛を熱すると熔ける（鉛一加熱就熔化）

銀は九百六十度で熔ける（銀加熱到九百六十度就熔化）

解ける〔自下一〕解開、解消、解除、解明

靴の紐が解けている（鞋帶開了）

小包の紐が解け然うで解けない（包裹上的繩子雖然看著很鬆但解不開）

彼の怒りは解けた（他的氣解消了）

両家の確執は長い間解けなかった（兩家的爭執長期沒有解消）

禁が解ける（禁令解除）

校長を辞めて長い間の責任が解けた（辭去校長後解除了長期以來的責任）

明日限りで契約が解ける（合約過了明天就失效了）

難しい問題が解けた（難題解開了）

謎が解けた（謎解開了）

融け合う、溶け合う、解け合う〔自五〕融洽、互相協商

二人の心が融け合う（兩人融洽無間）

転入学の子も今はすっかり融け合って終っている（轉學來的孩子現在已經完全融洽了）

双方で融け合って解約した（雙方協商後解除了契約）

融け込む、溶け込む〔自五〕融合，融洽。〔理、化〕溶化，熔化，溶解

気持が溶け込む（心情融洽）

区別の付かない迄に溶け込む（融合得分別不出來了）

見方が違いので、中中其の人達とは溶け込めない（由於觀點不同很難和他們合得來）

鎔（ㄖㄨㄥˊ）

鎔〔漢造〕金屬遇高熱變成液體

鎔かす、熔かす、溶かす、融かす、解かす〔他五〕熔化

バーナーで鉛を熔かす（用噴燈熔化鉛）

銅像を熔かす（熔化銅像）

梳く〔他五〕梳、攏

髪を梳く（梳頭髮）

鎔ける、熔ける〔自下一〕（金屬等）熔化（=蕩ける）

鉛を熱すると熔ける（鉛一加熱就熔化）

銀は九百六十度で熔ける（銀加熱到九百六十度就熔化）

解ける〔自下一〕解開、解消、解除、解明

靴の紐が解けている（鞋帶開了）

小包の紐が解け然うで解けない（包裹上的繩子雖然看著很鬆但解不開）

彼の怒りは解けた（他的氣解消了）

両家の確執は長い間解けなかった（兩家的爭執長期沒有解消）

禁が解ける（禁令解除）

校長を辞めて長い間の責任が解けた（辭去校長後解除了長期以來的責任）

明日限りで契約が解ける（合約過了明天就失效了）

難しい問題が解けた（難題解開了）

謎が解けた（謎解開了）

蠑（ㄖㄨㄥˊ）

蠑〔漢造〕兩棲動物，形象守宮

蠑螈、井守〔名〕〔動〕蠑螈

冗（ㄖㄨㄥˇ）

冗〔名、漢造〕多餘、繁瑣

冗を省く（省略繁瑣）

繁冗、煩冗（繁瑣、冗長）

冗員、剰員〔名〕冗員、多餘的人員

冗員を淘汰する（淘汰冗員）

彼の役所は冗員が多い（那個官廳冗員多）

冗員を整理する（裁減冗員）

冗官、剰官〔名〕冗員、額外的官員

冗句〔名〕冗句，不必要的句子、滑稽的詞句，詼諧的詞句（=ジョーク）

冗句が多い文（廢話連篇的文章）

冗句を削る（刪去冗句）

冗語、剰語〔名〕不必要的詞、多餘的字

冗語を省く（刪去多餘的字）

冗舌、饒舌〔名、形動〕饒舌（=御喋り）

冗舌な（の）人（饒舌的人）

冗舌を弄する（耍嘴皮子）

彼は天賦の冗舌家である（他是個天生的健談家）

冗多、饒多〔名〕冗長、累贅、多餘

ㄖ

冗談〔名〕玩笑、戲言

冗談を叩く（言う）（開玩笑、說笑話）

冗談から喧嘩に為った（由開玩笑打起架來）

冗談は止せよ（別開玩笑、不要鬧著玩了）

彼は何でも冗談事に為て終う（他把什麼都當成玩笑）

冗談ですか本気なんですか（你是說笑話還是說正經的呢？）

冗談じゃない（這可不是鬧著玩的、你別開玩笑了）

私が冗談に言った事に真に受けた（我開玩笑說的他當真了）

冗談に姉の指輪を隠す（開個玩笑把姐姐的戒指藏起來）

冗談にも程が有る（開玩笑也要有個分寸、這個玩笑太過火了）

冗談所ではない（哪裡有時間開玩笑、沒有開玩笑的心情）

御冗談でしょう（別開玩笑了、別逗了）

冗談とも真面目とも付かずに（也不知是開玩笑還是當真地）

冗談混じりに（一半詼諧、一半正經）

彼の人にはうっかり冗談も言えない（對他可不能隨便開玩笑）

冗談は扨置き（且莫說笑話）

冗談あいらいに為る（視為戲言、當笑話對待）

冗談めかして（彷彿玩笑一般）

冗談口（詼諧、笑話）

冗談事（玩笑）

冗談話（閒聊天、無謂的話）

冗談半分（半開玩笑地）

冗長〔名、形動〕冗長←→簡潔

冗長な文（冗長的文章）

手紙の文は冗長に為らない様に為よ（書信的文章不要寫得冗長）

氏の文章は冗長の嫌いが有る（他的文章有些冗長）

冗費〔名〕浪費、不必要的開支

冗費を省く（節省不必要的開支）

冗筆〔名〕亂寫（=無駄書、徒書）

冗物〔名〕多餘物、過剩的東西

冗文〔名〕冗長的文章（句子）

冗文を削る（刪去冗長的句子）

冗弁〔名〕喋喋不休（=多弁）

冗漫〔名、形動〕冗長、漫長

冗漫な演説（冗長的演講）

彼の文は冗漫に失している（他的文章過於冗長）

冗話〔名〕不必要的話（=冗談）

孜（ㄗ）

孜〔漢造〕勤勉的樣子

孜孜〔形動タルト〕孜孜不倦

孜孜不倦（孜孜不倦）

孜孜と為て働く（孜孜不倦地工作）

孜孜と為て勤しむ（孜孜勤奮）

姿（ㄗ）

姿〔漢造〕姿態

容姿（姿容）

英姿（英姿）

勇姿（英姿、雄姿）

雄姿（雄姿）

風姿（風姿、風采、儀表）

全姿（全貌）

驕姿（嬌豔的姿態）

千姿万態（千姿百態、儀態萬千）

姿勢〔名〕姿勢（=姿、体付き）、姿態、態度

直立不動の姿勢（立正的姿勢）

姿勢を正しく字を書く（端正姿勢寫字）

彼の人は姿勢が良い（那人姿勢好）

姿勢を崩す（隨便〔坐・臥〕）

高姿勢（高姿態）

低姿勢（低姿態）

防御の姿勢を取る（採取防禦的姿態）

姿態〔名〕姿態、姿勢、態度（=姿、体付き、形）

彼女の姿態は美しい（她的姿態很美）

女は姿態をくねらせて笑った（女人彎腰作態而笑）

姿容〔名〕姿容、容貌

山岳の姿容（山岳的姿容）

端麗な姿容（端麗的姿色）

姿〔名〕姿態，姿容（=体付き）、風采，舉止，裝束，打扮（=風采、身形）、身影（=姿）、姿勢（=姿勢）、容貌，狀態（=有様、成行）、形態（=形）、（雞，魚）活著的形狀、情趣（=趣、風趣）

上品な姿（文雅的姿態）

山の姿が美しい（山容秀麗）

ほっそりした姿（苗條的姿容）

生前の姿が今でもありありと目に浮かぶ（生前的姿容現在猶歷歷在目）

彼の後ろ姿が夕闇に消えた（他的背影消失在薄暮裡）

労働者姿の青年（工人打扮的青年）

男が女の姿を為る（男扮女裝）

派手な姿を為て町を歩く（身著盛裝在街上走）

昔の姿は無い（昔日風采不復存在）

此の姿では人前へ出られない（這樣的打扮見不得人）

姿が見えなくなる迄見送る（目送到看不見身影）

姿を現わす（出現露面）

社会に姿を現す（走上社會）

姿を消す（消失蹤跡）

姿を晦ます（隠す）（躲藏〔隱藏〕起來）

声は為れども姿は見えず（聞其聲而不見其人）

あれっきり姿を見ない（自那以後從未見到他）

鏡に姿を写す（照鏡子）

立ち姿（站立的姿勢）

移り行く世の姿（不斷變遷的世態）

変り果てた姿（完全改了樣的面貌）

孤立の姿（孤立狀態）

新しい農村の姿（農村新貌）

此れが日本の有りの儘の姿である（這是日本的真實面貌）

日本の良い姿も悪い姿も良く見て行って下さい（請仔細看看日本好的方面和不好的方面）

山村の姿は此処数年来一新した（山村這幾年來面貌一新）

姿無き経済帝国（無形的經濟帝國）

姿を見た鳥は食べるに忍びない（看到剛才還活著的雞不忍食其肉）

歌の姿（詩的情趣）

姿絵〔名〕肖像畫

姿煮〔名〕〔烹〕清水煮整魚

姿見〔名〕穿衣鏡

恣（ㄗ）

恣〔漢造〕放肆

放恣、放肆（放肆放縱）

驕恣（驕恣）

自恣（恣意）

恣意〔名〕恣意、任意（=思う儘、気儘）

マルクス主義の原典を恣意に解釈しては行けない（不可隨意解釋馬克思主義的原著）

恣意的に改竄する（隨意竄改）

恣行〔名〕任意行事

彼の恣行には呆れた（他的任意胡來可真夠嚇人）

恣、**縦**、**擅**〔形動〕恣意

恣な行動を取る（任意而行）

恣に略奪する（任意掠奪）

自分の好む所を恣に為る（任意自行其是）

権力を恣に為る（專權）

ナポレオンは権力を恣に為た（拿破崙濫用權力）

名を恣に為る（享盛名）

想像を恣に為る（隨意想像）

茲（ㄗ）

茲〔漢造〕這個、今、時，年

茲、此、是、爰、此処、此所〔代〕（指地點，事物）這裡、最近，現在，目前

此処の人人（這裡的人們）

此処に置くよ（放在這裡）

此処は何処ですか（這裡是什麼地方？）

私は此処の者です（我是本地人）

此処に於いて（在此、於是）

此処は人目が多いから外へ行こう（這裡耳目眾多我們到外面去吧！）

何卒、此処へ御掛け下さい（請到這裡來坐）

貴方が此処の係りですか（你是這裡的負責人嗎？）

私は此処の者です（我是這裡的人）

此処から東京迄は二千キロ有る（從這裡到東京有兩千公里）

此処の所は良く分らない（這裡還不大明白）

此処丈の話だが（這話只能在這裡說）

事此処に至る（事已至此）

此処が大事な点だから良く考え為さい（這點很重要要慎重考慮）

此処二、三日が山場です（這兩三天是高潮）

此処一か月は忙しかった（這一個月很忙）

此処当分休業致します（近日暫停營業）

此処ぞと思った時に為ないとチャンスを逃す（在認為正是時機時候而不做就要失掉機會）

愈愈此処だと言う時に（在關鍵時刻）

此処暫く御見えに為りません（這幾天他沒來）

此処許りに日は照らぬ（此處不留爺自有留爺處）

滋（ㄗ）

滋〔漢造〕生長、生事、補養、不乾燥、食物的味道

滋雨、慈雨〔名〕甘雨、甘霖

干天の滋雨（久旱逢甘霖）

滋強〔名〕滋補（＝滋養強壮）

滋強飲料（滋補飲料）

滋味〔名〕美味（＝美味）。〔轉〕意味←→無味

滋味に富む（有滋味、好吃）

滋味掬す可し（滋味可掬）

滋味（に）溢れる話（極有意味的話）

滋味豊かな作品（富有情趣的作品）

滋養〔名〕滋養、營養

滋養に為る食品（有營養的食品）

滋養が多い（營養多）

滋養物（營養品）

滋養価値（營養價值）

滋養過多（營養過多）

滋養分（營養成分）

滋養灌腸（營養灌腸）

滋籐，重籐、滋籐，重籐〔名〕背上纏有藤皮的弓

滋籐の弓（纏藤皮的弓）

粢（ㄗ）

粢〔漢造〕祭祀用的米穀、稻餅、酒

粢、糈〔名〕（供神用）橢圓形年糕

資（ㄗ）

資〔名、漢造〕資本、資財、資產、資料、天資、資助

糊口の資（糊口之資）

莫大な資を投じて事業を始める（投入一筆鉅資興辦事業）

今後の研究の資に為て頂ければ幸いです（如能供您作為今後研究的材料我很榮幸）

雑文を書いて米塩の資と為る（寫些雜文謀生）

英邁の資（聰穎的天資）

生来、果断の資の持ち主である（是個天生果斷的人）

物資（物資）

投資（投資）

学資（學費）

英資（卓越的天資、英國資本）

師資（老師、師徒）

出資（出資、投資）

天資（天資、天賦、天分）

労資労使（工人和資本家）

資する〔自サ〕有助於、資助

健康に資する（對健康有益）

此の協定は世界の平和に資する所が大であろう（這個協定將大有助於世界和平）

其に由って工業の発展に資する（通過此項措施以資發展工業）

皆様の御意見を御聞きして此れからの運営に資し度いと思います（希望聽聽各位的意見有助於今後的經營）

資格〔名〕資格、身分

投票する資格が無い（沒有投票的資格）

大使の資格で（以大使身分）

資格を与える（授予資格）

資格を得る（取得資格）

資格を奪う（剝奪資格）

資格を剥奪される（被剝奪資格）

顧問と言う資格で参加している（以顧問身分參加）

資格を失う（失掉資格）

教員に為る資格を取る（取得當教員的資格）

ㄗ

出場資格を取り上げる（取消上場資格）

投資の資格を持っている（具有投資資格）

会員資格に男女の制限は無い（會員資格不限男女）

資格試験（資格考試）

資格任用（只任用具有一定資格者）

資格制度（企業內按資格給予不同待遇的制度）

資金〔名〕資金、資本

海外資金（海外資金）

手許資金（手頭現有資金）

流動資金（流動資金）

資金難（缺乏資金）

資金繰（資金周轉）

資金凍結（資金凍結）

資金を調達する（籌措資金）

資金が乏しい（資金缺乏）

資金を集める（籌集資金）

資源〔名〕資源

地下資源（地下資源）

物的資源（物質資源）

人的資源（人力資源）

資源に富む（資源豐富）

天然資源に乏しい（缺乏天然資源）

資源を開発する（開發資源）

資源を保護する（保護資源）

資源を浪費する（浪費資源）

資源枯渇（資源枯竭）

資源調査（資源調查）

資源白書（資源白皮書）

資材〔名〕資材

建築用の資材（建築用材料）

戦争資材（軍用器材）

資財〔名〕資產、財產

資財に富む（富有資產）

事業を興すには資財が足りない（要辦事業而財產不夠）

資産〔名〕資產、財產

資産の有る家に生れた（生在有錢人家）

先代からの資産を守る（守住祖傳的財產）

共同積立資産（公積金）

資産と負債（資產和負債）

資産負債表（資產負債表）

資産家（財主）

資産株（資產股票）

資産勘定（資產帳目）

資産決済（用儲備結匯）

資産再評価（資產重新估價）

資質〔名〕資質，素質，天性，秉性，天資，天賦（=生れ付き、天性）

優れた資質の持主（天資聰穎的人）

資治通鑑〔名〕（中國史書）資治通鑑

資性〔名〕資質，天性，秉性（=生れ付き、天性）

資性温和である（秉性溫和）

恵まれた資性（得天獨厚的天資）

彼は資性明朗であって、且又勤勉である（他性情明朗而且勤奮）

資本〔名〕資本

資本の蓄積（資本的累積）

資本の輸出（資本的輸出）

資本を投じる（投資）

資本を増加する（增資）

資本を寝かせる（把資本閒置起來）

資本所得（資本收入）

資本支出（資本支出）

産業資本（產業資本）

金融資本（金融資本）

資本金（資本金）

資本家（資本家）

資本財（生產財）

資本論（資本論）

資本主義資本主義）

資本輸出（資本輸出）

資本凍結（資本凍結）

資本勘定（資本帳目）

資料〔名〕資料

信頼出来る資料（可靠的資料）

資料に使う（當資料用）

資料が不足している（資料缺乏）

資料室（資料室）

資料統計局（資料統計局）

資力〔名〕資力，財力（=財力）

資力の無い人（沒有財力的人）

資力が十分有る（有足夠的資金）

彼には其れを完成する丈の資力が無い（他沒有足夠完成那事的資本）

資力に物を言わせる（靠有錢辦事）

緇（ㄗ）

緇〔漢造〕黑色、和尚

緇衣、緇衣〔名〕黑色衣服、黑袈裟。〔轉〕僧

緇素〔名〕黑衣和白衣、僧侶和俗人

輜（ㄗ）

輜〔漢造〕有車衣的車子、軍需品

輜重〔名〕〔古〕（旅行人的）行李。〔軍〕輜重，軍需品

輜重隊（輜重隊）

輜重兵（輜重兵）

諮（ㄗ）

諮〔漢造〕訪問政事、商量詢問

諮議〔名〕諮議、諮詢

諮詢、咨詢〔名、他サ〕諮詢

諮詢機関（諮詢機關）

諮問〔名、他サ〕諮問、諮詢、諮議

諮問を応じる（回答諮詢）

文部大臣は国語審議会に諮問する（文部大臣諮問國語審議會）

諮問機関（諮詢機關）

諮る、計る〔他五〕諮詢、協商

内閣に諮る（向內閣諮詢）

案を会議に諮る（將方案交會議協商）

親に諮る（和父母商量）

計る、測る、量る〔他五〕丈量、測量、計量、推量

升で計る（用升量）

秤で計る（用秤稱）

物差で長さを計る（用尺量長度）

土地を計る（丈量土地）

山の高さを計る（測量山的高度）

利害得失を計る（權衡利害得失）

数を計る（計數）

相手の真意を計る（揣測對方的真意）

一寸話した丈ので、彼の人の気持を計る事が出来ない（只簡單地談了一下還揣摩不透他的心意）

己を以て人を計る（以己之心度人之腹）

図る、謀る〔他五〕圖謀，策劃、（常寫作謀る）謀算，欺騙、意料、謀求

事を謀るは人に在り（謀事在人−成事在天）

自己の利益を謀る（圖謀私利）

再起を謀る（企圖東山再起）

自殺を謀る（尋死）

殺害を謀る（謀殺）

旨く謀られた（被人巧騙）

人を謀って謀られる（想騙人反被人騙）

豈図らんや（孰料、沒想到）

国家の独立を謀る（謀求國家的獨立）

交通安全を図って道を広げる（為使交通安全而擴展道路）

髭（ㄗ）

髭（し）〔漢造〕生在嘴唇上的短鬚

髭、鬚、髯（ひげ）〔名〕鬍鬚、鬍子

髭を生やす（留鬍鬚）

髭を剃る（剃鬍鬚）

髭が有る（有鬍鬚）

髭が無い（沒有鬍鬚）

髭を撫でる（摸鬍子）

髭を捻る（捻鬍子）

山羊の髭は白い（山羊的鬍鬚白）

鯰 の髭（鯰魚的鬚）

髭の塵を払う（諂媚、奉承、拍馬屁）

御髭（おひげ）〔名〕（髭的鄭重說法）鬍子、有鬍子的人

御髭の塵を払う（諂媚、奉承、拍馬屁）

ちょび髭（ちょびひげ）〔名〕（鼻下的）一撮小鬍子

ちょび髭を生やす（留一撮小鬍子）

髭鯨類（ひげくじらるい）〔名〕〔動〕鬚鯨亞目

髭線（ひげせん）〔名〕鐵蒺藜

髭発条（ひげぜんまい）〔名〕（鐘錶，精密儀器的）細彈簧、游絲

髭剃り（ひげそり）〔名〕剃鬍子

髭剃りローション（刮臉化妝水）

髭剃り用クリーム（刮臉用面霜）

髭剃り道具一式（一套刮臉用具）

髭題目（ひげだいもく）〔名〕〔佛〕（用毛筆拉長撇，捺寫的）〝南無妙法蓮華經〞七個字

髭面（ひげづら）〔名〕〔俗〕鬍子臉、滿是鬍子的臉

髭面の大男（滿臉鬍子的彪形大漢）

髭面に似合わない気の弱い人（和滿臉鬍鬚不相稱的意志薄弱的人）

髭抜き（ひげぬき）〔名〕拔鬍子用的鑷子

髭根（ひげね）〔名〕（稻，麥等主根派生出來的）細根

鯔（ㄗ）

鯔（し）〔漢造〕硬骨魚名，體長側扁，產於江海內灣口

鯔（ぼら）〔名〕〔動〕鯔魚（生長在千島，北海道、形似海鱸）

鯔、胡獱、魹（とど）〔名〕〔動〕鯔魚的成魚

鯔（いな）〔名〕〔動〕鯔魚的幼魚

鯔背（いなせ）〔名、形動〕英俊、俊俏、豪邁－原義指江戶時代，日本橋魚市的，富有俠義氣概，頭上梳有〝鯔背銀杏〞形，髮髻的瀟灑青年

鯔背な風を為ている（打扮得英俊俏皮）

鯔背な兄い（俊俏的小伙子）

子、子、子、子、子（ㄗˇ）

子（し）〔名、漢造〕對孔子的尊稱、子女、子（地支第一位）、男子、子爵、小的東西、動物的卵、植物的果實、加在女子名下表示親暱、加在物品下

子曰く（子曰、孔子說）

伸子、簇（洗染時用張布架）

親子、親子、父子、母子、父娘、母娘（父母和子女）

臣子（臣子）

振子（鐘擺＝振り子）

父子（（父子）

母子（母子）

世子、世嗣（世子－古代皇帝，諸侯的嫡子）

精子（精子、精蟲）

実子（親生子）

嫡子（嫡子、嗣子）←→庶子

庶子（庶子、私生子）

養子（養子、繼子）

陽子(ようし)（質子）

長子(ちょうし)（長子）

次子(じし)（次子）

末子(まっし)（小兒子）

調子(ちょうし)（音調、腔調、格調、情況、做法）

銚子(ちょうし)（酒瓶）

丁子(ちょうじ)（丁香）

太子(たいし)（太子、皇太子）

王子(おうじ)、皇子(おうじ)（王子）

格子(こうし)（格子、方格）

孔子(こうし)（孔子）

公子(こうし)（公子、少爺）

孝子(こうし)（孝子）

光子(こうし)（光子）

女子(じょし)（女子、女孩）

男子(だんし)（男子、男孩）

遊子(ゆうし)（旅遊者、流浪者）

猶子(ゆうし)（養子、義子、甥，姪）

消息子(しょうそくし)（探針）

玄関子(げんかんし)（門房、門丁）

受付子(うけつけし)（傳達員）

妻子(さいし)（妻子、妻子和兒女=妻子(つまこ)）

君子(くんし)（君子）

夫子(ふうし)（夫子、先生、你我他、對儒家學者的尊稱）

孔夫子(こうふうし)（孔夫子）

諸子(しょし)（諸子－孔孟以外的思想家、諸位）

老子(ろうし)（老子）

韓非子(かんぴし)（韓非子）

荘子(そうじ)（莊子）

荀子(じゅんし)（荀子）

才子(さいし)（才子）

帽子(ぼうし)（帽子）

種子(しゅし)（種子）

骨子(こっし)（要點、要旨）

冊子(さっし)（冊子、本子）

刷子(さっし)（刷子、電刷）

障子(しょうじ)（拉門、拉窗）

楊子(ようじ)、楊枝(ようじ)（牙籤、牙刷）

原子(げんし)（原子）

黒子(こくし)（黑子）

黒子(くろこ)（歌舞伎出演者背後的輔佐員=黒具(くろぐ)）

黒子(ほくろ)（黑痣）

電子(でんし)（電子）

粒子(りゅうし)（粒子、微粒、質點）

中間子(ちゅうかんし)（介子）

微粒子(びりゅうし)（微粒子）

公侯伯子男(こうこうはくしなん)（公侯伯子男）

甲子(こうし)、甲子(かっし)、甲子(きのえね)（甲子－干支之最初、干支的總稱、年齡）

子音(しいん)、子音(しおん)〔名〕子音、輔音←→母音(ぼいん)、母音(ぼおん)

無声子音(むせいしいん)（無聲子音）

子音(しいん)を続(つづ)けて発音(はつおん)する（連續發輔音）

子院(しいん)、支院(しいん)〔名〕〔佛〕（屬於主寺的）支寺院

子芽(しが)〔名〕〔植〕胞芽、葉芽

子殻(しかく)〔名〕〔植〕果皮、外壁

子癇(しかん)〔名〕〔醫〕子癇

子癇(しかん)を起(お)こす（引起子癇）

子規(しき)、子規(ほととぎす)、時鳥(ほととぎす)、杜鵑(ほととぎす)、不如帰(ほととぎす)〔名〕〔動〕子規、杜鵑、杜宇、布穀

子宮(しきゅう)〔名〕〔解〕子宮

子宮頸(しきゅうけい)（子宮頸）

子宮内膜(しきゅうないまく)（子宮內膜）

子宮癌(しきゅうがん)（子宮癌）

子宮外妊娠(しきゅうがいにんしん)（子宮外孕）

子宮筋腫(しきゅうきんしゅ)（子宮肌瘤）

子午儀(しごぎ)〔名〕〔天〕子午儀、中星儀

子午線(しごせん)〔名〕〔天〕子午線、〔地〕經線

子午線通過(しごせんつうか)（中天）

子午面〔名〕〔天〕子午面

子座〔名〕〔生〕子座

子細、仔細〔名、形動〕緣故，理由、內情，詳情、障礙，妨礙

此れには子細が有るに違いない（這裡一定有個緣故）

子細が有って一時身を隠す（由於某種緣故暫不露面）

子細有り気な顔（有甚麼緣由的神情、若有所思的神情）

子細顔（像有什麼事似的臉色）

子細面（煞有其事的樣子、裝模作樣、裝蒜）

子細らしい（像有甚麼情況、像有什麼樣子、像全都明白的樣子、裝模作樣、煞有其事）

子細を語る（述說詳情）

子細を説明する（說明詳情）

彼は必ず子細を知っている（他一定知道詳情）

何の子細有る可きか（這有何妨？）

子細も有るまい（也不會有什麼妨礙）

子細に（詳細地、仔細地）

子細に点検する（仔細檢查）

子細に調べる（仔細調查）

子細に訳を話す（詳細述說緣由）

子細の解説が有る（有詳細說明）

子細に及ばす（無須多說）

子子孫孫〔名〕子子孫孫、世世代代

中日両国人民は子子孫孫友好的に付き合って行かねば為らない（中日兩國應該世世代代友好下去）

子子孫孫に伝える（世世代代傳下去）

子爵〔名〕子爵

加藤子爵（加藤子爵）

子爵に叙せられる（被封為子爵）

子女〔名〕子女、女兒

彼は子女の教育に熱心である（他對子女教育很熱心）

村の子女に裁縫を教える（教村里女孩子學裁縫）

良家の子女を嫁に貰う（娶良家女兒作媳婦）

子息〔名〕兒子（=倅、息子）

夫婦の間には二人の子息が有る（夫婦之間有兩個男孩）

御子息は大きくなられたでしょう（令郎已經長大了吧！）

子孫〔名〕子孫、後代、後裔

子孫に伝える（傳給子孫）

彼は茂さんの子孫だ（他是茂先生的子孫）

子弟〔名〕子弟，少年（=若者）、兒子和弟弟←→父兄

同郷の子弟（家鄉子弟）

良家の子弟（良家子弟）

子弟の教育に熱心な人（對子弟教育熱心的人）

此の学校には勤労大衆の子弟が集っている（這學校裡勞動人民子弟很多）

子嚢〔名〕〔植〕子囊、（羊齒類的）孢子囊

子嚢菌（子囊菌）

子嚢盤（子囊盤）

子嚢群（子囊群孢子堆）

子嚢胞子（子囊孢子）

子嚢果（子囊果）

子嚢殻（子囊殼）

子嚢地衣（子囊地衣）

子盤〔名〕〔生〕子囊下層、囊層基、下盤層

子柄〔名〕〔植〕分生孢子梗

子柄器（分生孢子器）

子房〔名〕〔植〕子房

子房柄（雌蕊柄）

子房中位（〔植〕周位式）

子房が受精して果実と為る（子房受精而成果實）

子夜〔名〕子夜－上午零時（或前後兩小時）（=真夜中）

子葉〔名〕〔植〕子葉

単子葉植物（單子葉植物）

子葉鞘（胚芽鞘）

子葉が出る（發出子葉）

子、児〔名〕子女←→親、小孩、女孩、妓女藝妓的別稱、（動物的）仔、（派生的）小東西、利息

〔接尾〕（構成女性名字）（往昔也用於男性名字）子

〔造語〕（表示處於特定情況下的人或物）人、東西

子を孕む（懷孕）

子を生む（生孩子）

子を養う（養育子女）

子無しで死ぬ（無後而終）

百姓の子（農民子女）

百姓の子（一般人民子女）

子が出来ない様に為る（避孕）

此の子は悪戯で困る（這孩子淘氣真為難）

中中良い子だ（真是個乖孩子）

彼の子は内のタイピストだ（這女孩是我們的打字員）

其処に良い子が居る（那裏有漂亮的藝妓）

犬の子（幼犬）

牛の子（牛犢）

虎の子（虎子）

魚の子（小魚）

子を持った魚（肚裡有子的魚）

芋の子（小芋頭）

竹の子、筍、笋（筍）

元も子も無くする（連本帶利全都賠光）

花子（花子、阿花）

秀子（秀子、阿秀）

売り子（售貨員）

振り子（〔鐘〕擺）

張り子（紙糊的東西）

江戸っ子（土生土長的東京人）

老いては子に従う（老來從子）

可愛い子には旅を為せよ（愛子要他經風雨見世面、對子女不可嬌生慣養）

子は（夫婦の）鎹（孩子是維繫夫婦感情的紐帶）

子は三界の首枷（子女是一輩子的累贅）

子故の闇（父母每都溺愛子女而失去理智）

子を見る事親に若かず（知子莫若父）

子を持って知る親の恩（養兒方知父母恩）

御子さん〔名〕令郎、令愛、您的孩子（=御子様）

御子様〔名〕令郎、令愛、您的孩子

根っ子〔名〕〔俗〕根、樁

根っ子共引抜く（連根拔掉）

松の根っ子に腰掛ける（坐在松樹根上）

柱の根っ子に縛り付ける（綑在柱子的底半截上）

子芋〔名〕小芋頭（=芋の子）

子芋の煮転がし（乾煮芋頭）

子牛、仔牛、犢〔名〕小牛、牛犢

雄の子牛（小公牛）

子牛を生む（生小牛）

子堕し〔名〕墮胎、打胎（=堕胎）

子飼い〔名〕從小培養、從小養大

子飼いの番頭（從小培養的店員）

子飼いの雀（從小養大的麻雀）

子会社〔名〕子公司←→親会社

子方〔名〕（戲劇等）童角、手下，部，下屬下（=手下、子分）←→親方

子株〔名〕〔植〕新株，小株。〔商〕新股（=新株）←→親株

子熊、仔熊、小熊〔名〕小熊

子元素〔名〕〔理〕子元素

子鹿〔名〕小鹿、幼鹿

子宝〔名〕寶貝孩子

一人の子宝が有る（有一個小寶貝）

未だ子宝に恵まれない（還沒有孩子）

子宝が欲しい（希望有個孩子）

子沢山〔名、形動〕子女多、多子女

子沢山の（な）夫婦（多子女的夫婦）

律義者の子沢山（規規矩矩的人孩子多）

子出し、子出〔名〕辭典中的小詞條←→親出し

子種〔名〕種子、精子、子孫

子種が無い（無後）

子種が欲しい（想要子嗣）

子時計〔名〕（子母電鐘的）子鐘

子供〔名〕兒童，小孩←→大人、自己的兒女、（動物的）仔，崽

子供が出来る（有孩子、懷孕）

子供が多い（孩子多）

子供を生む（生孩子）

子供が生まれる（孩子出生）

子供を学校へ上げる（送小孩上學）

子供の相手を為る（和孩子玩、哄小孩）

私の子供は三十歳に為る（我孩子已經三十歲了）

彼女は彼との間に美しい二人の子供を産んだ（她和他生了兩個漂亮的孩子）

子供の遊び（兒戲）

子供染みた遊び（兒戲）

子供預かり所（托兒所）

子供扱いに為る（當作孩子看待）

子供は正直（小孩不撒謊）

子供の教育（兒童教育）

子供の読み物（兒童讀物）

子供の時からの友達（從小的朋友）

子供の時覚えた事は生涯忘れない（小時候記住的事情一輩子也忘不掉）

子供は大人の話に口を出しては行けません（大人說話小孩不要插嘴）

蛙の子供（蝌蚪）

豚の子供（豬崽）

子供の根問い（小孩愛追根問底）

子供は風の子（孩子不怕冷〔愛在戶外玩〕）

子供っぽい（孩子氣、孩子一般、天真）

子供らしい（孩子氣、孩子一般、天真）

子供連れ（帶領孩子〔的父母〕）

子供向き（適合兒童、以兒童為對象）

子供心（孩子氣、童心）

子供時代（童年）

子供好き（喜愛小孩）

子供騙し（欺騙小孩、哄小孩的玩意、騙人的把戲、淺薄低劣的事物）

子取り〔名〕（遊戲）老鷹抓小雞

子中〔名〕有孩子的夫婦

子中を成す（夫婦有了孩子）

子福〔名〕多子女、兒女滿堂

子福者（多子女的人、兒女滿堂的人）

彼の人は子福者だ（他有很多子女）

子袋〔名〕〔俗〕子宮（=子宮）

子豚〔名〕小豬

子豚の丸焼き（烤乳豬）

子豚を産む（生小豬）

子分〔名〕義子，乾兒子。〔轉〕部下，黨羽，嘍囉←→親分

子分が多い（部下很多）

子分を集める（招集部下）

悪者のボスに仕える子分（給惡霸賣力的嘍囉）

親分子分の関係（師徒關係）

子偏〔名〕（漢字部首）子字旁

子煩悩（こぼんのう）〔名、形動〕為子女操心、溺愛子女、特別疼愛子女（的人）

子見出し（こみだし）〔名〕辭典中的小詞條←→親見出し

子持ち、子持（こもち）〔名〕懷孕、孕婦、有小孩（的女人）、大小成套的東西

子持ちの人は中中外出が出来ない（有孩子的輕易也出不了門）

此の魚は子持ちで中中美味い（這魚帶子很好吃）

子持ち箸（帶牙籤的筷子）

子持ち罫（〔印〕〔平行的〕粗細兩道線條）

子守（こもり）〔名〕看小孩（的人）、哄小孩（的人）

子守歌（搖籃曲、催眠曲）

子守歌を歌って子供を寝かす（唱搖籃曲哄孩子睡）

子役（こやく）〔名〕（電影，劇）兒童角色、童星

子役を勤める（扮演兒童角色）

子安（こやす）〔名〕（產婦的）安產。〔佛〕保佑安產的地藏菩薩（=子安地蔵、子安神）

子安の神（保佑安產的神）

子安神（保佑安產的神）

子安貝（子安貝－腹部似女性性器官，據說握之可保平保生產）

子別れ（こわかれ）〔名〕（父母）同子女生離

子（す）〔接尾〕接在某些漢語下面，無特別意義

金子（金錢、金銀）

扇子（扇子）

払子（拂塵－佛教法具之一）

様子（樣子、情景）

州、洲（す）〔名〕沙洲、沙灘

三角州、三角洲（三角洲=デルタ）

砂州、砂洲（沙洲）

州に乗り上げる（船擱淺）

川口近くに州が出来た（近河口處形成了沙灘）

州を離れる（船離開沙洲）

巣、窠、栖（す）〔名〕（蟲、魚、鳥、獸的）巢，穴，窩。〔轉〕巢穴，賊窩。〔轉〕家庭。（鑄件的）氣孔

鳥の巣（鳥巢）酢醋酸簾簀

蜘蛛が巣を掛ける（張る）（蜘蛛結網）

蜘蛛が巣に掛かる（蜘蛛結網）

蜂の巣（蜂窩）

巣を立つ（〔小鳥長成〕出飛、出窩、離巢）

巣に帰る（歸巢）

鳥が巣を作る（鳥作巢）

雌鳥が巣に付く（母雞孵卵）

悪の巣（賊窩）

彼の森は強盗の巣に為っている（那樹林是強盜的巢穴）

其処は丸で黴菌の巣だ（那裡簡直是細菌窩）

二人は彰化で愛の巣を営んで（構えて）いる（兩人在彰化建立了愛的小窩）

巣を構う（作巢，立家、設局，聚賭）

巣、鬆（す）〔名〕（蘿蔔，牛蒡，豆腐等的）空心洞、（鑄件的）氣孔

巣の通った大根（空了心的蘿蔔）

簾、簀（す）〔名〕（竹，葦等編的）粗蓆、簾子、（馬尾，鐵絲編的）細網眼，細孔篩子

竹の簀（竹蓆、竹簾）

葦簾（葦簾）

簀を掛ける（掛簾子）

簀を下ろす（放簾子）

簀を巻き上げる（捲簾子）

水嚢の簀（過濾網）

醋、酢、酸（す）〔名〕醋

料理に酢を利かせる（醋調味）

野菜を酢漬けに為る（醋漬青菜）

酢で揉む（醋拌）

酢で溶く（醋調）

酢が利いてない（醋少、不太酸）

酢が（利き）過ぎる（過份、過度、過火）

酢で（に）最低飲む（數叨缺點、貶斥）

酢でも蒟蒻でも（真難對付）

酢に当て粉に当て（遇事數叨）

酢に付け粉に付け（遇事數叨）

酢にも味噌にも文句を言う（連雞毛蒜皮的事也嘮叨）

酢の蒟蒻のと言う（說三道四、吹毛求疵）

酢を買う（乞う）（找麻煩、刺激、煽動）

酢を嗅ぐ（清醒過來）

酢を差す（向人挑戰、煽惑別人）

為〔自、他サ〕成為、發生、做（=為る）

素、素〔造語〕本來的，不加修飾的，不摻雜其他成分的、平凡的，沒有財勢地位的

〔接頭〕表示超越一般，超越常度

素顔（不施脂粉的臉）

素見（光看不買）

素手（赤手空拳）

素通り（過門不入）

素饂飩（陽春麵、素麵條）

素泊まり（只住宿不吃飯）

素焼き（素陶）

素町人（窮市民）

素ばしこい（非常敏捷）

素早い（非常快速）

水素（氫）

須〔漢造〕須要、〔佛〕片刻、梵語的譯音字

急須、急須（小茶壺）

急須に御湯を注ぐ（往茶壺裡倒開水）注ぐ告ぐ次ぐ継ぐ接ぐ注ぐ灌ぐ濯ぐ雪ぐ

急須と茶碗のセット（一套壺碗）

子〔名〕（地支第一位）子（=鼠）、子時（半夜十二點鐘或夜十一點鐘到翌晨一點鐘）、正北

子の年の生れ（鼠年出生）

子の刻（半夜十二點）

子の日（農曆正月第一個子日舉行的郊遊－採松枝摘嫩枝以祝長壽=子の日の遊び、子日郊遊所採的松枝=子の日の松）

子の星（北極星）

音〔名〕聲音、音響、樂音、音色（=音、声）、哭聲

鐘の音（鐘聲）

音が良い（音響好）

音が出る（有響、作聲）

何処からか笛の音が聞こえて来る（不知從哪裡傳來笛聲）

虫の音（蟲聲）

バイオリンの音に耳を傾ける（傾聽小提琴的聲音）

音を上げる（〔俗〕發出哀鳴、叫苦表示受不了、折服、服輸）上げる挙げる揚げる

仕事が多過ぎて音を上げる（工作太多叫苦連天）

ぐうの音（〔俗〕呼吸堵塞發出的哼聲）

ぐうの音も出ない（一聲不響、啞口無言）

根〔名〕（植物的）根、根底、根源、根據、根本

根が生える（生根）生える這える映える栄える

根が付く（生根）付く衝く突く附く就く着く尽く憑く衝く搗く吐く漬く

木には根が有り、水には源が有る（樹有根水有源）

根を下ろす（扎根）下ろす降ろす卸す

根を張る（扎根）張る貼る

根の無い木（無根之木）

根を掘る（刨根）掘る彫る

根を絶つ（除根、根除）絶つ断つ裁つ截つ立つ経つ建つ発つ起つ

其の考えが私の心に確り根を下ろした（那種想法在我心裡扎下了根）

根から抜く（連根拔起）抜く貫く貫く

根迄腐る（連根爛）

根が深い（根很深）

根が生えた様に突っ立っている（站在那裡一動不動）

山の根（山根）

耳の根（耳根）

腫物の根（腫瘤的根）

今回の危機は根が深い（這次危機的根源很深）

悪の根を絶つ（去掉壞根）

深く根を張っていた（根深蒂固）

根は正直物（本性正直）

根が御人好しなのだ（天生是個好人）

私は根からの商人ではない（我不是天生就是商人）商人商人商人

息の根を止める（結果性命、殺死）止める已める辞める病める止める留める

民主主義は未だ日本には根が付いていない（民主主義在日本尚未扎根）未だ未だ

根も葉も無い（毫無根據）

根を切る（根治、徹底革除）切る斬る伐る着る

歯の根が合わない（由於寒冷或恐懼發抖）合う逢う遭う遇う会う

値〔名〕值、價錢、價格、價值（=値、値段）

値が上がる（價錢漲）

値が下がる（價錢落）

値が高い（價錢貴）

値が安い（價錢便宜）

値が出る（價錢上漲）

値を決める（作價）

値を付ける（標價. 給價. 還價）

良い値に（で）売れる（能賣個好價錢）

値を踏む（估價）

値を聞く（問價）

千円と値が付いている（標價一千日元）

値が直る（行情回升）

値を競り上げる（抬高價錢）

値を上げる（抬價）

値を下げる（降價）

値丈の価値が有る（值那麼多錢）

値を探る（探聽價錢）

値を抑える（壓價）

其の値では元が切れます（這價錢虧本）

其は屹度良い値で売れるよ（那一定能賣個好價錢）

其は安い値で売却された（那以賤價處理了）

其の値では只みたいだ（那個價錢簡直像白送一樣）

寝〔名〕睡眠（=眠り、睡り、眠り、睡り）

寝が足りない（睡眠不足）

仔（ㄗˇ）

仔〔漢造〕擔任、細心、幼小的東西

仔細、子細〔名、形動〕緣故，理由、內情，詳情、障礙，妨礙

此れには仔細が有るに違いない（這裡一定有個緣故）

仔細が有って一時身を隠す（由於某種緣故暫不露面）

仔細有り気な顔（有甚麼緣由的神情）

仔細顔（像有什麼事似的臉色）

仔細を語る（述說詳情）

仔細を説明する（說明詳情）

彼は必ず仔細を知っている（他一定知道詳情）

何の仔細有る可きか（這有何妨？）

仔細も有るまい（也不會有什麼妨礙）

仔細に（詳細地、仔細地）

仔細に点検する（仔細檢查）

仔細に調べる（仔細調查）

仔細に訳を話す（詳細述說緣由）

仔細の解説が有る（有詳細說明）

仔細に及ばす（無須多說）

仔虫〔名〕幼蟲（=子虫）

仔熊、子熊、小熊〔名〕小熊

梓（ㄗˇ）

梓〔漢造〕落葉亞喬木，花淡黃微紫，實長尺餘，似豆莢，材堅耐用、故鄉、雕刻在木上、付印

梓〔名〕〔植〕梓，楸、印版（=版木）

梓弓（梓木弓）

梓に上す（付梓、出版）

紫（ㄗˇ）

紫〔漢造〕紫色

暗紫色（暗紫色）

千紫万紅（萬紫千紅）

紫衣、紫衣〔名〕（過去天皇賜給高僧的）紫袈裟

紫雲〔名〕紫雲祥雲－指佛乘坐的雲

紫雲英、紫雲英〔名〕〔植〕紫雲英（=蓮華草）

紫煙〔名〕（香菸的）煙

紫煙に煙る（滿屋煙氣瀰漫）

紫煙を燻らせる（香煙繚繞、噴雲吐霧）

紫苑〔名〕〔植〕紫苑

紫外線〔名〕〔理〕紫外線

紫外線写真（紫外線照像）

紫外線療法（紫外線療法）

紫禁〔名〕皇宮

紫禁城（紫禁城）

紫黒〔名〕紫黑色

紫根〔名〕紫草根（用作染料和藥材）

紫根色（紫根色）

紫根染め（用紫草根染色）

紫紺〔名〕青紫色

紫紺の袴（藍紫色和服裙褲）

紫女〔名〕（〝源氏物語〞作者）〝紫式部〞的別名

紫綬褒章〔名〕（授予在學術，藝術方面有發明創造者）紫綬獎章

紫宸殿、紫宸殿〔名〕（宮中正殿）紫宸殿（=南殿）

紫石英、紫石英〔名〕〔礦〕紫水晶（=紫水晶）

紫蘇〔名〕〔植〕紫蘇

紫蘇輝石（〔礦〕紫蘇輝石）

紫蘇輝岩（〔礦〕紫蘇岩、蘇長岩）

紫蘇糖（〔化〕紫蘇糖）

紫檀〔名〕〔植〕紫檀

紫檀塗（仿照紫檀顏色紋理的塗漆）

紫竹〔名〕紫竹、黑竹（=黒竹）

紫電〔名〕紫色電光、尖銳的目光、閃耀的刀光

紫電一閃、相手は其の場に倒れた（刀光一閃對手就倒在那裏了）

紫斑〔名〕〔醫〕紫斑

眼の回りに紫斑が出来ている（眼睛周圍生了紫斑）

紫斑熱（紫斑熱－馬病的一種）

紫斑病（紫斑病）

紫瘢〔名〕（傷癒遺留的）紫瘢

紫陽花、紫陽花〔名〕〔植〕八仙花、繡球花

紫蘭、白及〔名〕〔植〕白及

紫〔名〕紫，紫色、醬油的異稱、紫丁香的異稱、藥用紫草

彼の花は紫だ（那朵花是紫色的）

濃い紫の風呂敷で本を包む（用深紫色的包袱皮包書）

夕方に為ると、遠く山が紫に見える（傍晚時遠處的山呈現紫色）

何卒紫を掛けて召し上がって下さい（請放點醬油吃吧！）

一寸紫を取って下さい（請遞給我醬油）

もし紫を付けて食べたらもっと美味しくなるでしょう（要是蘸醬油吃就更好吃了吧！）

紫色〔名〕紫色

紫色の朝顔が一面に咲いた（牽牛花開了一片）

怒りで顔が紫色に為った（氣得臉色發紫）

青紫色（紫羅蘭色）

紫式部〔名〕〔植〕紫珠、紫式部－〝源氏物語〞的作者，平安中期的女文學家

紫水晶〔名〕〔礦〕紫水晶（=紫石英、紫石英）

紫草〔名〕〔植〕藥用紫草（=紫）

紫立つ〔自五〕呈紫色、帶紫色

紫丁香花〔名〕〔植〕紫丁香（=リラ、ライラック）

紫露草〔名〕〔植〕紫鴨跖草

紫萁、薇〔名〕〔植〕紫萁、薇

紫萁蕨（薇的別稱）

発条、発条, 撥条、発条, 撥条〔名、他サ〕發條、彈簧

渦巻き発条　盤簧

　発条　細彈簧

発条仕掛けの玩具　帶發條裝置的玩具

玩具玩具

発条を巻く　擰緊發條　巻く捲く播く撒く蒔く

発条が切れた　發條斷了

発条が緩んで止まる　弦　了

発条秤　彈簧秤

発条秤　彈簧秤

螺旋発条　螺旋彈簧

発条が効かなくなった　彈簧不　了

発条　　彈簧

発条調　機　彈簧調　器

発条扉　　j

発条の良い足　有彈力的腿

足の発条を効かせて　く跳び上がる　利用腳的彈力跳

年を取ったが歩き方に未だ未だ大変発条が有る　　然上了年紀但步伐　很　快

滓（ㄗˇ）

滓〔漢造〕物體的渣滓

滓〔名〕（液體的）沉澱物，渣滓（=澱）。〔轉〕糟粕，無用的東西

茶の滓（茶滓）

滓を除く（去掉渣滓）

残り滓（殘渣）

人間の滓（人類的渣滓）

粕、糟〔名〕酒糟（=酒糟、酒粕）

人間の糟（人類的糟粕、卑鄙的人）

糟を食う（受人責備－主要用於劇團）

酒の糟（酒糟）

豆（の）糟（豆餅=豆粕）

糟漬け、糟漬（酒糟醃的鹹菜）

糟粕〔名〕糟粕、剩餘的無用物

古人の糟粕を嘗める（吮古人糟粕、步前人後塵）

字（ㄗˋ）

字〔名〕字，文字，漢字、字體，筆跡、別名，綽號（=字）

字が書けない（不會寫字）

字を書く（寫字）

字を崩す（寫草字）

字が上手だ（字寫得好）

字は明瞭に書いて下さい（字跡請寫清楚）

文字、文字（文字、字跡、字數）

一字（一個字）

細字、細字（小字）

漢字（漢字）

正字（正體字）

俗字（俗字、白字）

略字（簡化字）

古字（古字）

写字（繕寫、抄寫）

斜字（斜體字）

識字（識字）

解字（解字）

活字（活字、鉛字）

誤字（錯字）

数字（數字、數個文字）

脱字（漏字、掉字）

ローマ字（羅馬字）

やの字〔名〕〝や〞字形結－女子腰帶繫結法（=やの字結び）

縦やの字（縱式〝や〞字形結）

字余り〔名〕（和歌，俳句的音數）多於規定音數

字余りの俳句（音多的俳句）

字余りも字足らずも許される（既可以多音也可以少音）

字彙〔名〕字匯、字典（=字引）

字音〔名〕（日文中的）漢字讀音（有古音、呉音、漢音、唐音等）←→字訓

字音仮名遣（漢字假名標音法）

字解〔名、他サ〕文字的解釋、漢字的解釋

字画〔名〕（漢字的）筆畫

字画で字引を引く（按筆畫查字典）

字画を数える（數筆畫）

字画を正しく書く（把筆畫寫準）

字格〔名〕書寫漢字的規格

字学〔名〕字學

字間〔名〕字和字的間隔

字間を空けて書く（留開空檔寫）

字義〔名〕字義

字義通りに解釈する（照字義解釋）

字義を明らかに為る（弄清字義）

字義を誤って解釈しては行けない（不要誤解字義）

字句〔名〕字句

字句を修正する（修改字句）

字句の配置が良い（措詞得當）

字句の通り解釈する（照字句解釋）

翻訳を為るには無闇に原文の字句に拘泥するな（翻譯時不要過分拘泥於原文字句）

字配り、字配〔名〕字的排列

一つ一つの字は良いが字配りが悪い（每個字都寫得很好就是排列得不好）

字訓〔名〕漢字的訓讀←→字音

山の字訓は〝やま〞で、字音は〝さん〞です（山的訓讀是〝やま〞、音讀是〝さん〞）

字形〔名〕字形

くの字形〔名〕〝く〞字形、彎鉤狀

U字形〔名〕U字型

U字形管（U字型管）

U字形ボルト（U字型螺栓）

字消し〔名〕橡皮擦（=消しゴム）

プラスチック字消し（塑膠橡皮擦）

字源〔名〕字源

字下がり〔名〕（印刷或寫字）縮進一格

字下がりに為る（縮格排版〔書寫〕）

字下げ〔名〕〔印〕（自行）縮排

字下げ無し（沒有縮排）

字書〔名〕（漢字）字典（=字典）、詞典（=辞書）

字数〔名〕字數

字体〔名〕字體、字形

字体を楷書に為る（字體定為楷書）

見出しの字体はゴシックが良い（標體的字體以黑體字為好）

字突き〔名〕（初學者讀書用的）指出書中文字的木棍或竹片（=字指し）

字詰め、字詰〔名〕（稿紙，印刷品一行或一頁中的）字數、字的排列（方法）

四百字詰めの原稿用紙（四百字的稿紙）

字面〔名〕文字或鉛字的排列（情況）字面

字面が悪い（版面不好看）

此の二つの漢字を並べて書いては字面が悪い（這兩個漢字連著寫不好看）

字面丈から解釈すれば、然う言う意味は無い（單從字面上講沒有那個意思）

字面〔名〕字面、字的表面（=字面）

本の字面が汚い（書的字面髒）

字面丈で判断する（僅從字面上判斷）

字典〔名〕字典（=字引）

字典を引く（查字典）

字謎〔名〕（利用漢字偏旁編的）字謎

字並び〔名〕（血或印的）字的排列方法

字引、字引き〔名〕〔俗〕字典、辭典

字引を引く（查字典）

生字引（活字典）

字引学問（一知半解的學問、廣泛而膚淺的學問）

字引と首っ引き（手把著字典一字一查）

字引と首っ引きで中国語に訳す（手把著字典譯成中文）

字母〔名〕字母（=アルファベット）、（鑄字的）字形

字母を作る（造字形）

字幕〔名〕（電影）字幕（=タイトル）

意匠字幕（藝術字幕）

説明字幕（解說字幕）

字林〔名〕解說漢字讀法和意義的書（=字書）

字〔名〕字（閭）（町，村內的小區域名，有"大字""小字"）

中野村字吉田１００番地（中野村吉田閭100號）

字〔名〕別名，綽號（=綽名、渾名）、字（閭）－町，村內的小區域名（=字）

痣〔名〕痣、（被打出來的）青斑，紫斑，紅斑

顔に痣が有る（臉上有痣）

赤い痣（紅痣）

黒い痣（黑痣）

全身痣だらけに為る（全身青一塊紫一塊）

痣が出来る程酷く殴る（打得身上青一塊紫一塊）

殴られて目の周りに痣が出来ている（被打得眼圈發青）

自、自（ㄗ丶）

自〔漢造〕自，從、自己、親自、隨便

各自（各自）

独自（獨自、個人）

自ずから、自ら〔副〕自然而然地（=自然に、独りでに）

自ら明らかな事実（自明的事實）

自ら道理に適う物（天然是合理的）

時節が来れば花は自ら咲く（季節來到花自然就開）

戦功を立てた英雄に対しては自ら尊敬の念が生ずる（對戰鬥英雄自然起尊敬之念）

美しい思想は自ら詩に為る（美好的思想自然成詩）

自ずと、自と〔副〕自然而然地（=自ずから、自ら）

其れは自と分かって来る（那自然會弄明白）

悪い事を為ると自と知れる物だ（做壞事自然會被發覺的）

自ら、躬ら〔代〕我、本人（江戶時代身分高的婦女自稱）

〔名〕自己

〔副〕親身、親自

自ら手を下す（親自動手）

自らを厳しく律する（嚴以律己）

自ら過ちを認める（自己認錯）

自ら名乗る（自我介紹）

自らの力で問題を解決する（用自己的力量解決問題）

自らを良く省みる（反躬自問）

自ら進んで献血する（主動捐血）

自らの力で成し遂げた（以自己的力量來完成）

彼は自ら望んでアフリカに行った（他自願去了非洲）

自愛〔名、自サ〕保重、自愛，自重、自私自利

御自愛を祈ります（請您保重身體）

何卒御自愛下さい（請您保重身體）

自愛主義（利己主義）

自慰〔名、自サ〕自慰，自我安慰、手淫（=オナニー）

現状で満足だと自慰する（以滿足現狀而自慰）

自意識〔名〕〔心〕自我意識、個性

自意識が強過ぎると行動し難くなる（個性過強的話行動就受阻）

自意識を発達させる（發揮個性）

自意識過剰（自我過強、固執）

自営〔名、他サ〕獨資經營，獨自經營，獨立經營、獨自生活

自営で商売を為る（獨資經商）

飲食店を自営する（獨自經營飲食店）

此の地方は自営の農民が多い（這個地方自耕農多）

自営業者（獨自經營者）

自営発電所（自設發電所）

自衛〔名、他サ〕自衛

自衛の反撃（自衛反擊）

自衛の道を講ずる（想法自衛）

自衛する力の無い国（沒有自衛能力的國家）

自衛上已むを得ない措置（為了自衛迫不得已的措施）

自衛の為の戦闘（自衛戰）

自衛軍（自衛軍）

自衛手段（自衛措施）

自衛官（自衛隊軍官）

自衛権（自衛權）

自衛隊（自衛隊－二次大戰後日本國防軍、包括陸上自衛隊，海上自衛隊，航空自衛隊）

自衛艦（自衛艦艇、海上自衛隊的艦艇）

自衛本能（自衛本能）

自演〔名、他サ〕自演

自作自演（自作自演）

自火〔名〕由自己的家起的火

自火に由って損害を蒙る（由於自家起火而受損失）

自家〔名〕自己的家、自我，自己

自家製の御茶（自家製的茶葉）

自家耕作地（自留地）

自家の用に立てる（作為自用）

自家用（自用、自用車）

自家製（自己製作）

自家広告（自我宣傳、自我吹噓）

自家移植（自身修補術自身成形術）

自家営業（自行營業）、

自家撞着（自相矛盾）

自家用車（私人汽車）

自家本位（自我本位、自我中心、自私自利）

自家不稔（自花不稔）

自家中毒（自體中毒）

自家生殖（自花受精）

自家受粉（自花受粉）

自家受精（自體受精）

自家感染（自體傳染）

自家発電（自備電源）

自家保険（企業內部保險）

自家不和合（〔植〕自交不親和）

自家薬籠中の物（我的囊中物、我的掌中物）

自我〔名〕自我，自己、（哲）自我，意識主體（=エゴ）←→非我

自我を没却する（抹殺自我、犧牲自己）

自我を押し通す（固執己見）

自我の強い人（個性強的人）

自我意識（自我意識）

自画〔名〕自己畫畫、自己畫的畫

自画像（自畫像）

自画自賛、自画自讃（自己畫的畫自己題字、自賣自誇，自我吹噓）

自戒〔名、自サ〕自我警惕

今後此の様な事の無い様自戒する事（希望今後要自戒不再發生這類的事）

業者側で自粛自戒する事に為った（決定由工商業者自律自戒）

自壊〔名、自サ〕自己崩潰自然瓦解

内閣は自壊するだ、ろう（內閣將自然垮台）

自壊作用を起こす（引起自我崩潰的作用）

自害〔名、自サ〕自殺

短刀で自害する（用短刀自殺）

自覚〔名、他サ〕自覺、自知。〔佛〕醒悟←→他覚

自分の欠点を自覚する（自覺到自己的缺點）

自分の努力が足りない事を自覚している（自知自己的努力不夠）

責任を自覚して努力する（自覺到自己的責任而努力）

政治的自覚（政治覺悟）

人民の自覚を促す（促進人民的醒悟）

学生と為ての自覚が足りない（缺乏作為一個學生的自覺）

自覚的規律（自覺的紀律）

自覚水準（覺悟程度）

自覚症状（自覺症狀）

自学〔名、自サ〕自學

自学自習（自學自習）

自活〔名、自サ〕自己謀生、獨立生活

音楽で自活する（靠音樂自己謀生）

自活の道を求める（尋求自己謀生之道）

父が死んだので此れから自活して行かねば為らない（由於父親去世了今後必須自己謀生）

自記〔名、他サ〕自己書寫、自動記錄

住所氏名は自記して下さい（請自己寫上住址姓名）

自記温度高度計（自記式溫度高度兩用計）

自記回転計（自記轉數表）

自記計器（自記儀表）

自記磁束計（自記磁通計）

自記電力計（自記瓦特計）

自記装置（自記裝置）

自棄〔名〕自棄

自棄に為る（變得自暴自棄）

自暴自棄（自暴自棄）

自棄〔名、形動〕自暴自棄（=自棄糞、捨鉢）

斯うなりゃ自棄だ（這麼一來我就豁出去了）

落第が原因で自棄を起こす（因沒考上而自暴自棄）

仕事が旨く行かないので自棄に為る（由於工作不順利而自暴自棄）

自棄のやん八（自暴自棄）

其れじゃ丸で自棄のやん八じゃないか（那不簡直是自暴自棄嗎？）

自棄糞、焼糞（自暴自棄）

自棄酒（〔自暴自棄時喝的〕悶酒）

自棄腹、焼腹（〔因事不如意而〕發脾氣=自棄っ腹）

自棄っ腹（〔因自暴自棄而〕耍脾氣）

自棄っぱち（自暴自棄－自棄＋捨鉢構成，自棄的強調=捨鉢）

自棄飲み（自暴自棄地喝酒、喝悶酒、賭氣喝酒=自棄酒）

自暴自棄〔名、形動〕自暴自棄（=破れかぶれ、自棄）

失敗の結果自暴自棄に陥った（由於失敗而自暴自棄了）

自暴自棄に為る（自暴自棄）

自暴食〔名〕因自暴自棄而大吃大喝

自虐〔名〕自己虐待自己、自我折磨

君はそんなに自虐的に為らなくでも良い（你不要太虐待自己）

自虐的性格（自己虐待自己的性格）

自救〔名、自サ〕〔法〕自救

自救権（自救權）

自救行為（自救行為）

自給〔名、他サ〕自給

食糧の自給が略出来る様に為った（糧食大致能自給了）

自給して尚余裕が有る（自給有餘）

自給肥料（農家自己生產的肥料－如糞尿、堆肥等）

自給自足（自給自足=アウタルキー）

自給経済主義（經濟自給自足主義、經濟閉關自守主義）

自吸式〔名〕自吸式

自吸式万年筆（自吸式鋼筆）

自吸式遠心ポンプ（自吸離心抽水機）

自供〔名、自サ〕〔法〕自供、招供、口供←→黙秘

共犯者の自供に由って捜査を始める（根據同伙的口供開始搜查）

本人が自供した通りの場所で凶器が発見された（在本人所供那個地方發現了凶器）

自供書（自供狀、供詞）

自矜〔名〕自傲

自彊〔名〕自強

自彊息まず（自強不息）

自彊の策を講じる（採取自強之策）

自彊術（健身法）

自行〔名〕自我修行、自己修行

自玉〔名〕〔象棋〕己方的王將

自軍〔名〕我軍、友軍

自形〔名〕〔地〕自形

自剄〔名、自サ〕自刎（=自刎）

自敬〔名〕自尊

自警〔名、自サ〕自警，自戒、自衛、自力警備，自力戒備

自警の句（自警之句）

大震災の時は各所で自警団が組織された（大震災時各地組織了自衛團）

自警団（自衛團）

自決〔名、自サ〕自決，自己決定、辭職、（引咎）自殺

民族自決の運動（民族自決運動）

人に自決を迫る（促す）（迫令辭職）

責任を取って自決する（引咎自殺）

自決権（自決權）

自己〔名〕自己、自我（=己、自分）

自己を省みる（自我反省）

其れは自己を知らざるが為である（那是由於不自知）

自己防衛に連発ピストルを使用する（為了自衛而使用連發手槍）

自己反省（自我反省）

自己解剖（（自我解剖）

自己暴露（自我暴露）

自己防衛（自衛）

自己犠牲（自我犧牲）

自己教育（自我教育）

自己矛盾（自我矛盾）

自己弁解（自我辯解）

自己表現（自我表現）

自己沈潜（主觀內省）

自己流（自己獨特的作風〔風格、作法〕）

自己株（本公司的股票=自社株）

自己暗示（自我暗示）

自己欺瞞（自己欺騙自己）

自己運動（〔哲〕〔事物內部的〕自我運動）

自己嫌悪（自我憎惡）

自己催眠（〔醫、心〕自我催眠）

自己免疫（〔生〕自身免疫）

自己誘導（〔電〕自感應）

自己分解（〔醫〕自體分解）

自己否定（〔哲〕自我否定）

自己弁護（自我辯護、自我辯解）

自己批判（自我批判、自我檢討）

自己保存（自我保存）

自己満足（自我滿足、自滿）

自己陶酔（自我陶醉）

自己中心（自我本位）

自己主義（個人主義、利己主義）

自己宣伝（自我宣傳、自我吹噓）

自己紹介（自我介紹）

自己疎外（〔哲〕自我疏遠、人格商品化）

自己資本（自己資本）←→他人資本

自己堕胎（自己墮胎）←→同意堕胎

自己受容器（〔動〕固有感受器、本體感受器）

自己摂受体（〔動〕固有感受器、本體感受器=自己受容器）

自小作〔名〕自耕兼佃耕、自耕農兼佃農、自耕農和佃農

自後、爾後〔名〕以後、今後（=以後、其の後、今後）

自後数年彼と会う機会が無かった（從那以後好幾年沒有機會和他見面）

自校〔名〕我校、本校、自己的學校←→他校

自航試験〔名〕〔船〕自航試驗

自業自得〔名〕〔佛〕自作自受、自食其果、咎由自取

彼が斯う為ったのも自業自得だ（他落得這個樣子也是咎由自取）

此れは自業自得さ（這可是你自找的啊！）

自業自得の報いを受ける（自找苦吃）

自業自得の結果を招く（自食其果）

自業自得だと諦める（自認倒霉）

自業自縛〔名〕〔佛〕自作自受、自食其果、咎由自取（=自業自得）

自縄自縛〔名〕作繭自縛、自作自受（=自業自縛、自業自得）

自縄自縛に陥る（陷於作繭自縛的境地）

彼は(が)そんな事を為れば自縄自縛に為る（他要幹那種事的話就要自吃其苦）

自国〔名〕本國

自国の人人（本國的人們）

自国の利益を図る（謀求本國的利益）

自国製の商品（國產品）

自国（の）資源保護（保護本國資源）

自国語（本國語言）

自今、爾今〔名、副〕今後、以後

自今プールの使用は午後三時迄と為る（今後游泳池開放到下午三點）

自今注意せよ（今後務須注意）

自今以後（今後）

自差〔名〕〔理〕偏向、偏差

自差表（偏向表）

自裁〔名、自サ〕自殺（=自殺）

自殺〔名、自サ〕自殺、自盡←→他殺

自殺を企てる（企圖自殺）

投身自殺する（跳河〔火山口〕自殺）

入水自殺（投水自殺）

首を括って自殺する（上吊自殺）

ㄗ

飛び降り自殺する（跳樓自殺）

井戸に飛び込み自殺する（跳井自殺）

鉄道自殺を為る（臥軌自殺）

毒を飲んで自殺する（服毒自殺）

自殺未遂（自殺未遂）

自殺的（自殺的、自殺性的）

自刃〔名、自サ〕（用刀，劍）自殺

生き残った将兵も皆自刃した（沒有戰死的官兵也都自殺了）

自刎〔名、自サ〕自刎

自尽〔名、自サ〕自盡、自殺

主君の後を追って自尽する（追隨逝世的主君而自殺）

自在〔名、形動〕自如，自由自在、可自由伸縮的吊鉤（=自在鉤）

伸縮自在である（伸縮自如）

自在の（な）筆法で描く（用自如的筆法描寫）

部下を自由自在に指揮する（隨意指揮部下）

自在に対応する（應付自如）

自由自在に馬に乗る（自由自在地騎馬）

彼は込み入って機械を自在に操る（他運用自如地操縱複雜的機器）

自在画（〔不用規，尺等的〕徒手畫）←→用器画

自在鉤（〔爐，灶上用於吊鍋，壺等〕可伸縮的吊勾）

自在継手（〔機〕萬向接頭）

自在スパナ（〔機〕活扳手）

自作〔名、他サ〕自製（品）、自己寫作（的作品）、自耕、自耕農←→小作

自作の物（自製的東西）

自作の詩に作曲する（為自己作的詩譜曲）

自作の詩を朗読する（朗讀自己寫的詩）

自作自演（自編自演）

自作の馬鈴薯（自己種的馬鈴薯）

自作農（自耕農）←→小作農（佃農）

自賛、自讃〔名、自サ〕自畫自讚、自誇，自我吹噓（=手前味噌）

此れは彼自らが描いて自賛した物だ（這是他自畫自題的）

自ら自賛する（自我吹噓）

新聞に自賛の広告を出す（在報紙上登吹噓自己的廣告）

自恣〔名〕自恣，恣意（=気儘、我儘）。〔佛〕（在〝夏安居〞最後一天）參加的眾僧相互懺悔

自恃〔名、自サ〕自負、自己信賴自己

自恃心の有る人（有自負心的人）

自失〔名、自サ〕自失

茫然自失する（茫然自失）

予測もし無かった変動の為自失して仕舞った（由於意外的變動而呆然自失）

自室〔名〕自己的房間

自室に閉じ籠る（關在自己屋子裡）

自若〔形動〕泰然、沉著、鎮靜

泰然自若（泰然自若）

自若たる態度（泰然自若的態度）

彼は危険に臨んで如何にも自若と為ている（他在危險面前非常鎮靜）

自主〔名〕自主←→従属

自主の精神（自主的精神）

輸出量を自主規制する（主動限制出口數量）

生徒は先生に頼らないでもっと自主性を持つ可きだ（學生應該不靠老師而具有更多自主性）

自主独立の精神を養う（培養獨立自主的精神）

自主独立（獨立自主）

自主的（自主的、自覺的、獨立自主的）

自主権（自主權、自治權）

自主防衛（自主防衛）

自首〔名、自サ〕〔法〕自首

犯人は警察署に自首する（犯人到警察局自首）

自首減免（因自首而減刑）

自宗〔名〕〔宗〕本宗派←→他宗

自修〔名、他サ〕自修、自學（=独学）

先生に付かず自修する（無師自學）

自習〔名、他サ〕自習、自學

家で自習する（在家自習）

先生が御休みなので此の時間は自習を行う（因為老師請假這節課自習）

自習時間（自習時間）

自重〔名〕（機器，車輛等）自重

自重三十二噸の機械（自重三十二噸的機器）

自重〔名、自サ〕自重、自愛、保重、慎重

将来の事を考えて大いに自重する（考慮到將來要特別自愛）

前途有望の君だ、大いに自重し給え（你是個前途有為的人要特別自愛）

我我は今後一層自重し無ければ為らない（我們今後必須更加慎重）

呉呉も自重して下さい（請格外保重）

御自重の程祈り上げます（請多保重）

自粛〔名、自サ〕自己克制、自我約束、自慎

無駄遣いを自粛し為さい（自己約束不要浪費）

料理屋は自粛して、夜中の営業を止めた（飯店主動約束自己停止夜間營業）

映画界は自粛の態度を示している（電影界主動表示克制的態度）

自粛自戒（自慎自戒）

自書〔名、他サ〕自己書寫（的東西）（=自筆）

自書した原稿（自己寫的原稿）

自署〔名、自サ〕自己簽名（的東西）

本人が自署した願書（本人親自簽名的申請書）

自如〔名〕自若、坦然（=自若）

自序〔名〕自序

巻頭に著者の自序が有る（卷首有著者的自序）

自助〔名〕自助

自助の精神（自助精神）

自助具（自助器具－幫助殘障人士擴大自力生活範圍的器物）

自叙〔名〕自敘、自述

自らの伝を自叙する（自述自傳）

自叙体（自敘體）

自叙伝（自傳）

自性〔名〕〔佛〕本性、真性、法性

自称〔名、自サ〕自稱、自封。〔語法〕第一人稱

日本一の力持ちと自称する（自稱是日本首屈一指的大力士）

元社長と自称する男（自稱前總經理的人）

自称詩人（自稱詩人）

自称代名詞（第一人稱代名詞）

自証〔名、自他サ〕自己證明。〔佛〕自徹自悟

自照〔名〕自省、自察、自我寫造

徒然草は吉田兼好自照の文学である（徒然草是吉田兼好寫造自己的文學作品）

自照計器（〔電〕照明度盤式儀器）

自照文学（反映自己的文學－指日記，隨筆等）

自乗、二乗〔名、他サ〕自乘、平方

五の自乗は二十五（五的平方是二十五）

自乗冪（自乘冪、二次冪）

自乗根（平方根、二次根）

自浄〔名、自サ〕（河海等）自淨

自浄作用（自淨作用）

自浄能力（自淨能力）

自触反応〔名〕〔化〕自動催化反應

自触媒現象〔名〕〔化〕自動催化現象）

自身〔名〕本身、自己、本人

働く事其れ自身が快楽を伴う物だ（勞動本身就帶有快樂）

機械自身が記憶する装置（機器本身記憶的裝置）

僕自身が悪かったのです（是我自己錯了）

計画自身は非難の余地が無い（計劃本身無可非議）

彼は自身で遣って来た（他自己來了）

其れは君自身で決め無ければ行けない（那一定要你自己決定）

自身番（〔江戸時代在江戸各處設置的〕警備所）

自信〔名〕自信、信心

自信満満（たっぷり）である（充滿自信、滿懷信心）

彼は自信満満と為ている（他充滿信心）

彼女は迚も自信有り気だ（她好像信心十足似的）

自信無げに（毫無信心地）

勝つ（勝てる）自信が有る（有獲勝的信心）

自信が崩れた（喪失した）（喪失了信心）

自信が付いた（有了信心）

自信が生れた（產生了信心）

自信の強い人（自信心強的人）

自信に満ちた態度（話し振り）（充滿信心的態度〔說法〕）

彼は最近すっかり自信を失っているらしい（他最近好像完全喪失了信心）

自信を持たせる（使有信心、打氣、鼓勁）

事業を持って自信を為る（滿懷信心地做事業）

自伸性〔名〕〔植〕自養

自陣〔名〕自己陣營、自己的陣地

自炊〔名、自サ〕自炊、自己做飯

自炊生活を為る（過自己做飯的生活）

友達の家に下宿して自炊している（住在朋友家裡自己做飯）

下宿で自炊する事も出来る（在公寓裡也可以自己做飯）

自炊学生（自炊的學生）

自生〔名、自サ〕自然生長、野生

山野に自生する草木（山野中自生的草木）

自生植物（野生植物）

自制〔名、他サ〕自制、自己克制

自制の気持が起こる（產生自制的心情）

自制心の強い人（自制心很強的人）

自制して正しく生きる（克制自己規規矩矩地生活）

自制が出来ない（不能自制）

自制力（自制力）

自省〔名、自サ〕自省、反省

深く自省する（深刻自省）

彼は自省の念が強い（他頗有自我反省的意思）

自製〔名、他サ〕自製、自己製造

此れは自製のラジオだ（這是自製的收音機）

工夫して本棚を自製する（動腦筋自己製造書架）

自製人名簿（自製人名簿）

自席〔名〕自己的席位

一議員は自席から外務大臣に質問した（一位議員在自己的席位向外務大臣提出質問）

自席を離れない様に為て下さい（請不要離開自己的座位）

自責〔名、自サ〕自責、自咎

自責の念に駆られる（苦しむ）（受到良心苛責）

自責の気持を持つ（有自責心情有反悔之意）

自責点（〔棒球〕由於投手失誤而使對方得分）

自切〔名〕〔動〕（蜥蜴等被捕捉時的）自己切斷（尾巴）

自説〔名〕己見

自説を固執する（固執己見）

彼は中中自説を曲げない（他輕易不改變自己的意見）

自説を改める（改變自己意見）

自説を人に押し付ける（把己見強加於人）

自選〔名、自他サ〕自選、自己選擇、自己選舉自己

自選投票（自選投票）

候補者は自選するのが普通だ（候選人自己選舉自己是很普通的）

自選詩集（自選詩集）

自撰〔名、自サ〕自撰

自薦〔名、自サ〕自己推薦←→他薦

自訴〔名、自サ〕自首

自走〔名、自サ〕自動

自走砲（自動砲牽引砲）

自走式（自動式）

自像〔名〕自己的（雕塑）胸像

自蔵〔名、自サ〕自己收藏、（機械）內藏，內裝

アンテナ自蔵（天線內裝）

自蔵計器（〔電〕整裝儀表）

自足〔名、自サ〕自給自足、知足，自己滿意

自給自足（自給自足）

農業生産の為の肥料は自足状態に在る（供給農業生產的肥料處於自給自足狀態）

工業は未だ自足の域に達しない（工業還不能自給自足）

此の頃の僕は全く自足している（近來我很感到知足）

自剃り〔名、他サ〕自剃（鬍鬚，頭髮等）

弟子持たぬ坊主は髪を自剃りした（無徒和尚自剃髮）

自存〔名、自サ〕自己生存、自立生存

自立自存（獨立自存）

自尊〔名〕自尊，自重、自尊自大，尊大

独立自尊（獨立自尊）

自尊の念が強い（自尊心強）

自尊心（自尊心）

自遜〔名〕自謙

自他〔名〕自己和他人、〔語法〕自動和他動

自他の関係（自己和他人的關係）

自他の区別を明らかに為る（分清自己和別人）

彼の権威は自他共に許す所である（他的權威是所有人所公認的）

動詞の自他の区別（動詞的自動和他動的區別）

自堕落〔名、形動〕懶散、放蕩、墮落、潦倒、邋遢

自堕落な人（潦倒的人）

自堕落な生活を送る（過墮落的生活）

自堕落に暮す（懶散地度日）

自体〔名、副〕自己身體、原來，究竟

自体の重みが有る上に（除自己的體重外再加上）

自体御前の態度が良くない（說起來是你的態度不好）

自体、此れは如何したのだ（究竟這是怎麼回事？）

自体如何言う事に為るのか（究竟會怎樣呢？）

自大〔名〕自大、尊大

夜郎自大（夜郎自大）

自宅〔名〕自己的住宅

自宅に監禁されている（被關在家裡）

会社は日本橋で、自宅は鎌倉です（公司在日本橋家在鎌倉）

自宅内職（家庭副業）

自宅療養（在家裡療養）

自宅教授（自宅教學）

ア

自治〔名〕自治

地方自治（地方自治）

自治の精神を養う（培養自治精神）

自治制を敷く（施行自治制度）

完全な自治を有する国（享有完全自治的國家）

自治省（自治省）

自治相（自治相、自治大臣）

自治領（自治領）

自治殖民地（自治殖民地）

自治会（自治會）

自治体（自治團體）

自治制（自治制）

自治権（自治權）

自治区（自治區）

自治団体（自治團體）

自知〔名、自サ〕自知

自知の明が有る（有自知之明）

自注、自註〔名〕自己加註、自己註釋

自注詩集（自註詩集）

自著〔名〕自己著作

自著を出版する（出版自己著作）

自嘲〔名〕自嘲

自沈〔名、自サ〕（船艦）自己炸沉、自己沉沒

ワシントン、ロンドンの二条約の結果、日本は可也の数の軍艦を自沈させたと言う（華盛頓，倫敦二條約的結果據說日本自沉了相當數量的軍艦）

自邸〔名〕自宅、自己的家

彼は自邸に籠った儘顔を出さない（他一直閉居家中不露面）

自邸で亡くなる（死在自己家裡）

自適〔名、自サ〕自適、自在

悠悠自適（悠閒自在）

政界を引退して自適の生活を送る（退出政界過悠然自適的生活）

自転〔名、自サ〕〔天〕（地球等）自轉、自行轉動←→公転

地球は一日に一回自転する（地球每日自轉一次）

地球の自転が夜と昼を生む（地球自轉產生晝夜）

自転周期（自轉周期）

自転車（自行車、腳踏車）

自伝〔名〕自傳（=自叙伝）

自伝を書く（寫自傳）

自伝体の小説（自傳體的小說）

自党〔名〕本黨、我黨

選挙区を自党に有利に改変する（對本黨有利地改變選舉區）

自党の利益の為に働く人（為本黨利益而工作的人）

自党議員（本黨議員）

自動、自働〔名〕自動←→他動

室内の温度は自動調節される（室内溫度可以自動調解）

自動火器（自動火器）

自動楽器（自動樂器）

自動記録器（自動記錄器）

自動自転車（機器腳踏車、摩托車）

自動織機（自動織布機）

自動信号（自動交通信號）

自動旋盤（自動旋床）

自動電話（自動電話）

自動秤（自動秤、彈簧秤）

自動ピアノ（自動鋼琴）

自動連接器（自動連接器）

自動変速器（自動變速器）

自動車（汽車）

自動式（自動式）

自動的（自動的）

自動巻き（自動上弦）

自動詞（自動詞）

自動周波数制御（自動頻率控制）

自動操縦装置（自動操縦裝置、自動駕駛儀）

自動追尾（自動跟蹤、隨動控制）

自動制御（自動控制）

自動酸化（自動氧化）

自動販売器（自動售貨機）

自動微調整（自動微調）

自同率〔名〕〔邏輯〕同一律

自涜〔名、自サ〕手淫（=手淫、オナニー）

自涜行為（手淫行為）

自得〔名、他サ〕自己體會、自己領悟、自己滿足、自己得到

自然に自得した技術は忘れない（自己自然領會的技術不會忘記）

自得の色（洋洋得意的神色）

自業自得（自作自受）

自任〔名、他サ〕以…為己任、以…自居

彼は目付役を持って自任している（他以監督為己任）

指導者を持って自任する（以領導人自居）

彼は優れた画家だと自任している（他自以為是個了不起的畫家）

料理の名人を自任する（他以烹調名手自居）

自認〔名、自サ〕自己承認

彼は過失を（犯した事を）自認している（他自己承認犯了錯誤）

悪かった事を自認する（自己承認不對）

自燃〔名〕自燃

自燃性物（自燃物）

自派〔名〕自己（所屬）的黨派

自賠責〔名〕汽車損傷賠償責任保険（=自動車賠償責任保険）

自賠法〔名〕汽車損傷賠償保障法（=自動車損害賠償保障法）

自白〔名、他サ〕坦白、招認

すっかり自白する（徹底坦白）

罪を自白する（認罪）

彼の自白は少し怪しい（他的自供有點可疑）

自白を強要する（逼供）

自白を翻す（翻供）

自白を記録する（錄供）

自白書（自白書）

自縛〔名、自他サ〕自縛

自縄自縛（作繭自縛、作法自斃）

自爆〔名、自サ〕（飛機衝撞敵艦）自己爆炸（軍艦等避免被縛）自形炸沉

飛行機は敵艦に体当たりして自爆した（飛機衝撞敵艦而自己炸毀了）

自爆機（自我爆炸機）

自爆攻撃機（二次大戰日本的自殺攻擊機）

自発〔名〕自願，主動。〔語法〕自發，自然產生

自発的に辞職する（主動辭職）

自発的に協力を申し出る（主動地提出協力）

自発的に参加する（主動參加）

自発性の有る子供（有主動性的孩子）

自発の助動詞（自發自動詞）

〝れる、られる〞は自発の助動詞だ（〝れる、られる〞是自發自動詞）

自発核分裂（〔理〕自發核分裂）

自腹〔名〕〔俗〕自己的腰包

自腹を切る（自己掏腰包）

会費の不足分は自腹を切って出す（會費不足部分由自己掏錢給付上）

自判〔名〕〔法〕親自蓋章、親手畫押

自費〔名〕自費

自費で留学（旅行）する（自費留學〔旅行〕）

自費で研究所を建てる（自費建立研究所）

自費で調査する（自費調查）

自費出版（自費出版）

自費生（自費生）

自筆〔名〕親筆、親自書寫←→他筆

自筆で署名する（親筆簽名）

自筆の履歴書（親筆寫的履歷表）

其れは彼の自筆の手紙です（那是他親筆寫的信）

此の掛物は大家の自筆だ（這幅字畫是名家親筆寫的）

自筆遺言（親筆寫的遺囑）

自筆本（編著者親自寫的書）

自評〔名、他サ〕自我批評、自我評論

自負〔名、自サ〕自負、自大、自傲

敢えて自負して居る次第では有りませんが（我並不是自負）

彼は一流の小説家だと自負している（他自負是第一流的小說家）

自負心（自負心、自尊心）

自噴〔名、自サ〕（溫泉、石油等）自然噴出

自分〔名、代〕自己，本人，本、身我

自分の事許り考える（光為自己打算）

彼には自分の家が有る（他有自己的家）

自分の事は自分で為よ（自己的事自己去做）

君は自分で然う言った（是你自己那樣說的）

自分の頭の蝿を追え（少管閒事）

自分で言うのも何ですが（是我自己來說也許不太適合）

自分の物は煮て食おうと焼いて食おうと勝手だ（自己的東西願怎麼做就怎麼做誰也管不著）

自分自身（自己本人）

自分が遣りました（我做的）

自分は軍人で有ります（我是軍人）

自分ながら愛想が尽きた（連我自己都討厭自己了）

其の計画には自分と為て賛成しない（對於那個計畫我是不贊成的）

自分免許（自以為是、自鳴得意）

自分自身（自己）

自分勝手（任性、隨便、自私）

自分天狗（自命不凡的人、自負的人）

自分持ち（自己負擔）

自閉性〔名〕孤獨性、我向思考

自閉性の子供（喜好孤獨的孩子）

自閉症〔名〕〔醫〕自閉症

自閉線〔名〕〔數〕葉形線

自弁〔名、他サ〕自備、自付（費用）

汽車賃は各自自弁の事（火車費各自負擔）

自弁で東京迄行って来る（自費到東京去）

宿泊費以外は会員が自弁する（除住宿費外其餘由會員自付）

自変項〔名〕〔邏輯〕（三段論法中）中項

自変数〔名〕〔數〕自變量、獨立變量

自前〔名〕自行負擔費用、（藝妓還清欠債）自己獨立營業←→抱え

弁当代は自前だ（飯錢要自己負擔）

自前の芸者（自己獨立的藝妓）

自前で稼ぐ（獨自營業）

私は此の四月に自前に為りました（從四月起我獨立營業了）

自儘〔名、形動〕〔舊〕任性、隨便（=気儘、我儘）

自儘の（な）暮らし（放蕩無拘的生活）

自儘に振る舞い（任意行動）

自慢〔名、他サ〕自滿、自誇、自大、驕傲、得意

御国自慢（誇耀家鄉）

腕自慢（誇耀本領）

空自慢（狂妄自大、虛張聲勢）

自慢じゃないが（我並不是自誇）

自慢する人（自誇的人、大言不慚的人）

美貌を自慢する（誇耀姿色）

物を自慢して見せる（把東西炫耀給人看）

家柄の良いのを自慢する（自誇門第高貴）

息子を自慢する（自誇自己的兒子）

腕前を自慢する（炫耀本領）

手柄を自慢する（誇耀功勞）

自慢の種（自滿的本錢）

余り自慢にも為らない（沒有什麼可自滿的）

彼女は声が自慢です（她對嗓音很自豪）

彼が父親自慢の息子です（那是父親得意的兒子）

あんな子供が有っても自慢には為らない（有那樣的孩子也沒有甚麼可自誇的）

自慢ではないが、私の論文は大受けだ（這並不是自誇我的論文很受歡迎）

そんな事が出来たって自慢にも鳴矢しない（即使做到了那點也沒甚麼可以誇耀的）

自慢高慢馬鹿の内（驕傲自滿最愚蠢）

自慢は智恵の行き詰まり（驕傲自滿會妨礙進步）

自慢臭い（吹牛、自負、說大話）

自慢たらしい（得意洋洋、沾沾自喜）

自慢話（得意的話、誇口，吹牛）

自慢顔（得意洋洋的面孔、沾沾自喜的神色）

自明〔名〕自明、明顯、當然

全体が部分より大なる自明の理である（全體大於部分是自明之理）

自鳴琴〔名〕〔古〕八音盒（=オルゴール）

自鳴鐘〔名〕〔古〕自鳴鐘

自滅〔名、自サ〕自然消滅、自然滅亡、自取滅亡

気候の激変に因って昆虫類は自滅する（由於氣候劇變昆蟲類會自然消滅）

自滅の政策（自取滅亡的政策）

勝を焦って自滅した（急於取勝而自取滅亡）

自滅を来す（導致自取滅亡）

自門〔名〕自己的一家、自己所屬的寺院（宗派）

自問〔名、自他サ〕自問

自分は一体間違っているか如何か自問して見た（問問自己到底錯了沒有）

自問自答（自問自答）

自由〔名、形動〕自由、隨意、隨便、任意

言論の自由（言論自由）

自由に意見を述べる（隨便發表意見）

此の馬は私の自由に為らない（這匹馬不聽我駕馭）

さあ、御自由に（為さい）（請不要拘束）

再び自由な人間に為る（再次成為自由人）

自由に振舞う（橫衝直撞）

英語を自由に話せる（能說一口流利的英文）

友達の家に自由に出入り出来る（能隨便進出朋友的家）

午後は大抵自由に為ります（午後一般有空）

彼は病気で全く体の自由が利かない（他因病不能動彈）

御自由に御取り下さい（請隨便取）

我に自由を与えよ、然らずんば死を与えよ（不自由毋寧死）

自由化（自由化）

自由市（〔中世歐洲的〕自由市）

自由円（〔可與美元，英鎊等自由兌換的〕自由日元－只限於不居住日本的外國人，在日本外匯銀行的日元存款帳戶）

自由刑（限制犯罪者身體自由的刑罰－有拘留，徒刑，監禁三種）

自由型（〔泳〕自由式）

自由港（自由港=フリーポート）

自由水（〔化〕游離水分）

自由度（〔化〕自由度）

自由企業（自由企業）

自由行動（自由行動）

自由自在（自由自在、得心應手，不受拘束）

自由主義（自由主義）

自由体積（〔化〕自由體積）

自由研究（自由言就）

自由意志（自由意志）

自由振動（〔理〕自由振動）

自由婚姻（〔不經過父母同意的〕自由婚姻）

自由廃業（〔藝妓等的〕自由歇業）

自由思想（自由思想）

自由勝手（隨便、放縱、任性）

自由選択（自由選擇）

自由契約（自由契約）

自由結婚（〔不經過父母同意的〕自由婚姻=自由婚姻）

自由競争（自由競爭）

自由経済（自由經濟）

自由職業（自由職業－作家，律師等）

自由裁量（自由裁奪）

自由表面（〔理〕〔液體的〕自由表面）

自由電子（〔理〕自由電子）

自由放任（自由放任〔主義〕）

自由貿易（自由貿易）

自由保有（自有保存）

自由民主党（自民黨）

自由律（〔短歌，俳句打破三十一字或十七字的〕自由律）

自余、爾余〔名〕其餘、此外

自余の作品は遥かに此れに劣る（其餘的作品遠不如這個）

自用〔名〕自己使用

自用の自動車（自用的汽車）

自溶精煉〔名〕〔冶〕自熱溶煉

自利〔名〕自己的利益

自利を図る人（追求個人利益的人）

自力、自力〔名〕自力。〔佛〕自力修行←→他力

自力で会社を経営する（靠自己力量經營公司）

自力で立ち上がる（憑自己的力量發展起來）

自力更生（自力更生）

自力教（自力教）

自立〔名、自サ〕自立獨立

自立して働く（獨立工作）

彼は自立して商売を為ている（他獨自做生意）

自立し得る（能夠自立）

自立語（〔語法〕獨立詞）

自立経済（自給自足的經濟）

自律〔名、自サ〕自律、自覺、自主←→他律

学生は自律的に物事を為す可きだ（學生應該自覺地行事）

自律神経（〔生理〕自律神經）

自流〔名〕自己的流派、自成一派

自励〔名〕〔電〕自激

自励発電機（自激發電機）

自励振動（自激振動）

自然〔名、形動、副〕自然、天然、自然而然地←→人工、加工

大自然（大自然）

自然と人生（自然和人生）

自然の力（自然力）

自然の勢い（自然的趨勢）

ㄗ

自然(しぜん)の猛威(もうい)（自然界的暴力－暴風，火災，地震）

自然(しぜん)の営(いとな)み（自然造物、造化之功－山川，草木，人類）

自然(しぜん)を愛(あい)する（愛大自然）

人間(にんげん)は自然(しぜん)を征服(せいふく)する（人類征服自然界）

自然(しぜん)の懐(ふところ)に抱(だ)かれて（在自然的懷抱裡）

自然現象(しぜんげんしょう)（自然現象）

自然分類(しぜんぶんるい)（自然分類）

自然選択(しぜんせんたく)（自然選擇）

自然(しぜん)に帰(かえ)る（回歸自然）

自然(しぜん)で無(な)い（不自然）

自然雑種(しぜんざっしゅ)（天然雜種）

自然免疫(しぜんめんえき)（天然免疫）

斯(こ)う為(な)るのは自然(しぜん)だ（形成這種情況是理所當然的）

自然(しぜん)の成(な)り行(ゆ)きに任(まか)せる（聽其自然）

自然(しぜん)な姿勢(しせい)（自然的姿勢）

自然(しぜん)な声(こえ)で話(はな)す（用自然的語聲說話）

英語(えいご)が自然(しぜん)に出(で)て来(く)る（英語自然脫口而出）

自然然(しぜんそ)う為(な)る（自然會那樣）

傷(きず)は自然(しぜん)に直(なお)った（傷口自然痊癒了）

無口(むくち)だから自然友人(しぜんゆうじん)も少(すく)ない（因為不好說話所以朋友也不多）

後(あと)で自然(しぜん)と分(わか)る（以後自然會明白）

自然(しぜん)と頭(あたま)が下(さ)がる（不由得低下頭來）

高原(こうげん)に暮(く)らせば自然(しぜん)と健康(けんこう)に為(な)る（生活在高原上自然會健康起來）

自然人(しぜんじん)（自然人）←→法人(ほうじん)

自然的(しぜんてき)（自然的）

自然法(しぜんほう)（自然法－支配一切自然界的法則）

自然力(しぜんりょく)（自然力）

自然物(しぜんぶつ)（天然物）

自然死(しぜんし)（老死）

自然界(しぜんかい)（自然界）

自然銀(しぜんぎん)（天然銀）

自然数(しぜんすう)（自然數）

自然銅(しぜんどう)（天然銅）

自然権(しぜんけん)（天賦人權）

自然休会(しぜんきゅうかい)（國會自然休會）

自然価格(しぜんかかく)（正常價格）

自然公園(しぜんこうえん)（自然公園）

自然宗教(しぜんしゅうきょう)（自然崇拜）

自然水銀(しぜんすいぎん)（天然汞）

自然対数(しぜんたいすう)（自然對數）

自然地理(しぜんちり)（学(がく)）（自然地理學）

自然社会(しぜんしゃかい)（〔由血緣和地緣形成的〕自然社會）

自然科学(しぜんかがく)（自然科學）

自然栄養(しぜんえいよう)（自然營養－母乳）

自然災害(しぜんさいがい)（自然災害）

自然承認(しぜんしょうにん)（國會的自動通過）

自然神学(しぜんしんがく)（自然神學）

自然崇拝(しぜんすうはい)（自然崇拜）

自然増収(しぜんぞうしゅう)（〔稅收等的〕自然增收）

自然増価(しぜんぞうか)（〔土地的〕自然增價）

自然哲学(しぜんてつがく)（〔古希臘的〕自然哲學）

自然淘汰(しぜんとうた)（天然淘汰）

自然消滅(しぜんしょうめつ)（自然消滅）

自然主義(しぜんしゅぎ)（哲學、美術）自然主義）

自然経済(しぜんけいざい)（自然經濟）

自然硫黄(しぜんいおう)（天然硫磺）

自然放出(しぜんほうしゅつ)（〔理〕自然射）

自然描写(しぜんびょうしゃ)（自然描寫）

自然保護(しぜんほご)（自然保護）

自然発火(しぜんはっか)（自燃）

自然発生(しぜんはっせい)（自然發生）

自然落差（〔水的〕自然落差）

自然療法（自然療法）

自然燃焼（自燃）

自然弁証法（自然辯證法）

自然〔名〕〔古〕自然、天然（=自然）

自然石（天然石）

自然薯（野芋）

自惚れる、己惚れる〔自下一〕驕傲、自負、自大、自滿

彼は自分では偉いと自惚れている（他自以為了不起）

自分の才能に自惚れている（過分相信自己的才能）

成功しても自惚れず（勝不驕）

自惚れて自己満足していれば必ず失敗する（驕傲自滿是一定要失敗的）

自惚れ、己惚れ〔名〕驕傲、自負、自大、自滿

自惚れの強い人（過於自負的人）

自惚れは鼻持ち為らぬ（自大令人討厭）

自惚れも好い加減に為ろ（不要太自大）

自惚れ者、己惚れ者〔名〕自負的人、自高自大的人

眥、眦（ㄗˋ）

眥、眦、睚〔名〕眼角（=目尻）

眦を決する（怒目而視）（瞪起眼睛發怒或下定決心的神色）

眦を吊り上げる（吊起眼角）

眦、眥（ㄗˋ）

眦、眥、睚〔名〕眼角（=目尻）

眦を決する（怒目而視）（瞪起眼睛發怒或下定決心的神色）

眦を吊り上げる（吊起眼角）

漬（ㄗˋ）

漬〔漢造〕把東西浸在液體中、污點

漬かる、浸かる〔自五〕浸，泡（=浸る）

高潮に漬かった家家（大潮淹了的房屋）

泥水に漬かる（泡在泥水裡）

風呂に漬かる（洗澡）

湯に漬かる（入浴）

海へ行って塩水に漬かる（到海裡去洗海水澡）

漬かる〔自五〕醃好、醃透

漬物が漬かる（鹹菜醃好）

糠味噌の蕪が漬かった（米糠醬的蕪菁醃好了）

漬く、浸く〔自五〕淹、浸

床迄水が漬く（水浸到地板上）

漬く〔自五〕醃好、醃透（=漬かる）

付く、附く〔自五〕附著，沾上、帶有，配有、增加，增添、伴同，隨從、偏袒，向著、設有，連接、生根、扎根、（也寫作点く）點著，燃起、值、相當於、染上、染到、印上，留下、感到、妥當，一定、結實、走運、（也寫作就く）順著、附加、（看來）是

泥がズボン（jupon）に付く（泥沾到褲子上）

血の付いた着物（沾上血的衣服）

鮑は岩に付く（鮑魚附著在岩石上）

甘い物に蟻が付く（甜東西招螞蟻）

肉が付く（長肉）

智慧が付く（長智慧）

力が付く（有了勁、力量大起來）

利子が付く（生息）

精が付く（有了精力）

虫が付く（生蟲）

錆が付く（生銹）

親に付いて旅行する（跟著父母旅行）

護衛が付く（有護衛跟著）

他人の後からのろのろ付いて行く（跟在別人後面慢騰騰地走）

君には迚も付いて行けない（我怎麼冶也跟不上你）

不運が付いて回る（厄運纏身）

人の下に付く事を好まない（不願甘居人下）

あんな奴の下に付くのは嫌だ（我不願意聽他的）

彼の人に付いて居れば損は無い（聽他的話沒錯）

娘は母に付く（女兒向著媽媽）

弱い方に付く（偏袒軟弱的一方）

味方に付く（偏袒我方）

敵に付く（倒向敵方）

何方にも付かない（不偏袒任何一方）

引き出しの付いた机（帶抽屜的桌子）

此の列車には食堂車が付いている（這次列車掛著餐車）

此の町に鉄道が付いた（這個城鎮通火車了）

谷へ下りる道が付いている（有一條通往山谷的路）

種痘が付いた（種痘發了）

挿し木が付く（插枝扎根）

電灯が付いた（電燈亮了）

もう明かりが付く頃だ（該點燈的時候了）

ライターが付かない（（打火機打不著）

此の煙草には火が付かない（這個煙點不著）

隣の家に火が付いた（鄰家失火了）

一個百円に付く（一個合一百日元）

全部で一万円に付く（總共值一萬日元）

高い物に付く（花大價錢、價錢較貴）

一年が十年に付く（一年頂十年）

値が付く（有價錢、標出價錢）値

然うする方が安く付く（那麼做便宜）

色が付く（染上顏色）

鼻緒の色が足袋に付いた（木屐帶的顏色染到布襪上了）

足跡が付く（印上腳印、留下足跡）

帳面に付いている（帳上記著）

染みが付く（印上污痕）汚点

跡が付く（留下痕跡）

目に付く（看見）

鼻に付く（嗅到、刺鼻）

耳に付く（聽見）

気が付く（注意到、察覺出來、清醒過來）

目に付かない所で悪戯を為る（在看不見的地方淘氣）

目鼻が付く（有眉目）

凡その見当が付いた（大致有了眉目）

見込みが付いた（有了希望）

判断が付く（判斷出來）

思案が付く（響了出來）

判断が付かない（眉下定決心）

話が付く（說定、談妥）

決心が付く（下定決心）

始末が付かない（不好收拾、沒法善後）

方が付く（得到解決、了結）

けりが付く（完結）

収拾が付かなく為る（不可收拾）

彼の話は未だ目鼻が付かない（那件事還沒有頭緒）

御燗が付いた（酒燙好了）

実が付く（結實）

牡丹に蕾が付いた（牡丹打苞了）

彼は近頃付いている（他近來運氣好）

今日は馬鹿に付いている（今天運氣好得很）

ゲームは最初から此方に付いていた（比賽一開始我方就占了優勢）

川に付いて行く（順著河走）

塀に付いて曲がる（順著牆拐彎）

付録が付いている（附加附錄）

条件が付く（附帶條件）

朝飯とも昼飯とも付かぬ食事（既不是早飯也不是午飯的飯食、早午餐）

シルクハットとも山高帽とも付かない物（既不是大禮帽也不是常禮帽）

板に付く（純熟，老練、貼附，適當）

手に付かない（心不在焉、不能專心從事）

役が付く（當官、有職銜）

付く、点く〔自五〕 點著、燃起

電灯が付いた（電燈亮了）

もう明かりが付く頃だ（該點燈的時候了）

ライターが付かない（（打火機打不著）

此の煙草には火が付かない（這個煙點不著）

隣の家に火が付いた（鄰家失火了）

付く、就く〔自五〕沿著、順著、跟隨

川に付いて行く（順著河走）

塀に付いて曲がる（順著牆拐彎）

就く〔自五〕就座，登上、就職，從事、就師，師事、就道，首途

席に就く（就席）

床に就く（就寢）床

塒に就く（就巢）

緒に就く（就緒）

食卓に就く（就餐）

講壇に就く（登上講壇）

職に就く（就職）

任に就く（就任）

実業に就く（從事實業工作）

働ける者は皆仕事に就いている（有勞動能力的都參加了工作）

師に就く（就師）

日本人に就いて日本語を学ぶ（跟日本人學日語）習う

帰途を就く（就歸途）

世界一周の途に就く（起程做環球旅行）

壮途に就く（踏上征途）

突く〔他五〕支撐、拄著

杖を突いて歩く（撐著拐杖走）

頬杖を突いて本を読む（用手托著下巴看書）

手を突いて身を起こす（用手撐著身體起來）

がっくり膝を突いて終った（癱軟地跪下去）

突く、衝く〔他五〕刺，戳、冒，衝、攻，抓，乘

槍で突く（用長槍刺）

針で指先を突いた（針扎了指頭）

棒で地面を突く（用棍子戳地）

鳩尾を突かれて気絶した（被擊中了胸口昏倒了）

判を突く（打戳、蓋章）

意気天を突く（幹勁衝天）

雲を突く許りの大男（頂天大漢）

つんと鼻を突く臭いが為る（聞到一股嗆鼻的味道）

風雨を突いて進む（冒著風雨前進）

不意を突く（出其不意）

相手の弱点を突く（攻擊對方的弱點）

足元を突く（找毛病）

突く、撞く〔他五〕撞、敲、拍

毬を突いて遊ぶ（拍皮球玩）

鐘を突く（敲鐘）

玉を突く（撞球）

吐く、突く〔他五〕吐（=吐く）、說出（=言う）、呼吸，出氣（=吹き出す）

反吐を吐く（嘔吐）

嘘を吐く（說謊）

息を吐く（出氣）

溜息を吐く（嘆氣）

即く〔自五〕即位、靠近

位に即く（即位）

王位に即かせる（使即王位）

即かず離れずの態度を取る（採取不即不離的態度）

着く〔自五〕到達（=到着する）、寄到，運到（=届く）、達到，夠著（=触れる）

汽車が着いた（火車到了）

最初に着いた人（最先到的人）

朝台北を立てば昼東京に着く（早晨從台北動身午間就到東京）

手紙が着く（信寄到）

荷物が着いた（行李運到了）

体を前に折り曲げると手が地面に着く（一彎腰手夠著地）

頭が鴨居に着く（頭夠著門楣）

搗く、舂く〔他五〕搗、舂

米を搗く（舂米）

餅を搗く（舂年糕）

搗いた餅より心持ち（禮輕情意重）

憑く〔自五〕（妖狐魔鬼等）附體

狐が憑く（狐狸附體）

築く〔他五〕修築（=築く）

周囲に石垣を築く（四周砌起石牆）

小山を築く（砌假山）

漬け、漬〔接尾〕表示鹹菜的醃法或用某種醃法醃的鹹菜、表示用…醃或浸泡的

一夜漬け（醃一夜就吃的鹹菜）

早漬け（暴醃〔的鹹菜〕）

大根漬け（鹹蘿蔔）

塩漬け（鹽醃的）

味噌漬け（醬醃的）

茶漬け（茶泡的）

氷漬け（冰鎮的）

漬ける、浸ける〔他下一〕浸，泡（=浸す）

着物を水に漬ける（把衣服泡在水裡）

漬ける〔他下一〕醃，漬（=漬物に為る）

菜を漬ける（醃菜）

塩で梅を漬ける（醃鹹梅子）

胡瓜を糠味噌に漬ける（把黃瓜醃在米糠醬理）

寒い地方では野菜を沢山漬けて置いて、冬に食べる（寒冷地方醃好多菜冬天吃）

漬け梅、漬梅〔名〕鹽醃的梅子、鹹梅乾（=梅干）

漬け瓜、漬瓜〔名〕〔植〕梢瓜（=青瓜、白瓜）、醬瓜，醃漬用的瓜

漬け込む〔他五〕醃上，漬上（鹹菜）

樽に沢庵を一杯漬け込む（木桶裡滿滿醃上黃蘿蔔鹹菜）

漬け菜、漬菜〔名〕醃漬用的菜（特指白菜，油菜）、鹹菜，漬好的菜

秋は色色な漬け菜が豊富に出回る（秋季各種醃漬用的菜大量上市）

漬け菜が美味しく漬かった（鹹菜醃得很好吃）

漬け物、漬物〔名〕鹹菜，醬菜（=香の物、香香）

漬物を漬ける（醃鹹菜）

漬物で食事を済ます（用鹹菜下飯）

漬物桶（鹹菜桶）

漬物屋（醬菜園、醬菜鋪）

漬物塩〔名〕醃菜用的鹽

紮（ㄗㄚ）

紮〔漢造〕綁

結紮（結紮）

血行を止める為血管を結紮する（為阻止血液流通結紮血管）

出血血管を結紮する（結紮出血的血管）

紮げる、絡げる〔他下一〕捆，紮（=括る）、撩起，捲起（=捲る）

稲を紮げる（捆稻秧）

大きな荷物を縄で紮げる（用繩子捆大行李）

尻を紮げる（把後衣襟捲起來）

着物の裾を紮げて川を渡った（捲起衣襟過河）

着物を紮げて二階へ上がる（拉起衣裳上樓）

紮、絡〔名〕捆、扎、束

一紮に為る（捆成一捆、紮成一紮）

雜、雜（雜）（ㄗㄚˊ）

雑〔名、漢造〕雜類、雜項、混雜、粗雜、雜亂無章

雑の部（雜項）

夾雑物（夾雜物）

煩雑繁雑（繁雜、複雜）

混雑（混雜、雜亂）

複雑（複雜、紛亂）

粗雑（粗糙、馬虎）

雑〔形動〕粗糙、粗率、粗枝大葉

仕事が雑だ（工作草率）

雑な字だなあ（字真潦草啊！）

雑な頭だ（頭腦不細緻）

雑な人間（粗糙的人）

雑な造りの家（粗糙蓋成的房子）

雑な考え（粗率的想法）

雑な言葉を使う（說粗魯的話）

雑に書く（潦草地寫）

此の画は雑に書いてある（這幅畫畫得草率）

此の花瓶は雑に出来ている（這花瓶做得粗糙）

大事な品だから雑に扱うな（因為是重要物品要輕拿輕放）

雑詠〔名、自サ〕雜吟、（不規定題目）隨意吟詠（的詩歌）

秋雑詠（秋日雜吟）

今日は皆さんに雑詠して貰います（今天不規定題目請大家隨意吟詠）

雑詠欄（〔報刊上的〕雜詠欄）

雑役〔名〕雜役、雜務

雑役に従事する（打雜）

雑役に服する（〔士兵〕擔任雜役）

雑役服（勞動服）

雑役夫（雜役工）

雑役婦（女雜役）

雑益〔名〕雜項收益←→雑損

雑音〔名〕雜音，噪音，嘈雜聲。〔無〕雜音，干擾聲、（局外人的）閒話，說長道短

都会の雑音（城市的噪音）

此の部屋は往来の雑音が聞こえる（這房間能聽到街上的嘈雜聲）

此のラジオは雑音が多い（這部收音機雜音多）

此のラジオには雑音が入る（這部收音機有雜音）

雑音指数（雜音指數）

人の話に余計な雑音を入れるな（你不要從旁邊說長道短、你不要干擾我們的話）

雑学〔名〕沒系統的知識龐雜的 知識博學廣聞

僕の学問は雑学だ（我的學識不成體系）

彼は雑学の大家だ（他是個博學廣聞的大師）

雑楽〔名〕民間雜樂←→雅楽、正楽

雑株〔名〕雜股、雜樣股票←→仕手株

雑勘定〔名〕（簿記上的）雜項帳目

雑勘定に組み入れる（列入雜項帳目）

雑技、雑伎〔名〕雜技、不足道的演技或玩意

雑技工作者（雜技工作者）

雑給予〔名〕雜項津貼（收入）

雑業〔名〕雜業、不易歸類的行業、各種各樣的行業

ざつぎんこう
雑銀鉱〔名〕〔礦〕雜銀礦

ざつぐ
雑具〔名〕雜項用具、各種用具

ざつぐん
雑軍〔名〕雜牌軍、烏合之眾的軍隊

ざつげい
雑芸〔名〕雜藝、〔古〕雜體的謠曲

ざつげき
雑劇〔名〕（中國宋元以後的）雜劇

ざつこうじ
雑工事〔名〕〔建〕雜項工程

ざつじ
雑事〔名〕雜事、雜務、瑣事

身辺の雑事 （身邊瑣事）

雑事に追われて研究の暇が無い（忙於料理雜事沒有時間做研究）

そんな雑事 に関わっては入られない（我管不了那樣的雜事）

ざつじゅう
雑 糅〔名、自他サ〕混雜摻雜

ざつぜい
雑税〔名〕雜稅、雜捐

ざつぜん
雑然〔形動〕雜亂、亂七八糟

雑然 たる（として）部屋（雜亂無章的房間）

雑然と為て入り乱れている（亂七八糟地混雜在一起）

彼の 机 の引き出しは何時も雑然 と為ている（他的抽屜裡總是亂七八糟的）

教科書や字引やノートが雑然 と積み上げられている（教科書，詞典，筆記本等雜亂堆在一起）

ざつだい
雑題〔名〕各種問題、雜亂問題、雜項題目

雑題を処理する（處理雜項問題）

ざつだん
雑談〔名、自サ〕雜談、閒聊

友人と雑談（を）為る（和朋友閒聊）

雑談 に時を過ごす（閒聊消磨時間）

ざつてあて
雑手当〔名〕雜項津貼、雜項補助費

ざつねん
雑念〔名〕雜念、胡思亂想←→正 念

雑念 を去って一心に勉 強 する（屏除雜念一心用功）

雑念 を払って勉 強 する（集中精神學習）

雑念 を湧いて仕事の 集 中 出来ない（生起雜念不能專心工作）

雑念 が浮かぶ（雜念湧上心頭）

雑念 を払う（消除雜念）

ざつのう
雑嚢〔名〕（裝雜物用）帆布袋、帆布背包

雑嚢から弁当を出す（從帆布背包裡拿出便當）

ざつばたら
雑 働 き〔名〕雜役工

雑 働 きの小僧（打雜的小伙計）

ざつぶつ ぞうもつ
雑物、雑物〔名〕雜物、雜亂東西、零碎東西、雜項

ざつぶん
雑文〔名〕雜文、小品文

ざつぼく ぞうぼく ぞうき
雑木、雑木、雑木〔名〕雜木、雜樣樹木、不成材的樹木

雑木で安い木炭を焼く（用雜木燒便宜的木炭）

雑木を伐る（砍伐雜樣樹木）

雑木の下駄（廉價的木屐）

雑木 林 （雜樹林）

ざつむ
雑務〔名〕雜務、雜事、瑣事

雑務 に追われて抜き差し為らない（雜務纏身擺脫不開）

ざつもん
雑問〔名〕雜問、各種各樣的質問（問題）

ざつよう
雑用〔名〕雜事，瑣事（=雑用）、雜項用途

雑用費（零用錢）

雑用セメント（一般用水泥火山灰質硅酸鹽水泥）

ぞうよう
雑用〔名〕雜事，瑣事（=雑用）、雜費，零星開支

ざつろく
雑録〔名〕雜記

雑録 のノート（雜記本）

ざつわ
雑話〔名〕雜談、漫談（=雑談）

卓球試合に就いての雑話（乒乓球比賽漫談）

ざっか
雑家〔名〕（中國古九流之一）雜家

ざっか
雑貨〔名〕雜貨

日用雑貨 を売る店（賣日用雜貨的商店）

雑貨店（雜貨舖）

雑貨売り場（雜貨賣場）

雑貨 商 （雜貨商）

ざっかい
雑芥〔名〕雜垃圾

ざっかん
雑感〔名〕雜感

読書雑感（讀書雜感）

雑観〔名〕（新聞）側面消息、特寫

雑記〔名〕雜記

身辺雑記（身邊雜記）

雑記帳（雜記本）

雑居〔名、自サ〕雜居，雜處、幾戶人住在一座房子裡

其の地域には漢民族と少数民族とが雑居している（在那個地區漢民族和少數民族雜居在一起）

戦時中住宅不足の為、此処には六世帯が雑居していた（戰爭期間因為住房不足這裡有六戶人家混住一起）

雑曲〔名〕（雅樂以外的）雜曲、俗曲，民間歌曲

雑菌〔名〕雜菌、各種各樣的細菌

雑犬〔名〕雜種狗

雑件〔名〕雜事瑣事

雑件を片付ける（料理雜事）

雑考〔名〕雜考、不成系統零散的考證或研究

屈原に関する雑考（關於屈原的雜考）

紅楼夢雑考（紅樓夢雜考）

雑交〔名、自サ〕（不同種族或品種間）雜交（=交雑）

雑穀〔名〕（米，麥以外的）雜糧、粗糧

雑穀を栽培する（種植雜糧）

雑穀商（雜糧商人）

雑穀取引所（雜糧交易所）

雑婚〔名、自サ〕（原始社會的）雜婚，亂婚、異族結婚

雑婚時代（雜婚時代）

黄色人種と白色人種との雑婚（黃種人和白種人的通婚）

雑載〔名、他サ〕（雜誌，報紙）雜刊（欄）

雑纂〔名、他サ〕雜編、雜輯

全集の末巻に雑纂篇を入れる（在全集的末卷裡加進雜輯部分）

雑誌〔名〕雜誌、期刊

総合雑誌（綜合性雜誌）

学術雑誌（學術性雜誌）

スポーツ雑誌（體育雜誌）

年四回発行の雑誌（每年發行四次的雜誌、季刊雜誌）

此の雑誌は月に二回発行された（這雜誌每月發行兩次）

雑誌を刊行（編集）する（出版〔編輯〕雜誌）

家では雑誌を取っている（我家裡訂閱著雜誌）

雑誌を購読する（訂購雜誌）

其の雑誌は廃刊に為った（那雜誌停刊了）

私は其の雑誌に屡投稿したが、一回も採用されなかった（我向那雜誌投稿多次但是一次也沒被採用）

雑誌記者（雜誌記者）

雑酒〔名〕混雜的酒、（酒稅法上不屬於主要酒類的）雜酒，雜項酒

雑種〔名〕雜種，混合種，各種各樣的種類，混雜的種類

雑種の馬（雜種馬）

此の犬は雑種だ（這隻狗是混合種）

騾馬は馬と驢馬との間の雑種だ（騾子是馬和驢子之間的雜種）

雑種を作る（培育雜種）

雑種玉蜀黍（雜交玉米）

雑種高粱（雜交高粱）

雑種第一代（雜交第一代）

雑種の植物（各種各樣的植物）

雑種税（雜項捐稅）

雑種レール（雜型鋼軌）

雑種強勢（〔生〕雜種優勢）

雑集〔名〕雜集、雜輯

雑収入、雑収入〔名〕雜項收入、零星收入

月給の外の雑収入（月薪以外的雜項收入）

雑支出（ざっししゅつ）〔名〕雑項支出、雑項費用

雑書（ざっしょ）〔名〕雑類書籍、無聊的閒書

私の蔵書は専門外の雑書が多い（我的藏書很多是非專門性的雜書）

彼は雑書だよ（那是一本無聊的閒書）

雑色（ざっしょく）〔名〕（顏色不純的）雜色、各種顏色

雑色の犬（雜色的狗）

雑色、雑色（ざっしき、ぞうしき）〔名〕〔史〕（宮廷及幕府的）勤雜工－來自穿雜色的服裝

雑食（ざっしょく）〔名、他サ〕（兼食動植物或吃多種食物）雜食

人間は雑食する動物だ（人是雜食動物）

雑食類（雜食類）

雑生（ざっせい）〔名、自サ〕雜生、混雜地生長在一起

雑性花（ざっせいか）〔名〕〔植〕雜性花←→両性花、単性花

雑節（ざっせつ）〔名〕雜節－陰曆二十四節氣以外的節氣（如節分、八十八夜、入梅、土用、彼岸等）

雑説（ざっせつ）〔名〕雜說

雑草（ざっそう）〔名〕雜草

庭には雑草が一杯に生えている（庭院雜草叢生）

雑草を抜く（取る）（拔〔除〕雜草）

雑草を根こそぎ取る（把雜草連根拔掉）

雑草の様な旺盛な生活力を持っている（具有雜草般的頑強的生命力）

雑則（ざっそく）〔名〕雜項規定、各種細則

雑卒（ざっそつ）〔名〕小卒、嘍囉（=雑兵）

雑損（ざっそん）〔名〕雜項損失←→雑益

雑損益（雜項損益）

雑多（ざった）〔形動〕各式各樣、五花八門

雑多な（の）人間の寄り集まり（各色人等湊在一起）

雑多な課税（雜捐雜稅）

部屋の中には雑多な家財道具が置かれている（房間裡放著各種各樣的什物家具）

雑著（ざっちょ）〔名〕雜著、雜項著作

雑沓、雑踏、雑閙（ざっとう）〔名、自サ〕人堆擁擠、人山人海、熙熙攘攘（=人込み、込み合う）

雑沓の巷（喧鬧擁擠的市街）

雑沓している群衆（熙來攘往的人群）

年末で街は雑沓している（在年底街上人山人海）

雑沓に揉まれて汗だくに為る（擁擠得渾身是汗）

犯人は雑沓に紛れて逃走した（犯人趁著人多擁擠逃跑了）

雑俳（ざっぱい）〔名〕雜俳句（〝前句付〟〝冠付〟〝折句〟〝川柳〟等通俗俳句的總稱）

雑輩（ざっぱい）〔名〕〔俗〕無名小輩、無足輕重的人

雑駁（ざっぱく）〔形動〕雜亂無章、沒有條理

雑駁な議論（沒有條理的議論）

雑駁な知識（沒有系統的知識）

彼は雑駁な頭の持ち主だ（他的腦筋雜亂不清）

話し方が雑駁に為って仕舞った（話說得亂七八糟了）

此の翻訳は雑駁だ（這篇翻譯雜亂無章）

雑費（ざっぴ）〔名〕雜費、雜項費用

雑費の予算が多い（雜費的預算很多）

諸雑費も計算に入れなくては為らない（各項雜費也要計算在內）

雑筆（ざっぴつ）〔名〕雜記、雜錄

雑品（ざっぴん）〔名〕雜品、雜項物品

雑粉（ざっぷん）〔名〕用雜糧磨成的麵粉、雜和麵

雑編（ざっぺん）〔名〕雜編、雜輯

雑報（ざっぽう）〔名〕（報刊）雜訊、短訊、零碎消息

雑報欄（雜訊欄、短訊欄）

其の事件は昨日の新聞の雑報に載っていた（那個事件登在昨天報紙的雜訊裡）

雑（ぞう）〔名〕雜類、雜項

雑の部（雜項）

雑の詩（雜詩）

象（ぞう）〔名〕〔動〕象

インド象（印度象）インド印度

ㄗ

アフリカ象（非洲象）

雄象（雄象）雄雄雄雄

雌象（雌象）雌雌雌雌

象を見に行く（去看象）行く 往く 逝く 行く 往く 逝く

象使い（馴象者）

像〔名、漢造〕相、像

像を写す（畫像）写す映す移す遷す

像を建てる（立像）建てる立てる発てる断てる経てる絶てる裁てる起てる截てる

画像（畫的像，肖像畫、〔電視屏幕上的〕影像，圖像）

臥像（臥像）

仮像（〔礦〕假像、假晶）

映像（映像，影像、〔留在腦海中的〕形象，印象、〔電視或電影〕映像）

影像（肖像，〔神佛的〕畫像，雕像、影子，陰影）

偶像（偶像）

木像（木雕像、木偶）

銅像（銅像）

塑像（塑像、雕塑像）

仏像（佛像）

坐像、座像（座像）←→立像

立像（立像）←→坐像、座像

現像（顯影、沖洗）

原像（原像、原有的像）

幻像（幻像、幻影）

虚像（虛像←→実像、〔喻〕假像）

実像（實像←→虚像、〔喻〕真實的樣子）

巨像（巨大的雕像）

想像（想像）

送像（播送電視圖像）←→受像

受像（〔電視〕顯像）

寿像（壽像、生前的肖像）

蔵〔名、漢造〕收藏，貯藏、隱藏，躲藏、倉庫。〔佛〕藏

山田氏の蔵（山田氏所藏）

貯蔵（儲藏、儲存）

密蔵（密藏、真言宗的經典）

秘蔵（秘藏、珍藏、珍愛）

収蔵（收藏、貯藏）

包蔵（包藏）

所蔵（所藏、收藏）

珍蔵（珍藏）

尚蔵（珍藏）

家蔵（家藏）

架蔵（收藏架上）

無尽蔵（無窮盡、取之不竭）

国立博物館蔵（國立博物館藏）

館蔵（館藏）

旧蔵（舊藏）

久蔵（久藏）

吸蔵（〔化〕吸留）

退蔵（隱藏、囤積）

埋蔵（埋藏、蘊藏）

宝蔵（寶庫）

土蔵（外塗泥灰的倉庫、當鋪的別稱）

経蔵（經集、經樓、經堂）

三蔵（三藏－佛教聖典，經藏、律藏、論藏的總稱、精通佛教各種聖典的高僧的敬稱）

大蔵経（大藏經=一切経）

大蔵（國庫）

大蔵省（日本財政部）

死蔵（不用而死藏）

私蔵（私人收藏）

自蔵（自己收藏內裝）

地蔵（地藏菩薩）

虚空蔵（虛空藏菩薩）

声聞蔵（聲聞藏菩薩）

造〔漢造〕造、製作、達到、瞬間、日本上古時代的階級之一（造）

製造（製造、生產）

構造（構造、結構）

建造（建造、修建）

築造（修築、營造）

営造（營造、建築）

醸造（釀造、釀製）

改造（改造、改建）

人造（人造、人工製造）

新造（新造、新建）

新造（年輕的妻子、年輕的妓女、二十歲左右的姑娘）

模造、摸造（仿造、仿製）

捏造（捏造、虛構）

偽造（偽造、假造）

創造（創造）

木造（木造、木結構）

銅造（銅造）

コンクリート造（水泥造）

国造（國造－日本大和時代世襲的地方官）

伴造、友造（伴造－大化前代世襲的管理首長）

増〔名、漢造〕增加、增多、高傲

五万人の増（增加五萬人）

倍増（倍增、成倍增長）

激増（激增、猛增）

急増（驟增）

自然増（自然增加）

漸増（逐漸增加）

贈〔漢造〕贈、追贈

寄贈（贈送、捐贈）

遺贈（遺贈）

憎〔漢造〕厭惡

愛憎（愛憎）

臓〔漢造〕內臟

五臓六腑（五臟六腑）

内臓（內臟）

心臓（心臟、勇氣，厚臉皮）

腎臓（腎臟）

肺臓（肺臟）

肝臓（肝臟）

雑歌〔名〕雜歌（〝萬葉集〞中〝相聞〞，〝挽歌〞以外的詩歌）

雑巾〔名〕抹布

雑巾で拭く（用抹布擦）

雑巾を縫う（刺す）（縫製〔縫綴〕抹布）

廊下に雑巾を掛ける（用抹布擦走廊）

雑巾掛け（用抹布擦）

雑言、雑言〔名、自サ〕謾罵

悪口雑言の数数を言い立てる（說了很多罵人的話）

悪口雑言を吐く（大肆謾罵）

頭から雑言を浴びせる（罵得狗血噴頭）

雑作、造作〔名〕〔舊〕費事，麻煩、款待，招待、方法，手段

今日は大変御雑作を御掛けしました（今天太麻煩您了）

何の雑作も無い（一點也不費事）

こんな雑作の無い事は無い（沒有比這事更簡單的了）

雑仕〔名〕宮廷中的侍者，聽差、宮廷中從事雜役的低級女官

雑炊〔名〕雜燴粥（=おじゃ）

雑炊を啜る（喝雜燴粥）

鳥雑炊（雞肉雜燴粥）

雑煮〔名〕（日本過年吃的）煮年糕－用年糕，肉，菜合煮的什錦湯

元旦に雑煮を祝う（慶祝元旦吃煮年糕）

雑人〔名〕〔古〕身分低賤的人

雑兵〔名〕小兵、小卒、嘍囉

話せない雑兵だ（不足道的小嘍囉）

雑魚、雑魚、雑喉〔名〕小雜魚、無名小卒

雑魚許り取れた（淨打了些小雜魚）

そんな雑魚は相手に為ない（那樣的小卒我不理他）

雑魚寝（〔很多人〕擠在一起睡）

雑魚場（魚類市場、大魚市場）

雑碎〔名〕〔烹〕（中文）炒雜碎、雜燴

雑ざる、交ざる、混ざる〔自五〕摻混、混雜、夾雜（=雑じる、交じる、混じる）

彼はドイツ人の血が雑ざている（他混有德國人的血統）

大人の中に子供が一人雑ざている（大人堆裡夾雜著一個小孩子）

此れは純金ではなく銅が雑ざている（這並非純金而是混有銅的成分）

雑ざり物、交ざり物、混ざり物〔名〕夾雜物（=雑じり物、交じ物、混じ物）

雑じる、交じる、混じる〔自五〕夾雜、混雜、摻雜（=雑ざる、交ざる、混ざる）、交往，交際

水と油は良く雑じらない（雑ざらない）（水和油不相混溶）

米に石が雑じている（米裡夾雜著沙子）

酒に水が雑じってる（酒裡摻著水）

色が良く雑じている（顏色調很好）得

色が旨く雑じらない（顏色調不好）

彼には中国人の血が雑じっている（他體內有中國人的血液）

スフの雑じった織物（人造棉混紡的紡織品）

彼の話す言葉には時時方言が雑じる（他說的話裡不時夾雜著方言）

白髪の雑じっている頭（花白頭髮）

子供に交じって遊ぶ（和孩子們一起玩）

大勢の人達に交じってバスを降りた（夾雜在人群裡下了公車）

雑じり、交じり、混じり〔名〕混合物，雜質（=雑じり物、交じ物、混じ物）

〔接尾〕混合、夾雜、摻雜

ユーモア雑じりの演説（夾雜著幽默的演說）

冗談雑じりに尋ねて見る（半開玩笑地打聽）

白髪雑じりの頭（花白頭髮）

雨雑じりの冷たい風がピューピューと吹く（嗖搜地刮起帶雨點的冷風）

雨雑じりの雪が降る（雨雪交加）

雑じり合う、交じり合う、混じり合う〔自五〕混合摻混摻雜

AとBの雑じり合った物（A和B的混合物）

雑じり気、交じり気、混じり気〔名〕摻雜（物）、夾雜（物）

雑じり気の無い純粋な品（不摻雜質的純品）

此の小麦粉には何か雑じり気が有る（這麵粉裡摻雜著什麼東西）

雑じり物、交じ物、混じ物〔名〕混合物、雜質（=雑ざり物、交ざり物、混ざり物、混ぜ物）

此の小麦粉には少し雑じり物が入っている（這麵粉裡摻雜著些雜質）

雑える、交える〔他下一〕摻和，摻雜，摻混（=雑ぜる、交ぜる、混ぜる）、交叉，交換（=組み合わせる）

此の問題に私情を交えては行けない（在這問題上不能夾雜私情）

演説に巧みな諧謔を交える（演說裡巧妙地夾雜詼諧）

一般の人も交えて討論する（一般的人也參加在內一起討論）

枝を交える（樹枝交錯）

言葉を交える（相互交談）

膝を交えて話し合う（促膝交談）

一戦を交える（與某方交戰）

砲火を交える（相互開砲）

雑ぜる、交ぜる、混ぜる〔他下一〕摻混、攪拌

塩と胡椒を料理に雑ぜる（把鹽和胡椒調到菜裡）

酒にアルコールを雑ぜる（酒裡對酒精）

黄色と青を雑ぜれば緑に為る（黃色和藍色一摻合就成綠色）

英語を雑ぜて話す（說話夾雜英語）

送料を雑ぜて三百円（加上郵費共三百日元）

僕も雑ぜて呉れ（也算我一個吧！）

饂飩は良く雑ぜてから食べ為さい（麵條要好好攪和再吃）

雑ぜながら煮る（一邊攪拌一邊煮）

雑ぜ繰る〔他五〕攪拌，攪和、攪擾對方談話，用玩笑打斷他人談話（=混ぜ返す、交ぜ返す）

卵を一つ入れて良く雑ぜ繰る（放進一個雞蛋好好攪和）

人の話を雑ぜ繰るな（不要插嘴攪擾人談話）

択（擇）（ㄗㄜˊ）

択〔漢造〕選擇、選出

選択（選擇）

採択（選擇、採納、通過）

二者択一（二者選一）

択一〔名〕二者選一

二者択一を迫られる（不得不二者選一）

択ぶ、選ぶ、撰ぶ〔他五〕選擇，挑選、選舉。〔古〕撰著，編著

良いのを択ぶ（挑選好的）

二つに一つを択ぶ（二者選一）

候補者の内から択んで任命する（從候選人中選派）

生きて恥を受けるよりは寧ろ死を択ぶ（與其活著受辱不如選條死路、可殺不可侮）

人民代表を択ぶ（選舉人民代表）

議長に択ばれた（被選為議長）

…と択ぶ所が無い（沒有區別、沒有差別）

然う言う言い方無作法と択ぶ所が無い（那種說法等於不禮貌）

択び、選び〔名〕選擇、挑選

選び手（選擇者、挑選人）

択み、選み〔名〕選擇、挑選

則（ㄗㄜˊ）

則〔漢造〕則、條、準則、效法

法則（法則、規律、定律）

規則（規則、規章）

原則（原則）

定則（成規、一定的規則）

通則（通用規則一、般規則、總則）

細則（細則、詳細規定）

準則（準則、標準）

変則（不合規則）

正則（正規、法則）

本則（原則、主要規章）

付則、附則（附則）

鉄則（鐵的法則）

校則（校規）

会則（會章）

反則、犯則（犯規、違章）

第五則（第五則、第五條）

則天去私（超越小我，效法宇宙大道 - 出自〞夏目漱石〞）

則する〔自サ〕根據、按照

法に則した行為（依據法律的行為）

学校の規則に則して行動する（按照校規行動）

則闕の官〔名〕〔史〕太政大臣的異稱

則る、法る〔自五〕效法、遵照、根據

原則に則る（根據原則）

先例に則る（遵循先例）

国際慣習に則って処理する（按照國際慣例處理）

古式的に則る（遵循古禮）

則、法、矩、式、憲、典、範、規〔名〕準則，章程、模範，榜樣、佛法，佛經、（土木工程）傾斜度、直徑

則を守る（遵守規章）

則を超える（違背準則）

則を示す（示範）

身を以って則を示す（以身作則）

則の道（佛法、佛的教義）

法面（傾斜面）

内法（內徑、內側的直徑）

糊〔名〕漿糊

護謨糊（膠水）

糊で貼る（用漿糊貼）

糊を付ける（抹漿糊）

洗濯物に糊を付ける（漿衣服）

此れに糊を付けて欲しい（請把它給漿一下）

此のハンカチは糊が利いている（這手帕漿得好）

糊付き封筒（帶膠的信封）

口を糊する（糊口勉強生活）

糊と鋏（〔不動腦筋〕剪剪貼貼〔的工作〕）

海苔〔名〕海苔、紫菜

海苔巻き（紫菜捲壽司）（=巻き寿司）

則ち，則、即ち，即、乃ち〔接〕即是，正是、就是、（接〝…すれば〞形式下）則、乃，於是

江戸即ち今の東京（江戶也就是現在的東京）

四季即ち春、夏、秋、冬（四季即春夏秋冬）

其れが即ち骨惜しみを為ない理由です（那就是不辭辛勞的原因）

其れが即ち私の望む所だ（這就是我所希望的）

何時も〝明日から確り遣る〞と言って何も為ない事、其れが即ち怠ける事だ（總說從明天起就好好做卻什麼也不幹這就是懶惰）

渇すれば則ち飲む（渴則飲）

戦えば則ち勝つ（戰則勝）

学びて思わざれば則ち暗し、思いて学ばざれば則ち危うし（學而不思則罔、思而不學則殆）

乃ち、僕は言下に拒絶した（於是我當場拒絕了）

責、責（ㄗㄜˊ）

責、責〔漢造〕責任、責備

叱責（斥責、申斥）

問責（責問、追究責任）

譴責（譴責、批評、申斥、警告）

重責（重大責任）

職責（職責）

文責（文責）

呵責（苛責、責備）

責任〔名〕責任、職責

義務履行の責任（履行義務的責任）

法律に対する責任（對法律的責任）

連帯（共同）責任（連帶責任）

有限責任（有限責任）

責任が有る（有責任）

責任を負う（持つ、取る）（負責）

責任を逃れる（推卸責任、逃避責任）

責任を転嫁する（轉嫁責任）

其の責任は君に在る（責任在你）

責任を帳消しに為る（開脫責任）

責任を共に為る（共同負責、共同分擔責任）

全責任を彼は一身に引き受けた（他自己承擔了全部責任）

僕は一切の責任を取らない（我不負任何責任）

私の責任は其れで終わる（我的責任就此結束）

彼は責任の感じて辞職したのだ（他是因感到責任而辭職的）

責任準備金（〔保險公司的〕法定儲備金）

責任内閣（責任内閣制－在政治上對議會負責，根據對内閣信任與否決定進退的議會内閣制）

責任保険（責任保險－損害保險的一種）

責任感（責任感）

責任者（負責人）

責務〔名〕責任義務（=責め、務め）

指導者の責務（領導者的職責）

国家に対する責務（對國家的職責）

自己の責務を果たす（完成個人的職責）

負わされた責務は重い（所負職責重大）

責問〔名、他サ〕責問，詰問、（江戶時代）刑訊

責問権（〔法〕責問權）

責了〔名〕〔印刷〕印刷所負責必要的訂正責任校正完畢（=責任校了）

責める〔他下一〕責備，責問、折磨、逼迫、催促、馴服

人の怠慢を責める（責備別人的怠慢）

私の違約を責められた（我沒有履行諾言受到責備）

自分を責めて人を責めるな（要責備自己不要責備別人）

勉強が進まないのは、自分の努力しないのを責めるより他は無い（學習不下去只能責備自己不努力）

色色責めて泥を吐かせる（進行種種拷問使他供出罪狀）

余り責めるのは止め給え（不要過分折磨他）

早く入浴せよと責められた（緊催我趕快洗澡）

債鬼に責められる（被討債人催逼得緊）

馬を責める（調教馬匹）

責め、責〔名〕責難、責備、拷打、折磨、責任

酷い責めを食った（大受責備、受到嚴厲的申斥）

水火の責めに遭う（遭受嚴刑拷打）

彼の責めに帰せられない（責任不能歸於他）

責め一人に帰す（責任歸以一人）

責めを果たす（盡責）

責めを負わせる（使負責任）

責めを塞ぐ（敷衍塞責）

責めを負う可きである（理應負責）

彼は失敗の責めを引き辞職した（他引咎辭職了）

責め合う、責合う〔他五〕互相指責、互相責難（=詰り合う）

互いに相手の非を責め合う（互相指責對方的缺點）

責め馬，責馬、攻め馬，攻馬〔名〕馴服了的馬、馬的調教

責め落とす、責め落す〔他五〕責備使之折服、逼使同意，逼使答應

責め苦、責苦〔名〕折磨、責罰

水火の責め苦（水火的煎熬）

酷い責め苦に会う（受到難堪的折磨）

地獄の責め苦に会う（遭受地獄般的折磨）

責め具、責具〔名〕（拷問用的）刑具（=責め道具、責道具）

責め道具、責道具〔名〕（拷問用的）刑具（=責め具、責具）

責め苛む、責苛む〔他五〕痛加申斥百般折磨

肉体と精神を責め苛む（肉體和精神百般折磨）

良心に責め苛まれる（受到良心譴責）

病魔に責め苛まれる（病魔纏身）

責め折檻、責折檻〔名〕責打、嚴厲管教

絶え間無い責め折檻に苦しめられている（遭受不斷責打的痛苦）

責め手綱、責手綱〔名〕韁繩、馬韁

責め立てる、責立てる〔他下一〕嚴加指責、反復催促，一再催逼

彼の非行を責め立てる（嚴正指責他的不良行為）

借金取りに責め立てられる（被討債的人一再催逼）

責め付ける、責付ける〔他下一〕嚴加申斥（=責め立てる、責立てる）

余り責め付ける物ではない（不應那麼大加申斥）

責付く〔他五〕〔俗〕催促、催逼（=責付く、急がせる）

幾等責付いたって、今日中には出来ない（無論怎麼催今天也做不出來）

責付く、責っ付く〔他五〕〔俗〕（急き付く的轉變）催促、催逼（=責付く、催促する）

幾等責付いたって、今日中には出来ない（無論怎麼催今天也做不出來）

責め塞ぎ〔名〕敷衍塞責

責め塞ぎに斯う為ているのだ（這樣做只是為了敷衍塞責）

嘖（ㄗㄜˊ）

嘖〔漢造〕爭言貌、讚美、鳥鳴聲

嘖嘖〔形動タルト〕嘖嘖

名声嘖嘖（聲名嘖嘖、有口皆碑、享有高度聲譽）

好評嘖嘖たる作品（眾口稱讚的作品、博得群眾好評的作品）

嘖む、苛む〔他五〕折磨，虐待（=苛める、虐める）、苛責，責備（=責める）

捕虜を苛む（虐待俘虜）

飢えに苛まれる（挨餓）

日夜悪夢に苛まれる（晝夜被惡夢折磨）

貧困と病魔に苛まれて失明した（因貧困交加雙目失明）

家の周りは草原なので、夏に為ると藪蚊に苛まれる（因為房子周圍是草地一到夏天就苦於野蚊子咬）

良心に苛まれて眠れない（受良心責備睡不著覺）

簀（ㄗㄜˊ）

簀、簾〔名〕（竹，葦等編的）粗蓆、簾子、（馬尾，鐵絲編的）細網眼，細孔篩子

竹の簀（竹蓆、竹簾）

葦簾（葦簾）

簀を掛ける（掛簾子）

簀を下ろす（放簾子）

簀を巻き上げる（捲簾子）

水嚢の簀（過濾網）

巣、窠、栖〔名〕（蟲、魚、鳥、獸的）巢，穴，窩、〔轉〕巢穴，賊窩。〔轉〕家庭、（鑄件的）氣孔

鳥の巣（鳥巢）酢醋酸簾簀

蜘蛛が巣を掛ける（張る）（蜘蛛結網）

蜘蛛が巣に掛かる（蜘蛛結網）

蜂の巣（蜂窩）

巣を立つ（〔小鳥長成〕出飛、出窩、離巢）

巣に帰る（歸巢）

鳥が巣を作る（鳥作巢）

雌鳥が巣に付く（母雞孵卵）

悪の巣（賊窩）

彼の森は強盗の巣に為っている（那樹林是強盜的巢穴）

其処は丸で黴菌の巣だ（那裡簡直是細菌窩）

二人は彰化で愛の巣を営んで（構えて）いる（兩人在彰化建立了愛的小窩）

巣を構う（作巢，立家、設局，聚賭）

巣、鬆〔名〕（蘿蔔，牛蒡，豆腐等的）空心洞、（鑄件的）氣孔

巣の通った大根（空了心的蘿蔔）

醋、酢、酸〔名〕醋

料理に酢を利かせる（醋調味）

野菜を酢漬けに為る（醋漬青菜）

酢で揉む（醋拌）

酢で溶く（醋調）

酢が利いてない（醋少、不太酸）

酢が（利き）過ぎる（過份、過度、過火）

酢で（に）最低飲む（數叨缺點、貶斥）

酢でも蒟蒻でも（真難對付）

酢に当て粉に当て（遇事數叨）

酢に付け粉に付け（遇事數叨）

酢にも味噌にも文句を言う（連雞毛蒜皮的事也嘮叨）

酢の蒟蒻のと言う（說三道四、吹毛求疵）

酢を買う（乞う）（找麻煩、刺激、煽動）

酢を嗅ぐ（清醒過來）

酢を差す（向人挑戰、煽惑別人）

州、洲〔名〕沙洲、沙灘

三角州、三角洲（三角洲=デルタ）

砂州、砂洲（沙洲）

州に乗り上げる（船擱淺）

川口近くに州が出来た（近河口處形成了沙灘）

州を離れる（船離開沙洲）

為〔自、他サ〕成為、發生、做（=為る）

簀立て、簀立〔名〕（滿潮時立在海裡的）捕魚柵欄，捕魚籠、用捕魚柵欄捕魚的方法

簀の子、簀子〔名〕（竹，葦作的）簾子、竹葦蓆、板條式的外廊地板（=簀の子縁、簀子縁）

竹の簀の子の天井（竹簾子頂棚）

飯櫃に簀の子の蓋を為る（飯桶蓋上竹簾子）

風呂場の簀の子（浴室的洩水板）

土間に簀の子を置く（在沒鋪地板的房間裡鋪上木條踏板）

簀の子縁、簀子縁〔名〕〔建〕（日本房屋）板條式的外廊地板

簀巻き、簀巻〔名〕用葦簾捲起。〔古〕（江戶時代一種私刑）把人以葦簾捲起投入河中

沢（澤）（ㄗㄜˊ）

沢〔漢造〕沼澤、光澤、濕潤、恩惠

沼沢（沼澤）

山沢（山澤）

潤沢（潤澤、光澤、豐富，充裕、利潤，恩惠）

恩沢（恩澤、恩惠）

徳沢（德澤、恩澤、恩惠）

恵沢（恩惠、恩澤）

仁沢（仁澤、寬厚、仁慈）

聖沢（聖澤）

色沢（色澤）

光沢（光澤）

手沢（手澤－猶言手汗，比喻某人常用之物或遺物）

手沢本（某人生前愛讀的書）

沢庵、沢庵〔名〕澤庵鹹菜－十七世紀澤庵和尚所創製的，米糠麩加鹽醃製的黃色蘿蔔（=沢庵漬け）

沢山〔副、名、形動〕很多，許多、夠了，太多，不再需要，不想再要

御菓子を沢山買った（買了很多點心）

彼の図書館には良い本が沢山有る然うです（據說那圖書館有許多好書）

未だ時間が沢山有りますから、急がなくても良いです（時間還很多可以不必著急）

何卒沢山召し上がって下さい（請多吃點）

沢山御買いに為れば割引します（您如果買很多就打折扣）

午後は沢山の用事が有る（下午有很多事情）

戦争で沢山の人が死んだ（因戰爭死了很多人）

然う沢山の人に知られていない（沒有多少人知道）

六時間も寝れば沢山です（睡六小時就足夠了）

御飯はもう沢山です（飯已吃夠、很飽了）

家族三人ですから魚は三匹有れば沢山です（全家三人有三條魚足夠了）

其の話はもう沢山だ、聞き度くない（這些話已聽夠了、不想聽了）

もう冗談は沢山だ（別再開玩笑了）

今の地位で沢山です（現在地位我很滿意）

沢〔名〕沼澤、溪谷

道に迷って沢に出る（迷了路走到沼澤地）

此の沢には一日中日が差さない（這溪谷整天不見陽光）

沢蟹〔名〕〔動〕河蟹

沢桔梗〔名〕〔植〕大種半邊蓮、石龍膽（=春竜胆）

沢胡桃〔名〕水胡桃（=山桐、川胡桃）

沢煮〔名〕〔烹〕味道清淡的湯菜

沢煮椀（肉絲菜湯）

沢辺〔名〕澤邊、澤畔

沢蘭〔名〕〔植〕澤蘭

沢瀉、野茨菰〔名〕〔植〕澤瀉、野慈姑

仄（ㄗㄜˋ）

仄〔名〕（漢詩的）仄聲（指上声、去声、入声）←→平

仄聞、側聞〔名、他サ〕傳聞、風聞

仄聞する所では…（據傳聞…）

仄〔接頭〕（多接形容詞上）稍微（=仄かに、僅かに）

仄暗い（有點暗）

仄白い（微微發白）

仄暗い〔形〕微暗的、有點黑暗的

仄暗い明方（微暗的拂曉）

仄暗い部屋（有點黑暗的房間）

未だ空は仄暗い（天還沒亮）

仄白い〔形〕稍微發白的、灰白的

仄仄〔副、自サ〕模糊，隱約，朦朧、東方發白貌、感覺溫暖貌

沖に白帆が仄仄と見える（海面上白帆隱約可見）

夜が仄仄と明ける（東方漸漸發白）

其の話を聞いて仄仄した気持に為った（聽到那番話心裡感到有些溫暖）

仄仄明け〔名〕東方發白（的時候）

仄か〔形動〕模糊，隱約、略微，稍微

仄かな期待（模糊的希望，一線希望）

仄かに見える（隱約可見）

其の事は仄かに知っている（那件事略微知道一點）

薔薇の香りが仄かに漂う（微微飄來薔薇的芳香）

仄めく〔自五〕隱約可見

其の顔には堅い決心の色が仄めいていた（他的臉上隱約可見堅決的神色）

仄めかす〔他五〕稍微透露、略微表示

決意を仄めかす（透露出決心）

辞意を仄めかす（透露辭職的意思）

彼は承諾の意を仄めかした（他暗示了答應的意思）

不承知を其れとは無しに仄めかす（不明講但暗示不同意）

災（ㄗㄞ）

災〔漢造〕災禍

天災（天災、自然災害）

人災（人禍）

火災（火災）

水災（水災）

禍災（災禍、災難=災禍）

変災（事變、災禍、災難、災害）

息災（消災、健康）

災異〔名〕天災、自然災害（=災変）

災異を起る（發生天災）

災殃〔名〕災殃

災禍〔名〕災禍、災難（=禍災、災害）

災禍を蒙る（受ける）（遭受災禍）

災害〔名〕災害、災禍

災害と凶作（災荒）

災害に会う（遇到災害）

災害を救済する（救災、賑災）

災害予防を為る（防災預防、災害）

自然災害と戦う（和自然災禍戰鬥）

災害が多く、収穫が少ない（多災低產）

今年は災害の多い年だった（今年是災害較多的一年）

地震に因って大きな災害を受けた（因地震遭受了嚴重災害）

洪水は幸いに災害迄には為らなかった（洪水幸未成災）

災害地向け物資（運往災區物資、救災物資）

災害復旧費（災害救濟費）

災害度数率（災害次數率－單位時間災害發生件數）

災害強度率（災害強度率－單位時間災害造成的損害程度）

災害保険（事故保險）

災害補償（事故補償）

災患〔名〕災患

災難〔名〕災難（=災い）

厳しい災難（嚴重的災難）

不慮の災難（意外的災難）

重ね重ねの災難（災難重重）

災難に遭う（遇到災難）

災難を免れる（免於災難）

災難を避ける（避開災難）

人の災難に乗じて（乘人之危）

深い災難の淵に沈む（陷入災難的深淵）

とんだ災難だ（真是意外的災難）

彼れ以来ずっと災難続きでしてね（從那以後一直災難不斷）

彼は災難にめげずに立ち上がった（他未被災難壓垮又站起來了）

何時、どんな災難が降り掛かっても、慌てない様に為て置か無ければ行けない（不論什麼時候任何災難臨頭也要保持鎮靜）

あんな分らず屋に遭っちゃ災難だ（遇到那樣一個不講道理的人真倒霉）

災難の先触は無い（災難沒有預告、喻應防患於未然）

災変〔名〕災變、災害（=災い）

災厄〔名〕災難（=災い、災難）

災厄が降り掛かる（災難降臨）

災厄を齎す（帶來災難）

今年は全く災厄の多い年だった（今年真是多災多難的一年）

災い、災、禍〔名、自サ〕災禍、災害、災難←→福

災いを招く（惹禍、闖禍）

災いを引き起こす（惹禍、闖禍）

災いに遭う（遭殃、倒霉）

災いを蒙る（蒙受災禍）

思わぬ災い（不測的災禍）

大きな災いと為った（成了大患）

災いが降り掛かる（災難降臨、禍從天降）

国家と人民に災いを齎す（禍國殃民）

台風が稲の成長に災いする（颱風造成水稻成長的災害）

口は災いの門（禍從口出）

災い池魚に及ぶ（池魚之殃）

災いは口から（起る）（禍從口出）

災いは福の依る所福は災いの伏する所（禍兮福所倚、福兮禍所伏）

災いも三年経てば用に立つ（役に立つ、福の種）（災後三年時來運轉）

福を転じて福と為す（轉禍為福、逢凶化吉）

災いの本（禍根）

哉（ㄗㄞ）

哉〔漢造〕（表感動的語氣）哉

善哉（〔用於感嘆的誇獎〕善哉=良きかな、加年糕片的小豆粥=善哉餅）

師其の行いを見て善哉と称す(師觀其行稱曰善哉）

快哉（快哉）

快哉を叫ぶ（大聲稱快）

哉〔終助〕〔古〕（由副助詞か+感嘆終助詞な構成）（接體言，連體形）表感嘆之意（哉、乎、耶）。（由疑問終助詞か+感嘆終助詞な構成)表示疑問或懷疑口吻。(以ない哉な形式）表示願望

嗚呼壮なる哉（嗚呼壯哉！）

嗚呼悲しい哉（嗚呼悲哉！）

楽しい哉人生（快哉人生！）

如何して哉（怎麼得了呀？）

彼もそんな男に為った哉（あ）（難道他會變成那樣的人嗎？）

早く来ない哉な（怎麼還不快來呀！）

金〔造語〕金屬的、鐵的、錢的

金盥（金屬製洗臉盆）

金物（金屬製品、五金用具）

金気（鐵銹味）

金縛り（用金錢束縛人的自由）

栽（ㄗㄞ）

栽〔漢造〕栽種

剪栽（剪栽）

前栽（庭院前種植的花草樹木、種有花草樹木的庭院）

盆栽（盆栽）

栽植〔名、他サ〕栽植、栽種（=植える）

栽培〔名、他サ〕栽培、栽種

果樹栽培（果樹栽培）

促成栽培（促成早熟的栽培）

トマトの栽培法（番茄的栽培法）

温室で野菜を栽培する（在溫室裡栽培蔬菜）

其の地方では煙草が盛んに栽培されている（那地方盛行種植菸草）

宰（ㄗㄞˇ）

宰〔漢造〕主管、主持

主宰（主宰、主持）

宰相〔名〕〔史〕（古代的）宰相。〔舊〕首相、總理大臣（=首相）

一国の宰相と為ての責任は重い(作為一國的首相責任是重大的）

宰領〔名、他サ〕（特指運輸貨物等時的）主管，監督、押運（者)、(團體旅行的）帶隊，領隊（者）

新造船を宰領してアフリカへ行く(帶領新造船隻到非洲去）

今度の輸送の宰領は君に頼む(請你擔任這次運輸的主管）

日本訪問友好代表団の宰領（訪日友好代表團的領隊）

関西旅行の参加者を宰領する(帶領關西旅行參加人員）

宰、司〔名〕〔古〕（接受詔令從首都到地方去掌管政務的官）宰、司

再（ㄗㄞˋ）

再〔漢造〕再、又一次

一再（一再、多次）

再案〔名〕修正案、再次提出的方案

再映〔名、他サ〕再次放映、重新放映←→初映

再演〔名、他サ〕〔生〕重演、再次上演、重新演出←→初演

再演を望む（要求再次上演）

今度の公演にも彼が再演する（再這次公演他又出演）

再演説（〔生〕重演說）

再縁〔名、自サ〕再婚、再嫁（=再嫁）

再縁の話が持ち上がる（提起再婚的問題）

再応、再往〔名〕再次、再度（=再度）

一往も再往も（一再地、一次又一次地）

再嫁〔名、自サ〕再嫁、改嫁、再婚（=再縁、再婚）

再下付〔名、他サ〕重新發給、重新授予

旅券の再下付を願い出る（申請重新發給護照）

再会〔名、自サ〕再會、再見、重逢

御互いに再会を約す（互相約定再會）

再会を期して別れる（懷著再會的希望而分手）

再会を喜ぶ場面（重逢的歡樂情景）

十年振りで再会した（相別十年後重逢）

再会は期し難い（再會難期）

再会は期す可し（後會有期）

再開〔名、自他サ〕再開，重開、再開始、重新進行

生産を再開する（恢復生產）

交渉を再開する（重新進行協商）

貿易を再開する（重新開始貿易）

試合を再開する（繼續進行比賽）

催し物が再開する（文娛活動重新開始）

議会が再開する（議會復會）

会議は明日再開される（會議明天重新舉行）

休戦会談再開（恢復停戰談判）

スイズ運河再開（蘇伊士運河重新通航）

再開発（重新開發、重新研製）

再返る〔自五〕又回到原樣、復發

病気が再返る（疾病復發）

再確認〔名、他サ〕再次確認、重新確定

再刊〔名、他サ〕重新出版，再發行、再版，重印

機関誌を再刊する（重新出版機關刊物）

再感染〔名、自サ〕再感染、重新感染

再帰〔名〕回歸，重新返回。〔語法〕反身

再帰液（〔解〕回歸液）

再帰反応（〔醫〕回歸反應）

再帰化（重新入籍、重新恢復國籍）

再帰熱（〔醫〕回歸熱=回帰熱）

再帰代名詞（動詞）（反身代名詞〔動詞〕）

再帰用法（反身用法）

再起〔名、自サ〕再起，重整旗鼓、恢復健康，復原

再起して権力の座に就く（東山再起重新上台）

彼の再起は覚束無い（他很難東山再起）

脳出血で再起不能と為った（因為腦溢血已不能復原）

彼は再起不能と宣告された（他已被宣告沒有復原的希望）

再輝〔名〕〔冶〕再輝、復輝

再議〔名、他サ〕再次討論、重新舉行會議

再議に付する（交付再議）

再議に及ばす（不必再議）

一事不再議の原則（同一法案在同屆議會上不再議的原則）

再議決（重新表決、重新通過）

再挙〔名、自サ〕重整旗鼓、捲土重來

再挙を図る（企圖捲土重來）

再許可〔名、他サ〕重新許可

再許可を受ける（取得重新許可）

再教育〔名、他サ〕再教育、再訓練

職業再教育（職業的再教育）

労組指導者の再教育（工會領導人的再教育）

再禁止〔名、他サ〕再次禁止、重新禁止

金輸出再禁止（重新禁止黃金出口）

再吟味〔名、他サ〕重新考慮、再推敲

計画の内容を再吟味する（重新考慮計畫的內容）

答案を再吟味する（再次推敲答案）

再軍備〔名、自サ〕重整軍備、重新武裝

再軍備計画（重新武裝計畫）

再契約〔名、他サ〕重訂合約

再撃〔名、他サ〕再次打擊、再次襲擊

再結合〔名、自サ〕〔化〕再化合。〔生〕（基因的）重組，交換

再結晶〔名、自サ〕再結晶、重結晶

アセトンから再結晶する（從丙酮再結晶）

固形化合物は再結晶に由って、其れと同じ溶解度を持つ第二の化合物から分離する事

出来る（固體化合物可以通過再結晶，從和它具有同一溶解度的化合物中分離出來）

再見〔名、他サ〕重新看，重心瞻仰（=見直す）、重新出現（=再現）、重新遇見，重逢（=再会）

古都再見（重新瞻仰古都、重訪古都）

再建〔名、他サ〕重新建築，重新建造、重新建設，重新建立

焼けた校舎を再建する（重建燒毀的校舍）

郷土を再建する（重建家園）

地震で壊された都市を再建する（重建被地震破壞的城市）

日本の再建（日本的重建）

国家再建の為尽力する（為重建國家而努力）

国民経済の再建に乗り出す（著手國民經濟的恢復）

再建築（重新建築、重新建造）

再建費（再建費用）

再建〔名、他サ〕（神社，寺院等的）重建、重修

焼けた御寺を再建する（重修燒毀的寺院）

再検〔名、他サ〕重新檢查，再次檢查（=再検査）、重新審查，重新研究，重新考慮（=再検討）

再検査（重新檢查、再次檢查、重新審查）

再検討（重新檢查、重新審查、重新研究、重新調查、重新考慮、重新估量）

再現〔名、自他サ〕再次出現，重新出現。〔攝〕再現、使…再現

往年の文学、芸術の黄金時代を再現する（重新出現當年的文學，藝術黃金時代）

暗黒時代の再現を絶対に許さない（絕對不容許黑暗時代重新出現）

ビデオテープで試合の模様を再現する（用錄影帶再現比賽的情形）

再現部（〔樂〕〔奏鳴曲等的〕再現部）

再現像（〔攝〕二次顯影）

再現力（再現力）

再考〔名、他サ〕再次考慮、重新考慮

再考の結果（再次考慮的結果）

未だ未だ再考の余地が有る（還大有重新考慮的餘地）

再考を促す（催促重新考慮）

再考を要する（需要重新考慮）

君は其れを慎重に再考す可きだ（你應該把它重新慎重地考慮一下）

再校〔名、他サ〕再次校對（=再校正）、再次校訂（=再校訂）

再校を要す（要再次校對）

再構〔名、他サ〕重新構成、重新組織、重新構築、重新構造（=再構成）

調査団を再構する（重新組織調查團）

防禦工事を再構する（重新修築防禦工程）

再構成（重新構成、重新組成）

再興〔名、自他サ〕復興、恢復、重建

祖国（の）再興の為に力を尽くす（為祖國的復興而盡力）

衰微した町が再興した（衰微的城鎮復興了）

衰えていた事業（文学、芸術）を再興する（把衰落的事業〔文學、藝術〕復興起來）

再合成〔名、他サ〕再合成、重新合成

再交付〔名、他サ〕再交付、重新發給

受取証の再交付を請求する（請求重新發給收據）

証明書を再交付する（重新發給證明書）

再拘留〔名、他サ〕再拘留、還押

被告は再拘留されている（被告在還押著）

再告〔名、他サ〕再次通知、重新通知

再婚〔名、自サ〕再婚、再次結婚←→初婚

夫に死別した若い女性に再婚を勧める（勸死了丈夫的年輕女人再嫁）

彼女は二度も三度も再婚を繰り返した（她再婚了兩三次）

子供を連れて再婚する（帶孩子再嫁）

再再〔副〕〔舊〕再三屢次一再（=再三、度度）

再再の話した通り（像屢次講的那樣）

再再の不始末（一再的不檢點）

再再の注意にも拘らず（儘管警告了多少次）

其の事は彼から再再言って寄越した（那件事他再三向我提過了）

再再度〔副〕再三再四、屢次三番

再再度の交通災害（屢次三番的車禍）

再再度注意した（警告了多少次）

再三〔副〕再三、屢次（=度度、何度も）

再三試みる（再三嘗試）

再三繰り返して言う（再三反覆地說）

再三頼んだが駄目だった（雖然再三懇求了但沒有用）

再三言っても聞き入れない（再三地說了也不聽）

再三再四〔副〕再三再四、三番五次

再三再四注意した（三番五次地提醒過）

再三再四の教戒にも拘らず、行動を改めない（屢教不改）

再思〔名、他サ〕再思、重新思考（=再考）

再思三考（再三思考、反復思考）

再試験〔名、他サ〕重新考試、補考、重新試驗、重新實驗

不合格の科目の再試験を受ける（補考不及格的學科）

再出〔名、自サ〕（文字，語句）再出現、重複、又提及←→初出

再出発〔名、自サ〕重新出發、重頭再來

心を入れ換えて再出発する（洗心革面重新做人）

人民と共に再出発する（與民更始）

再勝〔名、自サ〕再次獲勝、又一次勝利

再上映〔名、他サ〕再度放映、重演

〝羅生門〟を再上映する（重演〝羅生門〟）

再蒸留〔名〕再蒸餾、二次蒸餾

再診〔名、他サ〕再次診察

再審〔名、他サ〕〔法〕複審、重新審查

資格を再審する（重新審查資格）

再審を要求する（命ずる）（請求〔命令〕複審）

事件は目下再審中である（案件正在進行複審）

再訊問、再尋問〔名、他サ〕再審問、重新訊問、重新審問

再水和作用〔名〕再水合作用

再生〔名、自他サ〕（廢物，生物，無線，心等的）再生、再現、重生、新生、更生、再造

再生の恩（再造之恩）

再生の喜び（重生的喜悅）

再生の思いが為る（大有再生之感）

心を入れ換えて再生する（改過自新）

再生の道を歩む（走自新之路）

再生纖維（再生纖維）

再生羊毛（再生羊毛）

再生紙（再生紙）

再生品（再生品）

毛の再生（毛髮的再生）

音声の再生（聲音的重現）

再生器（再生器）

再生護謨（再生橡膠）

再生子（〔微〕厚膜孢子）

再生水（〔地〕再生水）

再生不良性貧血（再生障礙性貧血=再生不能性貧血）

再生不能性貧血（再生障礙性貧血=再生不良性貧血）

再生石膏（再生石膏）

再生式受信機（〔無〕再生式收音機）

再生式検波（〔無〕再生式檢波）

再生作用（〔地〕再生作用）

再生芽（〔動〕再生芽）

再生法（〔橡膠〕再生法）

再生産（〔經〕再生產）

再生結晶（〔礦〕再生結晶）

再生装置（再生裝置、播放設備、放音設備、放映設備）

再生繊維素（再生纖維素=再生セルロース）

再製〔名、他サ〕重製、重做、翻新、精細加工製造

護謨を再製する（重製橡膠）

再製服（翻新衣服）

再製毛（再生毛）

再製酒（精製酒）

再製茶（特製茶）

再製品（再生品）

再製塩（精製鹽）

再設〔名、他サ〕重設、重建、重新設立

支店を再設する（重設分店）

領事館を再設する（重設領事館）

再説〔名、他サ〕重新解說、反覆說明

重要点を再説する（反覆說明重點）

再選〔名、自他サ〕重選、重新當選、再次當選

再選を狙う（指望重新當選）

委員に再選された（再次當選為委員）

彼は今度の選挙でも最高点で再選された（他在這次選舉也以最高票數再次當選）

前議員達は再選を目指して選挙戦に望んだ（前議員們參加了競選活動希望重新當選）

再選挙（重選、改選、補選）

再送〔名、他サ〕重新送去、（因收報人住址變更重新送往新住址的）轉送電報（=再送電報）

再送信（再次發報、重新發報）

再送電報〔（因收報人住址變更重新送往新住址的）〕轉送電報

再組織〔名、他サ〕改組、改編

内閣を再組織する（改組內閣）

軍隊を再組織する（整編軍隊）

再築〔名、他サ〕重建、改建

再注〔名、自他サ〕重新訂購（=再注文）

再注を出す（重新訂購）

再注文〔名、自他サ〕重新訂購

再鋳〔名、他サ〕重鑄、改鑄

鐘を再鋳する（重鑄鐘）

大砲に再鋳する（改鑄成大砲）

再調〔名、他サ〕重新調查

再調査（重新調查、再次調查）

再通用〔名、自サ〕（金屬或貨幣）重新通用

銀貨を再通用させる（使銀幣重新用作貨幣）

再訂〔名、他サ〕再次修訂、重新修訂

本を再訂して出版する（把書重新修訂出版）

再訂版（重新修訂版）

再手形〔名〕〔商〕重開匯票－多指開往國外匯票遭到拒付時，由持票人提出的賠償要求

再転〔名、自サ〕再轉變、又轉變

計画が再転して元に返る（計畫又轉為原樣）

形勢が再転して、味方がリードする（形勢再轉變我方領先）

再転換（再轉變重新轉變）

再度〔名、副〕再度、又一次（=二度、再び）

再度挑戦する（再次挑戰）

再度試みる（再度嘗試）

再度の訪中（第二次訪問中國）

再度の失敗にも挫けず立ち上がる（再次失敗也不沮喪又站起來）

再統一〔名、他サ〕重新統一

戦線の再統一を計る（謀求戰線的重新統一）

再投資〔名、自サ〕再投資、重新投資

再投票〔名、自サ〕重新投票、再次投票

再投票を行う（舉行重新投票、再次進行投票）

再登録〔名、他サ〕重新登記、重新注冊

再読〔名、他サ〕再讀、重讀

手紙を再読する（把信再讀一遍）

此の本は再読の必要が有る（這本書有重讀的必要）

再読文字（重讀字－在漢文的訓讀中讀兩次的字）

再突入〔名、自サ〕（太空船等）重返大氣層

ロケットが大気圏に再突入する（火箭重返大氣層）

再突入操縦装置（重返大氣層操縱裝置）

再入可能〔形動〕〔計〕可重新進入

再入国〔名、自サ〕再入境、重新進入國境

再入国許可書（再入境許可證）

再入学〔名、自サ〕再入學、重新入學

再入学を許す（許可重新入學）

再任〔名、自他サ〕重任、連任、重新任命

委員に再任する（再次擔任委員）

農林大臣に再任する（連任農林部長）

会長は再任を妨げない（會長可連任）

再認〔名、他サ〕再次認可，重新承認。〔心〕重新認出，辨識

再認識〔名、他サ〕重新認識、重新正確評價

自然食品の再認識（對天然食品的重新認識）

再熱〔名、自他サ〕再熱、重熱、回熱、重新加熱

再熱現象（〔冶〕回熱現象、復輝）

再熱係数（重熱係數）

再熱器（重熱器、再熱器、回熱器）

再熱炉（烘鋼爐）

再熱サイクル（重熱循環）

再熱タービン（重熱渦輪機）

再燃〔名、自サ〕復燃、重新燃起、重新提起

問題の再燃（問題的重新提起）

インフレの再燃（通貨膨脹的再發生）

恋の再燃（重新燃起愛情的火焰）

以前からの論争を再燃させる（使以前的爭論死灰復燃）

賃上げ問題が再燃した（又提起了提高工資的問題）

再拝〔名、自サ〕再拜，再次敬禮、（文語書信末尾用語）再拜，致敬

再拝して罪を謝す（再拜謝罪）

再拝三拝して頼む（再三叩頭地請求）

頓首再拝（頓首致敬）

再敗〔名、自サ〕再次失敗、又失敗

再配置〔名、他サ〕重新配置、重新安排、重新部署

兵力の再配置（兵力的重新佈署）

生産力の再配置（重新配置生產力）

再配置可能（〔計〕可再定位）

再配分〔名、他サ〕再分配、重新分配（=再分配）

再分配〔名、他サ〕再分配、重新分配（=再配分）

富の再分配（財富的重新分配）

再発〔名、自サ〕復發、又發生、再發生、又長出

肋膜炎が再発する（胸膜炎復發）

彼の病気が再発した（他舊病復發）

列車事故の再発を防ぐ（防止再發生列車事故）

戦争は再発し兼ねない（戰爭難免再發生）

再発行〔名、他サ〕（報刊，紙幣）再發行、重新發行

再発見〔名、他サ〕再發現、重新發現

漢方薬の再発見（對於中藥價值的重新認識）

忘れられた技術を再発見する（重新發現失傳的技術）

再発足〔名、自サ〕重新出發、重新開始（=再出発）

再犯〔名〕再犯、重犯、重新犯罪（的人）

彼の男は今度で再犯だ（他這次是再犯）

再犯者（重新犯罪的人）

再版〔名、他サ〕再版、再版本

此の詩集は発行して間も無く再版された（這部詩集發行後不久就再版了）

其の辞書は忽ち売り切れ、直ぐに再版に掛かる（那部詞典很快就賣完立刻開始再版）

再版には増補が為て有る（再版本上進行了增補）

再販〔名〕再賣，轉賣－根據合約廠商規定的零售做法

再販売（轉賣價格、廠商規定的零售價格）

再評価〔名、他サ〕再估價、重新評價

再評価額（再估價數值）

再評価利益（再估價收益）

再武装〔名、自サ〕再武裝、重新武裝、重整軍備

再封鎖〔名、他サ〕再封鎖、重新封鎖、重新凍結

再服役〔名〕重新服兵役、重新入伍

再分割〔名、他サ〕再分割重新瓜分

世界の再分割を夢見る（妄想重新瓜分世界）

再変〔名、自サ〕再變、又變、再次變化

再編〔名、他サ〕重編

再編成（再次編成、重新組成、整頓、重編、改組）

再編集（重新編輯、改編）

再保険〔名、他サ〕再保險－保險公司讓其他保險公司承保其責任的一部分或全部

再舗装〔名、他サ〕重鋪路面

大通りを再舗装する（重鋪大街的路面）

再訪〔名、他サ〕再次訪問

日本を再訪する（再次訪問日本）

再放送〔名、他サ〕重播

此の番組は今晩七時に同じ周波数で再放送する（這節目今晚七點用同樣頻率重播）

再輸出〔名、他サ〕（把進口貨加工後）再出口

再輸出品（再出口的商品）

再輸入〔名、他サ〕（把出口貨加工後）再進口

再輸入品（再進口的商品）

再輸入免許状（再進口許可證）

再遊〔名、自サ〕重遊

再遊の地（重遊之地）

再用船、再傭船〔名〕轉租賃的船

再用船者（轉租用船的人）

再来〔名、自サ〕再來，再次到來、〔宗〕再世，復生

インフレの再来を防ぐ（防止通貨膨脹的再次到來）

キリストの再来（基督再世）

モーツァルトの再来だ（他是莫札特的再世）

法然上人は仏の再来と崇められた（人們崇拜法然上人為釋迦再世）

再来〔接頭〕再來、再次到來

再来月〔名〕下下月

来月か再来月（下月或下下月）

再来年〔名〕後年（=明後年）

再来週〔名〕下下星期

再臨〔名、自サ〕再來臨、〔宗〕再降臨（=再来）

キリストの再臨（基督再世）

再録〔名、他サ〕重新記錄，重新登載、再次錄音，重新錄音

再論〔名、他サ〕再次評論（討論、議論、論述）

再割〔名〕〔商〕再貼現（=再割引）

再割引〔名、他サ〕〔商〕再貼現

再割引した商業手形（已再貼現的商業期票）

再割引手形（再貼現期票）

再割引率（再貼現率）

再従兄弟〔名〕從堂兄弟（姊妹）、從表兄弟（姊妹）（=又従兄弟、又従姉妹）（=再従兄弟、再従姉妹）

再従兄弟、再従姉妹〔名〕〔俗〕從堂兄弟（姊妹）（=又従兄弟、又従姉妹）

再び、二度〔副〕再、又、重、再一次

二度と再びこんな事は為るな（下次可不許再做這種事啦！）

彼は再び本を読み始めた（他又開始看書了）

彼は再び元の工場へ戻って働く事に為った（他又回到以前的工廠工作了）

再び御会いする迄（等到下次再見、下次再會）

再び同じ過ちを犯す（重犯同樣錯誤）

再び遣って来た（捲土重來）

在（ㄗㄞˋ）

在〔名〕（都市周圍的）鄉間，鄉下（=在所）（=田舎）、在家，在席位上

〔漢造〕在、存在、住在、駐在、設在

在の言葉（鄉下話）

在の者（鄉下人）

青森の在に住んでいる（住在青森附近的鄉下）

在、不在を示す名札（表示在不在的名牌）

存在（存在、存在物、人物、存在的意義）

内在（內在、固有）

外在（外在、外部的存在）

介在（介在、介於…之間）

不在（不在、不在家）

現在（現在、目前、現在式、實際存在）

健在（健在）

顕在（顯然存在、有形的存在）

潜在（潛在）

駐在（駐在、派出所、派出所的警察）

所在（住處、下落、坐落、各處、工作、行為）

自在（自由自在、自如）

近在（附近的鄉村、鄰近的村鎮）

在位〔名、自サ〕（帝王的）在位

長期間在位している国王（長期在位的國王）

在位中は人民を苦しめる許りであった（在位期間使人民吃盡了苦頭）

在院〔名、自サ〕（醫院，療養院等）住院、（大學研究所）在學

未だ在院中です（現在還在住院）

在院人員（在冊人員）

在営〔名、自サ〕在營

在役〔名、自サ〕服刑、服兵役、服現役

犯人は監獄に在役している（犯人在監獄裡服刑）

陸軍（海軍）に在役中である（正在陸軍〔海軍〕服兵役）

在役期間（服役期間）

在役艦（現役艦艇）

在欧〔名、自サ〕駐歐、住在歐洲、旅居歐洲

在欧中（旅居歐洲期間）

在荷、在貨〔名、自サ〕存貨、庫存

在荷の豊富な店（存貨豐富的商店）

大量の在荷を持ち合わせている（擁有大量存貨）

其の品物は在荷して居ります（那商品備有存貨）

市場は在荷過剰である（市場存貨過多）

ㄗ

近頃生鮮魚の在荷は乏しく為った（近來鮮魚存貨缺了）

在華〔名〕在華

在家、在家〔名〕鄉間房屋、村舍

在家〔名〕〔佛〕俗人，在家人（=在俗）←→出家、鄉村房屋，村舍

在家の儘寺に入る（俗人出家）

在家育ち（在農村長大的）

在家僧（居家僧）

在俗〔名〕〔佛〕在俗、在家（=在家）←→出家

在俗の人（俗人、在家人）

在俗僧（居家僧）

在外〔名〕僑居國外、存放在國外

在外同胞（海外僑胞）

在外邦人（在外日僑）

在外代理店（國外代理店）

在外機構（駐外機構）

在外研究員（國外研究生、駐外研究人員）

在外投資（國外投資）

在外資産（國外資產）

在外為替資金（國外外匯儲備）

在外正貨（存放國外鑄幣、國外硬幣儲備）

在学〔名、自サ〕在學、在校

大学に在学している（在上大學、在大學讀書）

本学院の在学生は約四千名である（本學院在校學生約為四千名）

在学期間（在校期間、上學期間）

在学証明書（在校證明書、學生證）

在校〔名、自サ〕在校，在學（=在学）、在學校裡、在學校工作

大学に在校する（在上大學、在大學讀書）

在校生を代表して挨拶する（代表在校學生致詞）

午前中在校（午前在學校）

今日は会議が有るから、六時迄在校する（今天因為有會議六點以前在學校裡）

私の在校中に教えた子供（我在學校工作期間教過的孩子）

在方〔名〕鄉下、鄉村（=田舎、在所）

在方で村長を為ている（在鄉間當村長）

在所〔名、自サ〕住所（=住処）、〔俗〕家鄉、鄉下（=在、在方、田舎）、在所裡、在研究所或事務所（工作）

在所育ち（在鄉下長大的人）

在所者（鄉下人）

午前中は在所する（午前在所裡）

在地〔名〕住所、鄉下

在官〔名、自サ〕做官、擔任官職

在官中に死んだ（死在任上）

在官三十年に及ぶ（擔任官職達三十年）

在官者（做官的、居官者、官員）

在監〔名、自サ〕在押、拘押在監獄裡

在監中である（在獄中、被監禁中）

在監者（在押犯人）

在獄〔名、自サ〕在獄中

在獄の犯人（在押的犯人）

在獄中に（在獄期間）

在級〔名、自サ〕屬於本學級

在級生（本學級在學生）

在京〔名、自サ〕在東京、住在東京

在京中（在東京期間）

在京外人記者（駐在東京的外國記者）

在京の同窓（在東京的學有）

来週一杯在京の予定（預定在東京住到下周周末）

在郷、在郷、在郷〔名、自サ〕居鄉、在故鄉住

在郷の両親（在故鄉的父母）

用事が有って在郷中だ（因事正在故鄉）

夏休みが終る迄在郷の予定（預定在故鄉住到暑假結束）

在郷（ざいごう）、**在郷**（ざいご）〔名、自サ〕住在鄉間（=在郷）、鄉間，鄉下（=在、在方、田舎、在所）

在郷唄（鄉間民歌）

在郷馬（鄉間耕地用的馬）

在郷人（鄉下人）

在郷軍人（在鄉軍人、退伍軍人）

在勤（ざいきん）〔名、自サ〕在職

在勤中は御世話に為りました（在職期間承蒙您關照了）

彼は地方（税関）に在勤している（他現在地方〔海關〕工作）

今年で二十年間在勤した事に為る（連今年算起已經任職二十年了）

在勤俸（〔邊遠，寒冷地區，國外工作的公職人員〕外地工作附加工資）

在勤手当（〔邊遠，寒冷地區，國外工作的公職人員〕外地工作津貼）

在職（ざいしょく）〔名、自サ〕在職、任職（=在勤、在任）

此の役所には五年間在職した（在這機關任職了五年）

彼は本校に在職する事十年に及んだ（他在本校任職已達十年之久）

在職中は御世話に為りました（在職期間承蒙關照了）

在職期間（在職期間、任職期間）

在任（ざいにん）〔名、自サ〕在職、任職（=在職）

在任中に（在職期間）

在任の期限が延びる（在任期限延長）

本局に在任する（在總局任職）

此の計画は彼が部長に在任している時に起草されたのだ（這計畫是他任職部長時候起草的）

在任期間（在職期間）

在庫（ざいこ）〔名、自サ〕庫存

在庫の品物（存貨）

在庫物資の点検（盤點庫存）

在庫が不足している（庫存不足）

在庫に余裕が有る（庫存豐富）

在庫を調べる（盤點庫存）

在庫量（存貨量、庫存量）

在庫調べ（盤貨）

在庫高（存貨額）

在庫品（存貨）

在庫投資（庫存投資－以期初和期末產品庫存差額作為追加投資）

在国（ざいこく）〔名、自サ〕住在家鄉、（江戶時代〝大名〞或其家臣）住在領地←→在府

在府（ざいふ）〔名、自サ〕（江戶時代〝大名〞或其家臣）住在江戶，在幕府裡工作←→在国

在室（ざいしつ）〔名、自サ〕在室內、在房間裡

十時迄在室（十點前在屋裡）

在社（ざいしゃ）〔名、自サ〕在公司裡、在公司任職

残業で八時迄在社（する）（因為加班在公司裡待到八點）

満十年間在社した（在公司任職滿十年了）

在住（ざいじゅう）〔名、自サ〕居住

東京在住の外人（東京的外僑）

日本在住の中国人（旅日華僑）

親子三代台湾に在住している（父子三代居住在台灣）

在宿（ざいしゅく）〔名、自サ〕〔舊〕在家（=在宅）

御在宿の日時を御知らせ下さい（請告訴我您何時在家）

在宅（ざいたく）〔名、自サ〕在家

先生は御在宅ですか（老師在家嗎？）

日曜日は大抵在宅している（星期天多半在家）

電話で在宅を確かめてから訪問する（用電話問一下然後再訪問）

在宅日（在家的日子）

在世（ざいせ）〔名〕〔佛〕在世、活在世上（=在世）

父の在世中（父親在世期間）

在世（ざいせい）〔名〕在世、活在世上（=存命）

彼の在世中を知っている人人（知道他活著時候情況的人們）

故人の在世中は一方ならぬ御世話に為りました（死者在世期間承蒙您多方關照）

在世中（在世期間）

在席（ざいせき）〔名、自サ〕在座位上、在工作崗位上

在籍（ざいせき）〔名、自サ〕在學籍、在會籍

在籍数を調べる（調查在籍人數）

中学校に在籍する（在中學上學）

在籍学生は四千名だ（在籍學生是四千名）

台湾大学には外国人学生が多数在籍している（很多外國學生在台灣大學上學）

在籍労働者（在廠工人）

在村地主（ざいそんじぬし）〔名〕在鄉地主、住在本村的地主←→不在地主

在隊（ざいたい）〔名、自サ〕在軍隊中、在部隊裡

在団（ざいだん）〔名、自サ〕在團、樂隊或體育代表隊等的成員

在中（ざいちゅう）〔名、自サ〕在内

写真在中（照片在内内有照片）

見本在中（樣品在內）

御送りした荷物の中に請求書も在中しています（送上的貨物內附發貨單）

在庁（ざいちょう）〔名、自サ〕在官廳裡、在政府機關服務

在朝（ざいちょう）〔名、自サ〕在朝、任朝廷官職←→在野

在野（ざいや）〔名、自サ〕在野、不當政、不擔任官職←→在朝

在野の名士（在野的著名人士）

在野の人物の中から大臣を選ぶ（從在野人物中選任大臣）

十年間の在野生活（十年的在野生活）

在野の諸党が結束する（各在野黨團結起來）

在野党（在野黨=野党←→与党）

在廷（ざいてい）〔名、自サ〕出庭、在朝

在廷証人（出庭的證人）

在天（ざいてん）〔名、自サ〕在天上

在天の兄弟の魂（兄弟的在天靈魂）

在天の英霊以て瞑せよ（在天英靈可以瞑目矣）

在島（ざいとう）〔名、自サ〕在島上、住在島上

在日（ざいにち）〔名、自サ〕（外國人）在日本、住在日本

在日本（ざいにほん）〔名、自サ〕（外國人）在日本、住在日本（=在日）

在否（ざいひ）〔名〕在與不在、在家與否

電話で在否を確かめる（用電話問清楚在家與否）

在米（ざいべい）〔名、自サ〕住在美國、旅居美國、駐美

在米邦人（旅美日僑）

在米（ざいまい）〔名〕（倉庫，糧店等）現存米

在民（ざいみん）〔名〕（主權）在民

在銘（ざいめい）〔名〕（刀劍，器物上）刻有制作者名字←→無銘

在来（ざいらい）〔名〕原有、以往、通常

在来の風習（原有的風習）

在来の方法（以往的方法）

在来の諸思想（傳統觀念）

在来の仕来りに従う（按照以往的慣例）

在来の遣り方を改める（改變以往的做法）

此れは在来販売されていた品物は全く違っている（這和一向販賣的物品完全不同）

在来型戦争（〔軍〕常規戰爭）

在来型兵器（〔軍〕常規武器）

在来工業（原有工業－指明治維新以前已發達的國內工業）

在来種（原有品種、本地品種）

在留（ざいりゅう）〔名、自サ〕臨時居住，暫時居住、僑居，住在國外

ブラジルに在留する日本人（住在巴西的日本人）

日本在留の中国人（住在日本的華僑）

現在海外に数千万の同胞が在留している（現在有幾千萬同胞僑居海外）

在留民（僑民）

在留外人（外僑）

在留邦人（住在國外的日僑）

在る〔自五〕（與〝有る〞本來是一個詞，前面接〝に〞，一般不寫漢字）在、有、在世、歸屬、歸結、在於

動物園は公園の前に在る（動物園在公園前面）

日本は台湾の北に在る（日本在台灣北面）

庭に在る木（在庭院裡的樹）

郵便局は何処に在りますか（郵局在哪裡？）

在りし日の面影（生前的面容）

世に在る人（活著的人、有名望的人）

責任は彼に在る（責任在他）

問題は向こうの出方に在る（問題在於對方的態度）

勝敗は此の一戦に在る（勝敗取決於這一戰）

有る、在る〔自五〕有，在、持有，具有、舉行，辦理、發生←→無い

〔補動、自五〕（動詞連用形+てある）表示動作繼續或完了、（…てある表示斷定）是，為（=だ）

本も有れば鉛筆も有る（既有書也有鉛筆）有る在る或る

未だ教科書を買って居ない人が有りますか（還有沒買教科書的人嗎？）未だ未だ

何れ程有るか（有多少？）

机の下に何かが有りますか（桌下有什麼東西？）

ガスが有る（有煤氣）

彼の家には広い庭が有る（他家有很大的院子）

子供は二人有る（有兩個孩子）

有る事無い事言い触らす（有的沒的瞎說）

銀行は何処に在るか（銀行在哪裡？）

彼には語学の才能が有る（他有外語的才能）

世に在る人（活著的人）

責任は彼に在る（責任在他）

会った事が有る（見過面）会う合う逢う遭う遇う

一番の難点は其処に在る（最大困難在此）

午後に会議が有る（下午有會議）

飛行機に乗った事が有るか（坐過飛機嗎？）乗る載る

今日は学校が有る（今天上課）

日本へは一度行った事が有る（去過日本一次）行く往く逝く行く往く逝く

昨日、火事が有った（昨天失火了）昨日昨日

何か事件が有ったか（發生什麼事了嗎？）

今朝地震が有った（今天早上發生了地震）今朝今朝

郵便局は五時迄有る（郵局五點下班）

木が植えて有る（樹栽著哪）

此の事は書物にも書いて有る（那事書上也寫著哪）

壁に絵が掛けて有る（牆上掛著畫）

もう読んで有る（已經唸了）

此は本である（這是書）

此処は彰化である（這裡是彰化）

或る、或〔連體〕某、有

或る人（某人、有的人）

或る時（折）（某時）

或る事（某事）

或る日の事でした（是某一天的事情）

或る程度迄は信じられる（有幾分可以相信）

或る意味では（從某種意義來說）

在り、有り〔自ラ〕（〝有る〞的文語，不能單獨使用）有，存在（=有る）

物の有り無し（物之有無）

山有り川有り（有山有水）

貸間有り（有出租房間）

有りと有らゆる人（所有一切的人）

有りの儘（據實）

在り在り、有り有り〔副〕歷歷、清清楚楚（=はっきり、まざまざ）

在り在りと見える（歷歷在目）

其の顔に在り在り現れている（很明顯地表現在他的臉上）

彼の顔には在り在りと狼狽の色が現れた（他的臉上明顯地露出狼狽相）

母の面影が在り在り浮かぶ（母親的面貌清清楚楚浮現在眼前）

在り在り満足の色を浮かべた（很明顯地現出滿意的神色）

在り合わせる、有り合わせる〔自下一〕現成，現有（=持ち合わせる）、正好在場（=居合わせる）

有り合わせた物で食事を為る（用現有的東西做一頓飯吃）

丁度其の場に在り合わせる（正好在場）

在り処、在処〔名〕所在地、下落

金の在り処が分らない（不知道錢在哪裡）

人の在り処を尋ねる（尋找人的下落）

在り方〔名〕應有的狀態、應有的樣子、理想的狀態

自由主義の在り方（自由主義應有的狀態）

偏見を抱かぬ事が研究者の在り方である（不抱偏見才是研究者應有的態度）

在り来り〔名、形動〕常見的、不稀奇、一般

在り来りの品（一般的東西）

在り来りの考え（普通的想法）

こんな装飾は在り来りだ（這種裝飾是常有的）

在りし〔連體〕（〝在り〞+文語助動詞〝き〞的連體形〝し〞構成的連體詞）以前的、過去的、生前的

在りし日（往昔、過去、生前）

青年時代の在りし日を思い起こす（想起青年時代的往昔）

在りし日を偲ぶ（緬懷往昔）

在りし日の面影（生前的面容）

在りし日の彼を偲ぶ（懷念他的生前）

在り高，在高、有り高，有高〔名〕現有數量、現額

在庫品の在り高（庫存現額）

在す、座す〔自五〕〔古〕（〝居る〞〝在る〞的敬語）在、有（=いらっしゃる、御出でに為る、在します、御座します））。（〝行く〞〝来る〞的敬語）去、來（=御出掛けに為る）

在すかり、在すがり、在そがり〔自ラ〕〔古〕（在り的尊敬語）有、在（=いらっしゃる）

在す、御座す〔自四〕（有る、居る、行く、来る的敬語）有、在、去、來

御座る〔自五〕〔敬〕在，來，去（=いらっしゃる）。〔敬〕有（=御座います）。〔俗〕戀慕。〔俗〕腐爛。〔俗〕破舊，陳舊。〔俗〕衰老，老糊塗

彼女は大分君に御座ってるよ（她對你很多情）

此の魚は御座ってる（這條魚壞了）

御座った洋服（陳舊的西服）

御座います〔連語、自サ、特殊型〕〔敬〕（御座ります的音便）有，是（=有ります）

〔補動、特殊型〕補助動詞有る的敬語形式、（接形容詞連用形的ウ音便後）只表示尊敬，沒有其他意義

沢山御座います（有很多）

ボールペンは此方に御座います（圓珠筆在這裡）

御用が御座いましたらベルを御押しに為って下さいませ（如果有事請按電鈴）

御忙しい所を態態御越し下さいまして、実に申し訳御座いません（您在百忙之中還特意來一趟真對不起）

此処に花が飾って御座います（這裡擺著花）

右に見えますのがデパートで御座います（右邊看到的是百貨公司）

然様御座います（是的、是那樣）

然うでは御座いません（不是的、不是那樣）

次は五階で御座います（下一層是五樓）

御苦労様で御座います（您辛苦了！勞您駕了！）

御早う御座います（早安！）

有り難う御座います（謝謝！）

何時でも宜しゅう御座います（什麼時候都可以）

本当に美しゅう御座います（真美麗）

載（ㄗㄞˋ）

載〔漢造〕裝載、記載、年

積載（裝載、運載）

満載（滿載、裝滿、登滿）

舶載（船載、舶來）

記載（記載、刊登）

搭載（裝載）

登載（登載、刊載）

掲載（登載、刊登）

収載（收載）

連載（連載、連續刊載）

千載一遇（千載難逢）

載貨〔名、他サ〕載貨、裝載（的）貨物

載貨喫水線（滿載吃水線、載重線標誌）

載貨重量噸（總載重量噸數）

載貨容積建て運賃（按載貨容積計算的運費）

載積〔名、他サ〕積載、裝載

載炭〔名、自サ〕裝煤上煤

洋上載炭（海上裝煤）

載炭量（載煤量）

載炭港（裝煤港口）

載炭桟橋（裝煤碼頭）

載物〔名〕載物

載物台（〔顯微鏡的〕載物台）

載物ガラス（〔顯微鏡的〕承物玻璃片）

載量〔名〕（船，貨車等的）積載量

載録〔名、他サ〕記載、記錄、收錄

調査の結果を載録して出版する（把調查的結果收錄下來出版）

載せる、乗せる〔他下一〕〔使〕乘上、裝上、裝載、使參加、誘騙、記載、刊載、和著拍子

物を棚に載せる（把東西擺在架上）

両手に顎を載せる（雙手托著下巴）

色色の御馳走を沢山載せて有る食卓（擺滿各種菜餚的飯桌）

彼女は其れを手の平に載せて彼に差し出した（她把那東西拖再手心遞給了他）

野菜を載せた車（裝著蔬菜的車）

途中で乗客を載せる（中途招攬乘客）

君の自動車に乗せて呉れ（讓我搭乘你的汽車吧！）

彼の汽船は千人の乗客を載せる事が出来る（那輪船能載運一千乘客）

引き摺る様に為て彼を其の汽車に乗せた（硬拉著他搭上那火車）

其の仕事に私も一口乗せて呉れ（讓我也參加一份那工作吧！）

ぼろい事なら俺も一口乗せて呉れ（若是發財的買賣也算上我一份吧！）

口車に乗せる（用花言巧語騙人）

彼は悪漢共の悪巧みに乗せられた（他中了壞蛋們的奸計）

彼女は迂闊に乗せられた（她一不小心受了騙）

そんな話に乗せられる物か（那種話騙得了我嗎？）

記録に載せる（寫進記錄裡）

歴史に載せる（載入史冊）

地図に載せる（登在地圖上）

小説を新聞に載せる（把小說刊登在報上）

新聞に広告に載せる（在報紙上登廣告）

私の名を新聞に載せない様に為て呉れ（不要把我的名字登在報上）

三味線に乗せて歌う（和三弦唱）

載る、乗る〔自五〕坐、騎、搭乘、登上、參加、上當、登載、附著、附和、趁機、增強

車に乗る（坐車）

船に乗る（坐船）

自転車に乗る（騎自行車）

馬に乗る（騎馬）

汽車に乗って行く（坐火車去）

タクシーに乗って家に帰る（坐出租汽車回家）

エレベーターに乗って上がり下りする（坐電梯上下）

彼の自動車に乗ってみたい（我想坐一坐那輛汽車）

医者は自転車に乗って遣って来た（醫師騎著自行車來了）

君はジェット機に乗った事が有りますか（你坐過噴射機嗎？）

屋根へ乗る（登上屋頂）

机の上に本が載っている（桌上放著書）

書類やインキ壺等の載っているテーブル（放著文件和墨水瓶等的桌子）

其の綱は君が載ると切れるだろう（你若爬上那條繩子會斷的）

話に乗る（接受提議）

相談に乗る（參與商量）

私も一口乗ろう（我也算一份吧！）

其の相談には乗り度くない（不願參與那計畫）

計略に乗る（中計上當）

口車に乗る（聽信花言巧語而受騙）

彼はそんな手に乗る男じゃない（他不是上那種當的人）

彼女はおべっか等には乗らない（她不聽信諂媚的話）

彼は直ぐ煽てに乗る（他很容易被人戴上高帽）

歴史に載る（載入史冊）

新聞に載る（登在報上）

此の単語は何の辞書にも載っていない（這單詞那辭典也沒有收錄）

其の国は新しい地図には載っている（新地圖上有那個國家）

其処は地図にも載って居ない小さな山村である（那是地圖上也找不到的小山村）

其の論文は雑誌に載る予定だ（那篇論文準備登在雜誌上）

新聞に私の名前が載らない様に為て呉れ（別把我的名字登在報上）

インクが乗る（墨水印紙）

絵具が良く乗る（水彩很好塗）

白粉が乗る（香粉貼附不掉）

リズムに乗る（附和節奏）

歌が三味線に乗らない（歌跟三弦不調和）

マイクに乗る声（麥克風傳出的聲音）

軽やかリズムに乗って踊る（隨著輕快的節奏跳舞）

ニュースが電波に乗って世界各地へ伝えられる（消息隨著電波傳向世界各地）

調子に乗ってどんどん進む（趁勢不斷前進）

此の勢いに乗って攻め込む（趁著這股勁攻進去）

景気の波に乗って大儲けする（趁著經濟繁榮大發其財）

彼は人気の波に乗っている（他趁勢紅了起來）

油が乗る（肥起來）

脂肪が乗って来た（肥胖起來）

脂が良く乗っている魚（肥厚的魚）

仕事に気が乗る（工作幹得起勁）

賊（ㄗㄟˊ）

賊〔漢造〕賊、損害、破壞、擾亂國家的人

山賊（山賊、山裡的強盜、綠林）

大賊（大盜）

女賊（女賊）

馬賊（土匪）

義賊（劫富濟貧的盜賊）

逆 賊（叛徒、反賊）

国賊（叛國賊）

姦賊奸賊（奸賊）

乱臣賊子（亂臣賊子）

賊する〔他サ〕損害，危害（=害する）、殺害（=殺す）

国を賊する（危害國家）

彼の言行は社会の治安を賊する（他的言行危害社會治安）

良 民を賊する（殺害良民）

賊害〔名、他サ〕殘害

賊軍〔名〕賊兵、叛軍

勝てば官軍、負ければ賊軍（勝者為王敗者為寇）

賊子〔名〕賊子，賊臣（=賊臣）、不孝之子

乱臣賊子（亂臣賊子）

賊 将〔名〕賊軍大將

賊臣〔名〕叛逆之臣（=乱臣）

賊船〔名〕賊船

賊巣〔名〕賊巢

賊徒〔名〕盜賊、國賊

賊党〔名〕賊黨、賊眾（=賊徒）

賊兵〔名〕賊兵、叛軍（=賊軍）

賊名〔名〕賊名

賊名を著せられる（背上賊名、被加上賊名）

賊名を負わされる（背上賊名、被加上賊名）

遭（ㄗㄠ）

遭〔漢造〕遇

遭遇〔名、自サ〕遭遇

苦難に遭遇しても屈しない（遇到困苦也不屈服）

沖合で時化に遭遇する（在海上遭遇暴風雨）

遭遇戦（〔軍〕遭遇戰）

遭難〔名、自サ〕遇難、遇險

火山の爆発で五名遭難した（因火山爆發有五人遇難）

危うく遭難を 免 れた（險些遇難）

遭難現場（遇難現場）

遭難者（遇難者）

遭難 救 助隊（遇難救險隊）

遭難信号（遇難信號）

遭逢〔名、自サ〕遭逢、遭遇（=出遭う事）

遭う、会う、逢う、遇う〔自五〕遇見，碰見、會見，見面、遭遇，碰上

学生時代の友人と道で偶然逢った（在路上偶然同學生時代的朋友碰見了）

意外の 所 で逢う（在意想不到的地方遇見）

何処で何時に逢いましょうか（在什麼地方幾點鐘見面呢？）

今日の夕方御逢いし度いのですが、御都合は如何でしょうか（今天傍晚想去見您不知道您方便不方便）

誰が来ても今日は逢わない（今天誰來都不見）

夕方に逢ってすっかり濡れて仕舞った（碰上了陣雨全身都淋濕了）

交通事故に逢って約束の時間に遅れて仕舞った（碰上了交通事故沒有按約會時間趕到）

逢うた時に笠を脱げ（遇上熟人要寒暄、遇到機會要抓住）

逢うは別れの始め（相逢為離別之始、喻人生聚散無常）

合う〔自五〕適合，合適、一致，相同，符合、對，準，準確、合算，不吃虧

〔接尾〕（接動詞連用形下）一塊…。一同…。互相…

体に合うかどうか、一度着て見た方が良い（合不合身最好先穿一穿試試）

此の靴は私の足に合う（這雙鞋我穿著正合適）

此の眼鏡は私の目に合わなくなった（這副眼鏡我戴著不合適了）

性が合う（對胃口）

合わぬ蓋有れば合う蓋有り（有合得來的也有合不來的）

此の訳文は原書の意に合わない（這個譯文和原文意思不合）

彼の人と私とは意見が良く合う（他和我意見很相投）

君の時計は合っているか（你的錶準嗎？）

答えがぴったり合った（答案整對）

計算が如何しても合わない（怎麼算也不對）

割の合わない仕事（不合算的工作）

百円では合はない（一百塊錢可不合算）

そんな事を為ては合わない（那樣做可划不來）

彼等は予定の時刻に停車場で落ち合った（他們按預定時間在停車場見了面）

学び合い、助け合う良い気風を発揮する（發揚副互相學習互相幫忙的優良作風）

話し合う（會談、協商）

皆で待ち合おう（大家一塊等吧！）

互いに腹を探り合う（互相測度對方心理）

分らない所を教え合う（不明白的地方互相學習）

糟（ㄗㄠ）

糟〔漢造〕酒的渣滓、用酒漬製的食品、事情敗壞

糟糠〔名〕糟糠（粗劣的食糧、貧賤時的妻子）

糟糠の妻（糟糠之妻、貧窮時共患難的妻子）

糟糠の妻は堂より下さず（糟糠之妻不下堂-後漢書）

糟粕〔名〕糟粕

古人の糟粕を嘗める（吮古人糟粕、步前人後陳）嘗める舐める

糟、粕〔名〕酒糟（=酒糟、酒粕）

人間の糟（人類的糟粕、卑鄙的人）

糟を食う（受人責備－主要用於劇團）

酒の糟（酒糟）

豆（の）糟（豆餅=豆粕）

糟漬け、糟漬（酒糟醃的鹹菜）

糟粕〔名〕糟粕、剩餘的無用物

古人の糟粕を嘗める（吮古人糟粕、步前人後塵）

滓〔名〕（液體的）沉澱物，渣滓（=澱）。〔轉〕糟粕，無用的東西

茶の滓（茶滓）

滓を除く（去掉渣滓）

残り滓（殘渣）

人間の滓（人類的渣滓）

糟毛〔名〕（馬的一種毛色）菊花青

糟汁、粕汁〔名〕加上酒糟的醬湯

糟漬け，糟漬、粕漬け，粕漬〔名〕用酒糟醃的魚或菜

糟漬け用の粕（醃魚菜用的酒糟）

糟取り，糟取、粕取り，粕取〔名〕（用酒糟製造的）劣等酒、（用米或洋芋等私造的）壞酒、〔轉〕粗製濫造的東西

糟取り雑誌（粗製濫造的雜誌）

鑿（ㄗㄠˊ）

鑿〔漢造〕鑿子、鑿孔、挖掘

斧鑿（斧鑿、修改、玩弄技巧）

掘鑿、掘削（挖掘、掘鑿）

開鑿、開削（開鑿、挖掘）

穿鑿（鑿孔、探索、穿鑿附會）

鑿岩機、削岩機〔名〕鑽岩機

鑿岩機で穴を開ける（用鑽岩機穿洞）

鑿孔機〔名〕〔木工〕開榫眼機

鑿井〔名、自サ〕鑿井，掘井。〔礦〕鑽探，鑽井（=試錐、ボーリング）

鑿井機具（打井機具）

鑿井小屋（井房）

海上での鑿井（海上鑽井）

鑿井工（司鑽）

鑿井作業（鑽井作業）

鑿井班（鑽井隊）

鑿井櫓（鑽塔）

鑿井プラットホーム（鑽台）

鑿井機（鑽井機）

鑿〔名〕鑿子

鑿で彫る（用鑿子鑿）

鑿と言えば槌（〔喻〕機靈、頭腦靈活）

蚤〔名〕〔動〕跳蚤

蚤を取る（捉跳蚤）

蚤を食われる（被跳蚤咬）

爪で蚤を潰す（用指甲擠死跳蚤）

蚤の夫婦（妻子身材大於丈夫的一對夫妻）

鑿、入り穿〔名、形動〕（作詩）過分玩弄技巧、過分穿鑿、說得露骨（=穿ち過ぎ）

早、早（ㄗㄠˇ）

早〔接頭〕（接在名詞，動詞，形容詞上）表示新生出、幼嫩

早蕨（嫩蕨）

早苗（幼苗）

早乙女、早少女〔名〕少女（=乙女、少女）、插秧的姑娘

美しき早乙女（美麗的少女）

早乙女が歌を歌いながら田植えを為ている（插秧的姑娘唱著歌插秧）

早月、五月、皐月〔名〕陰曆五月、杜鵑（=五月躑躅）

五月の鯉の吹き流し（心直口快、性情直爽－來自端午節懸掛的鯉魚形旗幟，中空而直）

江戸っ子は五月の鯉の吹き流し（東京人心直口快）

早苗〔名〕秧苗

早苗歌（秧歌）

早苗を取る（移植稻秧）

早苗を水田に植える（把秧苗插在稻田裡）

早苗を苗代から抜け取って、田へ植え付ける（把秧苗從秧田裡拔起栽到田裡去）

早蕨〔名〕幼蕨

早速〔副〕立刻、馬上

其の小説は迚も面白いので、早速買って読んで見た（因為聽說那小說很有趣所以立刻買來讀了一下）

着いたら早速御手紙を上げます（到達後我將立刻寫信給你）

早速御返事を願います（希望立即回信）

早速の御返事有り難う御座います（蒙您迅速來信不勝感謝）

早速御知らせ致します（我將立即通知你）

御注文の品、早速御送り致します（承訂物品立即送上）

早速だが君は何歳ですか（我先來問你你幾歲啦！）

早速ですが、金を少し貸して下さいませんか（請恕我免去客套你可以借一點錢給我嗎？）

早〔漢造〕早、早晨、提前、快，急

時機尚早（時機尚早）

早期〔名〕早期、提前

早期に発見する（早期發現）

癌は早期に発見されれば直る（惡性腫瘤如能早期發現可以治癒）

早期診療（早期診療）

早期発見（早期發現）

早期発火（預燃、提前點火）

早期教育（早期教育－特指學齡前教育）

早期重合（〔化〕過早聚合）

早期硬化（〔化〕早期硬化、預熟化）

早期浸潤（早期浸潤）

早急（そうきゅう）、**早急**（さっきゅう）〔名、形動〕緊急、火急、趕快

此の工事は早急に仕上げて下さい（這個工程請趕快完工）

早急に問題を処理する（緊急處理問題）

早急な（の）措置を取る（採取緊急措施）

早急な（の）用事が有って来た（因為有緊急的事情而來）

早急に連絡する（火速聯繫）

早急に書いた論文だから穴だらけだ（因為是匆匆忙忙寫的文章錯誤很多）

早暁（そうぎょう）〔名〕黎明拂曉（=明方）

早暁、頂上へ向って出発した（拂曉向山頂出發了）

高原の早暁の空気を吸う（呼吸高原上黎明時的空氣）

早教育（そうきょういく）〔名〕幼兒教育、學齡前兒童教育（=幼児教育）

早計（そうけい）〔名〕過急的想法、輕率的想法

早計に失する（失之過急）

然う推断するのは少し早計だ（那樣推斷有些輕率）

早計に結論を出すな（不要過早下結論）

そんな事位で死ぬ等とは早計だ（為了那麼一點小事而死未免太輕率了）

早婚（そうこん）〔名〕早婚←→晩婚

彼は早婚だった（他結婚早）

私は早婚の方です（我屬於早婚的）

早産（そうざん）〔名、自サ〕早產

早産児（早產兒）

早秋（そうしゅう）〔名〕早秋、初秋←→晩秋

早秋の澄み切った大気（早秋的清澈空氣）

早熟（そうじゅく）〔名、形動〕早熟←→晩熟

早熟の子（早熟的兒童）

此の桃の品種は他より一箇月程早熟です（這桃子比別的品種大約早熟一個月）

早熟高収量新種（早熟高產新品種）

早出（そうしゅつ）〔名、自サ〕一大早外出、提前上班（=早出）←→早退

早出（はやで）〔名、自サ〕提前出門、提前上班、早班、早退，提前走←→遅出

今日は早出の日だ（今天是早班）

他へ回るので早出する（要到旁處轉一轉所以提前出門）

早春（そうしゅん）〔名〕早春、初春←→晩春

早春の寒冷な空気（春寒料峭的空氣）

早世（そうせい）〔名、自サ〕早死、夭折（=若死に）

才を惜しまれつつ早世した（在才華被人惋惜中早死了）

早生児（そうせいじ）〔名〕早產兒

早雪（そうせつ）〔名〕早雪

早早（そうそう）〔名〕剛剛…、剛剛…馬上就

〔副〕急忙、匆匆、趕緊

帰国早早（剛回國就…）

帰宅早早（一回家就…）

入学早早寝込んで仕舞った（剛入學就病倒了）

新年早早風邪を引いて未だ直らない（剛過年就感冒了到現在還沒有好）

早早に退散した（趕緊散去）

早早に為て立ち去る（匆匆走開）

早早（はやはや）〔副〕（催促人用語）快！快！（=早く、早く）

早早（と）（はやばや）〔副〕早早地、很早地

早早夕食を済ませた（早早地吃完了晚飯）

翌日早早彼が起きて来た（第二天他很早就起來了）

早早年賀状を有り難う（這麼早您就寄來賀年信多謝！）

早退〔名、自サ〕早退（=早引き、早退き）

二時間早退します（早退兩小時）

病気の為午後早退します（因病下午早退）

早引き、早退き〔名、自サ〕〔舊〕索引，簡明辭典、早退（=早引け、早退け）

用事が有るので早引きする（因為有事所以早退）

早引け、早退け〔名、自サ〕（由學校，工作地點）早退、（學校）早放學、（公司）早下班（=早退、早引き、早退き）

御腹が痛く為って学校を早引けした（在學校因為肚子痛所以早退了）

早着〔名、自サ〕（列車等）提前到達←→延着

汽車は五分間早着した（火車提前五分鐘到達）

早朝〔名〕早晨、清晨←→深夜、白昼

早朝のラジオ体操を欠かさずする（早上的廣播操一天也不漏）

早朝其方に到着する予定だ（預定清晨到達你那裏）

早天〔名〕清晨（=早朝、明け方）

早天の寒風に肌を晒す（讓清晨的寒風吹打肌膚）

早点火〔名〕〔化〕預燃（作用）

早年〔名〕青年時代（=若年）←→晚年

早発〔名、自サ〕提前開車←→延発。〔醫〕早發，從青年時代發病

早発性痴呆症（早發性癡呆症）

早晚〔副〕早晚、遲早、不久（=遅かれ早かれ）

早晚襤褸が出る（早晚會露出馬腳來）

我我は早晚成功するだ（我們遲早總會成功）

早晚君の為無ければ為らない事だ（這是你遲早要做的事）

早老〔名〕早老、早衰

早老を防ぐ方法（防止早衰的方法）

早漏〔名〕〔醫〕早洩

早〔名〕〔古〕早，快、馳馬送急件（=早打ち）、乘快轎子送急件（=早追い）

〔副〕已經、早已（=早くも）

早秋は来た（已經來到秋季）

早五時を回った（已經過了五點鐘了）

早十年の月日が流れた（十年的歲月已經流逝了）

先の憤りも早忘れていた（剛才的怒氣也已經消了）

早子供が二人有る（已經有兩個孩子了）

早帰りませ（請早點回來）

早足、速足〔名〕快走、快步

早足で使いに行って来る（快去快回地跑一趟差使）

早足で歩く（快步走）

早足で丘を駆け下りた（快步跑下了山崗）

駆足から早足に移る（由跑步改為快步）

早足（進め）（〔口令〕快步走！）

早足〔名〕敏捷的步伐、輕快的步伐

早受け手形〔名〕〔商〕提前承兌匯票

早打ち、早撃ち〔名〕〔古〕快馬送信（的人）、（手槍，花炮等）急射、（鼓等）疾敲、（棋）下快棋

矢の様に早打ちが通った（急使乘快馬飛馳而過）

早打ちの名手（速射名手）

早生まれ、早生れ〔名〕早出生、四月一日以前出生（的人）－四月一日前出生可以早一年上小學←→遅生まれ、遅生れ

早生まれの子供（早出生的孩子）

早馬〔名〕快馬、急馳的馬

早緒〔名〕櫓繩（=櫓繩）

早起き〔名、自サ〕早起（的人）

早起きして散歩する（早起去散步）

早起きの習慣が付く（養成早起的習慣）

早起きの人（早起的人）

早起きは三文の徳（早起三分利、早起好處多）

早起早寝（早睡早起）

早桶〔名〕粗糙棺材、桶形座棺

早合点、早合点〔名、自サ〕貿然斷定、自以為是（=早呑み）

早合点して失敗する（貿然斷定而失敗）

早帰り〔名、自サ〕早歸、清晨歸來

気分が悪いので早帰りする（因為不舒服早點回去）

早駕籠〔名〕快轎、信差所乘坐夜不停的快轎

早鐘〔名〕（警急警報時）連續猛敲的鐘、連敲的鐘聲

早鐘の様に胸が動悸を打つ（心裡像連敲的鐘聲似地砰砰亂跳）

津波を知らせる早鐘が為った（通知海嘯的警鐘響了）

早変わり，早変り、早替わり，早替り〔名、自サ〕演員在同一場戲中迅速換裝扮演兩個角色、搖身一變

役者が老人から鬼に早変りして登場した（演員搖身一變由老人改扮成鬼怪出場了）

彼は中年の紳士に早変りした（他搖身一變而為中年紳士了）

役人から会社の重役に早変りする（由官吏搖身一變而為公司的董事）

早口〔名〕話說得快、繞口令（=早口そそり）

早口で聞き取れない（說得太快聽不清楚）

余り早口に（で）喋るな（不要說得太快了）

早口の人（說話快的人）

早口言葉（繞口令=早口そそり 說話快=早口）

早口そそり（繞口令=早口言葉）

早言〔名〕說得很快（=早口）、繞口令（=早口言葉）

早咲き〔名〕花早開、早開的花←→遅咲き

チューリップの早咲き種（鬱金香的早開品種）

早咲きの菊（早開的菊花）

早死に〔名、自サ〕早死、早逝、夭折←→長生き

彼は酒の為に早死にした（他因酗酒而早逝）

早仕舞い、早仕舞〔名〕提前結束、提前收工、提前停止營業

今日の会は早仕舞に為よう（今天的會議提前結束吧！）

嵐が来然うなので店を早仕舞に為る（因為暴風雨要來提前收攤）

早過ぎ点火〔名〕早燃、提前點火、先期點火

早瀬〔名〕急流、急湍

早瀬に流される（被急流沖走）

丸木舟で早瀬を下る（乘獨木舟下急湍）

早立ち〔名〕一大早出發

早立ちしてキャンプに行く（一大早出發去露營）

早手回し〔名〕提前準備、事先準備

早手回しに用意する（提前作好準備）

早手回しに処置して置く（提前處理好）

早とちり〔名〕〔俗〕貿然決定造成錯誤、一急念錯台詞、不懂裝懂而說錯話

早撮り（写真）〔名〕快照、快速攝影

早撮りを取る（拍快照）

早縄〔名〕警繩、捕繩（=捕り縄）

早寝〔名、自サ〕早睡←→遅寝、夜更かし

疲れたので早寝を為た（因為累了所以提前就寢）

早寝早起き（早睡早起）

早寝早起きの習慣（早睡早起的習慣）

早呑み込み〔名、自サ〕理解得快、自以為是（=早合点、早合点）

何でも早呑み込みで器用で良く用の足りる人だ（是個心靈手巧很得力的人）

彼は早呑み込みで慌て者だ（他是個自以為是的莽漢）

早場〔名〕（米，茶等）早熟地區、收穫早的地區←→遅場

早場米（早熟稻米）

早場地帯（早熟地帶、早收地帶）

早番〔名〕早班、早班工作←→遅番

早飛脚〔名〕（江戸時代）通知緊急要事的差使、趕夜路的腳夫

早昼〔名〕提早吃午飯

早昼に為る（提前吃午飯）

早便〔名〕早班郵件、早班（或早到）班機←→遅便

早舟〔名〕划得很快的船、跑得很快的船

早掘り〔名〕（芋類等）提前挖掘

早掘りの馬鈴薯（提前挖掘的馬鈴薯）

早回り〔名〕在短時間內很快地轉一圈

世界一周早回り機（環球循環機）

早見、速見〔名〕一看即懂、一目了然

早見表（一覽表、簡表）

計算早見表（簡便計算表）

電話番号早見表（電話號碼簡表）

早道〔名〕近道、捷徑、簡便

早道を為る（走捷徑）

真っ直ぐ行くのが早道だ（一直走是捷徑）

早道を通って先回りする（走捷徑搶在前頭）

手紙より直に会って話す方が早道だ（與其寫信不如當面談更簡便）

人に頼むより、自分で為た方が早道だ（與其求人莫若自己動手更簡便）

早道は遅道な物（想走捷徑反而繞遠、欲速則不達）

早耳〔名〕耳朵靈、消息靈通

早耳の人物（消息靈通人士）

彼の早耳には驚いた（他消息靈通得令人吃驚）

聾の早耳（聾子的耳朵靈、沒聽懂裝懂、好話聽不進壞話聽得快）

早耳筋（了解內幕的人、掌握經濟情報的人）

早目，早め、速目，速め〔名、形動〕提前、眼尖、催生藥（=早目薬）

少し早目に行こう（早一點去吧！）

早目に登校する（提前到學校去）

勿論早目に来て呉れれば尚良い（能提前來當然更好）

早目な（の）準備（提前的準備）

早目早耳（眼尖耳靈、消息靈通）

早飯〔名〕飯吃得快

早分かり〔名〕理解得快，領悟力強、簡明手冊，指南

早分かりの子（聰明的孩子）

早分かりを為る人（一聽就懂的人、貿然斷定的人）

国文法早分かり（國語文法簡明手冊）

英語早分かり（英文速成指南）

早技、早業〔名〕神奇的技藝、俐落的手法

眼の求まらぬ早技（令人看不見的神奇手法）

手練の早技（騙人的俐落手法）

電光石火の早技（風馳電掣的俐落手法）

早い、速い、疾い、捷い〔形〕早←→遅い、晩い、為時尚早，還不到時候、快，迅速、急、敏捷，靈活

朝起きるのは早い（早上起得早）

生まれる一月早い（早生一個月）

明日はもっと早く御出でよ（明天再早一點來）

一日早く帰って来た（提早一天回來了）

予定より早いので、未だ誰も来ていない（比預定時間還早所以誰都還沒來）

君、其の年で結婚するのは未だ早い（你這年齡結婚還太早）

君は結論を下すのが早過ぎる（你下結論還為時尚早）

寝るには未だ早い、もう暫く本を読もう（睡覺還太早再看一會書吧！）

足が速い（走得快）

走るのが速い（跑得快）

本を読むのが速い（看書看得快）

速く為ないと間に合いませんよ（不快點就來不及了）

速ければ速い程良い（越快越好）

彼は速く此の方法をマスターした（他很快就掌握了這種方法）

出来る丈速く解決する（盡快解決）

汽車で行った方が速い（坐火車去快）

速い馬（快馬）

速い船（快船）

流れが速い（水流急）

気が速い（性急、易怒、易激動）

呼吸が速い（呼吸急促）

速い話が（簡單說來、直截了當地說）

頭の巡りが速い（頭腦靈活）

仕事が速い（工作敏捷）

早い事〔副〕趕快、迅速

早い事知らせて置こう（趕快通知吧！）

早い事片付けて出掛けよう（趕緊收拾好出去吧！）

計画は早い事立てて置いた方が良い（計畫最好趕快制定出來）

早い所（所）〔副〕趕快、迅速（=早い事）

早い者勝〔連語〕捷足先登

席が少ないから早い者勝に為る（因為座位少誰先來誰就坐）

早く、夙く〔副〕早、老早，早就、快、先

予定の時刻より十分早く着く（比預定的時間早到十分鐘）

早く然う言えば良かったのに（你早這樣說就好了）

何故早く言わないよ（為什麼不早說呢？）

早く試験の結果が知り度い（想早點知道考試的結果）

彼は早く両親を失った（他很早就失去了父母）

早くから知っていた（早就知道了）

座席は早くから詰め掛けた観客で一杯だった（坐位早就被蜂擁而來的觀眾佔滿了）

早く返事を為ろ（快回答）

早く走れ（快跑）

早く彼を呼んで来い（快把他叫來）

斯う言う病人は早く手当を為無ければ為らない（這樣的病人必須趕緊治療）

早く御正月に為れば良いなあ（快點過年多好哇！）

斯くて五年は早くも過ぎ去った（就這樣五年很快就過去了）

何方が早く着いたのですか（誰先到的呢？）

早さ、速さ〔名〕速度、早晚的程度

光の早さ（光速）

進歩の早さ（進步的速度）

此の早さで行けば二時間で着く（按這個速度走兩小時就到）

早し、速し〔形ク〕早、快（=早い、速い）

早まる、速まる〔自五〕倉促，輕率，貿然、過早，提前、忙中出錯，著急誤事

早まった事を為る（貿然行事）

早まった事を為て呉れるな（可不要貿然從事）

早まって人に疑いを掛ける物ではない（不要輕易懷疑人）

彼は早まって皆に其のニュースを流して仕舞った（他輕率地向人們洩漏了那件消息）

遠足は三日早まり、明日行く事に為た（郊遊提前三天改在明天去）

早まって喜んでは為らない（不要高興得太早了）

早まると事を仕損じる（忙中有錯）

早まって意味を取り違える（忙中領會錯了意思）

早める、速める〔他下一〕加快，加速、提前

足を早める（加快步伐）

速力を早める（加快速度）

工事の進行を大幅に早めた（大大加快了工程進度）

自分の滅亡を早める丈だ（只能加速自己的滅亡）

開会の時刻を早める（提前開會時間）

取り入れの時期を早める（提前收割期）

早る、逸る〔自五〕心情振奮、急躁、著急

心が早る（心急、心情振奮）

血気に早る人（性急的人、意氣用事的人）

早る胸を押さえる（控制急躁情緒）

流行る〔自五〕流行，時髦，時興，盛行、興旺，時運佳、蔓延←→廃れる

此れは一番流行る言葉だ（這是一句最流行的話）

近来此の方法は流行り出した（近來這個方法盛行起來了）

学生の間にスキーが非常には流行っている（在學生當中滑雪非常盛行）

婦人のロングスカートは戦後間も無く流行り出した（婦女的長裙戰後不久便流行起來了）

此の柄はもう余り流行らなく為った（這個花樣已經不大時興了）

今最も流行っているヘアスタイル（目前最流行的髮型）

彼の店は非常に流行っている（那家店很興旺）

彼の医者は良く流行る（那醫師病人多）

彼の俳優は最近流行り出した（那演員最近紅起來了）

大阪では流感が非常に流行っていた（流行感冒在大阪蔓延開來）

早雄、逸雄，逸り雄〔名〕雄健、血氣方剛的青年

早生、早稲〔名〕〔農〕早稻、早熟的作物。〔轉〕早熟，早熟的人←→晩稲、晩生、奥手

早稲を植えた田（栽上早稻的水田）

早稲は去年よりも三十パーセント以上の増産だ（早稻比去年增產三成以上）

早生の葡萄（早熟的葡萄）

早生の果物（早熟的水果）

彼の子は早生だ（這孩子成熟得早）

早稲田〔名〕〔農〕種早稻的水田、早稻田大學（=早稲田大学）

蚤（ㄗㄠˇ）

蚤〔名〕〔動〕跳蚤

蚤を取る（捉跳蚤）

蚤を食われる（被跳蚤咬）

爪で蚤を潰す（用指甲擠死跳蚤）

蚤の夫婦（妻子身材大於丈夫的一對夫妻）

鑿〔名〕鑿子

鑿で彫る（用鑿子鑿）

鑿と言えば槌（〔喻〕機靈、頭腦靈活）

蚤取り〔名〕捉跳蚤、殺跳蚤粉（=蚤取り粉）

蚤取り粉〔名〕殺跳蚤粉（=蚤除け）

蚤取り粉を撒く（撒殺跳蚤粉）

蚤取り眼〔名〕敏銳的眼睛、明察秋毫的眼睛

蚤取り眼で捜し回る（聚精會神地到處尋找）

蚤の市〔名〕跳蚤市場、舊貨市場、破爛市場－來自巴黎每星期日在城外舉行的舊貨市場

蚤除け〔名〕驅除跳蚤、殺跳蚤藥粉（=蚤取り粉）

棗（ㄗㄠˇ）

棗〔漢造〕落葉亞喬木，長二丈餘，花黃色，葉互生，果實可吃

ㄗ

棗〔名〕〔植〕棗（茶道）、（裝抹茶的）棗形茶葉罐

棗の木（棗樹）

棗の実（棗核）

棗貝〔名〕棗貝

棗形〔名〕棗形

棗椰子〔名〕〔植〕椰棗

藻（ㄗㄠˇ）

藻〔漢造〕水藻、華麗的文辭

海藻（海藻）

珪藻、硅藻（硅藻）

紅藻（紅藻）

緑藻（綠藻）

褐藻（褐藻）

文藻（文才、辭藻）

才藻（才藻、文采）

詞藻、詩藻（詞藻、詩歌，文章）

懐風藻（奈良時代的漢詩集）

藻菌類〔名〕藻類菌－具有藻類和菌類之間的性質

藻類〔名〕〔植〕藻類

藻類学（藻類學）

藻〔名〕〔植〕藻類

喪〔名〕喪事、喪禮、喪期、居喪、服喪

喪に服する（服喪）

喪が明ける（喪期服滿）

喪を発する（發喪）

喪を秘する（秘不發喪）

藻魚〔名〕〔動〕藻魚－棲息在沿海藻類繁茂處的魚類

藻貝〔名〕〔動〕小蚶子（=猿頰貝）

藻刈り舟〔名〕採集海藻的船

藻草〔名〕〔植〕藻類

藻屑〔名〕海裡的碎藻、海中的泥垢

海底の藻屑と消える（葬身魚腹、死在海裡）

藻汐、藻塩〔名〕燃燒海藻製造的鹽、含海藻的海水

藻汐草、藻塩草〔名〕制鹽用的海藻。〔轉〕隨筆，雜錄，詩文集

藻抜け、裳抜け、蛻〔名〕（蟬，蛇等）蛻皮、蛻的皮（=抜け殻）

蛻皮（蛻下的皮）

皀（ㄗㄠˋ）

皀〔漢造〕黑的顏色、洗污垢用的鹼性物質

皀莢〔名〕〔植〕皀莢（落葉喬木，高三四丈，結實成莢，可以洗衣）

皀莢虫〔名〕鍬形蟲（=鍬形虫）、獨角仙（=兜虫）

造、造（ㄗㄠˋ）

造〔漢造〕造、製作、達到、瞬間、日本上古時代的階級之一（造）

製造（製造、生產）

構造（構造、結構）

建造（建造、修建）

築造（修築、營造）

営造（營造、建築）

醸造（釀造、釀製）

改造（改造、改建）

人造（人造、人工製造）

新造（新造、新建）

新造（年輕的妻子、年輕的妓女、二十歲左右的姑娘）

模造、摸造（仿造、仿製）

捏造（捏造、虛構）

偽造（偽造、假造）

創造（創造）

木造（木造、木結構）

銅造（銅造）

コンクリート造（水泥造）

国造（國造－日本大和時代世襲的地方官）

伴造、友造（伴造－大化前代世襲的管理首長）

造営〔名、他サ〕營造、興建

記念堂を造営する（興建紀念堂）

造営費（興建費）

造影剤〔名〕〔醫〕造影劑

造園〔名、自サ〕營造庭園

日本の造園術は発達している（日本的造園術很發達）

造園家（庭園設計家）

造園業（造園業）

造化〔名〕造化，造物主、宇宙，自然界，天地萬物

造化の妙（造化之妙、宇宙萬物的奧妙）

造花〔名〕人造花、假花（=造り花）

造花を造る（做假花）

造り花、作り花〔名〕人造花、假花（=造花）

造り花には香り無し（假花不香）

造果器〔名〕〔植〕果胞－紅藻類的雌性生殖細胞

造卵器、蔵卵器〔名〕〔植〕（羊齒類的）卵囊、藏卵器

造精器、蔵精器〔名〕〔植〕精子囊

造嚢器〔名〕〔生〕（子囊菌類的）產囊體

造艦〔名、自サ〕製造軍艦

造艦計画（造艦計畫）

造癌物質〔名〕致癌物質

造機〔名〕機器製造

造機工学（機器製造工程）

造形、造型〔名、自サ〕造型

大理石の上に造形する（在大理石上造型）

造形美術（芸術）（造型藝術）

造詣〔名〕造詣

漢学の造詣が深い（漢學的造詣很深）

歴史学に対する造詣が深い（對歷史學造詣很深）

文学に深い造詣を持つ（對文學有很深的造詣）

造血〔名、自サ〕〔醫〕造血

人間は脊髄で造血する（人是由脊髓造血）

造血剤（造血劑）

造血作用（造血作用）

造言〔名〕流言、謠言、謊言（=デマ Demagogie 德）

造言飛語（流言蜚語）

造語〔名、自サ〕〔語〕構詞，創造新詞，造複合詞、創造的新詞，複合詞

造語成分（詞素、構詞成分－日本語=日本+語）

造鉱元素〔名〕〔地〕造礦元素

造塩元素〔名〕〔化〕鹵素（週期表中第七族的非金屬元素－F、Cl、Br、I、At）

造石〔名〕（酒，醬油）釀造量

造石高（釀造量）

造骨細胞〔名〕〔解〕造骨細胞

造歯細胞〔名〕〔解〕成牙質細胞

造作、雑作〔名〕〔舊〕費事，麻煩、款待，招待、方法，手段、所做的事情

今日は大変御造作を御掛けしました（今天太麻煩您了）

何の造作も無い（一點也不費事）

こんな造作の無い事は無い（沒有比這事更簡單的了）

造作無い（容易、簡單）

私には造作無い事だ（對我來說非常簡單）

彼奴を負かすのを造作無かった（我不費吹灰之力就打敗了他）

造作〔名、他サ〕修建、室內裝修、家具、面孔，容貌

車庫を造作する（修建車庫）

造作が付いてない（無家具設備）

此の家の造作は非常に吟味して有る（這房子裝修很講究）

造作貸家（帶家具設備的出租房屋）

ㄗ

造作抜き（不帶家具設備）

造作が整っている（五官端正）

御粗末な造作（很醜陋的面貌）

造作が不味い（容貌難看）

造山運動（ぞうざんうんどう）〔名〕〔地〕（地殼的）造山運動

造陸運動（ぞうりくうんどう）〔名〕〔地〕造陸運動

造次（ぞうじ）〔名〕瞬間、剎那、片刻

造次も此れを疎かに為ない（片刻也不疏忽）

造次顛沛（片刻）

造酒（ぞうしゅ）〔名、自サ〕造酒、釀酒

造酒業（釀酒業）

造船（ぞうせん）〔名、自サ〕造船

造船所（造船廠）

造船業（造船業）

造船台（造船台）

造反（ぞうはん）〔名、自サ〕造反（=謀反）

造反派（造反派）

造物（ぞうぶつ）〔名〕萬物、造物主

造物主（造物主=造物者）

造兵（ぞうへい）〔名〕製造兵器

陸軍造兵廠（陸軍兵工廠）

造兵官（軍械軍官）

造兵局（軍械局）

造幣（ぞうへい）〔名〕造幣

造幣局（造幣局）

造幣所（造幣廠）

造幣所長（造幣廠廠長）

造本（ぞうほん）〔名、自サ〕製書、書本的印刷裝訂等工作

造本技術（製書技術）

造立（ぞうりゅう）〔名、他サ〕（寺院、廟宇的）興建、修建（=建立）

造粒（ぞうりゅう）〔名〕粒化作用、形成顆粒

造林（ぞうりん）〔名、自サ〕造林、植樹

造林に力を入れる（致力於造林）

造林学（造林學）

造林面積（造林面積）

造（みやつこ）〔名〕〔古〕造（〝姓〞的一種、日本上古時代的階級之一、世襲官職之一）

造る、作る（つくる）〔他五〕造，做、創造、建造、鑄造、形成，制定、耕種，栽培，培養，培育、生育、化粧，打扮、修飾，修整、假裝，虛構、賺得，掙得、樹立、報時

木で机を造る（用木材做桌子）

竹で籠を造る（用竹子編筐）

原子爆弾、水素爆弾を幾等か造る（製造一點原子彈氫彈）

労働は人間を造る（勞動創造人）

新しい術語を造る（創造新的術語）

歴史は人民が造る物だ（歷史是人民創造的）

本を造る（寫書）

文章を造る（做文章）

講演の草稿を造る（寫演講稿）

小説を造る（創作小說）

詩を造る（作詩）

部屋に閉じ篭って新聞を造る可きではなく、大衆に目を向ける可きである（不應當關門辦報應面向群眾）

家を造る（蓋房子）

庭を造る（建造庭園）

町に学校を造る（在鎮上修建學校）

大砲を造る（鑄造大砲）

貨幣を造る（鑄造硬幣）

列を造る（排隊）

円を造る（排成圓形）

規則を造る（建立規章）

労働組合を造る（組織工會）

新内閣を造る（組織新內閣）

一クラスを造る（組成一個班）

楽しい家庭を造る（組織快樂的家庭）

憲法を造る（制憲）

田を造る（種田）

稲を造る（種水稲）

野菜を造る（種菜）

菊を造る（養菊花）

共産主義道徳を造る（培養共產主義道德）

人物を造る（培養人才）

本を真面目に読む習慣を造る（養成認真讀書的習慣）

子供を造る（生孩子）

顔を造る（化粧）

眉毛を造る（描眉）

令嬢風を造る（打扮成小姐樣）

年よりも若く造る（打扮得年輕輕的）

体裁を造る（修飾外表）

松を造る（修剪松樹）

笑い顔を造る（假裝笑容）

話を造る（說假話）

声を造る（裝假音）

御飯を造る（做飯）

鯛の刺身を造る（把鯛魚做成生魚片）

身代を造る（積賺財富）

敵を造る（樹敵）

友を造る（交朋友）

罪を造る（造孽）

鶏が時を造る（雄雞報曉）

造り、作り、作〔名〕構造，結構，樣式、身材，體格、化粧，打扮、假裝、（関西方言）生魚片、栽培，種植、農作物，年成

西洋造り（西式建築）

家の造りが商店風だ（房屋的結構是商店式的）

料理屋風の造りの家（飯館式構造的房屋）

此の家は造りが確りしている（這房屋結構堅固）

粘土造りの御面（黏土做的假面）

黄金造りの太刀（鑲金的大刀）

此のコンパクトは素晴らしい造りだ（這粉盒做得漂亮）

頑丈な造りの男（體格健壯的男人）

小作りな（の）女（身材矮小的女人）

御作りが上手だ（會打扮）

彼の女は若作りだ（那女人打扮得年輕）

御作りを念入りに為る（細心打扮）

御作りに暇が掛かる（花費很多時間打扮）

造り笑い（假笑）

造り泣き（假哭）

鮪の御作り（金槍魚片）

菊作りの名人（栽培菊花的名手）

有名な庭作り（著名的庭園師）

今年は造りが良い（今年年成好）

造り、作り〔造語〕造、做、設法製作

ガラス造り（玻璃造的）

煉瓦造り（用磚砌的）

菊作りの名人（栽培菊花的名手）

国造り（建設國家）

世論造り（製造輿論）

造り上げる、作り上げる〔他下一〕造成，做完、偽造，虛構

立派な人物を造り上げる（培養成卓越的人物）

二年掛かって造り上げた絵（花了二年工夫做成的畫）

人民の英雄を造り上げる（塑造人民英雄形象）

架空の事件を造り上げる（炮製莫須有的事件）

彼の話は全部造り上げた嘘だ（那話全都是捏造的謊言）

造り酒屋〔名〕釀酒廠、大酒鋪

造り出す、作り出す〔他五〕開始做，做出來、製造出來，生產出來、創造，發明，創作，做出，造成

詩を造り出すと寝食を忘れる（一做起詩來就廢寝忘食）

一日に千台の自動車を造り出す（一天生產一千輛汽車）

新型の機械を造り出す（創造出新型的機器）

次次と名作を造り出す（一篇接一篇地創作好作品）

条件を造り出す（創造條件）

革命の新しい時代を造り出す（創造革命的新時代）

両党の分裂は数十年来の不幸な局面を造り出した（兩黨的分裂造成了數十年的不幸局面）

造り庭、作り庭〔名〕人工庭園

造り主〔名〕〔宗〕造物主，創世主（=造物主）、製造者（=作り手）

慥（ㄗㄠˋ）

慥〔漢造〕篤實的樣子

慥か、確か，確〔形動〕確實、正確、可靠

〔副〕的確、大概、也許

確かな返事（確切的回答）

其れは確かだ（那是確實的）

貴方が騙された事は確かです（你確實受騙了）

彼が生きている事は確かだ（他確實活著）

確かに知らない（確實不知道）

確かに私が為たのです（確實是我做的）

確かに御手紙を受け取りました（大函確實收到了）

月末迄には確かに御返しします（月底以前一定歸還）

貴方の時計は確かですか（你的手錶準嗎？）

彼の人の英語は確かな物だ（他的英語很地道）

確かな人（靠得住的人）

確かな銀行（可靠的銀行）

此の報道は未だ確かで無い（這報導還不可靠）

案内者を連れて行った方が確かだ（帶個嚮導去保險）

確かな筋からの情報（來自可靠方面的情報）

彼は確かに此処へ来る（他一定會來這裡）

国を出たのは確か一月十日だった思います（我想大概是一月十日出國的）

此のセーターは確か三千円でした（這件大衣大概是花了三千日元）

噪（ㄗㄠˋ）

噪〔漢造〕噪

喧噪（喧嚣、嘈雜）

蝉噪蛙鳴（亂喊亂叫）

噪音、騒音〔名〕噪音、嘈雜聲（=喧しい音）←→楽音

噪音を減らす（減少噪音）

物凄しい噪音を発する（發出可怕的噪音）

噪音防止条例（噪音防止條例）

躁（ㄗㄠˋ）

躁〔漢造〕急躁、喧鬧

狂躁、狂騒（狂躁、瘋狂的喧鬧）

躁鬱病〔名〕躁鬱症

躁鬱病患者（躁鬱症患者）

躁急〔形動〕急躁

躁狂〔名〕〔醫〕躁狂、狂亂

躁病〔名〕狂躁症

躁病患者（狂躁患者）

竈（ㄗㄠˋ）

竈〔漢造〕煮飯菜的地方

竈突〔名〕煙囱（=煙突）

竈〔名〕灶（=竈、竈）

鍋を竈に掛ける（把鍋坐再灶上）

竈〔名〕灶、獨立門戶

竈の火を焚く（燒爐灶）

竈に鍋を掛ける（把鍋坐在灶上）

竈を立てる（另立門戶、成家）

竈を起こす（創家業、開始獨立生活）

竈を別に為る（另立門戶）

竈が賑わう（生活富裕）

竈を破る（破產）

竈を分ける（分家）

竈馬〔名〕〔動〕灶馬（=御釜蟋蟀）

竈〔名〕灶

竈で湯を沸かす（在爐灶上燒開水）

陬（ㄗㄡ）

陬〔漢造〕邊遠地方、偏僻鄉村

僻陬（偏僻地方）

陬遠〔名〕邊遠地方、偏僻鄉村

走（ㄗㄡˇ）

走〔漢造〕跑、快走、逃走、驅動、走卒

競走（賽跑）

滑走（滑行）

帆走（揚帆行駛）

伴走（助跑、陪跑）

疾走（快跑）

奔走（奔走、張羅、斡旋）

暴走（亂跑、狂跑、猛跑、魯莽從事）

馳走（奔走、款待，宴請、盛饌，美味）

逃走（逃走、逃跑）

敗走（敗走、敗退）

背走（倒退著跑）

遁走（逃走、脫逃）

走性〔名〕〔生〕趨性、向性

走化性〔名〕〔化〕趨藥性

走気性〔名〕〔植〕趨氣性、趨氧性

走光性〔名〕〔生〕趨光性

走湿性〔名〕〔植〕向水性

走日性〔名〕〔植〕向日性

走触性〔名〕〔植〕趨觸性

走水性〔名〕〔動〕趨水性

走地性〔名〕〔生〕趨地性

走電性〔名〕〔生〕趨電性

走熱性〔名〕〔生〕趨熱性、趨溫性

走濃性〔名〕〔生〕趨滲性

走風性〔名〕〔生〕趨風性

走流性〔名〕〔生〕趨流性、向流性

走禽〔名〕走禽

走禽類（走禽類）

走狗〔名〕走狗

敵の走狗と為る（成為敵人的走狗）

狡兎死して走狗煮らる（狡兔死走狗烹）

走行〔名〕行車

走行中妄りに運転手に話し掛けないで下さい（行車時間請勿與司機隨意談話）

車の走行マイル数を調べる（查汽車行車英里數）

走行時間（行車時間）

走行距離（行車距離）

走行台（移動式起重機）

走向〔名〕〔地〕走向

走向断層（走向斷層）

走根〔名〕〔植〕匍匐莖、（真菌）蔓絲

走査〔名、他サ〕〔無〕掃描

走査電子顕微鏡（掃描電子顯微鏡）

走査線（掃描線）

走査装置（掃描設備）

走時〔名〕〔地〕（地震波的）傳播時間

走者〔名〕〔體〕賽跑運動員。〔棒〕跑壘員

走卒〔名〕僕人、男僕

其の頃彼の名は児童走卒に至る迄知らぬ者は無かった（當時他的名字連兒童奴僕也沒有人不知道）

走鳥類〔名〕〔動〕走禽類

走程〔名〕行車距離、跑過路程

自動車の走程は五十マイルだった（汽車跑了五十英里）

走程記録計（里程表）

走繞〔名〕（漢字部首）走字旁

走破〔名、自サ〕跑完、跑過

一万メートルを可也のスピードで走破した（以相當快的速度跑完一萬米）

砂漠をジープで走破する（乘吉普車跑過沙漠）

走法〔名〕〔體〕跑法

走馬燈〔名〕走馬燈（=回り灯籠）

走馬燈の様に変転する（像走馬燈那樣變幻）

色色の思い出が走馬燈の様に去来した（往事如走馬燈似地一幕幕出現在眼前）

走力〔名〕跑的能力

走力テスト（跑步能力測驗）

走塁〔名〕〔棒〕跑壘（=ベース．ランニング）

走塁が巧みである（跑壘跑得巧妙）

走塁を誤る（跑壘失誤）

走路〔名〕〔體〕跑道（=コース）、逃走的道路（=逃げ道）

走路が雨の為に軟らかく為って、記録が上がらない（跑道因為下雨變軟記錄提不高）

走り路〔名〕單軌架空索道、起重機的吊車道

走る、奔る、駛る、趨る〔自五〕跑、行駛、變快、奔流、逃走、逃跑、通往、流向、走向、傾向←→歩く

一生懸命に走る（拼命地跑）

馬は走るのが速い（馬跑得快）

走って行けば間に合うかも知れない（跑著去也許趕得上）

家から此処迄ずっと走って来た（從家裡一直跑到這裡）

此の船は一時間二十ノットの速力で走っている（這船以每小時二十海里的速度航行）

急行列車は十五分で其の距離を走った（快車用十五分鐘跑完這段距離）

筆が走る（信筆揮毫）

曲が走る（曲速變快）

水の走る音が聞こえる（可以聽到水的奔流聲）

血が走る（血流出來）

敵は西へ走った（敵人向西逃跑了）

犯人は東京から大阪へ走った（犯人從東京逃往大阪）

敵陣に走る（奔赴敵營）

道が南北に走っている（道路通向南北）

山脈が東西に走る（山脈東西走向）

右翼に走る（右傾）

感情に走って理性を失う（偏重感情失去理智）

空想に走る（耽於空想）

虫唾が走る（噁心，吐酸水、非常討厭）

歩く〔自五〕走，步行（=歩む）（廣義指乘車船等走動）。（接其他連用形下）到處…（=方方で…する）

歩いて行く（走著去）

一寸其の辺を歩こう（到那邊去走一走吧！）

君は良く歩くね（你真能走呀！）

大手を振って歩く（昂然闊步）

千鳥足で歩く（醉步蹣跚）

肩で風を切って歩く（大搖大擺地走）

駅迄は歩いて十分と掛からない（走到車站用不上十分鐘）

世界各地を歩いて来た（走遍了世界各地）

酒場を飲み歩く（串酒館喝酒）

宣伝し歩く（到處宣傳）

飛行機で飛び歩く（坐飛機到處跑）

走り〔名〕跑、滑溜、(果菜)初上市(=初物)、廚房洗物槽(=流し)、出奔，逃亡、滚木(=走り木)

彼処迄は一走りだ(那裏一跑就到)

一っ走り御願いします(請您跑一趟)

走りの良い戸(滑溜的拉門)

苺の走り(剛上市的草莓)

秋刀魚の走りが店に現れた(店裡擺出剛上市的秋刀魚了)

歩き〔名〕走、步行

漫ろ歩き(漫步散步)、

走り井〔名〕湧出的泉水

走り書き〔名、自他サ〕疾書、快寫

手紙を一通走り書きした(匆匆忙忙寫了一封信)

時間が無くて走り書きする(因無時間潦草書寫)

走り競べ、走り競〔名〕賽跑

走り越す〔自、他五〕(賽跑、競走)把別人拋在後面

走り痔〔名〕〔醫〕出血性痔

走り炭〔名〕爆炭－在火中爆裂發出響聲的炭(=跳炭)

走り高跳び〔名〕〔體〕急行跳高

走り幅跳び〔名〕〔體〕急行跳遠

走り出す〔自五〕開始跑

彼は急に走り出した(他突然跑起來)

走り使い〔名〕跑腿(的)、供差遣(的)

主人の走り使いを為る(給主人跑腿)

走り使いに甘んじている(甘願當跑腿的)

走り梅雨〔名〕梅雨前的陰天

走り星〔名〕〔天〕流星

走り抜く〔自五〕跑著超過、堅持跑到底

彼はゴール近くで前の者を走り抜いた(快到終點時他趕過前面的人)

走り抜ける〔自下一〕跑著穿過

大通りを走り抜ける(跑步穿過馬路)

走り回る〔自五〕到處跑、忙得到處跑來跑去

子供達が部屋中を走り回っている(孩子們在屋子裡到處跑)

今日は客が来るので彼方此方走り回って買物を為た(今天有客人要來所以忙著購物)

走り読み〔名、他サ〕瀏覽

推理小説を走り読みする(瀏覽推理小說)

走らす〔他五〕(走らせる的口語形式)使跑、開動、急派、趕走，趕跑

自動車を走らす(開汽車)

彼を一回り走らす(叫他跑一圈)

筆を走らす(刷刷不停地寫)

目を走らす(迅速地看瀏覽)

弟を病院に走らす(急派弟弟到醫院去)

敵を走らす(趕走敵人)

死せる孔明、生ける仲達を走らす(死孔明驅走活仲達)

走らせる〔他下一〕使跑，開動、急派、流暢自如地運用、趕跑(=走らす)

自転車を走らせる(騎著自行車走)

自動車を走らせて来た(開車來)

医者を呼びに弟を病院に走らせた(急派弟弟到醫院去找醫生)

直ぐ使いを走らせます(馬上派人去)

メモ帳に筆を走らせた(在備忘錄上揮筆疾書)

新聞にちらっと目を走らせる(瞄了報紙一眼)

首尾良く敵を走らせた(成功地趕跑敵軍)

走、馳〔造語〕奔跑

走帰る(跑回去)

走付ける(急忙趕到)

た走る、迸る〔自四〕〔古〕(た是接頭語)飛散(=迸る)

霰迸る(雪珠飛落)

ちょこちょこ走り〔名〕小步跑

和服の女がちょこちょこ走りを為る（穿著和服的女人邁著小步跑）

奏（ㄗㄡˋ）

奏〔漢造〕奏

演奏（演奏）

弾奏（彈奏）

伴奏（伴奏）

奏楽〔名、自サ〕奏樂

奏楽裡に開会（在奏樂聲中開會）

奏楽堂（音樂廳）

奏楽席（樂隊席）

奏議〔名〕奏議、奏章

奏功、奏効〔名、自サ〕奏功、奏效

彼の説得は奏功した（他的勸說奏功了）

今度の脅かしは奏功したらしい（這次的威嚇似乎奏效了）

奏者〔名〕演奏者。〔古〕上奏者。〔古〕武士家的傳達

オルガン奏者（風琴演奏者）

奏上〔名、他サ〕上奏（天皇，皇上）

大臣が事件を奏上しに参内した（大臣進宮上奏發生的事件）

奏請〔名、他サ〕奏請、上奏天皇（皇上）請求批准

奏薦〔名、他サ〕上奏舉薦

彦氏を後継首班に奏薦した（奏薦彥氏為下一任總理）

奏任〔名〕〔舊〕（舊日本官制的）奏任（官）、薦任（官）

奏任官（奏任官）

奏任待遇（奏任官待遇）

奏法〔名〕演奏方法

バイオリンの奏法は実に難しい（小提琴的拉法時在難）

奏法を変えて御覧（改變演奏方法試試看）

奏鳴曲〔名〕〔樂〕奏鳴曲（=ソナタ）

小奏鳴曲（小奏鳴曲）

ピアノ奏鳴曲（鋼琴奏鳴曲）

奏聞〔名、自サ〕奏聞、上奏（=奏上）

奏覧〔名、他サ〕奏覽、呈給皇帝看

奏する〔他サ〕上奏（=奏上）、演奏（=奏でる）、奏效（=奏功）

国歌を奏する（奏國歌）

音楽を奏する（奏樂）

功を奏する（奏功）

注射が効を奏した（打針奏效）

奏でる〔他下一〕奏、演奏

一曲奏でる（演奏一曲）

琴を奏でる（彈琴）

奏ず〔他下二〕跳舞、演奏（=奏でる）

驟（ㄗㄡˋ）

驟〔漢造〕突然、馬快跑

驟雨〔名〕驟雨、陣雨（=俄か雨、夕立）

驟雨が来然うだ（要下驟雨）

驟雨勝ちの天気（常下陣雨的天氣）

驟雨が止んだ（驟雨停了）

午後驟雨が有った（下午下了陣雨）

驟雨に会う（遇上陣雨）

驟然〔形動タルト〕驟然（事情突然發生）

驟然と為て山雨到る（驟然山雨到來）

簪、簪（ㄗㄢ）（ㄗㄣ）

簪、簪〔漢造〕插戴、婦女頭上的裝飾品

簪〔名〕簪、帽簪

簪を挿す（插簪）

簪を髪に挿す（把簪子插在頭髮上）

日本髪に綺麗な簪を挿す（在日本式頭髮上插上漂亮的簪子）

贊（贊）（ㄗㄢˋ）

賛〔漢造〕讚美、幫助，同意、(漢文文體的一種)贊、畫中題的詩文

自賛、自讃(自誇、自畫自贊)

賞賛，賞讃、称賛，称讃(稱讚、讚賞)

礼賛，礼讃、礼賛，礼讃(禮讚、歌頌)

画賛、画讃(繪畫上的題跋)

翼賛(協助、輔佐)

協賛(贊同、贊成)

論賛(評論讚揚、傳記末尾的評論)

賛する、讃する〔他サ〕幫助、贊成、稱讚、題詞

此の事業を賛する者が居ない(沒有贊助這項計畫的人)

彼の計画に賛する人も少なくない(贊成他計畫的人也不少)

彼の絵に賛する(在他的畫上題詞)

賛意〔名〕贊同、贊成的意思

賛意を表す(表する、示す)(表示贊同)

賛歌〔名〕讚歌、頌歌、讚美歌

青春賛歌(青春讚歌、青春頌)

賛歌を歌う(唱讚歌)

賛仰，讃仰，鑚仰、賛仰，讃仰，鑚仰〔名、他サ〕讚仰、敬仰

賛辞、讃辞〔名〕讚詞、讚頌之詞

惜し気の無い賛辞(熱烈的讚詞)

賛辞を受ける(受到讚詞)

一文を草して賛辞を呈する(寫篇文章加以表揚)

最大級の賛辞を惜しまない(不惜予以最高的讚揚)

賛助〔名、他サ〕贊助

賛助を求める(請求贊助)

賛助を得る(得到贊助)

政府の賛助の下に(在政府的贊助下)

御賛助を願います(請予贊助)

賛助会員(贊助會員)

賛成〔名、自サ〕贊成←→反対

人人の賛成を求める(徵求人們的同意)

賛成側に立つ(站在贊成方)

私は井上さんの意見に賛成です(我同意井上先生的意見)

手を上げて賛成の意を示す(舉手表示贊成)

御賛成の方は手を御挙げ下さい(贊成的請舉手)

私の提案は皆の賛成を得た(我的提案獲得全體的贊成)

散歩に行こうじゃないか。－賛成、賛成(散步去好嗎？－同意、同意)

君の意見に心から賛成する(我衷心贊成你的意見)

君の計画に賛成し兼ねる(我礙難同意你的計畫)

彼は此の計画に賛成も反対も為ない(他對這計畫既不贊成也不反對)

賛嘆、讃嘆〔名、他サ〕讚嘆

賛嘆して止まない(讚嘆不已)

賛嘆措く能わず(不勝讚嘆)

賛同〔名、自サ〕贊同

賛同を求める(徵求贊同)

全員此の趣旨に賛同している(全體人員贊同這種旨趣)

賛同の意を表明する(表明贊成的意思)

賛美、讃美〔名、他サ〕讚美、歌頌(=褒め称える)

偉大な祖国を賛美する(歌頌偉大的祖國)

口を極めて賛美する(極力讚美、讚不絕口)

賛美歌、讃美歌(讚美歌、讚美詩)

賛否〔名〕贊成與否、贊成和反對

賛否を問う(提出表決)

賛否相半ばしている(贊成和反對各半)

其の案には賛否の両論が有る（對這方案有贊成與反對兩種意見）

賛評〔名〕好評、稱讚（=好評）

ㄗ

讃（讚）（ㄗㄢˋ）

讃〔漢造〕（讃與賛本來通用）讚美、幫助，同意、(漢文文體的一種）贊、畫中題的詩文。〔地〕讚岐國

自賛、自讃（自誇、自畫自贊）

自画自賛、自画自讃（自己的畫自己題字、自賣自誇、自我吹噓）

賞賛，賞讃、称賛，称讃（稱讚、讚賞）

礼賛，礼讃、礼賛，礼讃（禮讚、歌頌）

画賛、画讃（繪畫上的題跋）

和讃（日譯偈文－佛教讚歌的一種）←→漢讃、梵讃

讃岐国（讚岐國）

讃する、賛する〔他サ〕幫助、贊成、稱讚、題詞

此の事業を賛する者が居ない（沒有贊助這項計畫的人）

彼の計画に賛する人も少なくない（贊成他計畫的人也不少）

彼の絵に賛する（在他的畫上題詞）

讃仰，賛仰，鑽仰、讃仰，賛仰，鑽仰〔名、他サ〕讚仰、敬仰

讃辞、賛辞〔名〕讚詞、讚頌之詞

惜し気の無い賛辞（熱烈的讚詞）

賛辞を受ける（受到讚詞）

一文を草して賛辞を呈する（寫篇文章加以表揚）

最大級の賛辞を惜しまない（不惜予以最高的讚揚）

讃嘆、賛嘆〔名、他サ〕讚嘆

賛嘆して止まない（讚嘆不已）

賛嘆措く能わず（不勝讚嘆）

讃美、賛美〔名、他サ〕讚美、歌頌（=褒め称える）

偉大な祖国を賛美する（歌頌偉大的祖國）

口を極めて賛美する（極力讚美、讚不絕口）

賛美歌、讃美歌（讚美歌、讚美詩）

贓（ㄗㄤ）

贓〔漢造〕因犯罪所得的東西、官吏受賄賂

贓品〔名〕贓物（=贓物）

贓品を捜し出す（找出贓物）

贓物〔名〕贓物（=贓品）

贓物故買（知情而買贓物）

贓物罪（贓物罪）

贓物の展示（展出贓物）

葬（ㄗㄤˋ）

葬〔漢造〕葬、葬禮

埋葬（埋葬）

密葬（秘密埋葬、不訃告親友而埋葬）←→本葬（正式的殯葬）

公葬（由機關團體舉行的公葬）

校葬（以學校名義舉行的校葬）

土葬（土葬）←→火葬

風葬（把屍體放在野地，樹上，山崖，山洞等的葬法）←→土葬、火葬、水葬

鳥葬（把屍體拋在山野任鳥啄的一種殯葬法）

会葬（送殯）

改葬（改葬、遷葬）

火葬（火葬）

水葬（水葬）

仮葬（臨時埋葬）

本葬（正式的殯葬）

国葬（國葬）

協会葬（協會葬）

党葬（黨葬）

大葬（天皇、皇后、皇太后等的葬儀）

大学葬（大學葬）

友人葬（友人葬）

合同葬（合葬）

合葬（合葬）

葬歌〔名〕葬歌、輓歌

葬儀〔名〕喪葬儀式、葬禮

葬儀社（殯儀館）

葬儀委員（治喪委員）

葬儀に参列する（參加葬禮）

葬儀を行う（舉行喪葬儀式）

葬具、喪具〔名〕殯儀用品、葬禮用品

葬具屋（殯儀用具店）

葬祭〔名〕殯葬和祭祀

冠婚葬祭（冠婚葬祭）

葬式〔名〕殯儀、葬禮

葬式に参列する（參加葬禮）

葬式を出す（舉行葬禮、出殯）

立派な葬式を出す（給予厚葬）

葬場〔名〕殯儀館、舉行葬禮的地方（=葬儀場）

葬送、送葬〔名〕送葬

葬送行進曲（葬禮進行曲）

葬礼〔名〕葬禮、喪禮（=葬式、葬儀）

葬礼に参列する（參加葬禮）

葬列〔名〕送葬行列、弔唁行列

葬る、葬る〔他五〕埋葬（=葬る）

葬り〔名〕〔古〕埋葬、葬儀（=葬り）

葬る〔他五〕埋葬。〔轉〕葬送，遮掩

墓に葬る（埋葬在墳墓中）

議案を葬る（把議案否決了）

世間から葬られる（被世人遺忘）

事件が闇から闇に葬られた（事件暗暗地遮掩起來了）

有耶無耶に葬る（糊里糊塗地掩蔽下去、不了了之）

過去を為て過去を葬らしめよ（過去的事讓它過去吧！）

臓（臟）（ㄗㄤˋ）

臓〔漢造〕內臟

五臓六腑（五臟六腑）

内臓（內臟）

心臓（心臟、勇氣，厚臉皮）

腎臓（腎臟）

肺臓（肺臟）

肝臓（肝臟）

臓器〔名〕內臟器官

臓器の疾病（內臟疾病）

臓器寄生虫（內臟寄生蟲）

臓器製剤（荷爾蒙製劑）

臓器療法（器官療法、內臟製劑療法）

臓器感覚（內臟器官感覺）

臓器内溢血（內臟溢血）

臓腑〔名〕臟腑、內臟（=臓物）

魚の臓腑を出す（取出魚的內臟）

臓腑を抜く（去掉內臟）

臓腑を抉る様な悲報（令人斷腸的噩耗）

臓物〔名〕（雞、魚、豬、牛等的）內臟（=臓）

臓物のシチュー（燴下水）

臓〔名〕〔俗〕（豬、牛、雞等的）內臟

臓焼き（串烤雜碎）

物〔名〕〔俗〕（魚鳥獸）內臟（=臓物）。〔佛〕生命、事物、物體（=品物）

物焼き（烤燒雜）

物（也讀作物）〔名、漢造〕物，東西（=物件、現物）、大人物（=偉物）、事物、選擇，判斷

万物（萬物）

人物（人，人物、為人，人品、人才）

真物（真品、真貨=本物）

生物（生物）

ㄗ

静物(せいぶつ)（静物）

贅物(ぜいぶつ)（贅疣、多餘的東西、奢侈品）

唐物(とうぶつ)（〔舊〕外國貨、舶來品）

動物(どうぶつ)（動物、獸）

植物(しょくぶつ)（植物）

現物(げんぶつ)（現有物品、實際物品、實物、現貨、現貨交易）←→先物(さきもの)（期貨）

元物(げんぶつ)（〔法〕產生收益的元物–如果樹、乳牛、礦山之類）

原物(げんぶつ)（〔對照片、模仿品等而言〕原物、原料）

鉱物(こうぶつ)（礦物）

好物(こうぶつ)（愛吃的東西）

文物(ぶんぶつ)（文物）

見物(けんぶつ)（遊覽，參觀，觀光、值得一看的東西）

見物(みもの)（值得看的東西）

見物(みもの)（〔園藝、插花〕結果的）←→花物(はなもの)、葉物(はもの)

事物(じぶつ)（事物）

偉物(えらぶつ)、豪物(えらぶつ)（偉大人物、傑出人物）

財物(ざいぶつ)、財物(ざいもつ)（財物，金錢和物品，錢財和物資、財寶，寶物=宝物(たからもの)）

宝物(ほうもつ)、宝物(たからもの)（寶物）

食物(しょくもつ)（食物=食(た)べ物(もの)）

臓物(ぞうもつ)（雞魚豬牛等的內臟）

雑物(ぞうもつ)（雜物、雜貨、雜項）

書物(しょもつ)（書籍、圖書）

御物(ぎょもつ)、御物(ぎょぶつ)、御物(ごもつ)（皇室珍藏品）

進物(しんもつ)（禮物、贈品=贈(おく)り物(もの)）

献物(けんもつ)（〔給神佛〕獻納物品）

荷物(にもつ)（〔運輸或攜帶的〕貨物，行李、〔轉〕負擔，累贅）

禁物(きんもつ)（嚴禁的事物、切忌的事物）

貨物(かもつ)（貨物、貨車）

曾(そう)（ㄗㄥ）

曾(そう)〔漢造〕曾、曾經、重疊

　未曾有(みぞう)（空前）

曾祖(そうそ)〔名〕曾祖父（=曾祖父(ひいじじ)）

曾祖父(そうそふ)、曾祖父(ひいじじ)、曾祖父(ひじじ)〔名〕曾祖父（=曾御祖父(ひいおじい)さん）

曾祖母(そうそぼ)、曾祖母(ひいばば)、曾祖母(ひばば)〔名〕曾祖母（=曾御祖母(ひいおばあ)さん）

曾祖父母(そうそふぼ)〔名〕曾祖父母

曾孫(そうそん)、曾孫(ひいまご)、曾孫(ひこまご)、曾孫(ひまご)、曾孫(ひこ)〔名〕曾孫

曾遊(そうゆう)〔名、自サ〕曾經到過

　曾遊(そうゆう)の地(ち)（曾遊之地）

曾(ひ)〔接頭〕曾（=曾(ひい)、曾(そう)）

曾(ひい)〔接頭〕（曾(ひ)的長呼）曾

　曾祖父(そうそふ)、曾祖父(ひいじじ)、曾祖父(ひじじ)（曾祖父）

　曾祖母(そうそぼ)、曾祖母(ひいばば)、曾祖母(ひばば)（曾祖母）

　曾孫(そうそん)、曾孫(ひいまご)、曾孫(ひこまご)、曾孫(ひまご)、曾孫(ひこ)（曾孫）

曾(かつ)て，嘗(かつ)て、曾(かつ)て，嘗(かつ)て〔副〕曾經、（下接否定）從來沒有

　曾(かつ)ては記者(きしゃ)だった事(こと)も或(あ)る（也曾經當過記者）

　曾(かつ)て何処(どこ)かで会(あ)った事(こと)の或(あ)る人(ひと)（曾在什麼地方見過面的人）

　曾(かつ)て聞(き)いた事(こと)の無(な)い事(こと)（從來沒有聽到過的事）

　近代史(きんだいし)に曾(かつ)て無(な)い程(ほど)の人間惨劇(にんげんさんげき)だ（幾乎是近代史中前所未有的人間慘劇）

増(ぞう)（ㄗㄥ）

増(ぞう)〔名、漢造〕增加、增多、高傲

　五万人(ごまんにん)の増(ぞう)（增加五萬人）

　倍増(ばいぞう)（倍增、成倍增長）

　激増(げきぞう)（激增、猛增）

　急増(きゅうぞう)（驟增）

　自然増(しぜんぞう)（自然增加）

　漸増(ぜんぞう)（逐漸增加）

増悪(ぞうあく)〔名、自サ〕病情逐漸惡化、愈益惡化

不安の増悪（愈益不安）

増員〔名、自他サ〕增加人員←→減員

警官を増員する必要は無い（沒有必要增加警察人員）

五十名を六十名に増員する（把人員從五十人增加到六十人）

増益〔名、自他サ〕增加、增加利潤

増益率（利潤增加率）

増援〔名、他サ〕曾援

救助隊を増援する（增援救護隊）

増援部隊を派遣する（派遣增援部隊）

増音〔名、自サ〕擴音

増音器（擴音器、揚聲器）

増加〔名、自他サ〕增加、增多←→減少

数が増加する（數目增多）

供給を増加する（增加供應）

三割の増加である（增加三成）

東京の人口は増加する一方です（東京人口越來越增加）

増価〔名、自他サ〕漲價、增值

増額〔名、自他サ〕增額、增加金額、增加數量←→減額

賃金の増額（工資的增加）

家族手当を増額する（增加家屬津貼）

増額を要求する（要求增加金額）

人件費を増額する（增加人事費）

予算は一割増額された（預算額增加了一成）

増刊〔名、他サ〕（雜誌等）增刊

秋季増刊号（秋季增刊號）

臨時増刊（臨時增刊）

夏季特大号を臨時増刊する（臨時增刊夏季特大號）

増感〔名〕〔化〕敏化

増感現象（敏化作用）

増感剤（敏化劑）

増感紙（增高 X 光照片感度的增感屏）

増給〔名、自サ〕增薪←→減給

増給を要求する（要求增加工資）

増強〔名、他サ〕增強、加強

軍事力の増強（軍事力量的加強）

兵力（輸送力）を増強する（加強兵力〔運輸力〕）

増強充填剤（增強填充劑）

堤防の増強（加固堤防）

増結〔名、他サ〕加掛（車輛）

客車を二輛増結する（加掛兩輛客車）

増結車（加掛的車廂）

増減〔名、自他サ〕增減

天候に因って海の人出が増減する（因天氣的好壞去海邊的人有所增減）

収入は月に因って増減が有る（收入因月份有所增減）

此の雑誌は購読者の増減が甚だしい（這雜誌的購閱者的多寡變動很大）

増石〔名、自他サ〕增加釀造量、提高釀造量←→減石

増作〔名、自他サ〕農作物的收成增加、增收的農作物←→減作

増刷〔名、他サ〕增印、加印

五千部（を）増刷する（增印五千套）

増産〔名、他サ〕增產←→減産

石炭の増産計画（煤炭增產計畫）

食糧を増産する（增產食糧）

増産運動（增產運動）

増資〔名、自サ〕增加資本←→減資

二倍に増資する（資本增加到兩倍）

増湿〔名〕增加空氣濕度

増湿器（增濕器）

増車〔名、自他サ〕增加車輛←→減車

ラッシュ時にはもっと増車してほしい（上下班高峰時間希望再增加一些車）

増収〔名、自サ〕增加收入、增加產量←→減収

今年は千万円の増収が見込まれている（預計今年將增加收入一千萬日元）

米作は昨年に比して約三分の増収である（和去年相比今年的稻穀收成約增產百分之三）

ぞうしょう **増床**〔名、自サ〕（醫院）增加病床、（百貨商店）擴大營業面積

ぞうじょうまん **増上慢**〔名〕〔佛〕（自以為已悟道或有了實力而）驕傲自滿。〔轉〕無能而自負

ぞうしょく **増殖**〔名、自他サ〕增殖、繁殖

病的増殖（贅生物）

増殖性の（蔓延的）

資金の増殖を計る（設法增加資金）

鰻の増殖を為る（繁殖鱔魚）

増殖炉（增殖反應爐）

ぞうしん **増進**〔名、自他サ〕增進←→減退

能率を増進する（提高效率）

食欲増進を計る（設法增進食慾）

ぞうすい **増水**〔名、自サ〕水量增加、漲水←→減水

台風の為に各河川が増水した（由於颱風各河川都水量增加了）

雪溶けで増水した川（因雪融而漲水的河）

増水標（高水位線、高潮線）

ましみず **増水**〔名〕（河川，湖泊等）驟增水量、漲水（=増水、出水）

ぞうすう **増嵩**〔名〕（數量，金額等）增大、增多

ぞうぜい **増税**〔名、自サ〕增稅、加稅←→減税

増税計画（增稅計畫）

ぞうせつ **増設**〔名、他サ〕增設

支店を三個所増設する（增設三個分店）

ぞうそくはぐるま **増速歯車**〔名〕〔機〕增速傳動齒輪

ぞうだい **増大**〔名、自他サ〕增大

洪水の危険が増大する（出現洪水的危險性增大）

斯うすれば能率が数倍増大するだろう（這樣一來效率會增高數倍吧！）

ぞうたん **増反**〔名、自サ〕增加耕種面積←→減反、減段

荒地を開墾して増反する（開墾荒地擴大耕種面積）

ぞうたん **増炭**〔名〕提高煤炭產量←→減炭

ぞうち **増置**〔名、他サ〕增建、增設

ぞうちく **増築**〔名、他サ〕增建、擴建

図書館を増築する（擴建圖書館）

目下増築中である（目前正在擴建）

一室増築する（增建一室）

増築工事（擴建工程）

ぞうちょう **増長**〔名、自サ〕越來越厲害、自大起來，傲慢起來

贅沢の風が増長する（奢靡之風越來越盛）

我侭が増長する（越來越任性）

彼の男は増長している（他很自大）

親切に為て遣ると増長する（對他一熱情就驕傲起來）

一度褒められたら、直ぐ増長して仕舞う（一受到表揚就自大起來）

増長させて行けない（不可讓他自大起來）

ぞうちょう **増徴**〔名、他サ〕〔法〕加徵

税を増徴する（加徵捐稅）

ぞうねつすいせいガス **増熱水性ガス**〔名〕〔化〕增碳水煤氣

ぞうは **増派**〔名、他サ〕增派

救援隊を増派する（增派救援部隊）

決戦に備えて一個師団（を）増派する（為準備決戰增派一個師）

増派艦隊（增援艦隊）

ぞうはい **増配**〔名、他サ〕增加配給量、增加分紅←→減配

来月から増配される然うだ（據說下個月起增加配給量）

B会社の株は昨年より一割の増配と為った（B公司的股票股息比去年增加一成）

此の会社は近く増配を発表する物と期待されている（估計這公司最近要發表增加分紅）

ぞうはつ **増発**〔名、他サ〕加開班次、增發紙幣債券等

臨時列車を増発する（加開臨時列車）

赤字公債の増発（赤字公債的增發）

紙幣を増発する（增發鈔票）

増便〔名、他サ〕（車、船、飛機）增加班次←→減便

年末には一日二便増便する（年底每天增開兩班次）

増便計画（增加班次計畫）

増幅〔名、自他サ〕〔電〕增幅、擴大

増幅器（装置）（擴大器）

増幅度（放大率）

増分〔名〕〔數〕增量

増し分〔名〕〔數〕增量、增額，增值

増兵〔名、自サ〕增兵

戦局の拡大に因って増兵する（由於戰局擴大而增兵）

増ページ〔名、自サ〕增頁

十六ページ増ページする（增加十六頁）

増補〔名、他サ〕增補

増補訂正して再版する（經增補修訂後再版）

増補版（增訂版）

増俸〔名、自サ〕增薪←→減俸

千円の増俸（增薪一千日元）

二割増俸する（增薪兩成）

増量〔名、自他サ〕增加分量←→減量

薬を増量する（增加藥量）

増量剤（增充劑）

増枠〔名、他サ〕增加限額、增加分配額

捕獲量増枠（增加捕獲量的限額）

増える、殖える〔自下一〕增加、增多

四倍に増える（增為四倍）

体重が増える（體重增加）

雨で川の水が増えた（因為下雨河水上漲）

蝿が恐ろしく増える（蒼蠅繁殖得非常快）

増やす、殖やす〔他五〕增殖、繁殖、增加←→減らす

資本を増やす（增加資本）

人手を増やす（增加人手）

語彙の数を段段増やす（逐漸增加詞彙量）

増さる〔自五〕增多、增加（=増える、増す）

川の水嵩が増さる（河的水位上升）

愛しさが増さる（更加可愛）

増す、益す〔自五〕增加，增多、增長，增進、更勝，勝過（=増える、殖える）←→減る。

〔他五〕增加，增多、增長，增添（=増やす、殖やす）←→減らす

水が増す（漲水、水量增加）

人口が増す（人口增加）

体重が五キロ増した（體重增加了五公斤）

輸出が昨年より二割増した（出口較去年增加了二成）

実力が増す（實力增長）

人気が増す（聲望提高）

一幕毎に興味が増した（一幕比一幕有興趣）

何にも増して重要な事（最重要的事情）

其れにも増して肝腎な事は無い（沒有比那更要緊的了）

人手を増す（增加人手）

威厳を増す（增添威嚴）

勢力を増す（擴大勢力）

分量を増す（增添分量）

街路樹は都市の美観を増す（街樹美化市容）

坐す、在す〔自五〕（座す、在す的轉變）（在る、居る的敬語）在，有（=在す，御座す、いらっしゃる）、（行く、来る的敬語）去，來（=御出座しに為る）

座す、在す〔自五〕〔古〕（居る、在る的敬語）在，有（=いらっしゃる、御出でに為る、御座します）、（行く、来る的敬語）去，來（=御出掛けに為る）

増し、増〔名、形動〕增加，增多、勝過

収入が平均して一割増しに為る（收入平均增加一成）

日増しに暖かくなる（一天比一天暖和起來）

増し賃（追加費用）

増し時間（增加的時間）

こんな物なら、無い方が増しだ（這樣的東西不如沒有）

遅蒔きでも全然しないよりは増しだ（即使做晚了總比不做好）

無いよりは増しだ（有勝於無）

何方も何方だが未だ此の方が増しだ（兩個都不怎麼樣但還是這個好些）

小説を読むよりも映画を見に行った方が増しだ（與其看小說不如去看電影）

もう少し増しな事を言え（你再說點像樣的話！）

増し目、増目〔名〕（編織，針織的）加針←→減目

増し目を為る（加針）

憎（ㄗㄥ）

憎〔漢造〕厭惡

愛憎（愛憎）

憎悪〔名、他サ〕厭惡（=憎しみ）←→熱愛

憎悪の念を抱く（懷恨）

敵に憎悪を感じる（對敵人感到厭惡）

憎悪心（厭惡感）

憎い、悪い〔形〕可憎的，可惡的，可恨的、（用作反語）漂亮，令人欽佩，值得欽佩

憎い奴（可惡的傢伙）

殺して遣り度い程憎い（恨得想把他殺死）

中中憎い事を言うな（你說得真漂亮啊！）

中中憎い振る舞いだ（令人欽佩的舉動）

難い、悪い〔接尾〕（接動詞連用形下構成形容詞）困難、不好辦

話し難い（不好說、難開口、不好意思說）難い

食べ難い（難吃、不好吃）

扱い悪い機械（難以掌握的機器）

答え難い質問（難以回答的提問）

英語では思う事を十分に言い表し悪い（用英文難以充分表達自己的思想）

彼の前ではどうも切り出し悪かった（在他面前實在難以開口）

此のペンは書き難い（這枝鋼筆不好寫）

難い〔形〕難的（=難しい）←→易い

解するに難くない（不難理解）難い硬い堅い固い

想像するに難くない（不難想像）

一通りの努力では成功は難い（一般的努力是難以成功的）

難きを先に為て獲るを後に為（先難後獲）

難い〔接尾〕（接動詞連用形構成形容詞）難以

予測し難い（難以預測的）

理解し難い（難以理解的）

得難い人物だ（是個難得的人）

憎げ、悪げ、憎気、悪気〔名、形動〕可憎、可厭、討厭

憎げが無い（不討厭）

女は憎げに男の顔を見遣った（女人厭惡地看了一下男人）

憎げ言（討厭的話）

憎さ〔名〕憎惡（的程度）

可愛さ余って憎さ百倍（愛之愈深恨之愈痛）

憎さも憎し（恨入骨髓）

碁敵は憎さも憎し懐しさ（圍棋的對手又是想他又是恨他）

憎憎しい〔形〕非常討厭的可惡的可憎的

憎憎しい笑い（令人討厭的笑）

憎憎しい口の利き方（說話非常討厭）

憎憎しい男（不討人喜歡的人）

憎しみ〔名〕憎惡、憎恨（=憎み）

そんな事を為るのは人の憎しみを買う丈の事だ（做那樣事只能招人憎恨）

憎しみの目を向ける（投以憎惡的目光）

憎しみを抑えて話す（壓著憎惡心情講話）

憎む〔他五〕憎惡、憎恨、嫉恨

敵を憎む（憎恨敵人）

罪を憎んで、人を憎まず（恨罪不恨人）

人の幸福を憎む（嫉恨別人的幸福）

不正を憎む気持ちの強い人（嫉惡如仇的人）

憎み〔名〕憎惡、厭惡（=憎しみ）

憎み合う〔他五〕互相憎惡

憎たらしい、憎ったらしい〔形〕〔俗〕可憎的、討厭的（=憎らしい）

憎たらしい猫だ（這貓真討厭）

何て憎たらしい奴だ（多麼討厭的傢伙）

憎らしい〔形〕可憎的、可恨的、討厭的、令人嫉羨的

憎らしい事を言う（說討厭的話）

憎らしい腕白小僧（令人討厭的頑童）

本当に憎らしい奴だ（真是個討厭的傢伙）

彼奴は憎らしい程落ち着いていた（那傢伙沉著得令人嫉羨）

彼は憎らしい程文章が旨い（他的文章好得令人嫉羨）

憎体らしい〔形〕很可憎的、很討厭的（=憎たらしい、憎ったらしい）

憎がる〔他五〕憎惡、嫌惡（=憎む）

憎からず〔連語〕愛好、喜愛、可愛

憎からず思う（喜愛）

憎まれる〔自下一〕招人厭惡、惹人討厭

彼は如何して憎まれているのか（他為什麼招人厭惡呢？）

そんな事を言うと何処へ行っても憎まれるよ（說那樣話到哪裡都要惹人討厭呀！）

此の子は今憎まれ盛りだ（這孩子現在正是討人嫌的時候）

憎まれ口〔名〕招人討厭的話、討厭的話（=憎たれ口）

憎まれ口を利く（叩く、言う）（說討厭的話）

憎たれ口〔名〕〔俗〕招人討厭的話、討厭的話（=憎まれ口）

憎まれっ子〔名〕誰都討厭的孩子、誰都不喜愛的孩子

憎まれっ子世に憚る（討人嫌的孩子到社會上反而有出息）

憎まれ者〔名〕招人厭惡的人、誰都討厭的人

世の憎まれ者（被社會唾棄的人）

憎まれ役〔名〕討人嫌的角色、誰都不願意擔任的任務、落埋怨的任務

自分から憎まれ役を買って出る（主動擔任落埋怨的任務）

私は何時も憎まれ役だ（我總是扮那個費力不討厭的角色）

憎体、憎体〔形動〕可憎（的）、討厭（的）

憎体な面構え（可憎的面孔、討厭的長相）

憎体な物を言い様（討厭的說法）

贈（ㄗㄥˋ）

贈〔漢造〕贈、追贈

寄贈（贈送、捐贈）

遺贈（遺贈）

贈位〔名、自サ〕（死後）追贈（勛位或官階）

贈遺〔名、自サ〕遺贈、贈與遺產

贈遺物（遺贈物）

贈官〔名、自サ〕（死後）追贈的官職

贈号〔名、自サ〕（死後）追贈的稱號

贈諡〔名、他サ〕贈諡、所贈諡號

贈呈〔名、他サ〕贈呈、贈給、贈送

見舞品の贈呈式が行われた（舉行慰問品的贈送儀式）

記念品を贈呈する（贈送紀念品）

贈呈者（贈送人）

贈呈品（禮品）

贈呈本（贈書）

贈答〔名、他サ〕贈答、互贈禮品（信件，詩歌）

贈答歌（贈答詩）

贈答品（贈答品）

贈与〔名、他サ〕贈與、贈給、贈送

記念品を贈与する（贈送紀念品）

贈与物（贈品禮物）

贈与者（贈送者）

被贈与者（受贈者）

贈与税（贈與稅）

贈賄〔名、自サ〕行賄←→收賄

千万円贈賄する（行賄一千萬日元）

贈賄の罪（行賄罪）

贈賄者（行賄者）

贈賄罪（行賄罪）

贈る〔他五〕贈送、贈給、追贈

友人に土産を贈る（贈送禮物給朋友）

卒業生に記念品を贈る（贈送紀念品給畢業生）

賄賂を贈る（行賄）

僕は立派な日記帳を贈られた（人家贈送我一本漂亮的日記本）

博士号を贈る（授予博士稱號）

勲章を贈る（授予勳章）

彼は正三位を贈られた（他被追贈正三位）

送る〔他五〕送，寄、派遣，打發、送行，送走、度過、傳送，傳遞、用假名標寫，標上假名

商品を送る（送貨）

荷物は車で送ります（東西用車送去）

本を郵便で送れ（請把書郵寄來！）

航空便で送る何日掛りますか（用航空寄要多少天？）

電報を送る（發電報、拍電報）

電報為替で金を送る（用電匯寄款）

家から毎月三万円送って来ます（家裡每月寄三萬日元來）

兵を送る（派兵）

誰か適当な者を送ろう（派遣一個適當的人去吧！）

御客さんと戸口迄送る（把客人送到門口）

駅へ友人を送りに行って来た（到車站去送了朋友）

友達を駅迄送った（把朋友送到了車站）

彼は僕を家迄送って呉れた（他把我送到了家）

御宅迄御送り申しましょうか（我來送您回家吧！）

卒業生を送る（給畢業生送行、打發畢業生去工作）

晩年の楽しい生活を送る（度過晚年幸福的生活）

悲惨な生活を送る（過悲慘的生活）

寂しい月日を送る（打發寂寞的歲月、過淒涼的日子）

のらくらして日を送る（游手好閒地度日）

夏休みは郷里で送る（暑假在家鄉度過）

彼は革命家と為て送った（他度過了革命家的一生）

バケツを手で送る（用手傳遞水桶）

席を順に送る（依次移動座位）

前行へ一字送る（往前行挪動一個字）

バントで二塁へ送る（用輕擊使進二壘）

活用語尾を送る（用假名標寫活用詞尾）

動詞は普通語尾を送る（動詞一般用標寫詞尾）

贈り名、贈名、諡〔名〕（死後）諡號

贈り主、贈主、送り主、送主〔名〕贈送者

贈り物、贈物〔名〕禮物、贈品

新年の贈物（新年禮品）

党への贈物（向黨獻禮）

友達の結婚を御祝いして何か贈物を為度いと思う（為了祝賀朋友結婚想送點禮品）

其れは君への贈物だったんだ（那是送給你的禮品）

租（ㄗㄨ）

租〔漢造〕田租、地租、租用

田租（〔舊〕地租）

地租（土地税－現已改為固定資産税）

免租（免税、免除租税）

租界〔名〕〔舊〕（中國的）租界

租界を設ける（設租界）

租界返還の要求（要求歸還租界）

租借〔名、他サ〕（對他國領土的）租借

租借地（租借地）

租税〔名〕租税、税款（=税金）

租税を徴収する（徵收租税）

租税を課する（課税）

租税を納める（納税）

租税を免除する（免税）

租庸調〔名〕〔史〕租庸調

足（ㄗㄨˊ）

足〔接尾、漢造〕（助數詞用法）雙、足，夠、走、添，補、優秀的弟子

靴下二足（兩雙襪子）

手足（手和腳、〔喻〕部下，股肱）

手足（手腳、〔喻〕宛如臂膀俯首帖耳的人）

手足れ、手練（〔古〕武術高明、技藝高超〔的人〕）

頭足（頭足、頭和足）

首足（手和足、〔喻〕部下，股肱）

義足（義足、假腳）

驥足（才能、才智）

四足（四足，四條腿、獸類）

自足（自給自足、知足）

土足（不脫鞋、穿著鞋、光腳、帶泥的腳）

一挙手一投足（一舉一動、不費力、輕而易舉）

遠足（遠足、交由）

禁足（不准外出）

長足（長足、快步）

駿足（跑得快、快馬、腿快的人）

鈍足（跑得慢、腿慢）←→駿足

御足労（〔敬〕勞步）

不足（不夠、缺乏、不滿、不平）

満足（滿足、心滿意足、符合要求、完美無缺）

具足（齊全、家具、甲冑、伴隨）

充足（充足、補充）

補足（補足、補充）

一足（一雙）

一足飛び（越級、並腳跳、快跑）

逸足（駿足、高材、高足）

高足（高足、得意門生）

俊足（得意門生、高材生）

足温〔名〕暖腳

足温器（暖腳器）

足糸〔名〕〔動〕（軟體動物的）足絲。〔生〕菌絲

足痛〔名〕腳痛

足熱〔名〕暖腳、使腳溫暖

頭寒足熱（頭涼腳暖〔的健康法〕）

足熱器（腳爐）

足部〔名〕足部、腳部

足部を暖める（暖腳）

足浮腫〔名〕腳部浮腫

足浴〔名〕洗腳。〔醫〕腳浴－先將腳浸溫水，然後冷水，並伴以摩擦使血液循環加快、主治頭痛，失眠

足労〔名〕〔敬〕勞步、勞駕

御足労を掛けました（勞您駕了）

度度御足労を掛けて済みません（屢次要您勞步很對不起）

御足労を願います（勞駕您一趟）

足根関節〔名〕〔解〕跗骨關節

足、脚〔名〕腳、腿、腳步，步行、走，移動、來往、步伐、蹤跡、錢、黏性

足の甲（腳背）

足の裏（腳掌、腳心）

足の土踏まず（腳心）

足の指（腳趾頭）

足の爪（腳指甲）

足が大きくて、靴が入らない（腳大鞋穿不進去）

足に肉刺が出来て、歩くと痛い（腳上長雞眼一走路就疼）

鶏の足（雞腳）

自分の足で歩く（用自己的腿走路）

片足（一條腿、一隻腳）

両足（兩條腿、兩隻腳）

前足（前腿）

後ろ足（後腿）

足が強い（弱い）（腿腳硬棒〔軟弱〕）

足が重い（腿沉、走不動）

足が軽い（腿快、走得快）

足が遅い（走得慢=足が鈍る）

足を伸ばす（伸開腿）

足を組む（交叉著腿）

足が速い（腳步快）

足の遅い人（走路慢的人）

駆け足（跑步）

一足先に行く（先走一步）

足が確りしている（腳步穩健）

足が軽い（腳步輕快）

足を速めて歩く（加緊腳步走）

足を緩める（放慢腳步）

此の足では間に合うまい（這個走法怕來不及）

椅子（机）の足（椅子腿〔桌腳〕）

ストーブの足（爐腿）

山の足（山腳）

足の深い船（吃水深的船）

停電で電車が止まった為、多くの人の足が奪われた（因停電電車停了許多人都沒法走）

足の便が悪い（交通不方便）

足繁く通う（常來常往）

足が遠退く（不常來）

其の足で買物に回る（順便去買東西）

上海迄足を伸ばす（旅程達到上海）

御足が足りない（錢不夠）

船足が速い（船走得快）

日足が速い（時光過得快）

足の弱い（〔漆，年糕等〕不黏）

足の無い餅（沒有黏性的年糕）

足が上がる（失掉依靠、失群）

足が竦む（〔嚇得〕腿發軟）

足が付く（找到蹤跡〔線索〕

足が出る（を出す）（出了虧空、露出馬腳）

足が鈍る（〔因為累了〕走得慢、懶得去）

足が速い（走得快、容易腐爛、暢銷）

足が棒に為る（腳累得要命、腿累酸了）

足が乱れる（步伐凌亂）

足が（の）向く（信步所之）

足に任せる（信步所之）

足の踏み場も無い（無立錐之地）

足を上げて待つ（翹足而待）

足を洗う（洗手不幹、改邪歸正）

足を入れる（走進、涉足）

足を限りに（盡腿腳之力所能及）

足を擂粉木に為る（把腿都跑細了、疲於奔命）

足を揃える（統一步調）

足を付ける（拉上關係、掛上鉤）

足を抜く（斷絕關係）

足を運ぶ（奔走、前往訪問）

足を引っ張る（扯後腿）

蘆、葦、葭、芦〔名〕蘆葦

人間は一茎の蘆に過ぎない然し其は考える蘆である（人只不過是一根蘆葦但是那是會思考的）蘆葦人間人間然し併し

蘆、葦、葭〔名〕蘆葦（=蘆、葦、葭 – 因蘆與悪し同音、避而使用蘆-善し）

蘆の髄から天井を覗く（以管窺天、坐井觀天）覗く覘く除く

足跡〔名〕足跡，腳印、成就，業績

足跡を残す（付ける）（留下足跡）

雪の上に足跡を残っている（雪上留下了腳印）

熊の足跡を追って行った（順著熊的行蹤追下去）

足跡を晦ます（消蹤滅跡、逃之夭夭）

人類の歴史に不滅の足跡を留めた（在人類史冊上留下了不可磨滅的印記）

彼は文学史上に大きな足跡を残した（他在文學史上留下了偉大的業績）

足跡〔名〕足跡，腳印（=足跡）、歷程，事蹟、成就，業績

足跡天下に普し（足跡遍天下）

足跡を残す（留下腳印）

十年間の足跡を回顧する（回顧十年的歷程）

物理学上に確固たる足跡を残した（在物理學上留下了不可磨滅的成就）

足炙り、足焙り〔名〕腳爐

足洗い、足洗〔名〕洗腳、洗腳盆、用腳踩著洗、〔古〕給人洗腳的人

足入れ（婚）〔名〕（地方性風俗、正式結婚前的）試驗性結婚

足裏、蹠〔名〕腳掌、腳心（=足の裏）

足の裏〔名〕腳掌、腳心（=足裏、蹠）

足音、跫音〔名〕腳步聲

人の足音（人的腳步聲）

足音が消えた（腳步聲消失了）

足音を立てて歩く（放大腳步聲走路）

足音を盗んで入る（躡手躡腳地走進）

そっと足音を忍ばせて通る（悄悄地走過）

足利幕府〔名〕〔史〕足利幕府（室町幕府的別名）

足利時代〔名〕〔史〕足利時代 – 足利將軍執掌政權時代、又名室町時代（1392-1573）

足利学校〔名〕〔史〕足利學校 – 鐮倉時代初期設於足利地方，教育武士僧侶延續至明治五年現為史跡

足掛り〔名〕（登高用的）架子、腳手架（=足場）、線索，開端（=糸口、手掛り）

電柱に打ち付けた足掛り（釘在電線桿子上的腳手架）

足掛りが無いので、滑って登り難い（因為沒有腳手架滑得難上）

ラジウムの発見が原子力研究の足掛りと為った（鐳的發現成了研究原子能的開端）

其れを解決への足掛りと為る（把它作為解決的線索）

足掛け〔名〕前後，大約←→丸。〔柔道、相撲〕下絆子、（器械體操的）掛膝、（自行車，風琴）腳踏板

此処へ来て足掛け三年に為る（來到這裡前後大約三年了）

足掛け五個月に為る（前後大約五個月）

足掛けで相手を倒す（下絆子把對手摔倒）

鉄棒では足掛け上がりが得意だ（在單槓方面單掛膝上最為拿手）

足掛け回転（掛膝迴轉）

足枷（あしかせ）〔名〕腳鐐。〔轉〕累贅，牽掛

足枷を嵌められている（被砸上腳鐐）

政治活動に身を投ずるには家族が足枷と為る（投身於政治活動家族是個累贅）

足形（あしがた）〔名〕足跡、腳印（=足跡）

足型（あしがた）〔名〕（做鞋襪用的）腳型、腳樣板

足型を取る（取腳樣板）

足固め（あしがため）〔名〕練一下腿腳（=足馴らし、足慣らし）。〔轉〕做好準備，打好基礎、地板下立柱間加固的橫木。〔柔道、摔跤〕使對方足關節失靈

十分足固めを為てから仕事に取り掛かる（充分做好準備後再著手工作）

足搦み（あしがらみ）〔名〕〔柔道、相撲〕用腿鉗住對方腳部，下絆子

足搦みを掛ける（下絆子）

足軽（あしがる）〔名〕〔史〕走卒、步卒、最下級武士

足軽大将（步卒的頭目）

足癖（あしくせ）〔名〕（走路，跪坐時）腳的習性。〔相撲〕足技，腳上功夫（=足技、足業）。（馬）好踢人（的毛病）

足癖の悪い馬（好踢人的馬）

足首（あしくび）〔名〕腳脖子、踝←→手首

足首を挫いた（捻挫した）（扭傷腳踝）

足蹴（あしげ）〔名〕用腳踢。〔轉〕無情對待，打擊

犬を足蹴に為る（拿腳踢狗）

恩人を足蹴に為る（無情對待自己的恩人）

足芸（あしげい）〔名〕〔雜技〕足技、腳上功夫

足腰（あしこし）〔名〕腿和腰

足腰の立たない病人（腳腰癱軟不能走動的病人）

足拵え（あしごしらえ）〔名〕（出發前）整理鞋履

足拵えを厳重に為る（充分整備鞋履）

足探り（あしさぐり）〔名〕用腳尖刺探（摸索）

足捌き（あしさばき）〔名〕〔體〕（網球、拳擊、跳舞等）步法

見事な足捌き（熟練的步法）

足触り（あしざわり）〔名〕碰到腳上、腳上有觸覺

足繁く（あししげく）〔副〕頻繁、經常

足繁く通う（常來常往）

足相撲（あしずもう）〔名〕（遊戲）（兩人對坐）腿角力←→腕相撲

足相撲を取る（玩腿角力）

足摺り（あしずり）〔名、自サ〕頓足、跺腳

足摺りして悔しがる（頓足懊悔）

足駄（あしだ）〔名〕（雨天穿的）高齒木屐（=高下駄）

足駄を履く（穿高齒木屐）

足代（あしだい）〔名〕車費、交通費

足代を支給する（支給交通費）

旅行も良いが、足代が馬鹿に為らない（旅行固然好但車費可夠瞧的）

足高（あしだか）〔名〕高腳、高腿

足高の膳（高腳餐盤）

足高蜘蛛（あしだかぐも）〔名〕〔動〕長腳蜘蛛、盲蜘蛛（=盲蜘蛛）

足し高（たしだか）〔名〕貼補金額、補助金額（=補給高）

足溜り（あしだまり）〔名〕（登高時的）立足點（=足掛り）、（暫時的）落腳點、根據地

岩角を足溜りと為る（拿岩石棱角當立足點）

喫茶店を足溜りと為て遊び歩く（拿喫茶店當落腳點到處閒逛）

キャンプを足溜りと為る登山隊（以野營帳篷為根據地的登山隊）

足序で（あしついで）、**足序**（あしついで）〔名〕順便、順路

足序でに買って来ましょう（我順便買來吧！）

足遣い（あしづかい）〔名〕步伐、腳步（=足付き、足取り）

足付き（あしつき）〔名〕腳步，步伐，走路的樣子（=足取り）、帶腿（的家具，器具）

妙な足付きで歩く（走路的樣子很怪）

危なっかしい足付き（腳部不穩）

足継ぎ（あしつぎ）〔名〕（夠高處時用的）腳凳（=踏み台）

足手纏い（あしでまとい）、**足手纏い**（あしてまとい）〔名〕累贅、絆腳石、礙手礙腳

子供が足手纏いに為って思う様に掃除が出来ない（小孩礙手礙腳的不能好好打掃）

足止め（あしどめ）、**足留め**（あしどめ）〔名、他サ〕（一定期間）禁止外出，禁足、防止人員流動，困住、防止染色不均

足止めを食う（遭受禁足）

足止めを命ずる（命令不許外出）

足止め策と為て給料を増す（增加工資以防止他去）

霧の為飛行場で足止めされた（由於濃霧被困住機場了）

足取り〔名〕〔相撲〕用兩手抱住對方的腿推倒或推出場外（的招數）

足取り〔名〕腳步，步伐、形蹤，蹤跡、行情的動向

軽い（重い）足取りで歩く（用輕快〔沉重〕的腳步走路）

足取りを辿る（追蹤）

犯人の足取りは未だ分らない（犯人的行蹤還不清楚）

株価の足取りを調べる（研究股票的行情變化）

足取り表（行情變化表）

足萎え、蹇、跛〔名〕瘸子、癱子（=跛、跛、躄）

足長〔名〕長腿、長腳

足長蜘蛛（長腳蜘蛛）

足長蜂（拖足蜂）

足鍋〔名〕帶腿的鍋

足並み、足並〔名〕（兩人以上同行時的）步調、步伐、腳步

足並みが揃う（步調整齊）

足並みを揃える（調整步調）

足並みが乱れる（揃わない）（步調紊亂）

足馴らし，足馴し、足慣らし，足慣し〔名、自サ〕練跑，練習走路、準備，試作

足馴しに歩いて見る（為了練跑走一走試試）

マラソン大会に備え、毎日十キロ走って足馴しする（為了準備參加馬拉松大會每天跑十公里練跑）

足馴しに短編を翻訳して見る（為了試作翻譯譯短篇試試）

足肉〔名〕腿部的肉

足の甲〔名〕腳背（=足の表）

足場〔名〕建築鷹架、立足點、搭腳處、交通狀況

足場を掛ける（組む）（搭建築鷹架）

一歩一歩足場を確かめて岩壁を攀じ登る（一步一步地踩穩搭腳處攀登峭壁）

足場丸太（杉篙）

大衆を立ち上がらせ無ければ足場を固める事は出来ない（不發動群眾就不能站穩腳跟）

泥濘で足場が悪い（泥濘得不好走）

駅に近くて足場が良い（離車站近交通方便）

足場が悪くて通勤不便だ（交通條件不好上下班不方便）

足払い〔名〕〔柔道〕掃堂腿

足払いで相手を倒す（用掃堂腿絆倒對手）

足早、足速〔形動〕走得快、速度快

足早な人（腳步快的人）

足早に歩く（快走）

彼は足早に彼女の後を追い駆けた（他加快腳步追趕她）

足早小舟（快艇）

足拍子〔名〕腳打拍子←→手拍子

足拍子を取る（用腳打拍子）

足拭き〔名〕擦腳、擦腳布

足踏み〔名、自サ〕〔體〕踏步、停頓，停滯不前

足踏み（を）為る（踏步走）

此の頃は原料不足で生産が足踏みしている（最近由於缺乏原料生產陷於停頓）

交渉は足踏み状態に在る（談判陷於停頓狀態）

足偏〔名〕（漢字部首）足字旁

足骨〔名〕腳骨，腿骨、腳力，腿力

足骨が強い（腿腳硬棒）

足任せ〔名〕信步走、能走多遠就走多遠

足任せに歩く（信步走）

足下、足元、足許〔名〕腳下、腳步、眼前←→手元、手許

足下を捜して御覧（在腳下找找看）

足下に用心せよ（留神腳底下）

年を取っていて足下が危ない（上了年紀腳步不穩）

酔って足下がふらつく（喝醉了走路打晃）

足下を固める（鞏固目前狀況）

足下を良く見てから物を言え（看清了眼前狀況再發言）

足下が軽い（走得快）

足下から鳥が立つ（事出突然）

足下に火が付く（危險臨頭）

足下に付け込む（抓住別人弱點、乘人之危）

足下の明るい内に（趁天還未黑、趁著情況尚未惡化、趁還有機會）

足下にも寄り付けぬ（望塵莫及）

足下を見られる（被人抓住短處）

足下を見る（抓住別人弱點、乘人之危）

足下〔名〕腳底下（=足下、足元、足許）、（書信用語）足下

〔代〕足下，您（=貴殿）

足下に蹂躙する（踐踏在腳下）

山口一郎様足下（山口一郎足下）

足下の御忠告有り難く拝受致し候（接受並感謝您的忠告）

足湯、脚湯〔名〕（用熱水）洗腳

足湯を使う（洗腳、燙腳）

足弱〔名、形動〕腿腳軟弱、腿腳軟弱的人、老弱婦孺

足弱な（の）人（走不動的人）

段段足弱に為る（逐漸走不動了）

私は足弱だ（我的腿腳軟弱）

遠足に足弱を連れて行って参った（帶著老弱婦孺去郊遊可累垮了）

足技、足業〔名〕〔雜技〕足技，腳上功夫（=足芸）。〔柔道、相撲〕用腿摺倒對方的招數

足掻く〔自五〕（馬用前腳）刨地、掙扎，手腳亂動、焦躁，煩惱

馬は前足で仕切に足掻いている（馬用前腳直刨地）

破産を免れようと足掻く（想避免破產而掙扎）

縛られながら足掻いている（被綁起來還手腳亂動）

幾等足掻いても追い付かない（無論怎樣著急也來不及了）

今に為って足掻いてもはじまらない（事到如今著急也無用）

足掻き〔名〕（馬用前腳）刨地、掙扎

追い詰められた敵軍の最後の足掻き（被逼得走投無路的敵軍的最後掙扎）

足掻きが付かぬ（取れない）（進退維谷、一籌莫展）

足る〔自五〕足夠、滿足、值得（=足りる）

御飯一杯で足りますか（一碗飯就夠了嗎？）

一読するに足る小説である（值得一讀的小說）

此の資料は参考と為るに足る（這份資料值得參考）

用いるに足る（能用）

怪しむに足らない（不足為奇）

足る事を知れ（要知足）

樽〔名〕（裝酒、醬油等的）帶蓋的圓木桶。〔轉〕酒量

醤油樽（醬油桶）足る

酒樽（酒桶）

貴様の樽は知っている（你的酒量我知道）

足りる〔自上一〕足夠、可以、值得

一日の小遣いが五百円有れば足りる（一天零用錢要是有五百日元就夠了）

幾等金が有っても足りない（有多少錢也不夠）

指に足りない一寸法師（還沒有手指高的矮子）

互いに足りない所を補い合う（互補不足之處）

此の事は問題と為るに足りる（這件事值得作為一個問題）

驚くに足りない（不足為奇）

此れさえ有れば用は足りる（只要有這個就可以了）

足りない〔連語、形〕不足，不夠、低能，頭腦遲鈍

栄養が足りない（營養不足）

人手が足りない（人手不夠）

彼の男は少し足りない（那傢伙有點低能）

足らず〔造語〕（上接數量詞）不足

千円足らずの金（不足一千元的錢）

其の仕事は一時間足らずで済んだ（那工作不到一個小時就做完了）

二十年足らず前に（在不到二十年以前）

足らず勝ち〔形動〕（生活物品等）經常不足

不足前〔名〕〔俗〕不足額、不足之數、缺額

不足前を出す（補上不足之數）

足らわぬ〔名〕不足、不充分

足れり〔連語〕足夠、滿足

我我は今回の勝利を持って足れりと為ない（我們並不以這次的勝利為滿足）

足んぬ〔名、自サ〕十分滿足（=堪能）

足んぬする程食った（吃得十分飽）

足す〔他五〕加、增加、添補、辦事←→引く

数字を足す（加數字）

二に四を足すと六に為る（二加四得六）

其の三つの数を足すと百に為る（加上這三個數得一百）

不足の分は私が自腹を切って足して置いた（不夠那部分由我掏腰包添補了）

用を足す（辦事、解大小便）

買物の用を足して上げる（給代買東西）

足し、足〔名〕貼補，補助、有用，有幫助

内職を為て収入の足しに為ている（做副業補貼收入）

不足分の足しに為る（用以補助不足）

足しに為る（有幫助）

実用的には何の足しにも為らない（沒有任何實用價值）

そんなに勉強したって何の足しに為る物か（即使那麼用功又有什麼好處呢？）

足し算、足算〔名〕〔數〕加法（=寄算、加算、加法）←→引き算、引算

足し前〔名〕補足、補足的金額或量

幾等足し前を出せば良いのかね（再補上多少就行了呢？）

俸給の足し前に合間仕事を為る（為了彌補薪水不足做業餘工作）

足袋〔名〕日本式短布襪

足袋を履く（穿布襪）

足袋を脱ぐ（脫布襪）

地下足袋（膠底布襪）

足袋屋（經營日本式布襪的店鋪或人）

旅〔名〕旅行

旅に立つ（出去旅行）立つ建つ経つ絶つ発つ断つ裁つ起つ截つ

旅に出る（出門、外出）旅度足袋

日本一周の旅に出る（周遊日本）

旅の空（旅途、異鄉）

旅の空で家族を思う（旅途中想念家人）思う想う

退屈な汽車の旅（無聊的火車旅行）

旅は道連れ世は情（出門靠朋友處世靠人情、在家靠父母出門靠朋友）

旅から旅に流離う（到處流浪）

旅に行き暮れる（旅行途中天黑、前不著村後不著店）暮れる刳れる繰れる呉れる

旅の恥は掻き捨て（不在家門口丟臉、意謂在陌生地方做丟臉的事做完走開滿不在乎）

可愛い子には旅を為せよ（可愛的孩子要打發出去磨練一番、子女不可嬌生慣養）

度〔名〕度、次、回。（反復）次數

〔接尾〕（作助數詞用法）回數

クリスマスの度に新しい洋服を拵えます（每次聖誕節都做新衣服）旅足袋

彼等は顔を合わせる度に喧嘩する（他們每次一見面就吵架）

試みる度毎に力量が増す（每試一次力量就增加）

スキーも度を重ねる毎に上達する（滑雪也只要反復練習多次就會進步）

三度（三次）

幾度も（好幾次）

足袋跣〔名〕光穿布襪不穿鞋、光穿布襪走路

足袋跣で逃げ出す（光穿布襪逃走）

卒（ㄗㄨˊ）

卒〔漢造〕（有時讀做〝卒〞）。〔舊〕差役、士兵、突然，急促、完畢，死亡

従卒（勤務兵）

銃卒（步槍兵）

兵卒（士卒、士兵）

弱卒（弱兵）

邏卒（巡邏兵、〔明治初期的〕警察）

獄卒（獄警、〔地獄的〕鬼卒）

輜重輸卒（軍需品運輸兵）

倉卒、匆卒、草卒、怱卒（倉促、匆忙、突然）

昭和五十年卒（昭和五十年畢業）

中卒（中學畢業〔生〕－中学卒業者）

卒す〔自サ〕死去（=卒す）

急病で卒した（因得急病死去）

卒す〔自サ〕〔古〕（日本官位－四位、五位的人）卒、死

卒去〔名、自サ〕（指官階－四位、五位的人）卒、逝世

卒中〔名〕〔醫〕中風、腦溢血

卒中で倒れる（得腦溢血倒下了）

卒倒〔名、自サ〕昏倒、暈倒

運動場で卒倒する（暈倒在操場上）

暑さの為に卒倒した（由於炎熱昏倒了）

脳貧血で卒倒する（因腦貧血昏倒）

卒業〔名、自サ〕畢業、過時、經歷過

中学を卒業する（中學畢業）

卒業生（畢業生）

卒業式（畢業典禮）

卒業証書（畢業證書）

僕はもう恋愛なんか疾っく卒業したよ（我早已過了談戀愛的階段了）

ピアノの初歩は卒業した（學完了鋼琴初步）

卒爾、率爾〔名、形動〕〔舊〕唐突、突然（=突然）

卒爾ながら御尋ね申します（冒昧得很、請問一下）

卒然、率然〔副、形動〕突然、輕率、翻然

卒然悟る（突然覺悟）

卒然と承諾する（輕率答應）

卒然と為て悔い改める（翻然悔改）

卒読〔名〕略讀←→熟読、味読、讀完（=読了）

雑誌を卒読した（大致看了一下那本雜誌）

雪国を卒読した（讀完雪國）

卒塔婆、卒塔婆、卒都婆、率都婆〔名〕〔佛〕（梵語 stupa－頂、堆土）舍利子塔（立墳墓後，上有梵文經句的）塔形木牌

卒塔婆を立てる（立塔形木牌）

族（ㄗㄨˊ）

族〔漢造〕族、同宗、世襲的身分、同類型的人

一族（一族、同族、整個家庭）

家族（家族、家屬）

華族（華族－有爵位的人與其家屬，第二次大戰後已取消）

氏族（氏族）

宗族（宗族）

九族（九族）

血族（血族、親族）

親族（親屬、親戚）

同族（同族、一族）

遺族（遺族、遺屬）

語族（語系）

種族（種族、部族）

民族（民族）

王族（王族）

皇族（皇族）

貴族（貴族）

士族（武士家族－明治維新後授給武士階級的稱號，在華族之下，平民之上，但無特權現已廢除）

支族（〔本家，部族的〕分族）

雷族（緊響喇叭乘摩托車橫衝直撞的青年們）

社用族（假公濟私揮霍揩油的人們）

斜陽族（沒落的上流階層、沒落貴族）

ゴルフ族（高爾夫族）

米飯族（米飯族）

みいはあ族、ミーハー族（缺乏文化素養的女孩子=みいちゃんはあちゃん）

水族館、水族館（水族館）

族縁〔名〕親族關係、家族關係

族称〔名〕族稱（日本明治維新到二次大戰結束前，劃分國民身分的稱號、有平民，士族，華族之分）

族人〔名〕族人、同族的人

族生、簇生〔名、自サ〕叢生（=叢生、簇生）

笹が族生している（叢生著細竹子）

族制〔名〕家族制、氏族制、宗法制

族制政治（宗法統治、家族統治）

族籍〔名〕族籍（戶籍上所表示的華族，士族，平民等原來的族稱）

族虫〔名〕〔動〕聚生的蟲類

族誅〔名〕〔史〕誅族、滅族

族長〔名〕族長、家長

族閥主義〔名〕重用親戚、裙帶關係

族類〔名〕族類、同類、一族

族〔名〕〔古〕家族、親族

族族（一家一族）

族〔名〕一族、同族、家族（=族）

族族（同族、家族）

族、輩〔名〕輩、徒、同伙、傢伙（=輩、仲間、手合、連中）

不逞の族（不逞之徒）

無能の族（無能之輩）

ああ言う族の言う事は信用出来ない（那種人的話不可信）

鏃（ㄗㄨˊ）

鏃〔漢造〕箭頭

鏃、矢尻〔名〕箭頭（=矢先）

阻、阻（ㄗㄨˇ）

阻〔漢造〕險峻、阻礙、阻擾、煩惱、沮喪

險阻、嶮岨（險峻、險阻）

阻害、阻碍〔名、他サ〕阻礙、妨礙

進歩を阻害する（阻礙進步）

文明の発達を阻害する（阻礙文明的發展）

阻害物質（〔化〕阻化劑、抑制劑）

阻隔〔名、自他サ〕阻隔

阻血〔名〕〔醫〕局部缺血、局部貧血

阻塞〔名、他サ〕阻礙、防禦

阻塞気球（防空氣球）

阻止、沮止〔名、他サ〕阻止、阻塞

実力で阻止する（以實力阻止）

進歩を阻止する（阻礙進步）

阻止蓄電器（阻塞電容器）

阻喪、沮喪〔名、自サ〕沮喪、頽喪

士気を阻喪させる（使士氣沮喪）

意気が阻喪する（垂頭喪氣）

阻喪落胆（喪魂落魄）

阻む、沮む〔他五〕阻礙、阻止、阻擋

大岩が道を阻んでいる（巨石擋道）

人の行く手を阻む（擋住行人的去路）

A軍の五連勝を阻む（阻止 A 隊的五次連勝）

彼が行くのを阻む可きでない（不該阻止他去）

草木の生長を阻む（阻礙草木的成長）

俎（ㄗㄨˇ）

俎〔漢造〕砧板、古祭祀用的禮器，以木為架加以漆飾

俎上〔名〕俎上

俎上に載せる（上せる）（置於俎上、提出批評或討論）

人気スターを俎上に載せる（把紅明星提出來加以品評）

俎上の魚（俎上肉、網中魚）

此処迄追い詰めれば俎上の魚も同然だ（逼到這步田地就跟落網的魚一樣了）

俎、俎板、真魚板〔名〕切菜板

俎に載せる（放在切菜板上、提出討論）

俎の上の魚（鯉）（俎上之魚、靜待令人宰割）

祖（ㄗㄨˇ）

祖〔名〕祖父、祖先、鼻祖

〔漢造〕祖父、祖先、鼻祖、祖述、守護旅途安全的神

人類の祖（人類的祖先）

遺伝学の祖（遺傳學的鼻祖）

外祖（外祖父）

外祖父（外祖父）

外祖母（外祖母）

曽祖父（曾祖父=曾御祖父さん、曾祖父）

曽祖母（曾祖母=曾御祖母さん、曾祖母）

曽祖父母（曾祖父母）

父祖（父親和祖父、祖先）

始祖（始祖、〔佛〕〔禪宗〕達摩〔老祖〕）

皇祖（日皇的祖先〔狹義指第一代祖先〕）

高祖（高祖-祖父母的祖父母、〔漢、唐的〕開國皇帝、〔佛〕創始某一宗派的人，開山祖師）

遠祖（遠祖）

太祖（太祖-中國、朝鮮王朝的第一代皇帝）

開祖（某流派的鼻祖、某寺院的開山祖，創建者）

元祖（始祖，鼻祖，第一代祖先、創始人，創始者、〔事物發明創造的〕根源，來源）

鼻祖（鼻祖）

道祖神（守路神=際の神、手向けの神）

同祖（同一祖先）

祖業〔名〕祖業、世代相傳的事業

祖語〔名〕〔語〕祖語、發源語

ラテン語はフランス語とイタリア語の祖語である（拉丁語是法語和義大利語的祖語）

祖国〔名〕祖國

祖国の為に身を捧げる（獻身祖國）捧げる奉げる

胸に祖国を思い、眼を世界に向ける（胸懷祖國放眼世界）

祖国を守る（保衛祖國）守る護る守る盛る漏る洩る

祖国を離れる（離開祖國）離れる放れる

祖国愛（愛國心）

祖師（そし）〔名〕祖師，鼻祖、（日蓮宗的）日蓮，（禪宗的）達摩

御祖師様（祖師爺）

祖述（そじゅつ）〔名、他サ〕祖述

師の学説を祖述する（祖述師說）

祖述者（祖述者、闡述者）著者

祖神（そしん）〔名〕祖神

祖先（そせん）〔名〕祖先

祖先を崇拝する（崇拜祖先）

此は祖先伝来の宝物だ（這是祖傳的寶物）宝物宝物

祖宗（そそう）〔名〕列祖列宗、先世代代的君主

祖父（そふ）〔名〕祖父、外祖父（=御祖父さん）

祖父（じい）〔名〕〔俗〕祖父、爺爺（=御祖父さん）

爺（じい）〔名〕〔俗〕老人、老頭子

御爺さん（老爺爺）

爺や（老僕、老頭子）

祖父（じじ）〔名〕〔俗〕祖父、爺爺（=祖父）

祖父は辛労、子は楽、孫は乞食（祖父創業兒子享福孫子討飯）

爺（じじ）〔名〕老人、老頭子、老爺爺（=爺）

彼の爺は中中抜け目が無い（那老頭可精明得很）

食えない爺（不好對付的老頭子）

狸爺（老滑頭）

祖父（じじい）〔名〕〔俗〕祖父、爺爺（=祖父）

爺（じじい）〔名〕老人、老頭子、老爺爺（=爺）

伯父、叔父（おじ）〔名〕（凡父母的兄弟或父母的姊妹的配偶均稱伯父、叔父）伯父、叔父、舅父、姨父、姑丈←→伯母、叔母

彼の人は私の伯父に当たる（他是我的伯父、他是我的叔伯輩）当る中る

伯父さんぶる（〔責罵人時用語〕裝大爺、裝長輩）擺架子

御祖父様（おじいさま）〔名〕（祖父的尊稱）祖父，爺爺，公公、外公，老爺，外祖父

御祖父さん（おじいさん）〔名〕（祖父的尊稱或親密稱呼）祖父，公公，爺爺、外公，老爺，外祖父

御爺さん（おじいさん）〔名〕老爺，老爺爺，老太爺、老先生，老公公，老頭子

祖父祖母（じじばば）〔名〕祖父和祖母

爺婆（じじばば）〔名〕老公公和老太太、老頭子和老太婆

祖廟（そびょう）〔名〕祖廟、祖祠

祖父母（そふぼ）〔名〕祖父母、祖父和祖母

祖母（そぼ）〔名〕祖母、外祖母（=御祖母さん）

祖母（あ）（ばば）〔名〕祖母，奶奶、姥姥，外祖母（=祖母）←→祖父、祖父

婆（あ）（ばば）〔名〕老太太，老太婆，老奶奶（=婆さん）←→祖父、祖父、乳母（=乳母）

祖母（おば）〔名〕〔古〕祖母，外祖母（=祖母）、（也寫作老婆）老太太、老太婆

祖母（おおば）〔名〕祖母，外祖母（=祖母）

伯母、叔母（おば）〔名〕（凡父母的姊妹或父母兄弟的配偶均稱伯母、叔母）姑母、姨母、伯母、嬸母、舅母←→伯父、叔父

私の伯母に当る人（相當於我的姑母〔嬸母、舅母、姨母〕的人）当る中る

御祖母様（おばあさま）〔名〕（祖母的敬稱）祖母，奶奶、外婆，姥姥，外祖母

御祖母様何卒此方へ（奶奶請到這邊來）

貴方の御祖母様は御達者ですか（您的祖母身體好嗎？）

御祖母さん（おばあさん）〔名〕（祖母的敬稱）（口語的愛稱是御祖母ちゃん）祖母，奶奶、姥姥，外婆，外祖母

御祖母さん此方へいらっしゃい（奶奶到這邊來）

君の御祖母さんは御元気かい（你奶奶好嗎？）

御婆さん（おばあさん）〔名〕（對老年婦女的稱呼）老太太、老奶奶

御婆さん此処へ御掛け為さい（老奶奶這裡坐吧！）

もうすっかり御婆さんに為った（已經是老太婆了）完全

祖霊（それい）〔名〕祖靈、先祖之靈

組（そ）（ㄗㄨˇ）

組〔漢造〕用線組成的扁平細繩、組成、工會

改組（改組）

労組（勞動組合、工會）

日教組（日本教職員工會－〝日本教職員組合〞的簡稱）

組閣〔名、自サ〕組閣、組織內閣

組閣に着手する（著手組閣）

組織〔名、他サ〕組織，組成、構造，構成。〔生〕組織、系統，體系，制度

内閣を組織する（組織內閣）

強いチームを組織する（組成強有力的隊伍）

彼は組織の才が有る（他有組織的才幹）

此の機械の組織は如何為って居ますか（這機器的構造是怎樣的？）

組織を変更する（重新組織、改組）

表皮組織（表皮組織）

神経組織（神經組織）

人体の組織を学ぶ（學習人體組織）

組織学（組織學）

組織分化（組織分化）

組織形成（生成）（組織發生）

組織立てる（使成體系、使系統化）

組織工学（系統工程學、總體工程學）

彼の研究は組織立って居ない（他的研究缺乏體系）

現在の経済組織（現在的經濟制度）

組織化（組織化、系統化）

組織的（組織的、有系統的、有體系的）

組織労働者（有組織的工人、加入工會的工人）

組成〔名、他サ〕組成、構成

幾つかの要素から組成する（由若干因素組成）

其れは何から組成されているか（那是由甚麼構成的）

組成分（組成分）

組む〔自五〕合夥、配成對、互相扭打、扭成一團。

〔他五〕交叉起來、編組，編造，編排、辦理匯款手續

彼と組んで仕事を為る（和他合夥做工作）

十人位組んで旅行する（十個人左右結伴旅行）

今度の試合では彼と組む（這次比賽和他配成一組）

二人が四つに組む（兩個人扭成一團）

腕を組む（交叉雙臂）

手を組む（兩手交叉）

肩を組む（互相抱著肩膀）

足を組む（盤腿而坐）

紐を組む（編織細繩）

筏を組む（扎木排）

櫓を組む（搭望樓）

活字を組む（排字）

スケジュールを組む（編制日程）

徒党を組む（結黨、聚眾）

為替を組む（辦理匯款手續）

汲む〔他五〕汲水，打水。〔轉〕汲取，攝取、酌量，體諒、（也寫作酌む）斟（酒，茶等）

バケツで水を汲む（用水桶打水）御茶を汲む（酌む）（斟茶）

酒を汲んで旧交を温める（斟酒重溫友情）

困難な家庭事情を汲んで生活扶助を為る（體諒他家庭經濟困難情況給予生活補助）

組み、組〔名〕組，對，班，級，伙，幫、排版

〔接尾〕（助數詞用法）套，份，副，對

組毎に趣向を変えてある茶器（每組都有不同意趣的茶具）

此れと其れで組に為っている（這個和那個是一對）

我我の組の者（我們班的人）

生徒を五組に分ける（把學生分為五組）

組に依って授業内容が異なる（課程內容因班而異）

四人組（四人幫）

其の人は此方の組です（他是這一組的人）

旅行客を船で行く組と汽車で行く組とに分ける（把旅客分為乘船組和乘火車的組）

君の方の組に入ろう（我加入您們一夥吧！）

組が雑だ（版排得粗糙）

記念品三組（三套紀念品）

トランプの一組（一副撲克牌）

五個一組の家具（五件一套的家具）

組する、与する〔自サ〕參加、參與、入夥、贊成、擁護

何方にも組しない（不加入任何一伙）

西側陣営に組している（和西方陣營國家聯合著）

私は彼の見解には組しない（我不贊成他的意見）

双方に組しないで中立の立場を取る（雙方都不袒護而採取中立的立場）

悪事に組する（參與做壞事）

暴動に組して検挙される（因參加暴動而被拘捕）

組み合う、組合う〔自五〕合夥，合作、組織起來，組成比賽對象、互相扭打，打成一團

〔他五〕互相挽臂

此の仕事は二人宛組み合えば遣り易い（這個工作兩個人合起來比較容易）

張さんと組み合って仕事を為る（和張先生合夥工作）

二人は四つに組み合った（兩個人扭打在一起）

何時も弱い人と組み合っている（總是和水準低的人比賽）

恋人同士が腕を組み合って歩く（一對情人挽臂而行）

組合〔名〕工會（=労働組合）、同業公會，合作社、扭打（=組み打ち）

産業別組合（同一工業內跨行業的職工工會）

産業組合（同業公會）

生活協同組合（消費合作社）

購買販売組合（供銷合作社）

信用組合（信用合作社）

組合員（工會會員、公會會員、合作社會員）

組合運動（工人運動=労働運動）

組合教会（〔宗〕公理會 - 基督教的一派）

組み合わす、組み合す〔他五〕編在一起、交叉在一起（=組み合わせる、組み合せる）

組み合わせる、組み合せる〔他下一〕編在一起、交叉在一起

銃を組み合せる（架槍）

旗竿を十文字に組み合せる（把旗桿交叉起來）

横綱同士を組み合せる（把相撲冠軍們彼此編成比賽組）

緑と黄とを組み合せる（把綠色和黃色配合起來）

組み合わせ、組み合せ〔名〕配合，組成，編組。〔數〕組合。〔計〕數據並合

自然と人工の絶妙な組み合せ（天然和人工的巧妙配合）

色の組み合せが良くない（顏色配合得不好）

多種類組み合せのビスケット（多種什錦餅乾）

試合の組み合せが発表に為った（比賽的編組發表了）

組み合わせ錠〔名〕號碼鎖

組み上がる、組上がる〔自五〕組成，編成，構成。〔印〕排完版

ㄗ

組み上り、組み上がり〔名〕編成，編制、編成的東西。〔印〕已排好的版

組み上げる、組上げる〔他下一〕編完，組成。〔印〕排完版

予算案を組み上げる（編成預算草案）

ビル工事の足場を組み上げる（把修建大樓的鷹架搭起來）

此の小説を組み上げた（把這小說排版完了）

組糸〔名〕合股線、細帶子

組糸飾り（用線編的裝飾品）

組み入れる、組入れる〔他下一〕編入、納入

旅行計画に台中も組入れる(把台中也編入旅行計畫中）

美術館訪問を明日のスケジュールに組入れる（把參觀美術館編入明天的日程中）

組み入れ、組入れ〔名〕編入、用本色木材作的三個一套的茶盤。〔古〕用方木板搭成方格形的天花板（=組み入れ天井）

組員〔名〕組員

組唄、組歌〔名〕〔樂〕（用幾首用古琴或三弦琴伴奏的歌曲編成的）組歌

組み打ち，組打ち、組み討ち，組討ち〔名、自サ〕揪打、扭成一團、揪住並刺死

敵兵を組み打ちに為る（把敵兵揪住打死）

組緒〔名〕線帶、線繩（=組紐）

組帯〔名〕穿禮服時用的一種扁平腰帶、用各種色線織的腰帶

組踊り、組み踊り〔名〕二人或三人一起舞蹈（用各種舞蹈編成的）組舞、一種琉球的古典歌舞劇

組み替える，組替える、組み換える，組換える〔他下一〕改編，改訂，改組。〔印〕改排

試合の日程を組み替える（改訂比賽日程）

メンバーを組み替える（改組成員）

四六判に組み替える（改排為三十二開版）

組み替え〔名、他サ〕改編，改組，改訂。〔印〕改排。〔生〕重組

クラスの組み替えを為る（改編班組）

組み替え率（重組率）

組頭〔名〕組長，領班、（江戶時代）（步兵組，洋槍組，弓組的）隊長、（江戶時代）里正的助理

組曲〔名〕〔樂〕組曲

近代組曲（近代組曲）

管弦曲組曲（管絃樂組曲）

組子〔名〕（江戶時代）（步兵組，洋槍組，弓組的）組員、（日式建築作窗子，拉窗，方格天棚的）細木條

組子の無い障子も有る（也有沒有細木條的紙拉窗）

組み込む，組込む〔他五〕編入、入夥。〔印〕排入

接待費を予算に組み込む（把接待費編入預算中）

小見出しを組み込む（排入一個小標體）

組み込み〔名〕〔印〕排入

組杯，組み杯、組盃，組み盃〔名〕（大小不同但能套在一起的）套杯、成套酒杯（=重ね杯）

組み敷く、組敷く〔他五〕（打架時）把對方按倒

悪い奴を捕まえて組み敷く（把壞人抓住按倒）

組し易い、与し易い〔形〕好對付的、不足怕的

組し易い男（好對付的男人）

組し易いし見て見縊る（看他好欺負而輕視他）

組下〔名〕〔古〕組員（=組子）

組写真，組み写真〔名〕用幾張照片拼成的完整照片

組重〔名〕（大套小）成套方木盒

組み立てる、組立てる〔他下一〕組織、組裝、構成、裝配

部分品を買って来てラジオを組み立てる（買來零件裝配無線電收音機）

組み立て、組立て〔名〕組織、構造、裝配、剛組成

エンジンの組み立てが分らない（發動機的構造不清楚）

分解して組み立てを調べる（拆開檢查構造）

此の家の組み立ては中中良い（這房子構造很好）

中国語と日本語は言葉の組み立てが違い（中國話和日本話在句法結構上不同）

組み立て式住宅（裝配式住宅）

組み立て終った許りの自動車（剛剛裝配好的汽車）

組み立てクランク（組合式曲柄）

組み立て図（裝配圖）

組み立て工（裝配工）

組み立て工場（裝配工廠）

組み立て建築〔名〕〔建〕裝配式建築

組み立て産業〔名〕裝配工業（如汽車，造船）（=アセンブリー、メーカー）

組み立て式〔名〕裝配式、組合式

組み立て式住宅（裝配式住宅）

組み立て式船（組合船）

組み立て住宅〔名〕〔建〕預製構件裝配式住宅

組代〔名〕〔印〕排字費、排版費

組台〔名〕〔印〕排字台、活字架

組み違える、組違える〔他下一〕編錯，排錯、交叉編排，交錯構成

活字を組み違えた（排錯了字）

組長〔名〕組長、（同業公會的）會長

組み攫み〔名〕〔土木〕木材抓起機

組み継ぎ〔名〕〔木工〕馬牙榫

組み付く、組付く〔自五〕揪在一起、扭成一團

幾等殴られても組み付いて離れない（不管怎麼挨揍還是揪住不撒手）

互いに武器を捨てて組み付いた（雙方都扔掉武器扭成一團）

組み付け〔名〕〔印〕裝版

組み積み〔名、他サ〕〔建〕砌合、黏結

組手、組み手〔名〕揪打的人，扭成一團的人。〔建〕接合面。〔相撲〕兩人緊緊扭在一起的雙臂。〔排球〕把兩手手指互相交叉在前面的樣子

組手を解く（鬆開手）

組手形〔名〕〔經〕（為怕遺失等發出具有同等效力的）一套匯票←→単独手形

組天井、組み天井〔名〕〔建〕方格花樣的天花板

組み直す〔他五〕〔印〕重新排版、重新編織

組み直し〔名〕〔印〕重新排版

組縄〔名〕（用線）編的繩子

組版、組み版〔名、自サ〕〔印〕排版、已排好的版

文集の組版が出来た（文集的排版已完成了）

組版を解版する（拆掉排好的版）

組紐〔名〕線繩、線帶（=組緒）

組み伏せる、組伏せる〔他下一〕按倒、按住（=組み敷く、組敷く）

賊を組み伏せる（把賊按倒在地）

白犬は忽ち相手の犬を組み伏せて仕舞いました（白狗立即把對手咬翻在地）

組物、組み物〔名〕（一個套一個的）成套的東西、線繩，線帶類的總稱、〔建〕斗拱

組夜具、組み夜具〔名〕成套寢具

組み分け〔名、他サ〕分類、分級、分組、分等

組んづ解れつ〔連語〕（組む、解れる的連用形，下接連續助詞－つ的形式）反覆撕扭在一起、激烈地戰鬥

組んづ解れつの格闘（猛烈撕扭的格鬥）

蝿の群れが組んづ解れつしている（蠅群嗡嗡地飛來飛去）

詛（ㄗㄨˇ）

詛う、呪う〔他五〕詛咒、咒罵

人を呪う（詛咒人）

世を呪う（詛咒社會）

彼は私を呪っている（他在詛咒我）

陰で彼を呪う（背地裡詛咒他）

呪われた運命（厄運、命運多舛）

人を呪わば穴二つ（害人者亦害己、兩敗俱傷）

ㄗ

詛い，詛，呪い，呪〔名〕詛咒、咒罵

呪いを掛ける（詛咒〔人〕）掛ける書ける欠ける賭ける駆ける架ける描ける翔ける懸ける掻け

呪いが掛かっている(被詛咒)駈ける画ける斯ける

呪いが効く（詛咒應驗）

呪いは呪い主に返る（詛咒人者遭詛咒）

昨（ㄗㄨㄛˊ）

昨〔漢造〕昨天、前一年，前一季度、以前，過去

一作（〔接在年、日等前〕前、前天的）

一作日、一作日、一作日（前天）

一作日の朝（前天早晨）

一作日の晩（前天晚上）

一作年、一作年（前年）

一作年の春（前年春天）

一作晚（前天晚上）

一作夜（前天夜裡）

一作十八日（前天的十八天）

一作昨（大前〔年、月、日〕）

一作昨日、一昨昨日、一昨昨日（大前天）

一昨昨日の新聞（大前天的報紙）

一作昨年、一昨昨年（大前年）

一昨昨年に入学した学生（大前年入學的學生）

一作昨晚（大前天晚上）

昨暁〔名〕昨天

昨暁地震が有った（昨晨發生了地震）遇う会う逢う遭う合う

昨今〔名〕近來、最近、這幾天（=此の頃、近頃）

昨今は大分冷えて来た（這幾天有點冷起來了）大分大分冷える簸える来る来る繰る刳る

彼は昨今の知り合いだ（他是我新交的朋友）

其はつい（本の）昨今の事だ（那只是最近的事）

其は昨今に始まった事ではない（那並不是最近才開始的事情）

昨紙〔名〕昨天的報紙

昨日〔名〕（昨日的鄭重說法）昨日、昨天

昨日の新聞（昨天的報紙）

昨日帰京した（昨日回京）

昨日〔名〕昨天（=昨日）、近來，最近、過去，既往

昨日の朝（昨天早晨）

昨日の晩（昨天晚上）

昨日の新聞（昨天的報紙）

昨日の敵は今日の友（昨天的敵人會是今天的朋友）敵敵仇仇友共供伴朋

昨日生まれた赤ん坊じゃ有るまい（我也不是最近生下來的-你不要認為我一無所知）

昨日の人（過去的人）

昨日の変わる今日の身の上（我已經不是過去那樣的人了）変る換る代る替る

昨日の襤褸は今日の錦（滄海桑田、盛衰無常）綴れ襤褸

昨日の花は今日の夢（滄海桑田、盛衰無常）

昨日の淵は今日の瀬（滄海桑田、盛衰無常）

昨日の友は今日の仇（昨日親朋今日仇、潮水有定人無定）

昨日は人の身、今日は我が身（昨天看到別人今天臨到自己）

昨日の嫁今日の姑（昨是媳婦今日婆）姑姑舅

昨日や今日（最近）

其の出来事は昨日や今日事じゃない（那個事件也不是最近的事情）

其の悪辣な陰謀は昨日や今日に始まったのじゃない（那種毒辣的陰謀也不是最近才開始的）

昨日今日（きのうきょう）〔名〕昨天和今天、近來，最近，這兩天

其の話は昨日今日の事ではない（那件事情不是最近的事了）

昨日今日始まった陰謀ではない（不是最近才做起來的陰謀、蓄謀已久的陰謀）

昨週（さくしゅう）〔名〕上週、上星期（=先週）

昨春（さくしゅん）〔名〕去春、去年春天

昨春出来た建物（去年春天完成的建築物）

此の用水路は昨春完成したのだ（這條水道是去年春天完成的）

昨夏、昨夏（さくか、さっか）〔名〕去年夏天

其は昨夏の出来事であった（那是去年夏天發生的事情）

昨秋（さくしゅう）〔名〕去秋、去年秋天

昨秋入学した学生（去年秋天入學的學生）

昨冬（さくとう）〔名〕去冬、去年冬天

昨冬に比べて今年は暖かだ（今年比去年冬天暖和）比べる較べる今年今年暖かい温かい

昨宵（さくしょう）〔名〕昨晚、昨夜（=昨夕）

昨夕、昨夕、昨夕，昨夜（さくせき、さくゆう、ゆうべ、ゆうべ）〔名〕昨晚、昨夜（=昨晩）

昨夕から降り続いている雨が漸く上がった（從昨夜就下著的雨好容易停了）上る揚る挙る

昨晩（さくばん）〔名〕昨晚、昨夜、昨天晚上（=昨夕、昨夜）

昨晩の地震（昨晚的地震）

昨晩雨が降った（昨晚下了雨）降る振る

昨夜、昨夜，昨夕、昨夜（さくや、ゆうべ、ゆうべ、ゆんべ）〔名〕昨夜、昨晚

昨夜は酷い吹雪だった（昨天晚上好大的暴風雨）

昨夜の中に片付けました（昨天晚上收拾好了）中内裏

昨朝（さくちょう）〔名〕昨晨、昨天早晨

昨年（さくねん）〔名、副〕（略帶文語式的說法）去年（=去年）

昨年の冬（去年冬天）

昨年の初め（去年年初）初め始め創め

昨年度の計画（上年度計畫）

彼は昨年卒業した（他去年畢業了）

昨年は色色御世話に為りました（去年承蒙您多方關照謝謝）色色種種為る成る鳴る生る

昨非今是（さくひこんぜ）〔連語〕今是昨非

昨報（さくほう）〔名、自サ〕（報社用語）昨天（的）報導

昨報したニュースの詳細が判明した（昨天報導的消息的詳情已弄清）

左（ㄗㄨㄛˇ）

左（さ）〔名〕（從右方豎寫文件等地）左，次，以下。〔棒球〕左外野手（=左翼手）

〔漢造〕左，左邊，左方←→右。下方，降級（中國古代以右為上）。邪，不正。進步的，革命的，左派（來自法國大革命後進步派在議會內佔左方的席位）。證據。酒徒，愛喝酒（來自酒與左同音）

左に掲げる（揭示如左、開列如左）

左の通り（如左、如下）

要旨は左の如し（要旨如左、要旨如下）

極左（極端左傾的思想）←→極右

証左（佐證、證據、證人）

左官（さかん）〔名〕瓦匠、泥瓦匠、泥水匠、泥瓦工人

左官工事（灰泥工程）

左官の泥持ち（幫忙搬運灰泥磚瓦的工人）

左官の手間賃（泥瓦匠的工錢）

左官を入れて家の修理を為る（請來泥瓦匠修理房子）入る入る掏る磨る擦る擂る刷る摩る摺る

左官屋を為る（當瓦匠、當泥瓦匠）

左官（しゃかん）〔名〕（左官之訛）瓦匠、瓦工

左官屋（泥瓦匠）為る為る

左官を入れて壁を塗り替える（找來瓦匠重抹牆壁）入る入る

左岸（さがん）〔名〕（對著河的下游而言）左岸←→右岸

左岸には村が有る（左岸有村莊）有る在る或る

左記（さき）〔名〕（豎寫文的）左面所書、下列、下開

左記の通り（如左、如下）

ㄗ

左記の人人（下列的人、下面開列的人名）人人人人

左記の品を御送り下さい（請將下列物品寄來）送る贈る

左記の要領で会議を行います（按下列提綱舉行會議）

左義長、三毬杖〔名〕正月十五日舉行的驅魔儀式（宮中的慣例活動之一、在院中立青竹三束、上面繫著新年玩樂用的毬杖、扇子和詩籤等、然後在歌曲伴奏下燒掉-相當於民間習俗的立青竹於室外、燒毀新年裝飾用的松枝、稻草繩等）

左傾〔名、自サ〕向左傾斜、左傾，傾向革命的立場，傾向進步的立場（=左翼化）←→右傾

其の労働組合は左傾して来た（那個工會組織左傾起來）

左傾思想（左傾思想、進步思想）

左傾学生（左傾學生、進步學生）

左傾分子（左翼分子、進步分子）

左舷〔名〕（對船首而言）左舷←→右舷

船は左舷に傾いた（船向左傾斜了）

左降〔名〕左遷、降職、降級調職（=左遷）

左遷〔名、他サ〕左遷、降職、降級調職

彼の今度の転任は左遷だ（他這次的調職是降級）

彼は地方支店へ左遷された（他被降級調到其他分店了）

左顧右眄〔名、自サ〕左顧右盼、躊躇不定

左近〔名〕〔史〕（古官名）左近衛府←→右近

左近の桜〔名〕（平安時代）紫宸殿正面台階東側的櫻花←→右近の橘

左室〔名〕〔醫〕左心室

左室性心不全（左心室心肌功能不全）

左社〔名〕〔舊〕左派社會黨（=左派社会党）

左証〔名〕佐證、證據（=証左）

歴然たる左証（明顯的佐證）

左証と為る（成為佐證）為る成る鳴る生る

左衽〔名〕大襟向左扣（=左前、左襟）、蠻人，蠻夷、（幕府末期稱）西洋人，歐美人

左心室〔名〕〔解〕左心室←→右心室

左心房〔名〕〔解〕左心房←→右心房

左折〔名、自サ〕左折、向左轉彎、向左拐彎←→右折

川は其処で左折して海へ流れ込む（河在那裏左轉而注入海）

左旋〔名〕〔化〕左旋

左旋性の（左旋性的）

左旋糖〔名〕左旋糖、果糖（=フラクトース）

左側、左側〔名〕左側、左邊←→右側、右側

左側を通行せよ（靠左邊走！）

左側通行、左側通行（左側通行、靠左邊走）

右へ曲って左側の三軒目です（向右轉彎左邊的第三家就是）

左大臣〔名〕〔史〕左大臣（總理國政的長官之一、位於太政大臣之下、右大臣之上）

左袒〔名、自サ〕贊成、支持、擁護（=味方する）

民衆は革命軍に左袒する（民眾擁護革命軍）

正しい意見に左袒する（支持正確意見）

左端、左端〔名〕左端←→右端、右端

前列の左端に座る（坐在前排的左端）座る坐る据わる

左党〔名〕（政府的）反對黨，左派政黨（來自法國議會上席位在主席台左側、現在不常使用）。〔俗〕酒徒，愛喝酒的人（=酒飲、左利き）

彼は大の左党だ（他是個大酒桶）

左党〔名〕酒徒、一群酒友

左道、左道〔名〕邪道

左派〔名〕左派←→右派

社会党の左派（社會黨的左派）

彼は左派だ（他是左派）

左府、左府〔名〕左大臣←→右府

左武〔名〕尊武、重武-右文左武

左辺〔名〕〔數〕（數式的等號或不等號的）左邊、（圍棋）（棋盤中央部分的）左邊←→右辺

左偏光〔名〕〔理〕左旋光

左方〔名〕左方、左邊（=左の方）←→右方

左方の建物（左邊的建築物）

左方を見る（看左邊）見る看る診る視る観る

左程、然程〔副〕（由副詞さ+助詞程構成、一般下接否定）那麼、那樣

然程面白く（難しく）ない（並不那麼有趣〔難〕）

然程大事な事でもない（並不是那麼重要的事）

然程の病気ではない（也不是那麼嚴重的病）

小型工場の建設は投入資金を然程必要と為ない（建小廠所需投資不大）

酒は然程に好きで（は）ない（我並不那麼喜歡喝酒）

君が然程迄気に為るとは思わなかった（我沒想到你竟然那樣在乎）

来て見れば、然程にも無し、富士の山（前來一看富士山也並不像我想像那樣）

左右〔名、他サ〕左右方，左面和右面、身旁，身邊、近侍，身邊侍候的人、支吾，左右其詞、（年齡等）左右，上下，大約、支配，操縱，影響

左右に分かれる（向左右分開）分れる解れる別れる判れる沸かれる湧かれる涌かれる

左右に揺れる（左右搖擺）

左右に靡く小さな草（向兩旁偏倒的小草）

左右の手を伸ばす（伸出雙手）伸ばす延ばす展ばす

道路の左右（道路的左右、道路的兩旁）

左右を顧みる（環顧左右）顧みる省みる

左右に侍る（侍立左右、在身邊侍候）

左右に備えて置く（備置左右、放在身旁）備える供える具える置く措く擱く

王の左右（王之左右）

言を左右に託する（支吾搪塞、托避推諉）託する托する

言を左右に為て確答を避ける（左右其詞不作明確回答）避ける裂ける割ける咲ける

三十左右の男（三十歲上下的男子）

市場を左右する（左右市場、操縱市場）市場市場

一国の運命を左右する（左右一國的命運、支配一國的命運）

感情に左右される（受感情左右、受感情驅使）

環境に左右される（受環境影響）依る寄る拠る因る縁る由る選る縒る撚る

其は人間の意志に依って左右される物ではない（那是不以人們意志為轉移的）

左右像（〔化〕對映〔結構〕體）

左右相称（〔生〕兩側對稱）

左右〔名〕左右（=左右）、情況、通知（=知らせ、便り）

山の左右（山的左右）

吉左右、吉左右（吉報，喜信，佳音、〔或好或壞的〕信息）

吉左右を待っている（等候佳音）

吉左右が知り度い（希望得到消息）

左右、兎角〔副、自サ〕（多用假名書寫）種種，這個那個，這樣那樣、動輒，總是，動不動、不大工夫，不大會兒，不知不覺之間

彼は止めさせられる前から兎角の噂が有った（他在被免職之前就有種種不好的傳說）

子供に就いて兎角言う前に親が反省す可きだ（在這麼那麼責備孩子以前

大人首先應該反躬自省）就く吐く点く撞く尽く憑く衝く突く着く搗く擣く附く付く漬く

彼の人には兎角の批評が有る（對他有這樣那樣的批評）辞める止める已める病める有る在る或

兎角健康が優れない（身體總是不太好）優れる勝れる選れる

寒い時には兎角風邪を引き易い（天冷的時候總好感冒）

近頃は兎角雨が降り勝ちだ（這些日子常下雨）

人は兎角自分の欠点には気が付かない物だ（人總是看不到自己的缺點）欠点缺点

若い者は、兎角然う言う風に考える物だ（年輕人總是愛那麼想）

兎角する中に出発の日が近付いて来た（不久出發的日子就快到了）

兎角する内に日が暮れた（不一會兒天就黑了）内中裏

兎角〔副、自サ〕（兎角的音便、現寫作假名）種種，這個那個、好，動不動、不知不覺

兎角する内に日が暮れた（不知不覺地天黑了）

兎角健康が優れない（動不動就鬧病）

若い者には兎角有り勝ちだ（這在年輕人裡是常有的事情）

兎に角〔副〕（現多用假名、有時作兎に角に）總之、姑且、好歹、反正、姑且不論、無論如何、不拘怎樣

兎に角昼迄待って見よう（總之等到中午看吧！）

兎に角現物を見てからの話だ（無論如何要看到實物再說）

兎に角一つ遣って見よう（好歹先做一下看看吧！）

僕は兎に角其では君が困るだろう（我倒無所謂那麼一來你不好辦吧！）

兎に角事実だ（反正是事實）

兎に角御知らせ致します（姑且通知您一下）

旅行し度いと思うが、御金は兎に角、何よりも暇が無い（我本想去旅行錢姑且不論最主要的是沒有時間）

金高は兎に角と為て御礼を為なくては為らない（錢數多少倒不拘總得表示一下謝意）金高金高

兎も角〔副〕（現多用假名）姑且不論，暫且不談、總之，好歹，無論怎樣，不管怎樣

食事は兎も角、まあ御茶を一杯（飯回頭再說先請來一杯茶）

素行は兎も角彼が名画家である事は間違いない（人品如何姑且不談他確不失為一個名畫家）

費用の点は兎も角の事と為て、第一時間が無い（費用多少姑且不談首先沒有時間）

冗談は兎も角、如何する積りだ（玩笑姑且不談首先沒有時間）

贅沢は兎も角彼は今日食うのにも困っている（奢侈當然談不到現在他連吃飯都成了問題）

十代の言葉なら兎も角彼の年で分別の無い話だ（若是十幾歲的孩子還有可說那麼大歲數也太不懂事了）

好し悪しは兎も角と為て、其が事実だ（好壞姑且不談那可是事實）

外の人には兎も角私には何もかも打ち明け給え（對別人且不說對我可一點也不要隱瞞）

兎も角食わねば為らぬ（不論如何總得吃飯）

兎も角行って見ましょう（不管怎樣去看一看吧！）

兎も角値段が高過ぎる（總之價錢太貴）

兎や角〔副〕（現多用假名）種種、多方、這個那個地

彼の身の回りを兎や角を為る（多方照顧他的生活）

彼は兎や角非難されている（他受到種種批評）

兎や角気を揉む（憂心忡忡）

兎や角の評が有る（有種種的評論）

兎や角言う（說三道四、說長道短、說這說那）

人の事を兎や角言うな（不要總議論別人）

其以上兎や角言わずに（別再說這說那地）

左様、然様〔副、形動〕〔舊〕（比較鄭重的說法）那樣（=其の通り、其の様）

〔感〕是，對，不錯（=然うだ、然り）

然様な事は一向存じません（那件事情我一點也不知道）

然様な事は耳に為ません（我沒聽說那樣的事）

然様申し付けましょう（我就那樣告訴他吧！）

然様取り計らいます（我就那樣處理）

如何にも然様で御座います（完全是那樣）

然様さ（是那樣、對的）

然様、分らんね（是啊、我不知道）

然様 彼れは儂の十五の時じゃった（對、那是我十五歲的時候）

然様、参りません（啊、我不去）

左様奈良、然様奈良〔感〕（也作〝さよなら〞原來是接續詞、〝那麼〞的意思）再見！再會！

〔名、自サ〕〔轉〕告別、離開

じゃ、然様奈良。—然様奈良（那麼、再見！－再見）

皆さん、然様奈良（諸位、再見！）

では明日迄然様奈良（那麼、明天再見！）

然様奈良。又明日（再見、明天見！）

然様奈良を為る（告別）

然様奈良とも言わずに立ち去る（不告而別）

明日は卒業式で愈愈学校とも然様奈良だ（明天舉行畢業典禮眼看就要離開學校了）

愈愈学生時代に然様奈良する時が来た（眼看就到了和學生時代告別的時候）

さよなら〔感〕（〝然様奈良〞的簡略說法、多用於親密關係）再見！再會！

〔造語〕〔俗〕告別，送別。〔棒球〕最後局的後半局、最後一場

さよならパーティー（送別會）

さよならゲーム（最後一場比賽）

さよならホームラン（最後一場末尾的全壘打）

さよなら勝ち（最後局後半局得分取勝）

左様然らば、然様然らば〔連語、名〕（來自武士扳起面孔說〝然様然らば〞）扳著面孔說話、打官腔、說話一本正經。

〔連語、接〕如果那樣

然様然らばで遣る（扳著面孔說話）

然様然らばでは 話 が纏まる物でない（那樣打官腔是談不妥的）

左翼〔名〕（軍隊、艦隊、隊形、席位等的）左翼、（思想上、政治上的）左翼，左派，左傾。

〔棒球〕左翼，左外野←→右翼

左翼の方が少し前へ食み出している（左翼稍微向前突出）

左翼団体（左派團體）

左翼分子（左派人士、急進分子）

左翼文学、芸術運動（左翼文藝運動）

左翼的偏向（左傾）

左翼へフライを飛ばす（向左外野打飛球）飛ばす跳ばす

左翼手（左外野手）

左翼運動（左翼運動、左派運動–一般指社會主義運動、共產主義運動）

左翼小児病（左傾小兒病）

左翼作家同盟（中國左翼作家聯盟–簡稱左聯、1930 年由魯迅等在上海發起）

左翼空論主義（左傾空談主義）

左翼閉鎖主義（左傾閉門主義）

左翼盲動主義（左傾盲動主義）

左翼日和見主義（左傾機會主義）

左翼日和見主義

路線（左傾機會主義路線）

左腕〔名〕左腕、胳臂←→右腕、右腕

左見右見、と見こう見〔名、自サ〕左顧右盼、東張西望、小心翼翼

左〔名〕左、左面、左手、左派，左傾、喝酒（的人）←→右

左へ曲がる（向左轉）

左の目（左眼）

一番左の人（最左邊的人）

左向け左（〔口令〕向左轉！）

左で投げる（用左手投）

左が利く（左撇子、能喝酒）利く効く聞く聴く訊く

左に傾く（左傾）

左に属する（屬於左派）

左に走り、地下に潜る（左傾而潛伏在地下）

貴方は左ですか（你喝酒嗎？）貴方貴女貴男

私は左の方で、甘い物は駄目だ（我愛喝酒不喜歡吃甜的）甘い甘い

左する〔自サ〕向左走

左団扇〔名〕左手用扇子、安閒度日

左団扇で暮らす（安閒度日）

彼は左団扇で暮らせる御身分だ（他很有福氣可以悠然自得地過日子）

左書き、左書〔名〕由左向右寫

左利き〔名〕左撇子、愛喝酒的人←→右利き

左利きの人（左撇子的人）

左利き（の）投手（左手投手）

左利きの癖に甘い物にも手を出す（本來愛喝酒但也愛吃甜的）

左ぎっちょ〔名〕〔俗〕左撇子（=左利き）

左褄〔名〕左下擺、藝妓

左褄を取る（當藝妓）取る摂る撮る盗る採る獲る捕る執る

左手〔名〕左手、左邊

左手を上げる（舉起左手）上げる揚げる挙げる

左手で字を書く（用左手寫字）書く欠く描く掻く

左手に川が有る（左邊有河）有る在る或る

左手の赤煉瓦が図書館です（左邊的紅磚屋是圖書館）

左手、弓手〔名〕左手，持弓的手←→右手、馬手、左方，左側

左手に持った木刀（左手拿著的木刀）

左手に山が見え出した（在左側出現一座山）

左前〔名〕大襟向左扣、（家運）衰弱，衰敗，倒霉，（生活）困難起來

左前に着る（大襟向左扣-和普通相反）着る切る斬る伐る

左前の会社（趨向衰敗的公司）

此の頃はどうも左前でね（最近有一點倒霉）

彼の家は益益左前だ（那家越來越衰敗了）

彼の店もどうやら左前らしい（那家商店也好像有點不興隆）

左巻き〔名〕（樂器的弦、植物的蔓、發條等）向左捲，向左擰。〔俗〕性情古怪頭腦蠢笨（的人）

朝顔の蔓は左巻きか右巻きか（牽牛花的蔓是向左爬還是向右爬？）蔓鶴弦敦

彼奴は少少左巻きだ（那傢伙有點古怪）

左回り〔名〕反轉、逆時針轉

左向き〔名〕向左，朝左、衰弱，衰敗，不興旺

商売が左向きに為る（生意不興隆）為る成る鳴る生る

左向け〔名〕（口令）向左轉

左向け左（向左轉！）

左四つ〔名〕〔相撲〕互把左手伸向對方右腋下扭在一起

左分け〔名〕（頭髮）向左分

髪を左分けに為る（把頭髮向左分）摩る刷る擂る擦る磨る掏る摺る

佐（ㄗㄨㄛˇ）

佐〔漢造〕輔佐、(軍階的）校，校官。〔地〕佐渡（現屬新潟県）(=佐渡国)

補佐、輔佐（輔佐）

大佐（上校-舊海陸軍中校官最高級）

陸佐（陸上自衛隊階級之一、陸將補之下、陸尉之上、又分一二三等）

空佐（航空自衛隊階級之一、空將補之下、空尉之上）

一佐（自衛官階級之一、一等陸〔海、空〕佐-相當於舊軍隊的大佐-上校）

佐保姫〔名〕佐保姬、春天的女神←→龍田姫 立田姫（秋季女神）

佐官〔名〕〔軍〕校官

佐官級（校官級）

佐幕〔名〕（江戸時代末期）擁護幕府（的人）←→勤王

佐幕党（派）（佐幕黨、佐幕派、擁護幕府的黨派）

佐薬〔名〕（藥）佐藥、輔藥

佐、次官、助、輔、弼、亮、介〔名〕〔古〕（根據大寶令，設於各官署輔佐長官的）次官、長官助理

佐ける、扶ける、助ける〔他下一〕助、幫助、援助、救助、輔佐、資助

父の仕事を助ける（幫助父親做事情）

消化を助ける（助消化）

弱きを助け強きを挫くは彼の主義だ（抑強扶弱是他的主義）

田中さんの奥さんは御主人の研究を助けて終に完成させた（田中的夫人幫助丈夫做研究終於完成了）

肥料を遣って苗の生長を助ける（施肥助苗生長）

此の運動は児童の発育を大いに助ける（這個運動非常有助於兒童的發育）

病人の命を助ける（救病人的命）

助けと呼びました（喊道救命呀！）

溺れ掛かっていた人は、其処を通った船に助けられた（眼看要淹死的人被路過的船救了上來）

今日の所は助けて下さい（今天請饒恕我吧！）

課長を助けて事務を処理する（輔佐科長處理事務）

若い当主を助ける（輔佐年輕的戶主）

貧乏人を助ける（救助窮苦的人）

困っている者を助ける（救濟困難的人）

作（ㄗㄨㄛˋ）

作〔名〕著作，作品、耕作，耕種、年成，收成(=作柄)

〔漢造〕（有時讀作作）起，振作、作，動作、作品、耕作，作物，收成。〔地〕美作國（今岡山縣北部）(=美作国)

見事な作（優秀作品傑出之作）

会心の作（得意的作品）

魯迅作の小説（魯迅作的小說）

此の絵は雪舟作だ然うです（據說這幅畫是雪舟的作品）

作を為る（種田）掏る磨る擦る擂る刷る摩る摺る

作が良い（收成好）良い好い善い佳い良い好い善い佳い

作が悪い（收成不好）

平年並みの作（和平常一樣的收成）

今年の作は非常に良さ然うだ（今年的收成看來非常好）今年今年

振作（振作、振起）

新作（新創造、新作品）←→旧作

旧作（舊作品）←→新作

合作（合作、協力）

著作（著作、著述）

耕作（耕種）

工作（工作、製作、工事、手工）

高作（〔您的〕大作）

述作（著作、著述、著書）

傑作（傑作、新奇，出色〔的事物〕、有趣〔的錯誤、過失〕）

上作（傑作，卓越作品←→下作、豐收）

下作（次貨，下等品，粗製的製品←→上作、下作，下流，低級）

戲作（遊戲作品、〔江戶時代的〕通俗小說）

駄作（拙劣的作品、沒價值的作品）

多作（著作多，作品多，大量寫作←→寡作、耕種大量農作物）

寡作（作品很少）←→多作

佳作（佳作，優秀作品、選外佳作，入選以外的好作品）

家作（建築房屋、造的房子、出租的房屋）

仮作（虛構，編造〔的東西〕、暫時建造〔的小屋等〕）

小作（佃耕，租種、佃戶）←→自作

小作農（佃農）←→自作農

自作（自製〔品〕、自己寫作〔的作品〕、自耕←→小作、自耕農=自作農）

豊作（豐收）←→不作、凶作

不作（歉收，收成不好←→豊作、〔成績或結果〕不好）

凶作（歉收）←→豊作

不作為（不作為、不實行、不履行、故意拖延）

競作（競爭創作〔的作品〕）

平年作（普通年成、正常年景）

作当たり〔名〕（農作物的）豐收、好收成

作為〔名、自サ〕做作，造作、人為，虛構，作假。〔法〕作為，行為，積極行為←→不作為（不作為、不履行）

色色と作為すると不自然に為る（矯柔造作就變得不自然）

此の小説は作為の跡が露骨だ（這部小說裡造作的痕跡很明顯）

自殺に見せ掛ける作為が見られる（可以看出裝做自殺的假象）

作為の罪（有作為的假象）

作為的（故意的、蓄意的、有行為的）

作為犯（〔法〕作為犯、有積極行動的犯罪）←→不作為犯

作為動詞（〔語法〕作為動詞、使役動詞）

作意〔名〕（藝術作品的）構思，創作意圖、主題、意圖，企圖，打算

十分な出来とは言えないが、作意は理解出来る（雖不能說做得十分好但主題是可以理解的）

此の小説の作意は良いが、文章は余り良くない（這篇小說的構思雖然好但文章寫得

不怎麼樣）良い善い好い佳い良い善い好い佳い言う云う謂う

作意が有った訳ではない（並不是有什麼企圖）有る在る或る

作意の有る悪戯（有企圖的淘氣行為）

作因〔名〕〔哲〕動因、（藝術上的）表現動機，寫作動機

作男〔名〕〔俗〕長工、雇農

作男を雇う（雇長工）

作男に為る（做長工）為る成る鳴る生る

彼は地主の作男を遣って随分苦労した（他替地主做長工吃過很大的苦頭）

作画〔名、自サ〕作（的）畫、拍照，拍的照片

作柄〔名〕（農作物的）收成，年成、（藝術作品的）成績，水平，質量

作柄の一番良い年（最好的年景）良い善い好い佳い良い善い好い佳い

今年は作柄が良い（今年收成很好）今年今年

天候に恵まれて小麦の作柄は平年作を上回った（因為氣候良好小麥收成超過普通年成）

作柄予想（〔主要指稻米的〕估產，收成估計，收成前景、估計收穫量）

作況〔名〕農作物的生長情況，收成（=作柄）

作況報告（收成情況報告）

作況指数（收成指數-在作物生長期間用百分比表示出預估成量與普通年成之比）

作劇〔名、自サ〕作劇、編劇

作劇術（編劇法）

作詞〔名、自他サ〕（替歌曲）作詞、作歌詞

校歌を作詞する（作校歌歌詞）

其の詩人は童謡も数多く作詞した（那位詩人還作了很多童謠的歌詞）

此の歌の作詞も彼に頼もう（這首歌請他作詞吧！）頼む恃む

黄自が作詞作曲した歌（黃自作詞譜曲的歌曲）

作詩〔名、自サ〕作詩、作的詩

作詩に耽る（埋頭作詩）耽る更ける老ける吹ける拭ける噴ける葺ける深ける蒸ける

作詩法（作詩法）

作者〔名〕作者、作家、著者、寫作者、創作者

小説の作者（小說的作者）

詩の作者（詩的作者）

戯曲の作者（劇本的作者）

芸術作品の作者（藝術作品的創作者）

此の俳句の作者は分からない（這首俳句的作者不詳）分る解る判る

其の本の作者は誰ですか（那本書的著者是誰？）

作者不明（作者不詳）

作者部屋（〔歌舞伎劇場裡的〕編劇室）

作条〔名〕〔農〕（為播種開成的一行一行的）壟溝（=播き溝）

作図〔名、他サ〕繪圖，畫圖。〔數〕作圖

設計図を作図する（作設計圖）

定規とコンパスで作図する（用規尺和圓規作圖）

作図題（作圖題）

作製〔名、他サ〕製造（物品等）（=製作）

此の木材で本立てを作製する（用這塊木材做個書架）

飛行機の模型を作製する（做飛機模型）

作戦、策戦〔名〕戰略、作戰、計謀

X作戦（〔代號〕X行動計畫）

作戦の誤り（作戰計畫的錯誤、行動計畫的錯誤）

作戦を考える（研究戰略）

じっくりと作戦を練って試合に臨む（精心製訂戰略迎接比賽）

作戦線（戰線）

作戦準備完了（〔報告〕作戰準備完畢）

作戦地帯（作戰地帶）

作戦地図（作戰地圖）

作戦基地（作戰基地）

作戦目標（軍事行動目標）

作戦計画（作戰計畫）

作戦計画を立てる（制定作戰計畫）

作戦計画を誤る（弄錯作戰計畫）誤る謝る

作戦計画が当った（作戰計畫做對了）当る中る

作違い〔名〕歉收、收成不好（=不作）

作調〔名〕（繪畫等）作品的格調

迫力有る作調を示す（顯出有動人力量的作品格調）示す湿す

作刀〔名、自サ〕製造日本刀、（某人）製造的日本刀

作陶〔名〕製作陶器

作陶家（製陶專家）家家家家家家

作表〔名〕〔數〕製表、造表、列表

作品〔名〕（特指文學、藝術方面的）作品、創作，著作、藝術製品

音楽作品（音樂作品）

文芸作品（文藝作品）

コリの作品（科里的作品）

徐飛鴻の作品（徐飛鴻的作品）

優れた映画作品（優秀的電影作品）優れる勝れる選れる

小学児童の作品を展示する（展覽小學兒童作品）

此は彼の未発表作品だ（這是他未發表的作品）

作風〔名〕作品的風格，筆調，筆法，手法、（中國）（工作上或生活上的）作風

モーパッサンの作風を真似る（模仿莫泊桑的作品風格）

漱石の作風は、始め諷刺に富んだ物だった（夏目漱石的作品風格初期是富於諷刺性的）

作風が良い（作風好）良い善い好い佳い良い善い好い佳い

官僚主義の作風を取り除く（除掉官僚主義作風）

新しい革命的作風を打ち立てる（樹立新的革命作風）

作文〔名、他サ〕作文，（寫）文章。〔轉〕空談，空作文章

作文の時間（〔學校的〕作文課）

作文の題を出す（出作文題）

生徒の作文を直す（批改學生的作文）直す治す

生徒の作文を添削する（批改學生的作文）

演説の原稿を作文する（寫演講稿）

旅の思い出を作文に書く（把旅行感想寫成作文）書く欠く描く掻く

彼の施政方針演説は全くの作文である（他的施政方針演講完全是空談）

選挙の公約を作文に終わらせないで欲しい（希望不要使選舉時的公開承諾最後成為空談）

作文政治（口頭政治、玩弄辭令的政治）

作文〔名〕〔古〕作漢詩、賦詩

作間〔名〕〔農〕壟和壟之間，壟溝、農閒期，農閒季節

作目〔名〕作物種類的名稱

作料〔名〕（木匠、工匠等的）製作貨款

作力〔名〕〔機〕作用力

作家〔名〕作家，作者，文藝工作者，（特指）小說家、（繪畫攝影、雕刻等的）藝術家，藝術工作者

女流作家（女作家）

流行作家（受人歡迎的作家）流行流行

新進作家（新進作家、初露頭角的作家）

プロレタリア（無產階級作家）

偉大な革命的作家（偉大的革命作家）

作家に為る（成為作家、當作家）為る成る鳴る生る聞く聴く訊く効く利く

此の小説の作家の名は聞いた事が無い（這部小說的作者的名字從來沒聽說過）

作歌〔名、自サ〕創作詩歌，（特指）作和歌、（作的）詩歌，和歌

作歌に勤しむ（努力寫作和歌）

旅行中の作歌（旅行期間寫的和歌）

作曲〔名、他サ〕作曲、配曲

ベートーベンの作曲したシンフォニー（貝多芬做的交響樂曲）

歌を作曲する（為歌詞譜曲）歌唄唱詩

此の歌は彼が作曲したのだ（這首歌是他做的曲子）

作曲者（作曲者）者者

作曲家（作曲家）家家家家家

作曲法（作曲法）

作句〔名〕作俳句、作的俳句

作興、作興〔名、自他サ〕〔使〕振作。〔使〕奮起、振奮、鼓舞

国民精神を作興する（使國民精神振奮起來）

国民精神の作興を計る（謀求喚起國民精神）計る測る量る図る謀る諮る

作〔漢造〕起，振作、作，動作、舉止、所做的事情

發作（發作）

造作造作（〔舊〕費事，麻煩、款待，招待、方法，手段、所做的事情）

動作（動作）

諸悪莫作（〔佛〕諸惡莫作）

坐作進退（起居進退、舉止行動）

左〔名〕（從右方豎寫文件等地）左，次，以下。〔棒球〕左外野手（=左翼手）

〔漢造〕左，左邊，左方←→右。下方，降級（中國古代以右為上）。邪，不正。進步的，革命的，左派（來自法國大革命後進步派在議會內佔左方的席位）。證據。酒徒，愛喝酒（來自酒與左同音）

左に掲げる（揭示如左、開列如左）

左の通り（如左、如下）

要旨は左の如し（要旨如左、要旨如下）

極左（極端左傾的思想）←→極右

証左（佐證、證據、證人）

差〔名、漢造〕（也讀作差、差）差別、差異、差距、差額、差數、差遣

年齢の差（年齡的差別）

甲乙の差（甲乙的差別）

工業と農業の差を縮める（縮小工農差別）

尚大きな差が有る（還存在著很大的差距）

比べて見れば差が分る（比一下就看出差別來）

資本主義国家では貧富の差が酷い（在資本主義國家裡貧富懸殊）

何方に為ろ、大した差は無い（哪一個都沒有多大區別）

両者には雲泥の差が有る（兩者有天壤之別）

相手に依って待遇に差を付ける（按照對象待遇上加以區別）

一点の差で負けた（以一分之差輸了）

十四対十三の僅かの差で相手に勝った（以十四比十三微小之差戰勝了對方）

輸出入の差（進出口差額）

差を求める（求差數）

大差（顯著的不同、很大的差別）

千差万別（千差萬別）

誤差（誤差、差錯）

落差（落差、差據）

交差、交叉（交叉）

公差（公差）

光差（光差）

較差、較差（較差、明顯差別、比差、變程）

示差（示差）

視差（視差）

自差（偏差、偏向、歧離）

時差（時差、錯開時間）

偏差（偏差，偏度、偏轉，偏曲）

変差（變差、磁偏角）

参差（參差不齊）

差別、差別（差別、區別）

然〔副〕然、如此、這様（=然う）

然彼れ（儘管如此）

然すれば（如果這樣）

然は言え（話雖那麼說、雖然如此然而）

然は然り乍ら（雖然如此）

然も無くば（否則、不然的話）

然に有らず（並非如此）

然も無い事（小事、微不足道的事）

然も有る可き事だ（我想會是這樣的、當然如此、理應如此）

作業〔名、自サ〕工作、操作、勞動、作業（特指具體的生產活動或軍事活動）

作業の段取り（生產工序、操作程序）

作業の能率を上げる（提高工作效率）

作業を行う（進行操作）

沈没船の引き上げ作業を為る（做打撈沈船的作業）

火消し作業に大童だ（緊張從事救火工作）

工場は手一杯に作業を為ている（工廠開足馬力進行生產）

作業服（工作服）

作業員（作業員、操作人員）

作業場（車間、作坊、工地、工段、工作現場）

作業組（作業班）

作業室（車間、工作室、操作室）

作業強度（工作強度、勞動強度）

作業条件（工作條件）

作業カード（工序卡）

作業グループ（工作小組）

作業会計（作業會計、事業會計–有關國家的事業歲出歲入的會計：如造幣局，印刷局的會計等）

作業単元（作業單元以兒童生活經驗為中心組成的學習活動單元）←→教材単元

作業度（操作率、開工程度–企業在一定規模下所具有的生產能力的利用程度）

作業検査（〔心〕操作測驗–對利用筆和紙進行的測驗而言、利用工具進行操作的心理測驗方法）

作業療法（作業療法–治療精神病或身體器官故障時利用勞動或器械操作以提高療效）

作業機（作業機、工作的機器–從原動機接受動力供給進行工作的機器的總稱）

作業教育（作業教育、勞作教育–以身體活動為中心重視生產勞動的教育）

作善〔名〕〔佛〕積善根作善事

作動〔名、自サ〕（機器等）動作、工作

予定通り作動した（按造預定的那樣工作）

作動体（工作品質）

作動面（工作面）

作動曲線（工作曲線）

作動物質（工資、資用物資）

作動圧力（工作壓力）

作動距離（工作距離、運用距離）

作動率（作功係數）

作動限度（動作極限）

作動順序（動作順序）

作動体〔名〕〔生〕效應器、反應器

作法〔名〕（詩或小說等文藝作品的）作法（=作法），禮法，禮節，禮儀，禮貌，規矩（=エチケット）

俳句の作法（俳句的作法）

家庭の礼儀作法（家庭裡的禮節）

作法に叶う（合乎禮節）叶う適う敵う

作法に合わぬ（不合禮節、違反禮節）合う遇う会う逢う遭う

作法に外れる（不合禮節、違反禮節）

作法を守る（遵守禮節）守る護る守る盛る漏る洩る

作法を習う（學習禮節）学ぶ

作法を知らない（不懂禮貌）

作法通りに為る（按照禮法做）摩る刷る擂る擦る磨る掏る摺る

日本人は作法が喧しい（日本人很講究禮法）

彼は行儀作法の有る人だ（他是一個有教養的人）

彼女は作法を厳しい躾られた（她受到了嚴格的禮法修養）

作法〔名〕作法，製法、所作的方法、制作法律，制定法令

小説作法（小說作法）

作用〔名、自サ〕作用、起作用

心理作用（心理作用）

精神作用（精神作用）

化学作用（化學作用）

物理作用（物理作用）

自然の作用（自然的作用）自然自然

機械の作用（機械的作用）

人間の消化作用（人的消化作用）

電気の人体に及ぼす作用（電對人體起的作用）

此の薬（に）は副作用が有る（這個藥有副作用）

此の薬は別に悪い作用を起こさない（這個藥不起什麼壞作用）起す興す熾す

酸は金属に作用する（酸對金屬起作用）

植物も呼吸作用を為る（植物也進行呼吸作用）食物

作用点（〔理〕作用點）

作用線（〔理〕作用線）

作用反作用の原理（〔理〕作用和反作用的原理）

作用素（〔數〕運算子=演算子）

作用量（〔理〕作用量）

作用量変数（作用量變數）

作用量原理（作用量原理）

作用量子（〔理〕作用量子）

作麼生、什麼生〔副〕〔佛〕（催促對方回答、說明時）怎麼樣？如何？

作る、造る〔他五〕造，做、創造、建造、鑄造、形成，制定、耕種，栽培，培養，培育、生育、化粧，打扮、修飾，修整、假裝，虛構、賺得，掙得、樹立、報時

木で机を造る（用木材做桌子）作る造る創る

竹で籠を造る（用竹子編筐）

原子爆弾、水素爆弾を幾等か造る（製造一點原子彈氫彈）

労働は人間を造る（勞動創造人）

新しい術語を造る（創造新的術語）

歴史は人民が造る物だ（歷史是人民創造的）

本を造る（寫書）

文章を造る（做文章）

講演の草稿を造る（寫演講稿）

小説を造る（創作小說）

詩を造る（作詩）

部屋に閉じ篭って新聞を造る可きではなく、大衆に目を向ける可きである（不應當關門辦報應面向群眾）

家を造る（蓋房子）

庭を造る（建造庭園）

町に学校を造る（在鎮上修建學校）

大砲を造る（鑄造大砲）

貨幣を造る（鑄造硬幣）

列を造る（排隊）

円を造る（排成圓形）

規則を造る（建立規章）

労働組合を造る（組織工會）

新内閣を造る（組織新內閣）

一クラスを造る（組成一個班）

楽しい家庭を造る（組織快樂的家庭）

憲法を造る（制憲）

田を造る（種田）

稲を造る（種水稻）

野菜を造る（種菜）

菊を造る（養菊花）

共産主義道徳を造る（培養共產主義道德）

人物を造る（培養人才）

本を真面目に読む習慣を造る（養成認真讀書的習慣）

子供を造る（生孩子）

顔を造る（化粧）

眉毛を造る（描眉）

令嬢風を造る（打扮成小姐樣）

年よりも若く造る（打扮得年輕輕的）

体裁を造る（修飾外表）

松を造る（修剪松樹）

笑い顔を造る（假裝笑容）

話を造る（說假話）

声を造る（裝假音）

御飯を造る（做飯）

鯛の刺身を造る（把鯛魚做成生魚片）

身代を造る（積賺財富）

敵を造る（樹敵）

友を造る（交朋友）

罪を造る（造孽）

鶏が時を造る（雄雞報曉）

作り，作、造り〔名〕構造，結構，樣式、身材，體格、化粧，打扮、假裝、(関西方言)生魚片、栽培，種植、農作物，年成

西洋造り（西式建築）作り造り創り

家の造りが商店風だ（房屋的結構是商店式的）

料理屋風の造りの家（飯館式構造的房屋）

此の家は造りが確りしている（這房屋結構堅固）

粘土造りの御面（黏土做的假面）

黄金造りの太刀（鑲金的大刀）

此のコンパクトは素晴らしい造りだ（這粉盒做得漂亮）

頑丈な造りの男（體格健壯的男人）

小作りな（の）女（身材矮小的女人）

御作りが上手だ（會打扮）

彼の女は若作りだ（那女人打扮得年輕）

御作りを念入りに為る（細心打扮）

御作りに暇が掛かる（花費很多時間打扮）

造り笑い（假笑）

造り泣き（假哭）

鮪の御作り（金槍魚片）

菊作りの名人（栽培菊花的名手）

有名な庭作り（著名的庭園師）

今年は造りが良い（今年年成好）

作り，作、造り〔造語〕造、做、設法製作

ガラス造り（玻璃造的）

煉瓦造り（用磚砌的）

菊作りの名人（栽培菊花的名手）

国造り（建設國家）

世論造り（製造輿論）

作り上げる、造り上げる〔他下一〕造成，做完、偽造，虛構

立派な人物を造り上げる（培養成卓越的人物）

二年掛かって造り上げた絵（花了二年工夫做成的畫）

人民の英雄を造り上げる（塑造人民英雄形象）

架空の事件を造り上げる（炮製莫須有的事件）

彼の話は全部造り上げた嘘だ（那話全部是捏造的謊言）

作り替える〔他下一〕改作，改造、改寫，改編、(代替舊的)重新做

ズボンをスカートに作り替える（把褲子改成裙子）

小説を戯曲に作り替える（把小說改寫成劇本）

此の脚本は小説から作り替えた物だ（這個腳本是由小說改編的）

テーブル掛けが破れたので新しく作り替えた（桌布破了又重新做了一個）破れる敗れる

作り替え〔名〕重做，改作、改寫，改編、修改

小説の作り替え（小說的改寫）

作り直す〔他五〕改作，改造、改寫，改編、(代替舊的)重新做（=作り替える）

作り直し〔名〕重做，改作、改寫，改編、修改（=作り替え）

作り顔〔名〕假臉，假面孔、（演員）化妝的臉

作り方〔名〕做法，製造法、結構、建築方式、培養法、栽種法

詩の作り方（詩的做法）

酒の作り方（釀酒法）酒鮭

此の家の作り方は純日本式だ（這棟房子的建築方式是純日本式的）家家家家家

作り木〔名〕剪過枝的樹、修剪過的樹

作り菊〔名〕手栽的菊花、栽植的菊花（非野生的菊花）

作り気違い〔名〕裝瘋、假裝瘋癲的人

作り狂言、作狂言〔名〕歌舞伎劇的劇本（=歌舞伎狂言）

作り碁〔名〕（圍棋）下到最後計算勝負的棋局←→中押、中押

作り声〔名〕假聲，假裝的聲、模仿的聲←→地声

作り声で話す（用假音說話）話す離す放す

女の作り声を為る（裝女人聲）為る為る

猫の作り声を為る（學貓叫聲）摩る刷る擂る擦る磨る掏る摺る

作り言〔名〕謊言、假話

作り事〔名〕編造的事，莫須有的事，捏造的事、虛構的故事，無稽之談

作り事でなく厳然たる事実だ（不是捏造而是不可爭辯的事實）

彼の病気は全く作り事だ（他的病完全是假裝的）

小説は作り事だが其の中に真実が含まれている（小說是虛構的故事但是其中含有真實）

作事〔名〕〔舊〕營建、建築工程（=普請）

作事料（營建費）

作事場（建築工地）

作り酒屋〔名〕釀酒廠、（釀酒賣的）大酒店（對零售酒店而言）

作り字〔名〕〔舊〕倭字，日本漢字（日本模仿漢字創造的字、如込，躾，俤）（=国字）、白字，別字（=嘘字）

作字〔名、自他サ〕〔印〕做字（利用已有的鉛字削改或組成新的鉛字）

作り損う〔他五〕做壞、糟塌、沒做好

箱を作り損った（把箱子做壞了）

文章を作り損った（把文章寫壞了）文章文章

作り損い〔名〕做壞，糟塌、殘品，做壞了的東西

作り損じる〔他上一〕做壞、糟塌、沒做好（=作り損う）

作り損じ〔名〕做壞，糟塌、殘品，做壞了的東西（=作り損い）

作り損じは許されない（不許做錯）

作り高〔名〕產量，生產額、收穫量（=生産高）

作り高を見積もる（估計產量、估計收穫量）

作り出す、造り出す〔他五〕開始做，做出來、製造出來，生產出來、創造，發明，創作，做出，造成

詩を造り出すと寝食を忘れる（一做起詩來就廢寢忘食）

一日に千台の自動車を造り出す（一天生產一千輛汽車）

新型の機械を造り出す（創造出新型的機器）

次次と名作を造り出す（一篇接一篇地創作好作品）

条件を造り出す（創造條件）

革命の新しい時代を造り出す（創造革命的新時代）

両党の分裂は数十年来の不幸な局面を造り出した（兩黨的分裂造成了數十年的不幸局面）

作出〔名、他サ〕作出、製作出、創作出（=作り出す、造り出す）

新しい品種の製品を作出した（創造出來新品種的產品）

作り立てる〔他下一〕做成，做好、大事梳妝打扮，打扮得花枝招展

人の目を引くように作り立てる（打扮得花枝招展以便引人注目）引く轢く挽く惹く曳く牽く

こってりと作り立てる（濃妝豔抹）

作り付ける〔他下一〕固定在…、安裝在…

壁に作り付けて在る本棚（固定在牆上的書架）

作り付け〔名〕固定、定定

作り付けの本棚（固定的書架）

其は作り付けに為っていて取り外しが出来ない（那是固定拆不下來的）

部屋には作り付けの戸棚が有る（房間裡設有壁櫥）

作付け，作付、作付け，作付〔名〕（農作物的）種植、耕種、栽種、播種

小麦の作付（播種小麥）

白菜の作付は一日で終わった（白菜一天就播種完了）一日一日一日一日

今年度の米の作付（の）状況は良好だ（本年度米的播種情況良好）

作付面積（反別）（種植面積、播種面積）

作付配置表（種植布局圖）

作付け方式、作付方式〔名〕〔農〕種植方式、耕作方式

作り土〔名〕耕地的表土、園藝用的混合土

作土〔名〕表土、耕地的表面土層←→心土

作り手〔名〕做…的人，製造者，創作者，創造者（=作る手）、耕作者，耕種者

此の田は作り手が無い（這塊田沒人種）

作り名〔名〕假名字（=偽名）、臨時的名字（=仮の名）

作り泣き〔名、自サ〕假哭、裝哭（=嘘泣き）

作り成す〔他五〕做成…樣子、仿造

本物らしく作り成す（做成像真品似的）

作成〔名、他サ〕寫、作、造成（表冊、計畫、文件等）

計画表を作成する（作計畫表）

証書を作成する（寫字據、立字據）

小切手を作成する（開支票）一日一日一日一日

実地調査報告書の作成に丸一日を費やした（為了寫現場調查報告費了整整一天的功夫）

作り庭、造り庭，造庭〔名〕人工庭園

作り花、造り花〔名〕人造花、假花（=造花）

造り花には香り無し（假花不香）

作り話〔名〕假話，編造的話、虛構的故事（=作り物語）

真しやかに涙を流してが、皆作り話だった（像真的似地流著眼淚其實全是假話）

其は全て人騙しの作り話に過ぎない（那統統都是騙人的鬼話）全て総て凡て統べて

小説は作り話だが、つい釣り込まれて喜んだり悲しだりする（小說雖是虛構的故事可是不禁引得人又悲又喜）

作り物語〔名〕虛構的故事（指小說、寓言等）（=作り話）

作り髭〔名〕假鬍鬚（=付け髭）

作り眉〔名〕假眉（從前婦女結婚後剃去眉毛用眉黛描假眉）

作り身〔名〕切成片的魚肉、（關西方言）生魚片（=刺身）

作り盲〔名〕裝瞎、假裝的盲人（=偽盲）

作り物〔名〕人造品，仿造品，人工製品、莊稼，農作物、祭祀或節日的裝飾物、（能樂等舞台裝置用的）模擬道具

作り物の花（假花、造花）

作り物の真珠（偽造的珍珠）

此のダイヤは作り物だ（這個鑽石是人造的）

夏、日が照らないと作り物が悪い（夏天沒有太陽照射對莊稼不好）

作物〔名〕（文學或藝術方面的）作品（=作品）

作物〔名〕（田裡種植的）作物，莊稼，農作物。〔舊〕作品（=作物）

作物の保護（作物保護）

作物を作る（種莊稼）

作物を取り入れる（收莊稼）

作物を収穫する（收莊稼）

作物の種子を播く（播作物的種子）播く蒔く撒く捲く巻く

作物の植え付けを為る（栽培作物）

此の地方の主な作物は小麦である（這個地方的主要作物是小麥）

此の天気は作物に良い（這天氣適宜農作物）

今年は作物の出来が早い（今年作物收成得早）早い速い

行軍の際、作物を荒しては行けない（行軍的時候不要損壞莊稼）

作り病〔名〕假病、裝病（=仮病）

作病〔名〕假病、裝病（=仮病）

作り笑い〔名〕假笑（=空笑い）

無理に作り笑いを為る（勉強裝笑、強顏歡笑）為る為る

坐（ㄗㄨㄛˋ）

坐〔漢造〕（坐因規定為非當用漢字、現在常以座字代用）坐、定罪

正坐、正座（正坐、端坐）

端坐、端座（端坐、正坐）

安坐、安座（穩坐、盤腿坐=胡坐）

鼎坐（鼎坐、三人對坐）

独坐、独座（獨坐）

対坐、対座（對坐、相對而坐）

坐作進退（起居進退、舉止行動）

行住坐臥（起居坐臥，日常生活、日常，平常）

結跏趺坐（結跏趺坐−一種打坐姿式、五心朝天的端坐）

連坐、連座（連坐、牽連、連累=巻き添え）

坐する、座する〔自サ〕坐（=坐る、座る）、連坐，受牽連（=連坐する、連座する）

坐して死を待つ（坐以待斃）待つ俟つ

汚職事件に坐して職を失う（因受到貪污案件的牽連而失去職位）

坐して食らえば泰山も空し（坐吃山空）

坐椅子、座椅子〔名〕（日式房間用的）無腿靠椅

坐板、座板〔名〕（椅子的）坐板、椅子面

坐臥、座臥〔名〕坐臥、起居（=起き伏し）

日常坐臥（日常起居）

行住坐臥（行住坐臥、平常，時常）

職人とは、行住坐臥、仕事を忘れぬ人種である（手藝人是起居坐臥都不會忘記工作的一種人）

常住坐臥（行動坐臥、經常）

常住坐臥念頭を離れない（起居坐臥念念不忘）離れる放れる

坐業、座業〔名〕需要坐著做的工作、坐著工作的行業

坐業の生活（坐著工作的生活）

下駄や傘造り等の手工業には坐業を為ている者が多い（做木屐和做傘等手工業中很多是坐著工作）

文筆家の仕事も坐業だ（寫作家的工作也是坐著的行業）

坐職、座職〔名〕整天在店裡坐著工作的職業或行業（=坐業、座業）

坐職を為ている（從事坐著工作的職業）

坐職者（整天坐著工作的人）者者

坐具、座具〔名〕（跪坐或跪拜時舖的）墊子、坐墊

坐繰り、座繰り〔名〕手搖繅絲

坐繰り機（手搖繅絲機）

坐繰り糸（手繅絲）糸糸

坐高、座高〔名〕坐高（坐在椅子上的上身的高度）

坐高の低い人（上身短的人）

坐骨、座骨〔名〕〔解〕坐骨

坐骨神経痛（坐骨神經痛）

坐作〔名〕起居，坐臥、行為

坐作がきちんとしている（舉止端詳）

坐作進退〔名〕起居進退、舉止行動（=挙動）

坐視、座視〔名、他サ〕坐視、視而不見、漠不關心地觀望

人の成功失敗を坐視する（坐觀他人成敗）

友人の難儀を坐視するに忍びない（不忍坐視朋友的困難）忍ぶ偲ぶ

友達の困難を坐視する訳には行かない（不能坐視朋友的困難而不管）行く行く

坐礁、座礁〔名、自サ〕〔船〕觸礁、擱淺

船が坐礁して転覆する（船觸礁傾覆）

船が暗礁に坐礁した（船觸了暗礁）

針路を誤って船を坐礁させた（駛錯了方向使船擱淺了）誤る謝る

坐洲、座洲〔名、自サ〕〔船〕擱淺、擱沙

坐乗、座乗〔名、自サ〕乘坐軍艦指揮

司令官が坐乗する戦艦（司令官乘坐的戰艦）

司令官坐乗の戦艦（司令官乘坐的戰艦）

彼の戦艦には司令官が坐乗している（那艘戰艦上坐著司令官）

坐乗艦（〔司令官等〕坐的軍艦）

坐食、座食〔名、自サ〕坐食、不勞而食（=居食い、徒食）

坐食の徒（不勞而獲的人、遊手好閒坐吃山空的人）

何時迄も坐食している訳には行かない（不能老是坐吃山空）

奴等は坐食以外の能の無い寄生虫に過ぎない（這些傢伙不過是不勞而獲的寄生蟲）

坐食すれば山も空し（坐吃山空）

坐禅、座禅〔名〕〔佛〕坐禪、打禪、打坐

坐禅を組む（盤腿打坐）組む汲む酌む

山を入って坐禅を為る（進山坐禪）入る入る為る為る

坐禅草〔名〕〔植〕臭菘（芋科多年生草）

坐像、座像〔名〕坐像←→立像

坐卓、座卓〔名〕（日式房間裡使用的）矮桌、炕桌

坐薬、座薬〔名〕坐藥

坐薬を差す（插進坐藥）差す挿す指す刺す射す注す鎖す点す

痔の坐薬（治痔瘡的坐藥）

坐浴、座浴〔名、自サ〕坐浴（病人等只將腰部以下坐在水裡）（=腰湯）

坐浴（を）為る（洗坐浴）掏る磨る擦る播る刷る摩る擂る

坐礼、座礼〔名〕坐著行禮、坐著時候的禮法←→立礼

坐る、座る、据わる〔自五〕坐，跪坐←→立つ、居某地位，佔據席位、（也寫作据わる）安定不動、（也寫作据わる）鎮定，沉著、蓋上（印章）、賦閒，閒著

きちんと坐る（端坐）

楽に坐る（隨便坐、坐得舒服些）

どっかと坐る（一屁股坐下）

机に向って坐る（坐在桌前）

どしんと坐る（撲通一聲坐下）

何卒御坐り下さい（請坐）

其の講堂は千人坐れる（那個禮堂能坐一千人）

坐って許り居る人には、此が良い運動に為る（對整天坐著人來說這是很好的運動）

日本風に膝を折り曲げて坐る（照著日本方式曲膝跪坐）

長くきちんと坐っていたら足が痺れた（長時間端正跪坐腿麻了）

課長の椅子に坐る（當科長、坐上科長的位置）

後釜に坐る（當上繼任者）

目が据わる（〔因醉酒或興奮等而〕眼睛發直）

値段が据わる（價格穩定）

船が据わる（船擱淺）

彼は其処に行くと腰が据わって中中帰らない（他無論到哪裡就坐下後不動老不回來）

台の上に旨く据わらない（在座架上放不穩）旨い巧い上手い甘い美味い甘い

肝が据わる（壯起膽量）

度胸が据わる（壯起膽量）

覚悟を据わる（做好精神準備）

心が据わる（沉著）

判が坐っている（蓋著圖章）

家に坐って許り居られない（不能老在家裡閒坐著）

坐り、座り〔名〕坐，跪坐、安定，穩定

坐り場所が無い（沒有坐的地方）

此処は坐り心地が良い（這裡坐著舒服）良い好い善い佳い良い好い善い佳い

坐り所（坐的地方、坐的位置）

此のテーブルは坐りが悪い（這張桌子不穩定）

斯う置くと坐りが良い（這樣放就穩定了）斯う乞う請う置く擱く措く

御坐り〔名〕坐下

まあ、御坐り（坐下！）

赤ん坊はやっと御坐が出来る様に為った（嬰兒終於會坐）

御坐り為さい（請坐下）

坐り方、座り方〔名〕坐法、坐相、坐的姿勢

日本人の膝を折り曲げて座に落ち着く坐り方は迚も美しい（日本人在蓆上曲膝跪坐的姿勢很好看）

彼女の坐り方が悪い（她的坐相不好看、她沒有坐相）

坐り込む、座り込む〔自五〕坐進去、（長時間）坐著不動

疲れてソファに坐り込む（因為累了一屁股坐到沙發上）

尻の長い奴で坐り込んだら中中動こうと為ない（是個屁股長的傢伙一坐下來就不肯走）

金を返せと坐り込む（坐索欠款）

坐り込み〔名〕坐下不動，坐下不走、（工人的）靜坐示威

坐り込み戦術（靜坐示威戰術）

坐り込みを遣る（做靜坐示威）遣る為る致す

坐り相撲、坐り角力〔名〕兩人對坐進行的角力（=居相撲）

坐り胼胝、座り胼胝〔名〕（由於跪坐太久而在腳背或髁骨兩側上生的）繭、胼胝

坐す、在す〔自五〕（座す、在す的轉變）（在る、居る的敬語）在，有（=在す，御座す、いらっしゃる）、（行く、来る的敬語）去，來（=御出座しに為る）

坐す、在す〔自四〕〔古〕在，有（=在す，御座す、御座します、いらっしゃる）（坐す、在す的更加尊敬說法、在る、居る的敬語）

天に在す我等の父よ（我們在天上的父啊！上帝啊！-基督教徒的禱告語）

居乍ら〔副〕（多用居乍らに為て的形式）坐在家裡、坐著不動

居乍らに為て天下の形勢を知る（坐在家裡就知道天下大勢）

居乍らに為て人を使う（坐在家裡地使喚人）使う遣う

居乍らに為て富士を眺める事が出来る（坐在家裡就可以眺望富士山）

柞（ㄗㄨㄛˋ）

柞〔漢造〕常綠灌木、葉小、幹葉有刺、質堅、可作梳子、葉可養蠶

柞蚕〔名〕〔動〕柞蠶

柞蚕糸（柞蠶絲）

柞紡糸〔名〕柞蠶絲紡紗

柞、**柞**、**柞**〔名〕〔植〕柞樹、枹樹

柞葉の〔連語〕（和歌中）〝母〞的枕詞

柞、**柞樹**、**蚊母樹**〔名〕滿作科的常綠高木、質堅可作染料、床柱，床板，梳子等器具、也可當柴火，作木炭

柞〔名〕（柞的古名）柞樹

柞〔名〕（柞的古名）柞樹

座（ㄗㄨㄛˋ）

座〔名〕座，座位，席位、會場、（權勢的）地位、（椅子、凳子上的）坐墊、底座、（鎌倉、室町時代享有專賣特權的工商業的）行會、（江戶時代的）貨幣鑄造廠，度量衡製造廠。〔生〕（基因在染色體地圖上的）位置

〔漢造〕座，座位、底座、席位、會場、坐字的代用、（神像、佛像和山林等的助數詞）座，尊、（也用作助數詞）劇院，劇團、（接尾詞用法）星座（坐因規定為非當用漢字、現在常以座字代用）

座に就く（就座、入座、入席、坐在席位上）就く付く附く搗く着く突く衝く憑く尽く撞く漬く

座を立つ（起座、離座）立つ截つ断つ経つ建つ絶つ発つ裁つ起つ

座を譲る（讓座）

座を外す（離座、離開座位）

座を蹴って退場する（忿然退場）

其の座に居た堪れなく為った（在當場再也待不下去了）為る成る鳴る生る

妻の座（作妻子的地位）

権力の座に付く（當權、掌握權力、爬上當權的地位）

座が堅い（坐墊很硬）堅い難い硬い固い

仏の座（佛像的底座）

金座（金幣鑄造廠）

銀座（銀幣鑄造廠）

桝座（量具廠）

座が白ける（冷場、一座索然〔敗興）

話題が途切れて座が白けて終った（話題中斷全場索然）終う仕舞う

座に直る（就自己的座位）直る治る

座を組む（盤腿坐）

座を冷ます（使大家掃興）冷ます覚ます醒ます

座を持つ（取り持つ）（在席上應酬周旋）

座を見て皿を舐れ（看風使舵）

上座（上座，上席〔=上座〕、舞台的左方）←→下座

上座（〔舊〕上座、首席〔=上座〕）←→下座

正座（〔主賓坐的〕正座、上座、首席）

正座、正坐（正坐、端坐）

静座、静坐（靜坐）

常座（〔劇〕常座、定位－能樂舞台上主角和配角上場時首先站下開始動作或歌唱的地方）

首座（上座，首席〔=上座〕、〔佛〕首座－禪宗的最高僧〔=首座〕）

首座（〔佛〕首座－禪宗的最高僧〔=首座〕）

末座、末座（末座、末席〔=下座〕）←→首座

下座（〔古時下座而行的〕平伏禮，跪拜禮、末座，末席，下位〔=下座〕←→上座、〔也寫成外座〕舞台右方伴奏者的席位、場面）

下座（下座、末座）←→上座

台座（台座、佛像的座、〔建〕柱礎）

砲座（〔軍〕砲座、砲架）

円座、円坐（圍坐、團坐〔=車座〕）

円座（蒲團、圓草墊）

車座（圍坐、團坐、坐成圓形）

玉座（寶座、日皇的座席）

星座（星座）

講座（〔大學裡講授專題的〕講座、〔講座式的〕講習班、講義、廣播講座）

高座（講台、上座〔=上座〕）

口座（〔銀行或帳簿的〕戶頭）

満座（全場的人、所有在場的人）

一座（全體在座的人，大家、上位，首席〔=上座〕、佛像等一尊、〔攝政、關白的異稱〕一座、一席，一次、一個劇團）

仏像一座（一尊佛像）

山一座（一座山）

歌舞伎座（歌舞伎座）

前進座（前進座劇團）

大熊座（〔天〕大熊座）

蠍座（〔天〕天蠍座）

琴座（〔天〕琴座）

座する、坐する〔自サ〕坐（=坐る、座る）、連坐，受牽連（=連坐する、連座する）

坐して死を待つ（坐以待斃）待つ俟つ

汚職事件に坐して職を失う（因受到貪污案件的牽連而失去職位）

坐して食らえば泰山も空し（坐吃山空）

座争い〔名〕爭座位、爭席次高低

座位〔名〕座位，坐位，席位、席次，坐位的次序（=席次）

座椅子、坐椅子〔名〕（日式房間用的）無腿靠椅

座板、坐板〔名〕（椅子的）坐板、椅子面

座員〔名〕（劇團等）演藝團體的成員

劇団前進座座員（前進座劇團成員）

座員一同に代りまして（謹代表我劇團全體成員）代る替る変る換る

座隠〔名〕下棋、隱居家裡

座右、座右〔名〕座右、案頭、身邊（=身近）

座右（の）銘（座右銘）

座右の書（案頭常備的書籍）

此の本を座右の友と為ている（把這部書當作身邊的伴侶）

座右に其の辞書を備えている（把那部辭典經常放在身邊）備える供える具える

座下〔名〕座右，坐位旁邊、（書信用語、寫在收信人名下表示尊敬）座右，足下（=案下、机下）

座上、坐上〔名〕上席的座位、坐席之上

座臥、坐臥〔名〕坐臥、起居（=起き伏し）

日常坐臥（日常起居）

行住坐臥（行住坐臥、平常，時常）

職人とは、行住坐臥、仕事を忘れぬ人種である（手藝人是起居坐臥都不會忘記工作的人）

常住坐臥（行動坐臥、經常）

常住坐臥念頭を離れない（起居坐臥念念不忘）離れる放れる

座頭〔名〕（會議等的）主席，首席（=首座）、（劇團等的）團長（=座長）

貴方が座頭役だから上の方に御座り下さい（您是主席請坐在上座）

彼は晩年は座頭と為て大いに活躍した（他晚年做了劇團的團長大肆活躍）

座頭〔名〕古時的一種盲人官名、（以彈唱、按摩、針灸等為業的剃了髮的）盲人樂師，盲人按摩師、盲人，瞎子

座頭虫（〔動〕盲蛛、盲蜘）（=座頭蜘蛛）

座頭鯨（〔動〕座頭鯨、子持鯨、駝背鯨）

座頭蜘蛛（〔動〕盲蛛、盲蜘）

座頭根性（乖僻多疑的性情）

座金〔名〕〔機〕墊圈（=ワッシャー）、（金屬器具底部裝飾用的）墊片，墊板（如衣櫃等金屬把手下的金屬薄板）

座棺〔名〕坐棺←→寝棺

座興〔名〕（會場或宴席上的）餘興，遊戲、臨時湊趣味，玩笑

面白い座興が始まった（有趣的餘興開始了）

座興に一口話を遣る（讀一段小故事作餘興）歌唄唱歌う謳う謡う詠う唄う

座興に歌を歌って聞かせて下さい（請唱一首歌作餘興給我們聽聽）聞く聴く訊く利く効く

此は本の座興だ（這不過是開開玩笑）

今日の御話は講演ではなく、本の座興に申し上げた丈です（今天的發言並不是演講只是有趣地談談而已）

座業、坐業〔名〕需要坐著做的工作、坐著工作的行業

坐業の生活（坐著工作的生活）

下駄や傘造り等の手工業には坐業を為ている者が多い（做木屐和做傘等手工業中很多是坐著工作）

文筆家の仕事も坐業だ（寫作家的工作也是坐著的行業）

座具、坐具〔名〕（跪坐或跪拜時舖的）墊子、坐墊

座屈〔名〕〔工〕縱向彎曲、彎折、翹稜

座組、座組み〔名〕（歌舞劇、新劇、雜耍等）演員的班子

腕達者の多い座組（演技高超的演員較多的班子）多い覆い蔽い被い蓋い

座繰り、坐繰り〔名〕手搖繅絲

坐繰り機（手搖繅絲機）

坐繰り糸（手繅絲）糸糸

座高、坐高〔名〕坐高（坐在椅子上的上身的高度）

坐高の低い人（上身短的人）

座骨、坐骨〔名〕〔解〕坐骨

坐骨神経痛（坐骨神經痛）

座視、坐視〔名、他サ〕坐視、視而不見、漠不關心地觀望

人の成功失敗を坐視する（坐觀他人成敗）

友人の難儀を坐視するに忍びない（不忍坐視朋友的困難）忍ぶ偲ぶ

友達の困難を坐視する訳には行かない（不能坐視朋友的困難而不管）行く行く

座敷〔名〕（鋪著蓆子的日本式的）房間、（日本式）客廳、接待客人或宴會的時間、（宴會上的）招待、應酬、（藝妓等）被邀到宴會席上表演或陪酒

奥は座敷に為っている（屋裡是舖著蓆子的房間）為る成る鳴る生る

此の家は座敷が三つ有って、台所は板敷きに為っている（這個房子有三個鋪蓆子的房間廚房是地板地）

座敷に通される（被請到客廳裡）

御客さんを奥の座敷に御通しした（把客人請進了屋裡的客廳）

座敷が長い（接待〔宴會〕的時間長、客人久坐不離）

座敷が旨い（很會招待客人、善於應酬）旨い巧い上手い甘い美味い甘い美味しい

御座敷が掛かる（〔藝妓〕被邀到宴會席上去）掛る係る繫る罹る懸る架る

御座敷着（〔藝妓的〕盛裝）

座敷牢（〔家庭中關禁瘋人等用的〕禁閉室）

座所〔名〕（貴人的）坐位，坐處、居處，住所（=居所）

座礁、坐礁〔名、自サ〕〔船〕觸礁、擱淺

船が坐礁して転覆する（船觸礁傾覆）

船が暗礁に坐礁した（船觸了暗礁）

針路を誤って船を坐礁させた（駛錯了方向使船擱淺了）誤る謝る

座州、坐洲〔名、自サ〕〔船〕擱淺、擱沙

座乗、坐乗〔名、自サ〕乘坐軍艦指揮

司令官が坐乗する戦艦（司令官乘坐的戰艦）

司令官坐乗の戦艦（司令官乘坐的戰艦）

彼の戦艦には司令官が坐乗している（那艘戰艦上坐著司令官）

坐乗艦（〔司令官等〕坐的軍艦）

座食、坐食〔名、自サ〕坐食、不勞而食（=居食い、徒食）

坐食の徒（不勞而獲的人、遊手好閒坐吃山空的人）

何時迄も坐食している訳には行かない（不能老是坐吃山空）

奴等は坐食以外の能の無い寄生虫に過ぎない（這些傢伙不過是不勞而獲的寄生蟲）

坐食すれば山も空し（坐吃山空）

座職、坐職〔名〕整天在店裡坐著工作的職業或行業（=坐業、座業）

坐職を為ている（從事坐著工作的職業）

坐職者（整天坐著工作的人）者者

座主、座主〔名〕〔佛〕住持僧（特指比睿山延歷寺的住持-即天台座主）

座席〔名〕座位、坐位、乘坐、席位、位子（=席）←→立ち席

座席に就く（就座、入席）就く付く附く就く撞く尽く憑く衝く突く着く搗く漬く

座席に戻る（回到座位上）

座席を取る（佔座位）取る捕る獲る採る盜る撮る摂る執る

座席を譲る（讓座位）

座席を立つ（離開座位）立つ截つ断つ経つ建つ絶つ発つ裁つ起つ

座席を明けて置く（座位空著）明ける空ける開ける飽ける厭ける置く措く擱く

座席を替える（換個座位）替える変える代える換える帰る返る還る孵る 蛙

座席を予約する（訂座位）

座席を探す（找個座位）探す捜す行く往く逝く行く往く逝く

此の講堂には三千人の座席が有る（這個講堂裡有三千人的座位）有る在る或る

早く行かないと座席が無く為りますよ（不早點去可就沒有座位了）早い速い

荷物を座席の下に置かないで下さい（請不要把行李放在座位底下）

座席番号通りに御掛け下さい（請按座位號碼就座）

座席は指定席に為って居ります（〔劇場等〕對號入座）

座席は全部予約済（〔快車等〕座位全部訂完）

座席満員（座位已滿-只有站票）

座席マイル（〔海〕客運里程-客運量的計算單位、指一個客人一英里的里程）

座席券（座位票）

座禅、坐禅〔名〕〔佛〕坐禪、打禪、打坐

坐禅を組む（盤腿打坐）組む汲む酌む

山を入って坐禅を為る（進山坐禪）入る入る為る為る

座瘡、痤瘡〔名〕〔醫〕痤瘡、粉刺（=面皰）

座像、坐像〔名〕坐像←→立像

座卓、坐卓〔名〕（日式房間裡使用的）矮桌、炕桌

座談〔名自〕座談

座談に長ずる（擅長座談）

座談が上手だ（擅長座談）下手

一つ、寛いで座談（を）為て下さい（請隨便〔暢暢快快座談一下）

座談会（座談會）

現代文学座談会（現代文學座談會）

座談会を開く（開座談會）開く開く

座談会記録要綱（座談會紀要）

座中〔名〕一座之中，列席者中、劇團的同人

座長〔名〕劇團的團長、（座談會等會議的）主席（=議長）

座長に推す（推選為主席）推す押す圧す捺す

座長の席に就く（擔任主席）就く付く附く就く撞く尽く憑く衝く突く着く搗く漬く

座付き、座付〔名〕專屬於某一劇團（的演員或劇作家）

歌舞伎座の座付（の）作者（專屬歌舞伎劇團的劇作家）

座海星類〔名〕〔動〕座海星類（棘皮動物門的一種）

座氷〔名〕〔地〕底冰

座標〔名〕〔數〕座標

縦座標（縱座標）

横座標（橫座標）

テカルトー座標（笛卡爾座標、平行座標）

直角座標（直角座標）

線分を座標で表わす（用座標表示線段）表す現す顕す著す

座標軸（座標軸）

座標系（〔數〕座標系）

座布団、座蒲団〔名〕（坐時墊在蓆子上用的方形的）棉坐墊

客に座布団を勧める（請客人鋪坐墊）勧める進める薦める奨める

座布団に坐る（坐在座墊上）

何卒、座布団を御当て下さい（請您鋪上墊子再坐）

何卒、座布団を敷いて下さい（請您鋪上墊子再坐）敷く如く若く

座持ち、座持〔名〕（在聚會宴會的席上）周旋、應酬、掌握（主持）會場

彼は座持ちが旨い（他善於掌握會場、他善於在會上周旋）旨い巧い上手い甘い美味い甘い美味し

座元〔名〕（劇團或演藝場的）老板、經理、業主、領導人

座元と為って芝居を打つ（領班演戲、開劇場演戲）打つ撃つ討つ

座薬、坐薬〔名〕坐藥

坐薬を差す（插進坐藥）差す挿す指す刺す射す注す鎖す点す

痔の坐薬（治痔瘡的坐藥）

座浴、坐浴〔名、自サ〕坐浴（病人等只將腰部以下坐在水裡）（=腰湯）

坐浴（を）為る（洗坐浴）掏る磨る擦る擂る刷る摩る摺る

座礼、坐礼〔名〕坐著行禮、坐著時候的禮法←→立礼

御座成り、御座成〔形動ノ〕應景、敷衍、走過場、應對故事

御座成りの（な）態度（敷衍的態度）

御座成りを言う（說敷衍場面的話、說應景的話、說客套話）言う云う謂う

外交上の御座成りの言葉（外交上的應酬話、外交辭令）

其の計画は御座成りだ（那個計劃是敷衍了事的）

御座成りの（な）挨拶で其の場を濁す（說些應景的客套話敷衍一下場面）

御座成りに遣る（敷衍了事、逢場作戲、馬馬虎虎地做）

御座成りで済ませる（走過場、敷衍塞責）済む住む棲む澄む清む

座る、坐る、据わる〔自五〕坐，跪坐←→立つ、居某地位，佔據席位、（也寫作据わる）安定不動、（也寫作据わる）鎮定，沉著、蓋上（印章）、賦閒，閒著

きちんと坐る（端坐）

楽に坐る（隨便坐、坐得舒服些）

どっかと坐る（一屁股坐下）

机に向って坐る（坐在桌前）

どしんと坐る（撲通一聲坐下）

何卒御坐り下さい（請坐）

其の講堂は千人坐れる（那個禮堂能坐一千人）

坐って許り居る人には、此が良い運動に為る（對整天坐著人來說這是很好的運動）

日本風に膝を折り曲げて坐る（照著日本方式曲膝跪坐）

長くきちんと坐っていたら足が痺れた（長時間端正跪坐腿麻了）

課長の椅子に坐る（當科長、坐上科長的位置）

後釜に坐る（當上繼任者）

目が据わる（〔因醉酒或興奮等而〕眼睛發直）

値段が据わる（價格穩定）

船が据わる（船擱淺）

彼は其処に行くと腰が据わって中中帰らない（他無論到哪裡就坐下後不動老不回來）

台の上に旨く据わらない（在座架上放不穩）旨い巧い上手い甘い美味い甘い

肝が据わる（壯起膽量）

度胸が据わる（壯起膽量）

覚悟を据わる（做好精神準備）

心が据わる（沉著）

判が坐っている（蓋著圖章）

家に坐って許り居られない（不能老在家裡閒坐著）

座り、坐り〔名〕坐，跪坐、安定，穩定

坐り場所が無い（沒有坐的地方）

此処は坐り心地が良い（這裡坐著舒服）良い好い善い佳い良い好い善い佳い

坐り所（坐的地方、坐的位置）

此のテーブルは坐りが悪い（這張桌子不穩定）

斯う置くと坐りが良い（這樣放就穩定了）斯う乞う請う置く擱く措く

御坐り、御座り〔名〕坐下

まあ、御坐り（坐下！）

赤ん坊はやっと御坐が出来る様に為った（嬰兒終於會坐）

御坐り為さい（請坐下）

座り方、坐り方〔名〕坐法、坐相、坐的姿勢

日本人の膝を折り曲げて座に落ち着く坐り方は迚も美しい（日本人在蓆上曲膝跪坐的姿勢很好看）

彼女の坐り方が悪い（她的坐相不好看、她沒有坐相）

座方〔名〕（江戶時代在歌舞伎場招待觀賞者）雜役（=出方）

座り込む、坐り込む〔自五〕坐進去、（長時間）坐著不動

疲れてソファに坐り込む（因為累了一屁股坐到沙發上）

尻の長い奴で坐り込んだら中中動こうと為ない（是個屁股長的傢伙一坐下來就不肯走）

金を返せと坐り込む（坐索欠款）

座り込み、坐り込み〔名〕坐下不動，坐下不走、（工人的）靜坐示威

坐り込み戦術（靜坐示威戰術）

坐り込みを遣る（做靜坐示威）遣る為る致す

坐り胼胝、座り胼胝〔名〕（由於跪坐太久而在腳背或髁骨兩側上生的）繭、胼胝

座す、在す〔自五〕〔古〕（居る、在る的敬語）在，有（=いらっしゃる、御出でに為る、御座します）、（行く、来る的敬語）去，來（=御出掛けに為る）

座せる〔自下一〕〔方〕（来る、居る、在る的敬語、但敬意並不深）在、有、來

座〔造語〕（和倉同語源）坐的地方、放東西的場所

高御座（天皇的皇位、寶座）

倉、庫、蔵〔名〕倉庫,棧房.穀倉,糧倉

売れ残りの品を倉に終う（把賣剩下的商品放入倉庫）

御米を倉に入れる（把米放進糧倉）

倉が建つ（〔喻〕十分賺錢、大賺其錢）

鞍〔名〕鞍、鞍子

荷鞍（馱鞍）鞍蔵倉庫競

鞍を置く（備鞍子）

鞍を卸す（卸鞍子）

鞍に跨る（跨上馬鞍）

鞍に乗る（坐上馬鞍）乗る載る

鞍壺（鞍座）

鞍帯（馬的肚帶）

鞍擦れ（馬的馬鞍擦傷）

鞍師（馬鞍工人）

競〔接尾〕比賽、競賽（在口語中往往在競前面加促音）

駈けっ競（賽跑）

御座る〔自五〕〔敬〕在，來，去（=いらっしゃる）。〔敬〕有（=御座います）。〔俗〕戀慕。〔俗〕腐爛。〔俗〕破舊，陳舊。〔俗〕衰老，老糊塗

彼女は大分君に御座ってるよ（她對你很多情）

此の魚は御座ってる（這條魚壞了）

御座った洋服（陳舊的西服）

御座い〔感助〕〔俗〕是（=御座る、御座います）

有り難う御座い（謝謝）

博士で御座いと言って威張る（炫耀自己是博士）

御座います〔連語、自サ、特殊型〕〔敬〕（御座ります的音便）有，是（=有ります）。

〔補動、特殊型〕補助動詞有る的敬語形式、（接形容詞連用形的ウ音便後）只表示尊敬，沒有其他意義

沢山御座います（有很多）

ボールペンは此方に御座います（圓珠筆在這裡）

御用が御座いましたらベルを御押しに為って下さいませ（如果有事請按電鈴）

御忙しい所を態態御越し下さいまして、実に申し訳御座いません（您在百忙之中還特意來一趟真對不起）

此処に花が飾って御座います（這裡擺著花）

右に見えますのがデパートで御座います（右邊看到的是百貨公司）

然様御座います（是的、是那樣）

然うでは御座いません（不是的、不是那樣）

次は五階で御座います（下一層是五樓）

御苦労様で御座います（您辛苦了！勞您駕了！）

御早う御座います（早安！）

有り難う御座います（謝謝！）

何時でも宜しゅう御座います（什麼時候都可以）

本当に美しゅう御座います（真美麗）

酢（ㄗㄨㄛˋ）

酢、酢〔漢造〕酬酢（主人和客人互相敬酒、主人敬酒叫酬、客人還敬叫酢）、醋，醋酸

酢酸、醋酸〔名〕〔化〕醋酸、乙酸

氷酢酸（冰醋酸）

無水酢酸（醋酸酐）

酢酸発酵（醋酸發酵）

酢酸塩（醋酸鹽）

酢酸銅（醋酸銅）

酢酸鉛（醋酸鉛）

酢酸絹糸（醋酸纖維素）

酢酸細菌（醋酸菌）

酢酸繊維素（醋酸纖維素）

酢酸ウラニル（醋酸雙氧鈾）

酢酸アミル（醋酸戊酯）

酢酸エステル（醋酸酯）

酢酸エチル（醋酸乙酯）

酢酸カリウム（醋酸鉀）

酢酸カルシウム（醋酸鈣）

酢酸ビニル（醋酸乙烯）

酢酸フェニルエチル（醋酸苯乙酯）

酢酸ブチル（醋酸丁酯）

酢酸プロピル（醋酸丙酯）

酢酸ベンジル（醋酸芎酯）

酢酸メチル（醋酸鉀酯）

酢、醋、酸〔名〕醋

料理に酢を利かせる（醋調味）

野菜を酢漬けに為る（醋漬青菜）

酢で揉む（醋拌）

酢で溶く（醋調）

酢が利いてない（醋少、不太酸）

酢が（利き）過ぎる（過份、過度、過火）

酢で（に）最低飲む（數叨缺點、貶斥）

酢でも蒟蒻でも（真難對付）

ㄗ

酢に当て粉に当て（遇事數叨）

酢に付け粉に付け（遇事數叨）

酢にも味噌にも文句を言う（連雞毛蒜皮的事也嘮叨）

酢の蒟蒻のと言う（說三道四、吹毛求疵）

酢を買う（乞う）（找麻煩、刺激、煽動）

酢を嗅ぐ（清醒過來）

酢を差す（向人挑戰、煽惑別人）

簾、簀〔名〕（竹，葦等編的）粗蓆、簾子、（馬尾，鐵絲編的）細網眼，細孔篩子

竹の簀（竹蓆、竹簾）

葦簾（葦簾）

簀を掛ける（掛簾子）

簀を下ろす（放簾子）

簀を巻き上げる（捲簾子）

水嚢の簀（過濾網）

巣、窠、栖〔名〕（蟲、魚、鳥、獸的）巢，穴，窩。〔轉〕巢穴，賊窩。〔轉〕家庭、（鑄件的）氣孔

鳥の巣（鳥巢）酢醋酸簾簀

蜘蛛が巣を掛ける（張る）（蜘蛛結網）

蜘蛛が巣に掛かる（蜘蛛結網）

蜂の巣（蜂窩）

巣を立つ（〔小鳥長成〕出飛、出窩、離巢）

巣に帰る（歸巢）

鳥が巣を作る（鳥作巢）

雌鳥が巣に付く（母雞孵卵）

悪の巣（賊窩）

彼の森は強盗の巣に為っている（那樹林是強盜的巢穴）

其処は丸で黴菌の巣だ（那裡簡直是細菌窩）

二人は彰化で愛の巣を営んで（構えて）いる（兩人在彰化建立了愛的小窩）

巣を構う（作巢，立家、設局，聚賭）

御酢〔名〕（女）醋（=酢）

御酢文字〔名〕（方、女）壽司（=寿司）

酢文字〔名〕（女）壽司（=寿司）

御酢文字（壽司、酸飯糰）

酢和え，酢和、酢齏〔名〕用醋拌、醋拌的涼菜

酢油ソース〔名〕沙拉調味料（醋與沙拉油攪拌後加鹽和胡椒做成的佐料-フレンチドレッシング）

酢貝、醋貝〔名〕〔烹〕醋拌蛤類（多指醋拌鮑魚）

酢牡蠣〔名〕〔烹〕醋拌牡蠣

酢瓶〔名〕醋瓶、裝醋的瓶子

酢模、酢模〔名〕〔植〕酸模（=酸模、酸葉）

酢線虫〔名〕〔動〕鰻蛔蟲，線蟲類、醋鰻

酢蛸〔名〕〔烹〕醋拌章魚

酢橘、醋橘、酸橘〔名〕〔植〕（德島縣產）酸橘

酢漬け、酢漬〔名〕醋漬（食品）

蕪の酢漬け（醋漬蕪菁）

酢豆腐〔名〕〔烹〕醋拌豆腐、半瓶醋，不懂裝懂，裝充內行，一知半解（的人）

酢煮〔名、他サ〕〔烹〕加醋煮（燉）（=酢入り）

酢の物〔名〕〔烹〕（魚、貝類、青菜等）醋拌涼菜

酢の物で酒を飲む（以醋拌涼菜下酒）飲む呑む

酢豚〔名〕〔烹〕（中餐）咕老肉、糖醋里肌

酢味噌〔名〕加醋磨的醬、（拌涼菜用）加醋的醬

酢味噌で野菜の和え物を為る（以醋醬拌蔬菜）

烏賊の酢味噌和え（醋醬涼拌烏賊）

酢漿草、酸漿草〔名〕〔植〕酢漿草

酢漿藻〔名〕〔植〕田字草（=田字草）

嘴（ㄗㄨㄟˇ）

嘴〔漢造〕鳥嘴

砂嘴（〔地〕砂嘴、沙堤、沙壩-伸出海灣中的狹長的沙洲）

嘴〔名〕喙、鳥嘴（=嘴）

はし **端**〔名〕端，頭、邊，邊緣、片斷、開始、從頭，盡頭、零頭，斷片

棒の端（棍子頭）

紐の両端（帶子的兩端）

の端を歩く（靠路邊走）

端　見えぬ（看不到邊）

紙の端を切って形を揃える（把紙邊剪整齊）

汚れた　器をテーブルの端に寄せる（用過的餐具收拾到桌邊上）

言葉の端を捕らえて　癖を付ける（抓住話的片斷挑剔）

端から　　に問　を解いて行く（從頭一個個地解決問題）

本を端から端　読む（從頭到尾把書看完）

木の端（碎木頭、木頭斷片）

布の切れ端を合わせて、布団を作る（拼起碎布做被子）

はし **箸**〔名〕箸、筷子

竹の箸（竹筷子）箸端橋嘴

箸を付ける（下箸）付ける着ける漬ける就ける附ける突ける浸ける衝ける憑ける

箸を下ろす（下箸）下す卸す

箸を取る（拿筷子）取る撮る採る執る捕る摂る獲る盗る

箸を置く（放下筷子）置く擱く措く

日本や中国では、箸で食事を為る（在日本和中國用筷子吃飯）擦る刷る摺る掏る磨る擂る

箸が転んでも可笑しい年頃（動不動就發笑的年齡-多指十七八歲的女孩）

箸で銜める様（諄諄教誨-務使徹底理解）

箸に目鼻（瘦皮猴）

箸にも棒にも掛からぬ（無法對付）

箸の上げ下ろしにも小言を言う（對一點點小事都挑毛病、雞蛋裡面挑骨頭）言う云う謂う

箸より重い物を持たない（養尊處優、毫無工作經驗）

箸を持って食う許りだ（飯來張口-喻照料得無微不至）

はし **橋**〔名〕橋、橋樑

橋を渡る（過橋）橋嘴端箸渡る渉る亘る

橋を渡す（搭橋、架橋）

川に橋を架ける（在河上搭橋）架ける掛ける懸ける駆ける翔ける賭ける掻ける

橋の上を歩く（在橋上走）

橋の番人（看橋人、守橋人）

橋の袂に佇む（佇立橋畔）

其の川には橋が二つ掛かっている（那條河上架有兩座橋）川河皮革側

橋の下を潜る（從橋下鑽過去）潜る潜る下舌

御乗り換えの方は此の橋を御渡り下さい（換車旅客請過此天橋）

橋が無ければ渡らぬ（中間沒有搭橋人、事情不好辦）

はしびろがも **嘴広鴨**〔名〕〔動〕闊嘴鴨、琵嘴鴨、廣珠鴨

はしぶとがらす **嘴太鴉**〔名〕〔動〕烏鴉、大嘴鳥

はしぼそがらす **嘴細鴉**〔名〕〔動〕鴉、小嘴鳥

くちばし **嘴**、くちばし **喙**〔名〕〔動〕喙、鳥類的嘴

嘴が黄色い（黃口小孩、乳臭未乾）

嘴を入れる（插嘴、管閒事）

嘴を挟む（插嘴、管閒事）挟む鋏む挿む剪む

嘴を鳴らす（咬牙、咬牙切齒）鳴らす為らす生らす慣らす馴らす均す

すい 醉（醉）（ㄗㄨㄟˋ）

すい **醉**〔漢造〕醉、迷醉（於某事物）

乱醉（泥醉、爛醉、酩酊大醉=泥醉）

麻醉、麻睡（麻醉、昏迷、不省人事）

微醉（微醉=ほろ酔い）

泥醉（泥醉、爛醉、酩酊大醉）

宿酔（宿醉=二日酔い）

心酔（醉心，熱衷、衷心欽佩）

酔臥〔名〕醉臥、醉倒

酔漢〔名〕醉漢、醉鬼（=酔いどれ、酔っ払い）

酔眼〔名〕醉眼

酔眼朦朧（醉眼朦朧）

酔顔〔名〕醉顏、醉酒的面孔

酔客、酔客〔名〕醉客、醉漢（=酔っ払い）

酔狂、粋狂〔名、形動〕好奇，異想天開，想入非非、酒瘋，醉後發狂

粋狂で出来る仕事ではない（不是一高興就能做得好的事）

君も随分粋狂だね（你也太好奇〔想入非非〕了）

酔い狂う〔自五〕酒醉如狂、醉得發狂

酒を飲んで酔い狂う（喝酒過多醉得發狂）

酔人〔名〕醉客、醉漢（=酔っ払い）

酔生夢死〔名、自サ〕醉生夢死

酔生夢死の徒（醉生夢死之徒）徒徒徒徒徒

悪戯に酔生夢死する事勿れ（不要只是醉生夢死）勿れ莫れ

酔態〔名〕醉態

酔態を見せる（露出醉態）

酔筆〔名〕醉筆、酒醉後作的書畫

酔歩〔名〕醉步（=千鳥足）、（螺紋的）亂扣

酔歩蹣跚と（為て）歩く（醉步蹣跚而行）

酔夢〔名〕醉酒作夢、逍遙自在

酔余〔名〕醉後、酒後

酔余の吟唱（酒後吟誦）吟唱吟誦

酔余の喧嘩（酒後的吵架）

酔余の仮睡を楽しむ（酒後打個盹睡一下）楽しむ愉しむ

酔う〔自五〕醉，喝醉、暈（車、船）、（吃魚等）中毒、陶醉

酔っても乱れない（醉而不亂、喝醉了也不胡鬧）

酒に酔うと陽気に為る質です（〔他的〕性情是喝醉了酒就興致勃勃）

酔って管を巻く（醉後說話嘮叨、沒完沒了地說醉話）

少し酔って来ました（覺得有點醉了）

船に酔う（暈船）

私は飛行機に酔わない（我不暈機）

煙草に酔う（吸菸中毒）

喜びに酔う（沉醉在歡樂之中）喜び慶び歓び悦び

スケートの妙技に酔う（看溜冰的妙技看得出神）

勝利に酔う（勝利沖昏頭腦）

幸福に酔ってぼんやりしている（陶醉在幸福之中）

能う〔副〕（能く的音便，下接否定語）不能，難以（主要在日本西部使用）

能う言わんわ（〔俗〕真沒法兒說）

能う遣るよ（〔俗、諷〕真不簡單！）

酔い、酔〔名〕醉酒、暈車，暈船，暈機

ほろ酔い（微醉）

酔いが回って来た（醉上來了）回る廻る周る

酔いが醒めて来た（酒醒過來了）醒める覚める褪める冷める

酔いを醒ます（解醉）醒ます覚ます冷ます

彼の酔いが頭へ上った（他的酒醉上頭來了）上る登る昇る

船酔い（暈船）

良い、善い、好い、佳い、吉い、宜い〔形〕（終止形連體形經常讀作良い、善い、好い）好的，優秀的，出色的、好的，良好的，巧的，容易的、美麗的，漂亮的、值得誇獎的、貴的、高貴的、正確的、正當的、合適的，適當的，恰好的。好，可以，行（表示同意、許可、沒關係）、蠻好的，妥當的、感情好的，親密的、好日子，佳期，吉日、有效的，靈驗的、名門的，高貴的、善良的、痊癒的。好，太好了，就好

ア

（表示安心、滿足、願望）、幸福的、任性的，隨便的、好好地，充分的、經常的，動不動、諺語，成語←→悪い

頭が良い（腦筋好、聰明）

此の薬は頭が良く効く（這藥對頭很有效）

此れは品質が良い（這個品質好）

品が良い（東西好）

天気が良い（天氣好）

良い腕前（好本事、好手藝）

彼は良いポストに就いた（他就任了好職位）付く就く

此の子は物覚えが良い（這孩子記性好）

今朝は迚も気分が良い（今天早上心情很愉快）今朝今朝

良く書いて有る（寫得好）

此のペンは書き良い（這鋼筆好寫）

読み良い（好唸）

引き良い字引（容易查的字典）

此のミシンは中中使い良い（這縫紉機很好用）

エンジンの調子が良い（引擎的情況好）

心根が良くない（心地不良）心根心根

良く言えば倹約だが、悪く言えば吝嗇だ（往好說是節約可是往壞說是吝嗇）吝嗇吝嗇

良い知らせを伝える（傳達好消息）知らせ報せ

良い女（美女）

器量が良い（有姿色、長得漂亮）

景色が良い（景緻美麗）

景色の良い所で休もう（找風景好的地方休息吧！）

良い声で歌う（用響亮的歌聲唱歌）歌う謠う唄う詠う謳う

嗚呼良い月だ（多麼好看的月亮呀！）

良く遣った（做得很好）

良い天気（好天氣）

若者らしく良い態度（像年輕人值得讚許的態度）

良からざる影響を与えた（給予不好的影響）

良い返事が得られない（得不到令人滿意的答覆）

品も良いが値段も良い（東西好可是價錢也可觀）

子牛が良い値で売れた（小牛賣了好價錢）値値

良いと信ずるからこそ遣ったのだ（認為正確所以才做了）信ずる信じる

良いと信ずる所に従う（擇善而從）従う遵う随う

良い方に導く（引導到正確的方向去）

早く行った方が良い（最好快點去）早い速い

人を殴るのは良くない（打人是不對的）殴る撲る

人を騙すのは良くない事だ（騙人是不對的）

良い悪いの判断も付かないのか（連好壞也不能判斷嗎？）

良い発音（正確的發音）

傘を持って来れば良かった（帶雨傘來就好了）

もう少し待って呉れても良さ然うな物だ（再多等一會兒又有什麼關係）

一言然う言って呉れれば良かったのに（先跟我說一聲不就好了）一言一言一言

如何したら良いだろう（怎麼做才合適呢？）如何如何如何

正に腕を振う良いチャンスだ（正是大顯身手的好機會）正に当に将に雅に奮う揮う震う篩う

良い所へ来た（來得正好）

此れ位の室温が良い（這室溫正好）

初心者に良い入門書（益於初學者的入門書）

分らなければ聞いた方が良い（不懂的話最好問問）

僕には丁度良い相手だ（正好是我的對手）

此の洋服は私に丁度良い（這西裝正合我的身材）

彼は私の良い相棒だ（他是我的好夥伴）

私が黙っているのを良い事に彼は好き勝手な事を為る（見我不過問他就亂來）

帰っても良い（可以回去了）帰る返る還る孵る飼える替える換える代える蛙

掃除が済んだら帰っても良い（打掃完畢回家也可以）済む住む棲む清む澄む

寝ても良い（睡也行）

此れて良い（這就行了）

此の本は持って行っても良い（這本書也可以拿去）

此処は煙草を吸っても良いですか（可以在這裡吸菸嗎？）

行かなくても良い（不去也行）

其で良い（那就蠻好）

支度は良いか（預備妥當了嗎？）支度仕度

其の日程で良いか（那個日程妥當嗎？）

良い本（好書、有價值的書）

良い経験だ（是有價值的經驗）

水泳は健康に良い（游泳對於健康很有好處）

暗い処で本を読むのは目に良くない（在暗處看書對眼睛不好）

彼と彼女は良い仲だ（他和她感情很好）

彼の二人は仲が良い（他們倆很要好）

上役との折り合いが良くない（和上司關係不融洽）

良い日を選んで結婚式を上げる（選擇吉日舉行婚禮）選ぶ択ぶ撰ぶ上げる挙げる揚げる

胃病には此の薬が良い（這個藥對胃病有效）

良い家の御嬢さん（名門的小姐）

良い家柄（名門）

良い行い（善行）

日日の良い行い（日行一善）日日日日日日

人柄が良い（品行善良）

病気が良く為った（病好了）

無事で良かった（平安無事太好了）

父の病気が早く直って本当に良かった（父親的病很快就痊癒了實在太好了）

間に合って良かった（趕上太好了、正好用得上太好了）

良くいらっしゃいました（歡迎歡迎、您來得太好了）

もっと勉強すれば良いのに（多用點功就好了）

明日雨が降らねば良いが（要是明天不下雨就好了）明日明日明日

一緒に行けば良い（一起去就好了）

斯うすれば良い（這樣做就好）

早目に見れば良かった（提早看就好了）

良い御身分だ（很幸福的身分）

良い家庭（幸福的家庭）

良い様な振る舞う（任性做事、態度隨便）

教科書を良く読み為さい（好好地讀課本吧！）

私は彼を良く知っている（我很了解他）

此れは為るには三日も有れば良い（做這件事只要三天就好了）

良い年を為て此の様は何だ（年紀也不小了這像什麼樣子！）

筆箱は一つ有れば良い（鉛筆盒有一個的話就夠了）

良く転ぶ（動不動就跌倒）

ア

此の頃良く雨が降る（最近經常下雨）降る振る

彼は良く映画を見に行く（他經常去看電影）

彼は良く腹を壊す（他經常鬧肚子）壊す毀す

良い種を播いて置け（善有善報）播く巻く撒く蒔く捲く

良い茶の飲み置き（好茶總是嘴裡香）

良い時は馬の糞も味噌に為る（一順百順）

良い仲も笠を脱げ（知心也要有分寸）

良い仲の小さい境（好朋友也會為小事爭執）境界

良い花は後から（好花不先開）

良く言う者は未だ必ずも良く行わず（能說未必就能做）未だ未だ

良く泳ぐ者は水に溺る（淹死會水的）

良く問を待つ者は鐘を撞くが如し（對答如流）

良く恥を忍ぶ者は安し（能忍者常安）忍ぶ偲ぶ

良い目が出る（喜從天降）

良い面の皮（活該、丟臉的、不要臉的）

能く、宜く、良く、善く、好く〔副〕好好地，仔細地、常常地，經常地、非常地，難為，竟能、太好了，真好

能く御覧下さい（請您仔細看）

能く考え為さい（好好想想）

病気は能く為った（病好了）

能く書けた（寫得漂亮）

能く有る事（常有的事）

能く転ぶ（常常跌倒）

能く映画を見に行く（常去看電影）

彼は能く学校をサボル（他常常翹課）

昔は能く一緒に遊んだ物だ（從前常在一起玩）

昨夜は能く眠れましたか（昨晚你睡得好嗎？）

彼女は歌が能く歌える（她唱歌唱得很好）

風邪が一向に能く為らない（感冒一直不好）

御話は能く分かりました（你說的我很明白）

此の肉は能く煮た方が良い（這肉多煮一會兒較好）

若い時は能く野球を遣った物だ（年輕時常打棒球）

青年の能くする過ち（年輕人常犯的毛病）

日本には能く台風が来る（日本經常遭颱風）

此の二人は能く似っている（這兩個人長得非常像）

此の大雪の中を能く来られたね（這麼大的雪真難為你來了）

御忙しいのに能く御知らせ下さいました（難為您百忙中來通知我）

他人の前で能くあんな事を言えた物だ（當著旁人竟能說出那種話來）

能くあんな酷い事を言えた物だ（竟說出那樣無禮的話來）

あんな薄給で家族六人能く暮らせる物だ（那麼少的薪水竟能維持一家六口的生活）

能く御知らせ下さいました（承蒙通知太好了）

能くいらっしゃいました（來的太好！）

能く遣った物だ（做得太好了）

酔い心地、酔心地〔名〕醉意、醉酒時的（高興）心情

酔い心地の良い酒（醉後不頭痛的好酒、令人陶然入醉的美酒）良い好い佳い良い好い佳い

酔い覚まし、酔い醒まし〔名〕醒酒、使從醉中醒過來（=酔い覚め、酔い醒め）

酔い覚ましに風に当たる（迎風吹一下醒醒酒）当る中る

酔い覚め、酔い醒め〔名〕醒酒、從醉中醒來（的時候）

彼の酔い覚めを待ってからに為よう（等他醒了酒再說）

酔い覚めの水を飲む（喝冷水醒酒）飲む呑む

酔い覚めの水甘露の味（酒醒後喝口涼水甜似乾露）

酔い覚めの水下戸知らず（不會喝酒的人不知酒醉後涼水如何香甜）

酔い覚め、酔覚め〔名〕醒酒、醉後睡醒

酔い覚めの水下戸知らず（不喝酒的人不能領會酒醒後喝一杯冷水的滋味）

酔い痴れる〔自下一〕爛醉、酣醉

喜びに酔い痴れる（高興得如醉如痴）喜び慶び歓び悦び

昔の夢に酔い痴れている（沉湎在舊夢中）

酔い倒れる〔自下一〕醉倒、醉臥、酒後昏睡

酔い潰す〔他五〕使醉倒、（把…）灌醉

酔い潰れる〔自下一〕大醉、醉倒、酩酊大醉

酒に酔い潰れる（喝得酩酊大醉、喝得不省人事）酒鮭

酔い潰れて寝る（酩酊大醉而睡）

酔いどれ〔名〕醉漢、醉鬼（=酔っ払い）

酔いどれの振りを為る（裝作醉漢）

酔いどれを介抱する（照料醉漢）

酔っ払う〔自五〕〔俗〕醉酒。〔轉〕（暈車、船）暈得厲害

酔っ払って正体を失う（喝得酩酊大醉、醉得神志不清）失う喪う

酔っ払い〔名〕〔俗〕醉漢、醉鬼（=酔いどれ）

酔っ払い運ちゃん（喝醉酒的司機）

酔っ払い運転（酒後開車）

酔わす〔他五〕使喝醉，使醉酒、使陶醉，使沉醉（=酔わせる）

酔わせる〔他下一〕（酔う的使役形式）使喝醉，使醉酒、使陶醉，使沉醉

酔い〔名〕醉（=酔い）

酔い様、酔様〔名〕醉態（=酔い振り）

最（ㄗㄨㄟ丶）

最〔形動タルト、漢造〕最

最たる者（最甚者、最優秀者）

悪質犯罪の最たる者である（為性質最惡劣的犯罪）

此を最と為る（以此為最）擦る摩る刷る摺る擦る擂る磨る掏る

最たる〔連体〕最甚的、天字第一號的

筆不精の最たる者（最懶以動筆的人）

最愛〔名〕最愛、最親愛、最心愛

最愛の妻（最親愛的妻子）

最愛の子（最心愛的孩子）

最悪〔名ナ〕（情況）最壞、最糟糕、最惡劣、最不利←→最良、最善

最悪の場合には（在最壞的情況時、當情況最不利的時候）

最悪の場合に備える（做最壞的準備〔打算〕）備える供える具える

最悪の事態に立ち至った（到了最糟糕的地步）至る到る

最善〔名〕（多用於道德價值方面）最善，最好←→最悪、全力（=ベスト）

最善の保証（最好的保證）

健康を保つ最善の方法（保持健康的最好方法）分る解る判る

青年には自身の歩む可き最善の道が分らなければんらない（青年必須知道自己應該走的最好道路）

最善を尽くす（竭盡全力）戦う闘う敗れる破れる

最善を尽くして戦ったが、惜しくも敗れた（雖然盡了最大努力戰鬥可惜失敗了）

最善主義（〔optimism 的譯詞〕樂觀主義）（=オプチミズム、楽天主義）

最良〔名〕（多用於物質價值方面）最佳、最優良、最良好、最精良、最優秀←→最悪

最良の武器（最優良的武器）

最良の方法（最好辦法）

最良の祝福（最美好的祝福）

我が人生最良の日（我的一生中最美好的一天）

コンディションは最良だ（情況非常良好）

年の始めに当たって今年こそ最良の年であり度いと願う（新年開始祝願今年將是最好的一年）当る中る今年今年

最右翼〔名〕最（極）右翼、最具有某種傾向

優勝候補の最右翼（競選最有獲勝希望）

最左翼〔名〕最（極）左翼、最末尾

不器用で射撃は何時も最左翼だった（因為不靈巧射擊成績總是最末尾）

最下、最下〔名〕最下、最低、最劣、最次←→最上

最下の成績（最差的成績）

最下位（末尾、最下位、最末等）

最下位のチーム（末尾的隊）

最下位に転落した（跌落到最末等）

最下位からAクラスに上がる（從最末等升為甲等）上がる揚がる挙がる騰がる

最下等（最劣、最下等、最低等級）

最下等の品（最次的商品）

最下級（最低等級、最低年級）

最下級生（最低年級學生、一年級生）

最上〔名〕最上面，最頂上、最高，至上、最好，最佳←→最下

最上段（最上層、頂上層）

最上の品（最好的東西）

最上の喜び（無上的喜悅）

最上の幸福（無上的幸福）

最上の褒美（最高的獎賞）

最上のコンディションである（情況極為良好）

丸で最上の宝でも手に入れたかの様に（如獲至寶）

最上善（至善）

最上は幸福の敵（知足常樂）

最上級（最高級，最高等級、最高年級，最高班級←→最下級、〔語法〕〔多指英文中副詞或形容詞的〕最高級←→原級、比較級）

最上級生（最高年級學生）

Goodの最上級はbestである（good的最高級是best）

最上等（最上等、最高級、第一流）←→最下等

最上等の品（最上等品）

最小〔名〕最小←→最大

世界で最小の国（世界最小的國家）

最小の損害を蒙った丈だ（只是受到最小的損害）蒙る被る被る

摩擦を最小に為る（使摩擦減到最小）擦る摩る刷る摺る擦る擂る磨る掏る

最小の努力で最大の効果を上げる（以最小的努力取得最大的效果）上げる揚げる挙げる

最小極限（最小極限）

最小量（最小量）

最小公倍数（〔數〕最小公倍數）←→最大公約数

最小公分母（〔數〕最小公分母）

最小限（最小限度、最低限度=最小限度）←→最大限

最小限に為る（縮減到最小限度）擦る摩る刷る摺る擦る擂る磨る掏る

バッテリーの消費力を最小限に為る（使電池的消耗量減到最小限度）

発見が早かったので被害は最小限に食い止められた（因為發現得早所以受害被控制在最小限度）

最小限度（最小限度、最低限度=最小限）←→最大限度

要求の最小限度（要求的最小限度）

最小限度の権利（最起碼的權力）

最小限度の譲歩を為る（做最小限度的讓步）擦る摩る刷る摺る擦る擂る磨る掏る

誤差を最大限度に少なくする（使誤差減低到最小限度）

費用は最大限度一万円掛かるだろう（費用至少需要一萬日元吧！）

最小自乗法（〔數〕最小自乘法、最小二乘法）

最小自乗法により補正を行った（利用最小自乘法進行補值）

最小自乗法を用いて、可也複雑な分子の定数を決定する（利用最小自乘法決定相當複雜的分子的定數）

最大〔名〕最大←→最小

今年最大の事件（今年最大的事件）今年 今年

最大の激励、最大の配慮、最大の鞭撻（最大的鼓舞最大的關懷最大的鞭策）

琵琶湖は日本最大の湖です（琵琶湖是日本最大的湖）

最大圧力（最大壓力）

最大量（最大量）

最大幅員（最大寬度）

最大積込量（最大裝載量）

最大多数の最大幸福（最大多數的最大幸福-英國功利主義倫理學家邊沁提出的口號）

最大級（最大級、最高級=最上級）

最大級の賛辞を呈する（獻上最高級的頌詞、表示極大的欽佩）呈する 挺する 訂する

最大級の表現を使う（使用最高級的表現）使う 遣う

最大許容量（最大容許量-放射線物質進入體內時被認為無害的最大限量）

最大限（最大限度=最大限度）←→最小限

最大限軍事圧力（最大限度的軍事壓力）

最大限の努力を払う（盡最大限度的努力）払う 祓う 掃う

政治、経済、軍事の諸方面から最大限の援助を与える（從政治經濟軍事各方面予以最大限度的援助）

余暇を最大限に利用する（最大限度地利用空閒時間）

建築費は最大限五千万円だ（建築費用最大限度為五千萬日元）

最大限度（最大限度=最大限）←→最小限度

最大限度の能率（最大限度的效率）

最大限度に達する（達到極限）

最大限度に為る（增加到最大限度）

最大項（〔數〕極大項）

最大公約数（〔數〕最大公約數、〔轉〕共同點）

三十六と三十の最大公約数は六です（三十六和三十的最大公約數是六）

三人の意見の最大公約数（三個人的意見的共同點）三人三人

最大仕事（〔理〕最大功）

最大出力（〔電〕最大輸出）

最大出力テスト（最大輸出試驗）

最大蒸気圧（最大蒸氣壓、飽和蒸氣壓-在密閉器中用同一溫度壓縮氣體時液化開始時的壓力）

最大値（〔數〕最大值、極大值）

最大値と最小値（最大值和最小值）

其の分母が最大値を取る（其分母取最大值）取る 摂る 撮る 盗る 採る 獲る 捕る 執る

最大曲げ強さ（〔理〕最大抗彎強度）

最大離角（〔天〕最大距角-從地球上看內行星離太陽方向最大的角距離或拱極星對子午線方位角最大的偏度）

最少〔名〕最少←→最多、最年少←→最長

最少の人員で最大の生産高を上げる（用最少的人員取得最大的產量）上げる 揚げる 挙げる

最少年者（最年少的人）

最多〔名〕最多←→最少

最多（の）例（最多的例子）

最多票（最多的票數）

最多数（最多數）

最多数（さいたすう）の票（ひょう）を得（え）て当選（とうせん）した（獲得最多數的選票而當選）得（え）る得（う）る売（う）る

最中（さいちゅう）〔名〕正在最盛期、正在進行中（=真（ま）っ盛（さか）り）

試合（しあい）の最中（さいちゅう）に（在比賽中、正在比賽的時候）

戦争（せんそう）の最中（さいちゅう）に（正在戰爭中）

今（いま）は暑（あつ）い最中（さいちゅう）だ（現在是正熱的時候）暑（あつ）い熱（あつ）い厚（あつ）い篤（あつ）い

彼（かれ）は食事（しょくじ）の最中（さいちゅう）に訪（たず）ねて来（き）た（他在我吃飯的時候來訪）訪（たず）ねる尋（たず）ねる訊（たず）ねる

仕事（しごと）は今（いま）が真（ま）っ最中（さいちゅう）です（工作正在全力進行中）

最中（さなか）〔名〕方酣、正當中、最盛期、最高潮（=最中（さいちゅう））

夏（なつ）の最中（さなか）（盛夏）

冬（ふゆ）の最中（さなか）（嚴冬、數九寒天）

激論（げきろん）の最中（さなか）に（正當爭論的高潮）

運動（うんどう）の最中（さなか）に（正當運動的高潮）帰（かえ）る返（かえ）る還（かえ）る孵（かえ）る換（か）える変（か）える代（か）える替（か）える蛙（かえる）

大雨（おおあめ）の最中（さなか）に帰（かえ）って来（き）た（在大雨滂沱中回來了）大雨（おおあめ）大雨（たいう）

取（と）り入（い）れの最中（さなか）には、学生達（がくせいたち）が手伝（てつだ）いに駆（か）け付（つ）ける（到了收割最忙期間學生趕來支援）

喪（も）〔名〕喪事、喪禮、喪期、居喪、服喪

喪（も）に服（ふく）する（服喪）

喪（も）が明（あ）ける（喪期服滿）

喪（も）を発（はっ）する（發喪）

喪（も）を秘（ひ）する（秘不發喪）

藻（も）〔名〕〔植〕藻類

裳（も）〔名〕裳（古代貴族的禮服、穿在和服裙子的外面）

茂（も）〔漢造〕茂盛（=盛（さか）ん、豊（ゆた）か、優（すぐ）れた立派（りっぱ））

繁茂（はんも）（繁茂）

鬱茂（うっも）（旺盛繁茂）

最中（もなか）〔名〕豆餡糯米餅、正當中，最高潮（=最中（さいちゅう）、最中（もなか）、酣（たけなわ））

秋（あき）の最中（もなか）（仲秋）

最強（さいきょう）〔名〕最強

史上最強（しじょうさいきょう）の軍隊（ぐんたい）（歷史上最強的軍隊）

最強（さいきょう）のチーム（team）を率（ひき）いて遠征（えんせい）する（帶領最強隊伍遠征）

最近（さいきん）〔名〕最近，近來，新近、最接近，距離最近

最近迄（さいきんまで）（直至最近）

最近（さいきん）に為（な）って（最近以來）為（な）る成（な）る鳴（な）る生（な）る

最近（さいきん）のニュース（news）に依（よ）れば（據最近消息）依（よ）る因（よ）る由（よ）る拠（よ）る寄（よ）る縁（よ）る縒（よ）る撚（よ）る

最近（さいきん）の作（さく）（最近的作品）

最近号（さいきんごう）の人民中国（じんみんちゅうごく）（最近一期的人民中國）

彼（かれ）は北京（ぺきん）へ来（き）たのは極最近（ごくさいきん）の事（こと）だ（他到北京來是最近以內的事）

彼女（かのじょ）は最近結婚（さいきんけっこん）した（她最近結婚了）

最近（さいきん）では一週間前（いっしゅうかんまえ）に彼（かれ）に会（あ）いました（最近是在一星期前看見過他）会（あ）う遇（あ）う逢（あ）う遭（あ）う合（あ）う

一万円（いちまんえん）に最近（さいきん）の額（がく）（最接近一萬日元的數額）

最近親者（さいきんしんしゃ）（最近親屬–指父子、夫妻等）

最近世（さいきんせい）（〔歷史時代劃分之一、位於近世與現代之間〕近代，最近世=近代（きんだい））

最恵国（さいけいこく）〔名〕最惠國

最恵国（さいけいこく）の待遇（たいぐう）を与（あた）える（予以最惠國待遇）

最恵国協定（さいけいこくきょうてい）（最惠國協定、優惠關稅協定）

最恵国条款（さいけいこくじょうかん）（最惠國條款）

最恵国条款（さいけいこくじょうかん）を廃止（はいし）する（廢止最惠國條款）

最恵国約款（さいけいこくやっかん）、最恵国約款（さいけいこくやくかん）（最惠國條款=最恵国条款（さいけいこくじょうかん））

最軽量ハンディキャップ（さいけいりょう handicap）〔名〕（賽馬）次輕級（騎手）

最敬礼（さいけいれい）〔名、自サ〕最敬禮

最敬礼（さいけいれい）を為（す）る（行最敬禮）擦（す）る摩（す）る刷（す）る擂（す）る擦（す）る擂（す）る磨（す）る掏（す）る

最古（さいこ）〔名〕最古、最舊、最早、最古老←→最新（さいしん）

世界最古（せかいさいこ）の文化（ぶんか）（世界最古的文化）

現存最古（げんそんさいこ）の建築（けんちく）（現存的最古老的建築）

中島川の橋は日本最古の眼鏡橋と為れている（我們認為中島川橋是日本最早的雙拱橋）

最新〔名〕最新←→最古

最新のニュース（最新消息）

最新の技術を取り入れる（引進最新技術）

最新版（最新版本）

最新型（最新型）

最新式（最新式）

最新式の機械（最新式機器）

最新式のホテル（最新式旅館）

最新式の経営管理方式（最新式的經營管理方式）

最新世（〔地〕更新世）

最新流行（最時髦、最時興、最新流行）

最新流行の帽子（最新流行的帽子）

最新流行のスタイルを為ている（穿著最時髦的樣式）

最期〔名〕臨終、死亡、最後（時刻）、末日、逝世前夕

最期の言葉（臨終的話）

ローマ帝国の最期（羅馬帝國的末日）

壮烈な最期を遂げた（壯烈犧牲）

勇勇しい最期を遂げた（英勇就義）

見事な最期を遂げた（光榮死去、英勇犧牲）

敢え無い最期を遂げた（死得可憐、悲慘地結束了一生）

恥じ可き最期を遂げた（落了個可恥的下場）

非業な最期を遂げた（死於非命）

悲惨な最期を遂げた（悲慘地結束了一生）

正義の士と為て最期を遂げた（大義凜然地死去）

最期を見届ける（送終、看到臨終）

悪運尽きて最期が来る（末日來臨、賊運已盡、惡貫滿盈）来る繰る刳る来る

最高〔名〕（高度、位置、程度）最高、至高無上（有時用最高に作副詞用）←→最低

世界最高の山（世界最高的山）

今年最高の気温（今年最高的氣溫）

最高の手本（最好的榜樣）

最高の速度（最高的速度）

最高の権力（至高無上的權力）

最高の水準に達する（達到最高水準）

最高の熱意を込めて（懷著無上的熱枕）込める混める篭める

最高の敬意を表する（致以最深切的敬意）評する表する

最高に面白い（最有意思、非常有趣）

彼の血圧最高120、最低70です（他的血壓最高120最低70）

最高形態（最高形式）

最高漁獲量（最高漁獲量）

最高価格（最高價格）

最高賞（最高獎賞、頭等獎）

最高責任者（最高負責人）

最高級（最高級，最高等級、最高品質、最高水準、最優秀）

最高級の学者（第一流學者）

最高級の材料（最高級的材料）

其の会社の製品は最高級品に数えられている（那家公司的產品被承認為最優秀的）

最高峰（最高峰、〔轉〕最優秀者，最高權威，最高水平）

エベレストは世界の最高峰だ（埃佛勒斯峰是世界最高峰）

文壇の最高峰（文學界的最高權威、最優秀的文學家）

日本音楽界の最高峰（日本最偉大的音樂家）

現代文学の最高峰（現代文學的最高水準）

最高潮（最高潮、最高峰、頂點=クライマックス）

最高潮の場面（最高潮的場面）

劇の終幕に至って最高潮に達した（戲劇到最後一幕達到了最高潮）至る到る

試合も愈愈最高潮に達し、手に汗握る熱戦が繰り広げられている（比賽終於達到最高潮

展開了動人心弦的緊張酣戰）

最高位（首位、第一流、最高等級）

最高位の画家（第一流畫家）

最高位を占める（居首位、屬於第一流）占める閉める締める絞める染める湿る

最高音（〔樂〕最高音）

最高音部（最高音部）

最高音部を歌う人（唱最高音者）歌う詠う謡う謳う唄う

最高学府（最高學府）

最高学府に学ぶ（在最高學府學習）習う

最高検（最高檢察廳=最高検察庁）

最高検察庁（最高檢察廳）

最高限（最高界限、最高限度）←→最低限

最高裁最高裁判所

最高裁判所

最高最低温度計（〔理〕最高最低溫度計）

最高首脳会議（最高首腦會議）

最高司令部（最高司令部、最高統帥部、最高指揮部）

最高善（〔拉 summumbonum 的譯詞〕至善）

最高点（最高分，最優等成績、〔選舉的〕最高得票數、頂點，最高水準）

最高点を取る（獲得最高分）取る捕る獲る採る盗る撮る摂る執る

射撃の八百ヤードで最高点を得る（在八百碼射擊中取得最優等成績）得る得る

田中氏は最高点で当選した（田中以最高票數當選）

平安朝には日本古典文学が最高点に達した（平安時代日本古典文學達到了最高水準）

最低〔名、形動〕最低←→最高、最壞，最劣（=最悪）

一日の最低気温（一日中的最低氣溫）一日一日一日一日

最低の成績で卒業した（以最低的成績畢了業）

最低に見積もる（最低估計、作最低的估計）

給料は最低（で）五万円です（工資最低是五萬日元）

最低記録（最低紀錄）

寝不足だし、御腹は痛いし、今日の気分は最低だ（睡眠不足肚子又痛今天的精神壞透了）

最低温度計（〔理〕最低溫度計）

最低音部（〔樂〕樂曲的低音部）

最低限（起碼、最低限度）

最低限の常識（起碼的常識）

最低限の基準（起碼的標準）

最低限の事すら分からない（連起碼的事情也不懂）分る解る判る

最低綱領（最低綱領）

最低賃金制（〔法定〕最低限度工資制）

最初〔名副〕最初、起初、起先、開頭、開始、第一（=一番初め）←→最終、最後

旅行の最初の日（旅行的第一天）

最初の三年（前三年）

最初の問題（第一個問題）

最初の目的（最初的目的、本來的目的）

最初に出会った人（首次遇見的人）会う遭う逢う遇う合う

日本で最初に汽車が走ったのは明治五年の事だ（在日本開始有火車是明治五年）

其の事は最初から知っていたよ（那件事情開頭我就知道了）

最初は調子が悪かったが、次第に回復した（開頭雖然不太順利但後來逐漸好轉了）

最終（さいしゅう）〔名〕最終、最後、最末尾（=一番終り、終い）←→最初

最終のバスに乗り遅れる（沒趕上最後一班公車）

間一髪で最終の電車に間に合った（在最後一秒鐘趕上了末班電車）

最終学年（最後一學年）

最終駅（〔火車的〕終點站）

最終点（終點）

最終楽章（最後樂章）

最終稿（定稿）

最終日（最後一天、最末一日）

興行の最終日（最後的一天演出）

最終日の会議（最後的一天會議）

最終案（最後方案、最後計畫）

最終案に同意する（同意最後方案）

最終回（〔比賽或談判的〕最後一次、最後一場、最後一輪、最後一局、最終回合）

競技試合の最終回（體育比賽的最後一場）

最終回に入る（進入最後一局）入る入る

最終的（最終、最後、決定性的）

最終的な勝利（最後的勝利）

最終的、究極的な真理（最後的最後的真理）

最終的に核兵器を消滅する（最後消滅核武器）

其は最終的な勝利を勝ち取る前奏である（那是取得最後勝利的前奏）

最後（さいご）〔名〕最後，最終，最末←→最初。（常用…したら最後或…したが最後的形式）（一旦…）就完了，就是最後，就沒有救了

最後の努力（最後的努力）

最後の足掻き（最後的掙扎、垂死的掙扎）

最後の列（最後的一排）

最後っ屁（黃鼠狼為抵抗追捕而放出的臭氣。〔轉〕〔被逼得沒辦法時的〕最後一招，最後掙扎）

最後の瞬間（最後時刻）

最後の日（最後的一天、結束的日子）

最後の勝利を勝ち取る（取得最後勝利）

最後の手（最後一招）

最後迄戦う（戰鬥到底、戰鬥到最後）

最後迄御付き合いする（奉陪到底）

遂に最後迄頑張り通した（終於堅持到底）

革命を最後迄遣り遂げる（遣り抜く）（將革命進行到底）

音楽会を最後迄聞く（把音樂會聽到底〔聽完〕）聞く聴く訊く利く効く

最後の五分間が大事だ（最後的五分鐘非常重要）

此を最後にもう二度と御前には会うまい（這是最後一次再也不想看見你了）

最後に一言申し上げます（最後我再說一句話）一言一言一言

最後には勝利するであろう（終究是要勝利的）

彼の人は頑固で言い出したら最後、後へ引かない（他很頑固一旦說出口就不讓步）

彼の病気に罹ったら最後だ（一染上那種病就完了〔就沒有救了〕）

彼の男に睨まれたら最後だ（你要被他盯上了可就完了）

言ったが最後、捨て置かぬぞ（一旦我說了就不能置之不理）

此の雪が降ったが最後来年の春迄氷の世界に為って終う（下了這場雪直到來年春天

就會是冰天雪地的世界）

最後に笑う者が一番良く笑う（誰笑在最後誰就笑得最好-法國諺語）

最後を飾る（最後的精彩場面）

運動会の最後を飾る紅白リレーが始まった（運動會的最後精彩場面紅白接力賽開始了）

最後列（最後排）←→最前列

最後尾（最末尾=末尾）

列の最後尾（排尾）

列車の最後尾（列車的最末尾）

最後通牒（最後通牒、哀的美敦書）

最後通牒を発する（發出最後通牒）

最前〔名〕最前，最前面，最前頭、剛才

最前列（最前列、最前排）←→最後列

最前線（最前線、第一線）

職場の最前線で働く（在工作崗位的第一線工作）

民主党員は闘争の最前線に立った（民主黨員站在鬥爭的第一線）

最前の話をもう一度聞かせて下さい（請把剛才的話再講一遍給我聽）

最前から御待ちしています（我從剛才一直等到現在）

最勝〔形動〕最好、最優秀

最深〔名〕最深

大洋の最深箇所（海洋的最深處）

最深部（最深部分）

最盛〔名〕最盛、最興盛、最繁榮

最盛の時代（鼎盛時代）

最盛期（最盛期、全盛時期、最繁榮的時期）

文化の最盛期に達する（達到文化的黃金時代）

最盛期を過ぎた（過了最盛期）

最尖端〔名〕（時代、時尚等的）最尖端、最前面

流行の最尖端を行く（走在時髦的最前面）
流行流行行く往く逝く行く往く逝く

最速降下線〔名〕〔理〕最快速落下

最短〔名〕最短←→最長

最短のコースを取る（採取最短路線）取る
捕る獲る採る盗る撮る摂る執る

最短距離（最近距離）

最短距離を行く（走最近距離、走捷徑）行く往く逝く行く往く逝く

最短操業（最短操作、最短作業-資本家為避免生產過剩縮短作業時間到最小限度）

最長〔名〕最長←→最短、最年長←→最少、最擅長

日本（で）最長の川（日本最長的河）

嘗て北陸トンネル日本最長のトンネルだった（過去北陸隧道是日本最長的隧道）

最長距離（最長距離、最遠距離）

最適〔名ナ〕最適、最適合、最適度

遠足に最適な（の）季節（最適宜遠足的季節）

此の仕事に最適の人は彼だ（最適合這項工作的人是他）

此の地方は保養地と為て最適である（此地作為療養地最適合）

最適条件（〔生〕最合條件）

最適温度（最適當的溫度）

最適化（〔經〕〔使工廠、企業等〕最佳化、最適宜化、最完善化）

最適値法（優選法）

最年少〔名〕年紀最小、年歲最幼←→最年長

僕は末っ子で、我が家で最年少だ（我是最小孩子在我家裡年紀最小）

最年少者（年紀最小者）者者

最年長〔名〕年紀最大、年歲最長←→最年少

日本の小学校では、六年生は最年長の学年だ（在日本小學裡六年級生是年紀最大的學年）

最年長者（年紀最大者）者者

最果て〔名〕最後，最終，最末（=最後）、盡頭，最邊遠

最果ての町（最偏遠的城鎮）

最果ての地（最偏遠的地方）

最頻値〔名〕（統計代表值得一個）最頻值、頻率最高的數值（=並数）

最北〔名〕極北、最北端

最末〔名〕最末

最密充填〔名〕〔理〕最密堆積（=最密パッキング）

最も〔副〕最、很、十分、非常（=大変、非常に、甚だ）

最も厳かに（十分莊嚴地）

最も御易い御用です（〔您叫我辦的事〕非常好辦）易い安い廉い

最も簡単に遣って退けた（輕而易舉地做完）

最も見事に失敗した（徹底失敗了）

最〔接頭〕（與真同語源）最

最中〔名〕豆餡糯米餅、正當中，最高潮（=最中、最中、酣）

秋の最中（仲秋）

最早〔副〕（事到如今）已經

最早間に合わない（〔事到如今〕已經來不及了）

医者を呼んでも最早手遅れだ（就是請醫師來也已經太晚）

最早十二時だ（已經十二點了）

彼から最早十年の月日が過ぎた（從那以後已經過了十年了）

最寄り〔名〕附近、最近

最寄りの郵便局に出す（在附近的郵局寄出）

詳細は最寄りの駅へ御問い合わせ下さい（詳細情形請向附近的車站打聽）

拾い物を最寄りの交番に届ける（把撿到的東西交到附近的派出所）

最も，最、尤も，尤〔副〕最、頂

尤も有意義な贈り物（最有意義的禮物）

尤も勇敢に戦う（戰鬥得最勇敢）戦う闘う

世界で尤も人口の多い国（世界人口最多的國家）

其の点が尤も苦労した（這點是我最費心血的地方）

事実こそ尤も説得力を持っている（事實是最具有說服力的）

此の問題が尤も重要だ（這個問題是最重要的）

尤も、尤〔形動、接〕合理，正當，正確，理所當然、不過，可是（=但し、然し）

尤もな意見（正確的意見）

尤もな事を言う（說話合理、言之有理）言う云う謂う

御尤もです（誠然不錯、您說的對）

彼が怒ったのも尤もだ（他動怒也是理所當然的）怒る興る起る熾る

彼の言い分にも尤もな所が有る（他的辯白也有些道理）

彼女が君に腹を立てるのも尤もだ（也難怪她生你的氣）

彼は然うするのも父親と為て尤もな事だ（他之所以那麼做也是作為父親理該做的）

皆さんの仰る事は一一御尤もな事許りです（大家說的句句都合乎道理）

尤も千万（千真萬確）

尤も例外は有る（不過例外還是有的）

尤も全然異議が無い訳ではないが（不過倒並不是完全沒有異議…）

然うすれば旨く行きます、尤も例外は有りますが（那樣做一定能做好可是也有例外）

尤も全く意見の無い訳ではない（不過並非完全沒意見）貴方貴男貴女

明日帰ら無ければ為らない、尤も貴方は別だ（明天必須回去不過你例外）明日明日明日

罪（ㄗㄨㄟˋ）

罪〔漢造〕罪、罪行、罪過、罪惡

犯罪（犯罪）

無罪（無罪、沒罪、無辜）←→有罪

有罪（有罪）

重罪（重罪）

服罪（服罪、認罪）

謝罪（謝罪、賠禮、道歉）

滅罪（〔佛〕〔懺悔、行善〕消滅罪業）

罪悪〔名〕罪惡（=罪、罪科）

罪悪に満ちた旧社会（萬惡的舊社會）

罪悪の巣窟（罪惡的淵藪）

罪悪を犯す（犯罪）犯す侵す冒す

罪悪も甚だしい（罪惡滔天）

罪悪極まりない（罪該萬死）極まりない窮まりない

時間の浪費は一種の罪悪である（浪費時間是一種罪惡）

罪悪感（罪惡感）

罪悪行為（罪惡行為、罪惡途徑）

罪因〔名〕犯罪原因

罪科〔名〕罪，罪過，罪惡，罪愆（=罪科）、（依法）懲處，懲罰，懲辦

罪科を犯す（犯罪）犯す侵す冒す

罪科を問う（問罪）

罪科を糺す（問罪）糺す正す質す

殺人に対する罪科は重い（對殺人罪從嚴懲處）重い思い想い

罪科〔名〕罪過、罪惡

何の罪科も無い（沒有任何罪過、無辜）

罪科の無い者を罰する（懲罰無辜者）

罪過〔名〕罪過、罪惡和過失（=罪、過ち）

犯した罪過の恐ろしさに戦く（為所犯罪過感到戰慄）戦く慄く恐ろしい怖ろしい

罪魁〔名〕罪魁（禍首）、首惡（=犯罪の張本人）

罪咎〔名〕罪咎、罪過、罪愆

罪刑法定主義〔名〕〔法〕罪刑法定主義（主張用法律形式規定何為犯罪及所課刑罰）

罪源〔名〕罪惡根源

キリスト教の七つの罪源（基督教的七項罪惡根源）キリスト基督

罪辜〔名〕罪辜、罪咎

罪業〔名〕〔佛〕罪孽

罪業の深い人（罪孽深重的人）

罪業を重ねる（罪孽深重）

罪根〔名〕招致罪報根源的行為（=無明）

罪質〔名〕犯罪的性質、罪行的性質

罪種〔名〕犯罪的種類

罪種別に分類する（按犯罪的種類分類）

罪囚〔名〕罪犯、囚犯（=囚人、囚人、囚人）

罪証〔名〕罪證、犯罪的證據

罪証が確実だ（罪證確實）

罪証を暗ます（湮滅證據）暗ます晦ます眩ます

罪障〔名〕〔佛〕（成為成佛的障礙的）罪障、罪孽

此の様な行いは罪障と為る（這種行為將成為罪孽）

罪障消滅（消罪、除罪）

罪状〔名〕罪狀

罪状を明らかに為る（弄清罪狀）為る為る

罪状を告白する（坦白〔交代〕罪狀）

罪状を認める（承認罪狀）認める認める

罪状を否認する（不承認罪狀）

罪状を詳しく取り調べる（詳細調查罪狀）

罪状を覆す（翻案）

罪状を摘発する（控訴〔揭發〕罪狀）

罪状録（罪行錄）

罪責〔名〕罪責

罪責を逃れる（逃避罪責）逃れる遁れる

罪責を逃れさせる（開脫罪責）

罪責は逃れが無い（罪責難逃）

罪責を免れようと為る臆病な心理（企圖推卸罪責的怯懦心理）

罪責を人に転嫁する（把罪責轉嫁給別人、嫁禍於人）

罪跡〔名〕罪跡、罪證、犯罪的痕跡

罪跡を探り出す（找出罪證）

罪跡を暗ます（消滅罪證）暗ます晦ます眩ます

罪体〔名〕〔法〕犯罪事實

罪人〔名〕罪人、罪犯、犯人

法に触れて罪人と為る（犯法成為罪人）為る成る鳴る生る

罪人〔名〕〔舊〕（宗教、道德、法律上的）罪人、罪犯、有罪的人（=罪人）

罪名〔名〕罪名犯罪名稱犯罪名聲

罪名を下す（定罪名）下す降す

罪名を雪ぐ（洗刷罪名）雪ぐ漱ぐ濯ぐ滌ぐ洒ぐ

罪名を山の様に押っ被せる（扣上一大堆罪名）

彼は窃盗の罪名を着せられた（他被加上了竊盜的罪名）

罪例〔名〕罪例、犯罪的實例

罪〔名〕（法律上的）罪，犯罪、（宗教上的）罪孽，罪惡、（道德上的）罪過，罪咎，罪責，過錯，責任。

〔名、形動〕壞事，醜事、罪孽勾當、狠毒，殘忍

罪を犯す（犯罪）犯す侵す冒す

罪を服する（服罪）服する復する伏する

罪に問う（問罪）

罪を許す（赦罪）許す赦す

罪が特に大きな者（罪大惡極者）

青年達は何の罪が有って、此の様な迫害を受けなければならないのか（青年何辜遭此荼毒）

罪深い人間（罪孽深重的人）

私の罪ではない（不是我的過錯）

罪を他人に着せる（委罪於人）煙管

此の失敗は誰の罪か（這個失敗是誰的罪過？）

罪は私に在る（罪責在我、是我的錯）在る有る或る

罪な事を為る（做罪孽勾當）為る為る磨る擂る擦る摺る刷る摩る掏る

罪な事を言うな（別說業障話）言う云う謂う

罪が無い（無罪，無辜、無害，無惡意、天真）

彼女には罪が無い（她沒有罪過〔責任〕）

罪の無い事を言う（說沒有惡意的話）

子供は罪が無い（孩子是天真的）

罪の無い顔（天真浪漫的面孔）

罪の子（私生子、非婚生子）

詰み、詰〔名〕〔象棋〕將死（老將）

詰みに為る（將死）

後一手で詰みだ（再一步就將死）

積み，積、積み，積〔造語〕裝載

鉄道積み（火車裝運）

汽船積みで送る（用船裝運）

積み噸数（裝載噸數）

三十噸積みの貨車（裝三十噸的貨車）

罪する〔他サ〕治罪、處罪、處罰、懲罰（=処罰する）

悪人を罪する（處罰壞人）

重く罪せられる（被治以重罪）

罪代〔名〕贖罪

罪作り〔名、形動〕（欺騙無知、天真的人等）犯罪，造孽，作惡，做壞事、造孽的人，作惡的人（殺生等）殘忍，狠毒

罪作りを為る（造孽）為る為る磨る擂る擦る摺る刷る摩る掏る

罪作りな奴だ（是個造孽的傢伙）

罪作りな話だ（說起來是造孽）

ㄗ

罪深い〔形〕罪孽深重

罪深い人人（罪孽深重的人們）人人人人

罪滅ぼし〔名〕贖罪

過去の罪滅ぼしを為る（贖以前的罪惡）為る為る磨る擂る擦る摺る刷る摩る掏る

せめてもの罪滅ぼしに（為了至少可以贖贖罪…）

手柄を立てて罪滅ぼしを為る（立功贖罪）

鑽（ㄗㄨㄢ）

鑽〔漢造〕穿孔、鑽研

研鑽（鑽研、研究）

鑽仰，讃仰，賛仰、鑽仰，讃仰，賛仰〔名、他サ〕讚仰、讚頌、敬仰

鑽孔〔名、他サ〕鑽孔、鏜孔、打眼

鑽孔カード（打眼的卡片）

鑽孔機（鑽床、鑿孔機、打眼機）

鑽孔機（〔機〕鑽機、鑽床、鑿孔機=ボール盤）

鑽、鏨、田金〔名〕鋼鑿、鑽刀。（鍛造用的）剁刀

鑽る〔他五〕鑽木（取火）、用火鐮打火

火を鑽る（鑽木取火、用火鐮打火）

着る〔他上一〕（穿褲鞋襪時用穿く）穿（衣服）。〔舊〕穿（和服裙子）←→脱ぐ、承受，承擔

着物を着る（穿衣）

洋服を着る（穿西服）

新調の服を着て見る（穿上新做的西服試一試）

着物を着た儘で眠る（穿著衣服睡覺）

外套は何卒着た儘で（請不要脫大衣）

袴を着た事が無い（從沒穿過和服裙子）

罪を着る（負罪）

人の罪を着る（為人負疚）

恩を着る（承受恩情）

人の好意を恩に着る（對別人的好意領情）

笠に着る（依仗…的權勢〔地位）

切る、斬る、伐る、截る〔他五〕切，割，剁，斬，殺，砍，伐，截，斷，剪，鑿、切傷，砍傷、切開，拆開、剪下，截下、修剪、中斷，截斷，掛上、限定，截止、甩掉，除去，瀝乾、（撲克）洗牌，錯牌，攤出王牌、衝破，穿過、打破，突破、（網球或乒乓等）削球，打曲球。〔數〕截開，切分、（兩圓形）相切、扭轉，拐彎。〔古〕（用整塊金銀）兌換（零碎金銀），破開

〔接尾〕（接動詞連用形）表示達到極限、表示完結，罄盡（作動詞用通常寫切る、受格是人時也寫作斬る、是木時寫作伐る、是布紙等也寫作截る）

肉を切る（切肉）

庖丁で野菜を切る（用菜刀切菜）

首を切る（斬首、砍頭）

腹を切る（切腹）

木を切る（伐木、砍樹）

縁を切る（離婚、斷絕關係）

親子の縁を切る（斷絕父子關係）

手を切る（斷絕關係〔交往〕）

薄く切る（薄薄地切）

細かく切る（切碎）

短く切る（切短）

二つに切る（切斷、切成兩個）

鋏で切る（用剪子剪）

髪を切る（剪髮）

切符を切る（剪票）

石を切る（鑿石頭）

ナイフで指を切る（用小刀把手指切傷）

斧で右足を切った（用斧頭把右腳砍傷）

肩先を切られる（肩膀被砍傷）

ガラスの破片で手を切られる（守備玻璃碎片劃傷）

肌を切る様な風（刺骨的寒風）

身を切る様な寒風（刺骨的寒風）

身を切られる思い（心如刀割一般）

布地を切る（裁剪衣服料子）

腫物を切る（切開腫包）

封を切る（拆封、拆信）

十ヤード切って呉れ（煩請剪下十碼）

縄を少し切って呉れ、長過ぎるから（繩子太長請將它剪掉一點）

小切手を切る（開支票）

爪を切る（剪指甲）

木の枝を切る（修剪樹枝）

言葉を切る（中斷話題、停下不說）

スイッチを切る（關上開關）

ラジオを切る（關上收音機）

テレビを切る（關上電視機）

電話を切る（掛上電話聽筒）

一旦切って御待ち下さい、番号が違っていますから（號碼錯了請暫時掛上聽筒稍等一下）

電話を切らずに置いて下さい（請不要掛上聽筒）

日限を切る（限定日期）

日を切って回答を迫る（限期答覆）

出願受付は百人で切ろう（接受申請到一百人就截止吧！）

先着順十名で切る（按先到的順序以十人為限）

小数点以下一桁で切る（小數點一位以下捨掉）

露を切る（甩掉露水）

野菜の水を切る（甩掉蔬菜上的水）

濡れた箒の水を切る（甩掉濕掃把上的水）

米の水を切る（瀝乾淘米水）

トランプを切る（洗牌）

さあ、切って下さい（來請錯牌）

切札を切る（攤出王牌）

スペードで切る（用黑桃蓋他牌）

先頭を切る（搶在前頭、走在前頭）

船が波を切って進む（船破浪前進）

空気を切って飛んで来る（衝破空氣飛來、凌空飛來）来る来る

乗用車が風を切って疾走する（小轎車風馳電掣般地飛馳）

肩で風を切る（急速前進、奮勇前進）

行列を切る（從行列橫穿過去）

直線一が円零を切る（〔數〕直線一穿過圓零）

十字を切る（畫十字）

元を切って売る（虧本出售）売る得る得る

百メートル競走で十秒を切る（百米賽跑打破十秒）

球を切る（削球、打曲球）球玉弾珠魂霊

三角形の一辺を等分に切る（把三角形的一邊等分之）

A円がB円を切る（A圓和B圓相切）

ハンドルを切る（扭轉方向盤）

舵を左に切る（向左轉舵）

カーブを切る（拐彎、轉彎）

弱り切る（衰弱已極、非常為難）

疲れ切っている（疲乏已極）

腐り切った資本主義（腐朽透頂的資本主義）

読み切る（讀完）

言い切る（說完）

思い切る（死心，斷念、毅然下決心）

夜の明け切らない中から仕事に掛かる（天還沒亮就出工）

小遣いを使い切る（把零用錢花光）

全部は入り切らない（裝不下全部）

人民は政府を信頼し切っている（人民完全信賴政府）

切っても切れぬ（割也割不斷、極其親密）

切っても切れぬ関係（脣齒相依、息息相關、難分難解的關係）

切っても切れぬ間柄（脣齒相依、息息相關、難分難解的關係）

広範な民衆と切っても切れない繋がりが有る（和廣大民眾血肉相連）

口を切る（開口，開封、帶頭發言，先開口說話）

首を切る（砍頭，斬首、撤職，解雇）

札片を切る（隨意花錢、大肆揮霍）

白を切る（裝作不知道）白不知

堰を切った様に（像決堤一般、像洪水奔流一般、像潮水一般）

啖呵を切る（說得淋漓盡致、罵得痛快淋漓）

見えを切る（〔劇〕〔演員在舞台上〕亮相、擺架子，矯揉造作、故作誇張姿態，假裝有信心勇氣）

鑽火、切り火，切火〔名〕鑽木取的火、用火鐮打出的火、（出門旅行時為怯除不祥）用火鐮替人或東西打上的火花

切り火を切る（用火鐮打上火花-以怯除不祥）

纂（ㄗㄨㄢˇ）

纂〔漢造〕收集（=集める）

纂述〔名〕纂述（收集資料著述）

纂録〔名〕集錄（的東西）

尊（ㄗㄨㄣ）

尊〔漢造〕貴重，尊貴←→卑、（作接頭詞用表示敬稱）尊、（用於神戶及身分高的人名）可尊敬的存在

自尊（自尊，自重、尊大，自尊自大）

至尊（至尊，至貴、至尊之人，皇帝，天皇）

世尊（〔佛〕〔釋迦的尊稱〕世尊=釈迦）

三尊（三尊-主君、父、師、〔佛〕弘法僧）

釈尊（釋迦牟尼的尊稱）

不動尊（不動明王=不動明王）

尊意〔名〕尊意、貴意、高見（=御気持、御意志）

尊意を伺う（請問尊意）伺う窺う覗う

尊影〔名〕玉照、肖像

尊家〔名〕府上、尊府、貴府（=御宅）

御尊家の隆盛を祈ります（祝府上繁榮）

尊簡、尊翰〔名〕尊函、貴函、大札（=御手紙）

尊書〔名〕尊函（=尊簡、尊翰）

尊顔〔名〕尊顏、尊範、芝宇（=御顔）

尊顔を拝する（拜見尊顏）拝する配する廃する排する

尊顔を接する（拜見尊顏）接する節する摂する

尊兄〔名〕令兄

〔代〕（男性朋友或熟人間的尊稱）仁兄

尊兄に宜しく（請代問令兄好）

尊兄の御活躍を祈ります（敬祝仁兄努力奮鬥）

尊敬〔名、他サ〕尊敬、恭敬、敬仰

尊敬を受ける（受到尊敬）

尊敬を払う（尊敬）払う祓う掃う

彼は尊敬に値する人物だ（他是值得尊敬的人物）

尊敬語（敬語）

尊敬表現（表示尊敬的敘述方式）

尊見〔名〕高見

尊厳〔名、形動〕尊嚴

人間の尊厳（人的尊嚴）

尊厳を保つ（保持尊嚴）

尊厳が犯される（尊嚴受到侵犯）犯す侵す冒す

尊厳な態度で対する（以尊嚴的態度對待）

法の尊厳を傷付ける（有損法律的尊嚴）法法則

尊公〔名〕〔敬〕足下（=貴公）

是非尊公に御出でを願い度い（務請足下光臨）

尊号（そんごう）〔名〕尊號、尊稱（主要用於天皇、皇后等的稱號）

尊者（そんじゃ）〔名〕長輩（=目上の人）。〔佛〕高僧

尊称（そんしょう）〔名〕尊稱、敬稱

尊称を奉る（奉以尊稱）

尊攘（そんじょう）〔名〕尊王攘夷（明治維新前主張擁護皇室、排斥西方的政治思想）（=尊王攘夷）

尊攘派の志士（尊王攘夷派的志士）

尊信（そんしん）〔名、他サ〕崇信、信仰、信奉

神仏を尊信する（信奉神佛）

尊崇（そんすう）〔名、他サ〕尊崇、尊敬

神仏に対する尊崇の心（尊崇神佛之心）

尊前（そんぜん）〔名〕尊前（神佛或貴人的面前）（=御前）

尊像（そんぞう）〔名〕尊像（神佛或貴人的雕像或畫像）

孔子の尊像（孔子像）

尊属（そんぞく）〔名〕〔法〕尊親屬、長輩親屬

直系尊属（直系尊親屬）

傍系尊属（旁系尊親屬）

尊属殺人（殺害直系長輩親屬）

尊属親（長輩親屬）

尊体（そんたい）〔名〕尊體，貴體（=御体）。〔敬〕肖像（=御肖像）

尊大（そんだい）〔名、形動〕尊大、驕傲自大

尊大の態度を取る（驕傲自大）取る摂る撮る盗る採る獲る捕る執る

尊大振る（自高自大）

尊大に構える（妄自尊大、擺架子）

尊台（そんだい）〔代〕台端、尊右（=貴方、貴台）

尊宅（そんたく）〔名〕尊府、貴宅、府上（=御宅）

明朝御尊宅に御伺い致します（明晨到府上拜訪）

尊長（そんちょう）〔名〕尊長、長上（=目上）

尊重（そんちょう）〔名、他サ〕尊重、重視

世論を尊重する（重視輿論）世論世論世論

他人の意見は尊重す可きである（應當尊重他人的意見）

此の方面の技術は余り尊重されていない（這方面的技術不大受到重視）

尊邸（そんてい）〔名〕〔敬〕尊府、貴府

尊堂（そんどう）〔名〕尊府、貴府（=尊宅）

〔代〕台端、閣下（=貴方様）

尊王、尊皇（そんのう、そんのう）〔名〕尊王、尊皇室

尊王の志の厚い人（尊王心篤的人）厚い熱い暑い篤い

尊王攘夷（尊王攘夷-明治維新前主張擁護皇室、排斥西方的政治思想）（=尊攘）

尊卑（そんぴ）〔名〕尊卑、尊貴與卑賤

上下尊卑の別（尊卑上下之別）上下上下上下上下

尊父（そんぷ）〔名〕令尊、尊大人

御尊父様も御変り御座いませんか（令尊也好嗎？）

尊母（そんぼ）〔名〕令堂（=母御）

尊名（そんめい）〔名〕尊名、大名（=御名前、芳名）

御尊名を御記入下さい（請寫上尊姓大名）

御尊名は予て彼より承って居ります（從他那裏早已久仰大名）予て兼て

尊命（そんめい）〔名〕遵命、台命、遵囑

尊容（そんよう）〔名〕尊容、尊顏（=尊顔）

尊容に接し喜びで一杯です（得見尊容十分欣慰）

尊容を拝する（拜見尊容）拝する排する廃する配する

尊来（そんらい）〔名〕駕臨、光臨（=御出で、御越し）

尊覧（そんらん）〔名〕尊覽、高覽、台覽（=御高覧）

尊慮（そんりょ）〔名〕尊慮、錦懷（=御考え）

尊霊（そんれい）〔名〕尊靈、靈魂（=御霊）

尊、命（みこと、みこと）〔名〕〔古〕對神或貴人的敬稱（多放在名字下面）

御言、命（みこと、みこと）〔名〕〔古〕詔、旨意、上諭（=仰せ、詔，勅）

尊ぶ、貴ぶ（たっとぶ、たっとぶ）〔他五〕尊貴，尊重（=貴ぶ、尊ぶ）、尊敬，欽佩

命より名を貴ぶ（名譽比生命還貴重）

兵は神速を貴ぶ（兵貴神速）

ㄗ

謀は密為るを貴ぶ（謀略貴在守密）

尊い、貴い〔形〕珍貴的，貴重的，寶貴的（=貴い、尊い）、高貴的，尊貴的

非常に貴い（非常珍貴）

金に代えられない程貴い品（不能以金錢計算的珍貴品）

貴い御方（貴人）

貴い家柄（高貴的門第）

其の気持が貴い（那種心情可貴）

尊ぶ、貴ぶ〔他五〕尊重，尊敬，崇敬，恭敬（=貴ぶ、尊ぶ）、重視，珍重（=重んじる）

年長者を貴ぶ（敬老）

人権を貴ぶ（尊重人權）

人材を貴ぶ（重視人材）

時間を貴ぶ（珍惜時間）

少数の意見を貴ぶ（重視少數人的意見）

尊む、貴む〔他五〕尊重，尊敬，崇敬，恭敬（=貴ぶ、尊ぶ）、重視，珍重（=重んじる）

尊い、貴い〔形〕〔舊〕珍貴的，寶貴的，貴重的（=貴い、尊い）、尊貴的，高貴的，值得尊敬的

貴い国宝（珍貴的國寶）

貴い体験（珍貴的體驗）

古代人の生活を研究する貴い資料（研究古代人生活的珍貴資料）

森林は国家の貴い宝である（森林是國家寶貴的財富）

貴い犠牲（值得敬重的犧牲）

貴い御方（高貴的人值得尊敬的人）

樽（ㄗㄨㄣ）

樽〔漢造〕木製酒桶

酒樽（酒桶、盛酒的木桶）

樽俎〔名〕樽俎、宴會（席上）

樽俎の間に折衝する（宴會之間進行談判）

樽俎折衝の巧みな人（善於在酒席宴間進行談判的人）

樽〔名〕（裝酒、醬油等的）帶蓋的圓木桶。〔轉〕酒量

醤油樽（醬油桶）足る

酒樽（酒桶）

貴様の樽は知っている（你的酒量我知道）

樽入り〔名〕桶裝

樽入りのビール（桶裝的啤酒）

樽柿〔名〕裝在空酒桶裡靠酒氣樽的柿子

樽酒〔名〕桶裝酒

樽蛹〔名〕〔動〕圍蛹

樽詰め〔名〕桶裝

樽詰めに為る（用桶裝）摩る刷る擂る磨る掏る摺る

樽詰めに為て送る（用桶裝發送）送る贈る

樽拾い〔名〕（到顧客家收檢空酒桶的）酒店學徒

樽御輿〔名〕用酒桶製成的神轎（=樽天王）

遵（ㄗㄨㄣ）

遵〔漢造〕遵照（=遵う）

遵守〔名、他サ〕遵守

憲法を遵守する（遵守憲法）

師の教えを遵守する（遵守老師的教導）

遵奉〔名、他サ〕遵守

国法を遵奉する（遵守國法）

師の教えを遵奉する（遵守老師的教導）

遵法、順法〔名〕守法、遵守法律

遵法精神が有る（有守法精神）有る在る或る

遵法闘争（守法鬥爭-資本主義國家勞資鬥爭方法之一、工人在守法範圍內降低工作效率的鬥爭法）

従う、随う〔自五〕跟隨、聽從、服從、遵從、順從、伴隨、仿效

先生に従って山を登る（跟著老師登山）

情欲を理性に従わせる（使情慾服從理性）

無理に従わせる（強硬服從）

心の欲する所に従う（隨心所欲）

草が風に従う（草隨風動）

実力に従って問題を与える（按照實力出題）

君の意見に従って行動する（按造你的意見行事）

時代の流行に従う（順應時代的流行）

年を取るに従い物分りが良くなる（隨著年齡增長對事物的理解也好多了）

登るに従って道が険しくなる（越往上爬路越陡）

河に従って曲る（順河彎曲）

古人の筆法に従って書く（仿照古人筆法書寫）

鱒（ㄗㄨㄣ）

鱒〔漢造〕鱒魚

鱒〔名〕〔動〕鱒魚

川鱒（河鱒魚）

海鱒（海鱒魚）

鱒の棲む流れ（鱒魚棲息的河流）棲む住む澄む清む済む

鱒釣りに行く（去釣鱒魚）行く往く逝く行く往く逝く

升、枡〔名〕（液體、穀物等的）量器，升，斗（木製或金屬製有方形或圓筒形）、（升斗量的）分量（=枡目）、（管道連接處的）箱斗、（劇場等正面前方隔成方形的）池座、（舀浴池水用的）水斗，舀斗

一升枡（升）枡斗鱒

一斗枡（斗）

五リットル枡（五公升量器）

不正枡（非法的升斗-小於或大於法定標準的升斗）

枡掻き（刮斗用的斗板）

枡で量る（用升斗量）

枡で量る程有る（多得車載斗量）

枡が十分です（分量足）

枡が足りない（分量不足）

枡で芝居を見る（坐在池座看戲）

斗〔名〕〔建〕斗拱（=枡形）

鱒之介、鱒の介〔名〕〔動〕大鱗大馬哈魚

噂（ㄗㄨㄣˇ）

噂〔漢造〕聚談、多話

噂〔名、他サ〕（關於某人某事的）談論，閒談、（社會上的）傳說，風聲，風言風語

世間の噂（街頭談論）

彼の噂を為るな（別談論他的事情啦！）摺る掏る磨る擂る摺る刷る摩る擦る

何時も君の噂許りしている（常常談到〔掛念〕你）

噂が立つ（風傳、有風聲、風言風語）立つ截つ断つ経つ建つ絶つ発つ裁つ起つ

噂を立てる（放空氣、放出風聲、散布某種傳說）立てる起てる裁てる発てる絶てる建てる経て

噂を立てられる（說閒話）

噂が広まった（消息傳開了、傳說著一個消息）

噂に聞けば（風聞…、傳聞…）聞く聴く訊く利く効く

噂に依れば（風聞…、傳聞…）依る拠る因る由る寄る縁る選る縒る撚る

噂に聞いた（風聞、小道聽來的）

噂を耳に為た丈でも逃げ隠れて終う（聞風逃脫、望風逃竄）終う仕舞う

根も葉も無い噂（毫無根據的謠言）

人の噂も七十五日（謠言只是一陣風-不久就會被遺忘）

噂を為れば影（が差す）（說曹操曹操就到）差す指す鎖す注す射す刺す挿す

噂話し〔名〕談論，閒話、謠言

世間の噂話し（街頭談論）

嘘〔名〕謊言，假話（=偽り、空言）、錯誤，不正確（=誤り、間違い）

（以…のは嘘だ的形式）不恰當，不對頭

嘘を吐く（說謊）吐く吐く付く附く漬く撞く搗く就く衝く憑く着く突く尽く

嘘を吐け（你撒謊！你胡扯！別胡說了！）

嘘を言え（你撒謊！你胡扯！別胡說了！）言う謂う云う

ど偉い嘘（彌天大謊）

真赤な嘘（純粹假話、徹徹底底的謊言）

見え透いた嘘（明顯的謊言）

最もらしい嘘（若有其事的謊言）最も尤も

罪の無い嘘（沒有惡意的謊言、善意的謊言）

嘘の様な高値（難以置信的高價）

嘘の皮を引ん剥く（拆穿西洋鏡）

嘘を言ったり騙したりする（爾虞我詐）

嘘を暴く（拆穿謊言）暴く発く

天気が嘘の様に晴れ上がった（天氣難以置信地一下子放晴了）

嘘にも程が有る（說謊話也要有一個限度）

此の答は嘘だ（這個答案是錯誤的）

嘘字（錯字、別字）

今、此を買わないのは嘘だ（現在不買將來就要吃虧）

其の手で行かなくては嘘だ（你不那樣做就不應該了）

嘘から出た真（弄假成真）真実誠信允慎

嘘も方便（說謊有時候也是一種權宜之計）

宗、宗（ㄗㄨㄥ）

宗（也讀作宗）〔漢造〕正宗、宗室、表率，師法、為，首長、祖宗、崇尚、（讀作宗）宗教，宗派

詞宗、詩宗（大詩人，詩文大家，詞的泰斗、對詩〔詞〕人的敬稱）

宗家、宗家〔名〕宗家、本家、本支（=本家、家元）←→分家

表千家の宗家（〔茶道〕表千家本支）

観世流の宗家（〔能樂〕觀世流的本支）

宗室〔名〕宗室、皇室

宗社〔名〕〔古〕宗廟和社稷、國家

宗主〔名〕宗主

宗主権（宗主權）

宗主国（宗主國）

宗匠〔名〕（和歌、俳句、茶道等的）老師、師傅

宗族〔名〕宗族（=一族、一門）

宗太鰹〔名〕〔動〕扁頭鰹

宗廟〔名〕宗廟

宗〔名、漢造〕宗門、宗派、宗教、宗旨

日蓮宗（〔佛〕日蓮宗）

彼は我が宗の徒だ（他是我們宗派的人）

八宗（〔佛〕佛教的八個宗派-俱舍、成實、律、法相、三論、華嚴、天台、真言）

八宗兼学（八宗兼學、博學多識）

律宗（〔佛〕律宗-八宗之一）

禅宗（〔佛〕禪宗）

真宗（〔佛〕真宗-鎌倉時代由淨土宗分出的佛教的一派、以親鸞為始祖）

法華宗（〔佛〕法華宗-廣義包括天台宗，日蓮宗、狹義指日蓮宗的本成寺派）

囚〔名、漢造〕囚禁、囚犯（=囚われ）

囚を解く（解除囚禁、釋放）解く説く溶く梳く

幽囚（幽囚、囚犯）

俘囚（俘囚、俘虜=虜、擒）

虜囚（俘虜=虜、擒）

死刑囚（死囚、死刑罪犯）

長期囚（長期囚犯）

脱獄囚（越獄罪犯）

州〔名〕（聯邦國家的）州

〔漢造〕（古行政區劃）州、（聯邦國家的）州、接在人名下表示愛稱、大陸（與洲通）

州の法律（州的法律）

武州（武蔵国）

和州、倭州（大和国）

野州（下野国）

オハイオ州（俄亥俄州）

ミシガン州（密西根州）

欧州（歐洲）

アジア州（亞洲）

秀〔名、漢造〕（最高分數的）秀、優秀，卓越

秀、優、良、可（秀、優、良、及格）

習字に秀と評が付いていた（習字評為秀）付く附く漬く就く点く撞く尽く憑く衝く突く搗く

俊秀（佼佼者、卓越的人才）

優秀（優秀）

閨秀（閨秀、有文學藝術才能的婦女）

周〔名〕周，圈、周圍（=周り，回り，廻り、周り，巡り，廻り，回り）。〔史〕（中國）周朝。〔數〕周

〔漢造〕周，周圍、完備、全，普遍、周年

グラウンドを二周する（繞操場兩圈）

此の公園は一周で五キロメートル有る（繞這公園一周有五公里）

湖の周を測る（測量湖的四周）

円周（圓周）

外周（外周、外圍、外圈）

内周（內側周長、內層的一圈）

臭〔名、漢造〕（不好的）氣味（=臭い、臭み）、習氣，作風（=感じ）

刺激臭が有る（有刺鼻的味道）

臭気紛紛（氣味沖鼻）

脱臭剤（去臭劑）

官僚臭が強い（官僚習氣大）

彼は未だ学生臭が抜け切らない（他還沒有完全擺脫學生習氣）

悪臭（惡臭、難聞的氣味）

体臭（體臭，身體的氣味、獨特風格或氣氛）

異臭（異臭、怪味）

遺臭（野獸的遺臭、臭跡）

俗臭（俗氣、粗俗）

刺激臭（刺鼻的味道）

瓦斯臭（瓦斯味）

役人臭（官架子）

貴族臭（貴族習氣）

週〔名〕星期

〔漢造〕星期、一圈

来週の今日（下週的今天）

毎週、掃除当番が回って来る（每天輪到衛生值日）

此の部屋代は週二十ドルです（這房間的房租每週二十美元）

一、二週後の金曜日に又彼が遣って来た（在一兩個星期之後的星期五他又來了）

此の工場では週四十時間五日制です（這工廠是五日工作制每週工作四十小時）

一週（一星期、滿七天）

毎週（每星期）

隔週（每隔一週）

先週（上星期）

前週（上星期）

来週（下星期）

来週中（下星期內）

今週（本星期）

今週中（整個這一星期）

衆〔名〕眾多，眾人、一夥人

〔漢造〕（也讀作衆）眾多，眾人、〔佛〕（〝僧伽〞的譯語）眾僧

衆を頼む（恃眾）頼む恃む

衆を率いる（率眾）

衆に勝る力量（勝過眾人的力量）勝る優る

衆に抜きんでる（出眾）抜きんでる抽んでる擢んでる

若い衆（年輕的人們）

（御）子供衆（孩子們）

大衆（〔佛〕眾僧徒，眾生〔=大衆〕、大眾，群眾）

大衆、大衆（〔佛〕眾僧徒，眾生）

群衆（群眾、人眾）

観衆（觀眾〔=見物人〕）

聴衆（聽眾）

民衆（民眾、大眾、群眾）

集〔名、漢造〕集、聚集

第一集（第一集）

書簡集（書信集）

歌を集に纏める（把詩歌輯成歌集）

群集、群聚（群集、聚集）

蒐集、収集（收集、搜集）

採集（採集、收集）

召集（召集）

招集（招集、招募）

雲集（雲集）

結集（集結、集聚、集中）

経史子集（中國古典書籍分類、經-儒家經典、史-歷史地理、子-諸子百家、集-詩文）

総集（總集）

別集（別集）

文集（文集）

全集（全集）

前集（前集）

後集（後集）

呼集（呼集、招集）

選集（選集）

撰集（撰集）

歌集（歌集、詩集）

句集（俳句集）

詩集（詩集）

随筆集（隨筆集）

作品集（作品集）

用例集（用例集）

醜〔名、漢造〕醜，醜陋←→美、形形色色

醜、言う可からず（醜不可言）

容貌の美と醜を問わない（不論容貌美醜）

大衆の前に醜を曝す（當眾出醜）

美醜（美醜）

襲〔漢造〕襲擊、世襲

来襲（前來襲擊）

強襲（強襲、猛攻）

夜襲（夜襲）

奇襲（奇襲、偷襲）

空襲（空襲）

世襲、世襲（世襲）

踏襲、蹈襲（承襲、繼承）

因襲、因習（因習、因襲、舊習慣）

宗規〔名〕宗規、各教派的規章

宗規を盾を取って破門を命ずる（以宗規為藉口逐出宗門）

宗義〔名〕〔佛〕宗門的教義

宗教〔名〕宗教

宗教を興す（興辦宗教）興す起す熾す

宗教を信じる（信教）

宗教を禁じる（禁止宗教）

宗教家（宗教家）

宗教改革（〔史〕宗教改革 - 1517 年）

宗教劇（宗教劇）

宗教団体（宗教團體）

宗教心（宗教心）

宗教裁判（〔史〕宗教審判）

宗教音楽（宗教音樂）

宗教学（宗教學）

宗教教育（宗教教育）

宗教史（宗教史）

宗教心理学（宗教心理學）

宗教戦争（宗教戰爭）

宗教法人（宗教法人）

宗教民族学（宗教民族學）

宗旨〔名〕（某宗教的）教旨，中心教義、（某宗教內的）派別，宗派。〔轉〕（個人的）主義，趣味，愛好，行道

宗旨が簡単で分り易い（教義簡單易懂）

彼の家と私の家は宗旨が違っている（那家和我家所信仰的不是一個宗派）

私達は仏教信者だが宗旨が違う（我們雖然都信佛教但宗派不同）

宗旨を変える（改宗、改行、改變趣味）変える替える換える代える帰る返る還る孵る蛙

宗旨を同じくする人（愛好相同的人）

彼の人は物理だし、私は文学だし、全く宗旨が違う（他學物理我學文學趣味完全不同）

前にはテニスを遣っていたが、近頃はゴルフに宗旨を変えている（以前愛好網球最近變了愛玩起高爾夫球來了）

宗旨変え（改宗、改變趣味）

神道から耶蘇教に宗旨変えを為た（從神道改信耶穌教）

宗政〔名〕〔佛〕宗政、宗門內的行政

本山が末寺を統一する宗政（總寺院統管分寺院的宗政）

宗祖〔名〕〔佛〕（某宗派的）開山祖

真言宗の宗祖（真言宗的開山祖）

宗徒〔名〕〔佛〕信徒

日蓮宗の宗徒（日蓮宗的信徒）

宗徒〔名〕〔古〕主要人物、核心人物

宗派〔名〕宗派，教派、流派

宗派の争い（宗派之爭）

貴方の御宗派は（您信的宗派是什麼？）

ルーテル教会派は新教の中の一つ宗派だ（路德教會派是新教中的一個宗派）

宗風〔名〕〔佛〕宗風，一宗的風俗、（某種技藝的）派風，一派的傳統

宗法〔名〕〔佛〕宗規、宗門的法規

宗務〔名〕〔佛〕宗務、宗教事務

宗務の為海外へ渡る（為宗教事務到外國去）渡る渉る亘る

宗務所（宗教事務辦公室）

宗門〔名〕〔舊〕宗旨、宗派、（某宗教的）教團

宗門改め、宗門改（〔江戶時代為禁止耶穌教所施行的〕宗教調查-挨戶進行調查、並責令所屬寺院證明是佛教信徒、編制表冊報呈〝寺社奉行〞）

宗門改め帳（〔報請〝寺社奉行〞備案的〕宗教調查簿）

宗論〔名〕〔佛〕宗派間的爭論、教義上的爭論

各派の間に宗論が取り交わされる（各宗派間掀起爭論）間間間

宗論は何方負けても釈迦の恥（〔川〕柳宗派莫爭論輸了都給佛丟臉）何方何方何方

宗、旨〔名〕（常用…を旨と為る的形式）以…為宗旨

節約を旨と為る（以節約為宗旨）

服装は質素を旨と為る（服裝最好要樸素）

文章は簡潔を旨と為る（文貴簡潔）

正直を旨と為可し（應以正直為宗旨）宗旨棟胸

旨〔名〕意思、要點、大意、趣旨

御話の旨は良く分りました（您說的意思我完全明白了）

此の旨を貴方から彼に伝えて下さい（請你把這個意思轉告給他）

母から上京する旨の手紙が来た（母親來信說要來京）

社長の旨を受けて行動する（稟承經理的意旨行事）

棟〔名〕屋脊，房頂、大樑、刀背

〔接尾〕（數房屋的助數詞）棟、幢

棟が別に為っている（另成一棟、分成兩棟）

五棟（五棟）

一棟に十世帯が住む（一棟房子住十戶人家）

宗と〔名〕〔古〕（漢字常寫作宗徒）主要人物，核心人物（以宗との的形式)主要的 首要的。

〔副〕為主，為要，主要、為首，作為大將，作為首領

宗との大名（主要的諸侯）大名大名

宗との者共（重要人物）

延命、息災を宗として(以延壽消災為主)

棕、棕（ㄗㄨㄥ）

棕〔漢造〕棕櫚（椰子科的常綠高木）

棕櫚〔名〕〔植〕棕櫚

棕櫚油（棕櫚油）油 油 脂 膏

棕櫚核油（棕櫚仁油）

棕櫚箒（棕櫚掃把）

棕櫚竹（棕櫚竹-觀賞用）

踪（ㄗㄨㄥ）

踪〔漢造〕（同蹤）足跡

踪跡〔名〕蹤跡、蹤影、行蹤

踪跡を晦ます(隱匿蹤跡)晦ます暗ます眩ます

踪跡不明（行蹤不明）

総（總）（ㄗㄨㄥˇ）

総〔漢造〕總括、總攬、全體、全部、(舊地方名）上總國（=上総の国），下總國（=下総の国）

総じて〔副〕總之、一般說來、通常、概括地

婦人や子供は総じて甘い物が好きだ（婦女和小孩一般說來都愛吃甜的）人人人人

総じて彼のクラスの人人は積極性に欠けている（一般說來那一班的人積極性差）

総揚〔名〕（把能招來的藝妓）全部招來作樂

総圧〔名〕〔理〕總壓力、總壓強

総当たり、総当り〔名〕〔體〕循環賽，聯賽、(沒有空簽）都能得獎（的抽獎等）

将棋の順位は総当たり制だ（象棋的名次是按循環賽制）

大相撲は総当たり戦に為った（相撲大會進入聯賽階段）

空籤無しの総当たり大景品付き（統統大獎的大贈品）

総意〔名〕全體的意見、輿論

全員の総意を決定する（由全體人員的意見來決定）

国民の総意を問う（數諸國民的公斷〔輿論〕）

総入れ歯〔名〕滿口假牙

総入れ歯に為る(裝滿口假牙)為る為る摩る刷る擂る磨る磨る擂る掏る

総義歯〔名〕滿口假牙（=総入れ歯）

総員〔名〕全體人員（=全員）

此のクラスは総員五十名だ（這個班共有五十人）

明朝六時に総員集合の事(全體人員務必明晨六點集合）明朝明朝明朝

総裏〔名〕（上衣裡子）全裡子（區別於半截裡子）（=総裏付き）

総益（金）〔名〕總利潤、毛利

五百万円の総益（金）を上げた（獲得總利潤五百萬日元）上げる揚げる挙げる

総嫁、惣嫁〔名〕（江戶時代）街頭的妓女、野雞（=辻君）

総会〔名〕總會、大會、全會

生徒総会（學生大會）

役員総会（全體幹事會）

国連総会（聯合國大會）

民主党第十一期中央委員会第三回総会（民主黨第十一屆中央委員會第三次全體會議）

総会屋（股東會上的混蛋-持有少數股票出席股東會進行搗亂或從公司方面領取金錢以阻止股東的正當發言的人）

総仮名〔名〕（不用漢字）全部用假名寫

総掛り，総掛かり、総懸り，総懸かり〔名〕全體出動，全員出動、總攻擊。〔舊〕總費用，所需費用的總額

総掛りで早く遣って終おう（全體出動快點做完吧！）

家内中総掛りで其の準備を為た（全家一起動手作了準備）

総画〔名〕（一個漢字的）總筆畫數

総画索引（筆畫索引、筆畫檢字）

総額〔名〕總額、全額、總數

予算総額（預算總額）

総額百万円に上る（總額達一百萬日元）上る登る昇る

総括〔名、他サ〕總括、總結

経験を総括する（總結經驗）

総括的に言って、今年は気温が低い（大致說來今年氣溫低）

総括的な判定を下した（下了總評語）

総括質問（綜合質疑）

総括責任者（總負責人）

総括運賃（總共的運費）

総轄〔名、他サ〕總轄、總管

事務を総轄する（總管事務）

総柄〔名〕（衣服）全身都是花的

総柄の着物（全身都是花的和服）

総皮、総革〔名〕全部用皮革作的

総皮ジャンパー（皮夾克）

総監〔名〕（警察的）總監、總管（的官職）

警視総監（警視總監）

総勘定〔名〕總結算

総記〔名〕（圖書分類法）總論類（指百科辭典、報紙、雜誌類）、總論

総鰭類〔名〕〔動〕空棘亞目（在中生代白亞紀已滅絕的一種化石魚、脊椎骨呈中空的管狀）

総桐〔名〕完全用桐木製的←→前桐、三方桐

総桐の箪笥（完全用桐木製的衣櫃）

総崩れ〔名〕總崩潰，總瓦解，總敗退、（比賽等）完全失敗

味方の攻撃に敵は総崩れに為った（由於我方的進攻敵軍完全崩潰了）

総軍〔名〕全軍、全軍隊

総軍の指揮を取る（指揮全軍）取る捕る獲る採る盗る撮る摂る執る

総毛立つ、寒気立つ〔自五〕毛骨悚然

見た丈でも総毛立つ（只看一眼就毛骨悚然）

総計〔名、他サ〕總計←→小計

一カ月の支出を総計する（總計一個月的支出）一カ月一ケ月一箇月一個月

総計幾等ですか（總共多少錢？）

集まった金は総計十万円に達するだろう（收齊的錢總共達十萬日元吧！）

総稽古〔名〕〔劇〕總排練（=総浚い、総浚総復習）

総浚い、総浚、総復習〔名〕總複習、（開演前一天）總彩排

総復習を為る（進行總複習、彩排）

総決算〔名、他サ〕總決算，總結算、（生活、工作等的）總結，清算

長期に亘る研究の総決算（長期研究的結果）亘る渡る渉る

総見〔名、他サ〕（團體成員）集體觀看表演

会社で催物を総見する（在公司集體看表演節目）

総合、綜合〔名、他サ〕綜合、集合←→分析

種種の説を綜合して見ると（把種總說法綜合來看）種種種種種種見る視る診る看る観る

総ての意見を綜合した上で結論を出す（把所有的意見綜合起來後下結論）

綜合雑誌（綜合性雜誌）

綜合大学（綜合性大學）←→単科大学

綜合的、総合的（綜合性的）←→分析的

綜合病院（綜合性醫院）

綜合計画（綜合計畫）

綜合メーカー（綜合製造廠）

綜合ビタミン（綜合維生素、多種維他命）

綜合病院（綜合醫院）

綜合雑誌（綜合性雜誌）

綜合芸術（綜合藝術）

綜合競技（綜合競賽）

総攻撃〔名、他サ〕總攻擊、群起而攻之

最後の総攻撃を敢行した（斷然發起最後的總攻擊）加える銜える咥える

彼の失言に対し、皆は総攻撃を加えた（對他的失言大家群起而攻之）皆 皆

総攻〔名〕總攻擊

総裁〔名〕總裁、董事長、總經理、銀行行長

副総裁（副總裁）

総裁と為る（當總裁）為る成る鳴る生る

総菜、惣菜〔名〕家常菜、副食

御総菜（家常菜）

此は御総菜に丁度良い（這正好作菜吃）良い好い善い佳い良い好い善い佳い

総菜料理（家常菜）

総索引〔名〕（全集等的）總索引、詞彙索引

総指揮〔名〕總指揮

総指揮官（總指揮官）

野外劇の総指揮を取る（擔任露天劇的總導演）取る捕る獲る採る盗る撮る摂る執る

総支出〔名〕總支出、總開支

総辞職〔名、自サ〕總辭職、全體辭職

内閣総辞職（內閣總辭職）

総仕舞〔名、他サ〕全結束，全部做完、全部賣光、全部買光、（把能招來的藝妓）全部招來作樂（=総揚）

年末の総仕舞の後で忘年会を為る（年終結束一切工作之後舉行年終慰勞會）

在庫品を総仕舞する（把庫存全部賣完）

総締め〔名〕合計，總計，總和（=総計）、總監督，總管（的人）

一年間の出費の総締めを為る（核算一年的支出）為る為る摩る刷る擂る磨る擂る掏る

総収〔名〕總收入（=総収入）

総重量〔名〕總重量

総書、叢書、双書〔名〕叢書（=シリーズ）

整理して叢書と為て出版する（整理之後當作叢書出版）

総称〔名、他サ〕總稱

彫刻、絵画、建築等を総称して造型美術と言う（雕刻繪畫建築等總稱為造型藝術）

松、杉、樅を総称して針葉樹と言う（松樹杉樹樅樹總稱為針葉樹）言う云う謂う

総状〔名〕〔植〕總狀

総状花序（總狀花序）

総司令官〔名〕總司令官

連合軍の総司令官（盟軍的總司令官）

総身、総身〔名〕全身（=全身）

総身の力を振り絞る（使出渾身的力氣）

総身に力を込める（全身用力）込める混める籠める

大男総身に知恵が回りかね（個子大頭腦簡單）

総帥〔名〕總帥、統帥

軍の総帥と為て功績が有った（作為全軍的統帥有功）有る在る或る

総数〔名〕總數

人口の総数（人口的總數）

総数一百に為る（總數達一百）

総数幾等に為るか（總數是多少？）

総すかん〔名〕〔俗〕被周圍所有的人討厭（或反對）

総すかんを食う（受到周圍的人的厭惡〔反對〕）食う喰う

彼の提案は総すかんを食った（他的提案遭到了大家的反對）食らう喰らう

総勢〔名〕（軍隊團體球隊等的）全體（人員）、全員

総勢五万の大軍（總數五萬人的大軍）

彼の家に総勢八人で押し掛けた（全體一共八人闖進他家去了）

総説〔名、他サ〕（一部書的）總說、總論（=総論）←→各論

総説を読む（讀總論）読む詠む

本書の内容に就いて総説する（總論本書的內容）

総論〔名〕（書的）總論←→各論

化学総論（化學總論）

総論から各論に入る（從總論進入各論）入る入る

総選挙〔名〕總選舉、大選

総選挙を行う（舉行大選）

総則〔名〕（法規的）總則、總章←→細則

総体〔名〕總體、全體、全局

〔副〕一般說來，總括說來、〔俗〕本來，原來

総体に気を配る（注意全局）

此のクラスは総体に良く出来る（這一班整體說起來成績都很好）

総体、御前が学者等に為れると思うのが間違いだ（你以為自己可以當學者本來就是錯誤的）

総代〔名〕總代表、全體的代表

卒業生総代（畢業生代表）

総代の資格で発言する（以全體代表的資格發言）

学級総代を選挙する（選舉年級代表）

総名代〔名〕總代表、全體的代表（=総代）

総代理人〔名〕總代理人、總代理商

総退却〔名、自サ〕總退卻

敵軍は総退却中である（敵軍正在總退卻）

総大将，惣大将、総大将，惣大将〔名〕總司令官、頭子，頭目，領袖，首領（=ボス）

総高〔名〕總額

一日の売り上げ総高（一天的售貨總額）
一日一日一日一日

総立ち〔名、自サ〕（因驚訝或激動、在座的人）全體一齊站起來

満場総立ちと為って喜ぶ（全場起立歡呼）喜ぶ慶ぶ歓ぶ悦ぶ

聴衆は総立ちと為った（聽眾一齊站起來）為る成る鳴る生る観衆

総胆管〔名〕〔解〕總膽管

総長〔名〕總長、私立綜合大學校長、國立綜合大學校長的舊稱（或通稱）（=学長）、（暴力團）頭目

参謀総長（參謀總長）

総出〔名〕（人員）全部出來、全體出動

村民総出の大歓迎（全村出動的盛大歡迎）行く往く逝く行く往く逝く

家中総出で花火を見に行く（全家出動去看煙火）家中家中

総点〔名〕總分（數）、總得分數

総点が四百点に達する（總分達到四百分）

総統〔名〕總統

大総統（大總統）

総動員〔名、自他サ〕總動員

国家総動員（全國總動員）

一家総動員で大掃除を為る（全家總動員做大掃除）為る為る摩る刷る擂る磨る擂る掏る

総同盟罷業〔名〕總罷工、大罷工（=ゼネ、スト）

総罷業〔名〕總罷工、大罷工（=ゼネ、スト）

総督〔名〕總督

インド総督（〔史〕印度總督）インド印度

総督府（總督府）

総嘗め〔名、他サ〕（損失等）波及全部，使全體遭受損失、一一擊敗

火事で商店街は総嘗めに為れた（由於火災整個商店街全燒了）

出場者を総嘗めに為る（把出場者全部擊敗）

Aチームは相手の三チームを総嘗めした（A 隊把對方三個隊一一擊敗了）

総排出腔〔名〕〔動〕泄殖腔

総髪〔名〕留全髮（江戶時代醫生、行僧等的一種髮型）（=総髪）

総花〔名〕（客人給妓院或酒館等招待員全體的）小費、利益均霑

総花を撒く（給全體小費）撒く播く蒔く捲く巻く

彼の人の遣り方は総花式（的）だ（他的作法是利益均霑式的）

総評〔名、他サ〕總評，總評論、日本工會總評議會（=日本労働組合総評議会）

総譜〔名〕〔樂〕總譜（=スコア）、總棋譜

総分析〔名〕〔化〕全分析

総別〔副〕大概、大致、整體來說（=総じて、大凡、総て）

総苞〔名〕〔植〕總苞、花被、茵苞

総本家〔名〕（分成各種流派的）本宗

総本山〔名〕〔佛〕（統轄同一宗派各寺院的）總寺院。〔轉〕總管轄處

総本店〔名〕總店、總公司

総捲り〔名、他サ〕（原義為全部捲起）概觀，概評，總評，全面評論、徹底揭露、全部刊載

文壇総捲り（全面揭露文藝界的內幕）

総務〔名〕總務

総務に希望を申し出る（向總務提出希望）

総務部（總務處）

総務課（總務科）

総務長官（總務長官）

総元締め〔名〕總經理，總經紀人、總頭目，巨頭

彼は金融界の総元締めである（他是金融界的巨頭）

総模様〔名〕（和服）全身有花樣、滿身都是花樣（花紋）←→裾模様

総模様の訪問着（全身都是花紋的出門穿的和服）

総門〔名〕（住宅最外面的）大門、山門，禪宗寺院的大門

寺の総門から入る（從寺廟的山門進入）

総湯〔名〕（溫泉地的）共同浴池←→内湯

総覧、綜覧〔名、他サ〕總覽，通覽，綜觀、彙編

カードに依って蔵書を綜覧する（根據卡片總覽藏書）依る由る因る拠る縒る拠る縁る寄る

カタログに依って今度の商品展示を綜覧する（按目錄總覽這次的展示商品）

電子工学綜覧（電子工程匯編）

航空力学綜覧（航空力學彙編）

総攬〔名、他サ〕總攬

国務を総攬する（總攬國務）

総理〔名、他サ〕總理，內閣總理（=内閣総理大臣）、總管

総理大臣（總理大臣、內閣總理）

副総理（副總理）

国務を総理する（總理國務）

総量〔名〕總量、全部重量

総量を規制する（限制總量）

総領、惣領〔名〕頭生兒，長男，長女、總管

総領は女だ（頭胎是女兒）

総領息子（長子）

総領娘（長女）

地頭総領（庭園總管、總莊頭）

総領の甚六（傻老大、老大都顢頇）

総領事〔名〕總領事

総領事の職（總領事職位）

総領事館（總領事館）

総力〔名〕總力、全力

総力を結集する（集結全力）

国家の総力を挙げて戦う（舉全國力量而戰）挙げて揚げて上げて戦う闘う

総力戦（總體戰）

総路線〔名〕總路線

総和〔名、他サ〕總和、總計（=総計）

一から十迄の総和を出す（求出一至十的總和）

各部の支出の総和（各部分支出的總和）

総角、揚角〔名〕（古代兒童的髮型）總角。〔動〕蟶

総角の頃（總角時、幼時）

総角〔名〕（朝鮮語）〔俗〕單身漢

総角クラブ（單身漢俱樂部）

総、房〔名〕纓，穗、（花、水果的）一串。〔轉〕下垂的東西

房の付いた座布団（帶穗的坐墊）

赤い房の付いた槍（紅纓槍）

帽子に房が垂れている（帽子上垂著纓）

房飾り（飾穗）

花房、英（一串花、花蕚=蕚）

葡萄一房（一串葡萄）

乳房（乳房）

総毛、房毛〔名〕一綹頭髮，一束毛、穗，纓

総杉菜〔名〕〔植〕木賊、木賊屬

総生り、総生〔名、副〕（果實）結得滿枝、成串、成簇（=鈴生り）

葡萄が総生りに為っている（葡萄結得一串一串的）

総総、房房〔副、自サ〕成簇，簇生、（毛）密，厚

房房と為た髪（密厚的頭髮）

私はつるっ禿げだが、兄は黒髪が房房しています（我是禿頭可是哥哥是滿頭黑髮）

総楊枝、房楊枝〔名〕一頭劈成數片的牙籤

総べる、統べる〔他下一〕總括，概括、統率，統轄，統治

今御話した事を簡単に統べると、斯う為ります（簡單概括一下我剛才講的話就是這樣）

全軍を統べる（統率全軍）

其の王国では国王が国家を統べている（那個王國是由國王統治著國家）

滑る、辷る〔自五〕滑行，滑溜，打滑。〔俗〕不及格，考不上、失去地位，退位，讓位、失言，溜嘴，走筆

氷の上を滑る（滑冰）

汽車が滑る様に出て行った（火車像滑行一樣開出）

道が滑るから気を付け為さい（路滑請小心）

足が滑って転び然うだった（腳一踏滑差一點摔倒了）

バナナの皮を踏んで滑った（踩上香蕉皮打滑了）

手を滑って、持っていたコップを落とした（手一滑把拿著的玻璃杯摔落了）

試験に滑った（沒考及格）

大学を滑った（沒考上大學）

委員長を滑った（丟掉了委員長的地位）

言葉が滑る（說出不應該說的話）

口が滑る（說話溜嘴）

うっかり口が滑って然う言って仕舞った（不小心一張嘴就這麼說了）

筆が滑る（走筆寫出不應該寫的事）

滑った転んだ（嘮嘮叨叨發牢騷說長道短）

滑ったの転んだのと文句を並べる（嘮嘮叨叨發牢騷）

総て、全て、凡て、渾て、都て、惣て〔名〕一切、全部、共計；〔副〕全部、一切、整個、統統

全てを祖国に捧げる（把一切獻給祖國）

全ての点を勝っている（在各方面都勝過）

全てに亘って注意深い（對各方面都很仔細）

ㄕ

本が一円、万年筆が三円、靴が五円、全て九円の買い物を為た（書一元鋼筆三元鞋子五元總共買了九塊錢的東西）

問題は全て解決した（問題全部解決了）

全て私が悪いのです（一切都是我的不是）

全て此の調子で遣れ（一切都要照這樣做）

全て彼の調子だから困る（全部都那個樣子叫人沒辦法）

製品は全て駄目だ（製品全部不合格）

全て然り（一切皆然）

全ての道はローマに通ず（條條大路通羅馬、比喻殊途同歸）

粽（ㄗㄨㄥˋ）

粽〔漢造〕用竹葉包糯米煮成的食品

粽〔名〕粽子

粽を作る（包粽子）作る造る創る

粽笹（粽葉）

粽形（粽形）

綜（ㄗㄨㄥˋ）

綜〔漢造〕錯綜、總括，統一（有時用総字）

錯綜（錯綜，複雜、交錯）

錯綜する枝（交錯的樹枝）枝枝

事情が錯綜する（情況錯綜複雜）

事件は益益錯綜して来た（事情更加複雜起來了）

此には錯綜した事情が有る（這裡面有複雜情況）有る在る或る

欧州諸国の国土は犬牙錯綜している（歐洲各國的國土犬牙交錯）

綜合、総合〔名、他サ〕綜合、集合←→分析

種種の説を綜合して見ると（把種總說法綜合來看）種種種種種種見る視る診る看る観る

総ての意見を綜合した上で結論を出す（把所有的意見綜合起來後下結論）

綜合雑誌（綜合性雜誌）

綜合大学（綜合性大學）←→単科大学

綜合的（綜合性的）←→分析的

綜合病院（綜合性醫院）

綜合計画（綜合計畫）

綜合メーカー（綜合製造廠）

綜合ビタミン（綜合維生素、多種維他命）

綜合病院（綜合醫院）

綜合雑誌（綜合性雜誌）

綜合芸術（綜合藝術）

綜合競技（綜合競賽）

綜覧、総覧〔名、他サ〕總覽，通覽，綜觀、彙編

カードに依って蔵書を綜覧する（根據卡片總覽藏書）依る由る因る撚る縒る拠る縁る寄る

カタログに依って今度の商品展示を綜覧する（按目錄總覽這次的展示商品）

電子工学綜覧（電子工程匯編）

航空力学綜覧（航空力學彙編）

綜〔名〕〔織〕（織布機上使經線上下交錯分開的）綜

綜麻、巻子〔名〕（電線、棉紗等的）捲軸、捲筒

縦（縱）（ㄗㄨㄥˋ）

縦（也讀作縦）〔漢造〕縱、放任

放縦、放縦（放縱、放肆）

操縦（操縱，駕馭，控制，支配、駕駛）

縦横〔名〕縱橫、四面八方、縱情，盡情，隨意，毫無拘束

縦横に線を引く（縱橫畫線）引く曳く惹く挽く轢く牽く退く弾く

縦横に走る鉄道網（四通八達的鐵路網）

問題を縦横に論ずる（透徹地討論問題）

抱負を縦横に語る（縱談抱負）

縦横に活躍する（大肆活動）

氏は今月の〝中央公論〟で現代社会問題に就いて縦横の筆を揮っている（他在本月的中央公論上揮筆談了現代社會問題）揮う奮う振う震う篩う振る降る

縦横無尽（自由自在，無拘無束、縱情，盡情、四面八方）

部下に縦横無尽に駆使する（運用自如地驅使部下）

縦横無尽に暴れ回る（盡情地大鬧一場）

縦横無尽の地下道路網（四通八達的地下道路網）

縦横無礙（自由自在、縱横不售拘束）

硝煙、地雷の其の中を縦横無礙に駆け巡る（在硝煙地雷中自由自在地奔馳）

縦横（たてよこ）〔名〕横豎、經緯

縦横とも縮む（横豎一起收縮）

縦横比（〔數〕縱横比、長寬比、展弦比）

縦隔洞（じゅうかくどう）〔名〕〔解〕（胸腔）縱膈腔

縦貫（じゅうかん）〔名、他サ〕縱貫、南北貫通

鉄道線路が大陸を縦貫して奥地から海岸迄通じている（鐵路線縱貫大陸從內地通到海岸）

縦貫鉄道（縱貫鐵路）

縦谷（じゅうこく）〔名〕〔地〕縱谷（與山脈走向平行的山谷）←→横谷

縦材（じゅうざい）〔名〕〔船〕縱材，縱骨。〔建〕豎杆

縦軸（じゅうじく）〔名〕〔數〕縱軸

縦軸（たてじく）〔名〕〔機〕立軸，豎直軸、縱座標軸←→横軸

縦軸タービン（立軸式渦輪機）

縦射（じゅうしゃ）〔名〕〔軍〕縱向射擊、縱射砲火

縦陣（じゅうじん）〔名〕〔軍〕縱陣、縱隊

二列縦陣（二列縱隊）

艦隊は縦陣を作って進行した（艦隊排成縱列前進）作る造る創る

縦線（じゅうせん）〔名〕縱線，豎線（=縦線）。〔樂〕小節縱線←→横線

紙に縦線を引く（在紙上畫縱線）引く曳く惹く挽く轢く牽く退く弾く

縦走（じゅうそう）〔名、他サ〕（登山）（沿山脊）縱行、（山脈）縱行

アルプスを縦走する（縱走阿爾卑斯山脈）

縦走山脈（縱行山脈）

縦続（じゅうぞく）〔名〕〔電〕級聯

縦続電動機（級聯電動機）

縦隊（じゅうたい）〔名〕縱隊

選手は四列縦隊に為って入場する（選手排成四列縱隊入場）

一列縦隊で進む（一列縱隊前進）

縦断（じゅうだん）〔名、他サ〕縱斷←→横断

欧州大陸を縦断する（縱貫歐洲大陸）

大陸を縦断して山脈を走っている（山脈縱貫大陸）

南米縦断旅行（縱貫南美旅行）

縦断面（縱斷面）

縦波（じゅうは）〔名〕〔理〕縱波（=縦波）

縦波（たてなみ）〔名〕（對著船行駛方向掀起的）縱向波浪。〔理〕縱波（=縦波）←→横波

縦帆（じゅうはん）〔名〕〔海〕縱帆

縦帆船（縱帆船）船船

縦覧（じゅうらん）〔名、他サ〕隨意觀看、隨便參觀（閱覽）

縦覧を歓迎する（歡迎參觀）

縦覧御断り（謝絕〔隨意〕參觀）

選挙人名簿を縦覧する（隨便查看選舉人名冊）

工場内の縦覧を禁止する（不准隨便參觀工廠）

縦覧に供する（提供閱覽）供する叫する狂する饗する

縦梁（じゅうりょう）〔名〕〔空〕縱樑，大樑、短縱樑

縦列（じゅうれつ）〔名〕〔軍〕縱隊、（舊陸軍運輸彈藥糧秣的）縱隊，輜重隊←→横列

ㄗ

長い縦列を為して通る（排成長列縱隊通過）為す成す生す作る造る創る

人人は縦列を作って開場を待つ（人們排成縱隊等待開門入場）人人人人待つ俟つ

縦連合神経〔名〕〔解〕連鎖神經、結締神經

縦、豎〔名〕縱，豎、長、經線，經紗（=縦糸）←→横

縦に書く（豎著寫）書く欠く描く掻く

縦に線を引く（豎著畫線）引く曳く惹く挽く轢く牽く退く弾く

首を縦に振る（同意、贊成）振る降る

横の物を縦にも為ない（橫倒的東西都不肯扶起來、〔喻〕懶惰）

縦から見ても横から見ても（無論從哪方面看）

縦十センチ（長十公分）

其の部屋は縦六メートル、横五メートル（那間屋子長六米寬五米）

盾、楯〔名〕盾，擋箭牌。〔轉〕後盾

盾で矢を防ぐ（以盾擋箭）盾楯縦竪殺陣館

権力を盾に取る（以權力為後盾）

御金の力を盾に取って自分勝手な事を為る（依仗金錢的力量為所欲為）

人質を盾に為て逃亡した（以人質為掩護逃跑了）

証文を盾を取って脅迫する（以契約為憑威脅人）

盾に取る（借口、作擋箭牌）

盾に突く（借口、作擋箭牌）

盾の半面（片面、事情的一面）

盾の両面を見よう（要全面地看問題）

物事は盾の両面を見無ければ行けない（凡事要看其正反兩面）

盾を突く（反抗）

縦穴、豎穴〔名〕豎著挖的坑。〔考古〕古代人類住過的痕跡←→横穴

縦糸、経糸〔名〕經線、經紗←→横糸、緯糸

縦糸浸染機（經紗染色機）

縦入〔名〕〔礦〕橫巷、石門、橫導坑

縦書、縦書き〔名〕豎寫←→横書

縦框、豎框〔名〕〔建〕窗梃、門梃

縦組、縦組み〔名〕〔印〕豎立排版←→横組み

縦坑、豎坑、立坑〔名〕豎坑、豎井、升降井←→横坑

縦効果〔名〕〔理〕經度效應

縦裂き〔名〕豎立撕開、豎著切（劈）開

縦様〔名〕〔古〕縱的方向←→横様

縦様切（豎切）

縦仕切り〔名〕〔建〕窗門扇間的豎框或小柱

縦縞、立縞〔名〕豎條紋←→横縞

縦皺〔名〕（額前或眉間的）豎周文

縦筋〔名〕豎線、垂直線

縦笛〔名〕〔樂〕豎笛，簫（=尺八、クラリネット）、英國式八孔豎笛（=リコーダー）

縦縁〔名〕〔船〕帆的垂直緣

縦溝〔名〕〔建〕豎溝、豎溝裝飾、豎面淺槽飾

縦結び〔名〕（兩頭豎立的）死扣（=男結び）

縦揺れ〔名、自サ〕（船、飛機）前傾、縱搖

縦割、縦割り〔名〕豎著切（劈）開。〔喻〕直線領導（關係）

現在の行政には各省の縦割主義の弊害が現れているのは否定出来ない（不可否認現在在行政方面表現出來了各個部門的直線領導主義的弊病）

縦、恣、擅〔形動〕恣意、隨意、縱情、擅自、隨心所意

恣な行動を取る（任意而行）

恣に略奪する（任意掠奪）

自分の好む所を恣に為る（任意自行其是）

権力を恣に為る（專權）

ナポレオンは権力を恣に為た（拿破崙濫用權力）

名を恣に為る（享盛名）

想像を恣に為る（隨意想像）

縦(よ)し 〔副〕縱然，縱令，即使（=縦(よ)しんば、縦令(たとえ)、仮(かり)に）、（沒有辦法）隨便吧，管它呢（=儘(まま)よ）

縦(よ)し失敗(しっぱい)したとて(就是)（即使說失敗了…）

縦(よ)し彼(かれ)が負(ま)けたと為(し)ても、其(それ)は当(あた)り前(まえ)だ（即使他輸了那也是應該的）

縦(よ)し、降(ふ)るなら降(ふ)れ（管它呢要下雨就下吧！）

縦(よ)しや 〔副〕縱然、縱令、即使（=縦(よ)しんば、縦令(たとえ)）

縦(よ)しや君(きみ)が止(と)めようと私(わたし)は最後迄頑張(さいごまでがんば)る（即使你勸阻我也要堅持到底）

縦(よ)しんば 〔副〕縱令、縱然、即或（=縦(よ)しや、縦令(たとえ)）

縦(よ)しんば彼(かれ)が謝(あやま)ったと為(し)ても、僕(ぼく)は絶対(ぜったい)に許(ゆる)さない（即使他道歉我也決不答應）

縦令(たとえ)，縦(たとえ)，仮令(たとえ)、縦令(たとい)，縦(たとい)，仮令(たとい) 〔副〕（下面常與とも、ても連用）即使、縱使、縱然、哪怕

仮令(たとえ)どんな事(こと)が有(あ)っても（即使發生任何事情）

仮令大雨(たとえおおあめ)が降(ふ)ろうが出席(しゅっせき)する（即使下大雨也出席）

仮令其(たとえそ)れが本当(ほんとう)だとしても矢張(やは)り君(きみ)が悪(わる)い（即使這是真的也是你不好）

譬(たと)え、喩(たと)え、例(たと)え 〔名〕比喻，譬喻，寓言，常言、例子

喩(たと)えを言(い)う（說比喻）

イソップ(Aesop)の狐(きつね)と烏(からす)の喩(たと)え（狐狸和烏鴉的伊索寓言）

壁(かべ)に耳有(みみあ)りと言(い)う喩(たと)えも有(あ)る（常言說得好隔牆有耳）仮令縦令(たとえたとえ)　仮令縦令(たといたとい)

能有(のうあ)る鷹(たか)は爪(つめ)を隠(かく)すの喩(たと)えにも有(あ)る通(とお)り（正如寓言所說兇鷹不露爪）

喩(たと)えが悪(わる)いので余計分(よけいわか)らなくなった（例子不恰當反而更不明白了）

喩(たと)えを引(ひ)いて話(はな)す（舉例來說）

國家圖書館出版品預行編目資料

日華大辭典(七) / 林茂編修.
-- 初版. -- 臺北市：蘭臺, 2020.07-
ISBN 978-986-9913-79-9(全套：平裝)

1.日語 2.詞典

803.132 109003783

日華大辭典(七)

編　　修：林茂(編修)
編　　輯：塗宇樵、塗語嫻
美　　編：塗宇樵、塗語嫻
封面設計：塗宇樵
出 版 者：蘭臺出版社
發　　行：蘭臺出版社
地　　址：台北市中正區重慶南路1段121號8樓之14
電　　話：(02)2331-1675或(02)2331-1691
傳　　真：(02)2382-6225
E—MAIL：books5w@gmail.com或books5w@yahoo.com.tw
網路書店：http://5w.com.tw/
https://www.pcstore.com.tw/yesbooks/
https://shopee.tw/books5w
博客來網路書店、博客思網路書店
三民書局、金石堂書店
總 經 銷：聯合發行股份有限公司
電　　話：(02) 2917-8022　傳 真：(02) 2915-7212
劃撥戶名：蘭臺出版社　帳號：18995335
香港代理：香港聯合零售有限公司
電　　話：(852)2150-2100　傳真：(852)2356-0735
出版日期：2020年7月 初版
定　　價：新臺幣12000元整（全套不分售）
ISBN： 978-986-9913-79-9

版權所有・翻印必究